ein Ullstein Buch

ein Ullstein Buch
Nr. 20524
im Verlag Ullstein GmbH,
Frankfurt/M – Berlin – Wien
Ungekürzte Sonderausgabe
Umschlagentwurf:
Hansbernd Lindemann
Alle Rechte vorbehalten
Lizenzausgabe mit freundlicher
Genehmigung des
Eugen Diederichs Verlags
GmbH & Co. KG, Köln
Diese Ausgabe enthält die
drei Bände »Die Brüder und
ihre Frauen« (JALNA), »Das
unerwartete Erbe« (WHITEOAKS
OF JALNA) und »Finch im
Glück« (FINCH'S FORTUNE)
Übersetzt von Lulu von
Strauß und Torney
Alle deutschen Rechte beim
Eugen Diederichs Verlag
GmbH & Co. KG, Köln
Printed in Germany 1985
Druck und Verarbeitung:
Ebner Ulm
ISBN 3 548 20524 0

April 1985

Von derselben Autorin
in der Reihe der
Ullstein Bücher:

Die Jalna-Saga 1:
   Jalna wird erbaut
   Frühling in Jalna
   Mary Wakefield
   (20411)

Die Jalna-Saga 2:
   Der junge Renny
   Der Whiteoak-Erbe
   Die Whiteoak-Brüder
   (20517)

CIP-Kurztitelaufnahme der
Deutschen Bibliothek

**DeLaRoche, Mazo:**
Die Jalna-Saga / Mazo de la Roche. –
Ungekürzte Sonderausg. – Frankfurt/M;
Berlin; Wien: Ullstein

3. Die Brüder und ihre Frauen. Das
unerwartete Erbe [u. a.]. 3 Romane in
e. Bd. / [Übers. von Lulu von Strauß
u. Torney]. – 1985.
  (Ullstein-Buch; Nr. 20524)
  Orig.-Ausg. u. d. T.: DeLaRoche,
  Mazo: Jalna. – Einheitssacht. d. beigef.
  Werkes: Whiteoaks of Jalna ‹dt.›
  ISBN 3-548-20524-0
NE: GT

# Mazo de la Roche

# Die Jalna-Saga 3

Die Brüder und ihre Frauen
Das unerwartete Erbe
Finch im Glück

Drei Romane in einem Band

ein Ullstein Buch

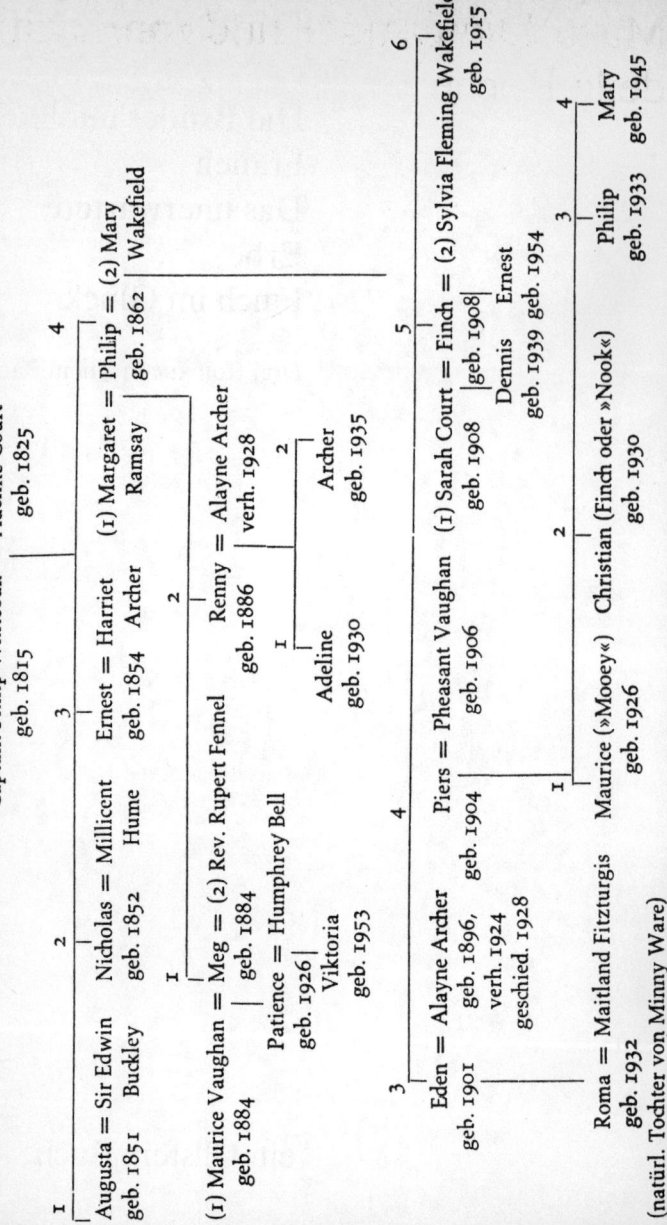

# Die Brüder und ihre Frauen

# INHALT

| | | |
|---|---|---|
| 1 | Wake schwänzt die Schule | 7 |
| 2 | Familie Whiteoak bei Tisch | 16 |
| 3 | Onkel Ernest und Katze Sascha | 30 |
| 4 | Onkel Nicholas und Hündchen Nip | 32 |
| 5 | Nächtliches Stelldichein | 40 |
| 6 | Pheasant brennt ihrem Vater durch | 50 |
| 7 | Eine heimliche Hochzeit | 56 |
| 8 | Willkommen auf Jalna | 62 |
| 9 | Liebe auf den ersten Blick | 72 |
| 10 | Alayne lernt das Leben kennen | 80 |
| 11 | Edens Glück | 84 |
| 12 | Noch ein Willkommen auf Jalna | 89 |
| 13 | Eine fremde Welt | 94 |
| 14 | Glaubst du an Gott, Finch? | 112 |
| 15 | Finch findet eine Freundin | 117 |
| 16 | Seinem Schicksal kann niemand entgehen | 124 |
| 17 | Sonntägliche Kirchfahrt | 137 |
| 18 | Das Leben geht seinen Gang | 151 |
| 19 | Renny, was macht das Fohlen | 160 |
| 20 | Vergnügte Leute | 175 |
| 21 | Pheasant in Verwirrung | 190 |
| 22 | Wakefields Geburtstag | 195 |
| 23 | Juninacht | 206 |
| 24 | Pheasants Flucht | 214 |
| 25 | Einsame Menschen | 222 |
| 26 | Großmutters Geburtstag | 230 |

# 1 Wake schwänzt die Schule

Wakefield Whiteoak rannte und rannte, schneller und immer schneller, bis er nicht mehr konnte. Er wußte nicht, warum er plötzlich schneller rennen mußte. Er wußte nicht einmal, warum er rannte. Als er sich außer Atem, mit dem Gesicht nach unten, auf den frischen Frühlingsrasen der Wiese warf, vergaß er vollständig, daß er überhaupt gerannt war, und lag, die Backe gegen das zarte Gras gepreßt, mit hämmerndem Herzen, ohne einen Gedanken im Kopf. Er war nicht glücklicher oder unglücklicher als der Aprilwind, der über seinen Körper fegte, oder das junge Gras, das unter ihm vor Leben zitterte. Er war einfach lebendig, jung und voll Verlangen nach heftiger Bewegung.

Als er zwischen die dichten Grasspitzen heruntersah, entdeckte er eine Ameise, die eilig lief und ein kleines weißes Ding trug. Er stellte seinen Finger vor sie und war neugierig, was sie wohl dachte, wenn sie den Weg durch diesen großen, gefährlichen Turm versperrt fand. Ameisen waren bekanntlich hartnäckig. Vielleicht würde sie seinen Finger hinaufklettern und über seine Hand laufen. Nein, ehe sie seinen Finger berührte, bog sie scharf zur Seite und lief nach einer neuen Richtung. Wieder versperrte er ihr den Weg, aber sie wollte nicht den Finger erklettern. Er wurde hartnäckig. Die Ameise blieb standhaft. Gequält, ängstlich, immer noch das kleine weiße Bündel umklammernd, ließ sie sich nicht verführen oder drängen, auf menschlichem Fleisch zu laufen. Und doch waren Ameisen so oft über ihn gelaufen, wenn er es am allerwenigsten gewollt hatte! Einmal war sogar eine in sein Ohr gelaufen und hatte ihn fast verrückt gemacht. In plötzlichem Ärger setzte er sich auf, faßte die Ameise zwischen Daumen und Zeigefinger und setzte sie fest auf seinen Handrücken. Die Ameise ließ ihr Bündel fallen und legte sich auf den Rücken, die Beine in der Luft und den Körper windend. Sie war sichtlich in höchster Angst. Er warf sie weg, halb in Ekel und halb in Scham. Er hatte der dummen alten Ameise den Tag verdorben. Vielleicht würde sie sterben.

Eifrig begann er nach ihr zu suchen. Weder der Körper noch das Bündel der Ameise war mehr zu sehen. Aber ein Rotkehlchen, das auf dem schwankenden Zweig eines wilden Kirschbaumes saß, brach in Gesang aus. Es füllte die Luft mit seinen reichen vollen Tönen, die es in den hellen Sonnenschein warf wie klingende Münzen. Wakefield hielt eine Fantasie-Flinte an seine Schulter und zielte.

»Bum!« schrie er, aber das Rotkehlchen sang weiter, als ob es nicht geschossen worden wäre.

»Hör doch«, klagte Wakefield, »weißt du nicht, daß du tot bist? Tote Vögel singen nicht, sage ich dir.« Das Rotkehlchen flog von dem Kirschbaum fort und setzte sich auf den obersten Zweig einer Ulme, wo es lauter denn je sang, um zu zeigen, wie lebendig es war. Wakefield warf sich wieder hin, den Kopf auf dem Arm. Er atmete den feuchten süßen Duft der Erde; die Sonne lag warm auf seinem Rücken. Er überlegte jetzt, ob die große weiße Wolke, die er von Süden hatte heraufsegeln sehen, schon über ihm wäre. Er wollte still liegen und bis hundert zählen — nein, hundert war zu viel — eine zu große geistige Anstrengung an einem solchen Morgen; er wollte bis fünfzig zählen. Dann wollte er aufsehen, und wenn die Wolke über ihm wäre, wollte er — ja er wußte nicht, was er tun wollte, aber jedenfalls irgendwas Gewaltiges. Vielleicht wollte er aus allen Kräften nach dem Bach rennen und hinüberspringen selbst an der breitesten Stelle. Er schob eine Hand in seine Hosentasche und spielte mit seinen neuen Achatmarmeln, während er zählte. Eine köstliche Schläfrigkeit überkam ihn. Die angenehme Erinnerung an das herrliche warme Frühstück, das er gegessen hatte, füllte ihn mit Zufriedenheit. Ob es wohl noch in seinem Magen war? Oder ob es sich in Blut und Knochen und Muskeln verwandelt hatte? Solch ein Frühstück mußte doch sehr gut tun. Er ballte die Hand an dem Arm, der unter seinem Kopf lag, um die Muskeln zu prüfen. Ja, er war schon viel stärker — gar kein Zweifel. Wenn er immer solche Frühstücke aß, würde der Tag kommen, wo er sich keine Unverschämtheit von Finch oder irgendeinem seiner Brüder gefallen ließ, selbst bis zu Renny hinauf. Freilich, von Meg würde er sich immer ärgern lassen, aber Meg war eine Frau. Ein Junge konnte keine Frau schlagen, selbst wenn sie seine Schwester war.

Kein Laut eines Fußtritts hatte ihn gewarnt. Er fühlte sich plötzlich einfach hilflos im Griff von zwei eisernen Händen. Betäubt von einem Schütteln, wurde er derb auf seine Füße gesetzt, seinem ältesten Bruder gegenüber, der ihn streng musterte. Die beiden Spaniels an Rennys Fersen sprangen Wakefield an, leckten sein Gesicht und warfen ihn fast um in ihrer Freude, ihn gefunden zu haben.

Renny, noch den Griff um seine Schulter, fragte: »Warum strolchst du hier herum, wenn du bei Mr. Fennel sein solltest? Weißt du, wieviel Uhr es ist? Wo sind deine Bücher?«

Wakefield versuchte sich loszuwinden. Er überging die ersten zwei Fragen, da er instinktiv fühlte, daß die dritte auf etwas weniger gefährlichen Weg führte.

»Gestern bei Mr. Fennel gelassen«, murmelte er.

»Bei Fennel gelassen? Wie wolltest du dann deine Hausarbeit machen?«

Wakefield dachte einen Augenblick nach. »Ich hatte ein altes Buch von Finch für das Latein. Das Gedicht konnte ich schon. Die Geschichtsaufgabe war genau dieselbe wie vorher. Ich hatte Zeit genug, meine Meinung über Cromwell zu überlegen. Das Bibelkapitel konnte ich natürlich in Megs Bibel zu Hause finden, und« — er wurde jetzt eifrig, seine großen dunklen Augen glänzten — »und das Rechnen machte ich gerade im Kopf, als du kamst.« Er sah ernsthaft in seines Bruders Gesicht auf.

»Das klingt sehr wahrscheinlich.« Aber Renny war doch etwas verblüfft über

die Erklärung, was ja auch beabsichtigt war. »Nun hör mal, Wake, ich will nicht zu streng sein, aber du mußt dir mehr Mühe geben. Glaubst du, ich bezahle Mr. Fennels Stunden für dich zum Spaß? Daß du zu schwächlich bist, um zur Schule zu gehen, ist keine Entschuldigung dafür, daß du ein faules kleines Tier bist, ohne einen Gedanken im Kopf als Spielen. Was hast du in deinen Taschen?«
»Marmeln – bloß ein paar, Renny.«
»Gib sie her.«
Renny hielt die Hand offen, während das Kind die Marmeln widerwillig aus der Tasche zog und auf die Hand aufhäufte. Es war Wakefield gar nicht nach Weinen zumute, aber sein Gefühl für dramatische Wirkung riet ihm zu weinen, als er seine Schätze abgab. Er konnte immer weinen, wenn er wollte. Er brauchte bloß seine Augen einen Moment fest zu schließen und sich selbst mehrmals zu sagen: »O wie schrecklich! Wie schrecklich!« – und die Tränen kamen im Augenblick. Wenn er sich vorgenommen hatte, nicht zu weinen, dann konnte keine schlechte Behandlung ihn dazu bringen. Jetzt, während er die Marmeln in Rennys Hand fallen ließ, stöhnte er heimlich die magische Formel: »O wie schrecklich! Wie schrecklich!« Seine Brust hob sich, seine Halsmuskeln spannten sich. Und schon liefen die Tränen seine Backen herunter.
Renny steckte die Marmeln ein. »Kein Heulen jetzt.« Aber er sagte es nicht unfreundlich. »Und sieh zu, daß du nicht zu spät zum Essen kommst.« Er schlenderte weg und rief seine Hunde.
Wakefield zog sein Taschentuch heraus, ein ganz reines, noch in ein kleines Viereck gefaltet, wie seine Schwester es ihm heute morgen in die Tasche gesteckt hatte, und wischte seine Augen. Er sah Rennys großer entschwindender Gestalt nach, bis Renny sich über die Schulter nach ihm umsah. Und dann setzte er sich in kurzen Trab nach dem Pfarrhaus. Aber die Freiheit des Morgens freute ihn nicht mehr. Er war sorgenvoll, ein magerer blasser Junge von neun Jahren, dessen dunkelbraune Augen zu groß schienen für sein spitzes Gesicht, in grüner Sommerjacke und kurzen Hosen, mit grünen Strümpfen, die seine bloßen braunen Knie zeigten.
Er lief quer über das Feld, kletterte über einen hängenden Drahtzaun und trottete dann den Weg entlang, der neben der schmutzigen gewundenen Straße herführte. Bald erschien die Schmiede, laut und wohlbekannt zwischen zwei Ulmen. Ein Pirol flog hin und her zwischen den Ulmen, und wenn das Dröhnen des Hammers für einen Augenblick still war, floß sein süßer klarer Gesang herunter wie ein goldener Regen. Wakefield blieb in der Tür stehen.
»Guten Morgen, John«, sagte er zu John Chalk, dem Schmied, der einem riesigen Bauernpferd mit zottigen Beinen den Huf beschlug.
»Guten Morgen«, antwortete Chalk und sah lächelnd auf, denn er und Wake waren alte Freunde. »Ein schöner Tag.«

»Ein schöner Tag für die, die Zeit haben, sich dran zu freuen. Ich muß in meine eklige alte Stunde.«
»Was ich tue, das nennst du wohl nicht Arbeit, was?« gab Chalk zurück.
»O ja, aber feine Arbeit. Interessante Arbeit. Nicht wie Geschichte und Comp.«
»Was ist Comp.?«
»Aufsatz über Dinge schreiben, die einen nicht interessieren. Mein letztes Thema war ein Frühlingsspaziergang.«
»Na, das müßte doch leicht sein. Du hast ja gerade einen gemacht.«
»Oh, das ist ganz was anderes. Wenn du dich hinsetzt und willst drüber schreiben, dann kommt dir alles dumm vor. Du fängst an: Ich ging an einem schönen Frühlingsmorgen, und dann fällt dir nicht das kleinste Wort weiter ein.«
»Warum schreibst du nicht über mich?«
Wakefield lachte hell auf. »Wer wollte wohl von dir lesen! Dieses Aufsatzzeug wird gelesen, verstehst du?«
Für eine Weile war die Unterhaltung unmöglich, da der Schmied den Huf beschlug. Wakefield schnupperte den herrlichen Geruch von verbranntem Huf ein, der fast sichtbar in der Luft hing.
Chalk setzte den großen Huf, den er behandelt hatte, auf die Erde und bemerkte:
»Es gab mal einen Mann, der hatte ein Gedicht geschrieben über einen Schmied. ›Unter einem breiten Kastanienwipfel‹ fing es an. Je gelesen? Er muß es doch auch geschrieben haben zum Lesen. He?«
»Oh, das Stück kenne ich. Das ist schreckliches Zeug. Und außerdem war er nicht so ein Schmied wie du. Er betrank sich nicht, schlug seiner Frau kein blaues Auge und puffte seine Kinder nicht herum.«
»Hör mal!« unterbrach Chalk ihn hitzig. »Laß sofort dieses freche Geschwätz sein, oder ich schmeiß' den Hammer nach dir.«
Wakefield zog sich etwas zurück, sagte aber überlegen: »Da sieht man, das beweist gerade, was ich sage. Du bist nicht so ein Schmied, um Aufsätze oder Gedichte drüber zu schreiben. Du bist nicht schön. Mr. Fennel sagt, wir müßten über schöne Sachen schreiben.«
»Na, daß ich nicht schön bin, weiß ich«, stimmte Chalk widerwillig zu. »Aber so schlimm bin ich doch noch nicht.«
»Wie was?« Wakefield nahm sehr überzeugend Mr. Fennels Art an, schulmeisterlich zu fragen.
»Daß über mich nichts geschrieben werden kann.«
»Na Chalk, wenn ich nun alles aufschreiben wollte, was ich über dich weiß, und es Mr. Fennel als Aufsatz geben! Würde dir das Freude machen?«
»Es wird mir Freude machen, einen Hammer nach dir zu schmeißen, wenn du nicht machst, daß du rauskommst«, schrie Chalk, der den schweren Gaul rücklings aus der Tür drängte.

Wakefield sprang schnell beiseite, als das große scheckige Hinterteil erschien. Dann lief er den Weg entlang, der plötzlich eine breite Straße wurde, weiter, und zwar mit großer Würde. Die Sorgenlast, die ihn gedrückt hatte, fiel plötzlich von ihm ab, und er fühlte sich leicht und beschwingt. Als er an einem Häuschen vorbeikam, das hinter einem hübschen Gitterzaun lag, sah er ein sechsjähriges Mädchen auf dem Tor schwingen.
»O Wakefield!« quietschte sie freudig. »Komm und schwing mich! Schwing mich!«
»Gut, kleiner Kerl!« nickte Wakefield vergnügt. »Du sollst geschwungen werden, ad infinitum. Verbum sapienti.«
Er schwang das Tor hin und her. Das Kind lachte zuerst, dann schrie es, zuletzt schluchzte es stoßweise, wie das Schwingen wilder wurde und sie den Halt verlor, während sie wie eine Schnecke an dem Gitter klebte.
Die Tür des Häuschens öffnete sich, und die Mutter erschien.
»Läßt du das sein, du ungezogener Junge«, rief sie und lief ihrer Tochter zu Hilfe. »Paß auf, das sage ich deinem Bruder!«
»Welchem Bruder?« fragte Wakefield, indem er sich zurückzog. »Ich habe vier, wissen Sie.«
»Na, natürlich dem ältesten, Mr. Whiteoak, dem dies Haus gehört.«
Wakefield sprach nun vertraulich. »Mrs. Wigle, ich würde das nicht tun, wenn ich Sie wäre. Es regt Renny schrecklich auf, wenn er mich bestrafen muß, wegen meines schwachen Herzens, ich kann ja deswegen nicht zur Schule gehen — und er muß mich natürlich bestrafen, wenn eine Dame sich über mich beklagt, wenn auch Muriel selbst mich gebeten hat, sie zu schwingen und ich sie nie geschwungen hätte, wenn ich nicht gedacht hätte, sie wäre es gewohnt, und gesehen hätte, wie sie selber schwang, als ich die Straße herkam. Außerdem möchte Renny doch vielleicht denken, daß Muriel das Tor kaputtmachte durch das Schwingen, und daraufhin Ihre Miete erhöhen. Er ist ja ein merkwürdiger Mensch, und es kann leicht vorkommen, daß er sich gegen einen kehrt, wenn man es gar nicht erwartet.«
Mrs. Wigle sah ganz verwirrt aus. »Gut«, sagte sie und klopfte Muriel den Rücken, die noch in Stößen in ihre Schürze hineinschluchzte; »aber ich wollte bloß, er ließe mein Dach flicken, das Dach, durch das es jedesmal wie verrückt in meine gute Stube durchleckt, wenn es regnet.«
»Ich will mit ihm drüber sprechen. Ich will dafür sorgen, daß es gleich geflickt wird. Verlassen Sie sich auf mich, Mrs. Wigle.« Er segelte davon, aufrecht und würdevoll.
Schon konnte er die Kirche auf ihrem steilen Hügel zwischen den Lebensbäumen sehen, mit dem viereckigen Steinturm, der fast drohend wie eine Festung gegen den Himmel ragte. Sein Großvater hatte sie vor 75 Jahren gebaut. Sein Großvater, sein Vater und seine Mutter schliefen daneben auf dem Kirchhof. Hin-

ter der Kirche und noch von ihr versteckt, lag das Pfarrhaus, wo er seine Stunden hatte.

Nun ging er plötzlich langsam. Er war vor dem Laden von Mrs. Braun, die nicht nur Süßigkeiten verkaufte, sondern auch Limonade, Kuchen, Pastetchen und Semmeln. Der Laden war einfach das Vorderzimmer ihres Häuschens, das mit Regalen und einem Ladentisch ausgestattet war, und ihre Waren stellte sie auf einem Tisch vor dem Fenster aus. Er fühlte sich auf einmal schwach und hinfällig. Seine Zunge klebte am Gaumen vor Durst. Er fühlte sich im Magen hohl und etwas übel. Es war klar, niemand hatte so sehr eine Erfrischung nötig wie er, und niemand hatte weniger Geld für solch eine kleine Nachhilfe. Er untersuchte den Inhalt seiner Taschen, aber obgleich viel darin war, was für ihn selbst großen Wert hatte, so war doch kein Cent in barer Münze darin, und das war das einzige, woran Mrs. Braun wirklich lag. Er konnte ihr rotes Gesicht hinter dem Fenster sehen, und er lächelte einschmeichelnd, denn er schuldete ihr dreizehn Cents und hatte keine Ahnung, woher er jemals das Geld bekommen sollte, sie zu bezahlen. Sie kam an die Tür.

»Na, junger Herr, wie ist es mit dem Geld, das Sie mir schuldig sind?« Sie war wirklich recht geradezu.

»O Mrs. Braun, ich fühle mich heute morgen gar nicht gut. Ich habe meine Anfälle. Wahrscheinlich haben Sie davon gehört. Ich möchte gern eine Flasche Zitronenlimonade, bitte. Und das Geld —« Er strich mit der Hand über seine Stirn und fuhr stockend fort: »Ich glaube, ich hätte nicht ohne Mütze in die Sonne gehen sollen, nicht wahr? Was sagte ich doch? Ach wegen dem Geld. Na, sehen Sie, mein Geburtstag ist bald, und da kriege ich Geldgeschenke von der ganzen Familie. Dann ist es ganz egal, ob es achtzehn Cents sind, oder dreizehn. Selbst ein Dollar wird dann gar nichts sein.«

»Wann ist dein Geburtstag?« Mrs. Braun schwankte schon.

Wieder fuhr er mit der Hand über die Stirn, dann legte er sie auf seinen Magen, wo er glaubte, daß das Herz wäre.

»Ich weiß nicht genau, weil so viele Geburtstage in der Familie sind, daß ich sie durcheinanderbringe. Zwischen Großmutters hohem Alter und meinen paar Jahren und mit all denen dazwischen ist das ein bißchen verworren, aber ich weiß, er ist sehr bald.« Indes er sprach, war er in den Laden gekommen und stand an den Ladentisch gelehnt. »Zitronenlimonade, bitte, und zwei Strohhalme«, murmelte er.

Friede überkam ihn, als Mrs. Braun die Flasche hervorholte, aufmachte und mit den Strohhalmen vor ihn hinsetzte.

»Wie geht's der alten Dame?« fragte sie.

»Sehr gut, danke. Wir hoffen, daß sie noch hundert wird. Sie versucht es mächtig. Weil sie doch das Fest mitmachen möchte, das wir dann geben. Eine Gesellschaft mit einem großen Feuer und Raketen. Sie sagt, es würde ihr leid tun,

das zu versäumen, aber natürlich wenn sie tot ist, würden wir es ja nicht geben, und was gar nicht passiert, das kann sie doch nicht versäumen, nicht wahr, selbst wenn es ihre eigene Geburtstagsgesellschaft ist?«
»Du hast ein fabelhaftes Mundwerk.« Mrs. Braun strahlte ihn bewundernd an.
»Ja, das habe ich«, gab er bescheiden zu. »Wenn ich das nicht hätte, dann würde ich aber auch gar nichts hermachen, weil ich doch der Jüngste von solch einer großen Familie bin. Großmutter und ich besorgen fast das ganze Reden, sie an ihrem Ende und ich an meinem. Wissen Sie, wir fühlen beide, daß wir nicht so ganz viele Jahre mehr zu leben haben, und so machen wir das Menschenmögliche aus allem, was uns in den Weg kommt.«
»Du liebe Güte, rede doch nicht so. Dir wird es schon ganz gutgehen.« Sie machte runde Augen vor Mitgefühl. »Mach dir keine Sorgen, lieber Junge.«
»Ich mache mir keine Sorgen, Mrs. Braun. Die Sorge macht sich meine Schwester. Die hat es recht schwer, mich hochzupäppeln, und natürlich bin ich noch nicht so weit.« Er lächelte traurig, und dann beugte er seinen kleinen dunklen Kopf über die Flasche und sog mit Begeisterung.
Mrs. Braun verschwand in die Küche hinter dem Laden. Eine mächtige Hitze kam von da und der verführerische Geruch von Kuchenbacken und der Ton von Frauenstimmen. Wie gut es Frauen doch hatten! Aber besonders Mrs. Braun mit dem roten Gesicht. Alle Kuchen backen, die sie wollte, und alle verkaufen, die sie nicht aufessen konnte, und noch dafür Geld verdienen! Wenn er doch einen Kuchen hätte. Bloß einen einzigen kleinen heißen Kuchen!
Während er das herrliche Getränk durch den Strohhalm aufsog, huschten seine Augen groß und glänzend über den Ladentisch. Dicht bei ihm stand ein kleiner Kasten mit Päckchen von Kaugummi. Ihm war verboten, es zu kauen, aber er sehnte sich danach, besonders nach dem ersten Augenblick des Kauens, wenn der dicke, süße, schmackhafte Saft die Kehle herunterrutschte und einen beinahe erstickte. Ehe er es wußte – na, fast ehe er es wußte, hatte er ein Päckchen aus dem Kasten genommen und in seine Tasche fallen lassen und sog weiter, aber nun mit fest geschlossenen Augen.
Mrs. Braun kam zurück mit zwei kleinen heißen Biskuitkuchen auf dem Teller und setzte sie vor ihn hin. »Ich dachte, du äßest sie vielleicht gern frisch aus dem Backofen. Die sind ein Geschenk, die setze ich nicht auf Rechnung.«
Er war fast sprachlos vor Dankbarkeit. »O danke, danke«, war fast alles, was er zuerst sagen konnte. Und dann: »Was für eine Schande. Nun habe ich all meine Limonade ausgetrunken, und nun muß ich meine Kuchen trocken essen, außer wenn ich noch irgendeine andere Flasche kaufe«. Seine Augen flogen über die Regale. »Ich glaube, diesmal nehme ich Ingwerbier, Mrs. Braun, danke. Und die Strohhalme kann ich noch einmal brauchen.«
»Gut, gut!« Und Mrs. Braun öffnete eine neue Flasche und setzte sie vor ihn hin.

Die Kuchen hatten eine herrliche krosse Kruste und mitten in jedem begraben etwa sechs saftige Rosinen. Oh, sie waren köstlich!
Als er aus dem Laden schlenderte und dann die steilen Stufen zur Kirche hinaufstieg, grübelte er darüber nach, was die heutigen Tagesaufgaben gewesen waren. Und in welcher seiner beiden gewöhnlichen Stimmungen würde Mr. Fennel wohl sein? Streng, eifrig, oder abwesend und schläfrig? Nun, wie seine Laune auch war, jetzt war er ihr preisgegeben, klein, hilflos und allein.
Er trollte durch den kühlen Schatten der Kirche, zwischen den Grabsteinen, und stand einen Augenblick neben dem Eisengitter, das die Gräber der Familie umschloß. Seine Augen blieben auf der Granitplatte mit dem Namen »Whiteoak« haften, und dann traurig auf dem kleinen Stein mit dem Namen »Mary Whiteoak, Ehefrau von Philip Whiteoak«, seiner Mutter Grab. Sein Großvater lag da auch; sein Vater; seines Vaters erste Frau — die Mutter von Renny und Meg — und verschiedene kleine Whiteoaks. Er hatte dieses Stück Erde immer liebgehabt. Er liebte das hübsche Eisengitter und die entzückenden kleinen Eisenkugeln, die daran herunterhingen. Wenn er nur heute morgen dableiben und daneben spielen könnte! Er müßte eigentlich einen großen Strauß Butterblumen pflücken, die er gestern wie Gold den Fluß entlang verstreut gesehen hatte, und sie auf seiner Mutter Grab legen. Vielleicht könnte er der Mutter von Renny und Meg auch ein paar geben, aber den Männern natürlich keine, denen lag nichts daran; und auch den Babys keine, außer vielleicht »Gwynneth, fünf Monate alt«, weil ihm ihr Name so gefiel.
Er hatte gemerkt, daß Meg, wenn sie Blumen auf die Gräber brachte, ihrer Mutter immer die besten gab, »Margaret«, während »Mary« — seine Mutter und die von Eden und Piers und Finch — den viel kleineren, weniger hübschen Strauß bekam. Gut, dann würde er es ebenso machen. Margaret sollte auch ein paar haben, aber nicht so hübsche.
Das Pfarrhaus war ein freundliches Haus mit einem langen niedrigen Dach und hohem spitzem Giebel. Die Vordertür stand offen. Er brauchte nicht zu klopfen. So trat er ruhig ein und verwandelte den Ausdruck seines Gesichtes in sanfte Aufmerksamkeit. Die Bibliothek war leer. Da lagen seine Bücher auf dem kleinen Pult in der Ecke, wo er immer saß. Müde schlich er über den abgetretenen Teppich und sank in seinen gewohnten Stuhl, den Kopf in den Händen begrabend. Die große Uhr tickte schwer und sagte immerzu »Wake–field–Wake–field–Wake–Wake–Wake–Wake«. Und dann merkwürdigerweise »Schlaf–Schlaf–Schlaf–Schlaf . . .«
Der Geruch von muffigen Möbeln und alten Büchern bedrückte ihn. Er hörte Spatenstiche vom Garten her. Mr. Fennel legte Kartoffeln. Wakefield dämmerte etwas, sein Kopf sank tiefer und tiefer auf das Pult. Zuletzt schlief er friedlich.
Er wurde durch Mr. Fennel geweckt, der sehr erdig, etwas verdutzt und schuldbewußt hereinkam.

»O lieber Junge«, stammelte er. »Ich habe dich warten lassen, fürchte ich. Ich wollte schnell nur meine Kartoffeln hereinkriegen vor dem Vollmond. Aberglauben, ich weiß, aber trotzdem —. Nun laß sehen, was war das Latein für heute?«
Die Uhr summte, schlug zwölf.
Mr. Fennel kam näher und beugte sich über den kleinen Jungen. »Wie bist du heute morgen weitergekommen?« Er sah in das lateinische Textbuch, das Wakefield aufgeschlagen hatte.
»So gut es ging allein, danke.« Er sprach mit sanfter Würde und einem Schatten von Vorwurf.
Mr. Fennel beugte sich tiefer über die Seite. »Um—m, laß sehen. Etsi in his locis — maturae sunt hiemes —«
»Mr. Fennel«, unterbrach Wakefield.
»Ja, Wake.« Er wendete seinen struppigen Bart, an dem ein Strohhalm hing, dem Jungen zu.
»Renny meinte, ob Sie mich heute wohl pünktlich um 12 weglassen würden. Wissen Sie, gestern kam ich zu spät zu Tisch, und das regt Großmutter auf, und in ihrem Alter —«
»Gewiß, gewiß, natürlich lasse ich dich gehen. Das wäre ja zu schlimm, die liebe Mrs. Whiteoak aufzuregen. Das darf nicht wieder vorkommen. Wir müssen pünktlich sein, Wakefield, alle beide, du und ich. Also lauf, und ich will zu meinen Kartoffeln zurück.« Eilig bezeichnete er die Aufgaben für den nächsten Tag.
»Ob wohl Tom«, (Mr. Fennels Sohn) sagte Wakefield, »wenn er heute nachmittag das Pony und den Wagen draußen hat, meine Bücher zu Hause für mich abgeben würde? Sehen Sie, ich brauche beide Lexikons und den Atlas. Sie sind ziemlich schwer, und weil es schon spät ist, muß ich den ganzen Weg laufen.«
Er trat wieder in die Mittagshelligkeit hinaus, leicht wie Luft, da für den Transport der Bücher gesorgt war, und sein Gehirn nicht durch Zusammenstöße mit Cäsar und Oliver Cromwell beschwert, und sein Körper erfrischt durch zwei Biskuitkuchen und zwei Flaschen Limonade, bereit für neue erfreuliche Kraftanstrengungen.
Er ging den Weg zurück, den er gekommen war, und machte nur halt, um eine ungeduldige Sau, die sehr unzufrieden schien mit dem Hof, wo sie gefangen war, auf die Straße zu lassen. Sie trottete ein kurzes Stück neben ihm in vergnügtem Schritt, und als sie sich trennten, an einem offenen Gartentor, da versäumte sie nicht, ihm einen pfiffig dankbaren Blick zuzuwerfen.
Herrliches, herrliches Leben! Als er das Feld erreichte, wo der Fluß war, war der Windhauch ein Wind geworden, der sein Haar hochblies und ihm durch die Zähne pfiff, wenn er rannte. Ein Spielgefährte so gut wie nur einer, der mit ihm

um die Wette lief, die Wolken über den Himmel fegte zu seinem Vergnügen und die Blüten der wilden Kirsche herunterschüttelte wie Schnee.
Während er lief, warf er seine Arme abwechselnd vor wie ein Schwimmer. Er sauste in plötzlichen Sprüngen wie ein scheuendes Pferd, jetzt mit wildem Gesicht und rollenden Augen, und jetzt wie ein spielendes Lämmchen.
Er machte ziemlich Umwege, und wie er durch sein gewohntes Loch in der Lebensbaumhecke kroch und auf den struppigen Rasen kam, fürchtete er schon, daß er nun doch wieder zu spät zum Essen käme. Er ging leise ins Haus und hörte das Klappern von Schüsseln und ein Gewirr von Stimmen im Eßzimmer.
Das Mittagessen war schon im Gang, und die älteren Familienglieder waren versammelt, als der Jüngste – Faulpelz, Lügner, Dieb und Taugenichts, der er war! – in der Tür erschien.

## 2  Familie Whiteoak bei Tisch

Eine Menge Leute schienen um den Tisch zu sitzen, und alle redeten lebhaft auf einmal, doch versäumten sie während des Sprechens nicht das Essen, das in einer heißen dampfenden Mahlzeit bestand, denn die Schüsseln wurden fortwährend rundgereicht. Messer und Gabeln klapperten heftig, und gelegentlich verlor ein Sprecher den Zusammenhang, bis er mit einem Schluck heißen Tee den Bissen heruntergespült hatte, der ihn am Weiterreden hinderte. Niemand achtete auf Wakefield, als er an seinen gewohnten Platz zur Rechten seiner Halbschwester Meg schlüpfte. Von Anfang an, seit er mit am Tische aß, hatte er dort gesessen, zuerst in einem hohen Kinderstuhl, dann, als er größer wurde, auf einem dicken Band »Britische Dichter«, einer Anthologie, die kein Familienglied jemals las und die seit der Zeit, da sie zuerst unter ihm lag, als »Wakefields Buch« bekannt war.
Tatsächlich brauchte er jetzt die paar Zoll Erhöhung nicht mehr, um mit Messer und Gabel ordentlich umzugehen. Aber er hatte sich daran gewöhnt. Und an etwas gewöhnt sein hieß für einen Whiteoak sich eigensinnig und hartnäckig daran klammern. Er hatte das Gefühl des harten Buches unter sich gern, obgleich gelegentlich nach schmerzlicher Bekanntschaft mit Rennys Rasierriemen oder Megs Pantoffel er wohl den Wunsch hatte, daß die »Britischen Dichter« gepolstert wären.
»Ich will mein Essen!« Er erhob seine Stimme in einem sehr anderen Ton als dem einschmeichelnden, den er gegen Mrs. Braun, Mrs. Wigle und den Rektor gebraucht hatte. »Mein Essen, bitte!«
»Still.« Meg nahm ihm die Gabel weg, mit der er in die Luft stach. »Renny, willst du dem Kind etwas Fleisch geben. Aber er ißt kein Fett, denk daran, nur mageres.«

»Man sollte ihn zwingen, das Fett zu essen. Es ist gut für ihn.« Renny säbelte etwas Fleisch ab und tat ein Stückchen Fett dazu.
Großmutter sagte mit einer Stimme, die undeutlich aus dem vollen Mund kam: »Laß ihn Fett essen. Gut für ihn. Kinder sind heute alle verzogen. Gib ihm nichts als Fett. Ich esse Fett, und ich bin fast hundert.«
Wakefield starrte sie gekränkt über den Tisch an. »Esse das Fett nicht! Will gar nicht hundert werden!«
Großmutter lachte tief, ganz und gar nicht ärgerlich. »Keine Angst, Junge. Wirst es auch nicht. Keiner von euch wird hundert als ich. Neunundneunzig, und nie eine Mahlzeit versäumt. Etwas Tunke, Renny, auf dies Stück Brot. Tunke, bitte.«
Sie hielt zittrig ihren Teller hoch. Onkel Nicolas, ihr ältester Sohn, der neben ihr saß, nahm ihn ihr ab und gab ihn Renny, der die Schüssel schräg hielt, bis der braune Saft sich an einem Ende in einer kleinen Pfütze sammelte. Er träufelte ein paar Teelöffel davon auf das Stück Brot. »Mehr, mehr«, befahl Großmutter. Und er tropfte einen dritten Teelöffel darauf. »Genug, genug«, flüsterte Nicolas.
Wakefield beobachtete sie wie gebannt, während sie aß. Sie hatte zwei Reihen künstlicher Zähne, wahrscheinlich die besten und täuschendsten, die je gemacht waren. Was nur irgend dazwischen geriet, das zermalmten sie unerbittlich in Brennstoff für ihre unverwüstliche Lebenskraft. Ihnen verdankte sie viele ihrer neunundneunzig Jahre. Sein eigener Teller, auf den Meg noch appetitliche kleine Häufchen von Kartoffelbrei und Rüben getan hatte, stand unberührt vor ihm, während er Großmutter anstarrte.
»Laß das Angaffen«, flüsterte Meg verweisend, »und iß dein Mittagessen.«
»Ja, aber dann nimm das Stück Fett weg«, flüsterte er zurück, ganz nahe an ihrem Ohr.
Sie nahm es auf ihren eigenen Teller.
Das Gespräch summte weiter wie vorher. Worüber redeten sie nur, überlegte sich Wake. Aber er war zu versunken in sein Essen, um sich groß darum zu kümmern. Sätze flogen über seinen Kopf. Worte sprangen auf. Wahrscheinlich war es eine der gewohnten alten Diskussionen, aus denen endloses Gerede sich ergab: was dieses Jahr gesät werden sollte; was aus Finch werden sollte, der in die Stadt zur Schule ging; welcher von Großmutters drei Söhnen das schlimmste Kuddelmuddel aus seinem Leben gemacht hatte – Nicolas, der ihr zur Linken saß und der den Erbteil in der Jugend durch lockeres Leben verschwendet hatte; Ernst, ihr zur Rechten, der sich durch zweifelhafte Spekulationen und durch Bürgschaften für seine Brüder und Freunde ruiniert hatte; oder Philip, der auf dem Kirchhof lag, der eine zweite Ehe geschlossen hatte (und die unter dem Stand!), aus der Eden, Piers, Finch und Wakefield hervorgegangen waren, als unnötige Vermehrung der schon allzu großen Familienlasten.

Das Eßzimmer war ein großer Raum voll schweren Mobiliars, das eine schwächere Familie in Schatten gestellt und bedrückt hätte. Die Anrichte, die Schränke türmten sich bis an die Decke. Schwere Gesimse drückten von oben. Läden und lange Vorhänge von gelbem Samt, von strickartigen Kordeln zurückgehalten, mit Quasten an den Enden, die wie die hölzernen menschlichen Gestalten in Noahs Arche geformt waren, schienen endgültig den Rest der Welt von der Welt der Whiteoaks auszuschließen, in der sie sich zankten, aßen, tranken und ihren eigenen Angelegenheiten nachgingen.

Die nicht von den Möbelstücken besetzten Wandflächen waren bedeckt von schwer gerahmten Familienporträts in Öl, nur an einer Stelle unterbrochen von einem bunten Weihnachtsbild einer englischen Zeitschrift, das die Mutter von Renny und Meg, als sie eine fröhliche junge Frau war, in roten Samt gerahmt hatte.

Das hauptsächlichste unter den Porträts war das des Kapitäns Philip Whiteoak in seiner englischen Offiziersuniform. Er war der Großvater, der, wenn er noch lebte, mehr als hundert Jahre alt sein würde, denn er war älter als Großmutter. Das Porträt zeigte einen stattlichen Herrn mit heller Gesichtsfarbe, welligem braunem Haar, kühnen blauen Augen und einem feinen eigensinnigen Mund.

Er war in Garnison in Jalna in Indien gewesen, wo er die hübsche Adeline Court kennenlernte, die zum Besuch einer verheirateten Schwester aus Irland gekommen war. Miss Court war nicht nur hübsch und aus guter Familie gewesen — sogar aus einer besseren als der Kapitän selbst, was sie ihm nie zu vergessen gestattete —, sondern sie hatte auch ein nettes kleines eigenes Vermögen, das ihr eine unverheiratete Großtante, die Tochter eines Grafen, hinterlassen hatte. Die beiden hatten sich sehr ineinander verliebt, sie in seinen feinen eigensinnigen Mund, und er in ihre schlanke anmutige Gestalt, die noch anmutiger wurde durch umfangreiche Reifröcke, in ihren »Wasserfall« von üppigem dunkelrotem Haar, und vor allem in ihre leidenschaftlichen goldbraunen Augen.

Sie hatten in Bombay 1848 geheiratet, in einer Zeit großer Unruhen und Kämpfe, die fast die ganze Welt erfüllten. Sie dachten an keine Unruhen und fürchteten keine Kämpfe, obgleich deren mehr als genug nachkamen, als die Feinheit seines Mundes sich allmählich in Eigensinn umwandelte und die holde Leidenschaft ihrer Augen durch Heftigkeit ausgebrannt war. Sie waren das schönste und glänzendste Paar in der Garnison. Eine gesellschaftliche Veranstaltung ohne sie bedeutete Langeweile und Enttäuschung. Sie hatten Verstand, Eleganz und mehr Geld als sonst irgend jemand ihres Alters und ihrer Stellung in Jalna. Alles ging gut, bis ein kleines Mädchen ankam, dem vergnügungssüchtigen Paar unerwünscht, ein zartes Kind, das mit seiner wimmernden Ankunft der jungen Mutter eine ganze Kette körperlicher Leiden mitbrachte, die sie trotz allen Bemühungen der Ärzte und einem langen und langweiligen Aufenthalt in den Bergen allmählich zu einem siechen Dasein zu verurteilen schienen. Etwa um dieselbe Zeit hatte Kapitän Whiteoak einen heftigen Streit mit seinem Obersten, und ihm war zu Sinn, als ob seine ganze Welt, sowohl die häusliche wie die militärische, irgendwie plötzlich verhext wäre.

Das Schicksal schien die Absicht zu haben, die Whiteoaks nach Canada zu bringen, denn just in dem Augenblick, als der Arzt erklärte, daß die Frau, wenn sie überhaupt wieder gesund werden sollte, eine Weile in einem kühlen und erfrischenden Klima leben müsse, erhielt der Gatte die Nachricht, daß ein in Quebec lebender Onkel gestorben sei und ihm ein ansehnliches Vermögen hinterlassen habe.

Philip und Adeline hatten beide festgestellt — die einzige Augenblicksentscheidung außer ihrer Heirat, zu der sie ohne jeden Sturm und Streitigkeiten gekommen waren —, daß sie Indien völlig satt hatten, ebenso das militärische Leben und die Versuche, beschränkten und reizbaren Vorgesetzten zu gefallen und engherzige, klatschsüchtige, mittelmäßige Menschen einzuladen. Sie waren für ein freieres und weniger konventionelles Leben geschaffen. Plötzlich drängte es sie stürmisch nach Quebec. Philip hatte Briefe von seinem Onkel erhalten, die die Schönheiten von Quebec rühmten, seine Annehmlichkeiten als Wohnort wegen seiner Freiheit den engen Vorurteilen der Alten Welt gegenüber, verbunden mit einer anmutigen, von den Franzosen überlieferten Lebensart.

Kapitän Whiteoak hatte keine hohe Meinung von den Franzosen — er war im Jahre von Waterloo geboren, und sein Vater war dort gefallen —, aber die Beschreibungen von Quebec gefielen ihm, und als er nun plötzlich Erbe der Besitzung dort war, mit einem guten Legat an Geld dazu, konnte er sich nichts Besseres vorstellen, als dort zu leben — wenigstens eine Zeitlang. Er machte sich ein bezauberndes Bild von sich selbst und seiner Adeline, Arm in Arm auf der Terrasse am Fluß nach der Sonntagmorgenkirche promenierend, er nicht mehr in einer unbequemen Uniform, sondern in knappen gutsitzenden Hosen, einem zweireihigen Rock und glänzendem Zylinder, alles von London, während Adeline sich buchstäblich zwischen Spitzen, Rüschen und Schleiern in heitersten Farben wiegte. Er hatte noch andere Visionen von sich selbst, in Gesellschaft von entzückenden französischen Mädchen, wenn Adeline möglicherweise durch eine zweite Niederkunft gefesselt sein würde, obgleich diese Visionen — um ihm kein Unrecht zu tun — nie über den Druck samtener kleiner Hände und einen bezauberten Blick in dunkelbewimperte Augen hinausgingen.

Er nahm also seinen Abschied, und die beiden segelten nach England, mit dem zarten Baby und einer eingeborenen Ayah. Die wenigen Verwandten, die sie in England noch hatten, boten ihnen gerade kein übermäßig warmes Willkommen, so daß ihr Aufenthalt dort kurz war, denn sie waren beide stolz und hochmütig. Jedoch fanden sie Zeit, ihre Porträts von einem wirklich erstklassigen Künstler malen zu lassen, er in der Uniform, die er eben abgelegt hatte, und sie in einem ausgeschnittenen gelben Abendkleid mit Camelien im Haar.

Mit diesen zwei Porträts und einer schönen Ausstattung an eingelegtem Mahagonimobiliar — denn ihre Stellung mußten sie in den Kolonien aufrechterhalten — machten sie die Überfahrt in einem großen Segelschiff. Zwei Monate der Kämpfe mit Sturm, Nebel und sogar mit Eisbergen gingen wie ein Alpdruck über sie hin, bis die Wälle von Quebec in Sicht kamen.

Unterwegs starb die Ayah und wurde auf hoher See begraben, wo ihre dunkle Gestalt ergeben in die kalten westlichen Gewässer versank. Von da an gab es niemand, der für das kleine Mädchen sorgte, als die jungen unerfahrenen Eltern. Adeline selbst war fast sterbenskrank. Kapitän Whiteoak hätte leichter einen rebellischen Bergstamm zur Ruhe gebracht als ein schreiendes Kind. Fluchend und schwitzend, während das Schiff rollte wie ein gequältes lebendiges Wesen und seine Frau Laute ausstieß, wie er es nie bei ihr auch nur geträumt hätte, versuchte er, die wunden gekrümmten Beinchen der Kleinen in ein flanellenes Tragkleidchen zu hüllen. Zuletzt stach er sie mit einer Sicherheitsnadel, und als er Blut aus der winzigen Wunde tropfen sah, konnte er es nicht länger aushalten; er trug das Kind in die gemeinschaftliche Kajüte, wo er es in den Schoß einer armen Frau legte, die schon fünf eigene zu versorgen hatte, und ihr befahl, so gut wie möglich sich um seine Tochter zu kümmern. Sie sorgte sehr gut für sie und vernachlässigte darüber sogar ihre eigenen derben Würmer, und der Kapitän bezahlte sie gut dafür. Das Wetter hellte sich auf, und sie segelten an einem schönen frischen Maimorgen in Quebec ein.

Aber sie lebten nur ein Jahr in dieser Stadt. Das Haus in der Rue St. Louis lag an der Straße — ein düsteres kaltes französisches Haus, trübe von Geistern der Vergangenheit. Nie verlor man den Klang von Kirchenglocken aus den Ohren, und als Philip entdeckte, daß Adeline manchmal heimlich in diese römischen Kirchen ging, begann er zu fürchten, daß sie unter diesem Einfluß vielleicht Papistin werden könnte. Aber wie sie sich in London lange genug aufgehalten hatten, um ihre Porträts malen zu lassen, so blieben sie in Quebec lange genug, um Eltern eines Sohnes zu werden. Anders als die kleine Augusta war dieser kräftig und gesund. Sie nannten ihn Nicolas nach dem Onkel, der Philip die Erbschaft hinterlassen hatte — er selbst nun »Onkel Nicolas«, der seiner Mutter zur Rechten saß, als Wakefield in das Eßzimmer hereinkam.

Mit zwei kleinen Kindern in einem kalten zugigen Haus, bei Adelines Kränklichkeit, die immer eine Quelle der Sorge war, mit viel zuviel Franzosen in Quebec, als daß sich ein Engländer dort wohl fühlen könnte, und einer Wintertemperatur, die sich knapp um 20 Grad unter Null herum hielt — fühlten die Whiteoaks endlich die Notwendigkeit, einen passenderen Wohnort zu suchen.

Kapitän Whiteoak hatte einen Freund, einen anglo-indischen Oberst a. D., der sich schon an dem fruchtbaren südlichen Ufer des Ontario niedergelassen hatte. Hier, schrieb er, sind die Winter mild. Wir haben wenig Schnee, und in dem langen fruchtbaren Sommer gibt das Land Korn und Früchte im Überfluß. Eine angenehme kleine Niederlassung von angesehenen Familien bildet sich schon. Du und deine begabte Frau, mein lieber Whiteoak, würdet hier ein Willkommen finden, wie es Leute eurer Art verdienen.

Die Besitzung in Quebec wurde verkauft. Die Mahagonimöbel, die Porträts, die zwei Kinder und ihre Amme wurden irgendwie nach der neuen Gegend verfrachtet. Oberst Vaughan, der Freund, nahm sie für fast ein Jahr in sein Haus auf, während ihr eigenes im Bau war.

Philip Whiteoak kaufte von der Regierung tausend Morgen fruchtbares Land, von einer tiefen Schlucht durchschnitten, durch die ein forellenreicher Bach strömte. Einiges von dem Land war schon urbar gemacht, aber der größte Teil lag noch in der jungfräulichen Majestät des Urwaldes. Große, unglaublich mächtige Tannen, Fichten, Rottannen, Balsamfichten, dazwischen Eichen, Eisenholzbäume und Ulmen, waren die Zuflucht unzähliger Singvögel, wilder Tauben, Rebhühner und Wachteln. Kaninchen, Füchse und Igel gab es in Massen. Der Rand der Schlucht war von schönen silbernen Birken gekrönt, die Abhänge mit Zedern und Sumach besetzt, und den Bach entlang zog sich ein wildes duftendes Dickicht, das der Unterschlupf von Wasserratten, Wieseln, Waschbären und blauen Reihern war.

Arbeit war billig. Eine kleine Armee von Leuten wurde angestellt, in dem Wald eine Art englischen Park zu schaffen und ein Haus zu bauen, das alle anderen im Land in Schatten stellen sollte. Fertig, eingerichtet und möbliert, war es das Wunder der Gegend. Es war ein viereckiges Haus von dunkelroten Ziegeln, mit einem breiten Steinportal, einem tiefen Erdgeschoß, wo die Küche und die Dienstbotenräume lagen, einem ungeheuren Wohnzimmer, einer Bibliothek (einer sogenannten, aber eigentlich mehr ein Besuchszimmer, da es nur wenig Bücher dort gab), einem Eßzimmer und einem Schlafzimmer im unteren Stock, sechs großen Schlafzimmern im oberen Stock und einem langen niedrigen Dachgeschoß darüber, das in zwei Schlafzimmer geteilt war. Die Täfelungen waren alle von Nußbaumholz. Der Rauch von fünf Kaminen stieg aus malerischen Schornsteinen, die sich über die Baumwipfel erhoben.

In einem Anfall romantischen Gefühls nannten Philip und Adeline ihren Besitz Jalna nach der Garnison, wo sie einander zuerst begegnet waren. Jedermann fand das einen hübschen Namen, und Jalna wurde ein vergnüglicher Aufenthalt. Eine Atmosphäre von unerschütterlichem Wohlbehagen umgab es. Unter ihren hohen Schornsteinen, mitten in dem bescheidenen Park, mit seiner kurzen halbrunden Auffahrt, mit all ihren tausend Morgen Land wie ein grüner Mantel rings gebreitet, waren die Whiteoaks so glücklich wie Menschenkinder nur sein können. Sie fühlten sich endgültig vom Mutterland losgelöst, obgleich sie ihre Kinder nach England zur Erziehung schickten. Zwei Söhne wurden ihnen in Jalna geboren. Einen nannten sie Ernst, weil Adeline gerade vor seiner Geburt von dem Roman Ernest Maltravers begeistert war. Der andere wurde nach seinem Vater Philip genannt. Nicolas, der älteste Sohn, verheiratete sich in England, aber nach einer kurzen und stürmischen Ehe verließ ihn sein Weib um eines jungen irischen Offiziers willen, und er kehrte nach Canada zurück, um sie nie wiederzusehen. Ernst blieb unverheiratet und widmete sich mit fast mönchischer Versenkung dem Studium von Shakespeare und der Sorge für sich selbst. Er war immer der Zarteste gewesen. Philip, der Jüngste, heiratete zweimal. Zuerst die Tochter eines schottischen Arztes, der sich nahe bei Jalna niedergelassen und seinem künftigen Schwiegersohn ins Leben verholfen hatte. Sie hatte ihm Meg und Renny geschenkt. Seine zweite Frau war die hübsche junge Erzieherin seiner beiden Kinder, die früh mutterlos geworden waren. Die zweite Frau, von der ganzen Familie kalt behandelt, hatte vier Söhne und starb bei Wakefields Geburt. Eden, der älteste von diesen, war eben dreiundzwanzig Jahre; Piers war zwanzig; Finch sechzehn und der kleine Wake neun.

Der junge Philip war immer seines Vaters Liebling gewesen, und als der Kapitän starb, war es Philip, dem er Jalna und seine Morgen Land hinterließ — leider nicht mehr eintausend Morgen, denn es hatte Land verkauft werden müssen, um die Verschwendung von Nicolas und die törichte Gläubigkeit von Ernst mit seiner Neigung, für andere Leute zu bürgen, zu decken. »Sie haben ihren Teil gehabt, mehr als ihren Teil, bei Gott«, schwor Kapitän Whiteoak.

Für seine einzige Tochter, Augusta, hatte er nie viel Zuneigung gehabt. Vielleicht hatte er ihr nie die Mühe vergeben, die sie ihm auf der Überfahrt von England nach Canada gemacht hatte. Aber wenn er sie auch nie geliebt hatte, so hatte er wenigstens nie Ursache gehabt, sich um sie Sorge zu machen. Sie hatte jung geheiratet — einen unbedeutenden jungen Engländer, Edwin Buckley, der sie alle damit überrascht hatte, daß er durch den plötzlichen Tod eines Onkels und Vetters eine Baronie erbte.

Wenn Augustas Vater ihr nie die Schwierigkeiten ihrer Toilette auf jener denkwürdigen Überfahrt hatte vergessen können, wieviel schwieriger noch war es für ihre Mutter, ihr die soziale Stellung über ihrer eigenen zu vergeben! Natürlich waren die Courts eine viel wichtigere Familie als die Buckleys; sie standen über dem Streben nach Titeln; und Sir Edwin war erst der vierte Baron; trotzdem war es hart, Augusta »Frau Baronin« nennen zu hören. Adeline war ungeheuchelt erfreut, als Sir Edwin starb und ein Neffe ihm folgte, so daß Augusta sozusagen beiseite geschoben war.

All dies war vor langen Jahren geschehen. Kapitän Whiteoak war längst tot. Der junge Philip und seine beiden Frauen waren tot. Renny war der Herr von Jalna, und Renny selbst war achtunddreißig.

Die Zeit schien stillzustehen in Jalna. Rennys beide Onkel Nicolas und Ernst sahen in ihm nur einen unvernünftigen Jungen. Und die alte Mrs. Whiteoak dachte auch an ihre beiden Söhne als an bloße Jungens, und an ihren gestorbenen Sohn Philip als an einen armen toten Jungen.

Sie hatte nun fast siebzig Jahre an diesem selben Tisch gesessen. An diesem Tisch hatte sie Nicolas auf den Knien gehalten und ihm kleine Schlucke aus ihrer Tasse gegeben. Nun saß er schlotterig neben ihr, ein schwerer Mann von zweiundsiebzig. An diesem Tisch hatte Ernst vor Schreck geschrien, als er zuerst einen Knallbonbon knallen hörte. Nun saß er an ihrer anderen Seite, weißhaarig — was sie selbst noch nicht war. Die innerste Kammer ihres Geistes verdämmerte. Ihre fernsten Winkel waren hell von strahlenden Lichtern der Erinnerung. Sie sah sie deutlicher als kleine Knaben, als wie sie ihr jetzt erschienen.

Zahllose Sonnen hatten golden durch die Jalousien auf Whiteoaks geschienen, die herzhaft aßen wie heute und ebenso laut redeten, zankten und Unmengen von starkem Tee tranken.

Die Familie saß in Rangordnung um den Tisch mit seinem schweren Silber und großen Schüsseln, mit großen Kannen und schweren Bestecken. Wakefield hatte sein eigenes kleines Messer und seine Gabel und einen gehämmerten Silberbecher, der sich von Bruder zu Bruder vererbt hatte und manchmal in kindischen Zornanfällen durch das Zimmer geschleudert worden war. An einem Ende saß Renny, das Haupt des Hauses, lang, hager, mit einem kleinen, von dichtem rotem Haar bedeckten Kopf, einem schmalen Gesicht, mit einer fuchsartigen Schärfe darin, und lebhaften braunen Augen. Ihm gegenüber Meg, die einzige Schwester. Sie war vierzig, sah aber älter aus durch ihren schweren Bau, der den Eindruck machte, als könne nichts sie von der Stelle bewegen, wenn sie einmal saß. Sie hatte ein farbloses, sehr rundes Gesicht, große blaue Augen und braunes Haar mit einem grauen Strang an jeder Schläfe. Der Hauptzug ihres Gesichtes war ihr Mund, den sie von Kapitän Whiteoak geerbt hatte. Im Vergleich zu dem Mund des Porträts schien jedoch der ihre all dessen Feinheit zu besitzen, aber ohne seinen Eigensinn. Bei ihr war es ein Mund von unaussprechlicher weiblicher Süßigkeit. Wenn sie ihre Wange in die Hand legte, ihren kurzen dicken Arm auf den Tisch gestützt, dann schien sie immer über etwas nachzudenken, was sie beglückte. Wenn sie den Kopf hob und einen ihrer Brüder ansah, waren ihre Augen kühl und gebietend, aber die Linie ihres Mundes war eine Liebkosung. Sie aß wenig bei Tisch, achtete immer auf die Wünsche der anderen, hielt die jüngeren Brüder in Ordnung, schnitt Großmutter das Fleisch und trank endlose Tassen chinesischen Tees. Zwischen den Mahlzeiten hielt sie aber immer kleine Einzelfrühstücke, die auf einem Tablett in ihr Zimmer getragen wurden — dicke Schnitten frisches Brot mit Butter und Marmelade, heiße Semmeln mit Honig, oder sogar französische Kirschen und Kuchen. — Sie liebte all ihre Brüder, aber ihre eifersüchtige Liebe für Renny erschütterte ihre Ruhe bisweilen bis zu einer Art Ekstase.

Die Halbbrüder saßen nebeneinander in einer Reihe an einer Seite des Tisches dem Fenster gegenüber. Wakefield; dann Finch — dessen Platz bei Tisch aber immer leer war, weil er in der Stadt in einer Tagesschule war; darauf Piers, der auch Kapitän Whiteoak ähnlich sah, aber weniger von dessen Feinheit und mehr von Eigensinn in seinem Knabenmund zeigte; zuletzt Eden, schlank, hellblond, mit dem bezaubernden Blick der hübschen Erzieherin, seiner Mutter. Gegenüber am Tisch die Großmutter und die beiden Onkels; Ernst mit seiner Katze Sascha auf der Schulter, Nicolas mit seinem Yorkshire Terrier, Nip, auf den Knien. Rennys beide Spaniels lagen zu beiden Seiten seines Armstuhls. So saßen die Whiteoaks bei Tisch.

»Was ist angenommen?« schrie die Großmutter.

»Gedichte«, erklärte Onkel Ernst sanft. »Edens Gedichte. Sie sind angenommen.«

»Das ist wohl, worüber ihr alle schwatzt?«

»Ja, Mama.«

»Wer ist sie?«

»Wer ist wer?«

»Das Mädchen, das sie angenommen hat.«

»Das ist kein Mädchen, Mama. Es ist ein Verleger.«

Eden fuhr dazwischen: »Um Gottes willen, versuch doch nicht ihr zu erklären!«

»Er soll mir erklären«, widersprach Großmutter und klopfte heftig mit der Gabel auf den Tisch. »Los, Ernst, Mund auf, was heißt dies alles?«

Onkel Ernst schluckte einen saftigen Bissen Rhabarberkuchen herunter, reichte seine Tasse hin um etwas mehr Tee und sagte dann: »Du weißt, daß Eden eine Anzahl Gedichte in der Universitätszeitschrift und in anderen Zeitschriften veröffentlicht hat. Nun will ein Verleger sie als Buch herausbringen. Verstehst du?«

Sie nickte, und die Bänder ihrer großen lila Haube schütterten. »Wann bringt er es heraus? Wann kommt er? Wenn er zum Tee kommt, will ich meine weiße Haube mit den lila Bändern. Wird er sie zum Tee herausbringen?«

»Mein Gott!« stöhnte Eden halblaut. »Warum versuchst du, ihr solche Dinge zu erklären? Ich wußte, wie das gehen würde.«

Seine Großmutter starrte ihn böse an. Sie hatte jedes Wort gehört. Trotz ihres hohen Alters sah man ihr noch an, daß sie eine schöne Frau gewesen war. Ihre lebhaften Augen glänzten noch unter den struppigen rötlichen Brauen. Ihre Nase, der Zeit zum Trotz, sah aus, als ob ein Bildhauer sie geformt und sich Mühe gegeben hätte, den Schwung der Nüstern und den Bug des Nasenrückens vollkommen zu machen. Sie war so gebeugt, daß ihre Augen gerade auf die Speisen starrten, die sie liebte.

»Willst du mich wohl nicht ausschimpfen!« Sie wandte heftig das Gesicht nach Eden. »Nicolas, sag ihm, er soll mich nicht ausschimpfen.«

»Schimpf sie nicht aus«, brummte Nicolas mit seiner vollen tiefen Stimme. »Noch Kuchen, Meggie, bitte.«

Großmutter nickte und grinste, ganz versunken in ihren Kuchen, den sie mit einem Teelöffel aß und kleine genüßliche Laute dabei ausstieß.
»Einerlei«, sagte Renny, die Unterhaltung fortsetzend, »mir paßt das nicht. Keiner von uns hat je mit so was zu tun gehabt.«
»Ihr waret aber alle damit zufrieden, daß ich Verse schrieb, so lange ich sie bloß in der Universitätszeitschrift drucken ließ. Jetzt, wo ich einen Verleger habe, der sie herausbringt —«
Großmutter fuhr auf. »Herausbringt! Bringt er sie heute? Wenn er kommt, will ich meine weiße Haube tragen, mit den lila —«
»Mama, noch etwas Kuchen?« unterbrach Nicolas. »Noch ein klein bißchen Kuchen?«
Die alte Mrs. Whiteoak war leicht abgelenkt durch eine Erinnerung an ihren Gaumen. Sie hielt eifrig ihren Teller hin und ließ den Saft auf das Tischtuch tröpfeln, wo er eine kleine rote Pfütze bildete.
Eden, der mürrisch wartete, bis sie ihren Kuchen hatte, fuhr mit einem Stirnrunzeln fort:
»Du hast einfach keine Ahnung, Renny, wie schwierig es ist, ein Gedichtbuch zu veröffentlichen. Und noch dazu durch ein New Yorker Haus! Ich wollte, du könntest meine Freunde darüber reden hören. Die würden was darum geben, das in meinem Alter erreicht zu haben.«
»Es wäre wichtiger gewesen«, antwortete Renny verdrießlich, »dein Examen zu machen. Wenn ich an das Geld denke, das an deine Erziehung weggeworfen ist —«
»Weggeworfen! Hätte ich dies fertiggebracht, wenn ich nicht meine Erziehung gehabt hätte?«
»Du hast immer bloß Verse gekritzelt. Die Frage ist, kannst du davon leben?«
»Gib mir Zeit! Lieber Gott, noch ist mein Buch nicht in des Setzers Händen. Ich weiß nicht, wie weit ich damit komme. Wenn du — oder irgendeiner von euch bloß anerkennen wollte, was ich wirklich geschafft habe.« —
»Das tue ich, Lieber!« rief seine Schwester. »Ich finde, es ist sehr viel von dir, und wie du sagst, es kann dich noch wer weiß wie weit bringen.«
»Mag sein, daß es mich dazu zwingt, in New York zu leben, wenn ich Schriftsteller werden sollte«, sagte Eden. »Man muß in der Nähe seines Verlegers sein.«
Piers, der Bruder neben ihm, warf ein: »Na, es wird spät. Ich muß zurück und Dünger streuen. — Niedrige Arbeit natürlich — tut mir leid, daß meine Arbeit nicht Verseschreiben ist.«
Eden steckte den beleidigenden Ton ein, aber antwortete: »Jedenfalls riechst du nach deiner Arbeit.«
Wakefield beugte sich im Stuhl zurück nach Piers zu. »Oh, ich rieche ihn!« schrie er. »Stallgeruch ist sehr fein.«

»Dann wollte ich«, sagte Eden, »daß du mit mir den Platz tauschtest, mir nimmt er den Appetit.« Wakefield wollte im Eifer zu tauschen gleich herunterklettern, aber seine Schwester hielt ihn fest. »Bleib wo du bist, Wake. Du weißt, wie Piers dich quälen würde, wenn du neben ihm säßest. Aber wenn du nach New York gingest, Eden – du weißt, wie schwer mir das würde.« Tränen füllten ihre Augen.

Die Familie stand vom Tisch auf und bewegte sich in Gruppen nach den drei Türen zu. In der ersten Gruppe schleppte Großmutter schwer ihre Füße, an jeder Seite von einem Sohn gestützt, wobei Nicolas seinen Terrier unter einem Arm hatte und Ernst seine Katze auf der Schulter. Wie irgendeine wunderliche Menagerie in Parade schoben sie sich langsam über das verwelkte Muster des Teppichs nach der Tür zu, die Großmutters Zimmer gegenüber war. Renny, Piers und Wakefield gingen durch die Tür, die in einen hinteren Gang führte, wobei der kleine Junge versuchte, seinem Bruder Piers, der eine Zigarette anzündete, auf den Rücken zu klettern. Meg und Eden verschwanden durch die Doppeltür, die in die Bibliothek führte.

Gleich danach fing der Diener John Wragge, bekannt als »Rags«, an, den Tisch abzudecken und stapelte die Schüsseln gefährlich auf ein ungeheures schwarzes, mit ausgeblichenen roten Rosen dekoriertes Teebrett, um sie die lange steile Treppe zu den Kellerräumen hinunterzutragen. Er und seine Frau bewohnten die unteren Regionen; sie besorgte das Kochen, und er trug, außer den unzähligen Tabletts, alle Kohlen und Wasser die steile Treppe herauf, putzte Messing und Fenster und bediente seine Frau zu jeder Zeit. Trotzdem beklagte sie sich, daß er alle Arbeit auf sie ablüde, während er erklärte, daß er seine eigene tue und ihre noch dazu. Die Kellerräume waren der Schauplatz fortwährenden Gezänks. Durch ihre unterirdischen Gänge verfolgten sie einander mit bitteren Vorwürfen, und gelegentlich polterte ein Stiefel auf das Ziegelpflaster, oder ein Kohlkopf flog wie eine Bombe durch den Gang. Jalna war so solid gebaut, daß nichts von diesen Ärgernissen oben zu hören war. In vollständiger Abgeschlossenheit lebten diese beiden ihr stürmisches Leben zusammen, wobei sie gelegentlich spät in der Nacht Versöhnung feierten, eine Kanne starken Tee auf dem Tisch zwischen sich.

Rags war ein geschwätziger kleiner Kerl mit einem grauen Gesicht, einer flachen Nase und einem Mund, der zum Zigarettenhalter gemacht schien. Er war oben an der Hintertreppe, als Renny, Piers und Wakefield den Gang entlang kamen. Wakefield wartete, bis seine Brüder vorbei waren, dann sprang er Rags auf den Rücken, kletterte an ihm hinauf, als ob er ein Baum wäre, und warf dabei sie beide und das beladene Tablett beinahe die Treppe herunter.

»Au!« schrie Rags. »Da macht er's wieder! Immer macht er's so! Diesmal lag ich beinahe unten! Da fliegt die Zuckerschale! Da die Sauciere! Holen Sie ihn um Gottes willen runter, Mr. Whiteoak!«

Piers, der der Nächste war, zerrte Wakefield von Rags' Rücken und lachte ausgelassen dabei. Aber Renny kam stirnrunzelnd zurück. »Er müßte Prügel haben«, sagte er streng. »Es ist just wie Rags sagt — er macht das immer.« Er sah auf der halbdunklen Treppe nach dem Diener, der die Trümmer aufsammelte.
»Ich werde ihn auf den Kopf stellen«, sagte Piers.
»Nein, laß das, es ist schlecht für sein Herz.«
Aber Piers hatte es schon getan, und das Paket Kaugummi war aus Wakefields Tasche gefallen.
»Stell ihn auf die Füße«, befahl Renny. »Hier, was ist dies?« Und er hob das rosa Paket auf.
Wake hing erschrocken und verwirrt den Kopf. »Es ist G—Gummi«, sagte er ängstlich. »Mrs. Braun hat es mir geschenkt. Ich mochte sie nicht kränken und ihr sagen, daß ich es nicht kauen dürfte. Ich dachte, es wäre besser, sie nicht zu kränken, weil ich ihr doch eine kleine Rechnung schuldig bin. Aber du siehst, Renny«, — er hob seine großen Augen beschwörend zu seines Bruders Gesicht — »du siehst, daß es gar nicht aufgemacht ist.«
»Na, diesmal will ich dich laufenlassen.« Renny warf das Päckchen die Treppe hinunter Rags zu. »Da, Rags, wirf dies weg!«
Rags prüfte es, und dann kam seine Stimme salbungsvoll die Treppe herauf: »O nein, Mr. Whiteoak, das werde ich meiner Frau geben. Ich sehe, das ist mit Vanillegeschmack, ihr Lieblingsgeschmack. Das wird ihr mächtig gut tun, wenn einer von ihren Anfällen kommt.«
Renny wandte sich zu Wakefield. »Wieviel bist du Mrs. Braun schuldig?«
»Ich glaube, achtzehn Cents, Renny. Außer, wenn du meinst, ich müßte das Gummi bezahlen. In dem Fall wären es dreiundzwanzig.«
Renny nahm eine Handvoll Silber aus der Tasche und suchte einen Vierteldollar heraus. »Da, nimm dies und bezahle Mrs. Braun, und mach keine Schulden wieder.«
Großmutter hatte indes die Tür ihres Zimmers erreicht, aber da sie Laute hörte, die den Keim eines Zanks zu enthalten schienen, was sie nächst ihren Mahlzeiten am meisten liebte, so befahl sie ihren Söhnen, sie nach der Richtung der Hintertreppe zu dirigieren. Also kamen die drei herunter, eng zusammengedrängt in einer massigen überwältigenden Front, Wakefield Entsetzen einflößend wie ein indischer Götze. Die Sonne, die durch die bunten Glasfenster hinter ihnen schien, warf bunte Farbflecke auf ihre Körper. Großmutters Geschmack war für kräftige Farben. Sie war es, die das bunte Fenster hier hatte einsetzen lassen, um den düsteren Gang zu erhellen. Nun kam sie in ihrem rotsamtenen Schlafrock, den Ebenholzstock mit der Goldkrücke in der Hand, auf ihre Enkel los, langnasig und grellfarbig wie ein Papagei.
»Was ist los?« fragte sie. »Was hat das Kind getan, Piers?«
»Rags' Rücken heraufgeklettert, Oma. Er hat ihn fast die Treppe hinunter-

geworfen. Renny hat ihm Prügel versprochen, wenn er das noch einmal tut, aber jetzt läßt er ihn laufen.«
Ihr Gesicht wurde purpurn vor Aufregung. Sie sah mehr denn je wie ein Papagei aus. »Laufenlassen, was!« schrie sie. »Hier wird zuviel laufengelassen. Das ist die Sache. Prügeln, sag' ich! Hörst du, Renny? Ordentlich hauen! Ich will es selber sehen! Hol den Stock und hau ihn!«
Mit einem Entsetzensschrei warf Wakefield seine Arme um Renny und versteckte sein Gesicht gegen ihn. »Schlag mich nicht, Renny«, bettelte er.
»Ich tu es selber«, schrie sie. »Ich habe schon öfters Jungens gehauen. Ich habe Nicolas gehauen. Ich habe Ernst gehauen. Ich will diesen verzogenen kleinen Lümmel hauen. Her mit ihm!« Sie wackelte auf ihn zu.
»Komm, komm, Mama«, besänftigte Ernst, »diese Aufregung ist nichts für dich. Komm, du kriegst ein hübsches Pfefferminzplätzchen, oder ein Glas Sherry.« Und sacht versuchte er, sie herumzudrehen.
»Nein, nein, nein!« kreischte sie und wehrte sich, und Nip und Sascha fingen an zu bellen und zu jaulen.
Renny machte ein Ende, indem er den kleinen Jungen unter den Arm nahm und eilig den Gang nach der Seitentür hinunterschleppte. Da setzte er ihn auf den gepflasterten Fußweg hinaus und schloß die Tür mit einem lauten Knall. Wakefield stand und starrte zu ihm auf, wie ein zerrauster kleiner Vogel, der vom Sturm aus dem Nest geworfen ist, sehr überrascht, aber ungeheuer interessiert an der Welt, in der er sich plötzlich findet.
»Na«, bemerkte Renny und zündete sich eine Zigarette an, »das wäre geschafft.«
Wakefield, der ihn immer noch anstarrte, war voll leidenschaftlicher Bewunderung für Renny — seine mächtigen braunen Hände, seinen roten Kopf, sein langes, scharfgeschnittenes Gesicht. Er liebte ihn. Rennys Liebe und Rennys Mitleid bedeutete ihm mehr als irgend etwas in der Welt. Renny sollte ihn beachten und gut zu ihm sein, ehe er Piers in den Stall nachging.
Er schloß die Augen und wiederholte die Zauberworte, die unfehlbar Tränen in seine Augen brachten. »Dies ist schrecklich! Oh, es ist schrecklich!« Etwas Warmes stieg in ihm auf. Etwas quoll zittrig hoch durch sein ganzes Wesen. Er fühlte sich etwas schwindelig, und dann kamen ihm die Tränen in die Augen. Er öffnete sie und sah durch ihr Geflimmer Renny, der ihn belustigt betrachtete.
»Was!« fragte er. »Hat Oma dir Angst gemacht?«
»N—nein. Ein bißchen.«
»Armes Kerlchen!« Er legte den Arm um Wakefield und drückte ihn an sich. »Aber hör mal. Du mußt nicht so leicht weinen. Das ist heute schon das zweite Mal, daß ich es gesehen habe. Du wirst ein Hundeleben führen, wenn du zur Schule kommst und so weitermachst.«

Wake drehte einen Knopf an Rennys Rock.
»Kann ich meine Marmeln wiederhaben — und — 10 Cents?« flüsterte er.
»Siehst du, das Viertel geht darauf, Mrs. Braun zu bezahlen, und ich möchte so schrecklich gern einen Schluck Limonade.«
Renny gab ihm 10 Cents und die Marmeln.
Wake warf sich auf das Gras, flach auf den Rücken, und starrte in das freundliche Blau des Himmels. Ein Gefühl freudigen Friedens erfüllte ihn. Der Nachmittag lag vor ihm. Er hatte nichts zu tun, als vergnügt zu sein. Liebevoll klapperte er mit den Marmeln in der einen Tasche und den 35 Cents in der anderen. Das Leben war reich, voll unendlicher Möglichkeiten.
Plötzlich kam ein heißer süßer Geruch in seine feinen Nüstern. Er stieg aus dem kleinen Fenster der Küche in seiner Nähe. Wake rollte auf die Seite und schnüffelte noch einmal. Sicher roch das nach Käsekuchen, köstlichen, großen, herrlichen Käsekuchen. Er kroch eifrig auf Händen und Knien an das Fenster und lugte in die Küche. Mrs. Wragge hatte gerade eine Platte voll aus dem Ofen genommen. Rags wusch die Schüsseln auf und kaute schon das Gummi. Mrs. Wragges Gesicht war feuerrot vor Hitze. Als sie aufsah, erblickte sie Wakefield.
»Willst du einen Kuchen?« fragte sie und reichte ihm einen herauf.
»O danke. Und — und — Mrs. Wragge, bitte kann ich noch einen für meinen Freund haben?«
»Hast ja gar keinen Freund bei dir«, sagte Rags, der rachsüchtig das Gummi kaute.
Wakefield ließ sich gar nicht herab, ihm zu antworten. Er streckte nur seine kleine dünne braune Hand nach dem anderen Kuchen aus. Mrs. Wragge legte ihn darauf. »Paß auf, daß du dich nicht verbrennst«, warnte sie.
Glückselig lag er auf dem kümmerlichen Gras des Rasenplatzes, kaute einen Kuchen und sah zufrieden auf den anderen hinunter, der im Gras vor ihm lag. Aber als er soweit war, konnte er plötzlich den zweiten Kuchen nicht mehr essen. Wenn Finch hiergewesen wäre, hätte er ihm den Kuchen gegeben, und Finch hätte sicher keine unbequemen Fragen getan. Aber Finch war in der Schule. Sollte sein herrlicher Nachmittag verdorben werden dadurch, daß er einen Kuchen zuviel hatte?
Was taten Hunde, wenn sie einen Knochen hatten, den sie im Augenblick nicht brauchten? Sie vergruben ihn.
Er ging an den Staudenbeeten entlang und suchte einen guten Platz. Zuletzt grub er unter der Wurzel eines kräftigen Busches Tränender Herzen ein kleines Loch und legte den Kuchen hinein. Er sah so hübsch aus, daß er am liebsten Meg herausgerufen hätte, um ihn ihr zu zeigen. Aber nein — lieber nicht. Schnell deckte er ihn mit feuchter warmer Erde zu und klopfte sie glatt. Vielleicht würde er eines Tages wiederkommen und ihn ausgraben.

## 3  Onkel Ernest und Katze Sascha

Ernest Whiteoak war um diese Zeit siebzig Jahre alt. Er hatte das Alter erreicht, wo der Mensch nach einem herzhaften Mittagessen gern den Körper und Geist zur Ruhe legt. Solch eine Szene, wie sie Mutter eben aufgeführt hatte, störte leicht seine Verdauung, und ein Zug von Ärger war in seinem sanften Gesicht, als er sie endlich zu ihrem Polsterstuhl an ihrem eigenen Feuer hinsteuerte und sie da verstaute. Er stand und sah auf sie hinunter mit einer sonderbaren Mischung von Widerwillen und Verehrung. Sie war eine elende alte Hexe, aber er liebte sie mehr als irgend jemand in der Welt.
»Zufrieden, Mama?« fragte er.
»Ja. Bring mir ein Pfefferminzplätzchen. Ein schottisches — keinen Humbug.«
Er suchte eines aus der kleinen zinnernen Dose auf dem Spiegeltisch und brachte es ihr in seinen langen blassen Fingern, die unnatürlich glatt schienen.
»Steck es mir in den Mund, Junge.« Sie machte ihn auf und schob die Lippen vor, daß sie aussah wie ein hungriger alter Vogel.
Er stopfte das Plätzchen hinein und zog seine Finger so schnell zurück, als ob er Angst hätte, daß sie ihn beißen würde.
Sie saugte geräuschvoll an dem süßen Plätzchen und starrte unter den struppigen roten Brauen in den tanzenden Feuerschein.
Auf der hohen Lehne ihres Sessels hockte ihr grellfarbiger Papagei, Boney, und pickte ärgerlich an den Bändern ihrer Haube. Sie hatte einen Papagei, der zur Verspottung Bonapartes »Boney« genannt war, mit aus Indien gebracht. Sie hatte mehrere seit dem ersten gehabt, aber die Zeit war längst vorbei, wo sie zwischen ihnen unterscheiden konnte. Sie waren alle »Boney«, und häufig erzählte sie einem Besucher von der Zeit, als sie ihn vor 75 Jahren über den Ozean gebracht hätte. Er hatte fast soviel Mühe gemacht wie das Baby Augusta. Großmutter und ihre beiden Söhne hatten jeder einen Liebling, der niemand liebte als seinen Besitzer. Die drei mit ihren Lieblingen hielten sich wie vornehme Gäste in ihren eigenen Räumen auf und kamen nie zum Vorschein außer zu den Mahlzeiten, und um einander zu besuchen oder abends im Wohnzimmer beim Whist zu sitzen.
Großmutters Zimmer war voll dichter Teppiche und Vorhänge. Es roch nach Sandelholz, Kampfer und Haaröl. Die Fenster wurden nur einmal in der Woche geöffnet, wenn Mrs. Wragge sie reinmachte und die alte Dame für den Tag dadurch in Wut brachte.
Ihr Bett war altertümlich bemalt. Das Kopfende leuchtete von orientalischen Früchten, die um das grelle Gefieder eines Papageis und die grinsenden Gesichter von zwei Affen angeordnet waren. Da oben hockte Boney die ganze Nacht und flatterte nur bei Tagesanbruch herunter, um seine Herrin mit Pik-

ken und Hindu-Flüchen zu peinigen, die sie ihn selbst gelehrt hatte. Er fing nun gegen Sascha zu keifen an, die auf den Hinterbeinen stand und mit einer grauen Pfote versuchte, seinen Schwanz zu erreichen.

»Kutni! Kutni! Kutni!« schrie er laut. »Paji! Paji! Shaitan ka kalta!« Er zerriß die Luft mit metallnem Kreischen.

»Nimm deine scheußliche Katze auf, Ernest«, befahl seine Mutter. »Sie bringt Boney ins Fluchen. Armer Boney! Hübscher Boney! Pick ihr die Augen aus, Boney!«

Ernest hob Sascha auf seine Schulter, wo sie wütend einen Buckel machte und nun ihrerseits weniger verständliche, aber ebenso wütende Flüche ausspie.

»Zufrieden jetzt, Mama?« wiederholte Ernest und streichelte das Band auf ihrer Haube.

»M—m. Wann kommt dieser Mensch?«

»Welcher Mensch, Mama?«

»Der Mann, der Edens Buch herausbringt. Wann kommt er? Ich will dann meine Ecru-Haube mit den lila Bändern aufhaben.«

»Ich will dir's sagen, wenn er kommt, Mama.«

»M—m... Mehr Holz. Tu mehr Holz aufs Feuer. Ich hab' es ebenso gern warm wie andere Leute.«

Ernest legte einen schweren Kloben Eichenholz auf das Feuer und sah darauf hinunter, bis zarte Flammen anfingen, ihn zu umtanzen. Dann sah er nach seiner Mutter. Die schlief fest, das Kinn auf die Brust gesunken. Das schottische Pfefferminzplätzchen war aus ihrem Munde geglitten, und Boney hatte es geschnappt und in einen Winkel des Zimmers geschleppt, wo er damit auf den Fußboden pochte, um es zu zerbrechen, da er es für eine besondere Art Nuß hielt. Ernest lächelte und ging, die Tür sacht hinter sich schließend.

Er stieg langsam die Treppen hinauf, Sascha schwankend auf der Schulter, und ging in sein eigenes Zimmer. Die Tür zu seines Bruders Zimmer stand offen, und als er vorbeiging, sah er für einen Augenblick Nicholas in einen Armstuhl gelehnt, sein Gichtbein auf einen gepolsterten Faulenzer gelegt, und den struppeligen Kopf von Zigarrenrauch umnebelt. In seinem eigenen Zimmer fand er zu seiner Überraschung und Freude seinen Neffen Eden. Die jungen Leute besuchten ihn nicht oft; sie zogen Nicholas vor, der gepfefferte Geschichten erzählen konnte. Trotzdem war er gern mit ihnen zusammen und immer bereit, seine Arbeit, die Aufzeichnungen über Shakespeare, um ihretwillen beiseite zu legen.

Eden saß auf dem Rand eines von Büchern bedeckten Tisches und schwang das Bein hin und her. Er sah selbstbewußt und erregt aus.

»Ich hoffe, ich komme nicht ungelegen, Onkel«, sagte er. »Sonst sag es bloß, wenn du mich nicht brauchst, und ich bin auf und davon.«

Ernest setzte sich möglichst abseits von seinem Schreibtisch in einen Stuhl, um

zu zeigen, daß er nicht an Arbeiten dachte. »Ich freue mich, daß du hier bist, Eden. Das weißt du. Ich bin sehr froh über diesen Erfolg von dir — dieses Buch, und um so mehr, weil du mir eine Menge von den Gedichten hier im Zimmer vorgelesen hast. Es interessiert mich sehr.«
»Du bist der einzige, der mich wirklich versteht«, antwortete Eden. »Der versteht, meine ich, was die Veröffentlichung dieses Buches für mein Leben bedeutet. Natürlich ist Onkel Nicholas auch sehr nett gewesen und hat meine Gedichte gelobt« —
»Oh«, unterbrach Ernest etwas verletzt, »hast du sie Nicholas auch in seinem Zimmer vorgelesen, ja?«
»Nur ein paar. Die, von denen ich dachte, daß sie ihn interessierten. Ein paar von den Liebesgedichten. Ich wollte sehen, wie sie auf ihn wirkten. Er ist nun einmal ein Mann von Welt. Seinerzeit hat er eine ganze Menge erlebt.«
»Und wie wirkten sie auf ihn?« fragte Ernest und polierte dabei die Nägel der einen Hand an der Handfläche der anderen. »Sie machten ihm Spaß, glaube ich. Wie für dich auch, ist es für ihn natürlich schwierig, die neue Dichtung zu begreifen. Aber trotzdem findet er, daß ich ganz gute Anlagen habe.«
»Ich wollte, du hättest nach Oxford gehen können.«
»Das wollte ich auch. Und ich hätte es auch gekonnt, wenn man Renny dazu hätte bringen können, Vernunft anzunehmen. Natürlich kommt es ihm jetzt so vor, als ob die Erziehung, die er mir hat geben lassen, weggeworfen ist, bloß weil ich nicht weiter Jura studieren will. Aber ich kann es nicht, und damit basta. Ich habe Renny so schrecklich gern, aber ich wollte, er wäre nicht so entsetzlich materialistisch. Das erste, was er mich über mein Buch fragte, war, ob ich viel Geld damit machen könnte. Als ob man je viel Einnahmen von einem ersten Buch hätte.«
»Und noch dazu Gedichte!« warf Ernest ein.
»Er scheint sich nicht klarzumachen, daß ich der erste von der Familie bin, der etwas getan hat, um unseren Namen in der Welt bekanntzumachen.« — Der Panzer seines Selbstgefühls wurde durch einen verletzten Blick von Ernst getroffen, und er fügte eilig hinzu, »natürlich, Onkel, außer deiner Arbeit über Shakespeare. Die wird natürlich Aufsehen erregen, wenn sie herauskommt. Aber Renny wird weder im einen noch im anderen etwas sehen, stolz darauf zu sein. Ich glaube, er schämt sich eher unser. Er denkt, ein Whiteoak sollte Gutsbesitzer sein oder Soldat. Sein Leben ist doch ziemlich beschränkt, finde ich.«
»Er war im Krieg«, bemerkte Ernest. »Das ist doch eine große Erfahrung.«
»Und was für Eindrücke hat er davon zurückgebracht?« fragte Eden. »Fast seine erste Frage, als er wiederkam, war nach dem Preis von Heu und Vieh, und fast seinen ganzen ersten Nachmittag verbrachte er an eine Stalltür gelehnt und besah einen Wurf junger Ferkel.«

»Ich habe sehr viel Verständnis für dich, mein lieber Junge, und ebenso Meggie. Sie glaubt, du bist ein Genie.«
»Gute alte Meg. Ich wollte, sie könnte den übrigen Clan davon überzeugen. Piers ist einfach ein junges Vieh.«
»Du mußt dich nicht an Piers kehren. Er spöttelt über alles, was nach Bildung aussieht. Und dann ist er ja noch sehr jung. Sag mir, Eden, was willst du anfangen? Denkst du an Literatur als Beruf?« Eifrig Verständnis zeigend, sah er dem jungen Menschen ins Gesicht. Er hatte den großen Wunsch, ihn zu halten und sein Vertrauen zu bewahren.
»Oh, ich will sehen. Ich schreibe eben weiter. Vielleicht mache ich diesen Sommer eine Expedition nach dem Norden mit. Ich habe eine Idee für einen Zyklus Gedichte über den Norden. Nicht wild und zerrissen, sondern etwas Zartes und Strenges. Eines ist gewiß — ich werde nicht Jura und Poesie durcheinanderbringen. Das wäre ganz und gar nichts für mich. Wollen abwarten, was für Kritiken ich bekomme, Onkel Ernest.«
Sie besprachen die Möglichkeiten der Literatur als Lebensunterhalt. Ernst sprach wie ein Mann von Erfahrung, obgleich er in seinen ganzen 70 Jahren niemals einen Dollar durch seine Feder verdient hatte. Wo wäre der wohl jetzt, dachte Eden bei sich, wenn er nicht unter Rennys Dach Zuflucht gefunden hätte. Er nahm an, daß Großmutter dann beigesprungen wäre, ihn zu unterstützen, obgleich man aus ihr ebenso leicht Geld herauspreßte wie Blut aus einem Stein.
Als Eden gegangen war, blieb Ernest unbeweglich in seinem Stuhl am Fenster, sah über die grünen Wiesen hinaus und dachte an das Vermögen seiner Mutter. Das gab ihm viel Ursache zu unruhigen Gedanken. Nicht daß man es gerade ein großes Vermögen nennen konnte, aber jedenfalls war es eine anständige Summe. Und da lag es und sammelte sich an für Gott weiß wen. In Augenblicken der engsten Vertrautheit und Zärtlichkeit mit ihr konnte sie doch niemals — auch mit größter Vorsicht nicht — dahin gebracht werden, zu enthüllen, zu wessen Gunsten sie ihr Testament gemacht hatte. Sie wußte, daß viel von ihrer Macht darin lag, daß sie dieses quälende Geheimnis für sich behielt. An dem hämischen Glanz, den er in ihren Augen entdeckt hatte, sowie das Thema ›Geld oder Testament‹ zur Sprache kam, sah er mit Sicherheit, daß sie sich eine heimliche Freude daraus machte, ihnen allen ein Schnippchen zu schlagen.
Ernest liebte seine Familie. Gegen keinen von ihnen, der einmal das Geld erbte, würde er Bitterkeit fühlen. Trotzdem hatte er ein großes Verlangen, selbst der nächste Erbe zu sein, die Macht in Jalna zu haben und das Glück der Unabhängigkeit zu empfinden. Und wenn er das hatte, was würde er für gute Dinge für sie alle tun, von Bruder Nicholas an bis zum kleinen Wake! Mittels dieser Macht würde er ihr Leben in die Wege leiten, die die besten für sie

selbst wären. Während, wenn Nicholas der Erbe wäre – Mrs. Whiteoak hatte öfters angedeutet, daß das Geld alles zusammen einem einzigen hinterlassen werden würde – nun, Ernest konnte sich nicht ganz ohne Mißfallen Nicholas als seiner Mutter Erben vorstellen, sicher würde der etwas Unbesonnenes tun. Nicholas machte häufig sehr unpassende Späße darüber, was er tun würde, wenn er es bekäme – er schien es für ganz selbstverständlich zu halten, daß er als der Älteste es bekäme – Späße, die seiner Mutter zu wiederholen Ernest viel zu vornehm dachte, aber es machte ihm geradezu Angst, daran zu denken, wo die Familie enden könnte, wenn Nicholas sie in der Hand hätte. In sich selbst war er sich guter Fähigkeiten, klaren Urteils und der Eignung zur Macht bewußt. Nicholas dagegen war eigensinnig, willkürlich und ohne Gleichgewicht.

Renny war ja ein guter Junge, aber er ließ die Besitzung doch verkommen. Sie war heruntergekommen, während er im Kriege war, und seine Heimkehr hatte den Niedergang bisher noch nicht aufgehalten. Die jungen Neffen waren wohl kaum als Rivalen anzusehen. Trotzdem konnte man nie sicher sein, wenn die Launen einer alten Frau in Frage kamen.

Ernest seufzte und sah nach dem Bett. Er überlegte, daß er einen kleinen Schlummer halten wollte, nach solch einem schweren Mittagessen. Mit einem letzten Blick auf die hübschen grünen Wiesen zog er den Vorhang herunter und legte seinen Körper auf die Decke. Sascha sprang zu ihm herauf und kuschelte den Kopf dicht an seinen auf dem Kissen. Sie starrten einander in die Augen, die seinen blau und schläfrig, die ihren in dem halbdunklen Zimmer lebhaft grün, schlau und spottend.

Sie streckte eine weiche Pfote aus und legte sie auf seine Backe, und dann – damit er sich nicht zu sicher in ihrer Liebe fühlen sollte – zeigte sie ein ganz klein wenig ihre Krallen und ließ ihn deren Schärfe fühlen.

»Sascha, Kleine, du tust mir weh«, seufzte er.

Sie zog die Klauen ein, streichelte ihn und schnurrte in kurzen Stößen.

»Hübsche Pussi«, flüsterte Ernest und schloß die Augen. »Gute Pussi!«

Sie war auch schläfrig, und so schliefen sie alle beide.


4 Onkel Nicholas und Hündchen Nip


Wie der Neffe Eden Onkel Ernest aufgesucht hatte, um eine Zukunft zu überlegen, so suchte am selben Nachmittag Renny Onkel Nicholas auf, um mit ihm Edens Aussichten zu besprechen. Beide Zimmer, die Schauplätze dieser Gespräche, wären einem fremden Beobachter allzu vollgepfropft mit Möbeln erschienen. Die beiden alten Herren hatten hier alle die Dinge gesammelt, die sie besonders liebten oder auf die sie einen Anspruch zu haben glaubten, aber während Ernest einen Geschmack für zarte Pastellfarben, chinesisches Porzellan und Cretonne-Möbel hatte, waren bei Nicholas die Wände seines Zimmers fast verdeckt von Jagdbildern und Porträts hübscher Frauen. Seine Sessel waren lederbespannt. Am Fenster stand ein altes plumpes Klavier, dessen Deckel beladen war mit Pfeifen, Gläsern und Medizinflaschen — er behandelte sich immer selbst gegen Gicht — und mit Notenheften.

Nip, der Terrier, hatte einen Knochen vor dem Kamin, als Renny eintrat. Als er den Schritt hörte, schoß er vorwärts, schnappte Renny an die Knöchel und schoß zurück zu seinem Knochen, knurrend, während er nagte. Nicholas hatte sein schlimmes Bein auf den Polsterstuhl gelegt und sah mit einem schläfrigen Lächeln von seinem Buch auf.

»Hallo, Renny! Kommst du zu einem Schwatz? Such dir irgendeinen Stuhl. Wirf die Pantoffeln da auf die Erde. Nie habe ich Platz hier — aber wenn ich Rags hereinlasse, Ordnung zu machen, dann versteckt er alles, was ich brauche, und dann noch mein Knie — das bringt mich für eine Woche in eine verteufelte Stimmung.«

»Ich weiß«, nickte Renny. Er warf die Pantoffeln auf den Fußboden und sich selbst in einen bequemen Stuhl.

»Hast du ein gutes Buch, Onkel Nick? Ich habe nie Zeit zum Lesen.«

»Ich wollte, ich hätte nicht soviel Zeit, aber wenn man an seinen Stuhl festgebunden ist wie ich meistens, dann muß man doch was tun. Dies hat mir Meggie mitgebracht, als sie neulich in der Stadt war. Eine englische Schriftstellerin. Die neuen Bücher wollen mir nicht in den Kopf, Renny. Mein Gott! Wenn alles darin wahr ist, dann ist es erstaunlich, was anständige Frauen heutzutage tun und denken, was diese Heldin denkt — du meine Güte, es ist einfach entsetzlich. Zigarre?«

Renny nahm sich eine aus dem Kasten auf dem Klavier. Nip, der glaubte, daß Renny Absichten auf seinen Knochen hätte, schoß noch einmal vorwärts, biß den Eindringling in den Knöchel, schoß knurrend zurück und hielt sich selbst für ein schreckenerregendes Tier.

»Kleines Biest!« sagte Renny. »Diesmal habe ich wirklich seine Zähne gefühlt. Glaubt er, daß ich seinen Knochen haben will?«

Nicholas sagte: »Fang die Spinne! Fang die Spinne, Nip!« Nip flog zu seinem Herrn, warf seinen langhaarigen kleinen Körper in Sprüngen rund um ihn und kläffte laut.

Ein lautes Pochen tönte durch die dicken Mauern. Nicholas lächelte boshaft. »Es regt Ernest immer auf, wenn Nip seine Stimme erhebt. Trotzdem erwartet er von mir, daß ich das Jaulen seines Katzentiers zu jeder Stunde der Nacht ertrage.« Er klatschte in die Hände nach dem kleinen Hund. »Fang die Spinne, Nip! Fang die Spinne!« Hysterisch kläffend raste Nip durch das Zimmer, fuhr

in die Ecken und unter Stühle, um das Insekt zu suchen. Das Pochen an die Wand wurde verzweifelt.
Renny hob den Terrier auf und erstickte sein Gebell unter seinem Arm. »Armer Onkel Ernest! Du verdirbst ihm die Nerven für den ganzen übrigen Tag. Halt's Maul, Nip, du kleiner Lump.«
Nicholas' langes Gesicht, dem die tiefen Linien um den Mund auch bei den belanglosesten Bemerkungen einen Ausdruck von Überlegenheit gaben, verzog sich zu einem höhnischen Lächeln. »Tut ihm gut, etwas aufgerappelt zu werden«, bemerkte er. »Er sitzt viel zuviel an seinem Schreibtisch. Kam neulich ganz begeistert zu mir. Er hat wahrhaftig seiner Ansicht nach zweihundertfünfzig Fehler im Text von Shakespeares Dramen gefunden. Stell dir bloß vor, heute Shakespeares Text zu verbessern. Ich sage ihm, daß er nicht einmal die Handschrift der Zeit kennt, aber er glaubt ja, er weiß alles. Armer Ernest, er war immer ein bißchen verdreht.«
Renny zog behaglich an seiner Zigarre. »Ich hoffe zu Gott, daß Eden ihm nicht nachschlägt. Verplempert seine Zeit mit Gedichten. Mir ist es nicht recht geheuer mit diesem Buch von ihm. Es ist ihm zu Kopf gestiegen. Ich glaube, der junge Hansnarr denkt, er kann vom Versemachen leben. Das meinst du doch nicht, Onkel Nicholas, nicht wahr?« Er sah Nicholas fast flehend an.
»Ich glaube nicht, daß das je möglich ist. Übrigens gefallen mir seine Verse trotzdem. Sie sind recht gut.«
»Auf alle Fälle muß er wissen, daß er zu arbeiten hat. Ich habe keine Lust, noch mehr Geld für ihn wegzuwerfen. Er ist völlig entschlossen, sein Studium nicht fortzuführen. Nach allem, was ich für ihn ausgegeben habe! Ich wollte bloß, ich hätte es wieder.«
Nicholas zupfte an seinem Seehundschnurrbart. »Oh, eine Universitätserziehung hätte er doch auf alle Fälle haben müssen.«
»Nein, durchaus nicht, Piers hat auch keine. Der wollte gar keine. Hatte gar keine Lust. Eden hätte ruhig zu Hause bleiben sollen. Es hätte eine Masse für ihn zu tun gegeben auf einer der Farmen.«
»Eden auf der Farm? Mein lieber Renny! Mach dir keine Sorgen. Laß ihn ruhig seine Verse schreiben und warte und sieh zu, was passiert.«
»Es ist bloß so ein verdammt läppisches Leben für einen Mann. Ja natürlich die klassischen Dichter —«
»Die waren auch mal junge Kerle. Und ihren Familien auch wenig zur Freude.«
»Sind seine Gedichte gut?«
»Wenigstens doch gut genug, um seinen Verleger zu interessieren. Ich selbst, ich halte sie für recht beachtlich — eine Art zarte Vollkommenheit — eine melancholische Schönheit, die überraschend ist.«
Renny starrte seinen Onkel mißtrauisch an. Machte er sich über Eden lustig? Oder streute er ihm bloß Sand in die Augen, um Eden zu schützen? »Beachtlich

zart, melancholisch« — die Adjektive machten ihm geradezu übel. »Eines ist gewiß«, brummte er, »aus mir kriegt er kein Geld mehr heraus.«
Nicholas schob sich in seinem Stuhl herum in eine bequemere Lage. »Wie steht es sonst? Guter Wind in den Segeln?«
»Könnte nicht besser sein«, nickte Renny.
Nicolas lachte vor sich hin. »Und doch möchtest du am liebsten die Jungens alle in Jalna halten, anstatt sie in die Welt hinauszuschicken, um ihren eigenen Weg zu machen. Renny, du hast Patriarcheninstinkte. Du willst bloß Führer eines wimmelnden Stammes sein — willst Gerechtigkeit und Belohnungen austeilen und dir einen langen roten Bart wachsen lassen.«
Der leicht verärgerte Renny hätte am liebsten gesagt, daß Nicholas selbst und sein Bruder Ernest aus diesem Instinkt in ihm den größten Vorteil gezogen hätten, aber er begnügte sich damit, den kleinen Hund an den Ohren zu ziehen. Nip knurrte.
»Fang die Spinne, Nip«, befahl sein Herr, in die Hände klatschend.
Wieder raste Nip wütend in der Verfolgung nach einem eingebildeten Insekt herum. Das Pochen an der Wand fing wieder an. Renny stand auf, um zu gehen. Er fühlte, daß seine Sorgen hier nicht ernst genommen wurden. Nicholas blickte unter seinen struppigen Brauen hervor und sah den Schatten auf Rennys Gesicht. Er sagte mit plötzlicher Wärme: »Du bist ein unglaublich guter Bruder und Neffe. Trinkst du einen Schluck?«
Renny sagte ja, und Nicholas bestand darauf, aufzustehen und ihn selber für ihn zu mixen. »Ich nehme lieber keinen mit diesem verdammten Knie —«, aber er tat es doch und humpelte in plötzlicher Geschäftigkeit um sein Likörschränkchen.
»Na, Eden kann diesen Sommer machen, was er will«, sagte Renny, durch den Trunk etwas aufgemuntert, »aber im Herbst muß er sich entscheiden, entweder für einen Beruf oder hier für Jalna.«
»Aber was soll der Junge bloß in Jalna tun, Renny?«
»Piers helfen. Weshalb nicht? Wenn er hierbleiben und helfen wollte, dann könnten wir das Land selber nehmen, das an den alten Hare verpachtet ist, und noch einmal soviel herausschlagen. Und es ist ein gutes Leben hier. Er könnte Verse schreiben in seiner freien Zeit, wenn er Lust hätte. Ich würde kein Wort dagegen sagen, solange ich sie nicht zu lesen brauche.«
»Der Dichter hinterm Pflug. Das klingt einfach genug. Aber ich fürchte, er hat ganz andere Ideen für seine Zukunft. Armes Kerlchen. Himmel! — Genau wie seine Mutter!«
»Na«, murmelte Renny. »Mich kriegt er nicht herum. Ich habe genug für ihn weggeworfen. Bloß daran zu denken, daß er sich einfach weigerte, sein Examen zu machen. Hat man so was je gehört? Nun redet er davon, nach New York zu fahren und seinen Verleger zu besuchen.«

»Ich glaube, diese Idee hat schon lange heimlich in ihm gesteckt. Vielleicht ist der Junge ein Genie, Renny.«
»Herrgott, hoffentlich nicht.«
Nicholas machte die unterirdischen Geräusche, die sein Lachen bedeuteten. »Du bist ein wahrer Court, Renny. Kein Wunder, daß Mama dich vorzieht.«
»Tut sie das? Ich hab's nie gemerkt. Ich dachte, Eden wäre ihr Verzug. Er kann mit Frauen aller Art umgehen. Na, ich muß weg. Hobbs in Mistwell verkauft seine Holsteiner. Vielleicht kaufe ich eine Kuh oder zwei.«
»Wenn es Pferde wären, ginge ich mit, trotz meines Knies, aber für Kühe kann ich mich nicht begeistern. Habe nie Milch gemocht.«
Renny war schon and der Tür, als Nicholas plötzlich fragte: »Und was ist mit Piers? Hast du mit ihm schon wegen des Mädchens gesprochen?«
»Ja. Ich habe ihm gesagt, daß diese Zusammenkünfte aufhören müssen. Er hatte keine Ahnung, daß man sie gesehen hat. Er war ganz umgeschmissen.«
»Bei Tisch schien er ganz in Ordnung.«
»Oh, unsere kleine Unterhaltung ist schon zwei Tage her. Er ist kein übler Junge. Er nahm es sehr gut auf. Es gibt ja nicht viele Mädchen hier in der Gegend — wenigstens hübsche —, und man kann nicht leugnen, das Pheasant hübsch ist.«
Nicholas' Gesicht wurde finster. »Aber denk daran, wer sie ist. Die Brut wollen wir hier nicht in der Familie. Meg würde es einfach nicht aushalten.«
»Gegen das Mädchen selbst ist nichts zu sagen«, meinte Renny in seiner starrköpfigen Art. »Sie hat es sich nicht ausgesucht, wie sie auf die Welt gekommen ist. Die Jungens haben immer mit ihr gespielt.«
»Mir scheint, daß Piers etwas zuviel mit ihr spielt.«
»Gut, gut«, gab Renny mürrisch zurück. »Er weiß, daß ich keinen Unsinn dulde.« Er ging hinaus und schlug die Tür laut zu, wie er immer tat.
Nip war noch eifrig über seinem Knochen. Nicholas fürchtete, wie er ihn ansah, daß es ihm schlecht bekäme, wenn er mehr als die Knorpeln abnagte. Er jagte ihm den Knochen ab und richtete sich mühsam wieder auf. Wenn er sich einmal gebückt hatte, war es kein Spaß, sich wieder aufzurichten. Was für eine Mühe machte doch solch ein kleiner Hund! »Nein, keinen Knochen mehr. Sonst kriegst du Bäuchleinweh.«
Nip widersprach heftig, auf den Hinterbeinen tanzend. Nicholas legte den Knochen auf das Klavier und wischte seine Finger an seinem Rockschoß ab. Dann fiel ihm die Flasche Whisky und der Siphon ins Auge. Er nahm sein Glas. »Guter Gott, das sollte ich lieber nicht tun«, stöhnte er. Aber er mischte sich noch ein Glas. »Bestimmt das letzte für heute«, murmelte er, während er mit dem Glas in der Hand zu seinem Stuhl humpelte.
Ein tiefer Klang kam vom Klavier her. Nip war auf den Stuhl gesprungen und von da auf die Tasten. Nun streckte er den Kopf aus, um den Knochen wieder-

zuerobern. Nicholas sank mit einem Grunzen von Schmerz und Belustigung in seinen Stuhl. »Meinetwegen können wir uns ja beide umbringen«, brummte er ärgerlich.
»Du in deinem Eckchen, ich in meinem.«
Nip knurrte und nagte oben auf dem Klavier an seinem Knochen.
Nicholas nippte träumerisch an seinem Whisky und Soda. Das Haus war jetzt herrlich ruhig. Er wollte etwas schlummern in seinem Stuhl, wenn er mit seinem Glas und Nip mit seinem Knochen fertig war. Das rhythmische Knabbern von Nips Zähnen, wie er das Mark herausholte, hatte etwas Beruhigendes. Ein Lächeln zuckte Nicolas über das Gesicht, als ihm einfiel, wie das Bellen des kleinen Kerls Ernst gepeinigt hatte. Ernst erregte sich so leicht, der arme alte Junge! Na, jetzt schlief er wahrscheinlich ruhig neben seiner geliebten Sascha. Katzen. Egoistische Dinger, lieben einen bloß wegen dem, was sie von einem kriegen können. Aber Nip – das nennt man Anhänglichkeit.
Er streckte seine Hand aus und sah sie kritisch an. Ja, der schwere Ring mit dem eckigen grünen Stein in antiker Fassung stand ihr gut. Er freute sich, daß er seiner Mutter Hand geerbt hatte – Courts-Hände. Renny hatte sie auch, aber er pflegte sie nicht. Kein Zweifel, Charakter und Rasse zeigten sich in den Händen. Eine Vision der Hände seiner Frau, Millicent, stieg vor ihm auf – Hände wie Klauen, mit unglaublich dünnen, sehr weißen Fingern, und langen gebogenen Nägeln ... Sie lebte noch; er wußte das. Guter Gott, jetzt war sie siebzig! Er versuchte, sie sich mit siebzig vorzustellen, und schüttelte dann ungeduldig den Kopf – nein, er mochte sie sich weder mit siebzig noch mit siebzehn vorstellen. Vergessen wollte er sie. Wenn Mama einmal starb, wie sie es bald tun mußte, armes liebes Altchen, und er das Geld erbte, dann wollte er nach England zu Besuch fahren. Er hatte Lust, das alte England noch einmal zu sehen, ehe er – na, er selbst würde ja auch einmal sterben, obgleich er eigentlich erwartete, mindestens bis neunundneunzig zu leben wie Mama. Er war ein Court, und die waren berühmt wegen ihrer Langlebigkeit und – wegen was doch noch? O ja, wegen ihres Jähzorns. Na Gott sei Dank, den Courtschen Jähzorn hatte er nicht geerbt, der würde mit Mama aussterben, obgleich Renny, wenn er sich ärgerte, auch ganz hübsch wild werden konnte.
Nip jaulte auf, er wollte vom Klavier heruntergehoben werden. Er hatte seinen Knochen satt und wollte sein Nachmittagsschläfchen. Kleiner Teufel, nun mußte er seinetwegen wieder aus dem Stuhl, just wo es ihm so behaglich war!
Mit einem tiefen Grunzen half er sich auf die Füße und hinkte zum Klavier. Er nahm den kleinen Hund, der jetzt ganz friedlich und zutraulich war, und trug ihn unter dem Arm zurück. In seinem Knie war ein scharfer Stich, als er sich noch einmal in den Stuhl fallen ließ, aber die schmerzliche Grimasse verwandelte sich in ein Lächeln, als das kleine struppige Gesicht zu ihm aufsah. Er hatte auf einmal Lust zu sagen: »Fang die Spinne, Nip!« und einen neuen

Aufruhr loszulassen. Kaum bildete er die Worte mit den Lippen, als eine plötzliche Spannung in Nips Körper, ein Aufglänzen in seinen Augen zeigte, daß der auch bereit war, aber jetzt durfte er den alten Ernest nicht wieder ärgern, und er war selbst recht schläfrig – dies zweite Glas hatte ihn sehr beruhigt. »Nein, nein, Nip«, murmelte er, »schlaf ein. Nicht mehr toben, alter Junge.« Er strich dem kleinen Hund über den Rücken mit seiner großen schlaffen Hand. Er lag zurückgelehnt und auf seinen Knien Nip, der ihm in die Augen starrte. Nicholas pustete Nip ins Gesicht. Nip klopfte mit dem Schwanz auf Nicholas' Magen.
Sie schliefen.


5  Nächtliches Stelldichein

Es war fast dunkel, als Piers über den Rasenplatz kam, durch ein niedriges Gittertor in der Hecke ging und eilig einen gewundenen Fußpfad über ein Weideland hastete, wo drei Pferde noch in dem jungen Gras weideten. Der Pfad führte in eine Schlucht hinunter, wurde dann drei Schritte lang eine kleine rohgezimmerte Brücke; wurde wieder ein noch engerer Fußpfad, der den Abhang drüben emporstieg, sich durch einen Hochwald wand und zuletzt sich an einem Gatter mit einem anderen Pfad vereinigte, der für nichts anderes dazusein schien, als diesem an der Grenze zwischen Jalna und der Besitzung der Vaughans zu begegnen.
Unten in der Schlucht war es schon fast Nacht, so dunkel glitzerte das Wasser zwischen den dichten Gebüschen, und so nah darüber hing der Himmel, an dem noch kein Stern auffunkelte. An dem Abhang darüber war es noch dunkler, abgesehen von dem hellen Schimmer der silbernen Birken, die von innen durch irgendein geheimes Licht erleuchtet schienen. Ein Ziegenmelker, der zwischen den Bäumen herumschoß und Insekten haschte, stieß bisweilen kleine tiefe Rufe aus und zeigte einen Schimmer von Weiß auf den Flügeln. Und plötzlich brach über seinem Kopf ein anderer Ziegenmelker in seinen lauten trillernden Gesang aus.
Als er auf der Höhe das offene Waldland erreichte, konnte Piers sehen, daß im Westen noch ein tiefes glühendes Rot stand und die jungen Eichenblätter wie vergoldet aussahen. Die Bäume waren lebendig von dem Gezwitscher der Vögel, die ihre Nester suchten und deren Liebesspiel für diesen Tag zu Ende war – da seins eben erst anfing.
Sein Kopf war heiß, er nahm die Mütze ab und ließ sich von der kühlen Luft fächeln. Wenn nur seine Liebe zu Pheasant eine ruhigere Liebe wäre! Er wäre gern mit ihr abends etwas herumgestreift in fröhlicher Stimmung und hätte es ganz natürlich genommen, so natürlich wie das Leben dieser Vögel, ein Mäd-

chen zu lieben und von ihr geliebt zu werden. Aber es war, nachdem er sie sein Leben lang gekannt hatte, jäh über ihn gekommen wie ein Sturm, der ihn schüttelte und erfaßte. Wie er durch die weiche Nachtluft vorwärts eilte und mit jedem Schritt dem Platz näherkam, wo Pheasant ihn treffen wollte, malte er sich mürrisch seine Enttäuschung aus, wenn sie nicht da wäre. Er sah in seiner Fantasie das Gatter kahl wie einen wartenden Galgen, ein Hohn auf den süßen Drang, der ihn vorwärtstrieb. Er sah sich selbst bis tief in die Nacht warten und dann nach Jalna zurückstolpern, ganz voller Verzweiflung, weil er sie nicht im Arm gehalten hatte. Was war das nur, das sie beide an jenem Tag gepackt hatte, als sie unten in der Schlucht sich trafen und sie, von einer Wasserschlange erschreckt, seinen Arm umklammert hatte und in den Fluß hinuntergezeigt, wo das Tier verschwunden war? Über das Wasser gebeugt, hatten sie plötzlich in einer stillen Lache ihre beiden Gesichter gespiegelt gesehen, die zu ihnen aufsahen und ganz und gar nicht die Gesichter von Piers und Pheasant waren, die sich ihr Leben lang gekannt hatten. Die Spiegelgesichter hatten seltsam scheue Augen und offene Lippen. Sie hatten sich plötzlich umgewendet und einander angesehen. Ihre eigenen Lippen waren sich begegnet.
Als er an diesen Kuß dachte, fing er an, über das offene Feld auf das Gatter zuzulaufen.
Sie saß oben drauf und wartete auf ihn. Ihre dunkle Gestalt stand scharf gegen das düstere Rot im Westen. Er ging langsamer, sowie er sie sah, und begrüßte sie kurz im Näherkommen.
»Hallo, Pheasant!«
»Hallo, Piers! Ich habe schon ganz lange gewartet.«
»Ich konnte nicht früher weg. Ich mußte dableiben und eine dumme Kuh bewundern, die Renny heute bei Hobbs gekauft hat.«
Er kletterte auf das Gatter und setzte sich neben sie.
»Der erste warme Abend, nicht wahr?« sagte er, ohne sie anzusehen. »Ich bin kochend heiß vom Gehen. Und ich habe mir auch kein Gras unter den Füßen wachsen lassen, das kann ich dir sagen.« Er nahm ihre Hand und führte sie an seine Seite. »Fühle nur.«
»Dein Herz schlägt stark«, sagte sie leise. »Kommt das, weil du gelaufen bist, oder weil –« Sie lehnte sich an seine Schulter und sah in sein Gesicht.
Das war es, worauf Piers gewartet hatte, dieser Augenblick, wo sie sich an ihn lehnen würde. Ohne ein Zeichen von ihr würde er den Strom seiner Liebe nicht loslassen. Nun legte er seine Arme um sie und drückte sie an sich. Er fand ihre Lippen und preßte seine eigenen darauf. Der warme Duft ihres Körpers machte ihn schwindelig. Er war nicht länger stark und sachlich. In dem Augenblick wünschte er, daß sie beide so sterben könnten, einer fest im Arm des anderen in der ruhigen Frühlingsnacht.
»So geht das nicht weiter!« murmelte er. »Wir müssen einfach heiraten.«

»Denk daran, was Renny gesagt hat. Willst du gegen den aufbocken? Er wäre wütend, wenn er wüßte, daß wir hier jetzt zusammen sind.«

»Verdammt soll er sein! Seine Lektion muß er haben. Es ist Zeit, daß er lernt, daß er nicht jeden kommandieren kann. Einfach verwöhnt ist er, das ist die Sache mit ihm. Ich nenne ihn den Radscha von Jalna.«

»Schließlich hast du ja das Recht zu sagen, wen du heiraten willst, selbst wenn das Mädchen unter deinem Stand ist, nicht wahr?«

Er fühlte ein Schluchzen in ihrer Brust, ihre plötzlichen Tränen auf seinem Gesicht.

»O Pheasant, du Närrchen«, rief er aus. »Du unterm Stand? Welcher Quatsch!«

»Ja, Renny findet das aber. Deine ganze Familie findet es. Deine Familie verachtet mich.«

»Meine Familie zum Teufel! Schließlich bist du doch eine Vaughan. Jedermann weiß das. Du trägst doch den Namen.«

»Aber Moritz sieht auch auf mich herunter. Er läßt sich nie von mir Vater nennen.«

»Erschießen sollte man ihn. Hätte ich gemacht, was er gemacht hat, ich würde für das Kind einstehen. Ich würde die Sache durchsetzen, bei Gott!«

»Das hat er getan — in einer Weise. Er hat mich dabehalten. Mir seinen Namen gegeben.«

»Das waren seine Eltern. Er hat dich nie gemocht, ist nie wirklich gut zu dir gewesen.«

»Er glaubt, ich habe sein Leben ruiniert.«

»Wegen Meggie, meinst du. Stell dir Meg und Moritz verheiratet vor.« Er lachte und küßte ihre Stirn, und als er ihr seidenes Haar seine Wange streifen fühlte, küßte er das auch.

Sie sagte: »Ich kann mir das eher vorstellen als unsere eigene Heirat. Mir ist, als müßte das immer so weitergehen, sich treffen und trennen wie jetzt. Vielleicht möchte ich das sogar lieber.«

»Lieber als mich heiraten? Pheasant, du willst mir bloß weh tun.«

»Nein, ganz gewiß. Es ist so schön, sich so treffen. Den ganzen Tag bin ich wie im Traum und warte darauf, und nachher kommt die Nacht, und du bist die ganze Nacht in meinem Herzen.«

»Und wenn ich bei dir wäre?«

»Das kann nicht so schön sein. Kann es gar nicht sein. Morgens vom Augenblick an, wo ich aufwache, zähle ich die Stunden, bis wir uns wieder treffen. Als ob Moritz gar nicht da ist. Ich sehe und höre ihn kaum.«

»Träume sind mir nicht genug, Pheasant. So leben ist eine Qual für mich. Jeden Tag, den der Frühling vergeht, wird die Qual größer. Dich will ich haben — nicht Träume von dir.«

»Freust du dich denn nicht, wenn wir uns so treffen?«

»Sei nicht dumm! Du weißt, was ich meine.« Er rückte auf dem Gatter von ihr ab und zündete eine Zigarette an. »Nun«, sprach er weiter in hartem sachlichem Ton, »nimm an, daß wir heiraten wollen. Das wollen wir doch? Was, wollen wir heiraten, ja?«
»Ja ... Gib mir eine Zigarette.«
Er gab ihr eine und zündete sie ihr an.
»Gut. Kannst du mir irgendeinen Grund nennen, es aufzuschieben? Ich bin zwanzig. Du siebzehn. Heiratsfähiges Alter, was?«
»Zu jung, sagen alle.«
»Dummes Zeug. Die würden uns am liebsten warten lassen, bis wir zu krüppelig sind, auf dies Gatter zu klettern. Ich bin Renny was wert. Er gibt mir anständiges Gehalt. Ich kenne Renny. Im Grunde ist er gutmütig, bei all seinem Jähzorn. Mich 'rauszuwerfen würde ihm nie einfallen. Es ist Platz genug in Jalna. Auf einen mehr kommt es gar nicht an.«
»Meg mag mich nicht. Ich habe Angst vor ihr.«
»Angst vor Meggie! O du kleiner Hase! Sie ist sanft wie ein Lamm. Und Oma hat dich immer gern gehabt. Ich sage dir, Pheasant, wir halten uns an Oma. Sie hat riesigen Einfluß in der Familie. Wenn sie uns mag, dann kann man gar nicht wissen, was sie für uns tun würde. Sie hat oft gesagt, daß ich mehr als alle anderen wie mein Großvater bin, und sie sagt, er war der beste Mann, der je gelebt hat.«
»Und Renny? Sie spricht doch immer davon, daß er ein echter Court ist. Jedenfalls ist ihr Testament doch gemacht, ehe wir geboren waren.«
»Ja, aber sie ändert es doch immerzu, oder tut wenigstens so. Vorige Woche noch hat sie ihren Rechtsanwalt stundenlang draußen gehabt, und die ganze Familie war aufgeregt. Wake sah durchs Schlüsselloch und sagte, alles, was sie tat, war, daß sie den alten Kerl mit Pfefferminz fütterte. Aber man kann nie wissen.« Er schüttelte weise den Kopf und tat einen tiefen Seufzer. »Eins ist sicher: so halte ich das nicht länger aus. Entweder wir müssen heiraten, oder ich muß weg. Dies geht mir auf die Nerven. Ich weiß kaum, was ich heute mittag gegessen habe, und noch dazu war ein solch Hallo über dies Buch von Eden. Lieber Himmel! Verse! Denk bloß! Und zum Tee ist Finch nach Hause gekommen mit einem schlechten Zeugnis von einem seiner Lehrer, und es gab noch einen Spektakel. Das ging eine ganze Stunde.«
Aber Pheasant hatte nichts gehört als die überlegte Grausamkeit des Wortes »Weggehen«. Sie wendete ihm ein erschrecktes großäugiges Gesicht zu.
»Weggehen! Wie kannst du das sagen? Du weißt, daß ich hier sterbe ohne dich.«
»Wie blaß du wirst«, sagte er und sah ihr ins Gesicht. »Weshalb wirst du denn blaß? Was macht es dir denn aus, wenn ich weggehe? Du gehst weiter herum und träumst von mir.«

Pheasant brach in Tränen aus und glitt von dem Gitter hinunter. »Wenn du glaubst, daß ich mich hier quälen lasse!« schrie sie und lief von ihm weg.
»Aber von mir erwartest du, daß ich bleibe und mich quälen lasse!« schrie er.
Sie rannte über die nasse Wiese, und er blieb eigensinnig sitzen und starrte ihr nach und war gespannt, ob ihr Wille durchhielt, bis sie auf der anderen Seite war. Schon wurden ihre Schritte langsamer. Aber ihre Gestalt wurde doch undeutlicher. Wenn sie wirklich weiter und weiter lief und ihn auf dem Gitter sitzen ließ, mit all seinem Liebessturm in sich? Der bloße Gedanke daran war genug, um ihn hinunter und hinter ihr her zu jagen, aber da sah er sie schon langsam zurückkommen, und er kletterte wieder auf seinen Sitz, gerade zur rechten Zeit, um seine Würde zu wahren. Er war dankbar dafür.
Zehn Schritte vor ihm blieb sie stehen.
»Gut«, sagte sie halblaut. »Ich tue es.«
Er war sich bis in jeden Nerv ihrer Nähe bewußt, aber er zog gleichgültig einen Augenblick an seiner Zigarette, ehe er kurz fragte: »Wann?«
»Wann du willst.« Sie senkte den Kopf und schluchzte kindlich auf.
»Komm her, du kleines Ding«, befahl er kurz. Aber als er sie wieder auf dem Gatter hatte, kam eine große Zärtlichkeit über ihn und zugleich ein wunderbares Gefühl der Macht. Er redete zärtlich und befehlend auf sie ein, das Gesicht in ihrem Haar.
Den ganzen Weg nach Hause war er voll Leichtigkeit und Kraft, obgleich er den ganzen Tag schwer gearbeitet hatte. Halbwegs an dem Abhang in die Schlucht ragte ein Eichenast quer über den Pfad ihm zu Häupten. Er sprang hoch und griff ihn mit den Händen und hing so über der Erde, die zu prosaisch für seine leichten Füße schien. Er schwang sich einen Augenblick so auf zu den Sternen, die ihm zwischen dem jungen Laub zublinkten. Ein Kaninchen lief unter ihm den Pfad entlang, ohne ihn zu sehen. Er war nicht länger von Unrast gequält, sondern frei und frohlockend. Er fühlte sich eins mit allem Wildgewachsenen im Walde. Es war Frühling, und er hatte sein Mädchen.
Als er über den Rasenplatz ging, sah er das große Wohnzimmer hell. Natürlich Kartenspiel wie immer, dachte er. Er ging an eine der Glastüren und sah hinein.
Am Feuer sah er den Tisch aufgestellt, an dem seine Großmutter und Onkel Ernest saßen und Dame spielten. Sie war in ein leuchtend grün und rotes Plaid eingehüllt und trug eine Haube mit vielen Bändern. Ersichtlich gewann sie, denn ihre Zähne zeigten sich in einem breiten Grinsen, und ein lautes Gelächter ließ die Bridge-Spieler am anderen Tisch sich ärgerlich in ihren Stühlen umwenden. Die lange Adlernase von Onkel Ernest hing gedankenvoll über dem Damebrett. Auf dem Kaminsims von dunklem Nußbaum lag Sascha aufgerollt neben einer chinesischen Schäferin, den Blick starr auf ihren Herrn gerichtet in einer Art hochmütiger Verachtung.

Am Bridge-Tisch saßen Renny, Meg, Nicholas und Mr. Fennel, der Pfarrer. Ihre Gesichter waren alle vom Feuerschein erhellt, ihr Ausdruck angespannt: Nicholas überlegen und aufmerksam, Renny verdrießlich und nachdenklich, Meg sanft und gleichmütig; Mr. Fennel zog finster an seinem Bart. Arme Wesen, dachte Piers, wie er leise die Seitentür aufmachte und die Treppe hinaufging, mit ihren kleinen Spielen, ihrem kümmerlichen Zeitvertreib, während er sein großes Spiel des Lebens spielte.

Ein Lichtstreifen schien unter Edens Tür. Noch mehr Verse, noch mehr kümmerlichen Zeitvertreib! Hatte Eden je geliebt? Wenn ja, dann hatte er es gut für sich behalten. Wahrscheinlich liebte er nur seine Muse. Seine Muse, ha, ha! Er hörte Eden stöhnen. So weh tat es, die hübsche Muse zu lieben? Also Poesie hatte auch ihre Schmerzen? Im Vorübergehen schlug er an die Tür.

»Da drinnen Hilfe nötig?«

»Geh zur Hölle«, antwortete der junge Dichter, »außer wenn du einen Lappen bei dir hast, ich habe die Tinte umgeworfen.«

Piers steckte den Kopf in die Tür. »Mein Hemd ist nicht viel besser als ein Lappen«, sagte er. »Das kannst du kriegen.«

Eden tupfte die befleckte Filzdecke des Schreibtisches mit Löschpapier ab. Auf ein Stück Schreibpapier stand etwas sauber geschrieben, was wie der Anfang eines Gedichtes aussah.

»Es muß dir doch wohl Spaß machen«, bemerkte Piers.

»Jedenfalls mehr, als es dir macht, einem Mädchen nachts in den Wäldern nachzulaufen.«

»Hör mal, nimm dich in acht.« Piers hob drohend die Stimme. Aber Eden lächelte und setzte sich wieder an den Schreibtisch.

Es war unheimlich, dachte Piers, als er in sein Zimmer ging. Wie hatte Eden das geraten? Weil er ein Dichter war? Er hatte immer das Gefühl gehabt, trotzdem er wenig darüber nachgedacht hatte, daß es sehr ungemütlich sein müßte, einen Dichter im Haus zu haben, und nun, wahrhaftiger Gott, war da einer in Jalna ausgekrochen. Das gefiel ihm gar nicht. Die erste Blüte seiner Glücksstimmung war verschwunden, als er die Tür seines Schlafzimmers öffnete.

Er teilte es mit dem sechzehnjährigen Finch. Finch saß über seinen Euclid gebückt, und ein Ausdruck äußerster Melancholie machte sein an sich schon langes blasses Gesicht noch länger. Während der ganzen Teezeit war er der Mittelpunkt eines Wirbels von Kritik und Diskussion gewesen, und die Wirkung war, daß mit seinem Kopf, den er sowieso nie ganz beisammen hatte, überhaupt nichts anzufangen war. Sechs- oder siebenmal hatte er das gleiche Problem durchgekaut, und nun war es so leer für ihn geworden wie ein sinnloser Kinderstubenreim. Er hatte eine von Piers' Zigaretten gestohlen, um zu sehen, ob sie ihm zurechthelfen würde. Er hatte viel davon gehabt, langsam gezogen

und jeden Zug genossen, den Stummel zwischen seinen knochigen Fingern, bis er diese und sogar seine Lippen verbrannte. Aber es hatte ihm gar nichts geholfen. Als er Piers an der Tür hörte, hatte er die Zigarette, die nur noch ein Stummel war, auf den Fußboden fallen lassen und seinen Fuß darauf gesetzt.
Nun sah er Piers mürrisch aus den Winkeln seiner langen hellen Augen an.
Piers schnüffelte. »H-m. Geraucht, was? Noch dazu einen von meinen Stengeln, wette ich. Ich wäre dir dankbar, wenn du das sein ließest, junger Mann. Glaubst du, ich kann dich mit Rauchzeug versorgen? Außerdem ist es dir verboten.«
Finch kehrte mit noch größerer Melancholie zu seinem Euclid zurück. Wenn er nicht damit zustande kam, wenn er allein war, so würde er es ganz gewiß nie fertigbringen, während Piers im Zimmer war. Diese robuste beherrschende Gegenwart würde in seinem Kopf den letzten Funken Intelligenz auslöschen. Er hatte immer Angst vor Piers gehabt. Sein ganzes Leben war er von ihm in Unterwürfigkeit gehalten. Es kränkte ihn, aber er sah keinen Ausweg daraus. Piers war stark und hübsch und jedermanns Liebling. Er selbst war das alles nicht. Und doch liebte er seine Familie, in einer heimlich mürrischen Weise, selbst Piers, der so grob mit ihm war. Wenn Piers wie andere Brüder gewesen wäre, hätte man ihn bitten können, einem etwas beim Euclid zu helfen; Piers war in diesem verfluchten Zeugs gut gewesen. Aber Piers um Hilfe fragen konnte man einfach nicht. Er war ein zu heftiger, zu unduldsamer Bursche, der sich um das kleinste Nichts aufregte.
»Ich wäre dir dankbar«, fuhr Piers fort, »meine Zigaretten, meine Taschentücher, Socken und Schlipse in Ruh zu lassen. Wenn du anderer Leute Eigentum klauen willst, dann halt dich an Edens. Der ist ein Dichter und weiß wahrscheinlich gar nicht, was er hat.« Er grinste sein Spiegelbild an, während er Kragen und Schlips abnahm.
Finch antwortete nicht. Verzweifelt versuchte er, seine Aufmerksamkeit auf das Problem vor sich zu richten. Winkel und Dreiecke verwirrten sich zu einem seltsamen Muster. Er zeichnete eine groteske Fratze auf den Rand des Buches. Dann begann das Gesicht, das er selbst geschaffen hatte, ihn scheußlich anzugrinsen. Mit zitternden Händen versuchte er es auszuwischen, aber es ging nicht. Er durfte es nicht auswischen, es beherrschte die Seite. Es beherrschte das ganze Buch. Es war der personifizierte Euclid, der ihn angrinste.
Piers hatte sich all seiner Kleider entledigt und das Fenster weit aufgemacht. Ein kalter Nachtwind fuhr herein. Finch schauderte. Es wunderte ihn, wie Piers das auf der bloßen Haut aushielt. Der Wind fegte die Seiten eines französischen Übungsheftes durch das ganze Zimmer. Es hatte keinen Zweck, es weiter zu versuchen, er konnte die Aufgabe jetzt nicht machen. Piers, jetzt im Schlafanzug, sprang ins Bett. Er lag und starrte Finch mit glänzenden Augen an und pfiff leise vor sich hin. Finch begann, seine Bücher zusammenzulegen.

»Alles fertig?« fragte Piers höflich. »Das ist fix gegangen, nicht wahr?«
»Ich bin nicht fertig«, schrie Finch. »Glaubst du, ich kann arbeiten mit diesem kalten Wind im Nacken, und wenn du mir ins Gesicht starrst? Es heißt eben morgen früh aufstehen und es vor dem Frühstück fertigmachen.«
Piers wurde sarkastisch. »Du hast viel Temperament, was? Nächstens wirst du Verse schreiben. Wahrscheinlich hast du es schon versucht. Weißt du, ich würde dir raten, in den Osterferien nach Neuyork zu fahren und einen Verleger zu suchen.«
»Halt's Maul«, knurrte Finch, »und laß mich in Ruh.«
Piers war sehr glücklich. Er war zu glücklich zum Schlafen. Es würde seine aufgeregten Geister beruhigen, den jungen Finch zu necken. Er betrachtete ihn nachdenklich, während der seinen langen hageren Körper entkleidete. Könnte sein, daß Finch sich zu einem vornehm aussehenden Mann entwickelte. Sogar jetzt war schon etwas Anziehendes in seinem Gesicht; aber er hatte einen hungrigen, gehetzten Blick, und er war sich unbehaglich seiner langen Arme und Beine bewußt. Immer saß er in irgendeiner ungeschickten Stellung, und wenn er plötzlich angeredet wurde, fuhr er hoch, halb in Abwehr und halb schüchtern, als ob er einen Schlag erwartete. Um die Wahrheit zu sagen, hatte er schon eine Menge bezogen, oft ganz unverdientermaßen.
Piers sah seinen dünnen Körper mit hochmütiger Belustigung an. Er warf spitzige Kritiken über Finchs vorstehende Schulterblätter, Rippen und verschiedene andere Teile seiner Anatomie hin. Zuletzt kroch der Junge zitternd vor Zorn und Demütigung in sein Nachthemd, löschte das Licht und kletterte über Piers an seinen Platz an der Wand. Er rollte sich mit einem Seufzer der Erleichterung zusammen. Es war eine ängstliche Sache, über Piers zu klettern. Er hatte halb erwartet, am Knöchel gepackt und irgendeiner neuen Tortur unterworfen zu werden. Aber er hatte seine Ecke sicher erreicht. Der Tag mit seinem Elend war vorbei. Er streckte seine langen Glieder aus.
Sie lagen still nebeneinander im friedlichen Dunkel. Zuletzt sagte Piers in einem leisen vorwurfsvollen Ton: »Du hast dein Gebet nicht gesprochen. Was fällt dir ein, ins Bett zu kriechen, ohne dein Gebet zu sprechen?«
Finch war entsetzt. Dies war etwas Neues. Ausgerechnet Piers, der ihn wegen seines Betens quälte! Das war unheimlich.
»Ich hab's vergessen«, antwortete er schwerfällig.
»H-m, du hast kein Recht, das zu vergessen. Es ist wichtig in deinem Alter, lange und ernsthaft zu beten. Wenn du mehr beten und weniger brummen wolltest, wärest du gesünder und glücklicher.«
»Quatsch. Was fällt dir ein?«
»Ich bin todernst. Heraus mit dir und sprich dein Gebet!«
»Du betest selber nicht«, beklagte sich Finch bitter. »Du hast jahrelang kein Gebet gesprochen.«

»Das geht dich nichts an. Ich habe einen Spezialvertrag mit dem Teufel, und der sieht nach seinem Eigen. Aber du kleines Lamm mußt von den Böcken geschieden werden.«

»Laß mich in Ruh«, grollte Finch. »Ich bin schläfrig. Laß mich in Ruh.«

»Steh auf und sprich dein Gebet.«

»O Piers, sei kein —«

»Nimm dich in acht, was du sagst. Heraus!«

»Fällt mir nicht ein.« Er klammerte sich verzweifelt an die Decken, aus Angst vor dem, was kam.

»Du willst nicht heraus, was? Willst dein Gebet nicht sprechen? Soll ich dich zwingen, was?«

Bei jeder Frage suchten Piers' starke Finger einen empfindlicheren Fleck in Finchs Anatomie.

»O — o — o! Piers! Bitte, laß mich! O—eee—ee!« Mit einem letzten schrecklichen Aufquieken war Finch draußen auf dem Fußboden. Er rieb vorsichtig seine Seite. Dann stammelte er: »Was, zum Teufel, willst du denn überhaupt, daß ich machen soll?«

»Ich will, daß du dein Gebet ordentlich sprichst. Ich will nicht, daß du in deinem Alter schon faul wirst. Auf die Knie 'runter.«

Finch fiel auf dem kalten Fußboden auf die Knie. Neben dem Bett in dem blassen Mondlicht kniend, war er eine erbarmungswürdige junge Gestalt. Aber der Anblick weckte in Piers kein Erbarmen.

»Also«, sagte er. »Los!« Finch drückte sein Gesicht gegen die zusammengepreßten Hände.

»Warum fängst du nicht an?« fragte Piers, hob sich auf die Ellbogen und sprach drohend.

»Ich — ich habe angefangen«, kam eine dumpfe Stimme.

»Ich kann nichts hören. Glaubst du, der Allmächtige hört dich, wenn ich es nicht kann? Sprich lauter.«

»Ich k—kann nicht. Ich will nicht!«

»Du sollst. Oder es wird dir leid tun.«

In der Not des Augenblicks verließen Finch alle Gebete, ebenso wie vorher sein Euclid ihn verlassen hatte. In dem düsteren Chaos seiner Seele blieben nur zwei Worte des Flehens. »O Gott«, murmelte er heiser, und weil ihm nichts anderes einfiel und er doch beten mußte oder von dem Teufel Piers gequält wurde, wiederholte er die Worte wieder und wieder in einer hohlen, zitternden Stimme.

Piers lag und hörte freundlich zu. Finch war wirklich der lächerlichste Schafskopf, den er je gekannt hatte. Ein Geheimnis, das Piers nie ergründen würde. Plötzlich dachte er: »Jetzt habe ich es satt«, und sagte: »Genug, genug. Es ist ja kein großes Gebet gewesen, was du gesprochen hast, aber du hast eine nette,

intime Art dem Allmächtigen gegenüber. Du wirst später mal einen guten Methodisten von der Holy Roller Art abgeben.« Und er fügte nicht unfreundlich hinzu: »Nun hops, ins Bett.«
Aber Finch hopste nicht. Er klammerte sich an den Bettrand und schluchzte weiter »O Gott!« Das Zimmer war für ihn voll der Gegenwart Gottes, der nun das Gesicht des schrecklichen, strengen alttestamentlichen Gottes trug, und dann merkwürdigerweise plötzlich wieder das hübsche spöttische Gesicht von Piers. Erst ein Klaps an den Kopf brachte ihn wieder zu Sinnen. Er kroch mit seinem langen Körper ins Bett zurück, über und über zitternd.
Eden riß die Tür auf. »Just so gut«, klagte er mit hoher Stimme, »könnte man neben einem Zirkus schlafen. Ihr seid wirklich die widerwärtigsten Bengels —« und er schüttete eine Handvoll abscheuliche Schimpfworte aus. Dann unterbrach er sich und fragte aufhorchend: »Weint er? Weswegen weint er?«
»Wahrscheinlich schlechter Laune«, antwortete Piers mit schläfriger Stimme.
»Warum weinst du, Finch?«
»Laß mich in Ruh, hörst du?« schrie Finch in plötzlicher Wut. »Hörst du, du läßt mich in Ruh!«
»Ich glaube, er heult über sein Zeugnis. Renny ging hoch deswegen«, sagte Piers.
»Ach, deswegen? Na, arbeiten wird da mehr helfen als heulen.« Und Eden verschwand, wie er gekommen war.
Die beiden Brüder lagen im Mondlicht. Finch war ruhig, bis auf ein gelegentliches Aufschluchzen. Piers' Gefühl gegen ihn war jetzt großmütig. Er war solch ein hilfloser junger Narr. Piers fand es hart, daß er gerade zwischen Eden und Finch geboren war. Eingeklemmt zwischen einem Dichter und einem Narren. Schöne Pastete! Jedenfalls war er der nahrhafte Teil davon.
Seine Gedanken kehrten zu Pheasant zurück. Er konnte nie genug an sie denken: ihre hübschen Bewegungen, ihre stürmische Art, um ihr Herz aufzutun, ihr plötzliches Sichzurückziehen, die Klarheit ihres Profils. Er sah ihr Gesicht im Mondlicht, als ob sie mit im Zimmer wäre. Und bald würde sie das sein, statt des schnüffelnden jungen Finch! Er liebte sie mit jedem Zoll seines Körpers. Er allein von allen Leuten in Jalna wußte, was wirkliche Liebe war. Merkwürdig, daß er bei aller Liebestrunkenheit Zeit gehabt hatte, mit Finch zu spielen und ihn zu quälen. Kein Zweifel, daß irgendein boshafter Teufel in ihm steckte. Außerdem hatte er in letzter Zeit so viel Ängste durchgemacht, daß er sich jetzt, wo alles festgesetzt war und er seinen Willen haben würde, wie ein junges Pferd vorkam, das plötzlich auf die Frühlingsweide kommt und aus reinem Übermut seine besten Freunde schlagen und beißen möchte.
Armer alter Finch! Piers warf die Decke mit einem Ruck über Finchs magere Schulter und legte den Arm um ihn.

## 6 Pheasant brennt ihrem Vater durch

Zwei Wochen später erwachte Pheasant eines Morgens bei Sonnenaufgang. Sie konnte nicht schlafen, denn es war ihr Hochzeitstag. Sie sprang aus dem Bett und lief ans Fenster, um zu sehen, ob der Himmel ihr freundlich wäre.
Der Himmel strahlte wie ein goldener See, und gerade über der Sonne schwamm wie ein großer roter Fisch eine Wolke wie im Traum dahin. Unter ihrem Fenster war der Baumgarten rings um den Rasenplatz über Nacht in volle Blüte ausgebrochen. Die jungen Bäume standen in schneeigen Reihen, wie junge Mädchen vor der ersten Kommunion. Kuhglocken tönten unten in der Schlucht.
Pheasant beugte sich aus dem Fenster, das kurze braune Haar verwirrt, das Nachthemd fiel ihr von der einen schmalen Schulter. Sie war glücklich über die heitere Klarheit des Morgens, über die Kirschbäume, die gerade zu ihrem Hochzeitstag aufgeblüht waren; und doch war sie traurig, weil es ihr Hochzeitstag war und sie nichts Neues anzuziehen hatte. Außerdem mußte sie nun in Jalna leben, wo niemand sie haben wollte, außer Piers.
Sie sollte ihn um zwei Uhr treffen. Er hatte einen Wagen gemietet, und sie wollten nach Stead fahren, um da getraut zu werden. Stead lag außerhalb von Mr. Fennels Sprengel. Dann wollten sie für die Nacht in die Stadt fahren, aber am nächsten Tag mußten sie wieder in Jalna sein, weil Piers Eile mit der Frühlingsaussaat hatte. Wie würde die Familie in Jalna sie empfangen? Sie waren immer freundlich zu ihr gewesen, aber würden sie gegen sie als Piers' Frau auch freundlich sein? Aber Piers würde ja für sie sorgen. Mit ihm neben sich konnte sie es mit der Welt aufnehmen.
Sie spielte mit den weißen Fingern auf dem Fensterbrett und sah die Sonne auf dem Verlobungsring funkeln, den sie bisher nur nachts zu tragen gewagt hatte. Sie dachte an den glücklichen Augenblick, wo sie einander ins Gesicht gesehen hatten und die Liebe darin aufblühen sahen, wie die Kirschbäume aufblühten. Sie würde ihn immer liebhaben, ihn des Nachts seinen Kopf an ihre Schultern kuscheln lassen und des Morgens mit ihm aufs Feld gehen. Sie war froh, daß er in der Landwirtschaft arbeitete, statt in irgendeinem anderen Beruf. Sie wußte viel zuwenig, um die Frau eines gebildeten jungen Mannes zu sein. Piers konnte sie ihre kindischen Gedanken über das Leben ohne Verlegenheit sagen.
Zum hundertsten Male besah sie die wenigen Kleider, die sie in eine große schäbige Reisetasche für ihre Hochzeitsreise zusammengepackt hatte – ihre Patent-Leder-Schuhe und ihr einziges Paar seidene Strümpfe, ein rosa Organdiekleid, das ihr eigentlich zu klein war, vier Taschentücher – na, die hatte sie wenigstens genug, und man wußte nie, ob man nicht weinen mußte –, ein Nachthemd und einen indischen Schal, der ihrer Großmutter gehört hatte. Eigentlich glaubte sie nicht, daß sie den Schal nötig hätte; sie hatte ihn nur

getragen, wenn sie Erwachsensein spielte, aber es gab ihrer Ausstattung ein anderes Ansehen, und vielleicht konnte sie ihn im Hotel beim Mittagessen tragen, oder wenn sie in die Oper gingen. Sie war etwas mutiger, als sie die Kleider wieder zusammenpackte und die schäbigen Lederriemen zuschnallte. Schließlich hätte es ja auch noch weniger und Schlechteres sein können.

Sie holte ihr Stopfzeug heraus und stopfte ein großes Loch — oder zog es vielmehr zusammen — in der Ferse eines braunen Strumpfes, den sie auf der Reise tragen wollte. Sie stopfte die zerrissenen Knopflöcher ihres braunen Mantels, sprengte eine Masse billiges Parfüm über das braune Kleidchen, das in einer Schieblade bereitlag, und fror auf einmal, denn sie hatte sich noch nicht angezogen.

Hastig zog sie ihre Kleider an, wusch sich, kämmte ihr Haar und sah sich dabei im Spiegel an. Dabei dachte sie unglücklich: »Wirklich, eine Schönheit bin ich nicht. Nanny hat mein Haar schlecht gepflegt. Ich bin viel zu dürr, und ich sehe gar nicht so elegant aus, wie eine Braut eigentlich aussehen sollte. Niemand könnte sich einen Myrthenkranz auf meinem Kopf denken. Eine Clownkappe würde besser passen. Na, es gehen aber wohl noch häßlichere Mädchen zum Altar, glaube ich.«

Maurice Vaughan war schon bei Tische und aß Wurst und Bratkartoffeln. Er sagte nicht guten Morgen, aber er tat etwas Essen auf einen Teller und schob ihn ihr hin. Zugleich sagte er:

»Jim Martin kommt heute mit einem Mann von Brancepeth. Nanny soll mit dem Essen bis eins warten. Wir haben zu tun.«

Pheasant war starr. Sie sollte Piers um zwei treffen. Wie konnte sie früh genug wegkommen? Und wenn sie zum Essen nicht da war, dann würde Maurice fragen und Verdacht schöpfen. Ihre Hände zitterten, wie sie den Tee eingoß. Sie konnte das Frühstücksgeschirr nicht richtig sehen.

Maurice starrte sie kalt an. »Hast du gehört, was ich gesagt habe?« fragte er. »Was hast du heute morgen?«

»Ich dachte an etwas. Ja, du wolltest Mittag um zwei haben; ich hab's gehört.«

»Ich sagte ein Uhr. Ich ordne es wohl besser selber an, wenn du nicht den Verstand dazu hast.«

Pheasant fand ihre Selbstbeherrschung wieder.

»Wie leicht du böse wirst«, sagte sie kühl. »Natürlich denke ich daran. Ich hoffe, Mr. Martin wird etwas nüchterner sein als das letzte Mal, wie er hier war. Er tat Mixed-Pickles in seinen Tee anstatt Zucker und schlief den ganzen Abend in seinem Stuhl. Das erinnere ich mich gut.«

»Ich nicht.«

»Das kann ich mir denken. Du warst auch schon recht weit.«

Vaughan lachte auf. Die Keckheiten dieser nur halb anerkannten kleinen Tochter machten ihm Spaß. Und doch reizte es ihn manchmal, wenn sie sanft war und sich Mühe gab, ihm zu gefallen, unfreundlich gegen sie zu sein und mit einer Art Freude zu beobachten, daß sie von ihm seine eigene Fähigkeit zu leiden geerbt hatte.

Maurice Vaughan war der Enkel und einzige Nachkomme des Obersten Vaughan, dessen Briefe seinerzeit Philip Whiteoak bewogen hatten, von Quebec nach dem Westen zu ziehen. Er war ein einziges Kind, das seinen Eltern erst spät geboren war. Sehr verzogen aufgewachsen, war er zu einem schweren, trägen, hochfahrenden jungen Menschen geworden, der sich geistig allen seinesgleichen überlegen fühlte, selbst Renny Whiteoak, den er liebte. Mit zwanzig hegte er die Illusion, daß er ohne Anstrengung seinerseits ein großer Mann in der Öffentlichkeit werden würde. Mit einundzwanzig verlobte er sich mit Meg Whiteoak, bezaubert von diesem ihrem unsagbar süßen Lächeln und von der sanften, fast schläfrigen Ruhe, die sie ihm gegenüber zeigte. Die Eltern der beiden waren vor Freude ganz außer sich. Sie wagten kaum zu atmen, daß kein zu kalter oder zu heißer Hauch die Liebe des jungen Paares dämpfen und die so erwünschte Verbindung stören sollte.

Meggie hatte keine Eile. Ein Jahr Brautstand gehörte sich, und ein Jahr Brautstand wollte sie. Maurice, der elegante Herumtreiber, erweckte das Interesse eines hübschen Dorfmädchens, Elvira Grays. Sie verfiel aufs Brombeerenpflükken im Walde, wo Maurice mit der Flinte herumschlenderte — in demselben Walde, wo Piers und Pheasant sich nun trafen. Während Maurice ungeduldig auf Meg wartete, ließ er sich von Elviras Liebe trösten.

Einen Monat ehe die Hochzeit stattfinden sollte, wurde in einer Sommernacht ein kleines Bündel mit einem Baby darin den Vaughans auf die Schwelle gelegt. Der alte Mr. Vaughan, der von dem dünnen Schreien geweckt wurde, kam in Pantoffeln die Treppe herunter, öffnete die Haustür und fand das Bündel, an das ein Zettel gesteckt war, auf dem geschrieben stand: »Maurice Vaughan ist der Vater dieses Kindes. Bitte seid gut zu ihm, es hat niemand was getan.«

Mr. Vaughan fiel auf der Treppe in Ohnmacht und wurde neben dem Baby von einem Landarbeiter gefunden, der den Zettel las und die Neuigkeit schnell verbreitete. Das Kind wurde ins Haus und die Nachricht von seiner Ankunft wurde nach Jalna gebracht.

Wie es sich für die Heldin solch einer Tragödie gehört, schloß sich Meg in ihr Zimmer ein und weigerte sich, jemand zu sehen. Sie weigerte sich zu essen. Nach einem herzzerreißenden Morgen mit seinen Eltern, an dem er alles eingestand, ging Maurice und versteckte sich in den Wäldern. Es fand sich, daß Elvira, die Waise war, verschwunden war.

Megs Vater ging mit seinen Brüdern Nicholas und Ernest zu Mr. Vaughan, um die Sache mit ihm durchzusprechen. Sie waren zwanzig Jahre jünger als er, und sie schrien auf den verwirrten alten Mann ein, wie es bei den Whiteoaks Mode war. Trotz ihrer gekränkten Gefühle waren sie sich einig darüber, daß die Verlobung nicht abgebrochen werden und die Heirat zur bestimmten Zeit stattfinden sollte. Für das Baby müßte eine Unterkunft gefunden werden. Sie fuhren nach Jalna zurück, genügend starke Getränke im Leib und mit dem Gefühl, daß Gott sei Dank alles in Ordnung gebracht war und daß es eine Lektion für den jungen Dummkopf sein würde, freilich für Meggie reichlich hart.

Aber Meggie war nicht zu bewegen, ihr Zimmer zu verlassen. Tabletts mit Essen, die vor ihre Tür gesetzt wurden, blieben unberührt. Eines Abends, nach vier Tagen des Jammers, kam der junge Maurice auf seiner schönen braunen Stute nach Jalna geritten. Er warf eine Handvoll Kies an Meggies Fenster und rief ihren Namen. Sie antwortete nicht. Er wiederholte es mit tragischer Ausdauer. Endlich erschien Meg im hellen Mondlicht, wie ein Bild von dem weinumrankten Fenster eingerahmt. Sie saß mit den Armen auf das Fensterbrett gestützt, das Kinn in der Hand und hörte zu, während er, den Zügel seines Pferdes über dem Arm, seine Reue ausschüttete. Sie hörte ungerührt zu, das Gesicht zum Mond erhoben, bis er fertig war, und sagte dann: »Es ist alles vorbei. Ich kann dich nicht heiraten, Maurice. Ich kann überhaupt niemand heiraten.«

Maurice konnte und wollte ihr nicht glauben. Auf solch hartnäckigen Eigensinn unter diesem holdseligen Äußeren war er nicht gefaßt. Er erklärte und bettelte zwei Stunden lang. Er warf sich auf die Erde und weinte, während das Pferd neben ihm auf dem Rasen weidete.

Renny, dessen Zimmer neben dem Megs lag, konnte es nicht länger aushalten. Er flog hinunter zu Maurice und vereinte seine Bitten mit denen des Freundes in derberer Sprache. Aber nichts konnte Meggie bewegen. Sie hörte den leidenschaftlichen Bitten der beiden jungen Leute zu, während die Tränen ihr über die blassen Wangen strömten; dann schloß sie mit einer endgültigen Abschiedsgeste das Fenster.

Nun wurde Meggie abwechselnd von den Älteren in der Familie aufgesucht. Ihr Vater, ihre Onkels, ihre junge Stiefmutter — die so sehr gehofft hatte, sie loszuwerden —, alle versuchten sie ihre Macht, sie zu überzeugen. Großmutter versuchte es auch, aber der Anblick Meggis, die sanft, aber unbeweglich wie der Felsen von Gibraltar war, wurde der alten Dame zuviel. Sie gab ihr eine Ohrfeige, was Philip Whiteoak wieder bewog, einzuschreiten und zu sagen, daß er dieses kleine Mädchen nicht zu einer verhaßten Heirat zwingen würde und daß es ihn nicht wunderte, wenn Meggie keinen Bräutigam wollte, der irgendein junges Bauernmädchen zur Mutter gemacht hatte.

Meggie ging bleich, aber ruhig aus ihrer Einsamkeit wieder hervor. Ihr Leben veränderte sich nach außen wenig durch diesen Verrat ihrer Liebe. Jedoch lag ihr nicht mehr viel daran, mit anderen jungen Leuten zu verkehren, und sie verbrachte viele Stunden in ihrem Schlafzimmer. Um diese Zeit nahm sie die Gewohnheit an, bei Tisch fast nichts zu essen, da sie satt wurde von den vielen kleinen angenehmen Frühstücks, die in ihr Zimmer gebracht wurden. Sie widmete sich mehr und mehr ihren Brüdern und schüttete über sie eine Liebe aus, in der sie das Bild ihres ungetreuen Liebsten zu ersticken suchte.

Maurice kam Jalna nie wieder näher als bis zu den Ställen. Die Freundschaft zwischen ihm und Renny blieb bestehen. Zusammen machten sie später die schweren Kriegsjahre durch. Als Pheasant drei Jahre alt war, starben Mr. und Mrs. Vaughan im gleichen Jahr, und sie blieb der Sorge eines lieblosen jungen Vaters überlassen, den sie schon »Maurice« nennen konnte. Unglück folgte auf Unglück. Bergwerksaktien, in denen fast das gesamte Vermögen der Vaughans angelegt war, wurden wertlos, und Maurices Einkommen sank von jährlich zehntausend auf weniger als zweitausend. Pferdezucht brachte ihm etwas ein, aber wie Pheasant heranwuchs, hatte sie nie gewußt, was es hieß, Geld in der Tasche zu haben oder hübsche Kleider an ihrem jungen Körper zu tragen. Die tausend Morgen, die der erste Vaughan von der Regierung gekauft hatte, waren auf dreihundert zusammengeschrumpft. Von diesen wurden nur fünfzig bebaut; das übrige war Weideland und dichte Eichenwälder. Die Schlucht, die Jalna schmal durchschnitt, setzte sich als weites Tal durch Vaughansland fort und endigte in einer flachen Senkung, in deren Mitte das Haus stand mit hängenden Läden, schiefer Tür und bemoostem Dach.

Der einzige Dienstbote im Hause war eine alte Schottin, Nanny, die nur wenig und dann mit flüsternder Stimme sprach. Neben Jalna, das von lärmenden, ungezwungenen und lebhaften Menschen voll war, schien Vaughansland nur eine leere Muschel, und die drei, die dort wohnten, lebten abgeschlossen in trübseliger Selbstgenügsamkeit.

Mittagessen um ein Uhr, anstatt zwölfeinhalb wie gewöhnlich, warf Pheasants Pläne ganz durcheinander. Sie fühlte sich auf einmal schwach, hilflos und unsicher. Sie hatte vor sich selbst Angst, daß sie plötzlich Maurice ins Gesicht schreien würde: »Ich brenne um halb zwei durch, um zu heiraten! Mittag muß zur rechten Zeit sein.«

Wie er da hochfahren würde! Sie stellte sich sein dumpfes mürrisches Gesicht von plötzlichem Schreck aufgestört vor.

»Was heißt das?« würde er ausrufen. »Was heißt das, du kleiner Satan?«

Dann würde sie ihm ins Gesicht fauchen: »Es ist wahr! Heute, ja, heute heirate ich. Und ich heirate in die Jalna-Familie, die dich nicht haben wollte, mein guter Junge.«

Statt dessen sagte sie unterwürfig: »O Maurice, ich fürchte, ich muß um zwölfeinhalb voressen. Ich bin um zwei Uhr zum Zahnarzt in Stead bestellt.«

Sie war selber erstaunt, daß ihr das eingefallen war, denn sie war nie im Leben bei einem Zahnarzt gewesen. Sie wußte nicht einmal, wie einer hieß.

»Was fällt dir ein, daß du dich zum Zahnarzt bestellen läßt?« grollte er. »Was ist mit deinen Zähnen?«

»Ich habe kürzlich viel Zahnweh gehabt«, sagte sie, und zwar ganz wahrheitsgemäß, und ihm kam ein häßlicher Kamillengeruch in Erinnerung, den er unlängst an ihr gespürt hatte.

Sie frühstückten schweigend weiter, sie trank Tasse um Tasse starken Tee, mit einem Aufatmen der Erleichterung, daß der befürchtete heftige Widerspruch ausblieb, und er überlegte, daß es schließlich vielleicht besser war, wenn das Kind nicht bei Tisch mit den beiden Männern war, die heute kamen. Martin nahm kein Blatt vor den Mund; er war nicht einer, den man einer jungen Tochter vorsetzte. Das mußte er zugeben. Aber was half es denn, Pheasant zu behüten? Sie war ihrer Mutter Tochter, und er hatte keine Achtung vor ihrer Mutter gehabt, nicht einmal vor sich selber, ihrem Vater. Nicht alle die häßlichen Beschuldigungen, die seit seinem ersten Mißgeschick über ihn in der Gegend umliefen, waren wahr, aber sie hatten doch seine Selbstachtung, seine Würde geschädigt. Er wußte, daß er für einen Taugenichts gehalten wurde und selbst dann noch dafür gehalten werden würde, wenn der weiße Streifen an seinen Schläfen sich über seinen ganzen Kopf ausgebreitet hatte.

Pheasant, die ihn ansah, war plötzlich von einem unerklärlichen Mitleid für ihn erfüllt. Armer Maurice! Morgen früh und alle künftigen Morgen würde er nun allein frühstücken. Gewiß, sie sprachen selten miteinander, aber doch saß sie dann neben ihm; sie bestellte seine Anordnungen an Nanny; sie schenkte ihm seinen Tee ein, und sie war immer mit ihm gegangen, um die jungen Füllen zu bewundern. Nun, wenn sie nicht mehr da war, würde es ihm vielleicht doch leid tun, daß er nicht netter zu ihr gewesen war. Sie war so weltfremd, daß sie an die Übersiedlung nach Jalna dachte wie an einen Umzug in eine ganz entlegene Gegend, wo sie völlig von dem früheren Leben abgeschnitten sein würde.

Als Maurice seinen letzten Schluck Tee hinuntergegossen hatte, stand er langsam auf und ging zu der Glastür, die unter dem Schatten einer Veranda nur ein grünliches Halblicht ins Zimmer ließ. Er stand mit dem Rücken ihr zugewendet und sagte: »Komm her.«

Pheasant schrak ganz nervös aus ihrem Stuhl auf. Was wollte er ihr antun? Einen Augenblick hatte sie Lust, aus dem Zimmer zu laufen. Sie stieß heraus: »Was willst du?«

»Ich will, daß du hierher kommst.«

Sie ging mit gespielter Gleichgültigkeit zu ihm hinüber.

»Es scheint, du willst heute morgen den strengen Vater spielen«, sagte sie.

»Ich will den Zahn sehen, von dem du redest.«

»Ich rede nicht darüber, du tust das. Ich sagte bloß, daß er gefüllt werden müßte.«

»Mach den Mund auf«, sagte er ärgerlich und legte seine Hand unter ihr Kinn.

Sie betete: »O Gott, laß ein großes Loch darin sein«, und öffnete ihren Mund so weit, daß sie aussah wie ein junges Rotkehlchen, das nach Futter schrie.

»H—m«, knurrte Maurice. »Darauf hätte schon längst geachtet werden müssen.« Und fast wider Willen ihr Kinn streichelnd, fügte er hinzu: »Du hast hübsche kleine Zähne. Sieh zu, daß der Kerl sie dir richtig in Ordnung bringt.«
Pheasant starrte ihn an. Er war fast liebevoll. Und jetzt im letzten Augenblick! Er hatte ihr Kinn gestreichelt — wenigstens mit den Fingern angetippt. Plötzlich war sie böse auf ihn. So ein Gedanke, jetzt in der letzten Stunde plötzlich so übertrieben freundlich zu sein! Er machte es ihr nur noch schwerer, ihn zu verlassen.
»Danke«, sagte sie. »Wenn ich so weitermache, werde ich noch eine Schönheit. Nicht wahr?«
Er antwortete ernsthaft: »Für eine Schönheit bist du zu mager, aber du wirst schon runder werden. Jetzt bist du nichts als ein Füllen.«
»Auf diese Art zeigen Füllen, wenn sie vergnügt sind«, sagte sie und rieb ihren Kopf an seiner Schulter. »Ich wollte, ich könnte wiehern! Aber ich kann beißen.«
»Das weiß ich«, sagte er ernsthaft. »Als du fünf Jahre alt warst, hast du mich gebissen. Und ich hielt deinen Kopf dafür unter die Pumpe.«
Sie freute sich, daß er sie an diese Episode erinnerte. Das würde es ihr leichter machen, ihn zu verlassen.
Er ging in den Vorplatz und nahm seinen Hut vom Haken.
»Lebwohl«, rief sie ihm nach.
Sie sah ihm nach, wie er den Weg zum Stall entlangtrottete, seine Pfeife stopfte und mit seinem ganz besonderen nachlässig schlottrigen Schritt dahinging. Sie riß das Fenster auf und rief ihm nach: »O hallo, Maurice!«
»Ja?« antwortete er, sich halb umdrehend.
»O — lebwohl!«
»Na, da soll denn doch —« hörte sie ihn brummen, als er weiterging.
Er mußte sie für ein richtiges kleines Schaf halten. Aber schließlich war es doch ein sehr ernsthaftes Lebewohl. Wenn sie sich das nächste Mal trafen, falls sie sich überhaupt je wieder begegneten, würde sie ein anderer Mensch sein. Sie würde einen geachteten Namen haben — einen Namen, mit dem sie der Welt ins Gesicht sehen konnte. Sie würde Mrs. Piers Whiteoak sein.


7  Eine heimliche Hochzeit


Er war Punkt zwei gekommen. Sie war zwanzig Minuten früher dagewesen, sehr heiß, aber blaß vor Aufregung und Erschöpfung; sie war fast eine halbe Meile eilig gelaufen — manchmal sogar im Trab — und hatte dabei die schwere Reisetasche geschleppt. Beim Herannahen jedes Wagens war sie in einem Zustand panischer Angst gewesen, weil sie fürchtete, verfolgt zu werden. Drei-

mal war sie hinter die Deckung einer Gruppe von Zedern an der Straße geflüchtet, um sich zu verstecken, während eine schwere Fuhre vorbeiknarrte oder ein Wagen rollte.
Piers verstaute die Reisetasche hinten im Wagen, und sie warf sich auf den Sitz neben ihn. Er ließ den Wagen — einen armseligen alten Klapperkasten, aber für diese Gelegenheit gewaschen — mit einem Ruck anlaufen. Piers sah lächerlich sonntäglich aus in seinem steifen besten Tuchanzug und mit einer eher hölzernen als frohlockenden Miene.
»Sie wollten zu Hause heute diesen Wagen haben«, sagte er. »Es war gar nicht leicht, wegzukommen.«
»Für mich auch nicht. Maurice hatte zwei Gäste zu Tisch, und es sollte später gegessen werden, und ich sollte sie empfangen.«
»H—m. Wer waren die?«
»Ein Mr. Martin und ein anderer Mann. Beide Pferdezüchter.«
»Sie empfangen! Großer Gott! Du sagst komische Sachen.«
Sie verkroch sich beschämt in ihre Ecke. War das so, wenn man durchbrannte? Ein schweigsamer, blankgeseifter Liebhaber in einem runden Hut, der einen lächerlich nannte, gerade in dem Augenblick, wo er in einem Rausch von Wagemut und beschützender Liebe sein sollte!
»Ich finde, du bist arrogant«, sagte sie.
»Vielleicht bin ich das«, gab er zu und ließ den Wagen laufen, was er konnte. »Ich kann es nicht ändern«, fügte er hinzu, nicht unfreundlich. »Wahrscheinlich liegt es im Blut.«
Sie nahm den Hut ab und ließ den Wind ihr Haar zausen. Wegweiser sausten vorbei, schwarzweißes Vieh auf den Weiden, Kirschgärten in voller Blüte und Apfelgärten, kaum in Knospen.
»Oma sagte beim Mittagessen, daß ich Erziehung nötig hätte. Das ist deine Aufgabe, Pheasant.« Er sah sich lächelnd nach ihr um, und als er ihr zerzaustes Haar und ihre strahlenden Augen sah, fügte er hinzu: »Du süßer Liebling!«
Er stahl sich einen Kuß, und Pheasant legte ihre Hand auf das Steuerrad neben seine. Sie starrten beide die Hand an und dachten, wie bald der Trauring den Verlobungsring an Wichtigkeit überstrahlen würde. Sie erlebten ein seltsames Durcheinander von Gefühlen, kamen sich im gleichen Augenblick wie durchgebrannte Kinder vor — denn sie waren beide von ihrer Familie unterdrückt worden — und wie fabelhafte Abenteurer, die sich vor nichts in dieser leuchtenden Frühlingswelt fürchteten.
Sie wurden von dem Pfarrer in Stead getraut, einem neuen Mann, der kaum die Namen ihrer Familien, höchstens vielleicht mit einer anschaulichen Anekdote verbrämt, gehört hatte. Piers war so sonnverbrannt und solide, daß er nach gar nichts weiter aussah als nach einem gewöhnlichen jungen Landwirt, und Pheasants schlechtsitzendes Kleid und billige Schuhe verwandelten ihre

junge Anmut in füllenhaftes Ungeschick. Er hoffte, sie würden regelmäßig in seine Kirche kommen, sagte er, und er gab ihnen in der kühlen Sakristei guten Rat. Als sie fort waren und der Pfarrer die Gebühren ansah, die Piers ihm in einem Briefumschlag gegeben hatte, war er überrascht über die Summe, denn Piers war entschlossen, alles zu halten, wie es sich für einen Whiteoak gehörte.
Als sie die Straße entlangsausten, die wie eine weiße Schnur am braunen Seestrand entlanglief, fing Piers an zu jauchzen und zu singen im Jubel des Sieges.
»Wir sind Mann und Frau!« schrie er. »Mann und Frau! Pheasant und Piers! Mann und Frau!«
Sein Überschwang und die Geschwindigkeit, mit der sie fuhren, ließ die Leute ihnen nachschauen. Der grünblaue See, noch bewegt von einem Sturm, der die ganze Nacht getobt hatte, aber nun zu einem sanften Wind geworden war, schlug eine rhythmische Begleitung, einen wunderbaren Hochzeitsmarsch an den Strand. Kirschgärten streuten das Konfetti ihrer Blütenblätter auf den Weg vor ihnen, die Luft war unfaßbar schwer von dem betäubenden Weihrauch des Frühlings. Piers hielt den Wagen eines Fruchthändlers an und kaufte Orangen, von denen Pheasant ihm während des Fahrens Stückchen um Stückchen in den Mund steckte und selbst eifrig aß, denn die Aufregung machte sie durstig. Als sie der Vorstadt näher kamen, warf sie die Schalen in den Straßengraben und putzte sich Lippen und Hände mit ihrem Taschentuch. Sie setzte ihren Hut auf und saß sehr aufrecht, die Hände im Schoß, mit dem Gefühl, daß jeder, der ihnen begegnete, es ihnen ansehen müßte, daß sie eben verheiratet waren.
Piers hatte telefonisch Zimmer bestellt im König-Hotel, wo die Whiteoaks seit drei Generationen abstiegen. Er selbst war nicht oft dagewesen – ein paarmal zum Essen mit Renny zusammen, zweimal zum Geburtstagsessen als kleiner Junge mit Onkel Nicholas.
Nun an seinem Hochzeitstag hatte er eines der besten Schlafzimmer mit Bad genommen. Das Blut stieg ihm zu Kopf, als der Portier mit einem heimlichen Lächeln den Schlüssel einem Pagen gab. Der Boy ging schlenkernd ihnen voran zum Schlafzimmer und trug die altmodische Reisetasche. All die weißen verschlossenen Türen den Gang entlang bedrückten Pheasant. Es kam ihr vor, als müßten Ohren an allen Türspalten und Augen an den Schlüssellöchern sein. Wenn nun Maurice plötzlich auf sie losstürzen würde? Oder Renny? Oder die schreckliche Großmutter Whiteoak?
Als sie allein in dem großen schwermöblierten Hotelschlafzimmer waren, ganz allein, nur mit dem tiefen Dröhnen des Straßenverkehrs unten, das sie an die Existenz der Welt erinnerte, kam plötzlich das Gefühl kalter Würde und Getrenntheit voneinander über sie.
»Kein schlechtes Zimmer, was? Wirst du hier zufrieden sein?« Und er fügte fast herausfordernd hinzu: »Es ist eins von den besten Zimmern im Hotel, aber wenn du etwas anderes haben möchtest –?«

»O nein. Es ist schön, es ist herrlich, danke.«
Waren sie wirklich das junge durchgebrannte Paar, das die Seestraße entlanggerast war, singend und Orangen essend?
»Hier ist deine Tasche«, sagte er und zeigte auf die gewichtige Reisetasche.
»Ja«, nickte sie, »richtig, da ist sie.«
»Was machen wir nun wohl am besten zuerst?« fragte er und starrte sie an. Sie kam ihm so fremd vor in dieser neuen Umgebung, daß es ihm war, als sähe er sie wirklich zum erstenmal.
»Wieviel Uhr ist es?«
»Halb sechs.«
Da sah sie, daß die Sonne hinter dem Hochhaus gegenüber verschwunden war und daß das Zimmer in gelblichem Schatten lag. Es wurde Abend.
»Solltest du nicht lieber jetzt die Telegramme schicken?«
»Wahrscheinlich. Ich will hinuntergehen und das machen und dann einen Tisch reservieren lassen; und sag mal, möchtest du heute abend vielleicht gern ins Theater gehen?«
Pheasant war ganz begeistert. »O schrecklich gern ins Theater! Wird etwas Gutes gegeben?«
»Ich will nachsehen und Karten bestellen, und du kannst dich umziehen. Und nun wegen der Telegramme. Wie wäre es, wenn ich nur eins an Renny schickte, ungefähr so: ›Pheasant und ich verheiratet. Kommen morgen nach Hause. Maurice sagen. Wäre das richtig?«
»Nein«, sagte sie bestimmt. »Maurice muß ein Telegramm für sich allein haben, von mir. So: Lieber Maurice —«
»Großer Gott! Du kannst nicht ein Telegramm anfangen: Lieber Maurice. Das tut man nicht. Sag mir, was du sagen möchtest, und ich bringe es in die richtige Form.«
Pheasant antwortete in empörtem Ton. »Hör mal: ist dies dein Telegramm oder meines? Ich habe Maurice nie im Leben einen Brief geschrieben oder ein Telegramm geschickt und werde es wahrscheinlich nie wieder tun. Also soll es anfangen: Lieber Maurice.«
»Gut, mein Mädchen. Los.«
»Also: ›Lieber Maurice: Piers und ich sind verheiratet. Sag es Nanny. Deine Dich liebende Pheasant.‹ Das ist genug.«
Piers konnte sein Vergnügen über solch ein Telegramm nicht unterdrücken, aber er versprach, es abzuschicken, und nachdem er sie einmal krampfhaft in die Arme gedrückt und einen Kuß auf seinen sonnverbrannten Nasenrücken bekommen hatte, verließ er sie.
Sie war allein. Sie war verheiratet. Das ganze alte Leben war vorüber und das neue fing nun an. Sie ging an den Toilettentisch und stand vor dem dreiteiligen Spiegel. Es war wunderbar, ihr eigenes Gesicht darin zu sehen, von allen Seiten

auf einmal. Sie merkte, daß sie sich nie vorher richtig gesehen hatte — kein Wunder, daß ihr Spiegelbild überrascht aussah. Sie wendete sich hierhin und dahin und drehte den Kopf wie ein hübscher Vogel. Sie zog ihr braunes Kleid aus und stand bezaubert von dem Spiegelbild ihrer Reize in kurzen Hosen und kleinem weißem Röckchen. Sie knipste das elektrische Licht an und spielte lebendes Bild, die schlanken weißen Arme erhoben und die Augen halb geschlossen. Sie hätte am liebsten eine lange Zeit mit diesen magischen Spiegelbildern gespielt, aber Piers konnte zurückkommen und sie noch nicht angezogen finden.

Eine Uhr von irgendeinem Turm schlug sechs.

Sie sah, daß sie ihre Hände waschen mußte, und hoffte, daß im Badezimmer Seife sein würde. Sie erschrak, als sie den elektrischen Knopf gedrückt hatte und der Raum plötzlich von hartem weißen Licht überflutet war. Die blendende Helligkeit überwältigte sie. Zu Hause gab es ein Badezimmer mit einem kahlen Fußboden, auf dem eine alte grüne Zinkwanne stand, verbeult und unansehnlich. Die Handtücher waren alt und ruppig und ließen kleine Fasern überall am Körper hängen, und die Seife war immer schmierig, weil Maurice sie immer im Wasser ließ. Hier glänzten Fliesen und Marmor, silbern poliertes Nickel, eine enorme Wanne von jungfräulicher Weiße und eine Reihe Handtücher, wie es sich für ein Hochzeitspaar gehörte. »Heiliger Himmel«, rief sie aus, »und ich bin die Braut!«

Sie schloß sich ein und nahm ein Bad, ganz ehrfurchtsvoll all diese luxuriösen Dinge benutzend. Solch eine Menge heißes Wasser! Solche köstliche Seife! Solch seidige Handtücher! Und als sie tropfend auf die dicke Bademette heraustieg, hatte sie das Gefühl, als ob sie bis zu diesem Augenblick niemals wirklich rein gewesen wäre.

Ihr Haar war glatt gebürstet, und sie zog ihr rosa und weißes Kleid an, als Piers zurückkam. Er hatte die Telegramme abgeschickt — und auch nicht das »Lieber« bei Maurice ausgelassen. Er hatte Orchestersitze für ein russisches Singspiel bekommen. Er nahm sie mit ins Damenzimmer und setzte sie in einen weiß und goldenen Stuhl, wo sie wartete, während er sich selber abseifte und verschönerte.

Sie saßen an ihrem eigenen Tisch in der Ecke, wo sie das ganze Speisezimmer übersehen konnten: Reihen und Reihen von weißgedeckten Tischen, glitzernd von Silber unter Lampenschirmen; ein Kellner mit rotem Gesicht und kleinen Bartstreifen vor den Ohren, der väterliches Interesse an ihrer Mahlzeit zeigte.

Piers flüsterte: »Was willst du haben, Mrs. Piers Whiteoak?« — und jagte ihr mit diesen magischen Worten jeden anderen Gedanken aus dem Kopf.

Piers bestellte das Essen. Köstliche Suppe. Ein zartes Stückchen Fisch in einer merkwürdigen Sauce. Gebratene Hühnchen. Spargel. Herrliche, aber etwas beängstigende französische Törtchen — man wußte nicht recht, wie man sie essen sollte. Erdbeeren wie aufgelöste Edelsteine. (»Aber wo kommen sie um diese Jahreszeit her, Piers?«) Ganz schwarzer Kaffee. Kleine Zigaretten mit Goldmundstück, eigens für sie gekauft. Der duftende Rauch kreiste um ihre Köpfe und verstärkte ihre Abgeschlossenheit.

Vier Männer am nächsten Tisch ließen sie nicht aus den Augen. Sie sprachen ernsthaft miteinander, aber ihre Augen glitten immer wieder zu ihnen hinüber, und manchmal – das fühlte sie bestimmt – sprachen sie über sie. Das Merkwürdige war, daß das Bewußtsein ihrer Beachtung sie nicht verwirrte. Es erhob sie und gab ihr eine Sicherheit und Freiheit der Bewegung, die sie sonst nicht gehabt hätte.

Sie hatte den goldgestickten indischen Schal ihrer Großmutter mit hinuntergenommen, und als sie merkte, daß diese vier dunklen Männer sie beobachteten und über sie redeten, riet ihr irgendein neuerwachter Instinkt, den Schal um die Schultern zu legen, und sagte ihr, daß irgend etwas an dem Schal sie besser kleiden würde, als das kleine weiß und rosa Kleid. Sie zog ihn fest um sich, saß sehr aufrecht und sah gerade in Piers' heißes Gesicht, aber sie war sich jedes Blicks und jedes Flüsterns der vier am nächsten Tisch bewußt.

Als sie und Piers beim Hinausgehen an den Männern vorbeikamen, wurde einer von ihnen von den Fransen ihres Schals gestreift. Seine dunklen Augen waren zu ihrem Gesicht erhoben, und er neigte den Kopf zu dem Schal hin, als ob er dessen leichte Liebkosung suchte. Er war ein Mann von etwa vierzig. Pheasant fühlte, daß der Schal ein magischer Schal war und daß sie davon getragen wurde, und daß er alle bezauberte, die er berührte. Ihr kleiner brauner Kopf erhob sich aus seiner Pracht wie eine schlanke Blume.

Das russische Theater war eine neue und seltsame Erfahrung. Es öffnete die Tore einer exotischen Welt, von der sie nie geträumt hatte. Sie hörte das »Lied der Wolgaschiffer«, in einem purpurnen Zwielicht von nur undeutlich sichtbaren fremden Seeleuten gesungen. Sie hörte Toben und Fluchen in einer barbarischen Sprache, als eine wilde Schiffsmannschaft die Mätresse ihres Kapitäns über Bord warf, weil sie ihnen Unglück gebracht habe. Die humoristischsten Szenen lockten ihr kein Lächeln ab. Sie waren bezaubernd, aber keinen Augenblick komisch. Der Ansager mit seinem runden Mondgesicht und dem Jargon aus verschiedenen Sprachen hatte eine schreckliche Anziehungskraft für sie, aber sie fand nichts Belustigendes in seinem Geschwätz. Für sie war er der schreckliche Magier, der all dieses Durcheinander von Lärm und Farbe geschaffen hatte. Er war ein unheimlicher Mann, den man atemlos anstarrte, während man unter dem Schal nach Piers' Hand faßte. Sie war noch nie vorher in einem Theater gewesen. Und Piers saß da mit seinem braungebrannten soliden Gesicht und lächelte ruhig nach der Bühne hin und drückte fest ihre Finger.

Als sie durch das Foyer gingen, war dort eine dichte Menge, die sich ohne Hast nach den Ausgangstüren drängte. Pheasant hielt sich nicht an Piers und sah mit

schüchterner Neugier die Gesichter rings an. Dann nahm plötzlich jemand gerade hinter ihr ihr Handgelenk in seine Hand und ließ die andere Hand leicht ihren bloßen Arm bis zur Schulter hinaufgleiten, wo sie einen Augenblick in flüchtiger Liebkosung liegenblieb und dann zurückgezogen wurde.
Pheasant zitterte über und über, aber sie sah sich nicht um. Sie wußte, ohne hinzusehen, daß die Hand dem Mann gehörte, den sie mit dem Schal gestreift hatte. Als sie und Piers auf der Straße waren, sah sie die vier Männer gerade vor sich, wie sie sich Zigaretten anzündeten. Sie fühlte sich alt und erfahren.
Es war nur ein kurzer Weg bis zum Hotel. Sie gingen zwischen anderen lachenden, sprechenden Menschen, einem großen Vollmond entgegen, der am Ende der Straße aufging, und unter dem weißen Glanz des elektrischen Lichtes, der dem Bilde eine Art grelle Heiterkeit gab. Es war Pheasant, als müßte das immer so weitergehen. Sie konnte sich nicht denken, daß morgen alles vorbei sein würde und daß sie nach Jalna zurück — und dort den Kämpfen entgegengehen mußten.
Von ihrem Zimmer aus war ein weiter Himmelsausblick zu sehen. Piers riß das Fenster auf, und der Mond schien zu ihnen herein.
Sie standen zusammen am Fenster und sahen zu ihm auf. »Derselbe alte Mond, der draußen im Walde auf uns herunterschien«, sagte Piers.
»Das scheint Jahre her.«
»Ja. Wie fühlst du dich? Müde? Schläfrig?«
»Nicht schläfrig. Aber ein wenig müde.«
»Armes kleines Mädchen!«
Er legte die Arme um sie und zog sie dicht an sich. Sein ganzes Wesen schien in Zärtlichkeit für sie zu zerschmelzen. Und zu gleicher Zeit sang ihm das Blut in den Ohren das Lied besitzender Liebe.


8  Willkommen auf Jalna

Der Wagen fuhr langsam die gewundene Einfahrt auf das Haus zu. Diese Einfahrt war so beschattet von rankendem Gebüsch, daß sie wie ein langes grünes Gewölbe war, immer grün und feucht. Schwarze Eichhörnchen sprangen von Zweig zu Zweig und bogen die Schweife wie glänzende Fragezeichen. Hier und da zeigte ein erschrecktes Kaninchen seinen weichen braunen Rücken im langen Gras. So langsam fuhr der Wagen, daß die Vögel kaum aufhörten zu singen, wie er näher kam.
Piers fühlte sich plötzlich schrecklich wie ein Schuljunge, der nach einem dummen Streich nach Hause kam. Er dachte daran, wie er manchmal diesen Weg entlang geschlichen war mit bleiernen Füßen und gewußt hatte, daß er sein Teil kriegen würde, und wie er es dann auch gekriegt hatte von Rennys kräf-

tigen Händen. Als er daran dachte, duckte er sich auf dem Führersitz. Pheasant saß steif aufrecht, die Hände zwischen den Knien zusammengefaltet. Als der Wagen vor der breiten hölzernen Treppe hielt, die zur Tür führte, erschien eine kleine Gestalt aus dem Gebüsch. Es war Wakefield, der in einer Hand eine Angelrute hielt und in der anderen eine Schnur, an der ein Barsch baumelte.

»O hallo«, sagte er und kam über den Rasen zu ihnen hinüber. »Euer Telegramm ist gekommen. Willkommen in Jalna!«

Er kam ans Trittbrett und streckte Pheasant eine kleine fischfeuchte Hand hin.

»Faß ihn nicht an«, sagte Piers. »Er riecht scheußlich.«

Wakefield nahm die Kritik gleichmütig hin.

»Ich selber rieche gern Fisch«, sagte er sachlich zu Pheasant. »Und ich vergesse immer, daß manche Leute es nicht mögen. Piers mag nun lieber Mist riechen, weil der zu seiner Arbeit gehört. Er ist daran gewöhnt. Oma sagt, man kann sich gewöhnen.« —

»Schweig still«, befahl Piers, »und sag mir, wo die Familie ist.«

»Ich weiß wirklich nicht«, antwortete Wakefield und schwenkte den toten Fisch gegen die Wagentür, »es ist ja Sonnabend, weißt du, und mein freier Tag. Mrs. Wragge hat mir ein kleines Frühstück gemacht — ein bißchen kaltes Fleisch und ein hartes Ei und Zitronentorte und ein bißchen Käse und —«

»Um Himmels willen«, sagte Piers, »hör auf zu schwatzen und schlag den Fisch da nicht immer an den Wagen! Lauf hinein und sieh, was sie machen. Ich möchte Renny allein sehen.«

»O ich fürchte, das geht nicht. Renny ist heute nachmittag drüben bei Maurice. Wahrscheinlich besprechen sie, was sie mit euch beiden machen wollen. Natürlich gibt das viel Überlegen und Reden, weißt du, um die richtige Strafe auszudenken. Neulich, als Mr. Fennel mich bestrafen wollte, fiel ihm einfach gar nichts ein, was den richtigen Eindruck machen würde. Und er hat schon versucht —«

Piers fuhr dazwischen und sah Wakefield fest an: »Geh und sieh in die Wohnzimmerfenster. Ich sehe Feuer drinnen. Sag mir, wer im Zimmer ist.«

»Gut. Aber da könntest du wohl meinen Fisch halten, denn vielleicht könnte jemand ans Fenster kommen und mich sehen, und nun fällt mir eben ein, daß Meggie mir gesagt hatte, ich sollte heute nicht fischen, und das ist mir ganz und gar aus dem Kopf gekommen, wie mir das immer so geht. Das kommt wohl von meinem schwachen Herzen.«

»Wenn ich dich nicht durchprügele, ehe du eine Stunde älter bist«, sagte sein Bruder, »dann heiße ich nicht Piers Whiteoak. Gib mir den Fisch.« Und er riß dem Jungen die Schnur aus der Hand.

»Halt ihn bitte vorsichtig«, ermahnte Wakefield über die Schulter zurück, als er leicht die Treppe hinaufsprang. Er drückte sein Gesicht an die Fensterscheibe und stand eine Weile bewegungslos.

Pheasant sah, daß die Schatten länger wurden. Ein kühler, feuchter Wind fing an das Gras auf dem Rasen zu bewegen, und die Vögel hörten auf zu singen.
Piers sagte: »Ich werde dieses Ding wegwerfen.«
»O nein«, sagte Pheasant, »wirf dem kleinen Burschen seinen Fisch nicht weg.« Ein nervöses Zittern durchfuhr sie kälter als der Wind. Sie schluchzte fast: »Oh, ich habe so Angst!«
»Armes kleines Ding«, sagte Piers und legte seine Hand über ihre. Sein eigenes Gesicht war starr, und ihm war, als ob eine Hand ihm an die Kehle faßte. Die Familie war ihm nie so schrecklich erschienen. Er sah sie in zorniger Front gegen ihn losrücken, Großmutter voran und bereit, ihn herunterzumachen und zu beschimpfen. Er warf die Schultern zurück und holte tief Atem. Gut − nur zu! Wenn sie häßlich zu Pheasant waren, dann würde er mit ihr fortgehen. Aber er hatte keine Lust, wegzugehen. Er liebte jeden Fußbreit von Jalna. Er und Renny liebten den Besitz wie keiner von den anderen. Das war ein festes Band zwischen ihnen. Piers war sehr stolz auf diese Gemeinschaft der Liebe für Jalna zwischen ihm und Renny.
»Verfluchter Bengel!« sagte er. »Was macht er da?«
»Er kommt schon.«
Wakefield kam wichtig die Stufen herunter.
»Sie trinken Tee in der Wohnstube, als ob es Sonntag wäre. Das Feuer brennt. Was auf dem Tisch steht, sieht aus wie eine Torte. Vielleicht ist es eine Art Hochzeitsessen. Ich glaube, wir gehen lieber hinein. Ich will aber lieber erst meinen Fisch wegtun.«
Piers ließ den Barsch los und sagte: »Ich wollte, Renny wäre hier.«
»Ich auch«, stimmte Wakefield zu. »Ein Zank ist soviel besser, wenn er dabei ist. Oma sagt immer, er ist der richtige Court bei einer Zankerei.«
Piers und Pheasant gingen langsam die Treppe hinauf ins Haus. Er zog die schweren Vorhänge beiseite, die vor der Doppeltür des Wohnzimmers hingen, und führte sie hinein in das Zimmer, das ganz voll Menschen war.
Da war Großmutter, Onkel Nicholas, Onkel Ernest, Meg, Eden und der junge Finch, der sich auf einer gestickten Ottomane flegelte und Kümmelkuchen aß. Er grinste einfältig, als die zwei eintraten, und wandte sich dann um und starrte seine Großmutter an, wie in der Erwartung, daß sie die Attacke führen würde. Aber es war Onkel Nicholas, der zuerst redete. Er erhob seinen Schnurrbart von der Teetasse, richtete seinen dicken Kopf steif auf und sah fast wie ein gereiztes Walroß aus. Er knurrte:
»Beim Himmel, dies ist mehr, als ich erwartete! Aber du hast Renny Sand in die Augen gestreut, du junger Schuft.«
Meg fiel ein, die sanfte Stimme von Tränen erstickt:
»O du verlogener herzloser Junge! Ich begreife nicht, wie du dastehen und uns ansehen kannst. Und diese Familie − Pheasant − ich habe nie mit dir darüber

gesprochen, Piers – ich dachte, du wüßtest von selbst, wie ich diese Heirat empfinde.«

»Haltet euren Schnabel!« schrie Großmutter, die bis jetzt nur unartikulierte Laute der Wut hervorgebracht hatte. »Haltet eure dummen Schnäbel und laßt mich reden.« Die Muskeln in ihrem Gesicht zuckten, ihre schrecklichen braunen Augen brannten unter ihren struppigen Brauen. Sie saß gerade vor dem Feuer, und ihre Gestalt in dem grellen Schlafrock war von einem höllischen Schein angestrahlt. Boney saß auf der Lehne ihres Stuhles und glühte wie eine exotische Blume. Sein Schnabel war in seine daunige Brust versenkt, er spreizte vor der Wärme die Federn und vergaß scheinbar ganz die Aufregung seiner Herrin.

»Kommt her!« schrie sie. »Kommt hierher, vor mich hin. Steht da nicht wie ein Paar Tröpfe in der Tür.«

»Mama«, sagte Ernest, »reg dich nicht so auf. Das ist nicht gut für dich. Es schlägt dir auf die Gedärme.«

»Meine Gedärme sind besser als deine«, fuhr ihn seine Mutter an. »Ich weiß damit umzugehen!«

»Kommt näher her, daß sie nicht so schreien muß«, befahl Onkel Nicholas.

»Heran zum Opferaltar«, beschwor Eden, der nahe an der Tür lehnte. Seine Augen lachten sie an, als sie an ihm vorbei zu Mrs. Whiteoaks Stuhl gingen. Pheasant hielt Piers' Rock mit eiskalten Fingern fest. Sie warf einen flehenden Blick auf Nicholas, der ihr einmal eine Puppe geschenkt hatte und seitdem immer eine Art Gott in ihren Augen geblieben war, aber er starrte nur seine Nase entlang und zerkrümelte ein Stück Kuchen auf seinem Teller. Sie fühlte, wenn sie nicht den Halt von Piers' Arm gehabt hätte, wäre sie in die Knie gesunken.

»So«, fauchte Großmutter, als sie sie dicht vor sich hatte. »Schämt ihr euch nicht vor euch selbst?«

»Nein«, antwortete Piers trotzig. »Wir haben nur getan, was andere Leute auch tun. In der Stille geheiratet. Wir wußten ja, daß sich die ganze Familie auf die Hinterbeine setzen würde, wenn wir es vorher sagten, so haben wir es für uns behalten, das ist alles.«

»So, und ihr erwartet –« sie stampfte ihren Stock wütend auf den Fußboden – »Ihr erwartet, daß ich euch erlaube, diesen kleinen Bastard hierherzubringen? Verstehst du, was das für Meg heißt? Maurice war ihr Bräutigam, und er hatte diesen Balg –«

»Mama!« rief Ernest.

»Sachte, alte Dame«, besänftigte Nicholas.

Finch explodierte in plötzlichem hysterischem Auflachen.

Meg erhob die Stimme. »Laßt sie reden. Es ist wahr.«

»Ja, was hab' ich gesagt? Wagt's bloß und unterbrecht mich! Dieser Balg – dieser Balg – er hat es von einer Schlampe.« – Piers beugte sich über sie und starrte in ihr altes zorniges Gesicht.

»Halt!« brüllte er. »Halt, sag' ich!«
Boney wurde durch den Sturm um ihn zu einer plötzlichen Wut aufgestört. Er streckte seinen Schnabel über Großmutters Schulter, bohrte seine grausamen kleinen Augen in Piers' Gesicht und schüttete einen Strom von Hinduschimpfworten aus. »Shaitan! Shaitan ka bata! Shaitan ka butcka! Piakur! Piakur! Jab kutr!«
Hierauf folgte ein Wasserfall von höhnischem metallischem Gelächter, während er auf der Lehne von Großmutters Stuhl sich hin- und herschaukelte.
Das war zuviel für Pheasant. Sie brach in Tränen aus und versteckte ihr Gesicht in den Händen. Aber Boney fluchte so laut, daß ihr Schluchzen gar nicht zu hören war; und Finch, der von Kopf bis zu Fuß zitterte, warf sein hysterisches Gelächter dazwischen.
Gereizt über alles Maß, das sonnverbrannte Gesicht purpurrot vor Zorn, packte Piers den schreienden Vogel an der Kehle und warf ihn wild auf den Fußboden, wo er liegenblieb, grellfarbig wie eine gemalte Frucht, und sonderbare hustende Töne ausstieß.
Großmutter verlor die Sprache. Sie sah aus, als sollte sie ersticken. Sie riß an der Haube, die ihr über das Ohr fiel. Dann packte sie ihren schweren Stock. Ehe irgend jemand Einhalt tun konnte — wenn sie das überhaupt gewollt hätten —, ließ sie ihn mit einem Krach auf Piers' Kopf fallen.
»Nimm das«, schrie sie, »elender Bengel!«
In dem Augenblick, wo der Stock auf Piers' Kopf fiel, öffnete sich die Tür vom Vorplatz, und Renny kam herein, gefolgt von Wakefield, der, in Deckung hinter seinem Bruder, scheu, aber neugierig die Familie anstarrte. Alle Gesichter wandten sich Renny zu, als ob sein roter Kopf eine Sonne wäre und sie alle lauter Sonnenblumen.
»Na, hier kocht ja ein schöner Suppentopf über«, sagte er.
»Er tut Boney was«, heulte Großmutter. »Armer, lieber Boney! Oh, das junge Biest! Hau ihn, Renny! Ordentlich hauen!«
»Nein! Nein! Nein! Nein!« schrie Pheasant.
Nicholas schob sich in seinem Stuhl herum und sagte: »Verdient hat er es. Er hat den Vogel auf die Erde geworfen.«
»Heb den armen Boney auf, lieber Wakefield«, sagte Ernest, »und streichle ihn.«
Außer von seiner Herrin ließ sich Boney von niemand als von Wakefield anfassen. Das Kind hob ihn auf, streichelte ihn und setzte ihn auf seiner Großmutter Schulter. Großmutter griff in einem ihrer Anfälle von Zärtlichkeit nach ihm und drückte einen Kuß auf seinen Schnabel. »Kleiner Liebling«, rief sie aus. »Omas Liebling. Gib ihm ein Stück Kuchen, Meg.«
Meg weinte leise hinter dem Teetopf. Wakefield ging zu ihr hinüber, und da er nicht beachtet wurde, nahm er das größte Stück Kuchen und fing an, es herunterzuschlingen.

Renny war zu Piers hinübergegangen und besah seinen Kopf.
»Sein Ohr blutet«, erklärte er. »Das hättest du nicht tun sollen, Oma.«
»Er war frech gegen sie«, sagte Ernest.
Eden fuhr dazwischen: »Ach was, Quatsch! Sie hat ihn und das Mädchen unerhört beschimpft.«
Großmutter bumste mit dem Stock auf den Fußboden.
»Ich hab' ihn nicht beschimpft. Ich habe ihm gesagt, daß ich das Mädchen nicht im Hause haben will. Ich hab' ihm gesagt, daß sie ein Bastard-Balg ist, und das ist sie. Ich sagte ihm — gib mir noch Tee — noch Tee — wo ist Philip? Philip, ich will Tee!« Wenn sie sehr aufgeregt war, nannte sie oft ihren ältesten Sohn mit seines Vaters Namen.
»Um Gottes willen, gib ihr Tee«, brummte Nicholas. »Recht heiß.«
Ernest brachte ihr eine Tasse Tee und setzte ihre Haube wieder gerade.
»Noch Kuchen«, verlangte sie. »Hör auf zu heulen, Meggie.«
»Großmutter«, sagte Meg mit melancholischer Würde, »ich heule nicht. Und es ist auch kein Wunder, wenn ich weine, so wie Piers gehandelt hat.«
»Ich hab's ihm gegeben«, schnaubte Großmutter. »Gegeben mit meinem Stock. Ha!«
Piers sagte mit harter Stimme: »Also hört zu. Ich gehe jetzt. Pheasant und ich brauchen hier nicht zu bleiben. Und wir kamen nur, um zu sehen, wie wir empfangen würden. Jetzt wissen wir es ja. Und jetzt gehen wir.«
»Jetzt hör ihn nur, Renny«, sagte Meg. »Er hat alle Liebe zu uns verloren, und es kommt mir vor wie gestern, daß er ein kleiner Junge war wie Wake.«
»Weiß der Himmel, was Wakefield mal anstellen wird«, sagte Nicholas. »Die Familie schießt ins Kraut.«
»Willst du Tee, Renny?« fragte Meg.
»Nein, danke. Gib dem Mädchen welchen. Die ist ganz hin.«
»Ich will keinen Tee!« schrie Pheasant und sah wild in all die feindlichen Gesichter um sich her. »Ich will weg! Piers, bitte, bitte, bring mich weg.« Sie fiel in einen breiten Cretonne-Polsterstuhl, zog die Knie hoch, warf ihr Gesicht in die Hände und schluchzte laut.
Meg sagte mit kalter und doch zorniger Trauer: »Wenn er dich bloß nach Hause schicken könnte und dich lossein! Aber nun bist du an ihn gebunden. Du hast ja keine Ruhe gehabt, bis du ihn gebunden hattest. Die Sorte kenne ich.«
Nicholas warf ein: »Die warten nicht, bis sie aus den Kinderschuhen sind — die Sorte.«
Eden schrie: »Um Gottes willen!«
Aber Piers' wütende Stimme übertönte seine.
»Kein Wort weiter über sie. Ich will kein Wort mehr hören!«
Großmutter schrie: »Willst du noch einen auf den Kopf, du junger Bursche du!« Kuchenkrümel hingen in den Haaren an ihrem Kinn. Wake sah sie inter-

essiert an. Dann pustete er, um sie wegzublasen. Finch brachte hysterisch keuchende Laute heraus.

»Wakefield, laß das«, befahl Onkel Ernest, »oder du kriegst eins an den Kopf. Mama, wisch dein Kinn ab.«

Meg sagte: »Und all die Jahre, die ich mich den Vaughans ferngehalten habe! Nie seit der schrecklichen Zeit hab' ich mit Maurice gesprochen. Keiner von ihnen hat einen Fuß ins Haus gesetzt. Und nun soll seine Tochter – das Kind – die Ursache all meines Unglücks – hier als Piers' Frau leben!«

Piers warf ihr ins Gesicht: »Halt Ruhe, Meg. Wir denken nicht daran, zu bleiben.«

»Der Schandfleck bleibt«, gab sie bitter zurück, »und wenn du ans andere Ende der Welt gehst.« Sie stützte den Kopf auf die Hand mit dem kurzen runden Arm. Ihre sonst so sanften Lippen waren heruntergezogen in einem Ausdruck von hartem Starrsinn. »Du hast es fertiggebracht. Ich habe gleich zu Anfang meines Lebens Schreckliches erlebt. Ich habe versucht, zu vergessen. Daß du dieses Mädchen herbringst, hat alles wieder aufgestört. Mich erniedrigt, mich umgeworfen – ich dachte, du hättest mich lieb, Piers –«

»Herrgott, kann man nicht seine Schwester liebhaben und sonst noch jemand anders?« rief Piers und sah sie leidenschaftlich an, mit feuerrotem Gesicht, selbst ins Herz getroffen, denn er liebte sie.

»Niemand, der seine Schwester liebhat, kann die Tochter des Mannes lieben, der ihr die Treue gebrochen hat.«

»Und außerdem«, fiel Nicholas ein, »hast du Renny versprochen, das Mädchen aufzugeben.«

»Oh, oh«, rief Pheasant und richtete sich im Stuhl auf. »Hast du das versprochen, Piers?«

»Nein, das hab' ich nicht.«

Nicholas brüllte: »Ja, das hast du getan! Renny hat's mir gesagt.«

»Ich habe es nie versprochen. Sei aufrichtig, Renny! Ich hab's nie versprochen, nicht wahr?«

»Nein«, sagte Renny. »Er hat's nicht versprochen. Ich habe ihm gesagt, er soll's aufgeben. Ich habe gesagt, daß bloß Ärger dabei herauskäme.«

»Ärger – Ärger – Ärger«, stöhnte Großmutter, »ich habe zuviel Ärger gehabt. Wenn ich nicht meinen Appetit hätte, ich wäre längst tot. Gebt mir Kuchen, irgendwer.«

»Nein, nicht von dem da – Teufelskuchen! Ich will Teufelskuchen!« Sie nahm den Kuchen, den Ernest ihr brachte, biß ein großes Stück ab und schnaufte im Kauen: »Dem Bengel habe ich einen guten Klaps auf den Kopf gegeben!«

»Ja, Mama«, sagte Ernest. Dann fragte er sanftmütig: »Mußt du solch große Bissen nehmen?«

»Blut ist gekommen!« schrie sie, ohne auf seine Frage zu antworten, und nahm

einen noch größeren Bissen. »Ich habe den Burschen seine Dummheit büßen lassen.«
»Du solltest dich schämen, Oma«, sagte Eden, und die Familie begann sich lärmend darüber zu zanken, ob sie gut oder übel gehandelt hätte.
Renny stand und sah von einem aufgeregten Gesicht zum anderen, gereizt von dem unnützen Lärm und doch trotz allem von ungeheurer Befriedigung erfüllt. Dies war seine Familie. Seine Sippe. Er war das Haupt der Familie, Häuptling der Sippe. Es machte ihm ein ganz primitives, aufrichtiges und einfaches Vergnügen, über sie alle Herr zu sein, für sie zu sorgen, von ihnen geplagt, geärgert und belästigt zu werden. Alle hingen sie von ihm ab, außer Oma. Und schließlich hing sie auch von ihm ab, denn anderswo als in Jalna würde sie sterben. Und außer der Tatsache, daß er für sie sorgte, hatte er auch die angeborenen Häuptlingseigenschaften. Sie erwarteten von ihm, daß er das entscheidende Wort sagte, und sie quälten ihn, bis er es tat. Er wandte jetzt sein hageres rotes Gesicht von einem zum anderen und schickte sich an, energisch zu werden.
Die Hitze im Zimmer war erstickend; das Feuer hätte kaum notgetan; aber jetzt knisterte und prasselte es mit plötzlichem Anlauf im Kamin. Boney, der sich von Piers' roher Behandlung erholt hatte, schrie mit betäubender Stimme: »Kuchen, Kuchen! Teufelskuchen!«
»Um Gottes willen, gebt ihm Kuchen«, sagte Renny.
Der kleine Wake ergriff ein Stück Kuchen und hielt es Boney hin, aber gerade, als der Papagei es nehmen wollte, zog er es weg. In flammendem Zorn versuchte Boney dreimal vergeblich, das Stück zu haschen. Er schlug mit den Flügeln und stieß ein Gekreisch aus, daß allen im Zimmer die Ohren gellten.
Das war zuviel für Finch. Er kauerte auf seinem Schemel und lachte hysterisch, der Stuhl kippte um — oder hatte Eden ihn mit dem Fuß gestoßen? Und er flog der Länge nach auf den Fußboden.
Großmutter ergriff ihren Stock und versuchte, auf die Füße zu kommen.
»Laßt mich 'ran!« schrie sie.
»Jungens! Jungens!« rief Meggie, in plötzliches Lachen ausbrechend. Diese Art Geschichten liebte sie — Raufereien zwischen den Jungens, und behaglich dabei im Stuhl zusehend. Sie lachte; aber im nächsten Augenblick war sie wieder in Tränen und wandte die Augen von Finchs Gestalt auf dem Fußboden ab.
Renny beugte sich über ihn. Er gab der knochigen, schlottrigen Gestalt des Jungen drei derbe Püffe.
»Steh auf und benimm dich«, sagte er.
Finch stand auf, sehr rot im Gesicht, und verdrückte sich in eine Ecke. Nicholas wandte sich schwer im Stuhl um und sah Piers an.
»Na und du«, sagte er, »du müßtest lebendig geschunden werden für das, was du Meggie angetan hast.«

»Tut nichts«, antwortete Piers, »ich gehe auf und davon.«
Meg sah ihn verächtlich an. »Da mußt du weit laufen, um den Skandal totzukriegen – ich meine, damit es mir wirklich hilft, uns allen.«
Piers gab zurück: »Oh, wir werden schon weit genug weggehen, daß ihr zufrieden seid. In die Staaten – vielleicht.« Das »Vielleicht« wurde halb zögernd angehängt. Der Klang seiner eigenen Stimme bei der Ankündigung, daß er in die Fremde gehen wollte, weit weg von Jalna und dem Land, das er bebaut hatte, den Pferden, seinen Brüdern, hatte für ihn etwas Erschreckendes.
»Was sagt er?« fragte Großmutter, von einem ihrer plötzlichen Schläfchen auffahrend. Boney hatte auf ihrer Schulter gesessen und seinen Kopf an ihre lange flache Wange gedrückt. »Was sagt der Junge?«
Ernst antwortete: »Er sagt, er geht in die Staaten.«
»Die Staaten, ein Whiteoak in die Staaten? Ein Whiteoak ein Yankee? Nein, nein, nein! Das wäre mein Tod. Er soll nicht gehen. Schäm dich, schäm dich, Meggie, den armen Jungen in die Staaten zu jagen. Du solltest dich vor dir selbst schämen. O diese Yankees! Erst nehmen sie Edens Buch und nun wollen sie Piers selbst. O laßt ihn nicht weggehen!« Sie brach in lautes Schluchzen aus.
Rennys Stimme erhob sich, aber ohne Erregung.
»Piers geht nicht weg – nirgendwohin. Hier bleibt er. Und auch Pheasant. Das Mädchen und er sind verheiratet. Die beiden gehören zusammen. Es gibt keinen Grund auf der Welt, warum sie ihm nicht eine gute Frau werden sollte.«
Meg unterbrach: »Maurice hat mir nie vergeben, daß ich ihn nicht heiraten wollte. Er hat diese Ehe zwischen seiner Tochter und Piers angezettelt, um sich zu rächen. Er hat es gemacht. Ich weiß, daß er es gemacht hat.«
Piers wandte sich nach ihr hin. »Maurice hat nichts davon gewußt ...«
»Wie kannst du wissen, was für Pläne er im Kopf hatte?« antwortete Meg. »Er hat bloß auf die Gelegenheit gewartet, dieses Balg nach Jalna einzuschmuggeln.«
Piers rief: »Großer Gott, Meggie! Daß du solch eine böse Zunge hättest, habe ich nicht gedacht.«
»Keine Anwürfe, bitte«, gab seine Schwester zurück.
Rennys Stimme brach dazwischen mit einem Schüttern aus der Brust, von dem die Familie wußte, daß es einen Zornausbruch ankündigte, wenn man ihm widersprach.
»Ich habe die Sache heute nachmittag mit Maurice durchgesprochen. Er ist genauso empört wie wir. Der Gedanke, daß er die Heirat ausgeheckt hätte, um sich an dir zu rächen, Meg, ist einfach lächerlich. Trau dem Mann doch etwas Anstand zu – und etwas Verstand. Herrgott, deine Sache mit ihm ist zwanzig Jahre her. Glaubst du, er hat die ganze Zeit bloß darüber nachgebrü-

tet? Noch dazu ist er im Krieg gewesen. Er hatte doch anderes zu denken als bloß an deine Grausamkeit, Meggie!«
Er lächelte sie an. Er wußte, wie sie zu nehmen war. Und ihr schmeichelte es, wenn man ihre »Grausamkeit« erwähnte. Ihre schöngeformten Lippen verzogen sich etwas, und sie sagte mit fast mädchenhafter Launenhaftigkeit:
»Was ist denn mit ihm los? Jedermann sagt, daß mit ihm irgendwas nicht in Ordnung ist.«
»Na, es ist wohl allerlei nicht in Ordnung bei Maurice, aber wenn das der Fall ist und du bist dafür verantwortlich, dann solltest gerade du nicht über ihn aburteilen und auch nicht über dieses Kind hier. Ich habe es Piers gesagt, wenn er sich weiter mit ihr einließe, würde das nur Ärger geben, und ich habe recht gehabt, nicht wahr, Ärger genug? Aber es fällt mir nicht ein, ihn aus Jalna wegzujagen. Ich will ihn hierbehalten — und ich will meinen Tee, so schnell als möglich. Willst du mir einschenken, Meggie?«
Schweigen folgte auf seine Worte, die nur vom Prasseln des Feuers und von Großmutters friedlichem sprudelndem Schnarchen unterbrochen wurden. Nicholas zog seine Pfeife heraus und fing an, sie aus seinem Tabaksbeutel zu stopfen. Sascha sprang vom Kaminsims auf Ernests Schulter und fing laut an zu schnurren, als ob sie Großmutters Schnarchen übertrumpfen wollte. Wakefield machte die Tür eines Schränkchens auf, das mit Raritäten aus Indien gefüllt war, mit denen er nicht spielen durfte, und steckte seinen Kopf hinein.
»Laß, Liebling«, sagte Meg sanft.
Renny, der Häuptling, hatte gesprochen. Er hatte gesagt, daß Piers nicht aus dem Stamm ausgestoßen werden sollte, und der Stamm hatte gehört und seine Worte der Weisheit angenommen. Um so bereitwilliger, als im Grunde genommen keiner von ihnen Piers ausgestoßen sehen wollte, selbst wenn sie einen unwillkommenen Zuwachs in der Familie in Kauf nehmen mußten. Nicht einmal Meg. Tatsächlich war Renny viel häufiger das Organ der Familie als ihr Haupt. Sie wußten vorher, was er in einer schwierigen Lage sagen würde, und sie ärgerten, hetzten und stachelten ihn, bis er es mit größter Heftigkeit aussprach. Und dann unterwarfen sie sich sichtlich einverstanden seinem Willen.
Renny ließ sich in einen Stuhl fallen mit seiner Tasse Tee und einem Butterbrot. Sein Gesicht war röter als gewöhnlich, aber er sah mit tiefer Befriedigung die Gruppe um sich an. Er hatte den Familienstreit unterdrückt. Sie hingen von ihm ab, von der wilden alten Großmutter an bis zu dem kleinen Wake. Sie hingen von seiner Führung ab. Er fühlte jeden von ihnen an sich gebunden durch ein starkes unsichtbares Band. Er konnte das Zerren der Bande fühlen, die von ihm bis zu jedem einzelnen im Zimmer gingen. Zu der wilden alten Großmutter. Zu dem albernen jungen Finch. Zu dem jungen Dickschädel Piers, mit seinem Taschentuch am blutenden Ohr. Zu Meggie, die sich vorstellte, daß Maurice all diese Jahre in schwarzer Melancholie gebrütet hätte. Na, kein

Zweifel, daß Maurice ein wunderlicher Kerl war. Er hatte von zwei Frauen etwas ganz anderes aus sich machen lassen, als die Natur gewollt hatte. Renny fühlte die Bande von sich aus dunkel und stark zu jedem einzelnen Familienglied gehen. Und plötzlich fühlte er einen neuen Zug, ein frisches Band. Es war zwischen Pheasant und ihm. Sie war nun eine von ihnen. Sein Eigentum. Er sah sie an, wie sie aufrecht in dem großen Stuhl saß, die Augen vom Weinen verschwollen, aber wie ein artiges Kind ihren Tee trinkend. Ihre Blicke trafen sich, und sie sandte ihm ein kleines, verweint bittendes Lächeln zu. Renny grinste sie ermutigend an. Rags kam herein, und Meg bestellte frischen Tee.
So war die Whiteoak-Familie, als Alayne Archer aus New York plötzlich an ihrem Horizont auftauchte.

## 9 Liebe auf den ersten Blick

Eden merkte, daß seine Schritte lautlos waren auf dem dicken Teppich, der den Fußboden des Empfangszimmers der New Yorker Verlagsfirma Cory & Parsons bedeckte, so daß er so ruhelos wie er Lust hatte auf und ab gehen konnte, ohne aufzufallen. Er war entsetzlich nervös. Er hatte ein Gefühl im Magen, das ähnlich wie Hunger war, aber doch war sein Hals so sonderbar zugeschnürt, daß es ihm unmöglich gewesen wäre, zu schlucken.
Ein Spiegel in geschnitztem Rahmen gab ihm, als er davor stehenblieb, ein grünliches Bild von sich selbst, das ihn nicht gerade beruhigte. Hätte er doch bloß nicht diesen Sommer im Norden solch einen dicken braunen Mantel an. Diese New Yorker würden ihn sicher für einen canadischen Hinterwäldler halten. Seine Hände kamen ihm fast schwarz vor, wie er das Päckchen mit seinem neuen Manuskript umfaßte, wenigstens schien es ihm so, und es war ja auch kein Wunder, denn er hatte monatelang zwischen den Seen im Norden gepaddelt und kampiert. Er beschloß, das Manuskript auf den Tisch zu legen und es erst in der letzten Minute aufzunehmen, ehe er in Mr. Corys Privatbüro eintrat. Es war Mr. Cory, mit dem er über seine Gedichte korrespondiert hatte und der sich sehr bereit erklärt hatte, das lange erzählende Gedicht zu lesen, das im Sommer entstanden war.
Denn das im Frühsommer veröffentlichte Buch hatte eine gute Presse, und die amerikanischen Kritiker fanden eine angenehme Frische und Musik in Edens Lyrik. Da Gedichtbücher gut gingen, hatte es raschen Absatz gehabt. Der junge Dichter konnte vielleicht so viel daran verdienen, daß er sich einen neuen Wintermantel kaufen konnte. Er stand nun lang und schlank in seinem losen Sportanzug, sehr englisch aussehend, und fühlte, daß dieses feierliche luxuriöse Zimmer die Schwelle war, über die er in die Welt des Erfolgs und Ruhms eintreten würde.

Die Tür ging auf, und eine junge Dame kam so leise herein, daß sie fast neben Eden stand, ehe er überhaupt ihre Gegenwart bemerkte.
»Oh«, sagte er auffahrend, »Verzeihung. Ich erwartete Mr. Cory zu sehen.«
»Sie sind Mr. Whiteoak, nicht wahr?« fragte sie mit ruhiger Stimme.
Er wurde knabenhaft rot unter seiner braunen Haut.
»Ja, ich bin Eden Whiteoak. Ich bin —«
Gerade noch zur rechten Zeit schluckte er herunter, was er hatte sagen wollen: daß er der Autor von »Unter dem Nordstern« war. Das wäre eine schreckliche Art sich vorzustellen gewesen — gerade als ob er erwartete, daß die ganze Welt sein Gedichtbuch kannte.
Sie jedoch sagte mit einem kleinen erregten Aufatmen:
»O Mr. Whiteoak, ich konnte es nicht lassen, zu Ihnen hereinzukommen, als ich hörte, daß Sie hier wären. Ich muß Ihnen sagen, wie sehr, sehr Ihre Gedichte mir gefallen haben. Ich bin Lektor für Mr. Cory, und er gibt mir gewöhnlich die Gedichtmanuskripte, weil — ja weil ich mich sehr für Poesie interessiere.«
»Ja, ja, ich verstehe«, sagte Eden und versuchte, seine Gedanken zu sammeln.
Sie sprach weiter mit ihrer leisen ruhigen Stimme:
»Ich kann Ihnen gar nicht sagen, wie stolz ich war, als ich ihm Ihre Gedichte empfehlen konnte. Über so viele muß ich ja ablehnende Berichte einschicken. Ihr Name war uns neu. Ich hatte das Gefühl, daß ich Sie entdeckt hatte. Lieber Himmel, das ist sehr ungeschäftlich, daß ich Ihnen das alles erzähle, aber Ihre Verse haben mir so viel Freude gemacht, daß ich dachte, Sie müßten das wissen.«
Ihr Gesicht ging plötzlich aus dem Ernst in Lächeln über. Sie hielt den Kopf etwas schief, als sie ihm in die Augen sah, denn sie war unter mittelgroß. Wie Eden auf sie hinuntersah, dachte er, daß sie wie eine zartfarbige, frische Frühlingsblume war, die mit einer Art sanfter Kühnheit aufblickte.
Er hielt die Hand, die sie ihm gab, in seiner eigenen, warmen tiefgebräunten.
»Ich heiße Alayne Archer«, sagte sie. »Mr. Cory wird Sie in ein paar Minuten sehen können. Um die Wahrheit zu sagen, hat er mir aufgetragen, mit Ihnen etwas über Ihr neues Gedicht zu sprechen. Es ist ein erzählendes Gedicht, nicht wahr? Aber ich wollte Ihnen doch so gern sagen, daß ich Ihr eigentlicher ›Entdecker‹ gewesen bin.«
»Dann kann ich Ihnen ja vielleicht ebensogut das Manuskript geben.«
»Nein. Ich würde es Mr. Cory geben.«
Sie sahen beide das Paket in seiner Hand an, dann begegneten sich ihre Blicke, und sie lächelten.
»Gefällt es Ihnen selbst sehr?« fragte sie. »Ist es so wie die anderen?«
»Ja — natürlich gefällt es mir«, antwortete er, »und ja, ich glaube, es liegt dasselbe Gefühl darin wie in den anderen. Es hat mir Spaß gemacht, es zu schreiben, da oben im Norden, tausend Meilen von aller Welt entfernt.«

»Das muß sehr anregend gewesen sein«, sagte sie. »Mr. Cory will diesen Herbst nach dem Norden reisen. Er leidet an Schlaflosigkeit. Er wird viel darüber von Ihnen hören wollen.« Sie führte ihn zu zwei Polstersesseln. »Wollen Sie sich bitte setzen und mir von dem neuen Gedicht erzählen? Wie heißt es?«
»›Der goldene Fisch‹. Wirklich, ich kann eigentlich nicht davon erzählen. Sie müssen es eben lesen. Ich bin es nicht gewohnt, über meine Verse zu sprechen. In meiner Familie gilt es eigentlich als Schande, Verse zu schreiben.«
Sie hatten sich gesetzt, aber sie richtete sich in ihrem Stuhl auf und starrte ihn ungläubig an. In etwas erschrockenem Ton rief sie: »Verse? Eine Schande?«
»Nun, so schlimm vielleicht nicht«, sagte Eden hastig. »Aber doch schließlich ein Hindernis — etwas, das man eigentlich unterdrücken sollte.«
»Aber sind sie nicht stolz auf Sie?«
»J—ja. Meine Schwester wohl. Aber sie versteht nichts von Poesie. Und einer meiner Onkel. Aber der ist ganz alt. Liest nichts über Shakespeare hinaus.«
»Und Ihre Eltern? Ihre Mutter?« Ihr schien, er müßte eine Mutter haben, die ihn anbetete.
»Beide tot«, antwortete er und fügte hinzu: »Meine Brüder verachten mich geradezu darum. Die Tradition in der Familie ist ganz militärisch.«
Sie fragte: »Waren Sie im Kriege?«
»Nein, ich war erst siebzehn bei Friedensschluß.«
»O wie dumm ich bin, natürlich waren Sie zu jung.«
Dann fing sie an, über seine Verse zu sprechen. Eden vergaß, daß er im Empfangszimmer eines Verlages war. Er vergaß alles außer seiner Freude über ihre anmutige, selbstsichere und doch irgendwie scheue Art. Er hörte sich selbst sprechen, aus seinen Gedichten rezitieren — er hatte etwas vom Oxforder Ton seiner Onkel aufgeschnappt — und sagte schöne und traurige Dinge, über die sich Renny für ihn geschämt hätte, wenn er sie gehört hätte.
Ein Schreibfräulein kam, um zu melden, daß Mr. Cory Mr. Whiteoak bitten lasse. Sie standen auf, und wie er auf sie hinuntersah, dachte er, daß er noch nie solch glattes glänzendes Haar gesehen hätte. Es legte sich um ihren Kopf wie Bänder von schimmernder Seide.
Er folgte dem Schreibfräulein in Mr. Corys Privatzimmer und bekam von dem Verleger einen festen Händedruck und einen scharf prüfenden Blick.
»Setzen Sie sich, Mr. Whiteoak«, sagte er, in trocken sachlicher Stimme. »Es freut mich, daß Sie nach New York kommen konnten. Ich und meine Assistentin Miss Archer haben uns darauf gefreut, Sie kennenzulernen. Wir halten Ihre Arbeit für außerordentlich interessant.«
Jedoch schien sein Interesse recht oberflächlich zu sein. Nach einer kurzen Besprechung der neuen Dichtung, die Mr. Cory nun in seine Obhut nahm, wechselte er plötzlich das Thema und fing an, Eden eine Frage nach der anderen

über den Norden zu stellen. Wie weit im Norden er gewesen war? Was man an Ausrüstung mitnehmen mußte? Vor allem, was für Unterzeug und Schuhe? War das Essen sehr schlecht? Er litt manchmal an Verdauungsstörungen. Wahrscheinlich war es recht anstrengend. Seine Ärzte hatten ihm gesagt, daß ein Jagdausflug dorthin ihn wieder zurechtbringen, einen neuen Menschen aus ihm machen würde. Kräfte genug hatte er, aber — Schlaflosigkeit war eine unangenehme Sache. Er konnte es sich nicht leisten, seine Arbeitsfähigkeit zu verlieren.

Eden war eine Fundgrube von Auskünften. Er wußte von allem etwas. Wie Mr. Cory all diese Einzelheiten anhörte, wurde er immer lebendiger. Ein schwaches Grau-Rosa kroch in sein fahles Gesicht. Er tippte erregt mit den Spitzen seiner polierten Fingernägel auf den Schreibtisch.

Eden versuchte innerlich, sich Mr. Cory in dieser Umgebung vorzustellen, aber er konnte es nicht, und seine Fantasie folgte statt dessen Miss Archer mit ihrem gescheitelten schimmernden Haar und ihren graublauen Augen, die ziemlich weit auseinander unter einer schönen weißen Stirn lagen. Er folgte ihrem Schatten und versuchte, ihn zu fassen, wie er verschwand, und flehte ihn an, ihn vor Mr. Cory zu retten. Denn er hatte angefangen, Mr. Cory zu hassen, seit er herausgefunden zu haben glaubte, daß er den Verleger nur als Canadier interessierte, der alles über das Land wußte, das ihm die Ärzte verordnet hatten.

Jedoch in diesem Augenblick lud ihn Mr. Cory sehr freundlich zum Essen in seinem Hause für den Abend ein.

»Miss Archer wird auch dasein«, fügte Mr. Cory hinzu. »Sie wird über Ihre Verse mit sehr viel mehr Verständnis als ich sprechen, aber ich habe sie auch gern gelesen. Ich mag sie sogar sehr gern.«

Und natürlich mochte Eden plötzlich Mr. Cory auch gern. Es schien ihm plötzlich, als entdeckte er, daß er sehr menschlich war und fast jungenhaft, wie ein sehr braver angegrauter Junge, der eigentlich niemals jung gewesen war. Aber er mochte ihn und schüttelte ihm warm die Hand, als er dankte, und sagte, daß er sehr gern zum Essen kommen würde.

Eden hatte keine Freunde in New York, aber er verbrachte den Nachmittag in glücklichem Herumstreifen. Es war ein leuchtender Septembertag. Die turmhohen Wolkenkratzer und die windigen Schluchten der Straßen voll flatternder bunter Flaggen — er wußte nicht, zu welcher Gelegenheit — begeisterten ihn. Das Leben schien sehr reich, überströmend von Bewegung, Abenteuer, Poesie, es sang ihm im Blute und schrie danach, gestaltet zu werden.

Als er in einer Teestube saß, formten sich die ersten Strophen eines neuen Gedichtes in seiner Seele. Er schob seinen Teller mit Kuchen zur Seite und warf sie schnell auf die Rückseite eines Briefumschlags hin. Ein Zittern nervöser Erregung durchlief ihn. Er hielt sie für gut. Er hielt auch die Idee für gut. Er entdeckte, daß er das Gedicht gern mit Alayne Archer besprochen und ihr diese singenden ersten Zeilen vorgelesen hätte. Es verlangte ihn, ihr Gesicht zu sehen, zu ihm aufgehoben mit diesem Blick ernster Prüfung und zugleich süßer Begeisterung für sein Genie — ja, sie hatte das Wort selbst gebraucht; und tatsächlich hatte auch einer von den Kritikern von »Unter dem Nordstern« das Wort gebraucht, so konnte er es ja ganz gut auch einmal sich selbst durch den Kopf gehen lassen wie einen anregenden Trunk. Genie. Er fühlte, daß er einen Funken des heiligen Feuers hatte, und ihm schien, als ob sie durch ihre Gegenwart, ihre offene Begeisterung die Macht hätte, ihn zu einer flackernden Flamme anzufachen.

Er versuchte, ihr Gesicht auf dem Briefumschlag zu skizzieren. Es glückte ihm nicht schlecht mit der Stirn, den Augen, aber er konnte sich nicht an ihre Nase erinnern — eine ziemlich weiche Linie, nahm er an —, und als der Mund dazukam, hatte er anstatt des Bildes einer Frühlingsblume, sanft aber kühn, wie er es festzuhalten versucht hatte, ein Gesicht von fast holländischer Biederkeit hervorgebracht. Ärgerlich zerriß er die Skizze und sein Gedicht mit. Sie war vielleicht nicht gerade eine Schönheit, aber so war sie doch nicht.

Den Abend im Hotel gab er sich viel Mühe mit seinem Anzug. Sein Abendanzug saß gut, und die Weste von neuestem englischen Schnitt war kleidsam. Wenn er bloß nicht diesen dicken braunen Mantel gehabt hätte, wäre sein Spiegelbild sehr befriedigend gewesen. Jedenfalls sah er männlich aus. Und er hatte einen gutgeschnittenen Mund. Es hatten ihm schon Mädchen gesagt, daß er sehr anziehend wäre. Er lächelte und zeigte eine Reihe weißer Zähne, dann schloß er ärgerlich die Lippen. Lieber Himmel! Er schauspielerte ja wie ein Filmstar! Oder wie eine Zahnwasserreklame. Äugelte geradezu mit sich. Wenn Renny ihn so vor dem Spiegel hätte sehen können, der hätte ihm eins an den Kopf gegeben. Vielleicht verkörperte sich das Genie (wieder das Wort!) in einem wildblickenden, ungekämmten Menschen besser. Er runzelte die Stirn, nahm Hut und Mantel und drehte das Licht aus.

Mr. Cory wohnte in der Sechsundsechzigsten Straße in einem unauffälligen Hause, zwischen zwei sehr auffälligen. Eden fand die übrigen Gäste versammelt, außer dem letzten, einem englischen Novellisten, der ein paar Minuten nach ihm kam. Da waren Mr. Cory, seine Frau, seine Tochter, ein junges Mädchen mit einem großen Gesicht und glattem schwarzem Bubenkopf, ein Musiker, Mr. Gutweld, und ein Bankier Mr. Groves, der augenscheinlich Mr. Cory auf seinem Ausflug nach Canada begleiten wollte, Alayne Archer und zwei sehr ernsthafte mittelalterliche Damen.

Eden fand sich bei Tisch zwischen Miss Archer und einer der ernsten Damen. Gegenüber saßen der englische Novellist, der Hyde hieß, und Miss Cory. Eden hatte niemals einen Tisch gesehen, der so von edlem Glas und schönem Silber glänzte wie dieser! Seine Gedanken flogen einen Augenblick zu dem Mittagstisch in Jalna zurück mit seinen ungeheuren Schüsseln und seinem schwerfälligen alten englischen Silber. Einen Augenblick wurden die Gesichter um ihn herum ausgelöscht durch die Familiengesichter zu Hause, liebevolle, arrogante, lebhafte — Gesichter, die man nicht leicht vergaß, wenn man sie einmal gesehen. Und wenn man sein Leben lang mit ihnen gelebt hatte. — Aber er schob sie weg und wandte sich der ernsthaften Dame zu. Alayne Archer wandte ihm ihre Schulter zu, da sie Mr. Groves an ihrer anderen Seite zuhörte.

»Mr. Whiteoak«, sagte die Dame mit einer sehr gebildeten Stimme, »ich möchte Ihnen sagen, wie sehr hoch ich Ihre Gedichte schätze. Sie zeigen ein zartes Gefühl, das kristallisch in seiner Auswirkung ist.« Sie sah ihn fest mit ihren klaren grauen Augen an und fügte hinzu: »Und solch eine ergreifende Verwirklichung der schmerzlichen Vergänglichkeit alles Schönen.« Nachdem sie dieses gesagt hatte, führte sie den erlesenen silbernen Löffel mit erlesener klarer Suppe ruhig an die Lippen.

»Danke sehr«, murmelte Eden. »Danke Ihnen sehr.« Er war plötzlich von Schüchternheit wie gelähmt. O Gott, wenn Großmutter bloß hier wäre! Er hätte seinen Kopf in ihren Schoß legen mögen, während sie diese schreckliche Frau mit ihrem Stock abwehrte. Er sah sie an, eine Verwirrung überschattete seine blauen Augen, aber sie war augenscheinlich befriedigt, denn sie sprach weiter. Glücklicherweise nahm Mr. Cory nun ihre Aufmerksamkeit in Anspruch, und er wandte sich Alayne Archer zu.

»Sprechen Sie mit mir. Retten Sie mich«, flüsterte er. »Ich bin mir nie im Leben so dumm vorgekommen. Ich bin eben gefragt worden, was mein neues Gedicht behandelte, und alles, was ich sagen konnte, war — ›ein Fisch‹!«

Sie sah ihm jetzt in die Augen, und er fühlte einen elektrischen Schlag in allen Nerven durch ihre Nähe und durch ein seltsames Etwas, das er in ihren Augen sah.

Sie sagte: »Mr. Groves möchte Sie etwas wegen der Ausrüstung für einen Jagdausflug nach Canada fragen.«

Mr. Groves beugte sich vor. »Was denken Sie über Konserven?« sagte er. »Soll man all seine Vorräte mitnehmen, oder kann man sie in Canada kaufen?«

Sie sprachen von Büchsenfleisch und Büchsengemüse, bis Mr. Groves sich umwandte, um vorsichtig durch die Brille eine neue Schüssel zu mustern, die der Diener präsentierte. Dann sagte Miss Archer leise:

»Sie sind also schüchtern? Das wundert mich nicht. Aber es muß doch sehr nett sein, so schöne Dinge über Ihre Verse zu hören.«

Wie er auf ihr Gesicht hinuntersah, dachte er, daß ihre Augenlider wie die einer Madonna wären. »Ich habe heute versucht, eine Skizze von Ihnen zu machen, aber ich habe sie zerrissen — und ein paar Verse mit ihr. Sie können es sich gewiß gar nicht denken, aber auf meiner Skizze sahen sie ganz holländisch aus.«

77

»Das ist kein Wunder«, antwortete sie. »Von meiner Mutter Seite bin ich holländischer Abkunft. Ich glaube, das sieht man ganz deutlich. Mein Gesicht ist breit und etwas flach, und ich habe hohe Backenknochen.«
»Sie zeichnen da ja ein verlockendes Bild von sich selber.«
»Aber ein ganz richtiges, nicht wahr?« Sie lächelte ihn mit fast boshafter Belustigung an. »Also, geben Sie zu, daß ich aussehe wie ein schlafmütziges holländisches Fräulein; sagen Sie es nur!«
Er leugnete es standhaft, aber es war wahr, daß das holländische Blut manches in ihr erklärte. Eine Einfachheit, eine Geradheit, eine ruhige Festigkeit. Aber mit ihren weichen runden Schultern, ihren zartgeröteten Wangen, diesen Madonnenaugenlidern und dem Kranz von kleinen rosa und weißen Blumen im Haar, fand er sie tausendmal bezaubernder als irgendein Mädchen, dem er je begegnet war.
Hyde, der Novellist, sagte mit seiner vibrierenden Stimme: »Wenn ich in Amerika bin, kommt es mir immer vor, als ob ich zu Hause halb verhungert wäre. Ich esse ganz riesige Mahlzeiten hier, und was für Mahlzeiten! Was für Früchte! Was für Sahne! Ich weiß, daß es Kühe in England gibt. Ich habe sie mit eigenen Augen gesehen. Ich habe sogar eine beinahe mit meinem Wagen überfahren. Aber sie geben keine Sahne. Ihre Milch ist getauft — blaßbläulich schon beim Melken. Kann mir jemand erklären, warum? Mr. Whiteoak, sagen Sie mir, haben sie Sahne in Canada?«
»Wir leben da nur von Rentiermilch«, antwortete Eden.
Nach dem Essen schlenderte Hyde zu ihm heran.
»Sie sind ein glücklicher Kerl! Die einzige interessante Frau hier. Wer ist sie?«
»Miss Alayne Archer. Sie ist eine Waise. Ihr Vater war ein alter Freund von Mr. Cory.«
»Schreibt sie?«
»Nein. Sie liest. Sie ist Lektor für den Verlag. Sie war es, die —« Aber er schluckte den Satz gerade noch zur rechten Zeit herunter. Er wollte diesem Burschen mit den Stielaugen nichts weiter sagen.
Hyde sagte: »Mr. Whiteoak, hatten Sie einen Verwandten in der Armee? Einen rothaarigen Burschen?«
»Ja, einen Bruder — Renny. Haben Sie ihn gekannt?«
Hydes Augen traten noch etwas weiter vor. »Und ob ich ihn gekannt habe! Will's meinen! Einer von den Besten! Oh, er und ich haben eine höllische Zeit zusammen durchgemacht. Wo ist er jetzt? In Canada?«
»Ja. Er ist Landwirt.«
Hyde sah Eden kritisch an. »Sie sind ihm nicht die Spur ähnlich. Ich kann mir Whiteoak nicht Verse schreibend vorstellen. Er sagte mir, daß er einen Haufen junger Brüder hätte. ›Die Welpen‹ nannte er sie immer. Ich möchte ihn wohl mal wiedersehen. Bitte grüßen Sie ihn von mir.«

»Wenn Sie es einmal einrichten können, müssen Sie uns besuchen.«
Hyde fing an, von seinen Abenteuern mit Renny in Frankreich zu erzählen. Er war aufgezogen. Er schien seine Umgebung völlig zu vergessen und schüttete wilde und blutige Erinnerungen aus, denen Eden kaum zuhörte. Seine eigenen Augen folgten Alayne Archer, wo sie hinging. Er konnte sich kaum bezwingen, Hyde nicht unhöflich zu verlassen, um ihr zu folgen. Er sah die Augen von Mr. Cory und Mr. Groves auf sich gerichtet, und er sah in ihnen endlose Fragen über die Jagdpartie im Norden aufquellen. Ihm war, als ob die Mauern ihn erdrückten. Er fühlte sich entsetzlich jung und hilflos unter all diesen mittelalterlichen und ältlichen Männern. Verzweifelt unterbrach er den Engländer.
»Sie sagten, daß Sie Miss Archer gern kennenlernen möchten.«
Hyde sah ihn etwas verdutzt an und sagte dann eifrig: »Ja, ja, gern!«
Eden führte ihn zu Alayne hinüber und wandte den beiden eifrigen Jägern entschlossen den Rücken.
»Miss Archer«, sagte er und sah eine rasche Farbe ihre Wange röten und wieder verblassen, so daß sie blasser als vorher schien. »Darf ich Ihnen Mr. Hyde vorstellen?«
Die beiden schüttelten sich die Hände.
»Ich habe Ihr neues Buch in den Fahnenabzügen gelesen«, sagte sie zu Hyde, »und ich finde es herrlich. Nur muß ich dagegen Widerspruch einlegen, wie Sie Ihren amerikanischen Helden sprechen lassen. So oft wünsche ich, daß Engländer nicht Amerikaner in ihren Büchern darstellten. Der Dialekt, den sie ihnen in den Mund legen, wird weder auf dem Lande noch zur See gesprochen.« Sie sagte das leicht hin, aber es war ein Schatten von wirklichem Ärger in ihren Augen. Sie hat viel Charakter, dachte Eden; sie hat keine Angst davor, zu sagen, was sie denkt. Er tat, als ob er dasselbe gefunden habe. Der Engländer lachte ungerührt.
»Na, uns klingt es wenigstens so«, sagte er. »Und außerdem denken Sie bitte daran, daß mein Mann ein Südländer ist. Er spricht nicht so wie Sie hier.«
»Ja, aber er ist ein gebildeter Südländer, der nicht jeden Satz mit ›Hallo‹ anfängt und andere Leute ›Kerl‹ nennt und fortwährend ›sicher‹ sagt. — Hoffentlich bin ich nicht unhöflich?«
Aber Hyde war gar nicht beleidigt. Er war nur belustigt. Kein Widerspruch konnte seine Auffassung amerikanischer Aussprache ändern. Er sagte zu Eden:
»Warum schreibt ihr Canadier nicht über Amerikaner und seht zu, ob ihr mehr Glück habt?«
»Ich werde ein Gedicht über Amerikaner schreiben«, lachte Eden, und der Blick, der aus seinen Augen in die Alaynes blitzte, war wie ein Sonnenstrahl, der in klares Wasser blitzt und da widerstrahlt.
Würden sie nie allein zusammen sein? Ja, der Pianist setzte sich jetzt an den Flügel. Sie verdrückten sich in eine ruhige Ecke. Sie machten einander nichts

vor. Jeder wußte des anderen Wunsch, der übrigen Gesellschaft zu entgehen. Sie saßen ohne zu sprechen, während die Musik über sie hinflutete wie ein Meer. Sie waren am Grunde eines donnernden Meeres. Sie waren verborgen. Sie waren allein. Sie konnten das große Herz des Lebens pochen hören. Sie konnten es in ihren eigenen Herzschlägen hören.
Er rückte ihr etwas näher, starrte gerade vor sich ins Zimmer, und es war ihm, als fühlte er ihren Kopf an seine Schulter sinken, und ihren Körper in seinen Armen. Die Wellen Chopins donnerten weiter. Eden wagte kaum, ihr sein Gesicht zuzuwenden. Aber schließlich tat er es doch, und ein zarter Duft kam aus dem Kranz kleiner französischer Blumen, die sie trug, zu ihm herüber. Wie schön die Hände, die in ihrem Schoß lagen. Wirklich Hände für eines Dichters Liebe. Gott, wenn er sie nur in seine nehmen dürfte und sie küssen! Wie zart und duftend würden sie sein —
Der Pianist spielte Debussy. Miss Cory hatte das Licht abgedreht bis auf ein mattes auf dem Flügel. Das Meer sang jetzt in lauter kleinen zarten Wellen. Er nahm Alaynes Hände und führte sie an seine Lippen.
Und wie er sie hielt, schütterte sein ganzes Wesen von einem Strom von Versen, die in ihm aufbrausten und gestaltet werden wollten, durch die Berührung ihrer Hände ins Leben gerufen.


10  Alayne lernt das Leben kennen

Alayne Archer war 28 Jahre alt, als sie Eden Whiteoak begegnete. Ihr Vater und ihre Mutter waren innerhalb weniger Wochen gestorben, während einer Grippe-Epidemie vor drei Jahren. Sie hatten ihrer Tochter ein paar Hundert Bankguthaben hinterlassen, ein paar Tausend Lebensversicherung und ein künstlerisch eingerichtetes Landhäuschen in Brooklyn, das die Golfwindungen überblickte und ein Stückchen des Ozeans. Aber sie hatten ihr ein verarmtes Herz gelassen, dessen Liebe sich 25 Jahre lang nur auf sie gesammelt hatte und nun wie ein banger Strom ihnen nach in das Unbekannte floß. Anfangs hatte es ihr geschienen, als könne sie nicht leben ohne diese beiden geliebten Wesen, deren Leben so eng mit dem ihren verbunden war.
Ihr Vater war englischer Lehrer an einem New Yorker Staats-College gewesen, ein pedantischer, aber sanfter Mann, der seiner Frau gern vordozierte und eine Tochter unterrichtete, der sich aber in allen anderen als gelehrten Dingen wie ein kleines Kind führen ließ.
Ihre Mutter war die Tochter des Leiters eines kleinen theologischen Colleges im Staate Massachusetts, der mehr als einmal wegen seiner freien religiösen Ansichten in Ungelegenheiten gekommen war — und tatsächlich ernsten Schwierigkeiten nur entgangen war durch seine magnetische und anziehende

Persönlichkeit. Diese Eigenschaften hatte seine Tochter von ihm geerbt und sie wieder ihrer eigenen Tochter Alayne weitervererbt.

Zwar waren sie eine ernsthafte kleine Familie, die die Tagesfragen und ihre gelegentlichen Besuche in Europa wichtig nahm, aber trotzdem waren sie oft von einem Geist sanfter Fröhlichkeit erfüllt. Das graue Häuschen hallte wider von professoraler Lustigkeit und Alaynes kindlichen Antworten. Professor Archer und seine Frau hatten jung geheiratet, und oft kam ihnen Alayne viel eher wie eine angebetete junge Schwester vor, als wie ihre Tochter. Sie hatte keine nahe Freundin in ihrem Alter. Ihre Eltern waren ihr genug. Mehrere Jahre vor seinem Tode war Professor Archer beschäftigt, eine Geschichte der amerikanischen Revolutionskriege zu schreiben, und Alayne hatte sich mit Begeisterung als Mithelferin in die Forschungen für sein Werk gestürzt. Große Bewunderung erfüllte sie für diese trotzigen Royalisten, die ihr Heim verließen und nordwärts nach Canada zogen, um Hunger und Kälte um einer Idee willen zu erleiden. Es war herrlich, fand sie und sagte das auch ihrem Vater. Sie hatten darüber gestritten, und später hatte er sie lachend seine kleine Engländerin genannt; und sie hatte auch gelacht, aber es gefiel ihr doch nicht recht, denn sie war stolz darauf, Amerikanerin zu sein. Aber trotzdem sollte man auch die andere Seite einer Frage sehen können.

Mr. Cory war lebenslang mit ihrem Vater befreundet gewesen. Als Professor Archer starb, kam er ihr sofort zu Hilfe. Er half Alayne, das Landhaus am Golf zu verkaufen — an diesem Golf, wo Alayne und ihr Vater so manches fröhliche Spiel zusammen gespielt hatten, während ihre Mutter oben aus dem Wohnzimmerfenster ein Auge auf sie hatte; er hatte ihres Vaters Geldangelegenheiten für sie geordnet und hatte ihr Arbeit gegeben als Lektor für den Verlag Cory & Parsons.

Der erste starre Schmerz, dem eine verzweifelte Erkenntnis seiner Wirklichkeit folgte, war vorbei, und Alaynes Leben glitt in eine ruhige Trauer hinüber. Sie hatte eine kleine Wohnung nahe ihrer Arbeitsstätte genommen, und Abend für Abend brütete sie über ihres Vaters Manuskript, las es durch, korrigierte und zerquälte ihren jungen Kopf fieberhaft über irgendwelche nicht ganz geklärte Punkte. O wäre er noch da, es für sie zu entscheiden! Zu erklären, seinen Standpunkt in seinen klaren eindrucksvollen Worten darzulegen! In ihrer Einsamkeit sah sie fast seine langen dünnen Gelehrtenhände die Seiten umwenden, und die Tränen strömten ihr über die Wangen, daß sie brennend heiß wurden, so daß sie ans Fenster gehen und ihr Gesicht an die kühle Scheibe drücken mußte oder es weit aufmachen, sich hinausbeugen und auf die unfreundliche Straße unten hinabschauen.

Das Buch wurde veröffentlicht. Es machte einen guten Eindruck, und vielleicht waren die Kritiker besonders freundlich, weil der Autor erst vor kurzem gestorben war. Es wurde seines modernen Liberalismus wegen gelobt. Aber einige

Kritiker wiesen auf Irrtümer und Widersprüche hin, und Alayne, die sich dafür verantwortlich glaubte, empfand das als große Demütigung. Sie beschuldigte sich der Nachlässigkeit und Dummheit. Ihres lieben Vaters Buch! Sie wurde so blaß, daß Mr. Cory sich um sie sorgte. Zuletzt überredeten Mrs. Cory und er sie, eine Wohnung mit einer ihrer Freundinnen, Rosamund Trent, zusammen zu nehmen, einer Frau von 50 Jahren, die Kunstgewerblerin war.

Miss Trent war tüchtig, gesprächig und fast immer guter Laune. Erst als Alayne mit Miss Trent zusammenzog, kam sie wirklich zur Ruhe. Sie las zahllose Manuskripte, manche von ihnen sehr schlecht geschrieben, und der literarische Leiter von Cory & Parsons begann, sich auf ihr Urteil zu verlassen, vor allem bei Büchern, die nicht gerade Romane waren. Ihr Geschmack in Romanen war, wie der ihrer Eltern, vielleicht etwas zu konventionell und begrenzt. Manches, was sie in Manuskripten las, schien ihr ganz erschrecklich, und es wucherte dann auf eine fatale Weise in ihrem Geiste weiter wie ein wunderliches Unkraut, das, selbst wenn es ausgejätet und weggeworfen wird, an unerwarteten Stellen wiedererscheint.

Gern saß sie und hörte Rosamund Trents behaglichem Plaudern zu, das Kinn auf die Hand gestützt, die Augen auf Miss Trents Gesicht gerichtet. Aber sie war dann trotzdem nicht ganz gegenwärtig. Eine andere Alayne, die wie ein verlassenes Kind weinte, wanderte durch das kleine Landhaus, wanderte im Garten zwischen den Rhododendron und Rosen, wo das Gras wie feuchter grüner Samt war und der Professor kein dürres Blatt unbeachtet liegen ließ; wanderte weinend am Golf mit dem schmalen grauen Schatten ihres Vaters, und wandte sich, um der Mutter am Fenster zu winken.

Manchmal war die andere Alayne anders, nicht traurig und einsam, sondern wild und fordernd. Hatte das Leben nichts weiter für sie als dies? Lesen, Manuskripte lesen, tagein, tagaus, abends Miss Trents gesprächigem Gesicht gegenübersitzen, oder zu den Corys oder in irgendein anderes Haus gehen und da Leute treffen, die ihr gleichgültig waren? Würde sie nie einen Freund haben, dem sie alles anvertrauen konnte — wenigstens fast alles? Würde sie nie — zum erstenmal in ihrem Leben fragte sie sich das in düsterem Ernst — würde sie nie einen Liebsten haben?

Oh, sie hatte Anbeter gehabt — nicht viele, denn sie hatte sie nicht ermutigt. Wenn sie mit ihnen ausging, dann versäumte sie bestimmt irgend etwas Schönes, was gerade zu Hause passierte. Wenn sie zu ihr zu Besuch kamen, dann paßte es selten gut. Sexuell war sie eine von diesen Frauen, die sich langsam entwickeln; die unter gewissen Verhältnissen heiraten, Kinder haben können und in denen doch niemals die Quellen der Leidenschaft wirklich befreit werden.

Ein Mann war da gewesen, den man vielleicht einen Freier hätte nennen können, ein Kollege ihres Vaters, aber einige Jahre jünger als dieser. Er war zuerst als ihres Vaters Freund ins Haus gekommen und dann mehr und mehr als der ihre. Er hatte zu ihren ernsthaften Gesprächen gepaßt und auch zu ihrer Fröhlichkeit. Einmal war er mit ihnen nach Europa gereist. In Sorrent, an einem Morgen, als es Frühling wurde und sie auf einem schmalen Fußweg über den Hügel wanderten, erfüllt von dem Wunder dieses stürmischen Erwachens, hatte er um sie angehalten. Sie hatte ihn gebeten, auf die Antwort zu warten, bis sie wieder in Amerika wären, denn sie fürchtete, daß ihr Glücksgefühl nicht an ihm, sondern an Italien lag.

Sie waren erst einen Monat wieder in Amerika gewesen, als ihre Mutter krank wurde. Die nächsten beiden Monate gingen in herzbrechender Angst und Verzweiflung hin. Am Ende fand sie sich allein. Wieder hielt ihres Vaters Freund in altmodischen Worten, die sie wohl gern in Büchern las, die sie aber im wirklichen Leben nicht rührten, um ihre Hand an. Er liebte sie, und er wollte für sie sorgen. Sie wußte, daß ihr Vater ihn geschätzt hatte, aber ihr Herz war leer geworden, und diese Leere sehnte sich nach keinem neuen Bewohner.

Als ihr das Manuskript des jungen Whiteoak zum Lesen gegeben wurde, war Alayne in einer Stimmung leidenschaftlicher Empfänglichkeit für Schönheit. Die Schönheit, die Einfachheit, die herrliche Beschwingtheit von Edens Versen erfüllten sie mit einer neuen Freude. Als das Buch erschien, hatte sie ein seltsames Besitzgefühl ihm gegenüber. Es war ihr geradezu peinlich, wenn Miss Trents große dicke Hand es liebkoste — »solch ein süßes kleines Buch, Liebe!« — und sie haßte es, sie daraus vorlesen zu hören, die schwungvollsten Sätze betonend und das letzte Wort jeder Zeile mit erhobenem Ton ihrer vollen Stimme unterstreichend. »Reinste Schönheit, dieses Stück, nicht wahr, liebe Alayne?« Sie schämte sich vor sich selbst, daß sie Miss Trent ihr Vergnügen an dem Buch mißgönnte, aber ganz ohne Zweifel tat sie das.

Sie fürchtete sich fast davor, Eden kennenzulernen aus Angst, daß er eine Enttäuschung wäre. Wenn er nun kurz und untersetzt war, mit schwarzen runden Augen und einer langen Oberlippe. Wenn er ein schiefes Gesicht hatte und eine Hornbrille trug.

Nun, wie er auch aussehen mochte, seine Seele war schön. Aber sie hatte doch innerlich gezittert, als sie in das Empfangszimmer trat.

Als sie ihn da stehen sah, lang und schlank, mit seiner Tolle von goldenem Haar, seinen feinen Zügen, seinem ruhigen, aber etwas traurigen Lächeln, zitterte sie fast überwältigt von Erleichterung. Er schien etwas von dem Glanz seiner Verse um seine eigene Gestalt zu tragen. Diese lachenden blauen Augen in dem gebräunten Gesicht! Oh, sie hätte es nicht aushalten können, wenn er nicht schön gewesen wäre!

Es war ihr so natürlich, daß sie zusammen eine ruhige Ecke suchten und er, sowie er konnte, ihre Hand in seine nahm und sie begeistert küßte, wie wenn zwei Tautropfen in einen zusammenfließen.

Es schien ihr ebenso natürlich, ja zu sagen, als er zwei Wochen später um sie anhielt.
Er hatte das eigentlich gar nicht vorgehabt. Er machte sich innerlich ganz klar, daß es Wahnsinn war, um sie anzuhalten, außer wenn sie sich auf einen langen Brautstand gefaßt machten, aber die Herbstnacht war voller Sterne und schwer vom betäubenden Duft welkender Blätter und salziger Seeluft. Sie glitten langsam an einer Seestraße entlang in Rosamund Trents Wagen. Rosamund saß über das Rad gebeugt, diesmal schweigend, und die beiden im Rücksitz saßen, allein, in einer Welt für sich. Er konnte es ebensowenig lassen, sie zu bitten, ob sie seine Frau werden wollte, als er es lassen konnte, ein Gedicht zu schreiben, das in ihm nach Gestaltung brannte.
Seine Liebe zu ihr war ein Gedicht. Ihr Leben zusammen würde ein herrliches, bezauberndes Gedicht sein — eine fortwährende Inspiration für ihn. Er konnte nicht ohne sie sein. Der Gedanke, sie vertraut in seinen Armen zu halten, weckte in ihm die zarte Trauer eines künftigen Liebesgedichtes. Aber er durfte sie nicht bitten, seine Frau zu werden. Er durfte nicht und — er tat es.
»Alayne, mein schöner Liebling — willst du meine Frau werden?«
»Eden, Eden —« Sie konnte kaum sprechen, denn die Liebe, die nun ihr so ganz liebeleeres, verarmtes Herz erfüllte, betäubte ihr fast die Sinne. »Ja — ich will, wenn du es willst. Ich will dich mit ganzer Seele.«


11  Edens Glück


»Mir gefällt dein junger Dichter ganz fabelhaft«, sagte Rosamund Trent. »Er muß ein wundervoller Liebhaber sein. Aber, liebe Alayne, sei mir nicht böse, daß ich dir das sage; ich bin so viel älter — findest du es nicht auch eigentlich recht unbesonnen, sich in die Ehe zu stürzen, ohne abzuwarten, wie ihr in der Welt vorankommt? Ihr seid beide solch liebe Menschen, aber ihr seid so unerfahren. Da gibst du hier eine gute Stellung auf und gehst in ein Land, von dem du gar nichts weißt, und willst ein paar Monate leben mit einer Familie, die du nie gesehen hast —«
»Seine Schwester«, sagte Alayne geduldig, »hat mir einen entzückenden Brief geschrieben. Sie haben ein großes altes Haus. Es scheint, daß sie mich gern kennenlernen möchte. Selbst die liebe Großmutter schickt mir einen Willkommensgruß. Und dann habe ich ja auch etwas eigenes Geld; ich werde nicht ganz abhängig sein. Und wenn es jemals notwendig wäre, könnte ich —«
»O Liebe, natürlich wird es gehen. Aber du hast es so eilig. Wenn ihr bloß ein bißchen warten wolltet.«
»Ich habe all diese Jahre auf Eden gewartet!« rief Alayne, dunkel errötend. »Jetzt wird mir das erst klar. Weder er noch ich wollen jetzt noch etwas von der

kostbaren Zeit mehr verlieren, die wir zusammen sein können. Wenn wir verheiratet sind, werde ich zu seiner Familie zu Besuch gehen, und Eden wird sich nach etwas umsehen. Wenn er nicht gleich etwas Passendes findet, dann hat er eben dadurch Zeit genug, sein Talent zu entwickeln, und wenn ich Canada nicht mag, dann kommen wir einfach nach New York zurück. Natürlich könnte er etwas bei Mr. Cory im Verlag bekommen, aber — oh, ich will nicht, daß er irgend etwas tut, was ihm nicht liegt. Er soll für seine Kunst leben.«

Miss Trent machte eine kleine ungeduldige Bewegung. Dann nahm sie mit einer weiten Geste großer Herzlichkeit Alayne in die Arme.

»Ihr beiden Goldkinder!« sagte sie. »Es wird schon alles gutgehen, und warum Zeit verlieren, da ihr jung und schön seid!«

Sie machte sich klar, daß der Zauber und das Wunder von Alaynes Liebe zu Eden so groß war, daß es völlig zwecklos war, ihr Vernunft zu predigen. Alayne selbst war sich so wechselnder Stimmungen in ihrer Liebe zu ihm bewußt, daß sie bisweilen ganz verwirrt war. Er war ein junger Sonnengott, ein starker Befreier aus dem Gefängnis ihres traurigen Herzens; er war ein eben flügge gewordenes Genie; er war ein stammelnder, sonnverbrannter, egoistischer junger Canadier mit einer nicht besonders guten Erziehung; er war ein blauäugiges, sich anklammerndes Kind; er war ein plötzlich hölzerner und zurückhaltender junger Engländer. Ein Abend mit ihm regte sie so auf, daß sie nachher nicht schlafen konnte. Und da sie jeden Abend mit ihm zusammen war, bekam sie müde Augen vom Wachliegen in Gedanken an ihn. Die Linien ihres Mundes wurden zarter und weicher von all diesen Gedanken.

Eden hatte den Brief an Meg, in dem er von seiner Verlobung erzählte, mit großer Besorgnis begonnen. Aber während er schrieb, wuchs ihm das Zutrauen. Er erzählte von Alaynes Schönheit, ihrer lieben Art, ihren einflußreichen Freunden, die in der Öffentlichkeit soviel für ihn tun konnten. Und sie war unabhängig — nicht etwa eine Erbin, nicht das reiche amerikanische Mädchen der Romane; aber trotzdem würde sie eine Hilfe und nicht ein Hindernis für ihn sein. Meg sollte glauben, daß sie in jeder Weise wünschenswert war.

Die Familie in Jalna, immer leichtgläubig und von rasch erregter Einbildungskraft, griff begierig nach der bloßen Vorstellung von Vermögen. Sie machten unter sich aus, daß Alayne bestimmt ein reiches Mädchen war und daß Eden nur aus irgendwelchen Gründen nicht ganz damit herauskommen wollte.

»Er hat Angst, daß jemand von uns ihm ein paar Dollar abpumpen könnte«, spottete Piers.

»Er wäre nie der Narr gewesen, zu heiraten, wenn das Mädchen nicht soviel Draht hätte«, brummte Nicholas.

»Mit seinem Talent, seinem Äußeren und seinen guten Manieren muß er ja eine gebildete reiche Frau anziehen«, sagte Meg, das gewohnte Lächeln süßer Ruhe auf den Lippen. »Ich werde sehr nett zu ihr sein. Wer weiß, vielleicht kann sie

etwas für die Jungens tun. Amerikanische Frauen sind bekannt für Großzügigkeit. Wakefield ist zart, und er ist sehr anziehend. Finch ist —«
»Weder zart noch anziehend«, warf Renny grinsend ein, und Finch, der in seiner Ecke sich mit seinem Latein herumschlug, wurde dunkelrot und gab einen zugleich belustigten und verlegenen Laut von sich.
Großmutter schrie: »Wann kommt sie? Ich muß meine Creme-Haube mit den lila Bändern aufsetzen.«
Piers sagte: »Eden war immer ein impulsiver Trottel. Ich wette, daß er eine dumme Heirat macht.« Er hoffte das im stillen, denn der Gedanke war ihm schwer zu ertragen, daß Eden nun vielleicht eine Heirat machte, die der ganzen Familie recht war, während sie ihn selbst fortwährend fühlen ließen, daß er sein Leben verpfuscht hätte.
Meg schrieb ihren Brief an Alayne und lud sie ein, solange sie wollte nach Jalna zu kommen. Sie sollte Jalna als ihr Zuhause ansehen. Die ganze Familie wäre glücklich über ihres lieben Eden Glück. Die liebe Großmutter lasse grüßen. — »Hast du das auch hingeschrieben, Meggie? Daß ich grüßen lasse? Unterstreiche es. Kein Irrtum.« — Alayne war von diesem Brief tief gerührt.
Welch eine Freude war es, ihrem Liebsten New York zu zeigen! Theater, Museen, Kathedralen, Läden und wunderliche kleine Teestuben. Halbdunkle Stufen ging man hinunter — sie selbst begeistert, weil er es war — in düstere, kerzenerhellte Zimmer, wo die aufwartenden Mädchen weiße Schürzen und ähnliche Abzeichen trugen und wo die Lokale Namen hatten wie »Der Pfeffertopf«, »Der Samowar«, »Der verrückte Hutmacher« oder »Das Schwein und die Pfeife«. Sie standen im Abenddämmern zusammen und sahen vom 20. Stock eines grauen säulenartigen Gebäudes in die Straße hinunter, wo die elektrischen Lampen eine Kette brennender Juwelen wurden, bis über den Hudson hinaus und zum Hafen hinüber, oder sie erhoben ihre glücklichen Augen und sahen alle die dämmrigen Hochhaustürme in märchenhaftem Licht aufglühen.
Sie nahm ihn mit an den Hudson, ihre beiden Tanten zu besuchen, die Schwestern ihres Vaters, die in einem Hause mit einem rosaroten Dach am Flußufer lebten. Sie waren von Alaynes jungem Canadier begeistert. Er hatte solch eine leichte heitere Stimme, und er war so entzückend ehrerbietig zu ihnen. Während sie bedauerten, daß Alayne — wenigstens für eine Zeitlang — fortgehen wollte, waren sie doch ganz entzückt und erhoben von ihrem Glück. Sie schlossen Eden in ihr Herz, und in dem vollendet hübschen kleinen Wohnzimmer stellten sie ihm unzählige Fragen über seine Familie. Er selbst ließ sich da viel weniger gehen als in Alaynes Wohnung, sah neugierig in die klaren Augen dieser zwei ältlichen Frauen und überlegte verwundert, ob sie wohl immer so ernsthaft, so ausgeglichen und elegant, so vornehm gesetzt und so ungeheuer wohlerzogen gewesen waren. Ja, das waren sie sicher. Er stellte sie sich vor in hohen Kinderstühlchen, wie sie Gummipuppen und Klappern mit demselben

Ausdruck handhaben. Sie neigten zum Starkwerden. Ihre Gesichter hatten angenehme Züge. Ihr ergrauendes Haar war mit größter Sorgfalt von der Stirn zurückfrisiert. Ihre Kleider von sanft neutralen Farben paßten vollendet zu den zarten Tönen der Tapeten und Vorhänge. Gruppen von kleinen schwarzgerahmten Holzschnitten und Skizzen von Portalen europäischer Kathedralen, alten Brücken oder stillen Landschaften gaben den Wänden etwas Vornehmes. Aber trotz dieser betont strengen Einfachheit fühlte Eden, daß diese zwei ältlichen Damen unheilbar romantisch waren. Er war ganz nervös, nur ja nichts zu sagen, was diese zerbrechliche Atmosphäre störte, in der sie lebten. Wenn sie ihn fragten, versuchte er, die Familie in Jalna in so neutralen Farben wie möglich darzustellen. Aber das war schwierig. Es wurde ihm zum erstenmal klar, daß sie recht kräftige und flammende Farben hatte.

Miss Harriet fragte: »Warten Sie mal, Sie sind doch sechs, nicht wahr? Sehr interessant. Helen, stelle dir bloß vor, Alayne mit Brüdern und Schwestern. Als sie klein war, hat sie darum immer gebetet, nicht wahr, Alayne?«

»Ich habe nur eine Schwester«, sagte Eden.

»Sie hat Alayne einen so freundlichen Brief geschrieben«, murmelte Miss Helen.

Miss Harriet fuhr fort: »Und Ihr älterer Bruder hat alle Schrecken des Krieges durchgemacht, nicht wahr?«

»Ja, er war im Krieg«, antwortete Eden, und er dachte an Rennys kraftvollen Wortschatz.

»Und der Bruder nach Ihnen ist verheiratet, sagt uns Alayne. Ich hoffe, daß seine Frau und Alayne sich anfreunden. Ist sie ungefähr in Alaynes Alter? Haben Sie sie lange gekannt?«

»Sie ist siebzehn. Ich habe sie mein ganzes Leben gekannt. Sie ist eine Nachbarstochter.« Seine Gedanken flogen einen Augenblick zu dem Empfang, den Piers und Pheasant fanden, als sie nach ihrer Heirat nach Jalna zurückkehrten. Er dachte daran, wie die arme junge Pheasant geheult hatte und Piers stand und sein blutendes Ohr hielt.

»Ich hoffe, Alayne und sie werden sich verstehen. Und dann sind da noch die beiden jüngeren Brüder. Erzählen Sie uns von ihnen.«

»Ja, Finch ist ein bißchen — oh, er ist gerade in der Jungen-Jagdhund-Periode, Miss Archer. Man kann noch gar nicht sagen, was aus ihm einmal wird. Jetzt steckt er ganz in seinen Schularbeiten. Wake ist ein hübscher kleiner Kerl. Der würde Ihnen gefallen. Er ist zu zart, um zur Schule zu gehen, und hat seine Stunden bei unserem Pfarrer. Ich fürchte, er ist etwas faul, aber er ist ein sehr liebenswürdiger kleiner Taugenichts.«

»Sicher wird Alayne ihn liebhaben. Und dann wird sie auch Onkel haben, nicht wahr? Ich bin froh, daß es keine Tanten gibt. Ja, Alayne, wir sagten erst heute morgen, daß wir froh sind, daß es keine Tanten gibt. Wir möchten wirklich keine Tanten-Nebenbuhler in unserer Liebe zu dir.«

87

»Und dann«, warf Miss Helen ein, »ist da noch Edens erstaunliche Großmutter. Sagten Sie nicht neunundneunzig, Eden? Und geistig noch ganz auf der Höhe. Das ist wirklich erstaunlich.«

»Ja, eine richtige alte — ja eine erstaunliche alte Dame, das ist Großmutter wirklich.« Und er sah sie plötzlich ihn angrinsen, diese garstige Alte, mit der schiefen Haube, Boney auf der Schulter, der schamlose Hinduflüche in seiner gellenden Stimme herausschnarrte. Er stöhnte innerlich und dachte, was wohl Alayne zu seiner Familie sagen würde.

Er hatte Renny geschrieben und ihn gebeten, sein Brautführer zu sein. Renny hatte geantwortet: »Ich habe weder die Zeit, das Zeug noch das nötige Kleingeld für solch eine Feierlichkeit. Aber ich lege einen Scheck als mein Hochzeitsgeschenk für euch ein, der meine Abwesenheit mehr als ersetzen wird. Ich bin froh, daß Miss Archer Geld hat. Sonst würde ich dich für verrückt halten, daß du dich so im Anfang deiner Laufbahn bindest, wo es aussieht, als ob du nach mehreren Richtungen zugleich gehst und nirgends ein Ziel hast. Trotz alledem viel Glück und meine besten Empfehlungen an die Dame. Dein dich liebender Bruder Renny.«

Der Scheck genügte, um die Hochzeitsreise zu bezahlen und sie nach Jalna zu bringen. Eden, dem der Kopf wirbelte, dankte Gott dafür.

Sie wurden in dem vollendet hübschen Wohnzimmer im Hause von Alaynes Tanten am Hudson getraut. Späte Rosen von einem so zarten Rosa, daß sie schon fast lila waren, und Astern von einem so unbestimmten Lila, daß sie fast rosa waren, stimmten genau zu den Pastelltönen, die die zitternd glücklichen Tanten trugen. Ein Presbyterianer-Prediger traute sie; denn die Miss Archers gehörten dieser Gemeinde an. Es war ihnen sehr schwer gewesen, als ihr Bruder zur Unitarier-Lehre übertrat, trotzdem sie ihm nie diesen Glaubenswechsel nachgetragen hatten. Intellektuell war Alayne ganz befriedigt vom Unitarismus, aber manchmal hatte sie doch den Wunsch gehabt, in einem Glauben erzogen zu sein, der etwas bildhafter und weniger verstandesmäßig wäre. Tatsächlich hatte aber das religiöse Gefühl eine sehr geringe Rolle in ihrem Leben gespielt, und als das Unglück über sie kam, fand sie wenig Trost darin. In gewissen traurigen Stimmungen stellte sie sich den Geist ihres Vaters gern beim Golfspiel vor, wie er hier und da anhielt und mit geisterhafter Hand dem Bild der Mutter zuwinkte, die aus dem oberen Fenster des Landhauses herausschaute.

An diesem ihrem Hochzeitstage dachte sie viel an die beiden. Wie würden sie glücklich gewesen sein in ihrem Glück. Sie würden Eden geliebt haben. Er sah so strahlend, sonnenverbrannt und vertrauensvoll aus, wie er auf sie herunter lächelte, daß auch sie strahlend und vertrauensvoll wurde.

Die Corys, Rosamund Trent und die anderen Freunde bei dem Hochzeitsessen dachten und sagten, daß sie nie ein hübscheres Paar gesehen hätten.

Als sie nach New York zur Bahn fuhren, sagte Eden:
»Liebling, ich habe nie in meinem Leben so viele wohlerzogene Leute auf einmal zusammen gesehen. Liebling, bitte laß uns wild und halb verrückt und irrsinnig vor Freude sein! Ich habe es satt, wohlerzogen zu sein.«
Sie drückte sich an ihn. Sie liebte ihn unglaublich, und sie hatte ein leidenschaftliches Verlangen, das Leben kennenzulernen.

## 12 Noch ein Willkommen auf Jalna

Wakefield schlief lange an diesem Morgen, an dem er doch gerade hatte früh aufstehen wollen. Als er seine Augen aufschlug, entdeckte er, daß Rennys Kopf nicht auf dem Kissen neben seinem lag wie sonst. Er war nicht einmal mehr beim Anziehen. Er war weg, und Wake hatte das Bett und das Zimmer für sich. Er schlief bei Renny, weil er manchmal einen Anfall in der Nacht hatte, und dann klammerte er sich immer an seinen ältesten Bruder.
Er machte sich breit im Bett und nahm soviel Platz ein, wie er konnte, lag ein paar Minuten genießerisch und war glücklich darüber, daß er heute nicht zu Mr. Fennel zur Stunde gehen mußte, weil Großmutter den Tag zum Feiertag erklärt hatte. Es war der Tag, an dem Eden und seine Frau in Jalna ankommen sollten. Ihr Zug sollte um neun heute morgen in der Stadt sein, und Piers war schon mit dem Auto hin, um sie die fünfundzwanzig Meilen nach Jalna zu holen, wo ein großes Mittagessen vorbereitet wurde.
Jetzt erhob sich das laute Summen, das dem Schlag der Großvateruhr auf dem oberen Vorplatz voranging. Wake horchte. Nach einer Pause, die länger als gewöhnlich schien, schlug die Uhr neun. Der Zug mit dem jungen Paar mußte in diesem Augenblick an dem Bahnhof ankommen. Wakefield hatte Bilder von Hochzeitsfesten gesehen, und er hatte eine Vorstellung, daß Eden ankam in einem Zylinderhut und einem langen Frack mit einer weißen Blume im Knopfloch, neben seiner Braut, deren Gesicht nur undeutlich durch einen dichten Schleier zu sehen war und die einen riesigen Strauß von Orangenblüten trug. Wenn ihm bloß Meg erlaubt hätte, in dem Wagen mitzufahren, um sie abzuholen. Es war wirklich schade, daß solch ein herrlicher Anblick an Piers verschwendet wurde, der gar nicht sehr darauf erpicht schien.
Wake überlegte, daß er am besten erst mal seine Kaninchenställe reinmachte, denn wahrscheinlich würde doch eines der ersten Dinge, die die Braut sehen wollte, seine Kaninchen sein. Es würde noch etwas dauern, bis sie ankamen, denn sie sollten in der Stadt frühstücken. Er strampelte seine Decken von sich. Er strampelte mit all seiner Kraft, bis nichts mehr über ihm war, dann lag er einen Augenblick ganz still, sein kleines dunkles Gesicht ruhig zur Decke gekehrt, ehe er aus dem Bett sprang und ans Fenster lief.

Es war ein Tag kräftigen, goldenen Herbstsonnenscheins. Ein rundes Beet Kapuzinerkresse um ein paar alte Zedernstämme brannte wie ein stilles Feuer. Über dem Rasenplatz lag noch ein Schimmer von schwerem Tau, und eine Prozession bronzebrauner Truthennen, von einem feuerköpfigen alten Hahn geführt, hinterließ eine dunkle Spur, wo sie darübergelaufen waren.
»Gobbel, gobbel, gobbel«, kam es von dem Hahn, und seine Kopflappen färbten sich noch purpurner. Er kehrte sich um nach seinen Hennen und kreiste vor ihnen, die Flügel mit metallischem Geräusch schlagend.
Wake schrie aus dem Fenster: »Gobbel, gobbel, gobbel! Herunter vom Rasen! Wollt ihr wohl herunter vom Rasen!«
»Clang, clang, clang«, tönte des Truthahns Zornruf, und die Hennen gaben kläglich piepsende Töne von sich.
»Ihr glaubt wohl«, schrie Wakefield zurück, »daß ihr fünfzehn Bräute und ein Bräutigam seid? Nee, das seid ihr nicht. Ihr seid Truthennen; und paßt auf, wie bald ihr gegessen werdet! Das richtige Brautpaar wird euch essen, versteht ihr!«
»Gobbel, gobbel, gobbel.«
Die glänzende Prozession verzog sich hinter die Weinlaube. Zwischen purpurnen Traubenbündeln konnte Wake noch das Gefieder schimmern und die roten Kopflappen des Hahns flammen sehen.
Es war ein herrlicher Morgen! Er warf seinen Pyjama ab und lief splitternackt rund und rund durchs Zimmer. Atemlos blieb er vor dem Waschtisch stehen, wo der Seifenschaum in der Rasierschale zeigte, wie großartig Rennys Vorbereitungen für das Brautpaar gewesen waren.
Wakefield nahm die Rasierseife und den Rasierpinsel und tauchte den Pinsel in die Schale. Er schlug eine Masse feinen, flockigen, herrlichen Schaum. Zuerst verzierte er sein Gesicht, dann verschönerte er jede Schulter mit einer hübschen Epaulette. Dann machte er einen Kragen um seinen runden braunen Hals. Darauf zogen ihn seine zwei kleinen Brustwarzen an, und er verzierte sie wie mit zwei kleinen Schlagsahnehäufchen. Nach und nach verzierte er alle besonderen Einzelheiten seiner kleinen Person. Durch Drehen vor dem Spiegel brachte er es sogar fertig, seinen Rücken zu bemalen. Dafür brauchte er fast alle Rasierseife auf, aber die Wirkung nach vollendeter Toilette war alle Mühe wert. Er stand in begeisterter Bewunderung vor dem Spiegel, erstaunt, wieviel etwas Erfindungsgabe und eine Menge Seifenschaum fertigbringen konnten.
Er malte sich aus, wie er das Brautpaar in dieser einfachen, aber wirkungsvollen Aufmachung empfangen wollte. Sicher würde Alayne es der Mühe wert finden, den ganzen Weg von New York zu kommen, um diesen Anblick zu haben.
Er war ganz in Träumerei verloren, als ein erstickter Schrei ihn aufstörte. Mrs. Wragge stieß ihn aus, die in der Tür stand, die eine Hand auf dem Mund und in der anderen einen Aufwischeimer.

»Mein Gott!« schrie sie. »Was für'n schrecklicher Anblick. Oh, wie ich mich erschreckt habe! Mein Herz fällt mir in die Schuhe, und der Magen sitzt mir im Kopf.«
Sie war zu komisch, wie sie dastand mit ihrem roten Gesicht und offenem Mund. Wakefield konnte es nicht lassen, ihr etwas anzutun. Er tanzte auf sie los, und ehe sie die Absicht des geschwungenen Rasierpinsels ahnte, hatte sie einen schönen weißen Klecks Seifenschaum zwischen den Augen und die Nase herunter. Mit einem Schrei, der diesmal nicht unterdrückt war, ließ Mrs. Wragge den Eimer fallen und tappte blind nach ihrem so verzierten Gesicht. Meg, die einen letzten Überblick über Edens Zimmer halten wollte, das für das junge Paar fertiggemacht worden war, lief diesen Schreckenslauten der Köchin nach und packte den kleinen Jungen am Bein, gerade als er unter dem großen Bett verschwinden wollte, zog ihn hervor und gab ihm drei kräftige Klapse.
»Da«, sagte sie, »und da, und da! Als ob ich heute nicht genug zu tun hätte!«
Als Wakefield eine halbe Stunde später die Treppe herunterkam, war sein Ausdruck etwas gedrückt, aber er ging würdevoll und war sich bewußt, daß er in seinem besten Anzug und einem schneeweißen Etonkragen sehr hübsch aussah. Er hatte um ein klein bißchen Haaröl gebeten, um sein Haar glatt zu machen, aber Meg mochte es lieber lockig, und er hatte nicht darauf bestehen wollen an einem Morgen, wo sie so schon etwas abgehetzt war.
Als er an Großmutters Zimmertür vorbeikam, hörte er sie in einem schmeichelnden Ton zu Boney sagen: »Sag ›Alayne‹, Boney. ›Hübsche Alayne‹. Sag ›Alayne‹. Sag ›Heil Columbia‹.« Dann wurde ihre Stimme aber ertränkt in Boneys rauhen Tönen, der ein paar ausgesucht kräftige Hinduflüche ausstieß.
Wakefield lächelte und trat ins Eßzimmer. Der Tisch war abgeräumt, aber sein Frühstück war auf einem kleinen Tisch in der Ecke gedeckt. Brot und Butter, Marmelade, Milch. Er wußte, wenn er klingelte, brachte Rags ihm eine Schüssel Porridge aus der Küche. Da stand die alte silberne Tischglocke in Form einer kleinen dicken Frau. Er liebte sie sehr und befühlte sie einen Augenblick zärtlich, ehe er sie lange und heftig läutete.
Er ging oben an die Kellertreppe und horchte. Er hörte Rags am Herd mit Töpfen rasseln. Er hörte eine Schüssel auskratzen. Häßliches, klebriges, vertrocknetes altes Porridge. Er hörte Rags' Schritte auf dem Ziegelfußboden zur Treppe kommen. Leise schlüpfte er in den Kleiderschrank, versteckte sich hinter der Tür und lugte nur durch einen schmalen Spalt, während Rags die Treppe heraufkam und im Eßzimmer verschwand, eine Zigarette zwischen den Lippen und die Schüssel mit Porridge gefährlich schief auf dem Tablett. Wakefield überlegte ohne Bitterkeit, daß Rags kein anderes Familienglied so nachlässig bedient haben würde. Aber er lächelte pfiffig, als er eilig die Kellertreppe hinunterschlüpfte und Rags und das Porridge im Eßzimmer allein ließ.
Die Küche war ein riesiger Raum mit einem großen gemauerten unbenutzten

Herd und einem kleinen täglich benutzten Kochherd. Tisch und Anrichte waren so schwer, daß sie nie gerückt wurden, und an einer Wand stand ein Eichenregal mit Geschirr von den verschiedenen Eß-Servicen der Whiteoaks. Manches darunter würde einem Sammler Freude gemacht haben, aber die Glasur war auf allen durch unzählige kleine Risse von zu heißen Öfen verdorben.
Wakefield warf einen verlangenden Blick in die Speisekammer. Wie gern hätte er sich sein Frühstück von diesen reich beladenen Regalen zusammenstibitzt! Er sah zwei fette Hühner auf einer Bratpfanne fertig zum Braten, und einen riesigen gekochten Schinken, und ein paar Pflaumentorten. Aber das wagte er nicht. Rags konnte jeden Augenblick wiederkommen. Auf dem Küchentisch fand er einen Teller mit kaltem Röstebrot und eine Schüssel Anchovispaste. Mit einem Stück Brot und der Paste trollte er aus der Küche und durch den hinteren Gang in den Kohlenkeller. Er hörte Rags die Küchentreppe herunterpoltern, vor sich hinbrummend. Ein Fenster im Kohlenkeller stand offen, und wenn er auf eine leere Kiste stieg, konnte er leicht sein Frühstück draußen auf die Erde legen und hinterherklettern.
Es tat ihm leid, wie schwarz seine Hände und seine bloßen Knie bei der Unternehmung geworden waren. Er rieb sie mit seinem reinen Taschentuch ab, aber der einzige Erfolg war, daß das Taschentuch schwarz wurde. Solch einen schwarzen Lappen mochte er aber nicht in die Tasche seines besten Anzugs stecken, so stopfte er es sorgfältig außer Sicht in eine Spalte unter dem Kellerfenster. Irgendeine kleine Maus, dachte er, freute sich vielleicht es zu finden und machte ein hübsches kleines Nest daraus.
Er trug sein Brot und die Anchovispaste nach der alten Wagenremise und suchte da sein Lieblingsversteck. Dies war ein riesiger geschlossener Reisewagen, den Großvater Whiteoak aus England hatte kommen lassen, als er und Großmutter zuerst Jalna gebaut hatten. Er hatte einen großen muschelförmigen Wagenkasten, massive Lampen und einen hohen Kutschbock. Sicher war es ein herrlicher Anblick gewesen, wenn sie darin ausfuhren. Er war lange Jahre nicht gebraucht. Wakefield ließ sich auf den Polstersitz fallen und futterte gemächlich genießend seinen Toast mit Anchovispaste. Die Hühner, die im Stroh gluckzten und kratzten, waren eine beruhigende Begleitung für seine Gedanken.
»Wenn es nun nach mir gegangen wäre, dann hätte ich Braut und Bräutigam mit diesem schönen Wagen abgeholt, mit vier weißen Pferden davor. Die Räder hätten mit Rosen bekränzt sein müssen, wie auf den Bildern vom Karneval in Kalifornien. Und sie hätte einen dicken Rosenstrauß bekommen, und ein Trompeter hätte neben dem Kutscher sitzen und blasen müssen. Und ein hübscher kleiner Zwerg hätte hinten aufsitzen müssen mit einer kleinen silbernen Pfeife, auf der hätte er pfeifen müssen, wenn der Trompeter aufhörte zu blasen. Was für ein glückliches Brautpaar wären die gewesen!«

»Brautundbräutigam ... Brautundbräutigam.« Das klang so schön. Aber er durfte hier doch nicht zu lange sitzen bleiben, sonst war niemand da, sie zu empfangen. Er entschied, daß er keine Zeit mehr hätte, um den Kaninchenstall reinzumachen. Er wollte über die Wiesen an die Landstraße laufen und da an der Kirchenecke warten. Dann bekam er sie vor der übrigen Familie zu sehen. Er kletterte aus dem Wagen, ein Spinngewebe im Haar und einen schwarzen Schmutzfleck auf der Backe. Er setzte die Schüssel mit dem Rest Anchovis auf den Fußboden und sah zu, wie fünf Hühner eifrig darauf zuliefen, in einem Durcheinander von Flügeln und Schnäbeln, während ein Hahn neben dem Getümmel spazierte und seine Weiber mit einem aufgeregten Auge bewachte.
Wake trollte über die Wiese, kletterte über den Zaun und kam auf die Straße. Er blieb stehen und sagte Chalk, dem Schmied, guten Tag und war schon fast bei Wigles Häuschen vorbei, als Muriel ihn vom Tor aus anrief: »Ich habe zehn Cents gekriegt.«
Er zögerte und sah sich nach dem kleinen Mädchen um.
»So? Wo hast du die denn her?« fragte er mit höflichem Interesse.
»Ein Geburtstagsgeschenk. Ich spar' es mir für eine Puppe.«
Wake kam zu ihr zurück und sagte freundlich: »Hör mal, Muriel, du bist dumm, wenn du das tust. Eine Puppe kostet einen Dollar oder mehr, und wenn du jeden Geburtstag 10 Cents sparst, dauert das Jahre und Jahre, ehe du genug hast, um eine zu kaufen. Und dann bist du zu groß, damit zu spielen. Komm lieber jetzt mit zu Mrs. Braun und kauf dir eine Tafel Schokolade. Ich schenke dir eine Flasche Limonade dazu.«
»Ich mag keine Limonade«, antwortete Muriel weinerlich. Sie machte ihre kleine heiße Hand auf und besah die Münze, die darauf lag.
Wakefield beugte sich darüber. »Herrje, das ist ja Yankee-Geld!« rief er. »Himmel, Muriel, mach lieber und gib es aus, nächste Woche ist es schon nichts mehr wert.« Mrs. Wigle steckte den Kopf aus dem Fenster des Häuschens. »Wann läßt dein Bruder mein Dach flicken?« fragte sie. »Es leckt wie verrückt.«
»Oh, er sprach gerade heute morgen darüber, Mrs. Wigle. Er sagte, sowie er diesen Hochzeitsempfang hinter sich hätte, wollte er sich um Ihr Dach kümmern.«
»Na, hoffentlich«, brummte sie und zog den Kopf wieder herein.
»Also komm, Muriel«, sagte Wake. »Ich habe nicht viel Zeit, aber ich gehe mit dir zu Mrs. Braun, damit du dich nicht fürchtest.«
Er nahm ihre Hand, und das kleine Mädchen trottete mit etwas verdutztem Gesicht neben ihm her. Sie erschienen vor Mrs. Brauns Ladentisch.
»Nun, junger Herr, hoffentlich kommst du und willst deine Rechnung bezahlen.«
»Heute morgen leider nicht«, erwiderte Wake. »Wir haben soviel zu tun für das Brautpaar, daß ich es vergessen habe. Aber hier Muriel will gern eine Flasche Limonade und eine Tafel Schokolade. Sie hat Geburtstag, wissen Sie.«

Sie saßen auf der Treppe vor dem Laden mit den Süßigkeiten, Wakefield sog das süße Getränk friedlich durch einen Strohhalm, während Muriel an der Schokolade knabberte.
»Willst du einen Schluck, Muriel?« bot er an.
»Mag ich nicht, aber beiß du Schokolade ab.« Sie hielt ihm die Tafel an die Lippen, und so futterten sie eins ums andere zufrieden.
Wie glücklich war er! »Braut – und Bräutigam ... Braut – und Bräutigam.« Das hübsche Wort ging ihm singend durch den Kopf. Eine Wolke Rauch ringelte sich von einem Haufen Reisig im Hof gegenüber an der Straße in die Luft. Eine Henne und ihre Küchlein kratzten eifrig mitten auf der Straße. Muriel starrte mit sklavischer Bewunderung in sein Gesicht auf.
Ein Auto näherte sich. Ihr eigenes Auto. Er erkannte das besondere quietschende Motorgeräusch. Hastig schluckte er den letzten Tropfen und stopfte Muriel die Flasche in die Hand.
»Gib du die Flasche zurück, Muriel«, sagte er. »Ich muß das Brautpaar empfangen.«
Jetzt kam der Wagen in Sicht. Er entdeckte einen Busch Gänseblümchen, die an der Straße wuchsen, und lief schnell und pflückte eine Handvoll. Sie waren etwas staubig, aber doch ganz hübsch, und er hielt sie fest in der Hand, mit erwartungsvollem Lächeln, wie der Wagen näherkam. Piers, der am Steuer saß, wollte vorbeifahren und ihn stehen lassen. Aber Eden rief ihm scharf zu, daß er halten solle, und Alayne beugte sich eifrig und gespannt heraus.
Wakefield sprang auf das Trittbrett und hielt ihr die Gänseblümchen hin.
»Willkommen in Jalna«, sagte er.

## 13  Eine fremde Welt

Es hatte Eden gefreut, seinen kleinen Bruder am Straßenrand warten zu sehen mit den Gänseblümchen für Alayne. Die Begegnung mit Piers, das Frühstück mit ihm zusammen im Hotel und die darauffolgende Fahrt nach Hause war nicht gerade erfreulich gewesen. Alayne war müde und ungewöhnlich still, Piers geradezu schweigsam. Diese Schweigsamkeit verletzte Eden, weil er daran dachte, daß er selbst gegen Piers und Pheasant sich anständig benommen hatte bei Gelegenheit ihrer beschämenden Rückkehr nach Jalna. Er war der erste gewesen, und außer Renny der einzige, der für sie eintrat. Er sah seines Bruders breiten Rücken und starken sonnverbrannten Nacken mit wachsendem Ärger an, wie der Wagen die Seestraße entlangflitzte.
Alayne sah fast traurig über die dunstige blaue Weite des Sees hinaus. Dieser See, der nicht die See war, dieses Land, das nicht ihr Land war, dieser neue Bruder mit den harten blauen Augen und dem verdrossenen Mund – sie

mußte sich an all das erst gewöhnen. Sie sollten nun die Ihren sein. Ruth — »unter dem fremden Stamm«.

Aber es war nicht recht, daß sie sie als fremd empfand. Es war ein schönes Land. Die Sprache war die ihre. Selbst dieser Bruder war wahrscheinlich nur verlegen. Hätte Eden ihr nur mehr von seiner Familie erzählt. Da waren so viele. Sie überhörte sich innerlich die Namen, um sich für die Begegnung vorzubereiten. Ein kleiner Schauer von Furcht ging ihr durch die Nerven. Sie legte ihre Hand auf die Edens und faßte seine Finger.

»Nur Mut, Liebste«, sagte er. »Bald sind wir da.«

Sie hatten den Strand verlassen und fuhren sanft eine gewundene Straße entlang. Eine wunderliche alte Kirche auf einem bewaldeten Hügel erhob sich vor ihnen. Dann ein winziger Laden, zwei Kinder, die sie anstaunten, Edens Stimme, die sagte: »Da ist der kleine Wake, Piers!« Und ein kleiner Junge auf dem Trittbrett, der ihr Blumen in die Hand drückte.

»Willkommen in Jalna«, sagte er, mit einer süßen hohen Stimme, »und ich dachte, vielleicht machen dir diese Gänseblümchen Spaß. Ich habe schon so lange gewartet.«

»Spring herein«, befahl Eden und machte die Tür auf.

Er sprang hinein und klemmte seinen schmalen Körper zwischen die beiden auf den Sitz. Piers hatte sich nicht umgesehen. Nun ließ er den Wagen mit einem Ruck wieder anfahren.

Wakefield hob seine Augen zu Alaynes Gesicht und musterte es genau. »Was für Wimpern!« dachte sie. »Was für ein lieber Kerl!« Sein kleiner Körper, der sich an sie drückte, schien etwas ganz Entzückendes und Ergreifendes. Oh, diesen kleinen Bruder konnte sie liebhaben. Und dazu war er zart. Nicht kräftig genug, um zur Schule zu gehen. Sie würde mit ihm spielen, mit ihm arbeiten. Sie lächelten sich an. Sie sah über seinen Kopf Eden an und bildete mit lächelnden Lippen die Worte »der liebe Kerl«.

»Wie geht es allen zu Hause?« fragte Eden.

»Gut, danke«, sagte Wakefield vergnügt. »Oma hat etwas Husten gehabt, und Boney macht's ihr nach. Onkel Ernests Nase ist ganz rot vom Heuschnupfen. Onkel Nicks Gicht ist besser. Meggie ißt sehr wenig, aber sie wird immer dicker. Piers hat mit seinem Bullen den ersten Preis bei der Durham-Tierschau gekriegt. Der Bulle hat den ganzen Weg nach Hause das blaue Band getragen. Finch ist der Zweiundfünfzigste im Griechischen geworden. Von Pheasant, Rags und Mrs. Wragge weiß ich nichts Neues, als daß sie da sind. Hoffentlich magst du deine Blumen leiden, Alayne. Eigentlich wollte ich mehr haben, aber gerade als ich sie pflücken wollte, sah ich den Wagen kommen.«

»Sie sind sehr schön«, sagte Alayne, hielt sie an ihr Gesicht und drückte Wakefield fest an sich. »Ich freue mich so, daß du mir entgegengekommen bist.«

Sie freute sich wirklich sehr. Es war leichter, der Familie zu begegnen mit die-

sem kleinen Jungen neben sich. Ihre Backen röteten sich zart, und sie machte eifrig den Hals lang, um den ersten Anblick des Hauses zu erhaschen, als sie zwischen den kräftigen Tannen die Einfahrt entlangfuhren.
Jalna sah sehr freundlich aus in dem goldenen Sonnenschein, von seinem Mantel roter Virginiareben umhangen und von frischgemähtem Rasen umgeben. Eines von Wakes Kaninchen hüpfte herum, und Rennys beide Spaniels lagen auf der Treppe ausgestreckt. Ein Birnbaum nahe am Hause hatte seine Früchte auf das Gras fallen lassen, wo sie goldig-gelb lagen und in den Augen des Städters einen Eindruck satter Üppigkeit machten. Alayne dachte, daß Jalna etwas von einem alten Farmhaus zwischen seinen Rasenflächen und Obstgärten hatte. Die Spaniels klopften träge mit ihren fedrigen Schweifen auf die Treppe, zu faul, um aufzustehen.
»Rennys Hunde«, erklärte Eden und schob einen von ihnen mit dem Fuß aus dem Wege, daß Alayne vorbei konnte. »An Tiere wirst du dich hier gewöhnen müssen. Die sind überall zu finden.«
»Das wird mir nicht schwer werden. Ich habe mich immer nach Lieblingstieren gesehnt.« Sie beugte sich nieder, um einen der seidenen Köpfe zu streicheln.
Eden sah sie nachdenklich an. Wie würden sie und seine Familie miteinander auskommen, dachte er. Nun er sie nach Hause brachte, wurde ihm plötzlich klar, wie fremd sie seiner Familie sein mußte. Er hatte plötzlich ein etwas betroffenes Gefühl, sich verheiratet zu finden. Und überhaupt war er nicht so glückselig, wie er gedacht hatte, als Rags mit einem selbstbewußten Willkommen-Lächeln die Tür aufmachte.
Rags war immer selbstbewußt, wenn er seine Livree trug. Sie bestand aus einem schäbigen schwarzen Anzug, mit Hosen, die zu eng für ihn waren, und einem Rock, der eine Nummer zu groß war, einem steifen weißen Kragen und einem grünlich-schwarzen Schlips. Sein aschblondes Haar war kurz geschoren wie bei einem Sträfling, in seinem farblosen Gesicht war ein Schnitt, den er sich beim Rasieren gemacht hatte. In diesem Gesicht war etwas von dem heimlichen Schmunzeln eines Unternehmers.
»Willkommen zu Hause, Mr. Eden«, sagte er ernst. »Willkommen zu Hause, Herr.«
»Danke, Rags. Alayne, dies ist Wragge, unser —« Eden zögerte und überlegte sich schnell, wie er Mr. Wragge beschreiben sollte, und fuhr fort: » — unser Faktotum.«
»Willkommen zu Hause, Mrs. Whiteoak«, sagte Rags mit seinem wunderlich unterwürfigen und doch unverschämten Blick, der Eden schweigend, aber unmißverständlich sagte: Oh, die Familie kannst du an der Nase herumführen, aber mich nicht. Du hast keine Erbin geheiratet. Und wie wir mit noch einer jungen Frau hier fertig werden sollen, das weiß bloß der liebe Gott.

Alayne dankte ihm, und im selben Augenblick öffnete sich die Tür des Wohnzimmers, und Meg Whiteoak erschien auf der Schwelle. Sie warf Eden die Arme um den Hals und küßte ihn mit leidenschaftlicher Zärtlichkeit. Dann wandte sie sich zu Alayne, die Lippen mit ihren hübsch geschwungenen Mundwinkeln zu einem sanften Lächeln geteilt. »Also das ist Alayne. Ich hoffe, du wirst uns alle gern haben, meine Liebe. Wir freuen uns so auf dich.«
Alayne fand sich von einer warmen, weichen Umarmung umschlossen. Kein Wunder, dachte sie, daß die Brüder ihre Schwester anbeten – Eden hatte ihr das erzählt –, und sie war ganz bereit, sie als Schwester und Vertraute anzunehmen. Wie herrlich! Eine wirkliche Schwester. Sie hielt Megs Hand fest, als sie in das Wohnzimmer gingen, wo die übrige Familie versammelt war.
Es war so warm, daß selbst das niedrig brennende Feuer zu viel schien; und keins von den Fenstern war offen. Schmale Sonnenstreifen drangen zwischen den Stäben der Jalousien durch und liefen in einem Punkt zusammen, nämlich dem Stuhl, wo die alte Mrs. Whiteoak saß. Wie feurige Finger schienen sie auf sie als die bedeutendste Persönlichkeit im Zimmer zu zeigen. Aber sie war im Augenblick in eines ihrer plötzlichen Schläfchen versunken. Ihr Kopf, auf dem eine große lila Schleifenhaube thronte, war nach vorn gesunken, so daß als einziger Teil ihres Gesichts das schwere Kinn und die Reihe der zu vollkommenen Unterzähne sichtbar war. Sie trug einen weiten Schlafrock von dunkelrotem Samt, und ihre kräftigen Hände, die die goldene Krücke ihres Ebenholzstockes umklammerten, waren schwer von Ringen, die sie zu dieser festlichen Gelegenheit trug. Ein gleichmäßig sprudelndes Schnarchen ging von ihr aus. Die beiden alten Herren kamen ihnen entgegen, Nicholas zog ein Gesicht bei der schmerzhaften Anstrengung des Aufstehens, aber er faßte Alaynes Hand mit warmem Druck. Sie begrüßten sie mit freundlichem Flüstern, und Ernest entschuldigte ihrer Mutter augenblicklicher Versunkenheit.
»Sie braucht diese kleinen Schläfchen. Sie erfrischen sie. Halten sie aufrecht.«
Wakefield, der stand und seiner Großmutter ins Gesicht starrte, bemerkte: »Ja. Sie zieht sich selber auf, wie eine Uhr. Du kannst richtig hören, wie sie es macht. B–z–z–z–z.«
Meg lächelte Alayne zu. »Er denkt an alles«, sagte sie. »Sein Kopf hat nie Ruhe.«
»Er müßte aber respektvoller von seiner Großmama sprechen«, meinte Ernst. »Meinst du nicht auch, Alayne?«
Nicholas legte seinen Arm um das Kind. »Wahrscheinlich würde sie selbst sehr über den Vergleich lachen und eine Stunde lang von nichts anderem reden.« Er wendete sich mit seinem spöttischen Lächeln zu Alayne. »Sie ist sehr vergnügt, mußt du wissen. Sie schlägt uns alle aus dem Felde, wenn sie –«
»Anfängt zu schlagen«, warf Wake ein, das Uhrbeispiel weiterführend. Nicolas fuhr dem Jungen durch die Haare.

»Wir wollen uns setzen«, sagte Meg, »bis sie aufwacht und mit Alayne sprechen kann. Dann führe ich dich auf euer Zimmer hinauf, Liebe. Du mußt müde sein nach der Reise. Und auch hungrig. Na, wir essen heute früh.«
»Hühnchen und Pflaumentorte!« explodierte Wakefield, und die alte Mrs. Whiteoak rührte sich in ihrem Schlaf.
Onkel Nicholas legte dem Kind die Hand auf den Mund, und die Blicke der Familie waren erwartungsvoll auf die alte Dame gerichtet. Ihr Gesicht, das sich etwas verzogen hatte, nahm aber nach einem Augenblick wieder die Ruhe friedlichen Schlummers an; alle setzten sich hin, und das Gespräch ging halblaut weiter.
Alayne war es, als ob sie träumte. Das Zimmer, die Möbel, die Menschen waren so anders als alles, woran sie gewöhnt war, daß ihre Fremdheit ihr auch Eden plötzlich fernrückte. Sie dachte traurig, ob es wohl lange dauern würde, bis sie sich an alles hier gewöhnt hätte. Aber wie sie die Gesichter um sich ansah, entdeckte sie doch, daß jedes von ihnen eine besondere Art von Anziehung für sie hatte. Vielleicht war es sogar eine Art Bezauberung. Jedenfalls war nichts Anziehendes an dieser Großmutter, außer etwa die bizarre Wucht ihrer Persönlichkeit.
»Ich habe lange Jahre in London gelebt«, murmelte Onkel Nicholas, »aber ich weiß nicht viel von New York. Ich bin einmal in den neunziger Jahren da gewesen, aber es wird sich seitdem wohl sehr verändert haben.«
»Ja, du würdest es sicher sehr verändert finden. Es verändert sich ständig.«
Onkel Ernest flüsterte: »Ich bin einmal von da aus nach England gefahren. Damals hätte ich fast einen Mord gesehen.«
»O Onkel Ernest, wenn du ihn doch gesehen hättest!« schrie Wake und hüpfte auf und ab auf dem Polsterarm vom Sessel seiner Schwester.
»Leise, Wake«, sagte Meg und gab ihm einen kleinen Klaps. »Es ist doch viel besser, er hat ihn nicht gesehen. Es hätte ihn schrecklich aufgeregt. Ist es nicht schlimm, daß es bei euch so viele Morde gibt? Und Lynchen, und all das?«
»In New York wird nicht mehr gelyncht, Meggie«, verbesserte Onkel Ernest.
»Ach so, ich vergaß. Das ist Chicago, nicht wahr?«
Eden sagte jetzt beinahe zum ersten Male etwas. »Bin nie soviel ordentlichen Leuten begegnet, wie ich in New York kennengelernt habe.«
»Wie nett«, sagte Meg. »Ich mag Ordnung so gern, aber sie ist schwer durchzuführen, wo die Löhne so hoch sind, und hier soviel Jungens im Hause, und Oma soviel Pflege braucht.«
Der Klang ihres eigenen Namens mußte bis zu Mrs. Whiteoaks Bewußtsein gedrungen sein. Sie schwankte einen Augenblick, als ob sie vorwärtsfallen wollte. Dann richtete sie sich auf und erhob ihre noch schöne schmale Nase aus ihrer horizontalen Stellung und sah um sich. Ihre Augen, noch ganz schlaftrunken, erfaßten Alayne nicht gleich.

»Essen«, bemerkte sie. »Ich will mein Essen.«
»Hier sind Eden und Alayne«, sagte Ernest und beugte sich über sie.
»Kommt lieber zu ihr herüber«, riet Nicholas.
»Sie wird sich so freuen«, sagte Meg.
Eden nahm Alaynes Hand und führte sie zu seiner Großmutter. Die alte Dame starrte sie einen Augenblick wie blind an, dann wurde ihr Blick plötzlich hell. Sie zog Eden an sich und gab ihm einen lauten, herzlichen Kuß.
»Eden«, sagte sie. »So, so, da bist du wieder. Wo ist deine junge Frau?«
Eden schob Alayne vorwärts, und sie fühlte sich in eine Umarmung von überraschender Kraft eingeschlossen. Stachlige Haare kratzten ihre Backe, und ein Kuß wurde auf ihren Mund gedrückt.
»Hübsches Ding«, sagte Großmutter und hielt sie etwas von sich ab, um sie anzusehen. »Bist ein hübsches Ding. Bin froh, daß du da bist. Wo ist Boney?«
Sie ließ Alayne los und sah sich scharf nach dem Papagei um. Bei dem Klang seines Namens hüpfte er von seinem Reif schwer auf ihre Schulter. Sie streichelte mit ihrer beringten Hand sein glänzendes Gefieder.
»Sag Alayne!« beschwor sie ihn. »Sag: hübsche Alayne! Komm, sei ein guter Junge!«
Boney warf einen boshaften Blick auf Alayne mit einem topasgelben Auge, denn das andere war fest geschlossen, und brach in eine Reihe von Flüchen aus. »Kutni! Kutni!« schrie er. »Shaitan ke khatla! Kambakht!«
Großmutter bumste laut mit dem Stock auf den Fußboden.
»Still!« donnerte sie. »Das will ich nicht. Mach ihn still, Nick. Mach ihn still!«
»Er beißt mich«, wandte Nicholas ein.
»Ist mir ganz egal. Mach ihn still!«
»Mach ihn selber still, Mama.«
»Boney, Boney, sei nicht so unartig. Sag: hübsche Alayne! Los.«
Boney schaukelte sich in einem Wutanfall auf ihrer Schulter. »Paji! Paji! Kuzabusth! Iflatoon! Iflatoon!« Er starrte seiner Herrin ins Gesicht, ihre beiden krummen Schnäbel berührten sich fast, und sein scharlach und grünes Gefieder und ihr purpurner und rosenroter Putz gleißten in den schmalen Sonnenstreifen.
»Bitte, gib dir keine Mühe«, sagte Alayne besänftigend. »Ich finde ihn wunderschön, und ich glaube, so schlimm ist er nicht, wie er jetzt tut.«
»Was sagt sie?« fragte die alte Dame und sah zu ihren Söhnen auf. Es war immer schwer für sie, einen Fremden zu verstehen, obgleich ihr Gehör ausgezeichnet war, und Alaynes langsame und deutliche Aussprache war für sie weniger verständlich als Nicholas' Gebrumm und Ernests leises Murmeln.
»Sie sagt, Boney ist schön«, sagte Nicholas, zu faul, um den ganzen Satz zu wiederholen.

Großmutter grinste sehr erfreut. »Ja, er ist schön. Ein hübscher Vogel, aber ein kleiner Teufel. Ich habe ihn vor 73 Jahren den ganzen Weg von Indien hierher gebracht. Tapferer alter Kerl, was? Segelschiffe damals, meine Liebe. Ich bin fast gestorben. Und die Ayah ist gestorben. Die warfen sie über Bord. Aber ich war zu elend, mich darum zu kümmern. Mein Baby Augusta ist fast gestorben, armes Wurm, und mein lieber Mann, Captain Philip Whiteoak, hatte alle Hände voll. Im Eßzimmer ist sein Porträt. Der schönste Offizier in Indien. Und ich war auch nicht häßlich. Kannst du dir vorstellen, daß ich einmal eine Schönheit war, eh?«

»Ich finde, du bist auch jetzt sehr schön«, antwortete Alayne und sprach sehr deutlich. »Deine Nase ist wirklich —«

»Was sagt sie?« schrie Großmutter.

»Sie sagt, deine Nase —« murmelte Ernst.

»Ha, ha, meine Nase ist noch eine Schönheit? Ja, meine Liebe, das ist eine gute Nase! Eine Court-Nase! Keine von euren verblüfften Himmelfahrtsnasen! Nichts auf Gottes Welt könnte meine Nase verblüffen! Keine von euren spitzigen, schnüffelnden Schnupfennasen! Eine gute verläßliche Nase. Eine Court-Nase!« Sie rieb sie triumphierend.

»Du hast auch eine hübsche Nase«, fuhr sie fort. »Du und Eden, ihr seid ein hübsches Paar. Aber er ist kein Court. Auch kein Whiteoak. Er sieht aus wie seine arme, hübsche, liederliche Mutter.«

Alayne sah erschrocken und empört Eden an, aber er hatte nur einen Ausdruck von duldender Langeweile und steckte sich eine Zigarette zwischen die lächelnden Lippen.

Meg sah Alaynes Blick und sagte vorwurfsvoll: »Großmama!«

»Renny ist der einzige Court unter euch«, sprach Mrs. Whiteoak weiter. »Warte, bis du Renny siehst. Wo ist er? Renny soll kommen.« Sie bumste ungeduldig mit dem Stock auf den Boden.

»Er wird gleich hiersein, Oma«, sagte Meg. »Er ist zu Mr. Probyn hinübergeritten, einen Wurf Ferkel zu kaufen.«

»Na, das nenne ich bäurisch von ihm. Bäurisch. Bäurisch. Hab' ich gesagt bäurisch? Ich meine schweinisch. Das ist ein Witz, Ernest. Du hast doch gern einen Witz. Schweinisch. Ha, ha!«

Ernest strich sich übers Kinn und lächelte entschuldigend. Nicholas lachte auf. Die alte Dame fuhr mit pfiffig vergnügtem Gesicht fort:

»Renny hört lieber eine Sau grunzen, als daß er mit einer hübschen jungen Frau spricht —«

»Mama«, sagte Ernest, »willst du nicht ein Pfefferminz haben?«

Ihre Aufmerksamkeit war sofort abgezogen. »Ja, ich will ein Pfefferminz. Hol mir meinen Beutel.«

Ernest brachte einen kleinen alten perlengestickten Beutel. Seine Mutter fing an darin zu suchen, und Boney pickte über ihre Schulter danach und stieß gieriges Gekreisch aus.

»Süßes!« schwatzte er. »Süßes – Boney will Süßes – Hübsche Alayne – Hübsche Alayne – Boney will Süßes!«

Großmutter schrie triumphierend: »Er hat's gesagt! Er hat's gesagt! Ich hab's ja gewußt. Guter Boney.« Sie kramte eifrig in ihrem Beutel.

»Darf ich dir helfen?« fragte Alayne, nicht ohne Schüchternheit.

Die alte Dame stopfte ihr den Beutel in die Hand. »Ja, schnell. Ich will ein Pfefferminz. Ein Schottisches. Keinen Humbug.«

»Boney will Humbug!« kreischte der Papagei und schaukelte von einer Seite auf die andere. »Humbug – Hübsche Alayne – Kutni! Kutni! Shaitan ke khatla.«

Großmutter und der Papagei beugten sich beide zugleich vor, als das Döschen gefunden war, sie mit vorgeschobenen verrunzelten Lippen, er mit aufgesperrtem Schnabel. Alayne zögerte, da sie fürchtete, einen zu verletzen, wenn sie den anderen vorzog. Während sie zögerte, schnappte Boney das Plätzchen und flog mit schwirrenden Flügeln in die entfernteste Fensterecke des Zimmers. Großmutter, starr wie eine Statue, blieb mit vorgeschobenem Mund sitzen, bis Alayne ein anderes Plätzchen herausgrub und es ihr zwischen die Lippen stopfte. Dann sank sie mit einem Seufzer der Befriedigung mit geschlossenen Augen zurück und fing an, geräuschvoll zu saugen.

Alayne hätte gern ihre Finger abgewischt, aber sie ließ es. Sie sah die Gesichter um sich her an. Die beobachteten die Szene völlig ungerührt, bis auf Eden, dessen Gesicht noch den Ausdruck lächelnder Langeweile zeigte. Eine Wolke von Rauch um seinen Kopf schien seine innere Abwesenheit zu betonen.

Meg trat leise zu ihm und flüsterte: »Ich glaube, ich nehme Alayne mit hinauf. Dein Zimmer hat neue Cretonnesessel und frische Gardinen, und ich habe den kleinen Teppich aus Rennys Zimmer genommen und die kahle Stelle auf deinem damit zugedeckt. Ich glaube, du wirst zufrieden sein, wenn du es siehst, Eden. Sie ist so lieb.«

Bruder und Schwester sahen Alayne an, die zwischen den beiden Onkels am Fenster stand. Sie hatten die Fensterläden geöffnet und zeigten ihr den Blick über die Eichenwälder, die sanft in die Schlucht abfielen. Eine Herde Schafe graste friedlich, von dem alten Schäferhund gehütet. Zwei Lämmer wetteiferten miteinander in klagendem Blöken.

Meg kam auf Alayne zu und legte den Arm um sie. »Ich weiß, du möchtest gern auf dein Zimmer gehen«, sagte sie.

Die beiden Frauen stiegen zusammen die Treppe hinauf. Als sie Edens Tür erreichten, nahm Meg plötzlich ganz impulsiv Alaynes Kopf zwischen ihre runden Hände und küßte sie auf die Stirn. »Sicher werden wir einander liebhaben«, rief sie mit kindlicher Begeisterung aus, und Alayne erwiderte die Um-

armung und fühlte, daß es ihr leicht werden würde, diese warmherzige Frau mit dem Mund, der weich war wie ein Liebesbogen, gern zu haben.
Als Eden heraufkam, fand er Alayne ihre Toilettensachen auf dem Tisch einräumend und ein fröhliches kleines Lied dazu summend. Er schloß die Tür hinter sich und kam zu ihr.
»Ich freue mich, daß du singen kannst«, sagte er. »Ich hatte dir ja gesagt, daß meine Familie recht merkwürdig ist, aber als ich dich zwischen ihnen sah, fing ich an zu fürchten, daß sie dir auf die Nerven gingen – daß du vielleicht einen Schrecken kriegtest und so schnell als möglich nach New York zurück wolltest.«
»Bist du deswegen unten so still gewesen? Du hattest so einen merkwürdigen Ausdruck. Ich konnte nicht ganz daraus klug werden. Du sahst so gelangweilt aus.«
»Das war ich auch. Ich wollte dich für mich haben.« Er nahm sie in die Arme.
Eden war in diesem Augenblick wieder unerklärlich zwiegeteilt. Er war der Liebende, Herrische und Beschützende. Aber zugleich und im Gegensatz dazu war er der Gefangene, ruhelos, nervös und gepeinigt von dem Gedanken der Verantwortung, seine Frau in diese Familie einzuführen, sie einander vorsichtig und liebevoll zu erklären und nahezubringen.
Sie strich über sein Haar, das wie ein metallener Helm über seinem Kopf lag, und sagte: »Deine Schwester – Meg – war entzückend zu mir. Ich fühle mich ihr schon ganz nahe. Und sie sagte mir, daß sie dies Zimmer für mich neu eingerichtet hätte – neuen Cretonne und Vorhänge. Ich freue mich so über die Aussicht auf den Park und die Schafe. Ich kann mir kaum vorstellen, daß ich von meinem Fenster aus Schafe sehen kann.«
»Komm, ich zeige dir meine Sachen«, rief Eden vergnügt, führte sie durch das Zimmer und zeigte ihr seine Besitztümer aus Schülertagen mit jungenhafter Kindlichkeit. Er zeigte ihr das tintenfleckige Pult, an dem er viele seiner Gedichte geschrieben hatte.
»Und dabei sich vorzustellen, daß ich weit weg in New York war, und du an dem Pult hier die Gedichte schriebst, die uns zusammenbringen sollten!« rief sie aus. Sie streichelte das Pult, als ob es ein lebendes Wesen sei, und sagte: »Das will ich immer behalten. Wenn wir erst unser eigenes Haus haben, können wir es mitnehmen, Eden?«
»Natürlich.« Aber es wäre ihm lieber gewesen, wenn sie noch nicht über ein eigenes Haus gesprochen hätte. Um den Gegenstand zu wechseln, fragte er: »Hast du Oma nicht etwas überwältigend gefunden? Ich fürchte, ich habe dich gar nicht genügend auf sie vorbereitet. Aber man kann sie nicht beschreiben. Man muß sie sehen, um daran zu glauben. Die Onkels sind nette alte Burschen.«

»Meinst du«, fragte sie zögernd, aber doch bestimmt, »daß es für sie gut ist, daß ihr sie so verwöhnt? Sie beherrschte ja das ganze Zimmer.«
Er lächelte spöttisch auf sie herunter. »Liebste, an ihrem nächsten Geburtstag wird sie hundert. Sie war verwöhnt, ehe wir sie gesehen haben. Dafür hat mein Großvater gesorgt. Wahrscheinlich war sie schon verzogen, ehe er sie gesehen hatte. Vermutlich ist sie schon von Generationen heißblütiger tyrannischer Courts verzogen auf die Welt gekommen. Du wirst dich mit ihr abfinden müssen.«
»Aber wie sie von deiner Mutter sprach. Mir fällt das Wort nicht wieder ein, liederlich oder so etwas. Das kränkt mich, Liebster.«
Eden fuhr in plötzlicher Verzweiflung mit der Hand durch sein Haar. »Du mußt nicht so empfindlich sein, Alayne. Worte wie die sind geradezu eine Zärtlichkeit, wenn man sie mit dem vergleicht, was Oma bisweilen herausbringt.«
»Aber über deine liebe Mutter«, widersprach sie.
»Sind Frauen nicht immer so gegen ihre Schwiegertöchter? Warte, bis du selber eine hast und es merkst. Warte, bis du neunundneunzig bist. Wahrscheinlich bist du dann auch nicht viel liebenswürdiger als Oma.«
Eden lachte lustig, ließ damit den Gegenstand fallen und zog sie zu dem cretonnebezogenen Fenstersessel. »Laß uns hier etwas sitzen und Meggies neue Einrichtung genießen. Ich finde, sie hat das fabelhaft hübsch gemacht, nicht wahr?«
Alayne lehnte sich an ihn und atmete tief die ruhige Luft des Spätsommers ein, die wie eine flüssige Essenz durch das geöffnete Fenster hereinströmte. Die Erde lag nach aller Leidenschaft des Fruchttragens in einer passiven, schlaftrunkenen Ruhe gelöst. Ihr Verlangen war erfüllt, ihre überströmende Fruchtbarkeit vorbei. In tiefer Versunkenheit schien sie weder über Zukunft noch Vergangenheit zu träumen, sondern nur über ihr eigenes unendliches Einssein mit der Sonne und den Sternen. Die Sonne war sozusagen persönlich geworden. Rot und strahlenlos hing sie über dem Land, als ob sie auf den langsamen Schlag eines großen Herzens horche.
Alayne merkte, daß Eden draußen etwas beobachtete. Sie hörte den Klang von Pferdehufen, und als sie sich umwandte, sah sie einen Mann sich vom Pferd herabbeugen, um das Tor hinter sich zu schließen. Ihr schönheitsliebendes Auge wurde erst durch den seidenen Glanz des braunen Tierkörpers gefesselt. Dann sah sie, daß der Reiter groß und schlank war, daß er in nachlässig gewohnter Haltung im Sattel saß, und als er unter dem Fenster vorbeikam, daß er ein rotes scharfgeschnittenes Gesicht hatte, das unter dem Schirm seiner Tuchmütze etwas Fuchsartiges bekam.
Die beiden Spaniels fuhren heraus, ihn zu begrüßen, und sprangen um das Pferd, mit langfliegenden seidenen Ohren. Ihr Gebell reizte das Pferd, und

nachdem es ein paarmal nach ihnen geschlagen hatte, setzte es sich in Trab und verschwand mit seinem Reiter hinter einer Reihe Tannen, die die Ställe vor dem Haus verbargen.
»Renny«, murmelte Eden, »von seiner Schweineexpedition zurück.«
»Ja, ich dachte mir schon, daß es Renny wäre, aber er sieht gar nicht so aus, wie ich erwartete. Warum hast du ihn nicht angerufen?«
»Er ist leicht verlegen. Ich dachte, es wäre vielleicht nicht angenehm für euch beide, die erste Begrüßung aus so verschiedener Höhe zu wechseln.«
Alayne horchte auf den dumpfen Hufschlag und bemerkte: »Er macht den Eindruck einer starken Persönlichkeit.«
»Das ist er auch. Zäh und stark wie der Teufel. Ich habe ihn nie, auch nur einen Tag lang, krank gesehen. Wahrscheinlich wird er so alt wie Großmutter werden.«
»Großmutter — Großmutter«, dachte Alayne. Jedes Gespräch in dieser Familie schien von Bemerkungen über diese schreckliche alte Frau durchsetzt zu sein.
»Und ihm gehört alles hier«, sagte sie. »Das scheint nicht ganz gerecht gegen euch andere alle.«
»Es ist testamentarisch so bestimmt. Er hat die jüngeren Familienmitglieder zu erziehen und für sie zu sorgen. Die Onkels haben schon vor langen Jahren ihren Teil gehabt. Und Großmutter hütet eben nur ihres, niemand weiß, wer es einmal bekommt.«
Wieder »Großmutter«.
Ein leiser Luftzug spielte mit einer Haarsträhne auf ihrer Stirn. Eden drückte die Lippen darauf. »Liebste«, murmelte er, »glaubst du, daß du hier eine Weile glücklich sein kannst?«
»Eden! Ich bin strahlend glücklich.«
»Wir werden wundervolle Sachen schreiben — zusammen.«
Sie hörten Schritte auf dem Kiesweg, der nach der Rückseite des Hauses führte. Als Alayne die Augen öffnete, die sie in augenblicklicher süßer Schwäche geschlossen hatte, sah sie Renny in die Küche gehen, seine Hunde neben ihm. Einen Augenblick später wurde an die Tür geklopft.
»Bitte«, sagte Wakes Stimme, »wollt ihr zum Essen kommen?«
Er konnte seine Neugier nach dem jungen Paar nicht bezwingen. Es schien doch sehr sonderbar, diese junge Dame in Edens Zimmer zu finden, aber es war eine Enttäuschung, daß gar nichts von Konfetti und Orangenblüten da war.
Alayne legte ihm den Arm um die Schultern, als sie die Treppe hinuntergingen, denn sie fand mehr Hilfe an diesem kleinen Menschenkind, der Prüfung der übrigen Familie entgegenzutreten, als Edens Gegenwart ihr gewährte. Nun kam noch Renny und die Frau des jungen Piers.
Ihre Schritte waren lautlos auf dem dicken Treppenläufer. Das Nachmittagslicht fiel durch die bunten Glasfenster und gab der Halle eine fast kirchenartige

Feierlichkeit, und die Erscheinung der alten Mrs. Whiteoak, die am anderen Ende aus ihrem Zimmer auftauchte, an jeder Seite von einem Sohn gestützt, fügte noch den Eindruck einer Art Prozession hinzu. Durch die offene Tür des Eßzimmers konnte Alayne Renny, Piers und ein junges Mädchen sehen, die an den Tisch kamen. Meg stand schon an einem Ende und überblickte seine damastbedeckte Länge, etwa wie eine Priesterin den Opferaltar überblicken würde. Auf einer riesigen Schüssel lagen schon zwei fette Brathühner. Rags stand hinter einem zurückgeschobenen Stuhl und wartete auf Mrs. Whiteoak. Als die alte Dame Alayne und ihre Begleiter auf die Tür des Eßzimmers zugehen sah, machte sie eine heroische Anstrengung, vor ihnen hineinzukommen, schlürfte aufgeregt mit ihren Füßen vorwärts und schnüffelte den guten Duft des Gebratenen mit der Erregung eines alten Kriegsrosses, das Blut riecht.

»Sachte, Mama, sachte«, bat Ernest und steuerte sie an einem schweren geschnitzten Sessel in der Halle vorbei.

»Ich will mein Essen«, gab sie schweratmend zurück. »Hühnchen. Ich rieche Hühnchen. Und Blumenkohl. Ich will den Pürzel haben und eine Menge Bratensauce.«

Erst als sie saß, wurde Alayne mit Renny und Pheasant bekannt gemacht. Er verbeugte sich ernst und murmelte eine halb unverständliche Begrüßung. Sie hätte es vielleicht deutlicher gehört, wenn sie weniger damit beschäftigt gewesen wäre, ihn plötzlich so nahe zu sehen und zu mustern. Sie betrachtete sein schmales wetterfestes Gesicht, dessen Haut rotbraun wie Leder in das Rotbraun seines Haares, seiner kurzen starken Wimpern und seiner zerstreuten, aber doch leidenschaftlichen Augen überging. Sie sah auch seine schöne scharfe Nase, die der seiner Großmutter viel zu ähnlich schien.

Pheasant sah wie ein blumenhaftes junges Mädchen aus, eine zarte Narzisse in diesem robusten starkfarbigen Garten von Jalna.

Alayne saß Renny Whiteoak zur Linken, und an ihrer Linken Eden, und neben ihm Pheasant und Piers. Wakefield war an die andere Seite des Tisches zwischen seine Schwester und Onkel Ernest gesetzt. Alayne konnte ihn nur hin und wieder mit einem Blick sehen, um das Mittelstück von feurig roten und bronzebraunen Dahlien herum, Blumen, die in ihrer starren und herben Schönheit der überwältigenden Gegenwart so vieler Whiteoaks standhalten konnten. Wenn Alaynes Augen sich mit denen des kleinen Jungen trafen, lächelte er. Wenn ihre Augen sich mit denen Megs begegneten, kräuselten sich deren Lippen in dem ihr eigenen seltsamen Lächeln. Aber wenn ihre Augen denen von Mrs. Whiteoak begegneten, dann zeigte die alte Dame alle Zähne in einer Art von wilder Freundlichkeit und kehrte dann sogleich mit erneutem Eifer zu ihrem Essen zurück, als ob sie die verlorene Zeit wieder einbringen müßte.

Der Herr von Jalna nahm das Schneiden des Fleisches in Angriff, mit einer Geschwindigkeit und Sicherheit, als ob er einer Armee ihre Rationen auszuteilen hätte. Aber es war nichts Zufälliges in seiner Art, das Geflügel zu verteilen. Das breite Messer gezückt, warf er einen raschen Blick auf das besondere Familienmitglied, das er gerade versorgen wollte, und dann, als ob er genau wüßte, was sie haben wollten, oder was für sie das Beste wäre, schnitt er ein Stück ab und gab Rags den Teller, der damit zu Meg ging, die das Gemüse auffüllte.

Für jemand, der an ein leichtes Frühstück gewohnt war, war der Anblick von soviel Essen um diese Tageszeit etwas erschreckend. Als Alayne diese ungeheuren Schüsseln voll Geflügel, Bratensauce, Kartoffelmus, Blumenkohl und grunen Erbsen ansah, dachte sie mit sanftem Bedauern an die kleinen Salatfrühstücke in New York. Wie fern das alles lag! Selbst das Tafelsilber war gewaltig. Sie fühlte das riesige Besteck wie eine Last in ihren Händen. Salzfässer und Pfefferbüchsen schienen schwer von Erinnerungen an all die vergangenen Mahlzeiten, die sie gewürzt hatten. Die langhalsige Essigflasche steckte den Kopf wie eine Giraffe in den massiven Dschungel der Tafel.

Renny sagte mit seiner klingenden Stimme, die nicht die Musik von der Edens hatte: »Es hat mir leid getan, daß ich nicht zu eurer Hochzeit kommen konnte. Ich konnte um die Zeit nicht abkommen.«

»Ja«, warf Meg ein, »Renny und ich wollten so sehr gern kommen, aber wir konnten es nicht einrichten. Finch hatte damals gerade eine Mandelentzündung, und Wakefield ging es mit dem Herzen nicht gut, und dann ist natürlich immer Großmutter.«

Mrs. Whiteoak fuhr dazwischen: »Ich wollte kommen, aber ich bin zu alt zum Reisen. Ich habe alle meine Reisen in der Jugend gemacht. Ich bin um die ganze Welt gewesen. Aber ich habe grüßen lassen. Habt ihr Grüße bekommen? Meg sollte meine Grüße in ihrem Brief schreiben. Habt ihr sie gekriegt?«

»Ja, gewiß«, sagte Alayne. »Wir haben uns so über deinen Gruß gefreut.«

»Das will ich meinen. Ich lasse nicht jedermann Hals über Kopf grüßen.« Sie nickte so heftig mit ihrer Haube, daß drei grüne Erbsen von ihrer Gabel fielen und über den Tisch rollten. Wakefield erstickte fast vor Lachen. Er sagte »bumms«, als jede Erbse fiel, und schoß mit einer seiner eigenen danach. Renny sah ihn scharf über den Tisch an, und er duckte sich.

Großmutter stierte ihre Gabel an und vermißte ihre Erbsen. »Meine Erbsen sind weg«, sagte sie. »Ich will noch Erbsen; auch noch Blumenkohl und Kartoffeln.« Es wurde ihr Gemüse aufgefüllt, und sie fing sofort an, es mit der Gabel zu einem soliden Brei zu verarbeiten.

»Mama«, bemerkte Ernest mild, »mußt du das tun?«

Sascha, die auf seiner Schulter saß, merkte, daß seine Aufmerksamkeit von seiner erhobenen Gabel abgelenkt war, streckte eine Pelzpfote aus und zog sie an ihre eigenen schnurrbärtigen Lippen. Ernest rettete das Stück Huhn gerade zur rechten Zeit.

»Pfui, wie unartig!« sagte er.
Als ob gar keine Unterbrechung gewesen wäre, fuhr Meg fort: »Es muß solch eine hübsche Hochzeit gewesen sein. Eden schrieb uns davon.«
Inzwischen hatte Renny mit dem Bratenmesser das zweite Huhn in Angriff genommen. Alaynes Teller war noch nicht merkbar leerer geworden, aber alle Whiteoaks waren schon zu neuen Taten bereit.
»Renny, hast du die Ferkel bekommen?« fragte Piers und unterbrach damit die Unterhaltung über die Hochzeit mit absichtlicher Unhöflichkeit, wie es Alayne vorkam.
»Ja. Nie einen schöneren Wurf gesehen. Habe die neun und die alte Sau für hundert Dollar bekommen. Hatte neunzig angeboten: Probyn wollte hundertzehn. Bin ihm halbwegs entgegengekommen.« Der Herr von Jalna fing an, mit Eifer von Schweinepreisen zu reden. Jedermann redete von Schweinepreisen; und alle waren sich einig, daß Renny zuviel gezahlt hatte.
Nur das kahle Gerippe des zweiten Huhns blieb auf der Schüssel. Dann wurde es weggetragen, und ein dampfender Heidelbeerpudding und eine große Pflaumentorte erschienen.
»Du ißt ja fast nichts, liebe Alayne«, sagte Meg. »Hoffentlich magst du den Pudding.«
Renny sah Alayne fest unter seinen dichten Wimpern an, den ungeheuren Puddinglöffel wartend erhoben.
»Danke«, antwortete sie. »Aber es ist mir wirklich unmöglich. Ich will etwas von der Torte nehmen.«
»Bitte, dränge sie nicht, Meggie«, sagte Eden. »Sie ist nur ein Frühstück um diese Zeit gewöhnt.«
»Oh, aber der Pudding«, seufzte Meg. »Wir essen ihn alle so besonders gern.«
»Ich mag ihn«, sagte Großmutter begierig, »gib mir welchen.«
Sie bekam ihren Pudding und Alayne ihre Torte, aber als Meg an die Reihe kam, flüsterte sie: »Nein, danke, Renny. Nichts für mich.« Und Renny, der von den Tabletts wußte, die auf ihr Zimmer getragen zu werden pflegten, machte keine Bemerkung, aber Eden erklärte halblaut: »Meggie ißt nichts – wenigstens fast nichts bei Tisch. Daran wirst du dich bald gewöhnen.«
Meggie goß den Tee ein aus einem schweren silbernen Teetopf. Selbst der kleine Wake bekam welchen, aber Alayne sehnte sich nach einer Tasse Kaffee, denn die Pflaumentorte war zwar sehr gut, aber sehr fett. Sie schien geradezu nach Kaffee zu schreien.
Ob sie sich wohl je an sie alle gewöhnen würde, dachte Alayne. Würden sie ihr wohl jemals nahestehen – wie Verwandte? Als sie vom Tisch aufstanden und nach verschiedenen Richtungen auseinandergingen, war sie etwas bedrückt, sie wußte nicht, ob von der Schwere des Essens oder von dem Gewicht der Familie, die ihr so überraschend fremd war.

Die alte Mrs. Whiteoak stieß ihren Sohn Ernest weg, streckte eine schwer beringte Hand nach Alayne aus und befahl: »Gib mir deinen Arm. An dieser Seite. Ganz gut, wenn du jetzt gleich lernst, wie es in der Familie zugeht.«
Alayne gehorchte etwas ängstlich. Sie zweifelte sehr, ob sie wirklich den Platz von Ernest ausfüllen könnte. Die alte Frau umkrallte ihren Arm heftig und lehnte darauf mit einer scheinbar unnötigen und fast unerträglichen Schwere. Die beiden, zusammen mit Nicholas, der über sie hinausragte, schoben sich langsam in Mrs. Whiteoaks Schlafzimmer und setzten sie da mit vieler Mühe vor dem Feuer hin. Alayne richtete sich, heiß von der Anstrengung, auf und starrte überrascht auf die Pracht der altertümlich gemalten Bettstelle, der eingelegten Tische und Tischchen, der indischen Teppiche und der prächtigen Vorhänge.
Mrs. Whiteoak zerrte an ihrem Rock. »Setz dich, mein Mädchen, setz dich da auf die Fußbank. Ha — bin kurzatmig —.« Sie keuchte beunruhigend.
»Zuviel gegessen, Mama«, sagte Nicholas, nahm ein Streichholz vom Kaminsims und zündete sich eine Zigarette an. »Wenn du dich überfütterst, mußt du eben schnaufen.«
»Laß das Schwatzen«, fuhr ihn seine Mutter an, plötzlich wieder zu Atem gekommen. »Sieh lieber dein eigenes Bein an, und wie du selber ißt und Alkohol 'runtergießt.«
Als Boney die Stimme seiner Herrin zornig erhoben hörte, fuhr er aus seinem Nachmittagsschläfchen am Fußende des Bettes hoch und kreischte: »Shaitan! Shaitan ka bata! Shaitan ka butcha! Kunjus!«
Mrs. Whiteoak beugte sich über Alayne, die nun auf der Fußbank saß, und strich ihr über Hals und Schultern mit einer Hand, die weniger liebkosend als abschätzend war. Sie zog ihre starken roten Brauen bis an die Spitze ihrer Haube hoch und bemerkte mit einem schlauen Grinsen:
»Dralles Fleisch. Rundlich, aber nicht zu dick. Schlank, aber nicht dürr. Meg ist zu dick. Pheasant ist dürr. Du bist gerade richtig für eine junge Frau. Ha, meine Liebe, wenn ich ein junger Mann wäre, möchte ich schon mit dir schlafen.«
Alayne wandte ihr peinlich errötendes Gesicht von Mrs. Whiteoak ab nach dem Feuerschein. Nicholas sah tröstlich ausdruckslos vor sich hin.
»Und noch was«, kicherte Mrs. Whiteoak, »ich bin froh, daß du Geld hast. Wirklich froh.«
»Sachte«, schrie Boney. »Immer sachte!«
In dem Augenblick fiel Großmutter in eines ihrer plötzlichen Schläfchen. Nicholas lächelte nachsichtig auf seine schlafende Erzeugerin herab.
»Du mußt dir nichts daraus machen, was sie sagt. Bedenke, sie ist neunundneunzig, und sie ist nie vom Leben gebrochen — oder auch von der Nähe des Todes. Du bist doch nicht beleidigt?«

Alayne schüttelte den Kopf. Nicholas nahm ihre Hand und zog sie auf die Füße.
»Komm«, sagte er, »ich will dir mein Zimmer zeigen. Ich hoffe, du besuchst mich da öfter und erzählst mir von New York, und ich will dir von dem London von früher erzählen. Ich bin jetzt ein richtiges Fossil, aber du kannst mir glauben, ich bin früher ein fideler Bursche gewesen.«
Er ging voran nach seinem Zimmer und zog sich mit der Hand am Treppengeländer hoch. Er setzte sie ans Fenster, wo sie die Schönheit der Herbstwälder genießen konnte, und wo das Licht auf ihr lag und die rötlichen Töne in ihrem Haar, die perlige Weiße ihrer Haut hervorhob. Er hatte so lange keine schöne und kluge junge Frau gesehen, daß die Berührung ihn geradezu beflügelte, ihm das Blut schneller durch die Adern trieb. Ehe er es sich selbst klarmachte, erzählte er ihr schon allerlei aus seinem Leben, wovon er seit Jahren nicht gesprochen hatte. Er holte sogar eine Fotografie seiner Frau in einem Abendkleid mit langer Schleppe heraus und zeigte sie ihr. Sein massives und schweres Gesicht sah, als er sich dieser fernen Vergangenheit erinnerte, wie ein Felsen aus, von dem die See sich lange zurückgezogen hatte, der aber auf einer zerspaltenen und verwitterten Oberfläche noch sichtbare Zeichen von der Wut vergangener Stürme trägt.
Er gab ihr als Hochzeitsgeschenk einen silbernen Becher, in dem er seine Pfeifen aufzubewahren pflegte, und putze ihn erst mit einem seidenen Tuch.
»Du sollst jetzt Rosen hineinstellen, Liebe«, sagte er, schob dabei wie absichtslos die Hand unter ihr Kinn, hob ihr Gesicht und küßte sie. Alayne war gerührt von dem Geschenk und etwas überrascht durch die lächelnde herrische Selbstverständlichkeit der Liebkosung.
Einen Augenblick später erschien Ernest Whiteoak in der Tür. Alayne sollte nun seine Klause kennenlernen. Nein, Nicholas brauchte nicht mitzukommen, nur Alayne.
»Er wird dich mit seinen traurigen Notizen zu Shakespeare langweilen. Ich warne dich«, rief Nicholas ihr nach.
»Unsinn«, sagte Ernest. »Ich will bloß nicht ganz ins Hintertreffen kommen. Sei kein Esel, Nick. Alayne interessiert sich ebenso für mich wie für dich, nicht wahr, Alayne?«
»Sie interessiert sich überhaupt nicht für dich«, gab Nicholas zurück, »sondern sie ist bezaubert von meinen süßen Reden, nicht wahr, Alayne?«
Es schien ihnen Freude zu machen, nur ihren Namen auszusprechen, sie gebrauchten ihn bei jeder Gelegenheit.
Also wurde sie in Ernests Zimmer geführt, und wegen der Neckerei seines Bruders wollte er anfangs nicht von seinem Steckenpferd reden und begnügte sich damit, ihr seine Aquarelle zu zeigen, die gelben Kletterrosen, deren Duft zu seinem Fenster hereinströmte, und die hübschen Katzenkunststücke von

Sascha. Aber als Alayne ein deutliches Interesse an den Notizen zu Shakespeare und eine überraschende Kenntnis der Texte zeigte, strömte sein Enthusiasmus über wie der Niagara im Frühling. Zwei Stunden flogen hin, in denen sie eine Freundschaft verwandten Geschmacks begründeten. Ernsts schmale Wangen röteten sich, seine blauen Augen waren ganz groß und glänzend geworden. Er trommelte mit den Fingern der einen Hand unaufhörlich auf den Tisch.
So fand Meg sie, als sie kam, um Alayne für eine Besichtigung des Hauses und Gartens zu holen. Eden war mit Renny fortgegangen, erklärte Meg, und in Alayne stieg plötzlich ein Zorn auf gegen diesen Bruder, der ihr Eden so mir nichts dir nichts wegnahm und zu ihr selbst so kühl höflich war.
Es sei warm genug, um auf dem Rasen Tee zu trinken, erklärte Meg, und als sie und Alayne von ihrer Besichtigung der Gebüsche von hohem blühendem Flieder, Syringen, Schneeballen und des schläfrigen Küchengartens zurückkamen, dessen Reihen von Kohl und Sellerie und üppigen Petersilienbeeten von leuchtend roter Salbei und schwerköpfigen Dahlien umgeben waren, hatte inzwischen Rags den Tee auf einem Korbtisch serviert. Einige der Familie waren schon, in Liegestühlen oder auf dem Gras gelagert, je nach ihren Jahren, darum versammelt.
Alaynes Augen entging keine Einzelheit des Bildes vor ihr: der smaragdgrüne Rasen, der im tiefen Schatten lag, während die Wipfel der umgebenden Bäume in strahlender Sonne gebadet standen, die ihre leuchtenden Herbstfarben so glühen machte, daß sie die unwirkliche Pracht von Farben unter Wasser hatten. Nahe dem Teetisch schlummerte Großmutter in ihrem purpursamtenen Schlafrock. Nicholas lag halb ausgestreckt und spielte mit den Ohren von Nip, dessen spitze Schnauze erwartungsvoll nach dem Kuchenteller schnüffelte, Ernest stand höflich neben seinem Stuhl, auf dem Gras wälzte sich Wake in bloßen Knien mit einem Kaninchenpaar, und der knochige langbeinige Finch, den sie jetzt zum erstenmal sah. Eden, Piers und Renny erschienen nicht, aber ehe die zweite Teekanne leer war, huschte die junge Pheasant heran, einen Strauß feuriger Ahornblätter in der Hand, den sie Nicholas auf die Knie legte.
Eine Stimmung leichter Heiterkeit lag über allen. Während sie Gurkenbrötchen und Käsekuchen aßen, fühlte sich Alayne mehr in Harmonie mit dem Leben unter dieser Familie, die jetzt die ihre sein sollte. Sie war erleichtert über die Abwesenheit der drei, die nicht dabei waren. Wenn Eden fort war, konnte sie sich viel leichter in die Familie hineinfinden und den Hintergrund ihrer Beziehungen zueinander erforschen. Durch Piers' Fernbleiben fühlte sie sich geradezu befreit von einer Gegenwart, die zweifellos versteckt feindlich war. Wie es mit Renny war, konnte sie sich noch nicht ganz klarwerden. Dafür brauchte sie Zeit. Zunächst verwirrte und erregte sie seine gebietende Persönlichkeit und zugleich seine abwesende Art.

Eden hatte ihr gesagt, daß Renny seine Verse nicht möchte, daß er überhaupt nichts von Versen hielte. Sie stellte sich ihn vor, wie er endlose Prozessionen Füllen, Kälber, Lämmer und junge Schweine zählte, immer mit einem Blick auf die Marktpreise. Sie wäre überrascht gewesen, hätte sie ihn heute abend in seinem Schlafzimmer sehen können, wie sanft er mit dem kleinen Wake umging, der sich herumwarf und nach den Aufregungen des Tages nicht schlafen konnte. Renny rieb seine Beine und klopfte seinen Rücken, wie eine Mutter es getan hätte. Tatsächlich vereinigte er in seiner Liebe zu seinem kleinen Bruder väterliche und mütterliche Zärtlichkeit zugleich. Meg war nur ganz die große Schwester.

Wake kuschelte sich endlich schläfrig an Rennys Brust und murmelte: »Ich glaube, ich könnte schnell einschlafen, wenn wir spielten, daß wir jemand anderes wären, Renny, bitte.«

»So? Gut. Also was sollen wir sein? Lebendige Leute oder Leute aus Büchern? Sag du es.«

Wake dachte einen Augenblick nach und wurde mit jedem Tick von Rennys Uhr schläfriger, dann flüsterte er: »Wir wollen Eden und Alayne sein.«

Renny unterdrückte ein Lachen. »Gut. Also wer bin ich?«

Wake überlegte wieder, herrlich schläfrig, und schnupperte dabei nach dem schönen Duft von Tabak, Windsor-Seife und Körperwärme, der von Renny kam.

»Ich glaube, du sollst Alayne sein«, flüsterte er.

Renny überlegte sich diese Verwandlung. Sie schien schwierig, aber er sagte resigniert: »Gut. Also los.«

Einen Augenblick war es still, dann flüsterte Wakefield und drehte einen Knopf von Rennys Pyjama: »Du zuerst, Renny. Sag was.«

Renny sagte mit süßer Stimme: »Liebst du mich, Eden?«

Wake kicherte, dann antwortete er ernsthaft: »Oh, massig. Ich kaufe dir alles, was du willst. Was willst du haben?«

»Ich möchte eine Limousine und einen elektrischen Brotröster und eine Federboa.«

»Gleich morgen früh kaufe ich alles. Möchtest du noch was, mein Mädchen?«

»M — ja. Ich möchte jetzt schlafen.«

»Nein, sieh mal, das kannst du nicht«, widersprach der Pseudobräutigam. »Damen plumpsen nicht gleich so in den Schlaf.«

Aber augenscheinlich tat es diese Dame. Die einzige Antwort, die Wakefield bekam, war ein sanftes, aber stetiges Schnarchen.

Einen Augenblick war Wake tief gekränkt, aber das gleichmäßige Steigen und Fallen von Rennys Brust war beruhigend. Er kuschelte sich tiefer in seine Arme, und bald war auch er fest eingeschlafen.

## 14 Glaubst du an Gott, Finch?

Alaynes Ankunft hatte einen tiefen und fast überwältigenden Eindruck auf den jungen Finch gemacht. Sie war ganz anders als irgend jemand, dem er sonst begegnet war; sie erfüllte seine Seele mit Neugier und zitternder Bewunderung; er konnte an diesem ersten Abend gar nicht aufhören, an sie zu denken. Ihr Gesicht war zwischen ihm und den trockenen Buchseiten, über denen er brütete. Einmal mußte er mitten im Kampf mit dem Algebra-Problem aufstehen und halbwegs die Treppe hinuntersteigen, nur um sie ein paar Augenblicke durch die offene Wohnzimmertür zu beobachten, wo die Familie bei Bridge und Puffspiel saß. Ihre Gegenwart im Hause schien ihm etwas ganz Wunderbares und Aufregendes, wie eine plötzliche Musik.

Er sehnte sich danach, ihr Kleid zu berühren, das von einem Stoff war, den er noch nie gesehen hatte, und von einer Farbe, für die er keinen Namen wußte. Er sehnte sich, ihre Hände zu berühren, die so zart und doch so fest aussahen. Wie er über seinen unangenehmen Aufgaben in dem unordentlichen Schlafzimmer saß, verwischten ihm wunderliche Gedanken und Visionen die eselsohrige Seite, die vor ihm lag. Ein kühler Luftzug, der durchs Fenster strich, trug die Laute und Düfte der Spätherbstlandschaft herein: das Rascheln der Blätter, die ihre Frische verloren, und saftlos und dürr wurden, das knarrende Reiben toter Zweige gegeneinander, als ob der Eichbaum, zu dem sie gehörten, ein Trauerlied für den gestorbenen Sommer spielen wollte, das phantastische Klopfen einer Weinranke an die Fensterscheibe, die einen Totentanz zu der Gespenstermusik der Eiche tanzte; der Duft unzähliger Morgen weiten Landes, das schwer und feucht dalag, seiner toten Zeit entgegenschlummernd.

Was hieß das alles? Wie war er in diese seltsame Verwirrung von Gesichtern, Stimmen, fremden Lauten des Tages und der Nacht geraten? Wo gab es einen in der Welt, der ihn so liebhaben konnte, wie Alayne Eden liebhatte? Sicher nirgends. Er gehörte zu den einsamen traurigen Lauten, die ins Fenster hereindrangen, und nicht in warme menschliche Arme und an weiche menschliche Lippen.

Er träumte davon, den Mund von Edens junger Frau zu küssen. Er versank in einen Abgrund von Träumen, den Kopf auf den zusammengekrampften Händen. Ein zweites Ich, weiß und gespenstig, glitt aus seiner Brust und schwebte vor ihm in einem bleichen grünlichen Äther. Er beobachtete es mit gelöstem Glück über seine Befreiung. Es befreite sich oft aus seinem Körper in solchen Zeiten und verschwand dann wieder plötzlich, wenn andere Gestalten vorbeischwebten, als ob sie ihm winkten zu folgen. Nun beugte es sich mit dem Gesicht nach unten wie ein Schwimmer, und eine andere undeutliche Gestalt schwebte daneben. Er drückte die Handknöchel in die Augen, daß ihm feurige Farben hinter den Lidern schwammen, versuchte das Gesicht der

anderen Gestalt zu sehen und fürchtete sich doch davor. Aber keine der schwebenden Gestalten hatte ein deutlich erkennbares Gesicht. Eine, das wußte er, gehörte ihm, weil sie aus seinem Körper aufgestiegen war, aber die andere phantastisch Schwebende, woher kam sie? War sie aus dem Körper des Mädchens da unten im Wohnzimmer aufgestiegen, von dem verzweifelnden Ruf seiner eigenen Seele aus ihr weggerissen? Was war sie? Was war er? Warum waren sie alle hier, all diese warmblütigen hungrigen Menschen in diesem Haus, das Jalna hieß?
Was war Jalna? Er wußte wohl, das Haus hatte eine Seele. Er hatte sie seufzen hören und in der Nacht umgehen sehen. Er glaubte, daß bisweilen die Seelen seines Vaters und der Frauen seines Vaters, seines Großvaters und selbst der toten Whiteoak-Kinder vom Kirchhof sich unter diesem Dach versammelten, um sich zu erfrischen, um von dieser Seele des Hauses zu trinken, dieser Seele, die eins war mit dem dünnen feinen Regen, der nun draußen zu fallen begann. Sie drängten sich eng um ihn, sie verspotteten ihn – der Großvater in Husarenuniform, die Kinder in langen farblosen Tragkleidern.
Seine Schläfen klopften, seine Wangen brannten, seine Hände waren feucht und sehr kalt. Er stand auf, ließ seine Bücher auf den Boden fallen und ging ans Fenster. Da kniete er und beugte sich über das Fensterbrett, hielt die Hände in den Regen hinaus in betender Haltung, die dünnen Gelenke aus den zerfransten Rändern der Ärmel herausgestreckt.
Langsam senkte sich Friede auf ihn, aber er mochte nicht ins Zimmer hinter sich zurückblicken. Er dachte an die Nächte, wo er das Bett mit Piers geteilt hatte. Er hatte sich immer nach der Zeit gesehnt, wo er in Frieden schlafen konnte, befreit von seines Bruders Quälereien. Nun fühlte er, daß er sich freuen würde über Piers' gesunde Gegenwart, die ihn vor seinen eigenen Gedanken schützen könnte.
Warum beschützte Gott ihn nicht? Finch glaubte verzweifelt und doch glühend an Gott. Während der Bibelstunde in der Schule, wenn die anderen Jungen sich schläfrig auf ihren Plätzen langweilten, bohrten sich seine Augen in die Seiten, die von der Größe und schrecklichen Herrlichkeit Gottes zu brennen schienen. Die Worte Jesu, der Gedanke an jene einsame Gestalt eines gotterfüllten jungen Mannes waren für ihn voll Schönheit, aber das Alte Testament war es, das seine Seele erschütterte. Als die Zeit für Fragen und das Bibelexamen kam, antwortete Finch so unzusammenhängend, so voller Angst, seine wirklichen Gefühle zu enthüllen, daß er gewöhnlich der Letzte in der Klasse war.
»Verrückter Kerl, Finch Whiteoak«, war das Urteil seiner Schulkameraden, »nicht zu vergleichen mit seinen Brüdern.« Denn Rennys athletische Kraft war noch in der Erinnerung aller; Edens Tennis, sein schnelles Laufen, die Preise, die er in englischer Literatur und Sprachen errang; Piers als Führer der

Rudermannschaft. Finch glückte nichts. Wenn er im Zuge hin und zurück zur Schule fuhr, in eine Ecke des Abteils gedrückt, die Mütze mit dem Schulabzeichen über die Augen gezogen, dann grübelte er mit einer für sein Alter unnatürlichen Bitterkeit darüber nach, was er aus seinem Leben machen wollte. Er schien für nichts wirklich geeignet. Kein Geschäft und kein Beruf, von dem er je gehört hatte, erweckte irgendeine antwortende Neigung in ihm. Am liebsten wäre er zu Hause geblieben und hätte mit Piers zusammengearbeitet, aber er verzagte bei dem Gedanken, lebenslang der Tyrannei seines Bruders unterworfen zu sein.

Manchmal träumte er davon, auf einer Kanzel in einer weiten dämmrigen Kathedrale zu stehen, wie er sie nur auf Bildern gesehen hatte, und eine Menge durch seine brennende Beredsamkeit zu erschüttern. Er, Finch Whiteoak, in einem langen weißen Chorhemd und reich gestickter Stola — ein Bischof — ein Erzbischof, das Haupt der Kirche nächst Gott selbst. Aber der Traum endete immer damit, daß die Gemeinde aus der Kirche entfloh, ein panisch gehetzter Pöbel; denn er hatte sie unwissentlich einen Blick in seine eigene entsetzte verstörte Seele tun lassen, die wie ein armer Hund vor Gott heulte.

»Willst Du wider ein fliegend Blatt so ernst sein und einen dürren Halm verfolgen?«

Er wurde jetzt ruhiger, wie er über das Fensterbrett hinausgebeugt lag und sich Hand und Stirn von dem feinen Regennebel feuchten ließ. Unten auf den Rasen fiel ein helles Lichtviereck aus dem Wohnzimmerfenster. Jemand kam und stand am Fenster und warf den Schatten einer Frau in das helle Viereck. Welche von ihnen? Meg, Pheasant, Alayne? Sicher Alayne. Es war irgend etwas in der Haltung... Wieder dachte er an ihre Lippen, dachte daran, sie zu küssen. Er zog seine regennassen Hände herein und drückte sie gegen die Augen.

»Denn Du schreibest mir an Betrübnis, und willst mich umbringen um der Sünden willen meiner Jugend.«

Warum erinnerte er sich gerade dieser quälenden Bibelstellen, da doch nichts anderes in seinem Kopf hängenbleiben wollte?

»Laß mich hören Freude und Wonne, daß die Gebeine fröhlich werden, die Du zerschlagen hast.«

Er drückte seine Finger fester zusammen, und es gingen ihm Dinge durch den Kopf, die ein schottischer Arbeiter auf der Farm erzählt hatte. Der Mann war früher Fabrikarbeiter in Glasgow gewesen. Finch dachte an ein endloses komisches Lied, das er in einer Art Flüsterton gesungen hatte und das voll zotiger Worte gewesen war. Er erinnerte sich an eine Szene, die er als unentdeckter Zuschauer miterlebt hatte.

Es war im Tannenforst gewesen, dem letzten Überrest des Urwaldes hier in der Gegend. Dieses Stück Wald war so dunkel wie eine Kirche in der Dämmerung

und lag im Herzen eines großen sonnigen Waldes von Silberbuchen, Ahorn und Eichen versteckt, voll Vogelgesang, und von einem Teppich von glänzendem Wintergrün bedeckt, der im Frühling bestickt war mit Anemonen, Christrosen und kleinen purpurnen Orchideen. In dem Stück Tannenforst war aber wenig Vogelgesang, und es gab keine Blumen, doch war die Luft dort immer schwer vom Flüstern und dem harzigen Duft der Tannennadeln. Die schattendunklen Gänge zwischen den Bäumen waren schlüpfrig von Nadeln, und das wenige Sonnenlicht, das eindrang, war kräftig golden.
Es war ein Ort tiefster Verborgenheit. Finch liebte nichts so sehr, als dort einen Sonnabendmorgen allein zu verbringen und sich den Traumbildern zu überlassen, die hier unter den Tannen immer frei und schön hinflossen.
Er war früh an dem Morgen hingegangen, um Meg zu entgehen, die ihm irgendeine unangenehme Aufgabe im Hause zuschieben wollte. Er hatte sie rufen und rufen hören, wie er über den Rasen lief und ins Gebüsch tauchte. Er hatte sie Wake rufen hören und fragen, ob er ihn gesehen hätte. Er hatte seine langen Beine über Wiese und Weide fliegen lassen, war über den Bach gesprungen und vor Menschenaugen in das Birkenwäldchen verschwunden. Seine Pulse klopften, und sein Herz hüpfte vor Freude über seine Freiheit. Unter den hellen leicht laubigen Bäumen war er schnell hindurchgelaufen, hungrig nach der Tiefe und Einsamkeit der Tannen, die sie sanft geheimnisvoll zu hüten schienen. Aber er hatte entdeckt, daß er nicht allein war. In dem tiefsten Versteck, wo der Wald in eine kleine Schlucht hinabstieg, hatte er Renny entdeckt, der mit einer Frau in den Armen stand. Er küßte sie mit einer Art wilder Heftigkeit auf den Mund, den Nacken, während sie ihn mit sklavischer Zärtlichkeit liebkoste. Während Finch noch stand und hinstarrte, hatten sie sich getrennt, sie glättete die Strähnen ihres langen Haares, als sie fortlief, und Renny sah ihr ein Weilchen nach, winkte ihr mit der Hand, als sie zurücksah, und schlenderte dann mit gesenktem Kopf nach Hause.
Finch hatte nie herausbringen können, wer diese Frau war, obgleich er allen Frauen eifrig ins Gesicht sah, denen er in der nächsten Zeit begegnete. Er war sogar wieder in den Tannenforst gegangen und hatte dort stundenlang regungslos gelegen und gehofft, zugleich aber gefürchtet, daß sie und Renny wiederkommen würden, und sein Herz hatte bei jedem Laut erwartungsvoll gepocht; aber sie waren nie gekommen. Oft sah er mit neidischer Neugier in Rennys hageres rotes Gesicht und grübelte, was für Gedanken wohl in seinem Kopf waren. Piers hatte einmal ihm gegenüber bemerkt, daß Frauen immer auf Renny »flogen«. Er konnte wohl verstehen warum und grübelte hoffnungslos darüber nach, daß sie nie auf ihn fliegen würden.
Er hörte Wakefield klagend nach ihm aus seinem Bett rufen: »Finch, Finch! Komm her, bitte!«
Er ging den Vorplatz hinunter an Megs Tür vorbei, die mit einem schweren

Chenille-Vorhang verhängt war, der ihrem Sanctum etwas von traulicher Abgeschlossenheit gab.
»Nun?« fragte er und steckte den Kopf in Rennys Zimmer, wo Wake im Bett saß, heiß und mit glänzenden Augen im gelben Lampenlicht.
»O Finch, ich kann nicht schlafen. Meine Beine sind wie von Baumwolle. Wann denkst du, daß Renny kommt?«
»Wie kann ich das wissen?« antwortete Finch mürrisch. »Schlaf du ein. Das ist Unsinn mit deinen Beinen. Die sind ebensowenig Baumwolle wie meine.«
»O Finch, bitte komm herein. Laß mich nicht allein! Komm bloß und schwatz etwas mit mir. Eine Minute bloß, bitte.«
Finch kam herein und setzte sich an das Fußende des Bettes. Er nahm eine einzelne etwas verdrückte Zigarette in Silberpapier aus seiner Tasche, wickelte sie aus und zündete sie an.
Wake sah ihm zu, und der geängstigte Ausdruck von Verlassenheit verschwand aus seinem kleinen Gesicht.
»Laß mich ein paar Züge tun«, bettelte er, »bloß ein paar, bitte, Finch.«
»Nein«, knurrte Finch, »du wirst bloß krank davon. Du darfst doch nicht.«
»Du auch nicht.«
»Doch, ich darf.«
»Aber nicht viel.«
»Nennst du dies viel, was?«
»Ich habe es schon zweimal gesehen, nein – dreimal vor heute.«
Finch erhob die Stimme. »Du siehst verdammt zuviel.«
»Aber ich verpetze dich nie, Finch.« Wakes Ton war beleidigt. »Bloß einen kleinen Zug möcht' ich.«
Mit einem Knurren nahm Finch die Zigarette von seinen Lippen und steckte sie zwischen die seines kleinen Bruders. »Also, viel Vergnügen«, sagte er.
Wake atmete tief und genießerisch ein und sah Finch durch den Rauch an. Er atmete aus. Noch einmal und noch einmal. Dann gab er die Zigarette Finch wieder, noch zerdrückter und sehr feucht. Finch sah sie einen Augenblick zweifelnd an und steckte sie dann philosophisch wieder in den eigenen Mund. Er fühlte sich glücklicher. Er war doch froh, daß Wake ihn gerufen hatte. Armer kleiner Teufel, der hatte auch seinen Kummer.
Die Finsternis, die aus der seltsamen Traumwelt draußen ins Zimmer strömte, hatte eine befreiende Wirkung auf das Gemüt der beiden Jungen. Das kleine Licht der Kerze, das vom Spiegeltisch her widerschien, erhellte ihre Gesichter nur undeutlich und schien sie aus einer unendlichen Leere herauszuholen.
»Finch«, fragte Wake, »glaubst du an Gott?«
Ein Zittern lief Finch durch den Körper bei der Frage. Er starrte Wake an und versuchte herauszufinden, ob der etwas von seinen eigenen Phantasien erraten hätte.

»Ich glaube wohl«, antwortete er. Und dann fragte er fast scheu: »Tust du es?«
»Ja. Aber worüber ich nachdenke, ist — was für ein Gesicht hat Er wohl? Hat Er ein wirkliches Gesicht, Finch, oder — irgendwas Flaches und Weißes, wo eigentlich Sein Gesicht sein müßte? Das denke ich nämlich manchmal.« Wakes Stimme war in ein Flüstern verfallen, und er zupfte nervös an der Decke.
Finch legte die Arme um die Knie und starrte ins Licht, das nun flackerte und ausgehen wollte.
»Sein Gesicht verwandelt sich immer«, sagte er. »Deswegen kannst du es nicht sehen. Versuch nie, es zu sehen, Wake; du bist zu jung. Du bist nicht stark genug. Du könntest verrückt werden.«
»Hast du es gesehen, Finch?« Dieses Gespräch war für Wake wie eine Art Gespenstergeschichte, erschreckend, aber doch begeisternd. »Bitte sag mir, was du gesehen hast.«
»Halt den Mund«, schrie Finch und sprang vom Bett auf. »Schlaf ein. Ich gehe.« Er schob sich nach der Tür. Aber das Licht war ausgegangen, und er mußte seinen Weg tasten.
»Finch, Finch, laß mich nicht allein«, jammerte Wake.
Aber Finch blieb nicht eher stehen, bis er sein Bett erreicht hatte, und warf sich dann mit dem Gesicht nach unten darauf. Da lag er, bis er die anderen die Treppe heraufkommen hörte.

## 15 Finch findet eine Freundin

Am nächsten Morgen blies ein milder stetiger Wind, der alle würzigen Herbstdüfte mit sich trug, wie er über Wald und Obstgarten hinstrich. Er blies ins Fenster und hob Finch sanft die Haare von der Stirn und brachte ein kindliches Rot auf seine Backen. Er beeilte sich nicht mit dem Aufstehen und streckte sich noch eine Weile behaglich, denn es war Sonnabendmorgen. Seine krankhaften Phantasien vom Abend vorher waren verschwunden, und er war innerlich damit beschäftigt, einen plötzlichen Entschluß zu fassen. Sollte er alte Sachen anziehen und sich mit irgend etwas aus der Küche Gemaustem zum Frühstück aus dem Hause stehlen und es so vermeiden, Edens Frau zu begegnen, denn heute morgen hatte er eine Art Scheu vor ihr, oder sollte er sich mit besonderer Sorgfalt anziehen und einen sehr guten Eindruck auf sie machen, durch äußerlich und innerlich freies und leichtes Wesen?
Die frühen Aufsteher würden jetzt schon ihr Frühstück haben und in ihrer Tagesarbeit stecken, aber Eden erschien niemals vor neun Uhr, und Finch nahm an, daß ein New Yorker Mädchen natürlich auch lange schliefe. Es lag ihm sehr daran, einen guten Eindruck auf Alayne zu machen.
Endlich stand er auf und nachdem er sorgsam am Waschtisch Gesicht und

Hände gewaschen und den Hals geschrubbt, nahm er seinen neuen dunkelblauen Flanell-Anzug aus dem Schrank. Er zog ihn an mit seinem besten blau und weiß gestreiften Hemd und stand nun vor dem Problem des Schlipses. Er hatte einen wirklich hübschen blau und grauen, ein Geschenk von Meg an seinem letzten Geburtstag, aber er hatte etwas Angst, ihn zu tragen. Meg würde sicher hochgehen, wenn sie sah, daß er ihn an einem bloßen Samstag trug. Selbst den Anzug zu tragen war gewagt. Er überlegte sich, daß er lieber nach dem Frühstück hinaufschlüpfen wollte und einen alten anziehen. Vielleicht sollte er das lieber jetzt gleich tun. Er war ein Narr, daß er versuchen wollte, Alaynes anspruchsvollen New Yorker Augen zu gefallen. Er zögerte und bewunderte sein Spiegelbild. Verlangend streichelte er den Schlips. Der Gedanke ging ihm durch den Kopf, in Piers' Zimmer zu gehen und einen von seinen Schlipsen zu borgen, aber das gab er wieder auf. Seit Piers verheiratet war, war die junge Pheasant immer irgendwo drüben.

Verdammt! Der Schlips gehörte ihm doch, und er konnte ihn tragen, wann er Lust hatte.

Er band ihn sorgfältig. Er reinigte und polierte seine Nägel mit einer alten Nagelfeile, die Meggie weggeworfen hatte. Sorgsam teilte und bürstete er sein schlichtes helles Haar und glättete es sogar noch etwas mit Pomade, die er aus einer leeren Dose herausholte, die er gefunden hatte.

Eine abschließende Prüfung seines Spiegelbildes brachte ein halb erfreutes und halb törichtes Lächeln in sein Gesicht. Er schlich an der geschlossenen Zimmertür seiner Schwester vorbei und ging langsam die Treppe hinunter.

Es war so, wie er gehofft hatte. Eden und Alayne waren die einzigen im Eßzimmer. Sie saßen dicht nebeneinander an einer Seite des Tisches. Sein Platz war an Alaynes linker Seite. Mit einem gemurmelten »Guten Morgen« zog er seinen Stuhl hervor und ließ sich hineinfallen, rot vor Verlegenheit.

Eden sah mit einem ärgerlichen Blick auf den Eindringling, beachtete ihn aber nicht weiter und sprach mit Alayne so leise, daß Finch, der die Ohren spitzte, um dieses sanfte Morgengeflüster zwischen dem jungen Ehemann und der jungen Frau aufzuschnappen, kein Wort verstehen konnte. Er widmete sich seinem Porrige und holte sich bescheiden soviel Vergnügen aus Alaynes Nähe, wie er konnte. Eine süße Frische schien von ihr auszuströmen. Aus dem Augenwinkel beobachtete er die Bewegung ihrer Hände. Er gab sich sehr viel Mühe, mit seiner Milch mit Porridge kein Geräusch zu machen, aber jeder Bissen glitt ihm mit einem gurgelnden Laut die Kehle hinunter. Seine Ohren brannten vor Verlegenheit.

Alayne dachte, daß sie noch nie jemand einen so ungeheuren Teller mit Brei hatte essen sehen. Sie haßte Brei. Sie hatte fast ärgerlich zu Eden gesagt: »Ich will keinen Porridge, danke, Eden.« Und er hatte sie fast gezwungen, ihn zu essen.

»Porridge ist dir gut«, hatte er gesagt und viel Zucker über seinen eigenen gestreut.

Er schien gar nicht zu merken, daß dieses Frühstück ganz und gar nicht ihrer Gewohnheit entsprach. Es gab kein Obst. Ihre Seele schrie nach Kaffee, und da war immer die gleiche große Teekanne, diesmal vor sie hingesetzt zum Einschenken. Fetter gebackener Schinken. Soviel Röstbrot mit Butter und bitterer Orangenmarmelade lockte sie gar nicht. Eden nahm vergnügt von allem, zermalmte das Röstbrot zwischen seinen starken weißen Zähnen und versuchte verwegen, vor den fragenden Augen des Jungen den Arm um sie zu legen. Etwas in ihr war heute morgen sehr kritisch gegen ihn gestimmt. Plötzlich überlegte sie sich innerlich, ob sie sich wohl so schnell in ihn verliebt hätte, wenn sie ihn zuerst in seinem eigenen Haus hätte kennengelernt. Aber ein Blick in seine spöttischen und doch zärtlichen Augen, auf seinen feinen vollen Mund beruhigte sie wieder. Sie hätte es doch getan, o ja, sicher!

Dann und wann redete sie Finch an, aber es schien hoffnungslos, ihn in ein Gespräch zu ziehen. Er litt so sichtlich, wenn sie es versuchte, daß sie es schließlich aufgab.

Als sie vom Tisch aufstanden, wandte sich Eden, der schon eine Zigarette zwischen den Lippen hatte, plötzlich zu seinem Bruder, als ob ihm etwas einfiele.

»Hör mal, Finch. Ich wollte, du zeigtest Alayne mal den Tannenforst. An solch einem Morgen ist es da wundervoll. Es ist tief und dunkel wie ein Brunnen da, Alayne, und ringsherum wachsen Brombeeren mit den größten und saftigsten Beeren. Finch pflückt dir welche, und sicher kann er dir ein Rebhuhn mit Jungen zeigen. Ich habe nämlich etwas im Kopf, das ich fertigbringen möchte, und ich muß Einsamkeit haben. Du wirst dich um sie kümmern, nicht wahr, Finch?«

Trotz seines leichten Tones entdeckte Alayne das Feuer schöpferischen Dranges darin. Ihr Blick forschte eifrig in seinem Gesicht. Ihre Augen begegneten sich in glücklichem Verstehen.

»Geh nur und schreib«, nickte sie. »Ich kann auch gut allein herumwandern, wenn Finch etwas anderes vorhat.«

Sie hoffte fast, daß das der Fall wäre. Der Gedanke an ein Tête-à-tête mit diesem verlegenen jungen Tölpel war nicht gerade verlockend. Er hing über seinem Stuhl, die knochigen Hände auf der Lehne und starrte auf den abgegessenen Tisch.

»Also«, fragte Eden scharf, »was hast du vor, Bruder Finch?«

Finch grinste töricht. »Ich würde gern mit ihr gehen. Ja, danke«, erwiderte er und griff so hart um die Stuhllehne, daß seine Knöchel weiß wurden.

»Guter Junge«, sagte Eden. Er lief hinauf, um für Alayne eine Wolljacke zu holen, und sie und Finch warteten völlig schweigend auf seine Rückkehr. Sie war ganz erfüllt von dem Gedanken, daß Eden schreiben wollte. Er hatte neulich gesagt, daß er die Idee für eine Novelle hätte. Ein kleiner Schauer von Erregung lief durch sie hin, als sie sich vorstellte, daß er heute morgen damit anfangen würde. Sie stand an der Glastür und sah hinaus nach den dunklen Tannen, von denen ein fortwährendes Zirpen herüberkam, da sich eine Schar Vögel dort für den Zug nach Süden sammelte.

Rags fing an abzudecken. Seine zynischen hellen Augen erfaßten sogleich jede Einzelheit von Finchs Anzug. Sie sagten zu dem Jungen so deutlich wie gesprochene Worte: Ho, ho, junger Bursche. Du hast dich für die Gelegenheit herausgeputzt, was? Glaubst wohl, du hast keinen Eindruck auf die Dame gemacht, was? Wenn du dich bloß selber sehen könntest! Und paß bloß auf, wenn die Familie dich in deinem Sonntagszeug zu sehen kriegt. Das wird schön werden, hoho!

Finch sah ihn unbehaglich an. War es möglich, daß diese Gedanken in Rags' Kopf waren, oder bildete er sich das bloß ein? Rags hatte solch eine heimlich spöttische Art gegen ihn.

Eden folgte ihnen an die Tür. Sie begegneten Meg auf dem Vorplatz, und die beiden Frauen küßten sich, aber es war dämmrig da, und Finch legte die Hand auf den Geburtstagsschlips und versteckte ihn.

Es war ein strahlender Tag. So golden, so reif, so üppig wie eine römische Matrone, die aus dem Bad kam, stieg der Oktobermorgen mit lässiger Schönheit über dem Lande auf. Alayne sagte etwas derart zu dem Jungen, wie sie den Weg über die Wiesen gingen, und obgleich er nicht antwortete, lächelte er auf eine Art, die sein ganzes Gesicht zu einer so plötzlichen Weichheit verschönte, daß sich Alaynes Herz für ihn erwärmte. Sie redete weiter, ohne auf eine Antwort zu warten, bis sich seine Schüchternheit langsam verlor, und sie ihm nun zuhörte. Er erzählte ihr, daß dieser Weg durch den Birkenwald eine alte Indianerspur war und daß er sechs Meilen weiter an den Fluß führte, wo die Händler und Indianer in alten Zeiten einander getroffen hatten, um Fuchs- und Otterfelle gegen Munition und Decken einzutauschen. Er erzählte ihr von dem alten »Fiedler Jock«, der seine Hütte in diesem Wald gehabt hatte, ehe die Whiteoaks Jalna gekauft hatten.

»Mein Großvater ließ ihn dableiben. Er spielte bei Hochzeiten und Gesellschaften seine Fiedel. Aber eines Abends gaben ihm die Leute soviel zu trinken, ehe er nach seiner Hütte zurückwanderte, daß er betrunken wurde, und es war eine bitterkalte Nacht, und er konnte durch den Schnee nicht nach Hause finden. Als er bis zu Großvaters Heuschober gekommen war, gab er es auf, kroch in das Stroh und erfror. Großmutter fand ihn zwei Tage später, als sie spazierenging. Er war ganz starr, und seine erfrorenen Augen starrten aus seinem erfrorenen Gesicht. Großmutter war damals eine junge Frau, aber sie hat es nie vergessen. Ich habe sie oft erzählen hören, wie sie ihn gefunden hat.

Sie hatte Onkel Nick mit. Der war nur ein kleiner Junge, aber er hat nie vergessen, wie der alte Bursche seine Fiedel gefaßt hielt, just als ob er spielen wollte, als er starb.«

Alayne sah interessiert den Jungen an. Seine Augen hatten einen ganz entrückten Ausdruck. Die Szene, die er eben beschrieben hatte, sah er sichtlich in all ihrer Seltsamkeit innerlich vor sich.

Jetzt kamen sie in den Tannenwald. Ein Schatten war über den Glanz des Morgens gefallen wie die Flügel eines großen Vogels. Hier drinnen war eine Kirchenstille, nur von fernem Krähenschrei unterbrochen. Sie setzten sich auf einen gestürzten Baum, auf dessen Stamm Moosflecke von seltsam leuchtendem Grün wie ein kleines Wäldchen wuchsen.

»Mir würde es auch ganz gut gefallen, mit einer Fiedel herumzuziehen und bei Hochzeiten für die Bauern zu spielen. Ich glaube, das wäre mir ganz recht.« Dann setzte er mit einem bitteren Klang in der Stimme hinzu, »dafür würde mein Verstand wohl noch gerade reichen.«

»Ich sehe nicht ein, warum du so von dir selber redest«, rief Alayne. »Du hast ein sehr interessantes Gesicht.« Sie sagte das mit voller Überzeugung, obgleich sie es eben erst entdeckt hatte.

Finch machte eine spöttische Grimasse, die merkwürdig an Onkel Nicholas erinnerte. »Vielleicht ist es interessant, und wahrscheinlich sah der alte Fiedler Jock auch interessant aus, besonders als er steif gefroren war.«

Der Ausdruck in dem Gesicht des Jungen stieß sie fast ab, aber ihr Interesse an ihm wuchs.

»Vielleicht bist du musikalisch? Hast du je Unterricht gehabt?«

»Nein. Das würden sie zu Hause für Geldverschwendung halten. Und ich habe nicht die Zeit zum Üben. Ich brauche alle meine Zeit, um bloß nicht der Letzte in der Schule zu werden.«

Er schien darauf erpicht, sich ihr in möglichst unvorteilhaftem Licht darzustellen. Und dies nach all seiner Mühe wegen seines Anzuges. Der tiefste Grund war vielleicht, daß er einen Schein von Sympathie in ihren Augen sah und nach mehr hungerte. Aber es war immer schwer, die Gedanken des jungen Finch Whiteoak zu erraten.

Alayne sah in ihm einen Jungen, der von seiner Familie mit plumpem Unverständnis behandelt wurde. Sie sah sich heftig für ihn Partei nehmen. Sie war fest entschlossen, daß er Musikunterricht haben sollte, wenn ihr Einfluß es erreichen konnte. Sie brachte ihn weiter zum Sprechen, und er lag auf der Erde, ließ die Tannennadeln durch die Finger rieseln und schenkte sein Vertrauen offenherziger, als er es je vorher getan hatte. Aber selbst während er mit knabenhaftem Eifer redete, ging ihm innerlich die Phantasie mehr als einmal durch und verfolgte keuchend seltsame Visionen. Er sah sich selbst hier allein mit ihr an diesem finstern geheimnisvollen Ort, sie ekstatisch umarmend, nicht mit der achtlosen Leidenschaft, wie Renny damals diese fremde Frau küßte. Nach diesen Abschweifungen seines Geistes riß er sich dann scharf wieder zusammen und versuchte, mit demselben Ausdruck freundlicher Klarheit ihr in die Augen zu sehen, den sie für ihn hatte.

Als sie nach Hause zurückkehrten und Alaynes Gedanken Eden suchten, trafen sie im Obstgarten eine Gruppe, die aus Piers und verschiedenen Farmarbeitern bestand, die unter seiner Aufsicht eine Anzahl Äpfeltonnen zum Versand fertigmachten. Piers ging mit einem Stück Kreide in der sonnenverbrannten Hand herum und bezeichnete die Tonnen mit einer Nummer. Er tat, als ob er seinen Bruder und Alayne nicht kommen sähe, aber als er das nicht länger konnte, brummte er ein mürrisches »Guten Morgen« und wandte sich an einen der Arbeiter mit Anordnungen für den Transport der Äpfel zur Eisenbahnstation.

Finch führte Alayne mit selbstbewußter Besitzermiene von Tonne zu Tonne, in dem Bewußtsein, daß die Farmarbeiter sie mit heimlicher Neugier ansahen. Er erklärte ihr das System, sie nach der Qualität zu verpacken, und zeigte ihr zum Vergleich Äpfel aus den verschiedenen Tonnen. Er suchte das vollkommenste Exemplar aus, das er finden konnte, groß, rot und fleckenlos wie ein Tropfen Tau, und lud sie ein, den Geschmack zu versuchen.

»Leg den Apfel wieder hin, Finch«, sagte Piers kurz im Vorbeigehen. »Du mußt doch wissen, daß man Äpfel nicht wieder herausnehmen soll, wenn sie verpackt sind. Sie werden vollkommen durcheinandergeschüttelt, bis sie in Montreal sind.« Und er nahm einem der Männer einen Hammer weg und begann mit betäubenden Schlägen eine Tonne zuzuschlagen.

Finch bemerkte Alaynes peinliche Verlegenheit, und das Blut stieg ihm ärgerlich zu Kopf, als er tat, was ihm befohlen wurde. Als sie den Obstgarten verließen, fragte Alayne: »Meinst du, daß Piers mich nicht mag?«

»Nein. Es ist seine Art. Er ist so grob. Ich glaube zum Beispiel nicht, daß er mich nicht mag, aber manchmal —« Er mochte nicht zu Ende sagen, was er angefangen hatte. Man konnte Alayne nicht sagen, was Piers manchmal tat.

Alayne sagte nachdenklich: »Und seine Frau — ich sah sie vor einem Augenblick im Gebüsch verschwinden, als sie uns kommen sah. Ich glaube, sie mag mich auch nicht besonders.«

»Nein«, rief Finch, »Pheasant ist nur schüchtern. Sie weiß nicht, was sie mit dir sprechen soll.« Aber in seinem Herzen glaubte er, daß Piers und Pheasant beide eifersüchtig auf Alayne waren.

Er trennte sich von ihr an der Vordertür und ging selbst zur Seitentür, denn er fürchtete, seiner Schwester zu begegnen. Er trat in einen kleinen Waschraum neben der Küche, der als eine Art Toilettenraum für die Brüder diente, um seine Hände zu waschen. Im Augenblick, als er die Tür aufmachte, entdeckte er, daß Piers schon dort war, aber es war nicht mehr möglich, wieder zu

verschwinden, denn Piers hatte ihn schon gesehen. Er wusch sich, ehe er mit dem Obst an die Station fuhr. Sein gesundes Gesicht, noch rot vom Handtuch, wurde unangenehm spöttisch.
»Na«, bemerkte er, »das ist doch der größte Esel, den ich je gesehen habe! Der Anzug – der Schlips – das Haar – Herr des Himmels! Sollst du ihr Tänzer sein? Oder wozu hast du dich so herausgeputzt? Pheasant und ich möchten es wissen.«
»Laß mich in Ruh«, brummte Finch, ging zum Waschbecken und schob die Manschetten herauf. »Irgend jemand muß sich doch um das Mädchen kümmern. Was?«
Piers kam ihm beim Handtrocknen nahe und musterte ihn spöttisch.
»Der Schlips, das Haar, die Haut, die du berührst«, lachte er in sich hinein. »Du stellst alle Toilettenanzeigen auf einmal vor.«
Finch seifte schweratmend seine Hände weiter.
Piers setzte das so besonders irritierende Lächeln auf, das Mr. Wragge eigen war.
»Ich hoffe«, sagte er salbungsvoll, »daß die junge Dame Ihre Anstrengungen, ein feiner Hund zu sein, zu schätzen weiß, Sir.«
Gequält bis zum Unerträglichen, fuhr Finch herum und warf seinem Bruder eine Handvoll Seifenwasser gerade ins Gesicht. Einen Augenblick später fand Renny, der in den Waschraum kam, den jungen Finch sich auf dem Fußboden wälzend, den Geburtstagsschlips verdorben durch aus der Nase rinnendes Blut.
»Was ist hier los?« fragte der älteste Whiteoak und sah streng erst die niedergestreckte Gestalt und dann die aufrechte drohende an.
»Er ist verdammt frech«, sagte Piers. »Ich verulkte ihn, daß er sich angeputzt hatte, als ob er zu einem Jahrmarkt wollte, wo er bloß Edens Frau in den Busch spazieren führte, und er warf mir dreckiges Wasser ins Gesicht, da habe ich ihn hingeschmissen.«
Renny betrachtete grinsend den Anzug des Jungen, dann stieß er ihn sachte mit dem Stiefel.
»Steh auf«, befahl er, »und ziehe den Anzug aus, ehe er ganz verdorben ist.«
Als Finch fort war, wandte er sich zu Piers und fragte: »Wo ist Eden heute morgen?«
»Oh, er schreibt im Sommerhaus, ein paar Stengel Maiglöckchen auf den Tisch vor sich. Pheasant hat hereingesehen und sah ihn. Wahrscheinlich wieder ein Meisterwerk.«
Renny lachte auf, und die beiden gingen zusammen hinaus.

## 16  Seinem Schicksal kann niemand entgehen

Alayne fand Eden im Sommerhaus, einem weinumrankten, spinnwebumwobenen Winkel, mit einer Literatenpfeife im Mund, die Arme über der Brust verschränkt, und mit gedankenvoll gerunzelter Stirn.
»Kann ich hereinkommen?« flüsterte sie, ängstlich, ihn zu stören, aber außerstande, die Trennung länger zu ertragen.
Er nickte lächelnd, die Pfeife zwischen den Zähnen.
»Hast du angefangen mit — du weißt, was ich meine?«
»Nein, das weiß ich nicht.«
»Die N—o—v—e—l—l—e«, buchstabierte sie.
»Er schüttelte den Kopf. »Nein; aber ich habe eine fabelhafte Sache geschrieben. Komm herein und hör zu.«
»Ein Gedicht! Oh, ich bin so froh, daß du wirklich wieder anfängst zu schreiben. Es ist ja das erste, weißt du, seit wir verheiratet sind, und ich wurde schon bange, daß ich anstatt eine Inspiration für dich —«
»Also, hör zu und sag mir, ob es besser oder schlechter geworden ist durchs Verheiratetsein.«
»Ehe du anfängst, Eden, muß ich eben noch sagen, daß das Stückchen Sonnenschein, das durch die Ranken hereinkommt, dein Haar und Gesicht ganz golden gefleckt macht.«
»Ja, Liebste, und wenn du den ganzen Morgen hier gewesen wärest, dann hättest du auch gemerkt, wie die Insekten sich zu mir hingezogen fühlen. Aus jedem Winkel kamen sie und hielten eine Art Jahrmarkt auf mir, eine Ausstellung von Spinnenhengsten und fetten Sonnenkälbchen und Ohrwurmbabys. Und in jedem Fall war der erste, zweite, dritte und Trostpreis, daß sie mich anbissen.«
»Armes Lamm«, sagte Alayne und setzte sich auf die Bank neben ihn, ihren Kopf an seine Schulter gelehnt. »Wie du für deine Kunst leiden mußt!« Sie suchte in seinem Gesicht nach der Spur eines Insektenstiches, und als sie wirklich einen auf seiner Schläfe fand, küßte sie ihn zärtlich.
»Also nun das Gedicht«, rief er aus. Er las es vor, und es gewann sehr durch seine weiche Stimme und sein bewegliches ausdrucksvolles Gesicht. Alayne entdeckte erschrocken, daß sie nicht mehr fähig war, das, was er schrieb, kritisch anzusehen. Sie sah es nun von der Atmosphäre von Jalna gefärbt, und von ihrem nahen gemeinsamen Leben. Sie bat ihn, es noch einmal zu lesen, und diesmal schloß sie die Augen, um ihn nicht zu sehen, aber jeder Zug seines Gesichtes und seiner Gestalt war trotzdem vor ihr, als ob ihr Blick auf ihn gerichtet wäre.
»Es ist wundervoll«, sagte sie und nahm es ihm weg, um es noch einmal selbst zu lesen. Sie war überzeugt, daß es wundervoll war, aber ihre Überzeugung

hatte nicht die strenge Klarheit wie damals, als sie in New York war und er ein junger unbekannter Dichter in Canada.

Von da an verbrachte Eden jeden Morgen in dem Sommerhaus, ohne sich um die wachsende Feuchtigkeit und Kälte zu kümmern, die mit dem Herbst immer stärker eindrang. Die Whiteoaks schienen die Fähigkeit zu haben, unbegreiflich viel an Hitze oder Kälte zu ertragen. Alayne gewöhnte sich allmählich an diese Extreme der Temperatur, an diese Abende vor der glühenden Hitze des Kaminfeuers, und ans Schlafengehen in einem so eiskalten Schlafzimmer, daß ihre Finger steif wurden, ehe sie sich ausgezogen hatte.

Dem Sommerhaus entflog ein Strom anmutiger, leichter, strahlender Lyrik, wie ein Flug junger Vögel. Und wirklich sagte Piers mit rohem Scherz zu Renny, daß Eden wie ein Spatz wäre, der jeden Tag in seinem verlausten Nest unter den Weinranken ein Ei legte.

Es wurde für Eden, Alayne, Ernest und Nicholas eine Gewohnheit, jeden Nachmittag sich in des letzteren Zimmer zu versammeln und zu hören, was Eden den Morgen geschrieben hatte. Die vier wurden auf diese Weise herrlich befreundet, und oft ließen sie – da Nicholas sein Bein zur Entschuldigung nahm – ihren Tee von Rags dort hinaufbringen. Da Großmutter keine Treppen steigen konnte, fühlte Alayne sich beglückend sicher vor deren etwaigem Eindringen. Die Art, wie die alte Dame ihren Kuchen in den Tee bröckelte und ihn mit einem Teelöffel mit dem widerwärtigsten Schnaufen und Gurgeln herunteraß, war Alayne fast unerträglich. Es war hübsch, in Nicholas' Zimmer den drei Herren aus dem alten blauen Teetopf, der eine altväterliche Wollmütze trug, den Tee einzuschenken; und nach dem Tee humpelte Nicholas ans Klavier und spielte Mendelssohn, Mozart oder Liszt.

Nie vergaß Alayne diese Nachmittage, die späten Sonnenstrahlen, die mit sanftem Schein über Nicholas' massivem Kopf und seinen gebeugten Schultern am Flügel lagen, während Ernest schattenhaft in einem dämmrigen Winkel neben Sascha saß, und Eden neben ihr, stark in seiner schönen Jugend. Die beiden alten Herren kamen ihr freundschaftlich nahe, wie kein anderes Mitglied von Edens Familie, außer dem armen jungen Finch. Sie schienen ihr wirklich verwandt, und sie fing an, sie liebzuhaben.

Piers war entrüstet über diese Zusammenkünfte, als Meg ihm davon erzählte. Ihm wurde übel von ihrer Poesie und Musik. Er stellte sich seine beiden alten Onkels vor, die sich innerlich weideten an Alaynes schlankem, jungem Weibtum, Eden, dachte er, war ein fauler Schmarotzer. Meggie selbst hatte keine Lust, sich dem Quartett in Onkel Nicholas' Zimmer anzuschließen. Diese Art Dinge lagen ihr nicht. Aber sie war doch etwas gekränkt über die sichtliche Intimität zwischen den Onkels und Alayne, eine Intimität, die sie mit der jungen Frau nicht erreicht hatte. Nicht, daß sie sich besonders darum bemüht hätte. Ausdauernde Anstrengungen, seien es körperliche oder geistige, waren Meg unangenehm, doch konnte sie bei Gelegenheit sich sehr durchsetzen, allein durch die Kraft ihrer passiven Hartnäckigkeit. Aber passive Hartnäckigkeit gewinnt keine Freundschaft, und in Wirklichkeit lag Meg auch nicht besonders viel an Alaynes Liebe. Sie mochte sie zwar ganz gern, wenn es ihr auch schwer wurde, mit ihr zu sprechen — »so schrecklich anders« —, und sie sagte zu ihrer Großmutter, daß Alayne »die typische Amerikanerin« wäre. »Davon will ich nichts hören«, hatte Großmutter geknurrt und war sehr rot geworden, und Meg hatte eilig hinzugefügt, »aber sie ist sehr angenehm, Oma, und was für ein Glück, daß sie Geld hat!«

Freilich war von übermäßigem Reichtum nichts zu merken. Alayne war bezaubernd angezogen, aber mit äußerster Einfachheit. Sie hatte keine Neigung gezeigt, die Familie mit Geschenken zu überhäufen, aber trotzdem war die Familie außer Renny und Piers davon überzeugt, daß sie eine vermögende junge Frau sei. Piers glaubte es nicht, einfach weil er es nicht glauben wollte; Renny hatte Eden bald nach seiner Rückkunft beiseite genommen und die sehr unromantische Tatsache aus ihm herausgequetscht, daß er ein Mädchen von recht wenig Vermögen geheiratet hatte und nur zu Besuch nach Hause gekommen war, während er sich »nach etwas umsah«. Und so stark war der patriarchische Instinkt in dem ältesten Whiteoak, daß Eden und Alayne ihr ganzes übriges Leben in Jalna hätten leben können, ohne daß er irgend etwas anderes von Eden verlangt hätte, als daß er Piers beim Landbestellen helfen sollte.

Einmal war Eden einen Morgen lang im Obstgarten und sortierte Äpfel, aber als Piers zuletzt die Bezeichnungen untersuchte und die Sortierung, um nur das mindeste zu sagen, verkehrt fand, war er wütend in seinen Ford gesprungen und zur Bahn gesaust, wo er den übrigen Tag in einem Güterwagen verbrachte, die Deckel von den Tonnen losmachte und die Äpfel wieder neu sortierte. Daraufhin hatte es einen Familienzank gegeben, wobei Renny und Pheasant auf Piers' Seite waren und die übrige Familie geschlossen zu Edens Schutz zusammenhielt. Sie warteten aber freundlicherweise, bis Alayne zu Bett ging, ehe sie mit dem Zank anfingen. Sie war an diesem Abend früh auf ihr Zimmer gegangen, da sie etwas Elektrisches in der Luft spürte, und kaum hatte sich die Tür hinter ihr geschlossen, als der Sturm losbrach.

Sie war in der Atmosphäre eines Hauses aufgewachsen, das friedlich wie ein Taubennest war, und diese plötzliche Verpflanzung in die lärmenden Neckereien und raubvogelmäßigen Streitereien der Whiteoaks verstörten sie. Oben in ihrem Zimmer schauderte sie bei dem Gedanken, wie fremdartig sie zwischen diesen Leuten stand. Als Eden nach einer Stunde heraufkam, schien er eher erheitert durch das Gewitter als niedergedrückt. Er saß auf ihrem Bettrand, rauchte endlos Zigaretten und erzählte ihr, was dieser gesagt hatte und wie er jenen zugedeckt habe, und wie Großmutter ihren Samtbeutel Renny ins

Gesicht geworfen hätte, und Alayne hörte zu, ruhend in der Sicherheit seiner Liebe. Er setzte sich sogar noch an seinen Schreibtisch, ehe er ins Bett ging, und schrieb ein wildes und fröhliches Gedicht über ein Zigeunermädchen, und kam an ihr Bett zurück und las es ihr laut und wundervoll vor, und Nip in Onkel Nicks Zimmer gegenüber auf dem Vorplatz fing ein wildes Gebell an.

Einer von Edens Zigarettenstummeln hatte ein Loch in die Bettdecke gebrannt. Während Eden friedlich neben ihr schlief, lag Alayne lange wach und grübelte, ob sie wirklich noch dasselbe Mädchen war, das ihres Vaters Buch überarbeitet und den Tanten am Hudson wohlerzogene kleine Besuche gemacht hatte. Sie überlegte mit einer Art Angst, wann Eden nun wohl anfangen würde, sich eine Stellung zu suchen. Nach der Geschichte mit den Äpfeln verbrachte er mehr und mehr Zeit im Sommerhaus, denn er hatte ein neues langes erzählendes Gedicht angefangen. Korrekturen seines neuen Buches kamen aus New York, und sie verlangten auch noch ihren Teil an seiner Zeit.

Obgleich Alayne sich für die Quelle dieses neuen Ausbruchs von Poesie hielt, so fand sie doch, daß sie dem jungen Dichter in den leidenschaftlichen Stunden der Arbeit keine größere Hilfe angedeihen lassen konnte, als sich ihm so fern wie möglich zu halten. Sie erforschte jedes Feld und jedes Wäldchen von Jalna, folgte dem Fluß in allen seinen Windungen und suchte sich einen Weg durch Dickicht und Heide in die tiefsten Tiefen der Schlucht. Sie fing an, dieses große verwilderte Besitztum zu lieben, dessen einziger gut gehaltener Teil die von Piers bestellte Farm war. Manchmal begleitete Finch oder Wake sie, aber meistens war sie allein.

An einem der letzten Herbsttage fand sie Pheasant mit einem Buch im Obstgarten sitzend. Es war einer von diesen Tagen, die so still sind, daß die Musik der Sphären hörbar zu sein scheint. Die Sonne war ein schwacher rötlicher Schein im dunstigen Himmel, und im Norden stieg finster der Rauch eines fernen Waldbrandes auf. Dieser ferne Brand schien den Leichnam des Sommers zu verzehren, der nun wahrhaft gestorben war und den Schmerz des letzten Auslöschens nicht mehr empfand.

Pheasant lehnte gegen den Stamm eines alten knorrigen Apfelbaums, dessen Äpfel nicht gepflückt waren, sondern im Gras um sie verstreut lagen. Ihr halbfauliger Weingeruch war stärker als der herbe Rauchgeruch, der herüberschlug. Die junge Frau hatte das Buch beiseite geworfen und schlief halb mit zurückgelehntem Kopf und geschlossenen Augen. Alayne stand vor ihr und sah auf sie hinunter, aber Pheasant rührte sich nicht und bot ihr Gesicht dem Blick der fast Fremden mit der stillen Unbewußtheit der Schlummernden. Es schien Alayne, als ob sie dieses Kind vorher noch nie wirklich gesehen hätte — denn sie war wenig mehr als ein Kind. Mit dem kurzlockigen braunen Kopf, den leichtgeöffneten Lippen und den kindlichen Händen mit den matt ausgestreckten Handflächen, war sie ein ganz anderes Wesen als das verschlossene blasse Mädchen, immer auf ihrer Hut, das Alayne bei Tisch und bei den Karten im Wohnzimmer traf. Dann sah sie ganz so aus, als könnte sie für sich selbst einstehen, und war sogar fast feindlich in ihrer Haltung. Jetzt in diesem gelösten und passiven Ruhen schien sie um Mitleid und Zärtlichkeit zu bitten.

Eben wie Alayne sich abwenden wollte, öffnete Pheasant die Augen, und als Alaynes Augen mit den Ausdruck von Freundlichkeit den ihren begegneten, lächelte sie wie unwillkürlich.

»Hallo«, sagte sie knabenhaft forsch. »Du hast mich im Schlaf geschnappt.«

»Ich hoffe, ich habe dich nicht aufgeweckt.«

»Oh, es war nur ein Eindämmern. Diese Luft macht müde.«

»Darf ich mich zu dir setzen?« fragte Alayne mit dem plötzlichen Wunsch, die junge Frau näher kennenzulernen.

»Natürlich.« Ihr Ton war gleichgültig, aber nicht unfreundlich. Sie hob ihren Hut auf, der halb voll Pilze war, und zeigte sie. »Die habe ich gesucht«, sagte sie, »für Piers' Frühstück. Die kann er alle allein aufessen.«

»Aber bist du nicht bange, daß du giftige pflückst? Ich wäre es.«

Pheasant lächelte geringschätzig. »Ich habe mein ganzes Leben lang Pilze gesucht. Diese sind alle dieselben, die hier im Obstgarten wachsen. Außer diesem hübschen kleinen rosa. Den will ich Wake geben. Der schmeckt so nett rauchig, und er mag ihn gern.« Sie drehte den rosa Pilz in ihren schlanken braunen Fingern. »Unten im Tannenwald gibt es eine Menge Morcheln. Piers mag sie auch, aber nicht so gern. Piers findet es wundervoll, wie ich sie überall finde. Er kriegt sie fast jeden Morgen zum Frühstück.«

Piers und immer nur Piers. Alayne fragte:

»Was hast du da für ein Buch? Nicht so interessant wie die Pilze?«

»Das ist sehr fein. Es gehört Piers. Es ist von Jules Verne.«

Alayne hatte gehofft, daß sie mit ihr über das Buch sprechen könnte, aber sie hatte nichts von Jules Verne gelesen. Statt dessen fragte sie:

»Hast du Piers schon lange gekannt? Wahrscheinlich, denn ihr wart doch Nachbarn, nicht wahr?«

Pheasant wurde plötzlich zugeknöpft. Sie antwortete einen Augenblick nicht, beugte sich nur vor und zupfte an dem kräftigen Gras neben sich. Dann sagte sie leise: »Wahrscheinlich hat dir Eden von mir erzählt.«

»Nur, daß du die Tochter von einem Nachbarn bist.«

»Sag doch. Spiel kein Verstecken. Dann haben es die anderen erzählt. Meg — Großmutter — Onkel Nick?«

»Niemand«, antwortete Alayne ruhig, »hat mir irgend etwas über dich gesagt.«

»H-m. Komische Leute. Ich dachte sicher, es wäre das erste, was sie dir erzählen würden.« Sie dachte einen Augenblick nach, kaute an einem Grashalm

und fügte dann hinzu: »Wahrscheinlich wollten sie dir lieber so was Unerhörtes gar nicht erzählen. Du bist so schrecklich wohlerzogen und so.«
»Bin ich das?« entgegnete Alayne etwas gekränkt.
»Ja, bist du es denn nicht?«
»Darüber habe ich nie nachgedacht.«
»Es war fast das erste, was mir an dir auffiel.«
»Ich hoffe, es hat dich nicht abgestoßen«, sagte Alayne leichthin.
Pheasant dachte nach und sagte, das glaubte sie nicht.
»Aber was war es denn?« beharrte Alayne, zwar noch in leichtem Ton, aber mit sehr ernst gewordenem Gesicht.
Pheasant hob einen der verschimmelten Äpfel des alten Baumes auf und balancierte ihn auf der Handfläche.
»Oh, du bist anders, das ist die Hauptsache. Es ist, als ob du gar nichts vom wirklichen Leben weißt.«
Alayne hätte am liebsten gelacht, daß dieses unerfahrene kleine Landkind ihre Lebenserfahrung anzweifelte. Und doch war es wahr, daß sie das Leben nicht kannte, wie sie es hier in dieser hinterwäldlerischen Ecke kannten, wo keine äußeren Berührungen die starke Vitalität ihrer Beziehungen untereinander abdämpften.
Sie saß einen Augenblick in Gedanken und sagte dann sanft:
»Du irrst dich aber, wenn du meinst, daß ich mich über irgend etwas entsetzen würde, was du mir vielleicht erzählen möchtest. Aber natürlich will ich mich nicht in dein Vertrauen eindrängen.«
»Oh, eine Vertrauenssache ist es nicht«, rief Pheasant. »Jeder andere hier weiß es ja, bloß du nicht, und natürlich wirst du früher oder später davon hören, also kann ich es dir ebensogut selbst sagen.«
Sie warf den Apfel ins Gras, umschlang ihr Knie mit den braunen Armen, setzte sich aufrecht mit einem Gesicht wie ein altkluges Kind und verkündete:
»Ich bin illegitim — was Großmutter in ihrer altmodischen Weise einen Bastard nennt. Da hast du's!« Ein helles Rot färbte ihr Gesicht, aber sie warf ihr die Worte mit fast rührender Herausforderung zu.
»Das tut mir leid«, murmelte Alayne, »aber du glaubst doch nicht, daß das irgendwie meine Gefühle für dich berührt?«
»Bei den meisten Leuten tut es das.« Die Antwort kam mit leiser gedämpfter Stimme, und dann sprach sie hastig weiter: »Mein Vater war das einzige Kind eines englischen Obersten. Seinen Eltern war er alles. Es war die Freude ihres Alters. Meine Mutter war ein gewöhnliches Landmädchen, und sie legte mich mit einem Briefchen auf ihre Treppe, geradeso, wie das in Büchern immer vorkommt. Sie nahmen mich zu sich und behielten mich, aber es hat den alten Leuten das Herz gebrochen. Sie sind nicht lange nachher gestorben. Mein Vater —«

»Hast du bei ihm gelebt?« Alayne versuchte, durch einen ganz gelassenen Ton die Sache für sie leichter zu machen, aber ihre Augen waren voll Tränen des Mitleids für dies Kind, das in solch altmodischer Sprache — »die Freude ihres Alters« — die Tragödie ihrer Geburt erzählte.
»Ja, bis ich heiratete. Er ertrug mich eben. Aber wahrscheinlich war mein Anblick ihm doch eine dauernde Erinnerung an das, was er verloren hatte, meine ich.«
»Verloren hatte?«
»Ja, Meg Whiteoak. Er war mit ihr verlobt gewesen, und sie hat ihre Verlobung gelöst, als ich auf der Bildfläche erschien. Deswegen starrt sie mich immer so gläsern an. Alle Whiteoaks waren natürlich gegen die Heirat. Die fügte zu dem Unrecht noch eine Beleidigung, verstehst du.«
»O liebes Kind.« Die Bedeutung von Blicken und zufälligen Worten, die sie schon öfter stutzig gemacht hatten, wurde ihr plötzlich klar. Sie empfand brennenden Schmerz bei dem Gedanken an all dies unverdiente Leid von Pheasant.
»Das muß schwer für dich gewesen sein, aber jetzt ist es doch sicher vorüber. Meg kann dir doch nicht dauernd etwas nachtragen, was gar nicht deine Schuld ist, und die anderen haben dich doch gern.«
»Oh, das weiß ich doch nicht.«
»Aber ich möchte es, wenn du nur willst.« Ihre Hand griff über das Gras nach der Pheasants. Ihre Finger schlossen sich umeinander.
»Schön. Aber ich warne dich. Ich bin kein bißchen wohlerzogen.«
»Vielleicht bin ich gar nicht so wohlerzogen, wie du meinst.« Ihre Hände hielten einander noch warm fest. »Übrigens, warum mag Piers mich nicht? Ich spüre, daß es nicht ganz einfach für mich sein wird, dir Freundin zu sein, wenn er so — na so ablehnend ist.«
»Er ist eifersüchtig auf dich — meinetwegen, glaube ich. Ich glaube das nur, verstehst du; gesagt hat er es nie. Aber ich glaube, es ärgert ihn, daß aus dir soviel gemacht wird, und aus mir gar nichts, und daß du so willkommen bist und ich so unwillkommen, wo wir im Grunde genommen alle beide doch bloß Mädel waren, außer daß du reich bist, und ich arm, und du legitim und ich aus der Reihe gefallen, und Piers hat immer hier den Hof in Ordnung gehalten und gearbeitet, und Eden kümmert sich nur um Verse und tut, was er will.«
Alayne war dunkelrot geworden. Aus dieser Wortverwirrung sprang ein Satz plötzlich drohend gegen sie auf. Sie sagte mit einem erschreckten Aufatmen: »Wie kommst du darauf, daß ich reich sein soll? Liebes Kind, ich bin arm — arm. Mein Vater war ein Professor im College. Du weißt, daß die arm sind, im buchstäblichen Sinn.«
»Vielleicht nennst du es arm, aber für uns bist du reich«, antwortete Pheasant verdrossen.

»Nun hör zu«, sprach Alayne fest weiter. »Mein Vater hinterließ mir fünftausend Dollar Versicherung und ein kleines Landhaus, das ich für vierzehntausend verkaufte, und das alles zusammen macht neunzehntausend Dollar. Das ist das Ganze. Da siehst du, wie reich ich bin.«
»Das klingt doch genug«, sagte Pheasant trotzig, und ihre Hände glitten auseinander, und sie zupften beide eifrig am Gras.
Die Bedeutung anderer Anspielungen wurde Alayne nun auch klar. Sie runzelte die Stirn und fragte: »Wie kam dir der Gedanke in den Kopf, Pheasant? Hoffentlich lebt die übrige Familie nicht auch in dieser Einbildung.«
»Wir haben alle gedacht, daß du sehr wohlhabend wärest. Ich weiß nicht genau, wie es gekommen ist — irgendwer sagte — Großmutter sagte — nein, Meg sagte —« Sie stockte kurz und zog plötzlich in eine vorsichtige Zugeknöpftheit zurück.
»Wer sagte was?« bestand Alayne.
»Ich glaube, es war Onkel Nick, der sagte —«
»Was sagte?«
»Daß es gut wäre, daß Eden — o dummes Zeug, ich kann es nicht mehr zusammenbringen, was er sagte. Was kommt denn auch darauf an?«
Alayne unterdrückte ein Gefühl hilflosen Zorns, ehe sie ruhig antwortete: »Es kommt nicht darauf an, aber ich möchte nicht, daß du denkst, ich wäre reich. Es ist lächerlich. Es bringt mich in eine ganz falsche Lage. Du weißt, daß ich für meinen Lebensunterhalt arbeitete, ehe ich Eden heiratete. Warum glaubst du denn, daß ich das getan hätte?«
»Wir wußten, daß es Bücherverlegen war. Das ist doch nicht wie Arbeit.«
»Kind, ich verlegte doch nicht. Ich las nur Manuskripte für den Verleger. Siehst du den Unterschied?«
Pheasant starrte sie verständnislos an, und Alayne legte in plötzlichem Impuls ihren Arm um sie und küßte sie. »Wie dumm von mir, mich darüber zu ärgern! Also wollen wir Freunde sein?«
Pheasants Körper lehnte sich an sie mit der Hingabe eines Kindes. »Wie lieb von dir«, flüsterte sie, »daß du dich nicht stößt an meiner —«
Alayne schnitt ihr mit einem Kuß das Wort ab. »Als ob das möglich wäre! Und ich hoffe, Piers wird mir auch etwas freundlicher gesinnt sein, wenn er alles weiß.«
Pheasant sah über Alaynes Schulter nach zwei Gestalten, die den Obstgartenweg näher kamen.
»Da sind Renny und Maurice«, sagte sie. »Was die wohl hier wollen. Renny hat eine Axt.«
Die Männer redeten und lachten ziemlich laut über irgendeinen Witz und sahen die jungen Frauen nicht gleich. Alayne richtete sich auf und strich sich das Haar glatt.

»Wahrscheinlich irgendein Kriegswitz«, flüsterte Pheasant. »Darüber reden sie immer, wenn sie zusammenstecken.« Pheasant nahm einen Apfel auf und rollte ihn den Kommenden entgegen. »Hallo, Maurice, warum so lustig?«
Die beiden kamen heran, und Maurice nahm seine Tuchmütze ab. Renny, der schon barhäuptig war, nickte, und das vergnügte Grinsen verschwand aus seinem Gesicht.
»Alayne«, sagte er, »dies ist Maurice Vaughan, unser nächster Nachbar.«
Sie gaben sich die Hand, und Alayne, der eine Anspielung auf Vaughans reichliches Trinken einfiel, die sie gehört hatte, dachte, daß man das an seinen schweren Augen und seinem schlaffen Mund sah. Er nickte Pheasant mit widerwilligem Lächeln zu und wandte sich dann zu Renny.
»Ist dies der Baum?« fragte er.
»Ja«, antwortete Renny und sah ihn kritisch an.
»Was wollt ihr machen?« fragte Alayne.
»Ihn schlagen. Er ist sehr alt und verrottet. Er muß einem neuen Platz machen.«
Alayne war entsetzt. Ihr schien der alte Apfelbaum schön, wie er stark und knorrig vor Alter in dem goldenen Oktobersonnenschein stand. Der Geist all der Jahreszeiten, die er gekannt hatte, mit dem Duft von zarten Apfelblüten und Aprilregen, von feuchter Erde und reifender Frucht schien von ihm auszuströmen. Ein Leben der Erfahrung stand auf seinem rissigen Stamm geschrieben, dessen Rinde ihn moosig umschloß und der Unterschlupf von Myriaden kleiner Insekten war.
Sie fragte, möglichst ohne Aufregung zu zeigen, denn sie wußte nie, ob die Whiteoaks nicht nur über alles spotteten, was sie für Weichherzigkeit oder Ziererei hielten. »Muß er fallen? Gerade dachte ich, was für ein herrlicher alter Baum er ist. Und er scheint viel Äpfel zu haben.«
»Er ist krank«, antwortete Renny. »Sieh nur die Äpfel an. Der Obstgarten hier muß ordentlich ausgeholzt werden.«
»Aber dies ist nur ein Baum, und solch ein wundervoller.«
»Du mußt in den alten Obstgarten gehen. Da sind Dutzende wie dieser.« Er zog seinen Rock aus und fing an, die Ärmel an seinen hageren muskulösen Armen aufzurollen. Es kam Alayne vor, als ob durch ihren Widerspruch eine verdoppelte Energie in seine Bewegungen käme.
Sie sagte nichts weiter, aber sie sah mit wachsend feindlichem Gefühl zu, wie er die Axt aufhob und den ersten Schlag gegen den kräftigen Stamm tat. Sie stellte sich den Schrecken der Insekten vor in dem Baum bei diesem ersten erschütternden Schlag, der ihnen vorkommen mußte wie uns ein Erdbeben. Der Baum selbst stand wie unberührt, nur mit einem leisen Zittern in seinen glänzenden Blättern. Ein zweiter Schlag und ein dritter fiel, und ein keilförmiger Splitter, frisch von Saft, sprang ins Gras. Renny schwang leicht die Axt, die

in rhythmischem Einklang mit seinen Armen ging. Ein neuer Span fiel, und noch einer, und der Baum stöhnte, wie die Schläge zuletzt in sein Inneres eindrangen.

»Oh, oh! Laß mich erst meine Sachen holen«, schrie Pheasant und wollte vorwärtsspringen, um ihren Hut und die Pilze zu retten, wenn Vaughan sie nicht am Arm gepackt und aus dem Weg gerissen hätte.

Es schien, als ob die Würde des knorrigen alten Baumes nicht zu erschüttern wäre. Bei jedem Schlag lief ein Schauer durch seine breit gewachsenen Äste, und von den Äpfeln fiel einer nach dem anderen, aber lange Zeit hielten der starke Stamm und die massiven Hauptäste den Angriffen der Axt mit einer Art trotziger Verachtung stand. Zuletzt krachte er mit einem Zerren der fernsten Wurzeln zu Boden, und mit einem Sausen von Luft, das wie der letzte tiefe Atemzug eines sterbenden Mannes war.

Renny stand hager und triumphierend mit rotem Gesicht daneben, den Kopf naß von Schweiß. Er sah pfiffig zu Alayne hinüber und wandte sich dann an Vaughan.

»Gutes Stück Arbeit getan, was, Maurice?« fragte er. »Kannst du mir eine Zigarette geben?«

Vaughan zog die Dose heraus, und Pheasant stibitzte sich eine, ohne aufs Anbieten zu warten, steckte sie zwischen die Lippen und hielt ihr Gesicht zu dem Vaughans auf zum Anzünden.

»Freches kleines Pack«, bemerkte Renny zu Alayne mit einem wunderlich verlegenen Blick.

Pheasant blinzelte Alayne durch den Rauch zu. »Alayne weiß, daß ich schlecht erzogen bin.«

»Aber mit bestem Resultat«, sagte Alayne, mißbilligte jedoch Pheasant in dem Augenblick.

»Hörst du das, Maurice«, kicherte Pheasant, »und bist du nicht stolz?«

»Vielleicht ist Alayne nicht im Bilde, daß er dein glücklicher Vater ist«, sagte Renny und nahm sozusagen den Stier bei den Hörnern.

Vaughan lächelte Alayne halb töricht, halb trotzig zu, und sie fand ihn im ganzen recht wenig anziehend. »Ich nehme an, daß Mrs. Whiteoak schon von all meinen Missetaten weiß«, sagte er.

»Ich habe Sie beide innerlich bisher eigentlich gar nicht in Verbindung gebracht. Ich habe erst heute — vor ein paar Minuten — gehört, daß Pheasants Vater lebt. Ich hatte törichterweise immer angenommen, daß sie eine Waise wäre.«

»Wahrscheinlich wünscht sich Maurice manchmal, daß ich das wäre«, sagte Pheasant. »Nicht gerade, daß er sich selbst nun tot wünscht —«

»Warum nicht?« fragte Vaughan.

»Oh, weil es immer fein ist, ein Mann zu sein, selbst wenn er schlechter Laune

ist. Ich meine bloß, er wollte, daß er dies Anhängsel in Gestalt von mir nicht hätte.«
»Du bist kein Anhängsel mehr für ihn«, sagte Renny. »Du bist jetzt meins; nicht wahr?«
»Bitte reich mir meinen Hut und Buch und Pilze«, bat die junge Frau. »Sie liegen unter dem Baum.«
Renny fing an, die schweren Äste beiseitezuziehen, deren obere erhoben waren wie betende Arme. Ein scharfer Geruch von zerdrückten überreifen Äpfeln stieg darunter auf. Als seine Hände die Schätze gerettet hatten, waren sie bedeckt mit Rindenstückchen und kleinen aufgestörten Insekten.
Vaughan kehrte um nach Hause, und Pheasant lief ihm nach und zeigte ihm, jetzt wo sie getrennt waren, eine so sichtliche Anhänglichkeit, daß Renny, der niemals über die Gefühle seiner Mitmenschen nachdachte, ganz verdutzt war. Alayne war innerlich mehr und mehr verwirrt über diese neuen Beziehungen, die alles das waren, was sie und ihr kleiner Freundeskreis nicht waren und kannten. Denn wenn auch die Lebensführung dieser anderen hier ihr eigenes vergangenes Leben zu doppelter Würde und Zurückhaltung erhob, so schien doch dies ihr Leben zahm und farblos gegen deren Wärme und Lebenskraft. Die Antwort ihrer Natur auf den Stoß, den ihr diese plötzliche Verwandlung ihrer Umgebung gab, war eine so verwirrte Stimmung, wie sie sie nie gekannt hatte. Sie spürte eine plötzliche Niedergedrücktheit und Angst, denen eine ganz unerklärliche übermütige Stimmung folgte, als ob sie ahne, daß ihr irgend etwas leidenschaftlich Schönes zustoßen müßte.
Renny zündete sich eine Zigarette an und sah sie ernsthaft an. »Weißt du«, sagte er, »ich hatte keine Idee, daß dir soviel an dem Baum lag, sonst hätte ich ihn stehen lassen. Warum hast du mir das nicht deutlich gesagt?«
»Ich wollte nicht soviel Aufhebens davon machen. Ich dachte, du würdest es albern finden. Jeder, der mich überhaupt kennt, hätte von selbst gewußt, wie ich das empfinden würde. Aber freilich — du kennst mich ja gar nicht richtig. Ich kann dir keinen Vorwurf machen.«
Sein Blick faßte schärfer ihr Gesicht. »Ich wollte, ich verstände dich. Aber ich verstehe Pferde und Hunde besser als Frauen. Die verstehe ich nie. Und in diesem Fall war es so, daß ich erst, als der Baum dalag und ich dein Gesicht sah, wußte, was das für dich hieß. Auf mein Wort, ich hätte es nicht getan — du sahst ja geradezu tragisch aus. Du kannst dir nicht vorstellen, wie gemein ich mir vorkomme.« Er stieß reuig den gefallenen Baum mit dem Fuß, um seine Worte zu bekräftigen.
»O laß das!« rief sie. »Tu ihm nicht noch mal weh!«
Er stand unbeweglich zwischen den gefallenen Ästen, und sie trat neben ihn. Er zog sie an. Es wunderte sie, daß sie früher nicht bemerkt hatte, wie eindrucksvoll er aussah. Aber sie hatte ihn auch noch nie vorher draußen und bei

der Arbeit gesehen. Sie hatte ihn nur ziemlich gleichgültig seinen Rotschimmel reiten sehen. Zu Hause hatte sie ihn für etwas mürrisch und genau gehalten, daneben aber höflich, wenn er von seiner Familie nicht geärgert oder aufgeregt wurde; und sie hatte gefunden, daß er reichlich hoch von seiner eigenen Wichtigkeit als Haupt des Hauses dachte. Jetzt, mit der Axt in der Hand, mit seinem schmalen roten Kopf, seinem Fuchsgesicht und seinen durchdringenden braunen Augen, schien er geradezu der Geist der Wälder und Ströme zu sein. Sogar seine Ohren, bemerkte sie, waren spitz, und sein Haar wuchs in einer Spitze in die Stirn.

Er hatte bei ihren bittenden Worten die Axt weggeworfen und stand zwischen den gehauenen Ästen regungslos wie eine Statue, und augenscheinlich auch mit der ruhigen Gleichgültigkeit einer Statue unter ihrem Blick. Er schien kaum zu atmen.

In diesem Augenblick erfaßte sie plötzlich eine dieser unbegreiflichen geistigen Entzückungen, die sie in letzter Zeit manchmal erlebt hatte. Ihr ganzes Sein wurde von einem seltsamen Rausch erregt. Der Obstgarten, die Felder ringsum, der Herbsttag schienen nur ein gemalter Hintergrund für den Ausdruck ihres eigenen Wesens. Sie war dicht neben Renny getreten. Nun legte sie in dem ihr selbst unbegreiflichen Wunsch, durch die Berührung zu fühlen, daß sie wirklich sie selbst war und er kein Faun, sondern Renny Whiteoak, ihre Hand auf seinen Arm. Er rührte sich nicht, aber seine Augen sahen mit einem seltsamen grüblerischen Blick in ihr Gesicht. Er empfand, kam ihr vor, ihre Überempfindlichkeit wegen des Baumes fast feindlich. Sie lächelte zu ihm auf, um zu zeigen, daß sie nicht kindisch betrübt war, versuchte zugleich diese quälende, eigenartige Erwartung zu verbergen, die ihr durch die Nerven zuckte.

Den nächsten Augenblick fand sie sich in seinen Armen, seine Lippen auf ihren, und all ihre Empfindungen gingen für einen Augenblick in hilfloser Hingabe unter. Sie fühlte das stetige Pochen seines Herzens und das wilde Klopfen des ihren dagegen. Zuletzt ließ er sie los und sagte mit einer wunderlichen Grimasse: »Ist dir das schrecklich? Tut mir furchtbar leid. Wahrscheinlich hältst du mich nun mehr als je für brutal.«

»Oh, rief sie zitternd, »wie konntest du das tun? Wie konntest du denken, ich wollte —«

»Ich habe gar nichts gedacht«, sagte er, »ich habe es im Augenblicksimpuls getan. Du sahst so — so — oh, ich kann kein Wort finden, zu sagen, wie du aussahst.«

»Bitte sag es mir. Ich möchte es wissen«, sagte sie eisig.

»Na — auffordernd also.«

»Meinst du bewußt auffordernd?« Es war ein drohender Ton in ihrer Stimme.

»Sei nicht albern! Unbewußt natürlich. Du brachtest mich einfach dazu, mich zu vergessen. Tut mir leid.«

Sie zitterte über und über.

»Vielleicht«, sagte sie tapfer, »warst du nicht mehr zu tadeln als ich.«

»Liebes Kind — als ob du etwas dafür könntest, wie du aussiehst.«

»Ja, aber ich kam doch selber zu dir herüber, als — oh, ich kann es nicht sagen!«
Und doch drängte es sie quälend, es zu sagen.

»Als du wußtest, daß du besonders hübsch aussahst — ist es das, was du meinst?«

»Nein, gar nicht. Es hilft nichts —ich kann es nicht sagen.«

»Warum gibst du dir dann Mühe? Ich bin ja bereit, alles auf mich zu nehmen. Schließlich ist ein Kuß auch nicht so etwas Furchtbares, und ich bin ein Verwandter. Männer küssen doch bisweilen ihre Schwägerinnen. Wahrscheinlich passiert es nie wieder, außer wenn du mir aufreizend nahekommst — was wolltest du denn nur sagen, Alayne? Ich glaube, ich habe ein Recht, es zu wissen, wenn ich es mir überlege. Vielleicht spart es mir Gewissensbisse.«

»Oh, nun machst du alles lächerlich. Ich komme mir ganz kindisch vor und — sehr dumm.«

Er hatte sich auf den geschlagenen Baum gesetzt. Nun sah er reuig zu ihr auf.

»Sieh mal. Das wäre das letzte auf der Welt, was ich tun möchte. Ich möchte dich nur dahin bringen, daß du es nicht zu ernst nimmst, und ich will alle Schuld auf mich nehmen.«

Ihre ernsthaften Augen sahen nun voll in seine, trotzdem sie viel Mut dazu brauchte, denn seine funkelten so voll Interesse an ihr, und zu gleicher Zeit so spöttisch.

»Ich sehe, daß ich es dir sagen muß. Es ist dies: Ich habe kürzlich so ein wunderliches Gefühl von Unrast gehabt, und eine Art Vorahnung, als ob hinter jeder Ecke irgendein aufregendes Erlebnis auf mich wartete. Dies Gefühl macht mich verwegen. Ich hatte es gerade, ehe ich auf dich zukam, und ich glaube — ich glaube —«

»Du glaubst, daß ich es darauf abgelegt hätte?«

»Nicht gerade das. Aber ich glaube, du fühltest irgend was Besonderes in mir.«

»Das tat ich und tue es noch. Du bist anders wie irgendeine Frau, die ich gekannt habe. Sag mir, ist es dir vorgekommen, als ob ich — dich gern hätte und viel an dich dächte?«

»Ich dachte, du möchtest mich eigentlich nicht. Aber bitte laß uns dies alles vergessen. Ich möchte nie wieder daran denken.«

»Natürlich nicht«, stimmte er ernsthaft zu.

Mit einem Stich fast körperlichen Schmerzes fiel ihr ein, daß sie ihn halb unbewußt wiedergeküßt hatte. Ihr Gesicht und Hals wurden purpurn. Mit einem kleinen Aufatmen sagte sie: »Aber von uns beiden habe ich die meiste Schuld.«

»Ist dies das neu-englische Gewissen, von dem ich soviel gehört habe?« fragte er ganz erstaunt.

»Wahrscheinlich.«
Er sah sie mit demselben halbspöttischen, halbgrübelnden Blick in den Augen an, sagte aber mit gesenkter Stimme:
»Oh, liebes Kind, du bist wirklich entzückend! Und zu denken, daß du Edens Frau bist und daß ich dich nie wieder küssen darf!«
Sie konnte ihm jetzt nicht in die Augen sehen. Sie fürchtete sich vor ihm und mehr noch vor sich selbst. Sie fühlte, daß die wunderliche erwartungsvolle Stimmung, die sie in diesen Wochen in Jalna herumgeworfen hatte, nur die Vorahnung dieses Augenblicks gewesen war. Mit dem Versuch, sich wieder in die Gewalt zu bekommen, sagte sie:
»Jetzt gehe ich ins Haus. Ich glaube, ich habe die Stalluhr schlagen hören. Es muß Essenszeit sein.« Sie wandte sich um und ging rasch über den rauhen Obstgartenrasen.
Es war bezeichnend für den ältesten Whiteoak, daß er keinen Versuch machte, ihr zu folgen, sondern sitzen blieb, den Blick auf ihrer entschwindenden Gestalt, in der Gewißheit, daß sie sich nach ihm umsehen würde. Wie erwartet, sah sie sich auch nach einem Dutzend Schritten um und sah ihn mit Würde an, aber mit einer Art kindlicher Bitte in ihrer Stimme:
»Willst du versprechen, nie wieder so an mich zu denken, wie ich heute morgen gewesen bin?« fragte sie.
»Dann muß ich versprechen, überhaupt nicht wieder an dich zu denken«, gab er sehr ruhig zur Antwort.
»Dann denk eben nie mehr an mich. Das wäre mir lieber.«
»Hör mal, Alayne, du weißt, daß das unmöglich ist.«
»Also dann versprich, diesen Morgen zu vergessen.«
»Der ist schon vergessen.«
Aber als sie durch den Obstgarten fortlief, fühlte sie, daß es ihr schrecklicher sein würde, wenn er es vergessen könnte, als wenn er in seinen allerheimlichsten Gedanken darüber nachgrübelte.


17  Sonntägliche Kirchfahrt

Alayne war an Kirchengehen gewöhnt, aber der systematische Aufbruch am Sonntagmorgen in Jalna war ihr eine Offenbarung. Sie war an den intellektuellen und etwas förmlichen Gottesdienst der Unitarier-Kirche gewöhnt, wo sie, auf ihrem Platz zwischen Vater und Mutter sitzend, ehrerbietig den gründlichen Ausführungen des Predigers über die Lehre des Menschen Jesu folgte. Sie hatte in einer Kirche, die eher einem prächtigen Auditorium glich, dem Gesang eines herrlichen Quartetts gelauscht. Sie hatte Sammelteller ganz bedeckt mit amerikanischen Banknoten gesehen und kaum auf die große Ver-

sammlung von wohlangezogenen und nachdenklichen Männern und Frauen geachtet.
Als sie nach dem Tode ihrer Eltern allein lebte, war sie weniger regelmäßig zur Kirche gegangen, und lieber zum Abendgottesdienst als am Morgen. Und als Rosamund Trent zu ihr gezogen war, war sie immer seltener gegangen, denn Rosamund gehörte zu denen, die glauben, daß Kirchengehen etwas für die ist, die nichts Besseres zu tun haben.
In Jalna war es eine eiserne Regel, daß jedes Familienmitglied zum Morgengottesdienst ging, wenn es nicht durch irgendeine schwere körperliche Unfähigkeit daran gehindert wurde. Nur halbkrank sein reichte nicht. Man mußte bettlägerig sein. Alayne hatte Meg geradezu in das Auto wanken sehen, betäubt von Kopfschmerzen, eine Flasche Riechsalz vor der Nase, und während des ganzen Gottesdienstes mit geschlossenen Augen sitzend. Sie hatte sie den jungen Finch erbarmungslos trotz seines Zahnwehs mitschleppen sehen.
Am liebsten hätte sie zuerst rebelliert, aber als sie Eden sklavisch der Gewohnheit unterworfen sah, gab auch sie nach. Schließlich, dachte sie, war es doch etwas Schönes um solche Frömmigkeit, wenn es auch mit Religion sehr wenig zu tun zu haben schien. Denn die Whiteoaks waren keine religiöse Familie nach Alaynes Begriff. Tatsächlich hatte sie diesen Gegenstand nie zwischen ihnen erwähnen hören. Sie dachte an die lebhaften Gespräche über religiöse Fragen in ihrem Vaterhause: Würde die Wissenschaft die Religion zerstören? Und die Zitate aus Dean Inge, Professor Bury, Pasteur und Huxley. Die einzige Erwähnung des Gottesnamens in Jalna war, wenn Großmutter ein halbverständliches Tischgebet murmelte, oder wenn irgendeiner der jungen Männer den Allmächtigen zum Zeugen anrief, daß er dies oder das tun würde, oder daß etwas verdammt war. Aber mit welchem Heroismus drängten sie sich jeden Sonntag in diese harten engen Kirchenstühle!
Wakefield faßte es für Alayne alles in diesen Worten zusammen:
»Siehst du, Großvater hat die Kirche gebaut und keinen einzigen Gottesdienst versäumt, bis er starb. Großmutter versäumt auch keinen Sonntag, und sie ist fast hundert. Sie wird krank vor Aufregung, wenn irgend jemand von uns anderen zu Hause bleibt. Und der Rektor und die Farmer und alle anderen Leute zählen uns jeden Sonntag, und wenn einer fehlt, dann ist es für sie eben gar kein richtiger Sonntag.« Die Augen des kleinen Knaben leuchteten. Es war ihm sehr ernst.
Großmutter war nie in einem Auto gefahren und wollte es bei Lebzeiten auch nie tun. Aber sie hatte das Leichenauto von Stead schon bestellt, das sie einmal zu Grabe fahren sollte. »Denn«, sagte sie, »ich denke es mir schön, einmal noch schnell zu fahren, ehe ich eingebuddelt werde.«
Der alte Zweispänner wurde jeden Sonntag morgen um halb elf Uhr an der Treppe vorgefahren. Die beiden alten Braunen Ned und Minnie waren glän-

zend gestriegelt, und der dicke Kutscher Hodge trug einen schwarzen Tuchrock mit einem Samtkragen. Mit seiner langen Peitsche vertrieb er die Fliegen von den Pferden, er warf jeden Augenblick einen unruhigen Blick nach der Tür und gab seinem Hut einen noch sonntäglicheren Ruck.
Um ein Viertel vor elf kam die alte Mrs. Whiteoak zum Vorschein, von Renny und Piers gestützt, denn es brauchte Muskelkraft, um sie den Weg von ihrem Zimmer bis auf den Zweispänner heraufzulotsen. Zur Kirche trug sie immer ein Kleid von schwarzer Moiré-Seide, einen schwarzen pelzbesetzten Samtmantel und eine Witwenhaube von schwerstem Krepp. Alayne fand, daß die alte Dame nie so würdig und tapfer aussah wie bei diesen Gelegenheiten, wenn ihr Witwenschleier sich wie ein Segel blähte und sie wie ein nicht mehr seetüchtiges, aber stolzes altes Schiff noch einmal die Ausfahrt aus dem Hafen wagte. Wenn sie in einer Ecke des Sitzes untergebracht war mit einem Kissen im Rücken, zogen die alten Pferde unabänderlich mit einem Ruck an, denn sie wußten sofort, daß sie da war, und Rags sprang ebenso unabänderlich mit einem lauten Anruf an Hodge, »festzuhalten«, an die Pferdeköpfe und machte sich wichtig, als ob er ein Durchgehen verhütet hätte.
Dann erschienen als nächste ihre beiden Söhne: Nicholas mit einer Spur der Eleganz seiner Jugend; Ernest in milder Heiterkeit, nun er die Vorbereitungen hinter sich hatte. Der alte Zweispänner krachte, wenn ihr gemeinsames Gewicht zu der bisherigen Last hinzukam. Dann kam Meg, meistens aufgeregt über irgendeine Missetat von Wake oder Finch. Der kleine Junge war der letzte der Zweispännergesellschaft, kletterte auf den Sitz neben Hodge und sah im Vergleich zu dessen kräftiger Gestalt sehr schmal und würdig in seinem schneeweißen Etonkragen und kleinen Lederhandschuhen aus.
Die übrige Familie folgte im Auto, außer Finch, der über die Felder und Wiesen zu Fuß ging. Er tat das lieber, weil ohne Gequetsche kein Platz für ihn in dem einen oder anderen Fahrzeug war, und es war bei gewöhnlichen Gelegenheiten schon schwierig genug für ihn zu wissen, was er mit seinen langen Armen und Beinen tun sollte. Er liebte auch diesen Sonntagsspaziergang allein mit seinen eigenen Gedanken.
Renny steuerte den Wagen, und es war sein Hauptbestreben, den Zweispänner so bald wie möglich einzuholen und zu überholen, denn wenn er das nicht fertigbrachte, ehe die schmale abfallende Straße nach Evandale erreicht war, dann mußte er die ganze übrige Fahrt hinter den langsam trottenden Pferden fahren, denn Großmutter erlaubte Hodge nicht beiseite zu fahren, daß das Auto auf dem Wege an ihr vorbeikommen konnte. Sie hatte keine Lust, ihr Leben im Straßengraben zu beenden, wie sie sagte. Und sie saß in größter Ruhe da, während Rennys Wagen und vielleicht noch ein halbes Dutzend hinter ihm langsam wie ein Begräbnis fuhren und sie mit verzweifeltem Hupen vorwärtszutreiben suchten.

An diesem Morgen geschah das wieder. Es war noch eine schläfrige Spätsommerhitze, aber die Luft war schon schwerer. Die Gerüche von Erde und Feld mischten oder bewegten sich nicht, sondern hingen wie spürbare Essenzen über der Stelle, von der sie aufstiegen. Alle Dinge waren von einem dichten gelblichen Nebel verschleiert, und der Straßenstaub unter den Pferdehufen fiel in einer dichten Wolke auf das Auto hinter dem Wagen.
Das war an dem Morgen nach der Szene im Obstgarten. Alayne hatte wenig geschlafen. Die ganze Nacht, während sie sich herumwarf und immer wieder ihre Lage wechselte, wenn die Erinnerung an Rennys Küsse ihr Gesicht brennen und ihre Nerven zittern machte, hatte sie versucht, sich über ihre Lage klarzuwerden und festzustellen, ob sie selbst wirklich Schuld hatte oder nur der passive Gegenstand von Rennys berechnender Leidenschaft war. Aber sie fand, daß sie hier in Jalna nicht mit der freien Sicherheit denken konnte wie früher. Fantastische Visionen schwebten zwischen ihr und der Situation, die sie versuchte sich klarzumachen. Zuletzt in dem seltsamen blassen Morgenlicht vor Tag umhüllte sie eine freundliche Müdigkeit, und sie sank in ruhigen Schlaf.
Nun saß sie hinter Renny und sah nur eine Seite seines Gesichts, wenn er sich gelegentlich Piers zuwandte. Sie sah seine hageren Backenknochen, das Stück rötliches Haar an seiner Schläfe und die feste Linie der Lippen und des Kinns. Hatte er ruhig geschlafen und kaum noch einmal an das gedacht, was sie so umgeworfen hatte? Er war weder zu Tisch noch zum Tee, noch zum Abendbrot erschienen und hatte nur eine Botschaft nach Hause geschickt, daß er mit Maurice Vaughan zusammen zu einem Pferdekauf gefahren war. Heute morgen schien ihn der Entschluß, den Wagen an seiner Großmutter vorbeizufahren, ehe er auf die Evandale-Straße kam, völlig in Anspruch zu nehmen. Pheasant hatte warten lassen, und er warf ihr einen finsteren Blick zu, als sie in das Auto kletterte.
Die Maschine schütterte und lief dann mit kräftigem Ruck an. Eden, der zwischen den beiden jungen Frauen saß, nahm eine Hand von jeder und rief: »Oh, ihr Lieben, wir wollen zusammenhalten! Wenn wir bloß zusammenhalten, werden wir gerettet. Pheasant, gib mir deine kleine Pfote.«
Aber so schnell auch der älteste Whiteoak fuhr, er konnte seine Großmutter doch nicht überholen, ehe sie die Evandale-Straße erreichte. Dort knarrte der Phaeton ganz gemächlich in einer Wolke von gelbem Staub vorwärts, wie eine alte Barke in schwerem Nebel, und Großmutters Schleier flatterte wie eine schwarze Piratenfahne.
Renny schielte mit halbgeschlossenen Augen die Straße entlang, wo sie steil in einen staubigen Graben abfiel, der ganz grau von Disteln war. »Ich glaube, ich könnte vorbeikommen«, raunte er Piers zu. »Ich hab' Lust es zu probieren.«
Die Gesellschaft in dem Zweisitzer erkannte das besondere quietschende Ge-

räusch des Familienautos. Sie sahen sich um und blinzelten aus dem Staubnebel wie Seeleute, die ein feindliches Schiff sichteten. Renny ließ gewaltig seine Hupe dröhnen.
Sie hörten Großmutter Hodge etwas zuschreien. Und zugleich fielen die beiden alten Pferde in Schritt.
»Verdammt«, rief Renny. »Wenn ich bloß der alten Dame einen Puff geben könnte!«
Wieder sah er das schmale Stück Straße zwischen den Wagenrädern und dem Graben an. »Ich glaube, ich wage es«, sagte er. »Wie der Teufel vorbeizuflitzen und ihnen einen Schreck einjagen!«
Piers widersprach. »Wenn du das tust, wirfst du uns kopfüber in die Disteln. Und du machst bloß die Gäule scheu.«
»Hast recht«, sagte Renny finster und ließ die Hupe mit leidenschaftlicher Eindringlichkeit heulen. Großmutters Gesicht starrte aus dem Staubnebel; man sah es ihr an, daß es ihr ungeheuren Spaß machte.
Farmer Tompkins und Farmer Gregg fuhren in ihren Autos hinterher und ließen abwechselnd ihre Hupen dröhnen. Der älteste Whiteoak runzelte die Stirn. Er hatte das Recht, seine alte Dame zu quälen, aber diese Jokels sollten es nicht. Er setzte sich zurecht und ergab sich in das Schneckentempo. Er nahm den Hut ab.
Der Anblick seines schmalen, plötzlich entblößten Kopfes, die spitzen Ohren, die dicht an dem kurz geschorenen roten Haar anlagen, machten auf Alayne einen erstaunlichen und verheerenden Eindruck. Sie hätte eine Hand ausstrecken und ihn von beiden Seiten umfassen mögen. Sie hätte ihn streicheln und liebkosen mögen. Sie warf einen erschreckten Blick auf Eden, als ob sie ihn bitten müßte, diese Teufel auszutreiben, die sie zerstörten. Er lächelte ihr ermutigend zu. »Wir werden ankommen, wenn Gott will. Hinter uns ist Tompkins, der Kirchendiener ist, und er leidet Folterqualen bei dem Gedanken, zu spät zu kommen. Ich habe ihn gekannt, seit ich drei Jahre alt war, und er ist nur zweimal in dieser ganzen Zeit zu spät gekommen, und jedesmal hatte Großmutter schuld. Tompkins hat es viel schlimmer als wir.«
Alayne hörte kaum, was er sagte, aber sie schlüpfte mit ihrer Hand in seine und hielt sie fest. Sie war ganz in Grübeln darüber versunken, was wohl für Gedanken in dem Kopf da vorn waren, nach dem es ihre Hand so zog. Dachte er an sie, oder war die Szene im Obstgarten nur eine von vielen gleichgültigen Begegnungen mit Frauen gewesen? Aber eigentlich glaubte sie das nicht, denn er hatte das Haus den ganzen übrigen Tag gemieden, und heute morgen war er ihr sichtlich aus dem Wege gegangen. In seinem Gesicht war eine düstere Melancholie, als sie zufällig sein Spiegelbild in dem kleinen Spiegel vor ihm für einen Augenblick sah. Aber vielleicht war das nur, weil ihn die alte Mrs. Whiteoak übertölpelt hatte.

Was hatte er ihr nur getan, das sie mit solcher Unruhe erfüllte? Sie war in der Nacht aufgestanden und ans Fenster geschlichen, hatte im geheimnisvollen Mondlicht den Obstgarten gesehen und sogar den knorrigen Stamm des Baumes, den er gefällt hatte. Sie hatte wieder die heiße Leidenschaft seiner Küsse gefühlt.

Etwas, was ihr diesen Morgen deutlich fühlbar wurde, war ihre neue Freundschaft mit Pheasant. Jedesmal, wenn ihre Augen sich begegneten, lächelte ihr die junge Frau zu, offen wie ein Kind. Es kam Alayne sogar vor, daß Piers weniger mürrisch gegen sie war als früher. Sie hatte Eden von ihrem Gespräch mit Pheasant erzählt, und Alaynes Wunsch, sich mit ihr anzufreunden, schien ihn zu amüsieren. »Sie ist ein liebes wunderliches Ding«, hatte er bemerkt. »Aber du wirst sie bald satt haben. Aber wahrscheinlich langweilst du dich schon so, daß selbst die Gesellschaft von Pheasant —«

»Unsinn«, hatte sie ihn unterbrochen, kürzer, als sie je vorher mit ihm gesprochen. »Ich langweile mich gar nicht, aber Pheasant zieht mich an. Ich glaube, ich könnte sie sehr liebhaben. Es steckt so viel in ihr.«

Nun saß Eden zwischen ihnen, hielt eine Hand von jeder und lächelte überlegen. Ihm war es einerlei, ob sie je zur Kirche kamen.

Die Glocke läutete, als das Auto den steilen kleinen Hügel hinaufkeuchte und durch das Tor hinter der Kirche einfuhr. Man sah eine Menge Köpfe die steilen Stufen zur Vordertür heraufkommen, als ob sie aus einem Brunnen aufstiegen. Goldener Sonnenschein lag wie eine Liebkosung auf den zerstreuten grünen Hügeln und moosbewachsenen Grabsteinen des Kirchhofes. Nur ein neues Grab war da, auf dessen frischem sandigem Hügel ein Kranz verwelkender Blumen lag.

Wakefield kam heran und schob seine Hand in die Alaynes.

»Das ist Mrs. Millers Grab«, sagte er. »Sie hatte ein kleines Kind, und nun sind sie beide da drin. Ist das nicht schrecklich? Es war ein hübsches kleines Mädchen, und es war Ruby Pearl getauft. Aber Miller hat noch fünf kleine Mädchen, es hätte also schlimmer sein können.«

»Still, Liebling«, sagte Alayne und drückte seine Hand. »Willst du neben mir sitzen?«

Wakefield hatte sich darauf gefreut, neben Alayne zu sitzen und mit vielem Umblättern die Stellen im Gebetbuch für sie zu suchen. Jetzt sah er aber zweifelhaft aus.

»Ich möchte wohl«, sagte er, »aber ich glaube, Meg fühlt sich einsam, wenn ich sie allein lasse. Siehst du, ich habe immer neben ihr gesessen, seit ich klein war und mit dem Kopf in ihrem Schoß geschlafen habe. So, da holen sie Oma aus dem Wagen. Ich will lieber hinlaufen und sehen, daß der Kirchdiener die Tür weit aufmacht.«

Er flog über den Rasen.

Die alte Mrs. Whiteoak schob sich mit kaum merkbarem Fortschritt den Kiesweg entlang, der zur Kirchentür führte. Renny und Piers stützten sie, und Nicholas, Ernest und Meg folgten dicht hinterher und trugen ihre verschiedenen Beutel, Bücher und Kissen. Unter ihren dicken rostroten Brauen streifte ihr scharfer Blick über die Gesichter, an denen sie vorbeikamen. Ihr massiver alter Kopf bewegte sich mit königlicher Herablassung von einer Seite zur anderen. Bisweilen erhellte ein Lächeln ihr Gesicht, wenn sie einen alten Freund erkannte, aber das war selten, denn die meisten ihrer Freunde waren lange tot. Dieses Lächeln, das bissige und boshafte Lächeln, für das die Courts berühmt waren, traf auch die Misses Lacey, die Töchter eines alten britischen Admirals a. D. »Wie geht es dem Vater, Mädchen?« keuchte sie.

Die »Mädchen«, die vierundsechzig und fünfundsechzig waren, antworteten alle beide zugleich: »Immer noch bettlägerig, liebe Mrs. Whiteoak, aber so vergnügt!«

»Hat kein Recht, bettlägerig zu sein, ist erst neunzig. Was macht die Mutter?«

»O liebe Mrs. Whiteoak, Mutter ist seit neun Jahren tot«, riefen die Schwestern einstimmig.

»Du meine Güte, das habe ich vergessen! Tut mir leid.« Sie schob weiter.

Nun grinste sie einen gebeugten Arbeitsmann an, der fast so alt war wie sie selbst, und mit dem Hut in der Hand stand und sie begrüßte. Sein rosenrotes Gesicht war von silbernem Haar und einem Patriarchenbart umrahmt. Er hatte Nicholas und Ernest in ihrem Ponywagen gefahren, als sie kleine Jungen waren.

»Guten Morgen, Hickson. Ha! Auf diesen Steinplatten geht sich's schlecht. Halt mich fester, Renny! Gaff nicht um dich wie ein Narr, Piers, und halt dich zu mir.«

Der alte Mann drängte sich näher und zeigte mit einer Art kindischem Lachen seine zahnlosen Kiefer.

»Mrs. Whiteoak, ich wollte Ihnen bloß sagen, daß ich mein erstes Urgroßenkelchen gekriegt habe.«

»Das freut mich, Hickson! Du hast es weiter gebracht als ich – ich habe noch nicht einmal einen Großenkel. Zerr mich nicht so, Piers, als ob ich ein Fuder Heu wäre – ha – und du ein Karrengaul. Sag Todd, daß er mit diesem Glockengebimmel aufhört. Das macht mich ganz taub. Ha! Nun die Treppen.«

Eden und Alayne gingen hinter Pheasant und Meg, die Wakefield an der Hand hatte. Alayne überlegte, was wohl die Corys und Rosamund Trent denken würden, wenn sie sie in diesem Augenblick sehen könnten in dieser langsamen Prozession, wie Höflinge hinter einer alten Königin. Alayne fühlte schon eine Art Familienstolz auf die alte Dame. Sie hatte etwas von wilder Großartigkeit an sich. Ihre Nase war prachtvoll. Sie sah aus, als ob sie eine lange Reihe von Liebeshändeln, Liebhabern und Duellen hinter sich hätte, und doch war sie fast ihr ganzes Leben lang in dieser Hinterwäldlerecke begraben gewesen. Aber vielleicht war das gerade das Geheimnis ihrer starken Eigenart, der Eigenart all dieser Whiteoaks. Sie dachten, fühlten und handelten mit einer unglaublichen Intensität. Sie warfen sich auf das Leben mit ungekünstelter Leidenschaft. Sie philosophierten nicht über das Leben, aber kein Erlebnis war zu abgegriffen und zu überholt, als daß sie es nicht noch einmal herausgeholt und mit Kraft und Hingabe durchgemacht hätten.

Nun saßen sie da alle in der kühlen dämmrigen Kirche.

Das Läuten hatte aufgehört. Sie waren in zwei Kirchenstühlen aufgereiht, einer hinter dem anderen. Ihre Köpfe, blond, braun und grau, waren gesenkt. Großmutters großer Schleier fiel Wakefield über die dünnen Schultern. Sie stöhnte gewaltig.

Die kleine Miss Pink an der Orgel brach in einen Festhymnus aus. Wakefield konnte zwischen den Gestalten der Erwachsenen vor sich die weißgekleidete Gestalt von Mr. Fennel sehen. Wie anders sah er Sonntags aus mit dem ordentlichen Bart und dem sorgsam gescheitelten Haar! Und da war auch Renny im Chorhemd. Wie war er in die Sakristei gekommen und hatte sich so schnell umgezogen? Ein Whiteoak las immer den Tagestext. Großvater hatte es jahrelang getan, dann Vater. Und manchmal las ihn Onkel Ernest noch, wenn Renny verreist war — und die ganze Zeit, während Renny im Kriege war.

Ob Wakefield ihn wohl jemals selber las? dachte er. Er stellte sich vor, wie er die Worte großartig rollen würde, nicht aus Rennys kurze ausdruckslose Art.

Ein Strom von Gesang stieg aus den Kirchenstühlen der Whiteoaks auf. Starke Stimmen, voll Lebenskraft, die die kleine Miss Pink und ihre Orgel wie brandende Wogen überströmten und sie atemlos und keuchend mitrissen, während der Chor vergeblich versuchte, sie zurückzuhalten. Und selbst Renny, der auf der Kanzel stand, war gegen den Chor und mit der Familie. Der Chor mit der schwachen Orgel und Miss Pinks Unsicherheit kam gar nicht auf gegen all die Whiteoaks.

»Zerreißet Eure Herzen, und nicht Eure Kleider; und bekehret Euch zu dem Herrn, Eurem Gott, denn er ist gnädig, barmherzig, geduldig und von großer Güte, und reuet ihn bald der Strafe.«

Mr. Fennels Stimme war langsam und tief. Schwerer Herbstsonnenschein lag in durchsichtigen Streifen über den knienden Menschen. Alayne hatte diese kleine Kirche liebengelernt, mit ihrer Atmosphäre von Einfachheit, von stiller Ergebung in all das, was ihr selbst fraglich war. Sie senkte die Augen auf das Gebetbuch, das Eden und sie gemeinsam hatten. Großmutter verlangte in einem heiseren Geflüster, direkt hinter ihnen, von Meggie ein Pfefferminz. Als es ihr gegeben wurde, ließ sie es fallen, und es rollte unter den Sitz und war verloren. Ein anderes wurde ihr gegeben, und sie sog triumphierend daran. Der Geruch von Pfefferminz und von dem Stoff ihres Kreppschleiers strömte von ihr aus. Wakefield ließ sein Sammelgeld fallen, und Onkel Nick kniff ihn ins Ohr. Piers und Pheasant flüsterten, und Großmutter puffte Piers mit ihrem Stock. Renny stieg die Stufen hinter dem Bronzeadler des Lesepults hinauf und begann den ersten Text zu lesen.

»Wenn die Wolken voll sind, so geben sie Regen auf die Erde; und wenn der Baum fällt, er falle gegen Mittag oder Mitternacht, auf welchen Ort er fällt, da wird er liegen.

Wer auf den Wind achtet, der säet nicht, und wer auf die Wolken siehet, der erntet nicht.

Gleichwie Du nicht weißt den Weg des Windes, und wie die Gebeine im Mutterleibe bereitet werden; also kannst Du auch Gottes Werk nicht wissen, das er tut überall.«

Die Familie starrte ihren Häuptling an, während er las.

Die alte Mrs. Whiteoak dachte: Ein echter Court! Man braucht bloß den Kopf anzusehen. Meine Nase — meine Augen. Ich wollte, Philip könnte ihn sehen. Ha, wo ist mein Pfefferminz? Muß es verschluckt haben. Wie weit weg sieht der Junge aus. Er hat sein Nachthemd an — geht zu Bett — Zeit zu Bett —«

Sie schlief.

Nicholas dachte: »Renny ist zu schade für hier. Hätte sich in London gute Tage machen sollen. Mal sehen: Er ist achtunddreißig. Als ich in dem Alter war — Gott, fing ich gerade an, Millicent zu hassen! Was für ein Leben!«

Er rückte auf dem Sitz und legte sein gichtisches Knie bequemer.

Ernest dachte: »Ein lieber Junge, aber wie schlecht er liest! Aber seine Stimme ist fesselnd. Alte Geistliche machen mir immer Freude. Ich hoffe, es gibt heute keine Pflaumentorte zum Essen — sonst esse ich sie sicher und leide darunter. Mama läßt ihr Pfefferminz fallen.« — Er flüsterte ihr zu: »Mama, du verlierst dein Pfefferminz.«

Meg dachte: »Ich wollte, Renny ließe sich die Haare nicht so kurz schneiden. Prachtvoll sieht er aus. Wirklich, die Bibel sagt doch sonderbare Sachen. Aber sehr wahr, natürlich. Wie süß sieht Wake aus! So interessiert. Ganz entzückende Augenwimpern hat er. Jetzt fängt er an und will Finch an die Knöchel treten.«

Sie beugte sich über Wake und legte eine warnende Hand auf sein Knie.

Rennys Stimme las weiter:

»Es ist das Licht süße, und den Augen lieblich die Sonne zu sehen.«

Eden dachte: »Das war ein Dichter, der das geschrieben hat — ›Es ist das Licht süße — und den Augen lieblich die Sonne zu sehen‹ — Merkwürdig, daß ich nie vorher gemerkt habe, wie hübsch Pheasant ist. Ihr Profil —«

Er rückte etwas vor, so daß er sie besser sehen konnte.

Piers dachte: »Ich möchte wissen, ob das Stück Land Pottasche braucht. Ich glaube, ich versuche es. Was zum Teufel mit dem kranken Lamm los ist, weiß

ich nicht. Läuft immer im Kreis wie ein verrücktes Tier im Karussell. Vielleicht hat es die Drehkrankheit. Muß den Tierarzt holen lassen. Wie ist das doch – vierzehn und einundzwanzig ist fünfunddreißig und sieben ist zweiundvierzig – bin Baxter zweiundvierzig schuldig. Pheasant wagt mich nicht anzusehen – kleiner Schelm – süßes kleines Ding –«
Er drückte sein Knie an ihrs und sah sie unter den Wimpern her an.
Pheasant dachte: »Wie groß und braun sehen Piers' Hände immer sonntags aus! Die richtigen Fäuste. Ich mag sie gern so. Ich wollte, Eden starrte mich nicht so an. Ich weiß ganz genau, daß er denkt, wie altmodisch ich neben Alayne aussehe. O Himmel, wie hart ist dieser Sitz. Nie werde ich mich an Kirchengehen gewöhnen – ich habe es nicht von klein auf gelernt. Mein ganzer Charakter war vollständig fertig, als ich heiratete. Weder Maurice noch ich haben je Religion gehabt. Wie hübsch war das, ihn gestern im Obstgarten zu sehen – und er war auch ganz freundlich. Ja, Religion – zum Beispiel Renny: da steht er in seinem Chorhemd und liest aus der Bibel vor, und gestern hörte ich ihn fluchen wie einen Soldaten – bloß weil ein Schwein ihm unters Pferd lief. – Natürlich, es warf ihn beinahe ab. Aber wozu nützt dann überhaupt Religion, wenn sie einen nicht Nachsicht lehrt? Ich glaube, er ist kein bißchen besser als Piers. Ich wollte, Piers versuchte nicht immer, mich ins Lachen zu bringen.« Sie biß ihre Lippen und wendete den Kopf weg.
Wakefield dachte: »Ich hoffe bloß, daß es Pflaumentorte zum Essen gibt – wenn es keine Pflaumentorte ist, dann hoffe ich Zitronentorte ... Aber Mrs. Wragge war heute morgen schrecklich schlechter Laune. Das war fein, daß ich im Kohlenkeller war, als sie und Rags sich zankten! Er schimpfte sie wahrhaft eine – halt, solche schlimmen Dinge darf man in der Kirche nicht denken. Ich könnte plötzlich tot umfallen – tot wie ein Türnagel, das allertoteste Ding. Wie hübsch ist das Lesepult – wie schön liest Renny. Später werde ich mal den Text geradeso lesen – bloß lauter – das heißt natürlich, wenn ich groß werde. Wenn ich meine Beine ganz weit unter den Vordersitz ausstrecke, kann ich Finch an die Knöchel treten. Los – o dumme Meggie, dumme Meggie, immer kommt sie dazwischen – dummes Ding!«
Er sah unschuldig seiner Schwester ins Gesicht.
Finch dachte: »Morgen ist das Algebra-Examen, und ich falle sicher durch – ich falle durch ... Wenn bloß mein Kopf nicht immer so durcheinanderginge! Wenn ich bloß mehr wie Renny wäre! Nichts in der Welt wird mich dazu bringen, daß ich hinter dem Pult stehe und den Text lese. Was für eine Konfusion würde ich daraus machen –«
Er hörte plötzlich bewußt die Worte, die sein Bruder las.
»So freue Dich, Jüngling, in Deiner Jugend, und laß Dein Herz guter Dinge sein in Deiner Jugend. Tue, was Dein Herz lüstet, und Deinen Augen gefällt; und wisse, daß Dich Gott um dies alles wird vor Gericht führen.«

Finch rückte unruhig auf seinem Sitz. Weshalb diese ewigen Drohungen? Das Leben schien aus Geboten und Drohungen zu bestehen — und die Magie der Worte, mit der diese alten Drohungen ausgesprochen wurden! Die dunkle, schwere, ahnungsvolle Magie — das war es: ihre Magie bannte und entsetzte ihn ... Wenn er bloß der grausamen Magie der Worte entfliehen könnte, wenn sie knieten!
Er schloß die Augen und verkrampfte seine knochigen Hände fest ineinander. Alayne dachte: »Wie sonderbar seine Schuhe unter dem Chorhemd aussehen! Ich sah heute morgen, wie abgetragen und blankgeputzt sie sind — sehr anständige Schuhe ... Wie kann ich nur an Schuhe denken, wenn ich mich innerlich so quäle? Fange ich an, ihn zu lieben? Was soll ich da nur tun? Eden und ich müßten von Jalna fortgehen. Nein, ich bin nicht verliebt in ihn. Das verbiete ich mir einfach. Er fasziniert mich — das ist alles. Ich mag ihn nicht einmal leiden. Ja, eigentlich mag ich ihn gar nicht. Steht da vor diesem Bronzeding, in seinen Schuhen — sein rotes Haar — die Court-Nase — dieses Fuchsgesicht — er ist mir einfach abstoßend.«
Sie schloß die Augen und drückte die Finger dagegen.
»Hier endet die erste Epistel.«
Und nun, während Miss Pink und die Orgel den Gesang zittrig führten und der Chor sich einbildete, Herr der Situation zu sein, brach das Tedeum aus den Kehlen aller Whiteoaks außer Großmutters hervor, und diese schnarchte dazu kräftig in einem Schläfchen. Von Nicholas' tiefem Bariton bis zu dem silbernen Flöten Wakes teilten sie Himmel und Erde mit, daß sie den Herrn lobten und heiligten.
An dem Abend, nach dem Neun-Uhr-Abendbrot von kaltem Fleisch und Brot und Tee, mit Haferplätzchen und Milch für Großmutter und Ernest — der leider doch zu viel Pflaumenkuchen zu Mittag gegessen hatte, wie er schon fürchtete —, sagte Meg zu Alayne: »Ist das wahr, Alayne, daß die Unitarier nicht an die Gottheit Christi glauben?«
»Was ist das?« unterbrach Großmutter. »Was ist das?«
»Die Gottheit Christi, Oma. Mrs. Fennel erzählte mir gestern, daß die Unitarier nicht an die Gottheit Christi glaubten.«
»Unsinn«, sagte Mrs. Whiteoak. »Kohl. Das will ich nicht haben. Noch Milch, Meggie.«
»Wahrscheinlich glaubst du auch nicht an die Unbefleckte Empfängnis««, fuhr Meg fort und goß Milch ein. »In dem Fall wird dir die englische Kirche nicht gerade liegen.«
»Ich habe den Gottesdienst eurer Kirche sehr gern«, sagte Alayne vorsichtig. Es war etwas wie ein Angriff in dieser plötzlichen Frage gewesen.
»Natürlich tut sie das«, sagte Mrs. Whiteoak bestimmt. »Sie ist ein gutes Mädchen. Glaubt, was sie glauben soll. Und keinen Unsinn. Sie ist kein Heide.

Sie ist kein Jude. Nicht an die Unbefleckte Empfängnis glauben? Habe nie so was in der guten Gesellschaft gehört. Ist nicht anständig.«
»Ach, wozu von Religionen reden?« sagte Nicholas. »Erzähl uns eine Geschichte, Mama. Eine von deinen Geschichten, weißt du.«
Seine Mutter zwinkerte ihm zu. Dann sah sie ihre Nase entlang und versuchte, sich an eine recht gewagte Geschichte zu erinnern. Sie hatte einen ganzen Vorrat davon, aber eine nach der andern glitt ihr aus dem Gedächtnis.
»Die von dem Kuraten auf seiner Urlaubsreise«, schlug Nicholas als guter Sohn vor.
»Nick!« ermahnte Ernest.
»Ja, ja«, sagte die alte Dame. »Dieser Pfarrer hatte Jahre und Jahre ohne Urlaub gearbeitet, und — und — o Gott, was kommt nun?«
»Ein anderer Pfarrer«, sagte Nicholas prompt, »der auch überarbeitet war.«
»Ich finde, die Jungens sollten zu Bett gehen«, sagte Meg nervös.
»Sie bringt es nicht mehr zusammen«, antwortete Renny ruhig.
»Oh, Wakefield spielt mit den indischen Kurios!« schrie Meg. »Bitte verbiete es ihm, Renny!«
Renny zog das Kind mit Gewalt von dem Schränkchen fort, gab ihm einen sanften Puff und schob es nach der Tür.
»Zu Bett jetzt«, befahl er.
»Laß ihn erst gute Nacht sagen!« rief Großmutter. »Armes kleines Herz, will seiner Großmutter einen Gutenachtkuß geben.«
Boney, vom Schlummer aufgestört, schaukelte sich auf seinem Sitz und schrie in dünnen Tönen durch die Nase: »Ka butcha! Ka butcha! Haramzada!«
Wakefield ging rund und verteilte Küsse und kleine Umarmungen, hübsch nach dem Charakter des Empfängers bemessen. Es gab da alle Abstufungen, von einem bärenartigen Drücken und einem Schmatz für Großmutter, bis zu einer höflichen kleinen Liebkosung für Alayne, einem beiläufigen Hinhalten seiner bräunlichen Backe bei seinen Brüdern, außer Finch, dem er einen Puff in den Magen gab, der durch einen versteckten, aber bösartigen Stoß in die Rippen erwidert wurde.
Die Whiteoaks hatten geradezu eine Begabung zum Küssen. Das dachte Alayne, als sie beobachtete, wie der jüngste Whiteoak der Familie gute Nacht sagte. Sie küßten sich bei der geringsten Gelegenheit. Und die Großmutter pflegte häufig, wenn sie von einem Schläfchen aufwachte, zu rufen:
»Küss' mich jemand, schnell!«
Ah, vielleicht hatte Renny das Küssen im Obstgarten auch als eine Kleinigkeit aufgefaßt!
Ein plötzlicher Impuls zog sie zu ihm, wie er vor dem Kurioschrank stand und einen kleinen Elfenbeinaffen in der Hand hielt.
»Ich möchte mit dir über Finch sprechen«, sagte sie ruhig.

Das Licht war dämmrig in der Ecke. Renny warf einen Seitenblick auf ihr Gesicht.

»Ja?«

»Ich mag ihn sehr gern. Er ist ein ungewöhnlicher Junge. Und er ist in einem schwierigen Alter. Ich möchte gern, daß du etwas für ihn tust.«

Er sah sie mißtrauisch an. Was hatte das Mädchen vor?

»Ja?« Sein Ton war höflich fragend.

»Ich möchte, daß du ihm Musikstunden geben läßt. Musik wäre herrlich für ihn. Er ist ein sehr interessanter Junge, und er braucht eine Entspannung neben Geometrie und solchen Sachen. Du wirst es sicher nicht bereuen, wenn du es tust. Finch ist es wert, daß man sich seiner annimmt.«

Er sah sichtlich überrascht aus.

»Wirklich? Ich habe ihn immer für einen etwas langweiligen jungen Burschen gehalten. Auch nichts wert beim Turnen. Das wäre wenigstens eine Entschuldigung dafür, daß er die ganze Zeit der Unterste in seiner Bank ist. Keiner von uns hält ihn für ›interessant‹.«

»Das ist ja gerade das Schlimme. Ihr alle denkt über Finch gleich, und deshalb kommt er selbst sich minderwertig vor – das häßliche Entlein. Ihr seid wie eine Herde Schafe, die alle nach einer Seite rennen.«

Ihre Begeisterung für Finch ließ sie ihre gewöhnliche Zurückhaltung und auch ihre Verlegenheit vergessen. Sie sah ihn gerade und vorwurfsvoll an.

»Und mich hältst du für den Leithammel, was? Wenn du meinen hölzernen Wollkopf nach einer anderen Richtung drehst, dann laufen die anderen hinterher. Und ich soll glauben, daß Finch zu einem Schwan wird?«

»Das würde mich nicht wundern.«

»Und du glaubst, daß seine Seele Tonleitern und Fingerübungen braucht?«

»Bitte mach dich nicht lustig über mich.«

»Ich werde die Familie auf dem Kopf haben, das weißt du. Sie hassen das Getrommel.«

»Sie werden sich daran gewöhnen. Finch ist wichtig, wenn auch keiner von euch das einsieht.«

»Was bringt dich darauf, daß er musikalisches Talent hat?«

»Ich weiß nicht genau. Aber ich weiß, daß er Musik liebt, und ich bin sicher, daß er das Experiment wert ist. Hast du je sein Gesicht beobachtet, wenn Onkel Nicholas spielt?«

»Nein.«

»Gut, er spielt ja gerade. Von hier kannst du Finch ganz deutlich sehen. Ist sein Ausdruck nicht wunderschön und merkwürdig?«

Renny starrte über das Zimmer weg seinen jungen Bruder an.

»Mir sieht er ziemlich idiotisch aus«, sagte er, »mit seinem hängenden Unterkiefer und dem vorgestreckten Kopf.«

»Ach, du bist hoffnungslos!« sagte sie ärgerlich.
»Nein, das bin ich nicht. Er soll seine Musik haben, und ich werde die Flüche der Familie ertragen. Aber um Leben und Seligkeit kann ich in diesem Augenblick nichts an ihm sehen, was viel verspräche. Onkel Nick zum Beispiel mit dem Lampenlicht auf seinem grauen Löwenkopf, der sieht sehr fein aus.«
»Aber Finch – siehst du denn nicht den Blick in seinen Augen? Wenn du ihn bloß verstehen könntest – ihm ein Freund sein –« Ihre Augen baten.
»Was für ein sorgenvolles kleines Geschöpf du bist. Ich glaube, du machst dir eine Masse Unruhe. Vielleicht machst du dir auch Unruhe um mich?« Er sah ihr fest in die Augen.
Tiefe Akkorde vom Klavier, Großmutter und Boney liebevoll miteinander in Hindu schwatzend. Das gelbe Lampenlicht, das die Zimmerecken in geheimnisvollem Schatten ließ, isolierte sie und gab ihren leisen Stimmen eine Bedeutung, die ihre Worte nicht ausdrückten.
Eine leidenschaftliche Unruhe ergriff sie plötzlich. Die Wände des Zimmers schienen sie zu erdrücken; die Gruppe von Menschen da drüben, beschränkt, unerschütterlich, vollblütig, arrogant, schienen ihre eigene Individualität zu zermalmen. Sie hätte den Elfenbeinaffen Renny aus den Händen reißen und ihn mitten dazwischen schleudern mögen, sie erschrecken, den Papagei schreien und kreischen machen. Und doch war ihr eben eine Gunst gewährt, die ihr am Herzen lag: Musikstunden für den armen jungen Finch.
Die Widersprüche ihres Temperaments verwirrten und belustigten den ältesten Whiteoak. Er entdeckte, daß es ihm Spaß machte, sie zu erschrecken. Ihre Weltfremdheit – was er unter Welt verstand –, ihre Zurückhaltung, ihre Aufrichtigkeit, ihr Bildungseifer, ihr Selbstbewußtsein und die zitternde Leidenschaft, die unter allem lag, machte sie für ihn zu einem Gegenstand bewußten sexuellen Interesses. Zur selben Zeit fühlte er aber eine fast zarte Fürsorge für sie. Er mochte sie nicht gekränkt sehen, und er hätte wissen mögen, wie lange es wohl dauerte, bis Eden sie ohne Zweifel verletzen würde.
»Ich habe gestern vergessen, wie ich versprochen habe. Hast du verziehen?«
»Ja«, atwortete sie, und ihr Herz begann schwer zu schlagen.
»Aber daß Finch Musikstunden kriegt, wird nie wiedergutmachen, daß der Baum umgehauen ist, fürchte ich. Du hast mich sehr weichherzig gemacht.«
»Tut dir das leid?«
»Ja. Ich habe Härte jetzt ganz besonders nötig.«
Der Papagei schrie: »Chore! Chore! Haramzada! Chore!«
»Worüber schwatzt ihr beide da«, schrie Großmutter herüber.
»Östliche Weisheit«, erwiderte ihr Enkel.
»Der Krieg, sagst du? Ich höre ebenso gern wie andere Leute vom Krieg. Kennst du die ›Buffs‹, Alayne? Das war Rennys Regiment. Ist dein Land auch im Krieg gewesen, Alayne?«

»Ja, Mrs. Whiteoak.«
»So, das habe ich nicht gewußt. Renny war bei den ›Buffs‹, eines der feinsten Regimenter in England. Je von den Buffs gehört, Alayne?«
»Nicht ehe ich nach Jalna kam, Großmutter.«
»Was? Was? Nie von den Buffs gehört? Das Mädchen muß verrückt sein. Das will ich nicht!« Ihr Gesicht wurde purpur vor Zorn. »Erzähl ihr jemand von den Buffs. Ich habe den Anfang vergessen. Erzählt ihr sofort!«
»Ich erzähle es ihr«, sagte Renny.
Nicholas trat das laute Pedal. Großmutter fiel in eins ihrer plötzlichen Schläfchen, durch die sie immer die in einem Zornanfall verlorene Kraft wieder einholte.
Sie waren unerträglich, dachte Alayne. Sie waren einfach zum Verrücktwerden. Sie bedrückten sie, und doch lag eine seltsam schwere Schönheit über diesem hohen Zimmer, eine Schönheit, die von den Gestalten ausging, die rings herumsaßen: Großmutter und Boney; Nicholas am Klavier; Meg, ganz Weiblichkeit und schwere Süße; Piers und Eden, die Karten spielten; Sascha auf dem Kaminsims zusammengerollt.
»Ich darf dich nicht zu gern haben«, sagte Renny mit unterdrückter Stimme.
»Und du mich auch nicht. Das würde eine unmögliche Situation.«
»Ja«, murmelte Alayne, »das wäre unmöglich.«

## 18  Das Leben geht seinen Gang

»Hier ist ein Brief aus New York mit der Nachricht, daß die Korrekturen richtig angekommen sind«, sagte Eden. »Sie schreiben, daß das Buch am ersten März herauskommt. Meinst du, daß das ein guter Termin ist?«
»Sehr gut«, sagte Alayne. »Ist der Brief von Mr. Cory?«
»Ja. Er läßt dich grüßen. Sagt, daß er dich schrecklich vermißt. Das tun sie alle. Und er schickt dir einen Haufen neue Bücher zum Lesen.«
Alayne war begeistert. »Oh, das freut mich. Ich hungre so nach neuen Büchern. Wenn ich bloß daran denke, wie ich geradezu darin geschwelgt habe. Nun scheint der bloße Gedanke an ein Paket neue Bücher geradezu wundervoll.«
»Was für ein Esel bin ich«, rief Eden aus. »Ich denke nie an etwas anderes als an meine verwünschten Verse. Warum hast du mir nicht gesagt, daß du nichts zu lesen hast? Ich habe dich Bücher lesen sehen und habe mir nicht klargemacht, daß sie wahrscheinlich vierzig Jahre alt sind. Was hast du gelesen?«
»Ich habe ziemlich viel mit Onkel Ernest gearbeitet. Ich tue das gern; und ich habe mich zum erstenmal in Quida vertieft, denke dir! Und ich habe Wake Rob Roy vorgelesen. Es ist mir gar nicht so schlecht gegangen.«
»Du Liebling! Warum steigst du mir nicht einfach aufs Dach, wenn ich so

dumm bin? Hier steckst du in Jalna ohne jedes Vergnügen, in strömendem November-Regen, und ich verliere mich in meine idiotischen Einbildungen.«
»Ich bin völlig zufrieden, bloß sehe ich nicht viel von dir. Letzte Woche warst du zum Beispiel drei Tage in der Stadt, und einmal gingst du mit Renny und Piers zum Fußballwettkampf.«
»Ich weiß, ich weiß. Das war diese dumme Stellung, nach der ich mich in der Stadt umsah.«
»Aus der nichts geworden ist, nicht wahr?«
»Nein. Die Arbeitsstunden waren verwünscht lang. Ich hätte überhaupt keine Zeit für meine wirkliche Arbeit gehabt. Was ich suche, ist eine Arbeit, die bloß einen Teil meiner Zeit braucht. Mir etwas Muße läßt. Und nicht zuwenig Gehalt. Ein Kerl, der Evans heißt, ein Freund von Renny, der etwas mit der Forstverwaltung zu tun hat, wird sich für mich verwenden, hoffe ich. Er war mit Renny in Übersee, und er hat eine Verwandte vom ersten Minister geheiratet.«
»Was für eine Stellung ist es?«
Eden drückte sich sehr unbestimmt darüber aus. Alayne hatte entdeckt, daß er sich über jede Art Arbeit unbestimmt äußerte, außer über sein Versemachen, auf das er sich mit größtem Eifer konzentrieren konnte.
»Ich bin einfach ein Kind in praktischen Dingen«, rief er dann wohl aus. »Es hilft nichts, Alayne, du wirst es nie fertigbringen, daß ich richtig erwachsen bin. Das wird bis an dein Lebensende so weitergehen, daß du deine New Yorker Kleider neu aufarbeitest und mit Hüten und Schuhen immer schäbiger und schäbiger wirst und dich mehr und mehr dareinfindest, daß —«
»Das bilde dir nur nicht so fest ein«, antwortete sie streng. »Ich bin durchaus nicht resigniert von Natur. Und arm sein — in Pheasants Vorstellung bin ich reich. Wenigstens sagt sie, daß die Familie mich dafür hält.«
Er war ganz entsetzt gewesen. Er konnte sich nicht vorstellen, wie die Familie darauf kam, außer aus dem Grunde, daß sie alle amerikanischen Mädchen für reich hielt. Und Pheasant war einfach eine kleine schleichende Unheilstifterin, und er würde mit Piers darüber sprechen.
Alayne hatte entdeckt, daß Eden, wenn er kratzbürstig war, sie über alle Maßen reizte — geradezu in ihr den Wunsch erregte, ihn zu verletzen. Um ihre Würde zu wahren, wechselte sie den Gegenstand.
»Eden, manchmal wollte ich, du wärest weiter in deinem Beruf geblieben, wenigstens hättest du dann etwas Sicheres gehabt, und du wärest dein eigener Herr gewesen —«
»Liebling«, unterbrach er sie, »wünsche mir was Böses, das ich verdiene, trample auf mich herum, zerschmettere mich, sei wütend, aber bloß wünsche mir nicht, daß ich ein Mitglied dieses stumpfsinnigen, blöden, verdummenden Berufes wäre. Das hat mir bloß Meggie in den Kopf gesetzt, als ich zu jung und

zu schwach war, mich zu wehren. Aber als ich die Wirkung herausfand, die er auf mich hatte, hatte ich Gott sei Dank soviel Grips, ihn aufzugeben. Liebling, stell dir bloß vor, dein kleines weißes Kaninchen sollte sein junges Leben damit hinbringen, in allerhand muffigen Prozessen und schmutzigen Ehescheidungsfällen herumzuschnüffeln und in Entschädigungsklagen für den großen Zeh irgendeines Krämers, den das Auto des Präsidenten der Gesellschaft der Unterdrückung des Lasters überfahren hat! Stell dir das vor!« Er fuhr sich durch das helle Haar und strahlte sie an. »Wirklich, ich würde das keine Woche lang überleben.«
Alayne zog seinen Kopf an ihre Brust und streichelte ihn in ihrer sanften ruhigen Art. »Still, Liebling. Ich komme mir ja geradezu wie ein Menschenfresser vor. Und es eilt ja nicht. Ich habe noch nichts von meinem Vermögen abgehoben.«
»Na, das will ich hoffen!« rief er heftig aus.
Sie fragte nach einem Augenblick: »Werden die Bücher von Mr. Cory hierher geschickt, oder müssen wir in die Stadt fahren und sie holen?«
»Es hängt davon ab, ob sie auf dem Zoll angehalten werden. Werden sie das, dann müssen wir hineinfahren. Das wird eine kleine Abwechslung für dich sein. Weiß Gott, du hast nicht viel.«
Sie waren in ihrem eigenen Zimmer. Er saß an seinem Pult, und sie stand neben ihm. Er suchte in einer Markendose nach einer Marke, die nicht an einer anderen festgeklebt war. Er brachte sie alle durcheinander, löste eine halb von einer anderen, warf sie dann wieder verzweifelt in das Döschen zurück, in solcher Unordnung, daß sie es ihm am liebsten weggenommen und wenn möglich in Ordnung gebracht hätte, aber sie hatte schon gelernt, daß er es nicht mochte, wenn seine Sachen in Ordnung gebracht wurden. Er hatte Renny geholfen, zwei neue Pferde zuzureiten, und roch nach Stall. Pferdegeruch war immer im Hause, Hunde liefen immer aus und ein, bellten, um eingelassen zu werden, kratzten an Türen, um hinauszukommen; ihre schmutzigen Pfotenspuren waren jetzt im November überall zu sehen. Alayne gewöhnte sich schon daran, aber zuerst war es ihr eine Quelle von Ärgernis, ja sogar ein Greuel gewesen. Nie hatte sie den Schreck vergessen, als sie eines Tages am Nachmittag in ihr Schlafzimmer kam und einen struppigen Schäferhund mitten auf ihrem Bett zusammengerollt fand.
Sie mochte Hunde eigentlich gern, aber sie verstand sie nicht. Zu Hause hatten sie nie einen Hund gehabt. Ihre Mutter hatte Goldfische gehalten und einen Kanarienvogel, aber die fand Alayne eigentlich eine Plage. Sie fühlte, daß sie Pferde lieber haben könnte als Hunde oder Kanarienvögel. Sie wünschte sich, reiten zu können, aber niemand hatte etwas davon gesagt, daß sie es lernen sollte, und sie war zurückhaltend, um es selbst anzuregen, weil sie sich fürchtete, lästig zu werden. Meg hatte nie geritten, seit ihre Verlobung mit Maurice aufgelöst worden war, aber Pheasant ritt wie ein Junge.

Eden hatte endlich eine Marke losgelöst. Er hielt sie an die Zunge und klebte sie dann verkehrt auf seinen Brief.
Als sie ihn so beobachtete, hatte Alayne eine plötzliche, sehr wenig hübsche Vision von ihm als altem Mann, fest in Jalna seßhaft, unbeweglich, zufrieden, ohne Hoffnung und Ehrgeiz, genau wie Nicholas und Ernest. Sie sah ihn grauköpfig am Schreibtisch eine Marke suchen, sie lecken, aufkleben und sich selbst für fleißig halten. Sie hatte plötzlich verzweifelte Angst.
»Eden«, sagte sie, noch immer seinen hellen Kopf streichelnd, »hast du kürzlich mal an deine Novelle gedacht? Hast du vielleicht einen kleinen Anfang gemacht?«
Er fuhr so heftig herum, daß er den Markenkasten umwarf und das Tintenfaß mit einem solchen Ruck anstieß, daß sie es kaum retten konnte.
»Du willst doch wohl nicht anfangen und mich damit quälen? Wie?« Sein Gesicht wurde dunkelrot. »Just, wenn ich gerade bis über den Kopf in tausend andern Dingen stecke. Ich hoffe, du fängst nicht an, mit mir zu nörgeln, Liebste, weil ich im Augenblick noch nicht gleich die richtige Art Stellung finde. Das könnte ich nicht aushalten.«
»Sei nicht töricht«, antwortete Alayne. »Ich habe gar nicht die Absicht, zu nörgeln, ich möchte bloß wissen, ob du dich überhaupt noch für die Novelle interessierst.«
»Natürlich tu ich das. Aber mein gutes Mädchen, ein Mensch kann solch ungeheures Stück Arbeit nicht anfangen, ohne vorher gründlich darüber nachzudenken. Du wirst es schon erfahren, wenn ich anfange.« Er nahm seine Füllfeder auf und schüttelte sie heftig. Er versuchte zu schreiben, aber sie war leer.
»Ist es nicht entsetzlich, wie manchmal das ganze Universum sich gegen einen kehrt?« bemerkte er. »Gerade ehe du hereinkamst, fiel mir das Regal da oben geradezu mit Absicht auf den Kopf, als ich ein Buch heraushole. Ich ließ das Buch fallen, und als ich es aufhob, stieß ich mich auf der anderen Seite mit dem Kopf an die scharfe Tischecke. Nun ist meine Füllfeder leer, und es ist kaum mehr Tinte da.«
»Laß sie mich für dich füllen«, sagte Alayne. »Ich glaube, es ist noch genug Tinte da.«
Sie füllte sie, küßte den gestoßenen Kopf und ließ ihn allein.
Als sie die Stufen hinunterging, sah sie Piers und Pheasant in einer tiefen Nische auf dem Treppenabsatz sitzen. Sie hatten den schäbigen Vorhang vorgezogen, aber sie sah durch den Spalt, daß sie einen riesigen roten Apfel aßen rundum abbeißend wie Kinder. Draußen heulte der Wind, und der Regen klatschte an die Fensterscheibe hinter ihnen. Sie sahen sehr vergnügt und sorglos aus, als ob das Leben ein nettes Spiel wäre. Und doch, dachte sie, hatten sie ihre eigenen Sorgen.
Die Vordertür stand offen, Renny stand auf der Schwelle und sprach mit einem

Mann, den Alayne als einen Pferdehändler erkannte. Er war ein schwerer Mann, mit einer tiefen, heiseren Stimme und kleinen schlauen Augen. Ein rauher Wind, der nach der Nässe draußen roch, blies in die offene Tür herein. Die Füße der beiden Männer hatten schmutzige Spuren in der Halle gelassen, und einer der Spaniels beschnüffelte sie kritisch. Der andere Spaniel lag zusammengerollt in der Tür und biß sich gerade wütend über dem Schwanz. In dem düsteren Zwielicht des späten Nachmittags konnte sie Rennys Züge nicht erkennen, aber sie sah sein wetterhartes Gesicht nahe bei dem des Händlers, wie sie miteinander sprachen.

Schließlich, dachte sie, war er selber auch wenig mehr als ein Pferdehändler. Er verbrachte mehr Zeit bei seinen Pferden als mit der Familie. Oft kam er nicht zu den Mahlzeiten, und wenn er erschien und auf seiner knochigen grauen Stute durchs Tor ritt, mit hängenden Schultern und den langen Rücken leicht nach vorn gebeugt, dann kam meistens irgendein Fremder auch zu Pferde mit ihm.

Und diese quälende Anziehungskraft, die er für sie hatte! Neben ihm schien Eden oben vor seinem Pult nichts als ein verzogenes Kind. Und doch hatte Eden strahlende und schöne Gaben, die zu erkennen Renny weder Fantasie noch Verstand genug hatte.

Rags' Gesicht, ganz unglücklich verzogen, erschien in einer Tür im Hintergrund in der Halle.

»Mein Gott, was ein Zug«, hörte sie ihn murmeln, »genug, um die ganzen Teesachen vom Tablett zu blasen.«

»Ich will die Tür zumachen, Wragge«, sagte sie freundlich, aber als sie dies Anerbieten kühl kritisch überlegte, während sie über den langen fedrigen Schweif eines Spaniels trat, kam sie zu der Erkenntnis, daß sie es aus dem einzigen Grunde getan hatte, um einen Augenblick im Winde in der Tür zu stehen und von Renny gesehen zu werden. Außerdem hatte sie doch nicht ganz den Hundeschweif verschont. Der hohe Absatz ihres Schuhs traf ihn kräftig, und der Spaniel heulte jammernd auf. Renny sah sich auffahrend um: Jemand hatte einem von seinen Hunden weh getan. Seine struppigen roten Brauen zogen sich über seiner Raubvogelnase zusammen.

»Ich wollte nur die Tür zumachen«, erklärte Alayne, »und trat dabei auf Flossies Schwanz.«

»Oh«, sagte Renny, »ich dachte, vielleicht hätte Rags ihm weh getan.«

Des Pferdehändlers kleine graue Augen blinzelten durch die Dämmerung ihr zu.

Sie versuchte, die Tür zu schließen, aber der andere Spaniel lag zusammengerollt dagegen. Er wollte sich nicht rühren. Renny nahm ihn beim Fell und schleppte ihn in die Tür hinein.

»Eigensinnige Dinger, was?« bemerkte der Pferdehändler.

155

»Danke, Renny«, sagte Alayne, und sie machte die Tür zu und fand sich nicht allein in der Halle, sondern draußen im Portikus mit den Männern.

Renny sah sie fragend an. Warum hatte sie das nun getan? Der Wind blies ihr den Rock gegen die Beine, wehte die Haare von der Stirn zurück und übersprühte ihr Gesicht mit Regentropfen. Warum hatte sie das getan?

Merlin, der Spaniel, stellte sich, um zu zeigen, daß er es nicht übelgenommen hatte, auf seine Hinterbeine, legte seine Pfoten an ihren Rock und sprang an ihr hoch.

»Herunter, Merlin, herunter«, rief sein Herr, und er fügte erklärend hinzu, »Alayne, das ist Mr. Crowdy, der Firelights Fohlen kaufte. Crowdy, Mrs. Eden Whiteoak.«

»Freut mich, Sie kennenzulernen«, sagte Mr. Crowdy und nahm den Hut ab. »Schreckliches Wetter, was? Aber um diese Jahreszeit kann man nichts anderes erwarten. Regen und Schlacker und Schnee, die ganze nächste Zeit über, was? Sie werden sich nach den Staaten zurückwünschen, Mrs. Whiteoak.«

»Wir haben in New York auch kaltes Wetter«, meinte Alayne und hätte wissen mögen, was der Mann wohl von ihr dachte. Sie war überzeugt, daß Renny sie durchschaute und sah, daß er eine verderbliche Anziehung für sie hatte, die sie gegen ihren Willen an die Tür gezogen hatte.

»Na«, bemerkte der Pferdehändler, »ich muß weg. Mrs. Crowdy mag nicht, wenn ich zu spät zum Abendessen komme.« Er und Renny trafen eine Verabredung für den nächsten Tag in Mistwell, und dann fuhr er in einem klappernden Ford-Wagen davon.

Sie waren allein. Ein Windstoß schüttelte die schweren Ranken über der Tür und sprühte einen Tropfenschauer über sie, der ihr Haar nähte. Er holte eine Zigarette heraus und zündete sie mit Mühe an.

»Ich fühlte, daß ich etwas Luft haben mußte«, sagte sie. »Ich bin den ganzen Tag drinnen gewesen.«

»Wahrscheinlich geht dir das auf die Nerven.«

»Du hast dich wohl geärgert, daß ich mitten in dein Gespräch mit dem Mann herauskam. Ich glaube, so etwas Dummes habe ich noch nie gemacht.«

»Es schadet nichts. Crowdy wollte gerade gehen. Aber wirst du dich auch nicht erkälten? Soll ich dir eine Jacke aus dem Schrank holen?«

»Nein, ich gehe hinein.« Aber sie stand unbewegt und sah nach den düsteren Gestalten der Tannen, die in der hereinbrechenden Dunkelheit fast verschwanden. Alles Denken hatte aufgehört, nur ihre Sinne waren lebendig und sie waren eins mit den Elementen, — dem Regen, dem Wind, der sinkenden Dunkelheit, der ruhenden wartenden Erde.

War sie in seinen Armen — der rauhe Stoff seines Ärmels an ihrem Gesicht — seine Lippen auf ihren — seine Küsse, sie quälend und zugleich schwach machend? Nein, er hatte sich nicht von der Stelle bewegt. Sie stand allein oben auf

den Stufen, und der Regen lief ihr über das Gesicht wie Tränen. Aber doch hatte sie das Gefühl, als wäre die Umarmung geschehen und empfangen. Sie fühlte die Erregung und das Lösende darin.
Er stand unbeweglich, eine scharfe Silhouette gegen das Wohnzimmerfenster, das in dem Augenblick hinter ihm hell wurde. Dann kam seine Stimme wie aus weiter Ferne.
»Was hast du, du bist unruhig über irgend etwas?«
»Nein, nein. Ich habe nichts.«
»So? Ich dachte, du wärest hier herausgekommen, um mir etwas zu sagen.«
»Nein, ich habe dir nichts zu sagen. Ich kam, weil — ich kann es nicht erklären — aber du und der Mann, ihr wart ein so merkwürdiges Bild hier draußen, und ich ging hin, ohne daß ich es selbst wußte.« Sie erkannte mit schmerzlicher Erleichterung, daß er den Streich, den ihre Sinne ihr gespielt, nicht erraten hatte. Er hatte sie nur starr oben auf den windgefegten Stufen stehen sehen. Eine langbeinige Gestalt kam in Sprüngen die Auffahrt entlang, die Stufen herauf und rannte sie beinahe um. Es war Finch, der aus der Schule kam. Er war ganz durchnäßt. Er warf einen erschrockenen Blick auf sie und ging auf die Tür zu.
»O Finch, du bist aber naß«, sagte Alayne und faßte seinen Ärmel an.
»Tut nichts«, murmelte er.
»Du kommst spät«, bemerkte Renny.
»Ich konnte den früheren Zug nicht kriegen. Ein Paar von uns mußten nachsitzen.«
Der Junge zögerte und starrte sie an, als ob sie Fremde wären, deren Züge er erkennen und sich einprägen wollte.
»Hm«, brummte Renny. »Zieh dir lieber trockenes Zeug an und übe noch etwas vor dem Tee.«
Sein Ton, zerstreut und kurz, war anders als seine sonstige nachlässig herrische Art. Finch verstand, daß er sofort gehen mußte, aber er konnte seine Füße nicht zwingen, ihn ins Haus zu tragen. Da draußen war etwas unter der Tür, irgendeine Gegenwart, irgend etwas zwischen diesen beiden, das ihn bannte. Seine Seele schien in ihm zu schmelzen, tastend aus seiner Brust heraus nach der ihren zu suchen. Sein Körper eine hilflose Hülle, auf zwei Beine hingepflanzt, während seine Seele ihnen zuströmte und sie umspielte wie einer der Spaniels, auf der Spur von etwas Seltsamen und Schönem.
»Du bist so naß, Finch«, kam Alaynes Stimme wie von fern.
Und dann Rennys: »Wirst du tun, was ich dir sage? Geh 'rauf und zieh dich um.«
Finch starrte sie verstört an. Dann kroch seine Seele langsam in seinen Körper zurück wie ein Hund in seine Hütte. Er fühlte wieder Leben in seinen Gliedern.
»Verzeihung«, murmelte er und stolperte fast in das Haus.

Meg kam die Treppe herunter, und Rags hatte eben das Licht in der Halle angesteckt.

»Wie spät du kommst!« rief sie aus. »Oh, was für ein schmutziger Fußboden! Finch, ist es möglich, daß du all den Schmutz hereingebracht hast? Man könnte denken, du wärest ein Elefant. Wollen Sie es bitte gleich aufwischen, Wragge, ehe es herumgetreten wird? Wie oft habe ich dir schon gesagt, du sollst deine Füße auf der Matte draußen abtreten, Finch?«

»Weiß nicht.«

»Wirklich, dieser Teppich wird jetzt geradezu eine Schande. Du kommst spät, Lieber. Bist du sehr hungrig?«

Sie war jetzt unten an der Treppe. Sie küßte ihn, und er rieb seine regenfeuchte Backe gegen ihre warme, samtene.

»M—m«, brummten sie, sich aneinander reibend. Flossie, der Spaniel, kratzte an der schon ganz abgekratzten Vordertür.

»Was will Flossie?« fragte Meg.

»Weiß nicht.«

»Sie will doch hinaus. Merlin muß draußen sein. War er da, als du hereinkamst?«

»Habe ihn nicht gesehen.«

»Lassen Sie Flossie hinaus, Rags. Sie will zu Merlin.«

»Nein, nicht hinaus«, schrie Finch. »Sie bringt ja bloß noch mehr Dreck herein. Laß sie in die Küche.«

»Ja, das ist sicher besser. Lassen Sie sie in die Küche, Rags.«

Finch sagte: »Ich muß noch etwas üben.«

»Nein, Lieber«, sagte seine Schwester bestimmt. »Es ist Teezeit. Du kannst jetzt nicht üben. Es ist Zeit zum Tee.«

»Aber hör doch«, rief Finch. »Sonst kann ich ja heute abend gar nicht üben. Ich habe eine Menge Hausarbeiten zu machen.«

»Dann mußt du nicht so spät nach Hause kommen. Deswegen wollte ich ja nicht, daß du solch einen teuren Lehrer hättest. Es ist so ärgerlich, wenn man nicht Zeit zum Üben hat. Aber natürlich, Alayne wollte es ja so.«

»Verdammte Geschichte!« schrie Finch. »Warum kann ich nicht in Ruhe üben?«

»Finch, geh augenblicklich hinauf und zieh trockenes Zeug an.«

Die Tür von Großmutters Zimmer öffnete sich, und Onkel Nick streckte seinen Kopf heraus.

»Weswegen ist dieser Lärm?« fragte er. »Mama schläft.«

»Es ist Finch. Er ist sehr ungehorsam.« Meg wendete Nicolas ihr rundes, süßes Gesicht zu.

»Du solltest dich schämen. Und all das Geld, was auf deine Musik verschwendet wird! Hinauf mit dir. Du hättest Ohrfeigen verdient.«

Finch schlich die Treppe hinauf mit so roten Ohren, als ob er schon die Ohrfeigen gekriegt hätte. Piers und Pheasant, noch in der Fensternische, hatten den Vorhang fest zugezogen, so daß sie tatsächlich versteckt waren, außer daß man die Umrisse ihrer Knie sah und ihre Füße, die unter dem Vorhang herauskamen. Finch war sich nach einem Blick auf die Füße über ihre Besitzer im klaren. Wieviel Spaß doch jeder hier im Hause hatte, außer ihm selbst! Behaglich und trocken vor warmen Feuern oder in Winkeln sich abknutschend.

Er fand Wakefield in seinem Zimmer, der auf seinem Bett ausgestreckt lag und Huckleberry Finn las.

»Hallo«, sagte der kleine Junge höflich. »Ich hoffe, du bist nicht böse, daß ich hier bin. Ich wollte so gern ein bißchen liegen, weil es mir nicht ganz gutgeht, und deins ist das einzige Bett, das ich zerwühlen kann, ohne daß Meggie schilt.«

»Warum sagst du ihr nicht, daß es dir nicht gutgeht?« fragte Finch und zog seine wassergetränkte Jacke aus.

»Oh, die macht soviel davon her und legt mich auf das Sofa, wo sie auf mich aufpassen kann. Und ich mag auch gern ein bißchen für mich sein wie die anderen.«

Er aß Lederzucker und bot Finch ein Stück an.

»Danke«, sagte Finch, trotzdem er heißhungrig war. »Du scheinst jetzt immer Lederzucker zu haben.« Er sah ihn plötzlich streng an. »Weiß Meggie, daß du immer welchen hast?«

Wake biß ruhig in ein neues Stück. »Oh, wahrscheinlich nicht. Genausowenig wie sie weiß, daß du immer Zigaretten hast.« Seine Augen waren auf seinem Buch; eine seiner Backen war wie angeschwollen. Er sah unschuldig aus, und doch, der kleine Teufel, das hatte wie eine Drohung geklungen.

»Kümmere dich um deine eigenen Sachen«, schrie Finch ihn an, »oder ich schmeiße dich hinaus in die Halle.«

Wakefields glänzende Augen sahen zu ihm auf. »Sei nicht böse, Finch. Es fiel mir nur auf, wie gelb dein zweiter Finger aussah, als du das Stück Lederzucker nahmst. Du solltest ihn lieber vor dem Tee mit Bimsstein scheuern, daß es niemand merkt. Weißt du, deine Hände sind so groß und knochig, daß die Leute es eben sehen, und jeder weiß doch, daß es mehr als eine Zigarette braucht, um diese Orangefarbe zu geben.«

»Du siehst verdammt viel«, knurrte Finch. »Wenn du zur Schule kommst, dann wird dir wohl schon etwas von der Aufgeblasenheit ausgetrieben werden.«

»Ja, ich bin bange«, nickte Wake betrübt. »Ich hoffe, du läßt die anderen Jungens mir nichts tun, Finch.«

»Na, hör mal, da sind fünfhundert Jungens in der Schule. Glaubst du, da kann ich auf dich passen? Wahrscheinlich sehe ich dich überhaupt nicht. Du wirst dich selbst um deine Sachen kümmern müssen.«

»Oh, irgendwie wird es schon gehen«, sagte Wake.

Finch dachte, daß Wake wahrscheinlich glücklicher in der Schule sein würde als er selbst. Er hoffte es, denn er liebte diesen fröhlichen, braunen, kleinen Bruder sehr, der so anders war als er selber. Schweigend zog er seine nassen Strümpfe aus, rieb seine Füße etwas mit einem Badetuch und warf es in eine Ecke. Seinen Kopf drehte er wie ein Eichhörnchen im Käfig. Daß er Renny und Alayne allein auf der regennassen dunklen Treppe gefunden hatte, hatte ihm etwas Merkwürdiges in Erinnerung gebracht. Er konnte sich nicht gleich besinnen, was es war. Dann fiel es ihm ein. Es war der Augenblick, wo er Renny mit der unbekannten Frau im Birkenwald überrascht hatte.

Es war nicht bloß, daß Renny allein mit einer Frau an einem halbdunklen und versteckten Platz gewesen war, es war irgend etwas in seiner Haltung – eine Art gespannter Aufmerksamkeit, als ob er auf etwas horchte, wartete, was die Frau tun sollte. Irgendeine Art Signal.

Finch konnte nicht verstehen, warum es ihn so aufgeregt hatte, Renny und Alayne zusammen vor der Tür zu finden, wenn es nicht das war, daß es ihn so an damals erinnerte. Er hatte sofort beschlossen, daß Meg es nicht wissen durfte, daß sie da wären. Aber warum? Es war doch nichts Unrechtes daran, daß sie zusammen dastanden. Es war bloß, daß er selber diese Anlage hatte – o Gott, er sah überall Heimlichkeiten und Häßliches, wo niemand anders daran denken würde. Er hatte ein krankhaftes und schlechtes Gemüt, kein Zweifel. Er verdiente all die Püffe, die er bekam. Er hatte eine schreckliche Anlage, fand er.

Wenn bloß Meggie ihn seine Musik in Frieden üben lassen wollte. Meggie war geradezu feindlich gegen seine Musikstunden. Gar kein Zweifel daran. Aber wenn er sie bei Miss Pink genommen hätte, dann wäre sie ganz zufrieden gewesen. Gott, was waren Frauen sonderbare Geschöpfe!

Er ging an die Schublade, wo seine Wäsche lag, und suchte hoffnungslos nach ein Paar Socken, die zusammenpaßten.


19  Renny, was macht das Fohlen?

»Die Bücher aus New York lagen auf dem Zoll in der Stadt. An dem Tag, wo Alayne die Meldekarte darüber bekam, war die Landschaft so ertränkt in kaltem Novemberregen, daß eine Fahrt in die Stadt, um sie zu holen, unmöglich schien. Alayne wanderte in der verzweifelten Stimmung eines enttäuschten Kindes im Hause herum, starrte erst aus dem einen und dann aus dem anderen Fenster in hilfloser Sehnsucht die Tannen an, die trieften wie Federbüsche auf Leichenwagen, und die Wiesen, wo die Schafe sich nahe dem nebelnden Wald zusammendrängten, der in die feuchte Schlucht eintauchte, und zuletzt aus einem Fenster in der Halle den alten Backofen von Ziegelsteinen und die Wäsche-

leinen und einen Trupp struppiger nasser Enten. Sie dachte an New York und ihr Leben dort, an ihre kleine Wohnung, an das Verlagshaus von Cory & Parsons, das Empfangszimmer, die Büros, die Packräume. Es schien alles wie ein Traum. Die Straßen mit ihrem Großstadtgedränge, Gesichter, die auftauchten und sofort wieder verschwanden, andere Gesichter, die man deutlicher sah und ein paar Stunden im Kopf behielt. Die ganze herrliche und schreckliche vorwärtsdrängende Hast. Hier war jedes Gesicht ihrer Erinnerung eingegraben, selbst die Gesichter der Landarbeiter, das Rags, die des Laufburschen vom Kaufmann und des Fischhändlers.
Wie still konnte Jalna sein! Manchmal lag es stundenlang unter einem Bann des Schweigens. Jetzt war der einzige Laut in der Halle das stetige Lecken des alten Schäferhundes an seiner wunden Pfote, und das ferne Rasseln von Kohlen unten im Keller. Was machten die Wragges da unten in dem dämmrigen Halblicht? Zankten sie, machten sie sich Vorwürfe, versöhnten sich wieder? Alayne hatte Wragge einen Augenblick vorher durch die Halle und die Treppe hinauf mit einem Tablett nach Megs Zimmer gehen sehen. Oh, diese endlose Folge von kleinen Frühstücken. Warum konnte die Frau nicht richtig bei Tisch essen? Warum dieses wunderlich heimliche Getue? Weshalb dieses wichtige Versteckspielen hinter all diesen geschlossenen Türen? Großmutter: Boney—Indien—Krinolinen-Skandal—Kapitän Whiteoak. Nicolas: Nip—London—Whisky—Millicent —Gicht. Ernst: Sascha—Shakespeare—alte Zeiten in Oxford—Schulden. Meggie: gebrochene Herzen—Bastards—kleine Frühstücke—behagliche Rundlichkeit.
Und all die anderen, die einfach in ihren Stuben auf das Altwerden warteten — stickigen Nestern, wo sie unter dem tropfenden Dach von Jalna saßen und saßen, bis das zuletzt über ihnen zusammenbrechen und sie zudecken würde.
Sie mußte Eden hier wegbringen, ehe der düstere Bann dieses Hauses sie beide fing und für immer festhielt. Mit ihrem eigenen Geld wollte sie ein Haus kaufen und doch noch genug übrig haben, daß sie ein oder zwei Jahre davon leben konnten, bis er mit seiner Feder genug verdiente. Er sollte nicht mit Arbeit gequält werden, die ihm nicht lag. Und vor allem durfte sie nicht in einem Haus mit Renny Whiteoak bleiben. Sie versteckte sich nicht länger vor der Tatsache, daß sie ihn liebte. Sie liebte ihn, wie sie Eden nie geliebt hatte — wie sie überhaupt nicht gewußt hatte, daß sie fähig war jemand zu lieben. Wenn sie ihn nur auf seiner knochigen grauen Stute flüchtig zu sehen bekam, vergaß sie alles, was sie tat. Seine Gegenwart im Eßzimmer oder Wohnzimmer war so aufregend für sie, daß sie anfing, ihre Gefühle als gefährlich unbeherrschbar zu empfinden.
Die Uhr schlug zwei. Der Tag war erst halb vorbei, und schon schien er so lang wie überhaupt ein Tag sein konnte. Der Regen fiel nun in Strömen. Wie solch ein Regen von dem Pflaster in New York aufspritzen würde! Hier fielen seine ungebrochenen glänzenden Strähnen wie die zitternden Saiten eines Instrumen-

tes. Ein Stallknecht mit einem Gummimantel über dem Kopf rannte über den Hof, jagte die Enten und polterte die Stufen zum Keller hinunter. Einen Augenblick später kletterte Mrs. Wragge mühsam die Treppen aus ihrem Bereich herauf und erschien in der Halle.

»Bitte, Mrs. Whiteoak«, sagte sie, »Mr. Renny hat aus dem Stall sagen lassen, daß er heute nachmittag mit dem Auto in die Stadt fährt, und wenn sie ihm die Karte vom Zollamt mitgeben wolle, sagt er, dann kann er die Bücher aus den Staaten mitbringen. Oder waren es Stiefel? Lieber Gott, nun habe ich es vergessen. Und nichts bringt ihn so in Hitze wie ein Irrtum bei einer Bestellung.«

»Es waren Bücher«, sagte Alayne. »Ich will in mein Zimmer laufen und den Zettel suchen. Bleiben Sie an der Treppe stehen, ich werfe ihn Ihnen hinunter.«

Der Gedanke, die Bücher abends zu haben, erheiterte sie. Sie flog die Treppen hinauf.

Eden schrieb nicht, wie sie erwartet hatte, sondern er räumte die Bücher aus dem Schrank heraus und türmte sie auf dem Bett auf.

»Hallo!« rief er. »Sieh bloß, was das hier für ein Kuddelmuddel ist. Ich werfe alle diese alten Bücher heraus. Da sind Dutzende und Dutzende, die ich nie mehr ansehe. Die nehmen bloß Platz weg. Alte Romane. Alte Tausendundeine Nacht. Sogar alte Schulbücher. Und Jungensbücher. Die soll Wake haben.«

Wie sah das Bett aus!

»Eden, weißt du sicher, daß sie nicht staubig sind?«

»Staubig! Ich will wetten, daß sie fünf Jahre lang nicht abgestaubt sind. Sieh meine Hände an.«

»Oh, Liebster! Na, schadet nichts. Renny fährt mit dem Auto in die Stadt und will die Bücher vom Zoll für mich holen. Oh, wo ist bloß die Karte? Ich weiß, ich habe sie auf dem Pult gelassen, und nun hast du all die Bücher darübergetürmt. Wirklich, Eden, du bist das unordentlichste Geschöpf, das ich je gekannt habe.« Sie stritten und suchten die Karte, die zuletzt aus dem Papierkorb ausgegraben wurde. Inzwischen war das Auto schon vor der Tür, und Mrs. Wragge keuchte mit einer anderen Bestellung die Treppe herauf.

»Er sagt, es ist schon spät, und ob Sie bitte die Karte geben wollen. Er sagt, es ist draußen gar nicht so schlimm, wenn Sie mit in die Stadt fahren möchten. Aber wirklich, wenn ich es wäre, ich würde nicht mitfahren, denn Mr. Renny fährt wie besessen, und die Landstraße wird der reine Schlamm sein.«

»Guter Gedanke«, rief Eden. »Wir fahren beide mit. Was, Alayne? Das wird uns gut tun. Ich habe wie der Teufel gearbeitet. Ich kann bei Evans wegen der Stellung nachfragen, und du kannst Besorgungen machen. Wir können im Hotel Tee trinken und zum Abendessen zu Hause sein. Willst du, Alayne?«

Alayne wollte. Alles war ihr recht, wenn sie bloß ein paar Stunden von dem dumpfen Zwang von Jalna frei war. Mrs. Wragge keuchte mit der Bestellung die Treppe hinunter.

Nie im Leben hatte Alayne beim Ausgehen das Zimmer in solcher Unordnung hinterlassen. Unmöglich, auch nur einen Schein von Ordnung aufrechtzuerhalten in einem Raum, wo Eden arbeitete. Wenn sie erst ihr eigenes Haus hatte, oh, das kleine violett- und orangefarbene Zimmer, das sie für sich selbst haben wollte!

Wenn Renny beim Erscheinen von Eden enttäuscht war, dann zeigte er das wenigstens nicht. Mann und Frau kletterten, in Regenmäntel gehüllt, in die Rücksitze unter dem tropfenden Verdeck. Die nassen Zweige der Tannen fegten die Fenster, als sie die Einfahrt entlang fuhren.

Der Herr von Jalna fuhr wirklich »wie besessen«. Die Landstraße war fast verlassen. Wie ein langes nasses Band erstreckte sie sich vor ihnen, zur Linken abwechselnd triefende Wälder, Felder und verschwommene Umrisse von Dörfern; zur Rechten die graue Weite des Sees, und auf einer sandigen Landspitze ein Leuchtturm, der schon seinen einsamen Strahl in den Nebel sandte.

Alayne wurde vor einem Laden abgesetzt. »Weißt du gewiß, daß du Geld genug hast, Liebste?« und ein halb unterdrücktes Grinsen von Renny. Eden wurde zum Zoll gefahren, und dann ging der älteste Whiteoak seinen eigenen merkwürdigen Geschäften nach, zwischen fluchenden Stallknechten, feuchtriechenden Stroh und herrlichen Geschöpfen mit seidenem Fell, die in ihre Krippen bissen und gelangweilt stampften.

Alayne kaufte einen schönfarbigen französischen Schal, um ihn Rosamund Trent zu schicken, »bloß um ihr zu zeigen, daß es hier oben auch hübsche Sachen gibt —«, zwei neue Hemden für Eden — eine Überraschung —, eine Schachtel Süßigkeiten für Großmutter, eine andere, größere und reichhaltigere für die Familie, ein hübsches Kleid für Pheasant, dem sie nicht widerstehen konnte, und ein Paar dicke wollene Strümpfe für sich selbst.

Sie fand Eden und Renny auf sie wartend in der Halle einer Teestube. Sie wählten einen Tisch nahe dem prasselnden Feuer. In einer Ecke auf dem Fußboden häufte Eden Alaynes Einkäufe oben auf das Bücherpaket. Es waren sicher acht Bücher in dem Paket, erzählte er ihr, und er hatte verdammte Mühe damit gehabt, sie aus dem Zoll herauszukriegen. Sie waren verlegt worden, und sechs Zollbeamte hatten danach suchen müssen. Alaynes Augen schwelgten darin, als sie dort lagen. Während sie auf ihre Bestellung warteten, erzählte sie, was sie gekauft hatte und für wen — außer den Hemden, die eine Überraschung sein sollten.

»Und nichts für mich?« bettelte Eden und versuchte, ihren Fuß zwischen seine dicksohligen Stiefel zu nehmen.

»Warte es ab.« Sie sandte ihm einen warmen, strahlenden Blick zu und versuchte, Rennys dunklen Blick zu meiden.

»Für mich auch nichts?« fragte er.

»Ha«, sagte Eden, »für dich sicher nichts.« Und er drückte Alaynes Fuß.

»Mein Gott«, sagte er dann, als das Mädchen mit dem Tablett erschien. »Der Mensch hat sich Spiegeleier bestellt! Warum habe ich das nicht auch getan?«
Er sah einen Augenblick neidisch auf die zwei runden Monde, die vor seinem Bruder auf gebuttertem Röstebrot lagen, und machte sich dann an sein Brot mit Butter und Himbeermarmelade.
»Was hast du denn da?« fragte Renny und sah schräg auf Alaynes Kuchen und Eiscreme.
»Du scheinst zu vergessen«, antwortete sie, »daß ich Amerikanerin bin und daß ich monatelang nichts von unseren nationalen Süßigkeiten gesehen habe.«
»Ich wollte, du ließest mich für dich ein Ei bestellen«, antwortete er ernsthaft. »Es würde viel besser vorhalten.«
Eden sagte: »Weißt du, Bruder Renny, daß du schrecklich nach Stall riechst?«
»Kein Wunder. Ich habe das entzückendste Füllen umarmt, das du je gesehen hast. Und es gehört nun mir. Was für ein Hals! Was für Flanken! Und ein Fell wie braune Seide.« Er vergaß sein Stück Röstebrot in das Eigelb einzutauchen und sah begeistert vor sich ins Leere.
Alayne hielt sich nicht mehr. Sie starrte ihn an, trank im Feuerschein jede Linie seines harten, wetterfesten Gesichts, verlor sich in den Tiefen seiner entrückten Augen.
»Immer Pferde, nie Weiber«, sagte Eden etwas undeutlich durch die Marmelade. »Ich glaube, du träumst des Nachts, daß eine wilde Mähne dein Gesicht fegt und ein Paar hübsche Hufe auf deiner Brust trampeln. Was für ein Bettkamerad, he, Bruder Renny?« Sein Ton war liebevoll und doch etwas darin von der Gönnerhaftigkeit des Intellektuellen gegen den Mann, der nur für tätiges Handeln interessiert ist.
»Ich kann mir was Schlimmeres denken«, sagte Renny grinsend.
Vor Wind und Regen geschützt, scherzten und lachten die drei und gossen sich goldene Tassen Tee aus runden grünen Teetöpfen ein. Goldene Butterperlchen quollen durch die Poren des Röstebrots und tropften auf kleine grüne Teller. Dicker Saft träufelte aus dem Obstkuchen; und Alayne gab ihren Teil Eis an Eden. Ein vergnügtes Summen sorgloser Gespräche umschwirrte sie.
»Übrigens«, sagte Eden, »Evans will, daß ich diese Nacht hier in der Stadt bleibe. Da ist ein Mann namens Brown, den ich bei ihm treffen soll.«
»Irgendwas schon im Gange?« fragte Renny.
Eden schüttelte den Kopf. »Hier ist alles geschäftlich ganz tot. Die Büros riechen geradezu muffig. Aber Evans sagt, im Frühling muß unbedingt ein riesiger Ruck vorwärts kommen.«
»Warum?« fragte Alayne.
»Ich weiß wirklich nicht. Evans hat das nicht gesagt. Aber diese Leute sehen das voraus.«
»O ja«, nickte Renny ernsthaft, »die wissen das.«

»Wie die kleinen Jungen«, dachte Alayne, »so sind sie, nichts wie kleine Jungen, wo es um Geschäft — wirkliches Geschäft, geht. Glauben alles, was ihnen gesagt wird. Gar keine Initiative. Ich weiß fünfmal mehr von Geschäften als sie.«
»Also«, sagte Eden weiter, »wenn du dich Renny anvertrauen willst, alte Dame, werde ich über Nacht hier bleiben und den Mann sprechen. Du brauchst die Bücher zu Hause nur wieder in den Schrank hineinzustopfen, und morgen bringe ich sie in Ordnung. Zu arg, daß ich sie so herumgestreut gelassen habe.«
»Oh, ich werde schon fertig.« Aber sie dachte: »Es ist ihm ganz einerlei. Er weiß, daß ich hundert staubige Bücher wegschleppen muß, daß das Bett ganz zerwühlt ist, daß sie auf Stühlen und Tischen liegen, und er denkt überhaupt nicht darüber nach. Er ist selbstsüchtig. Er ist so auf sich selbst konzentriert wie eine Katze. Wie eine geschmeidige goldengescheckte Katze; und Renny ist wie ein Fuchs; und ihre Großmutter ist ein alter Papagei; und Meggie ist auch eine Katze, die weiche schnurrende Art, die besonders böse und spielerisch beim Vogelfangen ist; und Ernst und Nicolas sind zwei alte Eulen, und Finch ist ein ungeschicktes halbwüchsiges Lamm. — Was für eine Menagerie ist Jalna!«
Als Eden sie in den Wagen setzte, flüsterte er: »Unsere erste getrennte Nacht. Bin neugierig, ob wir schlafen können.«
»Es wird merkwürdig sein«, antwortete sie.
Er steckte Kopf und Schultern in die Dunkelheit des Wagens und küßte sie. Der Regen klatschte auf das Verdeck. Ihre Pakete waren neben ihr aufgehäuft.
»Wickle dich in die Decke. Bist du warm? Nun deine kleine Pfote.« Er rieb sie gegen seine Wange. »Vielleicht solltest du lieber neben Renny vorn sitzen.« Sie schüttelte den Kopf, und er schlug die Tür zu, gerade als der Wagen abfuhr.
Sie fuhren los durch die nebligen regenüberströmten Straßen und suchten ihren Weg durch das schwere schiebende Gedränge. Autos wie nasse schwarze Käfer überholten einander, jeden Augenblick glitt Rennys Hand mit einem Tuch über die Glasscheibe. An dem Auto von Jalna gab es keine modernen Einrichtungen. Dann aus der Stadt heraus. Den Strand entlang, wo eine schwarze Höhle den See andeutete und man sich plötzlich klein und einsam vorkam. Warum sprach er nicht mit ihr? Sagte irgend etwas Gewöhnliches und Beruhigendes?
Sie fuhren jetzt in einen Weg, der so schmal war, daß kaum ein Auto hindurch konnte. Renny wandte sich nach ihr um.
»Ich muß hier eben einen Mann sprechen. Es dauert höchstens fünf Minuten. Ist es dir unangenehm?«
»Natürlich nicht.« Aber sie dachte: »Er fragt mich, ob es mir unangenehm ist, nun wir schon da sind. So sind die Whiteoaks! Natürlich ist es mir nicht angenehm. Geradezu abscheulich ist es mir, hier in der kalten Dunkelheit zu sitzen, ganz allein in diesem peitschenden Regen. Aber ihm ist es einerlei. Ihm liegt gar nichts an mir. Wahrscheinlich hat er vergessen — alles — wie er ja versprochen hat — und ich kann nicht vergessen — und ich leide.«

Er war in die Dunkelheit eingetaucht und von ihr aufgeschluckt wie ein Stein, der in einen Teich fällt. Nicht einmal der Schall von sich entfernenden Fußtritten. Durch diesen Wind und Regen wäre auch das Stampfen eines Pferdes kaum zu hören gewesen. Einen Augenblick sah sie ihn vorgebeugt in der Tür des Wagens; im nächsten war er völlig wie ausgelöscht. Aber kurz darauf hörte sie einen Hund bellen, und dann das Schlagen einer Tür.
Sie verkroch sich mit dem Kinn in den Pelz um ihren Hals und zog die Deckefenster um sich. Dann entdeckte sie, daß er die Tür des Autos offengelassen hatte. Es war ihm einerlei, ob sie naß und bis auf die Knochen kalt wurde. Sie hätte wimmern mögen — tatsächlich machte sie einen kleinen wimmernden Laut, als sie sich vorbeugte und nach dem Türgriff faßte. Sie konnte die Tür nicht zubringen. Sie fiel zurück und zog die Decke wieder dichter um sich. Es war, als ob sie in einem kleinen Haus in den Wäldern allein war, eingeschlossen von den rauschenden Mauern des Regens. Sie stellte sich vor, daß sie in einem kleinen Haus in den Wäldern allein lebte — mit Renny, und jetzt auf ihn wartete, daß er zu ihr nach Hause kommen sollte. — O Gott, warum konnte sie ihn nicht aus ihrem Kopf bringen? Ihre Gedanken waren wie ein Hund, immer rennend und keuchend, auf der Spur von Renny — Renny, Reineke der Fuchs!
Sie und Eden mußten aus Jalna fort und ein eigenes Zuhause haben, ehe sie ein anderes Wesen wurde als das, was er geheiratet hatte. Schon jetzt erkannte sie sich selbst kaum wieder. Ein verzweifeltes, zigeunerhaftes, schweifendes Etwas wuchs in ihr hoch — der wohlerzogenen Tochter des Professors Knowlton C. Archer.
Sie klammerte sich an den Bindfaden, mit dem die Bücher zusammengebunden waren, als ob sie sich damit retten wollte. Sie wollte versuchen, die Titel der Bücher zu raten, nach allem, was sie von den letzten Neuerscheinungen von Cory wußte. Das würde interessant sein zu sehen, wieviel sie richtig geraten hätte. Was sollte sie zu ihm sagen, wenn er zurückkam? Kühl und fremd sein, oder irgend etwas sagen, was ihm ihre Stimmung klarmachte, ihre grausam gequälte Stimmung? Lieber schweigen und ihn zuerst reden lassen.
Er kletterte in den Wagen. Aus der schwarzen erdig riechenden Leere, in die er verschwunden war, erschien er plötzlich wieder, fiel schwer auf den Sitz und schlug die Tür hinter sich zu.
»Hat es lange gedauert?« frug er gedämpft. »Ich fürchte, es waren mehr als fünf Minuten.«
»Mir kam es lange vor.« Ihre Stimme klang leise und fern.
»Ich glaube, wir rauchen eine Zigarette vor dem Abfahren.« Er suchte nach seiner Dose und bot sie ihr an. Sie nahm eine, und er schlug Feuer. Als ihr Gesicht beleuchtet war, sah er sie nachdenklich an.
»Ich dachte, als ich den Weg herunterkam, wenn du nicht Edens Frau wärest, dann möchte ich dich fragen, ob du meine Liebste sein wolltest.«

Das Streichholz erlosch, und sie waren wieder im Dunkeln.
»Ein Mann kann ja einem anderen in den Weg kommen«, sprach er weiter, »aber nicht dem eigenen Bruder — dem Halbbruder.«
»Glaubst du nicht an Sünde?« fragte sie, aus der feinen Rauchwolke heraus, die um ihren Kopf nebelte.
»Nein, eigentlich nicht. Wenigstens hab ich nie etwas bereut, was ich getan habe. Aber es gibt einen gewissen Anstand im Leben. Du liebst ihn nicht wirklich, nicht wahr?«
»Nein. Ich habe es mir nur eingebildet.«
»Und mich liebst du?«
»Ja.«
»Verdammtes Pech. Ich habe mich dagegen gewehrt, aber ich gebe es auf.« Er sprach weiter mit einem Ton kindlicher Ratlosigkeit. »Und sich vorzustellen, daß du Edens Frau bist! Welch hoffnungsloses Pech!«
Sie dachte: »Wenn er sich wirklich gehenläßt und das von mir verlangt, werde ich ›ja‹ sagen. Nichts ist wichtiger als unsere Liebe. Lieber allen Anstand in die Winde werfen, als diesen Aufruhr innerlich haben. Ich kann es nicht aushalten. Ich werde ja sagen.«
Das Leben strömte in dunkler großer Flut um sie. Den Weg entlang brauste es, wie zwischen den Ufern eines Stromes. Sie wurden mitgerissen, zwei Blätter, die zusammengespült waren und nicht anders konnten. Sie tauchten darin unter, wie der zitternde Widerschein zweier Sterne. Sie sprachen mit leisen gebrochenen Stimmen. Wann hatte er zuerst angefangen, sie zu lieben? Wann hatte sie zuerst gemerkt, daß alle diese erregten, erwartungsvollen Stimmungen in ihr flammende Signale des neuen Feuers waren, das sie nun verzehrte? Aber er gab seinem Verlangen nach ihr nicht noch einmal Worte. Er, der sein ganzes Leben die Begierde geritten hatte wie ein galoppierendes Pferd, nahm es nun hin, daß er in der tiefsten Liebe, die er je gekannt hatte, alle Begierde im Zügel halten mußte. Sie, die ein Leben der Selbstbeherrschung gelebt hatte, war nun bereit, sich in liebender Hingabe zu verströmen und sich an nichts als seine Liebe zu kehren.
Zuletzt regte er sich mechanisch am Steuerrad und ließ das Auto an. Es schob sich langsam die schlammige Straße zurück, polterte schwerfällig und elefantenhaft durch das lange Gras des Grabens, und glitt dann summend die Landstraße entlang.
Sie sprachen kaum, bis sie Jalna erreichten, außer als er über seine Schulter sagte: »Möchtest du reiten lernen? Diese neue Stute wäre gerade das Richtige für dich. Sie ist sehr jung, aber herrlich zugeritten, und so sanft wie ein Junitag. Du würdest es schnell lernen.«
»Aber hast du sie nicht auf Spekulation gekauft?«
»Nein, ich will sie zur Zucht brauchen.«

»Wenn du meinst, daß ich es lernen kann —«

»Ich glaube, du würdest sehr gut reiten. Du siehst danach aus — hast einen guten Körper.«

Die Familie saß beim Abendessen. Meg bestellte eine frische Kanne Tee für die späten Ankömmlinge.

»Könnten wir vielleicht statt dessen Kaffee haben?« fragte Renny. »Alayne mag euren ewigen Tee nicht mehr trinken, Meggie.«

Nicolas fragte: »Was für Bücher haben sie geschickt? Ich würde ganz gern einen neuen Roman lesen. Ich will auch eine Tasse Kaffee trinken, wenn er kommt. Wo habt ihr Eden abgesetzt? Frierst du nicht, Kind?«

Seine tiefen Augen lagen mit verschleiertem Ausdruck auf ihnen, als ob er hinter ihnen über etwas Schwieriges nachdachte.

»Evans wollte ihn in der Stadt behalten«, antwortete Renny und tat sich Senf auf sein kaltes Fleisch.

»Glaubst du, daß er Eden etwas verschafft?« fragte seine Schwester.

»Oh, ich weiß nicht. Es eilt ja nicht.«

Ernst sagte verdrießlich: »Gerade ehe ihr hereinkamt, sagte ich, daß irgend etwas mit den jungen Hähnchen gemacht werden muß. Die krähen und krähen. Seit Tagesgrauen habe ich ihretwegen nicht ein Auge voll Schlaf bekommen. Vor einem Monat wurde mir schon gesagt, daß sie bald geschlachtet würden, und jetzt krähen sie noch immer.«

»O nein«, unterbrach Finch, »macht doch nicht all die hübschen kleinen Leghornhähnchen tot. Sie sind so —«

»Dir macht das nichts, Finch«, sagte Ernst, zornig werdend, »du schläfst wie ein Klotz. Aber heute morgen waren sie schrecklich. Die großen Wyandottes versuchten jede Art Krähen, von einem herausfordernden Trompetenstoß bis zu einem heiseren Kikeriki, und dann die kleinen Leghorns mit ihren kläglichen Wiederholungen in höherem Ton ›Kikerikii‹! Es ist zum Verzweifeln.«

»Du krähst sehr schlecht«, sagte sein Bruder. »Es klingt mehr so.« Und mit seiner Stentorstimme versuchte er zu krähen und schlug mit den Armen wie mit Flügeln. Piers und Finch krähten auch.

»Dann wollte eine Henne ein Ei legen«, fuhr Ernst fort. »Volle zwanzigmal kündigte sie an, daß sie wahrscheinlich ein Ei legen würde. Dann legte sie das Ei und gackerte dabei, damit die Welt auch erführe, was für eine schwierige und wichtige Aufgabe das war. Und dann ihr Triumphgeschrei, als es glücklich soweit war! Und noch dazu krähten dann alle Hähne und Hähnchen im Hühnerhof im selben Augenblick mit.«

»Und jeder glaubte, der arme Narr«, sagte Nicolas, »daß er der Vater von dem Ei wäre.«

»Ich habe nichts davon gehört«, sagte Meggie.

Ernst hob eine lange weiße Hand. »Wenn ich den ganzen Hühnerstamm zwischen Zeigefinger und Daumen hätte, dann würde morgen die Sonne über einer hennen- und hahnlosen Welt aufgehen.«

Ein schweres Bumsen ertönte auf dem Fußboden von Großmutters Zimmer.

»Piers, geh und sieh nach, was sie will«, sagte Meg. »Ich habe sie vor einer Stunde zugedeckt, und sie schlief sofort ein.«

Piers ging und kam wieder mit der Meldung: »Sie will wissen, wer den Hahn ins Haus gebracht hat. Sagt, daß sie das nicht will. Sie will, daß Renny und Alayne kommen und ihr einen Kuß geben.«

»Oh, wahrscheinlich will sie bloß Renny. An Alayne wird ihr nicht soviel liegen.«

»Sie sagte, sie sollten beide kommen und ihr einen Kuß geben.«

»Also komm, Alayne«, sagte Renny und warf eine Serviette beiseite. Sie gingen zusammen aus dem Zimmer.

Gerade als sie an der Schlafzimmertür waren, klang drinnen ein tiefer Seufzer. Sie zögerten und sahen einander an. Dieses zitternde Aufseufzen rührte ihnen ans Herz. Drinnen lag sie allein, die alte Frau mit ihren eigenen Gedanken. Mit ihrer Furcht vielleicht. Woran dachte sie, unter ihrer Decke ausgestreckt, die alten Lungen aus- und einatmend? Sie gingen hinein und beugten sich über sie, jeder an einer Seite des Bettes. Sie zog abwechselnd zu sich hinunter und küßte sie mit schläfriger, verwunderter und doch tiefer Zärtlichkeit, den Mund ganz weich und eingesunken ohne die beiden künstlichen Zahnreihen.

Als sie ihr die Decken wieder hochzogen, lag sie und starrte zu ihnen auf, die Augen merkwürdig glänzend im Schein des Nachtlichts, unendlich ergreifend.

»Noch etwas, Großmutter?« fragte Renny.

»Nein, Liebling.«

»Ganz behaglich, Großmutter?« sagte Alayne.

Sie antwortete nicht, denn sie war schon wieder eingeschlafen.

Draußen wechselten sie ein zärtliches, schmerzliches Lächeln. Hätten sie doch beide nicht wieder ins Eßzimmer hinuntergehen müssen. Sie liebten einander nur um so mehr wegen ihres Mitleids mit der alten Frau.

Als Nicholas und Ernest sich gute Nacht sagten, sagte Nicholas in seinem murrend gedämpften Ton: »Hast du irgend etwas an diesen beiden bemerkt?«

Ernest fielen die Augen schon fast zu, aber jetzt war er auf einmal wieder wach. »Nein, gar nichts. Und doch, wenn ich darüber nachdenke — was meinst du, Nick?«

»Sie sind ineinander verschossen. Gar kein Zweifel daran. Ich gehe einen Augenblick mit dir hinein und erzähle dir, was ich gemerkt habe.«

Die beiden traten leise in Ernests Zimmer und schlossen die Tür hinter sich.

Renny saß in seinem Zimmer in einem schäbigen Ledersessel, mit einer frisch gestopften Pfeife in der Hand. Diese besondere Pfeife und dieser Sessel gehörten zu dem letzten Viertelstündchen Rauchen vor dem Schlafengehen. Er machte

aber jetzt nicht hell, sondern saß mit dem glatten Pfeifenkopf in der Hand und brütete mit der Bitterkeit hoffnungsloser Liebe über die süße Sehnsucht nach der Geliebten. Dieses Mädchen. Diese Frau Edens. Was für eine höllische Grausamkeit! Nicht daß er sie nur sinnlich liebte, wie früher andere Frauen. Er liebte sie zart und beschützend. Er hätte sie vor jedem Schmerz behüten mögen. Seine Leidenschaft, die bei anderen Liebeserlebnissen wie eine flammenrote Blume oder Blätter herausgebrochen war, hob ihren Kopf nun fast scheu unter den zarten Blättern reiner beschützender Neigung.
Da lag sie im nächsten Zimmer, allein. Und nicht nur allein, sondern sie liebte ihn. Er grübelte, ob sie sich ihm wohl schon in der Fantasie hingegeben habe. Keine noch so feine feminine Ader zog sich durch das feste Gefüge seiner Natur, die es ihm möglich gemacht hätte, sich ihre Gefühle vorzustellen. Für ihn war sie ein verschlossenes Buch in fremder Sprache. Er glaubte wohl, daß es Männer gab, die Frauen verstanden, weil in ihrem Verhältnis zu ihnen etwas merkwürdig Einfühlendes war. Ihm kam das wenig anständig vor. Er nahm, was Frauen ihm gaben, und fragte nach nichts weiter.
Da lag sie im nächsten Zimmer, alleine. Er hatte sie herumgehen hören, wie sie sich zum Schlafengehen vorbereitete. Es klang, als ob sie etwas herumtrug, und ihm war eingefallen, daß Eden etwas sagte über das Einräumen des Bücherschrankes. Der Esel! Überließ es ihr, eine Masse schwerer Bücher zu schleppen. Einen Augenblick hatte er daran gedacht, hineinzugehen und ihr zu helfen, aber dann hatte er den Gedanken wieder aufgegeben. Gott wußte, was daraus entstanden wäre – allein zusammen da drinnen – der Regen auf dem Dach, dem alten moosigen Dach von Jalna über ihnen, und all die Leidenschaften, die darunter gebrannt hatten und verloschen waren und sie nun zusammendrängten.
Da lag sie im nächsten Zimmer, allein. Er stellte sie sich vor in einem fein gestickten Nachtkleid, weich zusammengerollt unter der seidenen Daunendecke wie ein Kätzchen, ihr Haar in zwei langen honigfarbenen Flechten auf dem Kissen. Er stand auf und ging ruhelos an die Tür, öffnete sie und sah hinaus in die Halle. Ein Abgrund von Dunkelheit dort. Und ein Schweigen, das nur durch das tiefe Murren von Onkel Nicks Schnarchen und das heisere Ticken der alten Uhr gebrochen wurde. Gott! Warum in aller Welt war Eden gerade heute nacht fortgeblieben?
Wakefield rührte sich im Bett, und Renny schloß die Tür und ging zu ihm. Er machte die Augen auf und lächelte schläfrig zu ihm auf.
»Renny – trinken.«
Er füllte ein Glas aus der Flasche auf dem Waschtisch und hielt es dem Kind an den Mund. Wake hob sich auf den Ellbogen und trank zufrieden, die Oberlippe dick vergrößert durch das Wasser. Er leerte das Glas und warf sich auf das Kissen zurück, mit nassen Lippen und sanften Augen.

»Kommst du ins Bett, Renny?«
»Ja.«
»Fertig mit Rauchen?«
»Ja.«
»M—m. Ich rieche es nicht.«
»Ich glaube, ich habe es vergessen.«
»Komisch. Renny, wenn du ins Bett kommst, wollen wir wieder spielen, daß wir jemand anderes sind? Ich bin so nervös.«
»Dummes Zeug. Schlaf ein.«
»Wirklich. Ich bin schrecklich nervös. Fühl bloß mein Herz.«
Renny fühlte es. »Vollkommen in Ordnung.« Er zog dem Jungen das Nachthemd um die Schulter und klopfte seinen Rücken. »Just als ob du hundert Jahre alt wärest. Und machst mehr Mühe als Großmutter.«
»Kann ich mit dir zum Pferdemarkt?«
»Meinetwegen.«
»Hurra. Hast du das Füllen gekauft?«
»Ja.«
»Wann kommt es?«
»Morgen.«
»Wenn mir nicht gut ist, kann ich dann aus der Stunde wegbleiben?«
»Ja.« Renny hatte heute gar kein Rückgrat, das sah Wake. Er konnte mit ihm machen, was er wollte.
»Kann ich Meggie sagen, daß du das gesagt hast?«
»Meinetwegen.«
»Wer wollen wir sein, wenn du ins Bett kommst?«
»Nun — keine Piraten oder Walfischfänger, oder so was. Denk du dir ein nettes gemütliches Paar aus, während ich noch meine Pfeife rauche.«
Ein vorsichtiger Tritt war draußen in der Halle, und es wurde leise an die Tür geklopft. Renny öffnete, und Rags stand draußen, verschlafen, aber wichtig.
»Tut mir leid, Sie zu stören, Sir, aber Wright ist unten. Er kommt eben aus dem Stall und sagt, Coras Füllen geht es schlechter, und ob Sie wohl eben mal danach sehen wollten.«
Rags sprach mit dem wichtigen Eifer eines Dienstboten, der schlechte Nachrichten zu bringen hat.
Das war wirklich eine schlechte Nachricht, denn Cora war ein neuer und teurer Kauf.
»Verdammtes Pech«, knurrte Renny, als er und Wright mit hochgeschlagenem Kragen durch den Regen, der nur ein kaltes Rieseln war, zum Stall liefen.
»Ja, gerade«, sagte Wright. »Es ist recht schade. Ich wollte das Licht ausmachen und zu Bett gehen« — er und zwei andere Knechte schliefen über der Garage —,

»als ich sah, daß es ihr schlechter ging. Ich hatte sie gerade versorgt, und wir hatten ihr ein rohes Ei gegeben, aber sie klappte plötzlich zusammen und bewegte den Kopf, und ich dachte, ich wollte Sie lieber holen. Den Tag über kam sie mir schon etwas besser vor.«

Unten im Stall war es warm und trocken. Das elektrische Licht brannte hell — im Hause Lampen, elektrisches Licht in den Ställen von Jalna — und ein schöner Duft von frischem Heu lag in der Luft. Das Fohlen lag auf einer Streu von reinem Stroh in seiner Box. Seine Mutter im benachbarten Stall warf sehnsüchtige und unruhige Blicke über die trennende Wand. Warum legten seine zarten Nüstern sich nicht schnuppernd an sie? Warum zog es beim Saugen so schwach, ohne dieses prachtvolle Stoßen und heftige Reißen, das der Instinkt in ihr als normal und richtig erkannte?

Renny riß die Jacke herunter, warf sie über die Holzwand und kniete neben dem Fohlen. Es schien ihn zu kennen, denn seine großen feuchten Augen suchten sein Gesicht in bittender Frage. Warum war es so? Warum war es aus der warmen träumenden Dunkelheit in dieses bohrende grelle Licht gefallen? Was war das? Und durch welche dunklen hallenden Wege würde es bald seinen angstvollen Weg allein suchen müssen?

Sein Kopf, groß und schwer, hob sich über seinen weichfelligen Körper; seine steifen Fohlenbeine sahen kläglich und eckig aus.

»Armes kleines Baby«, murmelte Renny und streichelte mit den Händen darüber hin, »armes kleines krankes Baby.«

Wright und Dobson standen daneben und berichteten, was sie dafür getan hatten. Cora wieherte klagend und nagte am Rand der Krippe.

»Gib mir das Liniment, das der Tierarzt dagelassen hat«, sagte Renny. »Seine Beine sind kalt.«

Er füllte die hohle Hand mit der Flüssigkeit und fing an, die Beine des Fohlens zu reiben. Wenn er ihm doch nur die eigene Kraft und Wärme übertragen könnte! »Verdammt«, dachte er, »vielleicht sitzt doch irgendwas von Feuerkraft in meinem roten Kopf!«

Er schickte die beiden Männer zu Bett, denn er wollte selbst bei dem Fohlen bleiben, und sie mußten ihren Schlaf haben.

Er rieb, bis er die Arme nicht mehr bewegen konnte, und murmelte tröstlich allerlei Worte in Babysprache: »Kleines Fohlchen — armes Kleines, fühlt es sich nun ein bißchen besser?« und »Coras kleines Mädchen!«

Beruhigende Geräusche kamen aus den anderen Boxen, sanftes Blasen durch breite samtige Nüstern, tiefes zufriedenes Aufseufzen, hier und da wurden mit behaglichem Mahlen ein paar Halme übriggebliebenes Abendfutter zermalmt, ein Trunk Wasser eingeschlürft. Als er einmal zwischen den Ständen hin- und herging, begrüßte ihn schläfriges Wiehern des Erkennens. In dem heuduftenden Dunkel fing er den Glanz großer feuchtglänzender Augen auf, einen weißen Fleck auf der Stirn, einen weißen Stern auf der Brust, oder den Glanz einer plötzlich hochgeworfenen Mähne. Gott, wie er sie liebte, diese raschen und feurigen Geschöpfe!« »Werde ich je das Fohlen groß und stolz in seiner Box stehen sehen wie eins von diesen?«

Er ging zu ihm zurück.

Cora hatte sich hingelegt, eine dunkle Gestalt im Schatten ihres Standes. In ihrer Angst hatte sie ihre Streu in den Gang hinausgetreten und lag auf dem bloßen Steinboden.

Die Augen des Fohlens waren halbgeschlossen, aber als Renny ihm die Hand auf die zottige Flanke legte, riß es sie plötzlich weit auf, und ein Zittern ging unter seiner Hand hindurch. Er fühlte nach seinen Beinen. Wärmer. Er würde es retten! Es wollte aufstehen. Er legte die Arme um das Tier. »Da — hoch kommt es!« Es stand auf den Füßen, die Augen glänzend vor Mut, den Nacken lächerlich gebogen, die Beine steif auseinandergesperrt. Mit den Hufen klappernd, stand Cora auf, wiehernd, und sah über die Scheidewand nach ihrem Sprößling. Der antwortete mit einem kleinen Laut, machte ein paar schwankende Schritte, und dann, geschlagen von dem Gewicht seines schweren Kopfes, fiel er wieder auf das Stroh. »Hungrig. Hungrig. Armes kleines Baby ist hungrig. Sie kommt, Cora. Halt aus, Liebling.« Er schleppte das Füllen hinüber und stützte es unter ihr.

Oh, ihre Freude! Sie zitterte von Kopf bis Fuß. Sie beleckte es mit der Zunge und warf es beinahe dabei um. Sie beleckten Renny und feuchtete sein Haar. Sie biß ihn sanft in die Schulter. »Sachte. Sachte, alte Dame. Ah, jetzt ist das Baby soweit. Nun trink los!«

Eifrig begann es zu saugen, aber kaum hatte es angefangen, als das Herz ihm versagte. Das Fohlen wendete den Kopf widerspenstig weg. Cora sah Renny mit kläglicher Frage an. Es hing ihm schwer in den Armen. Er trug es zurück und fing wieder an zu reiben. Es schlummerte. Er selber schlummerte, und sein Gesicht glänzte von Schweiß unter dem elektrischen Licht.

Aber ein anderes Licht drang nun in den Stall. Der frühe Tag kroch bleich und verstohlen wie eine Katze durch das Stroh, glitt die spinnewebverhangenen Balken entlang und drang dünn bis in die schwärzesten Winkel. Ungeduldiges Wiehern flog von Stand zu Stand. Tiefes, gutmütiges Muh antwortete aus dem Kuhstall. Das Orchester der Hähne warf seinen metallenen Gruß in die Frühstimmung. Die blauschwarzen Augen des Hengstes brannten in wildem Morgenfeuer, aber die Augen des kleinen Fohlens waren trübe.

Renny beugte sich darüber, fühlte die Beine an und sah ihm in die Augen. Oh, der lange, lange, einsame Weg vor mir, sagten die Augen. Zu was für fremden Weiden gehe ich?

Wright kam die Stufen heruntergepoltert, das breite Gesicht besorgt.

»Was macht das kleine Fohlen?«

»Es stirbt, Wright.«
»Oh, ich war schon bange, daß wir es nicht durchbrächten. Gott, Mr. Whiteoak, Sie hätten nicht die ganze Nacht aufbleiben sollen! Als ich das Licht brennen sah, dachte ich mir gleich, daß Sie es doch getan hätten, und ich kam gleich herüber.«
Cora ließ ein langes erschrecktes Gewieher aus.
Die beiden Männer beugten sich über das Fohlen. »Es ist tot, Wright.«
»Ja, Herr. Cora weiß es.«
»Geh und mach sie ruhig. Laß es wegbringen. Gott! Das kam zuletzt schnell.«
Der Regen war vorbei. Ein milder Wind hatte den Himmel klar geblasen. Er war von zartestem Blau, und die fortgewehten Wolken, perl- und amethystfarben, schoben sich übereinander wie eingestürzte Türme. Hinter den nassen Wipfeln der Tannen brannte ein roter Funken des Sonnenaufgangs wie eine Fackel. Renny stellte sich die Seele des Fohlens vor, auf starken Beinen, frei, und mit frohem Wiehern auf irgendener Himmelswiese, seine Augen wie Sterne, der Schweif ein flammender Meteor, die fliegenden Hufe leuchtende Funken aus felsigen Platten schlagend. »Was für ein alberner Esel bin ich – schlimmer als Eden. Nächstens mache ich Verse ... All ihre Fohlen – und deren – Generationen Fohlen – verloren.«
Er ging in die Küchentür und fand da die junge Pheasant, eine Wolljacke über ihrem Nachthemd. Sie saß auf dem Tisch und aß ein dickes Stück Butterbrot.
»Oh, Renny, was macht das kleine Fohlen? Ich bin vor der Dämmerung aufgewacht und konnte nicht wieder schlafen, weil ich immer daran denken mußte, und ich wurde so hungrig und ging hinunter, sowie es hell genug war, um etwas zu essen zu finden, und ich sah das Licht unter deiner Tür und war sicher, daß es ihm schlechter geht. Wake rief mich und sagte mir, daß Wright dich geholt hätte.«
»Ja, Wright kam.«
Renny ging an den Herd und hielt seine Hand darüber. Er war durch und durch kalt. Sie beobachtete ihn von der Seite. Er sah fremd und einsam aus, aber nach einem Augenblick sagte er sanft:
»Sei ein gutes Kind und mach mir eine Tasse Tee. Ich bin ganz erstarrt von der Kälte in dem verdammten Stall. Der Kessel singt schon.«
Sie glitt vom Tisch und holte den Küchenteetopf, bauchig, braun und glänzend, mit einem Nickelausguß. Sie wagte nicht, weiter nach dem Fohlen zu fragen. Sie schnitt frisches Brot, strich es und dachte dabei, wie merkwürdig es war, um diese Zeit mit Renny in der Küche zu sein, just wie Rags und Mrs. Wragge. Der riesige niedrige Raum mit seiner Balkendecke und der nun unbenutzte gemauerte Herd war voller Erinnerungen an längst vergangene Weihnachtsessen, Taufessen, endloses Braten und Kochen. Von der Müdigkeit, dem Gezänk, dem Gelächter, der Verliebtheit von Generationen von Küchenmädchen und Dienern.

All das Geklatsch, das mit den Tabletts heruntergetragen war, über das Benehmen derer da oben in den höheren Regionen hatte sich in diesem Keller festgesetzt und in jedem Winkel verkrochen. Hier lag die eigentliche Seele von Jalna. Renny setzte sich an den Tisch. Sein hageres rotes Gesicht sah erschöpft aus. Strohhalme hingen an seinem Rock. Seine Hände, die er in einer Schale draußen gewaschen hatte, waren rot und rissig. Pheasant erschien er plötzlich nicht überlegen, sondern rührend. Sie beugte sich über ihn und legte den Arm um seine Schultern.
»Ist es tot?« flüsterte sie.
Er nickte stirnrunzelnd. Dann sah sie, daß ihm Tränen in den Augen standen. Sie nahm ihn fest in die Arme, und sie weinten zusammen.

## 20 Vergnügte Leute

Früh im Dezember kam Augusta Lady Buckley aus England, um ihre Familie zu besuchen. Wahrscheinlich war es, wenn ihre Mutter nicht ewig leben wollte, das letzte Weihnachtsfest, das die alte Dame auf der Erde erlebte. Jedenfalls erklärte Augusta in ihrem Brief, daß es für ihr eigenes Leben auch der letzte Besuch sein würde, denn sie fühlte sich zu alt, um das Abenteuer einer Ozeanreise noch einmal zu bestehen.
»Das hat sie bei jedem ihrer letzten drei Besuche gesagt«, bemerkte Nicholas. »Sie gibt so oft Abschiedsvorstellungen wie die Patti. Ich wette, sie wird so alt wie Mama.«
»Nie«, unterbrach seine Mutter zornig, »nie. Das will ich nicht. Sie wird nie bis neunzig leben.«
»Augusta ist eine stattliche Frau«, sagte Ernest. »Sie hat eine Würde, die es heute sonst gar nicht mehr gibt. Ich erinnere mich ihrer als eines sehr würdevollen kleinen Dinges, als wir noch in Hängerkleidchen waren.«
»Sie macht immer ein beleidigtes Gesicht«, erwiderte Nicholas. »Sie sieht aus, als ob irgend etwas sie in frühester Kindheit tief beleidigt hätte und sie nie darüber weggekommen wäre.«
Mrs. Whiteoak kicherte. »Das stimmt, Nick. Das war auf der Reise von Indien, als ich so krank war. Euer Papa mußte ihre Unterkleider wechseln, und er stach sie mit einer Sicherheitsnadel, armes Ding!«
Die beiden Brüder lachten gefühllos, und jeder drückte einen Arm der alten Dame. Sie war solch ein unglaublich unterhaltsames altes Herz. Sie konnten sich nicht vorstellen, wie sie je ohne sie fertig werden sollten. Das Leben würde nie das gleiche sein, wenn sie einmal nicht mehr da war. Dann würden sie sich erst klarwerden, daß sie alt waren, aber solange sie lebte, würden sie das nie spüren.

Sie machten ihren letzten Spaziergang für diesen Herbst mit ihr. Das geschah immer an einem milden Tag im Dezember. Nachher blieb sie dann zu Hause bis zum ersten warmen Frühlingstag. Sie pflegte zwischen den roten Vorhängen ihres Fensters hinauszuspähen und dabei etwas in der Luft zu sehen, das den Tag als passend für ihren letzten Spaziergang erkennen ließ. »Los!« rief sie dann. »Jetzt kommt mein letzter Spaziergang bis zum Frühling!« Bei dieser Ankündigung lief immer eine Aufregung durch das Haus. »Oma macht ihren letzten Spaziergang. Hallo! Was sagst du dazu? Großmutter ist unterwegs für ihren letzten Bummel, armer alter Schatz.«

Unabänderlich ging sie bis an das Gittertor in der Hecke neben der Einfahrt, eine Entfernung von ungefähr fünfzig Metern. Jetzt waren sie an dem Tor angekommen, und sie hatte ihre Hände ausgestreckt und sie auf die warme, freundliche Holzfläche gelegt. Sie zitterten sichtlich von der Anstrengung, so daß das Zittern durch sie auf das Tor überging und zurückschlug wie ein Blitz geheimen Erkennens. Vor fast siebzig Jahren hatten diese drei an dem Tor zusammengestanden, als sie eine schöne junge Frau mit runden Schultern und braunen Locken war, und die beiden zwei winzige Bübchen in grünen Samtanzügen mit gestrickten Jäckchen und Haartollen auf den Köpfen.

Jetzt lehnten sie am Tor, ohne zu sprechen, für den Augenblick erfüllt von seltsamen Erinnerungen und die milde Wärme der Sonne auf dem Rücken genießend. Dann sagte Ernest: »Wollen wir zurückgehen, Mama?«

Sie warf den Kopf hoch. »Nein. Ich höre Pferdetrappeln.«

»Wahrhaftig, bei Gott«, sagte Nicholas. »Du hast bessere Ohren als deine Söhne, Mama.«

Renny und Alayne kamen von einem Ritt zurück. Wie leichter Donner fegte der Klang ihres Galopps die Einfahrt entlang. Dann erschienen Pferde und Reiter, die große knochige graue Stute und die helle braune; die lange vorgebeugte Gestalt des Mannes im grauen Rock, und die leicht schwebende, schwarzgekleidete der jungen Frau.

»Herrlich!« rief Nicholas. »Macht sie es nicht ausgezeichnet, Ernest?«

»Man könnte denken, daß sie ihr Leben lang geritten wäre.«

»Sie sitzt gut zu Pferde«, bemerkte Renny, hielt sein Pferd an und warf einen stolzen Blick auf den Braunen und seine Reiterin.

Alaynes Augen glänzten vor Freude. Im Reiten hatte sie etwas gefunden, was ihr lebenslang gefehlt hatte: die frische Bewegung im Freien. Bei Spielen hatte sie nie gut abgeschnitten, hatte auch niemals viel Freude daran gehabt, aber sie hatte sich in das Reiten gestürzt wie ein Wasserhuhn in den Teich. Sie hatte körperlich und seelisch Kraft gewonnen. Sie hatte gelernt, einen Galopp auf gefrorenen Straßen gegen scharfen Wind zu lieben, ebenso wie einen behaglichen Trab in mäßiger Sonne.

Renny war ein strenger Lehrer. Er war nur zufrieden mit einem tadellosen Sitz im Sattel und einem richtigen Gebrauch der festen Hände, die die Natur ihr gegeben hatte. Aber als sie endlich gut reiten konnte und vor ihm dahinsauste, die hellen Haarsträhnen flatternd unter dem Hut und den Körper leicht wie ein Vogel gegen den Wind, da war er von einer trunkenen Freude des bloßen Lebens erfüllt. Er hätte immer und immer hinter ihr galoppieren können, rasch und verwegen bis ans Ende der Welt.

Sie sprachen selten miteinander, wenn sie zusammen ritten. So gemeinsam die einsamen Straßen entlang zu fliegen, indes die Seemöven über ihnen schrien und hinstrichen, war genug. Sprachen sie aber, so war es gewöhnlich über die Pferde. Er hielt ein scharfes Auge auf ihren Sattelsitz, und wenn er einen Riemen für sie festschnallte oder ihren Steigbügel zurechtschob, dann sagte ein Blick in ihre Augen mehr als alle Worte.

Bisweilen ritten Eden und Pheasant und Piers mit ihnen, und einmal kam Maurice Vaughan mit, zu Pheasants kindlicher Freude. Bei dieser Gelegenheit war es, daß Edens Pferd am Rande einer Klippe über dem See ausglitt und ihn mit heruntergerissen hätte, wenn nicht Renny den Zügel gepackt und Pferd und Reiter auf sicheren Boden zurückgerissen hätte. Er hatte Piers und Maurice beiseite gestoßen, um es zu tun, wie aus einem wilden Entschluß, Eden selbst zu retten. Wollte er die Befriedigung haben, fragte Alayne sich nachher, sein Leben zu wagen, um das Edens zu retten, um es wieder gutzumachen, daß er ihm die Liebe seines Weibes gestohlen hatte, oder war es nur die hochfahrende, beschützende Art des Familienoberhauptes?

Jetzt konnte zu jeder Zeit die Härte des Winters über sie kommen. Nur noch wenige Ritte würden sie machen können. »Paß auf«, schrie Großmutter. »Jetzt geh ich zum Haus zurück. Dies ist mein letzter Spaziergang bis zum Frühling. Ha — meine alten Beine sind wacklig. Halt mich fest, Nick. Du bist nicht mehr Stütze als ein Federkissen.«

Die drei Gestalten schoben sich den Weg entlang, als ob sie sich kaum bewegten. Die Pferde ließen die Köpfe hängen und fingen an, das feuchte Dezembergras zu knabbern.

»Du kannst dir nicht vorstellen«, sagte Renny, »wieviel die alte Dame und die beiden alten Burschen mir bedeuten.«

Seine Großmutter hatte die Treppe erreicht. Er schwenkte die Reitgerte und schrie: »Gut gemacht! Bravo Großmutter! Jetzt bist du sicher bis zum Frühling, was?«

»Sag ihnen«, keuchte Großmutter zu Nicholas, »wenn sie ihre Gäule weggebracht haben, sollen sie kommen und mich küssen.«

»Was sagt sie?« schrie Renny.

Nicholas brummte: »Sie will geküßt werden.«

Als sie ihre Mutter in ihrem Lieblingsstuhl untergebracht hatten, sagte er halblaut und schwer zu Ernest:

»Diese beiden kommen jeden Tag tiefer hinein. Wie soll das enden? Wo hat Eden seine Augen?«
»O mein lieber Nick, das bildest du dir ein. Du bist immer auf der Lauer nach sowas. Ich habe nichts gesehen. Natürlich ist es wahr, daß da irgendein Gefühl ist. Liegt etwas in der Luft. Aber was können wir machen? Mir ist es fatal, mich in Rennys Angelegenheiten zu mischen. Außerdem ist Alayne nicht die Art Frau — —«
»Sie sind alle die Art. Zeig mir die Frau, die eine Liebesgeschichte mit einem Mann wie Renny nicht genießen würde, besonders wenn sie aus einer großen Stadt weggeschleppt ist und in einem Loch wie Jalna versteckt sitzt. Ich selber wäre in Versuchung anzubändeln, wenn ich bloß eine alte Jungfer finden könnte, die trottelig genug wäre, um auf mich zu verfallen.«
Ernest sah seinen Bruder mit einem nachsichtigen Lächeln an.
»Na, Nick, du hast zu deiner Zeit Liebesgeschichten genug gehabt. Du und Millicent könntet —«
»Um Gottes willen sag das nicht«, unterbrach Nicholas. »Lieber tot, als die Frau um mich haben.«
»Na ja —« Ernest brach ab, aber er murmelte etwas über »verdammt zuviel Geschichten.«
»Na, jetzt sind sie vorbei, was?« fragte Nicholas mürrisch. »Asche ohne einen Funken. Nicht einmal ihren Namen weiß ich mehr. Habe ich je eine leidenschaftlich geküßt? Ich kann mich an das Gefühl nicht erinnern. Was mich interessiert, ist dieser Fall von Renny und Alayne; damit ist es ernst.«
»Er scheint sie im Hause überhaupt kaum zu sehen.«
»Zu sehen! O mein lieber Junge —« Nicholas biß die Spitze einer Zigarre ab und spuckte sie ärgerlich weg.
»Na, zum Beispiel als die jungen Fennels neulich abends da waren und das Grammophon spielte, tanzte Alayne öfter mit ihnen und Eden, und sogar dem jungen Finch als mit Renny. Ich sah sie bloß einmal mit ihm tanzen.«
Nicholas sagte mitleidig: »Mein armer blinder alter Bruder! Sie tanzten bloß einmal zusammen, weil nämlich ein Mal das Äußerste war, was sie aushalten konnten. Ich sah sie in der Halle tanzen. Es war nicht sehr hell da. Ihr Gesicht war ganz weiß geworden, und ihre Augen — na, ich glaube nicht, daß sie irgend etwas sahen. Er bewegte sie wie ein Mann im Traum. Er zeigte ein starres Lächeln auf dem Gesicht, als ob er es ganz bewußt aufgesetzt hätte: als Maske. Es ist ihm ernst diesmal, und das gefällt mir nicht.«
»Das gibt aber eine böse Geschichte, wenn Eden es merkt.«
»Eden wird es nicht merken. Er ist verdammt zu sehr mit sich selbst beschäftigt. Aber es soll mich wundern, ob Meg es nicht heraus hat.«
Ernest nahm eine Zeitung auf und sah das Datum an. »Der Siebzehnte. Denk doch nur. Morgen kommt Augusta in Montreal an. Wahrscheinlich hat das arme

Ding eine schreckliche Überfahrt gehabt. Sie wählt immer die schlimmsten Monate für die Fahrt.« Er wollte den Gegenstand wechseln. Es schlug ihm auf die Verdauung, über die Angelegenheit von Renny und Alayne zu reden. Außerdem fand er, daß Nicholas ihre Wichtigkeit übertrieb. Vielleicht waren sie etwas zu interessiert aneinander, aber sie hatten beide zuviel Vernunft, um das Interesse gefährlich werden zu lassen. Er freute sich darauf, Augusta zu sehen; er und sie hatten sich immer gut verstanden.

Sie kam zwei Tage später an. Sie hatte die Reise ohne besondere Ungelegenheiten gemacht, nie eine Mahlzeit versäumt, obgleich die meisten Passagiere sehr seekrank gewesen waren. Sie war in ihrer frühesten Kindheit eine so abgehärtete Reisende geworden, daß es kaum mehr in der Macht der Elemente lag, sie umzuwerfen.

Lady Buckley war wie eine Festtafel für ein üppiges Bankett, zu dem die Gäste niemals kamen. Ihr Aufzug war kompliziert und elegant, mit der Eleganz einer vergangenen Zeit, untadelig. Niemand würde es je wagen, sie durch eine heftige Umarmung in Unordnung zu bringen. Selbst die alte Mrs. Whiteoak hatte eine Art Angst vor ihr, obgleich sie hinter ihrem Rücken verborgene und spöttische Bemerkungen über sie machte. Sie ärgerte sich über Augustas Titel, tat als ob sie sich nicht daran erinnern könnte und hatte mit ihren Bekannten immer von »meiner Tochter, Lady Buntley — oder Bunting — oder Bantling« gesprochen.

Augusta trug ihr Haar in der würdevollen Lockenfrisur der Königin Alexandra. Es war kaum angegraut, aber man wußte nicht, ob durch die Freundlichkeit der Natur oder Kunst. Sie trug hohe Stehkragen, mit schönen Broschen zugesteckt. Sie hatte eine lange, dünne Taille, und hübsche Hände und Füße, welch letztere eben unter dem Saum ihres weiten Rockes hervorsahen. Diese beleidigte Miene, von der Nicholas gesprochen hatte, lag vielleicht an der immer wie in Abwehr etwas zurückgezogenen Haltung ihres Kopfes. Sie hatte starke hohe geschwungene Augenbrauen, dunkle Augen, die freilich vom Alter etwas gläsern geworden waren, die Court-Nase in etwas gemilderter Form, und einen Mund, den nichts aus seiner Linie ruhiger Fassung bringen konnte. Sie war eine äußerst gut erhaltene Frau, die, obgleich älter als Nicolas und Ernst, viele Jahre jünger aussah. Da es ihr Schicksal war, in einer Kolonie geboren zu sein, war sie wenigstens froh, daß es Indien und nicht Canada war. Sie empfand sich selbst als völlig englisch und wies dabei ihrer Mutter irische Abkunft wie eine Art unglücklichen Zufall von sich.

Alayne machte ihr einen äußerst günstigen Eindruck. Ihr gefiel eine gewisse zarte, maßvolle Art zu sprechen und sich zu benehmen, die Alayne im Zusammenleben mit ihren Eltern sich angewöhnt hatte.

»Sie ist weder zu frei noch schnippisch, wie so viele moderne Mädchen«, bemerkte sie zu ihrer Mutter, in ihrer tiefen ausdrucksvollen Stimme.

»Hat auch hübsche Beine«, erwiderte die alte Dame grinsend.

Lady Buckley und Alayne hatten lange Gespräche miteinander. Die junge Frau fand unter dem zurückhaltenden Äußeren eine freundliche und sympathische Natur. Lady Buckley liebte alle ihre Neffen, aber besonders die jüngsten. Sie pflegte Wakefield stundenlang altmodische Geschichten zu erzählen, bisweilen unerwartet aufregende. Sie saß sehr gerade neben Finch, während er seine Musik übte, kritisierte und lobte gemessen, und der Junge schien ihre Gegenwart im Zimmer gern zu sehen. Sie wurde Alayne lieb durch ihre Freundlichkeit gegen Pheasant. »Wir wollen ihrer Mutter Geburt übersehen«, sagte sie sanft. »Ihr Vater ist aus einer guten alten englischen Offiziersfamilie, und wenn ihre Eltern auch nicht verheiratet waren — nun, so mancher vom Adel ist aus illegitimer Verbindung gekommen. Ich mag das Kind gern.«

Es zeigte sich bald, daß Meg durch die Haltung ihrer Tante wegen Piers' Heirat, ihre Bewunderung für Alayne und ihren Einfluß auf Finch und Wakefield sich gekränkt fühlte. Sie zeigte es zuerst dadurch, daß sie noch weniger als gewöhnlich bei Tisch aß. Es hätte ein Wunder geschienen, wie sie so rund und behäbig bleiben konnte, wenn man nichts von diesen verlockenden geheimen Tabletts gewußt hätte, die Rags auf ihr Zimmer trug, der Miss Whiteoak so getreulich ergeben war wie kaum jemand sonst.

Dann fing sie an, viel bei ihrer Großmutter zu sitzen, die Tür vor der übrigen Familie verschlossen und ein prasselndes Feuer im Kamin. Die alte Dame genoß die heiße Luft und den Klatsch. Nichts machte ihr mehr Vergnügen, als »Augusta hinter ihrem Rücken über den Kohlen zu rösten«. Ins Gesicht erwies sie ihr eine widerwillige Achtung. Seit Augusta Finchs Musikstunden billigte, war es unvermeidlich, daß sein Üben für die alte Dame eine Tortur sein mußte.

»Großmutter kann einfach diese schrecklichen Tonleitern und Fingerübungen nicht aushalten«, sagte Meg zu Renny. »Gerade um die Tageszeit, wo sie sich gewöhnlich am frischesten fühlt, werden ihre Nerven auf die Folter gespannt. In ihrem Alter ist das geradezu gefährlich.«

»Wenn der Junge seine Stunden bei Miss Pink hätte«, erwiderte Renny bitter, »dann würde Großmutter das Üben nicht im geringsten stören.«

»Aber, Renny, Großmutter hat nie etwas dagegen gehabt, daß er sie bei Mr. Rogers nimmt! Es ist ganz egal, bei wem er sie nimmt, obgleich gewiß Miss Pink ihm sicher nicht beigebracht haben würde, so zu hämmern, wie er es zu tun pflegt.«

»Nein, sie würde ihn gelehrt haben, kleine Liedchen zu klimpern wie eine Spieldose. Wenn der Bursche musikalisch ist, dann soll er was Ordentliches lernen. Alayne sagt, daß er sehr begabt ist.«

Die Worte waren kaum heraus, als er schon wußte, daß er einen verhängnisvollen Mißgriff getan hatte, Alaynes Ansicht zu zitieren. Er sah Megs Gesicht hart werden. Er sah ihre Lippen in einem grausamen kleinen Lächeln sich verziehen. Er stockte.

»Natürlich, jeder kann ja sehen, daß er Talent hat. Ich habe es längst gesehen; deshalb habe ich ja auch Mr. Rogers gewählt.«

Einen Augenblick antwortete sie nicht, lächelte aber noch immer, während ihre sanften blauen Augen forschend in seine sahen. Dann sagte sie:

»Ich weiß nicht, ob du dir klarmachst, wie merkwürdig dein Benehmen gegen Alayne geworden ist. Du tust beinahe, als ob sie dir gehörte. Manchmal denke ich, es wäre besser, Eden hätte sie nie hierhergebracht. Ich habe versucht, sie gern zu haben, aber —«

»O mein Gott!« sagte Renny und drehte sich auf den Hacken, wie um wegzugehen. »Ihr Frauen könnt einen krank machen. Ihr laßt einem keine Ruh. Die ganze Familie kriegt sich an die Köpfe wegen der Musikstunden solch eines Bengels!« Er lachte heftig auf.

Meg, die seine Verwirrung bemerkte, sah plötzlich in Tiefen, die sie nur halb geahnt hatte. Sie sagte:

»Das ist es nicht. Das nicht. Es ist das Gefühl, daß da irgend etwas nicht in Ordnung ist — irgendein schlimmer Einfluß am Werk. Von dem Tage an, wo Eden das Mädchen herbrachte, habe ich das gefürchtet.«

»Was gefürchtet?«

»Irgend etwas in ihr. Etwas Böses und Gefährliches. Erst hat sie sich eingeschlichen —«

»Eingeschlichen! Aber Meggie, um Himmels willen!«

»Ja, das hat sie getan! Sich geradezu eingeschlichen in das Vertrauen der Onkel. Dann hat sie den armen Finch eingefangen. Bloß, weil sie ihm gesagt hat, daß er musikalisch wäre, übt er, bis er nicht mehr kann und Großmutter krank wird. Dann hat sie Wake gegen mich aufgehetzt. Er kümmert sich um nichts mehr, was ich sage. Und nun du, Renny! Aber dies ist wirklich gefährlich. Dies ist anders. Oh, ich habe es kommen sehen.«

Er hatte sich wieder in der Hand.

»Meggie«, sagte er und packte sie in einer heftigen und rauhen Umarmung, »wenn du bloß jemals eine ordentliche Mahlzeit äßest — du weißt, daß du dich geradezu aushungerst — und gelegentlich mal ausgingest, um etwas anderes zu sehen, dann würdest du dir nicht solche Gedanken in den Kopf setzen. Die sind gar nicht wie du selbst. Du bist sonst so gesund, so vernünftig. Niemand von uns hat einen so klaren Kopf wie du. Ich verlasse mich in jeder Weise auf dich. Das weißt du.«

Sie gab nach und weinte an seiner Schulter, überwältigt durch diese primitive männliche Bitte. Aber sie war nicht überzeugt. Ihre schwerfällige Natur war zu plötzlicher Aktivität gegen die Machenschaften von Alayne und Lady Buckley aufgewacht.

Den Abend, als Finch zum Üben in das Wohnzimmer kam, fand er das Klavier verschlossen. Er suchte Renny in der Sattelkammer beim Stall.

»Hör doch«, brachte Finch fast weinend heraus, »kannst du dir das denken? Sie haben mich wahrhaftig ausgeschlossen. Ich kann nicht üben. Sie sind schon die ganze Woche deswegen hinter mir her, und jetzt haben sie mich ausgeschlossen.«

Renny, mit der Pfeife im Mund, betrachtete ungestört weiter mit höchster Bewunderung einen neuen braunroten Sattel.

»Renny«, schrie Finch, »hörst du nicht? Sie haben mich aus dem Wohnzimmer ausgeschlossen, und ich bin Rags in der Halle begegnet, und er grinste mich widerwärtig an und sagte: ›Oh, Miss Whiteoak hat das Klavier zugeschlossen. Sie will kein Klavierklimpern mehr im Hause haben, bis die alte Dame wieder gesund ist. Der ist es recht schlecht bekommen, dies Geklimper.‹ Was soll ich bloß tun? Ebensogut kann ich die ganze Geschichte aufgeben, wenn ich nicht üben darf.«

Renny machte zustimmende Laute mit der Pfeife im Mund und besah weiter ungestört seinen Sattel.

Finch steckte die Hände in die Taschen und lehnte sich an den Türpfosten. Er fühlte sich jetzt ruhiger. Renny würde schon etwas tun, sicher, aber er hatte Angst vor einem Familienzank, in dem er der Mittelpunkt wäre.

Zuletzt redete der ältere Whiteoak. »Ich will dir sagen, was ich tun werde, Finch. Ich werde Vaughan fragen, ob du auf seinem Klavier üben kannst. Ganz sicher wird er nichts dagegen haben. Die Haushälterin ist so taub, daß ihre Nerven nicht darunter leiden werden. Ich werde das Klavier stimmen lassen. Es ist immer gut gewesen. Dann bist du ganz unabhängig.«

Also sah man den jungen Finch bald an dunklen Dezembernachmittagen durch die Schlucht sich in das schäbige, nie gebrauchte Wohnzimmer in Vaughansland begeben. Er brachte neues Leben in das alte Klavier, und es antwortete wie ein Land, das jahrelang brachgelegen hat, freudig auf seine Mühen und gab einen wahren Sturm von Tönen von sich, daß die Glasprismen am Leuchter schütterten. Oft kam er zu spät zum Abendbrot und aß, was er von Mrs. Wragge in der Küche bekam. Mehrmals lud ihn Maurice Vaughan ein, bei ihm zu Abend zu essen, und Finch kam sich sehr männlich vor, weil er mit einem Glas Bier Maurice gegenübersaß und es gar keine Frage war, daß er rauchte.

Maurice brachte immer irgendwie das Gespräch auf Meggie. Es war in dieser Zeit schwierig für Finch, etwas Nettes von ihr zu erzählen, aber er entdeckte, daß es Maurice sogar mehr interessierte, von ihrer Reizbarkeit zu hören als von ihrer Freundlichkeit. Es schien ihm eine gewisse finstere Befriedigung zu geben, zu wissen, daß ihr alles verquer ging.

Seit Finch ein kleiner Junge war, war er nicht so glücklich gewesen wie jetzt. Vielleicht war er noch nie so glücklich gewesen. Er entdeckte in sich ein heißes Streben nach Vollkommenheit in der Wiedergabe seiner einfachen Musikübungen, was er nie bei lateinischen Übersetzungen oder in der Mathematik gehabt hatte. Er entdeckte, daß er eine Stimme hatte. Den ganzen Weg nach Hause durch die finstere Schlucht sang er so laut er konnte, bisweilen in weichen melancholischen Halbtönen.

Aber wie seine Schularbeiten darunter litten! Sein Zeugnis am Ende des Vierteljahres war entsetzlich. Wie Eden sagte, überfinchte er sich selber. In dem Sturm, der darauf folgte, war sein einziger Trost, daß ein gewaltiger Anteil Vorwürfe Renny an den Kopf geworfen wurde. Aber schließlich half ihm das sehr wenig, denn Renny wandte sich gegen ihn, fluchte über den jungen Drückeberger und drohte, die Musikstunden überhaupt abzustoppen. Tante Augusta und Alayne hielten zu Finch, aber mit Vorsicht. Augusta wollte nicht, daß ihr Besuch unbehaglich auslief, und Alayne sah jetzt ihre Stellung im Hause an wie ein Reisender, der sich mit Schwierigkeiten zwischen heimtückischen Klippen und Stromschnellen durchschlägt. Bis Neujahr konnte sie es aushalten, da Eden dann eine Stellung in der Stadt annehmen wollte, die Mr. Evans für ihn besorgt hatte – aber länger nicht.

In diesem Augenblick, als Finch wie ein elender Verbrecher hinter dem Karren, auf den von allen Seiten verächtliche Finger zeigten, es sich abwechselnd überlegte, durchzubrennen oder Selbstmord zu verüben, wurde er auf einmal nur noch der Gegenstand eines vorübergehenden Zornes, und der kleine Wakefield stand plötzlich mitten auf der Bildfläche. Piers hatte seit einiger Zeit Patronen vermißt. Wake hatte ebensolange schon einen unbegrenzten Vorrat von Lederzucker gehabt. Und ein Schleicher von Stalljunge hatte spioniert, und es wurde entdeckt, daß Wake die Patronenhülsen ausleerte, hübsche kleine Pakete von Pulver machte und sie für ihre eigenen verderblichen Zwecke an die Dorfjungens verkaufte.

Als Wake zur Rede gestellt wurde, hatte er zunächst alles Wissen um das Pulver geleugnet, sei es in Patronen oder lose. Aber Meg und Piers hatten sein kleines Pult untersucht und die hübschen kleinen Päckchen, schon fertig zum Verkauf, entdeckt, daneben eine Schachtel voll Kupfermünzen und sogar ein sorgfältig geschriebenes Verzeichnis der Verkäufe und Preise. Das war ernsthaft. Meg sagte, er müßte Prügel haben. Es war ohnehin kein hoher Maßstab von Moral, den die jungen Whiteoaks von dem kleinen Bruder verlangten, aber dies war zuviel.

»Hau ihn ordentlich«, sagte Oma. »Die Courts haben gestohlen, aber sie haben nie was abgeleugnet.«

»Die Whiteoaks«, sagte Nicholas, »haben oft gelogen, aber nie gestohlen.«

Ernest murmelte: »Wakefield scheint die Laster beider Seiten zu vereinigen.«

»Er ist ein kleiner Taugenichts«, sagte Piers, »und das muß ihm ausgetrieben werden.«

Alayne war außer sich bei dem Gedanken, daß der fröhliche und sanfte kleine Wake der Schmach einer körperlichen Strafe unterworfen werden sollte. »Oh, kann es ihm nicht diesmal noch verziehen werden?« bat sie. »Sicher wird er nie wieder sowas machen.«

Piers lachte kurz und ärgerlich auf. »Das Schlimme bei dem Bengel ist, daß er vollkommen verzogen ist. Wenn ihr mir bloß freie Hand mit ihm gebt, dann wette ich, daß er nie wieder was maust.«

»Ich bin sehr dagegen, daß man einem zarten Kind wie Wakefield etwas zuleide tut«, sagte Lady Buckley.

Der Verbrecher, der in der Halle horchte, steckte den Kopf zwischen den Vorhängen durch und zeigte sein kleines verheultes weißes Gesicht.

»Heraus, Bursche«, sagte Nicholas. »Wir reden über dich.«

»Bitte, bitte —«

Renny, der für das Konklave hergeholt war und finster, mit der Mütze in der Hand und mit schneebedeckten Gamaschen dastand, drehte sich um. »Na, ich gehe.«

»Renny!« rief seine Schwester bestimmt. »Wo gehst du hin? Du mußt doch Wake prügeln.« Der Widerspruch von Alayne und Augusta hatte ihre schwesterliche Sorge, das Kind zu erziehen, in erbarmungslose Härte verwandelt.

Renny stand mit gesenktem Kopf und sah düster in seine Mütze. »Das letztemal, als ich ihn geprügelt habe, hat er die halbe Nacht geheult und Schüttelfrost gehabt. Ich tue es nicht wieder.« Er ging in die Halle, schob Wakefield beiseite und schlug die Vordertür hinter sich zu.

»Verdammte Schlampigkeit!« brach Piers aus.

»Ärgere dich nicht«, sagte Meg und stand auf. »Wakefield soll seine Strafe haben.« Ihr unbewegtes süßes Gesicht war um einen Schein blasser als gewöhnlich.

»Das ist nicht Frauensache«, erklärte Piers. »Ich will es tun.«

»Nein. Du gehst zu hart mit ihm um.«

»Ich will den Bengel hauen«, schrie Großmutter. »Ich habe früher schon genug Jungens gehauen. Ich habe Augusta gehauen. Was, Augusta? Gebt mir meinen Stock!« Ihr Gesicht war purpurn vor Aufregung.

»Mama, Mama«, bat Ernest, »dies wird dir sehr schlecht bekommen.«

»Holt einen Fächer«, sagte Nicholas. »Sie hat eine erschreckende Farbe.«

Meg führte Wakefield die Treppe hinauf. Piers, der ihr auf dem Fuße folgte, drängte sie: »Nun werde um Himmels willen nicht weichherzig. Wenn du es tust, dann ordentlich.«

»Oh, wenn du es bloß wärest!« rief Pheasant aus und zog ihn am Arm zurück.

»Wer?« lachte er. »Der die Prügel gibt oder kriegt?«

»Natürlich kriegt. Das würde dir gut tun.«

Nicholas und Ernest kamen auch in die Halle, und nach ihnen kam Großmutter gewatschelt, so aufgeregt, daß sie allein ging, mit dem Stock auf den Boden bumsend und murmelnd: »Ich habe Jungens genug gehauen.«

Finch lehnte sich an das Treppengeländer und dachte an die Prügel, die er bekommen hatte. Augusta und Alayne schlossen sich ins Wohnzimmer ein.
Eden kam oben aus seinem Zimmer, um die Ursache des Lärms zu erfahren, aber Meg wollte nichts sagen. Mit hartem Gesicht schob sie Wakefield vor sich her in ihr Zimmer und schloß die Tür. Aber Piers erklärte in heftigem Tone die jetzige Verbrecherlaufbahn des jüngsten Whiteoak.
Eden saß auf dem Geländer, sah begeistert seinen Brüdern, den Onkeln und seiner Großmutter in die Gesichter. Er sagte, ein Bein schlenkernd:
»Ihr seid unbezahlbar. Es ist wert, mitten in einem tropischen Gedicht unterbrochen zu werden, um eure Gesichter hier unten zu sehen. Ihr seid wie Gemälde von großen Meistern: Alte Frau mit Stock. Die Spießgesellen: das ist Onkel Nick und Onkel Ernest. Junger Mann mit rotem Gesicht – du, Piers. Dorftrottel – du, Finch. Ich suchte nämlich gerade nach einem Reim und war am Ende mit meinem Witz. Vielleicht liefert mir Wake in seiner Angst einen.«
»Was sagt er?« fragte Großmutter. »Ich will keine Widerworte.«
Ernest antwortete mild: »Er sagt gerade, daß wir so schön wie gemalt aussehen, Mama.«
»Jetzt fängt sie wirklich an«, verkündigte Piers grinsend.
Ein Laut von scharfen Hieben kam aus Megs Zimmer, Hieben, die nach dem Aufklatschen auf nackter Haut klangen. Kurze weibliche Hiebe, die so plötzlich aufhörten, wie sie angefangen hatten.
»Er weint gar nicht, der arme kleine Kerl«, sagte Eden.
»Weil es ihm nicht weh tut«, fuhr Piers los. »Was fällt dem Weib ein? Soll sie einem Kätzchen Liebesklapse geben? Guter Gott! Sie hat kaum angefangen, da hört sie schon wieder auf. He, Meggie, was ist los? Willst du den Bengel nicht verhauen?«
Meg erschien in der Tür ihres Zimmers. »Ich habe ihn geprügelt. Was willst du von mir?«
»Das willst du doch wohl nicht eine Tracht Prügel nennen? Lieber ihn überhaupt in Ruhe lassen. Das ist ja bloß ein Spaß.«
»Ja«, stimmte Nicholas zu, »wenn du einem Jungen das Fell gerbst, dann tue es gründlich.«
Großmutter sagte, den Fuß auf der untersten Stufe: »Ich mache es gründlich. Laßt mich 'ran!«
»Sachte, Mama«, sagte Nicholas. »Du kannst da nicht hinaufsteigen.«
»Um Gottes willen, Meggie«, rief Piers aus, »geh noch mal hin und gib ihm was, das er länger als fünf Minuten behält!«
»Ja, ja, Meggie«, sagte Ernest, »solch ein paar Klapse sind schlimmer als nichts.«
»Gib's ihm ordentlich! Gib's ihm ordentlich!« schrie Finch, plötzlich zur Wut aufgestört. Er hatte gelitten, bei Gott! Jetzt konnte zur Abwechslung der verzogene kleine Wake auch mal leiden.

185

Boney schrie: »Jab kutr! Nimak haram! Chore!«
Meg kam oben an die Treppe gefegt. »Ihr seid wie ein Rudel Wölfe«, sagte sie in Weißglühhitze, »heult nach dem Blut des armen kleinen Lamms. Wake kriegt jetzt keinen Schlag mehr, also macht, daß ihr wieder in eure Löcher kommt.«
Eden schlang den Arm um sie und legte seinen Kopf an ihre weiche Schulter.
»Wie ich meine Familie liebe«, rief er. »Und sich vorzustellen, daß ich nach Neujahr heraus sein und solche herrlichen Szenen nicht mehr erleben soll.«
Meg versuchte nicht, Eden zu verstehen. Sie wußte, daß er mit ihr zufrieden war, weil er sie an sich drückte, und das war ihr genug.
»Findest du es schlecht von mir, daß ich ihnen gesagt habe, für wie herzlos ich sie alle hielt?«
»Du hast ganz recht, altes Mädchen.«
»Eden, ich hoffe, es ärgert dich nicht, was ich sagen möchte, aber ich wollte, Alayne drängte sich nicht zwischen mich und die Kinder. Sie hat solche Einfälle.«
»Oh, sie hat nur die Leidenschaft, daß sie alles in Ordnung bringen möchte. Mit mir ist sie ebenso. Sagt mir immer, wie unsystematisch ich bin und wie unordentlich mit meinen Sachen. Sie meint es aber gut. Das ist nur so eine kleine Professorenmanier.«
»Armes Lamm«, sagte Meggie und strich ihm den glänzenden Haarhelm.
Wakes Stimme ließ sich hören, von Schluchzen unterbrochen: »Meggie!«
Meg löste sich aus Edens Armen. »Ich muß zu ihm und ihm sagen, daß ich ihm verziehen habe.«
Die Gesellschaft unten war nach Meggies Angriff verschwunden und ließ eine Spur von Gezänk hinter sich. Piers griff nach seiner Mütze, blieb an der Tür des Zimmers seiner Großmutter stehen und sagte, laut genug, daß Alayne es hören konnte: »Jedenfalls verziehen sie die beiden Bengels gründlich. Und Eden selber ist auch nicht besser als ein Weib.«
»Er ist wie seine arme liederliche Mutter«, sagte Großmutter.
Die Wolke, unter der Wakefield am nächsten Morgen erwachte, war nur noch ein leichter Nebel, der bald durch die Sonne wiederkehrender Gunst zerstreut wurde. Ehe der Tag vorüber war, war er schon wieder sein altes würdevolles, fröhliches und ungezogenes kleines Selbst, vielleicht etwas gedrückt; etwas eifriger zu gefallen, und um einen Schatten pfiffiger in dem Spiel seines Lebens.
Das Spiel des Lebens in Jalna ging weiter. Ein schwerfälliges Spiel, das weniger Beweglichkeit brauchte als Standhaftigkeit und ein dickes Fell. Das alte rote Haus hinter der Mauer von Tannen und Gebüsch verschloß sich in sich selbst, wie der Winter einsetzte. Es wurde der Mittelpunkt wirbelnden Schneetreibens. Später trugen sein Dach, seine Giebel und alle kleinen Vorsprünge eine Last von einschläferndem fleckenlosem Schnee. Es lag von Schneebäumen bewacht.

Es war von einer Schneehecke umgeben. Es lag geschmückt, umhängt von Schneekränzen, Girlanden und daunigen Flocken. Der Himmel hing tief darüber. Die gefrorene Erde trug und hielt es. Seine Bewohner waren von der übrigen Welt abgeschnitten. Außer gelegentlichen Spuren im Schnee gaben sie wenig Zeichen ihres Daseins. Nur abends schienen matte Lichter durch die Fenster, die die Zimmer nicht erhellten, sondern nur durch ihren geheimnisvollen Schein zeigten, daß unter diesem Dach menschliche Wesen lebten, liebten, litten und sich sehnten.

Weihnachten kam.

Bücher für Alayne aus New York, mit einer zierlichen Glückwunschkarte von Mr. Cory. Noch mehr Bücher und eine kleine gerahmte Skizze von den Tanten am Hudson. Eine Bluse, in der sie in Jalna erfroren wäre, von Rosamund Trent. Alayne trug alles herum, zeigte es und legte es weg. Hier schien das alles unwirklich.

Es gab keine Stechpalmenkränze in Jalna. Keine großen roten Seidenbänder. Aber das Treppengeländer war mit Immergrün umwunden, und ein Mistelzweig hing von der Hängelampe in der Halle herunter. Im Wohnzimmer reichte ein großer Weihnachtsbaum bis unter die Decke, überladen mit der seltsamen Frucht der Geschenke für die Familie.

Eine derbe Fröhlichkeit führte sie an dem Tag alle zusammen. Sie freuten sich, einander reden zu hören; sie lachten bei der geringsten Gelegenheit; gegen Abend hatten die jungen Männer Lust zu Gesellschaftsspielen. Es gab ein spätes Abendessen, von dem größten Puter gekrönt, den Alayne je gesehen hatte. Es gab einen schwarzen, gewürzigen Plumpudding mit Rumsauce. Es gab landesüblichen Sherry und Portwein. Die Fennels waren da; die zwei Töchter des Admirals außer Dienst; und die einsame kleine Miss Pink, die Organistin. Mr. Fennel brachte Großmutters Gesundheit aus, in einer Rede, die so bilderreich war und funkelnd von Witz, daß sie erklärte, wenn er am Sonntag auch einen in der Mütze hätte, würde er eine Predigt halten, die das Hören wert wäre. Die Admiralstöchter und Miss Pink hatten heiße Köpfe und lächelten immerzu in der entrückten Heiterkeit, die aus dem Wein kommt. Meg war sanft und lachte mit Grübchen wie ein junges Mädchen.

Eine große Schüssel Rosinen, mit brennendem Rum übergossen, wurde von Rags hereingetragen mit der feierlichen Miene eines Opferpriesters.

Rags hartes Gesicht in dieser merkwürdigen Beleuchtung versetzte Renny wie im Traum auf einen sehr verschiedenen Schauplatz. Er sah Rags in einem Unterstand in Frankreich, in einer schmutzigen Uniform über ein Kochgeschirr gebeugt, und merkwürdig genug mit demselben Ausdruck. Aber warum, konnte er sich nicht entsinnen. Er hatte Rags in Frankreich aufgelesen. Renny sah mit einem Lächeln in seine Augen auf, und ein wunderliches, ehrerbietiges Grinsen breitete sich über Rags' grimmiges, hartes Gesicht aus.

Die Rosinenschüssel wurde in die Mitte auf den Tisch zwischen die Gesellschaft gesetzt. Springende blaue Flammen liefen um sie herum, zitternd, sich windend, und zuletzt in raschen kleinen Wellen absterbend. Hände, in dem Schein metallen schimmernd, streckten sich aus, um die Rosinen zu erwischen. Wakes Hand mit dem runden kindlichen Handgelenk; Finchs knochige und räuberische, Piers' starke und muskulöse; Großmutters dunkle Hände mit den Krallenfingern, die von Juwelen glitzerten — all die greifenden, eifrigen Hände und die gespannten Gesichter, von dem Brand angeleuchtet; und Großmutters Augen wie Kohlen unter den struppigen roten Brauen.
Pheasants Hände flatterten wie kleine braune Vögel. Sie hatte Angst, sich zu verbrennen. Wieder und wieder leckten die blauen Flammen daran, und sie schossen zurück.
»Du bist ein kleiner Dummkopf«, sagte Renny. »Pack richtig dazwischen, oder sie sind weg.«
Sie biß die Zähne zusammen und tauchte die Hand in die Flammen. »Oh — oh, ich werde mich verbrennen!«
»Du hast bloß zwei erwischt«, lachte Eden an ihrer anderen Seite und legte eine dicke Traube auf ihren Teller.
Renny sah Edens Hand unter den Tisch gleiten und ihre Hand in ihrem Schoß bedecken. Seine Augen suchten die Edens und hielten sie einen Augenblick fest. Sie sahen sich einen Augenblick zwischen schmalen Lidern an, und jeder sah in dem anderen etwas, was ihn erschreckte. Kaum war dieses unausgesprochene Etwas sichtbar geworden, als es schon wieder verschwunden war, wie ein Nebelstreif, der für einen Augenblick die Helligkeit einer wohlbekannten Landschaft verändert und eine dämmerige, ja düstere Szene zeigt. — Der Schatten war vorüber, und sie lächelten, und Eden zog seine Hand zurück.
Unter dem Mistelzweig fing Mr. Fennel plötzlich die Großmutter, die von zwei Enkeln vorsichtig dahin gesteuert war, und küßte sie mit seinem rauhen Bart, daß ihre Kappe schief rutschte.
Onkel Ernest, der den Abend ein lustiger alter Herr war, fing und küßte Miss Pink, die dunkelrot wurde.
Tom Fennel fing und küßte Pheasant. »Hallo, Tom, du Frechdachs, laß das sein!« rief Piers.
Finch, der nach zwei Gläsern alles doppelt sah, fing und küßte zwei weißschultrige Alaynes. Es war das erstemal seit ihrer Heirat, daß sie ein Abendkleid getragen hatte.
Nicholas flüsterte Ernest zu: »Hast du je einen hungrigen Wolf gesehen? Dann sieh Renny an, der in der Ecke da hockt. Ist Alayne nicht heute entzückend?«
»Alles ist entzückend«, sagte Ernest und wippte auf seinen Zehen. »Solch hübsche Weihnachten!«
Sie spielten Charaden und Reimspiele.

Großmutter (die unabänderlich den Namen der Silbe herausschrie, die sie darstellte) war als Königin Viktoria und Mr. Fennel als Gladstone zu sehen.
Meg war als Maria, Königin der Schotten zu sehen, und Renny als Henker, der knapp davor war, ihr den Kopf mit dem Messer abzuschneiden, mit dem er eben den Puter zerlegt hatte!
Alayne war zu sehen als Freiheitsstatue, die eine Schlafzimmerlampe hochhielt (»Paß auf, Alayne, halte sie nicht zu hoch, du steckst das Haus an!«), und Finch als hungriger Einwanderer!
Bei diesen ausgelassenen Spielen war die Familie von Jalna auf dem Gipfel der Glückseligkeit.
Selbst als die Gäste fort waren und die Whiteoaks eigentlich zu Bett gehen wollten, kamen sie noch nicht zur Ruhe. Ernest schlich in Hemd und Unterhosen durch die dämmrige Halle, ein Kissen von seinem Bett in der Hand. Er blieb vor Rennys Tür stehen. Sie war weit offen. Er konnte sehen, wie Renny seine Uhr aufzog und Wakefield aufgeregt schwatzend im Bett saß. Ernest schleuderte das Kissen Renny an den Kopf. Der stolperte zurück, verwirrt von dem unerwarteten Anwurf, und ließ seine Uhr fallen.
»Verdammt!« sagte er. »Dich will ich kriegen!« Und verfolgte ihn mit seinem Kissen.
»Kissenschlacht! Kissenschlacht!« schrie Wake und kletterte aus dem Bett.
Ernest war bis an seines Bruders Zimmer gelangt. »Nick«, schrie er in großer Angst, »rette mich!«
Nicholas, die graue Mähne wild um den Kopf, schoß heraus und dazwischen. Piers flog wie eine Kanonenkugel die Halle entlang. Finch, aus dem Schlaf gerissen, hatte kaum das Schlachtfeld erreicht, als ihn hinterrücks ein Wurf von Edens Kissen auf die Nase warf.
In Nicholas' Zimmer war Greuel der Verwüstung. Am Eingang auf und nieder wogten die Kämpfer. Die jungen Männer vergaßen ihre Liebe, ihre Sorgen, ihre Eifersucht, die beiden alten Herren ihre Jahre, in der Begeisterung dieses körperlichen, halbnackten Kampfes.
»Jungens, Jungens!« schrie Meg und zog ihren Chenille-Vorhang zurück.
»Sachte, alte Dame!« ein fliegendes Kissen trieb sie in ihre Tür zurück.
Pheasant erschien in ihrer Tür, das kurze Haar gesträubt. »Kann ich mitspielen?« schrie sie und hüpfte auf und nieder.
»Zurück in dein Loch, kleiner Zaunkönig!« sagte Renny und gab ihr mit dem Federkissen eins über, als er vorbeiging.
Er war hinter Nicholas her, der sich plötzlich seiner Gicht bewußt wurde und kaum humpeln konnte. Piers und Finch waren hinter ihm. Sie jagten ihn in die Ecke, und Nicholas wurde aus der fast erschöpften Beute plötzlich wieder der Angreifer und half ihn zu bearbeiten.
Eden stand oben auf der Treppe und wehrte sich lachend gegen den kleinen

Wake, der männlich ein langes altes Kissen gegen ihn schwang. Ernest, einen letzten begeisterten Schwung in sich, stahl sich aus seinem Zimmer heraus und schleuderte ein solides Sofakissen nach dem Paar. Es traf Eden gegen die Brust. Er taumelte zurück. Er glitt aus. Er fiel die Stufen herunter mit einem Lärm, der Großmutter weckte, die mit ihrem Stock auf den Fußboden zu pochen anfing.
»Was ist los? Was hast du gemacht?« fragte Renny.
»Mein Gott, ich habe den Jungen die Treppe hinuntergeworfen. Wenn ich ihm nun was getan habe!«
Die Brüder rasten durcheinander die Treppe hinunter.
»Oh, diese verdammte Treppe«, stöhnte Eden. »Ich habe meinen Fuß vertreten. Ich kann nicht aufstehen.«
»Rühr dich nicht, alter Junge.« Sie fingen an, ihn überall zu befühlen. Die Frauen kamen eilig aus ihren Zimmern.
»Ich war schon auf einen Unfall gefaßt«, sagte Augusta und sah noch beleidigter aus als gewöhnlich.
»Oh, was ist los?« schrie Alayne.
Ernest antwortete mit gerungenen Händen: »Kannst du mir je vergeben, Alayne? Piers sagt, ich habe Eden das Bein gebrochen.«

## 21 Pheasant in Verwirrung

Sechs Wochen waren vorüber, und Eden war noch unfähig, sein Zimmer zu verlassen. Außer einem Beinbruch hatte er auch einen böse verrenkten Rücken. Jedoch, nachdem die ersten Schmerzen vorüber waren, ging es ihm gar nicht so schlecht. Fast mit Bedauern hörte er heute morgen den vergnügten Doktor mit dem roten Gesicht sagen, daß er bald so gesund wie je sein würde. Es war eigentlich ganz hübsch gewesen, hier zu liegen, recht verzogen zu werden und die Klagen der anderen anzuhören über das schlechte Wetter, die tiefen Schneewehen und die Unmöglichkeit, mit dem Auto irgendwohin zu kommen. Die körperliche Untätigkeit hatte scheinbar eine ausgleichende geistige Tätigkeit hervorgerufen. Niemals hatte er leichter produziert. Die Poesie floß durch ihn hin wie ein reicher kristallener Strom. Alayne hatte neben seinem Bett gesessen und seine ersten Gedichte für ihn in ihrer schönen, lesbaren Handschrift niedergeschrieben. Aber nun konnte er schon aufsitzen, mit einem Kissen auf dem Knie, und sie in seiner eigenen Weise hinkritzeln — wobei er den Rand mit fantastischen Skizzen als Illustration verzierte.
Alayne war die ganze Zeit sehr lieb gewesen. Sie hatte ihn selbst gepflegt, alles aus der Küche im Kellergeschoß geholt und aufs Zimmer geschleppt, ohne sich zu beklagen, obgleich er genau wußte, daß er in den ersten Wochen nicht leicht zu pflegen gewesen war. Sie sah schrecklich erschöpft aus. Diese Steinkeller-

treppen waren kein Spaß. Ihr Gesicht schien breiter geworden und flacher, mit einer Art teutonischer Geduld darin, die ihn daran erinnerte, daß ihre Mutter mehrere Generationen zurück von holländischer Abkunft war; es war solch ein Blick von Zuverlässigkeit und Geduld darin. Ein wohlwollendes, gütiges Gesicht würde es vielleicht im späteren Leben einmal werden, aber ohne Zweifel weniger hübsch.

Sie war sicher auch enttäuscht gewesen, daß er nun unfähig war, die Stellung anzunehmen, die Mr. Evans ihm zu Neujahr verschafft hatte. Obgleich sie nicht viel darüber gesagt hatte, wußte er, daß sie danach drängte, Jalna zu verlassen und ein eigenes Haus zu haben. Er hatte es ihr verboten, ihr Geld zu einem Hauskauf zu verwenden, aber er hatte sich einverstanden erklärt, daß sie die Möbel kaufen könnte, wenn er von seinem Gehalt die Miete bezahlte. Sie hatte viel darüber gesprochen, wie sie es einrichten wollte. Wenn sein Bein weh tat und er nicht schlafen konnte, dann war es eines ihrer Lieblingsmittel, ihn zu beruhigen, daß sie seinen Kopf streichelte und abwechselnd jedes Zimmer einrichtete. Sie hatte die Möbel für sein Arbeitszimmer mit großer Sorgfalt ausgewählt, und auch die für sein Schlafzimmer und das ihre. Er war etwas betrübt gewesen, daß sie von verschiedenen Schlafzimmern sprach, aber bei näherem Nachdenken hatte er sich überlegt, daß es doch recht bequem sein würde, alles, was ihm gehörte, über das ganze Zimmer zu verstreuen ohne das Gefühl, daß er sie ernstlich störe. Sie war zu ernsthaft: das war Tatsache. Sie brachte es fertig, daß er sich immer wie ein unartiger Junge vorkam. Das war zuerst entzückend gewesen, aber jetzt ärgerte es ihn öfters.

Es war überhaupt seit einiger Zeit merkwürdig mit ihr. Sie war irgendwie fern und in sich verschlossen. Er hoffte und betete, daß sie nicht etwa schwermütig würde. Eine schwermütige Frau würde für ihn ein Unglück sein und schrecklich auf seinem Geist lasten. Sie hatte während der ersten Wochen nach dem Unfall auf dem Diwan im Zimmer geschlafen, weil er eine Menge Hilfe auch in der Nacht brauchte. Später hatte sie alle ihre Sachen genommen und war in ein großes niedriges Zimmer im Dachgeschoß umgezogen. Jetzt verbrachte sie da ihre Zeit stundenlang. Natürlich brauchte er bloß die kleine silberne Glocke neben sich zu läuten, dann flog sie schon die Treppen herunter zu ihm, aber es nahm ihn doch wunder, was sie da oben immer allein machte. Nicht, daß er sie fortwährend bei sich brauchte, aber er konnte es ihr nicht recht verzeihen, daß sie die Einsamkeit suchte. Er war wirklich sehr glücklich. Es ging ihm sehr gut, abgesehen von einem nicht unangenehmen Gefühl von Mattigkeit. Er hatte auch ein Gefühl von köstlicher Unverantwortlichkeit und Belanglosigkeit. Diese Pause in seinem Leben nahm er als ein Geschenk der Götter. Es war eine Zeit der inneren Entwicklung, der geistigen Freiheit, der Gelöstheit von den Fesseln des Lebens.

Er hatte das Reiben dieser Fesseln noch kaum gefühlt, und er wollte es auch gar nicht fühlen. Er hätte ein einsames Einhorn sein mögen, das in ganz unberührter Fröhlichkeit über große südliche Ebenen trabte und zahmeren Geistern das Gefesseltsein überließ.

Als er das gerade dachte und bei dem Gedanken lächelte, kam Pheasant in sein Zimmer. Sie brachte einen Teller kleiner roter Äpfel, und sie trug das schönfarbige Kleid, das Alayne ihr geschenkt hatte.

»Meggie schickt dir diese«, sagte sie und setzte den Teller neben ihn. »Aber eigentlich scheint mir, daß du zuviel ißt. Du bist längst nicht so schlank, wie du warst.«

»Na, es ist ein Wunder, daß ich nicht mager bin«, sagte er ärgerlich. »Gott weiß, was ich gelitten habe!« Er biß in einen Apfel und fuhr fort: »Du hast nie wirkliche Sympathie für mich gehabt, Pheasant.«

Sie sah ihn verwundert an.

»Was, ich dachte, ich wäre entzückend zu dir gewesen! Ich habe neben dir gesessen und deine alten Verse angehört und dir gesagt, daß du ein Wunder wärest. Was willst du denn noch mehr?«

Er lehnte sich zurück und trommelte mit seinen Fingern auf der persischen Decke, die über ihm lag, mit einem leisen Lächeln, das sein Gesicht mehr überschattete als erhellte.

Sie beobachtete seine Züge und sagte dann unklar: »Du bist zu klug, das ist es, was dir fehlt.«

»Liebe kleine Pheasant, sag nicht sowas Schreckliches von mir. Ich bin nicht klug. Ich bin bloß natürlich. Du bist natürlich. Deswegen verstehen wir uns auch so prachtvoll.«

»Wir verstehen uns gar nicht«, gab sie entrüstet zurück.

»Onkel Ernest sagte gerade neulich erst, wie schade es wäre, daß du und ich uns so viel zankten.«

»Er ist ein alter Tropf.«

»Du solltest dich schämen, das zu sagen. Er hat alles getan, was er konnte, um den Schaden wieder gutzumachen, den er dir gemacht hat. Er hat dir stundenlang vorgelesen. Ich glaube, er kommt nie über den Schreck weg, dich die Treppe hinunterfliegen zu sehen mit seinem Kissen hinter dir her.«

»Das gebe ich zu. Es war das Herrlichste, was ihm seit Jahren passiert ist. Er sieht zehn Jahre jünger aus. Einen athletischen jungen Burschen die Treppe herunterzuwerfen und ihm das Bein zu brechen! Just als er anfing, die Schwäche des Alters zu fühlen! Er ist wie ein junger Hahn, der den Morgen mit seinem ersten Krähen begrüßt.«

»Ich finde, du bist ein Spötter.«

»Und ich finde, du bist entzückend. Besonders bewundere ich deine Weisheit und diesen kleinen Haarbüschel, der oben aus deinem Scheitel heraussteht. Aber ich wollte, du strichest ihn weg. Er regt mich auf.«

Sie strich mit der Hand darüber.

»Weißt du«, sagte er, »daß du deine Hand genauso wie ich über den Kopf streichst. Wir haben einige ganz gleiche Bewegungen. Ich glaube, unsere Einstellung zum Leben ist auch dieselbe.«

»Ich glaube, deine größte Begabung«, sagte sie steif, »ist Schmeichelei. Du weißt ganz genau, wie man es anfängt, eine Frau mit sich selbst zufrieden zu machen.«

Sie war solch ein lächerliches kleines Kind, das die Erwachsene spielte, daß er es kaum lassen konnte, sie auszulachen. Und er konnte ihr quälendes Bild innerlich auch nicht loswerden, wenn sie nicht da war. Er lehnte sich in die Kissen zurück und schloß seine Augen.

Draußen streckten sich die schneebedeckten Wiesen und Felder, ohne die Spur eines menschlichen Wesens, in glänzendem rosig getöntem Weiß nach Sonnenuntergang zu. Die Tannen und Fichten, in die düstere Majestät ihres Wintergrüns gekleidet, warfen Schatten von einem tiefen durchsichtigen Blau. Und in der harten glänzenden Schärfe dieser nördlichen Luft stand jeder kleinste Zweig klar wie in seinen Hintergrund eingegraben. Eine Atmosphäre, die dem einsamen Fremdling unerträglich ist, aber Kraft und Schönheit des Lebens für den, dem sie Heimat bedeutet.

Als Eden die Augen aufmachte und ihr zuwendete, sah sie hinaus auf diese Landschaft. Es kam ihm vor, als ob ein erschreckter Blick in ihren Augen war. Ein schwacher Klang von Musik kam aus Onkel Nicks Zimmer. Er spielte Klavier wie oft um diese Zeit.

»Pheasant.«

»Ja?«

»Du siehst so merkwürdig aus. Als ob du Angst hättest.«

»Weswegen sollte ich Angst haben?«

»Nicht vor mir, natürlich. Aber vielleicht vor dir selbst.«

»Ja, ich habe etwas Angst vor mir selbst, und ich weiß noch nicht einmal warum. Ich glaube, es ist der wilde Himmel da draußen. In einer Minute wird es dunkel und ganz kalt sein. Du wirst hier Feuer haben müssen.«

»Ich bin selbst Feuer, Pheasant.«

Er suchte ihre Hand und hielt sie fest. Er fragte: »Glaubst du, daß Alayne mich nicht mehr liebhat?«

»Nein, ich glaube nicht. Und du verdienst sie auch nicht — ihre Liebe, meine ich.«

»Ich glaube nicht, daß ich sie je gehabt habe. Es sind meine Verse, die sie liebte, und nicht mich. Glaubst du, sie liebt — Renny?«

Sie starrte ihn erschreckt an. »Daran habe ich nie gedacht. Vielleicht tut sie es.«

»Ein schönes Durcheinander!«

»Na, ich könnte Alayne nicht tadeln. Hier ist sie in diese unheimliche Familie

193

hineingeworfen, mit einem Mann, der bloß an sich selber denkt, und einem sehr stattlichen und liebevollen Schwager.«
»Stattlich und liebevoll! Himmel, was für eine Beschreibung!«
»Ich finde, es ist eine sehr gute Beschreibung.«
»Na, stattlich ist Renny ja wohl, aber liebevoll! Das bedeutet doch wohl noch kaum, daß man eines anderen Mannes Frau den Hof macht. Ich glaube nicht, daß Alayne auf ihn verfallen würde, wenn er nicht in sie verliebt ist. Aber ›liebevoll‹ – das kann ich nicht finden.«
»Wie würdest du das nennen, daß du da meine Hand hältst? Das ist liebevoll, nicht wahr?«
Er nahm ihre Hand und legte beide Hände auf seine Brust. »Mir ist alles gleichgültig, wenn du bloß gut zu mir sein willst.« Er zog sie näher an sich, sein Gesicht flammend in dem Abendschein, der das ganz gewöhnliche Zimmer in eine seltsame und heimliche Einsamkeit verwandelte.
Pheasant fing an zu weinen.
»Laß«, bat sie. »Tu das nicht! Davor habe ich immer Angst gehabt.«
»Du hast mich gern«, flüsterte er. »O meine süße kleine Pheasant! Sag, daß du mich gern hast, bloß einmal. Küß mich – du weißt, daß du es selbst möchtest. Davor hast du Angst gehabt, aber – dich auch danach gesehnt, Liebling. Es gibt nichts im Leben, vor dem man Angst haben müßte, nichts, sich davor zu schämen. Sei nur dein süßes kleines Selbst!«
Sie warf sich ihm schluchzend in die Arme.
Sie wußte nicht, ob sie ihn liebte oder nicht, aber sie wußte, daß das Zimmer eine schwüle Anziehungskraft für sie hatte, daß das Ruhebett, wo Eden lag, der Mittelpunkt all ihrer wachen Gedanken war, und daß seine Augen im Abendschein sie zwangen, das zu tun, was er wollte. Sie haßte Piers, daß er nur für sein Vieh Sinn hatte und nichts von ihrer Versuchung sah, sie nicht vor sich selbst rettete, wie er es eigentlich hätte tun müssen. Er wußte, daß sie nicht wie andere junge Mädchen seiner Schicht war. Sie hatte schlechtes leichtes Blut. Er hätte über ihr wachen müssen und hart gegen sie sein, wie Maurice es gewesen war. Seine Idee war, einen Kameraden aus seiner Frau zu machen. Aber sie war nicht die Art Frau. Oh, er hätte das wissen müssen, wissen müssen, sie retten müssen vor sich selbst – vor Eden!
Und wie sie an Edens Schulter weinte, waren ihre Tränen nicht mehr die heißen Tränen der Hingabe, sondern bittere Tränen heißen Zorns gegen Piers, der sie nicht gerettet hatte.

## 22  Wakefields Geburtstag

Wakefield erwachte jetzt jeden Morgen mit einem Gefühl fröhlicher Aufregung. Der Grund dafür war, daß Finch ihm sein Pfadfinder-Horn geschenkt hatte. Finch war mit seinem Pfadfindertum sehr schnell fertig geworden. Das einzige, was ihm dabei Spaß gemacht hatte, war die Tatsache, daß er ein Hornist war. Aber auch dessen wurde er bald müde, und da er zu der Erkenntnis kam, daß er nicht das Material zu einem guten Pfadfinder war, gab er es völlig auf. Seine kleinen Pflichten mit freudigem Eifer zu erfüllen, immer bereit und hilfreich zu sein, jeden Tag eine gute Tat zu tun, schien über seine Kräfte zu gehen. So hatte er sich aus der Organisation herausgedrückt und sein Horn unten in dem Sekretär in seinem Zimmer verschlossen, damit Wake es nicht in die Hände bekam.

Nun hatte er es Wake zum Geburtstag geschenkt. Da er sich einmal dazu entschlossen hatte, behielt er es nicht bis zum Tage selbst. Der kleine Junge besaß es schon seit vierzehn Tagen. Und jeden Morgen wachte er auf, alle Nerven zitternd vor freudiger Aufregung, denn da oben über dem Bett hing das Horn, und er durfte nicht aufstehen, ehe er die Reveille geblasen hatte. Es war aufregend, im Bett zu sitzen und aus voller Brust und mit aufgeblasenen Backen diese herrlichen metallenen Töne herauszuschmettern. Wenn sie dem Zuhörer auch schwach und krächzend klangen, für Wake waren sie von edler Fülle und bis in die Seele ergreifend.

Glücklicherweise war er gewöhnlich der letzte der Familie, der aufwachte. Aber heute morgen war sein Geburtstag, und er war der allererste gewesen. Alle, alle waren von dieser schlafzerstörenden Reveille aufgewacht. Renny, der auf dem Rücken lag, die Arme über den Kopf geworfen, hatte geträumt, daß er auf einem großen wilden Pferd einen steilen Abhang entlangjagte. Und plötzlich war das Pferd mit einem Wiehern, das das Universum erschütterte, über den Abgrund gesprungen und mit ihm in die sonnenglitzernde See getaucht.

Mit einem krampfhaften Zusammenzucken des Körpers erwachte Renny zum Sonnenlicht des frühen Morgens mit einem in seinem Erstaunen so komischen Gesicht, daß Wakefield laut lachte, den Atem verlor und hilflos in das Instrument sprudelte. Dann lachte Renny auch, denn der Anblick seines jungen Bruders, der da so frisch und so wichtig im Bett saß, mit gesträubtem Haar, das eine dunkle Auge über der aufgeblasenen Backe spitzbübisch zu ihm hinblinzelnd, war zu lächerlich. Er war lächerlich und auch rührend. »Der arme kleine Kerl«, dachte Renny, »ein Menschenwesen wie ich selbst, das einmal Mannesgefühle und eines Mannes wunderliche Gedanken haben wird.«

»Heute ist mein Geburtstag«, sagte Wakefield und wischte sein Kinn.

»Allerschönsten Glückwunsch«, sagte Renny und versuchte nicht auszusehen, als ob er ein herrliches Geschenk für ihn hätte.

»Wahrscheinlich werde ich nicht so alt wie Oma. Aber vielleicht kann ich doch neunzig werden, wenn ich vorsichtig bin.«

»Du wirst schon vorsichtig sein, sei nur ruhig. Kriech noch ein bißchen hinein. Es ist noch früh.«

Wakefield legte das Horn auf den Tisch neben dem Bett, warf sich in die Kissen. Er kuschelte sich an Renny und legte die Arme um seinen Hals.

»Oh, ich bin so glücklich«, flüsterte er. »Ein Picknick heute, bitte! Das erste in diesem Jahr. Es ist Juni. Der erste Juni! Mein Geburtstag!« Seine Augen waren zwei schmale Schlitze. »Renny, hast du ein – du weißt, was?«

Renny gähnte unnatürlich und zeigte dabei zwei Reihen starker Zähne. »Na, ich glaube, ich stehe auf.«

»Renny, Renny!« Er hämmerte und strampelte gegen seines älteren Bruders Brust. »O Renny, ich könnte dich totmachen!«

»Warum?«

»Weil du es mir nicht sagen willst.«

»Was sagen?« Renny hielt ihn von sich ab.

»Du weißt, was.«

»Wie kann ich das wissen, wenn du es mir nicht sagst?«

»O du Biest, Renny! Du willst es mir doch nicht sagen!«

»Was agen?«

»Ob du ein – du weißt was – für mich hast.«

Renny schloß die Augen. »Heute morgen bist du dämlich«, sagte er kalt. »Das ist wirklich schade in dem Alter.«

Wakefield forschte in seines Bruders hartem, wetterbraunem Gesicht mit der scharfen Nase. Es war eigentlich ein Gesicht zum Bangewerden. Ein Gesicht, das einem Mann gehörte, der sein angebeteter Bruder war und kein Geburtstagsgeschenk für ihn hatte.

Er schloß auch die Augen und murmelte in sich hinein: »Oh, dies ist schrecklich!« Eine Träne lief seine Backe hinunter und fiel auf Rennys Hand.

Der ältere Whiteoak schüttelte den jungen etwas. »Laß das sein«, sagte er. Sie sahen einander in die Augen.

»Es hat mich fast ruiniert.«

»Was, Renny?«

»Na, das Geschenk.«

»Das Geschenk?«

»Ja, natürlich, das Geburtstagsgeschenk.«

»O Renny, um Gottes willen –«

»Laß das Fluchen.«

»Aber was ist es?«

»Es ist«, er flüsterte Wake das Wort ins Ohr, »ein Pony – ein bildhübsches Welsh Pony.«

Nach den ersten begeisterten Fragen lag Wake still und schwebte in einem goldenen Nebel von Glückseligkeit. Er wollte auch nicht das Gefühl eines einzigen Augenblicks dieses Tages aller Tage verlieren. Erst ein Pony, dann ein Picknick, dazwischen ein Schwelgen in anderen Geschenken. Ein Geburtstagskuchen mit zehn großen Kerzen. Zuletzt flüsterte er: »Ist es ein Er oder eine Sie?«
»Eine kleine Stute.«
Eine Stute! Er konnte es kaum glauben. Da würde es ja Füllen geben — kleine zottige Füllen. Seine eigenen. Es war fast zuviel. Er drückte sich an Renny. Betete ihn an.
»Wann wird sie — o sag, Renny, wie heißt sie?«
»Sie hat keinen Namen. Du kannst ihr einen geben.«
Keinen Namen. Ein namenloses Geschenk der Götter. O ungeheure Verantwortung, ihr einen Namen zu geben!
»Wann kommt sie?«
»Sie ist da, im Stall.«
Mit einem Freudenschrei sprang Wake im Bett auf, und dann, als ihm das Horn wieder in die Augen fiel, hatte er eine Eingebung.
»Renny, wäre es nicht herrlich, wenn ich die Reveille bliese und wir dann beide sofort aufstünden? Ich möchte so schrecklich gern für dich die Reveille blasen, Renny.«
»Los also.«
Feierlich nahm der Junge das Horn an die Lippen und holte tief Atem. Renny lag und sah ihn an, belustigt und mitleidig. Armer kleiner Teufel — eines Tages ein Mann, wie er selbst.
Laut und triumphierend tönte der Klang der Reveille. Gleichzeitig sprangen sie heraus auf den Fußboden. Junisonne schien ins Zimmer.
Unten sagte Wakefield zu Finch: »Kannst du dir denken? Renny hat mir ein Pony geschenkt. Eben sind wir im Stall gewesen, es zu besehen. Eine kleine Ponystute, denk dir, Finch. Das gibt später Füllen. Und danke noch einmal für das Horn. Renny und ich sind heute beide dabei aufgestanden. Und es soll ein Picknick am Strande sein, und ein ganz riesiger Geburtstagskuchen.«
»H—mm«, brummte Finch. »Von meinem Geburtstag ist nie solch ein Aufhebens gemacht worden.«
»Du hast immer einen Kuchen gehabt, Lieber«, sagte Meggie vorwurfsvoll. »Und vergiß nicht die hübschen kleinen Maschinen und dein Zweirad und deine Armbanduhr.«
»Du erwartest doch nicht, daß die Familie beglückt ist, daß du geboren bist?« fragte Piers grinsend.
»Nein, ich erwarte nichts anderes«, schrie Finch, »als immer geärgert zu werden.«
»Armer kleiner Junge, er ist eifersüchtig.« Piers strich mit der sonnverbrann-

ten Hand Finch über den Kopf, strich weiter über seine lange Nase und endete mit einem scherzhaften Knuff unter dem Kinn.

Finchs Nerven waren heute morgen empfindlich. Er stand mitten in einem der Halbjahresexamen, und seine wachsende Versunkenheit in die Musik machte ihn weniger denn je fähig, mit der Mathematik fertig zu werden. Er wußte mit schrecklicher Gewißheit, daß er nicht in die höhere Klasse kam. Die Tatsache, daß sein Musiklehrer nicht nur Freude an ihm hatte, sondern tiefes Interesse, konnte das nicht wiedergutmachen. Zugleich mit einem gedrückten Gefühl hilfloser Unfähigkeit hatte er das hochfahrende Selbstbewußtsein eines Menschen, dessen Geist sich gelegentlich in die freien und grenzenlosen Weiten der Kunst erhebt.

Mit einer Art Aufschrei fuhr er zu Piers herum und stieß ihn gegen die Brust. Piers fing seine Handgelenke, hielt sie und lächelte gelassen in sein wildes, verzerrtes Gesicht.

»Sieh doch, Eden«, rief er. »Dieses kleine Lamm blökt, weil wir Wakes Geburtstag mit etwas mehr Drum und Dran feiern als seinen. Ist das nicht ein Verbrechen?«

Eden schlenderte herüber, die Lippen in einem leisen Lächeln von den Zähnen zurückgezogen, die die Zigarette hielten, und stimmte in die Neckereien ein.

Den ganzen Morgen wütete es in Finch. Beim Mittagessen fiel es beiden, Meg und der Großmutter, ein, ihn zurechtzuweisen und an ihm herumzumäkeln. Er ließe sich gehen, sagten sie. Er stieße überall mit den Ellbogen an. Er stopfte sein Essen so schnell wie möglich herein, um das letzte Kirschtörtchen vor der armen alten Großmutter zu kriegen. Wütend murmelte er in sich hinein, daß sie seinetwegen es haben könnte, und wenn sie daran erstickte.

Das hörte sie.

»Renny! Renny!« schrie sie und wurde purpurrot dabei. »Er sagt, er hofft, daß ich daran ersticke – ersticke – in meinem Alter! Hau ihn, Renny; ich will das nicht. Ich ersticke. Ich weiß es.«

Sie stierte wild das Haupt des Hauses an, die Augen funkelnd unter den struppigen roten Brauen.

»Mama, Mama«, sagte Ernest.

»Es ist wahr«, knurrte Nicholas. »Ich hörte es ihn sagen.« Renny hatte mit Alayne gesprochen und versucht, gar nicht auf die Störung zu achten. Nun stand er in plötzlichem Ärger auf und ging mit zwei Schritten zu Finch hinüber.

»Entschuldige dich bei Großmutter«, befahl er.

»Tut mir leid«, murmelte Finch und wurde weiß.

»Kein Gemurmel! Ordentlich.«

»Es tut mir sehr leid, Großmutter.«

Der Anblick seiner hängenden Schultern und seines wenig schönen, einfältigen Gesichts riß den Älteren plötzlich zu einem seiner Zornanfälle hin. Er gab ihm

eine kräftige, schallende Ohrfeige. Vielleicht war Finch den Tag nicht richtig im Gleichgewicht. Jedenfalls war es ja immer leicht, ihn umzuwerfen. Den nächsten Augenblick war er ein schluchzendes Häufchen Unglück auf dem Fußboden, und sein schwerer Stuhl war mit einem Krach umgefallen.
Alayne erstickte einen Schrei und starrte auf ihren Teller. Ihr Herz hämmerte, aber sie dachte: »Ich muß mich festhalten. Ich muß. Er wollte das gar nicht. Es wird ihm leid tun. Sie haben ihn dazu getrieben.«
Renny setzte sich wieder. Er vermied es, sie anzusehen. Er fühlte sich beschämt, daß er sich vor ihr zur Heftigkeit hatte hinreißen lassen. Aber wenn sie ihn für einen plumpen Grobian hielt, um so besser.
Finch erhob sich selbst und seinen Stuhl und setzte sich wieder an seinen Platz bei Tisch mit einem völlig verzweifelten Gesicht.
»Willst du nun noch einmal frech werden?« fragte Großmutter und fügte nach einem weiteren Bissen Kirschkuchen hinzu: »Jemand soll mich küssen.«
Sie fragte fortwährend, wann das Picknick sein sollte, denn es regte sie noch mehr auf als Wake. Sie war in Hut und Mantel, längst vor der Zeit, wo der Zweispänner sie an den Strand bringen sollte. Sie hatte die Picknickkörbe neben ihrem Stuhl aufstellen lassen und verbrachte die Wartezeit mit einem langwierigen und heftigen Streit mit Boney, ob er zwischen den Vorräten räubern dürfe oder nicht.
Die Picknickgesellschaft wurde ebenso wie beim Kirchgang geteilt, mit dem Unterschied, daß Finch auf seinem Zweirad fuhr, statt zu gehen, und Piers erst spät zu Pferde nachkam, denn er hatte gerade eine sehr arbeitsreiche Zeit.
Als er sein Pferd an einen Eisenstab band, der dort in dem Feld stand, solange sich irgendeiner von ihnen erinnern konnte, sah er zu der Gesellschaft hinüber, um Pheasant zu suchen. Er hatte in letzter Zeit nicht soviel von ihr gesehen, wie er gewünscht hätte. Zu der gewöhnlichen Frühlingsarbeit, die er und seine Leute zu tun hatten, kam diesmal die Anlage eines neuen Kirschgartens und das Roden eines Stückes Waldland zur Bebauung. Piers war so stark und gesund wie ein kräftiger junger Baum. Er war ehrgeizig und er fürchtete keine Arbeit, aber es schien ihm doch hart, daß er in diesen schönen Frühsommertagen so wenig Zeit übrig hatte für glückliche freie Stunden mit Pheasant. Sie kam jetzt selten mit ihm in die Felder oder Obstgärten hinaus, wie sie es früher getan hatte. Sie sah auch blaß aus und war oft verstimmt, sogar traurig. Er grübelte, ob sie vielleicht ein Kind erwarten könnte. Er mußte sich mehr um sie kümmern und ihr etwas Abwechslung verschaffen. Vielleicht konnte er eine Autofahrt zum Wochenende einrichten. Das arme Mädchen war sicher eifersüchtig auf Alayne, die Eden immer bei sich hatte.
Er sah Pheasant auf einer Klippe stehen, ihre schlanke Gestalt scharf gegen den Himmel abgehoben. Ihr kurzes grünes Kleid flatterte ihr um die Knie. Sie sah aus wie eine Blume, die da über der luftigen Bläue des Sees sich wiegte.

Der Zweispänner war den schmalen steinigen Weg heruntergebracht, der zwischen zwei Klippen an den Strand führte. Hodge hatte die Pferde abgespannt und sie in den See hinausgeführt zum Tränken. Ein Feuer war am Strand angezündet, und drum herum unterhielt sich die Familie außer Pheasant und der alten Mrs. Whiteoak, jeder in seiner eigenen Art. Wake watete mit hochgekrempelten Hosen am Rand des Wassers entlang. Renny warf für seine Spaniels kleine Holzstückchen ins Wasser. Nicholas und Ernest ließen Steine auf dem Wasser springen. Meg, in einem abgetragenen alten Sweater, beugte sich über das Feuer und sorgte für den Teekessel. Alayne trug Holz zum Feuer. Lady Buckley, sehr aufrecht auf einer Decke, die auf dem Strand ausgebreitet war, strickte irgend etwas von leuchtend roter Farbe.

Ehe Piers zu den anderen an den Strand ging, kam er zu seiner Großmutter, die von der Sicherheit ihres Sitzes im Zweispänner aus dem Schauplatz übersah.

»Na, Großmutter, gefällt es dir?«

»Komm mit deinem Kopf nahe, daß ich dich küssen kann. So, das ist ein guter Junge! Ja, es gefällt mir sehr gut. Hier habe ich die Kinder vor mehr als sechzig Jahren zu Picknicks hergebracht. Ich weiß noch genau, wie ich an diesem selben Platz saß und zusah, wie euer Großvater die Jungens schwimmen lehrte. Nick war ein kleiner Wasserhund, aber Ernest schrie immer, daß er ertrinke. Oh, das waren Zeiten! Ein herrliches Land war es damals.«

»Das kann ich mir denken, Großmutter.«

»Ja, Waldtauben gab es so viele, daß sie in Wolken flogen, die einen großen Schatten warfen. Die Farmjungens fingen sie in Schlingen. Hübsche, hübsche Dinger, mit Augen wie Edelsteine. Sie stachen einer die Augen aus, die Halunken! Und dann warfen sie sie aufs Feld; und wenn der Schwarm sie flattern sah, dann dachte er, sie pickte da, und sie kamen in einer Wolke herunter, und die Jungens und Männer konnten sie zu Hunderten schießen.«

»Solche Jagd gibt es jetzt nicht mehr, Großmutter.«

»Geh und sieh zu, wann der Tee fertig ist. Ich will meinen Tee. Und Philip — ich meine Piers — paß du auf Pheasant auf; sie ist jung, ja, ja, sie ist jung, und ihre Mutter war liederlich, und ihr Vater ein Lümmel. Aufpassen tut not.«

»Hör mal, Großmutter, ich mag das nicht, daß du solche Sachen über Pheasant sagst. Sie ist recht so, wie sie ist.«

»Mag sein — aber aufpassen tut not. Bei allen Frauen, wenn sie hübsch sind. Ich will meinen Tee.«

Piers lächelte über den guten Rat der alten Dame, wie er den Strand entlangschlenderte. Er war gutmütig erheitert darüber, aber doch dachte er: »Ein Korn Wahrheit ist drin in dem, was sie sagt. Auf Mädchen muß man aufpassen. Aber es gibt hier doch niemand außer Tom Fennel, mit dem sie — Eden, da ist Eden; er hat nichts zu tun — könnte sich einen Spaß daraus machen. — Dichter — unmoralische Burschen. Ich will mehr mit ihr zusammen sein. Ich könnte sie am

Wochenende zu den Fällen mitnehmen. Da ist ein neuer Gasthof. Das würde ihr Spaß machen, dem armen kleinen Ding.«

Der See hatte eine Farbe wie Lapislazuli. Ein paar Möwen, aufgestört durch das Bellen der Hunde, kreisten ärgerlich schreiend über seinem Glanz. Hinter ihnen war ein Kohlenschlepper mit schwarzen Segeln, der sich kaum merklich bewegte, und der Dampfer zum Niagara schleppte seine feine Rauchfahne hinter sich. Kleine Segelboote strebten vorwärts zu irgendeinem Jachtklubrennen.

Piers ging zu Renny hinüber, dessen Augen Flossie verfolgten, die hinter dem Stock herschwamm, während Merlin seinen schon geholt hatte und sich heiser bellte in verzweifeltem Bitten um eine neue Gelegenheit, seine Geschicklichkeit zu zeigen. Als Piers näherkam, schüttelte sich der Spaniel so heftig, daß er den Brüdern einen Tropfenschauer über die Beine sprühte.

»Da hat sie ihn«, sagte Renny, die Augen noch auf Floß, und rief ihr zu: »Braves Mädchen!«

»Verdammter Merlin!« sagte Piers. »Hat meine Hosen ganz naß gespritzt.«

»Ganz in Weiß?« bemerkte Renny und musterte ihn.

»Dachtest du vielleicht, daß ich im Arbeitszeug käme, ja? Haben wir noch Zeit zum Schwimmen vor dem Tee?«

Renny bückte sich und hielt seine Hand ins Wasser. »Es ist nicht sehr kalt. Wollen's nur machen. Der Tee kann warten.«

»Wo ist Eden?« fragte Piers und sah zu der Gesellschaft hinüber.

»Vor einem Augenblick war er mit Pheasant oben auf der Klippe.« Als sie aufsahen, entdeckten sie einen hellen Kopf gerade über dem Gras, wo er zu Pheasants Füßen ausgestreckt lag.

»Ich will nicht, daß er immer um sie herumhängt«, brach Piers aus.

»Dann sag es ihm«, sagte Renny kurz.

»Bei Gott, das will ich! Und so, daß er es nicht wieder vergißt.« Sein Gemüt war plötzlich ein kochender See von Mißtrauen. »Sogar Großmutter meint, daß da etwas nicht in Ordnung ist. Sie hat mich eben gewarnt.«

»Nicht nötig, sich aufzuregen«, sagte Renny und warf wieder den Stock für Merlin, der mit einem Freudengebell ins Wasser schoß, während sein Platz sofort durch die tropfende, zudringliche Flossie eingenommen wurde. »Eden und Alayne gehen vor dem ersten Juli fort. Evans hat eine Stellung für ihn.«

»Was für ein Faulpelz er ist!«

»Wie stellst du dir das vor, daß er mit einem gebrochenen Bein arbeiten sollte? Nun knurre nicht: dies ist Wakes Geburtstagsgesellschaft. Komm mit zum Schwimmen.« Er schrie zu Wakefield hinüber: »Wake, willst du mit schwimmen gehen?«

Wakefield kam durch die kleinen Strandwellen galoppiert.

»Darf ich? O herrlich! Wenn ich bloß das Pony hier hätte! Wetten, daß es mit mir hinausschwimmt?«

»Eden!« rief Renny. »Wir gehen schwimmen, komm mit.«
Sie starrten ihn an, wie er auf die Füße kam und den steilen Pfad die Klippen herunterstieg. Er hinkte noch von seinem Fall her.
»Ist es nicht reichlich kalt?« fragte er.
»Wir können ja Meg sagen, daß sie einen Kessel Wasser kocht, um einen Fleck für dich anzuwärmen«, sagte Piers.
»Wo ist Finch?« fragte Renny. »Finch möchte sicher auch gern mitkommen.«
Wakefield antwortete: »Er ist schon in der kleinen Bucht und liegt da auf dem Sand.«
Die vier gingen auf die Bucht zu.
»Laßt bitte Onkel Ernest nicht mitkommen«, sagte Eden. »Der tut mir sicher was.«
»Onkel Ernest!« schrie Renny. »Eden sagt, du sollst nicht mitkommen. Du bist zu grob.«
»Eden, Eden«, schrie Ernest, aber mit einem gewissen Stolz. »Ich wollte, du vergäßest das endlich einmal.«
Großmutters Stimme kam aus dem Zweispänner, scharf vor verzweifeltem Hunger: »Wann wird denn endlich Tee getrunken? Ich habe Piers gesagt, daß er mir Tee holt!«
»Ich bringe dir ein Honigbrot zum Abwarten, Mama«, sagte Augusta. Sie kam vorsichtig über den Kies, das gestrichene Brot in der Hand.
Als die vier Brüder die kleine weidenüberwachsene Bucht erreichten, fanden sie Finch mit dem Gesicht nach unten, den Kopf in die Arme gesteckt. »Noch immer brummen?« fragte Piers.
»Hast du gewußt, Renny, daß der arme Junge besessen ist von der Idee, daß wir aus Wakes Geburtstag mehr machen als aus seinem? Ist das nicht herzzerreißend, Wake?«
Wakefield starrte lächelnd und selbstbewußt auf Finchs liegende Gestalt.
»Wenn ich mein Bein erkälte«, bemerkte Eden, »dann könnte ich Rheumatismus bekommen.«
»Du erkältest dich nicht, wenn ich bei dir bin«, sagte Piers.
Als die anderen in den See getaucht waren und Wake schon vor Entzücken und Schrecken in Piers Händen kreischte, wandte sich Renny zu Finch und sagte mit väterlicher Miene: »Komm nur mit, Finch, das tut dir gut. Du hast zuviel gearbeitet.«
»Nein, ich möchte nicht«, murmelte der Junge in seine Arme.
»Sei kein Esel«, sagte Renny und stieß ihn mit dem bloßen Fuß. »Je mehr Piers sieht, daß er dich ärgern kann, desto mehr tut er es.«
»Es ist nicht bloß das.«
»Hör zu, Finch. Es war nicht schön, daß ich dir vor den anderen die Ohrfeige gab. Aber du warst zu verdammt frech. Komm mit und vergiß es.«

Finch rollte sich herum und zeigte ein verstörtes rotgeweintes Gesicht.
»Gibt es denn keinen Fleck, wo ich in Ruhe allein sein kann?« schrie er. »Muß ich bis ans Ende der Welt laufen, um allein zu sein? Alles, was ich will, ist, hier in Frieden allein sein, und ihr kommt her und stört mich auf!«
»Dann bleib allein, du kleiner Idiot!« Renny warf die Zigarette weg, die er rauchte, und ging ans Ufer.
Alles gut und schön, dachte Finch, für einen Herrenmenschen wie Renny, der immer sicher war, seiner selbst gewiß, unbedroht von schrecklichen Gedanken und Verwirrungen, vor dem selbst Piers eine Art Angst hatte. Mit dem Kopf auf die Hand gestützt, sah er zu, wie seine Brüder schwammen, platschten, tauchten, und der Sonnenschein auf ihren weißen Schultern glänzte. Wie ein Wesen anderer Art beobachtete er sie, mit dem Gedanken in seinem Kopf, daß eine Verschwörung gegen ihn im Gange war und jedes Familienglied irgendwie daran teilhatte, daß sie über ihn klatschten, spotteten und lachten; aber sich selbst zum Trotz, kam doch ein langsames Lächeln der Freude über ihre glänzende Schönheit und Geschicklichkeit in sein Gesicht. Ihre kräftigen Schreie waren nicht unmusikalisch. Und der Glanz ihrer glatten Köpfe, blond, rostrot und schwarz, freute seine Augen. Er sah, daß Piers derb mit Eden umging, und das machte ihm Spaß. Er hoffte, daß sie sich prügelten und einander halbtot schlugen, während er da auf dem Sand lag und zusah.
Eden kam aus dem Wasser gehinkt.
»Sind keine Handtücher da?« fragte er. »Lauf und bitte Meg um Handtücher, sei ein guter Junge, Finch.«
O ja! Er war ein guter Junge, wenn er für sie laufen sollte. Aber er lief über den Kies zu seiner Schwester.
»Handtücher? Ja, hier sind sie. Dieses große rot und weiße für Renny, merk dir's! Und die beiden kleineren für Eden und Piers. Und schick Wake zu mir. Ich muß ihn ordentlich abreiben, daß er sich nicht erkältet.«
Eine plötzliche Stimmung wilder Spiellust kam über Finch. Er packte die Handtücher und lief mit wilden Sprüngen seines langen Körpers zurück nach der Bucht. Da schleuderte er das zusammengeknüllte Bündel seinen Brüdern zu.
»Hier sind eure alten Handtücher«, schrie er, und während er durch das Gestrüpp unter den Weiden brach, rief er zurück: »Du sollst zu Meggie kommen, junger Wake, und Prügel kriegen!«
Alayne war zu Pheasant auf die Klippe gestiegen, und jetzt kam auch Renny den Pfad herauf, sein nasser, roter Kopf erschien zuerst über dem Rand, wie die struppige Tolle eines Raubvogels. Er warf sich auf den kurzen dichten Klee, der die Klippe bedeckte, und zündete seine Pfeife an.
»Es ist eigentlich hart«, sagte Pheasant mit ihrer kindlichen Stimme, »daß Alayne und ich nicht baden konnten. An dem Lärm, den ihr gemacht habt, konnten wir uns vorstellen, was ihr für Spaß gehabt habt.«

»Es war zu kalt für Frauenzimmer.«
»Es ist eine wissenschaftliche Tatsache«, sagte sie weise, »daß unser Geschlecht mehr Kälte als eures aushalten kann.«
»Wir haben keine Badeanzüge mitgehabt.«
»Wir hätten doch alle Badeanzüge mitbringen können und alle zusammen hineingehen. Du kannst dir nicht vorstellen, wie dumm es ist, hier oben die Daumen zu drehen, während ihr Mannsleute euch vergnügt. ›Männer müssen arbeiten und Weiber müssen weinen‹ — das ist das Motto der Whiteoaks. Bloß übersetzt ihr es so: ›Männer müssen spielen und Weiber‹ — hilf mir bloß, daß ich etwas richtig Bissiges finde, Alayne.«
Alayne antwortete nur mit einem Achselzucken. Renny starrte weiter über den beweglichen Glanz des Wassers und zog an seiner Pfeife. Mit einer Art schweigender Tyrannei unterdrückte er den Wunsch des jungen Geschöpfes nach Gespräch und Lachen. Sie wurde auch stumm, zupfte am Gras, und dann stand sie nach einem Seitenblick auf die anderen beiden auf und fing langsam an, den Weg hinunterzusteigen.
»Warum gehst du, Pheasant?« rief Alayne scharf.
»Ich dachte, irgend jemand müßte Meggie helfen, den Tisch zu decken.«
»Gut. Wenn ich helfen kann, ruf mich bitte.«
Nun ging ein Schauer der Erregung durch sie hin. Es war das erste Mal seit Wochen, daß sie allein mit Renny war. Sie wünschte fast, daß sie mit Pheasant gegangen wäre.
Eine Weile hatte er sie jetzt gemieden. Ihre Ritte, die durch die schweren Schneefälle im Januar und Edens Krankheit unterbrochen waren, hatten sie nicht wieder aufgenommen. Obgleich sie im selben Hause zusammen lebten, waren sie doch durch eine Mauer getrennt, eine starre Mauer von Eis, durch die jeder den anderen sehen konnte, aber verzerrt durch ihre gläsernen Spiegelungen. Jetzt in der Sonne auf der Klippe schien die Mauer zu schmelzen und mit ihr die Schranke ihrer vernünftigen Selbstbeherrschung. Wenn sie bloß gewußt hätte, was er fühlte! Sein Stillschweigen war für sie wie eine heimliche Umarmung.
Wie Weihrauch stieg der würzige Holzrauch vom Strand auf. Wakes kleine nackte Gestalt tanzte hier und da herum wie ein Strandläufer.
Sie studierte Rennys Profil, die gebogene Nase, die Lippen, die die Pfeife hielten, das feuchte, an die Schläfe geklebte Haar. Es war so unbeweglich, daß eine schwere Niedergeschlagenheit ihre leidenschaftlich erregte Stimmung erdrückte. Wie sie ihn ansah und an Eden dachte, fühlte sie plötzlich, daß sie genug von den Whiteoaks hatte. Sie hatte ihre Seele an ihrem zügellosen Egoismus wundgestoßen. Dieser Renny, den sie liebte, war ebenso fern und so selbstgenügsam wie der Felsen da drüben. Sein Ausdruck verhaltener Leidenschaft war vielleicht nur die Maske eines grübelnden Wunsches, ein besonders feuriges Stück Pfer-

defleisch für seine Ställe zu ergattern. Aber wie war das möglich, da sie doch das Gefühl hatte, daß sein Stillschweigen eine Umarmung war! Zwei Schattenarme schienen sich von seinen Schultern nach ihr auszustrecken, sie an sich zu reißen in Küssen von der Leidenschaft jener Küsse damals im Obstgarten, und zugleich mit dem ganzen Hunger dieser Monate des Zwanges.
Seine wirklichen Arme hatten sich nicht gerührt. Einer lag über seinem Schenkel, der andere hob sich nach seiner Pfeife, deren Kopf er in der Hand hielt.
Er nahm jetzt die Pfeife aus den Lippen und sprach mit leiser gedämpfter Stimme. Seine Worte warfen sie um. Sie war wie ein Seemann, der in Furcht vor gewissen Untiefen mit Angst und Hoffnung auf das Licht wartet, das ihre Nähe anzeigt, und plötzlich von diesem Licht mitten ins Gesicht geblendet wird. Aufregung, Trotz, Niedergeschlagenheit, alles war verschwunden. Sie wußte plötzlich von nichts als von seiner Liebe. »Ich liebe dich«, sagte er, »und ich bin in der Hölle, weil ich dich liebe. Und es gibt keinen Ausweg.«
Dieses magische Erlebnis, mit Renny auf der Klippe zu sitzen und diese Worte aus seinem Munde zu hören, in seiner gedämpften Stimme, rissen Alayne eher zu einem Gefühl hemmungsloser Hingabe als zu traurigem Verzicht hin. Wie ein Keim aus jungfräulichem Boden quoll diese erste tiefe Liebe aus ihrem Wesen empor, der heißen Sonne seiner Leidenschaft entgegen.
Renny ging es sehr anders. Als ein Mann, der oberflächlich, bedenkenlos die Frauen geliebt hatte, der nicht ihre Sprache reden konnte, der nie geglaubt und gewünscht hatte, irgendeine andere Art Gefühl für sie zu haben, fühlte er sich von dieser neuen und schleichenden Leidenschaft überrumpelt, die tiefer ging als die einfache Besitzgier und nicht erfüllt und dann vergessen werden konnte. In seinen Augen war etwas von der Verstörtheit eines Tieres, das sich verwundet sieht, unfähig die Kräfte zu gebrauchen, die sein Leben und seine Freude waren. Liebe, die bisher für ihn wie ein Trunk frisches Wasser war, schmeckte nun nach dem bitteren Salz des Verzichts.
Er murmelte noch einmal: »Es gibt keinen Ausweg.«
Sie sagte fast flüsternd: »Nein, ich glaube, da ist nichts zu wollen.«
Es war, als ob ein Einwanderer auf den aufsteigenden Mond zeigte und zum anderen sagte: »Da ist kein Mond.«
Er empfand den seltsamen Widerspruch ihrer Worte zu ihrer Stimme. Er sah ihr ins Gesicht und entdeckte die Wärme und Leidenschaft darin. Er rief stöhnend aus: »Alles wollte ich umwerfen – dich wegholen, wenn es bloß – nicht mein Bruder wäre!«
In einer sonderbar halberstickten Stimme, die wie aus weiter Ferne zu kommen schien, warf sie ein: »Dein Halbbruder.«
»Daran denke ich nie«, sagte er kalt. Seine Anhänglichkeit an seine Brüder war so hartnäckig, daß es ihn immer geärgert hatte, wenn sie seine Stiefbrüder genannt wurden.

Nach einem Augenblick des Schweigens, das noch spürbarer zu werden schien durch den Schleier von Harzrauch, der aufstieg und über ihnen hing, sagte sie mit einem Zittern in der Stimme: »Ich will alles tun, was du mir sagst.«
»Das glaube ich wohl«, antwortete er. Und plötzlich wurde er sich bewußt, daß ihr Leben für sie genauso wichtig war wie das seine für ihn und daß sie es doch mit heroischer Selbstlosigkeit in seine Hände legte.
Sie merkten plötzlich, daß die am Strande sie riefen, und hinunterblickend sahen sie, daß sie ihnen winkten. Das Tischtuch war ausgelegt; schon ließ sich Nicholas, mit der Hilfe von Piers, schwerfällig in die ungewohnte Stellung im Gras herunter.
»Tee ist fertig. Kommt herunter! Kommt!« hallten die Stimmen herauf.
Die beiden standen mechanisch auf wie zwei unbeteiligte Figuren unter der blauen Unendlichkeit des Himmels und wandten sich dem Weg zu.
»Deine Absätze sind zu hoch für solch einen holprigen Weg«, sagte er. »Laß mich deine Hand nehmen.«
Sie legte ihre Hand in seine, und er hielt sie in seinem hageren muskulösen Griff, bis sie unten auf dem Kies angekommen waren.

## 23 Juninacht

Zwei Glieder der Picknick-Gesellschaft gingen nicht mit den anderen nach Jalna zurück. Piers ging durch die Schlucht nach Vaughansland und fuhr mit Maurice Vaughan nach Stead zu einer Versammlung von Obsthändlern. Finch ging auch nach Vaughansland, aber er fuhr mit dem Rad die Landstraße entlang und kam durch die Vordertür ins Haus. Er wußte, daß Maurice mit Piers fortgehen wollte, und da die Haushälterin fast völlig taub war, konnte er mit so viel wilder Leidenschaft Musik machen, wie er wollte, ohne daß irgend jemand als er selbst es hörte.
Den ganzen Tag hatte sich Finch nach dieser Stunde gesehnt. Und doch wußte er, daß er in diesem Augenblick zu Hause sein und für das Physikexamen morgen »büffeln« sollte. Er hätte überhaupt nicht zu dem Picknick gehen sollen, aber er hatte einen Kompromiß gemacht und ein Übungsbuch mitgenommen, um gelegentlich darin zu studieren. In Wirklichkeit hatte er aber nicht ein Wort darin gelesen. Das Buch war nichts als eine Maske gewesen, hinter der er für eine Weile sein ärgerliches, mürrisches Gesicht versteckt hatte. Als er es an dem Griff eines Rades festgeschnallt hatte, hatte er etwas gemurmelt, daß er zu George Fennel wollte und mit ihm arbeiten. Er hatte gelogen, und es war ihm einerlei. Heute abend mußte er frei sein. Seine Seele mußte ihre Flügel in die Weite der Nacht ausspannen. Musik würde ihn befreien.
Diese neue Freiheit, mit der die Musik ihn plötzlich umgab wie mit einer glän-

zenden Rüstung, war vor allem Freiheit von seinen eigenen drohenden Gedanken, und mehr noch Freiheit von Gott. Gott erschreckte ihn nicht mehr, verfolgte ihn nicht in seine Einsamkeit, sogar bis in sein Bett mit einem Gesicht, das sich von drohender Finsternis zu feurigem Glanz, von Alter zu Jugend wandelte. An Abenden, wo die Musik ihn tapfer und frei gemacht hatte, wanderte er durch die Schlucht nach Hause und sang im Wandern, er fürchtete sich nicht mehr vor Gott als vor den Ziegenmelkern, die ihre Liebe unter den Bäumen aussangen, oder vor den zitternden Sternen.
Manchmal erfüllte ihn der Gedanke, von Gott geliebt zu werden anstatt verfolgt, mit Trunkenheit und machte ihn blind von Tränen. Oft aber, und immer häufiger wie die Monate weiter hinflogen, glaubte er überhaupt nicht an Gott. Gott war nichts als ein Drache aus der Kinderzeit, die verkörperte Furcht, deren Samen eine schottische Bonne in frühester Jugend in ihn gesät hatte. Und doch wollte er nicht völlig diese Furcht vor Gott verlieren, denn sie hatte die Macht, die schreckliche Furcht vor sich selbst zu verdrängen. Einmal hatte er in einem seltsamen Blitz innerer Schau geglaubt, daß vielleicht Gott und er beide sich fürchteten, jeder vor seinem eigenen Spiegelbild in des anderen Augen. Vielleicht waren Gott und er sogar eins —.
In dem verlassenen Haus saß er sehr aufrecht auf dem Klaviersitz, nur seine Hände bewegten sich fest und leidenschaftlich über die Tasten. Das Stück, das er spielte, war nicht schwieriger, als irgendein begabter Junge es nach der gleichen Anzahl Stunden spielen konnte. Trotzdem war etwas Besonderes in Finchs Spiel in der Art, wie sein einfältiger Ausdruck sich in Selbstvertrauen wandelte, wenn er vor dem Klavier saß, und in der festen Gewandtheit seiner schönen Hände — die solch ein Gegensatz zu seinem wenig ansprechenden Gesicht waren —, und dies alles blieb oft noch lange nach der Stunde seinem Lehrer im Gedächtnis. Mehr als einmal hatte der Lehrer zu seinem Kollegen gesagt: »Ich habe einen Schüler, einen Jungen namens Whiteoak, der ganz anders ist als alle anderen. Er hat eine Art Genie, das weiß ich bestimmt, aber ob Musik sein natürlicher Ausdruck ist oder nur eine zeitweilige Entladung für irgend etwas anderes, darüber bin ich mir noch nicht klar. Er ist ein wunderlicher, scheuer Junge.«
Finch saß nun und spielte, weder scheu noch wunderlich. Das Zimmer war dunkel bis auf das Mondlicht, das mild über seine Hände auf den Tasten fiel. Durch das offene Fenster strömten die reichen süßen Düfte der Juninacht in wechselndem Strom herein, jetzt war es der Geruch der kühlen frischen Erde, nun der schwere Duft bestimmter gelber Lilien, die unter dem Fenster wuchsen, nun das gemischte Aroma wilder Blumen, vorjähriger Herbstblätter und reichen Waldbodens, das aus der Schlucht aufstieg. Der Wind schlug herein, bald warm und sanft wie ein Kuß erster Liebe, bald mit einer Kühle, die aus irgendeinem Winkel hochstieg, den die Sommersonne noch nicht durchwärmt hatte.

Alle diese Düfte und Wärme und Kühle verwob Finch in seine Musik. Er hatte in dieser Nacht ein seltsames Gefühl, wie wenn viele Jahre abgewandten Gesichts seit der Stunde des Picknicks vorbeigeflogen wären. Wie wenn alle, die er kannte, ja alle Menschen in der Welt, tot wären. Wie wenn er allein lebte und durch seinen Willen, seine Musik, die Juninacht einer neuen Welt erschuf.
Er fühlte die herrliche Erhebung des Schaffenden und zur selben Zeit eine große Traurigkeit, denn er wußte, daß die Welt, die er schuf, nicht dauern würde; daß sie nur der Schatten eines Schattens war; daß die tanzenden Ströme, die fliegenden Blumenblätter, die sanften Winde, die unter seinen Fingern entstanden, austrocknen, welken und fallen würden, wie die Musik wieder in Schweigen versank.
Eine Uhr auf dem Kamin schlug zehn mit einem dünnen, fern klingenden Ton. Finch dachte an das Examen morgen. Er mußte nach Hause gehen und ein paar Stunden arbeiten, versuchen, etwas außer Musik in seinen Kopf hineinzubringen. Aber auf alle Fälle war sein Kopf klarer nach der Musik. Er fühlte sich heute abend wundervoll klar. Alles, was er sah und hörte, schien ihm vergrößert und deutlicher geworden. Wenn er Glück hatte, konnte er in den nächsten paar Stunden die Probleme lösen, auf die es bei den Fragen des Examens ankam. Das schlimmste war, daß er Meggie gesagt hatte, er wollte bei George Fennel arbeiten, und nun einen weiten Umweg machen mußte, um von der Gegend des Pfarrhauses her anzukommen. Die Nacht war so mild, daß sicher irgend jemand von der Familie draußen war, und wenn er aus der Schlucht erschien, dann würden sie sofort den Verdacht haben, daß er in Vaughansland gewesen war.
Nur noch ein Stück! Er konnte sich noch nicht losreißen. Er spielte weiter und verlor sich in dem Entzücken dieses wachsenden Einklangs zwischen seinen Händen und den Tasten. Dann schloß er leise das Klavier, ging hinaus auf die Veranda und schloß hinter sich die Tür.
Ein warmer Windstoß schlug ihm entgegen, als ob er absichtlich ihn anhauche, um ihn in die Wälder zu verführen und ihn dort festzuhalten, bis er alles vergaß, was er so mühevoll in der Schule gelernt hatte, und nur die Mathematik der Jahreszeiten und die Sprache der Bäume wissen sollte. Er schwang sich aufs Rad und fuhr über den Rasenplatz.
Die Senke, in der das Haus stand, war vom Mondlicht überflutet wie eine flache Schale mit goldenem Wein. Die Luft war voll flüsternder Bewegung. Selbst das Gras, über das er hinglitt, schien ein magischer Teppich.
Er flog die Straße entlang, schneller und schneller, durch das kleine Dorf, am Pfarrhaus vorbei; es war Licht oben in Georges Dachstube, und der arme George schwitzte über seinen Büchern. Sollte er hineingehen und die Nacht bei George verbringen? Er konnte nach Jalna telefonieren.
Nein, er wollte ganz allein sein. George war heute abend zu solide, zu prosaisch

für ihn. Er sah förmlich sein langsames Lächeln, er hörte sein: »Wie kommen dir solche verrückten Gedanken in den Kopf, Finch?«
Die Rasenfläche hinunter in die alten Wälder von Jalna. Die schwarzen Tannen schwärzer als die schwärzeste Nacht. Wie ging das nur zu? Keine Dunkelheit konnte sie ganz auslöschen. Wie entzückend mußte der kleine Birkenwald im Mondschein aussehen! All die silbernen Birken in ihrem eigenen lichten Reigen inmitten der schwarzen Tannen! Wenn er sein Rad hier ließe, konnte er zum Birkenwäldchen hinübergehen und es in dieser ersten silbernen Juninacht sehen, sein Bild in seinem inneren Auge mit nach Hause nehmen.
Sein »inneres Auge«. Was für ein sonderbarer Ausdruck! Er stellte sich sein inneres Auge vor — rund, glühend, abwechselnd verzückt und entsetzt.

> Die Seele hat tausend Augen
> und das Herz nur eins;
> aber das Licht eines ganzen Lebens stirbt,
> wenn die Liebe vorbei ist.

Es mußte das Auge seines Herzens sein, das er sich vorgestellt hatte — dieses flammende, verzückte, entsetzte Auge. »Wenn die Liebe vorbei ist —«˹ Für ihn hatte die Liebe noch nicht angefangen. Er glaubte nicht, daß sie je kommen würde. Nicht die Art Liebe. Und er wußte nicht einmal, ob er sie sich wünschte.
Er lief leicht den Waldpfad entlang, der sich unter den Tannen hinwand. Vor ihm waren fünf schlanke junge Birken, aus dem Stamm einer gefallenen und verrotteten Fichte herausgewachsen, wie fünf märchenhafte Jungfrauen aus dem Leichnam eines erschlagenen Riesen. Hinter ihnen lag der Birkenwald im Geheimnis des Mondlichtes, die zarten hängenden Zweige schienen zu schwimmen über den fleckenlosen Stämmen.
Dies war der Platz, wo er eines Morgens Renny hatte stehen sehen mit der fremden Frau in den Armen. Die Stelle war seitdem für ihn von dieser Vision erfüllt. Er war darum kaum überrascht, als er leise Stimmen hörte, wie er den Außenrand des Wäldchens erreichte. Hatte Renny wieder Liebesgeschichten? Er blieb zwischen den jungen Farnen stehen und horchte. Er spähte durch den seltsam nebligen Glanz, der mehr von den Stämmen und dem Laub der Birken auszugehen schien, als von oben auf sie herabzufallen, und versuchte zu sehen, wer die beiden waren, die diesen versteckten Platz gesucht hatten. Jeder Nerv in seinem Körper zitterte, gespannt wie die Saiten eines Musikinstrumentes.
Zuerst konnte er nichts erkennen als das tauige Verschwinden von Licht und Schatten, den seltsamen Glanz, der über einem Fleck grünem Rasen hing. Rings um ihn war die Luft voll von geheimnisvollem Rascheln und Seufzen, als ob jedes Blatt und jeder Halm und jeder Farnwedel Empfindung habe. Dann zog ein Gemurmel von Stimmen, der Laut langer leidenschaftlicher Küsse seinen Blick nach einem bestimmten Fleck, der von ein paar Haselbüschen versteckt war. Kaum atmend, schlich er näher. Er hörte ein leises Lachen, und dann sagte

die lachende Stimme »Pheasant, Pheasant, Pheasant«, wieder und wieder. Es war Edens Stimme. Dann überstürzte, atemlose Worte von Pheasant, und dann ein tiefer Seufzer, und wieder der Laut von Küssen.
Oh, sie waren schlecht. Er hätte in seiner Wut dazwischenfahren mögen und sie totschlagen. Das wäre recht und gerecht gewesen. Sie hatten Piers verraten, seinen geliebten Bruder, seinen Helden! In seiner Vorstellung brach er über sie herein durch die Haselbüsche, die Farne zertrampelnd, und schlug sie wieder und wieder, bis sie um Mitleid schrien; aber er hatte kein Mitleid; er schlug sie nieder, wie sie an seinen Knien hingen, bis ihr Blut den Rasen färbte und die Schlucht von ihren Schreien hallte.
Er war wie betäubt. Er fuhr mit der Hand über die Augen, dann kroch er näher durch die Haselbüsche, so schwindlig, daß er kaum sah, wo er hinging. Atemlos fragte sie: »Was war das?«
Er hielt an.
Eine Stille folgte, und nur das Klopfen seines Herzens füllte das Weltall.
»Was war das?«
»Nur ein Kaninchen, oder ein Eichhörnchen.«
Finch ließ sich in die Knie. Sehr vorsichtig wandte er sich kriechend um und bewegte sich von ihnen fort, bis er den Pfad in den Tannenwald erreichte, dann sprang er auf die Füße und fing an zu laufen. Er rannte den nadelbestreuten Pfad entlang mit großen Sprüngen wie ein gejagter Hirsch. Sein Mund war offen, sein Atem ging in schluchzenden Stößen.
Als er die Stelle erreichte, wo er sein Rad gelassen hatte, hielt er nicht an. Nichts Mechanisches konnte mit der jagenden Eile seiner schnellen rächenden Füße hinfliegen. Er rannte den Rasen entlang, die Arme schwenkend; er flog über das Weideland an einer Gruppe schlafenden Viehs vorbei; da er die Brücke verfehlte, watete er über den Bach, durch die dicke, sich an ihn hängende Wasserkresse, glitt aus und klomm ans Ufer in einen großen goldenen Fleck Dotterblumen, und stürzte weiter zu den Ställen.
Piers kam gerade in den Hof gefahren, als er ankam. Finch lief dem Wagen entgegen, sein wildes weißes Gesicht und verwirrtes Haar sah erschreckend aus im Schein der Lampen. Er hielt seine Hand in die Seite, wo ein Schmerz wie ein Messer ihn durchschnitt.
»Was ist los?« schrie Piers und sprang aus dem Wagen.
Finch zeigte nach der Richtung, wo er herkam.
»Da drüben sind sie«, brachte er undeutlich heraus. »Dahinten in den Wäldern!«
»Was zum Teufel ist mit dir los?« fragte Piers und kam ihm ganz nahe. »Hast du dich erschreckt?«
Finch packte seinen Bruder am Arm und wiederholte: »Im Wald — lieben sich — beide — küssen sich — lieben sich —«

»Wer? Sag, wen du meinst. Ich weiß nicht, wovon du redest.« Piers wurde ungeduldig, aber trotzdem regten ihn die wilden Worte des Jungen auf.
»Eden, der Verräter!« schrie Finch, und seine Stimme war ein Schrei. »Er hat Pheasant da unten im Walde – Pheasant. Sie sind schlecht, sag' ich dir – schlecht wie die Hölle!«
Piers' Hand war um seinen Arm wie ein Schraubstock.
»Was hast du gesehen?«
»Nichts – nichts – aber hinter den Haselbüschen habe ich es flüstern hören – küssen – oh, ich weiß. Ich bin nicht von gestern. Weswegen sind sie so weit weggelaufen? Sie würde sich nicht so von ihm küssen lassen, wenn er –«
Piers schüttelte ihn. »Halt den Mund. Kein Wort weiter. Nun hör zu. Du gehst direkt auf dein Zimmer, Finch. Und sagst keinem Menschen ein Wort hiervon. Ich werde sie finden.« Sein volles gesundes Gesicht sah starr aus, und seine Augen brannten. »Ich schlage sie beide tot – wenn das wahr ist, was du sagst, Finch. Nun geh ins Haus!«
Dann frug er in einem fast sachlichen Ton, wo Finch sie gesehen hätte und warum er selbst dahingegangen wäre. Finch wiederholte alles zusammenhängend. Etwas von ihrer Aufregung mußte auf die Tiere übergegangen sein, denn die Hunde fingen an zu bellen, und ein lautes Wiehern kam aus den Ställen. Der Mond war im Sinken, und eine tödliche Fahle lag über der Erde. Piers wandte sich ab, mit einem Fluch, als er über die Deichsel eines Karrens stolperte. Ein Nebel stieg über die Viehweiden auf, und er rannte in dieses Dämmer und verschwand vor Finchs Augen, als ob er von irgendeiner finsteren Naturgewalt aufgeschluckt wäre.
Finch starrte ihm nach, bis er ihn aus den Augen verlor, dann stolperte er ins Haus. Er fühlte sich plötzlich müde und schwach, und doch konnte er nicht ins Haus gehen, wie ihm befohlen war. Er sah Licht in Alaynes Zimmer. Arme Alayne! Er schauderte bei dem Gedanken, was Piers Eden antun würde, und doch hatte er recht getan, ihm dieses Furchtbare zu sagen. Etwas so Schlechtes hätte er nicht in seinem Herzen versteckt behalten können und mitschuldig werden daran, daß sie weiter sündigten. Aber vielleicht war es möglich, daß seine eigene üble Einbildungskraft das, was sie taten, bis zur Verruchtheit übersteigert hatte! Vielleicht waren sie nicht schlimmer als andere. Er hatte allerlei gehört über die gelockerte Moral der jüngeren Generation. Und Pheasant war erst achtzehn, Eden vierundzwanzig, sie waren jung, und vielleicht nicht schlimmer als andere. Und wie war es mit Alayne selbst? War sie gut? Diese langen Ritte mit Renny, und daß sie in ein Einzelzimmer gezogen war, von Eden weg – Finch hatte eine geflüsterte Andeutung darüber zwischen Meg und Tante Augusta gehört. Würde er je Recht und Unrecht unterscheiden können? Würde er je Frieden haben? Alles, was er wußte, war, daß er allein war – sehr allein, und voll Angst – Angst jetzt um Eden und Pheasant, wäh-

rend er vor ein paar Minuten nur daran gedacht hatte, sie mitten in ihrer Schlechtigkeit zu zermalmen.

Er ging über den Rasen und verfolgte den Pfad in die Schlucht. Der Bach, hier schmäler als da, wo er in den Wiesen durchgewatet war, floß schnell und bis zum Rand voll von den schweren Frühlingsregen. Üppiges Gebüsch, von weißen Blumensternen bedeckt, füllte die Nacht mit seinem Duft.

Renny saß auf dem starken hölzernen Geländer der kleinen Brücke, rauchte und starrte träumerisch ins Wasser. Finch wollte sich wegschleichen, aber Renny hatte seinen Schritt auf der Brücke gehört.

»Bist du das, Piers?« fragte er.

»Nein, ich bin's — Finch.«

»Kommst du jetzt vom Pfarrhaus?«

»Nein, Renny, ich habe geübt.«

Er erwartete einen Vorwurf, aber es kam keiner. Renny schien sich kaum seiner Gegenwart bewußt. Finch kam näher, in dem dunklen Gefühl, etwas von seiner Kraft durch die bloße Nähe in sich aufzunehmen. Im Schatten dieser sicheren Überlegenheit fühlte er sich nicht ganz so angstvoll. Am liebsten hätte er Renny berührt, seine Hand gehalten, sogar seinen Tuchärmel, wie er es als kleiner Junge getan hatte.

Renny zeigte ins Wasser hinunter. »Sieh mal da«, sagte er.

Hinunterschauend sah Finch einen glänzenden nassen Rücken durch den silbernen Schimmer des Stromes gleiten. Es war eine große Wasserratte bei ihren nächtlichen Geschäftswegen. Sie beobachteten sie, bis sie das andere Ufer erreichte, wo sie anstatt herauszuklettern, wie sie erwartet hatten, für einen Augenblick zwischen dem Schilf schnupperte, dann wieder in den Strom zurückglitt und langsam unter der Brücke durchschwamm. Renny ging auf die andere Seite und spähte ihr nach.

»Da kommt sie«, murmelte er.

»Was sie da wohl sucht«, sagte Finch, aber er rührte sich nicht. Da unten im dunklen Glanz des Wassers sah er ein Bild — Eden tot, und Alayne ihre Hände über seinem Körper ringend; und wie die Wellen es wegtrugen, nahm ein anderes die Stelle ein — Piers, mit blutrotem Gesicht, kämpfend und um sich stoßend an einem Galgen — eisiger Schweiß floß Piers' Gesicht herunter. Finch streckte tastend eine Hand aus und schwankte von der Brücke und den Pfad entlang. An dem Abhang über der Schlucht zögerte er. Sollte er zurückgehen und Renny die ganze schreckliche Geschichte ausschütten? Vielleicht war es nicht zu spät, wenn sie den ganzen Weg liefen, um ein Unglück zu verhüten.

Er stand und nagte zerstreut an seinem Knöchel, die klebende Nässe seiner Hosenbeine machte ihn von Kopf zu Füßen schaudern. Er schien jetzt unfähig, sich zu rühren oder auch nur zu denken; aber jählings kam ihm beides zurück bei dem Klang von Edens Lachen, ganz nahe auf dem Rasen. Dann kam Phea-

sants Stimme, in einem ganz natürlichen und ruhigen Ton. Piers hatte sie irgendwie verfehlt, und während er auf ihrer Spur durch die Wälder brach, schlenderten sie den Rasen hinunter, als ob sie die ganze Zeit dagewesen wären.
Finch trat aus der Dunkelheit heraus und stand vor ihnen. Eden hatte gerade ein Streichholz angezündet und hielt es an seine Zigarette. Die Flamme tanzte in seinen Augen, die sehr groß und glänzend aussahen, und gab dem leisen Lächeln, das ihm so oft um die Lippen hing, einen ironischen Zug.
Pheasant stieß einen Ruf aus, der fast ein Schrei war.
»Geht nicht ins Haus«, sagte Finch schwer. »Ich meine — geht weg. Ich habe Piers von euch erzählt. Ich hörte euch im Birkenwäldchen, und ich lief zurück und sagte es Piers —«
Eden hielt das flammende Streichholz Finch nahe ans Gesicht, als ob es irgendein magischer Strahl wäre, mit dem er in seine innerste Seele leuchten könnte.
»Ja?« sagte er gelassen. »Weiter.«
»Er ist hinter euch her. Er — er sah schrecklich aus. Geht lieber weg!«
Pheasant gab einen kleinen stöhnenden Laut von sich wie ein Kaninchen, das sich in der Falle gefangen hat. Eden warf das Zündholz weg.
»Was für ein Wurm du bist, Bruder Finch!« sagte er. »Ich weiß nicht, wie wir Whiteoaks zu dir gekommen sind.« Er wandte sich an Pheasant. »Habe keine Angst, Liebling. Ich will dich schon schützen.«
»Oh, oh!« rief sie. »Was sollen wir tun?«
»Still.«
Finch sagte: »Er kann jede Minute hier sein«, und wandte sich weg.
Er konnte nicht in das Haus mit seinen friedlich herscheinenden Lichtern hineingehen, wo die anderen vielleicht noch vom Picknick sprachen ohne eine Ahnung von dem Donnerschlag, der über ihnen hing. Er schlich um das Haus herum, durch den Küchengarten, durch den Obstgarten, und den Weg hinaus, der zum Kirchhof führte.
Der Kirchturm, der sich zwischen den Zederwipfeln erhob, wies noch schärfer als sie gen Himmel. Die Kirche hatte die tiefsten Schatten von Bäumen und Gräbern um sich gesammelt und sie wie einen Mantel um ihre Mauern gehüllt. Die Toten, die dort unter dem tauigen jungen Gras lagen, schienen Finch, wie er die steilen Stufen der Straße hinaufstieg, aus hohlen Augenhöhlen, in denen weder Kühnheit noch Schreck, noch Lust, sondern nur schweigender Verfall war, zu belauern. Sie hatten keine Furcht mehr vor Gott. Alles war vorbei. Sie hatten nichts zu tun, als dort still zu liegen, bis ihre Knochen so leicht wurden wie der Samen einer Blume.
Ach, er aber hatte Angst vor Gott! Furcht war in seinem Fleisch, seinem Mark, seinem ganzen Wesen. Warum war der Mond untergegangen und hatte ihn in der Finsternis allein gelassen? Was hatte er getan? Er hatte das Leben von Piers und Eden und Pheasant und Alayne zerstört. Hatten Eden und Phea-

sant gesündigt? »Sünde?« Was für ein wahnsinniges Wort! Gab es denn Sünde? All diese zerfallenden Knochen hier unter dem Gras – ihre Sünden waren nicht mehr als der Duft der Frühlingsblüten, der warmen Erde, der klebrigen Knospen, des gesegneten Regens – Süßigkeit. Aber es gab doch das Wort: »Bis ins dritte und vierte Glied.« Vielleicht litt er heute für die wilde Sünde irgendeines längst vergangenen Whiteoak. Vielleicht hatte die kleine Schwester, über deren Grab er stand, ihre kleine Seele aufgegeben um irgendeiner schattenhaften vergangenen Sünde willen. Er stellte sie sich vor, wie sie dalag, nicht schrecklich und verfallen, sondern zart und schön wie die Knospe einer Aprilblüte, die kleinen Hände nach ihm ausgestreckt.
Hände nach ihm ausgestreckt – o süßer Gedanke! Das war es, wonach seine einsame Seele sich sehnte – der Trost ausgestreckter Hände. Ein Schluchzen des Selbsterbarmens schüttelte ihn; Tränen stürzten ihm aus den Augen und strömten die Backen hinunter. Er warf sich auf die Erde zwischen den Gräbern und lag da, das Gesicht gegen das Gras gedrückt. All die gehäufte Erfahrung der Toten unter ihm drang in seinen Körper ein, wurde eins mit ihm. Er lag da unbeweglich, erschöpft, und trank mit jeder Pore die bittere Süße des Vergangenen ein. Hände streckten sich nach ihm, die Hände von Soldaten, Gärtnern, jungen Müttern, Kindern, und Hände des Einen, der ganz anders war als alle anderen. Hände, denen ein seltsam weißes Feuer entströmte, nicht offen, sondern ihm etwas entgegenreichend – »das lebendige Brot« – Christi Hände. Er kniete zwischen den Grabhügeln und hielt seine eigenen Hände empor, geöffnet wie einen Kelch, um zu empfangen. Sein magerer Knabenleib schütterte von Schluchzen wie ein junger Baum in einem Hagelsturm. Er führte die Hände zum Mund – er hatte das Brot empfangen – er fühlte heiliges Feuer durch seine Adern brennen – seine Seele verbrennen – Christus war in ihm.
Überwältigt sank er neben seiner Mutter Grab hin und warf seine Arme darüber. Kleine weiße Gänseblumen schimmerten aus dem dunklen Gras wie zarte, glänzende Augen. Er drückte sich fester und fester an, zog die Knie hoch und den Körper zusammen wie ein kleines Kind, warf die Brust über das Grab und rief: »Mutter, o Mutter – sprich zu mir! Ich bin Finch, dein Junge.«

## 24 Pheasants Flucht

Maurice Vaughan saß allein in seinem Eßzimmer. Als er und Piers von Stead zurückgekommen waren, hatte er den jungen Mann mit ins Haus genommen, zu einem Schluck und etwas kaltem Essen, das er selbst aus der Speisekammer geholt hatte. Wenn es nach ihm gegangen wäre, säße Piers noch da, rauchend und trinkend, und immer weniger deutlich über Dünger und Streu und Pferde redend. Aber Piers hatte nicht lange bleiben wollen. Er mußte früh aufstehen,

und aus irgendeinem Grunde wollte ihm Pheasant nicht aus dem Kopf. Seine Gedanken flogen immer wieder zu ihr zurück, zu ihrem kleinen weißen Gesicht, ihrem braunen kurzen Haar. Ihre schmalen eifrigen Hände schienen an seinem Ärmel zu zupfen und ihn nach Hause zu ziehen. Er war den ganzen Abend zerstreut.
Jedoch Maurice hatte das kaum bemerkt. Alles, was er wollte, war Gesellschaft, die Wärme einer menschlichen Gegenwart, um die kalte Einsamkeit seines Hauses zu vertreiben. Als Piers fort war, saß er so vor sich hin, trank viel und langsam ohne Genuß, dachte langsam und schwer weiter in demselben starren Kreis, in dem sein Denken wie der glasäugige Gaul in einem Karussell nun zwanzig Jahre sich gedreht hatte.
Er dachte an Meg, ein stolzes junges Geschöpf, liebevoll und ruhig wie sie war, als sie sich verlobt hatten. Er dachte an seine alten Eltern, ihre zärtliche Freude an ihm, ihren Ehrgeiz, mit dem er ganz einverstanden war, daß er einer der glänzendsten und einflußreichsten Männer im Land werden sollte. Er stellte sich eine Heirat mit Meggie vor, ihr Leben zusammen, ihre Familie von schönen Mädchen und Knaben. In seiner Fantasie gab es sechs dieser Kinder. Er hatte sie alle benannt – die Jungen mit Familiennamen, die Mädchen mit romantischen Namen aus den Dichtern, die er einmal bewundert hatte. Vom Ältesten bis zum Jüngsten kannte er jeden Zug der sechs jungen Gesichter und hatte ein Recht sie zu kennen, denn er hatte sie aus Schatten gebildet, um den Hunger seines Herzens zu stillen. Für sie hatte er eine Liebe, die er Pheasant nie gegeben hatte.
Er dachte an die Sache mit ihrer Mutter, ihre Stelldicheins in der Dämmerung, dachte daran, wie sie seine Knie umklammert und ihn gebeten hatte, sie zu heiraten, als sie entdeckte, daß sie schwanger war, und an seine Flucht vor ihr. Dann der Korb mit der Kleinen, und der Zettel – hier bewegte er sich unruhig im Stuhl in einem Gefühl wie Übelkeit – der Schreck der Familie, die Familienberatungen – Megs Absage, der Tod seiner Eltern, Geldschwierigkeiten, das Ende allen Ehrgeizes. Und so immer weiter durch diese ganze finstere trübselige Geschichte seines Lebens, in dem die glänzendste Zeit der Krieg war, wo er eine Weile die Vergangenheit vergessen und die Zukunft hatte ausschalten können. Als er mit dem Kreis fertig war, drehte sich das Zimmer etwas um ihn; das Kinn sank ihm auf die Brust, und das elektrische Licht schien hell auf die weißen Streifen an seinen Schläfen. Er schlief nicht, aber das Bewußtsein war aufgehoben. Es weckte ihn nicht, als jemand leise ins Zimmer trat. Die schwere Unterlippe hängend, die Augen ins Leere starrend, saß er unbeweglich wie ein düsterer Felsen, der in schwerer See begraben liegt.
Pheasant fühlte einen Stich schmerzlichen Mitleids, als sie ihn so allein in dem kalten, schattenlosen elektrischen Licht sitzen sah. »Er sieht schrecklich betrunken aus«, dachte sie, »und er kriegt einen runden Rücken.« Dann flogen ihre

Gedanken zu ihrer eigenen tragischen Lage zurück, und sie ging zu ihm und berührte seinen Arm.
»Maurice.«
Er fuhr hoch, und als er sah, wer es war, sagte er mürrisch: »Na, was willst du?«
»O Maurice«, flüsterte sie, »sei gut zu mir! Laß Piers nicht ins Haus. Ich hab' Angst, daß er mich totschlägt.«
Er starrte sie verständnislos an und knurrte dann: »Das wirst du wohl verdienen, was?«
»Ja, ja, ich verdiene es! Aber woher weißt du? Hast du jemand gesehen?«
Er überlegte einen Augenblick und starrte das Glas auf dem Tisch an.
»Ja, Piers war hier.«
»Hier? Oh, er hat nach mir gesucht!« Sie rang verzweifelt die Hände. »O Maurice, bitte laß ihn nicht wieder herein! Ich bin Stunden durch die Dunkelheit gelaufen, und zuletzt dachte ich, daß ich zu dir kommen wollte, ich bin doch dein Kind. Du hast ein Recht, mich zu schützen, einerlei was ich getan habe.«
Er rüttelte sich auf und fragte: »Was hast du getan?«
»Hat Piers dir nichts gesagt?«
»Nein.«
»Aber er hat nach mir gesucht?«
»Nein, das hat er nicht getan.«
»Woher weißt du denn dann, daß etwas nicht richtig ist?«
»Das weiß ich gar nicht.«
»Aber du sagtest doch, daß ich verdiente, totgeschlagen zu werden.«
»Ja, ist das nicht wahr?« fragte er mit trunkenem Spott.
»Maurice, du bist betrunken. Oh, was soll ich tun?«
Sie warf sich auf seine Knie und umschlang seinen Hals. »Versuch zu verstehen! Sag, daß du Piers mich nicht totschlagen läßt.« Sie brach in klagendes Weinen aus. »O Maurice, ich mußte vor Piers weglaufen, und ich habe ihn so lieb!«
»Er war eben noch hier«, sagte Vaughan und starrte um sich, als ob er erwartete, ihn in irgendeiner Ecke zu finden. Dann, als er ihren Kopf an seiner Schulter fühlte, legte er seine Hand mit einer rauhen Liebkosung darauf, wie man einen Hund streichelt.
»Weine nicht, Kleines. Ich will dich schon schützen. Bin froh, daß du wieder da bist. Verdammt einsam.«
Sie faßte seine Hand und drückte ein Dutzend wilder Küsse darauf.
»O Maurice, wie gut du bist! Wie gut zu mir! Und wie gut ist Piers zu mir gewesen — und ich hab' es nicht verdient. Hängen ist zuwenig für mich!« Und sie fügte theatralisch hinzu: »Es wäre besser gewesen, ich wäre nie geboren!«
Dann stand sie auf und wischte sich die Augen. Sie war eine jammervolle kleine Gestalt. Ihre Kleider waren zerrissen von der verstörten Flucht durch eine

Brombeerhecke. Ihre Hände und selbst ihr weißes Gesicht bluteten aus Schrammen. Sie hatte einen Schuh verloren, und der bestrumpfte Fuß war naß von Schlamm.
»Ja, das wäre es«, antwortete er freundlich.
Mit einer gewissen ergreifenden Würde wandte sie sich nach der Tür.
»Ist es dir einerlei, Maurice, wenn ich in mein Zimmer gehe?«
»Ganz einerlei, wo du auch hingehst — völlig.«
Wie anders die Halle hier, dachte sie, als sie sich die kahle Treppe hinaufschleppte, als die üppige Halle in Jalna, mit dem dicken Läufer auf der Treppe, den dunkelroten Teppichen und den buten Glasfenstern. Der große Elchkopf, der in der Kinderzeit ihr Schrecken gewesen war, starrte nun seine lange krumme Nase entlang auf sie herunter, mit aufgeblasenen Nüstern, als ob er sie am liebsten auf seine grausamen Schaufeln genommen hätte.
Sie war wie betäubt. Sie litt kaum mehr, bis auf die Schmerzen in ihren Beinen, als sie sich auf ihr altes Bett warf. Mit halbgeschlossenen Augen lag sie und starrte auf die beiden Bilder an der Wand gegenüber »Erwacht« und »Im Schlaf«, die einmal in Maurices Kinderstube gehangen hatten. Liebe kleine Kinderbildchen; wie sie sie immer geliebt hatte! — Wenn sie nur die Kraft hätte, sich das Leben zu nehmen! Das Bettuch in Streifen reißen und es immer fester und fester um den Hals winden, oder noch besser, sich an einen der Balken in der Dachstube oben hängen. Sie sah sich da oben hängen mit blaurotem Gesicht — sah Maurice entsetzt sie finden, sah sich selbst begraben am Kreuzweg mit einem Pfahl im Körper. Sie wußte nicht, ob man das noch so machte, aber es war möglich, daß die Sitte an ihr wieder geübt würde —.
Sie fiel in eine Art Alpdrucktraum, in dem das Bett unter ihr schaukelte wie eine Wiege. Sie schaukelte schneller und schneller und rollte sie von einer Seite zur anderen. Sie war nicht ein wirkliches gesundes Kind, sondern ein grotesker Wechselbalg und stierte die verzweifelte Mutter an, die nun auf sie heruntersah, schrie und sich die Haare raufte. Wieder zerriß der Schrei die Stille, und Pheasant sprang im Bett auf, den Schweiß auf der Stirn.
Sie war allein. Das elektrische Licht schien grell. Wieder kam der schrille Laut — nicht ein Schrei, sondern das Läuten der Türglocke.
Sie sprang auf den Fußboden. Das Türschloß war seit vielen Jahren zerbrochen. Sie fing an, den Waschtisch zu schleppen, um die Tür zu verbarrikadieren.
Unten hatte das Klingeln auch Vaughans trunkenes Hindämmern durchdrungen. Er schlurfte an die Tür, die Pheasant hinter sich verschlossen hatte, und machte sie auf. Renny und Piers Whiteoak standen da, ihre Gesichter zwei weiße Flächen in der Finsternis. Renny trat sofort herein, aber Piers blieb auf der Schwelle.
»Ist Pheasant hier?« fragte Renny.

»Ja.« Er sah sie ernsthaft an.
Renny wendete sich zu seinem Bruder. »Komm herein, Piers.«
Vaughan ging voran ins Eßzimmer, aber Piers blieb unten an der Treppe stehen.
»Ist sie oben?« fragte er mit erstickter Stimme und griff mit der Hand an das Geländer, wie um sich zu halten.
Vaughan, etwas ernüchtert durch den seltsamen Anblick der Brüder, kam eine Erinnerung.
»Ja, aber geh nicht zu ihr hinauf. Laßt sie in Ruh.«
»Er tut ihr nichts«, sagte Renny.
»Er soll nicht hinaufgehen. Ich hab's ihr versprochen.«
Er nahm des jungen Mannes Arm, aber Piers machte sich heftig los.
»Ich befehle es dir!« schrie Vaughan. »Wessen Haus ist dies? Wessen Tochter ist sie? Sie ist dir weggelaufen. Gut — sie soll hier bleiben. Ich brauche sie.«
»Sie ist meine Frau. Ich gehe zu ihr.«
»Was zum Teufel ist denn überhaupt los? Ich weiß nicht, was das alles heißt! Sie kommt hierher — ganz erschöpft, ganz von Sinnen vor Angst — jetzt weiß ich's wieder! Dann kommt ihr wie ein paar Mörder —.«
»Ich muß sie sehen!«
»Du sollst sie nicht sehen!« Wieder packte er Piers' Arm. Die zwei rangen unter dem finsteren Kopf des großen Elches, unter dessen mächtigen Schaufeln ihre Männlichkeit schwach und vergänglich schien.
In einem Augenblick hatte Piers sich losgemacht und sprang die Treppe hinauf.
»Komm ins Eßzimmer, Maurice«, sagte Renny, »und ich erzähle dir, was los ist. Hat sie dir nichts gesagt?«
Maurice folgte ihm brummend: »Merkwürdige Art, sich um diese Zeit in anderer Leute Haus aufzuführen.«
»Hat sie dir nichts gesagt?« fragte Renny, als sie im Eßzimmer waren.
»Ich weiß nicht mehr, was sie sagte.« Er hob die Flasche auf. »Trink einen Schluck.«
»Nein, und du auch nicht.« Er nahm dem Freund die Flasche weg, setzte sie in den Schrank und machte entschlossen die Tür zu.
Vaughan sah mit finsterer Miene zu.
»Was für ein Getue«, sagte er, »bloß weil das junge Volk sich verzankt hat!«
Renny wandte sich heftig nach ihm herum. »Guter Gott, Maurice, nennst du das einen Zank, was?«
»Ja, was ist denn überhaupt los?«
»Los ist dies: dein Balg da hat dem armen jungen Piers das Leben ruiniert.«
»Zum Teufel hat sie! Wer ist der Kerl?«
»Sein eigener Bruder — Eden.«
Vaughan stöhnte. »Wo ist er?«

»Auf und davon im Auto.«
»Weshalb ist sie nicht mitgegangen? Warum ist sie hierhergekommen?«
»Wie kann ich das wissen? Wahrscheinlich hat er das gar nicht gewollt. Oh, die ganze verdammte Sache fällt mir schließlich auf den Kopf! Ich habe schuld. Ich hatte kein Recht, Eden hier den ganzen Winter sitzen und Verse schreiben zu lassen. Das hat ihn zum Schuft gemacht!«
Ein saures Lächeln zuckte über Vaughans Gesicht bei dem unbewußten Humor dieser Bemerkung.
»Ich würde mir nicht zuviel vorwerfen, wenn ich du wäre. Wenn das Verseschreiben Eden zum Schuft gemacht hat, dann war er vermutlich schon früher einer. Wahrscheinlich hat er sich deswegen darauf geworfen.«
Zwischen den beiden war ein tiefes Verstehen. Sie hatten Vertrauen zueinander wie zu niemand sonst. Renny, von den Entdeckungen der Nacht verstört, brach plötzlich aus: »Maurice, in Gedanken bin ich um nichts besser als Eden! Ich liebe seine Frau. Sie kommt mir nie aus dem Sinn.«
Vaughan sah mitleidig in die gequälten Augen seines Freundes.
»Wirklich, Renny? An so was hätte ich nie gedacht. Sie kommt mir nicht vor wie dein Typ Frau.«
»Das ist's ja gerade. Sie ist es auch nicht. Wäre sie das, dann wäre es leichter, gar nicht an sie zu denken. Sie ist intellektuell, sie ist —«
»Mir kommt vor, sie ist kalt.«
»Da irrst du dich. Ich selber, ich habe mein Leben lang so eine Art kalte Sinnlichkeit gehabt — in meiner Liebe zur Frau war gar nichts von Zärtlichkeit. Ich glaube, ich habe gar kein Mitleid gehabt. Nein, ganz gewiß nicht.« Er runzelte die Stirn, wie um vergangene Erlebnisse zurückzurufen. »Aber ich habe schreckliches Mitleid mit Alayne.«
»Liebt sie dich?«
»Ja.«
»Und Eden?«
»Sie hat eine Art romantische Begeisterung für ihn gehabt, aber die ist vorbei.«
»Weiß sie hiervon?« Maurice machte ein Zeichen mit dem Kopf nach dem Zimmer oben.
»Ja. Ich habe sie nur einen Augenblick in der Halle gesehen — das ganze Haus war in Aufruhr. Sie hatte einen sonderbar aufgeregten Blick, als ob für sie jetzt alles egal wäre.«
»Ich verstehe. Was will Piers tun?«
»Piers ist ein Prachtkerl — zäh wie eine Eiche. Er sagt zu mir, ›sie gehört mir, nichts davon kann das ändern. Ich hole sie nach Hause‹. Aber Eden würde mir leid tun, wenn er ihm in die Hände fiele.«
»Sie kommen herunter. Himmel, ruhig genug ist es zugegangen. Muß ich mit ihnen sprechen?«

»Nein, laß die armen jungen Dinger in Ruh.«
Die beiden kamen langsam die Treppe herunter. Wie Leute, die den Schauplatz einer Katastrophe verlassen, hatten sie den Schrecken des Erlebten in den Augen. Ihre Gesichter waren starr. Piers' Mund war in einem Ausdruck von Ekel verzogen. Sein Gesicht war wie eine tragische Maske. Sie standen in der breiten Tür des Eßzimmers wie in einem Rahmen. Maurice und Renny lächelten ihnen verlegen zu und versuchten der Sache ein harmloses Gesicht zu geben.
»Nach Hause, was?« fragte Maurice. »Iß erst einen Bissen, Piers.« Er machte eine Bewegung nach dem Schrank.
»Danke«, antwortete Piers mit lebloser Stimme. Er ging ins Eßzimmer.
»Wo ist der Schlüssel, Renny?« fragte Maurice.
Renny zog den Schlüssel heraus; eine Flasche wurde herausgeholt und ein Glas für Piers eingeschenkt. Maurice, den Renny fest im Auge hielt, trank selber nichts.
Piers stürzte das Getränk herunter, das Glas klapperte dabei wunderlich gegen seine Zähne. Unter dem aschgrauen Braun seines Gesichtes stieg langsam wieder Farbe hoch. Niemand sprach, aber die drei Männer starrten finster auf Pheasant, die noch in der Tür stand. Die magnetischen Ströme zwischen den vier Menschen schienen fast sichtbar durch die Luft des Zimmers zu vibrieren. Dann rief Pheasant und hob die Arme, als ob sie ihre starrenden Gesichter wegschieben wollte: »Steht da nicht und starrt mich so an, als ob ihr mich nie vorher gesehen hättet!«
»Du siehst schrecklich erschöpft aus«, sagte Maurice. »Ich glaube, du müßtest einen Schluck trinken, um dich wieder aufzumuntern. Einen kleinen Kognak und Wasser, wie?«
»Wenn es mir angeboten wird, gern«, antwortete sie mit einem rührenden Versuch zu scherzen. Sie nahm das Glas mit fester kleiner Hand und trank.
»Ich komme etwas später«, sagte Renny zu Piers. »Ich bleibe noch etwas bei Maurice.« Aber er starrte immer noch Pheasant an.
»Ich weiß, daß ich eine gefallene Person bin, aber du bist sehr grausam. Deine Augen verbrennen mich, Renny Whiteoak.«
»Pheasant, ich habe gar nicht an dich gedacht, meine Gedanken waren ganz anderswo.«
Piers fuhr in plötzlichem Zorn auf Maurice los. »Du hast alle Schuld«, brach er heftig aus. »Du hast das arme Kind überhaupt nicht erzogen. Sie war unerzogen wie ein Bettelkind, als ich sie heiratete.«
»Von dir scheint sie auch nicht viel Gutes gelernt zu haben«, gab Vaughan zurück.
»Sie hat alles Ordentliche gelernt, was sie weiß. Ist sie je zur Schule gegangen?«
»Sie hat zwei Erzieherinnen gehabt.«

»Ja. Und die sind beide nach sechs Monaten weggelaufen, weil sie nicht mit dir im Hause zusammenleben konnten.«
»Wahrscheinlich war es meine Schuld, daß sie ihrer Mutter Anlage geerbt hat«, antwortete Maurice bitter. »Und Renny hat mir gerade gesagt, daß es seine Schuld ist, wenn Eden ein Schuft ist. Es scheint, wir haben die ganze Verantwortung.«
»Ihr redet wie Narren«, sagte Renny.
»Bitte zankt nicht meinetwegen«, warf Pheasant dazwischen. »Ich glaube, mir wird schlecht oder so was.«
»Bringe sie lieber hinaus ins Freie«, sagte Renny. »Der Alkohol war zu stark für sie.«
»Komm mit«, sagte Piers und nahm ihren Arm.
Die Berührung seiner Hand war von jäher Wirkung auf Pheasant. Ein tiefes Rot floß über Gesicht und Hals; sie fiel schwankend gegen ihn und hob die Augen zu seinen mit einem Blick ergreifender Demut.
Draußen erfrischte sie die Kühle der Frühdämmerung. Er ließ ihren Arm los und ging ihr voran durch das Wäldchen und in die Schlucht hinunter. Sie gingen schweigend, sie schien nicht mehr als sein Schatten und folgte ihm durch jede Windung des Pfades, zögernd, wenn er zögerte. Jahrhunderte früher hätten zwei solche Gestalten diese gleiche Schlucht durchwandern können, ein junger Indianer und seine Squaw, die wie sein schweigender Schatten im ersten Morgenlicht hinter ihm herglitt. Primitive Gestalten, die so eins waren mit dem Waldleben ringsumher, daß die erwachenden Vögel nicht aufhörten zu zwitschern, wie sie vorübergingen. An der Brücke über dem Fluß blieb er stehen. Unten lag das Wasser, wo sich ihre Liebe zuerst wie eine aufblühende Blume gespiegelt hatte. Jetzt sahen sie hinunter und konnten die Empfindung nicht mehr teilen, die seine spiegelnde Schönheit in ihnen erweckte. Ein goldenes Licht floß über den Himmel und glänzte in tieferem Ton aus dem Wasser, um dessen Rand allerlei zartes Grün sich drängte, um den ersten Sonnenstrahl zu fangen.
Pheasant sah in diesem Wasser all die sorglose Freiheit der Vergangenheit, die Schwäche, die Schlaffheit untergehen, die sie zum Opfer von Edens Spielerei gemacht hatte. Wenn Piers sie jetzt haßte, wieviel mehr haßte sie das Bild von Edens Gesicht, das sie undeutlich aus dem wechselnden Spiegel des Wassers anlächelte! Nur leben, an Piers wiedergutmachen, was er gelitten hatte – wieder in seinen Augen Liebe wecken anstatt dieses angstvollen Blickes, mit dem er sie angestarrt hatte, als er in das Schlafzimmer kam! Zorn – Wut hatte sie erwartet, und er hatte sie angesehen wie in verzweifelter Angst. Aber er hatte sie wiedergenommen! Sie gingen nach Hause, nach Jalna. Sie sehnte sich nach den dicken Mauern des Hauses, wie ein Vogel mit gebrochenen Flügeln nach dem Nest.

»Komm«, sagte er, wie aus einem Traum erwachend, und ging den Pfad weiter, der von der Schlucht auf die Rasenfläche führte.
Die Truthühner kamen über den Rasen, von dem Hahn geführt, der seine feurigen Kopflappen hochfahrend in den ersten Sonnenstrahlen schüttelte. Seine Weiber folgten dicht hinter ihm mit glänzender Brust und funkelnden Augen, reckten die Hälse und hoben abwechselnd die dünnen Krallenfüße und beantworteten sein herausforderndes Kollern mit klagendem Piepsen. Die Hennen blieben stehen und blickten neugierig die jungen Leute an, die aus der Schlucht kamen, aber der Hahn, von seinem eigenen Ich erfüllt, blies sich auf, kreiste vor ihnen und ließ die Flügel schleifen, und ein noch feurigeres Rot stieg in seine Kopflappen.
Auf dem nassen Dach stolzierten, tanzten und kullerten Finchs Tauben und guckten über den Rand nach den beiden, die langsam die Treppe hinaufstiegen.
Drinnen lag das Haus schweigend, bis auf das schwere Schnarchen der Großmutter in ihrem Schlafzimmer im unteren Stock. Es war, als ob ein seltsames Tier sein Lager unter der Treppe hätte und die Sonne herausfordernd anknurrte.
Sie gingen an den geschlossenen Türen der oberen Halle vorbei und in ihr eigenes Zimmer. Pheasant fiel in einen Stuhl am Fenster, aber Piers fing an, mit geschäftsmäßig kalter Miene verschiedenes zusammenzupacken – seine Bürsten, sein Rasierzeug, die Kleider, die er bei der Arbeit trug. Sie sah seinen Bewegungen zu, mit der stillen Unterwürfigkeit eines Kindes. Ein einziger Gedanke hielt sie aufrecht: »Wie froh ich bin, daß ich hier bei Piers bin und nicht mit Eden durchgebrannt, wie er das wollte!«
Als er zusammen hatte, was er für sich brauchte, zog er den Schlüssel aus der Tür und steckte ihn von außen hinein. Er sagte, ohne sie anzusehen:
»Hier bleibst du, bis ich dein Gesicht wieder ertragen kann.«
Er ging hinaus und verschloß hinter sich die Tür. Er stieg die lange Treppe zur Dachstube hinauf, warf seine Kleider auf das Bett in Finchs Zimmer und fing an, sich zur Arbeit des Tages umzuziehen. Auf dem Gang war er Alayne begegnet, die wie ein Geist aussah. Sie waren schweigend aneinander vorbeigegangen.

## 25 Einsame Menschen

Drei Wochen später war Mr. Wragge eines Morgens ein Gegenstand höchster Neugierde für eine Gruppe von Jersey-Kälbern, deren Weide er überquerte. Sie hörten auf zu tollen, zu springen und einander zu lecken, um ihn mit feuchten dunklen Augen starr und forschend anzusehen. Er war in Hemdsärmeln und trug den Rock überm Arm, denn der Tag war heiß. Sein Hut war über die Augen gezogen, und er hielt auf einer Hand balancierend ein mit einem weißen

Tuch bedecktes Tablett. Er rauchte wie gewöhnlich, und sein Gesicht hatte einen Ausdruck von höchster Wichtigkeit.

Als er das Gatter am anderen Ende der Weide erreicht hatte, setzte er das Tablett darauf, kletterte hinüber und verfolgte seinen Weg weiter, das Tablett noch gefährlicher balancierend. Der Pfad ging nun durch einen alten vernachlässigten Apfelgarten, dessen große Bäume grünbemoost und halb erstickt von wildem Wein und Rankenwerk waren, daß ihre Zweige sich wie schwere Flügel auf das hohe Gras bogen. Einen gewundenen Pfad entlang kam er an einer Quelle vorüber, wo vor langer Zeit ein primitives Becken angebracht war, einfach durch Versenken einer hölzernen Kiste. Der Deckel war nun verschwunden, das Holz verfault, und die Vögel brauchten es als Tränkstelle und Bad. Das fließende Sprudeln der Quelle, wie sie in das Becken einfloß, gab dem Gesang der Vögel, von dem die Luft freudig erfüllt war, einen fröhlichen Unterton.

Von Weinlaub umhangen und fast versteckt von blühenden Hartriegelbüschen stand die Hütte, wo mit Bewilligung des Captain Philip Whiteoak Fiedler Jock einsam gelebt hatte, von dessen Tod der junge Finch Alayne auf ihrem ersten gemeinsamen Spaziergang erzählt hatte.

Hier wohnte Meg Whiteoak jetzt seit drei Wochen.

Ehe Mr. Wragge sich der Schwelle näherte, setzte er sein Tablett hin, zog seinen Rock über, schob den Hut gerade, warf seine Zigarette weg und machte ein noch wichtigeres Gesicht.

»Miss Whiteoak, ich bin es«, sagte er laut, wie um sie zu beruhigen, gleich nachdem er geklopft hatte.

Die Tür öffnete sich, und Meg Whiteoak erschien, mit einem ebenso sanften Ausdruck wie immer, nur um einen Schatten blasser als früher. »Danke, Rags«, sagte sie und nahm das Tablett. »Danke Ihnen vielmals.«

»Es sollte mich freuen, gnädiges Fräulein«, sagte er eifrig, »wenn Sie das Tuch aufheben und einen Blick darauf werfen wollten, was ich Ihnen gebracht habe. Es würde mich so freuen, wenn es Ihnen recht wäre.«

Miss Whiteoak sah also unter das Tuch und entdeckte einen Teller mit frischem Kuchen, eine Schale reifer Erdbeeren und eine Schüssel dicke Schlagsahne, wie sie gern dazu aß. Ein süßes Lächeln bog ihre Lippen. Sie nahm das Tablett und setzte es auf den Tisch, mitten in dem niedrigen, spärlich möblierten Zimmer.

»Es sieht sehr verlockend aus, Rags. Es sind die ersten Erdbeeren, die ich dieses Jahr gesehen habe.«

»Es sind die allerersten«, verkündigte er eifrig. »Ich habe sie selbst gepflückt. Dies Jahr gibt es eine wundervolle Ernte, aber was liegt einem daran, so wie das bei uns jetzt diese Zeit zugeht.«

»Ja, das ist wahr«, sagte sie seufzend. »Wie geht es Großmutter heute, Rags?«

»Fabelhaft imstande. Meine Frau sagt, die ganze Zeit, wo sie ihr Zimmer macht, redet sie von nichts als von ihrem Geburtstag. Donnerstag hat sie einen

komischen kleinen Anfall gehabt, aber Mr. Ernest meint, es ist bloß, weil sie zuviel von der Gänsetunke gegessen hat. Gestern sah sie erstaunlich gut aus und ist wie immer zur Kirche gegangen.«
»Das ist gut.« Sie biß sich auf die volle Unterlippe und fragte dann mit scheinbarer Gleichgültigkeit: »Haben Sie etwas gehört, wann Mrs. Eden fortgeht?«
»Ich glaube, sie will weg, sowie die Geburtstagsfeier vorbei ist. Vorher will die alte Dame nichts davon hören. O Miss Whiteoak, sie ist bloß ein Schatten von ihrem alten Selbst, Mrs. Eden; und Mr. Piers nicht viel besser. Von allen im Hause sieht man den beiden am meisten an, was wir durchmachen. Natürlich habe ich Mrs. Piers nie gesehen. Sie zeigt sich noch gar nicht in der Familie, aber meine Frau hat sie am Fenster gesehen, und sie sagt, sie sieht aus wie immer. Lieber Himmel, es gibt Leute, die können alles aushalten! Ich selber, ich bin nicht der Mann mehr, der ich früher war. Meine Nerven sind alle durcheinander. Wie eine Art Nervenschock ... kann man sagen.«
»Tut mir sehr leid, Rags. Sie sehen auch blaß aus.«
Er zog ein reines zusammengefaltetes Taschentuch heraus und wischte sich die Stirn. »In meiner eigenen Familie steht es auch nicht so wie sonst. Mrs. Wragge und ich haben ja öfters unsere kleinen Ärger gehabt, wie Sie wissen, aber im ganzen ist unser Leben zusammen doch im Guten gegangen; aber jetzt«, er schüttelte kummervoll den Kopf, »ist es offen gesagt scheußlich. Weil ich auf Ihrer Seite bin, und sie ganz für Mr. Renny, ist keinen Augenblick Frieden. Wahrhaftig, gestern — und noch dazu am Sonntag — hat sie mir die Ofengabel an den Kopf geworfen. Ich in den Kohlenkeller und sie mir nach, und was für ein Geschimpfe! Na und Mr. Renny hört den Lärm und kommt die Kellertreppe in voller Wut herunter und sagt, wenn er noch einmal so was hört, dann schmeißt er uns 'raus. Das schlimmste war, daß er mir an der ganzen Sache schuld gab. Ich dachte, mich sollte der Schlag rühren, wie er mich da angeschrien hat.«
»Das kommt, weil Sie auf meiner Seite sind, Rags«, sagte sie traurig.
»Ich weiß, und das ist bloß um so schlimmer. Das ist jetzt ein Haus, wo einer den anderen auffrißt. Ich habe schon Zank und Streit genug gesehen, aber so was wie dies nie. Na, ich vertreibe Ihnen noch das bißchen Appetit, das Sie haben, mit meinem Geschwätz. Ich muß machen, daß ich wegkomme. Ich habe tausenderlei zu tun, und natürlich packt Mrs. Wragge mir die schwere Arbeit auf wie immer, und wollen Sie glauben, sie ist so schlechter Laune, daß ich die paar kleinen Kuchen habe stehlen müssen, die ich Ihnen gebracht habe.«
Er wandte sich um, und als er ein paar Schritte gegangen war, setzte er seinen Hut ab und zog den Rock aus und zündete sich eine Zigarette an. Gerade als er am Gatter war, begegnete er Renny Whiteoak, der überstieg.
Renny sagte sarkastisch: »Ich sehe, Sie haben einen Weg bis zur Hütte ausgetreten, Rags. Immer Tabletts für Miss Whiteoak geschleppt, was?«

Rags reckte sich mit einer Miene demütiger Selbstgerechtigkeit.
»Und wenn ich nicht Tabletts hintrüge, was glauben Sie, was passieren würde, Sir? Einfach verhungern würde sie, das ist es, was passieren würde! Und das sähe nicht schön aus, Sir, wenn eine Dame Hungers sterben sollte auf ihres Bruders Grund und Boden, und er selber sitzt im Überfluß.«
Diese Bemerkung wurde der verschwindenden Gestalt seines Herrn nachgeworfen, der ärgerlich weiterging. Rags starrte ihm nach, bis er zwischen den Bäumen verschwand, und murmelte bitter: »Das ist nun die Dankbarkeit dafür, daß ich für ihn in Krieg und Frieden geschuftet habe! Gestern Flüche hageldick und heute Spott und böse Blicke. So ein boshafter, herrschsüchtiger, rothaariger Sklavenvogt! Aber Sie haben Ihren Meister in Miss Whiteoak gefunden, das will ich Ihnen sagen — und ist Ihnen gerade recht.«
Damit kletterte er über das Gatter und kehrte nachdenklich in den Keller zurück.
Als Renny die Hütte erreichte, fand er die Tür offen, und drinnen konnte er seine Schwester am Tisch sitzen und sich eine Tasse Tee einschenken sehen. Sie sah auf, als sie seinen Schritt hörte, und dann senkte sie mit einem Ausdruck kühler Ruhe die Augen auf den kleinen Strom goldener Flüssigkeit, der aus dem Teetopfausguß floß. Sie saß, den runden Ellbogen auf den Tisch und den Kopf auf die Hand gestützt. Sie sah vertraut und doch so fremd aus, wie er sie in dieser ärmlichen Umgebung sah, daß er kaum wußte, was er ihr sagen sollte. Trotzdem ging er hinein, blieb neben ihr stehen und sah auf das Tablett hinunter.
»Was für eine Mahlzeit ist dies?« fragte er.
»Keine Ahnung«, antwortete sie und strich sich ein Brot. »Ich zähle die Mahlzeiten jetzt nicht.«
Er sah sich um nach der niedrigen regenfeuchten Decke, dem verrosteten Ofen, dem holprigen, wurmstichigen Fußboden und dem Nebenzimmer mit seinem schmalen Bett.
»Dies ist ein abscheuliches Loch, das du dir zum Schmollwinkel ausgesucht hast«, bemerkte er.
Sie antwortete nicht, sondern aß gelassen ihr Butterbrot, und hinterher zwei Erdbeeren mit Schlagsahne.
»Du wirst eine bezaubernde alte Dame sein, wenn du zehn Jahre hier verbracht hast«, spottete er.
Er sah einen Funken von Zorn in ihren Augen aufspringen. »Es wird dir ja eine Befriedigung sein, zu wissen, daß du mich dazu gebracht hast.«
»Das ist reinster Unsinn. Ich habe getan, was ich konnte, um dich daran zu hindern.«
»Du hast das Mädchen nicht weggeschickt. Du hast Piers erlaubt, sie ins Haus zu bringen, nach allem, was sie angestellt hat.«

»Meggie, kannst du keine andere Seite dieser Frage sehen als deine eigene? Siehst du nicht, daß der arme Junge Piers eigentlich etwas ganz Heroisches getan hat, als er sie wieder mit nach Hause brachte?«

»Ich will nicht unter einem Dach mit diesem Mädchen leben. Das habe ich vor drei Wochen gesagt, und immer noch willst du mich dazu zwingen.«

»Aber ich kann es nicht zulassen, daß du dich weiter so benimmst!« schrie er. »Wir werden der Klatsch der ganzen Gegend sein.«

Sie sah ihn fest an. »Hast du dich je darum gekümmert, was die Gegend von dir dachte?«

»Nein; aber ich will nicht, daß die Leute sagen, daß meine Schwester in einer eingefallenen Hütte lebt.«

»Du kannst mich hinauswerfen, natürlich.«

Er antwortete nicht darauf und fuhr fort: »Die Leute werden einfach sagen, daß du verrückt geworden bist.«

»Es wird mich nicht wundern, wenn das wirklich passiert.«

Er starrte sie geradezu entsetzt an. »Meggie, wie kannst du so was sagen? Bei Gott, ich habe genug zu tragen, ohne daß du dich gegen mich kehrst!«

Sie sagte mit berechneter Grausamkeit: »Du hast Alayne. Wozu brauchst du mich?«

»Ich habe Alayne nicht«, warf er wild zurück. »Sie geht den Tag nach Großmutters Geburtstag weg.«

»Ich glaube nicht, daß sie weggeht.«

»Was meinst du damit?« fragte er mißtrauisch.

»Oh, ich glaube, ihr spielt da in Jalna ein hübsches kleines Spiel Frauenvertauschen. Nein, Alayne geht sicher nicht weg.«

Sein hochrotes Gesicht wurde noch dunkler. Seine Züge waren hart. »Du treibst mich noch dazu, etwas Verzweifeltes zu tun«, sagte er und warf die Tür zu.

Sie schob das Brett von sich und stand auf.

»Willst du bitte gehen? Du irrst dich, wenn du glaubst, daß du mich damit beschimpfen kannst, wenn du liederliche Weiber in mein Haus bringst. Und was den Klatsch in der Gegend betrifft, so werden da schon Geschichten genug über die jungen Ehepaare in unserer Familie umlaufen.«

»Quatsch! Das bleibt alles in der Familie.«

»Alles in der Familie? Überleg dir das mal. Das klingt unheimlich, ungefähr so wie Familiengeschichten im Mittelalter. Wir sind eben ein paar hundert Jahre zu spät geboren. Keine Frau, die Selbstachtung hat, kann in Jalna bleiben.«

Er fuhr zornig gegen sie und alle harten und engherzigen Weiber los. Sie folgte ihm bis zur Tür und legte ihre Hand auf die Klinke.

»Nie kannst du etwas besprechen, ohne solche schrecklichen Worte zu gebrauchen. Ich kann es nicht mehr aushalten.«

Er stand schon draußen, und seine Spaniels, die seiner Spur bis zur Hütte gefolgt waren, rannten ihm mit freudigem Gebell entgegen, sprangen an ihm auf und leckten seine Hände. Einen Augenblick wurde Meg fast weich, als sie ihn da mit seinen Hunden sah, so ganz ihr geliebter Renny. Aber der Augenblick ging vorüber; sie schloß fest die Tür und kehrte zu ihrem Stuhl zurück, wo sie in Gedanken versunken saß, nicht bitter die Vergangenheit durchdenkend wie Maurice, oder sich eine fantastische glückliche Gegenwart träumend, sondern leidenschaftlich mit allen Gedanken auf diese beiden verhaßten fremden Frauen in ihrem Hause festgebohrt.
Als Renny zu den Ställen zurückkehrte, fand er Maurice dort, der irgendeinen schon geplanten Tausch mit ihm besprechen wollte. Er war im Stall bei Wakefields Pony und gab ihm Zucker aus seiner Tasche. Er wandte sich um, als Renny hereinkam.
»Na«, sagte er, »wie geht alles?«
»Wie der Teufel«, gab er zurück und gab dem Pony einen scharfen Hieb, denn es hatte nach ihm geschnappt, weil ihm die Unterbrechung seines Leckermahls nicht gefiel. »Piers hält Pheasant noch in ihrem Zimmer eingeschlossen und geht herum mit einem Gesicht wie der Zorn Gottes. Onkel Nicholas und Tante Augusta zanken sich den ganzen Tag. Er versucht, sie aus dem Hause und zurück nach England zu ekeln, und sie will nicht weg. Er und Onkel Ernest sprechen überhaupt nicht miteinander, Alayne sieht krank aus, und Großmutter spricht unaufhörlich von ihrem Geburtstag. Sie hat solche Angst, daß ihr vorher etwas passieren könnte, daß sie sich weigert, ihr Zimmer zu verlassen.«
»Wann ist der Geburtstag?«
»Heute in einer Woche. Alayne bleibt hier, bis er vorbei ist; dann geht sie zurück nach New York in ihre alte Stellung in einem Verlagshaus.«
»Hör mal, warum läßt sie sich nicht von Eden scheiden? Dann könnt ihr beide euch heiraten.«
»Das wäre doch eine zu üble Geschichte. Nein, da ist keine Hoffnung.«
Irgend etwas Bösartiges in ihm zwang ihn, das Pony zu ärgern. Er knuffte es, bis es die Lippen zurückzog, alle Zähne zeigte, nach ihm biß, wieherte und endlich mit seinen scharfen Hufen nach ihm ausschlug. Maurice trat aus dem Wege.
»Laß das, Renny«, sagte er, halb ärgerlich und halb lachend bei diesem Zornausbruch der beiden. »Du machst es einfach zu einem bösartigen kleinen Vieh für Wake zum Reiten.«
»Das ist wahr.« Er ließ es sofort sein, rot vor Ärger und etwas beschämt über sich selbst.
»Schade, daß Alayne das nicht gesehen hat.«
»Ja, nicht wahr?« Er fing an, das Pony zu streicheln. »Hier gib mir ein Stück Zucker, Maurice.«

»Nein, ich will es ihr selbst geben. Sie und ich sind Freunde. Wir haben keinen Zank wiedergutzumachen. Nicht wahr, Schatz?«
Er gab der kleinen Stute Zucker, aber zu aufgeregt, ihn zu nehmen, zog sie ihre Nüstern kraus und warf zornige Blicke auf beide. Wie sie aus der Box herausgingen, fragte Maurice: »Wie geht es Meg, Renny?«
»Ich bin eben bei ihr gewesen. Sie steckt noch in dieser schrecklichen Hütte und schmollt. Nichts kann sie rühren. Es sieht aus, als wollte sie ihr ganzes übriges Leben da zubringen. Ich weiß nicht, was ich tun soll. Wenn du bloß sehen könntest! Es wäre ja rührend, wenn es nicht so lächerlich wäre. Sie hat bloß ein paar Möbelstücke, die sie oben aus der Bodenkammer genommen hat. Der Fußboden ist kahl. Es heißt, daß sie nichts ißt als das bißchen, was Rags ihr hinüberträgt. Ich traf ihn mit einem Tablett. Der Bursche ist nichts als ein Spion und eine Klatschbase. Er hält sie ganz auf dem laufenden über alles, was im Hause vorgeht. Tante Augusta war fürs Aushungern und verbot Rags, ihr Essen zu bringen; aber das konnte ich nicht ansehen. Sie hat mir eben die Tür vor der Nase zugeworfen.«
»Es ist wirklich entsetzlich.«
Sie gingen ein Weilchen schweigend den Weg zwischen den Ställen entlang, zwischen den Tönen und Gerüchen, die sie beide liebten — tiefes, ruhiges Trinken, friedliches Malmen, sanftes Wiehern, reinliches Stroh, Lederöl, Liniment.
Vaughan sagte: »Ich habe darüber nachgedacht — tatsächlich, ich habe die halbe Nacht wachgelegen —, ob wohl eine Möglichkeit wäre, daß Meg mich jetzt nähme. Da Pheasant weg ist und Jalna so kopfüber kopfunter, und alles auf einen toten Punkt gekommen ist, wäre dies doch ein Weg für sie, das Problem zu lösen. Meinst du, daß ich es versuchen soll?«
Renny sah seinen Freund mit Erstaunen an.
»Maurice, meinst du das wirklich? Liebst du sie noch?«
»Du weißt genau, daß ich nie eine andere Frau gemocht habe«, antwortete er etwas gereizt. »Für euch Whiteoaks ist das wohl nicht leicht zu verstehen.«
»Ich verstehe es wohl, aber — zwanzig Jahre ist eine lange Zeit zwischen zwei Anträgen.«
»Wenn nicht alles so stände wie jetzt, würde ich sie auch nie wieder gefragt haben.«
»Ich hoffe zu Gott, daß sie ja sagt!« Und dann, da er fürchtete, daß sein Ton zu dringend gewesen war, fügte er hinzu: »Es ist ein Jammer, daß du so einsam lebst, alter Junge.«
Meg war aus der Hütte gekommen und beugte sich über einen Zweig Jelängerjelieber, der sich mühsam durch eine Masse Hartriegel durchgearbeitet hatte. Sie liebte diesen wilden süßen Duft, und doch machte er sie trauriger als vorher. Maurice sah, als sie ihr erschrecktes Gesicht zu seinem aufhob, daß ihre

blassen Wangen von Tränen überströmt waren. Eine davon fiel und hing wie ein glänzender Tautropfen an dem Zweig.
»Tut mir leid, daß ich dich erschreckt habe.«
Seine Stimme, die sie so lange Jahre nicht gehört hatte, war ihr wie der dunkle Klang einer Glocke durch die Nacht. Sie hatte vergessen, was für eine tiefe Stimme er hatte. In seinen jungen Jahren war sie fast zu tief für seine Schlankheit gewesen, aber jetzt bei seiner schweren Gestalt fühlte sie sich seltsam von ihr erschüttert.
»Ich habe kein Recht, hier einzudringen«, sprach er weiter, und stockte wieder, die Augen auf dem blühenden Zweig; denn er wollte sie nicht in Verlegenheit bringen durch einen Blick in ihr verweintes Gesicht. Warum wischte sie sich nicht die Tränen ab? Er überlegte mit einem Schatten von Ärger, daß das echt Meggie sei, dies glänzende Zeugnis ihres Kummers recht sichtbar zu machen. Das gab ihr eine merkwürdige Überlegenheit, stellte sie auf eine Höhe des Leidens über ihre Umgebung.
Unfähig zu sprechen, rollte er geschickt eine Zigarette — mit der einen Hand, denn die andere war im Kriege zerschossen. Er hätte keine eindringlichere Art finden können, seine Sache zu führen. Sie war oft auf der Straße an ihm vorbeigekommen und hatte gesehen, daß er grau wurde. Sie hatte gehört, daß er eine Hand nicht mehr brauchen konnte, aber erst, als sie das Handgelenk in seiner Lederbandage sah, und die hilflose Hand, machte sie sich klar, wie einsam er war, wie ergreifend, und wie sehr er jemand brauchte, der für ihn sorgte. Renny war hart, sorglos und gesund, er war überheblich und unbeugsam. Eden war fort. Piers hing an seiner jämmerlichen jungen Frau. Finch war unerfreulich und launisch. Wake war ein selbstbewußter kleiner Taugenichts. Aber hier war Maurice, ihr unglücklicher Liebster, und sah sie an mit einem seltsamen, hungrigen Ausdruck in seinen Augen.
Die Linie seines Mundes weckte etwas in ihr auf, das sie vergessen hatte, etwas, das Jahre und Jahre begraben war. Und das quoll nicht schwach und scheu auf wie etwas Halbtotes, sondern strömend und kraftvoll wie der Saft in allem Wachsenden dieses Junitages. Sie schwankte fast unter dem plötzlichen inneren Ansturm und streckte eine Hand aus, sich festzuhalten. Dunkles Rot floß ihr über Gesicht und Nacken.
Er ließ die Zigarette fallen und griff nach ihrer Hand.
»Meggie, Meggie«, brach er aus. »Nimm mich — heirate mich! Meggie, o mein liebstes Mädchen!«
Sie antwortete nicht in Worten, aber sie legte ihm die Arme um den Hals und hob ihre Lippen zu seinen auf. Aller Eigensinn war aus ihren schönen Linien verschwunden, und nur die sanfte Süße war geblieben.

## 26 Großmutters Geburtstag

Dunkelheit hatte sich eben über Großmutters Geburtstag gesenkt. Sie war langsam herabgestiegen, als ob sie zögere, über diesen Tag aller Tage den Vorhang fallen zu lassen. Aber jetzt war der Himmel ein königliches Purpurrot, und hundert Sterne blinkten schon mit allem mystischen Glanz von Geburtstagskerzen.

Großmutter hatte seit Morgengrauen kein Auge zugetan. Nicht um die Welt würde sie den Glanz auch nur eines einzigen Augenblicks an diesem Tage missen mögen, auf den sie so viele Jahre hingelebt hatte. Sie konnte schlafen, soviel sie wollte, wenn dieser Festtag vorbei war. Dann hatte sie ja nicht mehr viel zu tun. Nichts, sich darauf zu freuen.

Zum Frühstück war der ganze Haushalt gekommen, ihr zu gratulieren, ihr Glück und noch viele künftige Geburtstage zu wünschen. Sie hatte mit ihren starken alten Armen jeden umfaßt, wie sie nacheinander sich über ihr Bett beugten, und nach einem herzhaften Kuß gemurmelt: »Danke. Danke dir, Liebe.« Wakefield hatte als Abgesandter des Stammes ihr einen ungeheuren Strauß von roten, gelben und weißen Rosen überreicht, gezählt hundert, mit roten Seidenbändern gebunden.

Der Tag war eine Folge von herzergreifenden Überraschungen gewesen. Ihre alten Augen hatten rote Ränder von Freudentränen. Die Farmer und Dorfbewohner der Nachbarschaft, denen sie zu ihrer Zeit eine freigebige Freundschaft bewiesen hatte, überhäuften sie mit Besuchen, Geschenken und Blumen. Mr. Fennel ließ die Kirchenglocke hundert fröhliche Schläge für sie läuten, deren Klang, durch das Tal hallend, sie in ihre Kinderzeit nach Irland versetzte; sie wußte nicht, weshalb, aber es war so, sie war wieder in der Grafschaft Meath!

Mrs. Wragge hatte einen Geburtstagskuchen von drei Platten gebacken, der in der Stadt dekoriert worden war. Obenauf, von Wellen und Eiskrem umgeben, war das weiß und silberne Modell eines Segelschiffes wie das, in dem sie von Indien über den Ozean gekommen war. Daneben stand in silbernem Zuckerguß das Datum ihres Geburtstags, 1825. Dieser Kuchen stand auf einem Rosenholztisch mitten im Wohnzimmer, neben einer silbergerahmten Fotografie von Captain Whiteoak. Wie Großmutter wünschte, daß er diesen Kuchen gesehen hätte! Sie sah sich selbst, stark und leichtfüßig, ihn an den Tisch heranführen. Sie stellte sich seinen überraschten Blick vor und seine blauen Augen, die vor Erstaunen heraustraten, und sein »Ha, Adeline, das ist ein Kuchen, der ist hundert Jahre Leben wert!«.

Oh, das Gefühl seines starken festen Armes in ihrer Hand! Ein Dutzend Mal küßte sie an dem Tage die Fotografie. Zuletzt fühlte sich Ernest bewogen zu sagen: »Mama, mußt du sie so oft küssen? Der ganze Glanz geht schon herunter, so feucht wird sie.«

Nun wurde es Nacht, und die Gäste kamen zur Abendgesellschaft. Die Fennels, die Admiralstöchter, Miss Pink, und selbst alte Freunde aus weiter Ferne. Ihr Stuhl war auf die Terrasse gebracht, wo sie das Festfeuer sehen konnte, das zum Anzünden fertig war. Sie hatte eine unglaublich lange Zeit gebraucht, um den Weg dahin zu machen, denn sie war schwach vor Aufregung und Schlafmangel. In dem Sommerhaus spielten zwei Violinen und eine Flöte die sorglosen fröhlichen Weisen aus der Zeit vor sechzig Jahren und füllten die Luft mit Erinnerung und die Dunkelheit mit klagenden Geistern. Großmutters Söhne und ihr ältester Enkel hatten keine Mühe oder Ausgabe gespart, um diese Gesellschaft unvergeßlich zu machen.

Zu ihrer Rechten saßen Ernest und Nicholas, und zur Linken Augusta und Alayne. Augusta bemerkte zu Alayne: »Was für ein Segen, daß Meg auf der Hochzeitsreise ist und nicht in Fiedlers Hütte sitzt und schmollt! Das hätte die ganze Sache vollkommen verdorben, wenn sie da gesessen hätte, und noch mehr, wenn sie gekommen wäre.«

»Sie hat keine Zeit verloren, als sie nun endlich sich entschlossen hatte, nicht wahr?«

»Nein, wahrhaftig nicht. Ich glaube, sie hat es bloß getan, weil sie sich so schämte. Sie hätte sonst da immer so weiterleben können. Renny hätte nie nachgegeben.« Lady Buckley betrachtete zufrieden ihres Neffen hohe Gestalt, die in scharfer Silhouette gegen den Feuerschein der Fackeln bei den Musikern stand.

»Ich fürchte«, sagte Alayne, »daß Meg mich sehr haßt, seit unserem Streit wegen Pheasant. Ich weiß, sie fand meine Haltung ihr gegenüber geradezu unanständig.«

»Meine Liebe, Meg ist eine engherzige viktorianische Frau. Meine Brüder sind auch so, wenn auch Ernests sanfte Art ihm den Anschein von Großzügigkeit gibt. Du und ich, wir sind modern – du von Geburt, und ich durch die Entwicklung eines offenen Geistes. Es tut mir sehr leid, daß du morgen gehst. Du bist mir sehr lieb geworden.«

»Danke dir; und du, ihr mir auch, wenigstens die meisten von euch. Mir wird vieles fehlen.«

»Ich weiß, ich weiß, Liebe. Du mußt wieder einmal zu Besuch kommen. Ich werde Jalna nicht mehr verlassen, solange Mama lebt, obgleich Nicholas es sehr gern sehen würde, wenn ich abreiste. Ja, du mußt uns besuchen.«

»Ich fürchte, das wird nichts. Du mußt mich in New York besuchen. Meine Tanten würden entzückt sein, dich kennenzulernen.«

Augusta flüsterte: »Was wissen sie von Eden und dir?«

»Nur, daß wir getrennt leben und daß ich wieder mit meiner alten Arbeit anfange.«

»Sehr verständig. Je weniger man seine Verwandten von seinem Leben wissen läßt, je besser. Ich habe keine Ruhe gehabt in meiner Ehe, bis der Ozean zwischen mir und meiner Familie rollte. Lieber Himmel, Renny zündet das Feuer an. Hoffentlich ist es nicht gefährlich. Wär es dir wohl unangenehm, Alayne, hinunterzugehen und ihn zu bitten, daß er sehr vorsichtig sein soll. Ein Funken ins Dach, und wir könnten verbrennen, wenn wir heute nacht in unseren Betten liegen.«

Als Alayne langsam den Rasen hinunterging, flogen die ersten Funken um die Pyramide von Hartholz, die als Mittelpunkt einen mächtigen Fichtenklotz hatte. Eine Rauchsäule stieg auf, stetig und dicht, und wurde dann durch das plötzliche und gewaltige Aufblühen der Flammenblume zerstreut. In einem Augenblick war die ganze Szene verwandelt. Die Schlucht lag da wie eine tiefe Höhle von Finsternis, während die Zweige der nahen Bäume in greller metallener Schönheit aus dem Dunkel gerissen schienen. Die Fackeln im Sommerhaus wurden zu bloßen flackernden Fünkchen, und die Sterne waren ausgeblasen wie Geburtstagskerzen. Die Gestalten der jungen Männer, die sich um das Feuer bewegten, wurden heroisch, ihre gespenstigen Schatten zuckten auf dem reichen Hintergrund des immergrünen Buschwerkes. Die Luft war voll Musik, voll Stimmen und voll Feuerprasseln.

Aus dem Schatten, den ein blühender Kastanienbaum warf, lief Pheasant über den Rasen zu Alayne. Sie schien während dieser Wochen ihrer Gefangenschaft gewachsen. Ihr Kleid sah zu kurz für sie aus. Ihre Bewegungen hatten die ängstliche Heftigkeit eines wachsenden Kindes. Ihr Haar, das eine Weile nicht geschnitten war, ringelte sich in einer drolligen kleinen Locke im Nacken.

»Diese Freiheit ist herrlich«, flüsterte sie. »Der schöne Feuerschein und die Fiedeln! Was ich auch versuche, Alayne, ich kann heute abend nicht anders als glücklich sein.«

»Warum sollst du denn nicht versuchen, glücklich zu sein? Du mußt glücklich wie ein Vogel sein, Pheasant. Ich freue mich so, daß wir heute morgen die Stunde zusammen hatten.«

»Du bist so gut zu mir gewesen, Alayne. Niemand in der Welt ist je so gut zu mir gewesen. Diese kleinen Briefchen, die du unter meiner Tür durchstecktest!«

Alayne nahm ihre Hand. »Komm, ich soll gehen und Renny sagen, daß er vorsichtig ist. Tante Augusta hat Angst, daß wir in unseren Betten verbrennen.«

Die drei jüngsten Whiteoaks standen in einer Gruppe zusammen. Als die jungen Frauen näherkamen, kehrte ihnen Finch den Rücken und verdrückte sich in den Schatten, aber Wakefield lief ihnen entgegen und legte einen Arm um jede.

»Kommt, Mädel«, sagte er vergnügt, »kommt in den lustigen Kreis. Wir wollen uns anfassen und ums Feuer tanzen. Wenn bloß Oma auch mittanzen könnte! Bitte tanzen!« Er zog sie an den Händen. »Piers nimm Pheasants andere Hand. Renny nimm Alaynes Hand. Wir wollen tanzen.«

Alayne fühlte ihre Hand von der Rennys gefaßt. Wakefields Begeisterung sprang zwar nicht über, aber er rannte hier und da hin, bettelte die Gäste zusammen zum Tanzen, bis er zuletzt einen Kreis auf dem Rasen zusammen bekam für Sir Roger de Coverley. Aber bloß die Älteren ließen sich nach ein paar Gläsern Punsch aus der silbernen Bowle dazu herbei, ausgelassen zu werden. Die Jüngeren hielten sich zurück in dem Schutz des flammenden Holzstoßes, in dem Netz von Erregungen gefangen, das um sie gewoben war.

Eden war nicht unter ihnen, aber die Vision seines schönen Gesichtes mit den lächelnden Lippen verspottete jeden in der Runde. Zu Renny sagte es: »Endlich habe ich dir ein Weib gezeigt, das du lieben kannst, ohne zu begehren, ohne Hoffnung auf Besitz, das dich verfolgen wird dein Leben lang.« Zu Alayne: »Ich habe dich in ein paar Monaten Liebe, Leidenschaft, Verzweiflung und Scham erleben lassen, genug für ein ganzes Leben. Nun geh zurück zu deiner trockenen Arbeit und sieh zu, ob du vergessen kannst.« Zu Piers: »Du hast mich verspottet, daß ich ein Dichter bin. Weißt du nun, daß ich besser lieben kann als du?« Zu Pheasant: »Ich habe dein Leben vergiftet.« Zu Finch, der sich in der Dunkelheit verkroch: »Ich habe dich kopfüber in die Schrecken des Erwachens gestürzt.«

Renny und Alayne, die Finger noch verschlungen, standen und sahen in den feurigen Rauch hinauf, der in endlos einander folgenden Wogen in den Himmel aufstieg, während nach dem Zusammenkrachen eines Holzstückes Funken auflöderten wie ein Schwarm Feuerfliegen. In der Glut waren ihre Gesichter zu seltsamer Schönheit verwandelt, aber diese Schönheit ging verloren, wurde keinem bewußt, denn sie wagten einander nicht anzusehen.

»Ich habe zwei von diesen Funken verfolgt«, sagte sie, »Funken, die aufflogen, einmal zusammen, dann wieder getrennt, bis sie außer Sicht waren — wie bei uns.«

»Das will ich nicht. Nicht außer Sicht, nicht erlöschen — wenn du es so meinst. Nein, ich bin nicht hoffnungslos. Es gibt noch etwas anderes für uns als die Trennung. Kannst du dir denken, daß wir uns nie wiedersehen? Sag?«

»Oh, wir sehen uns vielleicht wieder — wenigstens wenn du jemals nach New York kommst. Aber dann ist dein Gefühl vielleicht ganz anders.«

»Anders? Alayne, warum willst du unsere letzten Augenblicke zusammen verderben durch solch einen Gedanken?«

»Vielleicht wollte ich dich bloß das abstreiten hören, weil ich Frau bin. Du hast keine Ahnung, was es heißt, eine Frau sein. In meinem früheren Leben dachte ich immer, daß wir gleich wären, Männer und Frauen. Seit ich in Jalna gelebt habe, kommt es mir vor, als ob Frauen nur Sklaven sind.«

Jemand hatte einen Arm voll Reisig auf das Feuer geworfen, eine kleine Weile sank es zu einem unterdrückten, aber drohenden Prasseln herab. Im Halbdunkel wandten sie sich einander zu.

»Sklaven?« wiederholte er. »Aber nicht unsere!«
»Nun ja — aber des Lebens, das ihr schafft, der Leidenschaften, die ihr in uns weckt. Oh, du weißt es nicht, was es heißt, eine Frau sein! Ich sage dir, es ist geradezu schrecklich. Sieh Meg an und Pheasant und mich!«
Sie sah an ihm die Spur eines Lächelns. Er sagte: »Sieh Maurice und Piers und mich an!«
»Es ist nicht dasselbe. Es ist nicht dasselbe. Ihr habt euer Land, eure Pferde, eure Interessen, die fast all eure wachen Stunden erfüllen.«
»Und unsere Träume?«
»Träume sind nichts. Was Frauen quält, ist Wirklichkeit. Denke an Meg, die sich in dem schrecklichen Loch da verkroch. Pheasant, in ihr Zimmer eingesperrt. Ich schuftend in einem Büro.«
»Ich kann nicht«, antwortete er zögernd. »Ich kann mich nicht an eure Stelle versetzen. Wahrscheinlich ist es schrecklich. Aber glaub' nicht, daß wir nicht eine noch schlimmere Hölle kennen.«
»Das tut ihr, ja! Aber wenn ihr es satt habt, euch quälen zu lassen, dann verlaßt ihr eure Hölle — geht hinaus und macht die Tür hinter euch zu, während wir nur mehr Brennstoff häufen.«
»Liebling!« Seine Arme waren um sie. »Sprich doch nicht so.« Er küßte sie rasch und heiß. »Da habe ich nun versprochen, dich nie wieder zu küssen, und hab's doch getan — nur zum Abschied.«
Sie fühlte, daß sie versank, sich in seinen Armen verlor. Ein Wirbel von Rauch, harzduftend, hüllte sie ein. Ein rauschender fauchender Ton kam aus dem Herzen des Feuers. Die Geigen sangen zusammen.
»Noch einmal«, hauchte sie, an ihn geklammert. »Noch einmal.«
»Nein«, sagte er zwischen den Zähnen. »Nicht noch einmal.« Er schob sie von sich und ging an die andere Seite des Feuers, das nun plötzlich wieder hochschlug. Er stand zwischen seinen Brüdern, größer als sie, sein Haar brennendrot im Feuerschein, sein scharfes Gesicht hart und bloß. Sie riß sich zusammen, sah zu ihm hinüber und dachte, daß sie ihn so in Erinnerung behalten möchte.

In einem Meer von warmem Glanz saß Großmutter. Ein schwarzer Sammetmantel, mit roter Seide gefüttert, war ihr um die Schultern gelegt; ihre Hände lagen, glitzernd von Ringen, auf dem goldenen Griff ihres Ebenholzstockes. Boney, an seine Stange gekettet, war auf ihren Befehl auf die Terrasse herausgebracht, um sich in der Glut des Geburtstagsfeuers zu sonnen. Aber sein Kopf steckte unter dem Flügel. Er schlief und kümmerte sich weder um Licht noch Musik.
Sie war sehr müde. Die Gestalten, die sich über den Rasen bewegten, sahen wie wirbelnde, gestikulierende Puppen aus. Das Hüpfen der Fiedeln, das Klagen der Flöte machte sie schwindelig, betäubte sie. Sie sank tiefer und tiefer in

ihrem Stuhl. Niemand sah nach ihr. Einhundert Jahre alt! Plötzlich kam ihr ein Schrecken, daß sie dies Ungeheuerliche erreicht hatte. Die Flammen des Feuers waren am Sinken. Der Himmel darüber dunkelte schwarz. Unter ihr schwankte die feste Erde, die sie so lange getragen hatte, wie wenn sie sie in den unendlichen Raum hinausstoßen möchte. Sie blinzelte. Sie tastete nach etwas und wußte nicht, nach was. Sie hatte Angst.

Sie tat einen gurgelnden Laut. Sie hörte Ernests Stimme sagen: »Mama, mußt du das machen?«

Sie nahm ihre Sinne zusammen. »Irgendwer«, sagte sie undeutlich, »irgendwer soll mich küssen — schnell!«

Sie sahen sie freundlich an, zögerten, wer ihr die verlangte Liebkosung schenken sollte; dann schoß plötzlich aus aller Mitte Pheasant heraus, warf sich vor der alten Dame hin und hob ihr Kindergesicht.

Großmutter plierte grinsend, um zu erkennen, wer von ihnen es war, und dann, als sie Pheasant erkannte, zog sie das Mädchen fest an die Brust. Aus dieser Umarmung holte sie sich neue Lebenskraft. Ihre Arme wurden stark. Sie preßte Pheasants jungen Körper an sich und drückte warme Küsse auf ihr Gesicht. »Ha«, murmelte sie, »das tut gut!« Und noch einmal — »Ha!«

# Das unerwartete Erbe

# INHALT

| | | |
|---|---|---|
| 1 | Finch benimmt sich schlecht | 7 |
| 2 | Das Lotterielos | 19 |
| 3 | Das nächtliche Haus | 32 |
| 4 | Die Theaterprobe | 43 |
| 5 | Freunde | 52 |
| 6 | Finchs Triumph | 64 |
| 7 | Ein merkwürdiges Orchester | 70 |
| 8 | Finch muß beichten | 84 |
| 9 | Durchgebrannt | 88 |
| 10 | Die Reise nach New York | 95 |
| 11 | Heimweh | 101 |
| 12 | Unerwartete Begegnung | 108 |
| 13 | Die Brüder | 112 |
| 14 | Alayne sieht Jalna wieder | 121 |
| 15 | Minny Ware | 133 |
| 16 | Hilflose Liebe | 140 |
| 17 | Die chinesische Göttin | 155 |
| 18 | Eine Court und Angst? | 163 |
| 19 | Ein stiller Tag | 171 |
| 20 | Ist Finch mit einer Glückshaube geboren? | 177 |
| 21 | Sonnenaufgang | 192 |
| 22 | Renny und Alayne | 201 |
| 23 | Pläneschmieden | 207 |
| 24 | Finch und Eden werden Freunde | 213 |
| 25 | Brücke zu neuem Leben | 218 |
| 26 | Entwirrte Herzen | 224 |

# 1 Finch benimmt sich schlecht

Von dem Drehkreuz aus, wo es die Einlaßkarten gab, führte ein mit rot-weiß gestreiften Zeltleinen gedeckter Gang zur Halle des Kolosseums. Der Zementboden dieses Ganges war naß von vielen schmutzigen Fußspuren, und ein eiskalter Zug fegte hindurch.
Nur noch einzelne Nachzügler kamen jetzt, und unter ihnen der achtzehnjährige Finch. Sein Regenmantel und sein weicher Filzhut trieften, selbst die glatte Haut seiner mageren Backen glänzte vor Nässe.
In einem Riemen trug er ein paar Schulbücher und ein zerfleddertes Schreibheft. Er war sich peinlich bewußt, daß sie ihn als Schüler kennzeichneten und wünschte sich innerlich, daß er sie nicht mitgebracht hätte. Er versuchte sie unter seinem Mantel zu verstecken, aber sie bildeten dort einen so abscheulichen Auswuchs an seinem Körper, daß er sie verlegen wieder herausholte und ganz sichtbar trug.
Drinnen in der Halle fand er sich in einem Wirrwarr von Stimmen und lauten Fußtritten und mitten in einer großartigen Blumenschau. Ungeheure Chrysanthemen, deren gelockte Blütenkelche in fremdartigen Farben brannten, herrliche blaßrote Rosen, die zart in ihrer eigenen Vollkommenheit zu ruhen schienen, hängende dunkelrote Rosen, schwer von Glut und Duft, drängten sich an allen Seiten.
Sein verlegenes Lächeln noch auf den Lippen, wanderte Finch zwischen den Blumen umher. Ihre vornehme Zartheit, vereint mit ihrer Farbenglut, erfüllten ihn mit einer Art zitternder Glückseligkeit. Er hätte nur gewünscht, daß nicht so viele Leute da wären. Ganz allein hätte er zwischen den Blumen umherstreifen mögen, ihren Duft mehr einsaugen als einatmen, ihre heitere Schönheit mehr eintrinken als betrachten. Eine hübsche junge Dame, reichlich zehn Jahre älter als er selbst, beugte sich über den riesigen Ball einer Chrysanthemumblüte, die in düster goldrotem Feuer brannte, und berührte sie mit der Wange. »Zum Anbeten!« hauchte sie und warf einen lächelnden Blick auf den ungelenken langen Jungen neben sich. Finch grinste sie wieder an, aber er verdrückte sich. Doch als er sich vergewissert hatte, daß sie fort war, kehrte er zu der dunklen Blüte zurück und starrte hinein, als ob er darin irgendeine Essenz der weiblichen Anmut wiedersuchen wollte, die sie so zärtlich gestreift hatte.
Er wurde aufgeschreckt von dem Schall einer Männerstimme durch den Lautsprecher im inneren Teil des Gebäudes, wo die Pferdeschau im Gange war. Er sah auf seine Armbanduhr und entdeckte, daß es ein Viertel vor vier war. Mindestens die nächste halbe Stunde durfte er sich drinnen nicht zeigen. Er hatte die letzten paar Schulstunden geschwänzt, um noch etwas Zeit für die übrige Ausstellung zu haben, ehe die Nummern der Vorführung kamen, an denen Renny beteiligt war. Renny würde ihn dann ja erwarten, aber er würde

ihm bestimmt aufs Dach steigen, wenn er merkte, daß er ein paar Stunden geschwänzt hätte. Finch war im vorigen Sommer durch die Reifeprüfung gefallen und er benahm sich jetzt Renny gegenüber äußerst demütig und bußfertig.
Er geriet in die Automobilausstellung. Wie er einen glänzend dunkelblauen Tourenwagen betrachtete, kam einer der Verkäufer herzu und fing an, dessen Vorzüge anzupreisen. Finch empfand es mit Verlegenheit und Vergnügen zugleich, so respektvoll behandelt und mit »Sir« angeredet zu werden. Ein paar Minuten stand er und sprach mit dem Mann, versuchte dabei so sachverständig wie möglich auszusehen und seinen Bücherpack außer Sicht zu halten. Als er schließlich weiterschlenderte, warf er sich in den Rücken und nahm eine Miene männlichen Gleichmuts an.
Für die Ausstellung von Äpfeln und die Goldfische in Aquarien hatte er nur einen halben Blick. Es fiel ihm ein, daß er die Käfige mit den Silberfüchsen ansehen könnte. Eine lange Treppe führte in diese Abteilung. Hier oben unter dem Dach war eine andere Welt, eine Welt, die nach Desinfektionsmitteln roch, eine Welt voll blanker Augen, spitzer Schnauzen, dichtem gesträubtem Fell. Alle steckten sie hinter dem starken Draht ihrer Käfige. Aufgerollt zu rundem Ball, aus dem just ein wachsames Auge herausspähte; kratzend im reinen Stroh, einen Weg aus dieser trübseligen Gefangenschaft suchend; aufrecht auf den Hinterbeinen, mit hochmütigen kleinen Gesichtern, die durch das Drahtnetz schnupperten. Am liebsten hätte Finch die Türen all der Käfige geöffnet. Er stellte sich diese wilde Flucht, das rasende Jagen über die herbstlichen Felder vor, das wütende Graben des Baus, das Verstecken unter der schützenden Erde, wenn er sie befreit hätte. Oh, wenn er sie nur freilassen könnte, zu rennen, zu wühlen, Junge zu werfen unter der Erde, wozu sie geschaffen waren!
Von Käfig zu Käfig schien geheime Botschaft zu gehen, daß jemand gekommen war, ihnen zu helfen. Wohin er sah, schienen erwartungsvolle Augen auf ihn gerichtet. Die kleinen Füchse gähnten, streckten sich, zitterten vor Erwartung. Warteten ...
Ein Hornruf klang von unten herauf. Finch kam zu sich. Er trollte sich weg, kehrte den Gefangenen den Rücken und stolperte die Treppe hinab.
Oben an der Treppe lehnte trübselig ein älterer Mann vor einer Kanarienvogel-Ausstellung. Er hielt den Jungen an und bot ihm ein Los für die Lotterie an. Der Gewinn war ein schöner Vogel, ein guter Roller.
»Nur 25 Cents das Los«, sagte er, »und der Vogel ist 25 Dollar wert. Geradezu eine Schönheit. Hier sitzt er in seinem Käfig. Einen großartigeren Vogel habe ich nie gehabt. Sehen Sie bloß die Farbe und den Bau an. Und singen sollten Sie ihn hören. Was für ein Geschenk für Ihre Mutter, junger Mann, und in sechs Wochen schon Weihnachten!«
Finch dachte, wenn seine Mutter noch gelebt hätte, wäre das wirklich ein sehr hübsches Geschenk für sie gewesen. Er malte sich aus, wie er ihn in seinem

glänzend vergoldeten Käfig einer schattenhaften, bezaubernden jungen Mutter von etwa fünfundzwanzig Jahren schenkte. Mit seinen hellen hungrigen Augen starrte er den Kanarienvogel an, der gutgefüttert, hübsch und schlank aussah, und murmelte etwas Undeutliches. Der Aussteller hielt ihm ein Los hin.
»Da, sehen Sie – Nummer 31. Es sollte mich gar nicht wundern, wenn das eine Glücksnummer wäre. Zwei möchten Sie wohl nicht nehmen? Eigentlich könnten Sie ebensogut gleich zweie nehmen.«
Finch schüttelte den Kopf und holte die 25 Cents heraus. Wie er die Treppe hinunterging, fluchte er über seine eigene Schwäche. Er war gerade knapp genug bei Gelde gewesen und brauchte es nicht auch noch zum Fenster hinauszuwerfen. Er stellte sich Renny vor, wenn den einer beschwatzen wollte, ein Lotterielos für einen Kanarienvogel zu kaufen.
Nach dieser Ausgabe verzichtete er darauf, ein Programm für die Reihenfolge der Pferdeschau zu kaufen. Die billigeren Plätze waren schon so besetzt, daß er nur noch einen ganz weit hinten zwischen einem Gedränge von Männern und jungen Leuten bekam. Der Mann neben ihm war ziemlich angetrunken. Er hielt das dicke Heft des Wochenprogramms so nah vor sein Gesicht, daß er fast mit der Nase darauf stieß.
»Verdammt undeutlich, das Programm«, brummte er, »eine Seite noch schlimmer als die andere.«
Das Schiedsgericht war drinnen im Ring schon im Gange. Hier und da auf dem lohebestreuten Platz standen Männer mit ihren Pferden am Zügel. Drei Schiedsrichter mit Notizbüchern in der Hand gingen langsam von Pferd zu Pferd und berieten bisweilen miteinander. Die Pferde standen unbeweglich bis auf eines, das ungeduldig tänzelte. Ein kräftiger Geruch nach Lohe und nach Pferden hing in der Luft, die noch kühl war trotz des dichten Gedränges der Zuschauer.
Der Mann mit dem Megaphon rief die Namen der Preisträger aus. Bänder wurden ihnen überreicht, und sie verschwanden ebenso wie die geschlagenen Rivalen in den hinteren Regionen. Die Musik setzte ein.
»Verdammt unnützes Programm!« murmelte es dicht an Finchs Ohr. »Kann nichts damit anfangen.«
»Vielleicht kann ich es«, sagte der Junge, der gern einen Blick in das Programm geworfen hätte, aber doch nicht gern im Gespräch mit solch einem Menschen gesehen werden wollte. »Kauf dir doch selber eins!« gab der Mann laut zurück. »Bild dir nicht ein, daß du bei mir schmarotzen kannst.«
Unter den näheren Zuschauern brach ein Gelächter aus. Finch ließ sich in seinen Sitz fallen, dunkelrot und beschämt. Er war geradezu dankbar für den ausbrechenden Lärm der Kapelle, der das Musikreiten ankündigte.
Seine Stimmung hob sich, wie er die glänzenden Tiere, von Kavalleristen aus der Kaserne geritten, zierlich und hochmütig die schwierigen Wendungen aus-

führen sah. Er ließ sich von der schmeichelnden Harmonie von Ton, Bewegung und Farbe mitreißen. Die Lampen, die von der hohen Decke herunterhingen, von Flaggen und Fähnchen umgeben, schwankten in den vibrierenden Wellen der Luft.

Die nächste Nummer war das Preisgericht über Pferde unter Damensattel. Es gab fünfzehn Bewerber, darunter Silken Lady, geritten von Finchs Schwägerin Pheasant Whiteoak. Sie kam ganz am Ende der Reihe, mit einer großen 15 auf weißem Schild am Gürtel. In Finch stieg ein plötzlicher Stolz auf, wie er Silken Lady um den Ring traben sah, in jeder Bewegung ihr edles Blut und ihren Lebensmut zeigend. Und auch Pheasant selbst sah er mit einer Art Besitzerstolz an. Wie ein schlanker Junge sah sie aus in ihrem braunen Rock mit Kniehosen, mit ihrem bloßen, kurzgeschnittenen Haar. Wunderlich, wie jung sie wirkte, nach allem was sie durchgemacht hatte. Dieser Geschichte mit Eden, die Piers und sie beinahe auseinandergebracht hatte. Jetzt schienen die beiden sehr glücklich. Piers lag mächtig daran, daß Pheasant beim Springen gut abschnitt. Ein richtiger Dickschädel, Piers – eine Weile mochte er ihr das Leben verdammt schwer gemacht haben. Ein wahres Glück, daß Eden jetzt sicher aus dem Wege war. Unheil genug hatte er angerichtet – für Piers ein schlechter Bruder, ein schlechter Ehemann für Alayne! Aber das war nun alles vorbei. Finch richtete seine Aufmerksamkeit ganz auf die Reiter.

Ein dicker Mann in Oberstuniform exerzierte sie durch die verschiedenen Gangarten, und ließ sie in langer Reihe, bald schnell, bald langsam um den Ring kreisen. Pheasant blasses Gesicht wurde rosig. Vor ihr ritt ein kurzes rundliches Mädchen in tadellosem englischem Reitkostüm, mit einem blanken kleinen Glockenhut und schneeweißem Reitstock. Ein junger Mann neben Finch erzählte ihm, daß sie aus Philadelphia kam. Sie hatte ein auffallend schönes Pferd. Die Preisrichter waren schon darauf aufmerksam geworden. Finch sank der Mut, als das amerikanische Pferd rhythmisch über die Lohe hintrabte. Als die Reiter absaßen und in lässiger Haltung neben ihren Pferden standen, hingen Finchs Augen wie gebannt an Pheasant und dem Mädchen aus Philadelphia.

Es kam, wie er fürchtete. Das blaue Band wurde dem Pferd des dicken Mädchens über den Zügel geheftet. Silken Lady bekam nicht einmal das zweite oder dritte. Sie fielen Pferden aus anderen Städten der Provinz zu. Pheasant ritt aus den Schranken mit dem Trupp der Besiegten, das kleine Gesicht unbewegt.

Jetzt kam das Damen-Jagdreiten an die Reihe. Eine heitere Erwartung klang aus den lustigen Trommelwirbeln. Die erste Reiterin trabte herein, die Tannenlohe stob unter den blanken Hufen ihres Pferdes mit dem kühngebogenen Hals. Mit fröhlicher Sicherheit trabte es leicht auf das vier Fuß hohe Tor los. Aber im Augenblick, wo die Reiterin vor dem Sprung den Kopf vorbeugte, schwenkte es zur Seite und trabte friedlich um den Ring. Die Erwartung löste sich in Gelächter auf, das durch die Sperrsitze lief und in den hinteren Reihen laut ausbrach. Die Reiterin riß das Pferd scharf herum und ritt von neuem auf das Tor los. Diesmal nahm das Pferd es ohne Schwierigkeit. Es kam auch glücklich über den Wall, dann die erste Hürde, aber als es über das Hindernis setzte, schlug es gegen die oberste Barre, daß sie krachend zur Erde polterte. Noch einen Versuch. Wieder das Scheuen am Tor, aber diesmal wurden zwei Barren mitgerissen. Ein Hornsignal klang. Reiterin und Pferd verschwanden, die erstere niedergeschlagen, das Tier sichtlich mit sich zufrieden.

Zwei weitere Bewerber kamen und verschwanden ohne Zwischenfall. Der nächste war das Mädchen aus Philadelphia. Das schöne Pferd wirkte zu groß für die rundliche Person in dem tadellosen Reitkostüm. Aber es verstand seine Sache. Es warf sich mit aller Kraft in den Sprung. Nur ein kleines Mißgeschick in den zwei Runden – ein leichter Schlag über die Flanke. Sie trabte ab unter einem Sturm von Händeklatschen.

Dann kam Pheasant auf Soldier, dem Halbbruder von Silken Lady. Finch bekam Herzklopfen, als sie in die Arena trabte. Es war kein Spaß, Soldier zu regieren. Eigentlich kein Pferd für ein schmächtiges Mädel von Neunzehn. Er näherte sich dem Tor seitlings und zeigte dabei die Zähne in einem fatalen Grinsen. Pheasant ritt ihn zum Start zurück und lenkte ihn dann wieder mit sanfter Ermutigung auf das Tor zu. Wieder scheute das Tier vor dem Sprung. Wieder riß Pheasant ihn herum und machte einen neuen Anlauf, aber diesmal jagte ihn ein scharfer Hieb dicht vor dem Tor darüber hinweg wie auf Flügeln. Dann flog er über jedes der hohen weißen Tore, daß die weißen Socken seiner Hinterläufe blitzten und sein gelbbrauner Schweif flatterte.

Finch grinste glückselig. Gute kleine Pheasant. Braver Soldier. Heftig stimmte er in den Beifallssturm ein, der sie begleitete. Aber trotzdem wartete er mit ängstlichen Augen auf die zweite Runde. Diesmal gab es kein Scheuen, nur ein schnelles triumphierendes Hinwegfliegen über Tor, Hecke, doppelte Hürde. Aber man konnte nie wissen, was Soldier einfallen würde. Vor dem letzten Tor wich er plötzlich seitwärts aus, galoppierte vorbei und verschwand unter Händeklatschen und Gelächter.

Das Mädchen aus Philadelphia, Pheasant und drei andere wurden für den Hochsprung aufgerufen. Alle fünf machten ihre Sache gut, aber das amerikanische Pferd war das beste. Betrübt sah Finch ein, daß der Preisrichter recht hatte, als er ihm das blaue Band verlieh, und Soldier nur das rote. »Aber so reiten wie Pheasant kann das Mädchen doch nicht«, dachte er.

Jetzt kamen die Herrenreiter hereingestürmt, grau und fuchsfarben, braun und schwarz, einer dicht hinter dem anderen. Ah, da war Renny! Diese hagere kräftige Gestalt, die aussah, als wäre sie verwachsen mit dem hochbeinigen Rotschimmel. Eine Welle von Erregung lief durch die Menge, wie ein Windstoß über ein Kornfeld. Als die Musikkapelle plötzlich schwieg, nahm der Donner der Hufe den Rhythmus auf, mitreißender noch und stärker. Finch konnte es auf seinem Platz nicht mehr aushalten. Er schlüpfte zwischen den

Knien seiner Nachbarn durch bis zum Seitengang, und die Stufen hinunter. Er drängte sich in die Reihe von Männern, die an der Barriere standen, welche die Rennbahn abschloß.
Hier sah die Lohe wie brauner Samt aus. Hier hörte man das Knarren des Leders, das Schnaufen und Schnarchen der glänzenden Tiere, ihr schweres Aufstöhnen, wie sie nach dem Sprung über die Hürde auf dem Boden landeten. Er starrte atemlos hinüber. Mit den Augen folgte er jedem Pferde, wie es hochflog, dem vorgebeugten Reiter, den beiden kraftvollen Geschöpfen, die wundervoll zu dem Bild eines Zentauren zusammenwuchsen.
Keine Weiber in diesem Wettkampf. Nur Männer. Männer und Pferde. Wie das Herz einem aufging!
Wie Rennys Pferd die Barriere nahm, die Hürde, durch die Luft flog, dumpf wieder auf die Hufe aufprallte und über den Lohgrund hindonnerte, die Nüstern weit, den Atem aus dem mächtigen Körper stoßend, schien es die Verkörperung wilder Urkraft. Und Renny mit seiner scharfen Nase, die Augen brennend in dem schmalen Fuchsgesicht, um die Lippen dies verkniffene Lächeln, das fast etwas Bösartiges hatte, schien auch wie besessen von dieser wilden Kraft.
Der Tumult der dahinjagenden Pferde, deren Schnauben im Vorbeirasen in warmen Stößen sein Gesicht streifte, reißt seine Einbildungskraft mit, daß sie wie ein phantastischer Nebel zwischen ihm und der Wirklichkeit des Bildes vor ihm aufsteigt. Er sieht Rennys Stute, die eben auf ihn zu galoppiert, auf sich selbst losrasen anstatt auf das Ziel. Er sieht sie über sich, ihn zertrampelnd, unter ihren Hufen ihn zerstampfend, ihn vernichtend ... Sieht seine Seele sich aus dem zerstampften Körper lösen, durchsichtig, schimmernd, seltsam gestaltet, wie sie auf das Pferd springt, hinter Renny, ihn mit Schattenarmen von wilder Kraft umklammert, sich mit ihm hoch über die im Ring herumjagenden Reiter hebt, über die beifallklatschenden Zuschauer, über die Lampen da oben, von denen farbige Wellen und düstern Himmel hinaufbranden. Die Trommeln wirbeln, die aufschwellende Musik der Hörner trägt sie ...
Er steht an das Geländer geklammert, ein hagerer Bursche mit hohlen Backen und hungrigen Augen, das eine knochige Schulterblatt unter dem Rock scharf vorstehend. Sein Ausdruck ist so merkwürdig, daß Renny, als er langsam auf seinem mit dem blauen Band geschmückten Rotschimmel durch die Bahn reitet und ihn dabei zufällig zu Gesicht bekommt, bei sich denkt: »Großer Gott, der Bengel sieht ja geradezu wie ein Idiot aus!«
Als Finch ihn unter den Gruppen von Männern und Pferden in der Einfriedung hinter der Arena aufsuchte, grüßte er ihn nur mit kurzem Kopfnicken. Er sprach weiter mit einem streng aussehenden Offizier in amerikanischer Leutnantsuniform. Finch war dieser Mann bei verschiedenen Hindernissprüngen aufgefallen. Er hatte den nächsten Preis nach Renny, das rote Band.
Finch stand bescheiden daneben und hörte ihrem Gespräch über Pferde und

Jagd zu. Gegenseitige Bewunderung leuchtete beiden aus dem Gesicht. Schließlich sah Renny nach seiner Armbanduhr.
»Ich muß weiter. Übrigens, dies ist mein junger Bruder. Finch, Mr. Rogers.«
Der Amerikaner schüttelte dem jungen Menschen freundlich die Hand, sah ihn aber nicht gerade beifällig an.
»Scheint zu schnell zu wachsen«, bemerkte er zu dem älteren Bruder, als sie weitergingen.
»O ja«, antwortete Renny, »kein rechtes Mark in den Knochen«, und entschuldigend fügte er hinzu: »Er ist musikalisch.«
»Studiert er Musik?«
»Angefangen hat er. Ich habe aber Schluß damit gemacht, seit er vorigen Sommer durchs Examen gefallen ist. Ich weiß nicht, was ich mit ihm anfangen soll. Seit er die Musik nicht mehr hat, wirft er sich auf die Schauspielerei. Scheint, daß er alles andere lieber tut als arbeiten. Wird aber wohl noch zurechtkommen, denke ich. Die häßlichsten Füllen, wissen Sie, werden manchmal...«
Sie überquerten nun einen offnen gepflasterten Platz, der nur spärlich von den Scheinwerfern eines Autos erhellt wurde, das vorsichtig zwischen den von Stallknechten zum Stall oder zur Bahnstation geführten Pferden seinen Weg suchte.
Renny Whiteoak und der Amerikaner trennten sich, und Finch, der hinterher getrollt war, kam an seines Bruders Seite.
»Verdammt kalt jetzt!« murmelte der Junge.
»Kalt!« rief der Ältere verwundert aus. »Heiß ist mir! Das ist das Unglück mit dir, daß du nicht genug Bewegung hast. Sport müßtest du treiben, dann hättest du bessere Blutzirkulation. Ein eben geworfenes Fohlen könnte es nicht kalt finden heute!«
Aus dem Auto, dem sie sich eben näherten, rief eine Stimme: »Bist du da, Renny? Ich dachte, du kämst überhaupt nicht mehr. Ich bin eiskalt geworden.«
Es war Pheasant. Renny stieg ein und machte Licht. Finch kletterte herein neben das Mädchen.
»Ihr seid mir ein Paar!« sagte Renny und schaltete die Kupplung ein. »Ich müßte euch in ein Nest von Watte setzen, was?«
»Jedenfalls«, beharrte sie kläglich, »ist es sehr schlecht für Baby, wenn ich mich erkälte, und ich habe es schon viel zu lange allein gelassen. Kannst du den Wagen nicht anlassen?«
»Irgendwas ist mit seinen verdammten alten Eingeweiden nicht in Ordnung«, knurrte er, fügte dann aber hoffnungsvoll hinzu: »vielleicht ist der Motor nur etwas kalt geworden.« Er hantierte heftig mit dem veralteten Mechanismus des Autos und machte zugleich in halblautem Schimpfen einem Haß von sieben Jahren Luft. Er liebte und verstand Pferde, aber die Launen eines Motors waren ihm unbegreiflich.

»Wie habe ich abgeschnitten?« unterbrach ihn Pheasant.
Einen Augenblick kam keine Antwort, dann brummte er: »Ganz leidlich. Aber der Hieb für Soldier war nicht nötig. Ganz überflüssig.«
»Na, wenigstens hab ich den zweiten Preis.«
»Hättest den ersten kriegen können, ohne das. Himmel, ob ich diesen verdammten alten Kasten je nach Hause kriege!«
Pheasants Stimme klang entrüstet.
»Aber bedenk doch, das Pferd von dem amerikanischen Mädchen! Fabelhaft!«
»Ist Soldier auch!« brummte ihr Schwager eigensinnig.
Finch lehnte in einer Ecke des Wagens, in niedergeschlagener Stimmung. Die dicke feuchte Dunkelheit der frühen Nacht, der Gedanke an die Arbeitsstunden in seinem kalten Schlafzimmer, die vor ihm lagen, fühlte er wie Hände, die aus schlammigem Grund nach ihm griffen und ihn herunterzerrten. Ausgehungert war er auch. Er hatte ein Stück Schokolade in der Tasche, und er überlegte, ob er es herausholen und in den Mund stecken könnte, ohne daß Pheasant es merkte. Er tastete danach, fand es und wickelte es vorsichtig aus dem zerrissenen Silberpapier, während ein wütender Ausbruch Rennys ihre Aufmerksamkeit abzog. Er stopfte es in den Mund, sank tiefer in seine Wagenecke und schloß die Augen.
Eben fing er an, sich behaglich zu fühlen, als Pheasant ihm plötzlich ins Ohr zischte: »Widerliches kleines Schwein!«
Er hatte vergessen, mit ihrem scharfen Geruchssinn zu rechnen. Sie suchte in ihrer Tasche, holte eine Zigarettendose heraus, und im nächsten Augenblick erhellte der rasche Schein eines Zündhölzchens ihr kleines blasses Gesicht und zeigte den spöttischen Zug um ihre Lippen, die die Zigarette hielten. Süßlicher Rauch hing schwer in der feuchten Luft. Finch hatte am Nachmittag seine letzte Zigarette geraucht. Natürlich hätte er Renny um eine bitten können, aber solange der sich mit dem Auto herumärgerte, war es nicht gerade geraten, ihm mit einem Anliegen zu kommen. Jetzt warf sich der älteste Whiteoak mit verzweifelter Bewegung in seinen Sitz zurück.
»Wir können just so gut zu Fuß nach Hause gehen«, warf er kurz hin. Er zündete sich auch eine Zigarette an. Rauch und mißmutiges Schweigen herrschten im Wagen. Der Regen schlug gegen die Scheiben, und mit jedem Schüttern der wackeligen Seitenfenster fegte ein kalter Zug herein. Die Lichter anderer Autos glitten verschwommen im Regen vorbei.
»Aber du warst famos, Renny«, sagte Pheasant, um die Stimmung etwas zu heben. »Und daß du das blaue Band gekriegt hast! Ich kam gerade dazu und sah das Ganze!«
»Kein Kunststück, zu gewinnen, mit dem Rotschimmel!« sagte er. »Donnerwetter, das ist ein Gaul!« Und einen Augenblick darauf fügte er mit deutlicher Anspielung hinzu: »Freilich, wenn ich der Esel gewesen wäre, ihm eins überzuziehen, hätte ich wohl kaum mehr als den zweiten Preis gekriegt.«

»Oh, wie kalt ich bin!« rief Pheasant aus, die den Anwurf unbeachtet ließ.
»Und ich kann nichts denken als an mein armes kleines Baby!«
Finch ärgerte sich plötzlich heftig über die beiden, wie sie dasaßen und rauchten. Was hatten sie denn zu tun, wenn sie nach Hause kamen? Sich in einem Stall herumlümmeln und ein kleines Wurm zu säugen. Während er sein elendes Gehirn mit Trigonometrie abrackern mußte. Er schluckte das letzte Stück Schokolade herunter und sagte heiser: »Du warst ja mächtig intim mit diesem dummen amerikanischen Leutnant. Wer war der Bursche?«
Die flegelhafte Unverschämtheit seiner Worte erschreckte ihn selbst, schon während er sie aussprach. Er hätte sich nicht gewundert, wenn Renny sich umgewandt und ihm eins an die Ohren gegeben hätte. Auch aus Pheasants Ecke spürte er ein entsetztes Zusammenzucken.
Aber Renny antwortete ganz ruhig. »Ich kenne ihn von Frankreich her. Ein famoser Kerl. Hat auch viel Geld.« Und neidisch setzte er hinzu: »Und einen der besten Rennställe in Amerika.«
Pheasant stöhnte. »O mein armer kleiner Mooey! Soll ich denn nie zu ihm zurückkommen?«
Ihres Schwagers Ton wurde gereizt. »Mach dir klar, mein Kind, daß du entweder das Reiten in einer Pferdeschau aufgeben mußt oder das Kinderkriegen. Beides zusammen geht nicht.«
»Aber ich habe doch beides erst voriges Jahr angefangen«, klagte sie, »und beides ist so wundervoll, und Piers will beides so gerne.«
Finch knurrte. »Könntest zur Abwechslung mal jemand anderen zitieren.«
»Wie soll ich das machen? Er ist der einzige Mann, den ich habe!«
»Aber nicht der einzige Bruder, den ich habe, und ich habe es satt, seine Worte vorgepredigt zu kriegen, als ob er der liebe Gott selber wäre.«
Sie beugte sich vor, ihr Gesicht war ein weißlicher Schimmer gegen die Finsternis.
»Wer so allein mit sich selber beschäftigt ist wie du, der will natürlich von keinem anderen etwas wissen. Wer ein Stück Schokolade herunterschlingt, wenn eine junge Mutter ausgehungert neben ihm sitzt. Wer...«
»Sag noch einmal ›Wer‹ und ich springe aus dem Wagen«, schrie Finch sie an.
Der Zank wurde durch einen heftigen Ruck abgebrochen. Der Motor war losgegangen. Renny stieß ein befriedigtes Grunzen aus.
Er kauerte hinter dem Steuerrad und starrte geradeaus in die Novembernacht. Als sie aus der Vorstadt heraus waren, lag die Landstraße fast verödet. Selbst in den Dörfern, durch die sie hinflitzten, waren die Straßen fast leer. Die endlose Weite von See und Himmel zur Linken war eine schwarze Finsternis, nur der Schein vom Leuchtturm blitzte herüber, und zwei düsterrote Lichter zeigten einen Schoner an, der gegen den Wind ankämpfte.
Seine Gedanken flogen voraus in den Stall zu Haus in Jalna. Mike, ein hüb-

scher Wallach, war heute morgen schlimm am Bein verletzt worden durch den Hufschlag eines bösartigen neuen Pferdes. Er beunruhigte sich sehr um Mike. Der Tierarzt hatte gesagt, die Sache wäre nicht ungefährlich. Es lag ihm daran, schnell nach Haus zu kommen und zu hören, wie der Tag gewesen war. Er dachte an das neue Pferd, das das Unglück angerichtet hatte. Einer von Piers' Käufen. Ihm selbst hatte gleich der Blick nicht gefallen, den das Biest in den Augen hatte, aber Piers waren die Anlagen bei einem Gaul völlig gleichgültig, wenn er nur gut gebaut war. Piers würde seine Anlagen schon ziehen wie es ihm paßte. Das schien so seine Idee zu sein. Na, er sollte diesem neuen Klepper seine Anlagen austreiben und ihn kurzhalten. Renny machte sein finsteres Gesicht, das seine Großmutter immer zu dem begeisterten Ausruf bewegte: »Ein Court von Kopf bis zu Füßen, der Junge! Richtig wütend kann er aussehen, wenn ihm danach ist!«
Er dachte an ein Fohlen, das eins der Ackerpferde den Morgen geworfen hatte. Merkwürdige Geschöpfe: Pferde — überhaupt die Natur an sich, merkwürdige Sache. Der Unterschied zwischen dem einen Gaul und dem anderen — einem Ackerpferd und einem Jagdpferd! Sonderbar, unbegreiflich auch die Verschiedenheit zwischen Gliedern derselben Familie. Seine jungen Stiefbrüder und er selbst. Viel schwieriger zu behandeln als Pferde, die Jungens, gar kein Vergleich. Eigentlich dürfte das nicht sein, sie waren doch das gleiche Fleisch und Blut, vom selben Vater gezeugt ... Aber gab es zwei Jungen, die ungleicher waren als der kleine Wakefield, so ein feinfühliges, zärtliches kluges Kerlchen, und der junge Finch, den man mit aller Gewalt weder zum Lernen, noch zum Interesse für Sport bewegen konnte, und der immer nur mit schläfrigem Gesicht herumträumte? In letzter Zeit war er wunderlicher und schlafmütziger denn je gewesen ... Und dann Piers. Piers war wieder ganz anders. Der derbe Piers, mit seiner Liebe zu Pferden, zum Land. Darin verstanden sie sich gut, Piers und er, in der Passion für Pferde, der Anhänglichkeit an Jalna. Und Eden ... Er stieß einen Ton zwischen Knurren und einem Seufzer aus, wie er an Eden dachte. Nicht eine Zeile von ihm, seit er nach der Geschichte mit Pheasant verschwunden war, jetzt vor fast anderthalb Jahren. Das bewies so recht, was das Versemachen aus dem Menschen machen konnte — ließ ihn allen Anstand vergessen, einem Mädchen wie Alayne das Leben zu verderben. Was für ein schmähliches Durcheinander war das gewesen, diese Geschichte! Piers war seitdem viel stiller, viel mehr zu Verstimmung geneigt, obgleich die Geburt des Kindes viel dazu getan hatte, daß die Sache wieder in Ordnung kam. Armes Wurm, das heulte jetzt wohl schon längst nach seiner Abendmahlzeit.
Er fuhr schneller trotz des schlüpfrigen Weges und rief über die Schulter zurück: »In zehn Minuten zu Hause, also Kopf hoch, Pheasant! Hat einer von euch eine Zigarette? Ich habe meine letzte geraucht.«
»Ich auch, Renny. Oh, was bin ich froh, daß wir fast da sind! Du bist ordentlich zugefahren, wenn man bedenkt, wie dunkel es ist.«

»Hast du eine, Finch?«
»Ich?« rief der Junge, der sein eines knochiges Knie rieb, das vom langen Sitzen in der gleichen Stellung eingeschlafen war. »Ich habe nie welche. Ich kann sie mir nicht leisten. Ich brauche mein ganzes Taschengeld, das kann ich dir sagen, für die Bahnfahrten und mein Frühstück, und Gebühren hier und Gebühren da. Für Zigaretten hab ich nichts übrig.«
»Ist dir in deinem Alter auch viel gesünder!« gab sein Bruder kurz zurück.
»Schokolade ist viel besser für dich«, zischelte Pheasant dicht an seinem Ohr.
Renny spähte durchs Fenster. »Da ist der Bahnhof«, sagte er, »wahrscheinlich hast du dein Rad da gelassen. Willst du es holen? Oder willst du lieber bei uns im Wagen bleiben?«
»Es ist ein scheußliches Wetter. Ich glaube, ich bleibe im Wagen. Nein — ich will — Himmel, ich weiß nicht, was ich tun soll.« Er starrte ratlos in die Nacht.
Renny brachte den Wagen mit einem Ruck zum Stehen. Über die Schulter fragte er zurück: »Was zum Teufel ist mit dir los?« Renny streckte seinen langen Arm rückwärts und machte die Tür neben dem Jungen auf. »So«, sagte er mit einem drohenden Brustton in der Stimme. »Jetzt steigst du aus!«
Finch kletterte heraus und tat einen lächerlichen Hopser, als sein tauber Fuß auf den Boden kam. Er stand mit hängendem Kopf, wie die Tür zuknallte und der Wagen losfuhr, der noch einen Sprühregen von Straßenschlamm gegen seine Hosenbeine spritzte.
Schwerfällig und ganz voll Mitleid mit sich selber, trottete er zur Station. In dem Raum hinter der Bahnmeisterei fand er sein Rad gegen die Waage gelehnt. Eigentlich wäre es gar kein übler Gedanke, sich zu wiegen, dachte er. Die letzte Zeit hatte er täglich ein Glas Milch getrunken, in der Hoffnung, etwas Fett anzusetzen. Er stellte sich auf die Waage und suchte unsicher auf der Gewichtsskala. Ein Durcheinander von Männerstimmen kam aus dem inneren Zimmer, streitend und einander überschreiend. Die Waage bewegte sich, er spähte eifrig nach den Zahlen, dann strahlte er auf — glatt drei Pfund zugenommen. Ein kindliches Lächeln erhellte sein Gesicht. Die Milch tat ihm gut, das war klar. Er nahm zu. Das ließ sich hören, drei Pfund in vierzehn Tagen. Er mußte noch mehr trinken. Er trat von der Waagfläche herunter und wollte eben sein Rad nehmen, als er merkte, daß das eine Pedal auf der Waage lehnte. Ein Verdacht verdüsterte sein Gesicht. Hatte das Pedal nicht vielleicht etwas mit seiner Gewichtszunahme zu tun? Er setzte das Rad beiseite und stellte sich wieder auf die Waage. Gespannt sah er auf die Gewichtsskala. Er bewegte den Messingzeiger. Vier Pfund weniger! Nicht zugenommen hatte er, sondern abgenommen! Verloren! Er wog ein Pfund weniger als vor vierzehn Tagen.
Düster nahm er sein Rad und führte es aus dem Bahngebäude. Er schwang sich in den Sattel und trat mit stumpfer Ausdauer die Pedale, den Radweg neben den Schienen entlang. »Verfluchte alte Karre! Verfluchter Regen! Vor allem verdammte Milch!« Er wollte nichts mehr davon wissen.

Die Auffahrt, die zum Haus führte, war ein schwarzer Tunnel. Tannen und Balsamfichten schlossen sie wie eine Mauer mit ihren harzduftenden Zweigen ein. Der schwere Duft, der Geruch der Pilze, die unter ihnen wuchsen, war durch die dauernde Nässe der letzten beiden Wochen so gesteigert, daß er fast wie eine fühlbare Essenz war, die aus dem dichten Gehänge der Zweige tropfte und aus der nassen Erde aufquoll. Es war ein Zugang, der zu einem verwunschenen Schloß hätte führen können oder zu der geheimen Zuflucht der Anbeter vergessener Götter. Als der junge Mensch durch die drückende, duftgeschwängerte Dunkelheit fuhr, bewegte er sich wie in einem Traum, und fast als ob er nun ewig so dahingleiten müßte, ins Unbekannte hinein, aus dem ihm kein Licht, keine Wärme entgegengrüßte.

Eine Art Frieden kam über ihn. Er hätte unter diesen alten Bäumen immer weiterfahren mögen, bis ihre gelassen feierliche Würde auf ihn überging. Er stellte sich vor, wie er in das Zimmer zu der versammelten Familie eintrat, die ernste Würde eines dieser Bäume wie einen Mantel um sich geschlagen. Er malte sich aus, wie bei seinem Eintritt ein kühler Schauer sich über die freundlich rauhen Geister dieser wenigen erhabenen Wesen legen würde.

Wie er den Kiesplatz vor dem Hause erreichte, fegte der Regen mit noch gesteigerter Heftigkeit ihm entgegen, im Ostwind ratterten die Läden und die dürren Zweige des Virginiaweins kratzten an der Mauer. Warmes Licht schien aus den Fenstern des Eßzimmers.

Er schob sein Rad in einen dunklen Kellergang und ging in den kleinen Waschraum, sich die Hände zu waschen. Als er sie abtrocknete, warf er einen Blick auf sein Spiegelbild in dem kleinen fleckigen Glas über dem Becken: eine dünne helle Locke hing ihm in die Stirn. Eine lange schmale Nase, hagere Wangen, von Wind und Regen leicht gerötet. Eigentlich sah er gar nicht so schlecht aus, fand er. Er fühlte sich etwas getröstet.

Als er an der Küche vorbeikam, hörte er die gequetschte Stimme von Rags, dem Hausmann, singen:

»Einmal wird dein Herz gebrochen sein ...
wie meins.
Warum soll ich denn weinen,
weinen über deins ...«

Er warf einen Blick auf den roten Backsteinfußboden, die niedere Decke, die rußig war vom Rauche vieler Jahre, in denen Rags' rundliche Frau am Herd gestanden hatte. Er wurde plötzlich guter Dinge. Er sprang die Treppe hinauf, hing seinen nassen Mantel in der Halle auf und trat ins Eßzimmer.

## 2  Das Lotterielos

Es gab den Abend ein besonderes Gericht zu Tisch. Finch spürte es, sogar ehe er es gerochen hatte, an dem heiter festlichen Ausdruck der Gesichter um die Tafel. Sicher hatte Tante Auguste es bestellt, weil sie wußte, daß Renny nach seinem langen Tag und den Anstrengungen der Pferdeschau ausgehungert sein würde. Finch sollte eigentlich in der Schule warmes Mittagessen bekommen, aber er sparte sein Taschengeld lieber, bestellte sich nur ein leichtes Frühstück und behielt so eine ganz anständige Summe für Zigaretten, Schokolade und sonstige Wünsche übrig. Infolgedessen hatte er abends immer einen gewaltigen Hunger, denn zum Tee konnte er nicht rechtzeitig zu Hause sein. Die Mengen von Nahrungsmitteln, die in seinem hageren Körper verschwanden ohne Fleisch anzusetzen, waren eine Quelle des Erstaunens und fast der Sorge für seine Tante.

Das besondere Gericht war ein Käseomelett. Mrs. Rags besondere Stärke waren Käseomeletts. Finchs Blicke bohrten sich in die Schüssel von dem Augenblick an, wo er sich zwischen seinem Bruder Piers und dem kleinen Wakefield in seinen Stuhl fallen ließ. Es war nicht mehr viel davon übrig, und schon so lange aus dem Ofen, daß es seine erste schmackhafte Lockerheit längst verloren hatte, aber er wünschte leidenschaftlich, daß er das letzte bißchen Käsekruste aus der silbernen Schüssel kratzen dürfte.

Renny, der sich ein großes Stück kaltes Fleisch genommen hatte, sah ihn durchdringend an und wies dann mit einem Kopfnicken nach dem Omelett hin: »Möchtest wohl die Schüssel auskratzen?«

Finch wurde rot und murmelte ein Ja.

Renny sah jedoch über den Tisch nach Lady Buckley hin: »Noch etwas Omelett, Tante Augusta?«

»Danke, lieber Junge. Ich habe überhaupt schon mehr gegessen als ich durfte. Käse des Abends ist nicht gerade bekömmlich, aber in dieser Form schadet es vielleicht nichts, und ich dachte, daß du nach deiner...«

Der Hausherr von Jalna ließ sie höflich ausreden, den Blick auf ihrem Gesicht, dann wandte er sich an seinen Onkel Nicholas.

»Noch einen Löffel voll, Onkel Nick?«

Nicholas wischte seinen hängenden grauen Schnurrbart mit einer ungeheuer großen Serviette und brummte: »Nicht einen Bissen mehr. Aber ich hätte gern noch eine Tasse Tee, Augusta, wenn du noch welchen hast.«

»Onkel Ernest, noch etwas von dieser Käsespeise?«

Ernest wehrte das Anerbieten mit einer feinen weißen Hand ab: »Bester Junge, nein! Ich hätte es überhaupt nicht anrühren sollen. Ich wollte, wir hätten nicht immer diese warmen Gerichte des Abends. Ich erliege der Versuchung, und dann leide ich.«

»Piers?«

Piers hatte sich schon zweimal genommen, aber mit einem spöttischen Blick aus dem Augenwinkel auf Finchs langes Gesicht, sagte er: »Ich hätte nichts gegen einen Happen mehr.«
»Ich auch!« rief Wake. »Ich möchte noch etwas!«
»Ich verbiete das!« sagte Augusta und schenkte sich die dritte Tasse Tee ein. »Du bist viel zu klein, um abends Käseomelett zu essen.«
»Und du«, warf ihr Bruder Nicholas ein, »bist eine viel zu alte Dame, um dir so spät am Abend einen solchen Topf voll Tee einzupumpen!«
Lady Buckleys gewohnte Miene beleidigter Würde verstärkte sich merklich. Auch ihre Stimme wurde tiefer. »Ich wollte, Nicholas, du gewöhntest dir die ordinären Ausdrücke ab. Ich weiß, es wird dir schwer, aber du solltest bedenken, was für ein schlechtes Beispiel es für die Jungens ist.«
Piers hatte sich inzwischen noch einmal Omelett genommen und schob dann Finch die Schüssel zu, der sie mit der einen hageren Hand festhielt und sie hastig mit dem großen silbernen Löffel auszukratzen anfing.
Wakefield betrachtete seine Tätigkeit mit dem gönnerhaften Staunen des Gesättigten, der die Schüssel heiß aus dem Ofen genossen hat. »Da sitzt noch ein bißchen, gerade am Griff«, sagte er und zeigte hilfsbereit auf das Bröckchen.
Finch hörte einen Augenblick mit dem Kratzen auf, um ihm mit dem Löffel einen derben Schlag auf die Finger zu geben.
Wake schrie laut »Au!« und wurde von Tante Augusta aus dem Zimmer geschickt.
Renny sah gereizt den Tisch entlang. »Bitte schick das Kind nicht hinaus, Tante. Wenn er gehauen wird, dann schreit er eben. Wenn jemand hinausgeschickt werden muß, ist es Finch.«
»Keiner hat Wakefield was getan«, sagte Augusta würdevoll, »er schreit los, wenn Finch ihn bloß ansieht.«
»Dann kann Finch ja anderswohin sehen.« Und Renny machte sich wieder an die Vertilgung seines Roastbeefs, als ob er die verlorene Zeit wieder einbringen und zugleich dieser Geschichte ein Ende machen wollte.
Nicholas beugte sich zu ihm herüber. »Was meinst du zu einer Flasche, Renny?« brummte er.
Ernest unterbrach ihn und tippte ihn mit seiner nervösen weißen Hand auf den Arm: »Denk daran, Nick, daß Renny morgen im Hochsprung mitreitet. Er braucht einen kühlen Kopf.«
Renny fing laut zu lachen an.
»Donnerwetter, das ist gut! Tante Augusta, hörst du? Ernie hat Angst, daß mir ein Glas Alkohol den Kopf heiß macht! Sieh bloß, wie rot er jetzt selber schon ist!«
»Kann Rags ihn holen?« fragte Nicholas.
»Natürlich. Und für sich selbst eine Flasche beiseite bringen, was? Den Weinkellerschlüssel, bitte Tante!« Er ging um den Tisch zu Augusta und sah auf

ihre Königin-Alexandra-Fransen und ihre lange, etwas fleckige Nase herunter.
Sie nahm einen Schlüsselbund von einer Kette, die sie um die Taille trug.
Wakefield hopste auf seinem Stuhl. »Laß mich mit, bitte, bitte, Renny! Ich mag den Keller so gern, und ich komme fast nie herein. Darf ich mit in den Keller, zum Spaß, Renny?«
Renny wandte sich mit den Schlüsseln in der Hand an Nicholas.
»Was schlägst du vor, Onkel Nick?«
»Ein paar Flaschen Chianti!« brummte er.
»Unsinn, ich meine es ernst.«
»Was hast du denn im Keller?«
»Neben dem Faß Bier und hiesigem Landwein sind nur ein paar Flaschen Jamaika-Rum da und etwas Schlehenschnaps. Und Whisky natürlich.«
Nicholas lächelte spöttisch: »Und das nennst du einen Weinkeller?«
»Himmel«, sagte sein Neffe ärgerlich, »er hat immer der Weinkeller geheißen, und wir können ihn nicht umtaufen, auch wenn nicht viel drin ist.«
»Tante?«
»Ich dachte«, sagte Ernest, »wir hätten noch eine halbe Flasche französischen Wermuth?«
»Der ist oben in meinem Zimmer«, antwortete Nicholas kurz, »etwas Rum und Wasser, mit einem Schuß Zitronensaft, wäre mir gerade recht, Renny.«
»Und du, Tante?«
»Ein Glas hiesigen Portwein. Und ich finde wirklich, Finch müßte auch eins haben, wo er so viel lernen muß.«
Ehe noch das Gelächter ausbrach, das auf diese Fürbitte folgte, kroch der arme Finch schon tiefer in seinen Stuhl zusammen, dunkelrot vor Verlegenheit, aber eine warme Aufwallung von Dankbarkeit gegen Augusta stieg in ihm auf. Sie wenigstens war nicht gegen ihn.
Renny ging auf die Tür der Halle zu, und wie er an Wakefields Stuhl vorbeikam, packte er den erwartungsvollen kleinen Kerl am Arm und schleifte ihn mit wie ein Paket.
Sie stiegen die Treppe in den Keller hinunter, wo Wakes Nase den geheimnisvollen Geruch schnupperte, den er so liebte. Hier war die große Küche mit ihren mannigfaltigen Gerüchen, der Kohlekeller, der Obstkeller, der Weinkeller, die Speisekammer, und die drei kleinen Dienstbotenstuben, von denen jetzt nur eine besetzt war. Hier lebten die Rags ihr wunderliches unterirdisches Leben voll Zänkereien, gegenseitigem Mißtrauen und gelegentlicher Verliebtheit, bei der Wake sie einmal überrascht hatte.
Sowie Rags ihre Schritte unten hörte, erschien er in der Küchentür, einen Zigarettenstummel in seinem blassen Gesicht.
»Ja, Mr. Whiteoak?« fragte er. »Soll ich etwas?«
»Bring eine Kerze, Rags. Ich will eine Flasche holen.«
Das Gesicht des durchtriebenen Burschen glänzte verständnisvoll auf.

»Jawohl, Sir!« sagte er, warf den Zigarettenstummel auf den Backsteinboden, verschwand in der Küche und kam sofort mit einer Kerze in einem wackeligen Messingleuchter zurück. Durch die Küchentür sahen sie für einen Augenblick Mrs. Rags, die ehrerbietig von dem Tisch aufstand, an dem sie gegessen hatte, und gegen deren Vollmondgesicht das ihres Herrn und Gebieters wie der abnehmende Mond aussah.

Mit Rags an der Spitze gingen sie alle drei im Gänsemarsch einen schmalen Gang entlang, der vor einer Tür mit schwerem Vorhängeschloß endigte. Hier schloß Renny auf, und die störrisch widerstrebende Tür wurde aufgestoßen. Mit der eisigen Kälte drinnen mischte sich der Geruch von Bier und Alkohol. Das Kerzenlicht beleuchtete einen scheinbar wohlversehenen, wenn auch etwas unordentlichen Weinkeller, aber in Wirklichkeit waren es meist leere Flaschen und Weinkisten, die mit der in der Familie üblichen Nachlässigkeit nie zurückgeschickt worden waren.

Rennys rotbraune Augen glitten prüfend über die Flaschenlager. Mit dem Kopf hatte er ein Spinngewebe von einem Balken heruntergestreift, das ihm nun über das eine Ohr hing. Er pfiff durch die Zähne mit der zufriedenen Gelassenheit eines Stallknechts, der ein Pferd striegelte.

Wakefield hatte unterdessen einen alten weidenen Fischkorb unter dem niedrigsten Flaschenbord entdeckt. Er zerrte ihn hervor und sah im Kerzenschein drei dicke spinnwebbedeckte Flaschen, die aneinanderlehnten wie in einer heimlichen Verschwörung. Ein flüssiges Gluckern erhob sich darin, als sie herausgeholt wurden, und wie er die eine vorsichtig aufhob, spielte ein funkelnd dunkelrotes Licht unter dem staubigen Glas.

»Hallo, Renny!« rief er begeistert. »Hier ist aber was Feines!«

Renny hatte seine Flaschen ausgesucht, setzte sie aber jetzt plötzlich auf ein Bord, riß Wake schnell seinen Schatz aus der Hand, stellte ihn zu den anderen beiden und schob den Korb eilig wieder in sein Versteck.

»Wenn du das hättest fallen lassen, junger Satansbraten du, ich hätte dich auf der Stelle umgebracht!« Und mit grinsendem Seitenblick auf seinen Diener fügte er hinzu: »Ein Geheimnis muß ein Mann in seinem Leben haben, was Rags?«

»Ein Geheimnis in seinem Leben!« Der kleine Junge war begeistert bei dem Gedanken. Was für ein zauberhaftes Getränk hatte sich sein prachtvoller Bruder hier in diesem unterirdischen Winkel versteckt? Was für heimliche Besuche mochte er hier machen, was für Wunder und Hexerei? Oh, wenn Renny ihn nur auf diesen geheimen Wegen mitnehmen wollte!

Ihm wurde befohlen, die Kerze zu halten, während Rags die Tür verschloß. Er sah Rennys Augen scharf auf die schmutzigen Hände des Dieners gerichtet. Er sah die Augen schmal blinzeln; dann schob Renny die eine der beiden Flaschen, die er trug, unter den Arm, und rüttelte mit der nun freien Hand am Vorhängeschloß. Es glitt ihm in die Hand. »Versuch es noch einmal, Rags«, sagte

er, und sein scharfes Gesicht mit der langen Nase der Courts sah so unheimlich aus wie das der Großmutter.
Während Rags diesmal mit Erfolg die Tür abschloß, bemerkte er: »Mein Lebtag hab ich nicht mit diesen verzwickten Schlössern fertig werden können.«
Er war völlig harmlos.
»Nicht, wenn ich zusehe, Rags. Da, nimm dem Bürschchen das Licht ab. Er läßt es seitwärts tropfen.«
»Ja, Sir. Aber lassen Sie mich vorher bitte das Spinngewebe von Ihrem Kopf nehmen.«
Renny bückte den Kopf herunter und Rags nahm es feierlich fort.
Sie bildeten eine wunderliche Prozession, die etwas von fremdartigen religiösen Riten hatte. Rags vorneweg hätte eine Art spukhafter Akoluth sein können, wie das grelle Kerzenlicht scharf seine knochigen Züge, die glatte Nase, das vorspringende Kinn, die unverschämt breiten Backenknochen beleuchtete; Wake in seiner leidenschaftlichen Versunkenheit ein junger Meßknabe und Renny mit einer Flasche in jeder Hand der zelebrierende Priester. Der enge gemauerte Gang, durch den sie kamen, hätte in seiner Kälte ganz gut die Krypta einer Kirchenruine sein können, und aus der Küche, wo Mrs. Rags wie gewöhnlich irgend etwas auf dem Herdrost verbrannte, trieb ein dünner blauer Rauchschleier wie Weihrauch.
Am Fuß der Treppe blieb Rags stehen und hielt die Kerze hoch, um den andern beim Aufsteigen zu leuchten. »Einen vergnügten Abend, Sir«, sagte er, »und viel Glück für die Jalnaer Pferde. Wir werden hier unten auch darauf anstoßen — mit Tee, Herr!«
»Mach ihn recht schwach, Rags. Besser für deine Nerven!« riet sein Herr gefühllos, wie er die schwere Tür oben an der Kellertreppe mit einem schweren Stiefel zustieß.
Im Eßzimmer saß Nicholas wartend und strich sich mit der großen wohlgeformten Hand, an der ein schwerer Siegelring steckte, den hängenden Schnurrbart, einen Ausdruck humoristischer Zufriedenheit in den Augen. Ernest dagegen stand schon etwas von Bedauern und Reue im Gesicht geschrieben, denn er wußte, daß er trinken würde, und wußte ebenso genau, daß seine Verdauung dafür zu leiden haben würde. Trotzdem lag eine heitere Stimmung in der Luft. Er mußte halb trübselig über die Gesichter um sich her lächeln und über das Vorgefühl seines eigenen Sündenfalls.
Augusta saß würdevoll aufrecht, ihre Kameenbrosche und die lange goldene Kette hob und senkte sich auf ihrer Brust, die weder zu voll noch zu flach war, sondern nach dem Vollkommenheitsideal ihrer Jugend straff in Korsettstangen eingepanzert. Sie hob den Kopf und sah ihrem Neffen erwartungsvoll entgegen. Er staubte die Portweinflasche ab und setzte sie ihr hin.
»Da, Tante ... den Korkenzieher, Wake ... Onkel Nick — Jamaika-Rum ... Dieser Schurke, Rags, wollte eigentlich die Kellertür unverschlossen lassen, da-

23

mit er sich einschleichen und etwas für sich beiseitebringen könnte. Aber ich faßte ihn dabei ab, Gott sei Dank.«
»Ein unverbesserlicher Schuft!« sagte Nicholas.
»Er müßte lebendig geschunden werden!« stimmte Ernest freundlich bei.
»Ich hätte es genauso gemacht!« lachte Piers. Pheasant war heruntergekommen und hatte sich einen Stuhl neben seinen gezogen. Sie löffelte eine Schale Milch mit Brot, und der Anblick ihres darüber gebeugten braunen, kurzgeschorenen Kopfes und kindlichen Nackens brachte ein belustigtes, aber zärtliches Lächeln auf Piers' Lippen. Er strich ihr mit seiner sonnengebräunten Hand über den Nacken und sagte: »Wie du diesen Papp essen kannst, begreife ich nicht.«
»Ich bin dabei großgeworden. Außerdem ist es wirklich gesund für Mooey.«
»Tu etwas Rum herein«, riet Nicholas. »Du brauchst etwas zum Wärmen nach der langen kalten Fahrt. Wahrscheinlich wäre es auch für den kleinen Maurice gut. Würde dazu helfen, daß er ein richtiger Whiteoak und ein Gentleman wird.«
»Das ist er schon beides«, sagte Pheasant trotzig, »und ich werde meine Nachkommen nicht zum Alkohol ermutigen, selbst nicht aus zweiter Hand.«
Jetzt erhob Finch seine Stimme: »Ich finde, ich könnte auch ein Glas kriegen. Wenn man nächstens neunzehn ist, kann man schon einen Schluck vertragen, meine ich.«
Renny beruhigte seine Hunde: »Was sagst du, Finch?«
Es war einen Augenblick Stille, in die Finchs Stimme sonderbar laut hereinklang, mit einem weinerlichen Ton darin: »Ich sage, daß ich achtzehn bin und nicht einsehe, warum ich nicht auch einen Schluck haben soll.«
Piers sagte: »Gib ihm einen Schluck von deinem Wein, schnell, Tante Augusta, sonst fängt er an zu weinen.«
Finch bezwang mit Mühe seinen Ärger und starrte den Rest Apfelkuchen an, der vom Familienessen für ihn aufgehoben war.
»Gebt dem Jungen ein Glas Rum«, sagte Nicholas, »wird ihm gut tun.«
Renny streckte seinen langen Arm aus und schob die Portweinflasche zu Finch hinüber. »Nimm dir selber, Finch!« sagte er mit plötzlich gönnerhafter Miene.
Alle um den Tisch hatten angefangen zu sprechen. Nicht laut oder durcheinander, aber ganz vergnügt und gemeinsam. Lächeln ging hier und da über die Gesichter als Zeichen der inneren guten Stimmung.
Nach zwei Gläsern drehten sich Ernests Gedanken nur noch um eines: was er morgen bei der Pferdeschau anziehen sollte. Er besaß einen neuen Herbstmantel von teurem englischen Stoff und beim besten Schneider in der Stadt gemacht, ein Luxus, wie er ihn sich seit Jahren nicht geleistet hatte. Im Grunde hatte er ihn sich im Hinblick auf die Pferdeschau gekauft, aber das Wetter war so kalt und naß, daß Ernest mit seiner Neigung zu Erkältungen in einer fatalen Lage war. Der Schneider hatte ihm gesagt, daß er noch nie einen Mann in seinen Jahren von so schlanker und aufrechter Figur gesehen hätte: ganz

anders als der arme alte Nick, dachte Ernest, der so schwerfällig geworden war und wegen seines gichtischen Knies meist am Stock gehen mußte. Aber seine empfindliche Brust? Eine ernstliche Erkältung um diese Jahreszeit konnte die schlimmsten Folgen haben. »Sag mal, Renny«, fragte er, »wie ist es eigentlich im Kolosseum? War es heute außergewöhnlich kalt?«
»Kalt?« rief Renny, den er in einem begeisterten Hymnus auf die Fähigkeiten des Pferdes unterbrach, das er anderen Tags im Hochsprung reiten wollte. »Kalt war es überhaupt nicht! Das reine Warmhaus! Ein Backfisch hätte in einem Sommerfähnchen kommen können und hätte nicht gefroren!«
Er zog Wake an sich und gab ihm einen Schluck aus seinem Glas. Der kleine Junge, der am liebsten immer im Mittelpunkt des Kreises war, hatte gefragt: »Renny, darf ich auf deinen Knien sitzen?«
Sein älterer Bruder fragte ihn: »Wie alt bist du?«
»Elf, Renny. Noch nicht schrecklich alt.«
»Zu alt, um verhätschelt zu werden. Ich darf dich nicht verpimpeln. Aber du kannst auf meiner Stuhllehne sitzen.«
Piers rief, als Renny das Kind an sich zog: »Na, wenn das nicht verhätscheln heißt!«
»Kein Gedanke daran«, warf Renny zurück. »Liebhaben heißt das. Ein gewaltiger Unterschied, was Wake? Frag nur die Mädchen!«
Piers saß nicht mehr. Er stand am Tisch und lächelte alle an. Er sah auffallend gut aus, wie er dastand, mit seiner kräftigen Gestalt, seinen strahlenden blauen Augen.
Pheasant dachte: Wie entzückend sieht er aus. Seine Augen glänzen genau wie Mooeys. Himmel, die riesige Flasche ist fast leer! Sonderbar, daß ich von einem Vater, der viel zu sehr an der Flasche hängt, zu einem Manne komme, der auch solche Neigungen hat, wo ich selber doch meiner ganzen Natur nach abstinent bin. Nie werde ich bei meinem Kleinen den Hang zum Alkohol unterstützen, wenn er groß wird.
Tante Augusta flüsterte Finch zu: »Du mußt hinaufgehen und arbeiten, mein Junge. Heute abend müßtest du gut lernen können, nach den zwei schönen Gläsern Wein!«
»Hm, hm!« nickte Finch und stand gehorsam vom Tische auf. Er nahm seine Bücher von dem Seitentisch, wo er sie hingelegt hatte und seufzte bei dem Gedanken, diese heitere entspannende Atmosphäre verlassen zu müssen, um Mathematik zu büffeln. Als er sich umwandte, fiel das Lotterielos zwischen den Blättern seines Euklid heraus auf den Boden.
Wake sprang von Rennys Stuhllehne und hob es auf. Finch war schon in der Halle. »Er hat was verloren!« Und der kleine Junge besah es neugierig. »Ein Los! Sieh, Nummer 31. Hallo, Finch, du hast was fallen lassen, mein Junge!«
Finch kehrte ärgerlich um. Eingebildetes kleines Biest, mit seinem frechen »Mein Junge.«

»Zeig her«, sagte Piers, nahm Wake das Los ab und untersuchte es. »Verdammt will ich sein, wenn das nicht ein Lotterielos ist! Was machst du für Geschichten, junger Finch? Hinterhältig bist du. Willst ein Vermögen machen, he, von dem die Familie nichts weiß? Bist noch ein Schuljunge, merk dir das«, – das ging auf sein Durchfallen im Examen – »und Glücksspiel ist nichts für dich!«
»Was ist los?« fragte Renny mißtrauisch. »Gib her.«
Piers gab das Los seinem Besitzer zurück. »Gib es deinem großen Bruder«, riet er, »und dann lauf und hol ihm seinen Rasierriemen.«
Finch starrte ihn an, stopfte das Los in seine Tasche und schob sich nach der Halle.
»Hierher zurück!« befahl Renny. »Jetzt sagst du sofort, was für ein Lotterielos das ist.«
»Himmel nochmal!« schrie der gereizte Finch. »Kann ich nicht ein Lotterielos kaufen, wenn ich Lust habe? Ihr tut, als ob ich ein kleines Kind bin!«
»Meinetwegen kannst du dir ein Dutzend kaufen, wenn du Lust hast, aber es gefällt mir nicht, wie du dich bei diesem anstellst. Wofür ist es?«
»Für einen Kanarienvogel, wenn du es wissen mußt!« Finchs Stimme war heiser vor Wut. »Wenn ich mir nicht ein Los für einen verdammten Kanarienvogel kaufen kann, ist das einfach verrückt!«
Der Heiterkeitsausbruch aus den Lungen seiner Onkel und Brüder hätte wohl in wenig Familien seinesgleichen an lärmendem Ungestüm gehabt. Nachdem das Gelächter endlich verebbte, drang Rennys metallische Stimme wieder durch: »Einen Kanarienvogel!« wiederholte er. »Nächstens wird er einen Goldfisch und einen Gummibaum haben wollen!« Aber obgleich er lachte, schämte er sich innerlich tief für Finch. Er hatte den Jungen gern. Es war demütigend, daß er solch ein Waschlappen war – sich einen Kanarienvogel zu wünschen, um alles auf der Welt!
Ein heftiges Bumsen kam aus dem Schlafzimmer über der Halle.
»Da!« rief Ernest, ärgerliche Besorgnis im Gesicht. »Hab ich es euch nicht gesagt? Ihr habt sie aufgeweckt. Ich hab es ja gewußt. Es ist sehr schlimm für sie in ihrem Alter, so aufgeweckt zu werden.«
Augusta sagte ohne Aufregung: »Wakefield, geh in Großmutters Zimmer. Mach leise die Tür auf und sag: ›Es ist nichts, Großmutter. Bitte bruhige dich!‹«
Bei dem Bild dieser Szene zwischen seinem kleinen Bruder und seiner uralten Großmutter, das Piers bei diesen Worten aufstieg, lachte er laut auf. Seine Tante und Onkel Ernest sahen ihn mißbilligend an.
Ernest bemerkte: »Höflichkeit kann der Junge nie zu früh lernen, Piers.«
Wakefield ging durch die Halle, feierlich im Bewußtsein seiner eigenen Wichtigkeit. Er öffnete die Tür zum Zimmer seiner Großmutter und sah sich beim Hereinkommen fast ängstlich in dem halbdunklen Raum um, der nur undeutlich von einem Nachtlicht auf einem niedrigen Tisch am Kopfende des Bettes

erhellt wurde. Es war ihm interessant, sich zu fürchten — nur ein klein wenig — vor dem Alleinsein mit der Großmutter in dieser unheimlichen Beleuchtung, während der Regen draußen vor den Fenstern von der Dachtraufe tropfte und im Kamin ein einzelnes rotes Auge glühte, als ob da ein böser Geist hockte und ihn belauerte. Er stand sehr still, horchte auf ihr schnaufendes Atmen, und konnte in dem Halbdunkel eben ihr Gesicht auf den Kissen erkennen und die ruhelose Bewegung ihrer einen Hand auf der dunkelroten Steppdecke.

Die gemalten Blumen und Früchte auf der alten lederbezogenen Bettstelle, die sie aus dem Osten mitgebracht hatte, glühten undeutlich, und matter als das Gefieder des Papageien, der da oben hockte. Ein Seufzer aus dem Bett zitterte in der Luft, die schwer war von dem Duft lange verwelkter Rosenblätter. Die längstvergangenen Erinnerungen stiegen mit diesem Seufzer empor. In diesem Bett waren Augusta, Nicholas, Ernest, der verstorbene Philip, der Vater all dieser stürmischen jungen Whiteoaks, geboren, in ihm alle vier Geschwister zur Welt gekommen. Hier war auch Philip, ihr Vater, gestorben. Was für Ängste und Schmerzen, wieviel Rausch, Seltsamkeiten und Träume hatte das Bett erlebt! Jetzt brachte Großmutter den größten Teil ihres Tages hier zu.

Ihre Hand hob sich und blieb über der Decke schweben. Ein kleines rotes Gefunkel sprang aus dem Rubinring, den sie immer trug. Sie tastete nach ihrem Stock. Ehe sie ihn fassen und wieder damit aufpochen konnte, trottete Wakefield zu ihr hinüber. Wie ein kleiner Papagei sagte er: »Es ist alles in Ordnung, Großmutter. Bitte beruhige dich.«

Er genoß geradezu die würdevollen Worte, die Tante Augusta ihm aufgetragen hatte. Am liebsten hätte er sie noch einmal gesagt. Und er wiederholte wirklich: »Bitte, beruhige dich.«

Sie starrte ihm ins Gesicht. Ihre Nachtmütze war schief gerutscht und ihr eines Auge war ganz davon bedeckt, aber das andere sah ihn sonderbar durchbohrend an.

»He?« fragte sie. »Was soll das?«

»Beruhige dich«, wiederholte er ernsthaft und klopfte sacht auf die Bettdecke.

»Beruhigen? Ich? Ha! Denen will ich helfen sich beruhigen, der Familie da unten!« sagte sie wütend, »mit meinem Stock! Wo ist mein Stock?« Er schob ihn ihr in die Hand und zog sich etwas zurück.

Sie besann sich einen Augenblick und versuchte wiederzufinden, was sie gewollt hatte, dann erinnerte sie ein neu ausbrechendes Gelächter unten im Eßzimmer daran.

»Was soll der Lärm heißen? Weshalb schreien sie so?«

»Wegen einem Kanarienvogel, Granny. Finch hat ein Lotterielos dafür.« Er kam ihr jetzt wieder ganz nah und sah ihr ins Gesicht, neugierig auf die Wirkung seiner Worte.

Die Wirkung war schauderhaft. Ihr Gesicht verzerrte sich vor Wut. Einen Augenblick starrte sie wortlos zu ihm auf, dann stammelte sie undeutlich:

»Einen Kanarienvogel – einen Vogel – einen andern Vogel – hier im Haus! Ich will das nicht! Boney wird wütend! Das leidet er nicht! Er reißt ihn in Stücke!«
Boney, den der Klang seines Namens aufweckte, zog den Kopf unter den Flügeln heraus, streckte ihn vor und starrte von seinem Platz oben auf dem bemalten Kopfende der Bettstelle auf seine Herrin herunter.
»Haramzada!« schrie er wild auf hindostanisch. »Haramzada! Iflateon! Paji! Paji!« Er hob sich auf den Krallenzehen und schlug mit den Flügeln, daß ein kleiner Windstoß heißer Luft Wakefield über das Gesicht fuhr.
Die alte Mrs. Whiteoak richtete sich im Bett auf. Sie streckte ihre großen Füße in purpurroten Bettschuhen unter der Decke hervor, und hinterher ihre langen Beine.
»Mein Schlafrock!« stöhnte sie. »Da auf dem Stuhl! Gib ihn mir. Das will ich euch zeigen, ob ich einen piepsenden verflixten Kanarienvogel im Haus haben will!«
Wakefield wußte, daß er ins Eßzimmer hinunterlaufen und die Großen rufen müßte. Noch nie war das passiert, was Großmutter da machte, daß sie aufstand, ohne daß Tante Augusta oder einer der Onkel ihr half. Aber seine Begeisterung für das Neue, für Aufregung, war stärker als seine Vernunft. Er brachte den schweren purpurroten Schlafrock und half ihr hinein. Er schob ihr den Stock in die zittrig eifrige, wohlgeformte Hand.
Aber wie sie nun auf die Füße bringen! Das war ganz was anderes. Wenn er auch mit aller Kraft an ihrem Arm zerrte, er brachte sie nicht hoch.
»Ha!« grunzte sie bei jeder neuen heroischen Anstrengung, und ihr Gesicht nahm mehr und mehr die Farbe ihres Schlafrocks an.
Schließlich legte sie den Stock hin. »Hilft nichts«, murmelte sie, »hilft nichts Da, nimm meine beiden Hände, zieh mich hoch!«
Sie hielt ihm ihre beiden Hände hin, ungeduldige Erwartung in dem einen Auge, das die Nachtmütze nicht verdeckte. Sie hoffte augenscheinlich bestimmt, daß der kleine Junge die Sache fertigbrächte. Aber als er ihre Hände nahm und mit aller Kraft zog, war das Resultat nur, daß er auf dem Teppich ausrutschte und sein kleiner Körper ihr in die Arme fiel. Sie brach plötzlich in lautes Lachen aus und drückte ihn an sich, und er fing an, halb lachend über sein Mißgeschick und halb weinerlich über seine Schwäche, mit den Bändern ihrer Nachtmütze zu spielen.
»Paji! Paji! Kuza Pusth!« schrie Boney und schlug mit den scharlachbunten Flügeln. Mrs. Whiteoak schob Wakefield von sich weg.
»Was machen wir?« fragte sie verdutzt.
»Ich versuchte dich hochzukriegen, Granny!«
»Wozu?« Ihr Auge funkelte mißtrauisch.
»Wegen dem Kanarienvogel, Granny, Finchs Kanarienvogel, weißt du nicht mehr?«

Im Augenblick flammte ihr altes Gesicht auf vor Wut.
»Ob ich weiß! Natürlich weiß ich! Ein Kanarienvogel im Haus. Ich will das nicht. Ich schlage Lärm. Ich mache eine Szene. Ich will ins Eßzimmer.«
»Soll ich Renny holen?«
»Nein. Nein. Nein, nein, nein. Der steckt mich wieder ins Bett. Deckt mich zu, der Schuft. Ich kenne ihn. Ich will ins Eßzimmer. Einen Schreck sollen sie kriegen. Und schnell, sonst kommt einer von ihnen herauf. Ernest kommt und jammert, oder Nick brummt, oder Augusta tut sich wichtig. Nein, nein.«
»Versuch doch zu kriechen, Granny!«
Seine Großmutter warf ihm einen wütenden Blick zu. »Kriechen, he? Einer von meiner Familie, und kriechen! Ein Court kriechen! Ein Court, das sage ich dir, kriecht sein Lebtag nicht, nicht mal vor seinem Schöpfer! Aufrecht geht er, auch wenn er sich auf jemand stützen muß. Feiglinge kriechen — Schnecken kriechen — Schlangen kriechen ...«, sie sah sich plötzlich verstört um, »was habe ich gesagt?«
»Du hast gesagt, was alles kriecht, Granny. Du warst gerade bei den Schlangen.«
»Aber wofür wollte ich denn eine Szene machen?«
»Wegen dem Kanarienvogel, Granny.«
»Ja, so. Das müssen wir machen. Versuch mal und schieb mich von hinten, Wake. Steig aufs Bett.«
Nichts war ihm lieber, als seine Kräfte nun von der anderen Seite zu versuchen. Er krabbelte auf das Bett, und hinter ihr kniend, drückte und schob der kleine Bursche mit aller Macht gegen ihre Schultern.
Grunzend, sich mühend, die Augen vorspringend vor Anstrengung, kam sie hoch. Kam freilich mit solcher Gewalt hoch, daß sie fast vornüber gefallen wäre. Aber sie behielt doch das Gleichgewicht. Wie ein nicht mehr seetüchtiges, von Stürmen zerzaustes altes Schiff, konnte sie doch noch bisweilen tapfer den Wellen standhalten.
Schwer auf Wakes Schulter gelehnt, erschien sie in der Tür des Eßzimmers und warf einen drohenden Blick über ihre versammelte Nachkommenschaft. Schrekken und Sorge sprangen jäh statt der Heiterkeit auf ihren ausdrucksvollen Gesichtern auf. Piers, der ihr am nächsten war, sprang auf die Füße und stellte sich neben sie, Ernest brachte einen Stuhl, und sie ließen sie mit vereinten Kräften darauf nieder.
»Mama, Mama«, sagte Ernest vorwurfsvoll und schob ihr die Nachtmütze zurecht, so daß auch das andere blanke Auge zum Vorschein kam, »dies ist sehr schlimm für dich!«
Augusta sagte streng: »Wakefield, du bist ein sehr unartiger Junge, du müßtest Prügel haben.«
»Laßt das Kind in Ruhe!« fuhr ihre Mutter auf. »Er hat ganz recht, und er tut was ihm gesagt wird, und das ist mehr als ihr tut!«

Lady Buckley spielte mit ihrer Kameenbrosche und sah beleidigt an ihrer Nase hinunter.
Beruhigt darüber, daß ihr nichts fehlte, strahlte Nicholas über den Tisch seine bejahrte Mutter an. Ihre eigenwillige Natur, ihr Temperament begeisterte ihn. »Famoses altes Mädel!« brummte er vor sich hin. »Fabelhaft ist sie, wahrhaftig!«
»Bist du hungrig, Gran?« fragte Renny. »Bist du deswegen gekommen?«
»Nein, nein!« rief Ernest entsetzt. »Sie ist nicht hungrig! Sie hat eine große Schüssel Haferflocken und Puffreis gegessen, ehe sie zu Bett ging.«
Seine Mutter wandte ihm ihr altes Raubvogelgesicht zu. »Haferflocken«, murmelte sie, »Haferflocken – albernes Zeug – Puffreis – dumme Körner – Vogelfutter – für alberne Kanarienvögel.« Sie ließ das Kinn auf die Brust fallen und grübelte: »Kanarienvogel?« Ihr Hirn drehte das Wort um und um wie eine alte Tigerin, die mit einem wunderlichen Bissen nicht fertig werden kann. »Kanarienvogel.« Woran erinnerte sie das nur? Ihre tiefliegenden dunklen Augen wanderten über die Gesichter des Klans, bis sie auf Finch an der Tür fielen. Er starrte sie einfältig und wie benommen an. Im Augenblick, als sie ihn sah, fiel ihr ein, weshalb sie so heftig aus dem Bett gewollt hatte. Ein Kanarienvogel! Finchs Kanarienvogel hier im Hause! Ein kleiner piepsender zirpender hüpfender Vogel in Jalna! Sie wollte das nicht!
Ihr Gesicht wurde rot vor Ärger. Sie fand nicht gleich die Sprache.
Renny sagte: »Gebt ihr was zu essen. Sie kommt in eine richtige Wut.«
Wakefield brachte einen Teller mit Zwieback und Käse. Mit einem wilden Blick stieß sie ihn mit dem Stock weg.
»Finch!« stammelte sie. »Ich will Finch.« Der Junge zögerte.
»Komm näher her, daß sie nicht so schreien muß!« sagte Nicholas.
Finch schob sich ins Zimmer, verlegen grinsend.
»So«, sagte sie und stierte ihn unter ihren struppigen rostroten Brauen mit plötzlich hellwachem Mißtrauen an, »was höre ich da von einem Kanarienvogel?«
Finch, der ihr in die Augen starrte wie behext, konnte nur stottern.
»Hör doch, Granny – hör doch – es ist ja gar kein verdammter Kanarienvogel da...«
»Es ist einer da!« schrie sie und stieß ihren Stock auf den Fußboden. »Ein ekelhafter, piepsender Kanarienvogel, den du ins Haus geschmuggelt hast! Hol ihn her, ich dreh ihm den Hals um.«
»Hör doch, Granny, es ist bloß ein Lotterielos. Nicht eins gegen hundert, daß ich gewinne. Ich will das Biest gar nicht.«
»Ha!« fuhr sie wütend auf. »Lügst du auch noch, was? Hierher!«
Er näherte sich vorsichtig. Aber sie war schneller, als er ihr zugetraut hätte. Weit ausholend mit dem Stock traf sie ihn quer über den Knöchel der Hand, daß die Haut aufsprang und er vor Schmerz aufschrie.

»Du solltest dich schämen!« rief die Tochter.
»Nimm dich zusammen, Mama!« grollte Nicholas.
Ernest stand zitternd von seinem Stuhl auf. »Mama, dies ist sehr schlecht für dich. Du kannst einen Schlag kriegen.«
»Schlag, was?« schrie sie. »Dem Bengel hab ich einen Schlag versetzt – an den wird er denken! Bis aufs Blut, ha! Zeig deine Hand, Bursche, laß mich sehen!« Sie war dunkelrot vor Aufregung.
Renny setzte sein Glas Grog hin. Er kam und beugte sich über sie. »Willst du einen Kuß, Gran?« fragte er mit schmeichelnder Stimme.
Sie hob den Blick und starrte ihm unter dem Rand ihrer Nachtmütze weg ins Gesicht. Seine rötliche Hagerkeit, die ihr plötzlich so nah war, schloß alle anderen von ihr ab; seine scharfgeschnittene Nase, ganz wie ihre eigene, seine Lippen, zwischen denen seine starken Zähne in einem harten und doch irgendwie zärtlichen Lächeln herausschimmerten, hielten ihre Augen fest und versenkten sie in eine Art Bezauberung, der sie nicht widerstehen konnte. Renny, Fleisch von ihrem Fleisch, ein Court von den Courts, aus dem alten Stamm. Da gab es kein Plärren und Winseln.
»Küß mich!« rief sie. »Küß mich, schnell.«
Während der Umarmung schlüpfte Finch unbemerkt aus dem Zimmer.
Zwar schwer keuchend, aber triumphierend sah die alte Dame sich im Zimmer um, als Renny sie losgelassen hatte – es war, als ob sie aus dem lebendigen Druck seiner Arme Kraft geschöpft hätte – und mit einem kräftigen Ruck an ihrer Nachtmütze, die sie wieder über das eine Auge schob, verlangte sie: »Meine Zähne. Ich will meine Zähne. Ich bin hungrig. Jemand soll mir meine Zähne holen.«
»Will einer von euch bitte ihre Zähne holen?« murmelte Augusta resigniert.
Wake tanzte lustig in das Schlafzimmer zurück und erschien sofort wieder mit zwei Reihen Zähne in einem Wasserglas. Mrs. Whiteoak beugte sich ihm entgegen als er herankam, und streckte die Hände aus.
Der kleine Junge schüttelte das Glas klirrend vor ihr.
»Um Himmels willen, vorsichtig, Kind!« rief Augusta.
»Er hätte sie nie herunterholen dürfen«, bemerkte Ernest; und obgleich er sich selbst dafür verachtete, goß er doch noch etwas mehr Rum in sein Glas.

Das war ein guter Abend gewesen, dachte Renny. Was die alte Dame noch gefuttert hatte! Und wie die beiden alten Knaben ihren Schluck Rum genossen hatten! Nie war Onkel Nick angeregter, als wenn die Weibsleute weg und die vier Männer allein waren, bei vollen Gläsern und zugezogenen Vorhängen. Ein famoser Tag. Seine Pferde hatten sich auch gut gehalten. Er selbst hatte seine Sache gut gemacht. Er fühlte eine angenehme und ehrenvolle Müdigkeit in Armen und Beinen. Nicht gerade schmerzhaft, aber doch so, daß er jeden Muskel spürte. Wie hatte der Gaul losgelegt!

Der älteste der jungen Whiteoaks wäre mit seinem hageren, im Armstuhl hängenden Körper, seinem knochigen wetterbraunen Gesicht, über die dunkelpolierte, die Kerzen spiegelnde Tischplatte vorgebeugt, ein gutes Modell für einen Maler gewesen, der ein Bild etwa mit dem Titel »Des Jägers Abend« hätte malen wollen. In der Stellung seiner Glieder, in den Linien des Kopfes, hätte er ein vollendetes Beispiel der Entspannung eines Mannes gefunden, dessen höchste Freude heftige körperliche Bewegung war.
Rags räumte den Tisch ab. Wie er die Rumflasche aufhob, in der ein kleiner Rest geblieben war, wies der Herr von Jalna mit einem Kopfnicken darauf hin und sagte kurz: »Für dich, Rags.«

## 3 Das nächtliche Haus

Wenn die Ordnung und Ruhe der Nacht sich auf all die Unruhe Jalnas senkte, schien das alte Haus sich behaglich unter sein Dach einzuschmiegen, wie ein alter Mann unter seine Nachtmütze. Es schien der Dunkelheit den Rücken zu kehren und sich nach innen zu ziehen. Es schien die Bänder seiner Nachtmütze unter seinem Kinn, dem vorspringenden Portal, zuzubinden und zu murmeln: »Und nun die Träume!« Wie ein Nachtkleid schlug es die Dunkelheit um sich und drückte seinen schweren Steinleib fest an die Erde. Und wie ein neuer Traum zu all den unzähligen alten, flatterten die Gedanken und heimlichen Regungen derer in seinen Mauern schattenhaft von Zimmer zu Zimmer.
Finchs Zimmer war unter dem schrägen Mansardendach. Das einzige Fenster war geschlossen vor den tropfenden Blättern des Virginiaweins, der diese Seite des Hauses umrankte. Hier oben war immer ein schwacher Geruch nach feuchtem Mauerwerk und muffigen alten Büchern.
Finch saß unter der Öllampe, auf deren grünem Papierschirm ein paar lachende Mädchengesichter gemalt waren, und schrieb sein Tagebuch.
»Fast den Zug versäumt. Pech in der Schule. Muß büffeln fürs Mathematikexamen. Interessantes Gespräch mit L. in der Pause. Pferdeschau. Renny einfach fabelhaft. Weitaus der beste. Pheasant nicht übel auf Soldier. Rotes Band. Nach Hause im Auto. Zank wegen Lotterielos für Kanarienvogel. Gran geradezu schrecklich. Habe zwei Gläser Portwein getrunken! Joan gesehen!«
Er sog an seinem geschundenen Knöchel und überflog die Eintragungen der vorigen Tage. Viel Abwechslung gab es nicht darin. In der Schule mehr oder weniger Pech. Verschiedentliche nette Stunden mit Leigh, und ein »verdammt feiner« Abend mit George und Tom. Eine Eigentümlichkeit kehrte in allen Eintragungen wieder: sie endeten alle mit dem Namen Joan. Entweder hieß es »Joan gesehen« oder »Joan nicht gesehen«.
Finch fand beim Überfliegen nichts Großartiges oder Lächerliches auf den Seiten. Trotzdem versteckte er das Tagebuch sorgfältig hinter ein paar Schul-

büchern auf dem Bord, ehe er seine Abendarbeit anfing. Er hatte keine Lust, das Buch von den neugierigen Augen Wakes oder Pheasants entdecken zu lassen.

Er nahm seinen Euklid heraus und legte ihn vor sich auf den Tisch. Die rechte Ecke oben mußte immer auf einem alten Tintenfleck liegen. Das Buch hatte die Eigentümlichkeit, sich immer auf Seite 107 aufzuschlagen. Er hoffte, heute abend würde es das nicht tun, denn dann könnte er wahrscheinlich nicht arbeiten. Seine Hand zitterte, als er es aufschlug – die 107 starrte ihm ins Gesicht. Der Bleistift, den er in der Hand hielt, fiel mit einem kleinen Geklapper auf den Fußboden. Ihm war, als könnte er ihn nicht aufheben. Verstört starrte er die Zahl oben in der Ecke der Seite an – 107. Warum hatte er eigentlich Angst davor? 1 – das war soviel wie Ich, Finch Whiteoak. 0 – das war nichts. Er, Finch, war eben nichts. Jetzt hatte er es heraus. Kein Wunder, daß er vor der Zahl Angst hatte. Dann die 7 – die magische Sieben. Ich, Finch, ein Nichts. Er schlug den Euklid heftig zu und öffnete ihn an einer anderen Stelle. Diesmal Seite 70. Wieder die magische Sieben, und dahinter das Nichts. Das Magische, das war das Leben. Und nichts dahinter. Er versuchte noch einmal. Seite 123. Wieder das I-Ich. Dann zwei – ich und jemand zweites. Wir zwei – ... dann drei. Ich und das Zweite schaffen ein Drittes. Unser Drei ... Er sah sich, Joan und sich zusammen, in einem Schlafzimmer. Sie beugten sich über die Wiege, in dem das Dritte lag, das sie geschaffen hatten, so wie er Piers und Pheasant sich über Mooeys Wiege beugen sah. Joan, mit der er nie ein Wort gesprochen hatte! Sie war ein Mädchen, dem er von seinem Freund Arthur Leigh bei einem Fußballspiel vorgestellt war. Er hatte sich nur verbeugt, sie aber hatte guten Tag gesagt und ihr rundes weißes Kinn in den Pelzkragen ihres Mantels gedrückt und die Mundwinkel dabei etwas verzogen, wodurch sie ein winziges Grübchen in der Backe bekam.

Der Gedanke an sie hatte ihn den ganzen Monat verfolgt, der seitdem vergangen war, aber er hatte keinen Versuch gemacht, sie näher kennenzulernen, auch mit Leigh nie von ihr gesprochen, trotzdem er gern ihren Familiennamen gewußt hätte, den er im Augenblick der Vorstellung nicht verstehen konnte.

Sie ging in eine Mädchenschule in der Nähe seiner eigenen Schule, und sie begegneten sich fast jeden Tag. Er sah sie nur mit einem einzigen flüchtigen Blick an, während er die Mütze abnahm, aber dieses Begegnen oder Nichtbegegnen bildete immer die letzte abendliche Eintragung in sein Tagebuch. Immer das gleiche, entweder »Joan gesehen« oder »Joan nicht gesehen«.

An den Abenden, wo er das letztere einschreiben mußte, war er immer tief niedergedrückt und schwermütig und warf sich mit aller Macht auf seine Arbeit. Aber wenn er sie gesehen hatte, wie heute, dann war er noch ruheloser und wußte gar nichts anzufangen.

Natürlich waren diese bedrückten Stimmungen nichts Neues, überlegte er. Sonderbare Gedanken waren ihm immer gekommen. Auch wenn er Joan nie begegnet wäre, hätte er sicher eine andere Ursache gefunden, sich zu quälen. Wenn er nur nicht durchs Examen gefallen wäre, und Renny ihm nicht daraufhin die Musikstunden verboten hätte. Er fühlte, wenn er heute abend eine Stunde am Flügel sitzen könnte, das würde ihn beruhigt, glücklich gemacht, von Sehnsucht und Angst befreit haben. Er machte es Renny ja gar nicht zum Vorwurf, daß er ihm das Klavierspielen verbot. Er wußte, daß er viel Zeit dabei — ganz demütig gab er es zu — verschwendet hatte, wenn er über den Tasten saß, nicht um zu üben, sondern fieberhaft eigene Kompositionen auszuprobieren. Wie glücklich war er dabei gewesen! In seinem innersten Herzen konnte er nicht glauben, daß das schlecht für ihn gewesen war — nicht einmal für seine Schularbeiten.

Entschlossen öffnete er den Euklid bei den Problemen und Berechnungen, die er für den nächsten Tag zu machen hatte. Er legte die Ecke des Buches genau auf den Tintenfleck. Dann ließ er wieder seinen Bleistift fallen. Ein schlimmer Anfang, seinen Bleistift fallen zu lassen. Er sah darauf herunter, wie er auf einem abgerissenen Stück Papier von einem französischen Exerzitium lag.

Er dachte, wenn er nur eine Zigarette zu rauchen hätte, könnte er seinen Bleistift aufheben und anfangen zu arbeiten. Er stand auf und schlich vorsichtig die Bodentreppe hinunter. Die Tür zu Piers' und Pheasants Schlafzimmer stand offen. Eine verhangene Lampe warf friedliches Licht über das weiße Bett und Mooeys Wiege daneben. Es war dieselbe solide Wiege mit dem Verdeck, in der alle kleinen Whiteoaks gelegen hatten. Die beiden alten Onkel hatten darin geschrien und geschlafen und gekräht. Meg und Renny, Eden, Piers (das schönste Baby von allen), er selbst (er konnte sich das elende wimmernde Würmchen vorstellen, das er gewesen war), der kleine Wake, den er noch vor sich sah, wie er mit großen dunklen Augen unter dem Vorhang herausstarrte ... und zwei oder drei Babys waren darin gestorben. Es war Finch merkwürdig, daß Mooey so ruhig darin schlafen konnte ...

Er öffnete die oberste Lade der Kommode, wo Piers, wie er wußte, manchmal ein Extrapäckchen Zigaretten aufbewahrte. Ah, da waren sie — Piers konnte sich das leisten! Eine große Blechdose, mehr als halbvoll. Eine Packung, die mindestens ein Dutzend türkische Zigaretten enthielt. Finch nahm sich, aber mit Vorsicht und schloß die Lade.

Als er sich zum Gehen wandte, beugte er sich über die Wiege und sah neugierig auf den kleinen Maurice herunter. Er lag süß und warm zusammengerollt im Kinderschlaf. Eine runde Faust, an den Mund gedrückt, schob die feuchte Rosenblattlippe etwas zur Seite. Auf dem Kissen war ein feuchter Fleck, wo er etwas gesabbert hatte. Finch wurde plötzlich weich zumute, wie er ihn ansah. Er steckte den Kopf unter das Verdeck der Wiege und schnupperte den warmen Duft, wie ein Hund ein schlafendes Junges beschnuppert. Er küßte ihn sacht auf die Backe und fühlte, wie sein eigenes Blut süß und mild wie Nektar wurde und seine Knochen weich von Verlangen nach Zärtlichkeit.

Er nahm das Kleine in die Arme und beugte sich darüber, seine feine helle Stirnlocke fiel über den kleinen Kopf. Er küßte den Kopf, die Wangen, den Mund leidenschaftlich. Er konnte sich nicht genug tun, er strömte seine Seele aus in Liebe. Seine Augen füllten sich mit Tränen, die auf die kleinen Hände tropften. Mein Gott, war es möglich, daß Piers auch dasselbe fühlte?
Unten in der Halle waren Stimmen. Pheasant und Tante Augusta kamen herauf. Er legte das Kind hastig in die Wiege und zog die Decke darüber. Um nichts in der Welt hätte er dabei überrascht werden mögen, daß er seinen kleinen Neffen liebkoste.
Oben zündete er eine von Piers Zigaretten an und fing an zu arbeiten.

Lady Buckley hatte ihre Armbänder, ihre Brosche und ihre goldene Kette abgelegt. Sie hatte ihr schwarzes seidenes Kleid ausgezogen, ihren langen schwarzseidenen Unterrock, und bürstete jetzt in Untertaille und kurzem weißen Unterröckchen ihr immer noch volles Haar. Selbst in solch einem etwas drolligen Aufzug verlor sie nichts an Bewußtsein ihrer Würde. Sie sah ihr Spiegelbild an mit dem gewohnten Ausdruck von Wohlgefallen und Gekränktheit zugleich. Ihre Haut war nie rein gewesen — jetzt sah sie fleckig und gelblich aus. Ihre Augen hatten eine besondere Art gläserner Trübheit, ganz anders als die ihrer Mutter, die noch in klarem Feuer funkelten. Aber ihre Züge waren gut geschnitten. Ihre Nase — die Court-Nase, aber etwas gemäßigt. Nicht der kühne scharfe Gesichtserker, den ihre Mutter und Renny in die Welt steckten. Eine verbesserte Auflage, dachte sie. Besser für eine Dame passend, die Witwe eines englischen Baronets. Sie begann, an ihren verstorbenen Mann zu denken ... Wie unbedeutend hatten ihre Eltern und ihre Brüder ihn gefunden, mit seinem hellen Backenbart, seinen sanften Augen und seinen hübschen kleinen Füßen. Etwas gelispelt hatte er auch. Sie hörte ihn in Gedanken, selbst jetzt noch, rufen: »Augusta!« Aber welch ein Charakter! Nie hatte er seine Selbstbeherrschung verloren, mochte geschehen was wollte. Nichts hatte ihn je überrascht. Selbst als die Nachricht aus England gekommen war, daß durch zwei plötzliche Todesfälle ihm die Baronie zugefallen war, und dazu noch ein altes Haus und ein beträchtliches Einkommen, hatte er keinerlei Überraschung gezeigt. Er hatte nur von dem Telegramm in seiner Hand aufgesehen und bemerkt: »Am besten packst du gleich unsere Koffer, Lady Buckley. Wir fahren nach Hause.« Himmel, wie war der Schreck ihr in die Glieder gefahren! Einfach in diesem kühlen Ton »Lady Buckley« angeredet zu werden, ohne ein Wort der Erklärung! Sie hatte nicht gewußt, ob sie lachen oder weinen sollte. Und sie war ewig dankbar, daß sie keins von beiden getan, sondern mit unerschütterlicher Würde entgegnet hatte: »Du wirst für die Seereise neues Flanellunterzeug brauchen, Sir Edwin!« Lady Buckley! Ihrer Mutter war der Titel immer im Halse steckengeblieben. Es war wenig nett von ihr, daß sie immer tat, als ob sie ihren Namen nicht behalten könnte. Mit ihren Freunden sprach sie von ihr als »meine Toch-

ter, Lady Buckley« oder auch »Bilgeley«. Wenn ihre Mutter nicht eine Court gewesen wäre, hätte sie das einfach schlechte Manieren genannt. Aber die Courts waren nun einmal alle so. Nicholas war ganz ähnlich. So hochfahrend. Er schien immer zu glauben, daß er und seine schreckliche Frau — Millicent — eine viel größere Stellung in England hätten als Edwin und sie.
Sie dachte an England. Sie dachte an die Hecken, die Geraniumbeete um ihr Haus, an ihre Freunde. Ein ganzes Jahr lang war sie nun von dem allen fortgewesen, und ihr kam es vor wie zwei Jahre. Aber es war ihre Pflicht, bis zu ihrer Mutter Tod in Kanada zu bleiben. Gewiß, Mama — sie war nun hunderteins. Augusta bekam eine Art Angst — Mama brächte es auch fertig, ewig weiterzuleben. Aber schließlich lebte niemand ewig!
Sie zog ihr Flanellnachtkleid an, bis zum Kinn zugeknöpft, mit seidenem Zierstich an den Ärmeln. Kleine Haarknäul in Drahtpapilloten standen ihr um den Kopf. Sie zog die Vorhänge vor den beiden Fenstern dicht zu. Wie der Regen an die Scheiben schlug! Aus dem Eßzimmer unten hörte sie Stimmen. Rennys Stimme, die ausrief: »Nie! Nie!« Wie sonderbar, daß er gerade »Nie!« rief, wie eine Antwort auf ihre Gedanken. Ihr Spiegelbild in dem Pfeilerspiegel fiel ihr ins Auge, wie sie da vor dem langen dunklen Vorhang stand. Sie hob den Kopf und starrte es an. Ganz stattlich sah sie aus, wirklich eine aufrechte, vornehme Erscheinung, dachte sie unwillkürlich. Sie hob die eine Hand und hielt sie über die Augen, wie einer, der am Horizont nach einem Segel sucht, einer der auf einer windgefegten Klippe steht, die stürmische See zu Füßen. So betrachtete sie sich einen Augenblick, löschte dann das Licht aus und ging zu Bett.

Ernest hatte sich etwas merkwürdig gefühlt, wie er die Treppe hinaufstieg, beinahe etwas schwindelig, aber als er in sein Zimmer kam, war er wieder ganz er selbst, nur daß er ein Gefühl angenehmer Heiterkeit hatte. Er liebte den rosa Lampenschirm sehr, den Alayne ihm zu seinem Geburtstag aus New York geschickt hatte. Er machte sein Zimmer so hübsch und behaglich, selbst an solch einem Abend wie heute. Wirklich, seit dieses nasse düstere Wetter eingesetzt hatte, konnte er abends kaum abwarten, seine Lampe anzuzünden. Selbst bei Tage war der Schirm ein entzückender Farbenfleck im Zimmer. Alayne war immer so lieb zu ihm gewesen. Ihr Fortgehen hinterließ wirklich eine Lücke in seinem Leben. Und auch Eden vermißte er sehr. Zu schade, daß ihre Ehe so unglücklich ausgefallen war. Sie waren ein so bezauberndes junges Paar gewesen, geistig lebendig und hübsch anzusehen.
Er stand nachdenklich und genoß die sanfte rosige Helligkeit, die das Zimmer erfüllte. Sie gab den Meißner Porzellanfiguren auf dem Kaminsims ein zartes Leben, den Aquarellen an den lichtgrauen Wänden etwas wie einen Sonnenaufgangsschimmer. Er hatte Glück, solch ein Zimmer zu haben. Natürlich war es nicht nur Glück, denn sein eigener guter Geschmack hatte es zu dem gemacht, was es war. Aber an sich war ja auch schon die Aussicht über die Wiesen und

den Fluß mit seinen Windungen weit schöner als Nicks Aussicht, die durch eine mächtige Zeder versperrt wurde und dahinter nur auf die Schlucht ging.
Er dachte an seinen neuen Herbstmantel. Kein übler Gedanke, ihn jetzt einmal anzuprobieren, wo er seinen guten Tag hatte, mit frischen Farben und blanken Augen. Er holte ihn aus dem großen Schrank und besah ihn kritisch von oben bis unten, mit sachverständigem Blick, die Lippen streng zusammengepreßt. »Ein verflucht feiner Mantel!« Er sagte das laut in einem Ton, wie man etwa auch von einem Pferd oder einer Frau reden konnte. Wahrhaftig, ein schöner Mantel war das! Er zog ihn an, und er umhüllte ihn mit fester und doch seidiger Umarmung. Er betrachtete sein Bild im Spiegel. Kein Wunder, daß der Schneider ihm Komplimente über seine Figur gemacht hatte! Schlank, aufrecht (wenn er sich etwas zusammenriß) und mit einer Art von Eleganz, die sonst nicht so leicht in den Kolonien zu finden war.
Plötzlich stieg ihm die seltsame Sehnsucht des Kolonialen nach England auf. Ein Zylinderhut fiel ihm ein, den er einmal in Bond-Street gekauft hatte. Er erinnerte sich deutlich, wie der Verkäufer ausgesehen hatte, und wie freundlich und höflich er gewesen war. Er erinnerte sich, wie er am selben Morgen eine Knopflochblume bei einer so entzückenden Blumenverkäuferin gekauft hatte. Er entsann sich genau der gehobenen Stimmung, in der er leicht die Straße hinuntergegangen war. Er hatte nie viel gebraucht, um guter Stimmung zu sein. Er war glücklicher veranlagt als seine Schwester oder sein Bruder. Eden hatte darin etwas von ihm. Sie hatten beide eine ähnliche Art, die Schönheit des Lebens zu sehen — ein poetisches Temperament, obgleich man das vor der Familie nicht sagen durfte. Er vermißte wirklich Edens kleine Besuche in seinem Zimmer — gar nicht zu reden von Alayne. Zu schade mit dieser Heirat ...
Vor zwanzig Jahren hatte er diesen Hut in England gekauft, und seitdem war er nie wieder dort gewesen. Vielleicht, wenn Mama einmal tot war und Augusta nach Hause fuhr, konnte er zu einem Besuch mit herüberfahren ...
Wenn Mama tot war! Bei den Gedanken an ihren Tod ging ihm jedesmal ein Zittern der Angst durch und durch. Erstens war da die Furcht, sie zu verlieren, und dann die ewige Ungewißheit, wer ihr Geld erben würde. Nie hatte sie auch nur eine Andeutung über die Lippen gebracht. Sie hielt es für genügend, wenn sie wußten, daß es im ganzen einem einzigen Glied der Familie vermacht werden sollte. So behielt sie die Gewalt über sie alle durch die Jahre. Und ihre Erwartung. Sicher hatte sie neunzig- bis hunderttausend, alles in sicheren Papieren. Ach, wenn sie es ihm vermachte, dann hätte er Unabhängigkeit, hätte Macht über die Familie. Was würde er alles für die Jungens tun. Die lieben Jungen, für sie wäre es das beste, wenn das Geld ihm vermacht würde!

Piers fand Pheasant schon im Bett, den kurzgeschorenen braunen Kopf ganz vom Kopfkissen an den Rand der Matratze geschoben, die glänzenden Augen in die Wiege gerichtet.

»Piers, weißt du, Mooey ist einfach wunderbar! Stell dir vor, was er gemacht hat! Sich zwischen eine ganz andere Schicht Decke verkrochen! Ich begreife gar nicht, wie er das fertiggebracht hat! Himmel, du bist aber lange geblieben.«
»Wir kamen ins Schwatzen.« Er kam herüber und sah auf das fünf Monate alte Kindchen herunter. »Sieht ganz stramm aus, was?«
»Oh, der Goldjunge! Gib ihn mir herüber. Ich will ihn hier bei mir haben bis du fertig bist.«
»Sei nicht albern. Ich brauche keine fünf Minuten. Du weckst ihn bloß auf.«
»Ich möchte so gern seine kleinen Pfötchen sehen, du nicht auch?«
»Pheasant, du bist selber noch das reine Baby. Sieh mal, da ist jemand bei meiner Kommodenlade gewesen.«
»Ich nicht! Mooey auch nicht! O Piers, wenn du bloß das Gesicht gesehen hättest, was er eben machte! Sein Mund wie ein kleines rosa Knöpfchen und die Brauen hochgezogen. Geradezu hochmütig.«
»Wenn der Bengel Finch bei meinen Zigaretten gewesen wäre ...« brummte er beim Auskleiden.
»Heute abend hatte er keine. Das weiß ich genau. Was wolltest du dann machen?«
»Es ihm zeigen ... Lieber Himmel, wenn du gehört hättest, was Onkel Ernest sich auf seinen neuen Mantel zugute tat, als du fort warst. Ich wette einen neuen Schlips gegen ein Paar Strümpfe, daß er schließlich doch morgen seinen alten Wintermantel anzieht.«
»Dann mußt du irgendwas sagen, was ihn bedenklich macht. Nur ein paar Worte, ungefähr wie ›Das ist ein Wetter heute, Onkel Ernest!‹ oder du müßtest dich vor Frost schütteln, wenn du ins Haus kommst.«
»Ja, und du kannst ihm dann ja sagen, wie milde es ist, und wie fabelhaft ihm der neue Mantel sitzt.«
»Nein. Fällt mir gar nicht ein. Das geht gegen meine Grundsätze. Von jetzt an muß ich meinem Baby ein gutes Beispiel geben.«
Piers prustete vor Lachen. Er war jetzt in seinem Pyjama. »Soll ich das Licht ausmachen?«
»Piers, komm mal, ich muß dir was zuflüstern.«
Er kam und beugte sich über sie. Wie sie da weich auf dem Bett lag, das Haar zerzaust, die eine weiße Schulter aus dem verschobenen Nachthemd schimmernd, sah sie plötzlich sehr zart und verlockend aus. So anmutig und zierlich schlank wie eine von den jungen silbernen Birken in der Schlucht. Sein Herz schlug rascher. »Ja? Was willst du?« Seine Augen tauchten glänzend in ihre.
Sie schlang ihm einen Arm um den Nacken. »Ich bin so hungrig, Piers. Würdest du – du wärst ein Engel!«
Er sah geradezu gekränkt aus. »Hungrig! Es ist ja erst ganz kurze Zeit her, daß du gegessen hast.«

»Nein. Eine Ewigkeit! Du vergißt, wie lange ihr da unten gesessen und geredet habt. Und dann habe ich Mooey zu trinken gegeben. Damit ist ja mein ganzes Abendessen wieder weg. Jedenfalls — bitte, willst du, Piers?«
Er dachte, als er die Kellertreppe hinunterstieg: Ich verwöhne sie zu sehr. Eh das Wurm da war, wäre es ihr nie eingefallen, mich um diese Zeit in den Keller zu schicken und ihr was zu essen zu holen. Das hätte sie schönstens selber getan. Sie wird schon genau wie diese amerikanischen Frauen in den Magazinen!
Trotzdem suchte er sorgfältig in der Speisekammer nach irgendwas, ihr das Leben zu fristen. Er konnte Mrs. Wragges kräftiges Schnarchen in dem Zimmer neben der Küche hören. Er konnte die alte Küchenuhr hören, die die Nacht so eifrig wegtickte, als ob ihr das ein neues Spiel wäre, anstatt ein siebzig Jahre wiederholtes. Er hob den Deckel einer riesigen Schüssel auf. Darunter lagen drei Würste. Er sah zwischen zwei aufeinandergelegte Teller. Kalter Lachs. Er öffnete eine Speiseschranktür. Ein Bratenrest, kalte Kartoffeln, rote Beete, ein Hühnergerippe. Das sah nicht vielversprechend aus. Pah. Er machte die Schranktür zu... Was für eine Masse Brot und Semmeln in der Brotbüchse. Er nahm eine Semmel, schnitt sie durch und strich Butter darauf. Wenigstens etwas. Unschlüssig legte er eine Wurst daneben. Aber da! Kalter Reispudding mit Rosinen! Das war das Wahre! Davon einen Teller voll mit Sahne... Ha, und was ist dies? Pflaumenkuchen. Er schnitt ein Stück ab und verschlang es wie ein Schuljunge. Unverdaulich das Zeug, für eine stillende Mutter.
Pheasant saß mit großen Augen im Bett. »O wie famos!«
Sie faßte ihn um und küßte ihn, ehe sie aß.
Als das Licht aus war, kuschelte Pheasant sich dicht an ihn. Mooey machte im Schlaf behagliche kleine Geräusche wie ein junges Hündchen. Der Regen schlug an die Fenster und machte die Behaglichkeit und Wärme hier drinnen, den Frieden noch fühlbarer. Den Frieden. Warum tauchte nur an solchen Abenden Eden immer wieder aus der Dunkelheit und quälte ihn? Erst nur wie ein schwacher unruhiger Schein auf der stillen See seiner Zufriedenheit, wie der Widerschein eines von Wolken verdeckten Mondes. Dann klar und scharf, mit seinem seltsamen spöttischen Lächeln, dem unbestimmten Blick in den Augen, so als ob er nie genau wüßte, warum er etwas tat. Pier schloß die Augen fester. Er biß die Zähne zusammen, drückte die Stirn an Pheasants Schulter, und versuchte Edens Gesicht mit dem spottenden Lächeln nicht zu sehen.
Er versuchte aus ihrer warmen Nähe Trost zu schöpfen. Sein war sie, ganz sein. Die furchtbare Nacht, als Finch die beiden zusammen im Walde gefunden hatte, war ein Traum, ein Nachtalp. Er wollte den schrecklichen Gedanken nicht in seine Seele hereinlassen. Aber der Gedanke kam wie ein schleichendes Tier, und Piers Mund verzerrte sich in plötzlicher Qual. Pheasant mußte seine Unruhe gefühlt haben, denn sie wandte sich herum, legte den Arm um seinen Kopf und zog ihn an ihre Brust. —

Nicholas konnte nicht schlafen. »Zuviel von dem verdammten Rum!« dachte er. »Das kommt davon, wenn man fast nie Stärkeres trinkt als Tee. Die ganze Konstitution wird dann so verweichlicht, daß ein bißchen ehrlicher Rum einen schon den Schlaf kostet.«
Eigentlich war es ihm aber ziemlich einerlei, ob er wach lag. Körperlich fühlte er sich ruhig, ganz behaglich, und angenehme Visionen aus der Vergangenheit stiegen vor ihm auf. Der Zauber der einst geliebten Frauen hing wie ein Duft im Zimmer. Er hatte ihre Namen vergessen, oder hätte sich wenigstens mühsam darauf besinnen müssen – ihre Gesichter waren nur ein matter Schimmer – aber das Frou-Frou ihrer Kleider – dies anbetungswürdige Wort Frou-Frou, das heute keinen Sinn mehr hatte – umflüsterte ihn, bedeutungsvoller und berauschender als klangvolle Namen oder hübsche Gesichter.
Jetzt fing er an schläfrig zu werden ... woran hatte er doch gedacht? Ach ja, alte Zeiten, Liebesabenteuer. Ihm war die kleine Geschichte mit der Irin in Cowes eingefallen ... es mußte an die fünfunddreißig Jahre her sein, und die Erinnerung daran war doch noch so frisch, wie damals ihre Haut gewesen war. Aha – jetzt hatte er es – Adeline hieß sie – ebenso wie seine Mutter. Seine Mutter. Wie sie vorhin sich an Renny geklammert und ihn geküßt hatte! Und wie sie einander in die Augen gesehen hatten. Ein Gedanke stieg plötzlich ihm auf, der ihm einen häßlichen Stoß gab. Wie, wenn Renny sie herumkriegte – hinter ihrem Gelde her wäre ... Man konnte nie wissen – dieser rote Fuchskopf! Wer weiß, ob er nicht gerissen war wie der Teufel. Es fiel Nicholas plötzlich ein, wie Renny als Kind alles bei der Großmutter erreichen konnte. – War all diese Zärtlichkeit vielleicht auch nur Berechnung?
Er hörte einen Schritt in der Halle. Rennys Schritt. Er fühlte, daß er ihn sprechen mußte, sein Gesicht sehen, vielleicht einen verräterisch-räuberischen Blick in seinem Auge erspähen. Er rief: »Bist du das, Renny?«
Renny öffnete die Tür. »Ja, Onkel Nick. Brauchst du was?«
»Willst du bitte meine Lampe anzünden? Ich kann nicht schlafen?«
»Hm. Was ist mit dieser Familie los?« Er riß ein Streichholz an und ging zur Lampe. »Wake hat einen Herzanfall gehabt.«
Nicholas brummte mitfühlend. »Das ist schlimm! Wirklich zu schlimm! Armer kleiner Kerl! Geht's ihm jetzt besser? Kann ich irgendwas tun?«
»Ich hätte ihn nicht allein gelassen, wenn es nicht vorbei wäre. Wahrscheinlich ist es ihm zuviel geworden, Gran beim Aufstehen zu helfen. Er regt sich auch so über alles auf ... So, ist das hoch genug?« Das warme Licht der Lampe schien auf das ausdrucksvolle Gesicht herunter, das für den Kampf mit Wind und Wetter geschaffen schien, und zeichnete schärfer die Sorgenfalte zwischen den Brauen. Nichts Verstecktes, Selbstsüchtiges in diesem Gesicht, dachte Nicholas, aber ich muß doch aufpassen, daß die alte Dame nicht zu vernarrt in ihn ist. Er ist so die Art Mann für Frauen ...
»Weswegen ich heute nicht schlafen konnte«, bemerkte er und sah dabei scharf

in das hellbeleuchtete Gesicht, »war der Gedanke an Mama. Ihre Lebendigkeit ist doch fabelhaft, was?«
»Einfach unglaublich.«
»Es kommt einem ganz unmöglich vor, daß sie eines Tages — Renny, hat sie dir je irgendwas gesagt, wie sie über ihr Geld bestimmt hat?«
»Kein Wort. Ich habe es immer als selbstverständlich angesehen, daß du es bekommst ... Du bist der älteste Sohn und ihr Verzug ... ein richtiger Court und so weiter — das kommt dir doch zu!«
Nicholas' Stimme wurde sanft vor Erleichterung. »Ja, eigentlich ist es wohl das natürlichste. Bitte setz die Lampe da auf den Tisch, daß ich sie erreichen kann. Danke, Renny. Gute Nacht, und sag Wake, er soll gleich einschlafen und von der wundervollen Reise nach England träumen, auf die Onkel Nick ihn mitnehmen will.«
»Recht! Gute Nacht!«
Vom Kaminsims nahm Renny seine Lieblingspfeife, aus der er allabendlich sein Viertelstündchen vorm Zubettgehen rauchte, und füllte sie. Er streckte seine Beine in den Ledergamaschen von sich, und wie er mit dem kleinen Finger den Tabak in den Pfeifenkopf drückte, sah er gedankenvoll zu Wake hinüber, der im Bett lag und schlief. Armer kleiner Bursche! Das war eine böse Geschichte gewesen vorhin! Ein schlimmer Anfall und dabei war es ihm Wochen und Wochen so gut gegangen. Wahrscheinlich war es dies kalte rauhe Wetter gewesen, das ihm schlecht bekommen war. Das, und dann das Herumschleppen mit Großmutter. Solch ein famoser kleiner Bursche, der hatte keine Angst zuzupacken!
Wakes Haar, für seine elf Jahre reichlich lang, lag wie ein dunkler Heiligenschein um sein Gesicht. Mit seinen feingezeichneten Brauen, den langbewimperten weißen Lidern und den hastigen Atemzügen der halboffenen Lippen sah er so zart aus, daß es Renny wehtat, ihn anzusehen. Hol's der Teufel — ob er den Jungen je groß kriegte! Na, Gott sei Dank war er manchmal auch der richtige kleine Satan! Er beugte sich vor, nahm sacht das kleine magere Handgelenk in seine Hand und fühlte den Puls. Ruhiger. Gleichmäßiger. Wake hob die Lider.
»Oh, hallo, Renny!«
»Hallo! Warum liegst du wach?«
»Ich weiß nicht. Ich glaube, es geht mir besser. Renny, bitte kann ich morgen mit zur Pferdeschau?«
»Solange ich zu sagen habe, nicht. Du wartest und gehst dann mit den andern Jungens am Sonnabend.«
»Wieviel darf ich ausgeben?«
»Ausgeben? Wofür?«
»Ach, du weißt doch. Da wird Eis und Schokolade und Limonade verkauft.«
»Fünfundzwanzig Cents.«
»Oh. Aber voriges Jahr war ein Wahrsager gerade gegenüber dem Restaurant.

Ich möchte mir so gern wahrsagen lassen!«
»Lieber nicht. Vielleicht kriegst du was Schlechtes zu hören.«
»Was meinst du Schlechtes? Vom Sterben?«
Renny machte ein böses Gesicht. »Dummes Zeug, nein. Aber vielleicht eine Tracht Prügel.«
»Oh!... Ich dachte vielleicht von einem Vermögen, das mir vermacht würde.«
Rennys Stimme wurde hart. »Was schwatzt du für Zeug, Wake! Was für ein Vermögen?« Was zum Teufel fiel dem Kind ein?
»Weiß ich nicht... Hör mal, Renny, ich mag so gern dein Gesicht ansehen. Wie die Nüstern sich bewegen. Komisch sind die. Und wie du die Augenbrauen bewegst. Das sehe ich gerne, besonders wenn du nichts davon merkst.«
Wie schlau der kleine Schlingel das Thema wechselte! Renny lachte.
»Na, du wirst wohl der einzige sein, dem das Spaß macht.«
Wake sah ihn pfiffig an. »O nein. Ich weiß noch jemand. Alayne. Die hat das auch gern angesehen. Das habe ich oft gemerkt.«
Der Ältere blies eine Rauchwolke in die Luft. »Was mich wundert, ist bloß, wieviel Dinge du siehst, die dich gar nichts angehen, und wieviel Zeit du dir nimmst, wenn es aufs Lernen von vernünftigen Sachen ankommt.«
Wake schloß die Augen. »Jetzt gibt er sich Mühe zu weinen«, dachte Renny. Er fragte: »Wie ist es jetzt mit den Beinen? Ganz behaglich und mollig? Das eklige Gefühl weg, was?« Er schob die Hand unter die Decke und fing an, sie zu reiben.
Alayne! Was machte sie heute abend? War sie glücklich? Vergaß sie ihn? O nein, die vergaß nicht — ebensowenig wie er selbst. Wollte Gott, er könnte es vergessen! Sonst war ihm das immer ganz leicht geworden — einfach das Natürlichste. Und jetzt, nach mehr als einem Jahr, fuhr ihm das gleiche Zittern durch die Glieder, wenn ihr Name zufällig genannt wurde. Als ob sein Pferd unter ihm stolperte. Rhythmisch rieb er die mageren kleinen Beine. Wake schlief. Ein bläulich grauer Rauch nebelte durchs Zimmer... Er hörte Finch in dem Zimmer über sich, und es fiel ihm ein, daß das Schulgeld des Jungen fällig war. Er schloß eine Schublade auf und nahm ein dünnes Päckchen Banknoten heraus. Er zählte drei Zehner und einen Fünfer ab und steckte sie in einen Umschlag, den er adressierte und siegelte.
Oben in der Mansarde war das einzige Zeichen menschlichen Lebens der schmale Lichtstreifen unter Finchs Tür. Er wollte eben die Klinke niederdrücken, als drinnen ein Riegel vorgeschoben wurde, und er dahinter das rasche Atmen des Jungen hörte.
»Hallo!« fuhr es ihm heraus, »was soll das heißen?«
»O verdammt, Renny. Ich wußte nicht, daß du es bist.« Er schob den Riegel zurück und stand verlegen und dunkelrot.
»Denkst wohl, es ist der Kanarienvogel, der sein Los holt?« Er grinste spöttisch auf Finch herunter.

Finch stotterte: »Dachte es wäre Piers.«
»Weshalb? Hast ihm wohl was gemaust?«
Der Schuß ins Blaue hatte getroffen. Der Junge errötete noch stärker, er stammelte irgend etwas, und Rennys Grinsen explodierte in ein Auflachen. »Na, wenn du nicht vor die Hunde gehst! Was war es denn — Schlipse? Zigaretten?«
»Zigaretten.«
»Hm ... Na, hier ist dein Schulgeld für dies Vierteljahr. Ich hätte es ja auch durch Scheck überweisen können, aber — offen gesagt, mein Konto ist etwas überzogen. Also gib es beim Rendanten ab — und keine Finanzexperimente unterwegs.« Er legte einen Dollar auf den Umschlag. »Kauf dir selbst was zu rauchen, und laß das Langefingermachen sein. Und richte dich mit deinem Taschengeld ein.«
Finchs Hand zitterte, als er das Geld nahm. Er griff die Lampe und leuchtete dem Bruder die Treppe hinunter. »Wake geht es heute wohl wackelig?« fragte er gedrückt.
»Ja.«
»Tut mir schrecklich leid.«
Er sah der hageren Gestalt auf der Treppe nach, wie das Lampenlicht auf das Rotbraun der Ledergamaschen und des kurzgeschorenen Kopfes fiel. Hätte er bloß etwas von Rennys gesunder Farbe!
Kraft aus der Musik trinken — das war es, was er brauchte. Er dachte an die elfenbeinerne Reihe der Tasten und fühlte einen Schmerz durch die Seele, ein Zittern durch die Arme zucken.
Sorgfältig steckte er das Geld in ein schäbiges ledernes Taschenbuch. Dann nahm er aus seinem Pult eine alte Mundharmonika. Er schlich in den Kleiderverschlag und schloß die Tür. Dann steckte er den Kopf unter einen schweren Mantel, um den Ton zu dämpfen, legte die Lippen an das Instrument und fing traurig an zu spielen.


4   Die Theaterprobe

Einen Monat später stand Finch eines Nachmittags zwischen einer Gruppe von Liebhaberschauspielern in dem engen Gang zwischen der Bühne und der Reihe der Ankleidezimmer im Kleinen Theater. Sie zerstreuten sich gerade nach einer Probe von J. E. John Ferguson, und Mr. Brett, der englische Direktor, war eben gekommen. Die Hände in den Taschen schlenderte er zu Finch hinüber und sagte, während ein Lächeln sein gescheites humoristisches Schauspielergesicht erhellte: »Ich muß Ihnen sagen, Whiteoak, wie riesig ich mich heute über Ihr Spiel gefreut habe. Wenn Sie so weitermachen, werden Sie ein geradezu famoser Tölpelhans werden!«
»O danke, Mr. Brett!« stammelte Finch. »Ich bin sehr froh, daß Sie zufrieden

sind!« Er war dunkelrot vor Verlegenheit und tiefer Freude. Lob! Warmes Lob, und vor all den andern!
Arthur Leigh fuhr dazwischen: »Ja, das habe ich eben Finch auch gesagt. Er ist einfach fabelhaft. Er bringt ein Gefühl von völliger Wirklichkeit herein.«
Finch starrte gerade vor sich hin, er fühlte sein eigenes Gesicht glühen, wie eine Maske vor dem verwirrten Entzücken seiner Seele.
»Na, jedenfalls bin ich sehr, sehr zufrieden«, wiederholte Mr. Brett. »Also morgen um dieselbe Zeit, und daß jeder pünktlich ist, bitte!«
Die Tür am Ende des Ganges öffnete sich, und ein Stoß kalter Dezemberluft fuhr herein. Die Spieler schoben sich in einem kleinen Trupp hinaus. Vor ihnen erhoben sich die Mauern der Universität, mit einem hellen Fenster hier und da. Der Bogen des Memorial Tower glitzerte in einem weißen Eispanzer. Leigh wandte sich zu Finch, als sie auf der letzten Stufe waren.
»Ich wollte, du wohntest in der Stadt, Finch«, sagte er. »Ich wäre so gern öfters mit dir zusammen. Aber immer mußt du diesen verdammten Zug kriegen.«
»Ich fürchte, ich habe ihn heute schon versäumt. Ich muß mit dem letzten fahren. Zehn Uhr dreißig.«
Leigh machte ein vergnügtes Gesicht. »Das ist ja famos. Du kommst mit zum Essen zu uns, und wir haben Zeit zum Schwatzen. Außerdem möchte ich gern, daß meine Mutter und Schwester dich kennenlernen. Ich habe ihnen von dir erzählt.«
»Tut mir sehr leid ... ich kann nicht« ... murmelte der Junge.
»Unsinn! Natürlich kannst du! Weshalb nicht?« Er schob seinen Arm durch den Finchs.
»Oh ... ich weiß nicht ... Ich bin nicht danach angezogen ... Und dann ... Du weißt doch, ich passe nicht zu Frauen ... Damen. Deine Mutter und Schwester würden mich nur für einen ausgemachten Schafskopf halten. Ich weiß nichts zu reden ... und sehe aus wie ... Tölpelhans.«
Leigh lachte lustig auf.
»Wenn du das bloß tätest! Wenn du bloß so aussähest und wärest! Sie würden dir um den Hals fallen und dich abküssen! Komm mit, sei kein Esel!« Er zog Finch mit sich durch den zarten fallenden Flockenschleier, die Winterluft, die ihre Gesichter eisig und doch wie eine frische Liebkosung berührte. Andere junge Gestalten kamen eilig durch den Park, wie dunkle Silhouetten gegen all das Weiß.
Finch hatte vom ersten Augenblick der Bekanntschaft an Arthur Leigh gern gehabt und bewundert, die Anziehungskraft, die er augenblicklich ebenso für ihn hatte, hatte ihm geschmeichelt, aber jetzt stieg eine solche Welle von Wärme in ihm auf, daß es ihn selbst wunderte. Er fühlte, daß er Leigh liebte, daß er sein nächster, sein bester Freund werden möchte. Der Druck von Leighs schlankem, feinknochigem Körper gegen den seinen gab ihm ein Gefühl von Kraft, wie er es noch nie gekannt hatte. »Gut«, sagte er, »ich komme mit.«

Sie stiegen auf eine Straßenbahn und standen nebeneinander, hielten sich schwankend an den Riemen und lächelten einander in die Augen, ohne die anderen Fahrgäste zu sehen. Komische Augenblicke der Probe fielen ihnen ein, halblaut gemurmelte Sätze ihrer Rollen erstickten in Gelächter. Sie waren so glücklich, daß sie kaum wußten, was sie tun sollten.
Aber als Leigh den Schlüssel ins Schloß steckte und Finch hinter ihm vor dem prächtigen Portal des Leighschen Hauses stand, kam die alte Schüchternheit wieder überwältigend über ihn.
»Hör mal«, fing er an, »sieh mal, ich ... ich ...« Aber die Tür war offen und er stand in der Halle wo flackernder Feuerschein über poliertes Holz und Messing tanzte, und wo eine so tadellose Ordnung und Sauberkeit herrschte, wie Finch sie noch nie gesehen hatte. Mädchenstimmen und Gelächter klangen aus dem Wohnzimmer. Die beiden jungen Leute sprangen die Treppe hinauf.
»Freundinnen von Ada«, sagte Leigh und ging voran in sein eigenes Zimmer. »Wenn die uns abfangen, gehen sie nie nach Hause. Mutter wird böse, wenn wir zu spät zum Essen kommen, und außerdem müssen wir Zeit genug für uns haben, ehe du weg mußt. Ich weigere mich einfach, dich einer Rotte Mädchen auszuliefern.«
Sie warfen Mäntel und Mützen ab. Finch versuchte, sein Staunen über den Anblick von so viel Luxus in einem Schülerzimmer nicht merken zu lassen. Natürlich, Leigh war kein Junge mehr — er war zwanzig — aber er hatte nie von seinem Zuhause erzählt, obwohl er immer reichlich Taschengeld hatte. Von seines Vaters Beruf oder Stellung hatte Finch keine Ahnung.
Sein Freund öffnete eine Tür, die in ein Badezimmer von jungfräulichem Weiß und Blau führte. Auf einem kleinen Tisch neben der weißen Badewanne stand eine Schale mit eben aufgeblühten Narzissen.
»Ich habe gern Lilien oder sonst weiße Blumen dastehen, wenn ich bade«, sagte Leigh, »ich bade meine Seele darin, während meine Haut in Seife badet.« Finch starrte erst die Narzissen und dann seinen Freund an. »Du kommst mir selber vor, wie der Bursche da«, murmelte er.
»Welcher Bursche?«
»Narzissus. Ich meine nur — du bist so ... man könnte sich dich auch vorstellen, wie du dein Bild in einer Quelle ansiehst ... und fabelhaft malerisch aussiehst und so ...«
Leigh strahlte. »Wenn ich nur Narziß gewesen wäre! Die Rolle hätte mir glänzend gelegen — nichts tun, als mich selber ansehen — ... und anbeten! Wir müssen sehen, daß wir rasch fertig werden, alter Junge. Die Mädels sind weg, und ich höre das erste Gongzeichen!« Er warf Finch ein schneeweißes gesticktes Handtuch zu und ging pfeifend in sein Schlafzimmer hinüber. Er wußte, daß der junge Whiteoak befangen und scheu war und wollte ihm darüber weghelfen.
Es lag ihm sehr daran, Finchs Vertrauen, seine Freundschaft zu gewinnen. Er

fühlte sich ungewöhnlich zu dem Jungen hingezogen, den er als den weitaus jüngeren empfand, obgleich der Altersunterschied nur zwei Jahre betrug. Aber jedenfalls war Finch noch auf der Schule, während er schon im vierten Semester auf der Universität war. Es lag etwas in Finchs hagerem Gesicht und seinen traurigen Augen, von dem er innerlich nicht loskam, und er hoffte, daß diese unbestimmte Anziehung sich zu einer wirklichen Freundschaft entwickeln würde. Aus zufälligen Worten oder Andeutungen, die Finch fallen ließ, spürte er, daß er zu Hause nicht verstanden wurde, daß niemand dort die Feinfühligkeit und Tiefe seines Wesens erkannte oder ihn mit Verständnis und wirklicher Sympathie liebte. Er selbst war immer von Liebe und Verständnis umgeben gewesen. Er mußte Finch nach seiner Familie fragen, mußte heute abend versuchen, etwas über seine äußeren Lebensverhältnisse zu erfahren. Er konnte nicht recht klug aus ihm werden. Er wußte, daß sein Großvater Offizier in Indien gewesen war, daß seine Familie großen Landbesitz hatte, aber Finch war manchmal so unerzogen, geradezu wunderlich ... Er bürstete sein welliges braunes Haar vor dem Spiegel, bis es glänzte.
Finch hatte sich nicht getraut, das gestickte Handtuch zu gebrauchen. Er hatte es sorgsam zwischen die andern gleichen über die Glasstande gehängt, und sich Gesicht und Hände mit dem Zipfel eines Badetuches trocken gerieben. Wie er jetzt in der Tür erschien, sah er rot und blank aus, mit einer feuchten Locke in der Stirn und langen roten Handgelenken, die aus den zu kurzen Ärmeln seines blauen Anzugs heraushingen.
Im Wohnzimmer fanden sie Leighs Mutter und Schwester. Zwei Schwestern, dachte Finch zuerst, die Mutter sah auch so jung aus.
»Mein Freund Finch Whiteoak«, stellte Leigh ihn vor, die Hand beschützend auf seinen Arm, »dies ist meine Mutter, Finch, und diese häßliche junge Person meine Schwester Ada.«
Eine nach der andern gaben sie Finch ihre weichen Hände. Nebeneinander sah er das gleiche sanfte Oval der blassen Gesichter, die fließenden Locken bronzegoldenen Haars, die grauen Augen unter schweren Lidern. Aber das Haar der Mutter war um einen Schimmer goldener, ihre Augen um einen Schein blauer, und vor dem nachsichtig-belustigten Zug um den Mund fürchtete er sich.
»Brüder sprechen immer so unfreundlich von ihren Schwestern«, sagte sie mit einem anbetenden Lächeln nach dem Sohn hin, »wahrscheinlich tun Sie das auch öfter.«
Finch stammelte mit stockendem Atem. »Ach – vielleicht – ich weiß eigentlich nicht ...«
»Nun sei mal ehrlich!« sagte Leigh, »findest du Ada nicht abstoßend häßlich?«
Sie begegnete gelassen dem Blick der beiden, und Finch stotterte wieder: »O Leigh, hör mal ...«
Mrs. Leigh bemerkte: »Arthur hat uns viel von Ihnen erzählt. Er findet, daß Sie den blödsinnigen Jungen ganz fabelhaft spielen.«

»Das wird mir nicht schwer«, grinste Finch, »die Idiotenrolle.«
»Mutter«, fuhr Leigh auf, »wie kannst du das sagen? Tölpelhans ist kein Idiot. Er ist wahnsinnig. Er ist völlig, großartig wahnsinnig.«
Ada Leigh sagte mit ihrer leisen tiefen Stimme und einem Blick in Finchs Augen, der sie beide plötzlich von den andern isolierte. »Wird Ihnen das auch leicht? Der Wahnsinn, meine ich?«
Ihr Bruder antwortete für Finch, weil er fürchtete, daß der auch nur eine stotternde grinsende Antwort geben würde. »Das Leichteste von der Welt für ihn, liebes Kind. Er braucht nichts zu tun, als nur er selbst zu sein. Er ist ja auch verrückt, großartig verrückt. Warte nur, bis du das Stück siehst. Wenn Tölpelhans auf die Bühne kommt, dann läuft der Wahnsinn wie ein elektrischer Strom durch die Zuschauer. Uns selber geht es durch und durch, schon bei den Proben.«
Ada sah Finch weiter in die Augen, als ob Leigh gar nichts gesagt hätte.
»Wahrscheinlich bin ich selber etwas verrückt«, antwortete er jetzt ohne Schüchternheit, aber merkwürdig erregt.
»Ich wollte, Sie könnten mich lehren, etwas verrückt zu sein. Ich bin viel zu gleichmütig, um glücklich zu sein.«
»Ich könnte keinen was lehren, als höchstens den Narren zu spielen.«
Mutter und Sohn gingen ins Eßzimmer voran.
Finch sah, daß der Tisch, hell von Damast, Glas und Silber, für vier gedeckt war. Augenscheinlich war Mrs. Leigh Witwe, obgleich sie nach Finchs Vorstellung nicht so aussah. Vielleicht war ihr Mann nur verreist.
Nichts konnte ihn bewegen, am Gespräch teilzunehmen. Mit hölzernem Gesicht aß er sich langsam und feierlich durch die verschiedenen Gänge der Mahlzeit hindurch. Leigh war bedrückt von dem Gefühl, daß sein Freund auf Mutter und Schwester nur den Eindruck von völliger Dummheit machte und redete wenig. Ada strengte sich in keiner Weise an, irgend jemandem als sich selber zu gefallen, und es gefiel ihr eben augenscheinlich, Finch durch ihren forschenden Blick unter den langbewimperten schweren Lidern zu verwirren. Mrs. Leigh allein hielt das Gespräch aufrecht.
Ihre Stimme, die heller und leichter klang als die der Tochter, redete heiter drauf los, aber Finch hatte dabei das Gefühl, daß ihre Gedanken weit weg waren. Einmal fiel es wie ein Schatten über ihre Heiterkeit, als sie »die Zeit, als mein Mann starb, vor fünf Jahren« erwähnte.
Als das Essen vorbei war, verließ sie das Zimmer und kam nur noch einen Augenblick in einem Abendmantel von Hermelin zurück, um gute Nacht zu sagen, ehe sie in einer taubengrauen Limousine davonsauste. Sie waren ihr zum Portal gefolgt, um sie abfahren zu sehen. Leigh hüllte sie warm ein und küßte ihr beide Hände.
»Ist das nicht eine Mutter zum Anbeten?« fragte er, als sie an den Kamin zurückkehrten.

»Sicher!« stimmte Finch zu, den Blick auf Ada. Sie hatte sich in die Kissen eines tiefen Stuhls gelehnt, ihre schmalen abfallenden Schultern, ihre schlanken Arme unter zarten weiten Spitzenärmeln schienen fast durchsichtig in ihrem schimmernden Weiß. Leigh fand plötzlich die Sprache wieder. Er redete mit Finch eifrig über das Stück, kritisierte Mr. Bretts Leitung, probte eine seiner eigenen wichtigen Reden und forderte Finch zur Kritik auf.

»Komm, Finch«, sagte er endlich, entschlossen, seinen Freund vor der Schwester ins richtige Licht zu stellen, »laß uns unsere Szene durchproben, wo du in der Nacht nach Hause kommst, nachdem ich Witherow ermordet habe. Hast du deine Pfeife da?«

»O nein. Ich kann nicht, wirklich nicht. Ich würde mir zu dumm vorkommen.«

»Wenn es wegen Ada ist, schicke ich sie einfach weg.«

»Ich wollte, Sie täten es, um mir eine Freude zu machen«, sagte Ada, »ich möchte es schrecklich gern sehen.«

»Ja, und sie fährt geradezu aus der Haut, wenn sie nicht kriegt, was sie will. Nicht wahr, Ada?« fragte ihr Bruder.

»Das lasse ich mir nicht aufbinden«, sagte Finch.

»Na, jedenfalls ist sie eine sehr energische Person, also gibst du besser gleich nach. Warte, ich weiß, was wir brauchen, um in Stimmung zu kommen. Einen Whisky und Soda. Der Wein bei Tisch war hiesiger Landwein, der pumpt einem nur den Magen voll Gas. Komm mit ins Eßzimmer. Du willst wohl nichts, Ada?«

»Nein, danke. Ich warte hier.«

Im Eßzimmer sagte Leigh: »Ich glaube wir brauchen keinen Whisky, Finch. Nicht so was Gewöhnliches. Einen feinen Creme de Menthe oder Benediktiner, was? Ich sagte Whisky nur wegen Ada, sie braucht nicht dahinterzukommen. Whisky mag sie nicht, aber Likör mag sie, und ich glaube nicht, daß der gut für junge Mädchen ist, nicht wahr? Ich muß wirklich ein Auge auf Ada haben, weißt du, da Vater tot ist. Was willst du haben?«

»Oh, mir ist es gleich!« Finch starrte die funkelnde Reihe der Flaschen in dem Schrank an, den Leigh öffnete.

»Also Benediktiner. Wir trinken beide einen Benediktiner. Ist die Farbe nicht wundervoll? Finch, ich möchte, daß du die Woche während des Spiels bei mir wohnst. Du kannst unmöglich nachts nach der Aufführung heimfahren.« In diesem Augenblick beschloß er, den jungen Whiteoak in seinen engsten Kreis zu ziehen, ihn zu seinem nächsten Freund zu machen. Er merkte, daß sich seine Schwester für ihn interessierte. Sie war feinfühlig für innerliche Lebensdinge. Sie empfand auch etwas Besonderes, Eigenes, Schönes an Finch.

»Ich fürchte es geht nicht.«

Leigh war erstaunt. Er hatte erwartet, daß Finch dankbar begeistert jede Freundschaftsbezeugung von ihm annehmen würde.

»Aber weshalb nicht?«

»Oh, ich weiß nicht. Ich glaube, es ist besser. Aber danke vielmals.«
Leigh war es sein Leben lang gewöhnt gewesen, alles zu tun, was er wollte, und alles zu bekommen, was er wünschte. Sein Gesicht hatte die ruhige Heiterkeit der Jugend, der nie etwas quer gegangen oder versagt worden ist.
»Unsinn. Natürlich kommst du. Du bist nur zu schüchtern. Wir brauchen von Mutter und Ada kaum etwas zu sehen, wenn du vor ihnen Angst hast.«
»Nein. Die Wahrheit ist«, brach Finch los, »daß ich mich nie auf diese Sache hätte einlassen sollen.«
Leigh sagte nichts und sah ihn nur mit hellen fragenden Augen an.
»Kann ich noch ein Glas von dem . . . ee . . . Benediktiner haben?«
»An deiner Stelle täte ich es nicht. Er schmeißt einen leicht um. Du sagtest eben . . .«
Finch setzte vorsichtig sein leeres Glas hin, das zart war wie eine Seifenblase.
»Du weißt, daß ich durchs Examen gefallen bin, Leigh.«
»Gewiß. Deswegen brauchst du dies Jahr nun nicht mehr zu büffeln. Nimm's leicht.«
»Aber meine Familie . . .«
»Erzähl mir von deiner Familie, Finch. Du hast nie von deinen Eltern gesprochen.«
»Sie sind tot. Mein ältester Bruder hat alles übernommen.«
»Dein Vormund, was? Was für eine Art Mensch ist er? Schwer mit ihm auszukommen?«
»Ach, das nicht gerade. Er geht hoch, wenn er sich ärgert. Aber manchmal ist er riesig gut zu einem.«
»Warum meinst du, daß er sich diesmal ärgern würde?«
»Er hat nichts übrig für Theater und solche Sachen. Er ist bloß für Pferde.«
»Ah, jetzt fällt mir's ein. Ich sah ihn fabelhaft reiten bei der Pferdeschau. Den möchte ich kennenlernen. Vielleicht könnte ich ihn überzeugen, daß Theaterspielen dir gut tut.«
»Da bist du völlig im Irrtum, Leigh. Er hat mir ja meine Musikstunden verboten wegen dieser Examensgeschichte.«
»Himmel!« Leigh schluckte in sich ein »So ein Biest!« Er fragte nur: »Und du hast Freude an Musik?«
»Riesige, ja.«
»Mehr als am Theaterspielen?«
»Viel mehr!«
»Und das hast du mir nie gesagt!« Sein Ton klang verletzt.
»Wir sprachen doch immer nur von Sport oder Theater.«
Leigh wandte sich mit fast verstimmtem Gesicht zum Schrank. Er füllte sein und Finchs Glas noch einmal.
»Du bist erstaunlich zurückhaltend. Ich dachte, wir wären Freunde.«
Finch schlürfte seinen Benediktiner. Er fragte nicht, weshalb er ihn jetzt so

plötzlich bekam, nachdem er vorhin ihm verweigert worden war. Er sah Leigh in einer leuchtenden Aura, ein schönes und von allen geliebtes Wesen, das durchs Leben gehen und sich selbst seinen Weg, seine Freundschaften wählen würde mit fürstlicher Sicherheit. Erregt rief er: »Aber das sind wir ja! Das sind wir — wenigstens ich bin deiner — ich meine, du bist meiner — nur kannst du das nicht verstehen. Ich habe nie gedacht, daß du dich für meine Familie interessiertest, oder für das, was mir wichtig ist. So wie Musik, weißt du ... Ich möchte schrecklich gern die Woche bei dir sein, Leigh, wenn du es möchtest. Ich bringe es schon irgendwie fertig...« Sein langes hageres Knabengesicht glühte vor Erregung, seine Augen glänzten von plötzlichen Tränen.
Impulsiv legte Leigh ihm den Arm um die Schultern. »Also wir sind Freunde ... für immer. Ich kann dir nicht sagen, was du mir bist, Finch. Vom ersten Augenblick an, wo ich dich sah, hast du mich angezogen. Du bist anders als all die anderen Burschen, die ich kenne. Ich bin ganz sicher, daß du Genie hast, dramatisch oder musikalisch. Wir werden ja sehen. Du mußt mir alles erzählen.«
»Da ist nicht viel zu erzählen — Leigh.«
»Nenn mich Arthur!«
Finchs Augen leuchteten. »Oh, darf ich? Danke, danke! Schrecklich gern! — Da ist nicht viel zu erzählen, Arthur. Ich kann noch nicht gut spielen, aber ich möchte das lieber als alles andre. Ich glaube, es ist besonders, weil ich mich selbst dabei verlieren kann. Vergessen, daß ich Finch Whiteoak bin.« Er starrte einen Augenblick schweigend auf den Fußboden, die Hände in den Taschen, dann hob er die Augen zu seines Freundes Gesicht und fragte unbefangen: »Wundervoll ist das, wenn man sich selber vollkommen vergessen kann, nicht wahr?«
»Vielleicht — ich könnte das nicht, Finch. Ich bin so verdammt selbstbewußt. Immer posiere ich. Ich will mich gar nicht vergessen. Meine größere Lebensfreude ist, mein armseliges Ich zu beobachten. Aber«, setzte er ernsthaft hinzu, »was ich für dich fühle, das ist nicht selbstbewußt. Das ist wirklich. So wirklich wie du selber und so wirklich wie eins von diesen feurigen Pferden, die dein rotköpfiger Bruder so famos reitet.«
Finch brach in ein plötzliches Auflachen aus. »Ich bin ›wirklich‹ genug, aber feurig bin ich so wenig wie — wie ... Herrje, ich glaube, Renny fiele vom Stuhl, wenn er hörte, daß mich jemand feurig nennt ...«
»Na, vielleicht hätte ich besser sagen sollen, feinfühlig, hochstrebend. Und dieser — Renny — verbot dir deine Musikstunden, was? Weil du durchs Examen gefallen bist? War denn der Lehrer wenigstens gut, den er dir gegeben hatte?«
»Glänzend. Wenn Renny irgendwas tut, dann macht er's von Grund aus, selbst wenn es Fluchen ist. Ich habe nie jemand gehört, der so fluchen kann wie Renny.«
»Er scheint also von Grund aus ein Biest — aber ich mag ihn doch wider Willen.

Ist er verheiratet?«
Finch schüttelte den Kopf, er dachte an Alayne.
»Liegt ihm etwas an Frauen?«
»Sie fliegen auf ihn.«
»Ist einer von deinen Brüdern verheiratet?«
»Ja, Eden ist verheiratet — er lebt von seiner Frau getrennt. Sie ist in New York. Sie heißt Alayne. Piers ist auch verheiratet. Er und seine Frau leben in Jalna.«
»Jalna?«
»Ja, so heißt unser Gut. Indische Militärgarnison. Mein Großvater hat da als Offizier gestanden.«
»Hör mal, Finch!« rief Leigh. »Du mußt mich mal einladen. Ich vergehe vor Neugier, diese Familie von dir kennenzulernen. Du bist wie ein Bild ohne Rahmen. Ich muß dich mir in diesem Rahmen vorstellen können. Gib mir bloß die Möglichkeit, meine Reize an deinem Renny zu versuchen, und alles mit der Woche in der Stadt wird glatt gehen. Paß auf, wir bringen ihn dazu, daß er sich sogar die Sache ansieht!«
Adas Stimme kam aus dem Wohnzimmer: »Wenn ihr gar nicht wiederkommt, dann sagt es mir bitte. Dann hole ich mir ein Buch, oder ich gehe zu Bett.«
»Schande, sie so sitzenzulassen!« rief Leigh. Mit seinen raschen leichten Bewegungen kehrte er zu dem Stuhl zurück, in dem sie lag, und beugte sich über sie. »Tut mir leid, Kleines. Finch hat mir von seiner Familie erzählt. Er hat mich zu sich eingeladen, um sie kennenzulernen. Bist du nicht eifersüchtig?«
»Schrecklich.«
»Nun proben wir unsere Szene für dich. Komm, Tölpelhans, fahr dir durch die Haare und zeig ihr, wie großartig verrückt du bist!«
Aber die Probe mißglückte. Es war Finch unmöglich, sich in diesem Zimmer in seine Rolle hineinzuleben, mit Ada Leighs kritischen Augen auf ihm. Leigh sah bald, wie unmöglich es war und gab den Versuch auf.
Er bat Finch, zu spielen. Immer wieder waren Finchs Augen von dem schimmernden Elfenbein der Tasten angezogen, die im rosigen Lampenlicht glänzten. Er sehnte sich danach, sie unter seiner Hand zu fühlen. Er sehnte sich nach dem Gefühl von Macht, von Freiheit, das ihm immer aus dieser Berührung kam. Und dies war ein edles, großartiges Instrument. Nie im Leben hatte er solch eins berührt. Seine Ungeschicktheit fiel von ihm ab, wie er auf den polierten Sitz glitt und die Hände auf die Tasten legte. Leigh sah, wie edel geformt seine Hände waren bei all ihrer knochigen Magerkeit. Er beobachtete den Bau seines schmalen Kopfes. Eines Tages würde Finch eine vornehme männliche Erscheinung sein. Er mußte Finch helfen, seine volle geistige Höhe zu erreichen, er würde mit seiner Freundschaft das Genie pflegen, das er in ihm spürte.
»Spiele!« sagte er lächelnd und lehnte sich neben ihm über das Piano.
Das Piano war ein Pferd. Finchs Hände lagen auf den Zügeln. Ein Augenblick,

und er würde in den Sattel springen und über wilde Weiten von Melodien unter gestirntem Himmel dahinjagen. Das Roß kannte ihn; es zitterte unter seiner Berührung. Sein Fuß suchte das Pedal. Was sollte er spielen?
Er sah zu Leighs Gesicht auf, das ihm ermutigend zulächelte. Er fühlte auch Adas Augen auf sich, geheimnisvoll hinter einem zarten Schleier von Rauch. Er wünschte, sie wäre nicht da. Ihre Nähe störte den lebendigen Kontakt mit den Tasten, wie der Rauch den Glanz ihrer Augen umnebelte. Er wurde verwirrt. Es war, als könnte er sich nicht eines einzigen Stückes erinnern.
»Was soll ich spielen?« fragte er Leigh fast flehend.
»Lieber alter Junge, ich weiß ja nicht, was du sonst gespielt hast. Kannst du Chopin spielen? Du siehst ganz danach aus.«
»Ja. Ich will einen von seinen Walzern versuchen.«
Aber obgleich seine Finger nach den Tasten zuckten, weigerte sich sein Gehirn, sie zu dirigieren.
»O verflucht!« murmelte er zu Leigh hinüber. »Jetzt geht einer von meinen Anfällen los!«
Spät in der Nacht schrieb er in sein Tagebuch, am Ende seines Tagesberichtes, nicht die gewohnte Bemerkung über Joan, sondern in schwarzen, verzweifelt hingeworfenen Buchstaben: »Ada kennengelernt«.

## 5  Freunde

In den folgenden Tagen entwickelte sich die Freundschaft zwischen Finch und Arthur Leigh zu einer jener plötzlichen leidenschaftlichen Neigungen, wie sie der Jugend eigen sind. Am liebsten wären sie dauernd zusammen gewesen, aber da Finch noch zur Schule ging und Leigh schon studierte, war das unmöglich. Leigh hatte aber ein eigenes Auto, und so wurde es tägliche Gewohnheit, daß er Finch jeden Mittag abholte und ihn zum Frühstück mitnahm. Nach den Proben pflegte Finch zum Essen zu den Leighs zu kommen und mit dem letzten Zug nach Haus zu fahren. Finch machte dies Renny mundgerecht durch die Erklärung, daß er sich mit einem sehr intelligenten Studenten angefreundet hätte, der ihm in der Mathematik helfen wollte, die seine schwache Seite war. Dies war auch teilweise wahr, denn hin und wieder arbeitete Leigh eine Stunde mit ihm. Aber nach dieser kurzen Zeit war Leigh, der Begabung für Mathematik hatte, jedesmal völlig nervös erschöpft. Es war unmöglich, Finch auch nur das einfachste Problem begreiflich zu machen. Das äußerste, was Leigh fertigbrachte, war, ihm gewisse Tricks beizubringen und ihm zu zeigen, wie er sein ausgezeichnetes Gedächtnis ausnützen konnte.
Finch vergaß nie auch nur eine Zeile seiner Rolle. Der Direktor des Kleinen Theaters sagte ihm, daß er, wenn die Bühne nicht gerade jetzt so schlecht dran wäre, ihm raten würde, Schauspieler von Beruf zu werden. Er konnte sich aber

im Grunde gar nicht über Mr. Bretts Lob freuen, weil ihn zur Zeit die Notwendigkeit sehr beunruhigte, die letzten vierzehn Tage vor der Aufführung in der Stadt zu wohnen. Immer häufigere Proben wurden nötig. Zuletzt machte er mit seinem Freund aus, daß dieser nach Jalna kommen sollte, um zu versuchen, wie weit sein Einfluß es bringen würde, das Herz des ältesten Whiteoak für das Theaterspielen zu erwärmen. Finch hatte den Besuch mehrfach aufgeschoben, wenn Leigh ihn vorschlug, aber zuletzt verließ er sich in seiner Verzweiflung völlig auf Leighs Schutz und Hilfe.
Es war an einem Sonnabendnachmittag, kurz nach Neujahr. Das Tauwetter zu Anfang Januar war wieder verschwunden, es war von neuem kalt, aber ohne Schnee. Der Tag war eisig. Ein eisiger Himmel, eine eisige Erde, ein Wind, dessen metallische Eiskälte selbst einen kräftigen Mann schauern machen konnte. Arthur Leigh war nicht kräftig, und als er und Finch nach Norden die Straße nach Jalna zu wanderten, brauchte er all seinen Mut, um ohne Klage mit dem Kameraden Schritt zu halten. Er sah Finch von der Seite an. Er sah seine lange Gestalt gegen den Wind vorgebeugt, die Spitze seiner langen Nase gerötet, einen Tropfen wie eine Träne aus dem Auge sickernd. Er marschierte hartnäckig geradeaus, man sah ihm an, daß er manchesmal solchem Wind entgegen diesen Weg gewandert war.
Leigh keuchte, die Worte zwischen den Zähnen fast herauspfeifend: »Sag mal, Finch, gehst du diesen Weg jeden Tag – bei jedem Wetter? In tiefem Schnee ... und Regen ... und immer?«
»Selbstverständlich. Frierst du, Arthur?«
»Ich könnte wärmer sein. Fahren sie dich nie mit dem Auto hin?«
»Lieber Himmel, nein. Manchmal nimmt mich jemand mit. Aber jetzt sind wir bald da.«
Sie kämpften sich vorwärts.
Etwas später rief Leigh verdrossen: »Für solch ein Klima bin ich nicht geschaffen. Sowie ich mit der Universität fertig bin, reiße ich diesen Wintern aus.«
»Atlantische Küste, was?«
»Himmel, nein. Französische Riviera. Der Lido. Du und ich zusammen, Finch.«
Finch grinste ihn liebevoll an. Er sah keine Möglichkeit, je Geld für Reisen zu bekommen, aber der Gedanke, mit Arthur in Europa zu sein, war zu schön. Immer wenn Leigh ihn »lieber Junge« oder »liebster Finch« nannte, schlug sein Herz rascher in freudiger Antwort. Er selbst hatte es nie fertiggebracht, seinen Freund mit irgendwelchen liebevollen Namen zu nennen, aber heimlich und innerlich tat er es oft. Die letzten Worte, die ihm vorm Einschlafen durch den Kopf gingen, waren oft »liebster Arthur«, »mein lieber Arthur.« Einmal hatte er auch in einer plötzlichen Laune statt dessen mit den Worten »liebste Ada« gespielt, aber das paßte ganz und gar nicht. Er schämte sich sogar nachher.
Leigh sah so verfroren aus, daß Finch froh war, als sie endlich in die Einfahrt und den Schutz der hohen Fichten kamen. »Da sind wir!« kündete er an, bei-

nahe überlaut, weil er innerlich nervös war. Es war das erstemal, daß er einen Freund aus der Stadt mit nach Haus gebracht hatte.

Leigh blieb stehen und sah zu dem alten Hause auf. Es stand breit und sicher vor ihm, die mit kahlen Weinranken überhangene Front düsterrot wie ein altes wetterhartes Gesicht, von Runzeln gefurcht, aber ein Bild der Kraft und ruhigen Dauer. Vor den oberen Fenstern hing ein Schleier von Eisblumen, aber durch die unteren konnte er den tanzenden Flackerschein des Kaminfeuers sehen. Der Wind pfiff um das Haus, jeder einzelne Fensterladen schien zu rasseln. Er dachte: hier also ist Finch aufgewachsen.

Ein großer runder Ofen in der Halle strahlte glühende Hitze aus. Sie hingen ihre Mäntel und Hüte an eine altmodische Garderobe, die mit einem geschnitzten Fuchskopf geschmückt war.

Aus dem Wohnzimmer kam ein Prasseln von Feuer und der Klang einer starken alten Stimme: »Jetzt hab ich dich. Gefangen, was? Nein, hilft dir nichts. Kommst nicht aus der Falle. Bums, da hab ich deinen Bauern. Schach.«

Ein klarer Sopran antwortete, etwas verdrossen. »Du spielst doch nicht Schach, Großmutter. Wir spielen doch Puff!«

»Natürlich spielen wir Puff.«

»Aber warum brauchst du dann Worte wie beim Schach?«

Einen Augenblick war Schweigen. Dann wieder die alte Stimme, mit einem Schüttern darin wie von heimlichem Kichern. »Weil ich meinen Gegner verwirren will.«

»Ich bin aber nicht verwirrt.«

»Das bist du doch. Widersprich mir nicht. Das kann ich nicht leiden.«

»Also los. Jetzt nehm ich deinen einen Stein. Bums.«

»Und ich einen von deinen. Bums! Bums!«

»Aber Großmutter, du bist ja auf dem verkehrten Feld.«

»Meinetwegen. Ich hab dir nun doch in die Karten geguckt, was?«

Neugierig näherte Leigh sich der Tür und blickte in das Zimmer. Er sah ein großes hohes Wohnzimmer, dessen Wände mit vergoldeter Ledertapete bedeckt und mit Ölbildern behangen waren. Dunkelrote Vorhänge ließen nur wenig von dem grauen Januartag herein. Ein tüchtiges Feuer von Birkenscheiten gab drinnen Licht und Wärme. Leigh überlegte, ob die Möbel, mit denen das Zimmer vollgestopft war, echtes Chippendale sein könnten. Wenn sie das waren, dann waren sie ein Vermögen wert. Mit noch größerem Erstaunen fragte er sich, ob diese Gestalt da vor dem Feuer Wirklichkeit sein konnte. Diese uralte Frau in dem rotsamtenen Abendkleid, der mächtigen Spitzenhaube mit den bunten Bandschleifen und dem scharfen sardonischen Gesicht darunter. Der kleine Junge, der ihr gegenüber saß, machte dagegen den Eindruck fast zerbrechlicher Zartheit. Und doch hatte er eine große Ähnlichkeit mit ihr, etwa wie ein kleines fließendes Bächlein das Bild eines uralten Baumes in seinen Wellen spiegelt.

Leigh wandte sich ganz überwältigt und entzückt nach Finch um und sah ihn an. Finch grinste ihn entschuldigend an. »Meine Großmutter und mein kleiner Bruder«, flüsterte er, zog ein großes Taschentuch heraus und putzte sich die Nase, wie um sein verlegenes Gesicht dahinter zu verbergen.
Er hatte mit seiner langen Nase so kräftig trompetet, daß die Gesichter der Spieler sich zur Tür wandten, weniger fragend als ärgerlich über die Unterbrechung.
»Ha, Finch«, sagte seine Großmutter, »ich habe Wake geschlagen. Ihn ganz und gar durcheinandergebracht.«
»Das ist recht, Großmutter!«
»Komm, gib mir einen Kuß. Wer ist der nette Junge da?«
Er küßte sie auf die Backe. »Mein Freund, Arthur Leigh. Arthur — meine Großmutter.«
Die alte Mrs. Whiteoak streckte ihre Hand aus, eine noch schön geformte Hand, obgleich die Finger jetzt etwas von Klauen hatten. Leigh war erstaunt über die Menge von Ringen, die sie trug, das Blitzen ihrer Rubinen und Diamanten, erstaunt auch über den festen Griff ihrer Finger, denn er sah jetzt, daß sie wirklich sehr alt sein mußte.
»Wie alt glauben Sie?« fragte sie, als ob sie seine Gedanken geraten hätte.
»Alt genug, um ganz wunderbar und weise auszusehen«, antwortete er.
Sie zeigte alle ihre Zähne in einem erfreuten Grinsen. »Eine gute Antwort. Sehr gut. Nicht viele junge Leute sind heute so gewandt ... Also ich bin über die Hundert hinaus. Hundertundeins. Und ich kann diesen jungen Mann noch im Puffspiel schlagen. Und ich kann draußen bis zum Tor gehen, wenn meine beiden Söhne mir helfen. Nicht übel, was? Aber bei diesem Wetter traue ich mich nicht heraus. O nein, nein. Da hocke ich am Feuer. Mein nächster Spaziergang ist im April — in drei Monaten. Sie müssen kommen und mich dabei sehen.«
Der Papagei, der in seinem hölzernen Ring nah hinter ihrem Stuhl gesessen hatte, zog den Kopf unter den Flügeln heraus, und nachdem er einen Augenblick wie geblendet vom Feuerschein, geblinzelt hatte, flog er schwerfällig auf die Schulter und rieb seinen Kopf an ihrer Backe. Die krummen alten Schnäbel der beiden waren mit grotesker Feierlichkeit Leigh zugewendet. Er kam sich vor, wie in einem seltsamen Traum.
»Mein Papagei«, sagte sie, »Boney. Ich brachte ihn vor siebzig Jahren aus Indien mit. Er hat zwei oder drei verschiedene Körper gehabt, aber die Seele ist dieselbe. Geht von einem Körper in den andern. Seelenwanderung. Je davon gehört? Wir haben viel solches Zeug gehört, draußen im Osten. Er kann hindostanisch sprechen, was Boney?«
Der Papagei schrie mit schnarrender Stimme: »Dilkhoosa! Dilkhoosa!«
»Er macht mir Liebeserklärungen. O du alter Halunke, Boney! Noch mal, noch mal — sag es noch mal! Dilkhoosa — Glück meines Herzens ...«

»Dilkhoosa!« schrie der Papagei und pickte nach den Haaren auf ihrem Kinn.
»Nurmahal!«
»Hör ihn bloß! Sonne des Palastes nennt er mich! Nurmahal! Sag's noch mal, Boney.«
»Nurmahal!« schnarrte der Papagei. »Mera lal!«
Finch, der sehr froh über Leighs sichtliche Begeisterung über diese Szene war, erklärte: »Ich habe ihn noch nie so guter Laune gesehen. Meistens flucht er oder ist mürrisch oder schreit nach Futter.«
»Das Leben ist ein Spiel«, sagte Mrs. Whiteoak lehrhaft. Sie sah in Leighs Gesicht auf mit einem seltsam spöttischen Licht in ihren Augen. Ihre Hand schwebte über dem Spielbrett, als ob sie einen Zug tun wollte, ein roter Strahl blitzte aus einem ihrer Rubine. Wake beobachtete sie gespannt. Boney machte knarrende Geräusche und blies seine grüne Federbrust auf.
Aber das Spiel ging nicht weiter. Langsam sank ihr Kinn vornüber, ihre Spitzenhaube senkte sich über das Spielbrett, ein stöhnender Atem pfiff ihr durch die Lippen.
»Sie schläft!« sagte Finch.
»Wie schade!« rief der kleine Junge. »Gerade, wie ich sie schlagen will!«
Finch sah nach der Uhr. »Ein Viertel vor vier. Wenn wir Renny vor dem Tee noch sehen wollen«, sagte er zögernd, »müssen wir uns jetzt nach ihm umsehen. Ist er im Stall, Wake?«
»Ja. Kann ich mitkommen?«
»Es ist zu kalt für dich, das weißt du doch. Tu nicht, als ob du sechs Jahre alt wärst.«
Wake hob seine großen dunklen Augen zu Leighs Gesicht. »Traurig, wenn man sich immer in acht nehmen und immer an sich selbst denken muß, nicht? Immer soll ich nur am Feuer sitzen, und nie wie andere Jungens sein wollen.«
»Und dabei tust du nichts lieber, als immer an dich selbst denken!« unterbrach Finch ihn barsch. Er hörte die Stimmen der beiden Onkel oben auf der Treppe. Den nächsten Augenblick würden sie herunterkommen. Aus dem Eßzimmer kam der ölige Fluß von Rags Stimme, der sich bei Lady Buckley wegen irgendeiner Missetat entschuldigte.
Irgendwo in der Ferne fing Mooey an ärgerlich zu schreien. In der Halle stand der alte Schäferhund auf, schüttelte sich und bellte tief auf. Das ganze Haus geriet in Bewegung, da die Teestunde herankam. Großmutter rieb ihre lange Nase und starrte in ihre feuererhellte kleine Welt.
»Das Leben ist ein Spiel«, erklärte sie, als ob sie damit eine erhabene Weisheit verkündigte.
»Laß uns machen, daß wir wegkommen!« sagte Finch halblaut.
Er riß ihre Mützen von dem Ständer und gab Leigh die seine.
»Und unsre Mäntel?« keuchte Leigh, als ihnen beim Öffnen der Seitentür der Wind eisig ins Gesicht schlug.

»Wir machen Wettrennen zum Stall. Da ist es warm genug.«
Sie fanden Renny in einer offenen Box, wo er die Stirnmähne einer sanft blickenden Stute mit großer Sorgfalt ordnete. Finch stellte ihn ohne große Begeisterung vor. Er erwartete nicht viel von dieser Begegnung.
Er war wirklich erschreckend, dachte der junge Leigh. Er konnte es Finch nicht verdenken, daß er sich vor ihm fürchtete. Sein Gesicht unter der rauhen Tweedkappe sah aus, als ob Wind und Wetter, starke Leidenschaften und Jähzorn es zu einer Art wilder Erstarrung zurechtgehämmert hätten. Gott, dachte Leigh, er wird genau wie die alte Dame drinnen sein, wenn er so alt ist wie sie, vorausgesetzt, daß er nicht vorher beim Reiten den Hals bricht!
Die jungen Leute sprachen über die Stute, indes ihr Besitzer ihnen – Leigh fand recht absichtlich – den Rücken kehrte und fortfuhr, ihr die Mähne glattzustreichen. Kein Wort der Anerkennung und keine vorsichtig herauslockende Frage von Leigh zwang ihm mehr als eine knappe einsilbige Antwort ab. Sie hielten aber durch. Den ganzen Nachmittag konnte er nicht bei der Toilette der Stute zubringen.
Nein, jetzt war er augenscheinlich zufrieden. Er besah sie von oben bis unten; dann nahm er ihren Kopf rasch zwischen beide Hände und drückte ihr einen Kuß auf die Nase. »Mein Hübsches du!« hörte Finch ihn sagen. Die Augen der Stute waren zwei strahlende Brunnen der Freude, sie tat einen tiefen schnaubenden Seufzer. Renny kam aus der Box.
»Wie heißt sie?« fragte Leigh.
»Cora.«
Ein Stallknecht trug Eimer mit Wasser den Gang entlang zu den verschiedenen Ständen. Er stellte einen vor den Bewohner des nächsten, und ein langer grauer Kopf beugte sich darüber, durstige Lefzen tauchten sich in den kalten Trunk. Renny drängte sich an den Jungen vorbei und trat in den Stand.
»Wie geht es mit dem Bein, Wright?«
»Gut, Sir. Könnte gar nicht besser heilen.«
Sie beugten sich über ein bandagiertes Hinterbein.
»Famos war das, Sir, wie sie ihn durchgekriegt haben. Der wird sich noch einen Namen machen, so gewiß ich hier stehe. Ich für meinen Teil glaube nicht, daß er für die Rennbahn verdorben ist, mögen sie sagen, was sie wollen.«
Renny und der Stallknecht starrten ganz versunken die Bandage an. Das Wasser in dem Eimer war zu drei Vierteln verschwunden. Zärtliches Wiehern, das lockere Klirren von Schnallen, das ungeduldige Stampfen eines Hufs waren die einzigen Laute.
»Wie hat er sich verletzt?« fragte Leigh, mit dem Versuch, dem Herrn von Jalna auf dem Weg über die Pferde näherzukommen, die augenscheinlich sein Hauptinteresse waren.
»Hat sich geschlagen.« Er strich mit erfahrenem Fingerdruck die gefleckte graue Flanke herunter.

»Wirklich? Wie kam denn das?«
»Hat gescheut.« Er richtete sich auf und wandte sich Wright zu.
»Wie geht es mit Darkies Verdauung?«
»Besser, Sir, aber er wird diese Attacken immer wieder haben, solange er seinen Hafer so herunterschlingt. Beim Füttern ist er fast wie ein hungriger Wolf.«
Ein Schatten fiel über Rennys Gesicht. »Hat er jetzt seinen Hafer schon gehabt?«
»Ja, Sir. Ich habe ihn in zwei Teile geteilt, wie Sie befohlen haben. Als er die erste Hälfte gefressen hatte, habe ich ihn zehn Minuten warten lassen. Jetzt eben habe ich ihm die zweite gegeben.«
Renny ging sichtlich gereizt mit langen Schritten auf einen Stand am Ende des Ganges zu, wo ein großes schwarzes Pferd mit gierigem Eifer sein Futter mahlte. Einen Augenblick hörte es damit auf und sah sich nach seinem Herrn um, der in den Stand trat, dann stieß er den Kopf mit vollem Maul, aus dem der Hafer herunterrieselte, wieder tief in die Krippe.
Renny packte den Kopf und riß ihn hoch. »Laß das Schlingen sein!« kommandierte er. »Willst du dich umbringen?«
Das Pferd versuchte ihn abzuschütteln, strebte verzweifelt zu seinem Hafer zurück, seine großen Augen rollten vor Zorn über die Unterbrechung. Nach ein paar Augenblicken durfte es wieder ein Maulvoll nehmen und wurde von neuem zurückgerissen. Der Rest der Fütterung war ein Zweikampf. Es biß nach ihm. Renny ohrfeigte es. Es schnaubte vor wütender Gier. Renny wurde plötzlich lustig und brach in lärmendes Gelächter aus.
»Mir scheint, daß solche Aufregung dem Tier mehr schadet als das Schlingen«, bemerkte Leigh.«
»Meinst du?« grinste Finch, der an seinem Bruder großen Spaß hatte.
Das Pferd zeigte nun seine großen Zähne, als ob es auch eine Art grimmiger Lustigkeit empfände.
Finch flüsterte Leigh zu: »Jetzt wäre ein günstiger Augenblick, mit ihm über das Theaterspielen zu sprechen. Wenigstens —«, fügte er halb pessimistisch hinzu, »so gut wie jeder andere.«
Leigh sah mit einer Art Furcht zu dem rothaarigen Renny hinüber. »Möglich!« sagte er. Dann kam ihm ein Gedanke, — impulsiv, fast ausschweifend — aber vielleicht eine Möglichkeit, das Eis zwischen ihm und Finchs Bruder zu brechen. Er sagte: »Ob Sie mir wohl raten könnten, Mr. Whiteoak, wo ich ein gutes Reitpferd kaufen kann? Ich habe schon so lange gern eins haben wollen —« in Wirklichkeit fürchtete er sich vor Pferden, — »aber ich habe keins gefunden — mich nicht recht entschließen können...«, sein Satz brach in der Mitte kläglich zusammen.
Es war auch nicht nötig, ihn zu Ende zu sagen. Das hochfahrende Gesicht vor ihm besänftigte sich plötzlich zu einer fast zärtlichen Fürsorge. Renny sagte: »Eine famose Idee, daß Finch Sie mitgebracht hat. Ein Pferd kaufen ist eine

ernsthafte Angelegenheit, wenn Sie keine Erfahrung haben. Besonders ein Reitpferd. Neulich sprach ich mit einem jungen Herrn, der einen Phantasiepreis für eins gezahlt hatte, und nachher stellte es sich nicht nur als bösartig heraus, sondern auch noch als ein Krippensetzer. Dabei ein schönes Tier. Aber er hat eine böse Lehre bekommen. Ich habe...«, er zögerte und untersuchte einen blutenden Knöchel, den Darkie gegen die Krippe geklemmt hatte.

»Ja, ja«, sagte Arthur eifrig, obgleich er einen gewissen Ärger über die Leichtigkeit fühlte, mit der die Schranke zwischen ihnen weggefegt war, sowie die Möglichkeit auftauchte, einen Pferdehandel abzuschließen.

Renny nahm den Knöchel von der Lippe. »Ich habe einen wundervollen Dreijährigen hier, von Schirokko, aus Twilight-Star — das Abbild seines Vaters. Sie haben natürlich Schirokko gesehen?« Arthur schüttelte den Kopf.

Renny sah ihn mitleidig an. »Nicht? Na, dann nehme ich Sie mal zu ihm mit. Jeder Hengst — wiederholt sich selbst nur ein einziges Mal. Und Schirokko hat es auch nur dies eine Mal getan. Aber vielleicht —« er hatte den Gang hinunter vorangehen wollen, drehte sich aber plötzlich herum, wie von einem Mißtrauen gehemmt, »vielleicht liegt Ihnen gar nicht so sehr an Zuchtprinzipien, und Sie wollen bloß ein...«

»Nein, gewiß nicht!« unterbrach ihn Arthur. »Es soll eine wirkliche Schönheit sein, so wie Sie es meinen...«

»Aber solch ein Tier kann man nicht billig kaufen, wissen Sie.«

»Oh, das tut nichts.« Dann wurde er etwas rot in dem Gedanken, daß er großspurig oder auch zu reich erscheinen könnte, und er fügte hinzu: »Die Sache ist, daß ich schon seit langem auf ein Reitpferd gespart habe.«

Der älteste Whiteoak hatte schon gehört — wenn auch seinerzeit ohne besonderes Interesse — daß Leigh ein großes Vermögen geerbt hatte und demnächst mündig sein würde. Er sagte vergnügt: »Also in dem Falle...« und ging voran zu der Box des Hengstes.

Finch folgte, gespannt darauf, wohin dies alles führen würde und beunruhigt von dem Gedanken, daß Arthur seinetwegen in Rennys Klauen fiel. Von der Box gingen sie zu dem Stand, wo der Dreijährige war, und Leigh lernte in dieser einen halben Stunde mehr über Reitpferde als in seinem ganzen bisherigen Leben. Er dankte Gott, daß es schlechtes Wetter war, denn er wußte, daß er sonst einen Proberitt auf diesem hochmütigen Tier hätte machen müssen, das ihm mißtrauische Blicke zuwarf.

Kleine rennende Füße klappten hinter ihnen, und Wake kam den Gang heruntergelaufen, einen Mantel um den Kopf geworfen, aus dem sein Gesicht mit glänzenden Augen und feuerroten Backen herauslachte.

»Ich bin geradezu herübergeflogen«, keuchte er, »um euch zu sagen, daß ihr zum Tee kommen sollt. Es ist fünf Uhr, und es gibt einen riesigen Kuchen, und der ist beinahe schon alle, und für dich ist eine frische Kanne Tee gemacht, Renny. Und für Mr. Leigh natürlich auch.«

Es schneite jetzt endlich. Er war über und über voll Flocken.
»Du hättest in diesem Sturm nicht heraus dürfen«, sagte Renny, »konnte das niemand anderes bestellen?«
»Aber ich wollte doch so gern! Was ist das für ein Gaul? Springt er gut? Ich muß schnell hin und nach meinem Pony sehen. Wollen Sie nicht auch mein Geburtstagspony sehen, Mr. Leigh?«
Renny packte ihn beim Arm. »Nein. Geh da nicht herum. Wall-Flower ist im nächsten Stand, und sie ist heute sehr nervös. Geh ins Haus, Finch, und sag Tante, daß Mr. Leigh auch gleich nachkommt. Sag ihr, daß sie den Tee für ihn warmhalten soll. Mir soll Rags eine Kanne herüberbringen, und etwas Brot und Butter. Ich trinke hier.« Er hob Wake auf, als ob er ein Paket wäre, und setzte ihn Finch auf den Rücken. »Laß den Bengel reiten. Er hat bloß seine Pantoffel an. Du verdienst eine Tracht Prügel, Wake. Und paß auf, daß du den Mantel um den Kopf behältst.« Er hob die Stimme und schrie: »Die Tür auf für dieses Vollblut, Wright!«
Mit verdüstertem Gesicht bemerkte Renny: »Sehr zart, der Junge.«
»Ja, das scheint so«, erwiderte Leigh, »aber sicher wächst er das aus. Das tun sie doch meistens. Ich selber war auch kein sehr kräftiges Kind.«
Renny sah ihn von der Seite an. »Hm!« machte er, in wenig ermutigendem Ton. Dann fügte er lebhafter hinzu: »Ich möchte Sie in mein Büro mitnehmen und Ihnen den Stammbaum des Pferdes zeigen.« Er ging voran in ein kleines Zimmer, das in eine Ecke des Stalles eingebaut war. Er knipste eine elektrische Hängelampe an, schob Leigh einen Küchenstuhl hin, setzte sich selbst vor einen gelben eichenen Tisch und fing an, in einem Stoß von Papieren zu blättern.
Wie er so vertieft unter dem harten weißen Licht saß, studierte Leigh ihn mit wachsendem Interesse. Er versuchte, sich an Finchs Stelle zu versetzen, sich vorzustellen, wie es sein müßte, diesen Menschen mit dem harten Gesicht für alles und jedes um Erlaubnis zu fragen, ihm nach einem durchgefallenen Examen unter die Augen zu treten. Er war selbst so feinfühlig, er war immer so umgeben von Verständnis und Sympathie gewesen, daß er es sich nicht vorstellen konnte.
Er hätte viel lieber das Pferd nicht gekauft. Es mußte irgendwo untergebracht werden; es mußte auch geritten werden, und er hatte gar keine Freude am Reiten. Renny Whiteoaks Leistungen bei der Pferdeschau hatten ihn ganz kalt gelassen. Es machte ihm bedeutend stärkeren Eindruck, ihn so auf seinem Stuhl unter dem elektrischen Licht sitzen zu sehen, wie er mit größter Aufmerksamkeit seine Listen durchsah. Eigentlich hatte er die Rede ja nur auf den Pferdekauf gebracht, um einen Anknüpfungspunkt zu finden, mit Finchs Bruder über Finch zu sprechen. Aber wie sollte er das anfangen?
Schweigen herrschte. Leigh schauerte zusammen, denn das Zimmer schien ihm sehr kalt, voll einer feuchten Kälte, die wohl aus dem Stall hereindrang.

»Ah, hier haben wir's! Rücken Sie bitte Ihren Stuhl hier heran.«
Leigh rückte gehorsam an den Tisch, und sie beugten sich zusammen über die Stammbäume. Er folgte nur mit halber Aufmerksamkeit den verwickelten Blutsverwandtschaften und war überrascht, daß ein Mann so genau in den Eigenschaften der verschiedenen Pferdefamilien Bescheid wußte.
Sie waren noch ganz damit beschäftigt, als an die Tür geklopft wurde und Rags mit Rennys Tee kam. Leigh war in gelinder Verzweiflung. Seine Chance, bei dem Häuptling des Klans für Finch einzutreten, schien immer geringer zu werden. Mit plötzlicher nervöser Hast schloß er den Handel ab. Der Preis wurde vereinbart.
Renny bemerkte, während er sich in seinem Becken auf einem schmalen Waschtisch die Hände wusch: »Zu schlimm, daß ich Sie so lange von Ihrem Tee abgehalten habe. Ich wollte, ich hätte Rags genug für uns beide holen lassen. Das wäre ja ebensogut gegangen. Na, er bringt Sie nun zum Haus hinüber. Es wird schon dunkel.«
Leigh schauerte. Er war nervös, er fror, und der Gedanke, in einem Stall zu essen, ekelte ihn geradezu.
»Danke!« sagte er. »Das macht gar nichts.« Er schauderte wieder, als er sah, wie Renny die Hände mit gelber Seife rieb, ohne auf den geschundenen Knöchel zu achten.
Rags setzte das Tablett auf den Tisch. Er stellte die Sachen zurecht mit der Miene eines Livreedieners, der die letzten Handgriffe an einer gedeckten Festtafel macht. Er nahm den Deckel von einer silbernen Schüssel, in der drei dicke Schnitten Toast mit Butter lagen.
»Der richtige Akrobat muß man sein, Sir«, sagte er, »das Tablett durch einen Blizzard wie da draußen zu bringen und keinen Tropfen zu verschütten.«
»Das ist dein Glück!« bemerkte sein Herr, setzte sich vor das Tablett und schenkte sich eine Tasse Tee ein. »Aber dies ist kein Blizzard. Nur ein bißchen frischer Wind. Tut dir gut.« Er biß kräftig und mit Genuß in den Toast.
Jetzt! dachte Leigh. Jetzt gilt es zuzupacken! Er sagte:
»Da ist noch etwas, worüber ich mit Ihnen — allein — sprechen möchte. Ich finde nachher schon den Weg zum Haus zurück, wirklich. Ich — ich möchte Sie nur etwas fragen — etwas erklären . . .« Er kam sich vor wie ein stotternder Schuljunge.
Renny sah überrascht aus, aber er sagte: »Ja? Wenn ich irgendwas für Sie tun kann . . . Gut, Rags, Sie brauchen nicht auf Mr. Leigh zu warten.«
»Es ist wegen Finch«, fing Leigh langsam an, seinen Weg ertastend wie ein Mann im Dunkeln in einem fremden Wald. »Ich habe ihn sehr gern.«
»Ja«, erwiderte Renny, und das lebendige Interesse in seinen Augen verwandelte sich in höfliche Aufmerksamkeit, »Finch hat oft von Ihnen gesprochen.«
Wieder wandelte sich sein Gesichtsausdruck, diesmal zu einem festen Blick auf den neugierigen Burschen Rags, der einen Augenblick ihm dreist ins Ge-

sicht sah und sich dann mit einer Art frecher Unterwürfigkeit aus dem Zimmer verdrückte.
Als die Tür sich hinter ihm geschlossen hatte, kamen Leigh die Worte leichter. »Ich glaube Sir, daß Finch –« er war klug genug, sich mit bewußter Mäßigung auszudrücken – »wirklich ein sehr begabter Junge ist. Ich glaube er wird Ihnen – wird Jalna einmal Ehre machen.« Sein feiner Kopf hatte längst heraus, daß der älteste Whiteoak an seinem Haus mehr als selbst an seinen Pferden hing. Ein plötzliches Aufleuchten seines Gesichts in Wärme und Freude bei irgendeinem lobenden Wort Leighs für die hohen Zimmer, die alten englischen Möbel, hatte ihm das blitzschnell klargemacht. Er fuhr fort: »Ich bin ganz überzeugt davon, wenn ihm nur etwas Spielraum gegeben würde – eine Chance, wissen Sie, um sich nach seiner eigenen Natur zu entwickeln. Es gibt eben Leute, die können das Büffeln nicht durchhalten, wenn sie nicht irgendeine Art Auslauf haben...«
»Oh, er hat Ihnen von seinen Musikstunden erzählt, was? Ich hielt es für das richtigste, sie für eine Weile abzustoppen. Er trommelte ewig auf dem Klavier, und dabei fiel er durch...«
»Weswegen er durchgefallen ist, das brauchte nicht gerade die Musik zu sein. Eine Masse Leute fallen das erstemal durch, die keine Note lesen können. Vielleicht wäre er nicht durchgefallen, wenn er mehr Musik in seinem Leben gehabt hätte. Das ist durchaus möglich.«
Renny lachte laut auf, wie er sich noch einmal Tee einschenkte.
Leigh sprach hastig weiter: »Aber das, was ich sagen will, hat mit Musik nichts zu tun. Es handelt sich um Theaterspielen.«
»Theaterspielen?«
»Ja. Finch hat eine große Begabung zur Schauspielerei. Ich bin sogar nicht sicher, ob sie nicht größer ist als sein Talent für Musik.«
Renny warf sich in seinem Stuhl zurück. Großer Gott, wieviel Talente hatte denn dieser lange Bursche? »Wo hat er Theater gespielt? Warum habe ich nichts davon erfahren?«
»Ich fürchte, daran bin ich schuld. Ich fühlte, daß irgendein – ein künstlerischer Ausdruck für Finch so sehr Lebensbedürfnis ist, daß ich ihn überredete – ihm das Versprechen abnahm, sich von niemand hindern zu lassen.«
Die braunroten Augen brannten ihm ins Gesicht. »Also sind seine Versprechen mir gegenüber nichts wert.«
»Doch! Bestimmt! Ich gebe Ihnen mein Wort darauf, daß er seine Arbeit nicht vernachlässigt hat. Er wird nächstes Jahr ohne Schwierigkeit durchkommen. An sich hat er gar nicht so schlecht abgeschnitten. Es sind mehr die Nerven gewesen als sonst etwas, weswegen er durchfiel.«
Es wurde an die Tür geklopft.
»Herein!« sagte Renny, und Wright kam herein. Er sagte: »Der Tierarzt ist da, Sir.«

»Gut!« sagte Renny und stand auf. Mit fast gereizter Bewegung wandte er sich zu Leigh: »Und was wollen Sie von mir?«
Er war plötzlich mißtrauisch geworden. Er fühlte, daß Leigh ihn überrumpelt hatte. Er nahm an, daß Finch Leigh gegen ihn vorgeschickt hatte. Er hatte so eine Art, empfängliche Menschen — intellektuelle Menschen — für sich einzunehmen. So wie damals Alayne. Wie hatte sie um Musikstunden für ihn gebeten! Der Gedanke an sie besänftigte ihn plötzlich. Er sagte ruhiger: »Ich denke gar nicht daran, daß Finch nur büffeln soll und gar nichts von seinem Leben haben. Ich habe nichts dagegen einzuwenden, solange es ihn nicht vom Lernen ablenkt.«
Ein Spaniel, der mit hereingekommen war, setzte sich auf die Hinterbeine neben den Tisch und fing an, die Butterkrumen vom Tisch zu lecken.
Ein Gefühl der Schwäche kam über Leigh. All seine Mühe schien plötzlich vergeblich. Das Leben dieses Hauses war zu stark für ihn, die Persönlichkeiten dieser Whiteoaks zu mächtig. Er würde nie die feste Mauer einrennen können, die sie gegen die Welt bildeten. Selbst Rennys letzte Worte ermutigten ihn kaum.
In einer Art lähmenden Schweigens sah er dem Spaniel zu, der den Teller ableckte, und sagte dann mühsam: »Wenn Sie das Finch nur fühlen lassen wollten. Wenn er nur wüßte, daß Sie ihn nicht verachten, weil er etwas braucht — irgendeine andere Ausdrucksform als die Routine der Schule — oder Schulsport...«
Wrights runde blaue Augen bohrten sich in sein Gesicht. Die Augen all der Pferde auf den blanken Fotos und den Lithographien rings an den Wänden starrten ihn an, ihre Nüstern blähten sich vor Verachtung.
Renny nahm den Spaniel am Kragen und setzte ihn sacht auf den Fußboden. Draußen im Stall klang eine Männerstimme, die Befehle schrie. Hufe klapperten.
Hastig sagte Leigh: »Mr. Whiteoak wollen Sie mir eins versprechen? Erlauben Sie Finch, die nächsten vierzehn Tage bei mir zu wohnen. Ich werde ihm soviel ich kann bei seiner Arbeit helfen, und ich glaube ehrlich, ich kann ihm ziemlich viel helfen. Und dann möchte ich Sie bitten, wenn es Ihnen recht ist, an dem Tag der Aufführung zu uns zu Tisch zu kommen und selbst zu sehen, wie wundervoll Finch spielt. Meine Mutter und Schwester würden sich freuen, Sie kennenzulernen. Sie wissen, für Finch sind Sie ein Held, und folglich für uns auch. Er hat uns erzählt, was Sie im Kriege getan haben...«
Renny zeigte Verlegenheit und zugleich Ungeduld. »Also gut«, sagte er kurz: »Meinetwegen mag er Theater spielen. Aber keine Mummelei, verstanden?«
»Und Sie kommen dann zu Tisch?«
»Ja.«
»Vielen Dank! Ich bin Ihnen sehr dankbar!« Aber in Wirklichkeit fühlte er nur Erleichterung und eine erschöpfte Hast davonzukommen.

»Also gut, und ich hoffe, das Pferd wird Ihnen Freude machen.«
»Das wird es sicher.«
Sie schüttelten sich die Hand und trennten sich.
Draußen in dichten Flockenwirbeln, dem fegenden Wind, der ihn auf die hellen Fenster des Hauses zutrieb, fühlte Leigh Finch weiter von sich entfernt als je, seit ihre Freundschaft begonnen hatte. Er sah ihn jetzt als ein zugehöriges Teil der Gesamtheit von Jalna. So lieb und vertraut er ihm war, er konnte ihn jetzt nicht mehr in Gedanken aus dem festen, harten Gewebe dieser, seiner Familie lösen. Fast wünschte er, er hätte ihn nie hier unter seiner kraftvollen Sippe gesehen. Und doch, wenn er ihn nicht so gesehen hätte, er hätte ihn nie wirklich verstehen, nie wirklich wissen können, woher der Funke entsprang, der Finch hieß. Und zugleich fühlte er, trotz der Kälte, der Erschöpfung, der sonderbaren Lähmung aller Energie, die in diesem Hause über ihn kam, eine wundervolle Fröhlichkeit, wie er die Treppenstufen hinaufsprang, den eiskalten großen Türgriff faßte und öffnete, die Tür aufstieß und sie wieder gegen den Wind und Schnee zuschlug, und wie drinnen ihm eine Welle von Wärme, kräftiger Farbe und lauten Stimmen entgegenkam. Die Onkel waren jetzt da, Tante Augusta, Piers und Pheasant. Meg und Maurice waren von Vaughansland zum Tee gekommen. Meg mit einem dicken halbjährigen kleinen Mädchen auf dem Arm. Frischer Tee wurde ihm gebracht, Toast, Jam und Kuchen. Alle starrten ihn an, aber sie sprachen nur miteinander, ohne sich um ihn zu kümmern. Nie, nie, dachte er, könnte ein Außenseiter wirklich einer der Ihren werden.

6 Finchs Triumph

Am Eröffnungsabend des Stücks hatte sich Finch in eine solche Erregung hineingesteigert, daß er zweifelte, ob er je wieder natürlich fühlen könnte. Einen Augenblick wünschte er sich nichts heißer, als daß die Erde sich öffnete und ihn verschlang, ihn aller Augen entrückte, ehe er den Fuß auf die Bühne setzte. Den nächsten ging er wie auf Luft in glückseliger Vorfreude, mit strahlenden Augen, in die ihm seine feine helle Locke fast hereinfiel. Seine Lippen zitterten, als ob er lachen oder weinen wollte, aber seine Unterhaltung bewegte sich hauptsächlich in einsilbigen Worten.
Auch Leigh war nervös. Er spielte die Rolle des Helden, eine Mischung von Tapferkeit und Angst, und das Herz tat ihm weh um Finch, der nicht zum erstenmal am Kleinen Theater, sondern auch vor den Augen Rennys aufzutreten hatte. Leigh hatte eigentlich gewollt, daß der ältere Bruder die Aufführung erst gegen Ende der Spielwoche sehen sollte, aber Mrs. Leigh hatte, ohne es vorher mit ihm zu besprechen, die Einladung zu Tisch schon Montag geschickt. Man konnte nichts tun, als das Beste daraus zu machen, den schwieri-

gen Gast durch gute Weine und angenehme weibliche Gesellschaft in gute Stimmung zu bringen. In letzterem Punkt verließ sich Leigh auf seine Mutter und Schwester. Trotz aller Hast und Unruhe überlegte er sich genau, welche von beiden Renny mehr interessieren würde, und welche seine Blicke am meisten fesseln würde. Sein eigenes Leben, seine Liebe erfüllten diese beiden so völlig, daß er sich nicht vorstellen konnte, je für eine andere Frau Interesse zu haben. Wenigstens hoffte er das nicht. Seine Mutter, seine Schwester, Finch — das war genug.
Als Finch ins Wohnzimmer kam, wo er sich jetzt schon frei und zu Hause fühlte, fand er Ada Leigh schon dort. Sie sah ihn mit ihrem eigentümlich schrägen Blick über einen brennenden Leuchter hinweg an und fragte: »Sie sind wohl schrecklich nervös?«
Er hatte gerade einen seiner gehobenen Augenblicke. »Oh, ich glaube nicht. Mir kommt vor, ich bin weniger nervös als Arthur.«
»Das glaube ich nicht. Sie zittern ja.«
»Das hat nichts zu bedeuten. Mich kann ein Nichts umwerfen. Kaum daß ich eine Teetasse reichen kann, ohne überzugießen.«
»Ah, aber dies ist etwas anderes. Sie haben Angst!« Sie lächelte aufreizend. Er fühlte, daß ihr daran lag, daß er Angst haben sollte. Er trat näher und sah das Spiegelbild einer spitzen Kerzenflamme in ihren Augen.
»Ich habe keine Angst!« beharrte er. »Ich bin glücklich.«
»Doch, Sie haben Angst!« In ihrer Stimme war ein kurzes bedrängtes Atmen.
»Angst, wovor denn?«
»Angst vor mir!«
»Angst vor Ihnen?« Er versuchte erstaunt auszusehen, aber er bekam tatsächlich etwas wie Angst, und zugleich eine seltsame Glückseligkeit.
»Ja — und ich vor Ihnen.«
Er lachte jetzt und hörte auf zu zittern. Er fühlte das Pochen seines Blutes durch den ganzen Körper. Er nahm ihre Hand und streichelte sie. Er besah ihre rosa Fingernägel, als ob es kleine Muscheln wären, die er an einem fremden Strand gefunden hätte ... Dann war sie in seinen Armen. Er, der nie ein Mädchen geküßt hatte ... Ihm war, als erstickte er. Es war ein unwirklicher Traum, daß er sie küßte. Sie schmiegte sich unter sein Kinn. Über ihren Kopf sah er in die Dunkelheit hinter dem Fenster und sah die Kerzenflammen in den Scheiben gespiegelt wie ein Büschel leuchtender Blumen. Er sah das Spiegelbild seines eigenen Kopfes, das zarte Grün ihres Kleides wie ein schimmerndes Wasser in der Dunkelheit, über das sein Kopf sich beugte. Wie unwirklich war das alles. Er preßte sie an sich, beseligt von dem schönen Spiegelbild, von einem neuen Gefühl der Kraft, des Mutes, aber ihm war, als ob er eine Rolle spielte. Sie küßten sich wie in einem zitternden Traum.
Mrs. Leigh und Arthur kamen zusammen die Treppe herunter. Zeit genug für die beiden im Wohnzimmer, auseinanderzufahren; er nahm ein Buch auf, sie

ordnete ein paar Blumen in einer dunklen Vase. Die Dunkelheit hinter den Scheiben spiegelte nun nicht mehr die verschlungenen Gestalten dieser leidenschaftlichen Erkenntnissucher.
Arthur kam zu Finch und legte ihm den Arm um die Schultern. »Liebster Finch«, sagte er mit seiner sanften musikalischen Stimme, »wie bin ich froh, daß du nicht mehr nervös bist. Die Sicherheit strahlt dir förmlich aus den Augen. Jetzt bin ich es eher, der nervös ist.«
Wie beruhigend war Arthurs liebevoller Arm! Finch war glücklich über dieses Joch der Freundschaft auf seinen Schultern. Er sah Adas Augen auf sie beide gerichtet, dunkel vor Eifersucht.
Wenn nur Renny nicht zu Tisch käme, würde er glücklich sein, dachte er. Er konnte sich nicht vorstellen, wie Renny in die zarten Beziehungen dieser Gruppe hineinpassen sollte. Und doch, als Renny kam, für Finchs Augen fremd und elegant in seinem Abendanzug, paßte er glänzend hinein. Und merkwürdiger noch, daß er sein Gespräch nicht dem leichten Ton anpaßte, der gewöhnlich diesen Tisch hier umfloß, wenn Mrs. Leigh die Unterhaltung führte, sondern daß er etwas von der harten kräftigen Atmosphäre von Jalna hereinbrachte. Sein roter Kopf, seine Schultern, die die vorgebeugte Haltung des sattelfesten Reiters hatten, sein plötzliches scharfes Auflachen beherrschte das Zimmer.
Finch hatte Mrs. Leigh nie so heiter, so mädchenhaft gesehen. Sie schien jünger als Ada, die ziemlich schweigsam war und mit halbverhangenen Blicken den neuen Gast zu studieren schien. Aber wenn ihre Augen denen Finchs begegneten, sprang ein Blitz des Verstehens zwischen ihnen auf. Finch war so beseligt von seiner ersten Liebeserfahrung, so stolz auf Renny, daß sein ganzes Gesicht strahlte. Er sah entzückend aus.
Renny aß und redete eifrig. Arthur war begeistert über den Erfolg seines Planes und entdeckte, daß seine Abneigung gegen den älteren Bruder sich in wachsende Hochachtung seines freimütigen und feurigen Temperaments wandelte. Er fühlte, wie seine eigene Männlichkeit an der Berührung mit dieser härteren Natur erstarkte. Er fühlte, daß es gut für ihn sein würde, wenn solch ein Mann hier im Hause verkehrte, gut auch für Ada, die auf bestem Wege war, von jedem männlichen Wesen nur Bewunderung zu erwarten.
Arthur und Finch mußten früher als die anderen zum Theater. Mrs. Leigh und Ada waren hinaufgegangen, ihre Abendmäntel zu holen. Während Arthur ein Auto bestellte, waren die Brüder einen Augenblick im Wohnzimmer allein.
Warum, dachte Finch, kann ich dies verfluchte Gefühl von Unwirklichkeit nicht loswerden? Da sitzt Renny in Leighs Wohnzimmer und raucht. Hier bin ich. Und doch kann ich nicht glauben, daß wir hier sind, daß wir wirklich sind. Ist es, weil nichts ganz wirklich scheint außer Jalna? Sind wir alle so oder bloß ich allein? Warum kommt dies Gefühl über mich und verdirbt mir alle Freude? Er hob unbewußt die Daumen an die Lippe und biß sich nervös die Nägel.

Renny sah zu ihm herüber. »Laß das Nägelbeißen. Eine widerliche Angewohnheit.«
Beschämt steckte Finch die Hand in die Tasche.
»Renny«, fragte er nach einem Augenblick fast kläglich, »kommt dir dies Zimmer *wirklich* vor?«
Renny umfaßte mit einem Blick das zarte Gelb, Rosa und Silber des Zimmers. »Nein«, sagte er, »ich glaube nicht.«
Gott sei Dank, o Gott sei Dank! Renny kam es auch unwirklich vor.
»Sag mal«, fragte er angstvoll weiter, »siehst du es auch in einer Art Nebel, wie im Traum, aber doch in Bewegung, wie ein Spiegelbild in einer Seifenblase?«
Renny starrte ihn an. »Ja, so ungefähr ist es!«
»Und ich? Komme ich dir auch unwirklich vor?«
»Ganz gewiß!«
Nie hatte er sich zu Hause Renny gegenüber so gehen lassen können. Aber es war wunderbar.
»Und kommst du dir selber auch unwirklich vor, Renny? Wunderst du dich manchmal, warum du dies oder das tust? Ist dir dann auch, als ob du selber bloß ein Traum bist?«
»Kann schon sein. Ich glaube, du bist heute abend aufgeregt. Nimm dich lieber zusammen, sonst vergißt du deine Rolle!«
»Denkst du, ich würde Lampenfieber haben?«
»Mir scheint, du hast es schon.«
»Was meinst du damit, hast es schon?«
»Du hast Angst vor dem Leben, und das ist ein und dasselbe!«
In nervöser Aufregung platzte Finch in heiserem Flüsterton heraus: »Was sagst du dazu? In diesem Zimmer habe ich heute abend Ada Leigh geküßt!«
»Teufel noch mal! Kein Wunder, daß du dir unwirklich vorkommst. Mochte sie das denn?«
»Ich glaube. Da im Fenster haben wir uns ganz sonderbar gespiegelt dabei. Wir selber, nur viel schöner.«
»Hm.« Renny sah ihn belustigt an. »Weißt du sicher, daß sie es nicht selber gewollt hat?«
»Natürlich!« Er wurde rot, aber er lehnte sich vertraulich über Rennys Stuhl.
»Na, es ist eine Erfahrung für dich. Ein hübsches Mädel ist sie.« Finch atmete schwer. »Räkle dich nicht so über mich und schnauf mir nicht so ins Gesicht. Bist du erkältet?«
»O nein!« Er richtete sich auf, wieder einmal beschämt.
Leighs Stimme rief von draußen.
»Ich komme, Arthur!« Finch stürzte zu seinem Freund.
Renny saß und rauchte seine Zigarette, einen Schein von stillem Vergnügen noch in den Augen. Der kleine Finch verliebt! Und es kam ihm wie gestern

67

vor, daß er Finch übers Knie gelegt und ihm den Hintern versohlt hatte. Und nun wurde er schon ein Mann, armer Kerl!

Er sah um sich. Ein unwirkliches Zimmer. Nicht die Spur wie das Wohnzimmer in Jalna. Nichts Wohnliches darin, mit all diesen kleinen Bilderchen an den Wänden, den zierlichen Möbeln, den zarten Dekorationen. Aber es paßte zu den beiden hübschen Weibern. Sonderbare rätselhafte Wesen, anziehend, ja, aber unbehaglich.

Im Theater auf seinem Platz zwischen Mutter und Tochter fühlte er sich mit einer Art Erbitterung wie in eine Falle gelockt. Die beiden hübschen Frauen waren die Kerkermeister, und der Raum ein Gefängnis. Er haßte diese Künstleratmosphäre, die kühlen edlen Wände, den Vorhang. Es bedrückte ihn, daß kein Orchester da war. Für ihn mußte ein Theater in Scharlach und Gold leuchten, der Vorhang mußte irgendeine üppige italienische Landschaft darstellen, und sein Geist mußte im Brausen der Musik wie elementar emporgetragen werden. Er haßte das Geschwätz von Weiberstimmen, ehe der Vorhang aufging. In dem Lärm sprach er nach beiden Seiten und vergaß, welches Mutter und welches die Tochter war. Er fing an, ganz unerklärlich nervös für Finch zu werden. Er hatte zwar nie den Wunsch gehabt, daß er sich auf so etwas einlassen sollte, aber nun er einmal drin saß ... Die Kehle wurde ihm eng. Er holte tief Atem.

Das Spiel begann. Es steigerte seine Bedrücktheit. Die Frömmigkeit des alten Mannes, seine Bibelzitate, machten ihn so trübsinnig, daß er am liebsten geheult hätte. Und Finch, als er dann endlich erschien! Dies wilde Haar, das schmutzige Gesicht, die Lumpen, die bloßen Füße! Alles tief Konservative in Renny haßte den Anblick bloßer Füße auf der Bühne. Die Beine eines Ballettmädchens, das war ganz etwas anderes. Aber bloße Füße bei einem Mann — seinem Bruder — waren ausgesprochen scheußlich. Und die Art, wie Finch auf seiner Pfeife blies, die wahnsinnige Manier, wie er herumtanzte und sich auf die Erde hockte, und wieder aufsprang und um ein Stück Brot bettelte und in der Herddecke schlief, und immer plötzlich auftauchte und wieder verschwand! Und dies irische Gerede!

Der Beifall donnerte. Finch war der Stern des Abends. Sein Gesicht war weiß und wild vor Aufregung, als er wieder und wieder herausgerufen wurde. Mrs. Leigh und Ada klatschten in vornehmer Begeisterung.

Renny saß zwischen ihnen mit einem unwilligen Grinsen, wie seine Großmutter es aufsetzen konnte, wenn sie sich in ihrem Stolz gekränkt fühlte.

Nach der Aufführung war eine kleine Versammlung im Direktorzimmer. Freunde drängten sich um die Schauspieler. Finch, der sich nicht so schnell hatte abschminken können, lief noch mit einem breiten Schmutzstreifen über der Backe herum. Er zitterte, als er auf Mrs. Leigh und Renny zukam.

»Oh, lieber Junge«, rief Mrs. Leigh und legte ihm die Hand auf den Arm, »Sie hätten gar nicht besser sein können! Sie haben uns alle erschüttert!«

Renny sagte nichts und sah ihn nur mit mißfälligem Grinsen an. Finch kam es vor, als sagte er: Warte nur bis ich dich allein habe, junger Mann! — Sein Triumphgefühl war verschwunden. Ihm war, als hätte er sich zum Narren gemacht zur Ergötzung der Zuschauer. Die ganze Spielwoche fand er seine Schwungkraft und Hingabe an seine Rolle nicht wieder.
Als Renny andertags mit der Bahn zurückfuhr, dachte er über Finch nach, und nicht allein über Finch, sondern über all diese jüngeren Familienmitglieder, seine Halbbrüder. Was war da mit ihnen nicht in Ordnung? Gewiß steckte eine Schwäche darin, ein Erbe, das sie anders machte als die anderen Whiteoaks. Das Gesicht ihrer Mutter stand ihm plötzlich vor den Augen. Sie war seine und Megs Erzieherin gewesen, ehe sein Vater sie geheiratet hatte. Sie hatten es ihr nicht leicht gemacht, weder als Erzieherin noch als Stiefmutter. Renny war ihr der Dorn im Auge gewesen, als sie noch Erzieherin war, und Meg, nachdem sie Stiefmutter geworden. Ihr Gesicht stand ihm vor Augen, stand zwischen ihm und den winterlichen Feldern draußen. Zum erstenmal wurde ihm klar, daß sie eine schöne junge Frau gewesen war. Ein warmes Gesicht, warme blaue Augen, die sich in der Erregung verdunkelten, Kinn und Hals vollendet geformt. Er erinnerte sich, wie zornig sie hatte werden können, wenn Meggie starrköpfig und plump dagesessen und sich geweigert hatte, irgendwelches Interesse an ihrer Musikstunde zu zeigen. Er erinnerte sich, wie sie in Verzweiflung über seine Ungezogenheit geschluchzt hatte. Aber als sie ihre Stiefmutter geworden war, war sie ihnen etwas ferner gerückt, umgeben von der Liebe ihres Gatten und ganz erfüllt von den Sorgen häufiger Mutterschaft.
Renny erinnerte sich deutlich der Tatsache, daß er sie fast immer lesend gefunden hatte, wenn er zu ihr kam. Noch dazu Gedichte. Welch eine Mutter für Männer! Er hatte sie seinem Vater Gedichte vorlesen hören, während er im Zuhören sie anschaute und seine Augen sie zärtlich umfaßten. Sie hatte ihn geliebt und ihn nicht lange überlebt. Der arme kleine Wake war ein nachgeborenes Kind.
Das Dichten lag ihnen im Blut — die Musik — das war das Unglück. Eden war voller Poesie und er hatte auch seiner Mutter Schönheit geerbt ... Wo war er jetzt? Sie hatten in den anderthalb Jahren, seit er fort war, nichts von ihm gehört. Wie entsetzlich zu denken, daß Alayne an ihn gebunden war ... Bei dem Gedanken an Alayne brannte ihm ein Schmerz in der Brust, ein Schmerz der Sehnsucht nach etwas, das er nie besitzen konnte. Seine Seele tastete und suchte nach einem Weg, dieser Sehnsucht zu entrinnen. Er wunderte sich über sich selbst. Er, dem es sonst so leicht geworden war zu vergessen ...
Er rückte auf seinem Stuhl, wie ein von Schmerzen gequältes Tier seine Lage ändert, und beugte sein hageres rotes Gesicht vor, um aus dem Fenster des Wagens zu starren. Er sah einen vereisten Fluß und die runden dunklen Formen einer Zederngruppe.
Wie ein Adler, dessen Junge sich plötzlich als Lerchen erweisen, grübelte Renny

über diese junge Brut, und seine Liebe, sein Stolz auf sie war von Zweifeln überschattet.

Am Bahnhof wartete Wright auf ihn mit einem Apfelschimmel-Wallach vor einem roten Schlitten. Die Schneewehen waren zu hoch für das Auto. Wright brachte ihm auch seinen großen Bärenpelz mit, den er sich schon auf dem Bahnsteig anzog.

Als sie die glitzernde Straße entlang sausten, durch Schneewehen, von denen der feine Schnee wie ein silberner Nebel aufstob, war es Renny, als könnte er nicht genug von der Frische des Tages eintrinken. Er atmete tief, ließ sich den Wind durch die Zähne pfeifen. Die scharfen Hufe des Wallachs warfen ihm den Schnee in harte Brocken auf die Pelzdecke über seinen Knien.

Als sie vor dem Stall anlangten, war Piers da. Er fragte, als Renny aus dem Schlitten sprang: »Na, wie hat der Matineestar abgeschnitten?«

»Er spielte eine Idiotenrolle. Leider verdammt gut!«

»Kann ich mir denken!« sagte Piers.

7  Ein merkwürdiges Orchester

Außer Arthur Leigh hatte Finch noch einen andern Freund. Das war George Fennel, des Rektors zweiter Sohn. Aber seiner Freundschaft mit George fehlte das Element des Abenteuerlichen, der Aufschwung der Freundschaft mit Arthur. Arthur und er hatten einander gesucht. Sie hatten Schranken durchbrochen, um einander die Hand zu reichen. Aber George und er waren von Kindheit auf zusammen gewesen. Jeder glaubte, daß er genau über den andern Bescheid wüßte. Jeder hatte den andern gern und sah doch ein bißchen auf ihn herab. Was sie verband, war der Haß gegen die Mathematik und die Liebe zur Musik. Aber während Finch über seiner Mathematik büffelte und sich quälte, und seine Sehnsucht nach Musik ihm zur Qual wurde, gab sich George gar keine Mühe zu lernen, was ihm schwer wurde, beschränkte sich auf die Fächer, die ihm lagen und war sich ganz klar darüber, daß er als eckiger Pflock nicht in ein rundes Loch paßte. Er spielte jedes Musikinstrument, das gerade zur Hand war, ohne besondere Vorliebe. Die Mundharmonika gefiel ihm ebensogut wie das Klavier, das Banjo ebenso wie die Mandoline.

Er war ein kleiner untersetzter junger Mensch, aber doch nicht ohne Grazie. Sein Anzug war immer unordentlich und sein Haar wirr. Arthur Leigh fand ihn bäurisch, gewöhnlich, einen Tölpel. Er versuchte, Finch soviel wie möglich von ihm abzuziehen, und Finch hatte George noch nie so wenig gesehen wie diesen Winter bis zu der Aufführung. Dann aber zog es ihn zu George. Aus Gründen, die er selbst nicht recht hätte erklären können, fühlte er sich bei den Leighs nicht ganz so glücklich wie anfangs. Nicht daß sein Erlebnis mit Ada irgendeinen wesentlichen Unterschied gemacht hätte. Er nützte seinen Erfolg durch keine weiteren Schritte und keine Wiederholung aus. Sie selbst schien die Sache vergessen zu haben. Mrs. Leigh war sogar freundlicher als vorher. Sie fragte viel nach der Familie in Jalna, und als sie erfuhr, daß einer der Onkel sich mit Shakespearestudien beschäftigte und einer der jüngeren Brüder ein Dichter war, fing sie an, ernstlich mit Finch über Literatur zu sprechen. Sie war sehr enttäuscht, daß es Renny zweimal nicht möglich war — Arthur glaubte, er habe einfach keine Lust — Einladungen zum Essen anzunehmen.

Ob es an diesem neuen Interesse lag, an diesem vorsichtigen Sondieren der Beziehungen, Anlagen und Neigungen seiner Familie oder an irgendeiner Wandlung in Arthurs Benehmen ihm gegenüber, wußte er nicht, aber er fühlte eine Veränderung. Arthur war überempfindlich geworden, anspruchsvoll, kritisch ihm gegenüber. Finch merkte jetzt öfters, daß er durch irgendeine schroffe oder achtlose Bemerkung Arthur verletzt hatte; daß er ihn durch irgendwelche Derbheit oder Taktlosigkeit beleidigt hatte; daß Arthur zusammenzuckte, wenn er unverhohlen seine Meinung aussprach. Trotzdem verlebten sie so glückliche Stunden miteinander, daß Finch oft bis ins Innerste froh durch den Schnee nach Hause trabte. Das Ärgerliche war nur, daß Arthur ihn aus lauter Liebe ebenso vollkommen haben wollte wie er selbst war, und sich nicht klarmachte, daß das unmöglich war.

Wie anders George! George erwartete nichts von ihm und war nie enttäuscht. Sie konnten Abende miteinander in seiner winzigen Schülerbude im Pfarrhaus verleben, wo sie miteinander arbeiteten, schwatzten, sich idiotische Witze erzählten, den Fußboden mit Nußschalen bestreuten, und schließlich, ehe Finch nach Hause mußte, für eine Stunde Musik ins Wohnzimmer hinuntergingen. Finch am Klavier, George spielte das Banjo, sein älterer Bruder Tom die Mandoline, während der Rektor saß und rauchte, die lange Pfeife aus dem Bart hängend, mit unerschütterlicher Ruhe in sein Kirchenblättchen versunken. Finch wurde nie müde, George das Banjo spielen zu hören, ihm zuzusehen, wie er da breit in seinem Stuhl saß, seine dicken Hände erstaunlich geschickt und temperamentvoll über das Instrument glitt und seine Augen sanft unter dem wirren Haarschopf heraus leuchteten. George war, ebenso wie Finch, immer knapp bei Gelde. Manchmal konnten sie gemeinsam nicht zwei Groschen zusammenkratzen. Wenn Finch bei Arthur war, nahm er fortwährend Freundlichkeiten an, genoß Freuden, die er nur durch Dankbarkeit bezahlen konnte. Und manchmal war es ihm, als müsse der Brunnen der Dankbarkeit eben durch dies unablässige Strömen vertrocknen.

Wie anders bei George! Dem brauchte er für nichts dankbar zu sein. Sie waren beide so arm an irdischen Gütern wie nur möglich. Jeder besaß nur ein paar schäbige Anzüge, seine Schulbücher, seine Uhr, und ein paar Lieblingsdinge, wie Georges' Banjo oder die alte silberne Dose, die Lady Buckley Finch geschenkt hatte. Wenn er ins Pfarrhaus ging, füllte Finch seine Taschen mit Äpfeln. Mrs. Fennel brachte den Jungen einen Teller Pfannkuchen, sie plünderten auch wohl Mrs. Fennels Speisekammer. Es war ein vergnügtes und wenig kostspieliges Geben und Nehmen.

Aber nun, da George siebzehn war und Finch achtzehn, wünschten sie sich doch beide sehr, etwas mehr Geld ausgeben zu können. Finch hatte verschiedene Wege versucht, etwas zu verdienen. Er hatte Piers bescheiden gefragt, ob er vielleicht sonnabends irgendwelche Arbeit für ihn machen könnte, und Piers hatte ihm aufgetragen, in der dämmerigen Kälte des Obstkellers Äpfel zu sortieren. Durch das Hantieren mit den eiskalten Früchten, das lange Stehen auf dem Steinfußboden, den Zug von der Tür, hatte er sich eine Bronchitis zugezogen die ihn vierzehn Tage im Bett hielt.

Bronchitis war schlimm genug, aber wochenlang in der Schule fehlen war schlimmer. Er hatte fiebernd, die Brust von Husten zerrissen, allein in seiner Mansarde gelegen und statt jeder Gesellschaft auf die Laute gehorcht, die von unten heraufdrangen. Die zu derben Mahlzeiten, die Rags ihm heraufbrachte, hatte er nicht essen können, und hatte sich die ganze Zeit damit gequält, daß er noch einmal durchs Examen fallen könnte.

Aber als er wieder gesund war, kam der Drang zum Geldverdienen verstärkt zurück. Dieses Mal bat er Renny um Arbeit, und Renny hatte ihm ein Reitpferd gegeben, das er bewegen sollte. Alle Whiteoaks konnten reiten, aber die Pferde schienen zu wissen, daß Finch keine Gewalt über sie hatte und versuchten alle ihre Lieblingsunarten, wenn er ritt.

Dieses Pferd, das gerade von einer Verletzung geheilt war und für so ruhig wie ein Lamm galt, hatte in spielerischer Laune vor dem eigenen Stalltor gescheut und Finch in der Einfahrt abgeworfen. Alles, von der Großmutter bis zu Wake, machte Witze über Finchs Pech, und weil der Gaul in der Freude über seine reiterlose Freiheit in den Wald galoppiert war, so daß er eine Stunde lang gesucht werden mußte und mit einer von einem abgebrochenen Ast verletzten Flanke wiedergefunden wurde, hatte Renny Finch nicht mit Geld, sondern nur mit einem Fluch bezahlt. Der Schmerz eines verstauchten Fußes wurde schweigend getragen, aber er hinkte mit mürrischem Gesicht zum Bahnhof und zurück. Als lächerliche Figur zu gelten, war ihm die tiefste Demütigung.

Eines Abends sagte George zu ihm: »Ich kenne einen Burschen, der uns ein Radio basteln würde für fast nichts.«

»Hm«, brummte Finch und biß in einen rotbackigen Apfel, »wenn wir bloß dies fast Nichts hätten.«

»Eine Masse Spaß hat man davon«, seufzte George, »fabelhafte Konzerte kannst du hören, aus New York, Chikago, überall.«

»Gute Musik? Auch Klavierspiel?«

»Und ob! Du hast doch Sinclairs Radio gehört, was?«

»Ja, aber er stellt immer nur Jazzmusik an.«

»Warum bringst du deiner Familie nicht das Interesse dafür bei? Deiner Großmutter und Tante und den Onkels würde das viel Spaß machen.«

»Das setze ich nie durch. Außerdem würden sie nie das Geld dafür ausgeben. All die Alten halten den Geldbeutel so fest sie nur können.«
»Und Renny oder Piers?«
»Die hassen Radio. Außerdem sind sie zu Hause diesen Winter schrecklich knapp bei Kasse. Verdammt, du weißt ja, daß ich für nichts Geld kriegen kann, außer für Schulgeld und die Bahnkarte. Laß doch das Reden sein.«
George beugte sich vor, sein breites pfiffiges Gesicht zwinkerte verschmitzt. »Ich weiß, wie wir Geld verdienen können, Finch!«
Finch warf das Kerngehäuse seines Apfels in den Papierkorb. »Wie denn?« Sein Ton war skeptisch.
»Wenn wir ein Orchester zusammenbringen.«
»Ein Orchester? Du bist wohl nicht bei Verstand, was?«
»So gut wie du. Hör zu. Neulich machte mein Vater einen Krankenbesuch in Stead, und ich fuhr ihn hin. Die Leute haben ein Gewächshaus. Während des Wartens draußen bummelte ich herum und besah mir die Pflanzen durch die Fenster. Ein Mensch kam heraus, und wir kamen ins Gespräch. Er war der Enkel, und war wegen der Krankheit des Großvaters aus der Stadt hergerufen. Ich kriegte bald heraus, daß er Mandoline spielte. Er hat einen Freund, der sie auch spielt, und einen andern, der die Flöte spielt. Sie haben schon länger daran gedacht, ein Orchester zusammenzubringen, wenn sie bloß noch ein paar Leute fänden, die Banjo und Klavier spielen. Er war ganz aufgeregt, als ich ihm sagte, daß wir beide das vielleicht machen könnten.«
Finch war ganz verblüfft. »Aber dein Vater — was sagt der dazu?«
»Der erfährt es gar nicht. Weißt du, ich habe dem Burschen gar nicht gesagt, daß ich Vaters Sohn bin. Er denkt, ich bin bei ihm bloß angestellt. Ich hielt das für besser, denn die Familie hat sich doch immer so albern darum, mit wem man umgeht. Natürlich sind die anderen alle ganz ordentliche Leute, aber du weißt ja, wie unvernünftig die Familie sein kann.« Und er setzte halblaut hinzu: »Der eine von den Kerlen ist Schneidergeselle — das ist der mit der Flöte — und der andere arbeitet im Schlachthaus.«
»Oh!« rief Finch aus. »Heißt das, daß er wirklich Tiere umbringt?«
»Hab ich nicht gefragt«, sagte George mürrisch, »Hauptsache ist, daß er Mandoline spielen kann.«
»Also hast du sie schon kennengelernt?«
»Ja. Heute nachmittag. Riesig nette Kerle, und auch schon älter. Der eine, den ich zuerst traf, ist dreiundzwanzig und der andre sieht aus wie sechsundzwanzig oder so. Es liegt ihnen sehr daran, mit dir zu reden.«
Finch zitterte vor Aufregung. Er nahm eine Schachtel heraus, in der zwei Zigaretten lagen, und bot sie George an. »Magst du eine?« Sie brannten sie an.
Finch war zu aufgeregt um George anzusehen. Er sah starr auf das Ofenloch im Fußboden, durch das die Wärme in Georges Zimmer heraufsteigen sollte und sagte grinsend:

»Wie ist das mit dem Ofenrohr? Ist das Mädchen da unten?«
»Gar nicht möglich, daß sie uns hört. Außerdem hat sie ihren Schatz bei sich.«
»Wer ist das?«
»Jack Sims. Von Vaughans.«
Murmelnde Stimmen kamen von unten. Die Jungen schlichen leise an das Ofenloch und spähten herunter. In dem Schein einer schwachen elektrischen Birne sahen sie zwei Arme auf dem Küchentisch liegen. Die Hände waren umeinander geschlossen. Die eine Hand, die aus einem blauen Leinenärmel kam, war rundlich und vom vielen Aufwaschen gerötet; die andere, deren behaartes Gelenk aus grobem Tuch herauskam, war die schwielige Hand eines älteren Farmarbeiters. Die Stimmen waren verstummt, und der einzige Laut war das Ticken der Küchenuhr.
Die beiden verschlungenen Hände faszinierten Finch. Sie wurden für ihn das Symbol des Geheimnisses, des Ausstreckens und Tastens nach einem Halt im Leben. Er fühlte die Zärtlichkeit, die Wärme, die aus einer Hand in die andere strömte, die sich wie die Blumen des Trostes für das einsame Herz einander schenkten.
George flüsterte: »Tatsächlich, weiter als bis dahin kommen sie nie.«
»Du meinst, näher, nicht wahr?«
»Ich meine einfach, mehr drauflos.«
Sie brachen in unterdrücktes Kichern aus. Sie warfen sich auf den zerrissenen Diwan und quietschten vor Lachen. Aber obgleich Finch nervös kicherte, starrte er mit dem Auge des Geistes noch durch das Ofenloch, und seine Seele brannte danach, die Gedanken der beiden da unten zu wissen.
»Warum hast du mir davon nicht früher erzählt? Wir hätten schon öfters spionieren können!«
»Weil nichts dran war.« Georges Gesicht wurde mürrisch. »Nun hör zu, Finch, was interessiert dich mehr, das Orchester oder die zwei albernen verliebten Tröpfe da unten?«
Finch kehrte sich um, noch immer grinsend. »Es hat gar keinen Sinn, daß du mir von dem Orchester vorerzählst. Ich dürfte ja doch nicht in die Stadt, um zu üben oder irgendwo zu spielen. Das würde ein schöner Spektakel, wenn ich von sowas anfangen wollte!«
»Du brauchst kein Wort davon zu sagen. Das ist alles schon in Ordnung. Du hast doch nichts dagegen, hin und wieder fünf Dollar zu verdienen, was?«
Finch fuhr hoch und starrte ihn an: »Kriegt man so viel dafür?«
»Gewiß! Lilly, so heißt der Leiter, sagt, daß wir leicht fünfundzwanzig Dollar die Nacht kriegen können, wenn wir in Restaurants zum Tanz spielen. Das macht fünf für jeden. Nicht übel, he, für ein paar Stunden Dudeln? Nun red nicht dazwischen. Es ist für uns die einfachste Sache von der Welt, das in Gang zu bringen. Wenn wir uns etwas von der Mittagspause verkneifen, können wir jeden Tag eine Stunde üben. Manchmal auch nach fünf Uhr, wenn wir bis zum

7.30-Uhr-Zug in der Stadt bleiben. Du weißt doch, daß meine Tante, Mrs. St. John, kürzlich verwitwet ist?«

Finch nickte.

»Sie haben sie gern, bei dir zu Haus, nicht wahr?«

Wieder nickte er feierlich ernst.

»Also gut. Meine Tante sagte erst gestern, sie wollte, daß ich jede Woche einmal zu ihr käme und ihr den Abend Gesellschaft leistete. Sie würde sich auch freuen, wenn ich dich mitbrächte, und da sie also bei dir zu Hause beliebt ist, werden die wohl nichts dagegen einzuwenden haben, daß du über Nacht bei ihr bleibst, wo sie nun doch verwitwet ist und so. Und ich glaube, auch Renny denkt, daß du eher mit mir zusammen arbeitest als mit dem Burschen, dem Leigh.« George hatte in seiner ruhigen Art nicht viel für Leigh übrig.

»Aber wird deine Tante nicht mißtrauisch werden?«

George lächelte zufrieden. »Es klappt alles wunderbar. Der Doktor hat Tantchen jeden Abend von acht Uhr an Bettruhe verordnet. Sie wird sehen, wie wir unsere Bücher herausholen — die Bibliothek ist unten — und sich dann in ihr Schlafzimmer trollen und abschieben. Die Tanzabende fangen um neun an. Wir kriegen Leben zu sehen in diesen Restaurants, sage ich dir. Und fünf Dollar pro Mann . . .«

Sie flüsterten und planten miteinander, bis es für Finch Zeit zum Nachhausegehen war. Da saß er dann, in eine Decke gewickelt, und arbeitete, um die verlorene Zeit einzuholen.

Das Orchester kam zustande. Das Frühstück wurde heruntergeschlungen und die Mittagspause mit Üben in dem Wohnzimmer über der Schneiderwerkstatt verbracht, in die der beißende Geruch heißer Plätteisen auf feuchtem Tuch heraufdrang. Der Schneidergeselle war ein Vetter des Schneidermeisters selbst, er und seine blutjunge Frau mit einem kümmerlichen Kindchen wohnten auch über dem Laden. Er war das älteste Mitglied des Orchesters mit seinen sechsundzwanzig Jahren. Er hieß Meech. Finch war bald mit der ganzen Familie gut bekannt, und da man freundlich zu ihm war und sein Spiel bewunderte, flog sein Herz ihnen entgegen. Oft, wenn das Üben erledigt war, blieb er noch eine Weile dort, um dem kleinen Freundeskreis Chopin oder Schubert vorzuspielen. Dann kauerte die kleine Frau des Schneidergesellen unten am Klavier und beobachtete seine Hände beim Spielen. Sie kam ihm so nah, daß sie ihm im Weg war, aber er mochte sie nicht bitten wegzugehen. Wenn er so dasaß, ihre Augen auf seinen Händen, unter denen Musik aus den Tasten emporquoll, fühlte er sich fest und stark, frei wie die Luft.

»Komm mit!« drängte George dann, sein Banjo unter dem Arm. »Wir kommen zu spät.«

»Brauchst nicht auf mich zu warten!« warf ihm Finch über die Schultern zu, und war um so glücklicher, wenn das Banjo und die erste und zweite Mandoline fort waren und er allein mit der Flöte und ihrer Familie blieb.

Finch lernte nun eine neue Art Leben kennen, das Leben der Ladenmädchen und ihrer Freunde, die abends ihr Vergnügen in billigen Restaurants suchten. An den Tagen, wo das Orchester ein Spielengagement für den Abend hatte, fuhr er früh aus dem Schlaf, bis ins Innerste erregt. Seiner Familie gegenüber war dann tags vorher immer alles vorbereitet. Die arme Mrs. St. Johns wollte George gern über Nacht bei sich haben, und er sollte auch Finch mitbringen. Schwierigkeiten gab es nie. Finch fand es die leichteste Sache von der Welt, ein Doppelleben zu führen. Seine Tante Augusta schickte Mrs. St. John gelegentlich eine Schachtel kleiner Kuchen oder einen Topf Marmelade. Trotzdem sie ihn kühl ansah mit beleidigt zurückgelegtem Kopf, hatte sie doch in ihrem Herzen eine warme Stelle für den Jungen. Zu seinem Entsetzen hatte er den Kanarienvogel in der Lotterie gewonnen und hatte den Käfig, dicht in Papier verpackt, in ihr Zimmer geschmuggelt als Geschenk zu ihrem 75. Geburtstag. Es war ihm wie eine Eingebung gekommen, daß der Tag, an dem er ihn bekam, ihr Geburtstag war. Sie hatte ihm gesagt, daß dieser Lotteriegewinn ein gutes Omen für die Zukunft sei. Das zog sie zueinander hin. Oft besuchte er sie jetzt in ihrem Zimmer, um den Kanarienvogel zu sehen und sie hatten zusammen ihre Freude an dem Gewinn. Sie fing bald an, den Vogel leidenschaftlich zu lieben. Aber sie mußte nun ihre Zimmertür immer fest geschlossen halten aus Angst, daß die alte Mrs. Whiteoak ihn singen hören könnte. Großmutter würde nie einen anderen Vogel neben Boney im Hause dulden. Dann war da auch die Angst vor Sascha, Ernests gelber persischer Katze, die sich angewöhnt hatte, auf Augustas Türmatte ihre Toilette zu machen. Ernest fing auch an, den Kanarienvogel gern zu haben. Er kam in das Zimmer seiner Schwester, um ihn singen zu hören, und sie sahen ganz entzückt den kleinen, von dem eigenen Gesang durchbebten Körper an, während das Tierchen den gelben Kopf auf die Seite legte und bald dem einen, bald dem anderen seiner Zuhörer in das Gesicht hineintrillerte.

Diese Tage lebte Finch wie in einer Art Nebel. Er fühlte, wie sich das Leben um ihn wandelte. Neue Kräfte trieben ihn hierhin und dorthin. Bisweilen fühlte er ein Drängen in seiner Brust, das fast ein Schmerz war, eine Sehnsucht nach etwas Unbekanntem. Seine Augen waren unruhig, er magerte ab. Dabei war er immer hungrig. An den Tagen, wo nicht für das Orchester geübt wurde, ging er nach dem Schulfrühstück in ein großes Lokal, wo die Schüler gern saßen, wenn sie bei Kasse waren. Dann ging er an den blitzenden Glasschränken mit verlockenden Speisen entlang, Schüsseln mit Schinken und Zunge, feuerroten Hummern und kleinen blaßroten Krabben; wie angenagelt stand er über Käseplatten gebeugt: Rahmkäse, Schweizerkäse, Camembert, Roquefort, Oka, die hübschen kleinen Käse, die die Trappistenmönche in Quebec machten. Er wünschte, ein Mönch zu sein und in den kühlen Klosterruinen zu arbeiten; und dann kaufte er gerade diesen Käse, obgleich er ihn gar nicht besonders gern aß, nur wegen der Gedanken, die ihm dabei kamen. Und an der anderen Seite des Ladens stand George und gab sein Geld für Kuchen und Schokolade und kalifornische eingemachte Früchte aus.

Dann machten sie sich mit ihrer Beute auf und davon, und in irgendeinem Schlupfwinkel futterten sie es hastig mit ihren Freunden, oder es wurde ein Fest verabredet nach der Schule, wo sie in Ruhe essen konnten. Trotzdem brachten sie es fertig, eine beträchtliche Summe für das Radio und für eine Ferienwanderung im Sommer zurückzulegen. Finch hätte gern Geschenke für die Familie von dem Reichtum gekauft, der ihm so leicht zuströmte, aber was würden sie dazu sagen, daß er soviel Geld hätte! Doch konnte er einem neuen Schlips zu Rennys Geburtstag, der in den März fiel, nicht widerstehen. Er brauchte lange Zeit im Herrengeschäft beim Aussuchen – zwei Schattierungen Blau in prachtvollen Streifen. Renny zog die Brauen hoch vor Erstaunen über das Geschenk. Er war gerührt. Aber als er am Sonntag nachmittag zum Tee mit dem neuen Schlips erschien, dessen lebhafte Farbe geradezu leuchtete gegen sein kräftigrotes Gesicht und sein Haar, erhob sich ein Sturm von Protest in der Familie. Rennys Schönheit – die, wie sie erklärten, dunkle Farben verlangte, um gehoben zu werden – wurde durch diesen Schlips geradezu ruiniert. Wenn es noch Piers gewesen wäre, dem hätte er zu seinen blauen Augen und der hellen Haut gestanden. Und als Finch den Schlips das nächste Mal sah, war es Piers, der ihn trug.

Mehr Glück hatte er mit einem Farbkasten, den er für Wakefield kaufte. Um Verdacht zu vermeiden, sagte er, daß es ein Geschenk von Leigh wäre. Wake, der die Woche gerade zu Bett liegen mußte, war begeistert. Tagein, tagaus malte er Bilder. Renny, der ihn in seinem Bett ganz damit überstreut fand, dachte mit plötzlich schwerem Herzen: Himmel, nun wird dieser arme Spatz auch noch zum Genie!

Engagements erhielt das Orchester mehr als genug. Die jungen Musiker spielten mit so unermüdlicher Freudigkeit; sie waren so liebenswürdig. Finch büffelte gewissenhaft hinter seinen Schulbüchern, und bei all diesem Üben und Lernen und wenig Schlaf wurde er so mager, daß selbst Piers besorgt wurde.

»Versuch doch mehr zu essen!« riet er. »Du bist im Wachsen und brauchst ordentliches Essen.«

»Essen!« rief Finch nervös gereizt. »Ich esse ja immerzu. Wenn ich dünn bin, ist das meine Sache. Bitte, laß mich in Ruh.«

»Aber«, beharrte Piers und befühlte Finchs Arm, »du wirst immer magerer. Und schlapp bist du auch. Da, fühl mal meine Muskeln.«

»Ich habe keine Lust, deine Muskeln zu fühlen. Wenn du sie weniger an mir geübt hättest, wären sie vielleicht nicht so hart und ich nicht so mager!«

Kurz nach Ostern kündigte George ein Engagement in einem Restaurant an, wo sie schon mehrfach gespielt hatten. Die Mitglieder irgendeines Sportklubs gaben ein Tanzfest. Die beiden Jungen hatten die Osterferien bei Mrs. St. John verlebt, und das Orchester hatte sich ehrlich geplagt, neue Tanzmusik einzuüben. Sie hatten an vier Tanzabenden gespielt. So hatte Finch zwanzig Dollar zu dem verborgenen Schatz auf dem obersten Bord seines Kleiderschranks in einem alten Fischkorb hinzufügen können. Seit die Schule wieder angefangen hatte, lernte er wieder immer bis tief in die Nacht, aus Angst, noch einmal durchs Examen zu fallen.

An dem Abend des Tanzfestes war er sehr müde. Es hatte diesmal Schwierigkeiten gegeben mit dem Fortbleiben über Nacht. Mrs. St. John schien nicht so viel mehr an ihren beiden jungen Gästen zu liegen. Finch spürte, daß er die Anspannung nicht lange mehr aushielt, daß das Orchester für eine Weile keine neuen Verpflichtungen mehr annehmen durfte, oder daß jemand anders für das Klavier gefunden werden müßte. Und doch machte es ihm Freude. Es war Leben — Musik machen, das Tanzen beobachten, die Liebeleien, nachts spät auf der Straße sein, mit frisch verdientem Geld in der Tasche.

Mrs. St. John hatte sich den Abend schwer zum Schlafengehen entschlossen. Ihre Gesundheit war jetzt besser, und sie brauchte nicht mehr so früh ins Bett zu gehen. Es machte ihr Freude, hier mit den beiden frischen Jungen in der Bibliothek zu sitzen, ihnen beim Arbeiten zuzusehen, wenn das Licht ihnen so auf das dichte Haar fiel — Georges braunes strubbeliges und Finchs helles weiches, das in einer hübschen Locke in die Stirn hing. Sie sah auch so gern ihre Hände an — Georges kleine weiße, die stark und sicher in jeder Bewegung waren, und Finchs lange hagere, dabei schöngeformte, doch nervös und unsicher. Sie mußten eine tranceartige Versunkenheit vorspiegeln, damit sie endlich ging, und als sie wirklich ging, bekamen sie Anfälle von unterdrücktem Gelächter, das bei Finch fast hysterisch wurde.

»Nun halt den Mund!« befahl George und nahm sich zusammen, »sonst hört sie dich und kommt wieder.«

Finch vergrub das Gesicht in den Armen über dem Tisch und stieß quietschende Töne aus. George machte ein böses Gesicht.

»Meinen Lebtag hab ich solch einen Burschen nicht gesehen. Du kannst nie zur rechten Zeit aufhören.« Er sah nach der Uhr. »Himmel, wir kriegen keine Straßenbahn mehr. Ich muß nach einer Taxe telefonieren.« Er öffnete die Tür der Bibliothek und horchte. »Sie hat oben das Wasser angelassen. Jetzt sind wir sicher vor ihr, glaube ich.«

Er nahm den Hörer vom Haken und nannte eine Nummer. Über den Tisch starrte er Finch an, der ihn wieder anstierte mit nassen Augen, auf den Lippen ein breites krampfhaftes Grinsen. Er sah so lächerlich aus, daß George ins Telefon prustete. Er stotterte wie verrückt, wie er die Taxe bestellte. Finch quietschte schon wieder. »Natürlich«, sagte George und hing heftig den Hörer an den Haken. »Du kannst dich eben nicht zusammennehmen!« Er tat sein Möglichstes, ein strenges Gesicht wie sein Vater zu machen.

George ging in die Halle und schlich die Treppe hinauf an die Schlafzimmertür seiner Tante.

Als er zurückkam, sagte er: »Alles in Ordnung. Sie will gerade ins Bett gehen. Ich habe dem Chauffeur gesagt, an der Ecke zu warten. Nun gib Gas, Finch, um Himmels willen!«

Wie sie durch die kalte Frühlingsnacht sausten, glühten sie vor Abenteuerlust und vor Stolz auf das gefahrvolle Leben, das sie führten. George hielt das Banjo auf den Knien. Finch hatte die Notenmappe unterm Arm. Als George den Chauffeur bezahlte, starrte Finch zu einer großen rubinroten Lichtreklame für Schokolade empor, die vor dem schweren grauen Himmel flammte. »Sollte mich nicht wundern, wenn wir Schnee kriegten«, sagte er, »kalt genug ist es dafür.«

Aber drinnen war es heiß. Der Saal war voll junger Männer und Mädchen – die Männer, Hockeyspieler, geschmeidig und kräftig, die Mädel mit bloßen Schultern, seidenen Beinen, lachenden roten Lippen. Manche von ihnen kannten Finch als Mitglied des Orchesters und winkten ihm zu, wie er eine Taste anschlug, während die andern ihre Instrumente stimmten. Es war etwas an ihm, das ihnen gefiel. »Sieh doch, Doris, der Junge mit dem hellen Haar. Sieht aus wie ein Lamm. Mit dem möchte ich mal tanzen!«

Die Flöte, die zwei Mandolinen, das Banjo, das Klavier setzten ein. Sie sangen von der Freude des Tanzes, von starken Gliedern und schlanken Nacken, von elektrischen Funken der Berührung, Finger zu Finger. Die ganze bunte Masse raste los wie eine Schar wilder Reiter, geführt von fünf Hunden auf der Jagd nach dem schnellen Fuchs, nach der Freude.

Als die Zeit zum Essen kam, standen die Mitglieder des Orchesters auf und streckten die Glieder. Sie hatten drei Stunden gespielt. Ein Kellner brachte ihnen Erfrischungen. Finch versuchte, nicht zu heißhungrig zu scheinen und ärgerte sich, als ein großes schwarzhaariges Mädchen auf ihn zukam.

»Alle Wetter, ihr Jungs könnt spielen!« sagte sie. »Ich tanze lieber nach eurer Musik als nach irgendeinem der großen Orchester.«

»Ach, red kein Blech!«

»Wirklich, es ist wahr!«

Er nahm noch ein Brötchen. Er hob die Augen nicht höher als zu ihren seidenen Knöcheln.

»Du bist ein komischer Junge. Himmel, deine Wimpern sind bald eine Meile lang.«

Er wurde rot und hob den Blick bis zur schimmernden Weiße ihrer Brust.

»Ich wollte, wir könnten mal zusammen tanzen, Mr. – wie heißen Sie?«

»Finch.«

»Oh, und der Vorname?«

»Bill.«

»Bill Finch, so? Ich möchte, Sie besuchten mich mal abends. Wollen Sie, Bill?«

»Gerne!«

»Nr. 5, Mayberry Street. Behalten? Morgen abend? Nach Miss Lucas fragen.«

»Nein, morgen kann ich nicht.«
»Übermorgen dann?«
»Ja!« versprach er. »Übermorgen.« — Wenn sie ihn nur bei seinen Brötchen allein ließe!
Ein dicker Bursche kam und nahm ihren Arm. »Hierher, Betty!« sagte er, »keine Mätzchen!« Er ging mit ihr ab, aber ihre dreisten grünlichen Augen lachten Finch über ihre weiße Schulter zu.
Gegen Meech, den Flötisten, tat er groß mit seiner Eroberung, während sie hastig Kaffee und Kuchen hinunterschlangen.
»Laß dich von der Sorte nicht kapern!« riet Meech. »Freche Weibsbilder genug hier heute abend, alle Wetter!«
Der Tanz fing wieder an, die Tänzer waren noch ausgelassener, die Augen glänzender als vor dem Essen. Sie hatten etwas getrunken, aber sie machten keinen Lärm. Um zwei Uhr ließ Bruns, der Mandolinenspieler, der im Schlachthaus arbeitete, eine Flasche bei den Spielern die Runde machen. Sie waren sehr müde. Es währte nicht lange, bis die Flasche leer war.
»Noch einen Tanz!« bettelten die Tänzer um drei Uhr früh. »Nur noch einen Tanz!« Sie klatschten kräftig in die Hände. Finch war zumute, als müßte er vom Stuhl fallen. Eine Sehne an seiner rechten Hand tat ihm schrecklich weh. Die Tänzer kamen ihm wie Vampire vor, die ihm das Blut aussaugten und nicht genug von dem Geschmack kriegen konnten.
Das große Mädchen löste sich aus der verschwommenen Menge und stürzte auf das Piano los. Sie warf Finch die Arme um den Hals und drückte ihn an sich. »Noch einen, noch einen!« flüsterte sie. »Und vergiß dein Versprechen nicht!« Er ekelte sich vor ihrem heißen schweißigen Geruch ... Er rang nach Atem, die Hände schon bereit auf den Tasten. Er versuchte seinen Kopf wegzuziehen.
»Nicht so förmlich, Schatz!« sagte sie und ließ ihn los; und gleich war auch der dicke Mann wieder da und zog sie weg.
Ein Kellner erschien mit einer Kanne und Gläsern. »Einen Schluck Ingwerbier?« fragte er lächelnd.
Finch nahm ein Glas. Es war aber etwas Stärkeres als Ingwerbier, entdeckte er. Ein angenehmes Feuer lief ihm nach dem ersten halben Glas durch den Leib. Nach der zweiten Hälfte fühlte er sich stärker und fester. Über die Schulter sah er nach den anderen. George Fennels Augen brannten unter dem wirren Haar. Meech, dem Flötisten, glühte die hohe sonst so blasse Stirn. Lilly und Burns lachten miteinander. Burns sagte mit schwerer Baßstimme: »Lilly kann die Saiten nicht mehr recht sehen. Er ist besoffen, was Lilly?«
Jetzt meinten sie aber, daß sie weiterspielen könnten. Ein kleiner Ausbruch letzter Energie riß sie in »Mein Herz stand still« ... hinein. Die Tänzer bewegten sich schweigend, fest umschlungen. Das Gleiten ihrer Füße klang wie das Rascheln von Herbstblättern. Das harte weiße Licht ließ sie plötzlich geal-

tert erscheinen. Ein Reif schien über sie alle gefallen. Aber trotzdem konnten sie nicht aufhören zu tanzen.
Jetzt war es das Orchester, das sie mitschleifte. Sie schienen nur noch Marionetten, die an Drähten gezogen wurden. Krampfhaft tanzten sie einen Tanz nach dem andern und klatschten mit heißen, feuchten Händen nach mehr. Das Orchester brach in Gesang aus, ausgenommen Meech, der Flötist. »Und dann — mein Herz stand still«, sangen sie, denn ihr Repertoire war begrenzt, und sie mußten ihre Stücke immer wiederholen.
Endlich standen die tanzenden Füße still. Es war vier Uhr vorüber, als die Mitglieder des Orchesters die schmale Treppe hinunterstiegen und in die Morgendunkelheit hinaustraten.
Tiefer Schnee war gefallen. Die Stadtstraße sah so rein aus wie eine Himmelsstraße. Marmorweiß ringsum, von einem schwarzblauen Himmel überwölbt, in dem ein großer goldener Mond hing.
Die reine Kühle der stillen Luft war wie eine frische Liebkosung. Sie hoben ihr die Stirn entgegen, öffneten den Mund und tranken sie ein. Es verlangte sie danach, sie bis in jedes Atom ihres Wesens aufzunehmen. Der weiche reine Schnee unter ihren Füßen war herrlich. Sie liefen hinein, daß er aufstäubte. Lilly nahm seinen Hut ab, um seinen heißen Kopf zu kühlen, aber Burns riß ihn weg und stülpte ihn wieder auf seinen Kopf. »Nein, nein, du erkältest dich, mein kleiner Lilly, mein hübscher kleiner Lilly«, mahnte er mit etwas schwerer Zunge. Lilly trottete ärgerlich weiter, den Hut in die Augen gedrückt.
»Ich weiß ein Lokal«, redete Burns weiter, »wo wir ein gutes warmes Essen kriegen. Ich sterbe vor Hunger.«
»Ich auch!« rief George. »Marsch voran, Burns! Wir wollen uns eine fidele Nacht machen!«
»Ich muß nach Hause«, widersprach Meech, »zu meiner Frau und der Kleinen!« Burns schrie: »Frau und Kleine verd...«
»Sieh dich vor, was du sagst!« fuhr der Flötist ihn an und blieb vor ihm stehen.
»Reg dich nicht auf!« gab Burns zurück. »Ich hab nichts Schlimmes gemeint. Ich sage bloß, ich weiß ein Lokal, wo wir gutes warmes Essen kriegen, und weil wir heute Extraverdienst gehabt haben, traktiere ich die Gesellschaft. Einverstanden, he?«
Sie waren sofort einig, und wie sie dahintrotteten, erklärte Burns: »Mir ist so schlecht, als ob mir die Kehle abgedrückt würde.«
Es war ein kleines, schlecht erleuchtetes und schmutziges Restaurant, in das Burns sie führte, aber Schinken und Eier waren gut, und nach einer flüsternden Beratung brachte der Kellner jedem einen Krug Bier. Die Fünf waren ausgehungert. Sie sahen kaum etwas von den anderen Leuten in dem Raum, bis ihre Teller leer und die Zigaretten angezündet waren. Dann beugte sich George zu den Freunden herüber und flüsterte: »Laßt um Himmels willen Eure Instrumente nicht sehen. Sonst sind sie hinter und her und wolllen, daß wir spielen!«

Es saßen etwa zwei Dutzend Menschen an den Tischen. Sichtlich beobachteten sie die jungen Leute schon in bestimmter Absicht. Es war zu spät, Mandolinen und Banjo zu verstecken.
Einer der Männer kam zu ihnen herüber. Mit einschmeichelndem Grinsen sagte er: »Hören Sie mal, könnten Sie uns nicht eins oder zwei aufspielen? Ein paar von den Mädels haben Lust und möchten gern die Beine schwenken.«
»Wofür halten Sie uns?« knurrte Lilly. »Wir haben die ganze Nacht gespielt. Ist ja auch kein Piano da.«
»Doch. Da hinter dem Schirm. Bloß ein paar Töne! Die Mädels würden so schrecklich enttäuscht sein, wenn Sie nein sagen!« Er schnaufte unangenehm hinter Finchs Ohr.
Die Mädels selbst kamen und bettelten. Etwas aus einer Flasche wurde in die Biergläser eingeschenkt. Finch spürte ein sonderbares Brummen in seinem Kopf. Die Luft im Zimmer bewegte sich, als ob sie nicht mehr Luft wäre, sondern zischende Wellen. Die elektrischen Lampen verschwammen in einem weißlichen Nebel. Er wurde ans Klavier geführt. Er fühlte sich unbeschreiblich traurig.
Die andern um ihn fingen an zu stimmen. Er hörte George über eine zerrissene Saite fluchen. Er legte die Finger auf die Tasten und starrte sie an. Sie waren eine weiße Marmorterrasse mit kleinen schwarzen Nonnengestalten, die in Prozession darüber hinzogen. Er starrte sie stumpfsinnig an, sie waren so merkwürdig, so schwarz, so traurig. Burns sagte heiser: »Mein Herz stand still.«
»Jawohl!« sagte Finch.
Es war nicht er selbst, der da spielte. Es waren nur seine Hände, ein Mechanismus, der gar nicht von ihm abhing. Immer und immer wieder spielten sie, was sie spielen sollten, fest, stark, daß die einzelnen Noten dröhnten. Er sah Georges Gesicht, starr wie eine weiße Maske, und seine kleinen weißen Hände, die hastig an den Saiten zupften. Die Flöte trillerte und heulte in einer Art Todesschrei. Als ob es keine Müdigkeit gäbe. Burns' rote Schlachterfäuste hatten Finch immer etwas angewidert, wenn sie so über den Saiten hingen. Die Mandoline war wie ein armseliges kleines Tier, das er schlachten wollte.
Dann waren sie wieder auf der Straße. Sie schrien alle durcheinander und torkelten die verschneite Straße entlang, manchmal im Gänsemarsch, manchmal der Quere nach nebeneinander. Das sonderbare Schneelicht – der Mond war jetzt nur noch eine blasse Erscheinung am aufdämmernden Himmel – gab ihren Gesichtern etwas Gespenstisches. Ihr Schreien schien eher von Geistern als von Menschen zu kommen.
Sie wußten nicht, wohin sie gingen. Die eine Straße herauf und die andere herunter, und wenn sie wieder auf der ersten ankamen, torkelten sie darüber weg, ohne sie zu erkennen. Jeder Abweg und jedes Zickzack ihrer Bahn zeichnete sich in dem reinen Schnee ab. Manchmal zerfielen sie in zwei Gruppen, zwei gingen nach der einen Richtung und drei nach der andern. Dann

jagte das ferne Geschrei der einen Gruppe der anderen einen Schrecken ein, und sie rannten und riefen einander, bis sie sich wieder an irgendeiner Ecke trafen und der kleine Trupp zusammen war.
In einem großen Hause wurde ein Fenster aufgestoßen, und ein Mann im Nachthemd erschien in der Öffnung.
»Wenn ihr Strolche jetzt nicht im Handumdrehen von dieser Straße verschwindet, rufe ich die Polizei. Marsch, vorwärts!«
Die Mitglieder des Orchesters sahen einander an. Dann brachen sie in Gelächter, Pfiffe und Gejohle aus. Finch drehte einen Schneeball und warf ihn in hohem Bogen nach dem Fenster. Eine Salve von Schneebällen folgte. Der Hausherr verschwand, um die Polizei anzurufen.
Fast im Moment seines Verschwindens erschien eine mächtige behelmte Gestalt an der Straßenecke. Mit entsetzten Blicken packten sie ihre Mandolinen, Banjo und Flöte, diese schweigenden Teilnehmer all ihrer Rüpeleien, und flüchteten die Straße entlang und in eine Gasse.
Finch und George Fennel fanden sich von den übrigen getrennt. Sie rannten noch ein paar Häuserblocks weiter und merkten schließlich, daß sie nicht verfolgt wurden. Sie blieben stehen und sahen einander neugierig an wie Leute, die sich unter merkwürdigen Umständen zum erstenmal begegnen.
Finch legte seinem Freund den Arm um den Nacken, und sie machten sich auf, das Haus von Mrs. St. John zu finden. Schließlich trennten sie sich, und an der nächsten Straße nahm Finch eine Taxe und fuhr zum Bahnhof. Während der Fahrt drückte er sein Gesicht dicht an die Fensterscheiben und beobachtete mit dem Interesse des Betrunkenen die Straßen, durch die sie fuhren.

Es war nur noch kurze Zeit bis zum Abgang des frühen Morgenzuges. Der Zugführer kannte Finch nicht, aber er behielt ihn väterlich im Auge, weckte ihn aus seinem schweren Schlaf, ehe die Station Weddels erreicht war, und beförderte ihn sicher auf den Bahnsteig.
Da draußen im Freien stieg die Sonne am klarblauen Himmel empor in strahlender Frühlingskraft, die der Schneefall der Nacht nicht gebrochen hatte. Der Schnee war nur noch ein dünnes weißes Gewand der Erde. Die Erde warf es ab und öffnete der Sonne den nackten braunen Busen. Sie dehnte den Leib ihr entgegen, um ihre Wärme zu trinken.
In den Gräben rieselten klare kleine Wasserläufe. Die nackten Äste der Bäume glänzten wie poliert. Eine Pfütze auf der Straße wurde zum Badeteich für einen kleinen Vogel. Er schlug fröhlich mit den braunen Flügeln und spritzte einen kleinen Springbrunnen funkelnder Tropfen um sich.
Finch patschte durch den schmelzenden Schneeschlacker mit dumpfem, heißem Kopf, das Haar über die Stirn geklebt. Zwei Farmer, die im Wagen an ihm vorüberkamen, machten die Bemerkung, daß dieser junge Whiteoak auch nicht viel besser zu werden schien als die andern.

Er begegnete Rags, als er eben ins Haus wollte. Der Diener sagte mit seiner gewohnten Miene dreister Unterwürfigkeit: »Wenn ich Sie wäre, Mister Finch, ich würde nicht ins Haus gehen, wenn ich so aussähe. Ich würde in den Waschraum gehen und mir das Gesicht waschen. Ist ja nicht nötig, der Familie unter die Nase zu reiben, was für eine Nacht Sie hinter sich haben.«


8  Finch muß beichten

Er ging zur Seitentür hinein und stieg mit sonderbar ruckweisen Tritten die kurze Kellertreppe hinunter. Er war zu benommen von dem Brummen in seinem Kopf, um den Klang von Stimmen im Waschraum zu hören, und selbst als er die Tür geöffnet hatte, sah er nicht gleich, daß jemand darin war. Aber wie er in die warme dampfende Atmosphäre hineinblinzelte, erkannte er nach und nach die Gesichter seiner Brüder. Piers kniete neben einem großen zinnernen Badebottich, in dem ein Spaniel kauerte, naß und zitternd, mit einem Gesicht, das unter dem triefenden langen Haar rührend schmal und sanft aussah. Am Waschbecken lehnte Renny, die Pfeife im Mund, und oben auf einer Trittleiter hockte der kleine Wakefield und aß ein Stück Schokolade.
Finch zögerte, aber es war zu spät, sich wieder zu verdrücken – alle drei hatten ihn gesehen. Er kam langsam herein und schloß die Tür hinter sich. Kurze Zeit achtete niemand auf ihn. Renny legte seine Pfeife auf das Fensterbrett, nahm einen Eimer Wasser vom Fußboden und goß ihn über den Hund, indes Piers den Körper mit den Händen rieb, um den Seifenschaum abzuspülen.
»Guter Kerl, los!« schrie Wakefield. »Hoch, Merlin, hoch!«
Erlöst tapste der Spaniel im Augenblick auf den Steinfliesen und schüttelte sich dann gewaltig, daß die Tropfen nach allen Seiten spritzten.
»Hi, hi!« schrie Wake. »Du ersäufst uns ja!«
Renny wandte sich plötzlich um und sah Finch an.
»Da hört denn doch alles auf!« rief er aus.
Wakefield blinzelte durch die dampfende Luft nach ihm hin und rief dann genau im gleichen Tonfall wie der älteste Whiteoak in seinem schrillen Sopran: »Da hört denn doch alles auf!«
Piers sah sich über die Schulter nach dem Gegenstand ihres Erstaunens um. Er machte keine Bemerkung, ließ aber den Hund los. Finch stand ihnen gegenüber, die Mundwinkel heruntergezogen, mit einem Ausdruck alberner Gekränktheit, das Gesicht schmutzig und Kragen und Schlips schief.
»Na«, knurrte er aus dem Mundwinkel heraus, »gefall' ich euch, wie ich aussehe?«
»So gut«, gab Piers zurück, »daß ich dir am liebsten den Kopf hier in das Seifenwasser stecken möchte.«
»Versuch es bloß! Rühr mich bloß an, irgendwer von euch. In Ruh sollt ihr

mich lassen, hört ihr? Ich will von dieser verdammten Einmischerei nichts mehr wissen!« Er stierte unter schweren Lidern Piers an. »Einmal haben wir hier in diesem Raum eine Rauferei gehabt, noch ein Wort, und es geht wieder los!«
»Rauferei!« Piers lachte höhnisch auf. »Eine Rauferei, du kleiner Esel? Das nennst du eine Rauferei? Du hast mir Wasser ins Gesicht gegossen, und ich habe dich auf die Erde geschmissen.« Er wandte sich zu Renny. »Weißt du es nicht auch noch? Du kamst herein und er lag mit blutiger Nase auf der Erde und winselte.«
Finch fuhr heftig hoch: »Ich habe nicht gewinselt.«
»Doch, das hast du! Du heulst immer, wenn du bestraft wirst. Die Heulerei ist man bei dir schon gewohnt.«
Finch holte zu einem Stoß gegen ihn aus, das Gesicht vor Wut verzerrt, und der Spaniel, der, ausgelassen von seinem Bad, auch seinen Teil an der allgemeinen Aufregung haben wollte, sprang Finch bellend an und riß ihn beinahe um.
Dies nasse Bündel, das ihn anpatschte, gab Finchs Nerven den letzten Stoß. Das wilde Gebell in sein Gesicht verwirrte ihn völlig. Er wußte kaum was er tat, als er nach dem Spaniel trat. Selbst sein Aufjaulen vor Schmerz drang ihm kaum ins Bewußtsein. Was ihm aber mit jähem Entsetzen deutlich wurde, war der Ausdruck Rennys, der weiß vor Zorn geworden war. Renny sah sonderbar aus, dachte er, weiß wie ein Gespenst mit diesem empörten Ausdruck.
Renny war so starr, als könnte er es nicht glauben, daß Finch Merlin getreten hatte. Dann wurde sein Mund hart. Er legte seine Pfeife weg, und war mit einem weiten Schritt bei ihm. Er schüttelte ihn wie ein Terrier eine Ratte, warf ihn dann auf eine Bank und sagte: »Wenn ich dächte, du wüßtest was du tust, ich würde dir die Knochen zusammenhauen!« Er bückte sich, legte seine Hand dem Hund auf die Seite und sah ihm beruhigend in die Augen.
Finchs Augen hingen an Rennys Hand, dieser harten starken Hand, die sich rasch und sicher wie eine Maschine bewegte. Er wälzte sich auf der Bank, den Rücken gegen die Wand, ganz erdrückt von Jammer, Wut und Selbstverachtung.
»Nun«, sagte Renny und nahm seine Pfeife wieder auf, »verlange ich zu wissen, wo du diese Nacht gewesen bist.«
»In der Stadt«, murmelte Finch gebrochen.
»Wo? Sicher nicht bei Mrs. St. John.«
»Zu Tisch war ich da.«
»So?«
Wenn nur Rennys Augen nicht so drohend, so erbarmungslos gefragt hätten. Sie machten es ihm schwer, klar zu denken, sich womöglich in ein etwas besseres Licht zu setzen. Aber was half es, das zu versuchen, wo er Merlin getreten hatte! Wenn bloß Piers nicht hier wäre, dann wäre es ihm leichter geworden, alles zu beichten.

Piers war wieder dabei, Merlin zu reiben, aber seine hellen blauen Augen ließen keinen Augenblick von Finchs Gesicht, und das kleine höhnische Lächeln lag ihm immer noch dabei um die Lippen.

»Also« — Finchs Stimme klang noch gebrochen, »es kommt von dem Orchester, zu dem ich gehöre. Ich habe euch nie davon erzählt. Aber in Wirklichkeit ist es ganz harmlos.«

»Ein schöner harmloser Vogel, der da!«

»Ein Orchester! Was für ein Orchester?«

»Oh, bloß ein kleines, das ein paar von uns zusammengebracht hatten, um etwas Geld zu verdienen. Ein Banjo, zwei Mandolinen, eine Flöte und ich — spielte Klavier!«

»Was sind das für Leute?«

»Oh — ein paar Bekannte. Nicht von der Schule. Ich — ich habe sie so kennengelernt.« Er durfte George nicht mit hineinziehen. »Wir haben nach der Schule geübt.«

»Wo habt ihr gespielt?«

»In Restaurants. Ganz billigen. Zum Tanzen.«

»Das steckte also dahinter, wenn du über Nacht bei Georges Tante bliebest? War George auch dabei?«

»Nein, nein. Ich habe die Leute bloß so kennengelernt...«

»Na, das muß ja eine schöne Gesellschaft sein. Wer sind sie?«

»Du kennst sie doch nicht, wenn ich sie auch nenne. Einer von ihnen heißt Lilly, und einer Burns, und ein anderer Meech.«

»Aber was sind sie? Wo kommen sie her?«

»Wieviel habt ihr für das Spielen gekriegt?« fragte Piers dazwischen.

Die Frage war eine Art Erlösung. Er sah hohläugig zu Piers auf: »Fünf Dollar die Nacht.«

»Was ich zu wissen wünsche«, fragte Renny hartnäckig, »ist, wer diese jungen Leute sind. Sind es Studenten?«

»Nein, sie arbeiten. Lillys Großvater hat eine Gärtnerei. Meech ist in irgendeinem Schneidergeschäft. Burns ist in einer Art Schlächterei...«

»Hm. Und ihr treibt euch also jede Nacht in der Stadt herum und sauft, was?«

Oh, wenn sie ihn doch nicht alle so anstarren wollten! Er konnte nicht klar denken mit diesen unerbittlichen Augen auf sich.

»Nein, nein«, murmelte er und schlang die Finger ineinander, »dies ist das allererste Mal — Wir hatten irgendwo zum Tanz gespielt. Wir waren todmüde. Und sie gaben uns etwas, um uns aufzupulvern. Aber gar nicht viel, ganz gewiß nicht. Es war in dem andern Lokal, wo wir nachher hingingen. Da gaben sie uns — gab uns einer — etwas zu trinken. Wird wohl schreckliches Zeug gewesen sein. Und als wir auf die Straße kamen... konnten wir... erst den Weg nicht finden... und verloren uns, und trafen uns wieder, und ich nahm den Frühzug nach Hause.«

Renny klopfte seine Pfeife auf dem Fensterbrett aus und steckte sie in die Tasche. »Du bist nicht in der Verfassung«, sagte er mit einem angewiderten Blick auf Finch, »eine Strafpredigt anzuhören. Geh zu Bett und schlaf deinen Rausch aus. Nachher habe ich mit dir zu reden.«
»Wenn du mir gehörtest«, sagte Piers, »würde ich dir den Kopf eine Viertelstunde da unter den Wasserhahn halten und sehen, ob dich das nicht wachmacht.«
»Ich gehöre dir aber nicht!« schrie Finch heiser. »Ich gehöre keinem. Du redest, als ob ich ein Hund wäre!«
»Ich möchte keinen Hund durch den Vergleich mit dir beleidigen.«
Sein Elend wurde zuviel für Finch. Er brach in Tränen aus. Er zog ein schmutziges Taschentuch heraus und schneuzte sich heftig.
Wakefield fing an, von seiner Trittleiter herunterzuklettern. »Laßt mich heraus«, sagte er, »ich kriege Angst.«
»Ich dachte, du wärest bloß ein Tropf«, sagte der älteste Whiteoak, »aber jetzt bist du mir ekelhaft. Du hast mich betrogen und Zeit verlumpt, während du hättest lernen sollen. Ich kann dir nur sagen, ich habe es satt.«
Finch konnte sich nicht verteidigen. Er fühlte sich vernichtet. Er ließ den Jammer seines Gesichts offen vor den Augen der Brüder. Seine Lippen bebten vor Schluchzen. Die Tränen liefen ihm die Backen herunter.
Wake konnte es nicht mehr aushalten. Er drängte sich an Renny und Piers vorbei und warf Finch seine Arme um den Hals.
»Wein doch nicht«, bettelte er, »armer alter Finch, wein doch nicht so!«
Renny sagte: »Dies ist sehr schädlich für dich«, nahm ihn unter den Arm und schob ihn aus der Tür auf den Gang.
Der kleine Junge stand da unbeweglich, und sein Herz ging in Stößen. Der Streit zwischen den Großen ängstigte ihn. Er fühlte, daß etwas Schreckliches geschehen würde.
Finch lag den ganzen Tag auf seinem Bett. Er war in einem sonderbaren Zustand zwischen Schlafen und Wachen. Er konnte nicht klar denken, und der Kopf tat ihm schrecklich weh. Er hatte ein Gefühl, als ob er innerlich ganz starr geworden wäre und außen scharfe Schmerzen ihm bis in den Nacken herunterliefen. Er hatte einen ekelhaften Geschmack im Munde. Er hatte ein schwindliges, fiebriges Gefühl. Es war ihm unmöglich, sich die Ereignisse der letzten zwölf Stunden in der richtigen Reihenfolge vorzustellen. Nie im Leben war er so verstört, so hoffnungslos gewesen. Ihm war, als hätte alle Verworrenheit, alle Angst, alles Tasten und Suchen dieser Jahre ihn nur zu diesem Ende getrieben, gestoßen, ihn geistig aufgelöst. Er war Ausgestoßener in der eigenen Heimat, unsagbar allein. Er legte sich die alte Frage vor: Was bin ich? Er betrachtete seine Hand, wie sie da geballt auf der Decke neben ihm lag. Was war sie? Wozu war sie geschaffen? Mit seltsamen und zarten Muskeln begabt — mit der Macht, Musik auf dem tönenden Herzen des Klaviers zu erwecken. Diese

Musik war wirklicher als die Hand, die sie klingen ließ. Die Hand war nichts, der Körper war nichts. Die Seele weniger als ein Grashalm. Er lag so regungslos, als ob seine Seele wirklich schon den Körper verlassen hätte.
Nach einer Weile kam ihm wieder der Gedanke an die Musik. Er dachte an ein Stück eines russischen Komponisten, das sein Lehrer ihm vorgespielt hatte. Für Finch war es noch zu schwierig gewesen, aber er hatte die Kraft, es sich zurückzurufen, es innerlich zu hören als ein Ganzes, als ob es ihm wieder vorgespielt würde.
Er lag und ließ es durch sich hindurchsingen, durch jeden Nerv seines Körpers, wie ein reinigender brausender Wind. Und endlich fühlte er sich in Frieden und schlief ein.

9  Durchgebrannt

Drei Wochen später saß Alayne im Wohnzimmer der kleinen Wohnung, die sie mit Rosamund Trent teilte. Sie hatte eben ein neues Buch zu Ende gelesen und wollte nun für ein Magazin eine Besprechung darüber schreiben. Sie schrieb jetzt häufig Besprechungen und kurze Artikel neben ihrer Arbeit als Lektor des Verlages Cory & Parson.
Die ärgerliche Gereiztheit des Kritikers von Beruf, dessen eigene schöpferische Kraft durch das ewige kritische Lesen gelähmt wird, hatte sie jedoch nicht. Schöpferische Kraft besaß sie als Schriftstellerin kaum. Sie wünschte sie sich auch nicht einmal, sie verlangte nur nach Weite um sich und nach der Freiheit zu lieben. Sie sehnte sich nach geistiger Entwicklung.
Zuerst, als sie nach New York zurückgekommen war, erfüllte sie – als Reaktion auf das quälend um sich selbst kreisende Leben in Jalna – nur der einzige Wunsch, ihre Persönlichkeit in der Tretmühle der Arbeit zu verlieren, in dem Lärm der großen Stadt die Erinnerung an diesen seltsamen Haushalt – an die Liebe zu Renny Whiteoak zu ertränken. Und eine Weile glaubte sie auch, es sei ihr gelungen. Rosamund Trent war geradezu rührend glücklich gewesen, sie wieder in der kleinen, einst gemeinsamen Wohnung in der 71. Street zu begrüßen.
Mr. Cory ging es sehr nahe, daß die Heirat so unglücklich ausgefallen war. Er nahm noch immer ein väterliches Interesse an Alayne, und durch ihn hatten die beiden sich ja kennengelernt. Edens beide schmale Gedichtbände waren noch im Buchhandel, aber der Verkauf war fast bis auf nichts zurückgegangen. Doch wurde hier und da noch in literarischen Aufsätzen die wilde Schönheit seiner Lyrik erwähnt, oder die frische Kraft seiner langen erzählenden Dichtung »Der goldene Fisch«. Ein neues Manuskript hatte er von Eden noch nicht erhalten, aber einmal war er in einem Magazin auf ein kurzes Gedicht von ihm gestoßen, das entweder nur kindischnaiv oder entsetzlich und absichtlich zynisch sein

konnte. Er war unsicher gewesen, ob er es Alayne zeigen sollte oder nicht. Er hatte es ausgeschnitten und für sie aufbewahrt, aber als sie dann das nächstemal auf sein Büro kam und er ihr in die Augen sah, beschloß er, es nicht zu tun. Er bat sie statt dessen, doch öfter in sein Haus zu kommen, bestand darauf, daß sie denselben Abend zu Tisch kommen müsse, und als er allein war, zerriß er das Gedicht in kleine Stücke.

Heute abend fühlte Alayne sich wie erstickt von der Luft in der Stadt. Sie trat ans Fenster, öffnete es weit, setzte sich auf das Fensterbrett und sah auf die Straße hinunter. Wenige Fußgänger waren unterwegs, aber ein Strom von Autos brauste vorbei, wie ein drängender Fluß, der keine Ruhe finden kann. Der Geruch von Benzin und Straßenstaub nahm dem Frühlingsabend alle Frische. Diese unzähligen verschiedenen Töne, die zu einem einzigen Getöse verschmolzen, saugten das menschliche Einzelwesen ein.

Alayne dachte an Jalna. An den Aprilwind, wie er pfeifend durch die Schlucht herunterfegte und die Äste der Birken, der Eichen, der Pappeln wachschüttelte. Sie erinnerte sich an den Geruch von Keimen und Vermodern, von Anfang und Ende. Sie sah im Geiste die großen Balsamfichten, die die Einfahrt bewachten und in dunklen Gruppen den Rasenplatz umgaben, das Haus einschlossen, eine düstere Mauer zwischen Jalna und der Welt. Sie sah Renny auf seiner grauen Stute den Fahrweg entlang reiten, wie er lässig im Sattel hing, und doch in dieser gewohnten, achtlosen Haltung einen Eindruck unerhörter Kraft und Vitalität machte. Jetzt war er nicht mehr zu Pferde. Er stand neben ihr. Seine scharfen rotbraunen Augen forschten in ihrem Gesicht. Er kam näher, sie sah seine Nüstern beben, seinen Mund gepreßt — Gott, sie war in seinen Armen! Seine Lippen tranken ihre Kraft weg, und doch stürzte Kraft wie ein lebendiges Feuer aus seinem Körper in den ihren —.

Alayne stieß einen schwachen stöhnenden Laut aus. Sie drückte die Hand auf die Kehle. Sollte sie nie Frieden haben? Sollte die Erinnerung an Rennys Küsse ihr eine ewige Qual bleiben? Ach, aber würde sie die Seligkeit dieser Qual hingeben wollen, selbst wenn sie es könnte?

Sie erinnerte sich an seinen letzten leidenschaftlichen Abschiedskuß, und wie sie sich an ihn geklammert hatte und gehaucht: »Noch einmal!« Und wie er sie mit einer harten Gebärde des Verzichts von sich geschoben hatte. »Nein!« hatte er zwischen den Zähnen gesagt. »Nicht noch einmal!« Und er hatte sie stehen lassen und sich auf seinen Platz zwischen seinen Brüdern gestellt. Es war das letzte Bild, das sie von ihm festhielt, wie er da zwischen ihnen stand, größer als sie, und sein Haar rötlich im Feuerschein leuchtete.

Heute abend fühlte sie sich von unsichtbaren Fäden der Sehnsucht nach Jalna gezogen. Sie empfand eine mystische Ekstase in diesem geheimen Zug. Sie überließ sich ihm ganz und mit allen Sinnen. Sie war sich des seltsam verworrenen Straßenlärms nicht mehr bewußt. Selbst das Schrillen ihrer eigenen Türglocke hörte sie erst, als es sich zum drittenmal wiederholte.

Als sie es dann endlich hörte, schrak sie auf. Sie hatte fast eine Art Angstgefühl, als sie zur Tür ging und aufmachte. In dem grellen Licht der Vorplatzbeleuchtung stand der junge Finch Whiteoak. Wie ein von ihren Gedanken geschaffener Geist stand er da, hohläugig, und den Schein eines Lächelns auf den Lippen.
»Finch!« rief sie aus.
»Hallo, Alayne!« Er brachte die Worte nur mühsam heraus. Das Lächeln, das jetzt sein Gesicht erhellte, war dem Weinen bedenklich nahe.
»Finch, lieber Junge, ist das möglich? Du in New York? Ich kann kaum glauben, daß du es bist! Aber du mußt mir alles erzählen!«
Sie zog ihn herein und nahm ihm Hut und Mantel ab. Es war so seltsam, ihn fern von Jalna zu sehen, daß es ihr vorkam, als ob sie ihn überhaupt zum erstenmal mit Augen sähe.
»Ich bin durchgebrannt«, stammelte er, »ich konnte es nicht mehr aushalten... Ich bin schon drei Wochen hier.«
Alayne führte ihn zum Sofa und setzte sich neben ihn. »Oh, Finch! Armer Kerl! Erzähl mir alles!« Sie legte ihre Hand auf seine. In dieser Abgeschlossenheit waren sie einander näher als sie es je in Jalna gewesen waren.
Er sah auf ihre Hand, die auf seiner lag. Die Zartheit ihrer Hände hatte ihn immer ergriffen.
»Ja, es war eben alles gegen mich — oder ich gegen alle. Weiß der Teufel was. Jedenfalls fiel ich im Examen durch. Das wirst du ja gehört haben. Tante Augusta und du, ihr schreibt euch doch manchmal, nicht? Na, Renny verbot mir die Musikstunden. Nicht einmal anrühren durfte ich das Klavier. Wird auch wohl recht gehabt haben, ich war ja ganz verrückt auf Musik. Nicht einen Augenblick konnte ich sie aus dem Kopf bringen. Aber so bin ich mal, weißt du. Wenn mir mal etwas im Kopf steckt, dann ist es aus.« Er seufzte tief.
Sie ballte die Hand zur Faust, die auf seiner lag. Sie zog sie weg und wiederholte: »Er verbot dir die Musik?« Zwischen ihr und Finch stand eine Vision von Rennys scharfem Profil, das in seiner unbeugsamen Härte nichts von der Wärme ahnen ließ, die in seinem offen zugewandten Gesicht liegen konnte.
»Ja? Und was dann?«
»Na, mir war, als müßte ich irgend etwas sonst neben dem ewigen Büffeln haben. Eine Art Ballast. Ich spürte, daß ich es nicht aushalten würde, wenn ich nicht irgend etwas hätte. So fing ich mit dem Schauspielern an. Das Kleine Theater, du weißt doch.« Und nun berichtete er, was inzwischen alles geschehen war: von seinem Spiel auf der Bühne und Rennys Verachtung, vom Orchester und dem letzten Abend, von seiner Heimkehr und der Szene im Waschraum.
Dann saß er einen Augenblick still und zupfte an seiner weichen Unterlippe und sagte: »Du kannst dir nicht vorstellen, Alayne, wie zum Ekel mir das Leben manchmal wurde.«
Er verkrampfte die Hände zwischen den Knien, Alayne sah, daß seine Schultern

bebten. Sie stand rasch auf. Sie hatte Angst, er würde anfangen zu weinen, und das konnte sie nicht ertragen. Etwas in ihr würde zusammenbrechen, wenn er weinte. Sie mußte sich in der Hand behalten. Beinahe kühl sagte sie: »Da hast du also den Entschluß gefaßt, durchzubrennen?«
»Ja. Ich blieb den ganzen Tag in meinem Zimmer. Lag auf dem Bett und versuchte zu denken. Dann, als es Nacht war, schlich ich mich aus dem Haus mit einem kleinen Koffer mit Kleidern und Wäsche und erreichte noch einen späten Bus in der Stadt. Gegen Morgen nahm ich den Zug nach New York.«
»Und drei Wochen bist du schon hier?«
»Ja. Nach Haus habe ich nicht geschrieben.«
»Was hast du angefangen, Finch?«
»Versucht, Arbeit zu finden.« Er hob sein elendes junges Gesicht zu ihr auf. »Ich dachte, das wäre hier leicht, aber ich kann nichts auftreiben. Jedesmal wenn ich eine Anzeige beantworte, sind schon Dutzende vor mir dagewesen. Verflucht, es war schrecklich.«
Sie sah mitleidig auf ihn herunter. »Aber warum in aller Welt bist du nicht eher zu mir gekommen? Es tut mir geradezu weh, zu denken, daß du hier durch die Straßen gelaufen bist um Arbeit zu suchen und gar nicht zu mir gekommen bist.«
»Ich wollte nicht kommen, ehe ich nicht etwas gefunden hatte, aber heute abend konnte ich nicht mehr. Ich . . . ich hatte so schreckliches Heimweh.«
Er griff nach ihrer Hand und drückte sie an seine Stirn. »Oh, Alayne, du bist immer so gut zu mir gewesen.«
Sie beugte sich nieder und küßte ihn, dann nahm sie einen sachlichen Ton an und sagte: »Nun müssen wir etwas zu essen haben. Hier sind Zigaretten. Du rauchst eine, während ich die Speisekammer durchstöbere.«
In der blitzblanken kleinen Speisekammer, die schmuck und ungebraucht aussah, entdeckte sie etwas Kartoffelsalat aus einem Delikatessenladen, eine Büchse Vermicelli in Tomatensauce, einen Kopf Salat und etwas Mixed Pickles. Sie und Rosamund waren nur zum Frühstück zu Hause.
»Wunderliche Mahlzeit für einen Whiteoak«, dachte sie, als sie die Sachen auf dem Teewagen ordnete. Sie hatte Kaffee gekocht, und nun fielen ihr noch ein paar Gläser eingemachte Früchte ein, die ihr die Tanten geschenkt hatten. Sie wählte ein Glas Johannisbeeren in dickem Saft. Zuletzt fügte sie noch ein paar Schnitten Haferbrot und ein paar kleine Schokoladekuchen hinzu.
Finch stand mit dem Rücken zur Tür, als sie ins Wohnzimmer kam. Sein Kopf war in einer Wolke von Zigarettenrauch. Er untersuchte ihre Bücher. Sie bemerkte jetzt erst, wie lose ihm sein Rock um die Schultern hing. Der Junge sah halbverhungert aus, dachte sie.
»Großer Gott!« rief er und drehte sich um. »Was für ein Haufen neue Bücher, Alayne! Wo kriegst du bloß die Zeit her, die alle zu lesen?«
»Daher, daß ich mir eben für nichts anderes mehr Zeit nehme«, antwortete sie.

»Das eine, das du in der Hand hast, ist sehr interessant. Nimmt es dir mit, Finch. Ich glaube, es wird dir gefallen.«
»Gedichte —« sagte er und blätterte darin. Dann sah er vom Buche auf. Ihre Augen trafen sich und er trat rasch einen Schritt auf sie zu. »Alayne — hast du je — ihn gesehen — von ihm gehört?« Sein Gesicht wurde glühend rot.
»Eden?« Sie nannte den Namen ganz gelassen. »Ich habe ihn nie gesehen oder von ihm gehört, aber Miss Trent, mit der ich hier zusammen wohne, behauptet, daß sie ihn einen Abend im Herbst vor einem Theater gesehen hat. Nur einen kurzen Augenblick. Sie meinte, er sähe krank aus. Deine Tante schrieb mir einmal, daß ihr nichts von ihm gehört hättet.«
»Nicht ein Wort. Ich habe die ganze Zeit hier Angst gehabt, daß ich ihm einmal in den Weg liefe. Er und ich haben eine schreckliche Szene miteinander gehabt —« o Gott, warum hatte er sie an diese Zeit erinnert — »ich glaube, er haßt mich geradezu.«
Sie hatte angefangen, das Abendessen auf einem kleinen Tisch zurechtzustellen. Er kam zu ihr heran und berührte schüchtern ihren Arm. »Verzeih mir, Alayne. Ich hätte nicht von ihm sprechen dürfen.«
Sie sah mit der gleichen Gelassenheit auf. »Es regt mich nicht auf, von Eden zu sprechen. Er ist mir jetzt nichts mehr. Ich glaube nicht einmal, daß es mich irgendwie erschüttern würde, ihm zu begegnen. Nun setz dich, Finch, und versuche dir vorzustellen, daß dies nicht bloß so eine Andeutung von einem Abendbrot wäre. Hätte ich bloß gewußt, daß du kämest!«
Wie verhungert der Junge war! Sie redete unaufhörlich, um ihm die Möglichkeit zu geben, ununterbrochen zu essen. Er kratzte die Schüsseln leer und trank eine Tasse Kaffee nach der andern. Bei Kaffee und Zigaretten erzählte er ihr dann von jedem einzelnen Familienmitglied. Zuletzt berichtete er, wie sie den letzten Musikabend und hinterher die Nacht wild auf der Straße verbracht hatten.
Er fing an zu lachen. Finchs Lachen steckte an. Alayne lachte auch, und als er die betrunkenen Ergüsse der verschiedenen Spieler nachahmte, konnte sie sich nicht mehr halten und sie lachten bis zur Erschöpfung. Seit ihrem Fortgehen von Jalna hatte Alayne sich nie derartig primitiven Gefühlen überlassen und auch nie den Trieb dazu gehabt.
Rosamund Trent fand sie bei ihrer Heimkehr in dieser ungehemmten Heiterkeit. Sie war höchst erstaunt, diesen langen Burschen mit der hellen Locke über der Stirn in dem roten Armstuhl hingeräkelt zu finden, wo er sich augenscheinlich völlig zu Hause fühlte. Noch erstaunter war sie, Alayne mit geröteten Backen und geradezu erschöpft von Lachen zu sehen.
Finch sprang auf die Füße, ganz verlegen vor dieser gescheit aussehenden Dame mittleren Alters, deren kleiner, leuchtend grüner Hut aussah, als ob er für ihren Kopf eigens geschaffen wäre.
»Rosamund«, sagte Alayne, »mein Schwager, Finch Whiteoak.«

Miss Trent sah ihn scharf an, lächelte verschmitzt und schüttelte ihm herzhaft die Hand.

»Freu mich, daß Sie gekommen sind«, erklärte sie. »So guter Laune treffe ich Alayne nicht oft.«

Finch gefiel ihr sofort. Als sie hörte, daß er eine Stellung suchte, war sie sofort bereit, ihn unter ihre Fittiche zu nehmen und ihm eine Stelle zu verschaffen, wo er wohl Möglichkeiten haben würde, vorwärts zu kommen. Sie war in einem Reklamebüro.

»Gerade das Richtige für ihn!« rief Alayne zu und klappte energisch mit ihrem Feuerzeug. »Es soll morgen früh gleich mein erstes sein, dafür zu sorgen.«

Aber Alayne konnte sich Finch nicht in einem Reklamebüro vorstellen. Sie hatte sich schon vorgenommen, mit Mr. Cory über ihn zu sprechen. Es gehörte Mut dazu, Rosamund zu widersprechen, wenn sie es sich einmal in den Kopf gesetzt hatte, jemandem zu helfen; aber Finch sprang ihr bei, indem er kühn erklärte, er fühle einen größeren Drang in sich, selbst etwas zu veröffentlichen als Reklame zu machen.

In ein paar Tagen hatte Finch einen kleinen Posten in dem Verlagshaus erhalten und Rosamund Trent konnte ihre Hilfsbereitschaft nur dadurch befriedigen, daß sie ihm eine behaglichere Wohnung verschaffte.

Kaum eine Woche später erhielt Alayne einen Brief von Lady Buckley, in einer schlanken zierlichen Handschrift geschrieben und mit vielen Unterstreichungen:

Jalna, 18. April

Meine liebe Alayne!

Ich war so erfreut über Deinen letzten Brief und die Nachricht, daß Du gesund und guter Dinge bist, wie es unter diesen Umständen möglich ist. Uns geht es gut, außer meinem Bruder Ernest, der erkältet ist. Mein Bruder Nicholas leidet sehr unter seiner Gicht, wie gewöhnlich im Frühling. Ich wiederhole ihm immer das Wort Diät, aber gänzlich ohne Wirkung. Meiner Mutter geht es in Anbetracht ihres hohen Alters ausgezeichnet. Sie ist durch den Winter gekommen ohne ernstlichere Unpäßlichkeiten als ein gelegentliches Magendrücken. Renny ist gesund wie immer, humpelt aber am Stock umher, die Folge eines Hufschlags von einem bösartigen Pferd gegen sein Knie. Glücklicherweise war gerade der Tierarzt im Stall und konnte die erste Hilfe leisten. Eigentlich ist es auf Rennys Veranlassung, daß ich Dir heute von unserer Sorge schreibe. Er ist sehr in Unruhe, wie wir alle, ausgenommen Mama, die merkwürdig gefühllos in der ganzen Sache ist. Sicher bist Du nun schon in höchster Spannung vor Neugierde, also werde ich Dich erlösen und gleich zur Hauptsache kommen. Finch ist nämlich verschwunden.

Da Du weißt, eine wie engverbundene Familie wir sind, kannst Du Dir unseren Gemütszustand vorstellen.
Er ist seit vier Wochen fort, und wir sind nun in größter Sorge. Wakefield jagte uns gestern mittag beim Essen einen großen Schrecken ein durch die Vermutung, daß Finch ermordet sein könnte. Was für ein schreckliches Wort! Ich bezweifle, daß ich jemals bisher in meiner Korrespondenz ein so niedriges Wort gebraucht habe.
Renny hat einen Privatdetektiv mit der Suche nach Finch beauftragt, der seine Spur bis New York festgestellt hat. Er erklärt jetzt, falls er in dieser Woche nicht gefunden wird, einen öffentlichen Aufruf für ihn in die Zeitung setzen zu wollen. Dies wäre für uns sehr demütigend, da wir ausgestreut haben, daß er zur Erholung fort sei seiner Gesundheit halber. Und tatsächlich ist er auch nicht recht gesund. Ich bin der Ansicht, der arme Junge grämte sich sehr, daß ihm das Klavier verboten war, und ich glaube bestimmt, daß hier die Ursache des Unglücks liegt.
Du bist immer so mitfühlend, liebe Alayne. Du verstehst besser, als jeder Außenstehende es könnte, unser starkes Familiengefühl, trotz gelegentlicher kleiner oberflächlicher Aufregungen. Ich hoffe sehr, daß Du uns irgendwelche Nachricht von Finch verschaffen kannst. Da wir ja wissen, wie er an Dir hing, halten wir es für sehr wahrscheinlich, daß er Dich aufgesucht hat. Gebe der Himmel, daß wir nicht durch das Fegefeuer eines öffentlichen Aufrufs für ihn gehen müssen. Renny ist schon so weit gegangen, eine vollständige Beschreibung von ihm zu verfassen, und sie klang sehr wenig anziehend, als er sie laut vorlas.
Es hofft auf gute Nachricht von Dir
in großer Eile

Deine Augusta Buckley

P. S. Wakefield läßt Dich grüßen. Sein Herz ist gar nicht recht in Ordnung. Dieser kanadische Winter bringt ihn jedesmal herunter, ebenso wie mich selbst. A. B.

Alayne schrieb postwendend:

Liebe Lady Buckley!
Sie haben richtig vermutet. Finch hat mich aufgesucht. Es geht ihm gut, und er hat eine Stellung, in der er ohne Schwierigkeit vorwärtskommen wird. An Ihrer Stelle (und damit meine ich die ganze Familie) würde ich mich jetzt nicht einmischen oder Berührung mit ihm suchen. Wenigstens fürs erste nicht. Finch hat eine sehr unglückliche Zeit hinter sich, und meiner Ansicht nach sollte man ihn vorerst ganz sich selbst überlassen.

Ich werde mich regelmäßig um ihn kümmern, und öfters über ihn berichten, aber Sie können Renny bestellen, daß ich mich entschieden weigere, seine Adresse anzugeben.

Ich freue mich, daß Sie leidlich durch den Winter gekommen sind und bedaure sehr die verschiedenen Unpäßlichkeiten, vor allem, daß es mit Wakes Herz nicht gut gegangen ist. Bitte sagen Sie ihm, daß ich oft an ihn denke und ihn gern einmal wiedersehen würde.

Ich glaube wirklich, daß Sie sich um Finch keine Sorge zu machen brauchen.

In Liebe
Alayne

## 10   Die Reise nach New York

Rags brachte die Post herein und legte sie vor Renny hin, der an der einen Seite des Kamins saß, das verletzte Bein hochgelegt auf eine Ottomane, auf der in grünen und silbernen Perlen die Gestalt eines Engels mit einem Lilienzweig gestickt war. Gegenüber am Kamin saß Nicholas, das gichtische Bein auf eine völlig gleiche Ottomane gelegt und ein Glas Whisky mit Soda neben sich. Er lachte in sich hinein über einem alten Heft des Punch. An einem kleinen Tisch saß Ernest und fädelte eine Kette von riesigen Bernsteinperlen für seine Mutter neu ein. Sein langes Gesicht war mit dem Ausdruck ruhiger Aufmerksamkeit über die Arbeit in seinen Händen gebeugt. Die alte Mrs. Whiteoak saß vorgebeugt in ihrem Lehnstuhl, beobachtete jede Bewegung seiner Finger und genoß mit ihrer angeborenen Farbenfreude das Aufglühen des Bernstein im Feuerschein, wie eine schwerfällige alte Biene, die Honig aus einer Blume saugt. Ihr Atem kam und ging hörbar durch die vorgeschobenen Lippen, was teils an ihrer Stellung lag und teils an der Anstrengung des Aufpassens. Dieses keuchende Atmen und ein gelegentliches Auflachen von Nicholas waren die einzigen Laute, während Renny seine Briefe las, und diese unterstrichen nur die Abgeschlossenheit des Zimmers, den Eindruck einer Mauer, die die übrige Welt ausschloß, wie immer, wo eine Gruppe von Whiteoaks zusammen war. Niemand von den älteren Herrschaften fragte Renny nach Briefen. Keiner von den Dreien erhielt mehr als einen oder zwei Briefe im Jahr, und dann waren es meist auch nur Geschäftsanzeigen.

Wake kam ins Zimmer. »Tante Augusta möchte wissen«, fragte er in seinem hellen Sopran, »ob Briefe für sie da sind.«

»Zwei aus England.« Renny gab sie ihm.

»Wie nett für sie!« sagte Wakefield und sah ihm über die Schulter. »Aber sieh mal, da ist noch einer, Renny, mit einer amerikanischen Marke. Der ist doch an Lady Buckley, nicht wahr?«

»Bring ihr, was ich dir gegeben habe«, sagte sein Bruder kurz, und Wakefield

trollte ab, um Augusta zu berichten, daß Renny einen von ihren Briefen zurückbehalten hatte.
Als sie genügend Zeit gehabt haben konnte, ihre englischen Briefe zu lesen, erschien sie in der Tür.
»Weißt du sicher, daß du nicht einen von meinen Briefen übersehen hast, Renny?« fragte sie. »Ich erwarte noch einen.«
Er klopfte auf den Sofaplatz neben sich. »Komm her und lies ihn hier«, sagte er.
Lady Buckley sah ärgerlich aus, aber sie kam und setzte sich neben ihn, sehr aufrecht, und die Augenbrauen beinah bis an die Fransen ihrer Frisur hochgezogen.
»Ich will ihn für dich aufmachen«, sagte er, schnitt mit einem großen Papiermesser vorsichtig den Umschlag auf und nahm sich so viel Zeit mit der Sache, als ob es ihm Freude machte, gerade diesen Brief zu berühren. Sie erriet, von wem er kam.
Sie setzte die Lorgnette auf die Nase und nahm den Brief mit gleichmütiger Miene, aber kaum hatte sie eine Zeile gelesen, als sie mit tiefer Stimme ausrief: »Gott sei Dank, er ist gerettet.«
Renny schob sich näher an sie heran und versuchte in den Brief zu sehen.
»Lies!« befahl sie, und zusammen studierten sie den Brief.
Als sie an die Zeile kamen: »Du kannst Renny sagen, daß ich mich entschieden weigere, seine Adresse anzugeben«, wies sie dramatisch mit einem Zeigefinger darauf, und Renny zeigte die Zähne mit einem Lächeln, das aus Bedauern und Genugtuung wunderlich gemischt war.
Wakefield, hinter dem Sofa, steckte den Kopf zwischen sie und fragte: »Ist es über Finch? Ist mit Finch was passiert?«
»Er ist gefunden«, verkündigte Augusta, »er ist in New York. Er ist gesund.«
»So ein kleiner Satan!« sagte Nicholas und legte seinen Punch hin, »der müßte nach Haus gebracht werden und eine ordentliche Tracht Prügel kriegen.«
Ausnahmsweise war der sanfte Ernest mit ihm einig. »Das müßte er wirklich. Ich habe mich krank gesorgt um den Burschen.«
»Von wem ist der Brief?« fragte Nicholas.
»Von Alayne. Seid still und ich lese ihn euch vor.« Eindrucksvoll las sie den Brief laut vor.
»Ich bin der einzige, dem sie was bestellen läßt«, rief Wakefield, »außer Renny, und seins ist gar nicht nett. Sie schreibt, sie will ihm nicht sagen wo Finch ist, nicht wahr?«
»Still«, sagte Augusta, »jetzt in diesem Augenblick können wir dein Geschwätz nicht brauchen.«
»Alayne«, stellte Nicholas fest, »hat dem Jungen von Anfang an etwas in den Kopf gesetzt. Du weißt doch, Renny, sie war es, die dich überredet hatte, ihm Musikstunden geben zu lassen.«

»Du spielst ja selbst Klavier«, gab seine Schwester spitz zurück.
Nicholas rauchte ungerührt seine Pfeife. »Das tue ich. Aber ich verliere den Kopf nicht über die Musik. Ich könnte nie von einer Kunst besessen sein. Finch war ja ganz verrückt darüber, und es hat ihm weiß Gott genug geschadet.«
Renny sagte: »Daß der Bengel die Courage gehabt hat, allein nach New York zu fahren! Er muß alles Geld dafür gespart haben, das er mit diesem albernen Orchester verdient hat!«
»Die Frage ist«, sagte seine Tante, »was soll man machen? Es ist ein entsetzlicher Gedanke, daß Finch allen Versuchungen dieser schrecklichen Stadt preisgegeben ist.«
»Er muß sofort zurückgeholt werden!« rief Ernest aus und ließ vor Aufregung eine Perle fallen.
Solange er getreulich seine Arbeit tat und die honiggoldenen Kugeln mit Vorsicht und Sorgfalt handhabte, hatte es der alten Mrs. Whiteoak beliebt, nicht auf das Gespräch zu achten, aber jetzt hob sie plötzlich ihren mächtigen Kopf mit der Bänderhaube und sah mit durchbohrendem Blick die Gesichter rings um sich an.
»Was ist los?« fragte sie.
Sie sahen einander an. Sollte man es ihr sagen?
Das Blickewechseln entging ihr nicht. Sie stieß mit dem Stock auf den Fußboden. »Ha! Was ist dies? Was ist los? Ich will keine Heimlichkeiten, verstanden?«
»Sachte, sachte, Mama«, sagte Nicholas besänftigend. »Es ist bloß wegen Finch. Wir wissen jetzt wo er steckt.«
Etwas Atemberklemmendes lag über dem Zimmer, wie jedesmal wenn ihr eine Neuigkeit mitgeteilt wurde. Wie würde sie es aufnehmen? Würde es eine Szene geben? Jedes Auge war auf dieses eigenwillige, unheildrohende alte Gesicht gerichtet.
»Finch, he? Ihr habt herausgekriegt, wo er steckt?«
»Er ist in New York«, fuhr Nicholas fort. »Wir haben einen Brief von Alayne. Sie hat ihn gesprochen.«
»Ha! Was macht er da?«
»Es scheint, daß er da eine Art Stellung hat. Ich denke mir, Alayne hat sie ihm verschafft.«
»So, die? Ich habe immer gedacht, sie hat gute Verbindungen.« Sie ließ das Kinn auf die Brust fallen. Dachte sie tief nach, oder war sie in eins ihrer plötzlichen Schläfchen gefallen? Boney hüpfte von seiner Stange und begann an den Bändern ihrer Haube zu picken. Er zerrte daran, bis die Haube schief saß.
Plötzlich hob sie den Kopf und sagte mit Nachdruck? »Ich will ihn hier haben. Ich will Finch sehen. Nehmt den Vogel weg. Er verdirbt mir meine Haube.«
Ernest setzte Boney vorsichtig wieder auf seine Stange, nicht ohne dabei einen boshaften Schnabelhieb auf das Handgelenk abzukriegen.

»Haramzada!« schrie Boney und schlug mit den Flügeln. »Iflatoon! Chore! Chore!«
Renny bemerkte: »Mir scheint, es wäre ein verdammt guter Gedanke, ihn eine Weile da zu lassen. Er wird es schon satt kriegen. Es wird ihm eine Lehre sein.«
Großmutter drehte den Hals und wandte ihm ihre schnabelscharfe Nase zu. »So, das meinst du, he? Das möchtest du, he? Du als sein Vormund? Immer gleich dabei, wenn es gegen meinen Willen geht, he? Unnatürlicher Enkel! Unnatürlicher Bruder!« Ihr Gesicht war purpurrot übergossen.
»Unsinn!« sagte Renny. »Bin ich nicht. Fällt mir gar nicht ein.«
»Doch! Bist du! Nichts tust du so gern, als Leute ärgern. Wärst am liebsten ein Tyrann wie mein Vater. Der alte Renny Court. Der rote Renny, nannten sie ihn in Irland. Alle seine elf Kinder duckten sich vor ihm, bloß ich nicht. Ich ließ mich nicht unterkriegen.« Sie schüttelte triumphierend den Kopf, und geriet dann außer sich vor Wut. »Und just ich mußte einen seinesgleichen in die Welt setzen!«
»Bilde dir nichts ein!« gab der Herr von Jalna zurück. »Du hast mich nicht in die Welt gesetzt!«
»Nicht in die Welt gesetzt?« schrie sie. »Du wagst mir zu widersprechen? Wenn ich dich nicht in die Welt gesetzt habe, dann möcht ich wissen wer sonst!«
»Du vergißt«, gab er zurück, »daß du meines Vaters Mutter bist, aber nicht meine!«
»Na, ich möchte wissen, wer du ohne deinen Vater wärest! Ein elender Engländer, und deine Mutter bloß eine arme Zimperliese von Gouvernante!«
Sein Gesicht war fast so rot wie ihres. »Nun bringst du mich wieder mit seiner zweiten Familie durcheinander. Meine Mutter war Doktor Ramsays Tochter. Weißt sicher noch genau, wie du sie gehaßt hast.«
»Haramzada!« schrie Boney dazwischen und wiegte sich auf einer Stange. »Iflatoon! Iflatoon!«
Nicholas fuhr polternd dazwischen. »Hör auf, sie zu ärgern, Renny! Ich will das nicht. Sieh bloß an, wie rot ihr Gesicht ist. Denk daran, daß sie über hundert ist.«
Seine Mutter fuhr gegen ihn herum.
»Kümmere du dich um dein eigenes Gesicht! Du bist bloß neidisch, daß du nicht unser heißes Blut hast. Wir wollen unsern Zank in Ruhe haben, verstanden?«
»Dies bekommt dir sehr schlecht, Mama«, sagte Ernest.
»Bleib du bei deinem Perlenfädeln, Dummkopf!« befahl seine Mutter.
Augusta rief: »Können wir denn nie etwas ohne Streiterei besprechen?«
»Gibst du etwa Roastbeef ohne Senf?« gab die alte Dame zurück.
»Soll mich wundern«, bemerkte Wakefield, »ob Finch auch unter die Kriminellen gerät, die es da so viel geben soll. Rags hat mir davon erzählt.«
»Das Kind trifft den Kern der Sache«, sagte Augusta. »Sicher gerät Finch

unter irgendwelche schlechte Einflüsse, wenn man ihn in New York läßt. Wie kann Alayne über ihn wachen? Was weiß sie von den Versuchungen, denen ein junger Mann ausgesetzt ist?«
»Mann!« knurrte Nicholas. »Grüner Junge.«
»Er muß weggeholt werden«, sagte Großmutter, »und das sofort. Ernest soll ihn holen.«
Wenn man Ernest gesagt hätte, daß er sich einer Nordpolexpedition anschließen müsse, hätte er nicht überraschter aussehen können. »Aber Mama«, fragte er, »weshalb denn ich?«
»Weil«, antwortete sie energisch, »Nick nicht reisen kann wegen seines Knies. Renny kann nicht reisen wegen seines Beins. Piers hat zu viel zu tun, und außerdem ist er nie dagewesen. Eden — was ist denn mit Eden?«
»Er fällt weg, Mama.«
»Hm. Gefällt mir nicht, daß er weg ist. Ich will das junge Volk um mich haben. Du solltest ihn auch gleich mitbringen. Du bist der Richtige dazu.«
»Ich bin ganz Mamas Ansicht«, sagte Augusta.
Mutter und Tochter sahen einander an, ganz verblüfft, sich einer Ansicht zu finden.
Die alte Mrs. Whiteoak rückte ihre Zähne im Mund mit knirschendem Geräusch zurecht.
»Mußt du das tun, Mama?« fragte Ernest.
Sie beachtete die Frage nicht, sondern bemerkte mit einem grimmigen Lächeln zu ihrer Tochter: »Gut gesagt, Lady Buckley!«
Nachdem Ernest den ersten Schreck überwunden hatte, fühlte er sich durch sein ganzes Wesen erhoben durch das Abenteuer, nach New York zu gehen. Er hatte immer die Absicht gehabt, einmal wieder hinzufahren. Europa schien außer Frage. Aber aus Indolenz und Geldmangel hatte er gezögert, bis die Absicht mehr und mehr schattenhaft wurde, und sie wäre mit den Schatten so mancher anderer unerfüllter Pläne weggeschmolzen, wenn ihn die Familie jetzt nicht zur Ausführung gezwungen hätte.
Zwei Tage später saß er im Zug nach New York. Er war äußerst zufrieden mit sich selbst, wie er sich unter dem ehrerbietigen Blick des schwarzen Kellners über das Menü beugte, und unter sich das dumpfe Rattern der Räder fühlte. Sogar das ungewohnte Eiswasser war ihm ein Genuß.
Als er am Schluß der Mahlzeit seinen Kaffee schlürfte, beunruhigte er sich nicht im geringsten wegen seiner Verdauung. Er fühlte sich selbstsicher und kräftig. Er sah aus dem Fenster nach den waldigen Tälern, den dunkelbraunen Hügeln und Schluchten, die vorbeiglitten. Seine Augen entzückten sich an den Weinbergen, den Pfirsichpflanzungen, wo Tausende von kleinen Pfirsichbäumen in rosiger Blüte auf fruchtbarem roten Lehmboden standen, den die sinkende Sonne noch leuchtender färbte. Die Erde unter den Kirschbäumen war weiß von Blütenschnee. Die Äcker schimmerten im lichten Grün der jungen Saat.

Die schwarze Hand des Kellners, die das Trinkgeld hinnahm, machte ihm Spaß, die Gesichter der Mitreisenden interessierten ihn. Ein paar New Yorker Geschäftsleute darunter, mit runden schlauen Gesichtern. Fast bekümmert dachte er: »Haben wahrscheinlich Geschäfte in Kanada gemacht – ja, wenn wir nicht die Energie oder das Kapital haben, unser eigenes Land in die Höhe zu bringen, und wenn das Mutterland sich auch nicht darum kümmert, dann bleibt ja nichts andres übrig, als daß die Amerikaner sich daran machen.«
Im Raucherabteil steckte er sich eine Zigarre an. Er hätte ganz gern mit seinem Nachbarn ein Gespräch angefangen, aber sobald der Mann die Absicht zeigte, etwas zu sagen, sah er mit abwesenden Blicken vor sich hin. Er konnte nicht mit einem Fremden sprechen, so gern er auch einige der wesentlichsten Tagesfragen noch mit jemand anderem als nur der Familie und seinen nächsten Freunden diskutiert hätte. Von letzteren hatte er eigentlich nur zwei: Mr. Fennel, dessen Interessen sich darauf beschränkten, seinen Garten von Insekten zu bewahren und seine Gemeinde vor dem Ritualismus, den ein paar ältliche verheiratete Damen und ein lediger junger Mann einzuführen strebten; und einen Mr. Sinclair, den letzten Nachkommen einer anderen englischen Familie, dessen Vater auch als Offizier seinen Abschied genommen und sich ein Haus fünf Meilen von Jalna entfernt gebaut hatte. Aber da er allein lebte und niemand sonst hatte, mit dem er sprechen konnte, kam er so geladen mit explosiver Lebhaftigkeit zu seinen Diskussionen mit Ernest, daß er diesen völlig erschöpft zurückließ. Und da er nichts glaubte, was nicht in der Londoner »Times« stand und diese drei Wochen alt war, wenn er sie erhielt, so hatte die Gemeinsamkeit mit ihm ihre Grenzen.
Ernest war wenig in Amerika gereist und hatte die schreckliche Öffentlichkeit der Schlafwagen vergessen. Er hatte auch Schwierigkeiten mit dem Auslöschen seines Lichts. Als er endlich in seine Decken eingewickelt lag, schnarchte der Mann in dem Bett über ihm so ausdauernd, daß er lange nicht schlafen konnte. Trotzdem kam endlich der Schlaf, zwar unruhig aus Mangel an Luft, aber immerhin besser als Wachliegen. Bei Sonnenaufgang lag er auf die Ellenbogen gestützt und sah aus dem Fenster. Er war einer der ersten, die in den Speisewagen kamen, hatte sich schon eine New Yorker Zeitung gekauft und wechselte ein gemessenes Gutenmorgen mit zweien seiner Mitreisenden. Er war froh, daß sie nicht wissen konnten, wie lange es her war, seit er nachts gereist war.
Wie gut schmeckte der Schinken mit Eiern und der Kaffee! Wie interessant die hübsche blonde Frau an dem Tisch gegenüber. Jedesmal wenn er den Blick hob, sah sie ihn an. Er hoffte nur, daß nichts an seinem Kragen oder Schlips verkehrt war. Er fuhr sich mit der Hand über den Kopf, um sich zu vergewissern, daß sein Haar glatt war. Eine leise Röte stieg ihm in die Wangen.
Das Herz klopfte ihm unbehaglich, als sie sich dem großen Hauptbahnhof näherten. Seine Knie zitterten, als er dastand, während der Träger ihm den

Rock abbürstete. Dann kam die schreckliche Angst, wie der Mann mit seiner Reisetasche verschwand, einer guten englischen Reisetasche, die er selbst bei Drews in der Regent Street gekauft hatte. Dann die Erleichterung, als er die Tasche auf dem Bahnsteig wiederfand. Und kaum hatte die Erleichterung gleich einer verfrühten Frühlingsblume ihr Haupt erhoben, so erfror sie schon vor Entsetzen bei dem Anblick eines Burschen, der sich mit der Reisetasche in der Hand in das Gedränge stürzte.
Als Ernest zum zweiten Male seine Reisetasche wiederhatte, war sein Kopf naß vor Schweiß. Er sank auf den Sitz einer Taxe, nahm den Hut ab, trocknete sich die Stirn und starrte geängstigt durchs Fenster in das unglaubliche Gedränge der Straße. Er hatte dem Chauffeur das Hotel Brevoort angegeben, weil er dort bei seinem letzten Aufenthalt in New York vor zwanzig Jahren gewohnt hatte.

## 11 Heimweh

Alaynes Erstaunen, als sie Finch vor ihrer Tür sah, war eine milde Empfindung im Vergleich mit der, die sie erlebte, als sie Ernest die Tür aufmachte. Sie hätte kaum heftiger bestürzt sein können, wenn einer der großen alten Bäume von Jalna seine Wurzeln ausgehoben und sich auf den Weg gemacht hätte, um sie zu besuchen. Sie ließ sich von ihm die Hand schütteln und die Backen küssen. Sie setzte ihn in den roten Lehnsessel, und selbst dann konnte sie noch nicht an die Wirklichkeit glauben. Ihre Augen wanderten zur Tür in der halben Erwartung, auch die übrige Prozession auftauchen zu sehen – Großmutter und Boney, Nicholas und sein Hündchen Nip, Renny und seine Spaniels, Piers und Pheasant, den kleinen Wake.
»Mein liebes Kind«, sagte Ernest, »wie schön, dich wiederzusehen!«
»Ja, wirklich«, sagte Alayne, setzte sich neben ihn und versuchte, ihrer Stimme einen natürlichen Klang zu geben, »es ist herrlich, daß du da bist!«
»Du siehst blaß aus, liebe Alayne.«
»Nun, du weißt ja, was ein Winter in der Stadt ist. Ich bin manchmal todmüde gewesen.«
Als die Aufregung der ersten Überraschung vorbei war, machte sie sich klar, weshalb er hier war. Er war gekommen, um Finch nach Hause zu holen, und wenn irgend möglich, mußte sie das verhindern.
Sie sah ihm kampfbereit ins Gesicht. »Ich nehme an, du kommst wegen Finch«, sagte sie.
Das war Ernest peinlich. Es wäre ihm lieber gewesen, sie hätte nicht so geradezu gefragt. Er hätte gern erst eine kleine nette Unterhaltung mit ihr gehabt und wäre dann erst vorsichtig auf den Grund seines Besuches zu sprechen gekommen.
»Natürlich denke ich, liebe Alayne, daß ich Finch sprechen werde, nun ich

einmal hier bin, aber es macht mir wirklich viel mehr Freude, daß ich dich wiedersehe.«

»Du wirst doch wohl nicht darauf bestehen, daß der arme Junge mit dir zurückfährt, nehme ich an.«

»Nein, nein, nein. Aber ich möchte ihn sprechen, und sehen wie er lebt – kurz und gut, die Familie über ihn beruhigen. Weißt du, es ist doch eigentlich schrecklich, daß ein Junge von seiner Welterfahrenheit so in New York herumläuft.«

»Er arbeitet aber! Und er wird anständiger behandelt als zu Hause. Ich hoffe, du nimmst mir nicht übel, daß ich das sage. Du weißt selbst, daß Finch nicht immer gut behandelt wurde.«

Ernest blieb unerschütterlich gelassen. »Mein liebes Kind, ich glaube nicht, daß du uns verstehst. Unser Familienkreis ist sehr eng verbunden.«

»Doch, ich verstehe euch schon! So eng verbunden, daß ihr keinen von euch loslassen könnt. Ihr wollt dann hinterher und ihn zurückschleppen. Ich weiß, ich bin schrecklich unhöflich, aber das kann ich nicht ändern. So habe ich eure Familie immer schon empfunden.«

»Wir sind nicht hinter Eden her gewesen.«

»Weil ihr wußtet, daß es nichts half. Über Eden hattet ihr keine Gewalt. Und ihr hattet keine Ahnung, wo er war.«

Ernest sah sie neugierig an. »Bist du böse, wenn ich dich etwas frage?«

»Was denn?«

»Hast du Eden gesehen, seit du zurück bist?«

»Nein. Ich werde ihn auch wohl kaum wiedersehen. Ich will es auch gar nicht.«

»Das kann ich mir denken. Du hast zu viel durch ihn gelitten.« Ernest war erleichtert, daß er das Gespräch mit Erfolg in eine sympathischere Bahn geleitet hatte. Er legte seine lange weiße Hand auf ihre und drückte sie sanft. Eine plötzliche Wärme und ein Gefühl des Geborgenseins stieg in ihr auf, wie sie sich von einem so viel älteren Menschen so liebevoll behandelt sah. Es war nett, und er selbst war nett – sie hatte ganz vergessen, wie nett und freundlich. Sie hatte auch vergessen, wie vornehm seine Erscheinung war und wie angenehm seine Stimme. Schließlich hatte er weniger Schuld an der Tyrannei von Jalna als die andern.

Er geriet in Begeisterung über die praktische Einrichtung, die Behaglichkeit der Wohnung. Sie führte ihn herum und zeigte ihm all die hübschen elektrischen Erfindungen. Sie entzückten ihn geradezu. Er hatte nie etwas Ähnliches gesehen. Als sie Arm in Arm ins Wohnzimmer zurückkehrten, wurde das Thema Finch wieder aufgenommen, aber mit größerer Zurückhaltung von Alaynes Seite, und von seiten Ernests mit noch größerer Liebenswürdigkeit. Sie berichtete ihm Einzelheiten über Finchs Arbeit und seine Aussichten.

Ernest hörte mit Anteil zu.

»Aber wo«, fragte er, »liegt nun für ihn eine Möglichkeit, sein Musikstudium weiterzuführen?«

»Ich fürchte, die ist gar nicht vorhanden«, sagte sie traurig, »aber augenscheinlich in Jalna erst recht nicht.«

»Oh, ich glaube sicher, daß Renny in dem Punkt nachgeben wird.«

»Sag mir, Onkel Ernest«, fragte sie und sah ihm in die Augen, »war es Renny, der dich drängte, wegen Finch herzufahren, oder wolltest du nur deiner Mutter den Gefallen tun? Ich weiß ja, wie schrecklich ihr der Gedanke ist, daß einer von den Jungen von zu Hause weggeht.«

Es machte ihm Freude, von Alayne als Onkel angeredet zu werden.

»Mein liebes Kind«, sagte er, »ich hatte kein Drängen nötig. Mir lag selbst daran, den Jungen zu sehen, und ich freute mich auf die Gelegenheit, auch dich zu sehen. Du weißt, daß ich dich sehr liebgewonnen hatte.«

»Und ich dich! Du weißt, ich hatte keine – keine ...«

»Keine netten alten Onkels«, sagte er ihren Satz zu Ende »natürlich nicht. Nette alte Tanten sind eine Sache, aber nette alte Onkels wieder ganz was andres. Sie haben ihre eigene Stellung ... Nun zu Renny. Wenn du gehört hättest, wie er vor meiner Abreise mit mir sprach, dann würdest du begreifen, wieviel ihm daran liegt, Finch zurückzuhaben.«

»Als ich in Jalna lebte«, sagte sie nachdenklich, »da habe ich manchmal gedacht, daß Renny sehr oft in euren Familienkonklaves zu einer Stellungnahme gedrängt« – am liebsten hätte sie gesagt, aufgehetzt – »wurde, die –«

»Nein, nein, nein! Renny ist ein Mann von raschen Entschlüssen. Er weiß, was er will und geht drauf los.«

»Ja, ich weiß«, stimmte sie leise zu.

»Wenn wir diese Konklaves halten, wie du das nennst, dann hat Renny meist von Anfang an seine bestimmte Ansicht, aber erst wenn die Sache in der Familie von allen Seiten durchgedroschen ist, spricht er seine Entscheidung aus, auch weil seine Entscheidung oft mit den Schlüssen übereinstimmt, zu denen die Familie gekommen ist.«

»Kommt die Familie je zu einer einstimmigen Entscheidung?«

»Wenn du gehört hättest, wie einig wir uns alle darüber waren, daß Finch nach Hause kommen muß ...«

»O ja, das versteht sich. Ich wollte, ich hätte dir nicht gesagt, wo er in Stellung ist.«

»Meine Liebe, ich werde Finch nicht im geringsten zu zwingen versuchen. Du sollst dabei sein, falls du willst, wenn wir uns treffen, dann wirst du sehen, daß ich nichts als ein freundschaftliches Gespräch mit ihm will.«

»Aber was willst du denn tun? Ihn mit dem Versprechen von Musikstunden bestechen, daß er nach Hause kommt? Läßt Renny sich so weit herab, die Jungens zu bestechen?«

Ernest antwortete mit Nachdruck: »Renny hat gar nicht die Absicht gehabt,

Finch das Klavierspielen länger zu verbieten, als bis er sein Examen gemacht hat. Ist das einmal vorbei, so hat Renny die Absicht, und hat sie immer gehabt, daß Finch mit seinen Stunden wieder anfangen soll. Er kann dann den ganzen Sommer Musik machen, wenn er Lust hat.«

»Hm«, machte Alayne ärgerlich. Leider konnte sie für die Pläne der Familie mit Finch nicht viel Begeisterung aufbringen.

Aber Ernest war trotzdem ein lieber Mensch. Wie gern sah sie ihn in ihrem behaglichsten Sessel lehnen und im Gespräch hübsche, wenn auch etwas unbestimmte Gesten mit seinen schlanken Händen machen. Sie war stolz auf ihn, als Rosamund Trent nach Haus kam und den Gast entdeckte. Sie hatte immer das Gefühl gehabt, wenn sie von Edens beiden Onkeln sprach, daß Rosamund sich darunter ein paar kümmerliche alte Männer vorstellte, wunderliche Reliquien der Vergangenheit. Nun sah sie, daß Rosamund Onkel Ernest entzückend fand. Der liebenswürdige Tonfall seiner Stimme machte ihr Eindruck. Den hatte er sich seinerzeit in Oxford angeeignet, zugleich mit der Überzeugung, daß, wenn es auch Leute geben mußte, die schufteten, dies Ernest Whiteoak doch nicht zukam.

Ernest lud die beiden zum Frühstück ein. Als er neben ihnen die Fifth Avenue entlang ging, war Frühling in seinem Schritt und in seinem Blut. Alayne hatte Rasse; das bewunderte er an einer Frau ganz besonders. Rosamund sah wie eine Frau von Welt aus; und er fühlte in sich einen Zug nach Welt. Immer wieder wünschte er, daß der alte Nicholas ihn sehen könnte. Als Zeichen breitester Großzügigkeit bestellte er Hummer. Seine Gäste bestellten ihn auch, aber ohne jegliches Anzeichen von Verwegenheit. Mit den drei leuchtend roten Hummerrücken wie Wälle vor sich konnte er es nicht lassen, von Mahlzeiten im Viktorianischen London zu reden. Er erzählte, daß er an einem Tisch in der Nähe von Oskar Wilde gesessen und Lily Langtry in ihrer Blütezeit gekannt hatte. Er erinnerte sich, daß Nicholas in der Regatta für Oxford gerudert hatte.

Sie verabredeten dann, wann er Finch sprechen konnte. Alayne schlug vor, sich in ihrer Wohnung zu treffen, dann zusammen zum Essen zu gehen und nachher ins Theater. Ernest wünschte, daß Finch nichts von seiner Ankunft gesagt werden sollte. Es würde für den Jungen eine schöne Überraschung sein, seinen Onkel hier vorzufinden. »Denn du weißt doch, daß ich ihn nicht etwa ausschelten oder heruntermachen will. Gar nichts dergleichen.«

»Das will ich meinen!« sagte Alayne gereizt.

Aber sie war durchaus nicht einverstanden damit, daß Finch Ernest hier unvorbereitet treffen sollte. Sie telefonierte ihm, lud ihn zum Abendessen ein und kündigte ihm den Besuch aus Jalna an. Sie bestellte ihm auch Ernests beruhigende Botschaft.

Trotzdem zitterte Finch über und über, als er ins Zimmer kam. Wenn es schon für Alayne seltsam gewesen war, einen von der älteren Generation von Jalna

in New York wiederzusehen, so war es für Finch ein geradezu erschütterndes Erlebnis. Es war ihm, als sähe er diesen distinguiert aussehenden ältlichen Verwandten zum erstenmal. Er konnte sich nicht erinnern, daß Onkel Ernest je von Jalna fortgewesen wäre, und bis jetzt war ja auch er selbst in seinem ganzen Leben noch nie fort gewesen. Selbst als sie sich die Hand schüttelten und Ernest freundlich mit ihm sprach, hatte er ein Gefühl des Unwirklichen, und trotz Alaynes Beruhigungen eine dunkle Vorahnung. Er wußte selbst nicht genau, was er eigentlich fürchtete. Sein Onkel konnte ihn nicht zwingen, nach Hause zu kommen. Alaynes standhafte Freundschaft stand unter ihm. Er hatte sogar heute zum erstenmal im Büro ein Wort des Lobes zu hören bekommen.
»Auf Ehre!« rief Ernest aus und legte dem Jungen die Hand auf die Schulter, »du bist länger denn je, alter Junge! Und mager! Er ist wirklich noch magerer geworden, Alayne, trotzdem ich das nicht für möglich gehalten hätte. Und wie kommst du voran?«
Finch panzerte sich mit aller Männlichkeit, die er aufbringen konnte, und antwortete: »Oh, glänzend, danke. Das heißt — ganz gut, meine ich.«
»Freut mich, freut mich. Wie werden sie zu Hause froh sein.«
Finch wurde verlegen. »Haben sie sich Sorgen gemacht?« stammelte er.
»Natürlich. Wir haben uns alle sehr gesorgt. Aber wir wollen nicht davon reden; jetzt kann ich ihnen ja sagen, daß du gesund und gut aufgehoben bist.«
Kein Wort von Rückkehr. Finch atmete leichter und doch bohrte ihm ein sonderbarer Schmerz im Herzen. Die Wahrheit war, daß er in den letzten Tagen schwer an Heimweh gelitten hatte. Unter dem zarten Maihimmel war ihm in dem staubigen, rastlos lärmenden Gewühl der Stadt zumute geworden wie noch nie im Frühling — schwer, müde, wie erstickt und gefangen. Seine Füße schleppten sich hin und sehnten sich nach jungem Frühlingsrasen. Seine Nüstern schienen nicht so viel Luft einatmen zu können, wie die Lunge brauchte. Nur mit großer Anstrengung konnte er seine Gedanken auf die Arbeit sammeln. Jede Nacht träumte er von Jalna und erwartete beim Aufwachen halbwegs, sich in seinem Zimmer unter dem Dach zu finden. Mehr und mehr erinnerte er sich an alles, was in seiner Heimat schön und freundlich und heiter war.
Alayne hatte die Absicht gehabt, in ein Lustspiel zu gehen, aber Ernest schlug die große Oper vor, weil Finch Musik so liebte. Sie hatte nachgegeben, und Rosamund Trent hatte die Karten besorgt. Wie sie beim Essen saßen, hatte Alayne Ernests liebenswürdige Rücksicht plötzlich in neuem Licht gesehen. Es war ihr eingefallen, daß sie ihn einmal hatte sagen hören, daß er nichts so haßte wie die große Oper. »Er ist ein schlauer alter Bursche«, dachte sie. »Er will durch Finchs Liebe zur Musik auf sein Gefühl wirken.«
Die Oper hieß Aida. Finch hatte sie noch nie gehört. Tränen des Glücks füllten seine Augen, sein Herz wurde ihm schwer von der Süße der Musik. Und doch war es nicht die Musik des Orchester oder der Sänger, die ihn erschütterte. Es war die Musik des alten braven Klaviers zu Hause. Es war Beethovens Opus X,

das er in seiner Phantasie spielte. Lebendig, eifrig sprangen die Tasten auf, seinen Fingern zu begegnen. Mit einem Teil seines Gehirns hörte er die Aida-Musik. Mit dem anderen folgte er sich selbst durch die schwierigen Passagen.
Ab und zu warf Ernest einen forschenden Blick auf ihn. Er fragte sich, ob der Junge glücklich oder unglücklich war, ob er Schwierigkeiten haben würde, ihn zur Heimkehr zu überreden. Der Gedanke, Finch in New York zu lassen, war ihm unerträglich. Nicht daß er ihn je für etwas anderes gehalten hatte, als einen ganz durchschnittlichen, gelegentlich unbequemen Jungen. Aber er war ein Whiteoak, einer von ihrer eigenen Art, ihrem eigenen Blut. Edens Abtrünnigkeit war der erste Bruch gewesen. Wenn auch Finch von Jalna fortging, setzte die Auflösung der Familie ein. Außerdem war da Mama. Es bekam ihr nicht gut, wenn sie sich ärgerte.
Er fühlte sich plötzlich erschöpft. Es war ein aufregender Tag für ihn gewesen, voll ungewohnter Geschäftigkeit. Seine Verantwortung lag wie eine Last auf ihm. Zugleich aber fühlte er sich erhoben durch das Bewußtsein, in Gesellschaft dieser beiden gut angezogenen Frauen in der Oper zu sein. Ah, wenn ihn bloß der alte Nicholas sehen könnte! Alayne, dachte er, war hübscher denn je. Leiden und Müdigkeit hatten nur ihren inneren Glanz zutage gebracht, wie der Schimmer eines Edelsteins durch feinen und genauen Schliff erhöht wird. Und es war jetzt eine Art freier Unbekümmertheit in ihr, die ihm neu war. In seiner Erinnerung sah er sie immer mit einem Ausdruck der Zurückhaltung, der Bewußtheit. Jetzt schien sie ihm wie jemand, der bereit ist, beengende Ketten abzuwerfen, jemand, der nach Weite und frischem Wind verlangt. Sie bezauberte ihn. Er hätte wissen mögen, was sie dachte. Ach, wie müde war er! Hatte denn diese Oper nie ein Ende? Er unterdrückte ein Gähnen.
Aber als die Menge hinausströmte und er die kühle Nachtluft auf dem Gesicht spürte, lebte er wieder auf. Wie eine Rückkehr zu seinen Jugendjahren war es ihm, wie er jetzt ein weibliches Wesen im Abendmantel durch das Gedränge steuerte. Wirklich, von nun an mußte er öfters solch einen Ausflug nach New York machen. Es war nicht richtig, sein eigenes Ich muffig werden zu lassen. Und mit seinem Äußeren, seiner Haltung, war das einfach Verschwendung. Er drückte Miss Trents festen Arm etwas an sich, wie er sie führte. Ein wunderbarer Duft stieg aus dem weichen Pelz ihres Kragens ...
Es gab dann ein kleines Abendessen in der Wohnung. Leichte Speisen, Pall-Mall-Zigaretten, eigens für ihn besorgt; heitere Unterhaltung, denn Ernest fand es leicht, vor diesen Zuhörerinnen zu glänzen, die so unkritisch, so — wenn er es nur gewußt hätte — so nachsichtig amüsiert zuhörten, und in denen neben aller Toleranz und Heiterkeit auch der sentimentale Wunsch wach war, durch seine Seele in den seltsamen Zauber einer vergangenen Zeit zurückzuschauen. Er seufzte, als er »Gute Nacht« sagte. Er war jetzt kein bißchen müde mehr, und es fiel ihm schwer, sich vorzustellen, wie bald dieses entzückende Intermezzo vorbei sein würde.

Erst als er und Finch in seinem Hotelzimmer waren, erwachte in ihm wieder mahnend das Bewußtsein seiner Mission. Er hatte vorgeschlagen, daß der Junge die Nacht bei ihm verbringen sollte, und ihm ein Zimmer neben seinem eigenen bestellt. Er schreckte vor dem Gedanken eines Zusammenstoßes zu so später Stunde zurück. Wenn er doch einfach Finch am nächsten Tag in seine Reisetasche packen könnte wie seine Kleider, und ihn mit nach Jalna zurücknehmen. Es war so mühsam, mit ihm diplomatisch umzugehen, taktvoll und verständnisvoll. Es war wirklich ein Elend, wie die Jugend jetzt aufwuchs.

Ein Gefühl von Vergangenheit stand spürbar zwischen ihnen, als sie jetzt allein miteinander im Hotelzimmer waren. Es war entsetzlich stickig, und Ernest ging ans Fenster und machte es auf.

Einen Augenblick sah er über das Durcheinander von Dächern und blendenden Lichtern hin, über die orange- und rubinfarbenen Zeichen, die aufblitzten und erloschen, über die düsteren schwarzen Raumweiten, hinter denen wer weiß was lag, über die weißen Lettern der Anzeigen, die Stockwerk über Stockwerk auf die Mauern eines Gebäudes in der nächsten Straße gemalt waren, über den seltsamen umnebelten Himmel, der in seiner Unwirklichkeit ebensogut ein Stück Leinwand hätte sein können. Hier oben war der Lärm des Verkehrs nur noch wie ein dumpfes Grollen zu hören, das sich gegen die Frühlingsnacht zu empören schien.

Ernest entdeckte, daß er sich beim Fensteröffnen die Finger beschmutzt hatte. Er ging ins Badezimmer, sich die Hände zu waschen. Finch hatte sich in einen Stuhl am Tisch fallen lassen und sah unter dem harten elektrischen Licht sehr jung und hager aus. Er hatte die glänzende schwarze Bibel in die Hand genommen, die dem Hotel gehörte, und sah mit einem wunderlichen Lächeln darauf herunter. Ein ungemütlicher Junge, dachte Ernest. Er seifte seine Hände und betrachtete sein Gesicht im Spiegel über dem Waschbecken. Er sah gut aus.

Als er ins Schlafzimmer zurückkam, sagte er: »Es wird mir sehr schwer, ohne dich nach Jalna zurückzufahren, Finch. Alle zu Haus werden sehr enttäuscht sein.«

»Ich kann mir nicht denken, daß sie enttäuscht sind, weil ich nicht wiederkomme.«

»Natürlich sind sie das. Du verstehst das nicht. Du bist doch einer von uns, nicht wahr?«

»Ja, der halbverrückte ...«

»Unsinn. Mehr oder weniger verrückt sind wir alle, finde ich. Und wir sind stolz auf dich, auch wenn dir das nicht so vorkommt.«

Finch lachte sarkastisch auf. »Du hättest Renny und Piers hören sollen, als sie mir sagten, wie stolz sie auf mich wären.«

»Komm, komm, nimm die Dinge nicht so schwer. Piers hat eine derbe Sprache...«

»Er ist hart wie Eisen. Wenigstens gegen mich.«

»Er meint es nicht immer so schlimm, und wenn er es tut, dann ist es nicht so wichtig. Auf Renny kommt es an.«
»Renny denkt, ich bin ein Esel.«
Ernest setzte sich neben ihn. Er legte alle Überredungskunst, alle Beredsamkeit, deren er fähig war, in seine Stimme. »Renny hängt an dir. Er möchte, daß du ein guter Junge bist und nach Hause kommst, ohne weitere Schwierigkeiten. Er ist einverstanden, sowie du dein Examen gemacht hast, daß du wieder Musikstunden nimmst – daß du spielst, soviel du Lust hast. Alles was du zu tun hast, ist nur, das Examen machen.«
»Und wenn ich durchfalle?«
»Du wirst nicht durchfallen. Du kommst glatt durch. Du bist letztes Mal gar nicht weit hinterm Ziel geblieben. Du kommst sicher durch.«
»Und wenn ich es mache – was dann?«
»Du hast dein ganzes Leben vor dir. Du wirst etwas Feines daraus machen.«
»Das sieht mir nicht so aus«, sagte Finch müde.
»Finch, du hast eine sehr kluge und sehr schöne Mutter gehabt. Sie hatte erwartet, daß du dein Talent ausbildest – daß du uns Ehre machst.«
»Großer Gott!« rief der Junge aus, »das höre ich zum erstenmal! Mein Talent – meine Mutter –«
»Aber liebes Kind«, rief Ernest in Verzweiflung, denn der Kopf fing an, ihm zu schmerzen, »es fällt eben mal eine Bemerkung in der Familie. Du erwartest doch nicht...«
»Gran machte oft höhnische Bemerkungen über sie – meine Mutter. Ich höre sie genau, auch wenn ich so tue, als hörte ich nicht zu.«
»Deine Großmutter ist hundertundeins. Deine Mutter ist elf Jahre tot. Was haben ihre Beziehungen mit dieser jetzigen Frage zu tun? – Wirklich, du bringst mich um! Der springende Punkt ist dies –« Ernest machte eine letzte Anstrengung – »Was hast du denn in New York? Gewühl, Gedränge, Gedränge. Mühsal, Mühsal. Du, ein Whiteoak, quälst dich unter fremden Leuten. Arbeit, die dir nicht liegt. Heimweh. Du weißt selber, daß du schreckliches Heimweh hast, Finch. Ich habe dich beobachtet. Du hast Heimweh.«
»Still!« schrie der Junge angstvoll auf und warf den Kopf auf den Tisch, »ich kann's nicht aushalten! Oh, Onkel Ernest, meinst du wirklich, ich sollte lieber mit nach Hause kommen?«


12  Unerwartete Begegnung

Zwei Abende später schlenderte Eden Whiteoak die Fifth Avenue entlang, die eine Hand in der Tasche einer ziemlich schäbigen Tweedjacke, in der anderen einen leichten Stock. Seit er aus Jalna verschwunden war, hatte er sich auffallend verändert. Er war erschreckend abgemagert. Seine Bewegungen waren

noch anmutig, aber die strahlende Frische seiner Haltung war verschwunden. Er schien sich nur mit Willensanstrengung vorwärts zu bewegen, sei es aus Gründen körperlicher Schwäche oder äußerster Mutlosigkeit. In seinem hohlen Gesicht brannten zwei fiebrige Flecke. Die Schönheit seiner großen blauen Augen trat noch lebhafter hervor. Sie hatten noch ihren eigentümlich abwesenden Blick und um seine Lippen hing noch das alte halb spöttische Lächeln.
Er fühlte sich am Ende seiner Kräfte, und er war von zynischem Widerwillen gegen die schiebenden Menschenmassen erfüllt, die ihn über das Pflaster dahintrieben. Dieser Widerwillen kehrte sich aus irgendeiner Laune oder einem alten unbewußten Groll gegen das andere Geschlecht. Und seine Abneigung konzentrierte sich im Augenblick auf diese ungezählten Beine, die sich wie schlanke Insektenfühler mechanisch an ihm vorbeibewegten. Ihm war zumute, als ob er beim Rückblick auf diese Nacht feuchter unerträglicher Hitze sich immer nur erinnern könnte, zwischen unzähligen seidenbestrumpften Beinen den Strom der Straße entlang getragen zu werden.
Vier Mädchen näherten sich eingehängt, die acht Beine mit hohen Stelzhacken und fleischfarbenen Strümpfen flogen in raschem Takt. »Tiere«, dachte er. »Tiere. Warum verpestet ihr die Erde? Um Himmels willen, warum? Ich wollte, ich könnte sie von euch befreien. Vier Stück. Warum denn vier von der Sorte, eine wie die andere?« Er warf einen Blick auf ihre Gesichter, mit den dreisten Augen, glatten Wangen, blutroten Lippen. Er starrte sie finster an. Tiere. Gleich darauf fiel ihm eine auf, die mit einem schmalen kümmerlichen jungen Menschen ging. Ihr Rock war sehr kurz. Ihre Beine mit den derben Waden waren krumm, ihre Füße lächerlich plump. O diese groteske Gestalt! Warum gab es sowas? Warum, o warum? Wie konnte der Bursche mit dem elenden Gesicht sie ertragen?
Seine Stirn verdüsterte sich noch mehr. Er starrte gerade vor sich auf das Pflaster und versuchte, die Frauen nicht zu sehen. Aber jetzt rannte eine gegen ihn. Er taumelte fast, so heftig und rücksichtslos war der Stoß gewesen. Er wandte den Kopf und maß sie mit zornigem Blick. Er sah ihre Beine, die plumpen Beine der gesetzten Frau, ihr dickes weißes unverschämtes Gesicht, ihren schweren Busen, in einen Korsettpanzer gepreßt, ihr enges Hütchen, das schief über das eine Auge gedrückt war, während das andere durch eine Hornbrille stierte. Warum, o warum gab es sowas? Ihre Blicke trafen sich. Sie dachte: »Oh, wenn wir bloß ein Gesetz durchdrücken könnten, das solche entzückende junge Männer schützte! Er war sicher betrunken. Er torkelte ja direkt gegen mich.«
Es gab keine Luft zum Atmen. Als ob die Luft aus der Straße herausgesaugt wäre, so daß sie nur noch ein Vakuum war, durch das eine geträumte endlose Prozession zog, die so unwirklich war, daß sie keine Luft nötig hatte. Die Gesichter, die Beine schoben sich verschwommen wie in einem Nebel an Edens Augen vorüber, bis sich zuletzt die Gestalt einer alten Frau deutlich her-

aushob. Sie war in schäbigem Schwarz und trug einen altmodischen Hut, dessen Bänder in einer zerknitterten Schleife unter ihrem welken spitzen Kinn gebunden waren. Ihre schiefergrauen Augen, die einmal so blau wie die Edens gewesen sein mochten, starrten geradeaus mit dem leeren Blick eines alten Menschen, der zu lange das Leben gesehen hat und nichts weiter mehr sehen mag. Ihre eingesunkene Oberlippe mummelte und nagte unablässig an der hängenden unteren. Die breiten Spitzen ihrer ausgetretenen Schuhe waren unter den schwarzen Falten ihres schleppenden Rockes kaum zu sehen. Plötzlich schien sie Eden etwas Wunderbares. Sein Herz sprang hoch. Ganz glücklich sah er sie an und fühlte mit neuer Freude die Poesie des Lebens. Hier war eine Frau, deren Dasein Sinn hatte. Man konnte verstehen, warum sie da war, die Erde nicht belastete, sondern segnete — wunderbar! Oh, die köstliche Wirklichkeit dieser watschelnden gebeugten Gestalt! Da stand sie — eine Frau. Er wurde im Gedränge fast vom Bordstein gestoßen, wie er sie anstarrte. Er zog eine Banknote aus der Tasche, seine letzte, und lief hinter ihr her. Er schob sie in ihre Hand. Wie eine Klaue schloß sich die Hand darum. Sie schlürfte weiter ohne einen Blick auf ihn.

Er fühlte sich erhoben, und plötzlich ziemlich hungrig. Eine Reihe von Leuten, die auf hohen Stühlen vor der Theke eines kleinen Restaurants saßen, zog seine Blicke an. Er ging hinein. Nur noch ein leerer Stuhl war da, zwischen zwei jungen Mädchen. Er wollte ihn nicht nehmen, sondern blieb wartend stehen, bis am andern Ende Platz frei wurde neben einem ältlichen Mann. Er bestellte Tomatensuppe und Brot. Wie er sich über die Schale mit der dicken Flüssigkeit beugte, die flau nach Konserven schmeckte, packte ihn plötzlich ein Hustenanfall. Er unterdrückte ihn mühsam, und nachher war der Appetit ihm vergangen. Er trank den Rest der Suppe, ließ das Brot liegen. Draußen auf der Straße entdeckte er, daß jetzt ein leiser Luftzug ging. Er bog in die kleinen Anlagen auf Madison Square ein, setzte sich auf eine der Bänke und zündete sich eine Zigarette an. Ein Gefühl tiefer Ermattung überkam ihn, das von den Beinen aufstieg bis zum Kopf hinauf und ihn schläfrig machte. Die Gestalten, die den Park durchquerten, wurden schattenhaft. Wie im Traum sah er das Zwielicht des abendlichen Himmels.

Er war müde und von einer tiefen krankhaften Niedergeschlagenheit. Er dachte an seine junge Kraft, seine Begabung — und dies war daraus geworden! Und er war erst fünfundzwanzig. Es war klar, die Götter spotteten seiner. Er dachte an Jalna, seine Brüder, Alayne. Allen hatte er auf die eine oder andere Weise wehgetan. Aber jetzt dachte er nur unbestimmt an sie. Einzig sich selbst sah er ganz deutlich. Sein eigenes weißes Gesicht, wie das Gesicht eines Ertrinkenden, den die Welle noch einmal emporhebt.

Was sollte er tun? Er konnte sich nicht sein Brot verdienen. Er konnte nicht nach Hause gehen. Von der Frau, mit der er jetzt gelebt, hatte er sich getrennt, weil er nichts mehr zu ihrem gemeinsamen Lebensunterhalt beitragen konnte.

Sie hätte mit Freuden alles bezahlt — aber, bei Gott, soweit war er noch nicht heruntergekommen! Wie sie sich gestritten hatten, und wieviel Tränen sie vergossen hatte, sie, die er für zu hart gehalten, um auch nur eine zu vergießen! Wie er ihre schweren Arme hassen gelernt hatte! Von ihnen befreit zu sein — das war der einzige Lichtpunkt!
Der Geruch feuchter Erde stieg von den Wurzeln des frischen Grases zu seinen Füßen auf. Der Lärm des Verkehrs hörte sich hier wie ein tiefes Brausen an. Er fühlte sich vereinsamt, wie auf einer Insel mitten im Meer. Er war allein. Völlig allein. Er sank auf die Bank zurück, das Kinn auf der Brust.
Zwei Leute waren langsam herangekommen und setzten sich neben ihn. Sie sprachen lebhaft miteinander, aber mit halblauter Stimme — eine milde alte Stimme und eine knabenhafte. Er hörte sie kaum. Ein neuer Hustenanfall schüttelte ihn, und er klammerte sich an die Banklehne um Halt. Erschöpft nahm er seinen Hut ab und wischte sich die Stirn mit dem Taschentuch. Der ältere der beiden Männer beugte sich vor und sah mitleidig zu ihm hinüber.
»Mein Gott!« rief Ernest aufspringend, »Eden, bist du das?«
Eden sah zu ihm auf, zu betroffen um zu sprechen.
»Sprich doch, Eden! Sag, was ist mit dir?«
Edens Mund zitterte. »Das siehst du ja.«
»Aber dieser Husten! Das ist einfach schrecklich! Seit wann hast du den?«
»Ein paar Monate. Reg dich nicht auf. Das geht vorbei, wenn es erst warm wird.«
»Aber es ist doch heiß heute.«
»Noch nicht die richtige Jahreszeit dafür. Wahrscheinlich ist es morgen wieder kalt. — Bitte mach dir keine Sorgen um mich. Erzähl mir, weshalb du hier bist. Ist das Finch?«
Fing sprang zitternd auf die Füße. Diese plötzliche Begegnung mit Eden verwirrte, erschreckte ihn. Sein letztes Zusammentreffen mit ihm stand ihm auf einmal vor Augen. Die Sommernacht, wo er Eden und Pheasant zusammen im Birkenwäldchen entdeckt hatte.
Finch sprang zitternd auf die Füße. Diese plötzliche Begegnung mit Eden ver- Eden ansah. Es war sein Werk mit, daß er soweit war.
»Eden, Eden!« rief sein Onkel, »ich bin außer mir, daß du so krank aussiehst. Ich hätte nie geglaubt . . .«
»Oh, es geht mir nicht so schlecht wie ich aussehe!« Er starrte diese beiden plötzlich aufgetauchten Familienmitglieder mit satirischem Vergnügen an. »Himmel, was für ein wunderliches Paar seid ihr!«
»Du mußt mit in mein Hotel kommen«, sagte Ernest.
»Ich wollte, ich könnte euch auf meine Bude einladen, aber die ist nichts für so feine Leute.«
Ernest war sehr aufgeregt. Er wandte sich zu Finch. »Hol eine Taxe. Eden ist nicht fähig zu gehen.«

III

Auf dem Weg zum Hotel fragte Eden: »Habt ihr Alayne gesehen?«
»Ja, ich habe mit ihr zu Abend gegessen. Und gefrühstückt. M... ja. Sie sieht bildhübsch aus, Eden.«
»Kann ich mir denken. Es gibt Frauen, denen Unglück in der Ehe gut bekommt. Hat für sie mehr Reiz als Babys.«
Im Hotelzimmer sagte Ernest: »Was du brauchst, ist ein guter, steifer Grog, aber wie soll ich dir den verschaffen?«
»Nein, danke«, sagte Eden, »ich kann mit dem besten Willen nichts hinunterbringen.« Er nippte an einem Glas Wasser, stand unruhig und nervös im Zimmer herum und redete unaufhörlich, auf eine Art, die Ernest merkwürdig und verworren vorkam. Finch saß rauchend am Fenster und nahm an der Unterhaltung nicht teil. Eden sprach auch nicht mit ihm.
Nach einer Weile erklärte Eden, nach Haus gehen zu wollen, aber eben wie er seinen Hut nahm, überfiel ihn ein neuer Hustenanfall. Seine letzte Kraft schien damit erschöpft. Als es vorbei war, warf er sich auf das Bett und schauerte vom Kopf bis zu den Füßen. Er war sichtlich so krank, daß Ernest ganz verstört war. Er jagte Finch nach einem Doktor ins Hotel hinunter. Am anderen Morgen telegrafierte er an Renny:

Habe Eden sehr krank gefunden bitte komme sofort kann nicht allein fertig werden.
W. Whiteoak.

## 13  Die Brüder

Am darauffolgenden Morgen fuhr ein weiteres Mitglied der Familie Whiteoak den Lift des Hotels hinauf, begleitet von einem Gepäckträger, der seine ziemlich schäbige Reisetasche trug. Als sie oben waren, hinkte er dem Mann kräftig nach und klopfte ungeduldig an die bezeichnete Tür. Sie wurde von Finch geöffnet.
Als der Träger sein Trinkgeld bekommen und die Tür hinter sich geschlossen hatte, maß Renny den Jungen mit einem Blick von oben bis unten mit einem Knurrlaut, der halb Befriedigung und halb Spott war.
Finch kam einen Schritt näher, dunkelrot im Gesicht. Der Ältere nahm ihn beim Arm, dann küßte er ihn. Finch schien ihm kaum erwachsener als Wakefield. Freude und reine Liebe quollen in Finch hoch. Eine animalische Freude und Liebe, in der er am liebsten an Renny hochgesprungen wäre und ihn derb liebkost hätte wie ein Hund, der sich freut. Er stand still und lachte einfältig.
»Wo ist Eden?« fragte Renny.
»Da drinnen.« Er nickte nach dem andern Zimmer hin. »Onkel Ernest ist bei ihm.«
Ernest selbst kam jetzt herein. Er sah bleich und überanstrengt aus.
»Lieber Himmel!« rief er aus, »ich bin dankbar, daß du gekommen bist.« Und

er schüttelte Renny die Hand.
»Dies ist eine schöne Geschichte«, sagte Renny. »Habt ihr einen Doktor? Ist er sehr krank? Was ist mit ihm los?«
»Es ist wirklich schlimm«, nickte Ernest. »Noch nie bin ich so erschrocken gewesen. Ich ließ den Doktor holen. Ich glaube, es ist ein guter Arzt. Er hat einen deutschen Namen, aber mir scheint, deshalb ist er nur um so gescheiter.« Er faßte sich ein Herz und sah Renny in die Augen: »Renny, der Junge hat es mit der Lunge. Die ist nicht in Ordnung. Er ist ernstlich in Gefahr, sagt der Doktor.«
Renny zog die Brauen zusammen. Er setzte die Spitze seines Stocks in die Mitte des geometrischen Musters auf dem Teppich und starrte darauf. Er sagte halblaut: »Seine Mutter ist an der Schwindsucht gestorben.«
»Ja, aber keins von den Kindern hat bis jetzt irgendwelche Anzeichen davon gehabt. Wahrscheinlich hat er sich zu wenig in acht genommen.«
Renny fing an, nervös im Zimmer auf und ab zu hinken. Ernest fragte teilnehmend: »Was macht dein Knie? Eigentlich eine Schande, dich hierher kommen zu lassen, wo du selbst nicht gesund bist, aber ich — du verstehst —«
»Macht nichts. Ich wollte, ich hätte unsern Doktor hier bei ihm. Kann sein, der Mann hier ist nur ein Wichtigtuer...«
»Ich weiß nicht. Ich hoffe nicht. Er sagt, er muß sehr gute Pflege haben.«
»Wir müssen ihn mit nach Haus nehmen. Was sagt Alayne zu dem allen?«
»Natürlich ist sie erschrocken. Es geht ihr sehr nah. Sie hat keinen Haß gegen Eden. Sie meint, er kann einfach nicht anders sein als er ist. Treulos. Ich bin auch der Ansicht. Wie denkst du darüber?«
»Ich denke, daß er ein verdammter Nichtsnutz ist. All diese Brüder von mir sind so!« Er richtete seinen scharfen Blick plötzlich auf Finch? »Ich hoffe, daß du dich nun anständig benimmst!« sagte er.
Finch zupfte an der Unterlippe.
Ernest fuhr fort: »Alayne hat ihm eine ganz gute Stellung in einem Verlagshaus verschafft. Ich habe diesen Mr. Cory besucht und ihn gebeten, ihm Urlaub zu geben. Ich mußte ihn zur Hilfe bei Eden haben. Ich konnte hier nicht allein bleiben, ich wußte ja gar nicht, was alles passieren konnte. Das habe ich nicht geahnt, als ich von Hause abfuhr, was ich hier durchmachen sollte.«
»Na, es ist wenigstens gut, daß er sich nützlich gemacht hat«, erwiderte Renny. »Nun führ mich erst mal zu Eden.«
Eden lehnte in den Kissen und schien Renny anfangs nicht so krank, wie er gefürchtet hatte, bis er die heiße trockene Hand in seine genommen und ihre Magerkeit gefühlt, die hagere Linie des Körpers unter der Decke bemerkt hatte.
Renny setzte sich neben das Bett und betrachtete seinen Bruder. »Na, du hast dich ja ordentlich hineingeritten, was?«
Sie hatten Eden erzählt, daß Renny kommen würde; aber es kam ihm zu un-

wirklich vor, seine Familie so um sich versammelt zu sehen. Es ängstigte ihn. War er denn so schrecklich krank? Er zog seine Hand rasch aus der Rennys und richtete sich im Bett auf. Er sagte aufgeregt: »All dies gefällt mir nicht. Was zum Kuckuck ist denn los? Hat dieser Doktor gesagt, daß ich sterben muß?«

»Mir ist nichts derart gesagt«, antwortete Renny gelassen. »Onkel Ernest drahtete mir, daß du ihm in den Weg gelaufen wärest, und daß du dich festgefahren hättest. Na, und das hast du doch, was? Weswegen gehst du denn so hoch?«

Auf Edens Stirn stand der Schweiß. »Gedrahtet hat er dir? Zeig mir das Telegramm.«

»Kann ich nicht. Es liegt zu Hause. Um Himmels willen, reiß dir die Haare nicht darum aus. Nach Sterben ist dir nicht zumute, scheint mir.« Er grinste, als er das sagte, aber eine große Angst saß ihm heimlich in der Kehle. Alles was stark in ihm war, strömte Eden entgegen, ihn zu schützen.

»Sag mir, was der Doktor meint. Hast du ihn schon gesprochen?« Er fiel in die Kissen zurück. »Laß nur. Ihr sagt mir doch nicht die Wahrheit.«

»Ich nehme dich mit nach Hause.«

Edens Aufregung hatte sich gelegt. Er starrte seinen Bruder gierig an. »Gott, tut das gut, dich da sitzen zu sehen. Aber ich wollte, du nähmest dir einen Stuhl. Du drückst das Bett schief. Du bist kein Federgewicht, Renny ... Sieh meinen Arm an.« Er schob ihn aus dem Ärmel, mager, blutlos, mit blauen Adern. Renny sah ihm finster zu.

Er stand auf, zog sich einen Stuhl ans Bett und setzte sich wieder.

»Ich kann mir nicht vorstellen, wie du dich so heruntergebracht hast. Du siehst nicht aus, als ob du genug zu essen gehabt hättest. Warum hast du mir nicht um Geld geschrieben?«

»Hättest du es mir geschickt?«

»Das weißt du.«

»Und nun willst du mich mit nach Haus nehmen?«

»Deswegen bin ich hier.«

»Guter alter Patriarch. Die zwei verlorenen Lämmer. Der junge Finch und ich. Aber was sagt Piers? Der wird nicht dafür sein. Gott, ich möchte sein Gesicht sehen, wenn ihm das vorgeschlagen wird.«

»Ich habe es gesehen. Ich habe ihm gesagt, daß ich dich mitbringen würde, wenn du reisefähig wärest.«

Eden lachte, plötzlich und boshaft »Armer Piers! Was hat er gesagt? Daß er all seine Schweine vergiften und dann selbst eine Dosis nehmen würde?«

»Nein«, erwiderte Renny streng. »Er erklärte, daß du ein Taugenichts wärest und bleiben würdest. Er sagte, wenn du nach Haus kämest, um zu – zu –«

»Zu sterben ... Weiter.«

»Dann würde er Pheasant wegschicken, bis es vorüber wäre.«

Wieder fühlte sich Eden zur Heiterkeit bewogen, aber diesmal war eine hysterische Note darin.
»Es ist ja ganz gut, wenn du dich darüber amüsierst«, bemerkte Renny ruhig, »aber mir scheint, der Spaß geht auf deine Kosten.« Er dachte: Ich möchte wissen, wie es in ihm aussieht. Ich wollte, ich wüßte, was er sich eigentlich voriges Jahr gedacht hat.
Aber das Lachen brachte Eden einen Hustenanfall. Renny beobachtete ihn, sein hartes hageres Gesicht vor schmerzhaftem Mitgefühl gespannt. »Kann ich etwas tun?« bat er.
Eden hob den Kopf, den er in die Kissen vergraben hatte. Sein Haar klebte in feuchten Locken auf der Stirn, sein Gesicht war purpurn. »Hör mal, Renny.«
»Ja?«
»Meine Mutter starb an einem Lungenleiden, nicht wahr?«
»Der Doktor nannte es so, aber meiner Meinung nach grämte sie sich einfach zu Tode nach Wakes Geburt. Vaters Tod kam sie hart an.«
»Den Weg werde auch ich gehen!«
»Wenn du dir in den Kopf setzest, immer nur die schwarze Seite deines Zustandes zu sehen, dann wirst du bestimmt sterben!« erklärte Renny heftig. »Halt den Kopf steif! Sei ein Mann! Ich nehme dich jetzt mit nach Hause. Da hast du die nötige Pflege – die allerbeste...«
»Wer soll mich pflegen?«
»Eine Krankenschwester natürlich.«
Eden antwortete heiser und heftig: »Zum Teufel soll sie! Ich sage dir, ich hasse Weiber! Ich will keine Krankenschwester um mich! Widerwärtig sind sie, plump, plattfüßig, harte Augen – ich gehe nicht nach Hause, wenn ihr mir so eine aufzwingt! Lieber sterben!«
Ernest kam ins Krankenzimmer, das ganze Gesicht vor Angst faltig. Finch schlich hinter ihm her, von krankhafter Neugier angezogen.
Ernest sagte vorwurfsvoll: »Dies geht nicht so weiter. Der Doktor sagt, er muß Ruhe haben. Ich weiß nicht, ob du dir klar bist, wie krank er ist, Renny.« Er goß etwas in ein Glas und brachte es Eden.
Renny sah ihm mit innerer Gereiztheit und Sorge zu. Er bemerkte: »Worüber ich mir klar bin, ist, daß er die Geschichte so schwierig wie möglich macht.«
Ernest sah an ihm vorbei und glättete Edens Kissen.
»Vielleicht erwartest du, daß Onkel Ernest dich pflegt«, bemerkte Renny sarkastisch.
Finch platzte los.
Renny fuhr herum. »Was –« fing er an. »Was –«
»Laß den Jungen in Ruhe«, sagte Ernest, »Finch, mein Junge, fülle mal bitte die Wärmflasche, und bring sie her.«
Eden brauchte keine Wärmflasche, aber er tat so als ob er sie nötig hätte, um recht deutlich zu zeigen, daß er sich schlecht behandelt vorkam. Unter Rennys

Blick drückte sich Finch mit der Wärmflasche aus der Tür.
»Lieber sterben als eine Krankenschwester«, sagte Eden eigensinnig mit schwacher Stimme, nach einer Stille, die nur das Laufen eines Wasserhahns unterbrach.
Die Wärmflasche wurde in sein Bett geschoben. Ernest klopfte ihn auf den Rücken und sagte: »Wenn Meg nicht ihr Baby hätte, wäre sie gerade die Richtige. Die vollkommene Pflegerin. Überhaupt in jeder Weise vollkommen.«
»Ja«, stimmte Renny zu, »das ist sie.«
»Könnte sie nicht jemand nehmen, der nach dem Wurm sieht?« fragte Eden.
»Sie hat eine Art Haushilfe, aber der würde sie es nie allein anvertrauen. Sie ist eben die vollkommene Mutter.« Nach einem Augenblick fuhr Ernest zögernd fort: »Wißt ihr, ich habe eine Idee. Vielleicht läßt es sich nicht machen, aber —«, er sah von einem zum andern, »die ganze Sache ist ja so außergewöhnlich —«
»Was für eine Idee?« fragte Renny.
»Ach, ich fürchte, es ist doch unmöglich. Wir wollen lieber nicht darüber reden. Lieber jemand sonst suchen, der sich eignet — Eden, wenn der Gedanke an eine Krankenschwester dir so unerträglich ist, wie wäre es, wenn wir irgendeine ältere Frau nähmen, die Erfahrung hat —«
»Ich sah eine auf der Straße!« unterbrach ihn Eden. »Wunderbare alte Person! Nichts als Lumpen, und ein Gesicht wie eine von den Parzen.«
Renny fragte Ernest halblaut: »Glaubst du, daß er etwas wirr im Kopf ist?«
»Durchaus nicht«, sagte Ernest, »du verstehst ihn nur nicht, das ist alles. Also, die Frau, die ich im Auge habe, ist Mrs. Patch. Sie ist zuverlässig. Sie hat Erfahrung im Pflegen . . .«
Finch konnte sich nicht halten und fuhr dazwischen: »Das muß sie wohl haben. Hat selber dreie an Tb begraben.«
»Finch«, sagte sein Onkel streng, »die Bemerkung war höchst geschmacklos. Ich muß mich über dich wundern.«
»Kehrt euch nicht an mich«, sagte Eden mit schwachem Lächeln, »sag mir bitte, was du für eine Idee hast. Wen hast du im Auge?«
Ernest sah nicht ihn, sondern Renny an, als er antwortete: »Ich überlegte mir, ob Alayne sich wohl bewegen lassen würde, ihn zu pflegen.«
Mit dieser plötzlichen Erwähnung ihres Namens schien Alayne den in der Stube Versammelten auf einmal fast wie körperlich gegenwärtig. In heimlicher Befangenheit wagten sie einander nicht anzusehen. Ernest hätte die ausgesprochenen Worte am liebsten wieder zurückgenommen. Sie schienen Alaynes jetzige Entrücktheit aufzuheben, sie wieder in die Schmach und Dunkelheit ihrer letzten Tage in Jalna zurückzuwerfen. Er sah innerlich erregt seinem Neffen ins Gesicht und empfand in diesem Augenblick jeden einzelnen in seiner Beziehung zu diesen Tagen.
Renny, den der Vorschlag wie eine Art Erschütterung getroffen hatte, starrte

Eden an, wie er da auf dem Bett lag, heruntergekommen, krank, doch immer noch schön. Er sah ihn schon wieder als Besitzer Alaynes. In ihm brannte schmerzhaft die Sehnsucht nach etwas, das er nie besitzen konnte. Nein, das durften sie nicht tun. Es wäre grausam, sie zu fragen, und doch — wenn sie selbst es fertig brächte — er sah sie widerstrebend im Zimmer stehen, mitten zwischen ihm und Eden.
»Eine Heilige ist sie doch noch nicht«, sagte er.
Finch, der in einem tiefen Stuhl kauerte, rang die Finger ineinander. Traumgestalten waren sie, die da vor ihm — sie gestikulierten, wichen einander unruhig mit den Blicken aus, verschwanden und tauchten wieder auf, winkten einer, die ihnen entflohen war und wollten sie wieder in ihren Kreis ziehen. Wieder fuhr ihm wider Willen eine Frage heraus: »Nehmen denn Frauen — nach so etwas — einen Mann zurück?«
Seine Brüder sahen ihn schweigend an, zu sehr erstaunt um sprechen zu können. Es war Ernests milde Stimme, die antwortete: »Manche Frau hat einen Mann wieder in ihr Bett genommen nach solch einem Seitensprung... Aber ich schlug ja auch nur vor, ob man vielleicht Alayne bewegen könnte, mit uns nach Jalna zurückzufahren — um Eden zu pflegen — wie herrlich wäre das... Ich dachte an ihre Hände. Sie sind so kühl und geschickt.«
»Du scheinst sie für völlig charakterlos zu halten«, sagte Renny.
»Nicht im geringsten! Ich glaube sogar, sie hat große Charakterstärke, sonst würde ich so etwas nicht vorschlagen... Sie hat ihr Leben satt, so wie es jetzt ist. Falls sie jetzt mit nach Jalna zurückkäme, ist es möglich, daß sie überhaupt ganz da bleibt. Mama ist wirklich zuviel für Augusta allein.«
Renny wandte sich zu Eden. »Wie denkst du darüber? Möchtest du, daß Alayne dich pflegt?«
Eden warf sich herum und verbarg sein Gesicht in den Kissen.
Finch rief: »Er will sie nicht! Er will sie gar nicht!« Er konnte den Gedanken nicht ertragen, Alayne wieder nach Jalna zurückgezerrt zu sehen, wie in einen Wirbel, von dem sie eingesogen werden würde.
»Laßt ihn in Ruhe!« sagte sein Onkel. »Laßt ihm Zeit zu denken.«
Die drei saßen und sahen die zusammengekrochene Gestalt auf dem Bett an. Durch die Verwirrung ihrer Gedanken schwebte Alaynes Gestalt in einer Art mystischem Tanz. Das Brausen des Straßenverkehrs von unten schloß sie wie eine Mauer ein.
Endlich warf sich Eden wieder herum und sah ihnen ins Gesicht. »Ich gebe euch mein Wort«, sagte er, »wenn Alayne nicht kommt und mir hilft, wieder gesund zu werden, sterbe ich.« Seine Augen waren verzweifelt, seine Lippen fiebertrocken.
Finch sagte zu sich selbst wieder und wieder: Es ist eine Schande — eine Schande, sie zu fragen.
»Es ist deine Sache, sie zu fragen«, sagte Ernest zu Renny, »du mußt gleich zu

ihr hin.«
»Wann kann er reisen?«
»In ein paar Tagen.«
»Ich finde aber, es ist an dir, sie zu fragen. Du hast sie gesprochen.«
»Nein, nein. Du mußt es tun, Renny.«
»Ich will sie hierherbringen, dann mag er sie selbst fragen.«
»Ich fürchte, das regt ihn auf.«
»Ich will sie vorbereiten, aber fragen muß er sie selber.«
»Gut!« sagte Eden. »Bring sie her. Sie kann mir das nicht abschlagen.«
Rennys Gefühle waren seltsam gemischt, als er vor Alaynes Tür stand und wartete, daß sie öffnete. Es lag auf ihm wie ein drückendes Schuldbewußtsein, daß ihn die Sorge um Eden zu solch einem Weg zwang. Er hatte zwei Nächte kaum geschlafen. In einer Stadt fühlte er sich so jämmerlich wie ein wildes Tier in der Falle. Und doch regte sich in ihm eine fast grausame Freude bei dem Gedanken, nun wieder eine bewegende Kraft in Alaynes Leben zu werden, sie aus ihrer Sicherheit zu reißen und der Tyrannei der Leidenschaften und Wünsche auszuliefern, die sie hinter sich geglaubt hatte.
Als sie vor ihm stand, empfand er plötzlich, daß sie durchaus nicht so auffallend schön war, wie er sie in der Erinnerung hatte. Sie war weniger groß, ihr Haar von blasserem Gold, ihre Augen mehr grau als blau, ihre Lippen kühler geschlossen. Und doch war die Wirkung dieser Begegnung auf ihn stärker, als er erwartet hatte. Er fühlte eine magnetische Kraft durch sein Blut strömen, als seine Hand die ihre hielt. Er hätte wissen mögen, ob sie das spürte. Wenn sie es so wie er fühlte, dann war ihre Selbstbeherrschung erstaunlich.
Alaynes Empfindungen waren gerade umgekehrt. Wie er in Fleisch und Blut vor ihr stand, war alles Charakteristische an ihm noch intensiver als in ihrer Erinnerung. Er war größer, seine Augen brennender, seine Nase größer und hochmütiger gebogen. Trotzdem war seine Wirkung auf sie weniger stark, als sie gefürchtet hatte. Sie war wie ein Schwimmer, der die Gewalt der Strömung gefürchtet hat und sich nun unerwartet fähig sieht, sie zu bekämpfen. Sie fühlte, daß sie an Selbstsicherheit und Reife gewonnen hatte, seit sie ihn zuletzt gesehen. In diesem heimlichen Konflikt der Empfindungen, der zwischen ihnen wogte, traten sie in das Wohnzimmer.
Er sagte: »Wir tauchen einer nach dem andern auf. Warte nur noch etwas und du wirst Gran mit Boney auf der Schulter vor deiner Tür finden.«
Sie lachte leise auf und sagte dann ernsthaft: »Aber es tut mir leid, daß es Sorgen sind, die euch herführen.«
»Ja.« Er sah sie forschend an. »Du weißt, wie ernst Edens Zustand ist?«
»Dein Onkel sprach mit mir darüber.« Ihr Gesicht war ganz ruhig.
Er verschlang sie mit den Augen. »Gott, wie seltsam, dich wiederzusehen!«
»Seltsam — ja«
»Ist dir die Zeit lang oder kurz geworden?«

»Sehr lang.«
»Mir sehr kurz. Wie der Wind verflogen.«
»Ja, du hast deine Pferde, deine Hunde, die Familie. Ich bin ein einsamer Mensch.«
»Aber du hast zu tun.« Er warf einen Blick auf den Schreibtisch voll Bücher.
Sie zuckte die Achseln und sagte dann: »Ich fürchte, ich denke zuviel und habe zu wenig Bewegung.«
»Du solltest dir mehr Bewegung machen. Ich kann am besten zu Pferde denken. Weißt du noch unsere Ritte zusammen? Du fandest in mir einen strengen Reitlehrer, was?«
»Unsere Ritte zusammen«, murmelte sie, und plötzlich sah sie blitzhaft sich selbst und Renny am Seeufer entlang galoppieren, hörte das rasende Klappen der Hufe, das Knarren des Leders, sah wieder die glänzenden flatternden Mähnen. Ihr Atem ging schnell, als ob sie wirklich zu Pferde säße. »Was macht Letty?« fragte sie. Letty war die Stute, die sie geritten hatte.
»Schön wie immer. Und bereit. Wartet darauf, daß du sie wieder reitest.«
»Ich fürchte, das werde ich nie wieder tun«, sagte sie mit leiser Stimme.
»Willst du uns nie wieder besuchen?«
»Renny«, sagte sie mit plötzlicher Leidenschaft, »wir haben uns Lebewohl gesagt, damals den letzten Abend. Du hättest nicht zu mir kommen dürfen.«
»Habe ich dich aufgestört?« fragte er. »Du siehst doch sicher kühl genug aus.«
»Das will ich auch sein. Ich — ich will die Vergangenheit vergessen.«
Er sprach beruhigend, wie zu einem nervösen Pferd.
»Natürlich. Natürlich. Ganz richtig. Ich wäre auch nicht gekommen, wenn ich mir nicht solche Sorge um Eden machte.«
Sie öffnete weit die Augen. »Ich kann für Eden nichts tun«, sagte sie kurz.
»Nicht einmal ihn besuchen?«
»Eden besuchen? Unmöglich! Wozu auch?«
»Wenn du ihn gesehen hast, wirst du das nicht fragen. Er ist ein kranker Mann. Ich glaube nicht, daß er drüber weg kommt. Seine Mutter starb an Schwindsucht, weißt du.«
Schwindsucht! So nannten sie das noch in Jalna! Schreckliches Wort!
»Ich bin die letzte, die Eden verlangen würde zu sehen.«
»Da irrst du dich. Er möchte dich schrecklich gern sehen.«
»Aber warum denn?«
»Wer will solche Wünsche erklären bei einem Menschen, der so krank ist wie Eden? Möglich, daß er dir etwas sagen möchte, was er für wichtig hält.«
»Also deswegen bist du gekommen?«
»Ja.«
Eine bittere Enttäuschung durchdrang sie wie ein Stich. Er hatte sie nicht aufgesucht, weil ihn selbst danach verlangte, sie wiederzusehen, sondern um Edens willen. Sie sagte: »Ich kann nicht zu ihm kommen.«

»Sicher tust du es doch. Du kannst es nicht abschlagen.«
Er saß hartnäckig rauchend, und sie fühlte, daß er ihren Widerstand durch seine schweigende Tyrannei zu erdrücken versuchte.
Sie murmelte: »Es wird eine peinliche Szene für mich sein.«
Er erwiderte: »Es braucht nicht notwendig eine Szene zu geben. Warum erwarten Frauen immer Szenen?«
»Vielleicht habe ich in eurer Familie gelernt, sie zu erwarten«, gab sie zurück.
Er zeigte die Zähne in dem Courtschen Lachen; als es verschwand, war sein Gesicht wieder eigensinnig wie vorher.
»Du kommst, Alayne«, sagte er, »du kannst dich gar nicht weigern, ihn fünf Minuten zu sehen.«
»Weißt du«, sagte sie, »ich glaube, ich ahne was er will. Er hat Angst um sich selbst, und er will mich haben, daß ich nach ihm sehe – ihn gesund pflege.«
»Kann sein«, sagte Renny unerschüttert. »Jedenfalls weigert er sich bestimmt, eine Krankenschwester zu nehmen. Ich weiß nicht, wie Tante Augusta und Mrs. Rags mit ihm fertig werden wollen. Onkel Ernest schlug die alte Mrs. Patch vor, und Finch sagte prompt, daß sie ja etwas von Schwindsüchtigenpflege verstehen müßte, da sie drei von ihren Kindern daran verloren hätte.«
Er sah ihr scharf in die Augen, um die Wirkung seiner Worte darin zu lesen und sah Schrecken, ja Entsetzen.
»Mrs. Rags – Mrs. Patch«, wiederholte sie, »das würde sein Tod sein.« Ihre Gedanken flogen nach Jalna zurück. Sie sah Eden, den schönen Eden, im Bett liegen, von Mrs. Rags und Mrs. Patch vernachlässigt. Ein anderer Gedanke kam ihr plötzlich: »Er dürfte nicht im selben Haus mit den Jungen sein – Wakefield, Finch. Das wäre gefährlich.«
»Das habe ich auch gedacht«, sagte Renny, »und ich habe eine Idee. Erinnerst du dich an Fiedlers Hütte?«
Und ob sie sich erinnerte. »Ja, ich weiß.«
»Gut. Diesen Frühling habe ich sie reinmachen, frisch streichen und nett einrichten lassen für ein Ehepaar, das Piers zur Landarbeit engagiert hatte. Irgend etwas klappte nicht, sie sind ausgeblieben. Nun überlege ich mir, ob das nicht gerade das Richtige für Eden wäre. Wir haben eine Masse Möbel in Jalna, die nicht gebraucht werden. Wenn ein paar Stücke in die Hütte kämen, und Teppiche, dann wäre sie gar nicht so schlecht. Sie könnte ganz behaglich sein. Wenn du nun Eden besuchen und deinen Einfluß auf ihn ausüben würdest . . .«
»Meinen Einfluß!«
»Ja. Du hast noch immer großen Einfluß auf ihn. Du könntest ihn überreden, daß er eine gelernte Pflegerin nimmt. Gott, wenn du nur wüßtest, wie ich mich um ihn sorge!«
Plötzlich erschien er ihr nicht überlegen, sondern naiv, geradezu rührend in

seinem Vertrauen zu ihr. Sie sah ihm nicht in die Augen, die für sie dunkel und gefährlich waren, sondern sah die Sorgenfalte auf seiner Stirn an, in die das rostbraune Haar in einer Spitze hineinwuchs.

Sie stellte sich die Verwahrlosung in einem Krankenzimmer in Jalna vor. Sie dachte an Fiedlers Hütte, unter Bäumen und Gebüsch versteckt. Und Eden schwer krank. All ihre englische Liebe zu Ordnung und Behagen wehrte sich gegen die Schlampigkeit und das Durcheinander bei den Whiteoaks. Sie zitterte vor Erregung, indes sie sich schon mit ruhiger Stimme bereit erklärte, ihn zum Hotel zu begleiten.

In weniger als einer Stunde fand sie sich mit dem Gefühl vollkommener Unwirklichkeit neben Edens Bett, blaß, die Lippen zusammengepreßt.

Er lag da, das helle Haar wild um die Stirn, den mageren weißen Hals und die Brust unbedeckt. Sie mußte an sterbende Dichter denken, an Keats, an Shelley, der in den Wellen versank. So jung sie gewesen waren, sie waren doch noch älter als er. Und seine Verse waren schön. Diese Verse liebte sie noch immer. Sie wußte sie auswendig. Was konnte er nicht noch schreiben, wenn er nur wieder gesund wurde. War es vielleicht ihre Pflicht um der Kunst willen? Um der Liebe willen, die sie noch für seine Dichtung, seine Schönheit empfand? Ach, einmal war er doch ihr Liebster gewesen, hatte dieser Kopf an ihrer Brust gelegen! Lieber Himmel, wie war ihre Liebe süß gewesen, und – wie flüchtig!

Ihre Liebe war eine rote Rose gewesen, gepflückt, Duft verströmend, hingeworfen zum Welken. Aber noch der letzte verwehende Duft ließ ihr die Seele schmerzlich erzittern.

Eden faßte ihre Hand und hielt sie fest. Er sagte halblaut: »Ich wußte, du würdest kommen. Du konntest mir das nicht abschlagen – jetzt – Alayne, laß mich nicht allein! Bleib bei mir – rette mich! Du weißt nicht, wie nötig ich dich habe. Ich wollte keine Pflegerin haben, weil ich wußte, daß nur du mir helfen konntest. Deine Kraft – deine Hilfe – ohne das kann ich nicht gesund werden.«

Er brach in einen Strom von Tränen aus, und mit noch nassen Augen fiel er in einen Krampf heftiger Hustenanfälle.

Sie sah auf ihn herunter, das Gesicht verzogen wie das eines Kindes, in der Willensanstrengung, die eigenen Tränen zurückzuhalten. Sie hörte sich selbst mit gebrochener Stimme versprechen, ihn nach Jalna zurückzubegleiten. –

## 14 Alayne sieht Jalna wieder

Der Zug schien mit leidenschaftlicher Zielbewußtheit durch die Nacht zu fliegen. Die Maschine spie Rauch und Funken aus, ihr Lichtauge glühte, ihr Pfiff zerriß die Luft. Die lange Wagenkette hinter ihr, deren komplizierte metalli-

sche Teile mit unheimlicher Energie vorwärtsgerissen wurden, schien nur der Körper irgendeiner Fabelschlange, die eine Anzahl Menschen heruntergeschlungen hat und sich nun beeilt, sie an irgendeiner bestimmten Stelle wieder auszuspeien. In der Stahlhöhle ihres weiten Innern lagen alle diese lebendigen blutwarmen Körper sicher und unverletzt. Während Finch sich dies ausmalte, schien es ihm, daß sie die ganze Reise nur zu dem alleinigen Zweck machte, diese fünf Seelen wieder in die Mauern von Jalna zurückzubringen, von denen sie ausgezogen waren.
Eden hatte die Reise gut vertragen. Renny hatte ein eigenes Abteil zu seiner Bequemlichkeit genommen und es mit ihm geteilt, um zur Hand zu sein, wenn er etwas brauchte. Ernest, Finch und Alayne hatten ihre Betten am anderen Ende des Wagens. Die vier — denn Eden hatten die andren Insassen des Wagens nicht zu sehen bekommen — waren der Gegenstand vieler Vermutungen. Die Männer — groß, hager, völlig mit sich selbst und ihrer weiblichen Begleitung beschäftigt — gingen ihre häufigen Wege vom einen Ende des Wagens zum andern, ohne sich um die andern Reisenden zu kümmern. So erwiesen die Whiteoaks ihre Macht, ihre eigene Atmosphäre mit sich zu bringen. Mit berechnender Zurückhaltung umgaben sie sich wie mit einer Mauer, die die übrige Welt ausschloß. Im Raucherabteil wechselte nicht einer von ihnen mit irgendeinem der anderen Mitreisenden mehr als einen Blick, dem auch jeder Schein von Freundlichkeit fehlte.
Bei ihrer Ankunft wurden sie von zwei Autos abgeholt. Eins war englisches Fabrikat, das andere ein sehr alter, aber noch gut erhaltener Wagen, der Maurice Vaughan, Rennys Schwager, gehörte und von ihm selbst gefahren wurde. Eden wurde darin verstaut und mit ihm fuhren Ernest und Renny. Als sie abfuhren wunderte Alayne sich, daß Renny nicht lieber mit ihr gefahren war. Sie war erleichtert, daß sie die enge Nähe einer langen Fahrt nicht zu ertragen hatte, fühlte aber doch eine plötzliche Enttäuschung, fast Gereiztheit, daß er sie gemieden hatte. Seine Mischung von Kälte und Feuer, von Berechnung und gehemmtem Impuls hatte sie immer sehr beunruhigt. In seiner Nähe sein bedeutete für sie ein fortwährendes Herumgeworfenwerden zwischen Glück und Niedergeschlagenheit. Sie war froh, daß sie nicht mit ihm im gleichen Hause leben mußte. Fiedlers Hütte war gerade nah genug.
Als sie sich in dem schäbigen Whiteoakschen Familienwagen neben Finch zurechtsetzte, die unvergessene Gestalt des Stallknechts Wright sah, der chauffierte und sich für die Fahrt so gut er konnte feingemacht hatte, fragte sie sich verwundert, was für eine Macht sie zu dieser seltsamen Rückkehr gezwungen hatte. War es wirklich der Schatten ihrer toten Liebe zu Eden gewesen, der den Wunsch erzeugte, sein Leben zu erhalten um seiner Kunst willen? Oder war es nur, weil sie keine Widerstandskraft hatte, weil sie wußte, daß Renny es wollte? Oder ganz einfach das alte Haus — Jalna selbst — das sie übermächtig in den Umschlingungen seines Bannes gefangen, seine Arme ausgestreckt hatte,

um sie wieder an seine Brust zu ziehen?
Finch und sie sagten wenig. Zwischen ihnen war ein gegenseitiges Verstehen gewachsen, das Worte überflüssig machte. Auch er war von Gedanken bewegt. Er fuhr durch die Stadt, wo seine Schule lag. Wie groß war dieses Nest ihm erschienen, ehe er New York gesehen hatte! Nun sah es ihm aus, als hätte es einen Schlag auf den Kopf bekommen. Seine Straßen sahen unglaublich eng aus. Die Menge, die ihm einst dahinzuhasten schien, schob sich jetzt geradezu schlendernd vorwärts. Die Menschen hatten auch andere Gesichter, nicht so hart, mehr behaglich. Und wie lustig sahen die Polizisten in ihren Helmen aus!
Als sie aus der Stadt heraus waren und die Landstraße entlang flogen, vorüber an junger grüner Frühlingssaat und an Gärten, aus denen Tulpen leuchteten und Fliederduft wehte, war Finchs Gesicht so glücklich, daß Alayne mit halb traurigem Lächeln sagte: »Du freust dich trotz allem, zu Haus zu sein, nicht wahr?«
Er nickte nur. Gern hätte er ihr gesagt, daß sein Glück zur Hälfte von ihrer Gegenwart kam, von dem Wunder, hier neben ihr durch den Frühling zu fahren, aber er brachte es nicht fertig. Er versuchte es ihr durch einen Blick zu sagen und wandte sich ihr mit seinem scheuen hübschen Lächeln zu.
Sie lächelte zurück und berührte seine Hand, und er glaubte, sie hätte ihn verstanden, aber sie dachte nur: Was wird nun aus ihm werden? Bedeutet dieser Schritt für ihn Gutes oder Schlechtes?
Sie kamen an dem niedrigen weißen Häuschen Evandales, des Hufschmieds, vorbei, an Mrs. Browns winzigem Lädchen, an der englischen Kirche auf ihrem hohen baumumrauschten Hügel, an dem weinumrankten Pfarrhaus. Der Wind blies kräftig und frisch und verwehte den letzten Blütenschnee der Obstgärten. Als sie in die Einfahrt von Jalna einbogen, waren die Insassen des andern Wagens eben beim Aussteigen. Renny führte Eden am Arm.
Sie drängten sich im Portikus zusammen. Der Rasenplatz schien Alayne weniger groß als sie ihn in Erinnerung hatte. Die großen immergrünen Bäume mit ihren schweren hängenden Zweigen kamen ihr nähergerückt vor und schienen in Gruppen miteinander zu flüstern und die Heimkehr zu beobachten.
Rags riß die Haustür weit auf, in der wie in einem Rahmen plötzlich die Großmutter sichtbar wurde, von Nicholas und Augusta gestützt. Ihr Gesicht war in einem Grinsen der Vorfreude wie erstarrt. Sie trug ihr purpurrotes Samtkleid, ihre größte Haube mit purpurnen Bändern. Ihre wohlgeformte alte Hand, die auf der Krücke des Ebenholzstocks ruhte, trug viele buntfunkelnde Ringe. In die Halle hinter ihr warf die Sonne, die durch die gemalten Glasfenster schien, seltsam geformte bunte Lichtflecke. Den Stock noch in der Hand, machte sie einen Schritt vorwärts und breitete die Arme aus.
Die Ankunft kam ihr gerade zur rechten Zeit. Sie war eben von einem guten Nachtschlaf erfrischt aufgestanden, und die Aufregungen hatten ihre neue Le-

bensfrische noch nicht wieder geschwächt.
»Ha!« rief sie aus. »Ha! Kinder ... alle meine Kinder ... küßt mich, schnell!«
Sie drängten sich um sie, daß sie ganz zwischen ihnen verschwand — Ernest, Renny, Finch, Eden. Schallende Küsse wurden gewechselt.
»Lieber Himmel«, sagte Ernest ängstlich, als seine Mutter Eden küßte: »Findest du, daß sie das darf? Wegen der Ansteckung, meine ich.«
»In ihrem Alter wird sie sich kaum mehr etwas holen«, sagte Nicholas ruhig, »Gott, wie ist der Junge verändert.«
»Ja, nicht wahr — was ich durchgemacht habe, Nick! Wenn du dir das bloß vorstellen könntest! Die Verantwortung und all das! Wie ist es Mama gegangen?«
»Glänzend! Rennys Brief hat ihr neue Lebenskräfte gegeben. Was mag ihn bloß darauf gebracht haben, daß er an sie schrieb statt an Augusta.«
Ernest starrte ihn ungläubig an. »Du willst doch nicht sagen, daß er wegen Alaynes Kommen und wegen der Hütte an Mama geschrieben hat?«
»Ja. Augusta über den Kopf weg. Das alte Mädchen hat sich mächtig geärgert. Geschieht ihr ganz recht. Sie tut sich hier viel zu wichtig.«
»Hm. Das hätte er doch nicht tun sollen. Es ist nicht nett gegen Augusta. Und Mama ist so hilflos. Was konnte sie denn tun?«
Nicholas gluckste sein kurzes unterirdisches Auflachen. »Tun? Tun? Sie hat uns fast verrückt gemacht. Wenn es nach ihr gegangen wäre, dann wäre fast das gesamte Mobiliar des Hauses hinübergeschleppt worden, um Fiedlers Hütte einzurichten. Langweilig ist es hier weiß Gott nicht gewesen. Sieh sie jetzt bloß an!«
Die alte Mrs. Whiteoak saß wieder in ihrem Lehnstuhl. Um sie vor Zug zu schützen, war ein schwarz-goldener indischer Wandschirm hinter ihr aufgestellt. Oben auf dem Schirm saß Boney in seinem grellfarbigen Frühlingsgefieder, die Perlaugen auf ihre Haube gerichtet, deren bunte Bänder ihn reizten. Auf den niedrigen Ottomanen zu ihren beiden Seiten hatte sie Alayne und Eden kommandiert. Sie nahm eine Hand von jedem. Es war fast wie eine sakrale Handlung.
Ihr Kopf hatte die Tatsache nie erfaßt, daß Eden und Alayne sich einander entfremdet und getrennt hatten. Sie sah sie jetzt nur als unzertrennliches Paar, das lange Zeit geheimnisvoll verschwunden und jetzt auf wunderbare Weise zu ihr zurückgekehrt war. Die Tatkraft ihrer jungen Jahre funkelte aus ihren Augen und gab den stark ausgeprägten Zügen einen Ausdruck von Autorität.
»Ha!« rief sie aus. »Da seid ihr also! Endlich, was? Mein junges Paar. So hübsch wie nur je. Himmel, was habe ich zu tun gehabt, alles für euch fertigzumachen. Was für eine Wirtschaft! Was, Augusta? Eine Wirtschaft, was? Alayne, du erinnerst dich an meine Tochter Lady Buckley? Sie ist recht herunter. Ich merke das. Das Klima bekommt ihr nicht. Das muß schon ein alter

Kriegsgaul sein wie ich, der das aushält. Ich habe Indien ausgehalten, und ich habe Kanada ausgehalten. Schmoren oder Frieren. Ist mir alles eins.«

Augusta sah steif vor sich hin. Die Bemerkungen der alten Dame ärgerten sie sehr. Sie sagte: »Kein Wunder, daß ich mich nicht wohl fühle. Es war eine anstrengende Zeit.« Sie sah mit beleidigtem Gesicht nach Renny hin.

Er sah es gar nicht. Seine Augen hingen an seiner Großmutter. Er trank ihr Bild in sich ein und war von ihr begeistert. Irgendeine Laune seiner Natur hatte ihn bewogen, an sie selbst zu schreiben und sie zu bitten, die Einrichtung der Hütte für Eden und Alayne anzuordnen — vor allem darauf zu sehen, daß die Hütte behaglich würde. Das hatte er geschrieben, trotzdem er wußte, daß sie zu nichts mehr fähig war, als die Dinge für Augusta schwierig zu machen. Seine Gefühle Augusta gegenüber waren nicht gerade ehrerbietig, obgleich er bei Gelegenheit auch wieder überschwenglich liebevoll tun konnte. Sie mischte sich zu oft bei den Jungen ein. Und sie predigte zuviel Englands Überlegenheit gegenüber den rauhen Sitten der Kolonien. Er bewunderte sie, aber er ärgerte sich über sie. Er bewunderte seine Großmutter und ärgerte sich nicht einmal über ihre vertracktesten Eigenheiten. Jetzt wachte beim Anblick ihrer Heiterkeit, dieser freudigen Erregung eines weit über ihm stehenden Wesens, eine tiefe Zärtlichkeit für sie in ihm auf. Für einen Augenblick vergaß er seine Sorge um Eden. Er vergaß seine schwelende Leidenschaft für Alayne. Es befriedigte ihn, sie zur Rechten seiner Großmutter sitzen zu sehen, wieder — wenigstens für eine Weile — ein Mitglied der Sippe. Er fühlte den Zug dieser unsichtbaren Fäden zwischen sich und jedem einzelnen im Zimmer.

Edens Erschöpfung nach der Reise war für den Augenblick unter der Aufregung der Heimkehr vergessen. Er empfand das zynische Glück des verlorenen Sohnes. Er war wieder am eigenen Herd, er fühlte sich geliebt, aber er wußte, daß er unverändert derselbe geblieben war. Spöttisch lächelte er Alayne zu über die purpursamtene Breite von Großmutters Schoß, über das Glitzern ihrer Ringe hinweg, die sich in das Fleisch der beiden festgehaltenen Hände drückten. Er fühlte eine wunderbare Erleichterung in dem Bewußtsein, daß Alayne in Jalna bei ihm bleiben würde und ihn pflegen, wie sie es schon einmal getan, als er krank war. Er hätte niemand anderes um sich ertragen können. Und mußte er sterben, so würde es nicht ganz so schrecklich sein, wenn sie neben ihm war . . . aber dieses spöttische Lächeln konnte er nicht lassen.

Ich bin gefangen, dachte Alayne, warum bin ich hier? Was soll das alles bedeuten? Ist irgendein Plan, ein Sinn in dem allen? Oder sind wir alle Drahtpuppen, die die Hand eines bösen Zauberers tanzen macht? Ist es die Hand dieser alten Frau? Nicht schwer, sie sich als Parze vorzustellen . . .

»Schaitan! Schaitan ka batka!« schrie Boney, der sie plötzlich als eine Fremde entdeckte.

»Der Vogel soll den Schnabel halten!« schrie Großmutter. »Ich will selber reden!«

»Halt den Schnabel, Bonaparte!« knurrte Nicholas.

Alayne dachte: Wird Eden sterben? Und wenn — was dann? Weshalb bin ich hier? Wenn ich ihn gesund pflege, kann ich ihn je wieder lieben? Nein, nein — nie! Was denkt sich nur Renny? Warum war ich so töricht zu glauben, daß seine Gegenwart mich nicht wieder mitreißen würde wie eine Welle der Brandung? Oh, warum bin ich gekommen? Ihre Brauen zogen sich schmerzhaft zusammen. Die Ringe der alten Mrs. Whiteoak taten ihr an der Hand weh.

»Schaitan! Schaitan ka batka!« wütete Boney.

»Nick!«

»Ja, Mama.«

»Ernest!«

»Ja, Mama.«

»Sagt dem Vogel, daß er still ist. Ich will Alayne etwas fragen.«

Sie beruhigten den Papagei mit einem Brocken Kuchen.

»Freust du dich, daß du wieder zu Hause bist, Kind?«

»O ja.«

»Und wo bist du diese ganze Zeit gewesen?«

»In New York.«

»Es muß eine greuliche Stadt sein. Hast du sie satt gekriegt? Hatte Eden eine gute Stellung?«

Alle Augen im Zimmer sahen sie an. Sie wich aus. »Einmal bin ich zur Abwechslung fortgereist. Verwandte besuchen in Milwaukee.«

Die dichten rostroten Brauen zogen sich hoch. »Milwaukee? China, was? Das ist weit weg.«

Nicholas kam zu Hilfe. »Milwaukee liegt nicht in China, Mama. Irgendwo in den Staaten.«

»Unsinn. Es liegt in China. Walkee — Walkee — Talkee — Talkee! Glaubt ihr, ich verstehe kein Pidgin-Englisch?« Sie grinste triumphierend.

»Walkee — Walkee — Talkee — Talkee!« trällerte Wakefield.

»Nicholas!«

»Ja, Mama.«

»Der Junge soll den Mund halten. Es soll mir keiner dazwischenreden.«

Nicholas streckte einen langen Arm aus und zog Wake an seine Seite. »Hör zu!« sagte er mit erhobenem Finger. »Eine lehrreiche Unterhaltung.«

Großmutter sah die beiden neben sich mit ihren brennend schwarzen Augen an und sagte: »Was ist los? Warum habt ihr kein Kind?«

»Dies ist zuviel!« sagte Augusta.

»Nicht genug ist es!« gab ihre Mutter zurück. »Pheasant hat eins. Meggie hat eins. Kriegt vielleicht noch eins. Mir gefällt die Sache nicht, so ohne Kinder. Meine Mutter hatte elf. Ich hätte es ebensogut können. Ich fing ganz flott damit an. Aber wißt ihr, wie ich hierher kam, war der Doktor so schwer zu haben, und Philip hatte Angst um mich. Ach, das war ein Mann, mein Philip!

Der Rücken, den er hatte. Solch graden Rücken sieht man heute nicht mehr. Keine Kinder ... Hm. Zu meiner Zeit schenkte manche Frau ihrem Mann ein rundes Dutzend —«

»Schaitan!« schrie Boney, der mit seinem Kuchen fertig war und die Fremde anstarrte.

»Und wenn eins darunter war, über das er sich nicht ganz sicher war, dann nahm er das wie ein Mann — Ha!«

»Schaitan ka batka!«

»Er wußte, selbst die zuverlässigste Stute — hier und da wird sie auch mal störrisch.«

»Ka batka!«

»He, Renny?«

»Ja, liebes altes Haus. Waren große Zeiten!«

Eden zog seine Hand aus der seiner Großmutter. Sein Gesicht sah erschöpft aus. Er stand auf, die Lippen geöffnet, die Brauen gequält zusammengezogen. »Schrecklich müde«, murmelte er, »ich glaube, ich muß mich etwas hinlegen.« Er sah leer um sich.

»Armer Junge«, sagte die alte Dame, »legt ihn aufs Sofa in der Bibliothek.«

Eden ging langsam aus dem Zimmer. Ernest folgte ihm, besorgt und etwas wichtig. Auf dem Sofa packte er ihn in eine Decke.

Großmutters Augen folgten befriedigt dem Paar. Dann wandte sie sich zu Alayne. »Gräm dich nicht, Liebe, wir wollen ihn bald wieder gesund kriegen. Dann wollen wir hoffen, daß du ...«

»Mama«, unterbrach Nicholas, »erzähl Alayne von der Hütte. Was für eine Wirtschaft du damit gehabt hast, und all das!«

Dies genügte, um ihre Aufmerksamkeit vor der Notwendigkeit des Familienzuwachses abzulenken. Sie war nun mit Eifer dabei, das weiche Nest zu beschreiben, das sie bereitet hatte.

Nicholas sagte halblaut zu Renny: »Es war schauderhaft. Es war völlig unmöglich, all die Möbel in der Hütte unterzubringen, die sie durchaus hinschicken wollte. Schließlich konnte man nichts anders machen, als die Sachen aus der einen Tür hinaus- und zur andern wieder hereinzutragen. Augusta war in Verzweiflung, das arme alte Mädchen.«

Der Herr von Jalna zeigte beifällig seine Zähne. Dann verdüsterte sich sein Gesicht, und er fragte: »Wie denkst du über Eden? Recht krank, der Junge, was?«

»Wie steht es mit ihm? Aus deinem Brief war nicht viel zu entnehmen.«

»Ich weiß nicht recht. Doktor Drummond muß ihn so bald als möglich sehen. Der New Yorker Doktor sagt, daß sein Zustand ernst ist. Aber nicht hoffnungslos.«

»Amerikanische Ärzte!« Nicholas zuckte die Schultern. »Frische Luft. Milch. Wir werden ihn wieder hochkriegen ... Ein Prachtkerl, dieses Mädchen! Hat

aber äußerlich verloren, zweifellos.«
»Unsinn!« widersprach Ernest, der dazugekommen war. »Sie ist hübscher denn je.«
Renny hielt seine Meinung zurück. Seine Augen lagen auf ihrem Gesicht. Er las darin innere Zustimmung zu ihrer veränderten Lage. Selbst ruhige Hinnahme Boneys. Ein Prachtkerl? Nein. Eine stolze Seele, von Leidenschaft unterjocht. Er näherte sich ihr langsam auf einem Umweg zwischen den schweren eingelegten Mahagonimöbeln. Er setzte sich auf die Ottomane, wo Eden gesessen hatte.
»Ich möchte dir sagen«, sagte er, »wie glücklich es mich macht, dich hier zu haben.«
Die alte Mrs. Whiteoak war in ein Schläfchen gefallen. Die Parze schlummerte. Alayne und Renny hätten die einzigen im Zimmer sein können, so stark empfand jedes von beiden die isolierende Macht in des andern Nähe.
»Ich mußte kommen. Er hatte mich nötig – so schrecklich nötig.«
»Natürlich. Er hat dich nötig. Und wenn – er gesund wird?«
»Dann gehe ich wieder fort.«
Aber die Worte klangen ihr unwirklich. Obgleich sie all ihr Eigentum in der New Yorker Wohnung gelassen und sich nur auf einen Sommeraufenthalt eingerichtet hatte, klangen die Worte doch unwirklich. Die kleine Wohnung mit ihren Künstlerteppichen, ihren hübschen Lampen, ihrem Blitzen von Messing und Kupfer schien auf einmal weniger wichtig als der Ebenholzstock dieser schlafenden alten Frau. Auch Rosamund Trent war unwichtig. Dieses Zimmer hier redete zu ihr. Seine massigen Möbel hatten eine Botschaft für sie. Seine dicken Mauern, die diese bezwingende Atmosphäre umschlossen, hatten eine Bedeutung für sie, die keine andern Mauern je haben konnten. Vielleicht verstand sie ihren letzten Sinn nicht. Sie hatte nicht den Mut, es zu versuchen. Vielleicht war dieser Raum nur eine Falle – und sie – das Wild – ein schwaches verwundbares Wild, gefangen!
Sein Ton, als er wieder sprach, war fast gezwungen. »Wenigstens bist du jetzt da, und das ist die Hauptsache. Ich kann dir nicht sagen, welche Last mir damit von der Seele genommen ist. Ich glaube, für Eden bedeutet das schon Gesundwerden.«
Sie mußte arbeiten, sich Mühe geben, Eden gesund zu pflegen. Das war ihre Pflicht. Man muß das Gesetz befolgen, das man in sich trägt. Aber was für ein phantastisches Zwischenspiel in ihrem Leben würde dieser Sommer sein!
Augusta war hinausgegangen. Nun erschien sie wieder in der Tür und winkte ihnen. Sie standen auf und folgten ihr, mit vorsichtigen Schritten, um die Großmutter nicht aufzuwecken.
»Er ist eingeschlafen«, sagte Augusta, »erschöpft, der arme Junge. Und du mußt auch müde sein. Willst du nicht in mein Zimmer mit hinaufkommen und dich zu Tisch zurechtmachen? Ich habe eine Kanne heißes Wasser für dich

hinaufbringen lassen.«

Alayne dankte ihr. Gern würde sie ihr Kleid wechseln und sich waschen.

»Dann«, fuhr Augusta fort, »will ich euch in euer Landhaus bringen — ich denke, wir lassen diesen häßlichen Namen ›Fiedlers‹ Hütte fallen, nun ihr da wohnt — und euch unsre Vorbereitungen zeigen. Aber eigentlich sollte ich sagen, meiner Mutter Vorbereitungen.« Und sie warf einen vorwurfsvollen Blick auf Renny.

Er gab ihn feindlich zurück. »Ich habe den alten Namen gern«, sagte er, »ich sehe keinen Grund, ihn zu ändern.«

»Ich werde sie jedenfalls nicht mehr so nennen.«

»Nenn es wie du willst. Es ist Fiedlers Hütte.« Er machte eine zornige Bewegung.

»Warum sollte man sich an so ordinäre Namen klammern?«

»Nächstens wirst du noch über Jalna die Nase rümpfen.«

Alayne dachte: Bin ich je fort gewesen? Da hacken sie wieder genau wie immer aufeinander los. Ich weiß nicht, wie ich es aushalten soll. Was ist über mich gekommen, seit ich hier in diesem Haus bin? Schon eine Armbewegung von ihm stört mich auf! In New York war es möglich — hier — ich kann nicht, ich kann nicht! Gottlob bin ich nicht unter einem Dach mit ihm!

Ein roter Lichtfleck, der durch das farbige Glas des Fensters kam, lag auf Rennys Kopf. Sein Haar sah aus, als brenne es. Verächtlich sagte er: »Das Landhaus, he! Nenn es doch lieber gleich Rosenhäuschen oder Jelängerjelieberhäuschen. Mach es so süß du kannst!« Es war bei ihm eine Leidenschaft, daß nichts zu Hause verändert werden durfte.

Die Haustür wurde aufgerissen, und Wake stürmte herein. Mit ihm kam ein Stoß Frühlingswind und drei Hunde. Die beiden Spaniels fingen an zu bellen und an ihrem Herrn hochzuspringen. Der alte Schäferhund beschnüffelte Alayne und wedelte mit dem Fellstummel, der sein Schwanz war. Er erinnerte sich ihrer.

Wake hielt einen kleinen Busch Windröschen hoch. »Die habe ich dir gepflückt«, sagte er, »du sollst sie in dein Zimmer stellen.«

Alayne zog ihn in die Arme. Wie entzückend sein kleiner Körper sich anschmiegte! So leicht, so zart, und doch so voller Leben. »Danke! Danke!« flüsterte sie, und er lachte, als er die Wärme ihres Atems an seinem Ohr fühlte. Er schlang fest die Arme um sie.

»Kind«, mahnte seine Tante, »geh nicht so wild mit Alayne um. Sie kommt jetzt mit auf mein Zimmer. Sie ist müde. Du hängst ja an ihr wie eine Klette.« Renny nahm ihr die kleine Klette ab, und Lady Buckley zog Alaynes Arm in den ihren.

Als sie die Treppe hinaufstiegen, sagte sie: »Du hast großmütig und recht gehandelt. Ich kann dir nicht sagen, wie ich dich dafür bewundere. Ich wollte, ich könnte sagen, du wirst sicher für deine Aufopferung belohnt werden, aber ich habe gefunden, daß es im Leben anders zugeht.« Und sie seufzte. »Ich habe ein nettes, junges schottisches Mädchen entdeckt, die jeden Morgen vom Dorf zu dir kommt zum Arbeiten in – na, du weißt ja wo. Ich weigere mich, das Häuschen mit diesem abscheulichen Namen zu nennen, selbst wenn Renny unangenehm zu mir wird.«

Sie gingen in Augustas Zimmer, und sie goß Wasser aus der schweren Kanne in das Becken, daß Alayne sich Gesicht und Hände waschen konnte.

Finch war auch auf sein Zimmer gegangen. Das Knarren der Bodentreppe, als er hinaufstieg, war ihm wie die Stimme des Hauses. Er bewillkommnete und tadelte ihn. Sein Mansardenzimmer klagte, daß er es so lange verlassen hatte. Niemand, niemand war da, all diese Wochen, der nachts auf die Stimme des Hauses horchte. Alles, was er sie in diesen Nächten hätte sagen hören können, war ihm nun für immer verloren. Die Wände seines Zimmers schienen ihm nicht stillzustehen, sie schienen zu erzittern, seiner Gegenwart bewußt. Die verblaßten Blumen der Tapete schwankten wie in einem Windstoß. Er stand da und sog die vertrauten Gerüche ein: den Verputz, der an einer Ecke feucht war, wo das Dach durchleckte – da stand sein Waschbecken noch genau an der Stelle, wo er es gelassen hatte, um die Tropfen aufzufangen; der verblichene Teppich, den Mrs. Rags nie sehr gründlich fegte, hatte seinen besonderen wolligen Geruch; der muffige Geruch der alten Bücher im Schrank; und alles durchdringend, die Essenz des Hauses selbst, in der ein Geheimnis steckte, das sich nicht in Worten sagen ließ, obgleich er manchmal glaubte, daß er ihm auf der Spur war.

Er öffnete das Fenster und ließ Luft herein. Die dunklen vertrauten Bäume draußen atmeten ihre streichelnden harzigen Düfte aus. Kleine rosige Spitzen hoben sich, wie würzige Kerzen an einem festlichen Tag, auf den Zweigen einer bemoosten Fichte. All diese Bäume zeigten einen grünen moosigen Überzug an der Seite des Stammes, die dem Hause zugewandt war, wie ein sichtbares Zeichen ihrer Zugehörigkeit zu ihm. Die Blätter der Laubbäume in ihrer eben entfalteten Frische waren von reinem schimmernden Glanz. Unter den Bäumen der Rasen, feucht und tiefgrün; die Fohlenkoppel, wo ein paar langbeinige Fohlen standen und sich über ihre eigene Neuheit wunderten. Der Apfelgarten, wo die rosigweißen Blüten bei jedem Windhauch auf die braunrote Erde herabrieselten wie Blumen, dem Juni, des jungen Sommers Braut, vor die Füße gestreut. In die Schlucht, wo sich nur die Stämme der silbernen Birken gegen den Schatten abhoben, schoß der Strom herab, dessen Oberfläche in tausend Sonnensplitter gebrochen war. Eine klagende Taube ließ ihren träumerischen werbenden Ruf hören.

Finch breitete die Arme aus und trank all die Schönheit in sich hinein. Er sandte seine Seele aus dem Fenster dem Morgen entgegen. Sie kehrte zu ihm zurück, reich von Morgenfrische, schwer von Süße, wie eine Biene vom Honig.

Er dachte an seinen letzten Tag in diesem Zimmer und seine Demütigungen. Er hatte die Heimkehr wie eine Schande gefürchtet. Aber Piers war nicht dagewesen, ihn zu verhöhnen. Kaum beachtet, war er unter dem Schutz von Edens Krankheit wieder ins alte Nest gekrochen. Nur Onkel Nicholas hatte unter seinem Schnurrbart geknurrt: »Nun, junger Mann, ich hoffe, du schämst dich vor dir selbst. Was du brauchtest, ist eine gute Tracht Prügel.«
Aber Renny, der gerade vorbeikam und es hörte, hatte kurz bemerkt: »Ohne den Jungen hätten wir Eden nie gefunden.«
Eigenwilliger, prachtvoller Renny!
Hinter sich hörte er einen leichten Schritt. Er wandte sich um und sah Wakefield in der Tür. Die Würde seiner Haltung, der Ernst in seinem kleinen Gesicht zeigten, daß er in einer Laune war, die Finch haßte. Diese verdammt gönnerhafte Laune, die sich in den pathetischen Worten ausdrückte, die ihm dann zur Verfügung standen, Worten, die er sich aus seinen Unterhaltungen mit Tante Augusta und Mr. Fennel aufspeicherte.
»Ich sehe«, sagte er mit sehr deutlicher Aussprache, »daß du deine Torheit bereut hast.«
Finch hielt an sich. Es war schwer, den unleidlichen kleinen Bengel nicht durchzuschütteln, aber er durfte es nicht. Das wäre die schlechteste Manier gewesen, sich wieder einzuführen. Es wunderte ihn, daß Wakefield gar keinen Respekt vor ihm hatte. Andere kleine Jungens respektierten ihre älteren Brüder. Im Hause eines seiner Schulfreunde hatte er einen naseweisen kleinen Bruder mit einem bloßen Kopfnicken aus dem Zimmer schicken sehen. Es konnte nichts schaden, das auch bei Wake zu versuchen. Er hielt die Bürste in der Luft, mit der er eben angefangen hatte sein Haar zu bearbeiten, und gab seinem Kopf einen befehlenden Ruck nach der Tür. Der Ausdruck seines Gesichts, das er im Spiegel sah, war kalt und überlegen.
Wakefield rührte sich nicht. Er sagte: »Ich wußte ganz genau vorher, daß du deine Torheit bereuen würdest.«
Finch warf die Bürste hin und stürzte auf ihn los. Aber konnte er so etwas Zartem, wie diesem Kerlchen, wirklich wehtun? Seine Knochen waren ja weich wie bei einem Häschen! Finch warf ihn über die Schulter und lief mit dem Jungen, der weich und ohne Widerstand hing, die Treppen hinunter. Aber in dem Augenblick, wo Wake den Fuß in die Halle setzte, kehrte seine triumphierende Miene zurück, und er setzte sich gewandt an die Spitze der Prozession, die jetzt ins Eßzimmer einzog.
»Ha!« rief die Großmutter und zeigte alle Zähne. »Das höre ich gerne! Jungens die Spektakel machen!«
Sie saßen um den Tisch, und die Porträts von Captain Philip Whiteoak in seiner Uniform und der alten Adeline von ehemals lächelten auf sie herunter. Hinter ihren Stühlen glitt die Gestalt Rags entlang, mit dem Gesichtsausdruck, der eine wunderliche Mischung von Unterwürfigkeit und Unverschämtheit war,

mit seinem am Halse speckigen schwarzen Rock, den er hastig in der letzten Minute übergeworfen hatte.

Da saßen sie, verzehrten riesige Scheiben halbgares Roastbeef; in der Pfanne geröstete Kartoffeln; Rüben in brauner Soße geschmort; Spargel, die in geschmolzener Butter schwammen; einen warmen Pudding mit scharfer Soße; und unzählige Tassen Tee. Daß man daran gedacht hatte, daß sie keinen Pudding aß, rührte Alayne. Für sie gab es kleine Obsttörtchen. »In den kleinen Muschelschalen gebacken, die du so gern hast«, erklärte Großmutter. Es gab auch Sherry zu trinken. Ein New Yorker Klubmann hätte für solch einen Sherry einen guten Preis gezahlt. Wie das der alten Adeline schmeckte! Sie warf den Kopf zurück, daß ihre Haubenschleifen zitterten, um den letzten Tropfen zu trinken. Renny flüsterte: »Ich werde etwas von diesem Sherry für Eden nach Fiedlers Hütte hinüberschicken. Auch etwas guter Porter wird ihm gut tun. Besser als Milch.« Alaynes Gedanken flogen auf raschen Flügeln des Mitleids zu Eden hinüber, im Zimmer nebenan auf dem Sofa. Sie hatte im Vorbeigehen einen Blick auf ihn geworfen, wie er da unter der roten italienischen Decke lag. Anstrengend für ihn, dachte sie, all dieses lärmende Gerede. Nicholas, Ernest, ihre Mutter, sprachen alle zugleich. Über das Essen. Was Ernest in New York gegessen hatte. Was Nicholas vor fünfundzwanzig Jahren in Indien gegessen hatte. Augusta sang mit ihrer tiefen Stimme das Lob englischer Erdbeeren, englischen Salats und Blumenkohls. Es gab einen Streit zwischen Augusta, Renny und Wakefield, ob das Kind das Fett an seinem Fleisch essen müßte oder nicht. Nur Finch schwieg und aß in sich hinein, als ob er nie genug kriegen könnte.

Die Sonne, die durch die gelben Fenstervorhänge schien, badete sie alle in der düsteren Glut des Sonnenuntergangs. Die kräftigen Züge jedes einzelnen wurden scharf hervorgehoben: Großmutters Haube, ihre Brauen, ihre Nase; Augustas Fransen, ihre Kopfhaltung; Nicholas Schultern, der sardonische hängende Schnurrbart; Ernests lange weiße Hände; Wakes leuchtenddunkle Augen; Rennys roter Kopf, seine Courtsche Nase. Und ihrem Wesen war Anpassung an den Durchschnitt fremd. Das Leben hatte sie nach irgendeinem Muster gehämmert, gebildet und angepaßt. Trotz der Schwerfälligkeit dieser Gespräche, die Alayne bei all den Mahlzeiten im vorigen Jahr mehr als Zuhörerin wie als Beteiligte miterlebt hatte, immer wieder diese Freude am Leben, diese Verschwendung von Kraft! Aber vielleicht hatten sie Recht. Vielleicht besaßen sie ein Geheimnis, das andere verloren hatten. Sie geizten nicht mit sich selbst. Sie waren nach verschwenderischem Plan angelegt. Wie breit ausladende Bäume gruben sie ihre Wurzeln ein, streckten sie ihre Zweige, rangen miteinander, kämpften mit den Elementen. Sie sahen in sich nichts Seltsames oder Außergewöhnliches. Sie waren die Whiteoaks von Jalna. Mehr ließ sich darüber nicht sagen.

## 15 Minny Ware

Denselben Nachmittag stiegen Renny und Wakefield den Abhang hinunter, der von dem Rasenplatz in die Schlucht führte, überschritten die Brücke des Flüßchens, und stiegen an der anderen Seite wieder hinauf, einen gewundenen Pfad entlang, der sie endlich in einen offenen Eichenwald, Maurice Vaughans Besitz, führte. Das Haus selbst stand in einer Senke, und das Laub der Bäume ringsum war nach einem Regenmonat jetzt so dicht, daß nur der Rauch eines der Schornsteine, der in einer zarten blauen Wolke aufstieg, ihnen sichtbar war, obgleich sie drinnen schon eine Frauenstimme singen hörten.

Ein Kornfeld lag zwischen ihnen und dem Rasenplatz. Ein Dorfjunge stand darin und klopfte gleichgültig auf eine Pfanne, um die Krähen zu verscheuchen. Die Krähen kreisten über ihm, oder pickten ganz in seiner Nähe, mit spöttischen Seitenblicken nach ihm hin. Zwischen ihnen hüpften ein paar weiße Möwen, die dieser Lockung halber den weiten Weg vom See herübergeflogen waren.

Der Junge erschrak, als ihm seine Pfanne und sein Stock aus der Hand gerissen wurden. »Glaubst du, daß du mit diesem bißchen Klappern Krähen verscheuchst?« fragte Renny. »Hör mal zu!« Er machte einen furchtbaren Lärm ganz nahe an den Ohren des Jungen. Die Krähen hoben sich schreiend in die Luft. Die Möwen segelten niedrig fliegend in der Richtung nach dem See hin.

Die Brüder gingen weiter, der Kleine an des Älteren Ärmel geklammert. Als sie den Durchgang in der Zedernhecke erreichten, die den Rasenplatz einfaßte, klang der Klapperlärm schon fern und übertönte nicht mehr den vollen klaren Ton der Frauenstimme, die im Hause sang.

»Renny!« Wakefield zog an seinem Ärmel. »Warum hat Piers Pheasant und Mooey herübergebracht, gerade wo Eden und Alayne gekommen sind?«

»Weil Piers Eden nicht ausstehen kann.«

»Warum?«

»Das kannst du nicht verstehen.«

»Sind Piers und Pheasant hier herübergekommen, damit Eden nach Hause kommen und gepflegt werden konnte?«

»Ja.«

»Aber ich dachte, Meggie könnte Pheasant nicht leiden.«

»Na, sie hat sich um Piers' willen mit ihr angefreundet und um Edens willen.«

Wakefields Augen blickten dunkel vor Nachdenken und verwirrt.

»Ich finde es schwierig«, sagte er, »alles in meinem Kopf auseinander zu halten ...«

»Das brauchst du ja auch nicht. Je weniger du daran denkst, um so besser.«

»Ich mache mir aber doch meine eigenen Gedanken.« Sein Ton war verdrießlich.

»Du hast zu viele Gedanken. Du wirst zu naseweis.«

Wakefield hob die Augen mit einem rührend bittenden Ausdruck darin. »Ich glaube, es ist meine zarte Gesundheit«, sagte er. Wie gut wußte er seinen älteren Bruder einzuschätzen! Dieser zog ihn an sich, als sie in das Haus gingen.

Niemand war in der dämmrigen Wohnstube. Die gute Stube, das Eßzimmer leer. Trotzdem erfüllte diese süße volle Frauenstimme das Haus. Sie gingen die Treppe hinauf. Wakefield lief den Korridor entlang, klopfte an der Tür und öffnete sie fast zugleich.

Das Zimmer, das sich auftat, war von Sonne erfüllt, die durch die Baumwipfel schien. Es leuchtete von glattem buntfarbigem Chintz. Eine Vase mit Narzissen stand auf dem Mitteltisch, ebenfalls ein silbernes Tablett mit einem Teetopf, einem Teller Zwieback und einer kleinen Scheibe Honig. Meg genoß eines ihrer kleinen Frühstücke.

»Ha!« sagte Renny. »Knabbernd wie immer!« Er beugte sich über sie und küßte sie.

Wakefield preßte sich an ihren Rücken und hielt ihr die Hand über die Augen. »Rate, wer ist das!«

Sie zog seine Hände herunter, bis sie auf ihrer Brust lagen und wandte das Gesicht zu ihm zurück. Sie küßten sich. »Oh«, rief er aus, »ich schmecke Honig bei dir!« Er sah gierig das Stück Scheibenhonig an.

»Ich hatte keinen Appetit zum Essen«, erklärte sie, »so wurde mir ein bißchen flau, und ich ließ mir dies bringen. Eigentlich brauche ich es gar nicht, du kannst es aufessen, Liebling.«

Er nahm den Scheibenhonig in die Hände und fing an, ihn zu schlürfen. Meg sah ihn nachsichtig an und Renny mit liebevoller Sorge.

Renny fragte: »Glaubst du, daß ihm dies bekommt?«

»O ja. Das ist natürliche Nahrung. Das kann ihm unmöglich schlecht bekommen.«

»Wenn ich mir vorstelle«, rief sie aus, »daß du in New York gewesen bist, seit ich dich zuletzt gesehen habe!« Sie sah ihn an, als ob sie erwartete, irgend etwas Exotisches an ihm zu finden. »Was mußt du gesehen haben! Aber vor allem anderen erzähle mir von Eden. Dies war ein großer Schreck. Ist er sehr krank? Wenn er wirklich in Gefahr ist, dann weiß ich nicht, wie man das ertragen soll. Armes Lamm! Und er war doch immer so gesund. Alles fing mit dieser elenden Heirat an. Vom ersten Tag an, wo er dieses Mädchen nach Jalna brachte, sah ich das Unheil kommen.« Sie sammelte ihren Mut. »Renny, muß Eden —« sie warf einen Blick auf das Kind. Er durfte so etwas Schreckliches nicht hören.

»Nun ja. Es ist eine Stelle in der Lunge. Er ist sehr abgemagert ... Aber ich glaube, er ist nicht so krank, wie der Doktor erst sagte. Jedenfalls wird er aber ordentliche Pflege gebrauchen.« Er dachte nach: was wird sie sagen, wenn ich

ihr erzähle, daß Alayne hier ist? Er fuhr fort: »Alles hängt von frischer Luft und guter Pflege ab.«
Meg rief aus: »Ich sollte ihn eigentlich pflegen! Aber ich habe doch das Baby. Das kann ich nicht in Gefahr bringen.«
Er rechnete schon mit ihrer Trägheit. »Und diese Haushilfe — oder wie nennst du sie — könnte sie nicht nach dem Wurm sehen?«
Meg rückte ihren Stuhl, daß sie ihm in das Gesicht sah. Ihr kurzer runder Arm lag über dem Tisch, ihre milchweiße sinnlich volle Hand hing über die Tischkante. Ihre Stimme war vorwurfsvoll. »Minny Ware mein Baby anvertrauen! Sie ist viel zu gedankenlos. Man weiß nie, was sie im nächsten Augenblick anstellt. Manchmal wollte ich, ich hätte sie nie gesehen.«
Sie schwiegen einen Augenblick. Die singende Stimme kam trillernd aus einem entfernten Zimmer. Er konnte Meg noch nicht sagen, daß Alayne in Jalna war.
Sie sagte: »Es kommt mir schrecklich vor, Eden in die Hütte zu verbannen.«
»Es ist zu gefährlich, ihn mit den Jungen im Hause zu haben.«
»Und Finch zurück? Was für eine furchtbare Unverantwortlichkeit ist das Leben für manche Menschen! Während andere — das nimmt mir geradezu den Appetit — sich Sorgen machen.«
»Mit Finch ist jetzt alles in Ordnung. Er ist ein wunderlicher junger Bursche. Man kann nichts mit ihm anfangen.«
Sie bemerkte selbstgefällig: »Finch wäre nie ausgerissen, wenn ich zu Hause gewesen wäre. Tante Augusta versteht Jungens einfach nicht.«
Renny horchte auf die Stimme. Er frage: »Singt dieses Mädchen immerzu?«
Seine Schwester nickte, als ob sie damit Anerkennung ausdrücken wollte. Sie beugte sich zu ihm und flüsterte: »Weißt du, für mich ist es schrecklich quälend, Pheasant hier zu haben. Nichts als meine Liebe zu Piers würde mich dazu bringen. Sie hat sich sofort mit Minny Ware angefreundet. Sie stecken schon miteinander unter einer Decke ... Ich kümmere mich nicht um sie.«
Ein schwerer Schritt klang draußen im Korridor. Es wurde an die Tür geklopft.
Megs glatte Stirn runzelte sich, aber sie murmelte: »Herein.«
Das Klopfen wiederholte sich. »Er hat dich nicht gehört«, sagte Renny. »Hallo, Maurice!«
Die Tür öffnete sich und Vaughan erschien. Sein ergrauendes Haar hing ihm wirr um den Kopf, seine Norfolkjacke schlotterte ihm von den Schultern.
»Ein Schläfchen gemacht?« fragte Renny.
Er nickte und grinste entschuldigend. »Irgendwas Privates zu besprechen? Ich wollte bloß meine Pfeife holen. Habe sie hier irgendwo liegen lassen.« Er dachte: weshalb sieht Meggie mich so an, verflixt merkwürdiger Blick!
»Ich habe eben Meggie gefragt, ob Miss Ware jemals aufhört zu singen«, sagte Renny. »Ein höchst vergnügtes Geschöpf, scheint mir. Ich wollte, wir könnten

135

sie für Jalna ausleihen.« Er dachte: Teufelswerk, die Ehe. Jetzt hat sie den alten Maurice so weit wie sie wollte.

Meg dachte: Warum kann ich meinen eigenen Bruder nie für mich haben? Gibt es überhaupt kein Privatleben mehr, wenn man verheiratet ist? —

Vaughan hatte seine Pfeife und seinen Tabaksbeutel gefunden. Er füllte die Pfeife ganz geschickt trotz seiner im Krieg verkrüppelten Hand.

Megs tiefblaue Augen hingen an der verkrüppelten Hand und die Lederbandage, die er um das Handgelenk trug. Das war ein Anblick, unter dem ihr Herz einmal geschmolzen war. Aber jetzt hatte diese Bewegung nur die Wirkung sie zu reizen. Die Hand war eher unschön als bemitleidenswert. Sie sagte vorwurfsvoll: »Renny meint, daß Eden nicht ganz so schwer krank ist. Du hast mich so furchtbar erschreckt.« Sie wandte sich zu ihrem Bruder: »Maurice sagte, daß Eden fast wie ein Toter aussähe.«

»Mir sah er so aus«, sagte Vaughan verstockt.

»Er sah nach der Reise ziemlich kläglich aus«, stimmte Renny zu. »Aber nun hat er geschlafen und etwas gegessen, und da ist er wieder mehr er selbst. Wir haben ihn nach Fiedlers Hütte gebracht.« Im nächsten Augenblick mußte er ihr sagen, daß Alayne mitgekommen war. Die Kehle war ihm wie zugeschnürt.

Sie fragte eifrig: »Wie habt Ihr ihn denn hingebracht? Konnte er so weit diesen schlechten Weg gehen?«

»Wright und ich haben ihn gebracht. Halb getragen... Es ist sehr behaglich geworden da drinnen. Du wirst überrascht sein. Gran hat es fabelhaft genossen, alle Welt herumzukommandieren, und Tante Augusta hat sich geärgert.« Nein, er konnte es ihr noch nicht sagen...

Vaughan wußte, was Renny auf der Seele hatte. Er starrte seinen Pfeifenkopf an und bemerkte: »Er wird gründliche Pflege brauchen. Himmel, hast du seine Handgelenke und Knie gesehen?«

»Da fängst du wieder an!« rief seine Frau. »Du scheinst darauf versessen, mich zu ängstigen.« Sie legte eine Hand aufs Herz. »Wenn du wüßtest, was für einen Stein ich hier fühle!«

»Tut mir leid«, sagte Vaughan. »Mir scheint, ich muß immer ins Fettnäpfchen treten... Ich meinte nur —«

»Bitte hör auf«, unterbrach sie ihn theatralisch. »Ich will selber sehen, wie es mit ihm ist...« Ihre Aufregung machte sich Luft darin, daß sie Wakefield ausschalt. Er wischte seine Finger am Tischtuch ab.

Er war eigensinnig und streitsüchtig. Ehe er den Mund hielt, klopfte es von neuem an die Tür, diesmal mit einem raschen Trommeln, das etwas Wichtiges andeutete.

»Es ist wegen dem Baby«, sagte die Stimme der Sängerin. »Es schreit nach Ihnen.«

Wakefield riß die Tür weit auf. Ein blondes junges Wesen stand da und hielt ein dickes Kind in den Armen.

Megs Gesicht wurde sanft in mütterlicher Anbetung. Ihre Lippen teilten sich in einem Lächeln von unaussprechlicher Süße. Sie streckte die Arme aus, ihre Brust wurde ein Hafen, und sie nahm das Kind. Sie drückte einen langen Kuß auf sein blütenzartes Gesichtchen.

Mit zweiundvierzig hatte Vaughan sie zur Mutter gemacht, und er hatte seinen Traum erfüllt gesehen, der Vater ihres Kindes zu werden. Aber ihr innerstes Wesen war durch dieses Kind nicht miteinander verschmolzen. Sie, die sich nie nach Mutterschaft gesehnt hatte, wurde nun leidenschaftlich mütterlich und drängte ihn aus dem Kreis dieser zarten innigen Verbundenheit hinaus. Manchmal hatte er innerlich das bestürzte Gefühl eines Hundes, dem die eigene Tür vor der Nase zugemacht wird. Er liebe sein Kind, wie er Pheasant nie geliebt hatte, die doch so einsam und liebebedürftig gewesen war. Meg hatte ihr Kind Patience genannt. »Aber warum?« hatte er ausgerufen, weil ihm der Name nicht gefiel. »Geduld ist meine Haupttugend«, hatte sie geantwortet, »und wir können sie Patty abkürzen.«

Es war wunderlich, daß Mooey, das Kind der blutjungen Eltern Piers und Pheasant, ein sehr ernsthaftes Kind war und mit einer Falte auf der kleinen Stirn in die Welt sah, und daß Patty, das Kind von Eltern in mittleren Jahren, fröhlich und von ungeheurer Lebhaftigkeit war. Sie hopste auf ihrer Mutter Schoß, stieß mit den Füßen und zeigte ihre vier weißen Zähne in einem fröhlichen Lächeln.

Ihr Onkel kitzelte sie mit dem Finger. Sie griff nach seinem roten Haar. »Ha«, sagte er, »du kleine Hexe. Sieh sie bloß an, Maurice.«

»Ja, sie reißt schon ganz gehörig daran, du.«

Meg wandte sich lächelnd zu Minny Ware. »Bleiben Sie hier«, sagte sie gnädig. »Bitte setzen Sie sich. Sie können das Baby dann wieder mitnehmen.«

Minny Ware hatte gar nicht die Absicht gehabt zu gehen. Das Kind hatte gar nicht so sehr nach der Gesellschaft der Mutter verlangt, wie sie nach der Gesellschaft von Männern. Es gefiel ihr gar nicht, weg zu müssen, wenn ein Mann zu Besuch war und sie von seiner Gegenwart nichts haben sollte. In diesem Augenblick ihres Lebens war es ihr heißester Ehrgeiz, den Herrn von Jalna einzufangen. Aber er hatte Augen, die durch und durch sahen. Sie fürchtete fast, daß er ihren Wunsch spürte.

Sie saß mit übergeschlagenen Beinen und beobachtete die Familiengruppe um das Baby. Ein leuchtend blaues Kleid, das am Hals sehr weit ausgeschnitten war, zeigte ihren etwas dicken milchweißen Hals und ihre volle Brust. Das Kleid war sehr kurz und gelegentlich schimmerten leuchtend rosa Schlüpfer hervor und Strümpfe, wie sie nur ein Londoner Mädchen zu tragen wagt.

Tatsächlich war sie, wenn auch nicht gerade in London, aber doch in einem abgelegenen Teil von England geboren, wo ihr Vater Pfarrer eines einsamen Pfarrdorfes gewesen war. Sie hatte nie gewußt, was es hieß, Geld in der Tasche

zu haben. Als ihr Vater zwei Jahre nach dem Ende des Krieges starb, war sie mit einem anderen Mädchen nach London gegangen, neugierig auf Abenteuer und stark und frisch wie der Wind in ihrem heimatlichen Moor. Ein paar Jahre hatten sie dort mühselig ihren Unterhalt verdient. Sie brachten es aber fertig, ihre Tugend zu bewahren und behielten sogar ihre frische Farbe. Aber das Leben war schwer, und nach einer Weile sahen sie London nur als einen Ort an, dem sie so bald als möglich zu entfliehen trachteten. Glücklicherweise hatte ein Freund ihr ein kleines Legat hinterlassen, und sie beschlossen nach Kanada zu gehen. Sie nahmen einen Kursus in einer Landwirtschaftsschule. Mit dieser Erfahrung ausgerüstet, machten sie sich auf, um in Süd-Ontario eine Hühnerfarm zu gründen. Aber sie hatten nicht genügend Kapital um durchzuhalten, bis sie sich an die anderen Lebensbedingungen gewöhnt hatten. Es waren schlechte Jahre; die Hühner starben in Mengen an irgendeiner Seuche; die Truthühner wurden sogar noch eine größere Enttäuschung, denn sie gingen sämtlich sofort an einer Krankheit ein. Die Kosten für den Bau der Hühnerfarm waren größer gewesen, als sie erwartet hatten. Korn und Futter kosteten viel. Am Schluß des zweiten Jahres saßen sie auf dem trocknen und hatten eben noch genug, um ihre Schulden zu bezahlen. Dies taten sie, denn sie waren durchaus ehrlich und wandten ihre Gedanken wieder der Stadt zu.
Wenn sie Stenografie gelernt hätten, wäre eine Anstellung möglich gewesen. Aber so wie die Dinge lagen, versuchten sie nun vergeblich, bei den Besitzern kleinerer Geschäfte anzukommen, oder als Assistentinnen bei Ärzten oder Zahnärzten. Endlich bekamen sie Arbeit als Kellnerinnen in einer Teestube. Nach einem Jahr dieser Arbeit bekam Minny Ware schlimme Füße. Den ganzen Tag zu stehen und schwere Tabletts zu tragen, war eine Qual. Eines Abends las sie ein Inserat, wo eine Haushilfe und Gesellschafterin gesucht wurde – von einer Mrs. Vaughan. Es war auf dem Lande, und ein kleines Kind dabei. Sie sehnte sich nach dem Lande und sie liebte kleine Kinder. Sie bewarb sich um die Stellung mit einem Brief in guter altmodischer Handschrift. Sie erklärte, daß sie die Tochter eines Pfarrers wäre und nach Kanada gekommen sei, um Hühner zu züchten. Da ihr das mißglückt sei, fühle sie, daß nichts ihr so sehr liegen würde, als eine Stellung zur Pflege eines kleinen Kindes. Ihre Erfahrungen als Kellnerin erwähnte sie nicht. Die Tatsache, daß ihr ein Unternehmen mißglückt war, machte sie Maurice sympathisch. Für mißglückte Existenzen hatte er immer ein brüderliches Mitgefühl. Meg gefiel der Gedanke, daß sie eine Pfarrerstochter war. Jetzt war Minny Ware seit fünf Monaten bei ihnen.
Sowie sich eine Gelegenheit ergab, sagte sie halblaut zu Renny: »New York muß fabelhaft interessant sein.«
»Wahrscheinlich«, gab er zurück. »Ich war nicht der Interessantheit halber da. Wahrscheinlich würde es Ihnen gefallen. Möchten Sie hin?«
»Wer möchte das nicht! Aber glauben Sie, daß ich über die Grenze gelassen würde?«

»Nicht mit diesem Londoner Akzent, fürchte ich.«
Sie lachte laut und herzhaft auf, und sofort hinterher war ihr Gesicht wieder rund und ernsthaft wie ein Kindergesicht. Sie sagte: »Sie müssen mich lehren, wie ich sprechen soll, damit ich hinüberkommen kann.«
»Haben Sie denn keine Ruhe hier?« Seine Augen maßen sie und blieben an den Sommersprossen hängen, die ihre weiße Haut über der ziemlich dicken Nase sprenkelten. »Sie sehen ungewöhnlich aus. Sie haben eine gute Stimme. Was wollen Sie damit anfangen?«
»Sie in den Staaten verwerten. Hier hält mich doch nichts.« Ihre Augen, die von unbestimmbarer Farbe waren und schmal über den Backenknochen saßen, sahen herausfordernd in seine.
Der aufgestaute Strom seiner Leidenschaft für Alayne wandte sich für einen Augenblick diesem Mädchen zu. Als er sich dessen bewußt wurde, fühlte er plötzlich eine intensive und unerklärliche Gereiztheit. Er sah über Minny Ware hinweg zu seiner Schwester hin.
»Alayne«, sagte er, »ist mitgekommen um Eden zu pflegen.« Mochte Meggie vor dieser Fremden in Wut geraten, wenn sie Lust hatte!
»Alayne zurück...« Sie wiederholte die Worte sanft und kräuselte etwas die Lippen.
»Eden bat sie mitzukommen.«
»Sie scheint nicht viel Stolz zu haben, nicht wahr?«
»Sie hat sehr viel Stolz. Sie ist stolz, daß es ihr gleichgültig ist, was jemand über sie denkt.«
»Etwa auch du?« Ihre Lippen kräuselten sich wieder.
Minny Ware sah neugierig von einem Gesicht zum andern. Konnte sie sich hier vielleicht einschmuggeln?
Renny antwortete nicht, aber seine Augen warnten Meg, vorsichtig zu sein.
Sie saß mit zitternden Augenlidern, als ob sie Tränen oder Zorn zurückhalten wollte, sie stützte die volle Wange auf die geballte Hand. In Wirklichkeit blitzte ein neuer Gedanke in ihr auf... Wenn Eden und Alayne sich vertrugen, um so besser. Mochte Alayne für den armen lieben Jungen sorgen. Alayne konnte ihr nicht weißmachen, daß sie arm war. Amerikaner hatten immer eine Masse Geld. Eden würde noch lange zart und pflegebedürftig bleiben. Und wenn Alayne glaubte, daß er nicht wieder besser würde, daß sie Renny nach Edens Tod einfangen könnte – dann sollte sie merken, daß sie im Irrtum war! Auf jeden Fall mußte Renny vor Alayne in Schutz genommen werden. Es gab nur einen Weg, durch den er vor ihr bewahrt bleiben würde – eine Frau. Und hier war Minny Ware ganz die richtige. Megs Scharfsinn, der langsam aber durchdringend war, ließ ihr keinen Zweifel, daß Alayne Renny liebte – und daß Renny sehr viel an Alayne lag. Dieses bewußte Interesse war etwas völlig Verschiedenes von den Leidenschaften für andere Frauen, die immer mit einem plötzlichen Bruch endeten, und die Meg immer mehr gefühlt als beobachtet

hatte. Leidenschaften, die ihrem starren Stolz immer belanglos erschienen waren.

Nachdenklich betrachtete sie das Bild von Renny und Minny Ware nebeneinander. Würde es ihr recht sein, fragte sie sich selbst, sie so das ganze Leben nebeneinander zu sehen? Ihr Herz antwortete ja. Trotzdem sie an Minny viel auszusetzen hatte — ihre Gedankenlosigkeit, ihre zu rasche Freundschaft mit Pheasant — war sie sich doch klar darüber, daß Minny eine Frau war, die sie als Schwester anzunehmen durchaus bereit war. Sie hatte schon zweifach gelernt, was es heißt, die Frauen ihrer Brüder zu hassen. Von Anfang an hatte Minnys warme Leichtherzigkeit, ihre körperliche Fülle, ihre gute Laune, auch wenn man sie tadelte, und ihre Bereitschaft, auf jeden Wink zu gehorchen, ihr Megs Gunst erworben, die schon fast Zuneigung war.

Konnte Renny sich eine Frau wünschen, die besser zu ihm paßte? Es würde natürlich heißen, daß er nicht standesgemäß geheiratet hätte. Die Aussicht beunruhigte Meg nicht. Sie war der Meinung, daß es nicht darauf ankam, woher eines Whiteoak Gefährtin stammte — daß er sie heiratete, stellte sie über jede Kritik. Und was auch Minny inzwischen angefangen haben mochte, die Tatsache blieb, daß sie eine Pfarrerstochter und gut erzogen war. Selbst wenn ihre Kleider zu kurz und ihre Strümpfe elegant waren — Sie hatte Minny die Farbenfreudigkeit ihrer Kleider ernstlich vorgeworfen, aber das Mädchen war hart geblieben. Sie hatte sogar gesagt, wenn Mrs. Vaughan ihre Kleider nicht gefielen, dann würde sie eben gehen. Sie könne nicht um ihrer Stellung willen sich spießig anziehen. Das würde ihr einfach den Mut nehmen.

Während der übrigen Zeit von Rennys Besuch benahm Meg sich sanft und beruhigend gegen ihn. Er ging mit dem Eindruck fort, wie vollkommen sie war. Als er mit Maurice im Stall war und eine neue Stute aus dem Westen besah, sagte er zu Maurice, daß Meggie wirklich fabelhaft wäre und Maurice stimmte zu.

Als die zwei Frauen allein waren, rief Minny Ware aus: »Lassen Sie mich bitte eine neue Kanne Tee aufsetzen. Sie haben Ihr kleines Frühstück ganz gestört.«

»Ja, bitte«, sagte Meggie. »Wir werden ihn zusammen trinken.«

Sie sahen einander in die Augen und lächelten. Dann füllten sich Minnys Augen mit Tränen. Sie nahm das Kind in die Arme und küßte es leidenschaftlich.

## 16 Hilflose Liebe

Eden benahm sich theatralisch. Er war wie ein launenhaftes Kind, schwach und tyrannisch. Er konnte es in diesen ersten Wochen kaum ertragen, daß Alayne auch nur für einen Augenblick von seiner Seite wich. Er hatte so viele Wünsche, die nur sie allein zu seiner Befriedigung erfüllen konnte. Das junge schottische Mädchen kam jeden Tag zum Helfen; ihre Mahlzeiten wurden ihnen in zugedeckten Schüsseln durch Rags aus dem Hause gebracht. Aber Alayne mußte seine Hängematte von Ort zu Ort umhängen, je nach dem Stand der Sonne; sie mußte ihm seinen Eierpunsch, seinen Weingelee machen, ihm vorlesen, nachts stundenlang bei ihm sitzen, wenn er nicht schlafen konnte, ihn ermutigen und besänftigen. Wie ein Kind konnte er gelegentlich auch rührend dankbar und bescheiden sein. Er faßte dann ihr Kleid, hielt sie fest und sagte gebrochen: »Ich verdiene es nicht. Du hättest mich sterben lassen sollen!« oder: »Wenn ich wieder gesund würde, Alayne, würdest du mich dann wohl wieder lieben können?«

Ihre Geduld mit ihm war endlos, aber ihre Liebe war gebrochen, wie es in Wirklichkeit auch die seine war. Eine Ruhe, die aus der Erkenntnis kam, daß alles zwischen ihnen vorbei war, gab ihnen Sicherheit. Beider Gemüt war frei, die eigene Tiefe zu erforschen, das eigene Bild im Spiegel dieses Sommers widerscheinen zu sehen. Eden, mit seiner ungebrochenen Liebe zur Schönheit, las Gedichte in dem Aufblühen der Veilchen und der kleinen Orchideen, dem Entrollen der Farnblätter, die den Waldboden überwucherten. Er las sie in dem verwobenen Muster der Blätter, der Zweige, im Schatten fliegender Vögel.

Alayne aber las in all diesem nur Leidenschaft. Sie dachte nur an Renny. Sie hatte ihn wenig gesehen, und dann nur in Gegenwart Edens oder der übrigen Familie. Ein paarmal hatte sie mit der alten Mrs. Whiteoak und Augusta Tee getrunken. Immer war da nur die Rede von Edens Gesundheit. Es ging ihm besser. Schon von Anfang an war Alayne überzeugt gewesen, daß seine Krankheit nicht bedenklich war. Er war für viel Ruhe und gute Ernährung empfänglich. Sie konnte sich sein Leben in New York vorstellen. Aber wie schwach war er! Einmal, als er sich ein Stück weiter durch den Baumgartenweg bis an den Rand der Koppel gewagt hatte, um dort eine Gruppe spielender langbeiniger Fohlen zu beobachten, war er Piers begegnet. Piers stämmig und sonnenverbrannt. Sie hatten kein Wort gewechselt, aber ein Blick von Piers und eine unwillkürliche heftige Bewegung hatten Eden die Knie schwach gemacht.

Er hatte sich durch den Baumgarten zurückgeschleppt und sich auf sein Bett geworfen. Nach einer Weile hatte er gemurmelt: »Ich bin Bruder Piers begegnet. Gott, was für ein Blick! Es war Mord darin. Und ich habe ihn merken lassen, daß ich Angst vor ihm hatte.« Er wagte nicht wieder, diesen Weg zu gehen.

Alayne grübelte eine Weile über diese Begegnung und grollte Piers. Aber ihre Gedanken flogen wie starke, freie Vögel zu Renny zurück. Und doch galt all ihre Fürsorge Eden. Sie wünschte nur, daß er mehr Sonne hätte. Der Juni war windstill, und manchmal fühlten sie sich wie versteckt unter dem üppigen Laub, das sie einschloß. Fiedlers Hütte war halb verborgen unter dichtem Weinge-

rank, das die Fenster mit den kleinen Scheiben überschattete.
Vor Wochen schon hatte sie Renny gefragt, ob nicht etwas getan werden könnte, damit mehr Luft und Sonne hereinkäme. Bis jetzt war aber noch nichts geschehen. Genug, daß er Eden nach Jalna zurückgebracht hatte. Es würde Mühe kosten, ihn zu weiterem Handeln zu veranlassen. Die Familie nahm es nun als gesichert an, daß Eden wieder gesund würde.
Sie hatte ihn in einem bequemen Stuhl gelassen, ein Glas Milch neben sich, ein Buch in der Hand. Er lag in einem Streifen Sonne, der in seiner Glut eher auf Herbst als auf Juni schließen ließ und ihn wie ein Bild aus dem grünen Schattendunkel heraushob, als sie zurücksah. Diese Wirkung wurde noch erhöht durch die nachdenkliche Unbeweglichkeit seiner Haltung und durch die, man hätte meinen können, bewußte Pose seiner Hände und seines edel gemeißelten Kopfes. Sie hätte ihm fast mit einer Liebkosung übers Haar gestrichen, als sie fortging. Nun war sie foh, daß sie es nicht getan hatte. Sie ging den feuchten Pfad entlang, an der Quelle vorbei, die von wildem Jelängerjelieber überwuchert war und ging schneller, wie er sich in den Wald verlor.
Sie mußte Bewegung haben. Ihre Muskeln verlangten nach Bewegung. Im Gehen entdeckte sie, daß diese Wochen ihr neue körperliche Kraft gebracht hatten. Sie weitete die Brust und holte tief Atem. Dies war ihr erster Spaziergang, seit sie wieder nach Jalna gekommen war.
Der Fußpfad, glatt von Tannennadeln, führte durch den Wald. An beiden Seiten drängten sich zarte Maiblumen und hoben ihre schneeigen Glöckchen in die Sonne. Hoch in den Tannen hörte sie den klagenden Ruf einer Taube, hier und da hob sich der schlanke weiße Stamm einer silbernen Birke, schimmernd wie von innerem Licht. Die Rufe der Waldtaube wurden plötzlich von dem raschen Pochen von Pferdehufen übertönt. Alayne drückte sich beiseite hinter einem dicken moosbewachsenen Stamm. Sie spähte vorsichtig aus, um zu erkennen, wer der Reiter war. Es war Pheasant, die barhaupt und rittlings auf dem schlanken Pony saß. Blitzschnell war die Erscheinung vorbei — pochende Hufe, fliegende Mähne, große schimmernde Augen und darüber ein kleines weißes Gesicht und wehendes dunkles Haar. Alayne rief ihren Namen, aber das Mädchen hörte nicht, und in einem Augenblick war sie um die Biegung verschwunden.
Es war Alaynes erster Blick auf Pheasant seit ihrer Heimkehr. Sie fühlte einen raschen Strom von Wärme für das Mädchen in sich aufwallen. Arme wilde süße Pheasant, die so jung Piers geheiratet hatte! Wenn sie die fliegende Gestalt zu Pferde nicht gekannt hätte, würde sie Pheasant für einen Jungen gehalten haben.
Der Reitweg führte aus dem Tannenwald heraus. Ganz unvermittelt erschien ein mit Kartoffeln bepflanztes Feld. Die Kartoffelpflanzen, kräftig, üppig und in Blüte auf einer Waldlichtung, waren nicht übel anzusehen. Auch der gebeugte alte Mann, Piers' Arbeiter, war nicht häßlich in seiner blauen Arbeitsjacke und

in seiner Haltung, wie er geduldig stand und hackte.
Sie ging den Pfad weiter, jetzt in voller Sonne. Dann kam wieder der Hufschlag. Pheasant kam zurück. Alayne zitterte und blickte auf den Pfad, wo im Staub noch die kleinen Hufspuren zu sehen waren.
Pheasant stand neben ihr. Sie war vom Pferd gesprungen. Das atmete tief, rasch und heftig. Seine samtenen Nüstern drängten sich zwischen die Gesichter der beiden Mädchen.
»Pheasant!«
»Alayne!«
Ihre Augen trafen sich, ihre Hände berührten sich; sie zögerten einen Augenblick, lachten und küßten sich dann. Das Pferd warf erstaunt den Kopf zurück und schüttelte seine Zügel.
»Wir wollen uns hier in den Wald setzen«, rief Pheasant. »Wie herrlich, daß wir uns hier begegnet sind! Ganz ohne Familie, weißt du. Diese Menschen! Na, wir sind eben anders, du und ich. Wir können nicht frei reden und wir selbst sein, wenn sie alle um uns herum sind.« Und sie fügte etwas befangen hinzu: »Ich finde, du bist prachtvoll Alayne! Aber wie kann ich dir sagen, was ich denke. Ich werde nie vergessen, wie gut du zu mir warst. Und nun bist du wiedergekommen, um Eden zu pflegen!«
Sie setzten sich unter die Bäume. Das Gras war lang und so zart, als ob es eben erst gewachsen wäre. Das Pferd fing an zu weiden und raufte dabei spielerisch mit einer Seitenbewegung des Kopfes große saftige Büschel Gras aus. Pheasant saß mit dem Rücken an eine junge Eiche gelehnt.
Auf ihrer weißen Stirn über dem blassen Oval ihres Gesichtes lag eine dunkle Locke wie ein halbgeöffneter Fächer. Alayne dachte, daß sie noch nie so schöne braune Augen gesehen hätte. Ihr Mund war klein und sie öffnete ihn wenig, wenn sie sprach. Aber wenn sie lachte, was sie selten tat, dann öffnete sie ihn weit und zeigte ihre weißen Zähne.
»Ist das Leben nicht ein wunderliches Durcheinander?« fragte sie. »Es würde schwer sein, das alles zwischen uns zu entwirren, nicht wahr, Alayne?«
»Ja, aber lohnt es, darüber zu sprechen? Sollten wir nicht lieber von dir und mir reden?«
»Mag sein. Aber vielleicht ist Gott doch dabei, alles zu entwirren, oder es kommt vielleicht nur, weil wir mit dem Alter reifer werden. Du glaubst doch auch, Alayne, daß wir mit dem Alter reifer werden?«
Alayne hatte ganz vergessen, wie merkwürdig und rührend frühreif sie war.
»Vielleicht werden wir reifer«, stimmte sie gelassen zu. »Wir wollen es hoffen. Aber mir kommt es gar nicht vor, als ob wir selbständig handelnd sind – eher Marionetten in einem seltsamen Tanz.« Ihr Mund schloß sich in einer bitteren Linie.
Der Sonnenschein spielte über Pheasant hin. Sie stellte sich diesen unheimlichen Tanz vor. »Ich sehe das ganz deutlich«, sagte sie. »Renny führt ihn an.

Dann kommen die Onkels, die Tante. Wir tanzen alle hinterher – halten uns an der Hand – verneigen uns – sehen über die Schulter zurück. Wake zu allerletzt, mit kleinen Hörnern und einer Pfeife, auf der er zum Tanz spielt.« Ihre Augen brannten in die Alaynes. »Ich habe so schrecklich viel Phantasie, Alayne. Ich kann mir stundenlang Bilder vorstellen. Es ist eine große Hilfe, wenn man Phantasie hat. Piers hat sehr wenig, und er sagt, er möchte lieber, ich hätte nicht so viel. Er meint, ich würde eine bessere Frau und Mutter sein, wenn ich nicht so viel hätte. Was sagst zu dazu?«

»Ich finde«, sagte Alayne, »daß du ein entzückendes Kind bist. Man sagt ja, daß du Mutter bist, aber ich kann es nicht glauben.«

»Warte bis du Mooey siehst! Er ist einfach wundervoll. Nicht so dick wie Megs Baby, aber mit solch einem Ausdruck in den Augen! Manchmal macht mich das ganz bange... Aber doch glaube ich nicht, daß das Sprichwort wahr ist, daß die Guten jung sterben. Die alte Mrs. Whiteoak – Gran – würde ich ja nicht gerade besonders gut nennen.«

»Das glaube ich auch. Und wenn ich du wäre, würde ich mir keine Sorge darüber machen, daß Mooey jung sterben könnte. Sag mir Pheasant, wer ist diese Miss Ware? Meg brachte sie mit, als sie neulich mit etwas Kuchen zu Eden kam. Sie scheint ein sonderbares Mädchen. Engländerin, nicht wahr?«

»Ja. Sie ist eine Art Stütze bei Meg, und sie ist nett zu mir. Aber sie ist verrückt auf Männer. Ich muß sie geradezu im Auge behalten, wenn Piers in der Nähe ist.« Sie zupfte nervös am Gras, und fügte hinzu: »Meg möchte sie mit Renny verheiraten.«

War ein Schatten über den Himmel gefallen? Was hatte das Kind gesagt? Meg mit ihrem dummen eigensinnigen Zielbewußtsein hatte beschlossen, Renny mit dieser Frau zu verheiraten, die sie gewählt hatte – und warum? Sie sah Renny mit seinem Hitzkopf. Sie sah Minny Ware, ihre schmalen flackrigen Augen, die über den hohen Backenknochen lachten, ihren großen roten, lachenden Mund, den vollen weißen Hals. Sie hörte diese kräftige volle Stimme, dies mühelos hallende Lachen. Sie zwang sich, ruhig zu sprechen: »Und Renny, geht er auf den Gedanken ein?«

Pheasant zog die Brauen zusammen. »Wie kann man wissen, was Renny vorhat? Er denkt, ›sie ist ein feines Füllen‹. Ein gutes Urteil über Pferdefleisch hat er ja! Gestern gingen wir alle zusammen nach Jalna hinüber. Minny spielte und sang. Renny stand meistens am Klavier herum. Alle waren in ihren Gesang verliebt. Die Onkels konnten sie kaum aus den Augen lassen, und willst du glauben, daß Großmutter sie ins Bein gekniffen hat? Sie war geradezu eine Sensation. Aber Renny wird sie nie heiraten. Er wird überhaupt niemand heiraten. Er ist zu sehr Einzelgänger.«

Bei diesen letzten Worten fühlte Alayne einen scharfen Schmerz und zugleich eine Art kümmerlichen Trost, wie wenn die Sonne matt durch den Nebel scheint.

Das Pferd hörte plötzlich auf zu weiden und hob den Kopf, als ob es die Erregung der beiden spürte. Pheasant ging zu ihm und nahm den Zügel in die Hand. »Er wird unruhig«, sagte sie. »Und ich muß fort. Ich habe versprochen, nicht lange wegzubleiben.«
Sie gingen zusammen den Pfad entlang. Pheasant führte das Pferd.
Als sie in den Tannenwald kamen, begegneten sie Minny Ware, die einen Kinderwagen mit Megs Baby, Patience, schob. Minny trug ein sehr kurzes Kleid von leuchtendem Grün und einen breitrandigen Hut, wie für einen Ausflug.
»Oh, hallo«, rief sie mit ihrem Londoner Akzent. »Die feine Welt geht spazieren, was?« Sie wendete sich um, drehte den Kinderwagen auf seinen Hinterrädern und sah Alayne unter dem breiten Hutrand hervor an.
»Wie finden Sie das Wetter?« fragte sie. »Wunderbar, nicht? Ich habe nie im Leben so viel Sonne gesehen.«
»Bei Fiedlers Hütte ist das Laub zu dicht. Wir haben längst nicht genug Sonne.« Alaynes Stimme war kalt und fremd. Sie konnte kaum ihren Widerwillen gegen dieses vollblütige Mädchen verbergen. Sie fühlte, daß sie selbst neben ihr farblos und leblos wirkte.
»Wie geht es Ihrem Mann?« fragte Minny Ware. »Hoffentlich besser. Es muß scheußlich sein, etwas an der Lunge zu haben. Ich glaube, meine ist so kräftig wie Gummi.« Das volle mühelose Lachen sprudelte heraus; sie sah aus, als ob sie lossingen wollte.
»Danke!« erwiderte Alayne kühl. »Es geht ihm besser.«
Minny Ware fuhr unbeirrt fort. »Mr. Whiteoak schlug mir vor, daß ich einmal hinübergehen und ihm etwas vorsingen sollte. Er dachte, es könnte ihn aufheitern. Glauben Sie, daß er es möchte?«
»Wahrscheinlich.« Aber es lag keinerlei Ermutigendes in ihrer Stimme.
»Ohne Musik würde ich verrückt werden«, sagte Minny. »Wahrscheinlich können Sie wundervolle Musik in New York haben.«
»Sehr gute.« Alaynes Lippen bewegten sich kaum. Sie sah gerade vor sich hin.
»Irgendwann werde ich selber auch dahin gehen. Sie müssen mir dann helfen hochzukommen.«
Alayne antwortete nicht.
Patience plapperte vor sich hin und streckte die Händchen nach dem Pferd aus.
Pheasant lachte. »Die richtige Whiteoak! Schau sie an, sie möchte am liebsten in den Sattel.«
Mit einer raschen Bewegung ihrer bloßen weißen Arme hob Minny das Kind auf, schwang es auf den Pferderücken, und hielt es da fest. »Wie gefällt es dir, Püppchen?« lachte sie. »Nettes kleines Hottepferd?« Sie klopfte das Pferd auf die Flanke.

»Um Gottes willen vorsichtig, Minny!« schrie Pheasant. »Es ist nervös.« Sie klopfte es beruhigend.

»Ist es das?« lachte Minny. »Es sieht wie ein ganz braves kleines Tier aus. Sieht sie nicht wie ein Engelchen zu Pferde aus?«

Patience sah wirklich entzückend aus, das lockige braune Haar um den kleinen Kopf, vom Wind zerblasen, ihre Augen strahlend vor Entzücken. Sie packte die Zügel mit den winzigen Händchen und jauchzte vor Begeisterung.

»Die richtige Whiteoak«, bestätigte Pheasant noch einmal feierlich.

Sie sprang mit gewohnter Sicherheit in den Sattel und schnalzte. In dem Augenblick wurde das Pferd, das gleichgültig und mit hängendem Kopf hingetrottet war, ein Wesen voll Kraft und Geschwindigkeit. Vor seinen pochenden Hufen spritzten die Tannennadeln auf. Die dunkle Linie seiner Flanken flog unter der Reiterin. Pferd und Reiterin verschwanden hinter einer Wegbiegung.

Die beiden jungen Frauen gingen zusammen weiter. Als sie die Stelle erreicht hatten, wo Alayne in den schmalen Fußpfad nach Fiedlers Hütte einbiegen mußte, sagte Minny Ware: »Soll ich in den nächsten Tagen einmal kommen und singen?«

»Ja, bitte«, antwortete Alayne. Schließlich machte es Eden doch Freude. Er hatte nicht viel, was ihn beschäftigte oder freute, da er zwischen den Bäumen eingeschlossen war. Er mußte das ewige Lesen und Vorlesen satt bekommen.

Sie fand ihn am Boden unter dem Zederbaum sitzend, der wie eine spitze Säule hinter ihm aufstieg. Sie fragte besorgt: »Hältst du es für richtig, daß du auf der Erde sitzst? Ich fürchte, sie ist ganz feucht.«

Er warf mißgestimmt das Haar zurück. »Mir war so verflucht heiß. Hier unten kam es mir luftiger vor.«

»Manchmal denke ich«, sagte sie und sah ihn mit gerunzelter Stirn an, »du hättest lieber gar nicht herkommen sollen. Es wäre vielleicht besser gewesen, wenn du in die Berge oder an einen der nördlichen Seen gegangen wärest. Auch jetzt noch würde ich mit dir dorthin gehen, wenn du es gern möchtest.«

»Nein.« Er wandte verdrießlich den Kopf ab. »Ich bin hier und hier bleibe ich. Wenn ich wieder gesund werde, gut und schön. Wenn nicht — dann macht es auch nicht viel aus.« Er streckte die Hand aus und pflückte ein Maiglöckchen und riß die Blüten eine nach der andern ab.

»Das ist Unsinn«, sagte Alayne scharf. »Es macht eine Menge aus. Bin ich den ganzen Weg hierhergekommen für etwas, das nichts ausmacht?«

»Es macht dir nichts aus.«

»Doch, natürlich.«

»Du liebst mich doch nicht.«

Sie antwortete nicht.

»Liebst du mich denn?« fragte er noch einmal kindisch eigensinnig.

»Nein.«

»Wieso kommt es dir dann drauf an? Um Himmels willen sag bloß nicht, daß

es dir auf meine Schreiberei ankommt!«
»Aber das tut es! Und auf dich auch – deiner selbst wegen. Kannst du nicht verstehen, daß mein Gefühl für dich sich in etwas verwandelt hat, das ganz etwas anderes ist als Liebe – mich aber doch dazu treibt, für dich zu sorgen und dich gesund zu pflegen?«
Sie kam und stand neben ihm und sah voll Mitgefühl auf ihn hinunter. Sie mußte versuchen, ihn von seiner Krankheit abzuziehen.
»Ich bin eben dieser Minny Ware begegnet. Sie erbot sich, einmal herüberzukommen und dir vorzusingen. Möchtest du das?«
»Nein«, sagte er. »Ich will das gar nicht. Ich will nicht, daß sie zu mir herkommt. Sie ist dumm. Ich kann mir den musikalischen Lärm vorstellen, den sie macht – dumm und albern.«
In einem Impuls, den sie nicht zurückhalten konnte, sagte Alayne: »Meg plant, sie mit Renny zu verheiraten.«
Sein Gesicht war fast komisch in seiner Überraschung. »Sie mit Renny verheiraten! Aber weshalb! Warum sollte sie dieses Mädchen mit Renny verheiraten wollen?«
Seine Augen mit dem verschleierten Blick sahen in die Alaynes, aber sie merkte, daß sein rascher Geist Megs Absichten auf der Spur war. »Dieses Mädchen«, wiederholte er. »Dieses Mädchen. Und Renny. Ich sehe nicht ein, weshalb. Aber warte!« Ein boshaftes Licht plötzlichen Verstehens sprang in seinen Augen auf. »Sie hat Angst – das ist es – Angst. Sie würde ihn lieber mit einer Idiotin verheiraten, als daß dies passierte.«
»Daß was passierte? Wie rätselhaft bist du!« Aber ihr Herz fing an, unbehaglich zu klopfen.
Er kniff die Augen zusammen und sah zu ihr auf. Sonnenlicht und Blätterschatten, die über sein Gesicht spielten, verzerrten es zu einer spöttischen Grimasse. »Mein armes Mädchen, merkst du nichts? Des verstorbenen Gatten Bruder! Meggie denkt, es ist sehr wahrscheinlich, daß ich sterbe und sie hat Angst, daß du Renny dann heiratest. Da will sie ihn lieber festlegen mit einem netten dicken Singmädchen. Ich sehe das ganz deutlich. Und ich wette, daß sie es fertigbringt. Armer Reynard. Dieser schlaue rotköpfige Fuchs wird ganz hilflos sein. Sie wird die Falle so dummschlau aufstellen. Und sie wird ihn ganz unmerklich hineinführen und ihn schnuppern lassen – Gott, er fällt bestimmt drauf rein!«
Sie stand und sah auf ihn hinunter unter dem zitternden Blattschatten. Sein Gesicht sah grün-weiß aus. Das Herz wurde ihr schwer unter einer Last von Angst. Sie fühlte, daß sie beide hilflos waren, von seelenlosen Kräften unerbittlich getrieben. Sie waren in das Gewebe von Jalna eingewoben. Sie konnten sich ebensowenig davon losmachen, wie Fäden auf dem Webstuhl. Zitternd spürte sie durch die Hitze das tiefe Summen des Webstuhls durch ihr ganzes Wesen.

Er sah sie mit herzlosem Interesse an. »Ist dir das peinlich? Geht dir das so zu Herzen?« forschte er mißtrauisch.
»Zu Herzen, warum?« fragte sie ärgerlich, und Haß gegen ihn stieg in ihr auf.
»Dein Gesicht! Oh, dein Gesicht!« Er wechselte den Ausdruck seines eigenen Gesichts blitzschnell in einen übertrieben schmerzlichen. »So siehst du aus!«
Tränen des Zorns und der Scham brannten unter ihren Lidern.
Sie konnte es nicht mehr ertragen. Sie wandte sich um und ging rasch auf die Hütte zu. Er blieb noch etwas draußen und genoß den Augenblick. Er sagte zu sich selbst: »Ich lebe! Ich lebe! Noch haben die Würmer mich nicht!« Er drehte seine Hand um und betrachtete das Handgelenk, das so rund und fest gewesen war. »Noch keine Kraft darin!« Er fühlte seinen Puls. »Noch immer zu spitz!«
Er stand auf — es schien ihm doch, als ob er kräftiger geworden wäre — und folgte Alayne in die Hütte.
Es war schon Juli, als Renny endlich kam. Ein bewölkter Tag nach einer Woche gleißender Hitze. Als sie morgens hinaussahen, war ihre kleine waldgrüne Welt von einem unheimlich dichten Nebel verhüllt. Ein dünner feuchter Hauch bedeckte die zu großen Blätter, sammelte sich an den Spitzen und bildete klare Tropfen. Das glühende Sommerleben des Waldes schlief wie in einer tiefen Ermüdung nach der ruhelosen Lebendigkeit der letzten Wochen. Kein Vogelsang; nur von der kleinen Quelle, die unter Gerank und Gebüsch versteckt war, kam ein schwaches Murmeln wie der Atem des schlafenden Grases. Wie der Morgen verging, hob sich der Nebel leicht und die Sonne wurde sichtbar, aber fast so matt und so schläfrig wie der alte Mond. Jeden Tag wurde der Pfad vor der Tür mehr von dem wuchernden Wachstum von Blumen und Unkraut eingeengt. Er wurde wenig gebraucht. Die Besuche derer im Hause waren seltener geworden, entweder wegen der Hitze und Erschöpfung der Hundstage, oder weil sie mit dem Verweben der neuen Fäden beschäftigt waren, die in Jalna gesponnen wurden. Eden und Alayne waren viel sich selbst überlassen und verbrachten schläfrige Tage, durch seine Krankheit und ihre Zurückhaltung von Familienbegegnungen abgeschlossen.
Alayne fühlte sich jetzt ganz apathisch. So hätte sie immer weiterleben können, ihre Tage in dieser grünen Hütte verbringen, und ihre Nächte in fantastischen Träumen. Sie erschrak und hatte fast Angst, als sie an diesem Morgen Rennys Gestalt aus dem Nebel auftauchen sah, der dicht um die Obstbäume lag, und in dem sein Körper aussah, als ob er auch nur ein Baumstamm wäre. Sie sah, daß er eine lose weiße Jacke und Reithosen trug, aber in einer Hand hielt er irgendein Werkzeug und in der anderen eine langschleppende Wickenranke voll kleiner purpurner Blüten.
Er kam so energisch den Pfad entlang und schien so wenig von der feuchten Luft und dem Nebel bedrückt, daß es war, als ob dieser vor ihm zur Seite wiche, bei seinem Kommen leichter wurde und sich zerstreute.
Eden hatte wirklich angefangen, etwas zu schreiben. Er hob die Augen von der

Mappe, die auf seinen Knien lag und sah ebenso wie Alayne fast erschrocken nach der Tür, als Renny dort stand.

Ein Ausdruck von Befangenheit ließ die Züge des älteren Bruders weniger scharfgeschnitten als sonst erscheinen. Er wußte, daß er sich nachlässig, fast herzlos benommen hatte, aber er hatte seit ihrer Rückkehr das Gefühl, sie ängstlich meiden zu müssen. Trotzdem Alayne nur gekommen war, um Eden zu pflegen, ihm wieder zur Gesundheit zu verhelfen und sich dann wieder von ihm zu trennen, sah es doch jetzt so aus, als ob sie noch zu ihm gehörte. Er durfte sie nicht aufsuchen, über sie grübeln, nach ihr verlangen mit einer schmerzhaften Sehnsucht wie nach etwas, das er nie besitzen konnte. Er war wachsam. Seine Instinkte waren unbeirrbar. Er war sich der Gegenwart dieser beiden bis in die Luft hinein, die er atmete, bis in die Erde unter seinen Füßen bewußt. Und doch hätte er den Sommer vergehen lassen können, ohne sie aufzusuchen, wenn nicht Augusta heute morgen seine Aufmerksamkeit auf das wuchernde Wachstum des wilden Weins gelenkt hätte, der um die Tür hing.

Als er durch den Obstgarten ging, hatte er einen Busch dieser purpurnen Wikken bemerkt, der sich um sich selbst wand und rankte zu einem leuchtenden Hügel, der durch den Nebel schimmerte. Er hatte eine lange Ranke abgepflückt, um sie Alayne mitzubringen. Sie hing schleppend von seiner Hand und berührte fast die Türschwelle. Seine Spaniels tauchten auf beiden Seiten neben ihm auf.

Eden war rührend erfreut, ihn zu sehen. Auf seinem Gesicht erschien ein jungenhaftes Lächeln und er rief aus: »Du, endlich, Renny! Ich dachte, du hättest mich vergessen! Wie lange glaubst du, daß es her ist, seit du hier warst?«

»Wochen, ich weiß. Ich schäme mich, aber ich habe —«

»Um Himmels willen, sag bloß nicht, daß du zu tun gehabt hast! Wie muß einem das vorkommen, zu tun zu haben! Ich habe es ganz vergessen!«

»Hast du das denn je gekannt?« Renny kam herein und blieb neben ihm stehen. Er betrachtete ihn kritisch. »Du siehst kräftiger aus«, bemerkte er.

»Drummond sagt, daß du dich sichtlich besserst. Er meint, daß du im Herbst wieder ganz gesund sein würdest.«

»Der alberne alte Schwätzer!« rief Eden aus. »Er hat mich wochenlang nicht gesehen!«

»Es läßt sich ja nichts machen, als die Behandlung fortzusetzen. Du hast ja die allerbeste Pflege.«

»Jedermann drückt sich vor mir«, sprach Eden weiter. »Fast als ob ich die Pest hätte! Der einzige, der kommt, ist Wakefield, und den muß ich wegschicken. Wenn Rags nicht wäre, dann wüßte ich überhaupt nicht, was im Hause vorgeht.«

»Was hat er erzählt?« fragte Renny schnell.

»Nichts Besonderes. Außer, daß Piers und seine Frau wieder zu Hause sind. Wahrscheinlich konnte Meggie es nicht länger mit ihnen aushalten.«

149

Renny und Alayne wunderten sich beide, wie er es über sich bringen konnte, diese Dinge auszusprechen. Aber augenscheinlich schämte er sich gar nicht. Sie sah aus dem Fenster und Renny auf seine Stiefel. Nach kurzem Schweigen sagte er: »Meggie besucht dich doch.«
»Nicht oft. Aber es gibt eine Entschuldigung dafür. Es ist ein langer Weg, und sie fängt an, fett zu werden. Einmal hat sie dieses Ware-Mädchen mitgebracht. Du kennst sie wohl?« Er sah Renny mit einem spöttischen und etwas überlegenen Lächeln an.
In der Luft lag eine Art Erregung, als ob sie alle drei Gegner untereinander wären.
Renny fing etwas Unzusammenhängendes an zu reden. Neuigkeiten aus seinen Ställen. Neuigkeiten aus der Familie. Die Onkels und Tante Augusta steckten wegen der Hitze meistens zu Hause. Gran ging es gut. Die Nachricht war gerade gekommen, daß Finch das Examen bestanden hatte. Der Junge war glücklich. Nun würde doch etwas aus ihm werden!
Endlich stand er auf. »Und was ist mit all diesem Grünzeug? Ich habe eine Baumschere und Säge da, und wenn ihr mir zeigt, was ihr heruntergeschnitten haben wollt —«
»Geh du mit ihm, Alayne«, sagte Eden. »Es ist so verdammt nebelig draußen. Ich will dableiben und sehen, ob ich hiermit weiterkomme.«
Renny warf einen Blick in die Mappe auf Edens Knie. Was da geschrieben stand, sah wie Verse aus. Guter Gott, damit fing er wieder an! Renny hatte gehofft, daß seine Krankheit ihn von diesem anderen Leiden geheilt haben könnte. Aber nein, solange Eden lebte, würde er Verse machen und Unheil stiften.
Draußen hüllte der Nebel noch den Wald weich und schlaftrunken ein. Die blasse mondartige Sonne schien kaum hindurch. Das feuchte Tröpfeln von den Blättern mischte sich mit dem gedämpften Murmeln der Quelle.
»Dieser Morgen ist gerade nicht geeignet um dieses Grün zu schneiden«, sagte Alayne. »Man wird kaum sehen, wie es wirkt.« Sie dachte: Wir sind allein, von Nebel eingeschlossen, als ob wir die beiden einzigen Menschen auf der Welt wären.
»Ja«, stimmte er zu, in gleichmütig sachlichem Ton. »Ein sonderbarer Morgen. Die Zweige scheinen irgendwo aus dem Nichts zu kommen. Trotzdem soll mich das nicht hindern, sie abzuschneiden.« Er dachte: Ihr Gesicht ist wie eine weiße Blume. Was sie wohl sagen würde, wenn ich sie küßte. Da auf das kleine Grübchen am Halse.
Sie sah suchend um sich. Was hatte sie denn eigentlich gewollt? Der Weg, ach so. »Dieser Weg sollte breiter gemacht werden«, sagte sie. »Wir werden immer so naß da.«
Er sah den Weg entlang. Das war sicherer, als sie anzusehen. »Dafür ist eine Sichel nötig. Ich werde Nachmittag einen von den Leuten herausschicken, und

der soll all das Unkraut schneiden. Nun will ich diese langen Zweige absägen.«
Nach kurzer Zeit lagen die Zweige, schwer von Sommerlaub, am Boden und ringsherum grüne Hügel von niedrigem Grünzeug.
»Mehr nicht«, rief sie endlich aus. »Ich bin fast bange, wie es aussehen wird, wenn die Sonne herauskommt.«
»Viel besser«, beruhigte er sie. Er hörte auf und zündete sich eine Zigarette an. Sein Ausdruck wurde sehr ernst. »Ich muß dir den wirklichen Grund sagen, warum die Onkels und die Tante euch nicht besucht haben. Bist du sicher, daß Rags Eden nichts gesagt hat?«
»Nichts.« Sie erschrak. Sie fürchtete irgendeine merkwürdige Erschwerung der Situation.
Er sprach weiter. »Wir haben uns geängstigt« — er zog die Brauen zusammen und sog tief den Rauch ein — »um meine Großmutter.«
Seine Großmutter! Immer diese mächtige, düstere, bedauernswerte alte Gallionsfigur auf dem Schlachtschiff Jalna!
»Geht es ihr nicht gut?«
Er erwiderte gereizt: »Es geht ihr sehr gut. Vollkommen gut. Aber sie hat uns allen einen Schreck eingejagt, und jetzt benimmt sie sich — auf eine sehr merkwürdige Weise. Ich dachte, es wäre besser, Eden nichts davon zu sagen.«
Alayne machte große erstaunte Augen.
»Tut, als ob sie im Sterben läge. Führt eine regelrechte Sterbebettszene auf. Abschied und all sowas. Es hat uns alle furchtbar erschreckt. Ich war ziemlich spät nach Hause gekommen. Ungefähr um ein Uhr, glaube ich. Ich hatte gerade das Licht in meinem Schlafzimmer angezündet. Wakefield war aufgewacht. Er sagte, er könne nicht schlafen, weil der Mond ins Zimmer scheine und die Schranktür offenstehe. Das quälte ihn. Gerade wie ich sie schließen wollte, kam ein lautes Klopfen von unten. Gran klopfte mit dem Stock auf den Fußboden. Der Junge schrie auf, er war so nervös. Ich ließ ihn allein, und lief in das Zimmer hinunter. Tante Augusta rief mir nach: ›Gehst du zu Mama, Renny? Ich verstehe nicht, wie sie um diese Zeit hungrig sein kann!‹ In ihrem Zimmer brannte das Nachtlicht. Ich konnte sehen, wie sie im Bett saß und sich an die Kehle griff. Sie sagte: ›Renny, ich sterbe. Hol die anderen.‹ Du kannst dir vorstellen, was ich fühlte.«
»Ja. Das muß schrecklich gewesen sein.«
»Das war es. Ich fragte sie, was ihr fehle, und sie antwortete nur mit einer Art gurgelndem Laut. Dann brachte sie heraus: ›Meine Kinder — ich will ihnen Lebewohl sagen. Jedem einzelnen. Hol sie.‹ Ich holte etwas Kognak aus dem Eßzimmer und gab ihr einen Löffel voll. Ich setzte sie hoch in den Kissen. Dann lief ich nach oben. Weckte sie alle. Finch oben in der Dachstube. Den kleinen Wake. Gott, sahen sie alle blaß aus!«
»Und sie spielte bloß Theater?«
»Sie brachte uns alle in Bewegung. Wir drängten uns um das Bett. Sie umarmte

einen nach dem andern. Ich dachte bei mir: Das ist aber eine ziemlich kräftige Umarmung. Und jedem hatte sie etwas zu sagen. Eine Art Auftrag. Onkel Ernest liefen die Tränen übers Gesicht. Wake schluchzte. Sie hatte uns alle in Aufregung gebracht.« Die Röte in seinem Gesicht wurde dunkler, wie er sich die Szene wieder vorstellte.
»Und dann?«
»Dann kam der Doktor. Zog ihr die Augenlider hoch. Fühlte ihr den Puls. Er sagte: ›Sie sterben bestimmt nicht!‹ Und sie sagte: ›Jetzt fühle ich mich besser. Ich möchte was zu essen haben.‹ Am andern Morgen sagte sie uns, sie hätte wach gelegen, und es wäre ihr durch den Kopf gegangen, daß sie wissen möchte, wie wir uns bei ihrem Sterben anstellen würden.«
Alayne sagte mit gepreßter Stimme: »Ich hoffe, sie war befriedigt.«
»Scheint wohl so. Wir waren schön durchgerüttelt ... Und wenn du gesehen hättest, wie wir uns wieder ins Bett schleppten. Die Haare gesträubt. In Nachthemden. Jeder einzelne eine komische Figur, kann ich dir sagen!«
»Das war abscheulich grausam von ihr.«
»Kann sein. Aber uns vielleicht doch ganz gut. Und ihr wahrscheinlich eine große Befriedigung.«
»Du hattest doch gerade genug Sorgen!«
»Wenn du uns bloß hättest sehen können!«
Sie lächelte mit einer Art bitterer Belustigung. »Ich glaube, ich fange an, dich zu verstehen.«
»Mich?«
»Euch als Familie.«
»Wir sind doch leicht zu verstehen — wenn man uns kennt.«
»Aber wir sind trotzdem Freunde, nicht wahr?«
»Freunde? Ich glaube, das bringe ich nicht fertig.«
»Denkst du denn nicht freundschaftlich an mich?«
»Ich? Freundschaftlich? Großer Gott, Alayne! Und du sagst, daß Großmutter uns quält!«
»Nun ja, du sagtest doch selbst, daß sie sich sonderbar benommen hätte.« Sie war töricht gewesen, sich mit ihm auf so gefährlichen Grund zu begeben. Lieber über die alte Adeline sprechen.
Er sprach weiter, die Brauen zusammengezogen. »Das Schlimme ist dies. Seit dieser Nacht hat sie immer nach dem Rechtsanwalt verlangt. Hat ihn alle paar Tage draußen gehabt. Es muß für ihn furchtbar lästig sein. Und es macht die Stimmung in Jalna so gespannt. Mir ist ihr Testament ganz gleichgültig. Aber ich weiß, daß die Onkel sich darüber Gedanken machen. Und man kann es nicht lassen, darüber zu grübeln. Du wirst wohl wissen, daß sie alles was sie hat, ungeteilt einem von uns vermachen will. Ich glaube, jeder von uns überlegt sich nun, ob er wohl recht traurig ausgesehen hat in der Nacht. Mancher wünscht vielleicht, er hätte noch einmal die Chance. Du erinnerst dich wohl, daß ich dir

sagte, Onkel Ernest weinte. Ich glaube, Onkel Nick meint, daß Onkel Ernest sich was darauf einbildet, und daß er selber wünscht, er hätte auch ein paar Tränen herausdrücken können.« Er lachte in seiner plötzlichen kurzen Art auf.

Sein Lachen hatte Eden gehört. Er erschien in der Tür der Hütte. Der Nebel war wirklich im Aufsteigen. Er stand nach all diesem Kappen der dichten Zweige plötzlich in einer Flut von mattem Sonnenschein.

»Worüber lacht ihr? Ihr könntet es mir erzählen.«

Alayne rief zurück: »Über nichts Besonderes. Nur über irgendwas, das Renny komisch findet. Bist du weitergekommen?«

»Ich bin fertig damit!«

»Fertig womit?« fragte Renny.

Alayne antwortete: »Mit dem, was er schreiben wollte. Hast du nicht gesehen, daß er etwas schrieb?«

»O ja. Verse. Wahrscheinlich ist das ein gutes Zeichen.« Er zwang sein Gesicht zu einem beifälligen Grinsen.

»Wundervoll.« Wie sie dem jungen Dichter näherkamen, sagte sie: »Ich freue mich so, Eden. Ist es gut?«

»Ich lese es vor. Nein, ich will warten, bis Renny fort ist. Himmel, was für einen Trümmerhaufen habt ihr aus dem Platz gemacht!«

Renny sah enttäuscht aus. »Wenn es erst reingeharkt ist, wird es besser aussehen. Soll ich dies Weinlaub auch noch abschneiden?«

»Nein. Ich liebe etwas Zurückgezogenheit.«

»Aber du hast doch hundertmal gesagt —« rief Alayne.

»Liebes Kind, erinnere nie einen Menschen mit Temperament daran, was er hundertmal gesagt hat.«

»Aber es ist schrecklich, wie dieser Wein um das Fenster rankt!«

»Nein, gar nicht schrecklich. Er gibt mir das Gefühl, als ob ich eine stämmige Eiche wäre.«

Renny untersuchte das Weinlaub kritisch. »Ich glaube, er hat recht. Es wäre schade, ihn zu schneiden. Das ist schon immer so gewesen.«

Eine Gestalt kam den Weg entlang. Es war Minny Ware in einem leuchtend blauen Kleid. Sie trug eine Schale Fruchtgelee mit Schlagsahne.

»Ich habe so viel Mühe gehabt, meinen Weg zu finden«, sagte sie. »Es ist das erstemal, daß ich allein nach dieser Richtung gegangen bin. Ich hatte gar nicht gewußt, wie groß das Besitztum ist. Mrs. Vaughan schickt dies.«

Alayne nahm die Schüssel und überlegte, was sie nun mit Miss Ware machen sollte. Eden schien sich über den Besuch zu freuen.

»Kommen Sie herein, und lassen Sie sich ansehen. Wir wollen annehmen, daß Sie ein Stück blauer Himmel sind.«

Sie gingen in die Hütte. Minny Ware setzte sich in einen Korbstuhl an der offenen Tür. Sie strahlte über Edens Bemerkung. Renny saß auf einer Bank. Alayne verschwand mit der Schüssel Fruchtgelee in der Küche, sie hatte keine

Lust, mit dem Mädchen zusammen im Zimmer zu sein.
Minny Ware, begeistert, daß sie mit den beiden Männern allein blieb, rief aus:
»Ist dies nicht eine entsetzlich bedrückende Luft!«
»Sie sehen nicht gerade bedrückt aus«, sagte Eden, und seine Augen tranken die Frische ihrer Wangen und Lippen und die lustige Farbe ihres Kleides.
»Ein Wetter, das einen tugendhaft macht«, sagte Renny.
Diese Bemerkung verursachte einen Lachausbruch von Minny, so mühelos wie ein Vogeltrillern.
Eden freute sich augenscheinlich an ihr. Er sagte: »Vielleicht sind Sie zu niedergedrückt, um mir vorzusingen. Sie haben es mir versprochen, das wissen Sie doch.«
Minny Ware meinte, sie könne es nicht, sie würde sich sicher blamieren, wenn sie an solch einem Morgen singen würde. Aber nach einigem Überreden warf sie den Kopf zurück, faltete die Hände wie ein artiges Kind und sang drei kleine englische Lieder. Alayne blieb in der Küche. Verstohlen beobachtete sie die drei durch einen Spalt in der Tür. Sie sah wie Rennys Blick gespannt an der weißen Kehle, der üppigen Brust hing. Sie sah Edens Augen auch beifällig auf das Mädchen gerichtet, das ihrer beider Gegenwart vergessen zu haben schien.
Der letzte langgezogene süße Ton war für einen der Spaniels zu viel gewesen. Er hob die Schnauze und ließ ein tiefes Geheul hören.
»War ihm das so schrecklich?« fragte Minny Ware, und sah den Hund von der Seite an.
»Herunter, Merlin«, sagte Renny. »Er ist wie sein Herr. Nicht musikalisch.«
Ihr Gesicht wurde betrübt. »Ich dachte, neulich abends hätte es Ihnen gefallen.«
»Dies hat mir auch gefallen. Aber neulich abends sangen Sie leidenschaftlichere Sachen. Ich glaube, irgend etwas in mir war dafür empfänglicher.«
»Oh, ich liebe leidenschaftliche Musik!« sagte sie ganz ungezwungen. »Ich sang diese kleinen einfachen Sachen nur Ihrem Bruder zu Gefallen, weil es ihm nicht gut geht.«
»Danke«, sagte Eden ernsthaft. »Das war nett von Ihnen.«
»Oh, nun lachen Sie mich aus!« rief sie und füllte das Zimmer mit ihrem Gelächter.
Alayne ging herein und setzte sich auf einen steiflehnigen Großvaterstuhl. Sie fühlte sich wie gefroren dieser Überschwenglichkeit gegenüber. Nur mit den beiden Spaniels, die am Halsband festgehalten wurden, fühlte sie eine Art Verwandtschaft hier im Zimmer.
Als Eden und sie dann allein waren, sagte sie: »Wenn deine Schwester glaubt, daß sie das zustande bringen wird, dann irrt sie sich. Sie ist ihm widerwärtig. Ich konnte es in seinen Augen sehen.«
»Wie klug du bist!« sagte er. »Du kannst ihn lesen wie ein Buch, nicht wahr?«
Sein Blick war voll spöttischer Lustigkeit.

## 17 Die chinesische Göttin

Während Alayne in Fiedlers Hütte um Edens Genesung kämpfte, lebte der Familienkreis in einem quälenden Durcheinander von Gefühlen, deren stärkste Furcht und Eifersucht waren. Seit die alte Adeline, wie Renny es ausdrückte, ihre Sterbeszene aufgeführt hatte, fürchteten sie sämtlichst, daß dieses ihr plötzliches Interesse an ihrem eigenen Ende nur der Schatten war, den das Gespenst selbst vorauswarf. Der Gedanke daran hing über ihnen wie ein Bahrtuch. Die Vorstellung, daß sie aus ihrer Mitte verschwinden sollte, war unfaßbar... Captain Philip Whiteoak war gestorben; sein Sohn Philip und dessen beide Frauen waren gestorben, mehrere kleine Whiteoaks waren im Kindesalter in diesem Hause gestorben. Aber daß das feste Netz, das Adeline in diesen Zimmern um ihrer aller Leben gewebt hatte, je zerreißen könnte, schien unmöglich. Schauer der Vorahnung durchzitterten dieses Netz, wie das zarte Gewebe einer Spinne, wenn die alte Weberin selbst in seiner Mitte von einem furchtbaren Krampf geschüttelt wird.

Sie selbst ließ nichts davon merken, ob sie die Veränderung in der Atmosphäre spürte. Sie schien kräftiger denn je, und aß mit gesteigerter Begierde, als ob sie sich auf die nahende Kälte vorbereiten wolle. Sie sprachen auch nicht miteinander von dem, was jeden einzelnen innerlich beschäftigte, um so offensichtlicher aber beobachtete einer den anderen. Wakefield entdeckte bald, daß er die älteren Familienmitglieder beunruhigen konnte, wenn er mit seiner Großmutter zärtlich tat und sich beschenken ließ.

Finch, den die Familie kaum beachtete, seit die Freude über seine Rückkehr sich gelegt hatte, war nur ein Beobachter dieses Dramas. Die Spannung in ihm hatte nachgelassen statt zu weichen. Die Angst vor dem Examen war vorüber. Er hatte es bestanden. Nicht gerade glänzend, aber jedenfalls bestanden. Es war, als ob ein schmerzender Zahn ausgezogen wäre. Jetzt konnte er seine Schulbücher mit den Eselsohren ansehen, ohne daß ihm schwer ums Herz wurde.

Er war beglückt, diese heißen Sommertage auf dem Lande zu verleben. Er dachte mit Entsetzen daran, wie es jetzt in New York sein mußte. Trotzdem gab es Augenblicke, wo er mit einer merkwürdigen Sehnsucht an die Lichter des Hafens bei Nacht dachte, an die interessanten fremdartigen Gesichter, denen man in den Straßen begegnete, an die Freundlichkeit, die ihm bei Cory und Parsons erwiesen worden war. Er grübelte darüber nach, ob er nicht doch vielleicht etwas aufgegeben hätte durch die Heimkehr mit Onkel Ernest — etwas, das er nun nie wieder bekommen würde — eine Möglichkeit, in der Welt vorwärts zu kommen und geachtet zu werden, statt verspottet oder nur eben geduldet. Aber dies war die Heimat und hier hatte er die Musik. Zweimal die Woche fuhr er in die Stadt und hatte Musikstunde. Zwei Stunden täglich durfte er auf dem alten plumpen Klavier im Wohnzimmer üben. Das war nicht genug, und er hätte diesen Mangel durch weiteres Üben auf dem Klavier in Vaughanslands wettgemacht, wenn er nicht eine unüberwindliche Schüchternheit Minny Ware gegenüber gefühlt hätte. Ihre Gegenwart in diesem Hause nahm seinem Spiel alle Kraft. Ihr Lachen erschreckte ihn. Er spürte, daß sie ihn als eine Merkwürdigkeit ansah, und es lag etwas in ihren lachenden Augen, die schmal über den hohen Backenknochen standen, das ihn bis in die Tiefen seines Wesens beunruhigte. Ihre Augen schienen ihn anzulocken, während ihr Mund ihn auslachte... Nein, er konnte nicht in dem Hause üben, solange Minny da war.

Bei den Gelegenheiten, wo sie nach Jalna kam, war es ihm ganz klar, daß es ihr um Renny ging, und er war auch sicher, daß Meg damit einverstanden war. Unerträglich, wenn die beiden wirklich heirateten! Er könnte dieses lachende schlitzäugige Mädchen nicht im Hause ertragen. Wenn bloß Renny und Alayne heiraten wollten! Er war sich ihrer Liebe zueinander tief bewußt. Er hätte gern in dieser Zeit mit Alayne über Tod und Leben gesprochen und über den Sinn von beidem. In Alayne fühlte er eine Festigkeit und Klarheit, um die er selbst rang, aber er konnte sie wegen Eden nicht aufsuchen.

Eines Tages, als er mit einer Bestellung ins Pfarrhaus geschickt wurde, fragte ihn Mr. Fennel nach seiner Musik. Als Finch ihm sagte, daß er die Zeit, die ihm zum Üben gestattet war, ungenügend fände, bot ihm der Pfarrer an, ihn auf der Kirchenorgel üben zu lassen und gab ihm einen Schlüssel, so daß er jederzeit in die Kirche hineinkonnte. Dies war der Anfang einer neuen Glückseligkeit. Da Miss Pink, die Organistin, ihn der Orgel gegenüber etwas ratlos fand, bot sie sich an, ihm jede Woche nach den Chorübungen ein Weilchen zu helfen. Bald holte er aus der alten Orgel eine so leidenschaftliche Musik heraus, daß es Miss Pink geradezu aufregte, wenn sie es hörte, und daß sie sich überlegte, ob es auch recht wäre, aus den Pfeifen einer Kirchenorgel solche Töne herauszuholen.

Finch ging immer häufiger in die Kirche, um zu spielen. Anfangs ging er nur bei Tage. Dann nahm ihn die geheimnisvolle Stimmung gefangen, wenn er in der Dämmerung spielte, und zuletzt ergriff ihn eines Nachts, als er eine Mondscheinwanderung machte, der Wunsch, bei Nacht in der Kirche zu spielen. Er stieg die hohen Stufen zum Kirchhof hinauf, ging zwischen den schimmernden Grabsteinen hindurch in das Portal. Draußen war es schwül. Durchglühter Staub hatte dick auf dem Weg gelegen, aber hier war die Kühle des Todes und die strenge Gegenwart Gottes. Finch war noch nie nachts allein in der Kirche gewesen, und er fühlte die göttliche Gegenwart hier im Mondschein, wie er sie nie gefühlt, wenn die Leute in den Kirchenstühlen saßen und Mr. Fennel sich auf der Kanzel hören ließ.

Finchs Glaube an Gott schien etwas zu sein, was sich nicht umbringen ließ. Musik hatte ihn von dem Entsetzen vor Gott befreit, das seine Knabenzeit gequält hatte, aber hier in der Kirche fühlte er bis in jeden Pulsschlag die Macht

der allmächtigen Gegenwart.
In dieser ersten Nacht spielte er wenig. Er saß, seine langen Hände auf den Tasten, forschte in seinem Herzen und versuchte zu erkennen, wenn es möglich wäre, was darin an Gutem und Bösem schlummerte. Seine Tiefen schienen ihm jetzt weniger dunkel verworren als sonst. Er blickte hinein und sah ein weißes Licht schimmern. Gott lebte in ihm. Er war nicht umzubringen. Das weiße Licht stieg auf wie eine Flamme, zitterte und flammte hoch. Es sank und wand sich wie in Angst. Er grübelte über sein Herz und versuchte, sein Geheimnis zu entdecken.
Nachher wanderte er lange in dem leeren Kirchenschiff auf und ab. Mit den Händen berührte er die Mauern. Seine Hände waren voller Magie. Er hob die Augen zu den Gedächtnisfenstern, die zum Gedenken seines Großvaters, seines Vaters und der Mutter von Meg und Renny gestiftet waren. Zum Gedächtnis seiner Mutter war keins da. Manchmal dachte er, daß er selbst einmal eins stiften möchte. Die Hauptgestalt darin würde die eines Jünglings sein, mit einem begeisterten Gesicht, die Brust offen, daß man das Herz sah, aus dem ein bleiches Licht ausströmte. Niemand als er selbst würde die Bedeutung dieses Fensters verstehen, und er würde einst als reifer Mann kommen, sich darunter setzen und an diese Nacht denken.
Er ging in den Kirchhof hinaus und stand im Mondlicht. Unten auf der Straße sah er zwei Männer, deren Gestalten er erkannte. Einer war Chalk, der Hufschmied, der leicht torkelte, der andere war der alte Noah Binns, ein Arbeiter von Jalna. Er stieg die Stufen hinab und folgte ihnen in geringer Entfernung.
Er blieb auf dem Wege, der an Jalna vorbeiführte, ging durch das Dorf Weddels zum See herunter. Das lag vier Meilen von der Kirche entfernt. Ein Hauch kühler Luft stieg vom Wasser auf. Es rauschte leise wie im Schlaf, es glänzte im Mondlicht wie ein großes Ungeheuer in einem glänzenden Panzer. Im Schlaf floß weißer Schaum aus seinem Rachen, den Strand entlang. Finch zog sich aus und lief ins Wasser. Er tauchte, er schwamm, er trieb auf der dunklen glänzenden Oberfläche, ein Körper weiß wie Schaum. Ihm war, als könnte er sich nicht genug der Flut hingeben. Er hätte eins mit ihr werden mögen, ganz verschmolzen. Er fühlte, wenn er sich ganz diesen Wogen hingeben könnte, dann würde er das Leben verstehen. Er ruhte auf der schimmernden Dunkelheit des Sees wie auf dem Ein- und Ausatmen einer mächtigen Brust. Er schloß fest die Augen und sah die unbeschreibliche Farbe des Lebens. Es schwamm in verworrenen Kreisen, Welle auf Welle, vor seinen geschlossenen Augen. Er fühlte sich unaussprechlich stark und rein. Er war völlig leer von Gedanken. Die Flamme in ihm hatte alle Gedanken verbrannt und nur den dunklen Trieb in ihm gelassen, den Trieb, eins mit der Flut zu werden ...
Er öffnet die Augen. Er starrt wie gebannt in das leuchtende Gesicht des Mondes. Der See redet zu ihm. Er redet mit seiner eigenen Stimme, denn er selbst ist der See. Er hört Worte aus seiner dunklen Tiefe aufsteigen und in der goldenen

Luft schwimmen: Mein Freund antwortet und spricht zu mir: Stehe auf, meine Freundin, meine Schöne, und komm her. Denn siehe, der Winter ist gegangen, der Regen ist weg und dahin; die Blumen sind hervorkommen im Lande; der Lenz ist herbeikommen, und die Turteltaube läßt sich hören in unserem Lande . . . Stehe auf, meine Freundin, und komm, meine Schöne, komm her.
Plötzlich wirft er sich herum, schwimmt kräftig, taucht und ringt mit dem See. Er ist nicht länger ein Teil von ihm, sondern sein Gegner. Endlich ist er erschöpft, watet an den Strand, wirft sich auf den weichen Sand, und sieht den Mond hinter den Baumwipfeln untergehen.
Dies war die erste von vielen Nächten. Öfter und öfter schlüpfte er aus dem Hause und ging zum Spielen in die Kirche. Die Kirche, die an Wochentagen niemand zu gehören schien und sonntags der Whiteoak-Familie, gehörte nachts ihm allein. Stundenlang spielte er und wanderte danach durch die Felder oder die Straßen und schwamm in warmen Nächten im See. Nachts war er furchtlos und frei. Bei Tage, erschöpft von Schlafmangel und nervöser Erregung, schlich er nur umher und mied die anderen. Renny, der die Schatten unter seinen Augen sah, sagte Piers, er möchte ihm etwas Arbeit auf dem Farmland geben, um ihn zu kräftigen. Eine schreckliche Woche war er Piers preisgegeben, seinem groben Schelten, während der Rücken ihm wehtat, seine Hände schwielig wurden, und er vor Müdigkeit hätte umfallen können. Keine Musik in diesen Nächten. Ein stumpfsinniges Hintaumeln ins Bett. Finch sah, daß die Farmarbeiter und die Stallknechte ihren Spaß an seiner Schwäche und seinem Ungeschick hatten. Sie ließen ihn sich abquälen mit einer Aufgabe, die zu schwer für ihn war, ohne Hilfe anzubieten, während sie nur so rannten, wenn Piers etwas befahl. Er verstand das nicht. Die Sache kam zum Klappen in einem Streit gegen Ende der Woche. Finch bekam eine Ohrfeige. Er wehrte sich mit einem Schlag einer knochigen Faust unter Piers' Kinnlade. Den anderen Tag mußte Finch zu Bett bleiben und Renny befahl, daß sie ihn künftig seines Weges gehen ließen. Es hatte keinen Sinn, sich mit ihm abzugeben. Er war ein Problem, das sich nicht lösen ließ.
In der nächsten Nacht nahm er sein Orgelspiel in der Kirche wieder auf.
Als er nach Mitternacht zu Hause ankam, machte er leise die Seitentür auf und wollte gerade am Zimmer seiner Großmutter vorüber, als ihre Stimme rief: »Wer ist da? Komm hierher, bitte.«
Finch zögerte. Am liebsten hätte er sich ohne Antwort die Stufen hinaufgestohlen. Es war ihm lieber, sie wußte nicht, daß er so lange unterwegs gewesen war. Sie könnte darauf kommen, ihn zu beobachten oder unbequeme Fragen zu stellen. Aber vielleicht hatte sie wirklich jemand nötig. Das Schlimmste wäre, wenn sie eine zweite Sterbebettszene aufführen würde. Das wäre wirklich schrecklich.
Als er zögerte, rief sie noch einmal scharf: »Wer ist da? Komm schnell hierher, bitte!«
Finch öffnete die Tür ihres Zimmers und steckte den Kopf hinein. Bei dem

Schein des Nachtlichts sah er sie an ihre Kissen gelehnt, die Nachtmütze über den Augen, den alten Mund eingesunken. Aber ihr Ausdruck war eher fragend als aufgeregt; ihre Hände waren ergeben auf der Decke gefaltet.
Eine plötzliche Zärtlichkeit stieg in ihm auf. Er fragte: »Zu trinken, Großmütterchen? Kann ich helfen?«
»Ha, du bist das, Finch? Na, um diese Zeit besuchst du mich sonst nicht. Du besuchst mich überhaupt wenig. Ich habe gern Jungens um mich. Komm und setz dich. Erzähl mir was.«
Er trat aufs Bett zu, sah auf sie herab. Sie nahm seine Hand und zog ihn zu sich herunter, so nah, bis sie ihn küssen konnte.
»Ha!« sagte sie. »Hübsche weiche junge Backe! Nun setz dich hier aufs Bett. Bist ein guter Junge, nicht wahr?«
Finch grinste einfältig. »Ich fürchte nicht, Großmutter.«
»Nicht gut? Wer sagt das?«
»Ich glaube nicht, daß mich je einer einen guten Jungen genannt hat, Großmutter.«
»Aber ich. Aber ich ... Ich sage, du bist ein guter Junge. Wenn irgend jemand sagt, du bist kein guter Junge, dann soll er es von mir zu hören kriegen. Ich will sowas nicht haben. Ich sage, du bist ein sehr guter Junge, auch ein hübscher Junge, jetzt in dieser Beleuchtung, mit der Locke über der Stirn und den hellen Augen. Bloß siehst du unterernährt aus, geradezu verhungert. Aber du hast die Court-Nase, und das ist schon etwas für den Anfang. Das Leben kriegt dich nie unter, wenn du *die* Nase hast. Du hast keine Angst vor dem Leben, nicht wahr?« Sie sah zu ihm auf, mit einem so verstehenden Blick in ihren tiefen alten Augen, daß Finch unwillkürlich zu ihr sagte: »Doch, das habe ich. Ich habe große Angst davor.«
Sie hob den Kopf vom Kissen. »Angst vor dem Leben! Unsinn! Ein Court Angst vor dem Leben? Das will ich nicht! Du mußt keine Angst vor dem Leben haben. Pack es bei den Hörnern. Pack es am Schwanz. Pack es, wo das Haar kurz ist. Mach ihm Angst vor dir selber. So habe ich es gemacht. Glaubst du, daß ich heute nacht hier wäre und mit dir spräche, wenn ich Angst vor dem Leben gehabt hätte? Sieh diese Nase hier an. Diese Augen. Sehen sie nach Angst vorm Leben aus? Und mein Mund — wenn ich meine Zähne eingesetzt habe — der hat auch keine Angst!«
Er saß auf dem Bett und streichelte ihre Hand. »Du bist eine wunderbare Frau, Gran. Du bist zweimal so viel wie der Mann, der ich einmal werden kann.«
»Sag das nicht. Nimm dir Zeit. Die Muttermilch ist dir ja kaum auf den Lippen trocken geworden ... Wie ist das mit der Musik? Ich höre dich manchmal trommeln. Kommst du weiter?«
»Ganz schön, Granny.« Er hörte auf, ihre Hand zu streicheln und hielt sie in seinen beiden fest. »Ich weiß nichts, was ich lieber täte.«
Sie zog die geschwungenen Brauen hoch. »Wirklich! Ja, ja. Das hast du wohl

von deiner armen Mutter. Sie tirilierte immer im Hause herum.«
Er schloß die Augen und stellte sich seine Mutter vor, wie sie im Hause herumsang. Er sagte mit leiser Stimme: »Ich wollte, sie lebte noch, Gran.«
Ihre Finger schlossen sich um seine. »Nein, nein. Sag das nicht. Sie konnte mit dem Leben nicht fertig werden. Sie war einer von den Menschen, die besser tot sind – wenn du weißt, wie ich das meine.«
»Ja, ich weiß«, antwortete er, und fügte zu sich selber hinzu: Wie ich!
Was dachte der Junge? Sie sah zu ihm auf. »Setz dir nichts in den Kopf«, sagte sie streng.
»Ich tauge nicht viel, Großmutter.«
Ihre Stimme wurde hart, aber ihre Augen waren freundlich. »So was sagt man nicht! Was habe ich dir gesagt? Piers hat dich herumgestoßen. Ich habe davon gehört.«
Er wurde rot. »Ich habe ihm eins ins Gesicht gehauen.«
»Aha? So. Gut für dich ... Hm ... Jungens müssen sich prügeln. Junge Tiere. Meine Brüder prügelten sich auch, das kann ich dir sagen. Die Jacken runter und drauflos! Mein Vater riß sie zur Strafe an den Haaren. Ha!«
Ihre Augen schlossen sich, ihre Hand löste sich. Sie fiel plötzlich in Schlummer.
Finch sah auf sie hinunter wie sie dalag. So nah dem Tod. Höchstens noch ein oder zwei Jahre, sicher. Und wie tapfer war sie noch. Tapferkeit und gute Verdauung – beides hatte sie immer gehabt. Und wie weit war sie damit gekommen! Selbst im Schlaf wirkte sie gewaltig – nicht kläglich, wie sie dalag, ohne Zähne und mit der Nachtmütze über dem einen Auge. Er versuchte, etwas von ihrem Mut zu sich herüberzuziehen. Es war ihm, als ob das möglich wäre. Hier allein mit ihr nachts in ihrer eigenen Festung.
Ein Windstoß fauchte den Schornstein herunter und das Nachtlicht flackerte. Boney, der am Kopfende des Bettes hockte, rührte sich und gluckste im Schlaf. Finch dachte, es wäre das beste, wenn er fortginge, während sie schlief. Er zog vorsichtig seine Hand weg, aber ihre Finger schlossen sich fester darum. Sie öffnete die Augen.
»Ah«, murmelte sie, »ich dachte nach. Ich habe nicht geschlafen. Glaub nicht, daß ich geschlafen habe. Ich denke manchmal gern etwas nach. Das bringt mich wieder zurecht.«
»Ja, Gran, ich weiß. Aber es tut dir nicht gut, soviel Schlaf zu verlieren. Du wirst morgen müde sein.«
»Nicht ein bißchen. Wenn ich müde bin, bleibe ich hier und ruhe mich aus. Bloß die Familie macht mich müde, die so viel Getue um mich macht. Getue, Getue, Getue, immerzu seit der Nacht neulich.« Sie sah ihn spöttisch an. »Du weißt doch noch, die Nacht, wo ich beinahe gestorben bin?«
Er nickte. Er hoffte, daß sie jetzt nicht so was Ähnliches versuchen wollte.
Sie sah die Sorgen in seinen Augen und sagte: »Mach dir keine Gedanken, das tue ich nicht wieder. Sonst wird das wie Wolfspielen. Vielleicht kämen sie dann

160

nicht gelaufen, wenn ich sie wirklich brauchte. Aber sie machen Geschichten, Finch, weil ich mir Patton kommen lasse. Ich sehe meinen Rechtsanwalt gern mal. Ich denke mir kleine Legate für alte Freunde aus — Miss Pink — die Lacey-Mädchen — sogar den alten Hickson und andere alte Leute im Dorf.« Ein pfiffiger Blick kam in ihre Augen. »Du machst dir doch keine Gedanken darüber, wem ich mein Geld hinterlasse, wie?«
»Himmel, nein!«
»Nicht fluchen. Überhaupt zuviel Gott und Hölle und Verdammt hier im Hause. Das will ich nicht.«
»Ganz recht, Großmutter.«
»Ich will dir was schenken«, sagte sie.
»O nein, Gran, bitte nicht!« rief er erschrocken aus.
»Weswegen nicht, möchte ich wissen?«
»Alle würden sagen, daß ich mich bei dir eingeschmeichelt hätte.«
»Das sollen sie bloß sagen! Schick jeden zu mir, der das sagt.«
»Dann laß es wenigstens irgendwas ganz Kleines sein, das ich verstecken kann.«
»Mein Geschenk verstecken! Das will ich nicht. Gerade hinstellen! Daß es recht gesehen wird! Die Familie holen, daß sie es sieht! Und wenn irgend jemand sagt, daß du dich eingeschmeichelt hättest, dann schick ihn zu mir, daß ich es ihm rasch austreiben kann!«
»Also gut, Großmutter«, stimmte Finch gottergeben zu.
Ihre alten Augen schweiften durch das Zimmer. »Ich will dir sagen, was ich dir schenken will. Ich will dir die Porzellanfigur von Kan Yin — die chinesische Göttin — geben. Sehr gut. Gut für dich, sie zu haben. Die hat keine Angst vor dem Leben. Läßt es über sich ergehen. Du bist kein Raufbold. Du bist musikalisch. Laß es lieber über dich hingehen. Aber laß dir nicht Angst machen ... Hol sie her, und paß auf, daß du sie nicht fallen läßt!«
Er hatte sein Leben lang die Porzellanfigur gesehen, die da auf dem Kamin stand, unter einem wunderlichen Durcheinander von Schalen, Vasen, Schachteln — östlichen und alten englischen und viktorianischen Dingen. Es stand so viel auf dem Kamin herum, daß er mit Recht hoffen konnte, daß die Familie die kleine Göttin nicht vermissen würde. Er hob sie sacht von dem Platz, wo sie mehr als siebzig Jahre gestanden hatte, und brachte sie seiner Großmutter. Die alten Hände streckten sich nach der zarten Figur aus und umklammerten sie.
»Wenn du den Ort sehen könntest«, sagte sie, »wo ich das her habe! Ein anderes Leben. Ein ganz anderes Leben. Die meisten Engländer da draußen wollen nichts vom Osten wissen — und von den östlichen Religionen — aber ich war nicht so. Die wissen da eine Menge, was wir nicht wissen. Westliche Religionen sind Plunder neben den östlichen. Aber erzähl nicht weiter, daß ich das gesagt habe! Da nimm sie« — und sie schob ihm die Gottheit in die Hände — »das soll dir ein Andenken an mich sein.«
»Als ob ich dich je vergessen könnte, Großmutter!«

Sie lächelte spöttisch, und für eine Sekunde sah er auf ihrem Gesicht, zahnlos und eingesunken wie es war, Edens Lächeln. »Na, das wird die Zeit zeigen ... Sieh ihr ins Gesicht! Was siehst du da?«
Er zog die Brauen zusammen und beugte sich dicht auf das Porzellanoval des Gesichtes der Statuette. »Etwas sehr Tiefes und Ruhiges. Ich kann es nicht ganz erkennen.«
»Gut, gut, also nimm sie mit. Du wirst sie schon einmal verstehen. Gute Nacht, Kind, ich bin müde ... Warte — treibst du dich oft so nachts herum?«
»Manchmal.«
»Was machst du denn?«
»Wirst du es nicht weitererzählen, Gran?«
»Unsinn, bin über hundert. Selbst eine Frau hat in der Zeit gelernt, den Mund zu halten!«
Er sagte fast flüsternd: »Ich gehe in die Kirche und spiele die Orgel.«
Sie zeigte keine Überraschung. »Und du hast keine Angst des Nachts allein mit all den Toten da draußen?«
»Nein.«
»Du bist ein komischer Junge! Musik, immer Musik. Hm! Eine Kirche ist ganz interessant, wenn der Pfarrer und die Leute hinaus sind. Dann kann richtige Musik hereinkommen, und ein richtiger Gott! Wenn nicht über Religion geschwatzt wird.«
Sie war sehr müde; ihre Stimme war ein Murmeln geworden, aber sie machte eine letzte Anstrengung und sagte: »Ich mag gern, wenn du so hereinkommst. Mein bester Schlaf ist um Mitternacht vorbei — hinterher bloß noch Nickerchen. Die Nacht ist sehr lang. Komm doch jedesmal, wenn du in der Kirche warst, für einen Schwatz herein. Tut mir gut. Komm einfach herein — ich bin wach.«
Und als sie das Wort »wach« sagte, schlief sie ein.
Und so fingen diese seltsamen nächtlichen Besuche an. Nacht auf Nacht, Woche auf Woche schlich sich Finch aus dem Hause, erlebte seine Stunden des Glücks und naturhafter Freiheit und schlich wieder hinein. Er versäumte nie, in ihr Zimmer zu gehen, und immer lag sie wach und wartete auf ihn. Ihre Augen unter den rostroten Brauen sahen ihm eifrig entgegen, wie er hereinschlüpfte und die Tür hinter sich zuzog. Er freute sich auf das Zusammensein wie sie. Wunderliche Beziehungen spannen sich zwischen der Hundertjährigen und dem neunzehnjährigen Jungen. Wie geheime Liebhaber mieden sie sich in Gegenwart der Familie und fürchteten, daß ein vertrauter Blick oder ein heimliches Lächeln ihre Freundschaft verraten könnte.

## 18  Eine Court und Angst?

Die alte Adeline wurde eben zum Tee bei Augusta fertig angezogen, das heißt, sie ließ sich das Haar bürsten, ihre beste Haube mit den purpurnen Bandrosetten aufsetzen, und die Schachtel mit ihren Ringen vor sich hinstellen. Sie hatte sich etwas müde gefühlt, als sie von ihrem Nachmittagsschlaf aufwachte, so hatte sie sich von Augusta ein Pfefferminzplätzchen in den Mund stecken lassen und sog daran, während sie ihre Ringe betrachtete. Sie wählte darunter mit besonderer Sorgfalt und suchte sich solche mit funkelnden farbigen Steinen aus, denn der Pfarrer kam auch, und sie wußte, daß er solch eine Ausstellung von Juwelen an so alten Händen, überhaupt an irgendwelchen Händen stark mißbilligte.
Augusta stand geduldig neben ihr, hielt die Schachtel und sah ihre lange Nase entlang auf die noch längere ihrer Mutter, um die ein vergnüglicher Zug spielte. Adeline wählte einen Ring — einen schönen Rubin, von kleineren eingefaßt. Es dauerte lange, bis sie den Finger fand, auf dem sie ihn zu tragen pflegte und ihn ansteckte. Die Schachtel zitterte leicht in Augustas Hand. Ihre Mutter beugte sich darüber, suchte darin herum, entdeckte ihren Smaragdring und steckte ihn auf. Wieder beugte sie sich darüber und etwas von dem Pfefferminz tröpfelte auf das Samtfutter der Schachtel.
Sie steckte sich sechs Ringe an, ein Kameenarmband und eine Brosche, die das Haar ihres Philip enthielt. Dann wandte sie sich zum Spiegel, schob ihre Haube zurecht und sah forschend und mit hochgezogenen Brauen ihr Spiegelbild an.
»Du siehst hübsch und vergnügt aus heute nachmittag, Mama«, sagte Augusta.
Die alte Dame warf einen scharfen Blick zu ihr hin. »Ich wollte, das könnte ich auch von dir sagen«, gab sie zurück.
Augusta zog mit beleidigtem Gesicht den Kopf zurück und betrachtete ihr eigenes Spiegelbild.
Adeline streckte ihre Hand aus und nahm die samtgerahmte Fotografie ihres Philip vom Toilettentisch. Sie sah sie einen Augenblick an, küßte sie, und stellte sie wieder auf ihren Platz.
»Was für ein schöner Mann war Papa doch!« sagte Augusta, und wischte verstohlen das Bild mit ihrem Taschentuch ab.
»Das war er. Setz das Bild hin.«
»Ja. Alle Männer in unserer Familie sehen recht gut aus!«
»Hm. Wir können uns sehen lassen. Ich bin fertig. Hol Nick und Ernest!«
Ihre Söhne waren sofort bei ihr. Nicholas ging weniger schwerfällig als gewöhnlich, weil seine Gicht ihn jetzt gerade wenig quälte. Sie hoben sie von ihrem Stuhl auf. Sie nahm einen Arm von jedem und sagte über die Schulter zu Augusta: »Bring den Vogel mit! Armer Boney, heute langweilt er sich.«
Die kleine Prozession bewegte sich so langsam die Halle entlang, daß es Augusta, die den Vogel auf einer Stange trug, vorkam, als ob sie gar nicht von der

Stelle kämen. Aber in Wirklichkeit bewegten sie sich doch, und schließlich hatten sie sich so vorwärts geschoben, daß das Licht durch die bunten Glasfenster voll auf sie fiel.
»Bleibt hier einen Augenblick stehen«, sagte die Mutter. »Ich bin müde.« Sie war groß, aber zwischen ihren Söhnen sah sie klein aus, so gebeugt war sie.
Sie sah zu dem Fenster hinauf. »Ich sehe das Licht so gern da durchscheinen«, bemerkte sie. »Das ist hübsch.«
Sie waren jetzt im Wohnzimmer, und sie wurde in ihren Stuhl gesetzt, neben ihr Boney auf seiner Stange. Mr. Fennel stand auf, aber er gab ihr Zeit, wieder zu Atem zu kommen, ehe er näher trat, um ihr die Hand zu geben und nach ihrer Gesundheit zu fragen.
»Mir geht es ganz gut«, sagte sie. »Ich weiß nicht, was es heißt, Schmerzen zu haben, außer gelegentlich ein bißchen Blähungen. Aber Boney ist langweilig. Seit Wochen hat er kein Wort gesprochen. Glauben Sie, daß er alt wird?«
Mr. Fennel antwortete vorsichtig. »Nun ja, kann sein, daß er etwas alt wird.«
Nicholas sagte: »Er mausert sich. Er läßt die Federn überall im Zimmer fallen.«
Sie fragte Mr. Fennel nach einigen seiner Pfarrkinder, aber es wurde ihr nicht leicht, sich an die Namen zu erinnern. Augusta, die angefangen hatte, Tee einzuschenken, sagte halblaut zu Ernest: »Es kommt mir vor, als ob Mama sich verändert hat. Ihr Gedächtnis ... und wie lange brauchte sie, um die Halle hinunterzukommen. Hast du nichts gemerkt?«
Ernest sah sorgenvoll seine Mutter an. »Mir schien auch, daß sie sich etwas schwer aufstützte. Vielleicht etwas mehr als gewöhnlich. Aber sie hat bei Tische sehr gut gegessen, wirklich recht gut.«
Finch ging dicht hinter ihnen. Er hatte die Worte aufgeschnappt und er glaubte den Grund zu wissen, warum seine Großmutter bei Tage etwas erschöpft erschien. Es wäre merkwürdig, wenn sie es nicht wäre, dachte er, wie er sich an ihre Lebhaftigkeit und ihren klaren Kopf in der letzten Nacht erinnerte. Er hatte ein schuldbewußtes Gefühl, daß er durch diese Mitternachtsbesuche vielleicht ihre Lebenskraft erschöpfte ... Er näherte sich seiner Tante.
Augusta reichte ihm eine Tasse Tee. »Bring dies meiner Mutter«, sagte sie, »und dann komm wieder und hole ihr die Hörnchen mit Honig.«
Die alte Adeline beobachtete ihn mit gespitzten Lippen, wie er ein Tischchen neben sie zog und den Tee darauf setzte. Ihre Gier war ebenso groß wie seine. Ihre Hände, die etwas zitterten, gossen den in die Untertasse verschütteten Tee in die Tasse zurück. Sie hob die Tasse an die Lippen und trank durstig. Die Ringe blitzten an ihren schöngeformten Händen. Mr. Fennel sah sie mißbilligend an. Seine Stimme klang gedämpft durch seinen dichten braunen Bart. »Na, Finch, und wie geht's mit dem Üben?«
»Sehr gut, danke sehr, Mr. Fennel«, murmelte Finch.
»Neulich abends war ich ganz spät in meinem Garten. Ungefähr um elf Uhr. Ich war ganz überrascht, die Orgel zu hören. Du weißt doch, daß du sie jederzeit

bei Tage benutzen darfst?« Ein sanfter Vorwurf war in seinem Ton.
»Ich übe aber besonders gern des Nachts, Mr. Fennel, wenn Sie nichts dagegen haben.«
Seine Augen gingen von Mr. Fennels Bart zu dem Gesicht seiner Großmutter. Sie wechselten einen Blick tiefen Einverständnisses wie zwei Verschwörer. Ihre Augen waren klar. Der Tee hatte sie wieder belebt.
Sie setzte die leere Tasse hin und sagte: »Ich finde das sehr schön, daß der Junge bei Nacht übt. Die Nacht ist die Zeit für Musik – für die Liebe ... Nachmittag ist die Zeit für Tee – Gesellschaft ... Morgens ist die Zeit für – ja – Tee. Noch eine Tasse, Finch. Gibt es nichts zu essen?«
Pheasant erschien mit Tee für Mr. Fennel, und Piers mit Hörnchen und Honig. Er trug einen weißen Flanellanzug.
»Ah«, bemerkte der Pfarrer, »wie kühl siehst du aus, Piers! Als ich dich das letztemal sah, schien dir recht heiß zu sein.«
»Ja, das waren gerade heiße Tage. Jetzt wird es etwas besser. Ende August, wissen Sie. Die Ernte ist herein. Die Beerenfrüchte auch. Und mit den Äpfeln hat es noch nicht angefangen.«
»Aber dann ist ja immer noch das Vieh, was?«
»Ja, immer das Vieh. Viel Zeit zum Herumbummeln habe ich nicht. Aber heute ist Pheasants Geburtstag, und den feiere ich mit einem freien Tag und einem sauberen Anzug.«
»Ihr Geburtstag ist?« sagte Mr. Fennel. »Wenn ich das gewußt hätte, dann hätte ich irgend etwas mitgebracht, vielleicht einen Blumenstrauß.«
Großmutter zwinkerte heftig; sie leckte sich den Honig von den Lippen. »Pheasants Geburtstag, was? Warum hat man mir das nicht gesagt? Warum wurde mir das verheimlicht? Ich habe Geburtstage gern. Ich hätte ihr etwas geschenkt.« Sie wendete sich zu Meg, Maurice und Renny, die gerade ins Zimmer kamen. »Habt ihr gewußt, meine Lieben, daß wir heute eine Geburtstagsgesellschaft haben? Es ist Pheasants Geburtstag, und wir haben uns alle dafür feingemacht. Seht den Pfarrer an! Seht Piers an! Seht mich an! Sind wir nicht fein?« Sie war sehr lebendig. Sie grinste sie an mit dem boshaften vergnügten Lachen, das den Courts eigentümlich war.
Meg näherte sich ihr und küßte sie auf die Stirn. »Ich habe nichts von einem Geburtstag gehört«, sagte sie kühl.
»Maurice«, rief Großmutter, »hast du nicht ein Geburtstagsgeschenk für deine Tochter mitgebracht? Willst du das alte Baby jetzt zurücksetzen, weil das neue Baby da ist?«
Maurice trat etwas verlegen näher. »Das muß ich noch nachholen«, sagte er.
Pheasants kleines Gesicht war dunkelrot vor Verlegenheit. Sie sah die Familie an mit dem erschreckten scheuen Blick eines jungen wilden Tieres.
»Ihr ist das ganz egal«, sagte Piers mürrisch, »sie erwartet ja nichts.«
Großmutter dachte sichtlich über den Ausspruch nach. »Hm«, sagte sie. Sie

schluckte ein Stück Hörnchen herunter, und fügte dann hinzu: »Es ist aber das Unerwartete, was immer passiert. Sie soll etwas geschenkt bekommen. Und von mir!«

Eine kalte Furcht schien über die Familie zu fallen.

Mr. Fennel spürte das und bemerkte: »Nichts ist so hübsch, finde ich, als ein unerwartetes Geschenk.« Aber die Worte klangen in seinen eigenen Ohren lahm. Er hatte keinen geistlichen Trost, diese unruhigen Gewässer zu besänftigen.

Die alte Adeline aß gelassen ihr Hörnchen zu Ende und trank noch eine Tasse Tee. Dann fragte sie: »Wie alt bist du?«

»Zwanzig.« Trotz Rennys ermutigendem Blick kam das Wort nur geflüstert heraus.

»Zwanzig, was? Süße Zwanzig! Ich war auch mal Zwanzig – ha! Komm und küsse mich, süße Zwanzig! Jugend ist etwas, das nie – was wollte ich doch sagen? Mein altes Gedächtnis ist ganz weg. Komm her, Liebe!«

Pheasant ging zitternd zu ihr.

Adeline breitete die Hände auf ihren Knien aus und betrachtete ihre Ringe. Meg sprang plötzlich mit ungewohnter Hast an ihre Seite. »Granny, Granny«, hauchte sie, »tu bitte nichts Übereiltes! Ein bißchen Spitze. Ein bißchen Geld, um etwas Hübsches zu kaufen. Aber nicht – nicht –« Sie hielt die Hände ihrer Großmutter in ihren fest und zog die ringbesteckten Finger an ihre eigene üppige Brust.

Adeline warf einen Blick auf Meg, die neben ihr kniete.

»Steh auf Meggie«, sagte sie barsch, aber nicht unfreundlich. »Du brauchst nicht so demütig zu tun.« Aber Meg kniete noch, ihre Hände auf der Brust, und mit den Augen eifersüchtig die Ringe beobachtend.

Mit einer entschiedenen Bewegung zog Adeline den Ring mit dem feurigen Rubin vom dritten Finger ihrer rechten Hand. Sie nahm des Mädchens braune dünne Hand in ihre und schob ihn auf den Mittelfinger. Sie sah lächelnd in ihr Gesicht hinauf. »Das gibt dir Farbe, Liebchen. Gibt dir Mut. Nichts so hübsch wie ein Rubin ... Jetzt will ich etwas von dem weichen Kuchen haben.«

Pheasant stand wie erstarrt und hielt ihre eine funkelnd geschmückte Hand gegen die andere, an der nur der Trauring steckte. Ihre Augen strahlten.

»Oh«, flüsterte sie, »wie herrlich! Wie wunderschön! Oh, du liebe Großmutter!«

Piers stand neben ihr, stämmig, kampfbereit und dunkelrot.

»Herrlich!« rief Renny aus. »Zeig mal, wie das auf deiner kleinen Pfote aussieht!«

Adeline richtete den Blick auf Renny und nickte ihm schalkhaft zu. Sie wußte, ihm machte es nichts aus, daß Pheasant den Rubinring bekommen hatte. Er grinste zu ihr zurück. Er hatte Wakefield auf den Knien.

Adeline blickte noch immer auf Renny, aber nun mit Mißbilligung. »Zu groß, um so verzogen zu werden«, sagte sie.

»Ich weiß«, antwortete Renny, »aber er klettert ja einfach herauf.« Und er schob Wakefield von seinen Knien.

»Armer Kerl! Er sieht aus wie ein junges Rotkehlchen, das aus dem Nest gefallen ist! Sag mal, hast du gestern abend für mich gebetet?«

»Ja, liebe Großmutter.«

Sie sah sich triumphierend um. »Das vergißt er keine Nacht!«

Nicholas knurrte zu Ernest hinüber. »Dieser junge Taugenichts müßte Ohrfeigen haben, damit dieser Unfug mit dem Beten aufhört.«

»Es ist für Mama sehr niederdrückend«, sagte Ernest düster. »Es muß ein Ende damit gemacht werden.«

»Ein Spiel Puff wird sie ablenken.«

Er holte das Puffbrett und den Samtbeutel mit dem Würfelbecher. Er sagte zu Wakefield, der sich in der Nähe herumtrieb: »Frag deine Großmutter und den Pfarrer, ob sie Puff spielen wollen. Stell den kleinen Tisch zwischen sie. Du kriegst eine Ohrfeige, wenn du die Geschichte mit dem Beten noch weiter machst.«

Die Spieler saßen sich gegenüber — Mr. Fennel bärtig und unordentlich; die alte Adeline prächtig.

»Ich nehme Schwarz«, sagte sie.

»Gut, ich nehme Weiß.« Die Figuren wurden auf ihre Plätze gestellt.

»Daus!« der Pfarrer.

»Drei!« die Großmutter.

Sie machten ihre Züge. Die Würfel klapperten. Die Smaragden an ihrer Linken blitzten.

»Pasch!«

»Vier!«

Die Würfel wurden geschüttelt. Die Spieler überlegten; die Figuren wurden geschoben.

»Daus!«

»Drei!«

»Fünf!«

»Eins!«

Das Spiel ging weiter. Ihr Kopf war so klar wie je. Ihre Augen glänzten. Sie hielt Finch geradezu in Bann. Er stand hinter Mr. Fennels Stuhl und beobachtete sie. Manchmal begegneten sich ihre Blicke, und dann war immer ein Aufblitzen zwischen ihnen, das Einverständnis von Verschwörern. »Angst vor dem Leben!« sagten ihre Augen. »Ein Court Angst? Sieh mich an!«

Er beobachtete sie. Er konnte nicht die Augen von ihr wenden. Über den Abgrund von mehr als achtzig Jahren hinweg begegneten sich ihre Seelen und berührten sich.

Eine nach der anderen schob sie ihre Figuren vorwärts. Eine nach der anderen nahm sie vom Brett. Sie hatte das erste Spiel gewonnen!

»Gewonnen!« rief sie aus und klatschte in die Hände. »Gewonnen!«

Zwei Gruppen hatten sich im Zimmer gebildet, abseits von den Spielern und Finch, der hinter dem Pfarrer stand, und Wakefield, der auf der Lehne von seiner Großmutter Sessel hockte. Eine dieser Gruppen bestand aus Meg, Nicholas, Ernest und Augusta, die halblaut diskutierten, was wohl das Geschenk dieses Ringes zu bedeuten hatte. Die andere Gruppe bestand aus Piers, Pheasant, Maurice und Renny, die ziemlich laut sprachen, mit der Absicht, gar nichts von dem Konflikt zu wissen, der in der Luft hing. Als Großmutter ausrief: »Gewonnen!« wandten sich die Gesichter aus beiden Gruppen ihr zu, und sie klatschten in die Hände, als Zeichen ihres Beifalls.

»Gut gespielt, Großmutter!« rief Wakefield und klopfte sie auf den Rücken.

Finchs Augen suchten ihre, fanden sie und hielten sie fest. Sie fühlte sich plötzlich erschöpft. Sie war sehr müde, aber sehr glücklich.

»Sie haben mich mächtig geschlagen«, sagte Mr. Fennel und strich sich den Bart.

»Ach ja. Ich bin heute gut in Form«, murmelte sie. »Sehr gut in Form — heute abend.«

Boney rührte sich auf seiner Stange, schüttelte sich und gähnte. Ein paar leuchtende Federn lösten sich, und flatterten langsam auf den Fußboden.

Mr. Fennel sah ihn an.

»Er redet gar nichts, wie?«

»Nein«, antwortete sie und machte den Hals lang, um nach dem Vogel zu sehen. »Er sagt gar nichts mehr. Armer Boney! Armer alter Boney! Sagt gar nichts. Flucht nicht mal. Macht keine Liebeserklärung. Still wie das Grab, was Boney?«

»Machen wir noch ein Spiel?« fragte Mr. Fennel.

Die beiden Gruppen hatten ihre Gespräche wieder aufgenommen. Rennys Lachen klang scharf darüber hinweg.

»Noch ein Spiel? Ja, ich mache noch eins. Ich nehme Weiß!«

Mr. Fennel und Wakefield tauschten einen Blick.

»Aber Gran«, rief Wakefield, »du hattest doch Schwarz!«

»Schwarz! Fällt mir nicht ein, ich habe Weiß.«

Mr. Fennel tauschte die Figuren aus und gab ihr die weißen.

Sie wurden aufgestellt. Die Würfel geschüttelt. Das Spiel ging weiter.

»Zwei!«

»Fünf!

»Doublette!«

Aber ihr Kopf war jetzt nicht mehr klar. Sie tappte nach ihren Figuren und wäre mit dem Spiel nicht fertig geworden, wenn Wakefield, der über ihre Schulter lehnte, ihr dabei nicht geholfen hätte.

Sie wurde geschlagen, aber sie merkte es nicht.

»Eine Doppelpartie!« sagte sie triumphierend. »Eine Doppelpartie gewonnen!«
Der Pfarrer lächelte nachsichtig.
Finch fühlte sich plötzlich wie unter einer Wolke.
»Aber Großmutter«, rief Wakefield. »Du bist doch geschlagen!«
»Merkst du nicht, daß du geschlagen bist?«
»Ich geschlagen? Fällt mir nicht ein. Das will ich nicht! Gewonnen habe ich.«
Sie starrte geradeaus in Finchs Augen. »Gewonnen!«
Mr. Fennel schob die Figuren zusammen.
»Noch ein Spiel?« fragte er.
Sie antwortete nicht.
Wakefield gab ihr einen kleinen Puff an die Schulter. »Noch ein Spiel, Großmutter?«
»Ich fürchte, sie ist etwas ermüdet«, sagte Mr. Fennel.
Aber sie lächelte noch immer, und sah gerade in Finchs Augen. Ihre Augen sagten zu ihm: Ein Court und Angst? Eine Court und Angst vor dem Tode? Gewonnen!
Boney schüttelte sich wieder, und wieder flatterte eine Feder auf den Fußboden. Nicholas war aufgestanden und blickte durch das Zimmer nach ihr. Plötzlich schrie er auf: »Mutter!«
Sie sprangen alle auf, außer Wakefield, der noch ihre Schulter umfaßt hielt und nichts merkte
Ihr Kopf sank vornüber.
Finch sah zu, wie sie sich um sie drängten, ihren Kopf hoben, ihr Riechsalz an die lange Nase hielten, Brandy zwischen ihre weißen Lippen flößten, die Hände rangen, erschrocken und wie von Sinnen. Er hatte ihre Seele tapfer und unerschüttert ihrem Körper entfliehen sehen. Er wußte, daß es sinnlos war, sie zurückrufen zu wollen.
Boney betrachtete die Szene mit starren gelben Augen, scheinbar unbewegt, aber als sie Gran auf das Sofa legten, hob er sich mit heftigem Flügelschlage von seiner Stange und flatterte auf ihren liegenden Körper hinunter und schrie: »Nick! Nick! Nick!« Es war das erstemal, daß sie ihn je ein englisches Wort sagen hörten.
Er wurde nur mit Mühe gefangen und in ihr Schlafzimmer hinaufgebracht, wo er seinen gewohnten Platz am Kopfende des Bettes einnahm und in stoisches Schweigen verfiel.
Piers telefonierte nach dem Arzt. Meg schluchzte in Augustas Armen. Ernest saß am Tisch, den Kopf über dem Puffbrett auf die Arme geworfen. Pheasant war in ihr Schlafzimmer hinaufgestürzt, um den Rubinring in Tränen zu baden. Nicholas zog einen Stuhl neben seine Mutter, saß mit gebeugten Schultern, und starrte ihr leer ins Gesicht. Der Pfarrer senkte das bärtige Kinn und murmelte ein kurzes Gebet über dem Körper, der so lang ausgestreckt lag, daß die Füße in schwarzen Hausschuhen über das Sofa hinaushingen. Jetzt sah sie wieder

sehr groß aus.

Mr. Fennel wollte ihr die Augen zudrücken. Die schweren Lider leisteten Widerstand. Renny hielt seinen Arm fest.

»Nicht die Augen zudrücken! Ich kann nicht glauben, daß sie tot ist! Sie kann nicht so auf einmal tot sein!«

Er schob die Hand unter ihr Kleid und fühlte nach dem Herzen. Es war ganz still. Er brachte einen Spiegel und hielt ihn vor ihren Mund. Seine glänzende Fläche blieb ungetrübt. Aber er wollte nicht, daß ihr die Augen zugedrückt wurden.

Doktor Drummond kam bald, erklärte sie für tot und drückte ihr selbst die Augen zu. Er war ein alter Mann, und hatte all den jungen Whiteoaks, von Meg herunter, ins Leben geholfen.

Dann kam Ernest zitternd zu ihr hinüber. Er streichelte ihr Gesicht und küßte es schluchzend: »Mama... Mama...« Aber Nicholas saß unbeweglich wie eine Statue.

Renny konnte nicht im Hause bleiben. Es drängte ihn, nach Fiedlers Hütte hinüberzugehen, und Eden und Alayne zu sagen, was geschehen war. Er eilte durch die Seitentür über den Wirtschaftshof, wo der alte gemauerte Backofen stand. Eine watschelnde Prozession von Enten sah ihn von der Seite an; Mrs. Rags und das Küchenmädchen starrten ihm neugierig aus dem Küchenfenster nach. Galoppierende Füllen in der Koppel kamen schnuppernd an den Zaun, als er vorbeilief. Rote und weiße Kühe auf der Weide mit schweren Eutern sahen sich gleichgültig nach ihm um. Er kam in den Obstgarten. Die Tage wurden jetzt schon kürzer. Die rote Sonne schien zwischen die schwarzen Baumstämme. Es fiel ihm auf, daß alle Farben plötzlich eine Art düsteren Glanz hatten. Kleine rosige Champignons saßen hier und da im üppigen Gras. Der Obstgartenzaun war überwuchert von Goldrute.

Wie er sich der Hütte näherte, hörte er die Quelle heimlich im Gras murmeln. Türen und Fenster der Hütte standen offen, aber keine Stimmen waren zu hören. Er ging zur Eingangstür und schaute hinein. Alayne schrieb an einem Tisch, und Eden lag auf einem Sofa, eine Zigarette zwischen den Lippen und ein Buch lose in seinen Händen. Sein Gesicht und sein Körper waren voller geworden, seine Wangen waren braun. Aber Alayne sah bleich und abgemagert aus. Sie hatten Renny nicht kommen hören, und ihm schien das Zimmer und seine Bewohner in dieser glühenden Abendsonne unwirklich wie ein Bild. Es schien unwirklich und phantastisch, daß sie da unbewegt sitzen sollten und von nichts wissen.

Er brachte einen undeutlichen Laut heraus, und als ob ein Bann gebrochen wäre, sahen beide auf. Die Blässe von Alaynes Gesicht, das durch das rötliche Licht nur um so blasser erschienen war, sah plötzlich wie überflammt aus. Eden lächelte, und sein Lächeln gefror. Er fuhr hoch.

»Renny! Was ist los?«

Alayne stand auch auf.
Er versuchte etwas zu sagen, aber er fand keine Worte. Er stand schweigend und lehnte am Türpfosten, das Gesicht zu einer erschreckenden Grimasse verzogen.
Die beiden standen versteinert, bis Eden herausbrachte: »Um Gottes willen, Renny, sag was. Sag doch, was los ist?«
Er sah sie an mit einem merkwürdigen Gefühl von Feindschaft gegen sie und sagte dann hart: »Sie ist tot ... Gran ... Ich dachte, ich müßte es euch gleich sagen.«
Ohne sie anzusehen, das Gesicht noch verzerrt, wandte er sich hastig, ging den Pfad hinunter und verschwand hinter den Tannen.


19  Ein stiller Tag

Da liegt sie, die alte Frau, in ihrem Sarg; Kränze, Palmenzweige, Blumenkreuze ringsherum. Sie haben sie gewaschen und ihr das beste schwarze Samtkleid angezogen. Ihre Hände liegen auf der Brust gekreuzt, aber sie haben ihr nur ihren Trauring gelassen, der zu einem schmalen goldenen Band abgetragen ist. Wer in den Ring hineingeschaut hätte, der hätte die Worte entziffert »Adeline, Philip, 1850«. Sie trägt ihre beste Spitzenhaube, die lange schon in einer lavendelduftenden Schachtel gelegen und auf diesen Tag gewartet hat. Auf einer silbernen Platte am Sarg sind die Daten ihrer Geburt und ihres Todes und ihr Name eingraviert, die vollen Vornamen einbegriffen – Adeline Honora Bridget. Alles ist für sie getan, was getan werden konnte. Alles ist geschehen und fertig für das Begräbnis. Sie ist lange auf dieser Erde gewesen, aber nun wird sie in sie hinabgesenkt für eine noch unendlich viel längere Frist.
Ein unaussprechlicher Ausdruck von Würde und Stolz liegt auf ihrem Gesicht. Sie sieht aus wie eine alte Kaiserin mit diesem leicht hochmütigen Lächeln um die Lippen und der scharfen Nase. Sie hätte als Mittelpunkt von Hofintrigen leben können, anstatt drei Viertel ihres Lebens in diesem verlorenen Winkel zu verbringen, wo sie nur über ihre Familie herrschen konnte. Irland und Indien, die beiden Länder, haben ihren Stempel auf ihr gelassen.
Zu Häupten und zu Füßen des Sarges stehen hohe silberne Leuchter mit brennenden Kerzen. Finch hat sie dahingestellt, als er zu einem letzten Zusammensein mit ihr hinunterschlich, nachdem die übrigen alle zu Bett waren. Sein hageres junges Gesicht sah aus wie das eines Asketen, als er vorsichtig auf den Zehen um sie herumschritt und auf jeder wächsernen Säule die Flammen entzündete.
Augusta ordnete am andern Morgen an, daß sie fortgenommen werden sollten, weil sie gegen alle solchen papistischen Gebräuche war, aber Nicholas sagte: »Laß sie stehen. Pomp paßt zu ihr.«

Einzeln, zu zweien und dreien kamen ihre Nachkommen, um die Ahne zu betrauern. Nicholas weilte den ganzen Tag im Zimmer, ohne zu essen, das Haar wirr um seinen Löwenkopf, und ein Ende seines grauen Schnurrbarts zwischen den Zähnen. Ernest ging aus und ein, schlank und elegant in seinem schwarzen Rock. Er führte Besucher an den Sarg, und machte sie auf die gemeißelten Züge, den schönen Ausdruck seiner Mama aufmerksam. Er flüsterte das Wort in diesen Tagen oft vor sich hin.
Bei Augusta war es anders. Das hochmütige Lächeln auf ihrer Mutter Lippen schien ihr geradezu wie auf sie selbst gemünzt. Immer wieder kam ihr irgendein spöttisches Wort von diesen Lippen in den Sinn. Sie erinnerte sich auch an die letzte dieser Bemerkungen: wie sie zu ihr gesagt hatte während des Zurechtmachens für diesen letzten Teenachmittag: »Du siehst so hübsch und vergnügt aus, Mama«, und wie ihre Mutter geantwortet hatte: »Ich wollte, das könnte ich auch von dir sagen!«
Augusta machte sich Vorwürfe, daß sie sich in dieser Zeit an solche kleine Reibereien erinnerte. Ihre Trauer war echt, aber die Erinnerung war ihr unbehaglich ... Sie führte Wakefield an den Sarg. Er sah zum erstenmal den Tod. Sie sagte nachdrücklich: »Sieh sie lange an, Wakefield. Versuche, dir ihr Gesicht einzuprägen. Sie war eine wunderbare Frau.«
Der kleine Junge war ganz verschüchtert. Er war schwindelig von dem schweren Blumenduft. Lange sah er das ruhige Gesicht an — die schöngeformten alten Hände, die ergeben gefaltet lagen.
»Aber Tante!« rief er aus und seine helle Stimme paßte dabei gar nicht in dieses stille Zimmer. »Sie sieht so hübsch aus! Ist es nicht eigentlich schade, sie zu begraben?«
Und Renny? Wie seine Pferde, unter denen er so viel Zeit verbrachte, hatte auch er dem Tode gegenüber das Gefühl einer fast animalischen Furcht. Er zog sich schauernd vor der düsteren Gegenwart zurück, die das Haus überschattete. Nach einem Blick auf das Gesicht der toten Frau verließ er das Zimmer und kam nicht eher wieder herein als zur Stunde des Begräbnisses. Der Tod, wie er ihn ihm Kriege gesehen hatte, hatte ihn nicht viel bekümmert. Er war in Übersee gewesen, als sein Vater und seine Stiefmutter starben. Aber dies Erlebnis jetzt entsetzte ihn. Er überließ die Anordnungen für das Begräbnis Augusta, Ernest und Piers. Nur eine Angelegenheit nahm er in die Hand, nämlich die Auswahl der Sargträger. Diese, entschied er, mußten die vier ältesten Enkel sein. Eden wehrte sich dagegen, er war noch nicht stark genug, um so etwas zu übernehmen. Alayne dachte und erklärte auch ziemlich heftig, daß es unrecht und für ihn unmöglich sei, seine Kräfte so anzustrengen. Aber Renny blieb eisern. Eden schien ihm so wohl wie je auszusehen; er sollte und mußte seinen Platz zwischen seinen Brüdern einnehmen, um ihre Großmutter zu Grabe zu tragen. Er kam nach Fiedlers Hütte herüber und die drei saßen aufgeregt sprechend um den Tisch, sein rotes Haar stand in einem wirren Schopf empor, sein hageres

schmales Gesicht brannte und ließ mit seinen scharfen Linien keinen Widerstand aufkommen. Eden gab nach.
Der Begräbnistag brach bei schönstem Wetter an. Ein schwerer Tau war gefallen, der wie ein funkelnder Schleier über dem Rasen lag. Es war ein stiller Tag, nur die kleinen Vögel in den Immergrünhecken zwitscherten die Einfahrt entlang. Es lag eine eigene Stimmung über dem Tag, als ob der Sommer zögerte und noch einmal tief atmete vor dem Scheiden. Die alte Adeline hatte solche Tage wie diesen geliebt. Wenn sie noch am Leben gewesen wäre, hätte sie sicher einen ihrer kleinen Spaziergänge bis zum Tor gemacht, von ihren Söhnen gestützt. Aber statt dessen mußte sie nun ihre letzte Fahrt tun. Bei Lebzeiten hatte sie sich standhaft geweigert in ein Auto zu steigen, aber sie hatte verlangt, einen Autoleichenwagen beim Begräbnis zu haben. »Der Gedanke gefällt mir«, hatte sie gesagt, »daß ich noch einmal mit einem Motor fahre, statt mit Pferden, ehe ich ganz unter die Erde gelegt werde. Niemand kann dann sagen, daß ich altmodisch gewesen wäre.«
Der Leichenzug stand schon am Tor bereit. Die vier, die den Sarg tragen sollten, standen Schulter an Schulter, Eden und Piers einander nahe genug, um jeder den Atem des andern zu spüren! Renny hatte Schwierigkeiten mit Piers gehabt, ehe er ihn überreden konnte, auch nur für eine so kurze Zeit Eden so nahe zu sein. Aber er hatte seinen Willen gegen beide durchgesetzt. Da standen sie neben ihm, und er war der Häuptling des Klans! Mr. Fennel sprach ein kurzes Gebet. Die Sargträger hoben den Sarg auf die Schulter.
Die Bahre bewegte sich langsam aus dem Tor, gefolgt von einem Wagen, nach dem die vier Brüder fuhren. Diesem folgte ein anderer, in dem Augusta, Nicholas, Ernest und Mr. Fennel saßen. Dann die Vaughans und Wakefield. Pheasant hatte irgendeine Kinderkrankheit Mooeys vorgeschützt, um zu Hause bleiben zu können. Sie spähte oben durch einen Vorhang und sah Edens helles Haupt zwischen seinen Brüdern leuchten, und sie stöhnte etwas auf, wie sie an ihre kurze und schwüle Leidenschaft für ihn dachte. Fast hatte sie damals ihr und Piers' Leben zerstört – aber das Unglück war noch abgewendet – sie war geborgen, mit Piers und ihrem Kind geborgen!
Alayne war auch zu Hause geblieben. Sie war hinübergegangen, um dieses ferngerückte alte Gesicht lange anzusehen, das immer einen freundlichen Blick für sie gehabt hatte. Sie empfand nicht wie Renny den Widerwillen eines sensitiven Tieres vor der Gegenwart des Todes, sondern ein tiefes Zurückschrecken vor der Trauer der leblosen Dinge in Jalna. Es war ihr gewesen, als ob die festen Mauern sich enger um diesen Körper geschlossen hätten, die Decke sich gesenkt, um ihn zu hüten, als ob selbst die Türen schmaler geworden seien, um ihren Auszug aus dem Hause zu hemmen ... Im Fortgehen hatte sie vom Ende des Rasenplatzes zurückgeschaut, und es kam ihr vor, als wäre das ganze Haus vor Schmerz in sich selbst versunken.
Nach den Hauptleidtragenden folgten die Freunde der Familie, und viele Leute

aus den umliegenden Dörfern und Landsitzen in Autos und altmodischen Wägelchen — eine lange Prozession. Hier wurde eine begraben, deren sich die Ältesten unter ihnen aus ihrer frühesten Jugend erinnern konnten als einer verheirateten Frau. Ein Wahrzeichen der Gegend war verschwunden. Nicht ein Baum, nicht ein Kirchturm, sondern ein lebendes überragendes Wesen! Manche Leidtragenden hatten sie seit Jahren nicht gesehen, aber ihre hohe Gestalt, ihr rostrotes Haar, ihre durchdringenden braunen Augen standen ihnen für immer in der Erinnerung. Immer wieder wurden Geschichten von ihrer Leidenschaft oder ihren Wunderlichkeiten erzählt.

So war ihr Ruf, trotzdem sie fast so unbeweglich wie ein Baum gewesen war, Jahr auf Jahr gewachsen, wie die Jahresringe an einem Baumstamm. Und all diese Menschen, die gekommen waren, ihr die letzte Ehre zu erweisen, fühlten, daß sie an einem wichtigen und entscheidenden Ereignis teilnahmen.

Wenn sie nur hätte sehen können, wieviel Menschen jetzt gekommen waren, ihr die letzte Ehre zu erweisen! Es war wirklich jammerschade, daß sie das nie erfahren konnte, dachte Renny ... Er betrachtete seine Brüder. Es war eine Freude, Eden wieder so gesund zu sehen. Ein Sommer in Jalna hatte das fertiggebracht. Ein Segen, ihn und Piers wieder im gleichen Wagen zu sehen. Es hatte Willenskraft gekostet, das fertigzubringen. Ob es möglich sein würde, diesen Abgrund zu überbrücken? Er fürchtete, nein. Frauen, die in die Familie kamen, brachten immer alles durcheinander. Sicher ein Glück, daß er nicht geheiratet hatte. Einen Augenblick blieben seine Gedanken mit einem heimlichen Schmerz an Alayne hängen. Der Leichenzug wurde eine Schattenprozession. Sie war in seinen Armen. Er schloß die Augen, und gab sich dem Verlangen hin, das sein Herz zerriß.

Als er sie wieder öffnete, trafen sie auf Finch, der zwischen Piers und ihm saß und dem seine langen Beine sehr im Wege waren. Finch war seit dem Tode seiner Großmutter in einem abwesenden, fast entrückten Gemütszustand gewesen, aber ausgerechnet jetzt vor den Blicken von Renny und Piers war er zusammengebrochen. Er überließ sich dem stoßweisen Schluchzen. Armer junger Teufel, dachte Renny, und er legte seine Hand auf das knochige Knie des Jungen, worauf dieser nur um so mehr weinte. Er bildete sich ein, daß Piers ihn verächtlich ansah, aber Piers sah ihn gar nicht. Seine Augen waren auf Edens Rücken gerichtet, der vor ihm mit Wright auf dem Vordersitz saß.

Den Leichenzug, der für Renny einen Augenblick schattenhaft geworden war, sah Piers überhaupt von Anfang an als nichts anderes an. Die einzige Wirklichkeit war Eden, der vor ihm saß. Eden wieder gesund. Eden zu neuem Unheilstiften bereit. Eden, den er mit seinen Fäusten hätte krumm und lahm schlagen mögen. Außer bei der kurzen Begegnung an der Koppel hatte er ihn nie wieder gesehen seit jenem Sommertag vor zwei Jahren. Wenn bloß Eden an dem Abend nicht verschwunden gewesen wäre! Wenn er es nur mit ihm hätte ausfechten können! Nun würde dies wahrscheinlich nie geschehen.

Das Auto hielt. Der Anfang des Zuges war auf dem Fahrweg des Kirchhofs.
Mr. Fennel wartete auf sie. Alles ordnete sich allmählich. Die Brüder schritten schwer miteinander unter der toten Last zur Kirche hinauf. Piers sah, daß es über Edens Kräfte ging und er fast versagte. Er wünschte, daß der Weg zweimal so lang wäre. Als sie die Kirchentür erreichten, kam Maurice und nahm Edens Platz ein und Eden blieb zurück, schweißüberströmt.
Er hörte die Stimme des Pfarrers wie aus weiter Ferne: »Ich bin die Auferstehung und das Leben, wer an mich glaubt, wird leben, ob er gleich stürbe...«
Er saß in einem Kirchenstuhl zwischen Renny und Finch. Er konnte nicht klar denken. Das Blut sang ihm in den Ohren. Die Kanzel verschwamm in einem Nebel. Wenn Alayne ihn so erschöpft sehen könnte, wie würde sie sich sorgen! In Gedanken sah er sie jetzt immer um ihn besorgt.
Es fiel ihm auf, daß Finch sonderbar schnüffelnd atmete. Er sah nach ihm hinüber, sah seine gebeugte Jungengestalt, und dahinter Piers' braune Hand auf seinem Knie. Eine Faust! Verstohlen glitten seine Augen zu Piers' Gesicht hinüber, das sonnenverbrannt und kräftig aussah, mit der kurzen starken Nase. Woran dachte er? An seine Nähe? An Pheasant? An Großmutter, die da vor den Altarstufen lag?
Er wurde sich der Stimme von der Kanzel bewußt, die mit trauerndem Klang redete: »Siehe, du hast meine Tage gemacht wie eine Spanne und meine Jahre sind nichts vor dir...«
Wirklich große Dichtung hatte dieser David geschrieben! Und er hatte das Leben gekannt — sich nicht etwa im Zaum gehalten! Wunderbare Bruchstücke, klar wie Kristall, schlugen an sein Ohr.
Der Wunsch zu schreiben, quoll in ihm hoch. Er versank ganz in die Betrachtung seiner eigenen Persönlichkeit. Er vergaß aufzustehen, als ein Psalm gesungen wurde, bis Renny seinen Arm berührte, und er sich zögernd erhob. Wie lange er nicht in der Kirche gewesen war...
Ob es wohl im Himmel und auf Erden jemand gab, der Gesangsbuchverse so haßte wie er!
Aus dem Kirchenstuhl hinter ihm erhob sich eine Frauenstimme klar und schön. Er erkannte Minny Wares Stimme. Er horchte auf sie, von ihrer Schönheit bezaubert. Er sah Renny an, gespannt, ob auch er ihr folgte, aber Renny schien völlig von dem Gesangbuch in Anspruch genommen, dessen Worte seine Lippen schweigend mitformten.
Während der ganzen Lobrede Mr. Fennels spielte Eden innerlich mit dem Gedanken an Minny Ware. Er erinnerte sich daran, wie er sie bei verschiedenen Gelegenheiten gesehen hatte, immer in leuchtenden Farben, voll Vitalität, und bereit, mit Lachen auf ein Lächeln zu antworten. Er dachte an ihren schneeweißen Hals, der wie eine Säule aus dem tiefausgeschnittenen Kragen aufstieg. Er ließ sein Gemüt auf der Musik ihrer Stimme ruhen. Er beschloß, Alayne zu bitten, sie möge sie öfters herüberkommen lassen, um ihm vorzusingen. Nein,

er würde selbst nach Vaughansland hinübergehen, um sie am Klavier singen zu hören. Er fing an, unruhig zu werden. Er konnte nicht mehr so herumbummeln. Er mußte wieder anfangen zu arbeiten, wenn er auch noch nicht wußte was.
Seine Brüder standen auf. Nun war es Zeit, den Sarg auf den Friedhof zu tragen. Gewiß würde Maurice wieder für ihn einspringen. Renny verließ den Kirchenstuhl, aber Eden rührte sich nicht, obgleich Finch hinter ihm drängte. Er warf einen fast bittenden Blick auf Maurice, der unentschlossen schien, was er tun sollte. Aber Eden sollte nicht davonkommen. Renny hatte beschlossen, daß es sich für die Brüder gehörte, den Sarg zu tragen, und tragen sollten sie ihn, wenn auch einer davon umfiel. Er warf einen halb harten, halb liebevollen Blick auf Eden und winkte mit einer kurzen Kinnbewegung ihm zu folgen. Die vier nahmen ihre Last auf.
Nun war sie in die Gruft hinabgesenkt. Erde war auf den Sarg geworfen. Die letzten Worte waren gesprochen: »Erde zu Erde, Asche zu Asche, Staub zu Staub.«
Ein scharfer Wind, der den Geruch trockener, heißer Erde mitbrachte, hatte sich erhoben. Das lange Gras des Friedhofes beugte sich vor ihm. »Es ist noch nicht Abend«, schien es zu singen. Der Wind fegte niedrig über den Boden, als ob er neue Süße aus den Rosen, Lilien und Nelken holen wolle, die neben der Whiteoakschen Familiengruft aufgetürmt lagen. Eine Anzahl weißer Wolken zog in langem Zuge über den Himmel, wie Chorknaben in weißen Chorhemden. Das Dröhnen der Orgel kam aus der Kirche.
Renny ging eilig auf sein Auto zu. Wakefield hing an seinem Arm.
»Renny, Renny, kann ich mit dir nach Hause fahren? Eden steigt mit Meg und Maurice ein.«
Er war froh, den kleinen Jungen bei sich zu haben, froh, hier fortzukommen. Am Grabe hatte er mit erhobenem Kopf gestanden, die Augen in der Weite, und wieder hatte seine Haltung etwas von der Furcht eines sensitiven Pferdes vor dem Tode. Nun schnupperte er in den Wind, drückte Wakes Hand an sich, und bemühte sich, seine Eile, diesen Ort zu verlassen, etwas zu zügeln.
Der Friedhof lag verlassen.
Adelines Körper ruhte nun endlich in der Familiengruft, die von einem niedrigen Eisengitter umschlossen war, an dem rostige Ketten mit kleinen eisernen Kugeln hingen. Unter einer Last von Erde und Schollen und welkenden Blumen lag sie ausgestreckt an der Seite dessen, was von ihrem Philip geblieben war. Zu ihren Füßen lag ihr Sohn Philip und neben ihm seine erste Frau Margarete. In einem Winkel ruhte Mary, seine zweite Frau, umgeben von einer Gruppe kleiner verstorbener Whiteoaks.
Ein nachdenkliches Gemüt, das ihren Charakter kannte, hätte darüber nachgrübeln können, was für ein Baum in künftigen Tagen aus diesem Grab wachsen könnte. Ein flammender südlicher Baum würde vielleicht das Richtige

sein, wenn dieses nicht ein nördliches Land wäre. Und in Anbetracht dessen würde vielleicht eine hohe Fichte Nahrung aus dieser mächtigen Hülle und diesem standhaften Geiste saugen.


20  Ist Finch mit einer Glückshaube geboren?

Wakefield spürte Aufregung in der Luft von dem Augenblick an, wo er die Augen aufmachte. Es war schon zehn Uhr vorbei. In der Halle rannte er fast gegen Mr. Patton, der eben den Mantel anzog. Mr. Pattons Gesicht hatte den unbehaglichen Ausdruck eines Menschen, der etwas gegessen hat, was ihm nicht bekommt. Der Ausdruck auf Rennys Gesicht, der ihn bis zur Tür begleitete, war noch unbehaglicher. Er sagte: »Sind Sie ganz überzeugt, daß kein Zweifel an ihrer geistigen Zurechnungsfähigkeit war?«
Mr. Patton schob die Lippen vor. »Nicht der geringste.«
»Na, sie hatte ja das Recht, mit ihrem eigenen Geld zu tun, was sie wollte, aber — für meine Onkels ist es etwas hart.«
»Ja, ja . . . Ja wirklich.«
»Und so völlig unerwartet. Sie hat sich nie besonders um ihn gekümmert. Sie hatte viel mehr für Piers übrig.«
»Ja, das kann man nie genau wissen.«
»Bei Frauen wahrscheinlich nicht.«
»Auch bei Männern nicht. Es ist merkwürdig, was manche von ihnen sich in den Kopf setzten.« Mr. Patton nahm seinen Hut vom Ständer und sah hinein; dann warf er einen flüchtigen Blick in das stille Wohnzimmer und fügte gedämpft hinzu: »Ich habe mein Möglichstes versucht, ihr davon abzureden. Ich sage Ihnen das im Vertrauen. Aber — sie war —« Er zuckte die Achseln.
»Mit gutem Rat durfte man ihr nie kommen. Ich weiß.«
Mr. Patton nahm seine Mappe auf und sah Renny etwas verlegen an. »Für Sie ist es auch hart. Besonders weil in den meisten ihrer früheren Testamentsverfügungen —«
Renny machte ein finsteres Gesicht. »Das ist mir ganz gleichgültig. Wieviel Testamente hat sie denn eigentlich vorher gemacht?«
»Acht während der zwanzig Jahre, die ich mit ihr zu tun hatte. Manchmal natürlich waren es nur kleine Änderungen. In den meisten waren Sie —«
Sie merkten plötzlich die Gegenwart des kleinen Jungen. Er starrte fragend zu ihnen auf. Renny sah eine Frage voraus und legte ihm die Hand auf den Nacken, um ihn zurückzuhalten. Mr. Pattons Gesicht überflog ein Lächeln.
»Er sieht recht wohl aus«, bemerkte er.
»Er hat zu dünne Knochen. Nur Stöcke. Und zu wenig Appetit.«
Der Notar fühlte Wakes Arm an. »Nicht sehr kräftig! Seine Augen sind ja blank genug, aber das liegt in der Familie.«

»Wer —« fing Wakefield an, und Rennys Hand griff fester um seinen Hals. Er und Mr. Patton schüttelten sich die Hände. Der Notar ging eilig zu seinem Auto.
»Aber wer —« fing Wake wieder an.
Der Herr von Jalna holte sich eine Zigarette heraus, zündete ein Streichholz an, und als seine Zigarette brannte, warf er es in den Schirmständer. Er kehrte dann in das phantastische Schweigen des Wohnzimmers zurück. Wakefield folgte. Dies schien heute das sonderbarste Zimmer, in dem er je gewesen war. Das Wohnzimmer war schon merkwürdig, als Großmutter in ihrem Sarge da lag mit den Kerzen darum und die Gegenwart des Todes die Luft schwer gemacht hatte, aber dies war noch merkwürdiger, denn trotzdem die Luft schwer genug war, schien sie doch voll von unterdrückter Aufregung.
Nicholas saß noch immer mit seiner Pfeife in der Ecke. Er hielt sie zwischen den Zähnen. Wie Renny und Wakefield hereinkamen, starrte er sie beide an, scheinbar ohne sie zu sehen.
Ernest rieb noch immer die Nägel der einen Hand an der anderen, als ob er nie damit aufgehört hätte, aber jetzt hörte er doch plötzlich auf und fing an, sie damit gegen die Zähne zu klopfen, als ob er nur deswegen sie immerfort poliert hätte. Augusta sah natürlicher aus als die anderen, aber was Wake am meisten erschreckte, war, daß ihre auf Ernest gerichteten Augen ganz voll Tränen standen. Er hatte noch nie Tränen darin gesehen.
Die Augen von Piers und Maurice waren auf Finch gerichtet, und Finch sah kläglicher aus, als Wakefield je in seinem Leben jemand gesehen hatte. Ihm war die Erbschaft ganz sicher nicht zugefallen!
»Aber wer?« fragte er in seinem hohen Sopran. »Wer?«
Alle diese dunklen und hellen Augen, brennend oder traurig, wandten sich ihm zu. Die Worte erstarrten ihm auf den Lippen. Er fing an zu weinen.
»Kein Wunder, daß das Kind weint«, sagte Augusta und sah ihn düster an. »Selbst er empfindet, daß es eine Schande ist.«
Nicholas nahm die Pfeife aus dem Mund, klopfte sie vor dem Kamin aus und blies sie dann mit einem pfeifenden Laut rein. Er sagte nichts, aber Piers brach heraus: »Ich habe immer gewußt, daß er es hinter den Ohren hat, aber wie er das fertiggebracht hat —«
»Meine Mutter«, erklärte Augusta, »muß nicht bei Verstande gewesen sein. Mr. Patton mag sagen was er will —«
»Der alte Schafskopf«, sagte Piers, »der eine Frau in dem Alter so weit kommen läßt, daß sie ihr Geld aus dem Fenster wirft! Das gehört geradezu vors Gericht. Wir dürfen uns das nicht bieten lassen. Wirst du dir wegschnappen lassen, Renny, was in Wirklichkeit dir gehört?«
»In Wirklichkeit ihm!« schrie Augusta.
»Ja ihm! Bedenk doch die anderen Testamente.«
Augusta hatte sich die Tränen aus den Augen gewischt. »Und das Testament,

in dem alles eurem Onkel Ernest hinterlassen war?«
Ernest fühlte sich plötzlich schlecht. Er setzte sich und rieb die Finger zwischen den Knien und biß die Zähne auf die Unterlippe.
»Das ist Jahre her!« gab Piers zurück.
»Damals war sie bei Verstande. Sie muß völlig irrsinnig gewesen sein, als sie dies Testament gemacht hat.«
Ernest hob die Hand. »Still! Still! Ich kann nicht anhören, daß von Mama so gesprochen wird!«
»Aber Ernest, das Geld müßte doch dir gehören!«
»Ich kann ohne das Geld auskommen.«
Piers sah Augusta wütend an. »Ich sehe nicht ein, warum zum Kuckuck du darauf bestehst, daß das Geld Onkel Ernest gehören müßte. Weshalb nicht Onkel Nick? Weshalb nicht Renny? Renny hat die ganze Familie seit Jahren auf der Tasche gehabt!«
»Halt den Mund!« fuhr Renny heftig hoch.
»Wie kannst du uns beleidigen?« rief Augusta. »Dies ist das Haus meiner Geschwister! Ich bin hier geblieben, um meine Mutter zu pflegen. Was hätte sie ohne mich anfangen sollen, möchte ich wissen?«
»Sich einrichten, wie sie Lust hatte! Geld genug hatte sie!«
Nicholas zeigte mit seiner Pfeife auf Piers. »Noch ein Wort mehr!« donnerte er. Er versuchte aufzustehen, konnte aber nicht. Ernest sprang zitternd auf und ging zu ihm hinüber. Er faßte ihn am Arm und half ihm auf die Füße. Augusta ging auch zu ihm, und die drei standen zusammen und sahen der jungen Generation entgegen.
»Ich wiederhole, was ich gesagt habe«, sagte Piers.
Renny unterbrach: »Es ist ganz egal was er sagt. Ich habe keinem mißgönnt —«
Nicholas rief höhnisch aus: »Na, das ist ja schön von dir! Sehr schön von dir! Du hast uns das Dach überm Kopf nicht mißgönnt! Das Essen! Wir müssen dir dankbar sein. Was Augusta? Was Ernest?«
Rennys Gesicht wurde weiß. »Ich verstehe dich nicht. Du tust mir mit Absicht Unrecht!«
Augusta zog mit einer fast schlangenhaften Bewegung den Kopf zurück. »Wenn ich das je gewußt hätte! Wenn ich mir das hätte träumen lassen! Das weiß ich, sobald als möglich fahre ich nach England zurück.«
»Um Himmels willen, seid doch vernünftig!« rief Renny. »Habe ich denn je so getan, als ob ich einen von euch hier nicht haben möchte? Ihr gehört doch hierher, ihr und Großmutter!«
Piers fuhr los: »Das ist ja das Unglück! Renny ist zu großzügig gewesen, und dies ist der Dank, den er kriegt!«
»Du hast große Töne hier zu reden!« brauste Nicholas auf. »Du, der die Frau ins Haus gebracht hat, die keiner haben wollte!«
»Ja, und wer war sie?« warf Augusta ein.

»Und was hat sie fertiggebracht?« redete Nicholas weiter. »Eine Hölle aus dem Haus gemacht!«

»Eden wäre gar nicht auf Dummheiten gekommen«, rief Ernest, »wenn sie ihn in Ruhe gelassen hätte!«

Piers stürzte mit geballten Fäusten auf sie los, aber Meg fuhr dazwischen: »Jeder redet bloß egoistisch, als ob das die einzige Seite der Frage wäre! Was soll ich dann sagen? Mit einem alten indischen Schal abgespeist und einer dicken goldenen Uhr mit Kette, wie kein Mensch sie heute mehr trägt!«

Augusta rief leidenschaftlich: »Meine Mutter hat die Uhr sehr hochgehalten! Sie dachte, daß du als die einzige Enkelin sie haben solltest, und diese indischen Schals sind heutzutage unbezahlbar!«

»Ja, ich habe oft genug gesehen, daß Boney sein Nest auf diesem gemacht hat!«

Piers versuchte Rennys Hand abzuschütteln. »Verlangst du etwa von mir«, grollte er, »daß ich mir so etwas über Pheasant sagen lasse? Ich schlage jeden tot, der mir noch einmal mit sowas kommt!«

Renny sagte gelassen, aber noch weiß im Gesicht: »Sei kein Narr! Die alten Herrschaften sind alle aufgeregt, sie wissen einfach nicht, was sie sagen. Wenn dir das geringste an mir liegt, Piers, dann nimm dich zusammen!«

Piers biß sich die Lippen und sah finster auf seine Füße.

Megs Stimme ließ sich wieder hören. »Wenn ich daran denke, was für wunderbare Sachen sie hatte! Ich hätte mich damit abgefunden, daß sie Pheasant den Rubinring gab, wenn sie mich nachher auch bloß anständig behandelt hätte. Aber eine Uhr und Kette – und einen Schal, in dem Boney sein Nest gehabt hat!«

»Margaret!« donnerte Augusta.

Megs Gesicht war eine eigensinnige Maske. »Was ich wissen möchte, ist, wem der Rubinring in Wirklichkeit eigentlich gehört!«

»Gehörte, willst du sagen, ehe deine Großmutter ihn wegschenkte«, verbesserte Maurice.

»Ich glaube«, sagte Ernest, »es war der, den sie für Alayne bestimmt hatte.«

»Als ob Alayne einen von den Ringen meiner Großmutter brauchte!« Der Zorn unterbrach Megs eigensinnige Starrheit.

Renny sagte mit einem tiefen Zittern in der Stimme: »Für jedes Enkels Frau ist ein Schmuckstück bestimmt, und den unverheirateten Enkeln für ihre künftige Frau. Wie ich das Testament verstehe, haben Tante Augusta und ich das auszuwählen. Ist es nicht so, Tante Augusta?«

Augusta nickte und überlegte: »Pheasant hat ihr Vermächtnis schon bekommen.«

»Fällt ihr gar nicht ein!« sagte Piers hitzig. »Der Rubinring war ein Geschenk, das nichts mit dem Testament zu tun hatte.«

»Ganz meine Ansicht«, meinte Renny.

Ein düsteres Schweigen fiel einen Augenblick über das Zimmer, durch das man das Ticken der Uhr und den schweren Atem vom Nicholas hören konnte. Das kurze Schweigen wurde durch Augustas tiefe Stimme unterbrochen.

»Die ganze Situation ist unerträglich«, sagte sie. »Ich habe nie von solchem Unverstand gehört. Hier werden ich und meine Brüder mit ein paar wertlosen Dingen aus meiner Mutter persönlichem Besitz abgespeist und sollen damit zufrieden sein, während ihr andern euch um ihren Schmuck zankt.«

Nicholas goß Öl in die Flamme: »Und das Gedächtnis von unserer Mutter wird durch den eigenen Neffen geschmäht, wenn er behauptet, daß sie an Renny schmarotzt hätte —«

»Und wir auch«, warf Ernest ein.

Maurice Vaughan sagte schwer: »Meiner Ansicht nach müßten wir es ganz anders anfangen, und müßten womöglich herauskriegen, warum eure Großmutter etwas so Absonderliches angestellt hat und all ihr Geld Finch vermachte.«

Augusta wandte sich zu ihm um. »Meine Mutter war einfach nicht bei Verstande — gar kein Zweifel.«

»Kannst du das irgendwie beweisen?« fragte Vaughan. »Hat sie deiner Meinung nach auch sonst sich ungewöhnlich benommen?«

»Ein Unterschied ist mir aufgefallen.«

Meg fragte eifrig: »In welcher Art, Tantchen?«

»Vor allem habe ich mehrmals gehört, daß sie mit sich selber sprach.«

Mit sich selber sprach! Eine merkwürdige Erregung entstand bei diesen Worten im Zimmer. Die in den Ecken näherten sich der Mitte.

»Ha!« sagte Vaughan. »Hast du irgendwas Besonderes gehört, was sie gesagt hat? Hat sie je Finchs Namen erwähnt?«

Augusta drückte die Hand an die Stirn. »M — ja. Ja, das tat sie einmal. Sie murmelte etwas über Finch und eine chinesische Göttin.«

Nicholas beugte sich vor und schlang die Hände um sein gichtisches Knie. »Hast du sie gefragt, was sie meinte?«

»Ja. Ich sagte: Mama, was meinst du nur? und sie sagte: ›Der Junge hat was los, wenn ihr es auch nicht wahrhaben wollt!‹ ... Es war mir damals peinlich, daß sie sich so gewöhnlich ausdrückte.«

Vaughan sah die Gesichter um sich an. »Meiner Ansicht nach ist das ein genügender Beweis. Macht was ihr wollt, ob ihr das Testament anfechten wollt oder nicht, aber ich finde, jemand, der bei gesundem Verstand ist, schwatzt nicht solches Zeug.«

Nicholas wiegte den graulockigen Kopf hin und her. Er brummte: »Das ist nichts. Wenn jemand hörte, was ich oft in mich hineinrede, der würde auch denken, ich wäre nicht ganz richtig.«

Piers fuhr auf: »Wenn du das nicht bist, wir anderen sind es aber. Diese Sache gehört vors Gericht!«

»Ganz richtig!« sagte Meg sanft. »Und wir könnten dann ja vereinbaren, daß

das Geld zu gleichen Teilen geteilt würde.«
Augusta warf ihren wohlfrisierten Kopf in die Höhe. »Wenn das möglich wäre – das wäre wirklich ein gerechter Weg aus den Schwierigkeiten.«
Das Weinen hörte so plötzlich auf, wie es angefangen hatte. Alle Köpfe im Zimmer – es schien Finch, der schuldbewußt auf seiner Ottomane saß, als wären sie zu der Größe von Luftballons angeschwollen – wandten sich, wie magisch angezogen, zu Renny. Es war einer dieser vulkanischen Augenblicke, wo die ganze Familie ihm jegliche Verantwortung zuschob. Die Gesichter, die von Aufregung verzerrt waren, glätteten sich allmählich, als ob jeder irgendeinen betäubenden Weihrauch eingeatmet hätte, und eine fast feierliche Stille füllte das Zimmer. Renny, der Häuptling, sollte sprechen. Gehetzt und in die Enge getrieben sollte er den Gefühlen des Klans Worte geben.
Er stand, die Hände auf den Tisch gestützt, das rote Haar in einem Schopf über der Stirn gesträubt, und sagte mit seiner metallenen Stimme: »Auf keinen Fall tun wir das! Wir ordnen unsere Angelegenheiten unter uns, ohne Einmischung von außen. Lieber würde ich Jalna aufgeben, als Grans Testament vor Gericht bringen! Ob sie bei vollem Verstande war oder nicht – ihr Geld gehörte ihr allein und sie konnte damit anfangen, was sie wollte! Meiner Ansicht nach war sie vollständig klar. Ich habe nie einen klareren Kopf gekannt als den ihren. Ihr ganzes Leben lang wußte sie was sie wollte und – tat es. Und wenn diese ihre letzte Handlung für einzelne unter uns eine bittere Pille ist, dann können wir nichts tun, als sie schlucken und nicht wie die Kampfhähne uns darüber zanken. Stellt euch bloß die Zeitungsartikel vor! ›Nachkommen einer Hundertjährigen im Streit über das Testament!‹ Wie würde euch das gefallen?«
»Entsetzlich!« sagte Ernest.
»Nein, nein, nein. Das geht auf keinen Fall«, murmelte Nicholas undeutlich.
Piers sagte: »Dich geht es am meisten an, Renny. Wenn du die Absicht hast, dich dabei zu beruhigen –«
Nicholas rückte in seinem Stuhl und sah Piers düster an. »Ich sehe nicht ein, warum du Renny hartnäckig als den Hauptbetroffenen ansiehst. Das kann einen wirklich aufregen. Es ist einfach unverschämt.«
Renny fiel ein: »Das ist ganz nebensächlich, Onkel Nick! Die Hauptsache ist, daß wir mit Grans Testament nicht vors Gericht gehen, nicht wahr?«
Nicholas rückte an seinem Stuhl und sah Piers düster an. »Ich sehe nicht ein, richt gehen. Die Mauer um sie mußte unversehrt bleiben. Ihre Abgeschlossenheit durfte nicht wie eine Fehdehandschuh vor die Öffentlichkeit geworfen werden. So bitter die Enttäuschung war, sie mußte getragen werden. Die Whiteoaks konnten keinen Schlagworttitel für eine der lumpigen Tageszeitungen liefern. Klatsch für die Nachbarschaft! Ihre Angelegenheiten vor Gericht entscheiden! Sie waren sich selber Gesetz genug.
Selbst Maurice Vaughan fühlte den hypnotischen Zwang des Familiengefühls. Unmöglich, dagegen anzukämpfen. Sich darunter beugen, mit ihnen ertragen,

das war alles, was man tun konnte. Sie riefen den Teufel zu Hilfe, und dann nahmen sie sich bei der Hand und tanzten im Kreise um den Teufel, den sie selbst gerufen hatten. Sie säten Wind und ernteten Sturm, aber sie wollten trotzdem keine fremden Hände bei der Ernte... Maurice nahm seine kleine Tochter auf den Arm und schaukelte sie. Sie war das Ebenbild ihrer Mutter. Ob sie wohl ihrer Mutter Natur haben würde? Na, das wäre das Schlimmste nicht. Meggie war fast vollkommen. Er war glücklich, daß er sie bekommen hatte. Und das Baby noch dazu!

Piers stand mit seinem Rücken am Kamin und sah Finch mit zusammengekniffenen Augen an. »Aber eins müßten wir doch wirklich feststellen«, sagte er.

Er kam nicht weiter, denn in dem Augenblick wurde an die Flügeltür geklopft, sie wurde aufgemacht und das Eßzimmer mit gedecktem Tisch öffnete sich.

Rags wendete sich an Augusta und sagte: »Das Essen ist schon längere Zeit fertig. Aber die Herrschaften schienen so beschäftigt, daß ich lieber nicht stören wollte.« Seine Augen flogen durch das Zimmer. Seine unverschämte Nase schnupperte, als ob sie Unheil röche.

Augusta stand auf und strich sich mit beiden Händen das Kleid an den Seiten glatt. Sie sagte zu Renny: »Willst du nicht deine Schwester und ihren Mann zu Tisch bitten?«

Er dachte: Nun will sie mich für das strafen, was Piers darüber gesagt hat, daß sie und die Onkels so lange im Hause wären. Sie will absichtlich nicht selber Meg und Maurice zu Tisch einladen. Herrgott, als ob es nicht schon genug Ärger gegeben hätte! Nun, er würde ihr nicht die Genugtuung geben, daß er davon Notiz nahm. Er sagte: »Natürlich bleibt ihr beide zu Tisch.«

»Aber Baby«, sagte Meg.

»Leg es da aufs Sofa, es schläft ja schon fast.«

»Oh, ich glaube, ich gehe lieber nach Hause!« Ihre Tränen flossen wieder.

Nicholas humpelte heran, steif nach dem langen Sitzen in der gleichen Stellung, und schob ihr die Hand unter den Arm. »Komm, komm, Meggie, laß das Heulen sein, und iß erst einmal Mittag«, brummte er.

Obwohl die alte Adeline nicht mehr da war, behielten sie doch eine Art Prozession bei, wie sie in das Eßzimmer gingen. Nicholas voran, der die rundliche Meg am Arm führte; dann Ernest, der gegen sein Mitleid mit sich selbst kämpfte und von Augusta getröstet wurde, die voll Mitgefühl neben ihm ging. Dann Piers, Finch und Wakefield. Finch sah aus, als ob er gar nicht wüßte, wo er hinginge, und als Piers in der Tür ihn anstieß, kam er fast zu Fall. Zuletzt kamen Maurice und Renny.

Maurice sagte grinsend: »Dir hat sie also das alte gemalte Bett vermacht! Was willst du damit anfangen?«

»Mich hineinlegen und drin bleiben, wenn es so weitergeht«, gab der Herr von Jalna zurück.

Er setzte sich oben an den Tisch und sah mit scharfem Blick über den Klan hin.

Immer noch eine ganze Anzahl, trotzdem Großmutter und Eden nicht dabei waren. Und in einer Weile würde der kleine Mooey auch groß genug sein, um zu Tisch zu kommen ... Aber Pheasant war nicht da. Er zog die Brauen zusammen. In diesem Augenblick trat sie schüchtern ein und glitt auf ihren Platz zwischen Piers und Finch.
»Wo hast du den ganzen Morgen gesteckt?« fragte Renny.
»Oh, ich dachte, ich wäre überflüssig«, antwortete sie schlagfertig und sehr obenhin und versuchte, nicht die Spur nervös zu erscheinen.
Piers trat sie sacht auf den Fuß. Sie zitterte. Wollte er ihr ein Zeichen geben – ihr sagen, daß Mooey der Erbe wäre? Sie sah ihn von der Seite an. Nein, der sah nicht nach Freude aus. Ein grimmiges, halb spöttisches Lachen um die festen gesunden Lippen. Der arme kleine Mooey hatte das Geld nicht geerbt. Aber wer denn? Ihr Blick suchte unter den langen Wimpern ein Gesicht nach dem andern, und fand keine Antwort. Lag vielleicht ein Irrtum vor? War vielleicht gar kein Vermögen mehr da? Übertönt von den lauten Stimmen von Maurice und Renny, die mit absichtlicher Lebhaftigkeit die Vorzüge eines Zweijährigen erörterten, flüsterte sie Finch zu ihrer Linken zu: »Um Himmels willen sag mir, wer ist der Glückspilz?«
Seine Antwort kam mit geflüsterter Grabesstimme: »Ich!«
Sie flüsterte zurück: »Das sollen dir andere glauben!«
»Es ist wahr.«
»Sicher nicht!«
Aber an seinen Augen sah sie, daß es wahr sein mußte. Ein stilles, aber aufgeregtes Lachen schüttelte sie plötzlich von Kopf bis zu Fuß. Das war zu viel für Finch; er schüttelte sich auch plötzlich in lautloser Lustigkeit, den Tränen sehr nahe. Die Augen aller am Tisch wandten sich in empörter Mißbilligung ihnen zu. Finch, dieser unverschämte Schlingel. Pheasant, dies freche Ding.
Augusta rettete die Situation, indem sie mit tönender Stimme sagte: »Die beiden sind verrückt. Sie müssen verrückt sein.«
Sie aßen rasch und mit Genuß, nur in ungewöhnlichem Schweigen, denn noch bedrückte sie der leere Stuhl zwischen Nicholas und Ernest, und in ihrem Schweigen stieg ihnen immer wieder die scharfe Erinnerung an die harte alte Stimme auf, die rief: »Tunke! Ich will mehr Tunke! Tunke bitte auf dies Stück Brot!«
Oh, wie ihr Schatten über ihnen hing! Wie das gelbe Licht, das durch die Vorhänge floß, eine Art Heiligenschein um ihren Stuhl warf! Einmal kroch Ernests Katze von seinem Knie auf den leeren Stuhl, aber sie saß kaum oben, als Nicholas' Terrier hochsprang, um sie herunterzuzerren, als ob er wüßte, daß dieser leere Platz geheiligt war.
Als ein heißer Blaubeerpudding kam mit dicker süßer Soße, legte sich tiefe Melancholie über sie. Es war das erstemal seit ihrem Tod, daß dieser Pudding bei Tisch erschien. Wie würde er ihr geschmeckt haben! Wie würde ihre Nase

und ihr Kinn und ihre Haube sich ihm entgegengebeugt haben, wenn er ihr präsentiert wurde! Wie würde sie den Pudding in der Soße zerdrückt und die Soße auf ihr Kinn getröpfelt haben! Ernest hätte fast laut gesagt: »Mama, mußt du das tun?«

Sie aßen den Pudding in schwerem Schweigen. Finch und Pheasant waren kaum fähig, ihr nervöses Lachen zu unterdrücken. Wakefields Augen hingen glänzend vor Bewunderung an der hohen silbernen Fruchtschale mitten auf dem Tisch. Aus dem Fuß entsprang ein massiv silberner Weinstock, unter dem ein silbernes Reh mit seinem Kitzchen stand. Sie war gehäuft voll schimmernder Pfirsiche und reifer Birnen. Tante Augusta hatte sie am Begräbnistage herausgeholt und seitdem war sie stehengeblieben. Wakefield wünschte, daß sie immer stehenbliebe. Er hätte sie lieber sich gegenüber gehabt, anstatt so weit weg, damit die Nähe dieses entzückenden kleinen Rehs ihm über dieses schreckliche Schweigen weghalf... Wunderlicher Gedanke, daß Finch... Würde Finch nun Großmutters Zimmer nehmen und in ihrem gemalten Bett schlafen? Er stellte sich Finch vor auf dem Kopfkissen und Boney zu Häupten. Die Vorstellung erschreckte ihn. Den Kopf auf die Seite gelegt, beruhigte er sich durch den Anblick von Finch, der ziemlich jämmerlich hinter der großen Fruchtschale aussah. Bei der sonderbar grauen Blässe von Finchs Gesicht fiel ihm etwas ein. Er zog die Stirn in Falten, blinzelte und brach das Stillschweigen.

»Renny«, fragte er sehr deutlich, »ist Finch eigentlich mit einer Glückshaube geboren?«

Die dampfende Tasse Tee, die der Herr von Jalna eben an die Lippen führte, blieb in der Luft, seine Augenbrauen zogen sich erstaunt in die Höhe.

»Eine Glückshaube!« brachte er heraus. »Eine Glückshaube! Wer zum Teufel hat dir das in den Kopf gesetzt?«

Meg fiel ein. »Es ist wirklich nicht recht von dir, Renny, so zu fluchen, wenn du mit Wake sprichst! Er hat doch nur etwas ganz Natürliches gefragt!«

»Etwas ganz Natürliches! Na, wenn du Glückshauben natürlich nennst, dann will ich —«

Piers fragte: »Aber ist er das wirklich?«

»Was, wer?«

»Finch, mit einer Glückshaube geboren?«

»Ja, das ist er«, antwortete Meg, und strich Wake übers Haar.

»Höchst merkwürdig!« sagte Nicholas, wischte seinen Schnurrbart und starrte Finch an. »Ich habe nie gehört, daß das in der Familie vorgekommen ist.«

Meg sagte: »Seine Mutter bewahrte sie in einer kleinen Schachtel auf, aber nach ihrem Tode ist sie verschwunden.«

Ernest bemerkte: »Das soll ja ein gutes Omen sein. Soll Glück bringen.«

Piers lachte: »Aha! Da haben wir es! Glück bringen! Also von der Glückshaube kommt das!« Er lachte Finch ins Gesicht. »Warum hast du uns das nicht vorher gesagt? Dann hätten wir uns vorsehen können. Verdammt, du bist ein dreckiger Hund, Finch, daß du mit einer Glückshaube auf dem Kopf umherläufst und alle Dukaten in der Familie einsackst!«

Finch stieß seinen Stuhl zurück und sprang auf, zitternd vor Wut. »Komm heraus mit mir!« sagte er knirschend. »Komm bloß heraus! Ich will dir zeigen, was ein dreckiger Hund ist – ich will –«

»Setz dich hin!« befahl Renny.

Nicholas donnerte: »Hast du kein Anstandsgefühl, du junger Rüpel?«

Alle Welt fing gleichzeitig an zu reden. Wakefield hörte zu, erstaunt, aber ganz befriedigt, wie jemand, der Gänseblümchen ausgesät hat und einen stacheligen Kaktus daraus wachsen sieht. Eine Glückshaube. Merkwürdig, daß aus einem kleinen Wort solch ein Sturm entstand.

Finch setzte sich wieder und stützte den Kopf auf die Hand.

Ernest sah nicht unfreundlich zu ihm herüber. »Wenigstens brauchst du nie vor Wasser Angst zu haben«, sagte er. »Wer mit einer Glückshaube geboren ist, kann nie ertrinken.«

Augusta fragte Wakefield: »Aber lieber Junge, wo hast du das denn überhaupt gehört?«

»Finch erzählte es mir selbst mal. Ich wollte, ich hätte auch eine!«

»Ich auch!« sagte Piers. »Es ist eine Schande, daß Finch allein alles Glück hat.«

Pheasant konnte nicht länger zweifeln. »Aber was ist denn eine Glückshaube?«

»Das erklärt man nicht«, erwiderte Augusta und sah ihre Nase entlang.

Renny sah Finch mit unguten Augen an. »Das paßt mir nicht, daß du dem Jungen so was erzählst. Paßt mir durchaus nicht. Habe nachher mit dir darüber zu reden. Noch eine Tasse Tee, Tante, bitte.«

Guten Appetit hatten die Whiteoaks alle bei Tisch gehabt, aber Finch hatte gegessen wie ausgehungert. Trotz der Tatsache, daß er deutlich in Verruf war und mit Mißtrauen und Vorwurf angesehen wurde, verlangte irgend etwas in ihm heißhungrig nach Essen. Er fühlte, daß, wenn er dieses Etwas in sich befriedigen konnte, würde er sich vielleicht nicht so schwindelig fühlen. Aber er stand vom Tisch auf, ohne wirklich satt zu sein. Wenn er bloß auf und davon gehen könnte und sich in den Wäldern verstecken! Seine heiße Stirn an die kühle Erde drücken und seine Brust auf die Tannennadeln! Er versuchte stolpernd in die Halle hinauszugelangen, anstatt mit den anderen ins Wohnzimmer zurückzukehren, aber Nicholas legte ihm die schwere Hand auf die Schulter.

»Drück dich nicht hinaus, Junge, ich möchte dich einiges fragen.«

»Ja«, stimmte Ernest an seiner anderen Seite zu, »ich möchte doch wenn irgend möglich herausbringen, wie diese Sache zusammenhängt.«

Finch kehrte wie zwischen Gefangenenwärtern in die Folterkammer zurück. Er hörte die Uhr auf dem Treppenabsatz zwei schlagen, und die französische Uhr im Wohnzimmer mit silbernem Ton, und die Uhr auf dem Kamin nebenan in harter metallischer Stimme antworten. Nicholas nahm seine große Taschenuhr heraus und sah sie an ... Ernest blickte auf seine Finger ... Meg beugte sich über ihr Baby ... Maurice ließ sich in einen behaglichen Stuhl fallen und fing an, seine Pfeife mit der gesunden Hand zu stopfen, während die verstümmelte unbeweglich und glatt auf dem ledernen Seitenarm des Stuhles lag. Finch beneidete diese Hand plötzlich, sie war so hoffnungslos verstümmelt, daß sie einfach in Ruhe gelassen wurde ... Renny nahm die Schnauze eines seiner Spaniels in die hagere braune Hand, öffnete sie und besah die gesunden weißen Zähne ... Piers lachte in einer Ecke mit Pheasant ... Augusta zog eine Häkelarbeit aus ihrem Beutel heraus und eine lange spitze Häkelnadel ... Finch kamen sie alle wie Folterknechte vor.

Wie Rags die Flügeltür hinter ihnen schloß, schien er zu sagen: Na, meinetwegen macht jetzt was ihr wollt, ich kümmere mich nicht darum!

Nach einem Stillschweigen rückte sich Nicholas in seinem Sessel zurecht und wandte sich an Finch. »Hat meine Mutter dir je Ursache gegeben zu glauben, daß sie dir ihr Geld hinterlassen wollte?«

»Nein, Onkel Nick.« Finchs Stimme war kaum vernehmlich.

»Hat sie je mit dir über ihre Absichten mit ihrem Vermögen gesprochen?«

»Nein, Onkel Nick.«

»Hat sie je mit dir darüber gesprochen, daß sie ein neues Testament machen wollte?«

»Nein, sie hat nie mit mir von ihrem Testament gesprochen.«

»Du hattest nicht die geringste Ahnung, daß ihr Testament zu deinen Gunsten war?«

»Nein.«

»Dann willst du uns zumuten zu glauben, daß du ebenso überrascht warest wie wir, als Patton heute morgen das Testament verlas?«

Finch wurde dunkelrot. »Ich – ich war schrecklich überrascht.«

»Na, na«, sagte Piers dazwischen, »daß wir das glauben sollen, kannst du nicht erwarten. Du hast keine Miene verzogen, als Patton das Testament verlas. Ich habe dich angesehen. Du wußtest verdammt genau, was kommen würde.«

»Das tat ich nicht!« schrie Finch. »Kein Wort wußte ich davon!«

»Halt!« sagte Nicholas. »Nicht so grob, Piers. Ich möchte, wenn möglich, diesen Wirrwarr klären.« Seine Augen sahen Finch unter struppigen Brauen durchdringend an. »Du sagst, du wärest über das Testament ebenso erstaunt gewesen, wie wir anderen. Vielleicht kannst du uns sagen, aus was für Gründen deiner Meinung nach meine Mutter dich zum Erben bestimmt hat.«

Finch rang die Hände zwischen den Knien. Wenn doch bloß irgendeine große Welle käme und ihn unter den Augen der Familie hinwegspülte.

»Ja«, drängte Ernest, »sag uns doch deine Ansicht, warum sie das getan hat. Wir sind nicht böse auf dich. Wir möchten nur herausbekommen, ob es irgendeinen Grund für solch eine ungewöhnliche Bestimmung gab.

»Ich weiß von keinem Grund«, stammelte Finch. »Ich – ich wollte, sie hätte es nicht getan!«

Dieses Geständnis wirkte nicht gerade günstig für ihn. Diese Worte, die er kläglich herausbrachte, machten ihn den anderen nur um so verächtlicher.

Nicholas wandte sich zu Augusta. »Was war das doch, als Mama mit sich selbst redete? Irgend etwas über eine chinesische Göttin.«

Augusta legte ihre Häkelarbeit hin. »Ich konnte es nicht recht verstehen. Bloß ein paar gemurmelte Worte über Finch und die Göttin Kuan Yin. Damals sagte sie ja auch, daß er mehr – na, ihr wißt es ja. Ich möchte es nicht wiederholen.«

»Also was ist das mit dieser chinesischen Göttin, Finch? Weißt du, was meine Mutter damit meinte, als sie deinen Namen mit so etwas Fremdartigem zusammen nannte?«

»Ich kann mir nicht denken warum«, wich er schwach aus.

»Hat sie jemals eine chinesische Göttin gegen dich erwähnt?«

»Ja.« Er stotterte verzweifelt. »Sie sagte, daß ich von ihr lernen sollte – sie – sie sagte, daß ich vielleicht durch sie das Leben verstehen lernen könnte.«

»Durch sie?«

»Ja. Kuan Yin.«

»Dies scheint mir doch eine Spur zu sein, die man verfolgen sollte«, sagte Vaughan.

»Es klingt, als ob Großmutter und Finch beide zu der Zeit nicht ganz richtig gewesen wären«, sagte seine Frau.

»Zu der Zeit«, wiederholte Nicholas. »Wie lange ist das her, seit sie das zu dir gesagt hat?«

»O ziemlich lange. Anfang des Sommers.«

Nicholas zeigte mit der Pfeife auf Finch und sagte: »Nun erzähl uns mal genau, wie es zu diesem Gespräch gekommen ist.«

Ernest unterbrach ihn nervös. »Die kleine chinesische Göttin, die Mama aus Indien mitgebracht hat! Natürlich. Ich habe die kleine Figur lange Zeit nicht gesehen. Merkwürdig, daß ich sie nicht vermißt habe! Hast du sie vielleicht kürzlich gesehen, Augusta?«

Augusta klopfte sich nachdenklich mit der Häkelnadel an die Nase, als ob sie dadurch die Fähigkeit, Geheimnisse auszuspüren, beleben wolle. »Nein – das habe ich nicht. Sie ist verschwunden! Sie ist aus Mamas Zimmer verschwunden! Sie ist gestohlen!«

Finch verbrannte die Brücke hinter sich. »Nein, das ist sie nicht. Sie hat sie mir geschenkt.«

»Wo ist sie?« fragte Nicholas.

»In meinem Zimmer.«

»Ich war heute morgen in deinem Zimmer, und mir war so, als ob es da sonderbar röche«, sagte Augusta. »Die Göttin war da aber nicht! Ich hätte sie sofort gesehen!«

Finch war jetzt alles einerlei, wenn bloß dieses Kreuzverhör enden wollte. Er sagte müde und mit einer Art Verachtung jeglicher Folgen: »Du hast sie nicht gesehen, weil sie versteckt war. Ich habe sie versteckt. Was du gerochen hast, war Weihrauch. Vor Sonnenaufgang habe ich ihn bei ihr verbrannt. Ich vergaß, die Tür zuzumachen, als ich hinunterging.«

Wenn Finch plötzlich Hörner auf seiner jungen Stirn gezeigt hätte, oder Hufe anstatt seiner abgetragenen braunen Schuhe, wäre er der Familie weniger ungeheuerlich vorgekommen. Der einhellige Druck der von den verschiedensten Seiten auf seine wunde Seele eindrängte, hörte mit einem Schlage auf. Dieses Abrücken war so spürbar, daß er den Kopf hob und tief aufatmete, als ob er einen Zug frischer Luft spürte.

Sie zogen sich entsetzt von einem Whiteoak zurück, der bei Sonnenaufgang aufgestanden war, um vor einer heidnischen Göttin Weihrauch zu verbrennen. Was für eine Art Mißgeburt hatte diese englische Gouvernante – des jungen Philip zweite Frau – hervorgebracht? Daß das bei ihnen, den Courts und Whiteoaks – anständigen Leuten, Soldaten, »fluchenden« Landbesitzern – vorkommen konnte! Ein blasser scheuer Junge, der so fantastische Sachen in seinem Dachzimmer machte, während die Familie schlief! Und ausgerechnet diesem hatte die alte Adeline, die Lebenskräftigste von ihnen allen, ihr Geld hinterlassen!

Ihr unbesiegbarer Widerwillen gegen solch eine Abirrung von der Familientradition verwandelte ihre Sicherheit in eine Art entsetztes Erstaunen. Finch, der unbeweglich auf seiner Ottomane hockte, schien ein ganz fremdartiges Geschöpf.

Aber mit diesem falschen Vorteil war es schnell wieder vorbei. Der Kreis schloß sich wieder enger.

Nicholas sagte, die Hand am Kinn: »Als ich in Oxford war, da gab es Burschen, die solche Dinge machten. Ich hätte nie gedacht, daß ein Neffe von mir...«

»Nächstens wird er Katholik werden«, sagte Piers. »Denkt nur an die Kerzen, die er um unsere arme alte Großmutter aufstellte!«

»Ja, und du hast das noch erlaubt!« rief Augusta aus und sah Nicholas vorwurfsvoll an.

Nicholas tat, als ob er das nicht hörte. Er fuhr fort: »Also du hältst uns für so dumm, zu glauben, daß du von dem Testament meiner Mutter nichts erwartet hättest, wo sie dir heimlich wertvolle Geschenke gab?«

»Ich habe nicht gewußt, daß es wertvoll war.«

Meg rief: »Es muß dir doch merkwürdig vorgekommen sein, daß sie Sachen wegschenkte, die sie all diese Jahre sorgfältig aufbewahrt hatte! Die Göttin – den Rubinring!«

»Und aus welchem Grund hast du das Geschenk versteckt?« forschte Nicholas.

»Weiß nicht.«

»Du weißt es. Lüge nicht. Wir wollen dieser Sache auf den Grund kommen.«

»Na, es gehörte doch ihr, dachte ich. Und ich glaubte – ich wußte, daß es ihr nicht recht wäre, wenn darüber gesprochen würde.«
»Und weswegen sonst noch?«
»Ich dachte, daß es bloß Streit gäbe.«
»Bloß weil du ein Geschenk bekommen hattest? Na, na!«
Ernest warf ein: »Aber weswegen hat sie ihm denn überhaupt etwas geschenkt? Das ist mir nicht ganz klar!«
Piers grinste sarkastisch. »Sieh ihn dir an, dann verstehst du es. Er ist eben ein intriganter kleiner Satan. Es zuckt mir in der Hand, ihm eins an die Ohren zu geben.«
Renny sagte von seinem Fensterplatz her: »Benimm dich, Piers.«
Nicholas fuhr fort: »Bist du öfters allein mit meiner Mutter gewesen? Ich erinnere mich nicht, dich je bei ihr gesehen zu haben!«
Finch wand sich, das Kinn sank ihm auf die Brust. Er biß die Zähne zusammen.
Renny sagte: »Los, beichte, Finch. Kopf hoch!«
Er fühlte sich unsagbar elend. Er konnte es nicht ertragen. Und doch mußte er es ertragen. Sie würden ihm keine Ruhe lassen, bis sie alles aus ihm herausgeholt hätten.
»Reiß dich zusammen!« sagte Renny. »Du hast ja die Göttin nicht gestohlen und das Geld auch nicht. Tu nicht so, als ob du das getan hättest!«
Finch hob den Kopf. Er heftete den Blick auf Augustas Häkelarbeit, die auf ihrem Schoß lag, und sagte mit gedämpfter Stimme: »Ich bin immer nachts in die Kirche gegangen, um Orgel zu spielen. Einmal, als ich sehr spät nach Hause kam, rief Großmutter mich. Ich ging in ihr Zimmer und wir unterhielten uns. In der Nacht hat sie mir die Göttin geschenkt. Von da an war das öfter, fast jede Nacht.« Er hielt plötzlich inne.
Ein düsteres Schweigen herrschte, während sie darauf warteten, daß er weitersprechen sollte.
Nicholas stieß ihn sachte an. »Ja? Du bist jede Nacht zu meiner Mutter ins Zimmer gegangen. Ihr habt euch unterhalten. Kannst du mir sagen, worüber?«
»Ich sprach von Musik, aber nicht viel. Sie hat meistens gesprochen. Von alten Zeiten hier – von ihrem Leben in Indien, und wie sie ein junges Mädchen in ihrer Heimat war.«
Ernest rief: »Kein Wunder, daß sie bei Tage schläfrig war! Wenn sie die halbe Nacht wach war und redete!«
Finch war jetzt alles gleichgültig. Seinetwegen mochten sie darüber wütend werden. »Ich ging«, sagte er, »ins Eßzimmer hinüber und holte ihr Plätzchen und ein Glas Sherry, das machte ihr besonderen Spaß. Das hielt sie wach.«
»Kein Wunder, daß sie schläfrig war! Kein Wunder, daß sie abwesend war!« rief Ernest fast in Tränen.
Augusta sagte mit furchtbarer Feierlichkeit: »Kein Wunder, daß im letzten Monat ihr Frühstück fast immer unberührt hinausgetragen wurde!«

»Ich sah genau, daß sie mit jedem Tag schwächer wurde!« jammerte Meg.
Nicholas warf einen grimmigen Blick um sich? »Dies hat ihr Leben wahrscheinlich um Jahre verkürzt.«
»Es hat sie umgebracht!« sagte Ernest verzweifelt.
»Er ist wenig besser als ein Mörder!« sagte Augusta.
Er konnte ihnen jetzt in die Augen sehen. Sie wußten das Schlimmste. Er war ein Ungeheuer und ein Mörder. Mochten sie ihn rauswerfen und an den nächsten Baum hängen! Er war fast ruhig.
Ihre Aufregung wogte hin und her wie Wellen im Sturm. Sie redeten alle zugleich, tadelten ihn, tadelten einander, und waren sogar verzweifelt nahe daran, die alte Adeline zu tadeln! Und die Stimme von Onkel Nicholas, wie die Stimme der siebenten Woge, war die donnerndste und schrecklichste. Sie war die Stimme des vernachlässigten ältesten Sohnes.
Plötzlich hob sich die Stimme von Piers mit boshaftem Auflachen über die anderen. Er sagte: »Die ganze Geschichte ist ein ungeheurer Streich, der der Familie gespielt wurde. Wir dachten bloß, Finch wäre wunderlich, ein Schwächling. Aber seht ihr nicht, daß er der Stärkste und der Schlaueste von uns allen ist? Seit Jahren hat er uns allen Sand in die Augen gestreut. Der arme harmlose Lümmel von Finch! Braver Junge, aber bißchen einfältig! Ich sage euch, er ist so kühl und berechnend, wie einer nur sein kann! Dies hat er die ganze Zeit vorgehabt, seit er aus New York zurück ist!«
»Dummes Zeug!« sagte Renny.
»So, du trittst für ihn ein, Renny! Er hat dich doch die ganze Zeit zum Narren gehalten! Hat er dir nicht vorgemacht, daß er zu Leighs zum Lernen ginge, wo er doch bis über die Ohren in der Schauspielerei steckte? Hat er dich mit dem Orchester nicht famos hintergangen? Man dachte, er lernte und arbeitete, und er machte bloß in schlechten Lokalen Musik und kam morgens betrunken nach Hause! Und jetzt hat er dich um Großmutters Geld betrogen!« In seiner Stimme war kein Lachen mehr — sie war wild vor Zorn.
Wütend rief Finch aus: »Halt den Mund! Das sind verdammte Lügen!«
»Kannst du behaupten, daß du Renny nie hintergangen hast?«
»Na und du? Du hast ihn mit deiner Heirat hintergangen!«
»Aber ich habe ihn um nichts betrogen!«
Finch sprang auf die Füße, die Arme starr an der Seite, die Hände zu Fäusten geballt: »Ich betrüge Renny nicht! Niemand will ich betrügen. Ich brauche das Geld nicht: Was soll ich damit! Ich nehme es nicht an. Ich will es nicht! Ich will es gar nicht — ich will es gar nicht —«
Er brach in verzweifelte Tränen aus. Er lief im Zimmer auf und ab, rang die Hände und bat Nicholas — bat Ernest, das Geld zu nehmen. Er blieb vor Renny stehen, sein Gesicht zu einer grotesken Grimasse vor wilder Erregung verzerrt, und bat ihn, das Geld zu nehmen. Er war so verzweifelt, daß er nicht wußte, was er tat, und als Renny ihn auf den Fensterplatz neben sich zog, sank er ver-

stört in sich zusammen, von seinem eigenen lauten Jammern ganz betäubt. Die Kehle brannte, als ob er geschrien hätte. Hatte er geschrien? Er wußte es nicht. Er sah sie mit weißen entsetzten Gesichtern ihn anstarren. Er sah Pheasant aus dem Zimmer laufen. Er hörte Rennys Stimme an seinem Ohr sagen: »Um Himmels willen, nimm dich zusammen. Man muß sich ja für dich schämen!«
Er stützte die Ellbogen auf die Knie und verbarg sein Gesicht in den Händen. An seiner Backe fühlte er Rennys rauhen Tweedärmel, und er hätte sich am liebsten daran gerieben und daran geklammert, um sein Herz auszuweinen, wie früher als ängstlicher kleiner Junge.
Bedrückt und halblaut ging das Gespräch um ihn weiter. Aber niemand redete ihn an. Sie waren mit ihm fertig. Sie konnten oder wollten das Geld nicht von ihm haben, aber sie ließen ihn in Ruhe und sie redeten und redeten, bis irgendwoher die große Welle, um die er gebetet hatte, kommen und sie alle zur Vergessenheit hinübertragen würde ...

## 21 Sonnenaufgang

Wie er rasch die Landstraße entlangging, die zum See führte, empfand er den dichten feinen Staub, der durch die dünnen Sohlen seiner Leinenschuhe drang, mit wahrem Wohlgefühl. Die Fersen seiner nackten Füße schienen in dieser Morgenfrische eine neue Sensibilität zu gewinnen. Sie drückten sich begierig in die Erde, als ob sie ihre Spuren wie eine fühlbare und bleibende Liebkosung empfänden.
Seine Augen, unter denen die dunklen Schatten einer schlaflosen Nacht lagen, wanderten fortwährend ringsum, als ob sie alle Schönheit des taufrischen Landes eintrinken wollten. Sie glitten über ein reifes Kornfeld, aus dem ein trokkenes, leises Flüstern kam, als ob alle die kleinen gefangenen Ährenkörner zusammen sängen. Sie glitten hungrig über ein holpriges Stoppelfeld, von dem sich eine große Schar Krähen in den blauen Himmel hob. Sie erspähten am Wegrand den Zichorienbusch, dessen Blüten blauer als der Himmel waren. Nichts konnte ihnen entgehen. Nicht das Spinnennetz, das im roten Sonnenaufgang kupfern aufglühte. Nicht das plötzliche Funkeln des Tautropfens auf dem schwankenden Blatt. Nicht die feine Spur einer Vogelkralle im Staub des Weges.
Wie liebte er das alles, und doch wollte er es verlassen. So oft war er diesen Weg dahergekommen, zu Fuß oder zu Rad, und nun sollte dieses das letztemal sein!
Er konnte sein Leben nicht mehr ertragen. Er hatte die ganze Nacht darüber gegrübelt und alles Ungeschick, alle Feigheit, alle Schrecken seiner neunzehn Jahre zurückgerufen, und er war zu der Gewißheit gekommen, daß er es nicht länger ertragen konnte. Wenn er nur einen Freund gehabt hätte – einen Men-

schen, der seine Verlassenheit verstanden und mitgefühlt hätte! Da war Alayne, aber sie war ihm ferngerückt durch Edens Gegenwart. Und selbst, wenn er zu ihr hätte gehen und sein verzweifeltes Herz ausschütten können, das hätte nicht genügt, denn hier war ja die Familie, eine feste feindliche Mauer, unzugänglich seinen Tränen und seiner Empörung. Es war unerträglich! In dieser Mauer, die doch sein eigenes Fleisch und Blut war, gab es keine Spalte, durch die er hätte hindurchschlüpfen mögen, um die Hände derer zu fassen, die er doch liebte ... Er hatte ihnen Unrecht zugefügt, und es gab nur eine Art, das wieder gutzumachen ... Die alten Onkels, die all diese Jahre an ihrer Mutter Vermögen gedacht hatten – und nun war es ihm zugefallen! Und Renny! Aber an Renny konnte er nicht denken und an diesen Ausdruck in seinem Gesicht, als ob er sich seiner schämte!

Die ganze Nacht hatte er sich gequält, die Erinnerung an diesen Blick loszuwerden. Es hatte Augenblicke gegeben, wo es ihm war, als müsse er die Bodentreppe hinunterlaufen, sich neben Rennys Bett auf die Knie werfen und ihn bitten, ihm zu vergeben, ihn zu trösten, wie er ihn in seinen kindischen Nöten getröstet hatte. Renny, dem er mehr als allen anderen Unrecht zugefügt hatte!

Nun, jetzt wollte er tun was in seinen Kräften lag, um alles wieder in Ordnung zu bringen. Dann mußten sie ja das Geld nehmen und es unter sich teilen!

Heute morgen war es ihm keine Anstrengung, klaren Kopf zu behalten. Er fühlte sich klar wie Kristall, völlig leer und wie reingefegt durch einen Orkan. Er war wie eine leere kristallene Schale, die seine Seele emporhielt, um das Opfer seines Lebens darin auszugießen wie Wein.

Er kam über den Kreuzweg. Vor Zeiten würden sie ihn hier begraben haben, wenn sie seinen ertrunkenen Leib aus dem See gefischt hätten, und würden einen Pfahl durch sein Herz getrieben haben. Eine Warnung für die, die an Selbstmord dachten. Ihm wäre das einerlei gewesen. Ihm wäre nicht einsamer hier gewesen in dem Grab am Kreuzweg, als auf dem Friedhof unter seiner Familie. Was er vorhatte, schien ihm so natürlich, daß ihm war, als ob sein ganzes Leben durch Jahre nur auf diesen Punkt hingeführt hätte.

Die Sonne hing wie eine große Leuchte gerade über dem Horizont. Ein roter Pfad führte von ihr über den See herüber bis zu seinen Füßen. Der Morgen war so kristallrein, als wäre es der erste Morgen, der über der Erde angebrochen war. Wie er ins Wasser lief, daß es aufspritzte, sprühten feurige Tropfen rings um ihn hoch. Durchsichtige Wellenringe störten die gläserne Fläche des Sees auf. Er lief hinaus, den bloßen Kopf leer und frei. Er hatte keine Furcht. Er ließ sich ins Wasser fallen und schwamm hinaus, den feurigen Pfad entlang. Er wollte schwimmen, bis er müde war, und dann ... Er fühlte das sanftwogende Wasser wie eine Umarmung. Er warf die Arme wieder und wieder in die frühe Morgenluft empor. Er schloß die Augen und sah leuchtende Flächen wie amethystene Mauern hinter den Lidern ... In ihm war kein Gedanke; er war eine leere Kristallschale, die durch das Wasser glitt, die weder Stolz noch Scham

fühlte, sondern ganz unberührt, zart und doch weit genug war, alle Schönheit aufzunehmen und zu halten, die ihn umfloß ... Er hörte Musik ...
Langsam ließ er sich fallen, und gab sich hin ...
Die Musik wurde allmählich verworren, löste sich in ein gewaltiges Dröhnen auf, als ob der Himmelsbogen die Kuppel eines riesigen Bienenstockes sei. Seine Ohren schmerzten von dem gewaltigen Ton. Er sehnte sich mit schmerzhaftem Verlangen danach, von diesem fantastischen, entsetzlichen Dröhnen frei zu sein, noch einmal rein und klar die Musik zu hören ... Es war nicht mehr Morgen, Sonnenaufgang, sondern Nacht, schwarze Nacht, und alle Sterne waren Bienen und füllten den Weltkreis mit ihrem Summen. Sie schwärmten in den kalten schwarzen Himmel, suchten nach Honig, summten ohne Ende ...
Plötzlich ist er verzweifelt, denn die Bienen haben ihn entdeckt. Das Summen wird betäubend, ihr Flügelklirren wie Metall; sie fliegen herab, sie haben Lanzen, mit denen sie ihn durchbohren werden ... Eine goldene Biene ergreift ihn. Er ringt dagegen. Er versucht zu schreien ...
Die große goldene Biene packt ihn und läßt sich nicht abschütteln. Eine andere kommt ihr zu Hilfe. Jetzt schleppen sie ihn hinweg, hilflos, kraftlos. Er kann nicht mehr kämpfen. Seine Blumenblätter, rote und weiße, flatterten in den Abgrund. Er wird in Stücke gerissen.
Edens Gesicht war dicht über seinem. Edens Gesicht, weiß und triefend, mit einer nassen Locke über der Stirn. Es war noch jemand da, jemand, der merkwürdige Dinge mit ihm gemacht hatte, ihn herumgeschüttelt. Er fühlte sich schwach und elend, aber er konnte herausstoßen: »Ja — ja ... ganz gut ... danke.«
Er wußte nicht, warum er das sagte, vielleicht hatten sie ihn gefragt, wie er sich fühlte, und er wußte doch, daß er die schreckliche Wahrheit nicht sagen durfte. Er hatte vollkommen vergessen, was die Wahrheit war, aber er wußte genau, daß sie schrecklich war.
Eden sagte kurz abgerissen, als ob ihm die Zähne klapperten: »Gott, welch ein Segen, daß Sie hier waren! Ich hätte ihn nie allein retten können!«
Es war Minny Wares volle Stimme, die antwortete.
»Ich fürchte, Sie wären dann beide ertrunken.«
»Und dann diese erste Hilfe — Sie sind einfach wunderbar. Ich bin mir nie im Leben so unnütz vorgekommen!«
»Aber Sie haben das doch prachtvoll gemacht, als Sie hereinsprangen. Er kommt jetzt schon wieder zu sich, glaube ich. Ich mache mir aber um Sie Sorge. Sie sind so krank gewesen. Ich muß sofort Hilfe holen!«
Edens Hand fühlte nach Finchs Herzen. »Jetzt schlägt es regelmäßiger. Fühlst du dich besser, alter Junge? Weißt du, wer ich bin?«
»Ja, Eden.«
Mit großer Anstrengung hob er die Lider und sah Minny Ware aufrecht und glühend vor sich stehen, die Brust noch schweratmend von Anstrengung, und

das Haar, ebenso wie das Edens, an den Kopf geklebt. Als sie merkte, daß er sie ansah, lächelte sie und sagte: »Sie schlimmer Junge! Ich hoffe, Sie bereuen, was Sie getan haben. Uns so zu erschrecken!«
Ein Schauer schüttelte Eden von Kopf bis zu Fuß. Sie nahm ihr Kleid und zog es sich, naß wie sie war, mühsam über. »Ich laufe nach Hause und hole so schnell wie möglich Mr. Vaughan.«
»Nein – nein. Holen Sie Renny. Es würde ihm nicht recht sein, wenn wir ihn nicht zuerst geholt hätten. Außerdem wird er in der halben Zeit wie Maurice hier sein.«
Sie zögerte enttäuscht. Sie hatte selber mit Maurice wiederkommen wollen. Der Gedanke, etwas von dem aufregenden Erlebnis mit diesen zwei halbertrunkenen männlichen Wesen zu verlieren, war ihr unerträglich. Sie sagte: »Ich finde es wäre besser, Mr. Vaughan zu holen.«
»Warum?« fragte Eden scharf.
»Weil er Sie gleich beide zu sich mit nach Hause nehmen würde. Das wäre Ihnen doch lieber, nicht wahr?«
»Telefonieren Sie Renny – er soll uns zu den Vaughans bringen. Bitte schnell, Miss Ware. Dieser arme Junge ist halb erfroren – und ich –« er fröstelte und lächelte.
Sie war an dem Morgen kurz nach Sonnenaufgang aufgestanden und saß am offenen Fenster, von dem aus sie die Landstraße sehen konnte. Auf dieser hatte sie die Gestalt Edens hinschlendern sehen. Sie war fast sicher, daß es Eden war. Auf jeden Fall war es einer von den Whiteoaks. Der rote östliche Himmel, die Gestalt des jungen Mannes, der langsam dahinschlenderte, der plötzliche Ruf einer Amsel in der Ulme nahe dem Fenster, hatte ihr Herz mit Einsamkeit und Sehnsucht erfüllt. Sie hatte rasch ein hübscheres Kleid angezogen, sich aus dem Hause gestohlen und war ihm zum Strande gefolgt. Sie hatte ihn gefunden, wie er dasaß, seine Knie rieb und sich eine Pfeife stopfte. Sie hatte ihre Gegenwart durch leises Singen bemerkbar gemacht, wie sie den Strand daherkam. Er bekannte ihr, daß er zu ruhelos gewesen sei, zu schlafen – ein lyrisches Gedicht hatte entstehen wollen, und sich doch hartnäckig jedem Versuch, es zu gestalten, widersetzt. Sie hatte sich auf seine Aufforderung neben ihn gesetzt, die Arme um die Knie geschlungen, und seinen Tabaksdampf wohlig eingeatmet. Zusammen hatten sie dann Finch gerettet.
Sie hatten ihn ins Wasser laufen und hinausschwimmen sehen, ohne daß ihnen ein Verdacht aufstieg, bis Minny plötzlich einen Ausruf der Verwunderung tat, wie sie sah, daß er Hose und Hemd anhatte, anstatt seines Badeanzugs. Und es war etwas seltsam Wildes und Hemmungsloses in dieser laufenden Jungengestalt gewesen . . .
Jetzt lag er unter Edens Mantel auf dem Sand ausgestreckt, sein totenblasses Gesicht seitwärts gewendet und halb in der Biegung seines Armes verborgen. Eden kauerte neben ihm, und hielt zwischen den klappernden Zähnen eine

längst ausgegangene Pfeife. Er klopfte Finch auf die Schulter. »Es kommt gleich jemand, alter Junge! Fühlst du dich schlecht?«
Ein undeutlicher Laut kam von der hingestreckten Gestalt. Eden klopfte wieder. »Du wirst bald wieder in Ordnung sein. Diese Gefühle kommen einem, aber sie gehen vorüber. Mir ist manchmal gewesen, als müßte ich das auch tun.«
»Hu!« Er schauderte von Kopf bis zu Füßen.
Das Whiteoak-Auto! Es rasselte die steinige Landstraße herunter, als ob es in Stücke springen wollte. Peng! Irgendein Stein im Wege. Klapper, Klapper, Bum! Schönes Gepolter, aber wie konnte die alte Karre losgehen! Da saß Renny am Steuerrad, das Gesicht hart, zu wettergebräunt, um blaß zu werden, selbst wenn er solche Angst hatte. Geschah ihm ganz recht. Wäre ihnen allen recht geschehen, wenn der Junge ertrunken wäre. Eden konnte sich die Szene vorstellen, die ihn zu diesem verzweifelten Ausweg getrieben hatte.
»Hallo!« schrie er. »Hier sind wir!«
Der Wagen polterte an den Strand, stoppte mit einem Ruck, und der Herr von Jalna sprang heraus.
Er kam mit weiten hastigen Schritten. »Was ist hier los?« fragte er scharf.
Eden stand auf. »Der Junge hat versucht, sich aus der Welt zu schaffen.«
»Was? Sich aus der Welt zu schaffen! Minny Ware sagte mir, daß er beim Schwimmen einen Krampf gekriegt hätte!«
»Sie hat wohl deine Gefühle schonen wollen! Das tue ich nicht.« Edens Gesicht war auch hart. Sein charakteristisches halbes Lächeln war zu einer Art Grimasse gefroren: »Er war noch nicht fähig, irgendwas zu sagen, aber ich wette, daß er da hineingehetzt worden ist.«
Renny beugte sich über Finch. Er sah in seine Augen und fühlte nach seinem Herzen. »Ich muß ihn schnell ins Bett bringen. Ich habe Kognak mitgebracht.« Er hielt den Becher einer Reiseflasche Finch an den Mund, und als dieser den Kognak atemlos geschluckt hatte, füllte Renny den Becher noch einmal und gab ihn Eden. »Dies wäre genug gewesen, dich umzubringen«, sagte er grimmig, »nach allem, was du durchgemacht hast!«
Eden zuckte die Schulter und sah dann Renny fest in die Augen. »Mir scheint fast«, sagte er, »daß ich die beste Tat meines ganzen Lebens damit getan habe, daß ich diesen Jungen hier gerettet habe.«
»Minny Ware hat mir erzählt, daß du ihn nie herausgebracht hättest, wenn sie nicht dagewesen wäre.«
Verdammt, wie Renny einem immer den Wind aus den Segeln nahm!
»Sie war hier«, gab er zu, »und ich glaube, eine bessere Tat hat auch sie nie getan! Der Junge muß aber eine höllische Zeit durchgemacht haben, daß er dies hat tun wollen!«
Finch wurde vor dem Feuer in Decken gerollt, schläfrig, ganz in Schweiß und halb betäubt von dem süßen Geruch der Petunien, der im heißen Sonnenschein durch das offene Fenster kam. Aber er hatte Renny etwas zu sagen, der neben

ihm stand und seine Hemdärmel hinuntergezogen hatte. Er hatte Finch mit Alkohol abgerieben.
»Renny«, sagte er zögernd, »du erzählst ihnen nicht, was ich getan habe ... Du läßt die anderen nichts davon wissen?«
»Gut, gut«, antwortete Renny, und sah mit einer Art barschem Mitleid auf ihn hinunter. Frühere Zeiten kamen ihm plötzlich ins Gedächtnis, wo Finch im selben Ton ihn gebeten hatte: »Du sagst ihnen doch nicht, daß du mich geprügelt hast, Renny? Du läßt es die andern doch nicht wissen?« Und er hatte ebenso wie jetzt geantwortet: »Gut, gut. Ich sage es nicht.«
Meg versuchte, mit lautlosen Schritten einzutreten, aber sie war schwerfällig geworden, und die Dinge auf dem Bettischchen klirrten. Sie beugte sich über die eingewickelte Gestalt auf dem Bett und strich das feuchte Haar.
»Zufrieden, was?«
»Hm, hm.«
Sie fragte Renny: »Wie ist ihm jetzt in Wirklichkeit?«
»Er ist noch erst halb bei sich und glühendheiß.«
»Armer Junge.« Sie setzte sich neben das Bett und versuchte, sein Gesicht zu sehen. »Lieber Finch, wie konntest du so etwas Schreckliches tun? Uns fast zu Tode erschrecken. Als ob ich was dagegen hätte, daß du das Geld gekriegt hast. Was mich so aufregte, war nur, daß Gran ihren Rubinring, den ich immer bekommen sollte, an Pheasant gegeben hatte. Das mußt du verstehen, nicht wahr?«
Er stieß seinen Kopf gegen ihre Hand, wie ein Hund, der um Liebkosung bettelt. Er fühlte sich gebrochen. Er versuchte, sich aus dem Durcheinander von Dumpfheit, Erschöpfung und Ergebung hinauszufinden, in das er versunken war, und ihr zu antworten, aber er brachte es nicht fertig. Er konnte nur mit seinen heißen Lippen nach ihren Fingern suchen und sie küssen.
»Wie heiß er ist!«
»Das ist gerade das Richtige. Komm mit und laß ihn schlafen.«
Sie führte Renny ins Wohnzimmer, dessen bunte Chintzmöbel leuchteten. Eden saß vor einem Tablett, auf dem eine Schüssel Eier und Toast, ein Topf Tee und eine Schale mit Fruchtgelee standen. Der Schatten verschwand von ihrem Gesicht. Die Aufregung, die Finch verursacht hatte, löste sich. Er lag sicher im Bett, und hier war ein herrliches Frühstückstablett.
Sie rief: »Das hat Minny getan! Sie hat für uns alle drei Frühstück heraufgebracht. Sie wußte, daß wir halbverhungert sein mußten. Was für ein Mädchen!«
»Sie hat es selbst heraufgebracht«, sagte Eden, »aber sie wollte nicht bleiben. Himmel, sie kann schwimmen! Und wenn man sie jetzt ansieht, dann sollte man nicht denken, daß sie irgendwas durchgemacht hat. Ich bewundere sie riesig.« Er nahm sich ein Ei.
»Sie ist ein lieber Kerl«, sagte seine Schwester. »Sie wird mir sehr fehlen.«

»Geht sie denn?« Eden sah fast erschrocken aus.

»Natürlich, solch ein Mädchen bleibt doch hier nicht ewig. Sie wird schon ganz unruhig. Aber ich weiß nicht, was sie sich anderes suchen will —«

Renny legte Meg ein Ei auf den Teller und nahm sich zwei. Er sagte gelassen: »Die wird schon etwas finden! Die Sorte fällt immer auf ihre Füße.«

»Was für eine Sorte?« rief Meg beleidigt.

»Abenteuerlustige. Die mit beiden Händen nach dem Leben greift!«

»Mir gefällt sie außerordentlich«, sagte Eden.

»Dir gefällt alles in Unterröcken«, sagte Renny.

»Unterröcke! Hört den Mann bloß an!«

»Sie könnte mit einem zufrieden sein. Sie ist viel zu sehr —«

»Zu sehr was, Lieber?« fragte Meg.

»Hm — herausfordernd. Etwas Zurückhaltung würde ihr nicht schaden.«

Meg grübelte über diese Bemerkung, und wußte nicht, ob sie sich ärgern sollte oder nicht. Sie wechselte das Thema. »Wie hübsch ist es, zusammen zu frühstücken!«

»Ich dachte, du äßest lieber allein«, bemerkte Renny und nahm sich ein drittes Ei. »Noch eins, Eden?«

Eden schüttelte den Kopf. »Ich bin bloß gespannt«, sagte er, »was aus diesem allem wird! Bruder Finch und das Geld. Ich wollte, die alte Dame hätte mir wenigstens tausend hinterlassen.«

»Armer Junge!« seufzte Meg. »Was fängst du nun an, wo du wieder besser bist.«

»Ich falle auf meine Füße, nehme ich an, wie Minny. Ich bin wahrscheinlich auch die Sorte, die mit beiden Händen nach dem Leben greift.«

Meg sagte, während sie sich Quittengelee auf Toast strich: »Es ist in letzter Zeit zu wenig auf Finch geachtet worden. Ich habe das wohl gesehen, aber ich habe nichts gesagt.«

»Ich muß deine Zurückhaltung loben«, sagte Renny und sah an ihr vorbei.

Meg sah nachdenklich aus. »Finch ist wirklich ein netter Junge innerlich. Er hat so was Großzügiges. Meinst du nicht, daß er vielleicht etwas für Eden tun würde?«

»Er verfügt über das Geld erst wenn er großjährig ist. Also noch fast zwei Jahre. Um die Zeit wird Eden wahrscheinlich schon berühmt sein.«

»Oh — seine Gedichte! Aber die bringen doch nicht viel ein, nicht wahr? Kann Alayne nicht etwas für dich tun, Eden?«

»Lieber Himmel«, rief Renny gereizt aus, »die hat doch schon genug für ihn getan, denke ich! Ihre Arbeit aufgegeben und hierhergekommen, um ihn zu pflegen!«

»Ja, aber weshalb auch nicht? Er ist doch ihr Mann. Da hat sie doch vollkommen das Recht, ihn zu pflegen.«

»Und doch«, gab Renny zurück, »warst du böse auf sie, als sie herkam!« Und er fügte bitter hinzu: »Aber in deinen Augen kann sie ja nichts recht machen!« Edens Augen sahen spöttisch lachend von einem zum andern.
»Zankt euch recht um mich!« sagte er. »Dann fühle ich mich so wichtig. Und das habe ich schon lange nicht mehr genossen. Ich bin wieder ganz gesund, ich habe nichts zu tun, und meiner Frau liegt verdammt wenig an mir. Wirklich«, – und seine Augen wurden schmal vor Spott, »meiner Ansicht nach kam sie nur nach Jalna, mich zu pflegen, um in der Nähe von Renny zu sein!«
Renny sprang auf, das hagere Gesicht noch dunkler gerötet vor Ärger. Der Tisch bekam einen Stoß, eine kleine Welle Tee sprang in den Tassen hoch.
»Von dir, Meggie, habe ich nichts Besseres erwartet«, sagte er. »Aber ich dachte, daß du, Eden, etwas Dankbarkeit und etwas Anstand haben könntest!« Er ging mit großen Schritten zur Tür. »Ich muß gehen. Wenn ich dich nach Hause fahren soll, komm mit.«
An diesem Tag schien sich eine Aufregung auf die andere zu häufen. Er konnte es im Hause nicht aushalten. Meg folgte ihm vor die Tür. Vor dem Beet voll Petunien, deren Süße zu Finchs Fenster aufgestiegen war, kniete Minny Ware, das Gesicht dicht über den Blumen, und trank ihren Duft ein, den die Sonne herauszog. Sie liebte die unordentlichen, üppigen, klebrigen Dinger. Die kümmerten sich nicht um Zartheit und um Form wie manche anderen Blumen, die überließen sich ganz dem Trieb, soviel Süße wie möglich einzusaugen und verschwenderisch auszuströmen. Obgleich sie sich der beiden an der Tür genau bewußt war, tat sie, als ob sie sie nicht sähe und blieb über die Blumen gebeugt. Meg umschloß Rennys Arm mit beiden Händen. »Da ist eine«, sagte sie und sah mit einem Blick zu Minny hin, »die deinetwegen tief enttäuscht ist.«
»Ihre Frische gefällt mir. Aber ich brauche ihre Sympathie durchaus nicht ... Meggie!« Er sah sie vorwurfsvoll aus seinen dunklen Augen an. »Warum versuchst du immer, mir das Mädchen aufzudrängen, wo du doch weißt, daß ich Alayne liebe und keine als Alayne – und sie immer lieben werde?«
Meg sagte mit einem melancholischen Zittern in der Stimme: »Daraus wird nie etwas Gutes! Warum ist sie zurückgekommen? Sie ist durchtrieben. Es ist genau wie Eden sagt – sie nahm seine Krankheit als Entschuldigung, um in deiner Nähe zu sein! Ich bin froh, daß er ihr nicht dankbar ist! Ich bin ihr auch nicht dankbar. Ich verachte sie und hasse sie.«
Sein hartes Profil zeigte keine Bewegung. Er ließ seinen Arm in den Händen seiner Schwester und seine Augen hefteten sich gelassen auf Minny Wares hellen Kopf, aber Meg spürte einen unerklärlichen magnetischen Strom von ihm ausgehen, den sie, wenn sie feinfühliger gewesen wäre, als eine jähe Störung in der verhaltenen Hartnäckigkeit seiner Leidenschaft hätte deuten können.
Eden erschien in der Halle, schlüpfte an ihnen vorüber und ging auf Minny Ware zu, wie sie über der purpurnen Fülle der Petunien gebückt kniete. Sie

wußte nicht, welcher der Brüder sich näherte, und wußte kaum, ob sie sich freuen oder enttäuscht sein sollte, als es Edens Stimme war, die sagte: »Ich fürchte, Sie sind sehr ermüdet. Eine heroische Anstrengung – das Leben von zwei ausgewachsenen Männern zu retten!«

Sie wandte ihren Kopf so, daß er in ihre Augen hinuntersah und die Sonne auf der seidigen Fülle ihrer Wangen lag. Sie lehnte jeden Heroismus völlig ab. »Ich habe Ihnen nur etwas bei Finch geholfen. Er wehrte sich zu sehr. Aber – ich bin müde – ich schlafe nicht gut – ich bin ruhelos.«

Er sagte: »Wenn Sie vielleicht morgen wieder Ihren Frühspaziergang machen, dann könnten wir uns am See treffen. Wir könnten miteinander reden.«

»Das täte ich gern. Mrs. Vaughan ist so entzückend, aber – ich langweile mich. Oh, ich bin ein Biest. So bin ich immer.«

Er lachte. »Ich auch. Wir wollen uns treffen und unsere Niedertracht vergleichen. Es wird morgen schönes Wetter.«

Im Wagen war Schweigen, das Eden endlich brach und verdrossen sagte: »Nimm es nicht übel, alter Junge.«

Das Whiteoaksche Auto war nicht der geeignete Platz für eine Entschuldigung bei dem Fahrer, dessen Ohren nicht nur von dem Gerassel des Autos betäubt waren, sondern der auch versuchte, die Bedeutung einer neuen stoßenden Bewegung in dessen Inneren zu ergründen.

»Was hast du gesagt?« fragte er und wandte den Kopf zurück, mit einer Bewegung, die so an die alte Adeline erinnerte, daß Edens Entschuldigung durch sein Vergnügen daran etwas wirkungslos wurde. Er wiederholte: »Es tut mir leid, was ich gesagt habe – über Alayne und all das.«

Renny hatte nichts verstanden, als den Namen, »Alayne«. Er hielt den Wagen mit einem Ruck an und sah Eden von der Seite mit einem Blick an, in dem sich Ermutigung und Mißtrauen mischten.

»Ja?«

»Wenn ich es wiederholen soll«, sagte Eden mürrisch. – »Ich nehme alles zurück. Ich wollte mich entschuldigen wegen dem, was ich über Alayne sagte.« Er zog die Brauen zusammen. »Tatsache ist, daß mir das Dankbarsein geradezu zum Halse heraushängt. Ich habe den ganzen Sommer lang von Dankbarkeit gegen Alayne getrieft. Es geht mir auf die Nerven. Wahrscheinlich habe ich bloß deswegen das vorher gesagt. Ich habe kein Recht, es zu sagen, aber – es ist wahr, und darum darfst du mir nicht böse sein. Sie würde durch die Hölle gehen – und unter einem Dach mit mir sein, bedeutet ihr ungefähr die Hölle – wenn sie bloß hin und wieder deinen roten Kopf zu Gesicht bekommt. Sie kann es nicht ändern ... Ich kann es nicht ändern ... wir sind in einem Netz gefangen ... Aber keiner von euch beiden kann je glücklich werden, so wie es jetzt steht. Ich möchte, du glaubtest mir, daß es mir leid tut – schrecklich leid.«

Renny sagte: »Ich hoffe, daß du dich bei dieser Geschichte nicht erkältet hast. Wenn du eine Erkältung fühlst, müssen wir sofort den Doktor holen. Du darfst

dir nichts zumuten.«
Er ließ den Motor wieder an und konzentrierte sich auf diese unheimlich stoßende Bewegung des Wagens. Was konnte das sein? Er fürchtete, es würde bald an der Zeit sein, ein neues Auto zu kaufen.
Eden räkelte sich in seiner Ecke. Was für ein undurchdringlicher Bursche! Wenn man ihn bloß auseinandernehmen könnte wie das Auto und herauskriegen, was drinnen los war! Ein verdrehtes, hitziges, streitsüchtiges Inneres, darauf wollte er wetten!


## 22  Renny und Alayne

Renny Whiteoak wanderte an diesem Nachmittag mit dem bitteren Gefühl umher, von dem tätigen Leben, das er liebte, abgeschnitten zu sein durch das Aufflammen einer Leidenschaft, die er überwunden zu haben glaubte, und die so aussichtslos war, daß alles Grübeln darüber dem Hunger nach gemalten Früchten auf einem Bilde glich.
Er hatte geglaubt, sein Verlangen nach Alayne bezwungen zu haben, wie er ein bösartiges Pferd bändigte und bezwang, und er fühlte sich gedemütigt durch eine Entdeckung, daß durch Edens achtlose Worte am Frühstückstisch sein innerer Widerstand zusammengebrochen und seine Leidenschaft von neuem hoch aufgeflackert war. Hinzu kam der Stachel von Megs Absicht, ihn mit Minny Ware zu verheiraten, die Hoffnung, die sie hegte, ihn in einen ruhigen Ehegatten und Vater umzuwandeln. Jetzt war er sich bloß des einen bewußt – daß ganz in seiner Nähe jenseits der fruchtschweren Obstgärten Edens Frau war, die er liebte, die, wie Eden gesagt hatte, bereit sein würde, in der Hölle zu leben, wenn ihr nur manchmal sein roter Kopf zu Gesicht kam. War dieser Sommer eine Hölle für sie gewesen? grübelte er. Aber seine Neugier war nur gering. Ihre Seele war für ihn, wie jede Frauenseele, ein Buch in einer fremden Sprache, dessen Blätter wohl in geheimnisvoller Schönheit vor ihm offen lagen, die zu lesen er sich aber unfähig fühlte. Hier und da mochte er vielleicht ein Wort, einen Satz sich deuten können, die seiner eigenen Sprache ähnlich waren; vielleicht konnte er lässig eine oder die andere Silbe mit seinen Lippen aussprechen und versuchen, sich an den Klang zu gewöhnen, aber die Sprache selbst blieb für ihn immer ein leises fremdes Flüstern zwischen Frau und Frau.
Der Aufruhr in seinem eigenen Inneren beschäftigte ihn leidenschaftlich. Bisweilen gab er sich ihm hin und tauchte mit all seinen Sinnen in seine Tiefen, so daß er vergaß wo er war, was er sah und hörte, und wie eine Wetterwolke durch seine Ställe, Felder und Wälder fegte. Piers ging ihm aus dem Wege, trotzdem er für seine böse Laune Verständnis hatte, die nach seiner Meinung der Enttäuschung über das Testament zuzuschreiben war. Die Stallknechte fanden ihn bösartig. –

Renny blieb an der Koppel stehen, wo Wright eine zweijährige Stute über ein Gatter springen ließ. Es wurde ihm friedlicher zumute, wie er den prachtvollen glänzenden Körper im Sprunge verfolgte, die festen Gelenke, den starken Nakken maß. Als die Sprungübung vorbei war, wurden Zaum und Gebiß dem Tier abgenommen; die Stute kam ins Gatter und stieß ihn mit der Nase. Er pflückte eine Handvoll Klee, gab sie ihr und sah zu, wie der Glanz in ihren feuchten Tieraugen freudig wurde, und wie die festen Muskeln um die Augen sich bewegten, wie sie das Futter malmte. Er nahm ihren Kopf zwischen die Hände und küßte sie auf die Nase. »Braves Mädchen«, murmelte er. »Jenny, Schatz!«
Aber er hatte keine Ruhe. Er verließ sie, trotzdem sie ihm nachwieherte. Ruhelos wendete er sich dem Fußpfad zu und folgte ihm in die feuchtgrünen Tiefen des Tannenwaldes. Der nasse Sommer hatte hier ein üppiges Wachstum von Pilzen begünstigt. Sie wuchsen bis nah an den Pfad, elfenbeinweiß, braun und rostrot. Die fantastischen Formen hoben sich aus dem Gras oder saßen halbversteckt unter dornigen Brombeerzweigen. An einer Wegbiegung, wo die Sonne eindrang, füllte ein großer Busch Minze die Luft mit herber Süße, eine kleine grüne Schlange zögerte einen Augenblick mit zitternder Zunge, ehe sie unter das Gras schlüpfte. Auf dem Weg waren Hufspuren von Wakes Pony. Er war da vorbeigeritten und kam jetzt zurück, wie Renny aus dem schwachen Donnern eines nahenden Galopps schloß. Er drängte sich durch das Gebüsch hinter die Tannen und sah den Jungen und das Pony vorbeifliegen, Wakefield aufrecht im Sattel, die Arme zusammengeschlagen und einen begeisterten Ausdruck im Gesicht. Renny schnitt eine Grimasse aus Ärger über sich selbst, daß er sich vor dem kleinen Jungen versteckte, aber jedes Gespräch, selbst mit Wake, war ihm fatal. Er stand regungslos wie einer der mastenschlanken Bäume, die Augen auf das düstere Mattrot der Tannennadeln gerichtet, die dick den Boden bedeckten. Er erinnerte sich an gewisse Liebesabenteuer seiner Vergangenheit. Wie leicht vergessen! Aber jetzt gab es weder Erfüllung noch Vergessen!
Eden war nun gesund, aber keiner Verantwortung fähig. Er mußte für den Winter in ein warmes Klima geschickt werden. Und Alayne würde nach New York zurückkehren. Außer wenn — aber was gab es für eine andere Möglichkeit? Seine Gedanken gingen in dem alten unerbittlichen Kreis. Es gab keinen Ausweg. Wenn sie nur schon heute fort wäre! Wenn er sich nur zwingen könnte, fortzugehen, bis dieses Fieber nachließ und er ihre Nähe mit demselben stoischen Gleichmut ertragen konnte wie vorher. Er beschloß zu verreisen — eine andere Luft zu atmen.
Er drängte sich wieder zum Fußpfad durch, und an einer sonnigen Wegbiegung, wo die Beeren groß und reif waren, fand er Minny Ware, die einen kleinen Korb füllte. Ein rascher Ärger stieg in ihm auf, daß sie ihm in den Weg kam und mit einem kurzen Nicken ging er vorbei. Dann erinnerte er sich, daß er ihr noch nicht gedankt hatte für das, was sie heute morgen getan. Er kam hastig

zurück und trat neben sie.
»Ich möchte Ihnen danken – ich kann Ihnen nicht genug danken für Ihren Mut heute morgen. Gott weiß, was geschehen wäre, wenn Sie nicht da am Strande gewesen wären!«
Der Klang seiner eigenen Worte weckte in ihm einen plötzlichen Verdacht. »Wie kam es eigentlich, daß Sie da waren?« fragte er kurz angebunden. »Um die frühe Stunde?«
»Oh, es war nur ein Zufall. Ich habe die Frühe besonders gern.«
Aber er sah, wie ihr das warme Rot ins Gesicht stieg. Warum war sie dort gewesen? Merkwürdig, daß weder Meg noch er selbst etwas darin gefunden hatten, daß Eden und sie sich bei Sonnenaufgang dort trafen.
Sie spürte, daß er Verdacht geschöpft hatte, aber sie pflückte weiter Beeren. Sie wählte die größten und ließ sie fast liebkosend in ihren Korb fallen. Er sah, daß ihre Fingerspitzen gerötet waren und auch ihr Mund, was ihr ein unschuldiges kindliches Aussehen gab. Das unruhige Kreisen seiner Gedanken hörte plötzlich auf, er fühlte sich wie gebannt von diesem Zauber.
Sie sagte träumerisch: »Mögen Sie diese Beeren? Soll ich Ihnen ein paar pflücken?« Sie sah ihn forschend von der Seite an.
»Nein«, antwortete er, »aber ich möchte stehenbleiben und Ihnen beim Pflücken zusehen, wenn es Sie nicht stört.«
»Warum wollen Sie mir denn bei einer so einfachen Sache zusehen?« Ihre Augen forschten in seinem Gesicht. Sie hatte große Sehnsucht nach Liebe.
»Ich weiß nicht«, antwortete er kurz. Und als er sah, daß sie verletzt aussah, nahm er ihre Hand in seine und küßte ihren bloßen Arm an der weißen Biegung des Ellbogens.
Er hatte nicht gemerkt, daß jemand sich näherte, aber er fühlte plötzlich ihren Arm zittern und hörte ihr rasches Atmen. Sie war erschrocken, aber nicht durch die Liebkosung. Sie sagte: »Oh!« in abwehrendem Ton, und als er den Kopf wandte, sah er über den Büschen das blasse, wie erstarrte Gesicht Alaynes.
Was sie hier zufällig überrascht hatte, war in ihren Augen ein offensichtliches Verstehen zwischen den beiden. Sie sah Minny beglückt über eine zärtliche Liebkosung, um deretwillen Renny sie an diesen entlegenen Platz hingeführt haben mußte.
Sie wandte sich schnell ab und stammelte etwas Undeutliches. Minny fand ihre Fassung schnell wieder und lächelte nicht eben ärgerlich, daß Alayne sie in solch eine Situation überrascht hatte. Renny hielt ihr Handgelenk fest.
In dem Schweigen, das auf Minnys Ausruf folgte, wurde ein zarter schwellender Laut deutlich hörbar, wie wenn irgendein seltsames winziges Instrument unter einem Farnblatt gespielt würde. Der Spieler schien so unbewußt der Gegenwart dieser riesigen Wesen, die über ihm emporragten, daß sie für ihn gar nicht da waren; sein schrilles Singen wurde lauter und lauter, schwang sich über die eigene Winzigkeit hinauf und wurde von ebenso ausdauernden und

ebenso hingegebenen anderen Spielern aufgenommen, bis der Klang dieses Schrillens überall rings aufstieg. Die Grillen sangen den Tod des Sommers.
Wie eine leise Betäubung hing es über den Dreien, die ohne es zu wollen, jetzt mehr Zuhörer als Handelnde in diesem Walddrama geworden waren. Minny hielt eine warme überreife Beere in der Hand; Renny sah bittend und stumm zu Alayne hinüber, die dastand wie gelähmt, und auf die verschlungenen Hände der anderen beiden hinsah.
Der Zauber wurde durch das Wiederauftauchen der kleinen grünen Schlange gebrochen, die im Gegensatz zu dem Grillenorchester sich von Kopf bis zum Schwanz der Eindringlinge bewußt war, vor Furcht und Haß zitterte und ihren Kopf gegen sie hob, als sei sie entschlossen, sie wieder auseinander zu jagen, als die drei einsamen Wanderer, die sie beim Eindringen in den Wald gewesen waren.
Ohne ein Wort wandte Alayne sich und ging rasch den Pfad entlang, dessen nächste Biegung sie vor den Augen der anderen verbarg. Die beiden Hände fielen auseinander. Renny stand einen Augenblick unentschlossen, mit einer Art Zorn gegen beide Mädchen als gegen Wesen einer ganz anderen Art, die ein gemeinsames und im Tiefsten ihm feindliches Geheimnis miteinander besaßen. Dann brach er, ohne Minny anzusehen, durch das Unterholz und ging mit langen Schritten Alayne nach.
In Minnys Augen, die gelassen wieder anfing, Beeren zu pflücken, stand mehr Belustigung als Kummer. Schließlich war es doch eine komische Welt. Mrs. Vaughans Plan wurde zunichte... Renny Whiteoak verliebt in diese kalte Mrs. Eden... Eden selbst – ein keckes Grübchen zeigte sich in ihrer runden Wange. Sie fing an zu singen, erst leise, dann lauter, bis das Grillenorchester plötzlich aufhörte, als glaubte es, daß der Sommer mit all seiner Kraft und Schönheit zurückgekehrt sei.
Alayne fühlte, daß Renny ihr nachging, und da sie die Begegnung mit ihm fürchtete, bog sie bei der ersten Gelegenheit vom Wege ab und schlug einen Richtweg durch den Wald ein, auf ein offenes Tor an der Landstraße zu. Er folgte den Windungen des Fußpfades, da er sie vor sich glaubte, aber als er sie nicht einholte, kam ihm der Verdacht, daß sie ihn absichtlich vermied, und er ging zurück bis zu dem Richtweg. Er holte sie ein, als sie eben die Landstraße erreichte. Sie hörte das Öffnen des Tores und wandte sich ihm zu. Hier auf der öffentlichen Straße fühlte sie sich mutiger als in der Waldesstille, und weniger in Gefahr, die Gefühle preiszugeben, die sie so verzweifelt zu unterdrücken suchte. Er war den ganzen Sommer hindurch unaufhörlich der Gegenstand ihrer Gedanken gewesen, und doch war es das erstemal, daß sie einander ganz nahe waren. Sie hatte innerlich gewünscht, daß sie ohne eine solche Begegnung nach New York zurückfahren könnte. Nun sie ihr aufgezwungen war, fühlte sie, wie ihr die Kraft verging, teils durch die verzweifelte Anstrengung, ihrer eigenen Liebe zu ihm zu widerstehen, und teils durch die Bitterkeit, daß sie ihn dabei

ertappt hatte, wie er Minny Ware küßte.

»Alayne«, sagte er mit unterdrückter Stimme, »du gehst mir aus dem Wege! Ich glaube, das verdiene ich nicht. Auf mein Wort nicht!«

»Ich möchte lieber allein sein. Das ist alles.« Sie fing an, langsam weiterzugehen.

»Ich weiß —« rief er aus. »Du bist böse. Aber ich gebe dir mein Wort —«

Sie unterbrach ihn zornig. »Weshalb brauchst du mir das zu erklären? Als ob mir das nicht ganz gleichgültig wäre! Warum bist du nicht bei ihr geblieben? Warum bist du mir nachgekommen?« Aber obgleich ihre Lippen zu ihm sprachen, sahen ihre Augen starr geradeaus.

Er ging neben ihr im Straßenstaub. Ein klappernder Wagen mit Rüben überholte sie und fuhr vorbei.

Er sagte: »Du kannst mir nicht verbieten, dir das zu erklären. Ich hatte keine zwei Minuten neben Minny gestanden, als du kamst. Mein Kuß auf ihren Arm bedeutete nicht mehr, als wenn ich eine Brombeere gegessen hätte. Ein paar Minuten vorher hatte ich an der Koppel gestanden und eine zweijährige Stute geküßt. Ein Kuß war so wichtig wie der andere. Für mich — für das Pferd — für Minny!«

Er sah auf ihr blasses klargezeichnetes Gesicht herab, seinen Ausdruck von Mut und Geduld und Festigkeit, den sie »holländisch« nannte. Aber um ihren Mund lag etwas wie Ermüdung, als sei sie erschöpft von der Einsamkeit und den unterdrückten Erregungen der letzten Monate.

Er fuhr fort: »Ich wollte, ich könnte dich dazu bringen, daß du an meine Liebe glaubst, wie ich selbst an sie glaube. Es gibt nichts auf der Welt, das ich mir so heiß ersehne, als dich. Glaubst du das?«

Sie antwortete nicht.

Ein Auto fauchte an ihnen vorbei und jagte eine Staubwolke auf. »Komm«, sagte er, »wir wollen von dieser Straße weg. Es ist heiß und staubig hier. Du kriegst noch Kopfschmerzen davon.«

Aber sie trottete eigensinnig weiter.

»Alayne«, beharrte er, »warum sagst du nichts — und wenn du bloß sagst, daß du mir nicht glaubst, daß du mich nicht mehr sehen magst?«

Sie versuchte zu antworten, aber der Mund war ihr trocken und ihre Lippen wollten sich nicht bewegen. Ihr war, als müßte sie immer so weitergehen, diese Straße entlang, ihn neben sich fühlen, sich danach sehnen, laut herausschreien, und doch nicht sprechen können, wie unter einem Alpdruck, als müsse sie weiter- und weitergehen bis sie taumelte und fiel.

Er schwieg jetzt auch, blieb aber neben ihr und versuchte, seinen Schritt dem ihren anzupassen. Am Fuß des Stufenweges, der zur Kirche hinaufführte, blieb er stehen.

»Wo willst du hin?« fragte er.

»Zum Grabe eurer Großmutter. Ich habe es noch nicht gesehen. Höre ich da

Finch in der Kirche spielen?«

»Nein, nein. Finch liegt zu Bett. Er hat versucht, heute morgen ins Wasser zu gehen.« Mochte sie das hören! Vielleicht würde es sie aus dieser schrecklichen Ruhe aufrütteln.

»Ja«, sagte sie gelassen. »Eden sagte es mir. Kein Wunder!«

»Gott, wie du uns hassen mußt!«

»Nein — ich fürchte mich vor euch.«

Er sagte fast gereizt: »All dies ist so unwirklich! Kannst du nicht über unsre Liebe sprechen, oder willst du es nicht? Du weißt, daß sie einmal da ist. Warum die Augen davor zumachen? Wir können nicht zusammenkommen, aber — ehe wir auseinandergehen, können wir darüber sprechen. Ich reise heute abend weg, du brauchst nicht zu fürchten, daß du mich wiedersiehst.«

Sie fing an, die Stufen zum Friedhof hinaufzusteigen. Er faßte sie am Kleid und hielt sie fest. »Nein. Du sollst da nicht hinaufgehen! Dahin kann ich nicht mitkommen.«

Sie hob das Gesicht zu ihm mit einem plötzlichen Flehen in den Augen. »Wo soll ich denn hingehen?«

»In den Wald zurück.«

Sie kehrten um und mußten in den Graben ausweichen, der voll verstaubter Goldraute und Margeriten stand, um einem Lastwagen aus dem Wege zu gehen. Sie stolperte; er faßte ihren Arm und stützte sie. Sie fühlte, daß sie fast gefallen wäre.

Wieder waren sie in der goldgrünen Tiefe des Waldes. Die rote Sonne stand tief. Über ihnen schwamm der Mond als blasse Sichel am Himmel.

Sie standen einen Augenblick und horchten auf das Pochen ihrer eigenen Herzen. Dann hob sie die schweren Augen zu ihm auf und flüsterte: »Küsse mich —«

Er beugte sich über sie. Sie zog seinen Kopf herab, schloß die Augen und bot ihm die Lippen.

Mit ihren Küssen mischten sich die zärtlichen Worte, die sie so lange im Herzen verschlossen gehalten.

»Alayne, Liebling.«

»Renny, Liebster.«

Er bog sich etwas zurück und sah auf sie herunter. »Ist es wahr —«

»Ist was wahr?« flüsterte sie wieder.

Aber er konnte nicht weitersprechen. Er konnte sie nicht danach fragen, was Eden gesagt hatte — daß sie in der Hölle leben würde, nur um ihn dann und wann zu sehen — daß sie nach Jalna zurückgekommen wäre, um ihm nahe zu sein, und nicht um Edens willen.

»Ist das wahr?« flüsterte sie wieder.

»Daß wir uns trennen müssen.«

Sie brach in unterdrücktes, aber bitteres Schluchzen aus.

Eine große Schar Krähen flog über die Baumwipfel und schrie wild durcheinander.
»Sie verspotten uns!« sagte sie.
»Nein. Für sie sind wir gar nicht da. Wir sind nur füreinander da ... Alayne, ich kann heute abend nicht abreisen, wie ich eigentlich wollte.«
»Nein, nein! Wir müssen uns manchmal treffen und sprechen — solange ich noch hier bin. O Renny, halte mich fest — ich muß mir von dir Kraft holen.«
»Und ich möchte dich so schwach machen wie ich es bin«, murmelte er in ihr Haar. Er zog sie näher an sich. Ein magnetischer Strom, der von seinen Händen ausging, erschreckte sie. Er fing wieder an, sie zu küssen. Was für wilde Gedanken wurden von seinen Küssen auf ihre Augen, ihren Hals, ihre Brust aufgestört!
Sie machte sich los und fing an, den Fußpfad zurückzugehen. Er folgte ihr, die Augen dunkelglänzend, die Linien um seinen Mund fest und trotzig.
Ihm war, als müßte er ihr so durch die ganze Welt folgen, hager, dunkel getrieben, unermüdlich.
Wo ihre Pfade auseinandergingen, sagten sie sich halblaut Lebewohl, ohne einander anzusehen.

## 23 Pläneschmieden

Finch kam die ganze Woche noch nicht nach Hause. Er blieb unter Megs beschützender Fürsorge und empfand die nicht unangenehme Schwäche, die nach der Überspannung einer Nervenerregung folgt. Er verbrachte die ersten Tage im Bett und lauschte schläfrig auf die verschiedenen Geräusche des Hauses, das Krähen von Baby Patience, das Singen von Minny Ware, das Herumhuschen der alten schottischen Haushälterin. Wieder und wieder durchdachte er, wie er dalag, was er seit Neujahr erlebt hatte. Sein Orchesterspiel, die schattenhafte Bekanntschaft mit den anderen Orchestermitgliedern. Ihre Gesichter kamen und gingen. Am meisten dachte er an seinen Freund, George Fennel, mit seinen derben Händen, die doch so geschickt auf den Banjosaiten waren, seiner untersetzten Gestalt und seinen Augen, die unter seinen wirren Haaren strahlten. Er hatte George seit seiner Rückkehr aus New York nicht wiedergesehen. George hatte den Sommer als Schwimmlehrer in einem Pfadfinderlager verbracht, und sie hatten einander nicht geschrieben. Die Freundschaft mit George war etwas so Bequemes. Wenn man voneinander getrennt war, dann schrieb man sich nicht und dachte auch nicht viel aneinander. Aber sowie man wieder zusammen war, schloß sich die Lücke der Trennung, als ob sie nie bestanden hätte. Wenn er an die kalten Nächte dachte, in denen er und sein Freund aus dem Hause von Georges Tante geschlüpft und zu irgendeiner Tanzdiele geeilt waren, um zu spielen, kam es ihm vor, als ob dies die glücklichste Zeit seines Le-

bens gewesen wäre. Diese abenteuerliche Freiheit, das aufregende Wagnis, das Musizieren für die rhythmisch sich wiegenden Körper helläugiger Jungen und Mädchen, das Nachhauseschleichen gegen Morgen mit Geld in den Taschen! Wie er im Bett lag, summte er ihre Lieblingsmelodien.
Er überdachte seine Freundschaft mit Arthur Leigh. Wie anders die Freundschaft mit George, die in der Kinderzeit angefangen hatte und im selben gemäßigten Tempo durch die Schulzeit ging. Er hatte auch Arthur nicht wiedergesehen seit seiner Rückkehr. Leigh war mit seiner Mutter und Schwester in Europa gewesen. Es würde schwierig sein, diese Lücke der Trennung zu überbrücken, fürchtete Finch. Er hatte eine unerklärliche Angst davor, Leigh, und noch mehr seiner Schwester Ada zu begegnen. Nun er sein Examen gemacht hatte, würde er im Oktober auf die Universität gehen. Arthur würde dort sein. Was würde er davon denken, daß Finch all dieses Geld geerbt hatte? Vielleicht würde es Arthur gar nicht so viel vorkommen, denn die Leighs waren reich. Ihre Gesichter stiegen auch vor ihm auf, das Arthurs sensitiv, fragend, etwas hochmütig; das Adas elfenbeinblaß, mit schweren Lidern, rätselhaft; und Mrs. Leigh eher wie eine Schwester als eine Mutter, goldener und ein wenig bronzedunkel, ihre Augen mehr grau als blau, und mehr bestrebt zu gefallen, als sich den Hof machen zu lassen. Wie wenig wußte er doch von Frauen! Und doch dachte er oft an sie, wenn er wach lag, und malte sich fantastische Bilder des Mädchens aus, das ihn vielleicht einmal lieben würde.
Er dachte an die Ereignisse des Sommers — an die Musikübungen, an das Orgelspielen in der Kirche des Nachts, an die Heimwege im Mondenschein, das heimliche Zusammensein mit seiner Großmutter. Wenn er sich dann wieder ihren Tod vorstellte, ihr Begräbnis, die Eröffnung des Testaments und die Szene nachher, dann hüllte ein Instinkt der Selbstverteidigung einen Nebel wie einen feinen Schleier um seine geistigen Augen und um diese Bilder, so daß ihm ihre Grausamkeit nicht zu weh tat.
Diese verschiedenen Erfahrungen bauten sich um ihn wie eine schützende Wand, die ihn noch von jedem Gedanken an seine Zukunft in Jalna abschloß. Er lag auf dem Rücken, träumte schlaftrunken vom Leben und wagte nicht daran zu denken, wie nahe er dem Tode gewesen war.
Megs Methode, ihn wieder in den alten Zustand zu bringen oder in einen besseren, bestand darin, daß sie ihn mit dem Besten fütterte, was ihre Küche beschaffen konnte. Er wurde wie ein Kranker verwöhnt und aß wie ein Scheunendrescher. Renny, der ihn besuchte und ihn im Bett über einem halben gebratenen Hühnchen fand, dachte und erklärte auch aufs bestimmteste in Jalna, daß Meggie geradezu die Vollkommenheit selbst wäre. Ihre Bemerkungen über Alayne waren wie ein Atemhauch auf einem Spiegel aus seinem Kopf verschwunden. Das war Weiberart, die er nicht verstand. Aber er begriff, was Meggies runde weiße Hand, wenn sie über Finchs helles Haar strich, oder was ein braungebratenes Hühnchen zwischen grünen Erbsen bedeutete. Der Familie

in Jalna wurde nur gesagt, daß Finch einen nervösen Zusammenbruch gehabt habe, gerade wie er zu Vaughans ins Haus gekommen sei, daß sie ihn aufgenommen hätten und daß er von der vollkommenen Meggie wieder gesundgepflegt würde, und daß es durchaus notwendig sei, ihn bei seiner Rückkehr freundlich zu behandeln. Es war allen eine Erleichterung, daß er diese Woche nicht zu Hause war. Der Anblick seiner eckigen hängenden Gestalt und das Bewußtsein, daß er der Erbe des Vermögens der alten Adeline war, hätte sonst vielleicht andere nervöse Zusammenbrüche verursachen können. So wie es war, ging das Gespräch weiter, ohne durch seine Gegenwart irgendwie gestört zu werden. Augusta wollte demnächst nach England zurückkehren. Nie wieder wollte sie einen kanadischen Winter erleben. Sie hatte das Glück gehabt, nicht in Kanada geboren zu sein. Sie hatte nicht die Absicht, dort zu erfrieren. Das erklärte sie bestimmt, während das Thermometer im letzten Sommerfieber auf über dreißig Grad stand. Sie drängte ihre Brüder, mit ihr zu Besuch nach England zurückzufahren. —

Eines Tages bekam Finch Besuch von George Fennel, der aus dem Pfadfinderlager zurück war. George strahlte über seines Freundes Glück und war völlig gleichgültig gegen die Enttäuschung des übrigen Klans. Er saß breit, wirrhaarig, sonnverbrannt neben dem Bett und besprach mit Finch die endlosen Möglichkeiten von hunderttausend Dollar.

George berichtete von seinen Erlebnissen im Sommer und brach in sein eigentümlich sprudelndes Gelächter aus, dann wurde er ernst. »Gestern abend war ich in der Stadt zum Essen bei einem Mr. Phillips. Er hat ohne Frage das beste Radio, das ich je gehört habe. Es ist ein ganz teurer Apparat, aber er sagt, daß er fabelhaft gut ist. Wir haben wunderbare große Opernmusik gehört und irgendeinen Burschen auf dem Klavier, gerade so Sachen, die dir gefallen würden. Du müßtest wirklich so eins haben. Es wäre auch gut für dich, weil du dir dann all die besten Sachen anhören könntest und dich um dieses Jazzgedudel nicht zu kümmern brauchtest... Herr des Himmels, denkst du noch daran, wie wir mit dem ›Mein Herz stand still‹ loslegten?«

Er sprudelte vor Lachen und Lebenslust und machte dann einen großartigen Vorschlag. »Weißt du, Finch, da oben im Norden, wo ich gewesen bin, da war ein wunderbares Wochenendhaus zu haben. Es war eine Blockhütte, die irgendein Amerikaner gebaut hat, dem es dann doch zu weit dorthin war. Er will sie riesig billig verkaufen. Es wäre doch famos für dich, wenn du solch einen Ort hättest, wo du im Sommer deine Ruhe haben und deine Freunde einladen und dich erholen könntest. Es hat einen riesigen steinernen Kamin und eine Balkendecke, und die Hirsche kommen fast bis an die Tür. Der Amerikaner sagte sogar, daß eine Nacht ein Stachelschwein ihn aufgeweckt hätte, das an der Mauer wühlte.«

»Das wäre herrlich«, stimmte Finch zu, dem der Kopf plötzlich heiß vor Erregung wurde.

»Da fällt mir eben noch was anderes ein«, redete George weiter. »Da oben ist ein Mann, der ein Motorboot zu verkaufen hat. Es ist das schnellste, das ich je gesehen habe. Schneidet durchs Wasser wie ein Messer. Wenn du das hättest, und das Wochenendhaus dazu, das könnte fabelhaft werden. Ich wollte, ich wüßte noch mehr von dem Motorboot, aber ich glaube, du kannst es ruhig riskieren. Mit einem Auto ist das was anderes. Wenn du ein Auto kaufst, müßtest du das beste englische Fabrikat kaufen. Da geht nichts drüber, so dauerhaft wie die sind.«

»Das Dumme ist«, sagte Finch, »daß ich das Geld erst kriege, wenn ich einundzwanzig bin.«

»Die Zeit wird schnell vorbeigehen«, sagte George leichthin. »Wahrscheinlich würden diese Leute auch das Wochenendhaus und das Motorboot für dich reservieren. Und ich wette, du könntest jeden Tag auf deine Aussichten hin Geld aufnehmen. Das wird doch oft so gemacht.«

Finch lag ganz verwirrt und sprachlos vor den Aussichten, die sich ihm da auftaten. —

Seine Begegnung mit Arthur Leigh war wieder ganz anders, und wenn sie auch weniger laut und aufregend war, so hatte sie doch eine ebenso heilende Wirkung auf seine verwundete Seele. Er hatte einen Brief von Arthur bekommen, der lautete:

Mein lieber alter Finch!
Was höre ich da für fabelhafte Dinge von Dir? Ich begegnete Joan auf der Straße, und sie erzählte mir etwas von einer riesigen Erbschaft. Ich bin ganz entzückt, und Mutter und Ada fast ebenso. Bitte besuch uns doch für eine Woche (die beiden bestehen darauf, daß es nicht weniger sein darf), und wir können Tag und Nacht miteinander reden. Ich brauche bestimmt mindestens sieben Tage für alles, was ich Dir sagen möchte.
Es ist unglaublich, daß ich Dich gar nicht gesehen habe seit Deinem geheimnisvollen Verschwinden nach New York! Und die ganze Zeit habe ich nie auch nur eine Zeile von Dir bekommen.

Immer Dein Arthur

In Finchs Herzen quoll die Liebe zu seinem Freunde auf, als er den Brief gelesen hatte. Das schlichte, aber vornehme Briefpapier mit dem Wappen der Leighs und Arthurs kleiner fester Handschrift war ihm das Symbol der Würde und Eleganz von Arthurs Leben. Die Tatsache, daß er ein Court und ein Whiteoak war, bedeutete Finch gar nichts; aber dieser Brief in Arthurs kleiner schöner Schrift machte ihm großen Eindruck. Er trug ihn in der Tasche wie eine Art Amulett, als er nach Jalna zurückkehrte.

Er hatte viel Kraft nötig für diese Rückkehr. Seine Nerven waren so zittrig, als er ins Haus eintrat, daß er sich vor jedem unfreundlichen Blick oder Wort fürch-

tete. Der Geruch des Hauses ließ ihn zusammenschauern.
Wie er in der Halle stand, dachte er sich für jeden eine besondere reumütige Erklärung aus für die Enttäuschung, die er ihnen bereitet hatte. Denn wenn sie auch unwissentlich geschehen war, er fühlte doch, daß etwas Verstecktes in der Art lag, wie er an Stelle der anderen gekommen war. Sonst hätten sie nicht so feindlich gegen ihn fühlen können. Er fürchtete, daß auch nicht einer unter ihnen war, der sich nicht innerlich von ihm zurückgezogen hatte, außer vielleicht Eden. Eden! Was für ein Durcheinander! Konnte er zu jedem einzeln hingehen und ihm alles erklären, und dabei seine Sicherheit behalten?
Schon der Gedanke daran machte ihn krank. Die Knie wurden ihm schwach. Er stellte sich diese Unterredungen vor als eine Kette von unendlichen Qualen. Nein — das konnte er nicht. Mochten sie von ihm denken, was sie wollten und seine Gegenwart ertragen, so gut sie konnten.
In der oberen Halle begegnete er Nicholas, den er am meisten von allen fürchtete.
»Wieder zu Hause?« sagte Nicholas in seiner barschen Art. »Bitte lauf doch ins Eßzimmer hinunter und hol mir meine Brille. Ich habe sie auf dem Tisch am Fenster gelassen.«
Finch flog die Treppe hinunter, um die Brille zu holen. Nicholas nahm sie, brummte einen Dank, ohne ihn anzusehen, und zog sich wieder in sein Zimmer zurück. Finch atmete erleichtert auf. Nicholas war etwas kühl gewesen, aber nicht streng, nicht so schrecklich wie an dem letzten Tag neulich. Vielleicht wurde diese Heimkehr doch nicht eine solche Qual, wie er gefürchtet hatte!
Ernest kam aus der Tür seines Zimmers und erkannte Finch. Er sah zart und vornehm aus. Er selbst und sein Zimmer waren außerordentlich gut gehalten, als ob die Enttäuschung und der Verzicht darauf, je größere Bewegungsfreiheit zu bekommen, ihn jetzt dazu bewogen hätten, soviel als möglich sein enges Tätigkeitsfeld zu vervollkommnen.
Die Aquarelle an den Wänden waren neu aufgehängt, die chinesischen Porzellane auf dem Kamin anders aufgestellt worden. Eine schwarze Glasvase mit ein paar zarten weißen Blüten stand auf seinem Schreibtisch, wo die Bücher und Papiere, die er zu seinem Kommentar über Shakespeare brauchte, sauber geordnet waren. Ernests Anzug, sein Schlips, sogar seine Manschettenknöpfe waren schwarz. Dunkle Schatten lagen unter seinen Augen, ihr Ausdruck jedoch war sanft, als sie auf Finch ruhten.
Er sagte etwas nervös: »Komm herein, komm herein. Ich will dich nicht lange aufhalten.« In Wirklichkeit meinte er, ›aber bitte bleibe nicht zu lange‹. Er ging unruhig ans Fenster und zog die Vorhänge zurecht.
Finch versuchte zu lächeln, ohne zu grinsen, und verständnisvoll auszusehen, ohne einen düsteren Eindruck zu machen. Sein Gesicht war ihm nie so schwierig zu beherrschen vorgekommen.
»Ich fürchte«, sagte sein Onkel zögernd, »daß wir — daß ich — überhaupt wir

alle, zu hart gegen dich gewesen sind. Ich bin ganz sicher, daß nichts Hinterhältiges in dir ist, Finch. Du hast dir einfach nicht die Gefahr für meiner Mutter Gesundheit klargemacht, die diese Nachtstunden bedeuteten. Ich glaube, ich habe gesagt, daß sie das getötet hätte. In meiner Aufregung mag ich sogar noch schlimmere Sachen gesagt haben. Ich erinnere mich nicht genau. Nur erinnere ich mich daran, daß irgend jemand sagte, du wärest nicht besser als ein Mörder. Aber ich glaube, das war deine Tante. Ich glaube nicht, daß ich das gesagt habe.«

»Nein, du hast bloß gesagt, daß ich ihr Leben verkürzt hätte.«

Ernest wurde rot. »Ja. Das war es ... Es tut mir leid, lieber Junge, wenn ich das gesagt habe. Wahrscheinlich ist es nicht wahr. Sie war ganz alt, wirklich sehr alt, und wahrscheinlich wäre sie auf alle Fälle gestorben.«

»Onkel Ernie«, fuhr es Finch heraus, »ich wollte lieber, einer von euch hätte Grans Geld bekommen! Ich kann dir sagen, es ist mir eine Qual!«

Ernest lächelte traurig. »Das Gefühl wirst du überwinden. Es wird für dich wundervoll sein, die ganze schöne Welt vor dir offen! Es ist herrlich für einen jungen Mann, Geld zu haben, das ist es wirklich. Mein Vater war sehr freigebig gegen mich, als ich jung war. Ich habe es damals sehr gut gehabt, aber ich war töricht und zu leichtgläubig. Es lief mir durch die Finger. Ich hoffe, du weißt mit deinem Geld besser umzugehen.« Die letzten beiden Worte sprach er mit einem unwillkürlich sauren Gesicht, wie einer, der in eine bittere Frucht gebissen hat.

Finch schluckte und sagte dann mit zitternder Stimme: »Eins weiß ich gewiß, wenn ich das Geld bekomme, dann werde ich allerlei für die tun, die ein besseres Recht darauf hatten als ich. Wenn's möglich ist, möchte ich für jeden das tun, was er selbst sich am meisten gewünscht hätte, wenn er das Geld gekriegt hätte.« Er sah Ernest bittend an. »Ich möchte, daß du eine Reise nach England machst, und die Bücher im Britischen Museum studierst, die du zu deinem Kommentar brauchst —« Er wies mit einer Kopfbewegung zum Schreibtisch.

Ernest war gerührt. »O nein. Daran würde ich gar nicht denken.«

»Ja, das sollst du! Mir zum Gefallen. Und Onkel Nick — und die anderen, für jeden etwas Schönes!« Seine Augen strahlten geradezu.

»Na, na, wir wollen sehen. Jedenfalls ist das sehr schön von dir.« Ein Glanz war plötzlich auch in seinen Augen. Dann sah er nachdenklich aus. Er sagte: »Jemand weiß ich freilich, für den eigentlich etwas getan werden müßte. Jemand, der augenblicklich nicht viel für sich selber tun kann. Er braucht Hilfe, und er ist so vielversprechend. Ich möchte so ungern, daß er in eine Arbeit hineingezwungen würde, die seine Begabung für Poesie unterdrückt.«

»Du meinst Eden?« Lieber Himmel, daß er noch gar nicht an Eden gedacht hatte! Natürlich, wahr genug war es, was Onkel Ernest sagte.

»Wenn ich nur wüßte, was ich für ihn tun könnte?«

Ernest sagte geradezu heiter: »Das wird dir schon einfallen, wenn die Zeit kommt. Ich wollte nur, es könnte gerade jetzt etwas für ihn geschehen. Er ist ja wieder ganz kräftig, aber er muß sich doch in acht nehmen. Wenn Piers nicht wäre, könnte er ja nach Hause kommen.«
»Ja, ich will sehen, was ich tun kann«, und Finch ging hinaus in einem plötzlichen inneren Aufruhr über seine neue Verantwortlichkeit gegen die Familie.
Piers sah er nicht bis zum Essen, wo er mit offenem Hemdkragen, gesund und mit glänzenden Augen hereinkam, eben von einer Fahrt mit einer Wagenladung Äpfeln zurückgekommen, die er gut verkauft hatte. Er grinste Finch an, eher gutmütig als boshaft, und als sie bei Tisch saßen, sagte er: »Kein Wunder, daß du dich ins Bett gelegt hast, wenn ich es gekriegt hätte, hätte ich es auch so gemacht.«
»Um Himmels willen«, antwortete Finch flüsternd. »Sei still!« Aber diese Begegnung war viel leichter, als er erwartet hatte. Das Leben in Jalna ging weiter, der Webstuhl bewegte sich langsam, unhörbar, aber er bewegte sich, und Finch mit seinen neuen Aussichten wurde in das Gewebe hineinverwebt.


## 24  Finch und Eden werden Freunde

Es war ein Morgen mit schwebenden weißen Wolken in einem leuchtend blauen Himmel. Der warme goldene Sonnenschein lag auf den grauen Wänden der Mansarde wie mit einem Pinsel aufgetragen. Er schien goldener als Gold, der Himmel blauer als blau, das Gras und die Bäume grüner als je.
Der Besuch bei Leigh, den er vorhatte, regte Finch heute morgen auf. Er faßte verwegen den Plan, doch die ganze Woche dort zu bleiben, und ehe er zum Frühstück hinunterging, packte er das Beste von seiner Garderobe in ein Köfferchen. Nun mußte er Renny um Geld bitten.
Er fand ihn auf der kleinen Holzbrücke. Um diese Jahreszeit war der Strom gewöhnlich wenig mehr als ein schmaler Bach, der seinen Weg durch den üppigen Wuchs von Schilf und Wasserpflanzen suchte. Aber dieses Jahr war er voll wie im Frühling und hatte sich unter der Brücke zu einem Tümpel erweitert, um den dichte Wasserkresse wucherte. Der sandige gerippte Grund strahlte das Sonnenlicht wider. Renny war nicht allein. Neben ihm, an dem Geländer, lehnte Eden und ließ nachlässig kleine Zweige in den Tümpel fallen. Sie redeten nicht, aber es sah aus, als ob sie eben ein Gespräch beendet hätten, das jeden der beiden noch weiter beschäftigte. Finch fiel auf, wieviel besser Eden aussah. Sein Gesicht hatte sich wieder gerundet und war ebenso wie der Nacken von gesunder braunroter Farbe. Trotzdem machte er im Gegensatz zu der kräftigen Härte Rennys einen zarten Eindruck. Finch dachte: Eden sieht behaglich und guter Laune aus, und doch bin ich froh, daß ich unsern alten

Renny um Geld bitten muß, und nicht Eden.
Er näherte sich verlegen und stand neben dem Älteren, von dessen Kleidung scharfer Tabaksgeruch ausging. Finch murmelte: »Ich habe einen Brief von Leigh, der mich einlädt, ihn für eine Woche zu besuchen. Ich wollte gern heute hinfahren.«
»So, das ist recht, das wird dir gut tun.«
»Ich glaube nur — ich meine — ich müßte etwas Geld haben.«
Es wurde ihm schwer, das Wort »Geld« auszusprechen. Es hatte einen fatalen Klang, seit seine Bestimmung vor kurzem der Gegenstand von so viel Ärgernis gewesen war.
Renny schob die Hand in die Hosentasche. Sein Gesicht sah verärgert aus, aber nachdem er die Silberstücke und eine verknitterte Banknote auf seiner Hand betrachtet hatte, steckte er sie wieder ein und zog aus der Brusttasche das abgeschabte lederne Taschenbuch heraus, auf dem die Augen der Familie so oft erwartungsvoll geruht hatten. In der gewohnten Art, als ob er zu verstecken suchte, wieviel er habe, zog er eine Fünfdollarnote heraus und gab sie Finch.
Eden machte den Hals lang, um zu sehen, wieviel er bekam. »Noch ein paar Jahre«, sagte er, »und die Lage wird umgekehrt sein.«
Finchs Gesicht wurde feuerrot. Sollte er nie in Ruhe gelassen werden? Sollte diese Erbschaft immer der Gegenstand spöttischer Bemerkungen sein? Er steckte das Geld düster ein, mit einem gemurmelten: »Vielen Dank.«
»Inzwischen«, sagte Renny, »hat er arbeitsreiche Jahre vor sich, und ich will nicht, daß ihm das Geld immer unter die Nase gehalten wird. Ich habe das auch Piers gesagt. Du bist ein Dichter und solltest wissen, was es heißt, feinfühlig, melancholisch und neurotisch zu sein, und all das Zeug. Wenn ihr ihm das Leben zu schwer macht, wer weiß, dann gibt er dir vielleicht nochmals die Chance, ihn zu retten, was Finch?« Zurückhaltung war nicht gerade die starke Seite der Whiteoaks.
Eden lachte, aber er wurde rot. »Das nächstemal, wenn du es versuchst Bruder Finch, tu es doch lieber hier, da kann ich dich von der Brücke aus herausfischen, ohne mir die Füße naß zu machen.«
Finch grinste einfältig und wollte eben zurückgehen, als Eden sagte: »Bleib doch! Bleib, laß uns etwas reden. Renny geht doch schon. Nicht war, Renny?«
»Ja, ich habe mich schon verspätet«, sagte Renny und sah auf die verbeulte Armbanduhr aus Geschützmetall, die mit ihm durch den Krieg gegangen war. Renny war immer unterwegs zu geheimnisvollen Verabredungen in Pferdeangelegenheiten, Zusammenkünften, die sein abgeschabtes ledernes Taschenbuch eher dünner als dicker zu machen pflegten.
Finch und Eden blieben allein. Sie starrten ein paar Augenblicke in verlegenem Schweigen in die spiegelnde Bewegung des Bachtümpels hinunter, und dann sagte Eden ernsthaft: »Ich habe Renny gestern morgen gesagt, daß ich es für die beste Tat meines Lebens halte, das deine gerettet zu haben. Ganz abgese-

hen von brüderlicher Liebe, steigt mir doch allmählich eine Ahnung auf, daß du mal das Renommierstück der Familie sein wirst. Ich will verdammt sein, wenn ich weiß, weswegen ich das glaube. Wahrscheinlich ist es Intuition — da ich ein Dichter bin und sensitiv und all das, was Renny mir zuschreibt. Himmel, ist er nicht ein unglaublicher Kerl?«

»Er ist prachtvoll!« sagte Finch hitzig. »Und ich will nicht das geringste gegen ihn hören.«

»Wirst du auch nicht, wenigstens nicht von mir. Ich bewundere ihn genau so wie du — wenn auch in anderer Art. Ich bewundere und beneide ihn um gewisse Seiten an ihm, die du überhaupt nicht kennst ... Sag mir, Finch was wirst du mit deinem Leben anfangen?«

Er bot ihm eine silberne Dose mit teuren Zigaretten an. Finch erinnerte sich an die Gestalt auf der Bank in Madison Square Gardens — schäbig, verzweifelt, krank. Wie gut hatte Eden sich wieder erholt, und wie gesund sah er wieder aus! Wenn er selber so unten durch gewesen wäre, wer wußte, ob er je wieder hochgekommen wäre! Und da stand Eden, vergnügt, jedes Gefühl verspottend, und bereit, sich wieder ins Leben zu stürzen.

Er nahm die Zigarette und das Streichholz.

Eden sagte: »Ich glaube, wir beiden sind uns ähnlicher, als du je gedacht hast. Mir scheint, wir haben eine ganze Menge von unserer — wie nannte Gran sie doch — unserer armen liederlichen Mutter.«

»Still!« unterbrach Finch schroff.

»Ich meine das nicht verächtlich. Ich will sagen, daß wir von ihr die Eigenschaften geerbt haben, die den Whiteoaks ›liederlich‹ erscheinen — Liebe zur Poesie, Liebe zur Musik, Liebe zur Schönheit. Meinst du nicht auch?«

»Ich glaube, sie muß sehr verschieden von ihnen gewesen sein.«

»Natürlich war sie das. Und wir sind das auch ... du mußt zugeben, daß du mir Dinge sagen kannst, die du keinem von den anderen sagen könntest, ohne daß sie dich auslachen.«

»Ja, vielleicht. Und doch —«

»Was?«

»Renny ist mit den Musikstunden riesig nett zu mir gewesen.«

»Gewiß. Aber weshalb? Weil er dein Gefühl dafür versteht? Nein! Weil er dich als einen Schwächling ansieht und Angst hat, daß du ohne Musik verrückt wirst. Mich als Dichter sieht er mit genau der gleichen Verachtung an. Er duldet mich bloß wegen der Blutsverwandtschaft. Er würde sich mit dem Satan selbst vertragen, wenn er sein Halbbruder wäre!«

»Ich wollte, ich wäre wie er«, murmelte Finch.

»Nein, das möchtest du gar nicht! Du kannst mir nicht vormachen, daß du deine Liebe zur Musik gegen die Liebe zu Pferden und Hunden eintauschen möchtest.«

»Und Frauen«, fügte Finch hinzu.

»Ach, die Frauen lieben wir alle! Aber du mußt es machen wie ich — lieben und vergessen. Onkel Nick war als junger Mann auch so. Er hat mir einmal gesagt, daß er sogar die Namen von den Frauen vergessen hat, die er einmal geliebt hat — ausgenommen natürlich den von der, mit der er unglücklich verheiratet war.«
Finch sagte: »Eden, wirst du nicht böse sein, wenn ich dich etwas frage? Liebst du Alayne gar nicht mehr?«
»Ich liebe sie nicht mehr als Frau, wenn du das meinst. Vielleicht hätte ich ihren Namen auch vergessen, wenn wir nicht verheiratet gewesen wären.«
»Merkwürdig — wo sie doch so — entzückend und so gut ist.«
»Sie hat zuerst nur meine Gedichte geliebt und dann mich als ihren Verfasser. Und ich glaube fast, ich liebte sie nur, weil sie meine Gedichte liebte. Das ist alles vorbei.«
Finch wandte sich ab und ging auf die andere Seite der Brücke hinüber. Hier lag der Bach ganz im Schatten. In kurzem Schweigen ließ er seine Augen auf der kühlen Fläche ruhen und fragte dann: »Schreibst du jetzt etwas, Eden?«
»Eine ganze Menge im letzten Monat.«
»Ich möchte gern einmal etwas hören.«
»Wenn du es hören magst«, sagte Eden langsam, »möchte ich dir etwas sagen. Etwas, was ich noch niemand anderem gesagt habe.«
Finch fühlte sich ungeheuer geschmeichelt. Er wandte sein langes Gesicht gespannt dem Bruder zu.
»Ich habe vor, ein erzählendes Gedicht über die Frühgeschichte Französisch-Kanadas zu schreiben. Das ist ein fabelhaftes Thema: Jacques Cartier. Die gefährlichen Segelschiffreisen. Die französischen Gouverneure und die Mätressen. Gerissene Beamte. Heroische Jesuiten. Die ersten Großgrundbesitzer. Abenteurer. Die kanadischen Lieder. Diese armen Teufel von Indianern, die gefangen und nach Frankreich geschleppt wurden und in den Galeeren arbeiten mußten. Denk bloß an die Heimwehlieder, die ich ihnen in den Mund legen könnte! Denk an die vornehmen französischen Frauen, die als Nonnen herüberkamen. Denk an ihre Lieder von Heimweh nach Frankreich — und ihre ekstatische Jesusliebe! Wenn ich das nur so fertigbringe, wie es mir vorschwebt, Finch!«
Sein Gesicht strahlte. Er machte eine weitausholende Bewegung, in der leidenschaftliche und fast zitternde Hoffnung lag. Finch sah, daß der Ärmel seines grauen Tweedanzugs ausgefranst war, daß das Handgelenk, so rund es war, sehr zart aussah. Sein Herz flog Eden entgegen.
Es war das erstemal, daß er von einem seiner Brüder als seinesgleichen behandelt worden war. Und mehr als das, zum Vertrauten gemacht! Sein Gesicht strahlte den Glanz von Edens Gesicht wider.
»Das wird wundervoll werden«, sagte er. »Sicher kannst du das. Es ist riesig nett von dir, mir das zu erzählen.«

»Wem sollte ich es denn sonst sagen? Du bist der einzige, der es verstehen kann.«
»Alayne verstände es auch.«
Eden sagte gereizt: »Ich sage dir, es ist nichts — weniger als nichts — zwischen Alayne und mir jetzt! Wenn du älter bist, wirst du selbst merken, daß nichts so schwierig ist, als mit jemandem befreundet zu sein, den du zu lieben aufgehört hast.«
»Ich verstehe nicht, wie ihr in der Hütte zusammen wohnen und leben könnt —wenn das so ist.«
»Das können wir auch nicht. Sie geht zu ihrer Arbeit zurück. Ich reise fort. Drummond sagt, ich muß den ganzen Winter möglichst im Freien leben. Das ist die Schwierigkeit.« Sein helles Gesicht wurde plötzlich von Sorgen überschattet. »Renny will mich nach Kalifornien schicken. Aber ich bin fest entschlossen, da nicht hinzugehen. Ich muß nach Frankreich. Es wird mir nicht nur tausendmal mehr liegen, sondern ich werde dort auch die Anfänge der französisch-kanadischen Geschichte studieren können. Ich möchte auf die Wurzeln zurückgehen. Ich muß es einfach, sonst bringe ich diese Sache nie so fertig wie ich möchte. Ich möchte ein Jahr in Frankreich leben — da bleiben, bis ich das Gedicht fertig habe — aber wie soll ich das anfangen? Renny wird nie genug Geld dafür haben.« Der Schatten auf seinem Gesicht wurde zu einem Ausdruck tiefer Melancholie. »Ich bin einfach hilflos. Wahrscheinlich werde ich doch dahin gehen müssen, wo ich hingeschickt werde. Es gibt niemand, der mir zweitausend Dollar leihen könnte, und soviel würde ich ja brauchen.«
»Wenn ich bloß mein Geld hätte«, rief Finch. »Ich würde dir sofort helfen.«
Eden sah ihn warm an. »Das würdest du. Ich glaube dir. Du bist ein Prachtkerl, Finch! Ich würde es auch annehmen, aber nicht als Geschenk. Ich würde es mit Zinsen zurückzahlen, sowie ich erst einmal auf eigenen Füßen stände. Aber was hilft das Reden. Du kannst ja für Jahre noch nicht an dein Geld heran.«
Finch war ungeheuer aufgeregt. Ein leidenschaftlicher Wunsch, ihm zu helfen, durchdrang sein ganzes Wesen. War es nicht einfach seine Pflicht ihm zu helfen, und ihm alles Geld zu geben, was er nötig hatte! Hatte er nicht sein Leben gewagt, um ihn zu retten? Er lief erregt auf dem schmalen Raum der Brücke hin und her.
Er war fast außer sich. Eine Idee kam ihm. Eine erstaunliche, eine famose Idee! Er blieb vor Eden stehen und grinste ihm freudig ins Gesicht.
»Ich habe es! Ich kann dir das Geld beschaffen! Sicher kann ich es.«
Eden sah ihn mit seinem seltsam verschleierten Blick an. »Wie soll das möglich sein?« Sein Ton war müde, aber das Herz schlug ihm rasch. War es möglich, daß er sich nicht verriet, daß er nicht gezwungen wurde, dem Jungen Mittel und Wege anzudeuten?
»Sieh, so geht das«, stieß Finch atemlos hervor. »Da ist doch mein Freund Arthur Leigh! Der hat eine Masse Geld. Er ist mündig und hat jetzt schon ein

schönes Vermögen. Er wird mir das Geld leihen. Ich würde ihm meinen Schuldschein geben, — mit guten Zinsen natürlich — und dann könnte ich dir verschaffen, soviel du brauchst!« Finchs Gesicht wurde dunkelrot, er war mit den Händen durch sein Haar gefahren, daß es sich hochsträubte; sein Schlips saß schief; er hatte nie wilder ausgesehen, und weniger wie ein Philanthrop.
Edens Augen leuchteten auf, aber er schüttelte fast düster den Kopf. »Das klingt ja ganz einleuchtend, aber das kann ich nicht.«
»Warum?« Finch war wie vom Donner gerührt.
»Was würden sie sagen — die anderen? Renny würde nie damit einverstanden sein. Er spart das Geld für Kalifornien zusammen, und damit ist es für ihn erledigt.«
»Er braucht nie davon zu erfahren. Niemand braucht es zu wissen, als wir und — Leigh. Und ich werde Leigh nicht sagen, wofür ich das Geld brauche. Oh, er ist der großzügigste Mensch, den du dir vorstellen kannst! Er würde nie fragen. Würde bloß sagen: also gut, Finch, da ist dein Geld! und sich meinen Schuldschein in die Tasche stecken. Ich sage dir, ich habe schon längst beschlossen, für jeden in der Familie etwas mit diesem Geld zu tun. Dann werde ich mir nicht so wie ein — wie solch eine Art Paria vorkommen! Du bist nur gerade der erste, der mir in den Weg kommt, und es muß völliges Geheimnis zwischen uns beiden bleiben.«
Edens Gesicht brach in ein Lächeln aus, das fast zärtlich war. Er faßte Finchs Hand und drückte sie: »Armer Bursche«, sagte er, »wie schnell wirst du dein Geld loswerden!«

## 25 Brücke zu neuem Leben

Es vergingen zwei Tage, bevor er den moralischen Mut aufbrachte, Leigh um ein Darlehen zu bitten. Es war nicht so leicht, wie er geglaubt hatte, die Worte dafür zu finden. Er glühte über und über, und Leigh war gar nicht so leicht bei der Hand damit, wie er erwartet hatte.
Sein heller Blick tauchte in die aufgestörte Seele von Finchs Seele.
Er fragte: »Willst du dies auch wirklich für dich selbst haben, alter Junge? Es ist nämlich eine ganze Masse Geld.«
Finch nickte.
Leigh lächelte. »Ich fürchte, du lügst, und dafür habe ich dich gerade gern. Aber es widerstrebt mir zu denken, daß irgend jemand vielleicht deine Freundschaft ausgenützt hat. Daß jemand versucht, dir Geld abzulocken, der es nie zurückzahlen wird. Auf mein Wort, es ist mir peinlich, es dir zu leihen, aus Angst, daß dir irgendeine verrückte Idee in den Kopf gekommen ist, jemandem zu helfen, der es nicht wert ist.«
»Aber er ist es!« brauste Finch auf.

»Da, du gibst es also zu! Es ist für jemand anderes.«
»Ich leihe es, weil es mir Freude macht, aber ich gebe zu, daß ich jemand helfen will — wenigstens mit einem Teil.«
»Nicht mit allem?«
Finch sagte hitzig: »Also gut, dann leih es mir nicht!«
»Finch, du bist böse auf mich. Aber mir fällt es gar nicht ein, auf dich böse zu werden. Das wäre zu unnatürlich.« Leighs Stimme zitterte. »Ich werde dir das Geld leihen. Aber um Himmels willen, laß dir wenn irgend möglich Sicherheit geben von diesem Freund!«
»Ich kann es nicht von dir annehmen, wenn du so darüber denkst, Arthur.«
»Du sollst es aber. Du weißt, daß alles, was mich beunruhigt, nur die Furcht ist, daß du es verlierst.«
»Du traust mir also keinen gesunden Menschenverstand zu!«
»Ich weiß, daß deine Hilfsbereitschaft größer ist, als dein gesunder Menschenverstand. Ich habe die größte Angst, daß du, wenn du schon so anfängst — dein Geld verpumpst, ehe du es überhaupt hast — bald eine leichte Beute für gewissenlose Menschen sein wirst.«
Es war leicht gewesen, in dem rosenroten und elfenbeinweißen Salon zu lügen, aber wie schwer war das hier oben in Leighs Arbeitszimmer, unter seinen vertrauten Dingen, und vor seinen klaren Augen, aus denen die Sorge um ihn sprach.
»Arthur«, sagte er, »ich kann es nicht annehmen, ohne dir zu sagen, für wen es ist, nachdem du mir gesagt hast, was du glaubst. Es ist für Eden.«
»Aha, einen von der Familie!«
»Ja, aber er hat mich nicht darum gefragt! Ich habe es ihm angeboten. Er ist krank gewesen, weißt du, und möchte seiner Gesundheit wegen für den Winter nach Südfrankreich gehen. Und das ist es auch nicht allein. Er hat vor, etwas Wunderbares zu schreiben. Ein Jahr muß er dafür rechnen. Es ist anders als die anderen Sachen, die er geschrieben hat. Es wird eine ungeheure Arbeit sein. Ich wollte, ich könnte dir davon erzählen. Renny will ihn für den Winter nach Kalifornien schicken, aber das hat gar keinen Zweck. Er muß eben aus einem besonderen Grund gerade nach Frankreich gehen und wenigstens ein Jahr lang nicht mit Beruf oder Arbeit oder irgend sowas gequält werden. Sieh mal, Arthur, du weißt doch, daß Edens Gedichte gut sind. Er hat fabelhafte Kritiken. Alayne hat ihre Stellung aufgegeben, um herzukommen und ihn zu pflegen, weil sie seine Gedichte so liebt. Ihn selbst liebt sie jetzt gar nicht mehr so besonders, weißt du. Sie leben getrennt. Es wäre einfach gemein egoistisch von mir, wenn ich nicht die Hand dazu bieten wollte, meinem eigenen Bruder zu helfen, wo er doch so begabt ist, und wo seine Frau es auch getan hat, und wo niemand anderes da ist, der es kann!«
Leigh sprang auf und faßte ihn um die Schulter. »Natürlich verstehe ich das! Aber warum hast du mir das nicht gleich gesagt? Das ist wundervoll von dir.

Und hör mal, ich werde keinen Pfennig Zinsen nehmen. Ich möchte auch mithelfen. Lieber Finch, ich möchte, daß es immer zwischen uns so klar ist wie Kristall!«
An dem Tag ging ein Brief an Eden ab.
Nun der Druck wegen des Geldleihens vorbei, sein Schuldschein sorgfältig aufgesetzt und Leigh ausgehändigt war, fing Finch an, sich geradezu glücklich zu fühlen. Er machte sich erst jetzt die Bewegungsfreiheit klar, die der Besitz des Geldes für sein Leben bedeutete. Er begriff nicht nur diese Möglichkeiten, sondern steigerte sie auch in seiner Vorstellung. Er hatte immer nur so wenig Geld gehabt; er hatte Renny und Piers entzückt über einen kleinen unerwarteten Verdienst gesehen. Piers konnte geradezu überströmend guter Laune sein, wenn er mehr als gehofft hatte für eine Apfellieferung bekam, oder wenn eine seiner Jerseykühe Zwillingskälber bekommen hatte. Renny pflegte mit erhobener Stimme seinen Gewinn bei dem Rennen zu verkünden. Schon in der Zeit der Matrosenanzüge hatte Finch gewußt, daß das Geld seiner Großmutter der Gegenstand eifersüchtiger Vermutungen war. Er hatte den Wettstreit um den ersten Platz ihrer Zuneigung stets vom Standpunkt eines Außenseiters zugesehen, und nie, auch in seinen kühnsten Phantasien nicht, an die Möglichkeit gedacht, daß er der Erbe sein könnte. Ihre Bestimmung, ihr ganzes Vermögen einem einzigen zu hinterlassen, war ihm immer grausam und ungerecht vorgekommen. Er glaubte im geheimen, daß sie diese Absicht nur mit dem Hintergedanken ausgesprochen hatte, daß sich das Interesse der Familie immer um sie drehen sollte und ihr Eifer immer angespannt bliebe. Das hatte sie erreicht. Aber nun sie als Mittelpunkt nicht mehr da war und die Spannung vorüber, glaubte Finch, wie er unerfahren und mit hungrigen Augen in seine neue Zukunft sah, daß es keine Grenze für seine Macht gäbe.
Am anderen Morgen fuhren er und Leigh frühzeitig nach Jalna hinüber. Leigh ließ seinen Wagen am Tor, und sie stiegen in die Schlucht hinunter und gingen geradewegs auf die Holzbrücke des Flüßchens zu. Eden war nicht da. Trotzdem fühlte Leigh sich in seiner drängenden Eile belohnt. Er lehnte auf dem Geländer der Brücke und begeisterte sich bald an der Schönheit des Himmels, bald an der seines eigenen Spiegelbildes unten im Wasser.
»Wenn ich nur in Wirklichkeit ein so entzückender Kerl wäre, wie in diesem schattenhaften Spiegelbild«, sagte er, »die Welt würde mir zu Füßen liegen! Beug dich einmal über und sieh dich an, Finch.«
Finch spähte in das Wasser hinunter, wie er es schon tausendmal getan hatte. »Nichts als Nase!« knurrte er.
Leigh plauderte noch eine Weile, aber bald spürte er die Kühle der Schlucht. Es war Tau gefallen, der fast so schwer wie Regen war. Noch jetzt rieselte die Feuchtigkeit in klaren Tropfen von den Spitzen der Blätter wie ein beginnender Regenschauer. Während Finchs Abwesenheit waren die Herbstastern aufgeblüht. Ihre Blütensterne, deren Farben vom tiefen Purpur bis zum Blau

des Septemberhimmels variierte, hingen wie ein amethystener Nebel über den Ufern des Flüßchens. Über Farnblättern und Ranken lag ein kühler Schimmer, als ob sie aus Metall geschnitten wären. Das klare matte Sonnenlicht hatte noch nicht die schweren Düfte der Nacht in der Schlucht aufgetrunken.
»Es scheint mir doch nicht ganz richtig«, sagte Leigh, »daß dein Bruder heute morgen hierherkommt. Für jemand, der ein Lungenleiden hat, ist es doch wohl nicht gerade der richtige Ort.«
»Das ist ausgeheilt. Wenigstens sieht er sehr gut aus. Unser Doktor sagt, daß er jetzt nur noch Ruhe und gute Ernährung nötig hat. Trotzdem« — er sah zweifelhaft auf die nassen Holzbohlen der Brücke — »scheint es mir auch reichlich feucht für ihn.«
»Vielleicht wäre es besser, wir gingen zu ihm.« Leigh hatte den heimlichen Wunsch, seiner Mutter erzählen zu können, daß er den Dichter in seiner Einsiedelei aufgesucht und vielleicht auch seine Frau zu Gesicht bekommen hätte, um die etwas Geheimnisvolles hing.
»Ich glaube, ich höre ihn kommen.«
»Hallo, was ist das?«
»Ein englischer Fasan. Renny hat sie hier in den Wäldern eingeführt.«
Die Fasanenhenne schwirrte schwerfällig ins Gebüsch, ihre Jungen hinter sich. Ein Kaninchen hüpfte den Pfad entlang, aber als es beide sah, kehrte es um, zeigte in drei gemächlichen Sprüngen seine weiße Blume und verschwand im Dickicht.
Edens Beine erschienen, die den Pfad herunterstiegen; dann wurde der ganze Mensch sichtbar, und zuletzt sein Kopf, vom Sonnenlicht zwischen den Blättern überschimmert. Er brachte einige zusammengerollte Papiere mit. »Ein Dichter, und noch dazu schön!« dachte Leigh. »Ich wollte die Mädchen wären hier!«
»Hallo«, grinste Finch, »wir dachten schon, du hättest Lampenfieber.«
Eden stand am Ende der Brücke, die Augen auf Leigh gerichtet. Leigh dachte, er lächelt mich an und sieht mich an, und doch ist es, als ob er mich gar nicht sieht. Ich weiß nicht, ob ich ihn mag.
Finch sagt: »Dies ist Arthur Leigh, Eden ... Er hat schon gemeint, es wäre hier zu feucht für dich.«
»Ich bin an Feuchtigkeit gewöhnt, wie eine Auster«, antwortete Eden und schüttelte Leigh so warm die Hand, daß dieser den ersten Eindruck völliger Fremdheit vergaß.
Leigh sagte: »Ich hoffe, Sie werden nicht so verschlossen wie eine Auster sein. Ich bin sehr gespannt, einige von Ihren Gedichten zu hören, wenn ich darf. Hat Finch Ihnen das gesagt?«
»Ja.« Die Augen der Brüder trafen sich. Ein Funken von Verständnis sprang über. Finch dachte: ›Ich habe ihn glücklich gemacht. Es ist herrlich, für andere etwas tun zu können. Ich verstehe nicht, warum andere reiche Leute das nicht viel mehr tun!‹

Eden sprach offen mit Leigh über seine künftige Reise nach Frankreich, ohne zu ahnen, daß Leigh wußte, warum Finch das Geld geliehen hatte. Leigh dachte: ›Glaubt er, daß ich nicht fähig bin, mir einen Vers darauf zu machen? Vielleicht ist es ihm gleichgültig.‹

Die Sonne stieg höher und strömte warm in die Schlucht, die sich wohlig und schläfrig unter dieser warmen Liebkosung zu dehnen schien:

Sie setzten sich auf die Brücke, die nun trocken war, während Eden mit seiner tiefen weichen Stimme vorlas. Einige der Gedichte hatte er schon vorher Alayne vorgelesen, aber nicht alle. Sie waren die Essenz, die er aus dem vergangenen Sommer gezogen, das was er aus diesen verschatteten Monaten an Kraft und Schönheit eingetrunken hatte. Wie er seinen eigenen Worten lauschte und die verzückten Gesichter der beiden jungen Leute sah, fragte er sich, ob die Erfüllung seines Lebens in solchen Augenblicken lag. War nicht vielleicht auch das Leiden, das er, wie er wußte, in dem Leben seiner nächsten Menschen verursacht hatte, gerechtfertigt, ja notwendig für die Schöpfung dieser Gedichte? Das Böse in ihm war untrennbar vom Guten, wie bei den Göttern, deren Kraft erst in eine Richtung und dann in die andere ausströmte. So sah er sich selbst, und undeutlicher sah ihn auch Finch so, der niemals zu hoffen wagte, daß irgend etwas, was er selbst schaffen würde, sein eigenes Lebensungeschick rechtfertigen könnte.

Es gab einen dritten Zuhörer bei dieser Vorlesung, von dem die anderen nichts merkten. Dies war Minny, die, als sie von Vaughansland her durch die Schlucht streifte und Stimmen hörte, sich von einem Baumstamm zu anderen gestohlen hatte, bis sie nahe genug war, um sowohl zu sehen, wie zu hören. Es traf sich, daß sie heute morgen ein dunkles Kleid trug, statt der sonstigen kräftigen Farben, und so konnte sie sich leicht hinter einem großen Geißblattbusch verstecken, der nur wenige Schritte von der Brücke entfernt war. Sie kauerte da, die Füße gegen die feuchte Erde gestemmt, und fühlte sich selbst in dieser Situation nicht unbehaglich. Sie hatte eher ein wundervolles Gefühl eines Abenteuers.

Sie hoffte und wünschte, daß die beiden jungen Leute erst allein fortgehen würden und Eden auf der Brücke zurücklassen. Und obgleich solche Wünsche meist vergeblich zu sein pflegten, geschah das hier auch wirklich. Alle drei standen auf, aber Eden begleitete die beiden nicht, als sie den Pfad zurückgingen. Statt dessen blieb er regungslos stehen, sah ihnen nach, und ein paar Augenblicke später, während sie noch überlegte, ob sie sich zeigen sollte oder nicht, rief er: »Komm nur, komm Minny! Glaubst du nicht, daß du dich lange genug versteckt gehalten hast?«

Sie stand auf und strich ihr Kleid glatt. Sie schämte sich gar nicht, sondern ging lachend auf ihn zu.

»Wie lang haben Sie gewußt, daß ich hier war?«

»Die ganze Zeit. Ich sah Sie Indianer spielen und von einem Baum zum anderen

schleichen. Sie sind ein kleiner Leichtfuß!«
Das gefiel ihr. Ihr Lachen wurde neckisch.
»Ich habe jedes Wort gehört, das Sie sagten!«
»Nein, das haben Sie nicht!«
»Doch!«
»Was habe ich ihnen denn erzählt, über das sie so lachten?«
»Das sage ich nicht!«
»Weil Sie es nicht verstanden haben.«
»Ist mir ganz egal! Alle Ihre Gedichte habe ich doch gehört.«
»Es schickt sich nicht für ein junges Mädchen, Männern nachzuspionieren.«
»Männer! Sieh einer das Kind!«
»Na, die anderen sind ja Jungens, aber Sie werden doch zugeben, daß ich ein Mann bin.«
»Sie sind das größte Baby von allen!«
»Ich! Ich bin ein hartgesottener Taugenichts.«
»Dann sind Sie ein Baby von einem Taugenichts! Ihre Frau hat ein Baby aus Ihnen gemacht. Den ganzen Weg hierher zu kommen, wo ihr in Wirklichkeit nicht die Spur an Ihnen liegt.«
»Sie hätten das wahrscheinlich nicht getan?«
»Natürlich hätte ich das.«
Ihr Lachen klang in seins. Sie setzten sich nebeneinander auf die Brücke. Wie er ihr ein Streichholz für ihre Zigarette hinhielt, sah er tief in ihre schmalen lustigen Augen. »Wie gefielen Ihnen meine Gedichte?«
»Riesig. Zwei davon klangen genau so wie zwei Lieder, die ich singe.«
»Das muß ein weises Gedicht sein«, erwiderte er ernsthaft, »das seinen eigenen Schöpfer kennt.«
»Wahrscheinlich werden sie Sie noch einmal ganz berühmt machen.«
»Das hoffe ich.«
»Ein Jammer, daß Sie nichts von dem Geld gekriegt haben!«
»Ja, dafür hat mein naiver kleiner Bruder gesorgt!«
»Wenn ich Sie wäre, würde ich ihn dafür hassen.«
»Ich hasse niemand. Ich wollte bloß, die Leute wären so duldsam gegen mich, wie ich gegen sie.«
»Ich hasse jemanden.«
»Hoffentlich nicht mich.«
»Das raten Sie nie.«
»Ihre Frau.«
»Wirklich? Daran ist meine Schwester schuld.«
»Nicht die Spur. Ich hasse sie ganz von mir selbst aus.«
Er tat einen raschen Seitenblick auf sie, aber er machte keine Bemerkung darüber. Sie rauchten schweigend, jeder des anderen intensiv bewußt. Er hörte sie einmal den Atem anhalten, als ob sie sich irgendwie Zwang auferlegen müßte.

Nun schien die Sonne heiß auf sie herunter und weckte eine Stimmung träumerischer Müdigkeit.
Nach einem Augenblick sagte sie: »Ich bin jetzt dreimal morgens am Strande gewesen. Ohne Sie ist es da sehr einsam.«
Er war verwundert. »Wirklich? Wie schade! Und Sie haben mich das nicht wissen lassen!«
»Ich dachte, Sie erwarteten mich. Ich wollte Sie nicht enttäuschen.«
»Liebes Kind!« Er nahm ihre Hände in die seinen.
Bei dieser Berührung füllten sich ihre Augen mit Tränen, aber sie lachte. Sie sagte: »Ich bin ein dummes Ding, daß mir das weh tat!«

## 26  Entwirrte Herzen

Eine Reihe vollkommener Septembertage folgte, einander so gleich in ihrem wolkenlosen Sonnenschein — einem Sonnenschein, der bei aller Wärme nicht mehr die Kraft hatte, neues Wachstum zu erzeugen — daß es fast schien, als könnten sie immer so weiterfließen, ohne die Landschaft sichtbar zu verwandeln. Herbstastern, Weiderich, und hier und da ein Busch Enzian, hingen noch immer einen blauen Schleier um die Wege und das Flüßchen. Im Garten blühten Kresse, Dahlien, Glockenblumen, Phlox und Löwenmaul unermüdlich weiter. Die schweren Hummeln, unter denen diese Blumen schwankten, hätten glauben können, daß der Honig nie ein Ende nähme. Und die Kuh auf der Weide, deren Gras dieses Jahr nie braun geworden war, hätte glauben können, daß dieses frische duftige Grün nie enden würde. Die alten Leute in Jalna hätten denken können: Nie werden wir älter werden und sterben, wir werden ewig so weiterleben! Selbst Alayne, die in Fiedlers Hütte ihre Sachen packte, tat das wie im Traum. Es schien ihr unmöglich, daß sie fortgehen sollte, daß das Leben für sie noch andere Möglichkeiten haben könnte.
Das tätige Leben, in das sie zurückkehrte, zog sie an. Sie konnte sich bis ins einzelne vorstellen, was sie nach ihrer Rückkehr tun wollte, aber wenn sie sich selbst dabei zu sehen versuchte, dann sah sie nichts als einen blassen Schatten. Sie dachte: Für mich gibt es keinen Platz in der Welt. Ich bin nicht für Glück geschaffen. Ich bin mir selbst so unwirklich wie eine Gestalt in einem Schauspiel — unwirklicher, denn über die könnte ich lachen oder weinen, aber mich selbst kann ich nur leer anstarren und denken, wie unwirklich ich bin.
Ob wohl die Möbelstücke, mit denen die Hütte so vollgestopft worden war, dort bleiben würden? Sie hatte sich an sie gewöhnt, und sie schienen ihr nicht mehr grotesk in diesen niedlichen Zimmern. Sie ging umher und suchte ihre wenigen eigenen Dinge, die sie mitnehmen mußte, zusammen und grübelte, was wohl Eden dachte, während er lesend auf dem Sofa lag und manchmal über die Seite weg einen raschen Blick auf sie warf.

Eine wunderliche Befangenheit stand jetzt zwischen ihnen. Er hatte ihre Fürsorge nicht mehr nötig, und ihr Zusammensein war sinnlos geworden. Sie waren wie zwei Reisende, die durch die Zufälligkeiten der Reise in eine Gemeinschaft zusammengeworfen sind, der jeder mit Freuden zu entfliehen trachtete. Wenn er müde nach Hause kam, verlangte er nicht länger ihr Mitgefühl, sondern suchte seine Müdigkeit zu verbergen. Sie mühte sich nicht mehr, ihn von Dingen zurückzuhalten, die sie als schädlich für seine Gesundheit sah. Seine Unrast war ihr eine Quelle der Beunruhigung, während ihre Zurückhaltung und das, was er ihre Gleichgültigkeit nannte, ihm ihre Gegenwart zu einer Last machte.

Aber an diesem vorletzten Tag vor ihrer Abreise war eine nachdenkliche Stimmung über Eden gekommen. Er empfand einen fast sentimentalen Wunsch, eine nicht zu unerfreuliche Erinnerung an sich in ihr zu hinterlassen. Er hätte durch irgendeinen einfachen Grund, der ihm jedoch nicht einfallen wollte, ihrem Zusammensein in den letzten Wochen einen Sinn geben mögen. Ihre Augen wichen einander aus.

Um diese Befangenheit zu durchbrechen, fing Eden an, laut aus seinem Buch vorzulesen.

»Mein Führer war auf seinem Weg zurück nach Aldea Gallega ... Und ich bestieg einen kümmerlichen Esel ohne Zügel und Steigbügel, den ich durch einen Strick lenkte. Ich ritt die Hügel von Elvas in die Ebene hinunter...«

Alayne wollte eben eine Vase leeren, in der ein paar verwelkte späte Rosen standen. Sie blieb vor ihm stehen, zog eine heraus und ließ sie auf die Seite vor seine Hand fallen.

Er hob sie auf und hielt sie an sein Gesicht.

»Noch immer süß«, murmelte er. »Eine seltsame Art erstarrter Süße. Aber sie ist schön. Warum sind sterbende Rosen die schönsten? Denn das sind sie — sicher sind sie das.«

Sie antwortete nicht, trug aber die Blumen über die Türschwelle und warf sie draußen ins Gras. Als sie zurückkam, las er noch mit lauter Stimme.

Sie ging in sein Zimmer und kam wieder mit seinem Wäschesack. Sie trug ihn in die Küche, und er hörte sie mit dem schottischen Mädchen reden. Sie kam zurück und steckte ihm einen Zettel in die Hand.

»Deine Wäscheliste«, sagte sie. »Du mußt sie durchsehen, wenn die Wäsche zurückkommt. Die Leute sind sehr unordentlich.«

Er knüllte die sorgsam geschriebene Liste in der Hand zusammen.

»Oh, weshalb kann meine Wäsche nicht an einem Flußufer von einem singenden dunkelhäutigen Mädchen gewaschen werden? Warum muß ausgerechnet ich in diesem prosaischen Leben stecken?«

»Das kann sie ja vielleicht«, sagte sie zerstreut, »wenn du weit genug reist... Sicher, ich wüßte nicht warum nicht.«

Sie fing an, den Schreibtisch abzuräumen. Aus ihrer Schreibmappe nahm sie ein paar kanadische Briefmarken. »Hier sind Briefmarken, die ich nicht mehr brauche.«

»Ach so, danke.«

Er sah sie halb spöttisch, halb vorwurfsvoll an, dann stand er impulsiv auf und ging an den Schreibtisch. Er strich die Wäscheliste glatt, leckte eine Marke nach der anderen und klebte sie wie einen phantastischen Rahmen rund um den Rand. Er entdeckte einen Bildernagel und hängte das Papier an die Wand.

»Ein Erinnerungszeichen«, sagte er tragisch.

Sie hörte ihn nicht mehr, sie war in ihr Zimmer gegangen.

Er folgte ihr an die Tür, stand und sah hinein. Sie hatte ein dünnes Kleid angezogen; ihr Gesicht brannte.

»Weißt du«, sagte er, »daß du das sachlichste Wesen bist, das mir je begegnet ist?«

Sie zog die Brauen hoch und sah zu ihm hinüber. »Bin ich das? Wahrscheinlich wohl im Vergleich zu dir.«

»Keine andere Frau«, gab er zu, »könnte bei solcher innerer Aufregung so ordentlich in ihren Gewohnheiten bleiben.« Seine Augen fügten hinzu: Denn du bist innerlich aufgeregt, das kannst du nicht leugnen!

»Das kommt wohl von meiner Erziehung. Wenn du meine Eltern gekannt hättest und wüßtest, wie wir lebten! Alles in wundervollster Ordnung. Selbst unsere Gedanken hatten jeder seine Schublade.«

»Nein, das geht tiefer. Das liegt in deinem neuenglischen Blut. Ein Schutzgeist, der dich behütet, was?«

»Vielleicht. Sonst wäre ich vielleicht zwischen euch verrückt geworden.«

»Nie! Nichts könnte dich von Sinnen bringen. Trotz deines gelehrten Herkommens ist mir immer, als sähe ich in dir den Geist irgend eines grimmigen Schiffskapitäns. Die Hände auf dem Steuerrad, die Augen auf dem Barometer, ganz gelassen bei seinen Einzeichnungen ins Logbuch, während der wildeste Sturm rast und der Hauptmast und das Steuer gebrochen sind und ganz außer Tätigkeit. Ich höre ihn zum Maat sagen: ›Hast du die Wäscheliste in Ordnung?‹ — während der Himmel am Bersten ist. Und sehe ihn, sich die Zeit nehmen, dem Schiffsjungen eine Marke auf die Stirn zu kleben, damit sein Körper identifiziert werden kann, wenn er irgendwo am Strande angespült wird.«

Alayne fing an zu lachen. »Wie komisch bist du!« sagte sie.

»Das ganze Unglück ist«, sagte er, »daß du tausendmal zu gut für mich warst!«

Sie wendete sich ab und fing blindlings wieder an, ihre Koffer zu packen.

Er sagte: »Ich habe Renny neulich gesagt, daß du durch die Hölle gehen würdest, nur um seinen roten Kopf zu Gesicht zu bekommen.«

»Oh! Und was hat er gesagt?« Ihre Stimme war ausdruckslos. Eden sollte sie nicht aus der Fassung bringen.

»Habe ich vergessen. Natürlich machte es ihm Spaß.«

Sie wendete sich um und sah ihm ins Gesicht. »Eden, bitte laß mich in Ruhe packen! Du weißt, daß ich versprochen habe, heute abend bei deiner Tante und den Onkeln zu sein. Ich habe keine Zeit zu verlieren. Kommst du mit?«
»Nein, es macht dir viel mehr Spaß ohne mich. Grüße sie von mir. Wird Renny da sein?«
»Ich weiß nicht.« Wie grausam er war! Warum konnte er sie nicht in Ruhe lassen! Wie froh würde sie sein, in vierundzwanzig Stunden aus diesem allem heraus zu sein!
Als Eden ins Wohnzimmer zurückgekehrt war, saß er unglücklich dort herum. Er haßte sich selbst dafür, daß er sie geärgert hatte. Aber hatte er das wirklich? Vielleicht war es nur der Gedanke an das Fortgehen, der ihrem Gesicht diesen Ausdruck gab. Und er hatte ihr doch zum Abschied etwas besonders Schönes sagen wollen! Die ganze Situation war unerträglich. Je eher man aus dieser unmöglichen Atmosphäre herauskam, um so besser ... Hörte er da nicht ein Aufschluchzen aus dem anderen Zimmer? Himmel, hoffentlich nicht! Das wäre schrecklich. Er stand und horchte. Nein, es war nichts. Sie hatte sich nur geräuspert. Er blieb unruhig stehen, bis sie herauskam, bereit zu gehen. Sie sah blaß und ruhig aus, ihr Haar schön geordnet wie immer. Eine seltsam ergreifende Art Ruhe, als ob das letzte Wort nun gesagt sei, als ob sie jetzt nichts mehr schmerzen könne. Er sah, daß sie wirklich geweint hatte.
Die Sonne war hinter den Wipfeln untergegangen und sofort lag die Hütte in einer grünen Schattentiefe. Es war kein Spätrot mehr am Himmel, kaum mehr Zwielicht. Nach der reichen Glut der Sonne kam unvermittelt Schatten und Kälte. Es war wie das Scheiden ihrer Liebe, dachte er und verspottete sich selbst über den sentimentalen Gedanken.
»Alayne —« sagte er.
»Ja?«
»O nichts — ich habe vergessen, was ich sagen wollte.« Er folgte ihr an die Tür.
»Es muß dich aber jemand nach Hause bringen. Es wird sehr dunkel werden.«
Sie zögerte auf der flachen Stufe vor der Tür. Sie wendete sich ihm plötzlich lächelnd zu.
»Nach Hause!« wiederholte sie. »Es ist nett von dir, das zu sagen.«
Er ging hinaus, nahm ihre Hände und hob sie an die Lippen. »Lebe wohl, Alayne!«
Wie Alayne unter dem schwarzen Schwarm heimkehrender Krähen den Obstgarten entlangging, schien es ihr fast unmöglich, daß in ein paar Stunden dies alles hinter ihr lag, und sie in ein so anderes Leben zurückkehren sollte.
Das Willkommen der Familie von Jalna, als sie eintrat, war nicht mißzuverstehen. Piers und Pheasant waren in Montreal. Renny kam nicht zum Essen, obwohl die alten Leute sagten, daß sie ihn erwarteten. Der Sommer war wie ein Traum vergangen, sagte Nicholas. Ein seltsam schwerer Traum, fügte Ernest hinzu. Augusta versuchte, Alayne zu überreden, daß sie mit ihr nach Eng-

land ginge, anstatt nach New York. Augusta fürchtete sich davor, allein zu reisen, sie fürchtete sich vor der Rückkehr in ihr leeres Haus, und Alayne hatte England nie gesehen! Warum wollte sie nicht mitkommen? Alayne hatte einen Augenblick Lust, die Einladung anzunehmen. Warum sollte sie nicht über den Ozean gehen und sehen, ob sie dort das Vergessen fand? Aber wie sollte sie vergessen, wenn einer von dieser Familie bei ihr war, der unaufhörlich von den anderen reden würde? Nein, sie konnte es nicht. Besser, sich ganz und für immer von ihnen zu lösen. Finch spielte ihr während der Abendstunden vor, und sie war beglückt über seine Fortschritte und stolz darauf, daß sie es war, die Renny dazu überredet hatte, ihn ausbilden zu lassen. Die Stimmung im Wohnzimmer war gedämpft, aber heiter. Sie war von sanfter Melancholie. Wakefield durfte die Jade- und Elfenbeinkuriositäten aus dem Schrank nehmen, um sie Alayne zu zeigen und sie nachher auf dem Fußboden zu seiner eigenen Freude aufzustellen.

Alayne hatte nie einen solchen Abend in Jalna erlebt. Irgend etwas daran tat ihr weh und machte ihr die nahe Trennung schmerzhaft fühlbar.

Wakefield kauerte sich neben Alayne auf das Sofa. Er zog ihre Ringe ab und schmückte seine eigenen kleinen Finger damit. Aber als er sie wieder anstecken wollte, schloß sie fest die Hände vor dem Trauring.

»Ich werde ihn nun nicht mehr tragen«, sagte sie mit leiser Stimme.

»Aber was soll ich damit machen?«

»Ich weiß nicht. Frag Tante Augusta.«

»Was soll ich hiermit machen, Tante?« Er ließ den Ring auf dem Finger tanzen.

Augusta antwortete würdevoll: »Leg ihn in den Schrank zu den Kuriositäten.«

»Das ist das Richtige!« Er hockte schon vor dem Schrank. »Seht mal an! Ich habe ihn um den Hals des kleinen weißen Elefanten gehängt. Das ist ein hübsches kleines Halsband für ihn.«

Alayne beobachtete ihn mit einem halb belustigten, halb bitteren Lächeln. Also das war das Ende davon! Ein niedliches kleines Halsband für einen weißen Elefanten. Und der glückliche Schauer damals, den sie fühlte, als er ihr auf den Finger gesteckt wurde! Sie rückte unruhig auf dem Sofa. Eigentlich war sie viel zu lange geblieben, in der Hoffnung, daß Renny wiederkommen würde. Warum mied er sie? Fürchtete er sich? Aber warum nur, da es doch ihr letzter Abend in Jalna war? Den ganzen Tag hatte sie in Vorfreude auf ihren Heimweg zur Hütte am Abend gelebt. Denn sicher würde er sie durch die Dunkelheit nach Hause bringen! Was er auf dem Weg zu ihr sagen würde, war den ganzen Tag Gegenstand ihrer fieberhaften Vermutungen gewesen. Sie hatte sich hübsch angezogen, ihr Haar gemacht mit dem Gedanken, daß sie, so wie er sie heute abend sah, ihm in Erinnerung bleiben würde. Und er war nun irgendwohin verschwunden, anstatt den Abend im Zimmer mit ihr zu verbringen!

Augusta murmelte etwas über ein Pferd — Renny — es hatte ihm so leid getan — er ließ sich entschuldigen.

»Ja? Es ist sehr schade, natürlich. Sag ihm noch einen Gruß von mir.«
»Oh, du wirst ihn noch sehen«, sagte Ernest. »Er fährt dich morgen selbst in die Stadt.«
Noch immer keine Ruhe. Die fieberhaften Vermutungen, die schmerzlichen Gedanken würden nun wieder von vorn anfangen.
Sie sagte: »Sagt ihm, er soll sich keine Mühe machen. Finch wird mich hereinfahren, nicht wahr, Finch?«
»Das tue ich schrecklich gern.«
»Kannst du dir denken, Alayne«, rief Wake, »daß ich noch nie irgendwo zu Besuch gewesen bin?«
»Was für eine Schande! Willst du mich später mal besuchen? Es wäre mir eine große Freude.« Sie drückte ihn an sich und flüsterte: »Sag mir, wo ist Renny?«
Er flüsterte zurück: »In den Ställen. Ich weiß es, weil er Wright in die Küche geschickt hat, um etwas zu holen, und ich gerade da war.«
Finch sollte sie zur Hütte zurückbringen. Er lief hinauf, um seine elektrische Taschenlampe zu holen.
Alayne wurde von Augusta, Nicholas und Ernest in die Arme genommen.
Ernest sagte: »Wie sollen wir dir vergelten, was du für Eden getan hast?«
Nicholas knurrte: »Wie sollen wir je wieder gutmachen, was er ihr angetan hat? Ihr Leben auf den Kopf gestellt.«
Augusta sagte und hielt sie an sich gedrückt: »Wenn du deine Ansichten über den Besuch in England bei mir änderst, dann laß es mich nur wissen. Es würde mir eine große Freude sein.«
»Ich rate dir das gar nicht«, sagte Nicholas. »Du wirst totfrieren in dem Hause da.«
»Kein Gedanke daran! Wenn jemand es versteht, es den Leuten behaglich zu machen, so bin ich es. Ich habe doch die Hütte für sie eingerichtet, obgleich Mama sich selber was darauf zugute tat.« Ein leiser Geruch von den schwarzen Kleidern, die sie trug, und der Duft einer Haarpomade vergangener Tage ging von ihr aus.
Finch und Alayne waren draußen im Dunkeln, der Strahl der elektrischen Taschenlampe ging vor ihnen her. Kühle süße Düfte stiegen von den Blumenbeeten auf. Das Gras tropfte von Tau.
»Laß uns durch den Tannenwald gehen«, sagte sie. Sie hatte gehofft, mit Renny diesen Weg zurückzugehen.
Sie sprachen nur wenig, wie sie den Fußpfad unter den Tannen entlang gingen. Sie war mit ihren eigenen unglücklichen Gedanken beschäftigt. Finch war ganz erfüllt von der Traurigkeit des Lebens, seiner Sehnsucht, seinem Tasten im Dunkeln und seinen Trennungen. Es war kalt unter den Bäumen. Aus einem Haselgebüsch kam das unruhige Zwitschern kleiner Vögel, die hier auf dem Flug nach dem Süden die Nacht verbrachten.
Finch leuchtete mit dem Licht in die Zweige hinauf und hoffte, die kleinen Din-

ger irgendwo zu entdecken. Seine Aufmerksamkeit wurde plötzlich durch einen Laut festgehalten wie Fußtritte unter den Tannen.
»Was horchst du?« flüsterte Alayne.
»Mir ist, ich hörte einen Zweig knacken. Irgend jemand muß da drin sein. Warte eine Sekunde.« Er verließ sie und ging mit vorsichtigem Tritt dem Laut nach.
Sie horchte angespannt, ihre Augen folgten dem schwankenden Strahl der Taschenlampe. Der Laut von Finchs tapsenden Fußtritten hörte plötzlich auf. Das Licht erlosch. Sie stand im schwarzen stummen Dunkel, durch das nur das unendlich zarte Schrillen einer einzelnen Grille auf einem Zweig in der Nähe klang. Sie bekam Angst.
Sie rief scharf: »Finch, was machst du?«
»Hier! Es war nichts.«
Die Taschenlampe leuchtete wieder auf; er kam zu ihr zurück. »Ein Mann, der sich da herumtrieb.« Er dachte: ›Warum hat sich Renny im Walde versteckt? Warum ließ er sich im Hause nicht sehen? Wenn Blicke einen umbringen könnten, wäre ich jetzt ein toter Mann. Himmel, er sah wie Großmutter aus!‹
Die Hütte lag in Dunkelheit, nur die Sterne funkelten durch die Zweige der Bäume. Ein dichter Nebel hing um ihre Stämme, schwer vor kalten Herbstgerüchen, von sterbenden Blättern und Pilzen und dem Geruch tiefer jungfräulicher Erde.
Alayne öffnete die Tür. Kalt und dunkel drinnen. Eden war wohl früh zu Bett gegangen. Er hätte aber wenigstens die Lampe brennen lassen können und Holz aufs Feuer legen! Finch leuchtete mit der Taschenlampe in das Zimmer hinein. Sie fand ein Streichholz und zündete zwei Kerzen auf dem Tisch an. Ihr Gesicht sah in dem Kerzenlicht weiß und gequält aus. Ein heißes Mitleid für sie quoll in seinem Herzen auf. Sie schien ihm das einsamste Wesen, das er kannte. Er warf einen Blick nach der geschlossenen Tür von Edens Zimmer. Ob Eden wach war?
Alayne sagte: »Warte einen Augenblick, Finch. Ich will das Buch suchen, das du lesen sollst.« Sie ging in ihr Zimmer. »Um Himmels willen, was für ein Durcheinander habe ich hier!«
»Oh, danke! Aber mach dir doch jetzt keine Mühe.« Die mit den Marken verzierte Wäscheliste fiel ihm in die Augen. Was zum Kuckuck war das! Er betrachtete sie erstaunt. Irgendeine Dummheit von Eden, das wollte er wetten. Die Marken waren nicht einmal gebraucht. Wenn sie weggingen und sie an der Wand hängen ließen, dann wollte er kommen und sich die Marken holen.
Als sie nach einer Weile wiederkam, die Finch sehr lange schien, war alle Farbe, die sie noch im Gesicht gehabt hatte, wie erloschen. Sie legte das Buch auf den Tisch. »Da«, sagte sie mit gepreßter Stimme, »ich hoffe, es wird dir gefallen.« Mit fast verzerrtem Mund sprach sie weiter: »Ich habe eben hier einen Zettel

von Eden gefunden.« Er sah, daß sie ein Stück Papier in der Hand zerknittert hatte.
»Oh«, sagte er einfältig mit langem Gesicht, »weswegen schreibt er dir einen Zettel?«
Sie drückte ihm das Papier in die Hand. »Lies!«
Er las:

Liebe Alayne!
Nach all Deinen Vorbereitungen bin ich es nun doch, der zuerst ausfliegt! Und nicht allein ausfliegt! Minny Ware kommt mit mir. Bist Du überrascht, oder hast Du geahnt, daß etwas zwischen uns war? Jedenfalls wird es eine Überraschung für die arme alte Meg sein. Ich fürchte, ich werde nie ohne die Gunst des anderen Geschlechts auskommen können. Du mußt jetzt nur noch eins für mich tun, nämlich auf Scheidung klagen. Den Grund gebe ich Dir ja an — und nicht einen so unmöglichen und peinlichen wie das erstemal. Liebes Kind, dies ist der erste gute Dienst, den ich Dir je geleistet habe. Ich mag kaum daran denken, was Du diesen Sommer durchgemacht haben mußt!
Wenn Du mit Renny nicht zusammenkommst, dann würde ich das Gefühl haben, daß ich vergeblich gesündigt hätte.
Wir gehen nicht nach Kalifornien, sondern nach Frankreich. Ich schreibe Finch von dort aus, so wird er den Rechtsanwalt mit Material über meinen Verbleib versorgen können.
Ich danke Dir, Alayne, für Deine Großmut gegen mich. Auf dem Papier kann ich das sagen.

Dein Eden

Finch las den Brief mit einem so verzweifelten Ausdruck, daß Alayne in nervöses Lachen ausbrach.
»Oh, Finch, hör auf«, stöhnte sie. »Du siehst so komisch aus, ich kann es nicht ansehen!«
»Ich sehe nichts Komisches darin«, sagte er. »Ich finde, es ist schrecklich.«
»Natürlich ist es schrecklich. Das ist ja gerade so komisch. Das, und dein Gesichtsausdruck!« Sie lehnte sich an die Wand, die Hände in die Seite gedrückt, halb lachend, halb weinend.
Er ging mit großen Schritten auf Edens Zimmer zu und riß die Tür auf. Es war in einem Zustand von Unordnung, wie nur Eden allein sie fertigbrachte. Alayne kam herein, stand neben Finch und sah in das Zimmer. Er konnte fühlen, daß sie vom Kopf bis zu den Füßen zitterte. Er legte den Arm um sie.
»Liebe Alayne, zittre doch nicht so! Ich habe Angst, daß du krank wirst.«
»Nein, ich bin ganz wohl, nur sehr müde, und Edens Art, so etwas zu machen, ist so unerwartet!«
»Das muß man sagen! Ich bin der einzige, der es wirklich hätte wissen können.

Er hat mir nicht gesagt, daß er ein Mädchen mitnehmen wollte, als er das Geld pumpte.«
Sie war ganz erschrocken. »Das Geld gepumpt? Was für Geld?«
»Das Geld für das Jahr in Frankreich, ich habe es ihm verschafft. Aber um Himmels willen sag das Renny nicht, oder ich komme furchtbar in die Patsche!«
Sie hörte auf zu zittern. Ihr Gesicht wurde hart. »Er hat Geld von dir geborgt — um nach Frankreich zu gehen?«
Er nickte, nicht ohne Selbstgefühl.
»Aber Finch, Renny wollte ihm doch den Winter in Kalifornien bezahlen!«
»Ich weiß. Aber Eden wollte nicht nach Kalifornien, er wollte ein Jahr nach Frankreich. Er mußte es haben, weil er da etwas schreiben wollte. Ich kann dir das nicht so erklären. Du mußt das verstehen. Du hast ja auch deine Arbeit verlassen und bist hierher gekommen, ihn zu pflegen, nur wegen seiner Verse. Man hat eben das Gefühl, es kommt gar nicht darauf an, was er sonst macht. Ich glaube, du und ich, wir denken ähnlich über Kunst. Ich hoffe, du hälst mich nicht für einen Esel.« Er war sehr rot im Gesicht.
Sie durfte seine Gefühle nicht verletzen durch ein Verkleinern seiner guten Tat. Ah, aber Eden würde ihm nie das Geld zurückzahlen! Sie nahm seinen Kopf in beide Hände und gab ihm einen Kuß.
»Du hast etwas sehr Schönes getan, Finch! Ich werde es keinem Menschen sagen ... Merkwürdig, wie er uns ausnutzt, uns dann stehenläßt.«
Sie nahm Finch den Brief weg und las ihn noch einmal. Die Farbe stieg ihr wie eine Welle wieder ins Gesicht.
»Ich wünschte, ich hätte ihn dich nicht lesen lassen — wegen dem, was er darin sagt. Du mußt das vergessen. Er ist so — rücksichtslos.«
Finch grunzte zustimmend. Natürlich. Das über Renny und sie. Und doch ... er starrte in das verlassene Nest, aus dem der Singvogel ausgeflogen war. Wie öde! Wie einsam war es hier! Kein Ort für eine Frau.
Es fuhr ihm heraus: »Du kannst hier diese Nacht nicht bleiben! Du mußt mit mir zurückkommen.«
»Ich fürchte mich nicht.«
»Das ist es nicht. Es ist so unheimlich hier. Ich könnte es selber nicht aushalten. Ich lasse dich nicht hier.«
»Ich möchte lieber hier bleiben.«
»Nein. Das geht nicht. Bitte komm. Tante wird sich so freuen. Dein altes Zimmer wartet auf dich.«
Sie fügte sich. Sie gingen zurück.
Oben war jetzt Licht, aber auch im Wohnzimmer brannte noch ein Licht, und von dort klang es wie Klavierspiel. Nicholas spielte.
Aus der Halle konnten sie seinen grauen Löwenkopf und seine schweren Schultern über die Tasten gebeugt sehen. Alayne erinnerte sich mit plötzlichen Gewissensbissen, daß sie ihn heute abend nicht gebeten hatte, zu spielen, obwohl

sie das bei Finch getan hatte.

Er spielte Mendelssohns »Tröstung«. Wie lang hatte man ihn nicht spielen gehört!

Finch flüsterte: »Wirst du es ihm sagen?«

»Ja. Warte bis er zu Ende gespielt hat.«

Sie standen regungslos nebeneinander. Als die letzten Töne verklungen waren, ging Alayne leise zu ihm hin. Er blieb noch einen Augenblick sitzen und sah auf seine Hände herunter, dann hob er langsam die Augen zu ihrem Gesicht.

Von ihrem Wiedererscheinen erschreckt, rief er aus: »Alayne, Liebe! Was ist geschehen?«

»Erschrick nicht«, sagte sie. »Es ist nichts Schlimmes. Es ist nur, daß Eden etwas früher fortgereist ist, als ich erwartet hatte. Er hat mir in der Hütte Nachricht hinterlassen. Finch wollte mich nicht allein dort lassen — so bin ich zurückgekommen, wie du siehst.« Sie senkte den Kopf und verflocht die Finger ineinander. Ihre Stimme war kaum hörbar, als sie hinzufügte: »Er hat Minny Ware mitgenommen.«

Nicholas' große Augen sahen zornig zu ihr auf. »Den Teufel hat er! Der Lump! Prügel müßte er haben. Mein armes kleines Mädchen —« Er drehte sich auf dem Klaviersitz herum und legte den Arm um sie. »Dies ist der Dank für alle deine Freundlichkeit! Er ist nichts als ein junger Taugenichts! Hat Renny hiervon gehört?«

»Ich habe Renny nicht gesehen.« Sie schämte sich bei dem Gedanken an Renny. Jetzt hätte sie ihn gar nicht mehr sehen mögen. Sie wollte aus diesem Hause gehen und nie wieder zurückkommen.

Augusta rief die Treppe hinunter: »Habe ich da Alaynes Stimme gehört? Was ist geschehen, Nicholas?«

Aufgeregt hinkte er eilig an die Treppe.

»Gussie!« Er hatte sie seit Jahren nicht mit dieser Abkürzung genannt. »Komm herunter, Gussie! Eine schöne Geschichte. Eden ist mit diesem liederlichen Ding Minny Ware durchgegangen!«

Er wendete sich zu Alayne und Finch, die ihm in die Halle gefolgt waren. »Weißt du, wo sie hin sind?«

Finch war auch aufgeregt geworden. »Nach Frankreich!« schrie er, als ob sein Onkel taub wäre.

Augusta kam die Treppe herunter, in Unterrock und Nachtjacke, ein Zopf hing den Rücken herunter. Sie sah beleidigter aus denn je.

»Nicholas, das kann doch nicht wahr sein!«

Ernest erschien oben an der Treppe in Nachthemd und Schlafrock, mit der Katze Sascha, die sich an seinen Beinen rieb.

»Was ist da wieder passiert?« fragte er.

Augusta, die auf der Treppe auf halbem Weg zwischen beiden Brüdern stand, antwortete: »Wieder ein dummer Streich von Eden. Wahrscheinlich hat dieses

Ware-Mädchen ihn zu Dummheiten verleitet. Nicholas regt sich darüber so auf.«

Eben, wie sie unten an der Treppe zusammenstanden, Nicholas Edens Brief zu sehen verlangte und Augusta erklärte, daß sie immer so etwas erwartet hatte, und Ernest sagte, was für ein Segen es wäre, daß Mama diesen Abend nicht erlebt hätte, und Nicholas zurückgab, daß niemand das mehr genossen haben würde als Mama, klangen rasche Schritte draußen auf dem Vorplatz, und die Tür wurde von Renny geöffnet.

Ehe er sie gesehen hatte, war Alayne in der Halle verschwunden. Sie konnte ihm hier nicht vor den andern ins Gesicht sehen. Sie wollte sich auf ihr Zimmer flüchten und ihn nicht vor morgen früh sehen.

Sie hörte seine Frage: »Was ist los?« Sie hörte, wie Nicholas ihm die Sache energisch auseinandersetzte. Er antwortete nichts, aber sie konnte sich seinen Gesichtsausdruck vorstellen, wie die rostroten Brauen sich hochzogen und die braunen Augen brannten.

Dann hörte sie Augustas Stimme: »Alayne ist hier, das arme Mädchen. Sie bleibt die Nacht hier. Wo ist sie denn? Liebe Alayne, Renny ist hier!«

Sie antwortete nicht. Die Tür zu Großmutters Zimmer stand offen; sie trat ein und zog sie hinter sich zu. Sie war erstaunt, das Nachtlicht brennend zu finden. In seinem schwachen Schein schien ihr das Zimmer wie in eine Atmosphäre düsterer Melancholie versunken: die Goldverzierungen auf der Tapete, der tiefe Armstuhl vor dem leeren Kamin, die schweren Vorhänge mit ihren Fransen und Quasten, das alte gemalte Bett, an dessen Kopfende über den gemalten Blumen und Früchten Boney hockte, den Kopf unter den Flügeln.

Das Zimmer schien den Eindringling zu spüren. Während all der Jahre, in denen die alte Adeline darin wohnte, hatte es genug menschliche Empfindungen eingetrunken, um darüber zu brüten, so lange seine Mauern standen. Jeder Gegenstand hier trug den Stempel dieser mächtigen Persönlichkeit. Nur halb erkennbar in dem schwachen Nachtlichtschein, hatten diese leblosen Gegenstände jetzt die Macht, Grans Gegenwart wieder zu erwecken. Das Bett war nicht mehr glatt und kalt, sondern zerwühlt und warm von der Last dieses schweren kraftvollen alten Körpers. Alayne dachte: ›Wenn ich so in ihr Zimmer gekommen wäre, wie würde sie ihre Arme ausgebreitet und mich an sich gedrückt und verlangt haben: küsse mich ... küsse mich ..., schnell!‹

Alayne stand am Bett und horchte. Waren sie hinaufgegangen, oder in das Wohnzimmer, um noch zu reden? Sie konnte Stimmen hören, aber Rennys Stimme, die sonst so scharf alles übertönte, war nicht hörbar. Der jähe Aufschwung, den diese Umgebung hier und sein plötzliches Erscheinen ihrer Leidenschaft gegeben hatte, ließ ihr Herz schmerzhaft klopfen. Sie stützte sich mit der Hand auf das Fußende des Bettes.

Er kam.

Unwillkürlich ging sie auf die Tür zu, als wolle sie sich vor ihm verbarrikadieren. Aber er war schneller als sie. Er stieß die Tür auf und kam herein. In dem dämmrigen Schein des Nachtlichtes, gegen den Hintergrund eines schweren purpurnen Vorhangs sah sie das Gesicht, das sie liebte. Das Gesicht, das ihr des Nachts aufstieg, das Gesicht, das sie des Tages verfolgte. Da stand er — sie konnte die Hand ausstrecken und ihn berühren. Er lebte in ihr, und sie konnte ihre Sehnsucht nach ihm vor sich selbst nicht verbergen. Aber was wußte sie in Wirklichkeit von ihm? Was stellte er sich unter Liebe und Glück vor? Sie wußte es nicht. Er war ein Rätsel für sie, dessen einzige Lösung der Schrei ihres Herzens war.

Er sah ihr scharf ins Gesicht und sagte: »Wirst du dich nun von ihm scheiden lassen?«

Sie flüsterte: »Ja.«

»Und mich heiraten?«

»Ja.«

Sie senkte die Augen; sie fürchtete sich vor seiner Nähe. Wie in Abwehr stellte sie eine Frage dazwischen.

»Warum bist du heute abend nicht gekommen?«

»Ich konnte nicht«, antwortete er, »weil ich wußte, daß Eden und Minny fort waren.«

»Das wußtest du?«

Er lachte kurz und zornig auf. »Ich war ausgeritten. Die Barriere vor den Schienen kam gerade herunter, als ich hinkam. Es war eben hell genug, daß ich ihre beiden Gestalten auf dem Bahnsteig erkennen konnte. Sie trugen Handtaschen. Und als der Zug vorüberfuhr, sah ich ihn wieder an einem Fenster.«

Sein Zorn wich einem plötzlichen verschlagenen Grinsen, das erstaunlich an die alte Adeline erinnerte. »Er sah mich und winkte mir zu!«

»Und deswegen bist du nicht zum Essen gekommen?«

Er nickte.

»Aber weshalb?«

»Weiß ich selbst nicht. Ich konnte einfach nicht — als ich das wußte.«

Mit einem plötzlichen Schmerz fragte sie: »Und du wolltest mir das nicht sagen? Du ließest mich lieber in die Hütte zurückgehen und das selber entdecken?«

»Vermutlich.«

»Wie grausam von dir!«

Er antwortete nicht; sein Blick lag auf dem kleinen perlweißen Grübchen ihres Kinns.

Nun tauchten ihre Augen in die dunklen Tiefen der seinen. War er wirklich grausam oder nur scheu, wie ein wildes Tier scheu ist und sich vor dem fürchtet, was es nicht versteht? Es fiel ihr ein, daß sie vorhin irgend jemand im Tannenwald gehört hatten, und sie erinnerte sich an Finchs merkwürdigen Ausdruck, als er von der Suche zurückkam.

»Warst du im Walde? Warst du es, was Finch und ich hörten?«

Wieder antwortete er nicht, aber diesmal kam er zu ihr, legte den Kopf an ihren und flüsterte: »Frag mich nicht. Hab mich lieb.«

Sie fühlte das Feuer seiner Küsse auf ihrem Halse. Sie klammerte sich an ihn, die Stirn an seine Schulter gedrückt. Sie konnten keine Worte finden, aber ihre Herzen redeten miteinander die Sprache der wogenden Flut, der Winde, die die Zweige nach ihrem Willen beugen, des Regens, der in die tiefe Wärme der Erde dringt.

# Finch im Glück

# Inhalt

| | | |
|---|---|---|
| 1 | Von gleichem Blut | 5 |
| 2 | Erinnerungen | 15 |
| 3 | Der Schatten der Eule | 27 |
| 4 | Der Held des Tages | 36 |
| 5 | Hinaus in die Welt | 69 |
| 6 | Unter feinen Leuten | 83 |
| 7 | Finch geht eigene Wege | 89 |
| 8 | Begegnung in Augustas Heim | 93 |
| 9 | Gedanken über Frauen | 105 |
| 10 | Träumerische Freuden | 117 |
| 11 | Antiquitäten | 127 |
| 12 | Eine seltsame Hochzeit | 139 |
| 13 | Sturmnacht | 149 |
| 14 | Flüchtiges Glück | 157 |
| 15 | Unruhe auf Jalna | 164 |
| 16 | Die Farm von Clara Lebraux | 184 |
| 17 | Verfehlte Wege | 193 |
| 18 | Gewitter | 203 |
| 19 | Einsamkeit | 208 |
| 20 | Wieder zu Hause | 215 |
| 21 | Alayne findet ihre Heimat | 226 |
| 22 | Das Torhaus ohne Gäste | 239 |
| 23 | Melancholie | 244 |
| 24 | Die Fuchsjagd | 249 |
| 25 | Finchs Bilanz | 255 |
| 26 | Pauline Lebraux | 276 |
| 27 | Ein neuer Whiteoak | 280 |

# 1 Von gleichem Blut

Nicholas und Ernest Whiteoak tranken gemeinsam Tee in Ernests Zimmer. Ernest glaubte, daß eine seiner Erkältungen im Anzuge sei und fürchtete die Zugluft der Treppen und der Halle unten bei solchem Wetter. So hatte er sich den Tee heraufbringen lassen und Nicholas gebeten, ihm dabei Gesellschaft zu leisten. Sie saßen vor dem offenen Feuer, den Teetisch zwischen sich. Ernests Katze dicht neben seinen Füßen, die Pfoten unter der Brust, die Augen ins Feuer blinzelnd. Und Nicholas' Terrier Nip lag zusammengerollt neben ihm und zuckte im Traum. Die Brüder teilten ihre Aufmerksamkeit zwischen dem Tee und ihren Lieblingen.

»Er ist nicht ganz in Ordnung«, bemerkte Nicholas und sah auf Nip herunter. »Er hat nicht gebettelt.«

Ernest sah den kleinen Hund kritisch an. »Er hat nicht genug Bewegung. Er geht dir ja kaum von der Seite. Er wird fett. Das ist das Schlimmste bei Terriers. Sie werden immer fett. Wie alt ist er?«

»Sieben. In seinen besten Jahren. Ich finde nicht, daß er fett ist«, sagte Nicholas gereizt. »Es liegt nur daran, wie er daliegt. Vielleicht ist sein Magen etwas aufgebläht.«

»Es ist Mangel an Bewegung«, widersprach Ernest. »Sieh bloß Sascha an. Sie ist vierzehn. Sie ist so elegant wie nur je. Aber sie geht auch auf die Minute spazieren, selbst wenn es geschneit hat. Erst heute morgen brachte sie eine Maus aus dem Stall. Warf sie sogar in die Luft und spielte damit.« Er reichte hinunter, und seine weißen Finger lagen einen Augenblick auf dem weichen Fell der Katze.

Nicholas antwortete ohne Begeisterung. »Ja. Katzen sind eben so. Die würden sich beiseitedrücken und Mäuse fangen oder eine ekelhafte Liebesaffäre haben, selbst wenn ihr Herr im Sterben läge.«

»Sascha hat keine ekelhaften Liebesaffären«, antwortete sein Bruder hitzig.

»Na, und das letzte Junge, das sie gekriegt hat?«

»Daran war nichts Ekelhaftes.«

»Findest du? Sie kriegte es auf deiner Bettdecke.«

Ernest spürte, daß er zornig wurde, und das war schlimm für seine Verdauung. Die Erinnerung an den Morgen, wo Sascha mit einem Triumphmaunzen ihr Junges auf sein Bett geworfen hatte (und er lag noch darin), ging ihm auf die Nerven. Er zwang sich, kalt zu antworten. »Ich sehe nicht ein, was Saschas Junges damit zu tun hat, daß Nip fett wird.«

Nicholas hatte sein letztes Stück Zwieback in den Tee gebröckelt. Nun fischte er es mit seinem Teelöffel heraus und schluckte es sofort herunter. Warum tat er das nur, grübelte Ernest. Wie oft hatte ihre alte Mutter sie gerade durch diese Gewohnheit geärgert! Und nun machte es Nicholas genau so! Und er war sich dessen auch ganz bewußt. Um seinen Mund unter dem hängenden grauen Schnurrbart war ein halb humoristischer und halb beschämter Zug. Ernest hatte schon häufig bei Nicholas diese Neigung beobachtet, ihre Mutter nachzuahmen, seit sie vor anderthalb Jahren gestorben war. Und das reizte ihn jedesmal. Es war etwas ganz anderes, wenn eine uralte Frau — tatsächlich über hundert, was man nie von ihr gedacht hätte — eingeweichtes Brot ißt, als wenn ein großer kräftiger Mann, der mindestens noch ein Dutzend eigene Zähne im Mund hat, sich so unpassend benimmt. Wenn Nicholas nur Mamas prachtvolle Eigenschaften nachahmen wollte, die sie wirklich reichlich hatte — aber nein! Er mußte immer nachmachen, was er selbst zu ihren Lebzeiten am meisten beklagt hatte. Und dabei hatte er genug Ähnlichkeit mit ihr — die struppigen Brauen, die lange Courtnase —, um in Ernest ein merkwürdig quälendes Gefühl zu wecken.

Er sah seinen älteren Bruder streng an, um diesen heimlichen Schmerz zu verstecken. »Weißt du nicht, daß dir das sehr schadet?«

Nicholas knurrte: »Muß es tun — Zähne werden wackelig.«

»Unsinn.« Ernests Ton wurde scharf. »Ich sah dich gestern recht zähes Fleisch essen ohne irgendwelche Schwierigkeiten.«

»Würgte es mühsam herunter.«

Sie waren reichlich über siebzig, und der Schatten ihrer herrischen alten Mutter beherrschte sie noch. Schneeflocken trieben gegen die Fensterscheiben und blieben kleben. Sie schlossen die Welt aus und hingen wie dicke weiße Decken um das Haus. Eine Menge Schnee glitt vom Dach herunter und fiel mit weichem Plumpsen auf das Fenstersims.

Eine glühende Kohle rollte aus dem Kaminfeuer auf den Teppich. Ernest stieß sie mit dem Fuß weg, griff dann nach der Feuerzange und packte sie. Der kleine Hund sprang entsetzt aus dem Wege. Marschierte dann mit beleidigtem Gesicht auf Ernests Bett zu und sprang steifbeinig auf die Decke. Sascha jedoch stand nur auf mit einem gleichgültigen Seitenblick nach der Kohle und räkelte sich mit den Vorderpfoten an Ernests Stuhl empor. Ernest legte die Zange hin und kraute sie im Nacken.

»Die fragt gerade viel nach dir«, sagte Nicholas. »Sie läßt es sich nur gefallen, daß du ihr Sklave bist. Genausogut ließe sie sich von mir den Nacken krauen.«

Ernest murmelte: »Sascha, Sascha!« und kitzelte sie vertraulich hinter den Ohren.

»Paß auf! Du kriegst Haare an die Finger. Willst du dies Stück Pflaumenkuchen?«

»Sie haart nicht.« Er rieb seine Finger aneinander. »Nicht ein Haar. Nein. Nein. Nimm du den Pflaumenkuchen. Mir bekommt er nicht.« Aber trotzdem sah er verlangend nach dem Stück Kuchen.

Während Nicholas die äußere Ähnlichkeit mit der Mutter geerbt hatte und etwas von ihrem resoluten Eigenwillen, hatte Ernest nur ihre Vorliebe für gutes Essen geerbt, aber ohne ihre glänzende Verdauung.

Nicholas machte gierige Augen.

»Willst du die Hälfte essen?«

»Ja, ich nehme die Hälfte.« Ernest schnitt den Kuchen in zwei Teile. Er brach sein Teil in kleine Stücke. Aber Nicholas stopfte sich gleich ein großes Stück in den Mund und kauend murmelte er. »Die Katze reißt dein Stuhlpolster in Stücke, hör bloß, wie sie daran kratzt.«

Ernest sagte gereizt: »Ich wollte, du riefst Nip von meinem Bett herunter. Er liegt gerade auf meiner neuen Decke. Er könnte doch Flöhe haben.«

»Jedenfalls kriegt er da oben kein Junges.«

Ernest erhob die Stimme: »Ich mag das nicht, bitte, ruf ihn.«

Nips Herr brummelte: »Fang die Spinne, Nip!«

Der Terrier hob den Kopf, blinzelte skeptisch durch seine struppigen Haare und rührte sich nicht.

»Nützt nichts«, sagte Nicholas.

»Versuch's mal mit Katzen.«

»Katzen!« schrie Nicholas. »Stallkatzen!«

Nip ertrug Sascha. Aber Stallkatzen ertrug er nicht. In ein wütendes Haarbündel verwandelt, schoß er vom Bett hinunter auf den Fensterstuhl. Er sprang hoch und versuchte durch den Schnee zu sehen, der an den Scheiben klebte. Er sah oder er glaubte zu sehen, daß eine schwarze Gestalt auf dem Bauche über den weißen Hof schlich. Er schoß vom Fensterplatz hinunter und raste an die Tür. Er stieß ein ohrenzerreißendes Geheul aus. Nicholas kraspelte aus seinem Stuhl hoch und hinkte eilig durch das Zimmer. Nip wartete außer Atem, daß die Tür aufgemacht wurde, und attakierte den Türpfosten mit den Zähnen. Und schließlich als die Tür sich öffnete, schoß er den Gang entlang und die Treppe hinunter.

Die Brüder hörten die Haustür zuschlagen. Jemand hatte ihn hinausgelassen. Sie horchten gespannt, ob es jemand war, der gerade durch die Halle ging oder einer, der von draußen kam. An diesen langen Winternachmittagen, wo es so früh dunkel wurde, war ihnen das Kommen und Gehen der jüngeren Familienmitglieder von höchstem Interesse.

Sie hörten kräftige Schritte die Treppe heraufkommen. Nicholas, der noch an der Tür stand, sah erfreut der sich nähernden Gestalt entgegen. Es war der älteste der fünf Neffen, Renny Whiteoak, und er brachte eine Welle von so eisiger Luft mit sich, daß Ernest abwehrend die Hand hob.

»Bitte, Renny, komme mir nicht zu nah, eine von meinen Erkältungen ist im Anzug.«

»So, so. Das ist ja schlimm.« Er kam ins Zimmer, ließ zwei schneeige Fußspuren auf dem Teppich und stellte sich auf die andere Seite des Kamins. Er sah mitleidig zu seinem Onkel hinunter. »Wie hast du das nur gekriegt?«

»Ich habe nicht gesagt, daß ich es schon habe«, sagte Ernest gereizt. »Ich sagte nur, daß es im Anzug ist.«

»Was du brauchst, ist eine gute Dosis Rum und heißes Wasser.«

»Das sage ich ihm ja gerade«, stimmte Nicholas zu und ließ sich schwerfällig wieder in seinen Stuhl hinunter, der unter ihm knarrte. »Aber er macht immer mehr Gerede um seine Verdauung als um seine Gesundheit.«

»Meine Verdauung ist meine Gesundheit«, sagte sein Bruder. »Aber laß uns von was anderem sprechen. Du warst es, der Nip hinausgelassen hat, nicht wahr?«

»Ja. Ihr hättet sehen sollen, wie er durch die Schneewehen hinter einer von den Stallkatzen herjagte und dabei heulte wie irrsinnig.« Nicholas lächelte zufrieden. »Und Ernest meinte eben, daß er fett würde.«

Ernest fragte: »Hast du schon Tee getrunken, Renny?«

»Ja, in meinem Büro. Im Stall sollte ein neues Fohlen ankommen, und da wollte ich nicht gern weggehen.«

»Ach ja, ich weiß. Cora hat noch eins gekriegt. Wie geht es ihr?«

»Glänzend. So gut wie noch nie. Sie ist fabelhaft stolz auf sich. Als ich das letztemal zu ihr kam, versuchte sie, mir alles zu erzählen. Sie hörte auf, das Fohlen zu lecken, und rollte die Augen und machte Hohohoho — so ungefähr.« Renny gab eine gelungene Vorstellung, wie eine Stute ihren Herrn nach einem solch großen Ereignis begrüßt.

Die Onkels sahen ihn über die mehr als dreißig Jahre hinweg, die zwischen ihnen lagen, mit dem nachsichtigen Vergnügen und der Bewunderung an, die er immer in ihnen weckte. Er war so ganz anders, als sie in seinem Alter gewesen waren. Sie hatten wohl Freude an schönen Pferden gehabt, aber nicht diese Leidenschaft. Sie hatten damals in England gelebt und bei keinem Rennen gefehlt. Nicholas hatte ein Paar elegante Wagenpferde gehabt, die er selbst gefahren hatte, und einen schönen russischen Windhund, der neben den glänzend lackierten Wagenrädern herlief. Aber einen Winternachmittag im Stall zu verbringen, um eine fohlende Stute zu trösten, wäre ihnen nie eingefallen. Sie sahen Renny an, wie er so dastand. Hager, im derben Stallanzug, Schneematsch an den Stiefeln. Die Hände rot und aufgesprungen, wie er sie an das Feuer hielt. Das rote Haar in einem verwegenen Busch über dem hageren gebräunten Gesicht. Der Flammenschein, der über dieses kluge und leidenschaftliche Gesicht spielte, vertiefte und verschärfte seine Lebendigkeit.

»So, so«, brummte Nicholas. »Das sind ja gute Neuigkeiten.«

»Willst du wirklich nicht noch etwas Tee haben?« fragte Ernest.

»Nein, danke. Rags brachte mir etwas Butterbrot und einen Topf Tee, der so stark war, daß einem die Haare zu Berge standen.«

Renny setzte sich und zündete eine Zigarette an. Nicholas holte seine Pfeife heraus. Klavierspiel klang dünn von unten herauf. Renny wandte den Kopf und lauschte. Dann sagte er mit einer Art Verlegenheit in der Stimme:

»Nächstens ist sein Geburtstag. Ich meine Finch.« Und er setzte hinzu und sah dabei gerade ins Feuer: »Er wird einundzwanzig.«

Nicholas drückte den Tabak mit dem Finger in seinen Pfeifenkopf. Er machte kleine saugende Geräusche mit den Lippen, obgleich er die Pfeife noch nicht angezündet hatte.

Ernest sagte eifrig: »Ja, ja. Wahrhaftig, das hatte ich vergessen! Wie die Zeit läuft! Natürlich, er wird einundzwanzig. Hm — ja. — Es kommt mir vor wie gestern, daß er ein kleiner Junge war. Gar nicht so lange her, daß er geboren wurde.«

»Mit einer Glückshaube geboren«, brummte sein Bruder. »Glück hat der Bursche!«

»Die ist bloß ein Schutz gegen Ertrinken«, sagte Ernest, nervös in Gedanken daran.

»Die bedeutet Glück überhaupt. Lieber Himmel, er hat doch Glück genug gehabt, was?«

Nicholas gab sich keine Mühe, den Ärger in seiner Stimme zu verstecken oder die nie überwundene Enttäuschung zu verbergen, die ihn immer wieder überfiel, seit er das Testament seiner Mutter gelesen hatte. Ihn brauchte keiner an das Datum von Finchs Volljährigkeit zu erinnern. Das stand vor ihm als ein Tag strahlender Erfüllung für den Jungen, für ihn eine Verdunkelung seines eigenen Lebens. »Dann kann er über sein Erbe verfügen, was?«

Ernest dachte: »Es gehört sich für mich, an seinem Geburtstag vergnügt zu sein. Wir dürfen nicht bitter oder neidisch sein. Aber Nicholas ist so egoistisch. Er tut genau so, als ob ihm das Geld von Rechts wegen zugekommen wäre, während in Wirklichkeit Mama es viel eher mir vermacht hätte. Oder auch Renny. Ich war ganz darauf gefaßt, daß es Renny vermacht würde.«

Er sagte: »Natürlich müssen wir das irgendwie feiern. Eine Gesellschaft oder irgendein besonderer Spaß für Finch.« Er dachte noch immer an Finch wie an den Schuljungen.

»Na, ich sollte meinen, daß die Hunderttausend Spaß genug sind.«

Renny fuhr dazwischen, ohne auf die letzte Bemerkung zu achten.

»Das habe ich auch gedacht, Onkel Ernie. Wir müßten ihm zu Ehren ein Diner geben — die Familie und ein paar von seinen Freunden. Du weißt doch —«, er zog die roten Augenbrauen zusammen vor Anstrengung, das auszusprechen, was er innerlich dachte.

»Ich weiß«, fuhr Nicholas dazwischen, »das Piers k e i n e Gesellschaft hatte, als er mündig wurde.«

»Er war um die Zeit oben im Norden und machte eine Kanufahrt.«

»Eden aber auch nicht.«

»Der war gerade sechs Wochen vorher von der Universität geschaßt. Just Ursache, ihm eine Gesellschaft zu geben! Aber als Meggie und ich einundzwanzig waren, das war eine große Sache.«

»Meggie war die einzige Tochter, und du warst der älteste Sohn und Erbe von Jalna.«

»Onkel Nick, meinst du im Ernst, daß wir von dem Geburtstag des Jungen gar keine Notiz nehmen sollten?«

»H—m—m, n—ein. Aber — warum sollen wir denn tun, als ob wir uns darüber freuten, daß ihm jetzt das zufällt, worauf wir alle drei eigentlich mehr oder weniger gehofft haben?« —

»Dann muß ich also annehmen, wenn ich Grans Geld gekriegt hätte, daß du auch — — —«

»Nein, bewahre. Ich wäre im Grunde sehr zufrieden gewesen, wenn du oder Ernest ...«

Ernest sagte mit einem erregten Zittern in der Stimme. »Nein, ich bin hierin ganz mit Renny einig. Ich finde, wir sollten wirklich etwas Nettes für Finch machen. Wir sind doch alle ziemlich häßlich zu ihm gewesen, als wir hörten, daß er alles geerbt hatte.«

Renny fuhr auf: »Ich nicht!«

Nicholas murmelte: »Ich kann mich nicht erinnern, daß du ihm gratuliert hättest.«

»Na, das konnte ich ja kaum, wenn die ganze übrige Familie sich auf die Hinterbeine stellte und sich die Haare raufte!«

Nach diesem kräftigen Ausbruch von Rennys Stimme, die eisenhart klang, trat kurzes Stillschweigen ein, durch das fern von unten her der Klang des Klavierspiels hinauftönte. Die drei sahen die Stunde vor sich, wo die Familie »auf den Hinterbeinen« eine denkwürdige Szene mit dem armen Klavierspieler als Mittelpunkt aufgeführt hatte.

Es klopfte an die Tür, Rags kam herein und holte das Teegeschirr weg. Er schloß die Tür nicht hinter sich, sondern ließ zwei vorbei, die gerade ins Zimmer wollten. Es war Piers und sein kleiner Sohn Maurice, der auf seiner Schulter ritt. Mooey, wie er genannt wurde, schrie denen am Kamin entgegen:

»Ich habe ein Ferdchen zum Reiten, feines Ferdchen!«

»Guter Junge«, sagte Nicholas und nahm den einen kleinen herunterhängenden Fuß in die Hand.

Ernest bemerkte: »Er spricht nicht so hübsch, wie damals in seinem Alter Wakefield sprach. Wakefield sprach immer besonders hübsch.«

»Weil er immer ein eingebildeter kleiner Bengel gewesen ist«, sagte Piers und setzte seinen kleinen Jungen auf die Armlehne von Nicholas' Stuhl, von der aus er auf seines Großonkels Knie kletterte und wiederholte — »Ein Ferdchen zum Reiten!«

»Na, na«, meinte Piers, »nicht so viel Lärm.« Piers sah man ebenso wie Renny das Leben im Freien an. Aber seine Haut hatte die zarte Frische eines Jungen, seine vollen Lippen eine knabenhafte Linie, halb anmutig, halb eigensinnig, die sich aber in verächtliche Härte wandeln konnte, ohne den Ausdruck seiner kühnen blauen Augen zu verändern.

»Ich wollte«, sagte Ernest, »du machst die Tür zu, Piers. Bei all dem Lärm vom Klavier unten und von dem Kind und dem Zug auf der Treppe und dem Feuer, das fast ausgeht, fühle ich, daß meine Erkältung immer schlimmer wird.«

»Ich dachte, du hättest gesagt, sie wäre erst im Anzuge«, bemerkte Renny.

Ernest wurde etwas rot. »Sie w a r im Anzuge, jetzt ist sie da.« Er zog ein großes weißes seidenes Taschentuch heraus und schnaubte sich kräftig die Nase.

Das Klavier unten ging in einen stürmischen ungarischen Tanz über.

»Ich mache die Tür zu«, schrie Mooey, kletterte vom Stuhl herunter, rannte durch das Zimmer und schlug die Tür mit einem Knall zu.

Ernest hatte seinen Neffen Piers gern, er liebte seinen kleinen Großneffen, aber es wäre ihm lieber gewesen, sie hätten sich nicht gerade heute abend ausgesucht, um sich in seinem Zimmer zu versammeln. Er dachte etwas gekränkt an die unzähligen Nachmittage, wo er allein saß, wenn er nicht ins Wohnzimmer hinunterging, und wo selbst Nicholas nicht kam, ihm Gesellschaft zu leisten. Jetzt nun, wo er sich gerade nicht wohl fühlte, kamen sie alle zusammen. Wenn einer kam, dann folgten ihm sehr bald die anderen nach. Und dann war da die fatale Frage von Finchs Geburtstagsgesellschaft. Er selbst fand, daß sie nicht viel Sinn hätte. Er dachte ebenso wie Nicholas, daß ein Vermögen von hunderttausend Dollars an sich schon Vergnügen genug wäre. Natürlich in Anbetracht der Art und Weise, wie der Bengel dazu gekommen war. Daß Mama ihm ihr Vermögen hinterlassen hatte, war eine solche Überraschung, ein solcher Schock gewesen, daß es fast grausam war, Finchs Volljährigkeit nun zu einer Festlichkeit zu machen. Aber schließlich konnte man es auch noch auf eine andere Weise ansehen. Konnte nicht solch eine aufregende Festlichkeit dazu beitragen, die Bitterkeit des Augenblicks für die ganze übrige Familie zu übertönen, ebenso wie die Aufregung eines Leichenbegängnisses die Trauer der Hinterbliebenen zurückdrängt? Er packte den Stier bei den Hörnern, wie er gern tat, wenn es nicht anders ging, und sagte ruhig, die Augen auf Piers Gesicht gerichtet:

»Gerade überlegen wir, wie man nächstens Finchs Volljährigkeit feiern könnte. Was würdest du vorschlagen?«

Renny fing mit abwesendem Blick an, im Feuer zu stökern. Nicholas wandte seinen mächtigen Kopf und sah seinen Bruder spöttisch an. Also auf die Weise wollte der alte Ernest sich aus der Schlinge ziehen! Na, sie würden ja sehen, was Piers dazu sagte. Piers war ein handfester Bursche, der gab sich nicht mit Sentimentalitäten ab.

Piers stand ganz still, die Hände in den Taschen, und überlegte die Wichtigkeit der Frage. Seine Gedanken drehten sich langsam um sie wie ein Pferd um ein verdächtiges Hindernis. Er sah genau an der Art, wie Renny die glühenden Kohlen im Kamin stökerte, an Onkel Nicholas' hängenden Schultern, an dem nervös erregten Ausdruck auf Ernests Gesicht, daß der Diskussion nicht nur ein liebevolles Interesse an der Sache zugrunde lag. Wie wäre das auch möglich? Er selbst hatte, trotzdem er es nie ausgesprochen hatte, sehr große Hoffnungen auf Großmutters Erbschaft gesetzt. Immer wieder hatte sie zu ihm gesagt: »Du bist der einzige von allen, der wie mein Philipp aussieht. Du hast seine Augen und seinen Mund, seinen Rükken und seine Beine. Ich möchte gern, daß du mal im Leben vorankommst!« Lieber Himmel, das wäre etwas gewesen, voranzukommen, nicht wahr? Er hatte nachts wach gelegen und gegrübelt, wie weit er wohl Großvater ähnlich sei. Er hatte unter dem Ölporträt in der Uniform eines britischen Hauptmanns, das im Eßzimmer hing, gestanden und versucht, noch mehr wie er auszusehen. Er hatte dagestanden, die Lippen vorgezogen, die Brauen zusammengezogen und zugleich seine Augen aufgerissen, bis sein Gesicht ganz starr wurde und es ihm war, als ob der alte Bursche da oben ihm zublinzelte, wie wenn sie ein gemeinsames Geheimnis hätten. Aber es hatte nichts geholfen. Finch mit seiner schlappen Gestalt, seinen hohlen Backen und der unordentlichen Locke auf seiner Stirn hatte sich irgendwie in Grans Liebe eingeschlichen, hatte das Geld gekriegt. Wie das zugegangen war, das war jetzt eine sozusagen tote Frage, und was hatte es für Zweck, sich noch damit herumzuschlagen? Die lebendige Tatsache war Finchs Geburtstag, sein Vermögen, das ihm an diesem Geburtstag wie eine reife Frucht in den Schoß fiel mitten unter der Familie.

Er sagte mit dieser frischen und warmen Stimme, um deretwillen die Farmarbeiter von ihm ein gut Teil Grobheit hinnahmen:

»Ich finde, das ist ein sehr guter Gedanke. Wir können es einrichten wie wir wollen, Finch wird von allem begeistert sein. Bloß daß man den guten Willen zeigt, und all das —«.

Renny freute sich über diese unerwartete Unterstützung durch Onkel Ernest und Piers. Er hätte auf alle Fälle ein Festessen gegeben, aber es war ihm lieber, daß die Gäste nicht widerstrebend kamen. Selbst Nicholas stieß eine Art Grunzen aus, das man für Zustimmung halten konnte. Renny dachte: wir hängen doch viel mehr zusammen, als man denken sollte.

Piers wiegte sich etwas auf den Füßen, die Hände in den Taschen, und sagte: »Wir haben es Finch ja schließlich recht schwer gemacht nach der Testamentseröffnung. Wir haben ihm ziemlich zugesetzt. Er lief davon und wollte sich ertränken, was?«

»Nicht nötig, das wieder aufzuwärmen«, sagte Renny.

Ernest ballte die Hand und betrachtete seine weißen Knöchel. Nicholas zog Mooey an sich. Plötzlich sprangen Flammen aus dem Kamin hoch, füllten das Zimmer mit warmer Farbe und machten Sascha, die vor dem Feuer kauerte, zu einem leuchtend goldenen Ball.

»Na, eins ist aber nötig«, erwiderte Piers, »nämlich daran zu denken, daß es jetzt unsere Sache ist, ihm klarzumachen, daß wir ihm verziehen haben. —«

Renny unterbrach: »Da ist nichts zu verzeihen.«

»Vielleicht nicht. Aber du weißt, was ich meine. Ich weiß, daß er diese ganzen anderthalb Jahre — oder wie lange es her ist — sich wie ein Erbschleicher vorgekommen ist. —«

»Und war er denn kein Erbschleicher?« fragte Nicholas.

»Ja. Wahrscheinlich. Aber er hat nun mal Geld, und er ist so schwach wie ein Grashalm. Wenn seine Familie nicht zu ihm hält, dann werden ja genug andere Leute da sein, die sich an ihn heranmachen. Ihr könnt mir glauben, er wird im Handumdrehen Grans Geld los sein und keinem Menschen damit nützen — nicht einmal sich selbst.«

»Der weise Salomo«, murmelte Nicholas.

Piers lächelte gelassen. »Du kannst so sarkastisch sein wie du willst, Onkel Nick, aber du weißt genau, daß es Hand und Fuß hat, was ich sage. Finch kann gar nicht anders als ein Dummkopf sein, wenn es darauf ankommt, mit Geld umzugehen.«

Er brach ganz plötzlich ab vor dem Gesichtsausdruck der drei anderen, die die Tür hinter seinem Rücken sehen konnten. Die Tür hatte sich zögernd geöffnet, und Finchs langes Gesicht sah herein.

»Hallo Onkel Finch!« schrie Mooey. »Hier bin ich!«

»Herein, herein und mach die Tür zu!« sagte Ernest übertrieben herzlich.

»Wir sprachen gerade von dir«, sagte Piers freundlich.

Finch blieb, die Hand auf dem Türgriff, stehen, ein etwas schafsmäßiges Lächeln machte sein Gesicht noch weniger anziehend als gewöhnlich. »Ich glaube, dann komme ich lieber nicht herein.«

»Soll ich ihm sagen, was wir sprachen?« fragte Piers.

Renny schüttelte den Kopf. »Ist noch Zeit genug.« Er rückte beiseite, um Finch auf der Kaminbank Platz zu machen.

Finch ließ sich neben ihn fallen, zog ein knochiges Knie hoch und umklammerte es mit seinen langen schmalen Händen. »Na«, sagte er, »schreckliches Wetter draußen, was? Ein Glück für mich, daß Sonnabend ist und ich nicht zur Universität hinfahren mußte. Was macht deine Erkältung, Onkel Ernest?«

»Wird immer schlimmer.« Ernest schneuzte hörbar die Nase in sein seidenes Taschentuch.

»Sie ist im Anzug gewesen, gekommen und immer schlimmer geworden, alles im Verlauf einer Stunde«, sagte Nicholas mit sanfter Stimme.

»Ich habe auch eine«, sagte Finch und hustete kräftig.

Renny sah um sich. Eine herzhafte Wärme kam über ihn, und plötzlich fühlte er, es war eine schöne Stunde. Er sah Onkel Nicholas an, der an seiner Pfeife sog, die tiefen Furchen seines Gesichtes in Zärtlichkeit gemildert, wie er — selbst nahe an achtzig — Mooeys zarten kleinen Körper auf den Knien hielt. Er sah Ernest an, der in den Feuerschein lächelte, die Fingerspitzen auf Saschas Nacken. Piers sah er an in seiner derben Frische, der immer noch stand, denn er machte es am liebsten wie seine Pferde, daß er entweder stand oder lag. Finch sah er dasitzen und vorgebeugt sein Knie streicheln. Und Mooey in seinem blauen Matrosenanzug mit den weißen bloßen Beinen, dem lockigen braunen Haar und den blauen Augen. Hier waren sie zusammen, sechs Männer, alle verbunden durch das gleiche Blut und durch gleiche Interessen. Er sagte zu Piers:

»Sage es ihm, wenn du willst?«

»Was soll ich sagen?«

»Das mit seinem Geburtstag.«

Wäre eine Bombe geworfen worden, Finch wäre vielleicht weniger erschrocken gewesen. Sein Geburtstag! Dieser Tag kam auf ihn zu wie ein Weltgericht. Der Tag, an dem ihm in die Hände kam, worauf er nie und nimmer ein Anrecht haben konnte. Der Tag, an dem er unter den Augen seiner Onkel und Brüder ihnen sozusagen das Brot vom Munde nahm. Obgleich ja in Wirklichkeit keiner von ihnen die ganzen dreißig Jahre, ehe sie starb, etwas vom Geld der alten Adeline gehabt hatte. Die ganze Zeit hatte sie ihren Schatz gespart und einfach auf Rennys Kosten gelebt und vorher auf dessen Vaters Kosten.

»Mein Geburtstag«, stotterte er. »Was ist damit los?«

Piers hatte Finchs Gesicht beobachtet. Er hatte darauf seine Gedanken gelesen wie die Schatten von erschreckten Vögeln. Er antwortete gelassen: »Nichts, nur daß wir ihn feiern wollen, dir ein richtiges Fest geben. Das meinst du doch, Renny?«

Renny nickte, und Ernest sagte: »Ja, wir sprachen gerade davon, ehe du hereinkamst. Wir dachten an ein nettes kleines Festessen — ein paar von deinen Freunden — und Nicholas und ich, wenn wir dir nicht zu alt sind.«

»Champagner«, sagte Nicholas gewichtig dazwischen. »Ich werde den Champagner besorgen. Und auch welchen trinken, obgleich er ja für meine Gicht rein des Teufels ist.« Etwas in Finchs Gesicht hatte ihn gerührt. Er nickte dem Jungen zu mit einem Lächeln, in dem keine Bitterkeit war.

Sie zogen ihn nicht auf. Sie hielten ihn nicht zum Narren. Es war ihnen wirklich Ernst mit der Geburtstagsgesellschaft. Finch wurde die Kehle so eng, daß er einen Augenblick nicht sprechen konnte. Dann brachte er heraus:

»Nein — wirklich — das ist riesig nett von euch! Fein wäre das, natürlich. Aber hört mal, das macht so viel Mühe und Ausgaben. — Bitte, laßt das lieber sein. Aber natürlich, fein wäre es!«

Während er die Worte herausstotterte, kam ihm ein Zweifel. Konnte er wirklich die Aufregung eines solchen Festessens an d e m Geburtstag aushalten? Wäre es nicht besser, sich heimlich beiseitezudrücken, so daß das grelle Sonnenlicht nicht just auf ihn als den Mittelpunkt fiel?

»Nein, hört mal!« rief er. »Ihr solltet das lieber sein lassen! Bitte, wirklich, macht das nicht!«

»Warum?« Vier kräftige Stimmen warfen ihm die Frage ins Gesicht.

»Warum, weil«, flüsterte er fast, »ich glaube wirklich, ich möchte lieber den Tag ganz still verleben.«

Jedenfalls war es ihm nicht möglich, die nächsten fünf Minuten still zu verleben. Lautes Gelächter überlärmte seine Stimme und umdrängte ihn, daß er darin unterging. Und als es endlich wieder verhältnismäßig still war, hörte er sich selbst mit feuerrotem Gesicht murmeln:

»Ja also, wenn ihr wirklich eine Geburtstagsgesellschaft für mich geben wollt, dann tut es meinetwegen. Mir liegt verwünscht wenig daran.«


2  Erinnerungen

Während die Mannsleute von Jalna unter der Lampe in Ernests Zimmer versammelt waren, saßen die beiden Frauen der Familie und der jüngste Bruder Wakefield, ein Junge von dreizehn, im Dämmerlicht des Wohnzimmers unten. Die Fenster dieses Zimmers gingen nach Südwesten, so daß ein verdämmerndes Tageslicht die Anwesenden einander noch eben sichtbar machte. Finch hatte ihnen auf dem Klavier vorgespielt, ehe er von dem Magneten nach oben gezogen wurde, zu dem eine Gruppe der Whiteoaks in gemeinsamem Gespräch stets für jeden von ihnen wurde, der nicht im Kreise saß.

»Ich sehe nicht ein, warum er weggehen mußte«, bemerkte Pheasant. »Es war so nett, wie er uns in der Dämmerung vorspielte.« Sie hatte ihren Stuhl so nahe wie möglich ans Fenster gezogen, um das letzte Licht für die winzige Wolljacke zu bekommen, die sie für Mooey strickte. Sie fühlte jetzt die Maschen mehr, als daß sie sie sah, den braunen lockigen Kopf auf dem schlanken Hals tief über das Strickzeug gebeugt.

»Es ist eben immer dasselbe«, sagte Alayne ruhig. »Sie können nicht auseinander bleiben. Merkwürdige Anziehungskraft haben sie füreinander.« Dann, als ihr einfiel, daß Wakefield in einem Schaukelstuhl in der dämmerigen Zimmerecke eingekuschelt saß, fügte sie in etwas gezwungenem Ton hinzu: »Ich habe nie eine so eng verbundene Familie gekannt.«

Wakefield fragte mit der klaren selbstbewußten Stimme des frühreifen Kindes:

»Hast du denn viele Familien gekannt, Alayne? Du bist ein einziges Kind, und fast alle die Freunde, von denen du erzählst, sind auch einzige Kinder. Ich glaube, du kannst gar nicht verstehen, was große Familien wirklich sind.«

»Sei nicht so naseweis, Wake«, sagte Pheasant.

»Nein, aber wirklich«, beharrte er und hob sein Gesicht, einen kleinen weißen Kreis im Schatten des Stuhles. »Ich sehe nicht ein, woher Alayne wirklich wissen soll, was richtiges Familienleben ist.«

»Ich weiß alles, was ich zu wissen brauche«, sagte Alayne etwas scharf.

»Alles, was du zu wissen brauchst, wofür, Alayne?«

»Na, um diese Familie hier zu verstehen mit all ihren Eigenheiten und Stimmungen.«

Er saß mit gekreuzten Beinen, die Hände ineinandergelegt, und fing sachte an, sich im Stuhl zu wiegen. »Aber ich glaube nicht, daß die Eigenheiten einer Familie alles sind, was du zu verstehen brauchst, wenn du mit ihr leben mußt wie jetzt, Alayne, nicht wahr?«

Pheasant stieß einen ungeduldigen Seufzer aus. Alayne unterdrückte den Anreiz, mit dem kleinen Schwager zu streiten. Sie sagte:

»Ja, vielleicht hast du recht. Aber was meinst du denn, was ich verstehen müßte, wenn ich mit euch allen zusammen lebe?«

Er wiegte sich weiter und antwortete: »Woher das kommt, daß wir so aneinanderhängen, und warum wir immer zusammenstecken müssen. Das müßtest du verstehen!«

»Vielleicht bist du so gut und erklärst mir das.«

Er löste die Hände und spreizte die Finger. »Das kann ich unmöglich erklären. Ich fühle es, aber ich kann es nicht erklären. Wenn du das nicht von selber weißt.«

»Ich wundere mich«, sagte Alayne, der die dauernde Gegenwart des kleinen Jungen im Zimmer etwas lästig wurde, »daß du nicht hinaufgehst zu den anderen. Wie kannst du denn glücklich sein, ohne mit ihnen zusammen zu sein?«

»Ich bin nicht glücklich«, antwortete er traurig. »Ich schlage bloß die Zeit tot. Ich würde wie der Wind hinauflaufen, bloß bin ich jetzt gerade mit allen etwas verkracht.«

»Warum? Was ist denn passiert?«

»So allerlei. Ich hasse es, über Zänkereien zu reden. Aber jetzt ist mir doch schon versöhnlicher zumute. Ich glaube, ich gehe hinauf.« Aber er zögerte doch noch, denn er war sehr gern mit Frauen zusammen. In seiner besonderen, etwas kühlen Art hatte er seine beiden Schwägerinnen doch gern. Er hatte Respekt vor Alayne, aber es machte ihm Spaß, sie zu reizen. Gegen Pheasant war er gönnerhaft und nannte sie »mein gutes Mädchen«. Wegen seiner zarten Gesundheit mußte er bei solchem rauhen Wetter im Hause bleiben, und so verbrachte er seine Tage, indem er sich unter den verschiedenen Familienmitgliedern herumtrieb, um mit feinfühligen Nerven zu spüren, was vorging. Er war glücklich, aber er fühlte sich einsam. Er kam in das Alter, wo er sich unverstanden vorkam.

Die Dämmerung wurde zur Dunkelheit, und Pheasant stand auf, um die Lampe auf dem Mitteltisch anzuzünden.

»Zünde doch lieber die Kerzen an«, bat Alayne. »Laß es uns heute abend irgendwie besonders nett machen!«

»O ja!« rief Wakefield. »Das macht uns vielleicht bessere Laune.«

Ein lautes Gelächter tönte von Onkel Ernests Zimmer herunter.

»Hört doch bloß, wie die vergnügt sind«, sagte Wakefield vorwurfsvoll.

Alayne war auch aufgestanden. Sie trat zu ihm und strich ihm über den Kopf. »Bist du denn jetzt noch nicht versöhnlich genug, um hinaufzugehen?« fragte sie.

»Noch nicht ganz. Außerdem habe ich Kerzen so gern.«

Das Kerzenlicht, dachte sie, stand ihm auch gut. Es spielte über die zarte Blässe seines Gesichts und die braunen Tiefen seiner Augen wie eine Liebkosung. Es stand auch Pheasant gut, wie sie da unter den silbernen Leuchterarmen saß, deren Flammen mit einer Art zitternder Wärme auf ihre schmalen jungen Hände herabschienen, die sich über der feuerroten kleinen Strickerei bewegten.

Alayne fing an, ruhelos im Zimmer herumzuwandern und all die Dinge eingehend zu betrachten, die sie schon auswendig kannte. Sie nahm eine kleine Porzellanfigur auf und hielt sie in beiden Händen, als ob die etwas von ihrer kühlen Glätte auf sie übertragen könnte. Sie sah ihr Bild in dem Spiegel über dem Kamin, betrachtete es im Vorbeigehen und fragte sich, ob sie seit diesem letzten Jahr nicht weniger gut aussähe. Manchmal kam es ihr so vor. Und wenn es so war, dann war das kein Wunder, dachte sie. Sie hatte genug durchgemacht, was der zarten Blüte einer Frau die Frische nehmen konnte. Ihre erste Heirat — diese unglückliche Ehe mit Eden. Seine Untreue. Die Qual ihrer unmöglichen Liebe zu Renny. Ihre Trennung von Eden. Ihre Rückkehr nach New York und die Anstrengungen ihrer Arbeit dort. Ihr zweiter Aufenthalt in Jalna, um Eden in seiner Krankheit zu pflegen ... Sein Abenteuer mit Minny Ware. Ihre Scheidung. Ihre Heirat mit Renny im vorigen Frühling. All dies in viereinhalb Jahren!

Wirklich kein Wunder, wenn sie sich verändert hätte! Und doch — war sie wirklich verändert? Das versuchte sie im Spiegel festzustellen. Aber bei Kerzenlicht sah man das nicht recht. Das schmeichelte immer. Wakefield zum Beispiel, der bei Tage so leicht eine schlechte Farbe hatte, schien in diesem Licht eine blütenweiße Haut zu haben, und auf Pheasants Wangen lagen wunderbar zarte Schatten ihrer Wimpern.

Sie tat einen Schritt näher zum Spiegel, scheinbar aus Interesse an Pheasants Arbeit, aber ihre Augen kehrten mit einem fast düster forschenden Blick zu ihrem eigenen Spiegelbild zurück. Sie sah den Kerzenschimmer auf dem Glanz ihres Haares, auf der weichen Rundung der Wangen und dem ausdrucksvollen Mund. Nein, sie war nicht weniger hübsch geworden, aber sie sah nun wirklich aus wie eine Frau. Es war nichts Mädchenhaftes mehr in diesem Gesicht, dessen Linien sie von den holländischen mütterlichen Vorfahren geerbt hatte. Sie fand, daß es hauptsächlich einen Ausdruck von Festigkeit hatte. Und sie entdeckte darin wohl Standhaftigkeit, Leidenschaft, aber nicht Geduld.

Sie war jetzt zehn Monate mit Renny verheiratet, und sie verstand heute ebensowenig wie vor ihrer Heirat, was eigentlich sein Begriff vom Leben und von der Liebe war. Wie dachte er darüber? Oder ließ er sich nur vom Instinkt leiten? Und wie dachte er über sie selbst, nun er sie hatte? Er hatte keinerlei Neigung zur Selbstanalyse. Bis zum Grunde in seine eigenen Begierden und Gedanken einzutauchen und ihren Augen den Kern seines Egoismus aufzudecken, würde ihm heftig widerstreben. Und augenscheinlich hatte er auch ihr gegenüber keinerlei Neugierde über das Primitivste hinaus. Er war von seinem eigenen Leben vollkommen absorbiert. Erwartete er von ihr etwa, nun sie mit ihm eingespannt war, daß sie einfach ohne weitere Fragen durchs Leben galoppierte, die frische Luft atmete, auf behaglicher Weide graste und nur nachts in das dunkle Geheimnis ihrer gegenseitigen Leidenschaft zurückkehrte? Er hatte nichts von ihrem ruhelosen Begehren, alles klar zu sehen. Sein Begriff ihrer Verbundenheit war so einfach, daß es ihre feinfühlige Natur fast verletzte.

Sie kehrte rasch dem Spiegel den Rücken, denn sie spürte, daß Wakefield sie ansah. Sie fing noch einmal an, im Zimmer auf und ab zu wandern, die Hände auf dem Rücken, wie sie so oft ihren Vater in seinem Studierzimmer hatte wandern sehen. Sie lächelte ironisch und dachte, obwohl all diese Unruhe in ihr schließlich auf die alte weibliche Frage hinauslief: »Liebt er mich noch? Liebt er mich noch ebenso wie früher?«

Sie hörte ihn laut und eilig die Treppe herunterkommen, als ob er keinen Augenblick zu verlieren hätte. Er kam ihr vor wie der Winterwind, scharf, voll kalter Energie, und immer vorbeibrausend. Er durfte nicht an der Wohnzimmertür vorbeigehen, vielleicht wieder nach draußen, ohne mit ihr zu sprechen! Sie ging rasch zur Tür, aber gerade als sie sie erreichte, öffnete er selbst sie weit. Er blieb stehen, überrascht und lächelnd, daß sie so dicht vor ihm stand.

»Ich wollte dich gerade suchen«, sagte er.

Sie sagte mit kindischem Vorwurf in der Stimme:

»Ich habe den ganzen Nachmittag hier gesessen. Ich hörte dich vor langer Zeit schon hinaufgehen.«

»So? Ich hörte das Klavier im Vorbeigehen und nahm an, daß Finch euch vorspielte. Du weißt, daß ich nicht mitten am Nachmittag sitzen und Musik hören kann.« Er legte den Arm um sie und zog die Augenbrauen hoch, als er die brennenden Kerzen sah. »Na, ihr seid ja ein Gespenstertrio! Was ist denn mit der Lampe los?«

Pheasant antwortete: »Wir haben das Kerzenlicht gern. Es ist so geheimnisvoll.«

Seine Augen blieben beiläufig auf der schlanken Linie ihres Nackens haften. »Jedenfalls ist es kleidsam. Ich wußte gar nicht, daß du einen so hübschen kleinen Hals hast, Pheasant.«

»Ich dachte gerade«, sagte Wakefield, »daß sie wie Anna Boleyn aussieht. Was für ein hübscher kleiner Hals für den Henker!« Er drehte sich um und kam zu den beiden herüber, er warf das dunkle Haar aus der Stirn und lächelte zu Renny auf.

Pheasant ließ ihr Strickzeug fallen und fuhr mit den Händen nach ihrem Nacken. »O pfui, Wake, du machst mir Angst!«

Das war gerade, was ihm Spaß machte. »Du kannst auch Angst haben, mein Mädchen«, sagte er. »Du bist gerade von der Sorte, die damals den Kopf verloren hätte.«

Renny zog den Burschen an sich und küßte ihn. »Wie ist es dir heute gegangen, Junge?« fragte er mit einem Interesse, das früher Alayne gerührt, sie aber in der letzten Zeit häufig gereizt hatte. Er selbst fühlte nichts von ihrer Reizbarkeit, aber Wakefield merkte sie. Er drängte sich dicht an seinen Bruder, legte den Arm um ihn und sah Alayne von der Seite an, als ob er sagen wollte: »Ich stehe ihm doch näher als du.« Er murmelte: »Danke, nicht sehr gut, Renny.«

Renny seufzte. »Schlimm, schlimm.« Er beugte sich nieder und küßte den kleinen Bruder. »Ich will dir etwas erzählen, was dir Spaß macht. Cora hat heute nachmittag ein feines kleines Fohlen gekriegt, und es geht ihnen allen beiden sehr gut.« Er wandte sich zu Alayne, »du weißt doch, von vier Fohlen hat sie zwei verloren, und die anderen waren jämmerlich. Aber dieses! Ein famoser Kerl!«

»Wie wundervoll«, sagte Alayne und versuchte interessiert zu sein. Ihre Stimme ging unter in der Begeisterung von Pheasant und Wakefield.

»Wirklich ein Füllen? Und wie ist es, wie die Stute oder wie der Hengst?«

»Das leibhaftige Ebenbild von Cora! Schon auf den Beinen! Ein Kerl von einem Fohlen!«

Sie redeten alle zugleich mit glänzenden Augen. Pheasants Strickzeug fiel auf die Erde. Renny machte sich von Alayne und Wakefield los, stand mitten im Zimmer und redete mit raschen Gesten, das rotbraune Gesicht strahlend.

Alayne beobachtete ihn, sie hörte kaum, was er sagte, ganz erfüllt von ihrer Liebe zu ihm und von dem Zauber, den seine Gegenwart immer für sie hatte. Sie wartete ungeduldig, daß er mit seinem Erzählen fertig wurde, um ihn mit hinaufzunehmen, wo sie ihn für sich hatte, fort von diesen anderen, die ewig zwischen sie kamen. Sie faßte ihn vorn am Rock, und in der ersten kurzen Pause zog sie ihn nach der Tür. »Komm hinauf«, sagte sie. »Ich habe etwas in meinem Zimmer, das ich dir zeigen muß.«

»Können wir das nicht später sehen?« fragte er. »Wird es da oben nicht zu kalt für dich sein?«

»Das schadet nichts.«

»Ich komme mit!« Wakefield hängte sich an Rennys Arm.

»Nein«, sagte Alayne scharf. »Für dich ist es oben viel zu kalt.«

Aber er ging eigensinnig in die Halle und hinter ihnen die Treppe hinauf. Renny zögerte vor der Tür seines Zimmers.

»Wollen wir hier hineingehen?« sagte er wie ein gehorsames, aber etwas widerwilliges Kind.

»Nein, in mein Zimmer.«

Sie stand, mit der Hand auf dem Türgriff, und ließ ihn vorangehen ins Zimmer, aber als Wakefield auch versuchte, hinterherzugehen, sah sie ihn so böse an, daß er zurückblieb, und sich über das Treppengeländer lehnte, als ob er unten irgend etwas suchte, um seinen Kummer zu verbergen.

Sie schloß die Tür hinter sich und sah Renny mit einer plötzlichen bitteren Ironie an. Sie kam sich vor wie ein Gefangenenwärter.

Dieses Zimmer hatte seine Schwester vor ihrer Heirat bewohnt. Es trug keinerlei Spur mehr von der gepolsterten überladenen Behaglichkeit, die Megs Freude gewesen war. Es sah jetzt fast streng aus mit den mattlila Kretonnemöbeln und wenigen Bildern an den Wänden. Im Sommer, als sie es mit den Möbeln eingerichtet hatte, die ihrer Mutter gehört hatten und eine einzelne Porzellanvase mit einem Blumenzweig auf dem Kamin stand, hatte es bezaubernd gewirkt. Das Fenster war offen gewesen, und durch die zurückgezogenen Vorhänge sah man in die warme Schönheit des Gartens. Aber jetzt in der Winterkälte, wo der Schnee sich gegen die Scheiben häufte, schien das Zimmer ihr selbst farblos und fremd. Renny wurde es darin eiskalt ums Herz. Sie machte sich klar, daß sie ihn nicht um diese Zeit und bei dieser Temperatur hätte hierher bringen sollen.

»Nun«, fragte er und sah suchend um sich, »was wolltest du mir zeigen?«

»Dies hier.« Sie zeigte auf eine gestickte blaßviolette Bettdecke, die sie gearbeitet und die sie heute nachmittag in ihrer zarten Schönheit über das Bett gebreitet hatte.

Er sah das Bett an und zog die Brauen zusammen. »Es sieht aus wie ein Bett auf der Bühne. Das ganze Zimmer kommt mir vor wie eine Bühnendekoration. Es ist unwirklich. Es ist gar nicht behaglich. Natürlich weiß ich, daß es fabelhaft guter Geschmack ist und all das, aber —«, er verzog plötzlich den Mund in diesem Grinsen, das ihn seiner Großmutter so ähnlich machte —, »es ist ein Glück, daß ich gewöhnlich im Dunkeln hierherkomme, es würde mich sonst geradezu bedrücken!«

Ihre Augen begegneten seinen mit einem strengen Blick, der sagte: »Nicht weiter!« aber ihre Unterlippe zitterte.

Er setzte sich auf das Bett und zog sie auf das Knie. Er drückte sein Gesicht an ihre Schulter. Sie hätte sich in seine Arme sinken lassen, wenn sie nicht an die neue gestickte Bettdecke gedacht hätte. Sie sprang auf, faßte ihn an den Rockaufschlägen und zog daran.

»Hier darfst du nicht sitzen!« rief sie aus. »Du zerdrückst sie schrecklich.«

Er stand auf und sah schuldbewußt zu, während sie die schwere Seide glatt strich. Er bewunderte immer die Anmut ihrer Handbewegungen, wenn sie rasch und geschickt hantierte. Sie hatte auch eine gute Zügelhand. Das war eins von den Dingen, die ihn zu ihr gezogen hatten.

Sie richtete sich auf und sah ihn halb liebevoll, halb vorwurfsvoll an. »Liebling, verzeih! Aber ich kann dich wirklich hier nicht sitzen lassen... Und meinst du nicht, du solltest dich lieber umziehen? Du riechst ein ganz klein bißchen nach Stall.«

Er schnüffelte geräuschvoll an seinem Zeug. »Wirklich? Aber das tue ich

doch immer. Das gehört eben zu mir. Ist dir das so widerwärtig?«
»Diesmal ist auch ein Desinfektionsgeruch dabei.«
»Ich habe mir die Hände im Büro abgeschrubbt.«
»Aber Liebster! Warum machst du denn das? Eisiges Wasser und ein grobes Handtuch, kein Wunder, daß deine Hände rauh sind!« Sie nahm eine in ihre Hand und besah sie. »Und dabei sind es so schöne Hände!«
»Meinetwegen«, sagte er gottergeben, »wenn es sein muß, muß es sein. Also komm mit, während ich es tue.«

Als sie in sein Zimmer gingen, dachte sie an ihren ersten Tag zu Hause nach der Rückkehr von der Hochzeitsreise. Sie waren durch das ganze Haus gegangen, Arm in Arm, um es im neuen Glanz ihrer Verbundenheit zu sehen. Aber jedes Zimmer, in das sie hereinkamen, hatte ihnen als Gruß eine ganze Menge alter Erinnerungen entgegengeworfen. »Hier sind wir!« hatten die Erinnerungen im Wohnzimmer geschrien; und da war Großmutter bei ihrem Schachspiel mit dem violetten Samtkleid, das im Feuerschein leuchtete, und den Ringen, die auf ihren starken alten Händen blitzten. Da waren Familienabende, Familiengezänke, und zuletzt Großmutter, prächtig, in ihrem Sarg ausgestreckt, und Onkel Ernest in Tränen zu ihren Füßen. »Hier sind wir!« hatten im Nebenzimmer Erinnerungen geflüstert. Da lag Eden bleich und elend auf dem Sofa, wie er ausgesehen hatte, als sie ihn krank von New York brachten. Und wieder war da die Szene der Testamentseröffnung, an die man nicht gern dachte. Sie selbst war ja nicht dabei gewesen, aber sie hatte davon gehört, und sie wußte, daß es lange dauern würde, ehe die Erinnerung daran in diesem Zimmer verblaßte. »Hier sind wir«, hatten die Erinnerungen im Eßzimmer geschrien. Nie, nie durfte sie das Eßzimmer irgendwie ändern. Sie fühlte sich vor diesen massiven Möbeln, den schweren Vorhängen, den Familienporträts ebenso ohnmächtig wie eine aufgeregte Maus, die unten an einem kolossalen Käse nagte. Dieser Raum war die Grundlage der Tradition der Whiteoaks und würde es immer bleiben. Hier war heute und immer der Schatten der alten Adeline, die ärgerlich über jedes Wartenmüssen war, eifriger als alle anderen ihren Teller wieder neu füllen ließ, die feurigen braunen Augen unter den rostroten Brauen vor Befriedigung glänzend. Hier waren die unzerstörbaren Erinnerungen an schwere Mahlzeiten denen nach jeder Streiterei um so herzhafter zugesprochen wurde. Und in dem Schlafzimmer der alten Adeline, wo ihr Papagei Boney noch immer auf dem Kopfende des gemalten Bettes hockte und von Erinnerungen an sie zehrte, hatte Renny zögernd gesagt: »Manchmal habe ich gedacht, ich würde hier gern schlafen. Du weißt doch, sie hat mir das Bett vermacht. Gott, was für fabelhafte Träume könnte man hier haben!«

Auch oben waren ihnen aus jedem Schlafzimmer Erinnerungen entgegengequollen. Als sie ihr neues Leben begannen, hatten sie viel zuviel Erinnerungen mitgeschleppt. Mit abgewandtem Blick waren sie an dem Zimmer vorbeigegangen, in dem sie mit Eden gewohnt hatte, und waren erleichtert in die offene Tür von Rennys Zimmer eingetreten. Wie sie sich umsah, hatte sie sich gefragt, ob sie sich hier zu Hause fühlen würde, und was man tun könnte, um diese harte Männlichkeit des Zimmers etwas zu mildern. Zum Glück war es groß und luftig. Zwei neue Betten von Nußbaumholz mit geraden Linien müßten da stehen an Stelle des häßlichen alten Eichenholzbettes, das in der Mitte eine eingelegene Kuhle hatte. Diese häßlichen Vorhänge, die sicher seine Schwester ausgesucht hatte und die er gewöhnlich zurückgezogen festknotete, damit sie ihm nicht Luft und Licht nahmen, müßten durch andere von irgendeinem sanften Ton ersetzt werden, lila vielleicht — nein nicht lila. Lila würde hier verblassen von der Sonne. Bräunlich wäre besser, oder grün ... Und die Tapete ... Und die Bilder auf der Tapete.

Er hatte ihre Gedanken plötzlich unterbrochen und etwas gezwungen gesagt:

»Ob es dir wohl sehr unangenehm wäre, Meggies Zimmer für dich zu nehmen? Es ist nebenan, und würde mir die Möglichkeit lassen, nach Wake zu sehen, du weißt doch, er hat immer bei mir geschlafen.«

Sie war erschrocken gewesen, ja sogar verletzt durch dieses Ansinnen. Aber nach dem ersten Augenblick war plötzlich ein Gefühl der Befreiung in ihr aufgestiegen. Der Gedanke an ein eigenes kleines Reich, eine Zuflucht für ihren persönlichen Geschmack und ihren kleinen Besitz war ihr nicht unangenehm gewesen. Aber daß sie die Geborgenheit, den Anreiz seiner Gegenwart aufgeben sollte ..., ja, daß er selbst sogar vorschlug, klipp und klar vorschlug, ihre Gegenwart in seinem Zimmer aufzugeben. Nach allem, was sie in diesen drei Monaten einander gewesen waren! Nach allem, was er ihr von seinem fieberhaften Verlangen nach ihr, während sie als Edens Frau hier im Hause gewesen war, gebeichtet hatte! Hatte sein Verlangen sich in Gleichgültigkeit gegen diese süße Gemeinschaft verwandelt?

»Nun?« hatte er mit einem Seitenblick auf sie gefragt.

Irgendein heimlicher Eigensinn in ihr zwang sie zu sagen:

»Ich glaube für Wakefield wäre es viel besser, allein zu schlafen. Du störst ihn doch immer, wenn du spät kommst. Und dann dein ewiges Rauchen, wenn du dich auszieht.«

»Ich störe ihn nicht annähernd so oft wie er mich.«

»Alle Kinder — besonders zart veranlagte — schlafen viel besser allein.«

»Wakefield nicht. Mit seinen Nerven und seinem Herzen!«

»Meinetwegen, Renny, aber — warum sagst du mir das jetzt erst?« Sie empfand Ärger und Demütigung, unglückliche Gefühle, die er so häufig allein durch einen Ton in seiner Stimme oder durch sein Stillschweigen in ihr aufstören konnte.

»Ich mochte nicht«, sagte er wie ein eigensinniges Kind und doch so kurz angebunden, daß sie nichts darauf antworten konnte.

Das war nun lange her, aber die Erinnerung daran kam ihr oft wieder, denn es zeigte ihr endgültig, daß ihr Kommen nichts in Jalna verändern konnte, daß Renny ihr Leben in Besitz genommen hatte, aber daß sie in seines nie weiter eindringen konnte, als ein kleiner frischer Strom, der in die salzige See mündet.

Als sie jetzt zusammen in sein Zimmer hinübergingen, kamen sie an Wakefield vorüber, der noch in niedergeschlagener Haltung am Geländer lehnte. Er blieb abgewandt stehen und Renny sah ihn nicht an. Alayne spürte deutlich die Eifersucht des Jungen und sie fühlte, daß auch Renny sie spürte. Sie hatte das Gefühl, daß Wakefield ihr den freien Eintritt in Rennys Zimmer mißgönnte, und daß er ihr am liebsten einen ebenso scharf abwehrenden Blick zugeworfen hätte, wie sie vorher ihm, und sie zu eben solchem trostlosen Herumhängen am Geländer gezwungen.

Sie schloß heftig die Tür. Renny setzte sich und fing an, seine Schuhe aufzuschnüren. Sie sah ihm gern zu, wenn er solche ganz einfachen Dinge machte. Sie hatte ihre Freude an ihm und hätte ihn gern ganz und gar zu eigen gehabt. Sie sagte: »Warum sind wir nicht öfter allein zusammen? Zwei Stunden habe ich heute Nachmittag im Wohnzimmer gesessen! Ich hoffte immer du kämest.«

Eifrig begann er zu erklären, aber sie ließ ihn nicht weitersprechen. »Ja, ja ich weiß von dem Füllen. Fein, daß es alles so gut gegangen ist. Aber da waren ja genug Menschen. Du hättest doch nicht nötig gehabt, die ganze Zeit dabei zu bleiben.«

Er sah sich unruhig nach seinen Hausschuhen um, als ob er in ihnen ihrem Angriff mehr gewachsen wäre. Ihre Stimme zitterte in Liebe und Gereiztheit: »Ob du es glaubst oder nicht, aber ich bin manchmal schrecklich einsam. Wenn ich an unsere Hochzeitsreise nach England denke — das Herumreisen — die Heimfahrt —, wie war das alles schön! Und nun hast du so viel anderes im Kopf!« Sie setzte sich mit trostlosem Gesicht auf das Bett. »Und du bist doch nicht so wie so viele andere amerikanische Ehemänner, ganz von großen Unternehmungen erfüllt, die Konzentration verlangen — — —.«

Der empörte Ausdruck in seinem Gesicht machte sie plötzlich stumm. Egoismus und verletzter Stolz brannte darin. Sie hatte gedacht, sein hageres Gesicht könnte nicht röter werden, aber es hatte sich noch mehr gerötet. Und tief in seinen Augen war ein Ausdruck von Traurigkeit.

»Aber — aber —«, fuhr er auf, »kannst du das denn nicht verstehen?«

»Nein, das kann ich nicht«, antwortete sie eigensinnig. »Wahrhaftig, ich glaube, sogar wenn ich ein Kind bekäme, würdest du dir nicht annähernd so viel daraus machen!«

»Du bist eifersüchtig!« rief er, »eifersüchtig auf eine Stute! So was habe ich noch nie gehört.«

Ihre Frauenwürde ging völlig unter in einem großen Verlangen, getröstet zu werden. Sie sagte mit dem weinerlichen Ton einer Fünfjährigen — »Einerlei. Es ist einfach wahr! Wenn ich in diesem Augenblick ein Kind haben sollte, du könntest dich nicht mehr darum kümmern als um sie!«

»Doch, bestimmt! Ich würde mich einfach in die Wälder retten, und wenn es mitten im Schneesturm wäre, und nicht wieder zum Vorschein kommen, als bis alles vorbei wäre!«

Er kam zu ihr herüber und setzte sich neben sie aufs Bett.

»Weißt du«, sagte er, wie er sie an sich zog, »daß du als eine verständige Frau, eine gescheite, fast übergescheite Person törichter sein kannst als irgendeine Frau, die ich je gekannt habe?«

Sie wußte, daß es wahr war, was er sagte. Sie wußte, daß ihn diese Albernheit zugleich überraschte und amüsierte. Aber sie hatte sich nun einmal in diesen Zustand hineingearbeitet und es war ihr ganz einerlei. Sie drängte sich enger an ihn und verkroch sich in seine Arme. Das Zimmer war grau und kalt.

Er machte eine Hand frei und zog eine Zigarette aus dem Etui. Er zündete sie an und warf das Zündholz auf den Fußboden. Der Rauch kräuselte sich um ihre Köpfe und stieg in ihre Nase. Sie hielten einander fest und wiegten sich sanft im Dämmerlicht. Er sagte:

»Ist das nicht fein, daß es einen Fußboden gibt, wohin man Zündhölzer werfen darf, und eine Bettdecke, die wir zerknittern können?«

Unten im Wohnzimmer wartete Pheasant auf Piers, der ihr den kleinen Maurice bringen sollte. Es war Zeit, daß das Kind ins Bett kam, aber sie hatte keine Eile, die behagliche Wärme des Feuers zu verlassen. Sie saß sehr aufrecht auf einem niedrigen Sessel davor und dachte an Alayne und Renny. Waren sie glücklich? War diese Heirat wirklich das Richtige? Sie grübelte öfter im stillen über die Beziehungen zwischen Männern und Frauen nach. Sie hatte in ihrem kurzen Leben schon zu viel von der Angst und Grausamkeit erfahren, die in diesen Beziehungen möglich war. Sie hatte keine Mutter gehabt, die schützend zwischen ihr und ihrem Vater gestanden hätte. Sie beide waren allein zusammengewesen — er unglücklich und unbefriedigt, und seine Liebe zu ihr sehr fragwürdig und fast spöttisch. Ihre zu ihm halb abwehrend, halb herausfordernd. Er hatte sie völlig verwildern lassen ... bis sie geradewegs in die Heirat mit Piers hineinlief. Und sie beide hatten auch ihre Nöte gehabt. Und wenn sie Zeit hatte, ihre eigenen Angelegenheiten zu vergessen, dann beobachtete sie die Spannungen zwischen den anderen um sie herum ... Sie fühlte sich alt an Lebensweisheit. Sie empfand geradezu mütterlich Alayne gegenüber, die zehn Jahre älter als sie, verheiratet gewesen, geschieden und wiederverheiratet war. Und beide Male mit einem Whiteoak! Da steckte der Knoten! Die Whiteoaks! Alayne würde — konnte sie nie verstehen. Sie war ein Außenseiter, nicht so sehr ihrer Herkunft als ihrer Seele nach. Pheasant war der Familie von Jalna benachbart aufgewachsen. Sie hatte Renny gut gekannt, seit sie laufen konnte. Sie überlegte weise, ob es nicht einmal dazu kommen würde, daß sie Alayne guten Rat geben müßte. Sie ließ ihr Strickzeug im Schoß liegen und ihre Augen wurden groß, wie sie sich das vorstellte. Aber doch konnte sie sich nicht recht denken, was für eine Art Rat das sein sollte.

Piers und Mooey kamen die Treppe herunter, nicht in Sprüngen wie Renny, sondern langsam und vorsichtig. Den ganzen Weg die Treppe herunter schwatzte Mooey und wiederholte immer, daß er nicht bange wäre und daß er nicht fallen würde.

»Du mußt das nicht immer wieder sagen«, hörte Pheasant Piers Stimme. »Das ist kindisch.«

»Bin kein Baby«, sagte Mooey trotzig und nach einem Augenblick des Nachdenkens fügte er hinzu: »Oh, Teufel, bin nicht bange.«

»Was höre ich mein Baby da sagen?« fragte Pheasant.

»Bei ihm gibt es nichts anderes«, sagte Piers in der Tür, »als Gebabbel wie ein Armkind oder Fluchen wie ein Pferdeknecht.«

»Er hört zu viel, der arme Liebling!« Und Pheasant breitete die Arme nach ihm aus.

Er flog auf sie zu und versteckte sein Gesicht in ihrem Schoß. Im Feuerschein lag ein rötlicher Glanz auf seinem braunen Haar.

»Sieh doch!« rief Pheasant, und strich darüber hin. »Ich glaube, er hat einen Schein von dem Court'schen Rot im Haar.«

»Hoffentlich nicht. Einer in der Familie ist gerade genug. Was strickst du da!«

»Eine neue Jacke für Baby. Sieh, steht ihm die Farbe nicht gut?« Und sie hielt sie gegen sein helles Gesicht.

»Wo sind die anderen?« fragte Piers und setzte sich ihr gegenüber ans Feuer.

»Renny und Alayne sind hinaufgegangen. Wake bummelte hinterher. Wirklich, Piers, manchmal denke ich, daß es ihr schrecklich über sein muß — nie hat sie ihn für sich selbst.«

»So, meinst du? Wozu will sie ihn denn für sich selbst haben?«

»Na, sie sind doch schließlich noch jungverheiratet. Und es gehen Tage hin, wo sie ihn kaum zu sehen bekommt, außer, wenn sie durch den Schnee zum Stall läuft und ihn da findet. Und sie sagte mir, daß er sie selbst dann manchmal völlig übersieht und bloß irgendeinen alten Gaul anstarrt, als ob er ihn vorher noch nie gesehen hätte. Ich kann wohl sagen, ich habe viel Verständnis für sie.«

Piers hörte dies alles mit einem breiten Grinsen an. Er warf sich im Stuhl zurück, vergrub die Hände tief in den Taschen und sagte:

»Weißt du, was das Neueste ist? Ein Geburtstagsessen für Finch! Die ganze Familie, die Alten und Baby tanzen um den Geburtstagskuchen, in dem mitten drin ein Scheck über Hunderttausend steckt!«

## 3 Der Schatten der Eule

Finch fühlte, daß er heute abend George Fennel sehen mußte. Er hatte ihn länger als vierzehn Tage nicht gesehen und das Verlangen, sich mit seinem alten Freund auszusprechen, wurde immer stärker. Nicht gerade, daß George besonders empfänglich oder verständnisvoll gewesen wäre. Im Gegenteil, er starrte Finch unter seinem wirren dunklen Haarschopf an mit einem Ausdruck, in dem bloß eine vergnügte Überlegenheit sich mit der Verwunderung über Finchs Überschwenglichkeiten und Verzweiflungen mischte.

Bei George selbst gab es keinerlei Überschwenglichkeit oder gar Verzweiflung. Wie Finch liebte er Musik über alles, aber seine Freude an ihr war sehr ruhig. Wenn er kein Piano hatte, dann spielte er eben auf dem Banjo. Wenn das Banjo nicht in Ordnung war, dann gab er sich auch mit seines Bruders Mandoline zufrieden. Und wenn nichts anderes da war — gut, dann hatte er eben die Mundharmonika in der Tasche! Aus diesen verschiedenen Instrumenten zog er fast die gleiche Empfindung — etwas von inneren Frieden und fröhlicher Weltvergessenheit. Finchs Aufregungen waren ihm ebenso wie Finchs Verzweiflungen unerklärlich. Aber er liebte Finch, und er hatte eine Ahnung, daß sein Freund mit den hungrigen Augen irgendeine merkwürdige Begabung hatte, die ihn entweder berühmt machen oder ihm irgendwie Glück bringen würde.

Was Finch in George fand, das war der nie versagende Trost eines Freundes, der sich immer gleich blieb. George begegnete ihn immer mit derselben Wärme. Redete stundenlang und mit ruhiger Bereitschaft über die Dinge mit ihm, die ihn interessierten. Der einzige Gesprächsstoff, bei dem Georges Seelenruhe sich in Aufregung verwandelte, war die Möglichkeit, Geld zu haben wie Heu. Dann strahlten seine Augen und seine raschen Antworten schossen nur so heraus bei dem Gedanken an eine solche Glückseligkeit. Ihr Leben lang waren die Taschen der beiden Jungen fast leer gewesen. Es war Georges unbesiegbare Faulheit, die die Vorstellung von einem solchen Geldüberfluß so beglückend machte. Geld ohne Arbeit! Das war es, was Finch nun bekam, und diese glänzende Aussicht verklärte ihm schon Finchs hagere Gestalt.

Diese hagere Gestalt stand, als George seine Haustür aufmachte, als Silhouette gegen den mondhellen Schnee wie eine geheimnisvolle Erscheinung, das Gesicht im Dunkeln, denn das trübe Licht aus dem Flur ließ nur gerade seine Augen erkennen.

»O hallo, Finch!« sagte George lakonisch.

»Hallo, Jarge!« rief Finch, der plötzlich sehr vergnügt war. Er trat ein, stampfte sich den Schnee von den Stiefeln und hing Jacke und Überzieher an den Ständer. »Was hast du in dieser Zeit verbrochen?«

»Mozart gemordet«, sagte George. »Ich habe ihn auf der Mandoline gespielt.« Er warf die Tür zu und stieß mit den Füßen den Schnee, den Finch mit hereingebracht hatte, von der Matte in die Ecke. »Schrecklich kalt, nicht wahr?«

Finch schlug die erstarrten Hände zusammen. »Kalt, ja, aber herrlich, so über die Felder zu laufen! Als ob es der erste Schnee wäre, der je gefallen ist, so weiß ist es. Und die Schatten! Jeder kleinste Zweig — als ob sie in blau-schwarzer Tinte gezeichnet wären. Und mein eigener Schatten — das hättest du sehen müssen! Er hüpfte und tanzte neben mir wie ein wilder Spuk!«

»Wie ging denn das zu?« fragte George und sah ihn mit runden Augen an.

»Sei nicht so verdammt prosaisch, Jarge! Wenn du dagewesen wärest, hättest du auch Sprünge gemacht.«

»Ich kann es mir nicht vorstellen, daß ich in solch einer Nacht draußen herumliefe, außer wenn irgendwo ein Mädchen oder eine Gesellschaft wäre. Ich wollte, es hätte nicht aufgehört zu schneien, denn wenn es die ganze Nacht so weiter geschneit hätte, dann hätte ich Montag früh nicht in die Stadt müssen, ins Geschäft.«

Obgleich George ein Jahr jünger war als Finch, hatte er seine Universitätsjahre schon hinter sich und war jetzt in ein Bankgeschäft eingetreten. Er hatte den Beruf eines Bankbeamten gewählt, weil es ihm vorkam, daß das ein leichtes Leben sein müßte und eins, in dem viel von Geld die Rede war, freilich ohne daß man es zu sehen kriegte. Er führte Finch die Treppe hinauf in sein eigenes kleines Zimmer. Es war so ungemütlich wie nur möglich, da die einzige Wärme darin durch ein Ofenrohrloch aus der Küche darunter kam, aber eine Art sanfte Wärme strahle von Georges runder Persönlichkeit aus, und die Erinnerung an vergnügte Stunden, die sie hier verlebt hatten, gab ihm für Finch einen besonderen Reiz. Er ließ sich auf das eingesessene Sofa fallen und holte seine Pfeife heraus. George hatte ihn nie etwas anderes als eine Zigarette rauchen sehen, und er sah erstaunt zu, wie Finch die Pfeife aus einem alten Beutel, der einmal Onkel Nicholas gehört hatte, füllte. Finch war etwas verlegen. Er hatte schon bei seinem letzten Besuch im Pfarrhaus die Pfeife gehabt, aber nicht den Mut aufgebracht, sie herauszuholen. Er glaubte, er sähe männlicher aus, wenn sie aus dem Munde herausging, obgleich er nie hoffen konnte, so mit ihr verwachsen zu sein wie Piers.

»Was stellt das vor?« fragte George und zündete sich eine Zigarette an. »Du versuchst wohl auszusehen wie ein berühmter Autor, ein amerikanischer Gesandter oder ein britischer Premierminister?«

Aus einer Rauchwolke antwortete Finch: »Ich weiß nicht, was du damit sagen willst. Ich habe schon immer ab und zu eine Pfeife geraucht. Es ist einfacher und außerdem sparsamer.«

George lachte in sich hinein. »Du suchst dir eine merkwürdige Zeit für Sparsamkeit aus. Gerade wenn du einundzwanzig bist und mehr Geld in die Hand kriegst, als du ausgeben kannst.«

»Ich glaube, es ist einfach, weil ich jetzt in das Alter komme, wo einem eine Pfeife schmeckt«, sagte Finch mit viel Würde. »Außerdem ist es gut für mich. Du weißt doch, daß meine Nerven recht wackelig sind. Du kannst dir nicht vorstellen, wie komisch mir manchmal zumute ist. Ich gehe plötzlich hoch, und ganz ohne Ursache.«

»Mir wäre auch komisch zumute, wenn ich plötzlich ein Vermögen erbte.«

»Ich wollte«, antwortete Finch, immer etwas gereizt, »daß du nicht immer so reden wolltest, als ob ich ein Millionär wäre. Was sind schon hunderttausend Dollar!«

»Ich habe keine Ahnung. Ich kann mir solch eine Summe nicht vorstellen.«

»Das sagst du und bist ein Bankbeamter!«

Die Bezeichnung schmeichelte George, der ein junger Lehrling im Bankgeschäft war. Er wurde ernsthaft. »Na ja, die Arbeit im Geschäft ist doch eine ganz unpersönliche Sache.«

»Ja, aber hör mal! Hunderttausend sind heute gar nicht so viel. Das hatte jeder von meinen beiden Onkels, und jetzt haben sie kaum einen Pfennig mehr.«

»Und doch mißgönnen sie dir dein Glück!«

Finch wurde dunkelrot.

»Entschuldige«, sagte George. »Aber man hört eben so allerlei. Sie haben sich keine Mühe gegeben, ihre Gefühle darüber zu verbergen.«

»Ich nehme es ihnen gar nicht übel!« rief Finch und wand seine langen

29

Finger ineinander. »Gar nicht nehme ich es ihnen übel ... was sie auch gesagt haben.«

»Vielleicht, aber für dich ist es schwer.«

»Ja, schrecklich schwer.« Er preßte die Oberlippe fest an die Pfeife, um ihr Zittern zu verbergen. Einen Augenblick war er ganz verloren in unglücklichen Gedanken, und dann sah er George mit einem fast triumphierenden Blick an. »Aber jetzt sind sie ganz anders. Sie sind riesig anständig gegen mich. Heute nachmittag kam ich in Onkel Ernests Zimmer. Er und Onkel Nick und Renny und Piers waren da. Als ich hereinkam, merkte ich, daß sie über mich gesprochen hatten. Einen Augenblick war mir sehr unbehaglich. Dann kam heraus, daß sie über ein Festessen für mich an meinem Geburtstag gesprochen hatten.« Jetzt ließ sich das Zittern der Lippen kaum mehr verbergen. Er biß mit den Zähnen fest auf die Pfeife.

Das machte George Eindruck. »Ein Festessen, was? Das ist wirklich anständig. Ich möchte wissen, wer zuerst daran gedacht hat.«

»Ich weiß nicht, aber es war Piers, der zuerst davon anfing. Es soll ein kleines Mittagessen werden, wir laden ja sonst fast nie Leute ein, weißt du, aber vielleicht wird es weniger gezwungen, wenn wir uns um ein paar Gäste zu kümmern haben. Meinst du nicht auch?«

George überlegte und versuchte sich in diese leicht aufbrausenden, wunderlichen Whiteoaks zu versetzen. Dieses Festessen sollte also sozusagen eine Brücke zwischen dem Tag vor Finchs Geburtstag und dem Tag danach sein. Über diese Brücke marschierte dann die Familie in Galaprozession. Er sagte: »Die Idee gefällt mir. Sicher hilft sie dir über den Tag hinweg.«

»Ich wollte, es wäre alles vorüber«, sagte Finch, fast weinerlich. »Da ist auch noch etwas anderes, vor dem ich Angst habe. Nämlich, Renny zu sagen, daß ich nicht auf die Universität zurück will. Ich kann es einfach nicht.«

George sah ihn ohne besondere Überraschung an. »Ich finde das sehr vernünftig. Ich habe das Studieren ja auch aufgegeben. Viel zu anstrengend. Du wirst dich doch wahrscheinlich auf die Musik werfen?«

»Himmel, ich weiß nicht! Das heißt, wenn du Musik als Beruf meinst, dann glaube ich nicht, daß ich dafür begabt genug bin.«

»Unsinn! Du hast mehr Begabung als irgend jemand, den ich kenne. Jeder, der dich spielen hört, findet, daß du deine Zeit verschwendest, wenn du irgend etwas anderes machst.«

»Ja, das weiß ich wohl. Aber ich glaube doch nicht, daß ich mich für Konzerte eigne. Als ich vorigen Monat bei dem Musikabend spielte, habe ich jämmerlich abgeschnitten. Mein Lehrer war schrecklich enttäuscht. Er hat sich so mit mir abgeplagt. Er erwartete etwas wirklich Gutes von mir. Und ich habe nach Kräften geübt. Aber — du weißt, wie das ist — ich bin zweimal fast zusammengeklappt.«

»Ach, du wirst mit der Zeit die Nervosität überwinden«, sagte George tröstend.

»Nein, sicher nicht. Wenn ich nur nervös gewesen wäre, dann hätte ich mehr Zuversicht. Aber das war es nicht. Ich kam mir wie halbtot vor. Es ging mich auf einmal alles gar nichts an. Nichts kam mir wirklich vor. Sogar das Klavier sah nicht wirklich aus. Und als ich fast zusammenklappte, da war es nicht, weil ich nervös oder aus dem Text gekommen wäre. Es war bloß, weil ich einfach zu stumpfsinnig war, um weiterzuspielen. Es war, als ob irgendetwas aus dem Klavier zu mir sagte: ›Du verdammter Narr — glaubst du, du kannst aus mir herausholen, was du willst, und mich vorführen? Ich werde dich vorführen als das, was du bist — ein hoffnungsloser Idiot!‹«

George sah sehr ernsthaft aus. »Ich glaube, das Schlimme bei dir ist, Finch, daß du dich selbst zu ernst nimmst. Deine ganze Familie hat diese Art, daß sie sich zu ernst nimmt. Das liegt im Blut. All dies Gerede über die Court-Nase! Und den Courtschen Charakter! Ich sage dir, heute nimmt man sich nicht mehr selbst so. Es ist nicht wichtig genug, ob man anders ist wie andere Leute. Und daß irgendetwas aus dem Klavier heraus dich ausspottet und dir vormacht, daß du nichts kannst, bis du es mit der Angst kriegst, das ist bloß Einbildung, die dir über den Kopf wächst. Als ich ein kleiner Bengel war, bildete ich mir auch allerlei ein. Ich weiß Bescheid, wie das ist. Die große ausgestopfte Eule in der Nische auf der Treppe war eins von den Dingen, die mich nervös machten. Ich wußte ganz genau, daß es irgendeine seltene Art war, die mein Großvater im Norden geschossen hatte. Ich wußte, daß sie mottenzerfressen war. Aber ich hatte mir in meinen dummen jungen Kopf gesetzt, daß irgend etwas daran unheimlich war ... daß sie mich nicht leiden mochte.«

»Wirklich?« Finch beugte sich vor, mit neugierigen Augen. Er hatte George nie so etwas sagen hören, und es brachte sie einander sehr nahe.

»Ja. Und ich konnte nie die Treppe hinaufgehen, ohne Angst zu haben, daß sie mich plötzlich ins Bein kniff im Vorbeigehen. Ich hätte geschworen, daß sie sich auf ihrem Stand bewegte.«

Finch sah George vor sich — nicht den ruhigen, jungen Menschen ihm gegenüber —, sondern den kleinen Jungen, der die Treppe hinaufschlich und mit ängstlichen Augen dem dunklen gläsernen Blick der Eule entgegenstarrte, das weiche Haar zu Berge stehend.

George lachte in sich hinein. »Na, eines Nachts, als ich zu Bett gehen wollte, war ich so überzeugt, daß sie nach mir schnappen würde, daß ich in drei Sprüngen hinaufrannte. Mein Herz klopfte so, daß ich kaum atmen konnte. Ich stand oben, hielt mich am Geländer und starrte mein Bein an, um zu sehen, ob nichts daran passiert war. Gerade da kam Vater aus seiner

Studierstube und sah zu mir herauf. ›Was ist los?‹ fragte er, und ich heulte, daß ich Angst hätte, daß die Eule nach meinem Bein schnappen würde. Er sprang die Treppe rauf, hob mich auf und trug mich zu der Nische, wo die Eule war. — ›Nun halte dein Bein dicht unter den Schnabel, und wenn sie dich schnappt, dann erwürge ich sie.‹ Das tat ich, und natürlich passierte nichts. Trotzdem war ich nachher immer noch etwas nervös. Aber den nächsten Abend nahm ich meinen Mut zusammen und blieb auf der Stufe stehen, die direkt neben der Nische war. Ich hielt mein Bein hin und quiekte: ›Beiß mich, alte Eule, wenn du es wagst!‹ Und als sie es nicht tat, gab ich ihr eine kräftige rasche Ohrfeige und lief die Treppe hinauf ... Seitdem bin ich mit solchen Einbildungen fertig.« Seine Augen strahlten Finch an. »Natürlich vergleiche ich die Einbildungen eines dummen Jungen nicht mit den Vorstellungen eines erwachsenen Menschen. Aber die Wurzel ist die gleiche, und die Ursache ist Angst. Ich glaube, wenn du jemanden wie meinen Vater gehabt hättest, der dich fest an die Hand genommen hätte, dann stecktest du heute nicht so voll von Angstvorstellungen. Er hat damals an dem einen Abend mehr für mich getan, als er je selber wußte.«

Finch nickte. »Wenn einer von meinen Brüdern entdeckt hätte, daß ich mich vor einer ausgestopften Eule fürchtete, dann hätte er mir bestimmt Sachen über ihre Lebensgewohnheiten erzählt, die mir das Blut gerinnen gemacht hätten.«

»Sieh mal, alter Junge, hör auf meinen Rat. Nimm dich selber fest in die Hand, und nimm dir vor, daß du dich durch nichts bange machen und von deinen Plänen abbringen läßt. Du willst doch ein großer Pianist werden, nicht wahr?«

Finch murmelte: »Ich weiß nicht, was ich will, George, außer daß ich auf keinen Fall auf der Universität bleiben will. Ich könnte heulen, wenn ich an all das Geld denke, das Renny an mich verschwendet hat. Ich muß es einfach an ihn zurückzahlen. Wenn ich bloß ein paar Monate für mich haben könnte, um ruhig nachzudenken und mit mir selbst ins Reine zu kommen. Das Reden hilft nichts —, du kannst dir nicht vorstellen, wie das ist, wenn man solch ein Versager ist wie ich!«

Sie rauchten ein Weilchen schweigend. George sah Finchs gebeugten Kopf liebevoll an, und Finchs Gedanken drehten sich widerwillig um die weiße Eule. George sagte plötzlich:

»Na, jedenfalls hast du nun dein eigenes Leben. Deine eigene Arbeit, was es nun auch sein wird; und wenn du überhaupt nicht arbeiten willst, dann steht dir das auch frei, du bist selbständig und niemand kann dich zwingen. Bist du dir darüber klar?«

Finch fuhr auf. »Was meinst du, selbständig? Natürlich, ich kann tun, was ich will.«

»Ja«, sagte George überzeugt. »Du kannst tun, w a s du willst und wann du es willst. Was ich mir so als erstes denke, was du tun müßtest, ist, eine Reise machen. Ein bißchen herumreisen und die Welt sehen. Dann würde dein Leben auch eine andere Richtung kriegen. Du würdest mit dir selbst ins Reine kommen. Vor allem von der Familie los.«

Finch fing an zu lachen. »Komisch, daß du gerade das vorschlägst. Es ist genau das, was ich plane — nur mit einem großen Unterschied. Ich habe vor, meine beiden Onkels mitzunehmen.«

»Das ist dir doch wohl nicht ernst!«

»Doch, ganz gewiß! Sie haben sich seit Jahren gewünscht, die alte Heimat einmal wiederzusehen. Du weißt doch, ihre Schwester lebt in England. Sie werden alt, haben nicht viel Zeit zu verlieren. Ich weiß, was das für sie bedeuten würde. Und wenn das durch mich käme, verstehst du ... es würde bessere Stimmung machen.«

George fuhr sich völlig verzweifelt durch die Haare. »Also, das ist deine Idee, loszufahren und die Welt zu sehen, und das mit einem alten Onkel an jeder Seite«, sagte er grübelnd. »Und das Weltbesehen besteht darin, daß du eine alte Tante besuchst. Na, alles was ich dazu sagen kann, ist, daß der Weltmeister in Philanthropie bist!«

»Dummes Zeug! Ich kann dann ja meine eigenen Wege gehen, wenn ich will. Und außerdem habe ich meine Tante riesig gern. Ich habe mir mein ganzes Leben lang gewünscht, sie zu besuchen. — — Weißt du, meine Lage ist so sonderbar, George. Ich kann es nicht gleich erklären, aber es kommt darauf hinaus: Ich kann mein Geld einfach gar nicht genießen und all die Möglichkeiten, die es mir gibt, ehe ich nicht irgend etwas getan habe — es braucht ja nicht gerade etwas Großes zu sein — aber irgend was Anständiges für die anderen. Es ist, als ob das eine Aufgabe wäre, die ich erst hinter mir haben müßte.« Seine Augen hingen mit einem Ausdruck, der George visionär vorkam, an dem Rauch seiner Pfeife, der in einer blauen Wolke vor ihm schwebte.

»Natürlich, natürlich«, stimmte er zu, dachte aber: ›Was für ein verrückter Kerl! Aber man muß ihn nehmen wie er ist.‹

»Und was denkst du für Piers zu tun?« fragte er und dachte etwas grimmig an Zeiten, wo Piers Finch geradezu gequält hatte.

»Ich weiß noch nicht. Irgendwas, das er für seine Arbeit gern hätte, oder vielleicht etwas für Pheasant. Es hat ja auch keine Eile. Sonst sagen sie wieder, ich wollte mich großtun. Nein, es muß nach und nach kommen und mit den Onkels anfangen.« Sein abwesender Blick haftete plötzlich interessiert an dem Ofenrohrloch im Fußboden. Ein leises Gemurmel von Stimmen kam von der Küche unten herauf.

»Ja«, sagte George, »es ist noch immer das Gleiche, Lizzie und ihr Verehrer — und sie kommen keinen Schritt weiter, soweit ich sehen kann.« Er beugte sich vor und äugte durch die Öffnung wie in einem Käfig im Zoo. Finch näherte sich auch und hockte neben ihm, daß ihre Köpfe sich berührten. Sie konnten das eine Ende eines sauberen Küchentisches sehen, auf dem eine Schüssel roter Äpfel stand. Sie konnten ein Paar Männerhände sehen, kräftig und schwielig, die einen Apfel mit einem derben Taschenmesser schälten. Der Apfel wurde sorgsam geteilt. Die zwei oben sahen wie gebannt zu, wie die feine rosige Schale der Frucht abfiel und die weiße Frucht selbst in den groben Fingern blieb. Die Schale wurde über den Tisch einer unsichtbaren Person zugeschoben und der Apfel wurde geteilt. Dann wurde ein Stück abgeschnitten, auf das Messer gespießt und in den Mund des Schälenden gesteckt. Sie sahen etwas von dem angegrauten Haar, wie sein Kopf sich vorstreckte. Eine zweite Schnitte wurde aufgespießt und einem Mund gegenüber hingehalten, und so verschwand der Apfel Stück für Stück. Die groben Hände sammelten das Kerngehäuse und die Kerne, schoben sie irgendwohin, griffen nach einem anderen Apfel und schälten weiter. Ein unbestimmtes Murmeln von Gespräch kam herauf.

Finch richtete sich mit einem Seufzer wieder auf. »Wie lange ist das so gegangen?« fragte er.

»Fünf Jahre ungefähr.«

»Herrgott, was für ein Leben!«

»Ja, die Liebe ist was Sonderbares, vor allem, wie die es auffassen.«

»Es wird wohl immer was Wunderliches sein, wie man es auch auffaßt.«

»Bist du kürzlich viel mit Mädchen zusammengewesen?«

»Nein. Hatte viel zu tun.«

»Du mochtest doch Ada Leigh gern?«

»Hm — hm. Sie ist mit ihrer Mutter in Frankreich.«

»Ich glaube, du hast eigentlich keine große Meinung vom anderen Geschlecht, Finch.«

»Oh ... ich weiß nicht«, er seufzte tief. »Ich habe nicht viel Erfahrung darin.«

George schlug die Arme unter und sagte überlegend: »Eine fabelhafte Person kommt manchmal in unser Büro. Wegen Geldgeschichten, weißt du. Eine reiche Witwe. Sie will immer meinen Rat über alles haben. Ich sehe nicht ein warum, weil ich doch nur ein Lehrling bin. Sie will immer genau wissen, wie ich über alles denke. Manche Frauen sind komisch, nicht wahr?«

»Wie alt ist sie?«

»Kann ich gar nicht sagen. Wenn sie erst mal über zwanzig sind, dann läßt sich das schwer beurteilen.«

»Was du bloß für Reden führst, Jarge«, sagte Finch liebevoll.

George stand auf und dehnte die Arme. »Was meinst du zu etwas Musik?« fragte er.

Auf dem Wege die Treppe hinunter blieb Finch stehen und sah die ausgestopfte weiße Eule an. Er schob seine Hände unter ihre Flügel und fühlte da die daunigen Federn. Er näherte sein Gesicht dem schwarzen Schnabel und den glänzenden Augen. Ein wunderliches Wohlsein lief ihm über den Körper, wie er die daunige Weichheit der Eule fühlte. Er dachte an die reine Weiße, in der seine Hände steckten ...

Den ganzen Weg nach Hause dachte er noch mit Vergnügen daran. Die Schneefläche der Erde kam ihm vor wie die Brust der Eule; die Sterne glitzerten kalt wie die Eulenaugen; der bittere Wind war ihr Heulen ... Sie hatte ihren Platz verlassen und war mit ihm durch die offene Haustür des Pfarrhauses geflogen, und war nun eins mit der Nacht und das Schlagen ihrer Flügel der Rhythmus des Alls.

Er bog von der Straße ab und schlug die gewohnte Abkürzung durch die Felder ein, trotzdem der Weg längst ungangbar war. Hohe Schneewehen lagen vor ihm, leicht wie Haufen von gefallenen Federn. Er fegte in hohen Sprüngen darüber hin. Sein ganzer Instinkt wehrte sich dagegen, erwachsen zu sein. Am liebsten wäre er nichts gewesen als ein wilder, halbverrückter Junge, den das Vergehen der Zeit überhaupt nichts anging ... Er riß die Kappe vom Kopf und lief barhäuptig, tanzte mit seinem Schatten und versuchte seine Seele aus dem Körper heraus hoch in die Frostluft zu werfen. Er stellte sich vor, wie die große Eule sich darauf stürzen und damit zum Pol fliegen würde mit einem Huhuhu, das das Weltall erschütterte.

Er hatte die Felder hinter sich und lief durch den Kiefernwald. Und dann durch den Birkenwald, wo die silbernen Stämme im Mondlicht wie in einem See badeten und in ihrer nackten Weiße zitterten, wie sie darin ertranken.

Er lief durch den Obstgarten, wo die knorrigen Gestalten der Bäume wie tanzende alte Männer aussahen. Es war da ein vereister Pfad, von dem der Wind den Schnee weggeblasen hatte, und er schlitterte darauf entlang, die Kappe in der Hand, in langem elegantem Gleiten.

Er lief durch den jungen Kirschgarten, wo die Bäume in geraden Reihen standen, wie schüchterne, halberwachsene Mädchen, und als er in den Garten kam, schienen die Lichter des Hauses ihm wie ein Willkommen entgegen.

Sobald er sie sah, wurde der Schatten der Eule kleiner, aber es war ihm doch, als folgte er ihm immer näher und niedriger nach seinen Beinen zu. Ein plötzlicher Schrecken packte ihn. Er rannte atemlos und innerlich verworren. Würde sie ihn packen, ehe er die Tür erreichte?

Jetzt war sie neben ihm mit feurigen Augen. Er raste über den Rasenplatz und warf sich gegen die Tür. Sie flog auf, und im selben Augenblick fühlte er ein grausames Zwicken im linken Bein.

»Lieber Junge«, sagte Onkel Ernest, »was für einen Zug bringst du mit herein. Schnell die Tür zu! Und kannst sie auch gleich für die Nacht verriegeln.«

4 Der Held des Tages

Es war am 1. März. Finch war knapp dem Schicksal entgangen, am 29. Februar geboren zu sein, was ihn neben der Glückshaube noch in einer fast unheimlichen Weise ausgezeichnet haben würde. Es war ihm ganz recht, daß er das Licht zuerst mit dem Frühlingsanfang erblickt hatte; und an diesem besonderen Geburtstag lag die Natur nicht wie gewöhnlich in den Mantel des Winters verkrochen Im Gegenteil, es war eine für diese Jahreszeit außergewöhnlich milder Tag. Es hatte stetig durch ein paar Tage und Nächte geregnet, und als jetzt die Sonne aus den abziehenden Regenwolken kam, waren schon große Rasenstücke im Garten schneefrei. Nachmittags lag der Teil der Rasenfläche, den das Haus nicht beschattete, ganz in dem Schein der warmen Märzsonne. Das vorjährige Gras hatte noch etwas von seiner Farbe und schien sogar gewachsen, wie das Haar eines Toten noch lange nach dem Begräbnis weiterwachsen soll.

Die verwitterten Strünke vorjähriger Astern und Sommerblumen lagen wassergetränkt auf dem feuchten Boden der Blumenrabatte; unter der Hecke häuften sich farblos die vorjährigen Herbstblätter. Und doch war in allem eine grenzenlose Hoffnung lebendig. Die großen Tropfen von Regen und schmelzendem Schnee an jedem Zweig funkelten. Der Himmel war reingefegt von allem, was zwischen Erde und Sonne schwebte. Keine Wiederkehr von Kälte und Schnee konnte die Zukunftshoffnung dieses Tages auslöschen.

Die Tür zur Vorhalle stand weit offen, so daß die Sonne einströmte. An solch einem Tage hätte die alte Adeline ihren ersten Spaziergang im Jahre unternommen. In unzählige Mäntel, Schals und Unterröcke gehüllt wäre sie herausgekommen und hätte sich der neubelebten Welt gezeigt. »Ich bin wieder draußen!« hätte sie gerufen. »Ha! Die frische Luft rieche ich gern!«

Finch dachte heute viel an sie und an die merkwürdige späte Vertraulichkeit, die sie so geheimnisvoll zueinander gezogen hatte, und überlegte, ob er es wohl fertigbringen würde, so zu leben, daß sie damit einverstanden wäre. Aber sie hatte ihn ja gekannt wie er war, hatte ihn geliebt und anerkannt als einen der »Welpen«, die ihr Sohn Philipp von seiner zweiten Frau hatte.

Er stand in der Tür, sonnte sich und sah Rags zu, der die Halle fegte. Wie schäbig sah die Halle und der Diener selbst in der Mittagshelligkeit aus! Das zierliche Nußbaumgeländer mit seinen Pfosten war hübsch genug, aber die Tapete an der Treppe entlang war eingeschmutzt, wo kleine Hände sie immer wieder gestreift hatten. Sicher war die Wand hier nie neu tapeziert worden, solange er denken konnte. Der Treppenläufer war fadenscheinig. Der türkische Teppich auf dem Fußboden hatte seine Fransen verloren. Diese Fransen schienen dagegen an den Ärmeln Rags' Rock zu hängen. Der Ärmel bewegte sich heftig, während Rags den Spiegel am Hutständer polierte, von dem ein geschnitzter Fuchskopf auf ihn heruntergrinste.

»Na«, sagte er, als er Finch erblickte, »also ich gratuliere, Herr Finch!«

»Danke, Rags.«

»Könnte kein feinerer Tag sein, just als ob er bestellt wäre. Feine Sache, einundzwanzig zu werden, Herr Finch, und alles Geld in der Familie zu kriegen.« Er sah sich über die Schulter nach Finch um mit einem Ausdruck von unschuldigem Neid.

Finch hätte den Burschen am liebsten am Genick gepackt und ihn geschüttelt. Er sagte: »Sie wissen wohl nicht, was Sie sagen, Rags.«

Ohne sich stören zu lassen, fuhr der kleine Kerl fort:

»Ein glücklicher Tag für uns alle, Herr Finch. Meine Frau hat mir vorhin noch gesagt, daß sie um schönes Wetter gebetet hätte. Ich selber halte ja nicht viel vom Beten, aber es heißt ja, Strohhalme zeigen, woher der Wind weht. Nicht, daß sie just ein Strohhalm ist, Herr Finch, eher schon eine Strohdieme. Ich traue mich heute morgen kaum in die Küche, so aufgeregt ist sie und Bessie. Und all diese Lieferanten aus der Stadt mit ihrem Kram!« Er kam an die Tür und schüttelte sein Staubtuch aus. Dann holte er ein kleines, wunderliches, ledernes Geldtäschchen aus irgendeiner seiner Taschen. Er hielt es Finch mit einer Verbeugung hin.

»Wollen Sie dies von mir annehmen, Herr Finch, als ein kleines Geschenk? Ich habe es aus dem Kriege mitgebracht. Hat einem deutschen Offizier gehört. Und ich habe immer gedacht, wenn der Tage käme, wo ich einen Haufen Geld hätte, dann wollte ich es selber brauchen. Aber der Tag ist nicht gekommen, und es sieht so aus, als ob er überhaupt nicht käme — wenigstens nicht in diesem Lande und bei dieser Arbeit — wenn Sie es also annehmen wollen, da ist es mit den besten Wünschen und daß es immer recht voll sein soll!«

Finch nahm ihm es verlegen ab. Es war ein schönes Täschchen, und Rags' Ausdruck beim Überreichen hatte etwas Rührendes. Aber Finch hatte immer das unbehagliche Gefühl, daß Rags sich innerlich über ihn lustig machte.

»Vielen Dank«, murmelte er. »Es ist wunderschön.« Er machte es auf, sah hinein und schnappte es wieder zu. Rags blickte ihn an mit einem Ausdruck von Betrübnis und Stolz zugleich. Er schüttelte sein Staubtuch noch einmal aus und ging wieder in die Vorhalle.

Mooey rutschte die Treppe auf seinem kleinen Hinterteil hinunter, jedesmal eine Stufe. Finch sah ihm zu und fühlte sich plötzlich sehr glücklich. Alle waren sie riesig nett zu ihm. Renny hatte ihm eine Armbanduhr geschenkt. Piers und Pheasant goldene Manschettenknöpfe. Onkel Nicholas einen Briefbeschwerer und Onkel Ernest eine Aquarellskizze aus seinem eigenen Zimmer. Alayne hatte ihm eine Reisetasche aus Krokodilleder geschenkt und Wakefield eine große Kleiderbürste, die, wie er sagte, »sehr praktisch sein würde, seine Kinder zu prügeln, wenn er einmal welche haben würde.« Meggies Geschenk stand noch bevor.

»Bums!« rief Mooey. »Ich tomme. Bums! Bums! Bums! Bin nich bange!«

Finch ging unten an die Treppe und fing ihn auf. Er setzte ihn sich auf die Schulter, und aus den Schatten der Vergangenheit sah er auf einmal sich selbst auftauchen, ebenso von Renny hochgeschwungen. Wunderliche Sache, das Leben ... Eine große kräftige Gestalt, eine kleine schwache nach der anderen. Eines Tages würde Mooey unten an der Treppe stehen und irgendeinen kleinen Jungen hochheben, ebenso wie er heute. Und Mooey würde einundzwanzig werden, und wem würde der kleine Junge gehören? Irgendeines Whiteoak Sohn ...

Mooey hielt sich an Finchs Kopf und drückte sein rundes blütenzartes Gesicht an Finchs hageres. »Möchte ausgehen auf das feine grüne Gras«, sagte er.

»Das Gras ist grün, aber es ist nicht fein. Es ist schmutzig und naß.«

»Mooey mag gern nasse schmutzige Sachen.«

»Also gut, ich trage dich hinaus und stelle dich mit dem Kopf darauf.« Er lief aus der Tür die Treppe hinunter.

»Da is fein dreckig«, sagte Mooey und zeigte auf eine Pfütze.

»Weißt du, was wir tun wollen«, rief Finch. »Onkel Renny im Stall besuchen.« Es war ihm ein Gedanke gekommen. Er wollte jetzt gleich in diesem Augenblick zu Renny gehen und ihm die Sache mit dem Aufgeben des Studiums sagen. Renny war immer etwas abwesend und guter Laune, wenn er zwischen seinen Pferden war. Die Gegenwart Mooeys würde auch eine Hilfe sein, denn Renny pflegte ihn immer grübelnd anzustarren und nur halb auf das zu hören, was gesprochen wurde.

Sie fanden den Herrn von Jalna draußen auf der Koppel auf einer hellbraunen Stute, die er im Springen trainierte. Zwei Stallknechte standen neben dem Hindernis, dessen oberste Stange sie hochhielten oder herunterließen, je nach dem Kommando des Reiters.

Finch, der Moorey, in eine Männerjacke gewickelt, auf dem Arm hatte, stand fast unbemerkt an der Einzäunung. Die steigende Wärme der Sonne lag auf diesem geschützten Platz, als ob es eher ein Tag im späten April wäre als früher März. Wo die Sonnenstrahlen hinfielen, wurde Duft und Farbe stärker. Die frisch aufgetaute, von Pferdehufen und Männerfüßen zerstrampelte Erde strömte einen durchdringenden und kräftig lebendigen Geruch aus. Immer wieder war sie trocken geworden, aufgeweicht und gefroren — seit vor fast achtzig Jahren Kapitän Philipp Whiteoak diesen besonderen Platz zu diesem Zweck angelegt hatte. Jedes Haar in Mähne und Schweif der jungen Stute schien wie mit Lebenskraft geladen. Ihr Fell gleißte wie poliert und ihre Augen warfen das Licht zurück. Rennys kräftige, schlammbespritzte Beine, sein verwittertes schweißnasses Gesicht, sein bloßer Kopf, an dem das Haar wie angeklebt lag, die roten gesunden Gesichter von Wright und Dawlish, ihre kräftigen Hände, die mit der Stange hantierten, all das trat scharf in der Frühlingssonne heraus.

Zwischen den beiden Männern, der Stute und dem Reiter, war etwas von Sympathie, die keine Worte brauchte. Wenn das Tier erschrak und vor dem Sprung scheute, oder ihn tapfer versuchte und dabei versagte, dann fiel es wie ein Schatten über alle vier. Die Stute stieß den Atem aus den Nüstern wie einen großen Seufzer. Die Stallknechte hoben zögernd die Stange wieder hoch, und Renny riß sie herum, die Brauen bekümmert zusammengezogen. Aber wenn sie leicht über die Hürde flog und einen Augenblick wie ein Vogel sich vom Himmel abhob, ehe sie triumphierend wieder auf die Füße kam und zurücksprengte, dann hatten die Männer und die Stute selbst etwas geradezu strahlend Freudiges. Eine Gruppe Kühe, die sich als Zuschauer von der benachbarten Weide gesammelt hatten, starrte vollkommen teilnahmslos herüber. Im kritischen Augenblick hörte vielleicht eine auf zu kauen, als ob sie überrascht wäre von dem, was da geschah, aber dann ging das Kauen mit vollkommener Gleichmut weiter.

Finch dachte: ›Sie macht sich fabelhaft gut; ich glaube, es ist die richtige Zeit, mit Renny zu sprechen.‹

Renny war abgestiegen, hatte Wright den Zügel gegeben und schlenderte nun auf ihn zu, er rieb sich dabei die Hände mit einem zerknitterten Taschentuch.

»War sie nicht famos?« fragte Finch und forschte im Gesicht des Bruders. »Ich glaube, sie wird ein prachtvoller Springer.«

»Ich hoffe es. Sie ist bezaubernd. Wenn möglich, will ich sie diesen Herbst in New York reiten.« Er wandte sich zu Mooey. »Hallo, was ist mit deiner Nase los?« Er wischte kräftig mit dem Taschentuch über das kleine Gesicht.

»Ich glaube«, meinte Finch, »er müßte eine Mütze aufhaben.«

Mooey, dessen Näschen ganz rot war, antwortete:

»Mooey will feines Ferdchen haben, Mooey is nich bange.«

»Er redet zuviel davon, daß er nicht bange ist«, sagte Renny. »Es klingt so, als müßte er sich fortwährend selber zureden. Hoffentlich wird er beim Reiten nicht solch ein Hasenfuß wie du.«

»Hoffentlich nicht«, antwortete Finch betrübt. Es gehörte nicht viel dazu, ihn niederzudrücken.

Einen Augenblick schwiegen beide, während Renny mit seiner Reitpeitsche nach den Schmutzflecken auf seinen Stiefeln schlug. Dann stellte Finch den kleinen Jungen auf die Füße, wandte sich zu seinem Bruder und brachte mit der Energie der Verzweiflung heraus:

»Du, hör mal, Renny, es ist mir ganz unmöglich, weiter auf die Universität zu gehen! Ich kann es einfach nicht!«

Renny schlug weiter mit der Reitpeitsche an seine Stiefel, aber er sagte nichts. Sein Gesicht wurde hart.

Finch sprach weiter: »Du kannst nicht verstehen, wie das für mich ist. Du hast immer Arbeit gehabt, die dir wirklich lag. Das Studieren liegt mir eben nicht. Es ist für mich nur eine Tretmühle und etwas ganz Leeres und Unwirkliches. Es hat für mich gar keinen Sinn, dabei zu bleiben.«

Die feurigen braunen Augen, vor denen er zitterten, sahen gerade in seine. »Was zum Teufel liegt dir denn überhaupt? Ich wollte, das könntest du mir sagen. Ich habe gedacht, es wäre Musik und habe dich Stunden nehmen und stundenlang üben lassen, wo du eigentlich hättest studieren sollen. Wenn du aber an einem Musikabend spielst, dann spielst du wie ein Stümper und sagst mir, daß das Publikum dir nicht liegt.«

»Nein, nein!« rief Finch. »Das habe ich nicht gesagt! Ich sagte nur, daß ich Angst vor dem Publikum hätte — —«

»Angst! Um Himmels willen — Angst — Das ist ja der Jammer! Immer hast du Angst! Kein Wunder, daß das Wurm da immer von Angst winselt! Du hast ihm das in den Kopf gesetzt!«

Finch war weiß geworden. Er fing an zu zittern.

»Renny Hör doch! Ich — ich — du verstehst nicht —«

»Natürlich nicht! Niemand versteht dich. Du bist ganz anders als alle anderen. Du bist Student und kannst nicht studieren. Du bist Schauspieler und kannst nicht spielen! Du bist Pianist und kannst dich nicht produzieren! Du bist einundzwanzig und benimmst dich wie ein Backfisch!«

Finch streckte die Hand aus. Die Sonne schien auf die Armbanduhr, die Renny ihm heute morgen geschenkt hatte. Er verfluchte seine Dummheit. Warum hatte er gerade diesen Tag für die Aussprache gewählt? Er ließ den Arm hängen. Er war wie ins Herz getroffen.

Renny sprach weiter: »Ich nehme an, du meinst, weil heute dein Geburtstag ist und du zu Gelde kommst — — —«

»Nein! Wirklich nicht. Ich dachte nur, ich wollte dir lieber sagen — oder müßte dir sagen — — —«

»Warum hast du mir das denn nicht längst gesagt? Warum ließest du mich Pläne für deine Ausbildung machen — — —«

Trotz des verzweifelten Wirrwarrs seiner Gefühle ging es Finch durch den Kopf, was für Gehirnanstrengungen Renny denn eigentlich für ihn gemacht hatte außer dem langsamen Zusammenkratzen seiner Stundengelder und dem Entschluß, daß er auch nicht e i n e Stunde oder e i n Examen überspringen durfte.

Er brachte heiser heraus: »Du sollst es alles zurückhaben!«

»Ich will nicht einem Pfennig wiederhaben!«

»Aber warum denn? Da ist doch gar kein Grund, warum nicht!« rief Finch verzweifelt.

»Gründe mehr als genug. Keinen Pfennig nehme ich.«

»Aber warum?«

»Deswegen, weil ich, wenn ich das wiedernähme, dich nicht hätte erziehen und ausbilden lassen, wie es meine Pflicht war.«

»Aber das hat doch gar keinen Sinn! Ich weiß doch, wie schwer es dir wird, Geld zusammenzukriegen. Die ganze Zeit habe ich mir gesagt: ›Das mache ich an Renny wieder gut!‹ Bloß der Gedanke daran hat mich heute dazu gebracht, hierüber zu sprechen, Renny, du mußt es wiedernehmen!«

»Nicht einen Pfennig. Ich kann dich ja nicht zwingen, daß du weiterarbeitest, aber ich kann mir wenigstens sagen, daß ich mein Bestes getan habe und daß es nicht meine Schuld ist, wenn du in der Patsche sitzest!« Er hatte sich in Zorn geredet. Er zeigte seine Zähne, dachte Finch, als ob er ihm am liebsten hätte beißen mögen. Finch wurde es dunkel vor den Augen. Das sonnige Bild vor ihm drehte sich um ihn. Er legte die Hand auf die Einzäunung und nahm sich mit Anstrengung zusammen.

Mooey sah von einem Onkel zum anderen, mit zitternden Lippen. »Bin nicht bange!« sagte er.

Renny tat, als ob er ihn mit der Reitgerte schlagen wollte. »Sag das noch einmal, und ich haue dich!« Nichts auf der Welt hätte ihn bewegen können, Mooey mit der Reitgerte zu schlagen, aber er fühlte und sah so aus, als ob er das könnte. Mooey erhob die Stimme zu einem Schreckensgeheul.

In diesem Augenblick kam Piers im Auto gefahren. Er war im Dorf gewesen und hatte die Post gebracht. Er stieg aus, mit den Briefen in der Hand. Sein Sohn lief ihm schreiend entgegen in einer Art Taumeln.

Renny sagte: »Na, das richtige Muttersöhnchen, was du da hast. Hat ja Angst vor seinem eigenen Schatten! Schlägt seinem Onkel Finch nach.«

Piers' Vatergefühl wehrte sich. Er nahm seinen Jungen auf den Arm und tröstete ihn. »Was hat er gemacht? Du siehst wahrhaftig wütend genug aus, um einem Angst zu machen.«

»Ach was, nichts«, sagte Renny. »Bloß Finch hat mir jetzt eben gesagt, daß er nicht mehr auf die Universität gehen will, sie liegt ihm nicht.«

Piers' vorstehende blaue Augen erfaßten die Situation sofort. Einen Augenblick sagte er nichts, während er die Sache schnell überlegte. Dann sagte er mit seiner tiefen Stimme:

»Na, mir ist das keine Überraschung. Ich habe immer gewußt, daß er keine Lust zum Studieren hatte. Ich selbst habe auch keine Lust gehabt. Ich finde, es hat keinen Sinn, daß er ein Berufsstudium macht, wenn es ihm nicht liegt. Wenn ich an seiner Stelle wäre, würde ich es geradeso machen.«

Ohne ein weiteres Wort drehte Renny sich um und ging mit großen Schritten nach dem Stall. Piers sah der langen, entschwindenden Gestalt gelassen nach. »Das ist ihm in die Glieder gefahren«, sagte er. »Heute kommt er sicher nicht darüber hinweg.«

»Ich weiß nicht, was ich tun soll«, sagte Finch bitter. »Ich konnte dies wirklich nicht weitermachen. Und ich habe gedacht, ich wollte ihm das ersetzen ... aber das will er nicht. Er wurde einfach wütend ...«

»Großmutter wird nie tot sein, solange er lebt! Du magst ihr Geld haben, er aber hat ihr Temperament.«

Finch brach heraus: »Ich wollte, er hätte beides.« Sein Kinn zitterte so, daß er seine Zähne aufeinanderbeißen mußte.

»Laß dich nicht umschmeißen«, sagte Piers beruhigend. »Du bleibst nicht immer einundzwanzig. Ich rate dir, es nicht so schwer zu nehmen. Geh eine Weile auf Reisen, und er wird dir verzeihen und dich zurückwünschen.« Er sah die Briefe durch. »Hier ist einer aus England. Ein Geburtstagsbrief von Tante Augusta.«

Finch nahm den Brief und sah die spinnendünne Handschrift an. Er wandte sich mit geschnürter Kehle nach dem Haus. »Danke«, murmelte er, und fügte hinzu: »Danke auch, daß du für mich eingetreten bist.«

»Nicht der Rede wert. Für gewöhnlich bin ich ja nicht gerade deiner Ansicht. Aber jedenfalls, du wärst ein Dummkopf, wenn du deine Zeit verschwenden wolltest mit Dingen, die dir widerwärtig sind, wo dir die ganze Welt offensteht ... Magst du die Manschettenknöpfe?« Piers gehörte zu den Leuten, denen es schwerfällt, selber für ein Geschenk zu danken, sich aber desto mehr über den Dank anderer freuen.

Finch strahlte auf. »O ja. Ich mag sie riesig gern.«

»Sie sind nämlich wirklich gut, weißt du.«

»Das sieht man. Aber das hättet ihr nicht tun sollen, du und Pheasant! Es ist zu viel!«

»Na, ich habe dir noch nie etwas geschenkt ... und wenn du sie gern

hast...«
»Ich mag sie schrecklich gern.«
»Wir sind zusammen in die Stadt gefahren, um sie auszusuchen, an dem Tag, wo wir die Panne hatten und sie sich erkältete.«
Finchs Dankbarkeit wurde geradezu glühend. »Ja, ich weiß. Schrecklich, daß sie meinetwegen sich erkältet hat.«
»Ach, sie machte sich nichts daraus... Da geht die Stallglocke. Ich werde zu spät zum Essen kommen. Aber da wird ja nicht viel los sein wegen des Diners heute abend... Ich nehme das Wurm da mit.«
Auf dem Wege ins Haus öffnete Finch den Brief seiner Tante. Er hatte eine tiefe Anhänglichkeit an sie. Sie hatte ihm bei ihren Besuchen in Jalna viel Freundlichkeit erwiesen. Hatte sich über seine Magerkeit aufgeregt und erfolglos versucht, ihn aufzufüttern. Das war ganz wie sie, an seinem Geburtstag zu denken und den Brief so rechtzeitig abzuschicken, daß er ihn genau an diesem Tage erreichte. Er las, seine Lippen beim letzten Satz zu einem schiefen Lächeln verzogen:

Lyming Hall,<br>
Nymet Crews, Devon<br>
18. Februar.

Mein lieber Neffe!
Wenn Du diesen Brief erhältst, wirst Du hoffentlich gesund und glücklich sein in dem stolzen Augenblick, wo Du Deine Volljährigkeit erreichst. Du wirst zum Mann unter den allerglücklichsten Verhältnissen. Ich wollte nur, ich wäre bei Dir, um Dir persönlich meine guten Wünsche auszusprechen. Aber ich zweifle sehr, ob ich je wieder nach Kanada kommen werde. Die Unternehmung der Reise an sich ist in meinem Alter schon etwas Schreckliches. Die Seereise mit der unvermeidlichen Seekrankheit, die anstrengende Bahnfahrt in der Hitze und Unbehaglichkeit Eurer Züge, und außerdem noch die traurige Tatsache, daß meine liebe Mutter mich nicht mehr mit ausgebreiteten Armen erwartet. Auch meine Brüder beweisen mir nicht die Achtung, die sie mir eigentlich schuldig wären. Vor allem muß ich hier Nicholas erwähnen, aber natürlich nur im strengsten Vertrauen.
Es würde mich sehr freuen, wenn Du mich diesen Sommer in den Ferien besuchen könntest. Selbst ein kurzer Aufenthalt in England würde in diesem Stadium Deines Lebens Deinen Horizont erweitern.
Ich wollte, ich könnte Dir anregende Gesellschaft verschaffen, wie es mir früher möglich gewesen wäre; aber die Zeit ist vorbei. Sie ist vergangen wie die Tage, wo meine Eltern in Jalna eine so großartige Gastfreundschaft übten.
Aber wenigstens wirst Du jugendliche Gesellschaft in Gestalt von Sarah

Court, Deiner entfernten Kusine hier vorfinden. Sie und die (angeheiratete) Tante, bei der sie lebt, kommen aus Irland, um den Sommer bei mir zu verbringen. Mrs. Courts Mann war der Bruder von Sarahs Vater. Sie waren die Söhne von Thomas Court, dem jüngsten Bruder meiner Mutter. Mrs. Court ist Engländerin, trotzdem sie in Irland lebt, und man würde nie darauf kommen, daß Sarah Irländerin sein könnte. Sie ist fünfundzwanzig Jahre, ein sehr gescheites Mädchen und musikalisch wie Du. Ich habe die Tante immer sehr hoch geschätzt, obgleich sie eine eigenartige Frau ist und meiner Ansicht nach zu viel Gewicht auf ihren Blutdruck legt. Sicher wirst Du Dich mit Sarah ganz gut verstehen.

Wenn Du Lust hast, mich zu besuchen, werde ich an Renny schreiben und ihm sagen, daß mir an Deinem Kommen sehr liegt. Es war mir solch eine Freude, daß er und Alayne in meinem Hause ihre Hochzeit feierten und ganz in der Nähe ihre Flitterwochen verlebten. Sag bitte meinen anderen lieben Neffen und Nichten und meinen Brüdern (nach denen ich mich so oft sehne) und auch meinem kleinen Großneffen meine wärmsten Grüße.

Ich hoffe, du wirst sehr glücklich werden, lieber Finch, und Du kannst sicher sein, daß keiner von uns irgendwelche unfreundlichen Gefühle wegen Deiner Erbschaft gegen Dich hegt.

Deine Dich liebende Tante<br>Augusta Buckley

P. S. Kürzlich hatte ich einen Brief von Eden. Er wollte Geld von mir leihen. Er hat diese Person nicht erwähnt. — A. B.

Finch brachte diesen Brief Alayne, die Nelken auf dem Geburtstagstisch ordnete.

»Sieh doch, Finch«, rief sie, »sind sie nicht wunderbar? Sie sind vollkommen frisch angekommen. Zuerst habe ich sie mit Tüll und Bändern arrangiert, aber das paßte nicht zu dem Zimmer. Man kann in diesem Zimmer nicht machen, was man will, dazu hat es zu viel Charakter.«

Finch roch an den Nelken und sah fast beklommen den Damast und das Silber auf der langen Tafel an. Er war noch nie der Gegenstand eines solchen Festes gewesen, und fast überwog eine Art Furcht die Freude daran, trotzdem die Gäste nur Verwandte waren und die nächsten Nachbarn. Er sagte nervös:

»Du meinst doch nicht, daß sie auf meine Gesundheit trinken werden? Und daß ich dann eine Rede halten muß oder sowas? Es würde mir ganz verdreht zu Sinn, wenn ich dächte, daß mir das bevorstünde.«

»Natürlich trinken wir auf deine Gesundheit. Alles was du zu tun brauchst, ist aufzustehen, eine kleine Verbeugung zu machen und ein paar Dankworte zu sagen.«

Finch stöhnte.

»Sei nicht so albern! Wie kannst du nur Angst haben, ein paar Worte an deinem eigenen Tisch zu sagen, wenn du vor einem ganzen Saal voll Leute neulich so fabelhaft gespielt hast?«

»Wenn du glaubst, daß du mir Mut machst, wenn du mich an diese musikalische Aufführung erinnerst, dann irrst du dich. Ich hasse es, daran zu denken!«

»Ich nicht! Ich bin ganz stolz auf dich, wenn ich daran denke.« Aber sie wagte ihn nicht anzusehen, weil sie fürchtete, daß ihre Augen verraten würden, daß er damals nicht zum besten abgeschnitten hatte.

Er seufzte auf. »Na, der Tisch ist ja wunderschön. Wo frühstücken wir denn?«

»Im Wohnzimmer. Es ist alles fertig.«

»Ich habe gerade einen Brief von Tante Augusta bekommen. Hast du Zeit, ihn jetzt zu lesen?«

»O ja, gern.« Sie setzte sich auf die Armlehne eines Sessels am Fenster, in einer Haltung, die zugleich Ruhe und Energie ausdrückte. Finchs Augen hingen an dem goldenen Glanz ihres Haares, dem Blau ihres Kleides. Wie er sie so sah, fühlte er wie schon so oft, daß sie nie und nimmer ganz zu ihnen gehören und ihre Persönlichkeit in die Umgebung dieses Hauses einfügen würde. Sie sah aus, als ob sie nur eben aus einer ganz anderen Welt hereingekommen wäre und eine Atmosphäre von Klarheit und forschenden Fragen mitgebracht hätte, und wieder auf und davongehen würde, vielleicht aufgestört aus dieser Klarheit und mit lauter unbeantworteten Fragen. Sie war innerlich doch leicht erregbar. Manchmal spürte er in ihr eine Leidenschaftlichkeit, die sich kraft ihres Willens den Weg mitten in das Leben der Familie erzwingen wollte, sie besitzen, wie sie von ihr besessen war.

Sie sah auf, begegnete seinen Augen und lächelte.

»Was für ein charakteristischer Brief!« rief sie aus. »Wie köstlich ist ihr Unterstreichen. Ihre Adjektive und die geradezu vollendete Bosheit!« Sie schlug die Seite um und las die Nachschrift, aber sie machte keine Bemerkung darüber, nur ihre Lippen verzogen sich etwas verächtlich.

»Was meinst du dazu, ob ich Tante Augusta besuchen sollte?« fragte Finch. »Ich möchte es gern. Ich habe eben Renny gesagt, daß ich nicht weiterstudieren will.«

»Wie nahm er es auf?« Sie war nicht überrascht, weil sie schon öfter darüber gesprochen hatten. Aber sie konnte nicht über Renny sprechen, ohne daß ihr ganzes Wesen vor innerer Erregung zitterte.

»Wie du dir denken kannst. Es gab einen Krach.«

»O wie schade! Wirklich schade — an deinem Geburtstage!«

»Na — wenigstens weiß er es nun. Etwas ganz Unerwartetes passierte. Piers stand auf meiner Seite.«

Sie begriff nicht ganz, warum Piers auf seiner Seite gestanden hatte. Sie hielt Piers für gerissen, und sie konnte nie seine Abneigung gegen sie selbst vergessen, obgleich er sie hinter einem herzlichen Benehmen versteckte. Er hatte sie nie so recht als Hausfrau in Jalna angesehen, und am liebsten wäre es ihm gewesen, wenn Pheasant die einzige Frau im Hause geblieben wäre, seine Frau, ein junges und fügsames Wesen, wenn sie auch früher manchmal über die Stränge geschlagen hatte.

Alayne sagte: »Du mußt nach England gehen. Du mußt einfach!« Sie nahm ihn bei den Rockklappen und gab ihm einen raschen Kuß. Es war das erstemal, daß sie ihn küßte. Sie verstand seinen geistigen Hunger, und der Kuß bedeutete nicht nur Verständnis, sondern auch eine Ermutigung, diesen Hunger zu stillen.

Er war innerlich erregt. Seine Augen glänzten. »Wie schön du bist«, sagte er und nahm ihre Hände in seine.

»Weißt du was«, sagte sie neckend, »ich glaube, Tante Augusta hat die Idee, dich und diese Sarah Court zusammenzubringen.«

»Unsinn! Sie sieht mich doch noch ganz als Jungen an.«

»Ja, aber aus Jungens werden Ehemänner. Besonders in einem Haus mit einer anziehenden Kusine.«

»Ich kann mich nicht für sie begeistern.«

»Sie ist musikalisch.«

»Das begeistert mich eben auch nicht.«

»Na, glaube nicht, daß ich dich schon verheiratet haben möchte. Du solltest nicht eher heiraten, als bis du wirklich dafür bist. Noch lange lange nicht.«

Die Frühstücksglocke läutete, und fast im gleichen Augenblick hörten sie Stimmen im Wohnzimmer. Sie fanden die andern schon dort, die herumstanden, Roastbeefbrote aßen und Tee tranken. Wakefield, aufgeregt von der Neuheit der Sache, drängte sich überall dazwischen, ein halbes Butterbrot in jeder Hand. Seit dem Begräbnis seiner Großmutter hatte es eine solche Aufregung im Hause nicht gegeben. Das erstemal seitdem, daß es eine Mahlzeit gab, die keine richtige Mahlzeit war, und daß die Tür sich für geladene Gäste auftat. Und alles wegen Finch! Wakefield sah zum erstenmal im Leben Finch hochachtungsvoll an. Er suchte einen Stuhl, faßte ihn an den Seitenlehnen und schleppte ihn zu seinem Bruder.

»Hier!« rief er aufgeregt, »hier ist ein Stuhl! Setz dich und ruh dich aus.«

Es gab ein großes Gelächter auf Finchs Kosten. Er schob den Jungen und den Stuhl beiseite und ging mit einfältig verlegenem Gesicht an den Tisch, wo die Schüsseln standen. Er nahm ein Butterbrot und biß kräftig hinein, ohne daran zu denken, Alayne die Platte anzubieten. Er versuchte Tee für sie zu holen und verschüttete ihn in die Untertasse. Er war verzweifelt über sich selbst.

Renny war verzweifelt über ihn. Er stand und sah seine ungeschickten Bewegungen in brütendem Mißfallen. Was zum Teufel war mit dem Burschen los? Immer quälte er sich mit irgend etwas. Und nun diese Geschichte jetzt. Daß er im selben Augenblick mit dem Studieren aufhören wollte, wo er sein Geld in die Hände bekam! Es war eben diese Wankelmütigkeit, die einen so aufbringen konnte. Ja, wenn er wild und unbändig wäre — aber diese ewige Zaghaftigkeit! Sollten denn diese Stiefbrüder, die er erzogen hatte, eine Enttäuschung nach der anderen werden? Nur Piers nicht. An Piers hatte er nichts auszusetzen. Aber Eden ... Nie so weit, daß er sein Brot verdienen konnte, und trotzdem konnte er dieses Mädchen Minny durchschleppen ... Und dabei hatte er sie nicht geheiratet, wie er es eigentlich hätte tun müssen ... Nun kam Finch dran ... Und der kleine Wake, der ihm wie sein eigenes Kind war, was sollte aus dem werden? Er sah den schmalen kleinen Kerl an mit seinem dunklen sensitiven Gesicht, seine langbewimperten glänzenden Augen, die viel zu groß für das Gesicht waren ... er war schon beim Lügen, ja sogar beim Stehlen ertappt worden ..., na, das Leben war eben eine wunderliche, traurige Angelegenheit ... und dies heute war auch eine wunderliche, traurige Geschichte, wenn die anderen auch grinsend mit ihren Butterbroten herumstanden wie ein Haufen Schulkinder bei einer Speisung.

Nicholas dachte in sich hineinlachend: ›Renny sollte lieber ein anderes Gesicht aufziehen, er sieht doch, daß sogar Ernest und ich es zu einem festlichen Gesicht gebracht haben. Schließlich war dies Essen doch seine Idee.‹

Finch konnte gar nicht genug zu essen kriegen. Wie gewöhnlich, wenn er aufgeregt war, hatte er das Gefühl, daß die Leere in seinem Magen unergründlich war, besonders bei solch einer kümmerlichen Mahlzeit. Noch so viele belegte Brote reichten da nicht. Er war der letzte im Zimmer. Er hatte gehofft, daß Renny dableiben würde und ihm Gelegenheit geben, ihn zu versöhnen, aber nachdem er zwei Brote verschlungen und eine Tasse glühend heißen Tee, die jeden anderen innerlich verbrannt hätten, heruntergegossen hatte, war Renny mit großen Schritten aus der Tür gegangen.

Es schien, als ob der Nachmittag nie vorübergehen wollte. Finch trieb sich im Hause herum, sah bei den Vorbereitungen zu, spielte etwas auf dem Klavier, neckte Pheasant und hatte, wo es möglich war, Augenblicke ernsthaften Gesprächs mit Alayne über den Gegenstand von unerschöpflichem Interesse — sich selbst.

Er und Wakefield gingen in die Küche hinunter und sahen sich die vielen Hühner an, die zum braten fertig dalagen, und all die blankpolierten Weingläser, die gefüllt werden sollten, und die Schalen voll süßer Speise und die Eimer voll Eisstücke, in die die Eisformen zum Nachtisch aus der Stadt gestellt wurden. Sie hatten Mrs. Wragges Gesicht noch nie so purpurrot, oder Wragges Gesicht so blaß gesehen, oder Bessies Arme so gerötet wie jetzt beim Sellerieputzen. Alle waren sie ganz durcheinander vor Aufregung. Sie staunten Finch an bei dem Gedanken, daß er diesen Gipfel erreicht hatte.

Lange ehe es Zeit war sich zum Essen anzuziehen, war er in seiner Dachkammer. Die Nacht war kalt geworden. Er kroch in seinen Schlafrock, einen lustig bunten, der Eden gehört hatte, in seine Pantoffeln, die er von Renny geerbt, nahm sein Badetuch, eins von denen, die Meggie ihm zu Weihnachten geschenkt hatte, und ging ins Badezimmer hinunter. Da war es auch eiskalt, aber er hatte Rags gesagt, die Badewanne mit sehr heißem Wasser zu füllen, und es war buchstäblich heiß genug, um sich fast zu verbrühen. Als er wieder hinauflief, war er rot vor Hitze und in höchst aufgeregtem Zustand.

Seinen Abendanzug hatte er schon auf das Bett gelegt. Er hatte ihn erst zweimal getragen, einmal bei einem Tanzabend bei den Leighs und einmal bei der musikalischen Aufführung. Die Jacke stand ihm gut, fand er, als er sich in dem schmalen Spiegel betrachtete. Alayne hatte ihm eine weiße Nelke für sein Knopfloch gegeben. Er bürstete sein feuchtes Haar und gab sich besondere Mühe mit der Locke, die ihm immer wieder in die Stirn fiel. Er polierte seine Nägel und wünschte, seine Finger wären nicht so gelb vom Zigarettenrauchen. Ein Schauer rann ihm über den Rücken, er wußte nicht, ob das von der Aufregung kam oder von dem kalten Zimmer nach dem heißen Bad. Gott! wie fabelhaft sahen die neuen Manschettenknöpfe aus und die neue Armbanduhr! Er sah nach der Uhr ... Noch anderthalb Stunden bis zum Essen!

Was sollte er anfangen! Hinuntergehen konnte er jetzt nicht, das würde dumm aussehen mit der Nelke im Knopfloch. Und doch würde er vor Kälte umkommen, wenn er die ganze Zwischenzeit hier oben saß. Er verwünschte seine alberne Eile.

Schließlich, wen ging es etwas an, wenn er jetzt hinunterging und eine halbe Stunde im Wohnzimmer saß? An seinem eigenen Geburtstag konnte er doch wohl tun was er wollte ... Er war halbwegs die Treppe herunter, als er Piers pfeifend von unten heraufkommen hörte. Sie würden sich auf dem Gang begegnen. Oder Piers würde ihn oben auf der Treppe sehen. Ein Blick auf ihn in diesem festlichen Anzug zu dieser frühen Stunde würde genügen, daß Piers den ganzen Abend sich über ihn lustig machte. Er hörte ihn schon einen frühen Gast begrüßen — — — »Zu schade, daß Sie nicht schon früher gekommen sind. Finch hat schon anderthalb Stunden ganz fix und fertig gewartet, um Sie zu begrüßen!« Nein, das durfte er nicht riskieren! Niemand von der Familie durfte ihn jetzt sehen.

Er kehrte um und ging wieder in sein Zimmer. Er sah nach der Uhr. Fünf Minuten weiter. Irgendwie mußte er die nächsten eineinviertel Stunden in dieser kalten Höhle verbringen. Er sah sehnsüchtig nach dem Bett. Wenn er sich bloß hinlegen und zudecken könnte, daß er warm würde! Aber sein Anzug würde sofort gänzlich zerknittert sein. Schließlich war es das beste, sich die Decke umzuschlagen und irgendwas zum Lesen zu suchen. Er legte sie sich vorsichtig um die Schultern, eine Hand über die Nelke gedeckt, um sie zu schützen. Er fühlte sich ganz jämmerlich ... Verdammte Sache, volljährig zu werden!

Aus seinem Bücherbord nahm er einen Band Gedichte von Wordsworth. Er war schön gebunden, der einzige Preis, den er je in der Schule bekommen hatte. Vielleicht war in dem Buch der Halt zu finden, den er suchte. Irgend etwas, was ihm in dieser Stunde Kraft gab. Er setzte sich, schlug das Buch auf und las: »Finch Whiteoak gewidmet für seine Leistungen im Auswendiglernen der Heiligen Schrift.« Das Datum lag neun Jahre zurück. Damals war er noch ein kleiner Junge in einer kleinen Schule. Neun Jahre ... Er war wirklich ein Stück weitergekommen!

Er dachte an die vielen Preise, die jeder von den anderen in der Schule bekommen hatte, denn jeder hatte ein oder zwei Dinge, in denen er besonders gut war. Besonders die Preise für Turnen ... Es war richtig schwierig gewesen, Platz für all die silbernen Becher und Schalen zu finden ... Na, wenigstens hatte er diesen einen bekommen, das war besser als nichts. Er las eine ganze Zeit ohne aufzusehen und teilte seine Aufmerksamkeit zwischen den neuen Manschettenknöpfen, der Uhr und den Gedichten, die ihm nicht besonders lagen. Aber der Rhythmus fesselte ihn doch irgendwie, und die Decke machte es ihm behaglicher. Es war gar nicht leicht, sie um die Schultern zu halten, mit der einen Hand die Nelke zu schützen und mit der anderen den Gedichtband zu halten. Er hätte gern eine Zigarette gehabt, aber er hatte Angst, daß dann alles in Unordnung käme und daß die Nelke vielleicht beschädigt würde. Vielleicht war es besser, die Nelke erst einmal wieder wegzulegen, aber dann war es wieder schwierig sie anzustecken.

Er hörte Wakefield unten vorbeilaufen und pfiff schrill, um ihn herzurufen. Er flog die Treppe herauf. Finch versteckte den Gedichtband unter der Decke.

»Hallo!« sagte Wakefield, »warum sitzt du denn in so eine Decke gewickelt?«

»Habe ein Bad gehabt und bin kalt geworden. Mach einmal die Lade auf und gib mir das Päckchen Zigaretten.«

»Wirklich!« rief Wake, als er ihm die Zigaretten herausholte, »zu komisch siehst du aus! In einer Decke gewickelt und doch kann ich unten deine Lackschuhe und deine Hose sehen!«

Finch sah ihn stirnrunzelnd in einer, wie er hoffte, furchterregenden Weise an, aber er wagte kaum die Finger unter der Decke nach den Zigaretten herauszustrecken wegen seiner Manschetten. Aber Wake hielt sie gerade außer Reichweite.

»Gib her!« knurrte Finch zwischen verkniffenen Lippen wie ein Schurke auf der Bühne.

»Ich gebe sie dir doch!« Wakes Ton war sanft, aber seine Augen bohrten sich in eine schmale Öffnung der Decke, und er kam mit den Zigaretten nicht näher. »Hier sind sie. Warum nimmst du sie denn nicht?«

»Zum Teufel, kann ich sie denn nehmen, wenn du sie so weit weghältst?«

»Ist doch nicht weit weg. Bloß ein bißchen. Was ist denn mit dir los? Fühlst du dich schlecht? Wenn du das tust, solltest du lieber nicht rauchen.«

Äußerst gereizt schoß Finch mit der Hand aus der Decke heraus, packte die Zigarette und zog die Decke sofort enger um sich. »Nun mach, daß du raus kommst, und keine Frechheiten mehr!«

Wakefield schlenderte aus dem Zimmer und die Treppen hinunter mit nachdenklichem Gesicht. Finch war plötzlich ganz heiß. Er ließ die Decke von den Schultern gleiten und schob sich eine Zigarette zwischen die Lippen. Er suchte nach einem Streichholz, aber gerade wie er es anzündete, hörte er Wakefield und Piers unten im Gang sprechen. Er hielt den Atem an und hörte leise Schritte die Treppe heraufkommen. Wie ein Pfeil schoß er zur Tür. Gerade als Piers oben ankam, warf er sich dagegen und schob den Riegel vor. Unterdrücktes Lachen kam von draußen.

»Hör mal, Finch!« kam Piers Stimme, »kannst du mir eine Zigarette geben?«

»Nein«, knurrte Finch, »habe keine hier.«

»Der Kleine sagte, du hast welche.«

»Er ist ein kleiner Lügenpeter.«

»Hör doch mal, ich möchte dich einen Augenblick sprechen.«

»Tut mir leid. Kann jetzt nicht. Habe zu tun.«

»Fehlt dir etwas? Der Kleine sagt, daß dir nicht ganz gut war, als er eben oben war.«

»Laßt mich in Ruh!« brüllte Finch mit einem Fluch, der zeigte, daß das Beispiel seiner Brüder nicht an ihm verlorengegangen war.

Als sie fort waren, sah er die Nelke an. Er hatte sie gegen die Tür plattgedrückt ... Er sah nach seiner Armbanduhr ... Der Spektakel hatte doch wenigstens das Gute für sich, daß die Zeit hingegangen war.

Die Vaughans kamen zuerst: Meggie etwas rundlicher und etwas selbstbewußter als Frau und Mutter. Maurice ein wenig grauer und in seiner

Männlichkeit etwas unterdrückt. Sie drückte Finch an sich. Sie gab ihm drei Küsse auf den Mund und schob ihm ein Paket in die Hand. »Mit all unserer Liebe und vielen guten Wünschen.« Wake drängte sich heran um zu sehen. Es war ein weißer Halsschal von schwerer Seide. »O danke«, sagte Finch; und Maurice schüttelte ihm die Hand.

Maurice war unterwegs von seiner Frau gewarnt worden, keine Anspielung auf Finchs Erbschaft zu machen, aber er konnte es nicht lassen zu sagen:

»Na, genieß es solange du jung bist!« Und sein Blick meinte dabei nicht den Schal.

Meg streichelte Wakefield, fand daß er zart aussah, und ging in Alaynes Zimmer hinauf, um abzulegen. Die Männer standen herum mit dem verbindlichen Gesicht, das sie in Gegenwart der geschlossen auftretenden Weiblichkeit annahmen. Sie wußten, daß Meggie und Alayne einander nicht mochten und daß zwischen Meggie und Pheasant auch nicht viel Sympathie war. Sie waren froh, daß noch andere Gäste kamen.

Die strömten auch bald herein. Die Fennels: der Rektor untersetzt, strahlend, Haar und Bart ordentlicher als gewöhnlich, selbst als sonntags; George ganz sein Ebenbild; Mrs. Fennel lang mit scharfem Gesicht, mit Augen, die immer nach irgendeinem leeren Stuhl suchten, um sich hineinfallen zu lassen; Tom wiederum ihr Ebenbild. Dann die beiden Miss Laceys, deren verstorbener Vater ein Admiral a. D. gewesen war und von denen die Ältere vor 47 Jahren sehr auf Nicholas spekuliert hatte. Ihnen folgte Miss Pink, die Organistin, früh gealtert durch ihren anstrengenden Beruf, in dem sie durch das gemeinsame Ungestüm der Whiteoaks Jahr um Jahr durch die Hymnen und Psalmen gehetzt wurde in einem Tempo, das sie fast als gotteslästerlich empfand. Sie war etwas aufgeregt wegen ihres ausgeschnittenen Kleides, das sie selten trug, und hatte die Schultern in einen Schal gehüllt, trotzdem sie in Wirklichkeit das Hübscheste an ihr waren. Das waren die alten Freunde und Nachbarn.

Beträchtlich später kamen die Leighs aus der Stadt. Sie waren für die übrige Familie nur entfernte Bekannte, aber Finch sah Arthur Leigh als seinen besten Freund an. Mutter und Tochter in ihren schlankgearbeiteten Kleidern aus zarter grüner Seide sahen wie Schwestern aus. Finch konnte es kaum erwarten, Arthur allein zu haben, um ihm von seiner geplanten Reise zu erzählen, um so eifriger, als Arthur selbst davon gesprochen hatte, den Sommer in England zu verbringen.

Die Gesellschaft war nun vollständig bis auf zwei Gäste. Diese waren Nachbarn, die in einem kleinen einsam gelegenen Haus lebten, aber noch verhältnismäßig fremd waren. Vor anderthalb Jahren war Antoine Lebraux mit Frau und Tochter aus Quebec gekommen und hatte diese Besitzung gekauft, mit der Absicht, dort Silberfüchse zu züchten. Er war im Zivildienst gewesen, und als seine Gesundheit zusammenbrach, war ihm zu einem Leben im Freien geraten worden. Seine Frau, die Verwandte in Kanada besaß, wollte gern in deren Nähe leben, und fünfzig Meilen von ihrem einzigen Bruder entfernt hatte sie diese kleine und etwas verkommene Besitzung entdeckt, die zum Verkauf stand. Lebraux hatte sich mit dem ganzen Enthusiasmus seiner Rasse mit Leib und Seele in das neue Leben gestürzt. Hochwertige Füchse zur Zucht waren gekauft worden, und er hatte jedes erreichbare Buch über Zucht und Haltung der Tiere gelesen.

Renny hatte ihn kennengelernt und mochte ihn gern. Er war häufig hinübergeritten um zu sehen, wie es mit den Füchsen ging. Die ersten Würfe waren ausgezeichnet. Der Klimawechsel hatte Lebraux gutgetan, und seine Krankheit zeigte Spuren von Besserung. Aber das Glück blieb ihm nicht weiter treu. Seine wertvollste Füchsin hatte irgendwie sich unter der Umzäunung durchgegraben und war nicht wiederzufinden. Die späteren Würfe fielen schwächlich aus, eine Füchsin starb, als dann neue Zuchttiere gekauft wurden, um den Stamm höherzuzüchten, waren Diebe eingebrochen und hatten die besten Tiere gestohlen. Die Kadaver der Füchse hatte man später mit abgezogenen Fellen eine Meile entfernt gefunden. All dies ging auf Lebraux' Gesundheit. Er war so reizbar geworden, daß Renny großes Mitleid mit seiner Frau und Tochter hatte. Als Lebraux dann endlich ans Haus gefesselt leben mußte, hatte er Renny gebeten, so oft wie möglich zu ihm zu kommen. Er konnte sein Gefühl von Enttäuschung, von Mißlingen und von drohendem Unglück in Rennys Gegenwart vergessen. »Ich habe Sie gern!« hatte er oft gesagt. »Es tut mir wohl, Sie hier zu haben. Sie und ich haben das gleiche Gefühl für die guten und wertvollen Dinge im Leben.« Das war Renny noch nie gesagt worden, und es freute ihn. Und so hatten sie von Pferden, Füchsen und Frauen geredet.

Lebraux hatte angefangen zu trinken. Er hatte hemmungslose Verzweiflungsausbrüche, in denen er drohte, sich etwas anzutun. Nur Rennys Gegenwart konnte ihn beruhigen. Oft hatte Mrs. Lebraux ihre junge Tochter nach Jalna geschickt mit einem Brief an Renny und der Bitte, ihr zu Hilfe zu kommen. Als Lebraux im Januar gestorben war, hatte Renny halbe Tage in dem Haus verbracht. Ihr Bruder hatte sich so viel als möglich ferngehalten, denn er scheute unbewußt die Verantwortung, die ihm bevorstand.

Es war Rennys Idee gewesen, Mutter und Tochter einzuladen, eine Idee, die in der übrigen Familie nicht viel Zustimmung begegnete. Mrs. Lebraux hatte Alayne bald nach ihrer Verheiratung einen Besuch gemacht. Der Besuch war erwidert worden, und damit war die Beziehung zu Ende. Alayne hatte Mitleid und zugleich einen inneren Widerwillen gegen die Familie gehabt. Die Onkels waren ganz ihrer Meinung, daß es wunderliche Leute waren. »Ganz und gar nicht die Art, die sonst hier ansässig ist.« Meggie hatte keinen Besuch gemacht. Piers redete verächtlich von Lebraux, seinem Mißgeschick und von dem, was er seine Rückgratlosigkeit nannte. Er spottete über Mrs. Lebraux dichtes gelbes Haar mit einzelnen dunklen Streifen, über ihre runden Augen mit den hellen Wimpern und ihre roten Hände. Aber Renny setzte seinen Willen durch. Die arme Frau war seit ihres Mannes Tode noch nirgends gewesen, und das kleine Mädchen würde Wake etwas beschäftigen.

Wenn Mrs. Leigh und Ada wie Schwestern aussahen, als sie in das Zimmer eintraten, so schienen Mrs. Lebraux und die kleine Pauline keinerlei Verwandtschaft miteinander zu haben. Mrs. Lebraux sah blond, kräftig und gesund aus. Sie war die Tochter eines Neufundländers, der in den Fischereien viel Geld verdient und wieder verloren hatte, und dem sie ähnlich sah. Pauline war wie Lebraux, ein schmales dunkles Kind von fünfzehn Jahren, ganz in weiß, und versprach schön zu werden. Ihre Eltern waren einander bei einer großen Schlittenpartie begegnet bei Schloß Frontenac und Hals über Kopf in die Ehe hineingeglitten.

Eine wunderlich gemischte Gesellschaft, dachte Alayne, als sie zum Diner ins Eßzimmer zogen. Es war das erstemal seit ihrer Heirat, daß sie Gäste hatten, und sie war etwas abgekämpft und ängstlich, ob auch alles gut gehen würde. Aber deswegen hätte sie sich nicht zu ängstigen brauchen. Wo die Whiteoaks zusammen waren, brauchte man keine Angst zu haben, daß es langweilig werden könnte. Alle Familienglieder redeten sämtlich auf einmal. Eine festliche Gesellschaft, die Aussicht auf ein gutes Mahl und viel zu trinken, genügte, um sie in Stimmung zu bringen. Ernest führte Mrs. Leigh; Nicholas seine alte Liebe Miss Lacey; Vaughan, Mrs. Fennel; Finch, Ada Leigh; Renny, Mrs. Lebraux, und die anderen wurden so gut wie möglich verteilt, bis zu den beiden Jüngsten, die zuletzt kamen und sich ernsthaft anlächelten, das Mädchen einen halben Kopf größer als Wake.

Was auch Mrs. Wragge sonst an Fehlern haben mochte, man konnte nie von ihr sagen, daß sie nicht gut kochte. Hühner verloren unter ihrer Hand ihr irdisches Federkleid und verwandelten sich in glänzende Gestalten köstlichen Geschmacks. Das Gemüse hatte gerade die richtige Zartheit, die Pasteten waren locker. Nur ihre Puddings waren schwer, aber heute gab es keinen. Wake wollte kaum seinen Augen trauen, als er all das beste Porzellan und Silber auf der Tafel sah. Dinge, die für gewöhnlich in Schränken hinter Glas ihr Dasein verbrachten, standen nun auf der Tafel und sahen aus, als ob sie täglich gebraucht würden. Mehrere Weingläser waren vor jedem Platz versammelt, selbst vor seinem und Paulines.

»Hast du je schon so etwas mitgebracht?« fragte er sie und versuchte, sich nicht zu wichtig vorzukommen.

»Nein; ist es nicht wundervoll?« Sie lächelte, und er dachte, wie hübsch ihre Lippe die kleinen weißen Zähne sehen ließ, er sah ihre langen weißen Hände, dann starrte er ihre Mutter über den Tisch an.

»Du siehst aber auch nicht ein bißchen wie deine Mutter aus«, bemerkte er und reckte den Hals in seinem Eton-Kragen.

»Nein, ich sehe wie mein Väterchen aus.« Sie hörte auf zu essen und zog sich in sich selbst zurück, ein Schatten von Traurigkeit lag über dem schmalen Gesicht...

»M e i n Vater«, bemerkte er und sah sie traurig an, »starb ehe ich geboren wurde.«

Sie sah ihn plötzlich mit fast furchtsamem Interesse an. »Wirklich? Ich wußte gar nicht, daß das möglich ist. Ich dachte immer, man müßte Vater und Mutter beide haben, wenn man geboren wird.«

»Ich hatte keinen. Mein Vater war tot und meine Mutter starb als ich geboren wurde.«

Sie atmete tief: »Wie schrecklich für dich!«

Er nickte.

»Ja«, sagte er. »Ich bin, was man ein nachgeborenes Kind nennt. Ich glaube, das hat mich auch immer niedergedrückt, meine Gesundheit so zart gemacht. Weißt du, ich darf nicht zur Schule gehen. Ich gehe zu Mr. Fennel in die Stunde, aber ich bin wegen des Wetters seit Wochen nicht bei ihm gewesen.«

»Ich wollte, ich könnte auch zu ihm gehen. Das wäre fein, nicht wahr?«

Er sah sie zweifelnd an.

»Ja... aber du bist doch katholisch nicht wahr?«

Sie nickte. »Aber Mutter nicht. Ich glaube, ihr wäre es einerlei. Glaubst du, daß er mich wohl nähme?«

»Ja, ich denke. Wenn du versprichst, daß du nicht versuchst, mich zu bekehren. Das würde er ja nicht riskieren.«

»Oh, das verspreche ich gern!«

Um den Tisch floß die Unterhaltung leicht hin. Alayne fühlte sich vielleicht weniger frei als die anderen. Sie war so in Sorge, daß alles gut ginge, besonders wegen der Leighs. Rags war ihr ein ständiger Ärger. Seine schäbige Wichtigtuerei, seine dick aufgetragene Besorgnis wegen der beiden gemieteten Mädchen, die großspurige Art, wie er sich über Renny beugte und mit ihm flüsterte. Und warum grinste Renny ihn so an? Sie wünschte so oft, daß Renny nicht bei den Mahlzeiten mit Rags spräche. Rags hielt sich immer hinter seinem Stuhl wie ein böser Geist, und Renny sah nie seiner Großmutter so ähnlich, als wenn er zu Rags hinaufgrinste. Was sagte er da zu Mrs. Lebraux? Sie versuchte die Worte aufzufangen.

Er sagte: »Ja, ich werde sehr dankbar sein, wenn ich ihre Ställe mieten kann. Ich könnte da zwei Pferde unterstellen. Wir sind hier jetzt sehr knapp mit dem Platz.«

Mr. Fennel, der an Mrs. Lebraux anderer Seite saß, fiel ein: »Ich freue mich so, daß Sie in Ihrem Hause bleiben, Mrs. Lebraux. Ich hoffe, Sie haben es dort behaglich.«

Sie wandte ihm ihre runden hellbewimperten Augen zu. »Behaglich? Nein. Sehr behaglich ist es nicht, aber irgendwie komme ich schon durch.«

Dann hörte Alayne Ernests musikalische Stimme. Er sagte zu Mrs. Leigh: »Ja, ich schreibe etwas über Shakespeare. Ich habe schon viele Jahre daran gearbeitet. So etwas kann man nicht überstürzen. Aber ich fühle doch, daß die Wirkung...«

Nicholas dröhnte seiner alten Liebe, Miss Lacey, ins Ohr:
»Er hat noch nie gesprochen, seit sie gestorben ist. Ist das nicht merkwürdig? Da sitzt er auf seiner Stange in ihrem Zimmer und brütet vor sich hin.«

Dann kam Megs Stimme, die sich an Mr. Fennel wandte: »Es ist einfach nicht zu glauben, was sie tut und sagt. Manchmal kriege ich wirklich einen Schrecken. Heute morgen erst sagte sie: ›Mammi, ich möchte den lieben Gott sehen!‹

Pheasant und Arthur Leigh lachten miteinander. Sie sagte: »Aber wirklich, ich kenne einen Mann, der ein Füllen mit zwei Köpfen gesehen hat...«

Finchs Kopf neigte sich zu Ada Leigh. Alayne schnappte gerade einen Satz auf: »Oh, wahrscheinlich werde ich etwas herumreisen. Man kann nicht immer auf einem Fleck sitzen.«

Wie gern die Whiteoaks sich reden hörten, dachte sie. Von allen Seiten kamen ihre Stimmen, und doch waren ihre Teller die ersten, die nach jedem Gang leer waren. Selten fragten sie etwas. Sie nahmen die Welt, wie sie sie fanden, ohne Neugierde. Nur Piers und Miss Pink unterhielten sich nicht, sondern widmeten sich völlig der Tätigkeit des Essens und Trinkens. Sie lebte allein und ernährte sich nur recht spärlich. Nun hatte sie den Schal von den Schultern zurückgeworfen, weil selbst dieser sie in ihrer eifrigen Tätigkeit beim Essen zu behindern schien. Piers trank eine Menge. Seine Lippen bekamen jene weiche Linie, die sie immer hatten, wenn er seine Umgebung vergaß und nichts anderes wünschte, als in Ruhe gelassen zu werden.

Es gab Champagner. Nicholas hatte dafür gesorgt. Rags hätte das Öffnen der Flaschen nicht feierlicher besorgen können, wenn er ihn aus seinen eigenen Ersparnissen gekauft und bezahlt hätte. Etwas Unfaßliches aber Lebendiges brachte sie alle einander näher. Ihre geistigen Fingerspitzen berührten sich.

Mr. Fennel stand auf, das Glas in der Hand, um auf Finchs Gesundheit zu trinken. Finch sah es kommen und rückte Ada Leigh noch etwas näher, um Halt zu finden. Seine Stunde hatte geschlagen. Er war einundzwanzig, und Mr. Fennel wollte ihn hochleben lassen.

Das Stimmengewirr sank zu einem sanften Murmeln herab. Alle Augen, glänzender oder träumerischer vom Wein, waren auf den Rektor gerichtet. Alle Augen außer denen von Piers, die verzaubert in den leeren Raum starrten. Mr. Fennel sagte:

»Was ich jetzt vorhabe, ist mir etwas sehr Angenehmes, nämlich ein Wohl auf die Gesundheit eines Mitgliedes dieser Familie auszubringen, das heute in das Mannesalter eintritt. Es wird mir nicht leicht, dies zu glauben, weil es erst wenige Jahre her zu sein scheint, seit ich ihn in meinen Armen hielt bei der Taufe in der Kirche, die sein Großvater gebaut hat. Sein Großvater baute die Kirche für eine zu jener Zeit nur spärlich besiedelte Gemeinde. Er erbaute sie der Religion seiner Väter. Und seine Nachkommen haben ihre Unterstützung dieser Kirche nie versagt. In Jalna gründete er eine Familie, die noch heute eine feine alte englische Familientradition aufrechterhält, wie es wenige in dieser Zeit der Gleichmacherei und der Mißachtung aller Tradition tun ... Die Erinnerung an seine fromme Gattin, deren Gegenwart ich heute abend zwischen uns fühle, wird allen denen frisch im Gedächtnis bleiben, die sie gekannt haben. Ihre Fehler — denn niemand von uns ist vollkommen — wurden weit durch ihre Tugenden überwogen ... Dieses Glied ihrer Familie, das heute das Alter von einundzwanzig Jahren erreicht hat — ein Alter, das mir ganz unglaublich frisch und strahlend erscheint — ist sein Leben lang der gute Kamerad meiner Söhne gewesen. Mit ihnen ist er tausendmal im Pfarrhaus ein und aus gegangen, und in ihrem Zimmer haben sie unzählige Beratungen über jene geheimnisvollen Angelegenheiten gehabt, die Jungens beschäftigen. Er hat uns manchen Abend mit seiner Musik verschönt. Wir haben ihn in vielen Stimmungen gekannt, aber niemand hat ihn je etwas Unfreundliches oder Niedriges tun sehen. Ich wünsche ihm von ganzem Herzen das Allerbeste. Ich weiß, daß Sie alle hier mit mir einstimmen. Finch Whiteoak lebe hoch!«

Mr. Fennel setzte sich mit dem gleichgültigen Gesicht eines Menschen, dem es etwas Selbstverständliches ist, eine Rede zu halten.

Finch saß vorgebeugt zwischen Ada Leigh und seiner Schwägerin Alayne mit dem Gesicht eines Menschen, dem eine Rede zu halten eine entsetzliche Aufgabe war. Die Köpfe derer, die um ihn saßen, verschwammen ihm mit runden starrenden Augen wie Goldfische in einer Glaskugel. Es gab Händeklatschen und Gläserklang, das Goldfischglas zersprang in Splitter, und Finch, der selbst so jammervoll aussah wie ein Fisch auf dem Trockenen, versuchte atemlos aufzustehen.

Ada Leigh lächelte ihn sanft ermutigend zu. Sie sagte: »Es wird schon gehen ... Irgend etwas, das Ihnen einfällt ... los!« Sie berührte anfeuernd seinen Arm.

Rennys Stimme kam metallisch und befehlend die Tafel entlang. »Hoch, Finch!« Und andere fügten lachend hinzu: »Reden, reden!«

Aber es war Alayne, die ihm schließlich half. Ihr Vater und ihre Vorfahren waren Professoren gewesen, Lehrer der Jugend. Aus ihrer ererbten Autorität heraus sahen ihre blaugrauen Augen gebietend in die seinen und sagten: »Steh auf und rede!« Ihre Finger faßten seine unter dem Tischtuch so fest, daß es weh tat. Und seine eigenen umklammerten ihre Hände, während er sprach.

Wie anders war dieses als eine Rolle auf der Bühne damals! Im Samtmantel oder in Vagabundenlumpen konnte er sich in der Darstellung eines fremden Wesens gehen lassen. Aber jetzt war da nur sein nacktes eigenes Ich, und die paar Worte waren schwerer herauszubringen als ein Strom von Geschwätz auf der Bühne. Er hörte seine eigene Stimme mit einem wunderlichen heiseren Klang darin.

»Es ist riesig freundlich von Ihnen — allen. In meinem ganzen Leben ist mir nicht soviel Nettes gesagt worden, und ich weiß gar nicht, wie ich darauf antworten soll. Mr. Fennel und Mrs. Fennel hätten nicht netter zu mir sein können, wenn ich ihr eigener Sohn gewesen wäre ... und natürlich jeder sonst hier ... ebenso ...«

»Hört, hört«, sagte Piers, ohne die Lippen zu bewegen.

»Ich kann nicht sagen, wie glücklich der Tag heute mich macht«, fuhr er fort und sah wie ein Bild der Verzweiflung aus. »Wenn ich so alt werden sollte wie meine Großmutter —«

»Das wirst du nie«, unterbrach Piers mit einem Gesicht, als ob er nichts gesagt hätte.

Renny warf Piers einen wütenden Blick zu.

»— würde ich nie dieses Festessen vergessen ... und ... Und von ganzem Herzen danke ich allen« — hier brach ihm die Stimme. »Ich hoffe, es ist hier keiner, dem es je leid tun wird, daß ...« Großer Gott, was wollte er da sagen? Leid tun was? O ja, leid tun, daß Gran ihm ihr Geld hinterlassen hatte — aber das konnte er nicht sagen — das wäre entsetzlich — aber was sollte er sagen? — »Hoffe, daß es keinem je leid tun wird —« stotterte er und suchte in Piers rotem glänzenden Gesicht nach einer Erleuchtung — »leid tun wird —«

»Daß wir dich am Leben ließen, bis du einundzwanzig wurdest«, ergänzte Piers, als ob er gar nichts gesagt hätte.

Es gab einen Ausbruch lärmenden Gelächters. Der Held des Tages setzte sich.

Er stürzte ein Glas Champagner hinunter.

»Sie haben es famos gemacht«, flüsterte Ada Leigh, und Alayne drückte seine Finger, ehe sie seine Hand losließ. Sein Gesicht glühte, und er war sich völlig bewußt, daß er es hätte schlechter machen können. Er war entzückt über den Beifall und das Gelächter, obgleich er sich nicht recht erinnern konnte, was er denn eigentlich so Witziges gesagt hatte.

Nach den Reden erhoben sich die Stimmen zu einem allgemeinen Wirrwarr. Die Gesichter an der Tafel hatten sich merklich verändert. Diejenigen, die sonst lebhaft waren, wurden träumerisch, und die für gewöhnlich Gleichmütigen waren zu ungewohnter Lebhaftigkeit verklärt. Die beiden Dienstmädchen standen jetzt bewegungslos wie Schwarzweißzeichnungen von Mädchen, fast unwirklich. Rags trieb sich unaufhörlich um den Tisch herum und füllte die Gläser, sozusagen als Schöpfer dieser ganzen belebten Stimmung, dieser verwandelten Mienen und des Stimmenlärms. Ernest war glücklich so weit, daß er Mrs. Leigh von seinem Leben im alten London erzählte und den schönen Tagen, die Nicholas und er dort verbracht hatten. Nicholas hatte den Punkt erreicht, wo er Miss Lacey mehr durch Blicke als durch Worte zu verstehen gab, daß er wünschte, er und sie hätten einander geheiratet, statt er und jene andere, von der er geschieden war, Renny und Mrs. Lebraux waren in eine leise ernsthafte Unterhaltung versunken, die die Existenz aller anderen ausschloß. Piers hatte Miss Pinks Schal vom Fußboden aufgehoben, auf den er herabgeglitten war und legte ihn um die eigenen Schultern. Er allein sagte nichts, aber seine Lippen trugen jetzt ständig dieses rätselhafte Mona-Lisa-Lächeln.

Die Teppiche waren aus dem Wohnzimmer und der Halle weggenommen und der Boden gewachst worden, aber es wurde spät, ehe jemand vorschlug zu tanzen. Es war George Fennel, der sich an das Klavier setzte und sehr aufrecht sitzend eine verführerische Süßigkeit aus den Tasten zog. Die neuesten Tänze der Jazzwelt warf George als Aufforderung in diese gemischte Gesellschaft, von denen einige noch in dem Stil von vor vierzig Jahren tanzten. Und wie eifrig folgten sie der Aufforderung! Sie dachten vielleicht: »Verrücktes Zeug — sehr modern — und gar nicht leicht Takt zu halten.« Aber irgendwie brachten sie es doch fertig, die Paare bewegten sich in engen Kreisen, unterhielten sich dabei heiter und leicht die ganze Zeit. Nicholas und Ernest mit den beiden Miss Laceys, mit denen sie die Quadrille, die Polka und den Schottischen auf diesem selben Fußboden getanzt hatten, als sie junge Männer und junge Mädchen waren. Mr. Fennel hatte Pheasant dicht an sich gedrückt, und sein Bart kitzelte hin und wieder ihre bloße Schulter. Wie ein gefangener Vogel warf sie betrübte Blicke auf ihren Ehegefährten und wünschte, daß sie mit ihm in langem elegantem Gleiten das Zimmer entlangfliegen könnte. Und dabei tanzte der mit Miss Pink, die alt genug war, seine Mutter zu sein!

Die jüngeren Männer unterhielten ihre Partnerinnen nicht mit Redeblüten. Sie glitten das Zimmer und die Halle entlang mit Gesichtern, die so ausdruckslos waren wie ein leerer Teller, und mit Seelen, die ganz in den Rhythmus des Jazz versunken waren.

Miss Pink hatte Angst gehabt, daß sie nicht tanzen könnte. Aber als Piers sie führte, fand sie, daß es doch ginge, und nicht nur das, sondern sie wünschte plötzlich, daß es immer so weitergehen möchte. Piers selbst wußte kaum, mit wem er tanzte — alt oder jung, geübt oder ungeübt, ihm war alles gleich. Sie hatte eben dagestanden, als sein kräftiger Körper auf den unwiderstehlichen Ruf der Tanzmusik reagierte.

Alayne tanzte mit dem eleganten Arthur Leigh. Wakefield hatte mit Meggies solider Körperlichkeit mehr im Arm, als er bewältigen konnte. Meg hielt ein Auge auf Maurice und Mrs. Leigh, die für ihren Geschmack zu gut miteinander beim Tanzen auskamen.

Finch hatte Ada Leigh auffordern wollen, aber sich zurückgezogen, als er Thomas Fennel auf sie lossteuern sah. Er durfte an seinem eigenen Festtag nicht egoistisch sein. Mit wem sollte er nun tanzen? Er sah suchend durch das ganze Zimmer. Da saß Mrs. Fennel in einem behaglichen Stuhl am Feuer, mit einer Schale kandierter Früchte neben sich. Und in der entferntesten Ecke auf dem kleinen Sofa saß Mrs. Lebraux im schwarzen Kleid mit Renny, der ihr Gesellschaft leistete und den Tänzern den Rücken kehrte. Und vor dem Schrank mit den indischen Kuriositäten stand das kleine Lebrauxmädchen mit zu kurzem Kleid und zu langen Beinen und einem Kopf, der aussah, als ob er nicht gekämmt wäre. Ihr Haar stand in kurzen schwarzen Büscheln hoch, so daß sie so wunderlich wie ein Waldgeist aussah. Er kam zu ihr herüber und sagte:

»Wollen Sie mit mir tanzen, Pauline?«

Sie sah ihn über die Schulter an und schüttelte mit dem Kopf.

»Können Sie tanzen?« Er sah sie neugierig an.

Sie wandte sich wieder dem Schrank zu, aber sie antwortete leise:

»Ja. Aber ich möchte heute lieber nicht. Mutter tut es auch nicht.«

»Ich verstehe. Aber Sie sind doch noch so jung, daß sie sicher nichts dagegen hat. Soll ich sie fragen?«

Sie wandte sich um und sah ihn forschend an, als ob sie sich überlegte, ob sie mit ihm tanzen wollte oder nicht. Dann ging sie ruhig zu ihrer Mutter hinüber und beugte sich über sie.

Sie kam lächelnd zurück und schob ihre Hand in die Finchs.

»Alles in Ordnung. Mutter und Mr. Whiteoak sagen beide, ich soll tanzen.« Ihr Gesicht strahlte auf und es zuckte ihr in den Schultern, vor Eifer loszutanzen.

Sie war so mager, daß Finch sie wie eine biegsame Gerte in den Armen fühlte, doch war etwas von wilder Kraft in ihren Bewegungen. Sie war — dachte er — wie ein kleines Segelboot im Winde, das an seinem Anker zerrte. Die Musik für diesen zweiten Tanz war rasch, fast feurig, aber nicht rasch genug für sie. Er beugte sich herunter, ihr ins Gesicht zu sehen. Er hatte sie noch kaum angesehen, aber es hatte doch den Eindruck einer gewissen Schönheit. Er sah das dichte Haar über der niederen Stirn, die feingezeichneten Augenbrauen, die Augenlider, die etwas Ausländisches hatten, die halbgeschlossenen Augen, deren Farbe er nicht erkennen konnte, die kindliche Nase, den großen und doch schmallippigen Mund mit den nach oben gebogenen Winkeln. Die kleine weiße Kehle und den langen schlanken Nacken. Er wußte nicht recht, wo die Schönheit war, aber er fühlte befriedigt, daß sie da war oder sein würde.

»Wo haben Sie tanzen gelernt?« fragte er.

»Oh, ich hatte Tanzstunde in Quebec. Väterchen und ich haben oft miteinander getanzt. Ich kann auch allein tanzen. Solotänze.«

»Famos! Ich wollte, Sie tanzten heute abend einen.«

»O nein, das könnte ich nicht!«

»Auch nicht mir zu Gefallen? Es ist doch heute mein Geburtstag.«

»Unmöglich!« Ihr Ton war etwas ärgerlich.

»Schade«, sagte er. »Aber vielleicht später einmal. Sie bleiben doch hier, nicht wahr?«

»Ja — wenn wir die Sache halten können.«

»Die Fuchsfarm meinen Sie?«

»Ja. Und vielleicht versuchen wir es auch mit Hühnern.«

»Haben Sie keine Angst, daß die Füchse die Hühner fressen?«

»Das zeigt, wieviel Sie davon verstehen! Die werden doch beide ganz getrennt gehalten.«

»Das wird eine Menge Arbeit geben.«

»Das schadet nichts, wenn es sich nur lohnt.« Ihr schlanker Körper straffte sich wie gespannt von Unternehmungslust. Sie wiegte und drehte sich im Takte wie ein Vogel, dachte er. Und sie hatte eine harte Zeit vor sich, fürchtete er. Wie gern würde er helfen, wenn er nur wüßte wie. Soviel Geld zu haben, gab einem ja ganz neue Möglichkeiten und ein verwirrendes Gefühl der Verantwortlichkeit gegen seine Mitmenschen.

»Mutter und ich machen die ganze Hausarbeit«, sagte sie, »Geschirr waschen, Fegen und alles. Sie arbeitet auch draußen mit. Sie hat unglaubliche Kräfte.«

»Tun Sie das wirklich?« Er war ganz erstaunt, denn seine Schwester hatte er nie etwas anderes tun sehen, als für sich selbst sorgen, und Alayne und Pheasant machten es ebenso, abgesehen davon, daß Pheasant für Mooey sorgte, und das nicht einmal besonders gut, dachte er.

Er sah, daß Ada Leigh sie beobachtete und hätte wissen mögen, wie sie über das Kind dachte. Als sie endlich zusammen tanzten und er ihr vorwarf — was sie von ihm zu erwarten schien — daß sie ihm heute geradezu auswich, fragte er sie danach.

»Es machte mir Spaß, euch beide zu sehen«, sagte sie. »Ihr saht so komisch aus.«

»So?« Er war etwas gekränkt. »Ja, wahrscheinlich sehe ich manchmal komisch aus.«

Sie sah ihn herausfordernd an. »Nein, gar nicht. Sicher sehen Sie nicht komisch aus, wenn Sie mit mir tanzen. Aber das Mädchen ist geradezu lächerlich mit ihrem Haar und ihren schrecklich langen dünnen Beinen. Und dann dieser Alles-oder-nichts-Blick.«

»Gut, es mag komisch aussehen w i e sie tanzt, aber es ist himmlisch mit ihr zu tanzen!«

»Das freut mich, denn für gewöhnlich ist es wenig himmlisch hier auf der Erde, nicht wahr?«

Finch bemerkte feierlich: »Ich fürchte, sie wird eine von den Frauen werden, die andere Frauen nicht leiden mögen.«

»Oh, darum brauchen Sie sich ja keine Sorge zu machen.«

»Ich mache mir keine Sorge. Warum sollte ich mir denn Sorge machen?«

»Das kann ich nicht wissen. Aber Sie tun es doch.«

»Nein bewahre.«

»Doch bestimmt.«

»Alles was ich fühle, ist ein großes Mitleid mit ihr und ihrer Mutter. Sie haben es schwer gehabt und ich fürchte, sie werden es künftig noch schwerer haben.«

»Wie sonderbar sieht Mrs. Lebraux aus!«

»Ja, das ist wahr. Piers nennt sie ›Pudelkopf‹ — Gott, das hätte ich Ihnen nicht sagen sollen! Aber ihr Haar ist wirklich etwas verrückt, und er hat eine brutale Art so etwas auszudrücken. Ich merke, daß andere Frauen sie auch nicht leiden mögen.«

»Ich doch«, sagte Ada. »Ich habe sie gern.«

»Um Himmels willen! Warum?«

»Weil sie Sie in Ruhe läßt und sich Ihrem Bruder widmet.«

»Aber sie ist Jahre und Jahre älter als ich.«

»Wie schlau von Ihnen, daß Sie das entdeckt haben! Ich hätte fast erwartet, daß Sie behaupteten, sie wäre jünger, Sie sind so unglaublich ritterlich.«

»Und Sie sind ganz abscheulich!«

Sie hörten auf zu tanzen. Sie waren allein an dem dämmrigen Ende der Halle. Einen Augenblick blieben sie unbeweglich umschlungen stehen. Dann zog er sie an sich und küßte sie wieder und wieder auf den Mund.

Sie lehnte sich ruhig an ihn. Ihr Duft ging ihm durch alle Nerven, wie vorher der Champagner. Sie war wie Champagner, kühl, leicht prickelnd und die Sinne umnebelnd.

Sie fingen wieder an zu tanzen, als ob sie keinen Augenblick aufgehört hätten, als Renny mit der kleinen Lebraux in die Halle kam. Es schien Finch, als ob Renny einen scharfen Blick auf Ada warf, wie wenn er etwas ahnte, und er hatte ein wunderliches Gefühl, als ob Ada sich lieber von Renny hätte küssen lassen als von ihm, trotzdem sie ganz hingebend gewesen war und ihn wiedergeküßt hatte. Paulines Lippen waren halb geöffnet in einem strahlenden Lächeln und zeigten ihre sehr weißen Zähne, sie klammerte sich mit der einen schmalen weißen Hand an Rennys Ärmel. Ihr Ausdruck war der eines jungen Geschöpfs, das viel zu lange unglücklich gewesen ist und mit brennendem Verlangen sich an irgendeine plötzliche Freude klammert.

Sie und ihre Mutter gingen früh fort. Dann die Leighs, die eine lange Autofahrt vor sich hatten. Die Fennels packten die beiden Miss Laceys und Miss Pink mit in ihren Wagen. Die Vaughans waren die letzten, die gingen.

»Und ich habe nicht gerade große Lust, mich ihm im Wagen anzuvertrauen, so wie er jetzt ist!« sagte Meg.

Renny sah seinen Schwager prüfend an.

»Wenn er in der frischen Luft ist, wird er ganz in Ordnung sein«, versicherte er. »Ich mache das Fenster neben ihm auf.«

Maurice sah interessiert diesen Vorbereitungen für seine Wiederbelebung zu. Sowie das Fenster geöffnet war, fuhr er los. Der Wagen schoß über den Rasen, streifte die Ecke einer schneebedeckten Gartenbank und landete mit drei Rädern auf dem Fahrweg.

Nicholas redete laut im Wohnzimmer.

»Es ist als ob ich nie in meinem Leben Gicht gehabt hätte, so frei fühle ich mich heute abend. So lebendig wie ein Dreijähriger.«

»Und ich«, sagte Ernest, »habe nicht einen Augenblick an mein Essen gedacht. Und ich habe alles gegessen!«

»Fabelhaft, was solche Anregung tut.«

»Wenn es bloß keine schlimmen Folgen hat!«

»Mrs. Leigh«, erklärte Nicholas, »ist die hübscheste Frau ihres Alters, die ich seit Jahren gesehen habe.«

»Aber diese Tochter!« rief Pheasant. »Ich kann sie nicht ausstehen. Sie reibt es einem so unter die Nase, daß ihr Kleid aus Paris kommt.«

»Ja«, stimmte Alayne zu; »und sie sprach von London als ›mein‹ London!«

»Albernheiten!«

»Trotzdem«, widersprach Ernest, und wiegte sich auf den Füßen, »sind die Leighs doch eine entzückende Familie. Und hochgebildet.«

»Ich bin anderer Ansicht«, sagte Alayne. »Mir kommen sie recht oberflächlich vor.«

»Mir auch!« rief Pheasant.

Finch unterbrach, in der Seele seines Freundes beleidigt. »Aber Arthur nicht. Arthur ist sehr tief veranlagt.«

»Ich möchte ihn einmal richtig durchprügeln«, bemerkte Renny und zündete sich die Pfeife an, »und ihm das weibische Wesen etwas austreiben.«

»Hört bloß diesen Kerl an!« rief Pheasant aus.

Renny packte sie am Genick und zauste ihr das Haar zu einem braunen Schopf hoch.

»Mrs. Leigh«, sagte Ernest, »war sehr interessiert für meine Shakespeare-Arbeit.«

Seine beiden angeheirateten Nichten sahen ihn mitleidig an. Die beiden jungen Frauen gingen in gleichzeitigem Impuls zu dem Spiegel über dem Kamin hinüber, der so viele Ereignisse in Jalna widergespiegelt hatte, und sahen prüfend ihr Spiegelbild an. Die fünf Männer betrachteten ihre Rückseite und die Spiegelung ihrer Gesichter mit sachlichem Interesse. Diese Regung ihrer Weiblichkeit war ihnen wie immer nicht uninteressant, aber sie kannten solche Regungen zu genau, um noch den Stachel der Neugier zu spüren.

Alayne wandte sich ihnen zu und sagte:

»Es war recht unbequem, daß Mrs. Lebraux nicht tanzte. Dadurch hielt sie immer einen von den besten Tänzern neben sich fest, um sie zu unterhalten.«

Da weder Nicholas noch Ernest bei Mrs. Lebraux gesessen hatten, fühlten sie sich ziemlich gereizt durch diese Bemerkung. Ernest sagte:

»Ich sprach nur einen Augenblick mit ihr, aber sie nahm sich kaum die Mühe zu antworten. Ich kann nicht sagen, daß ich sie bewundere.«

»Ich hätte mich ganz gern etwas neben sie gesetzt«, sagte Nicholas, »aber es schien ihr nicht an Unterhaltung zu fehlen.« Er sah Renny an.

Renny sah ihn wieder an. »Irgend jemand hatte sich um die arme Frau zu kümmern. Die Mädchen waren schrecklich kühl gegen sie.«

»Ich kenne sie kaum!« sagte Alayne.

»Das ist kein Grund, kühl gegen sie zu sein«, antwortete Renny.

»Sie ist eine von jenen Frauen«, erklärte Pheasant weise, »denen kein bißchen an anderen Frauen gelegen ist. Sie ist einfach verrückt auf Männer!«

»Wie ungerecht du bist«, sagte Renny. »Sie hat viel Schweres durchgemacht. Sie unterhält sich nur gern mit mir, weil sie an mich gewöhnt ist — ich bin doch mit Lebraux befreundet gewesen.«

Piers sagte: »Ich würde mich gar nicht so über ihr Äußeres aufhalten, wenn sie bloß ihre Wimpern und ihr Haar auch färben wollte, daß alles eine Farbe wäre.«

Renny fuhr ärgerlich herum. »Sie hat nie etwas mit ihrem Haar gemacht. Die Sorte ist sie nicht. Sie denkt nie an ihr persönliches Äußere.«

Seine Frau und seine Schwägerin sahen ihn mit mitleidiger Verachtung an.

»Na, sie hat beim Ablegen mindestens zehn Minuten mit ihrem Gesicht zu tun gehabt!« rief Pheasant.

»Himmel«, sagte Ernest, »was hat sie denn damit gemacht?«

»Ihre Tränen weggewischt«, warf Piers ein.

»Tränen«, spottete Pheasant. »Mrs. Patch, die Mr. Lebraux damals pflegen half, hat Mrs. Wragge gesagt, daß sie sich die halbe Zeit gezankt haben und die andere Zeit nicht miteinander sprachen.«

»Na, du mußt wenig zu tun haben, daß du mit den Dienstboten über Mrs. Lebraux klatschst.«

»Ich habe nicht geklatscht. Sie erzählte es mir eben. Und außerdem sagst du sehr oft Sachen, die Rags dir erzählt hat.«

Der Herr von Jalna ergriff seine Pfeife, zog die Lippen ein und starrte sie bloß an, ohne etwas zu sagen.

»Sie sieht recht gesund aus«, sagte Nicholas.

»Solch derbe Gesundheit hat für mich keinen Reiz!« sagte Ernest.

»Renny hat heute abend nur einmal getanzt«, bemerkte Pheasant, »und das war mit ihrem Kind.«

»Ich hatte gehofft«, sagte Alayne langsam, »daß das niemand bemerkt hätte.«

»Ha!« sagte Piers in dem Versuch, seine Großmutter nachzumachen. »Ich möchte etwas zu essen haben. Und gleich ordentlich.«

Sein Onkel Ernest sah ihn vorwurfsvoll an. »Ist es möglich, Piers, daß du meine Mutter nachmachst?«

»O nein!« antwortete Piers unschuldig. »Wenigstens nicht bewußt. Aber ich dachte gerade im Augenblick, wieviel Spaß ihr dieser Abend gemacht hätte, und wahrscheinlich hat mir das im Kopf gesteckt.«

Ernest lächelte ihm zu. Man konnte gar nicht anders, wenn man dieses rosige Gesicht und dieses rätselhafte Lächeln auf seinen Lippen sah. Er ging voran ins Eßzimmer und holte eine Flasche Whisky und einen Siphon Soda vom Seitenschrank. Er setzte sich an den Tisch, der abgeräumt und wieder zu seiner normalen Größe zusammengeschoben war. Nicholas, Ernest und Finch folgten ihm. Pheasant stand einen Augenblick in der Tür, ehe sie zu Bett ging. Sie sagte:

»Ich fand es eigentlich unerhört, Piers, wie du die arme kleine Miss Pink herumschwenktest. Sie sah geradezu benommen aus.«

»Du bist bloß eifersüchtig auf sie«, sagte Piers.

Sie lief zu ihm hinüber und beugte sich über sein Ohr.

»Sei nicht töricht, Liebling! Und bitte, bitte trink nicht mehr. Es war schlimm genug für mich, daß ich meinen Vater in solchem Zustand nach Hause kommen sah. Ich möchte meinen Mann nicht ebenso ins Bett kommen sehen wie . . .«

»Ebenso wie?« murmelte er an ihre Backe gelehnt.

»Na, betrunken natürlich.«

»Sei nur ruhig, Kleines. Lauf voraus.«

Renny hatte Wakefield fest eingeschlafen auf dem Sofa im Wohnzimmer entdeckt und ihn ins Bett hinaufgetragen.

Alayne war hinter ihm hergegangen, ärgerlich über sich selbst, daß sie der Anblick des Kindes mit herabhängenden Beinen und dem fest um Rennys Nacken geschlungenen Arm reizte.

Sie ging geradewegs in ihr eigenes Zimmer. Sie fühlte sich ganz und gar unglücklich, seelisch erschöpft und doch körperlich ruhelos. Sie ging im Zimmer herum und setzte mit einer Art Selbstmitleid ihre nackten Arme und Schultern der eiskalten Luft aus. Wie oft hatte sie sich heute schon darauf gefreut, abends mit Renny zu tanzen! Und nun hatte er nur einmal getanzt, und dann mit einem Kind. Und als die Gäste fort waren, hatte er Mrs. Lebraux hartnäckig verteidigt. Bloß weil sie ihn völlig beschlagnahmt hatte. Und jetzt mußte er Wakefield ins Bett tragen, der eigentlich vor Stunden schon hätte hinaufgeschickt werden müssen. Sie hörte Mooey im Nebenzimmer weinen, wie Pheasant ihn aufnahm . . . Sie hörte Wakefields helle Stimme in Rennys Zimmer . . . Aus den Kindern wurde in diesem Haushalt viel zu viel gemacht . . .

Sie fing an zu frieren, aber sie mochte nicht zu Bett gehen. Sie hatte Lust, in Pheasants Zimmer zu gehen und etwas mit ihr zu schwatzen . . . Wirklich, Mrs. Lebraux sah recht merkwürdig aus . . . sie hatte so etwas Animalisches . . . ein Glück, daß das Kind nach seinem Vater schlug . . . Sie trat auf den Gang hinaus, aber anstatt an Pheasants Tür zu gehen, ging sie an die Rennys. Sie legte ihre beiden Hände an die Türfüllung und stand bewegungslos da.

Sehr bald kam Renny heraus, so daß die Tür vor ihren Händen zurückwich. Sie blieb aber in ihrer Haltung stehen und stand vor ihm, die Hände wie in Staunen erhoben. Er zog die Brauen hoch.

»Was — du hier, Alayne?«

Er nahm ihre Hände, zog sie hinter seinem Nacken zusammen und sah ihr liebevoll ins Gesicht.

»Müde, altes Mädchen?«

Sie nickte ein paarmal, zog die Brauen zusammen und schob die Lippen vor. Niemals während ihrer Ehe mit Eden hatte sie solche kindische Launen gezeigt. Überhaupt hatte sie sich in ihrem ganzen Leben gegen niemand so gezeigt wie gegen Renny — hatte selber nicht gewußt, daß es in ihrer Natur lag, zu schmollen und beleidigt zu tun und zugleich zornig und anschmiegend zu sein. Und wenn sie in diesem Augenblick den Ausdruck ihres eigenes Gesicht hätte sehen können, sie hätte sich gedemütigt und sich selbst zornig gefühlt.

Er küßte sie. »Hast du lange vor der Tür gestanden? Warum kamst du nicht herein?«

»Nicht sehr lange ... Ich hatte keine Lust. Was sollte das denn auch?«

»Was wolltest du?«

»Dich.«

»Na, du hast mich doch, was?«

»Du gehst wieder zu den anderen hinunter.«

»Nicht, wenn du es nicht möchtest.«

»Ja, geh nur lieber. Brauchst nicht bei mir zu bleiben.« Sie versuchte, ihn zurückzuschieben.

»Doch, du möchtest es!« Er zog sie fest an sich.

»Nein, ich sehe nicht ein, warum. Du hast mich überhaupt nicht nötig.«

»Rede keinen Unsinn!«

»Ja, wozu bin ich dir denn nötig?«

»Du weißt das, ohne daß ich es dir sage.«

»Ich glaube, ich könnte dich hassen!«

»Warum denken Frauen immer bloß an das Eine!«

»Wahrscheinlich, weil sie die Wahrheit wissen.«

»Liebes Kind, du machst mich müde!«

»Das weiß ich.« Ihre Stimme brach.

Er hob sie in seinen Armen auf, wie vorher Wakefield und trug sie in ihr Zimmer. Nur das Mondlicht erhellte es. Die neue seidene Decke fing das Licht wie ein träumender Weiher in einem Wald. Der Mond war im Untergehen.

Sein letzter Schein fiel auch in das Eßzimmer. Sein Licht genügte völlig für den gründlichen Betrieb, dem sich die Zurückgebliebenen dort hingaben. Nicholas hatte seine Gicht vergessen und gab sich dem Treiben hin. Ernest vergaß seine Verdauung und gab sich ihm hin. Piers vergaß die weibliche Ermahnung und gab sich ihm hin. Finch fühlte sich ganz als Mann und gab sich ihm mit Herz und Seele hin. Die Flasche und der Siphon, auf denen kalte weiße Lichter spielten, wurden langsam um den Tisch gereicht. Das Mondlicht löschte das Alter in zwei Gesichtern aus und zeichnete zwei andere schärfer, so daß das Quartett völlig gleichaltrig und sozusagen alterslos schien.

Finch sagte: »Ich wollte, einer von euch könnte mir sagen, was ich denn so Komisches gesagt habe. Sie machten solchen Lärm als ich mich wieder hinsetzte, daß mir das rein aus dem Kopf gegangen ist.«

»Ich weiß nicht genau mehr«, antwortete Nicholas, »aber ich glaube, es war verdammt witzig. Wirklich, ich habe nie eine bessere Tischrede gehört.«

»Ich auch nicht«, stimmte Ernest zu. »Gerade das richtige Maß von Gefühl mit richtigem Witz vermischt. Das ist ein ganz besonderes Talent, das Tischredenhalten.«

»Ich finde der Rektor redete sehr schön!« sagte Finch überlegend.

»Ja, er sprach sehr gut. Aber du noch besser. Ich wollte nur, ich wüßte noch was du zuletzt gesagt hast.«

»Irgendwas über Lebensfreude«, warf Piers ein.

»Na, das ist ja nicht sehr neu«, sagte Finch etwas enttäuscht.

»Für dich scheinbar doch ganz neu!«

»Leben«, sagte Nicholas, »ist Erfahrung.«

»Das finde ich nicht«, sagte Ernest. »Ich finde, Leben ist Arbeit.«

Finch sagte ernst: »Ich nehme an, Ihr habt alle von meinem Entschluß gehört« — er rollte das Wort auf der Zunge —, »meinem Entschluß, nicht weiter zu studieren.«

»Es wäre besser gewesen«, sagte Ernest, »wenn du dich entschlossen hättest, nach England zu gehen und da zu studieren.«

»Nein, nein«, unterbrach sein Bruder, »der Junge hat ganz recht. Er weiß was für ihn das Richtige ist. Und ich sage, er ist ein musikalisches Genie.« Seine Augen, die merkwürdig im Mondlicht glitzerten, sahen Finch starr an.

»Ich bin so froh, daß du das meinst, Onkel Nick! Und Ihr meint also, meine Rede war leidlich, was?«

»Glänzend. Von dem Augenblick an, wo du aufstandest, warst du, wie die Italiener sagen, per bene.«

»In vollem Ernst!« sagte Piers.

Finch füllte sein Glas halb mit Whisky und gab einen Schuß Sodawasser dazu. »Unter uns gesagt, es ist mein Ziel, ein selbstloses Leben zu leben.«

»Du könntest dir kein besseres vornehmen«, bestätigte Ernest. »Aus meiner eigenen Erfahrung weiß ich, daß man nur glücklich wird, wenn man andere glücklich macht.«

»Und welche Form«, fragte Nicholas, »soll deine Selbstlosigkeit annehmen?«

»Es ist mir ganz ernst. Ich möchte etwas für jeden von euch tun, und das ist Tatsache.«

»Schreib es auf!« sagte Piers.

»Mein Wort steht dafür —«

»Natürlich«, sagte Nicholas. »Das wissen wir alle.«

»Ich bin sehr froh!« fuhr Finch fort, »daß Renny nicht mit hier ist, denn er sieht die Dinge immer ganz anders wie ich.«

»Wo ist er?« fragte Ernest. »Ich hatte ihn bis jetzt noch gar nicht vermißt. Ich dachte sogar er wäre hier.« Er sah im Zimmer herum.

»Zu Bett geschickt«, sagte Piers, »er war unartig, der arme Junge!«

Finch sagte: »Onkel Nick und Onkel Ernie, wenn ich euch nun einladen würde, auf meine Kosten mit mir nach England zu fahren, würdet ihr das annehmen?«

»Mit größtem Vergnügen!« antwortete Nicholas sofort.

Ernest tastete über den Tisch nach Finchs Hand und schüttelte sie. »Lieber, lieber Junge —«, war alles, was er sagen konnte.

»Ich auch!« sagte Piers. »Was willst du für mich tun?«

»Was möchtest du haben?«

»Gib mir Zeit. Laß mich das beschlafen.«

»Also abgemacht, nicht wahr? Ihr beide kommt mit mir und besucht Tante Augusta?«

Ernest drückte die Hand, die er hielt, sein augenblicklicher Zustand und diese Einladung erfüllten ihn mit überwältigender Rührung. Nicholas nahm von oben herunter an, als ob er eine Gunst erweise.

»Ich werde dich einige meiner alten Wege in London führen«, versprach er, richtete sich straff auf und zog das Kinn in den Kragen.

Beide Onkels fingen dann an über die Jahre zu sprechen, die sie in England verlebt hatten, erzählten zuerst allerlei Geschichten, die die Neffen schon oft gehört hatten, aber als die Nacht vorrückte und die Flaschen leer wurden, holten sie aus versteckten Winkeln Erinnerungen jahrelang vergessener Dinge heraus, wie vergessene Vogelnester vom alten Kirchturm oder rostige Anker aus der Meerestiefe.

Manche von diesen Erinnerungen waren weniger ehrenvoll, und während der Erzählung wurden die beiden Alten mehr und mehr jugendlich, brachen in plötzliches hemmungsloses Gelächter aus, zwischen dem allerlei vergessene Modeworte ihrer Jugend auftauchten. Die beiden jungen Männer wurden im Gegensatz immer ernsthafter und grüblerischer mit jedem Glas und sahen aus, als ob sie nicht ganz die Leichtfertigkeit der anderen billigten. Finch ging sogar so weit, ihnen einige wohlwollende Ermahnungen zukommen zu lassen. Um niemandes Gefühle zu verletzen, richtete er diese Ermahnungen an den Siphon in einer Art Sprechgesang, und als niemand auf ihn achtete, vergoß er ein paar unbemerkte Tränen.

Aber als der Augenblick kam, wo sie singen mußten, war er bereit. Ernest, der sehr alte Lieder, Balladen, Madrigale liebte, fing das alte »Der Sommer ist gekommen« mit seiner noch immer schönen Stimme an. Ein Tenor, ein frischer Bariton und ein Baß vereinten sich mit ihr.

Das Grölen und Brummen, das laut und tief war, brachte das fünfte Familienmitglied auf die Szene. Dies war Renny in Schlafrock und Pantoffeln. Er starrte die Nachtschwärmer ironisch belustigt an.

»Na«, sagte er, »ihr seid ja eine feine Gesellschaft!«

Der Mond war gesunken und die Dämmerung, die ins Zimmer kroch, zeigte sie alle bleich und übernächtigt in zerdrücktem Abendanzug.

»Ihr werdet die Frauen und die Kinder aufwecken«, sagte er. »Sie haben schon stundenlang geschlafen. Meint ihr nicht, daß ihr jetzt genug habt?«

»Ich habe einen festen Entschluß gefaßt«, sagte Finch.

»Was?«

»Zu Bett zu gehen.«

## 5  Hinaus in die Welt

Für Ernest war es wie eine Art Fügung, daß Sascha gerade vor seiner Abreise nach England starb. Es war, als ob sie verstanden hätte, was er bei dem Gedanken fühlte, sich von ihr trennen zu müssen. Sie war vierzehn Jahre alt und trotz ihrer glänzenden Gesundheit hatte sie doch eine gewisse Verwöhnung nötig, um sich so zu erhalten. Wem hätte es Ernest anvertrauen können, für sie zu sorgen? Alayne hatte es zwar versprochen, aber sie war allen Tieren gegenüber recht unbeteiligt. Pheasant hätte es sicher ganz gut gemacht, aber da war Mooey, der immer auf dem Sprung war, Sascha an der verkehrten Stelle zu packen und aufzuheben, oder über sie zu fallen, wenn sie vor dem Feuer schlief. Das ließ nur die Wahl zwischen Wakefield, den Wragges und Bessie, dem Küchenmädchen, offen. Ernest schauderte es vor der Wahl und er hatte fast das Gefühl, daß er nicht reisen dürfte.

Wenn er sie liebevoll streichelte, dann sah er den verständnislosen Blick in ihren durchsichtig bernsteinfarbenen Augen. Sie stand auf seinen Knien, massierte wie so oft mit ihren Pfoten rhythmisch seinen Magen. Es kam ihm vor, als ob sie über seine schwache Verdauung Bescheid wüßte und dachte, daß diese sanfte Massage ihm gut tun würde. Der wohlwollende Ausdruck, den sie dabei hatte, bestätigte ihm diesen Glauben. Nun kam zu diesem Wohlwollen im Blick auch etwas wie Verständnis.

Früh am nächsten Morgen hatte er sie tot auf seiner Daunendecke gefunden. Zusammengerollt, als ob sie schliefe, mit einem Ausdruck von tiefem Frieden — aber tot. Es war, als hätte sie die Sorge in seinen Augen nicht ertragen können und sich vorgenommen, in der Nacht ihren Geist aufzugeben und ihn von dieser liebevollen Fessel zu befreien.

Er hatte sich wieder hingelegt, die Decke über den Kopf gezogen und fühlte sich sehr erschüttert. Er dachte daran, wie sie ihm von Miss Lacey vor vierzehn Jahren geschenkt worden war, ein kleiner spielerischer goldener Ball. Er war wenig begeistert gewesen bei dem Gedanken, eine Katze zu haben und hatte wenig Lust dazu gehabt ... ein Hund hatte ihr letztes Kätzchen totgebissen. Und nun war sie selbst fortgegangen.

Jeder hatte Verständnis für ihn. Sie hatten ein Grab für sie in der hübschesten Ecke des Gartens gegraben, wo die alte Steinurne stand. Wakefield hatte das Grab mit Margeriten gefüllt und hatte den schönen Schweif wie eine Feder um sie herumgelegt.

Ernest dachte, daß Nicholas sehr gleichgültig Nip gegenüber war. Nip war natürlich nicht so feinfühlig wie Sascha, aber er hätte doch mehr verdient als die sehr kurzen Worte, die Nicholas am Abend vor der Abreise hinwarf: »Um Himmels willen, kümmert euch um Nip!« Das war alles. Aber so war Nicholas nun einmal.

Die beiden letzten Monate waren wie im Fluge vergangen. Der Frühling hatte sich erst verzögert und war dann ganz plötzlich gekommen. Auch ihre Stimmung war zuerst bedrückt und dann erhoben gewesen. Es war solch eine unglaubliche Veränderung. Zuerst war diese erstaunliche Aussicht erheiternd, aber später hing der Gedanke, daß sie dann alle über die Welt verstreut sein würden, wie eine drohende Wolke über ihnen. Augusta war in England, Eden in Frankreich oder England — niemand wußte wo; und bald würden Nicholas, Ernest und Finch auf dem Ozean schwimmen. Sie fühlten von neuem die große Lücke durch den Tod der alten Adeline.

Als die verstaubten Überseekoffer vom Boden heruntergeholt, blank gerieben und mit neuen Anhängern versehen wurden, fühlten sie alle, daß nun der Augenblick endgültig gekommen war.

Finch hatte sich neue Koffer gekauft. Er hatte viel mehr dafür bezahlt als er eigentlich wollte, aber Arthur Leigh war mit ihm gegangen und hatte darauf bestanden, die besten zu nehmen. Finch hatte sich davor gefürchtet, was Renny zu der Ausgabe sagen würde, aber er hatte nichts gesagt. Seit dem Tage, wo Finch seine Absicht kundgetan hatte, nicht weiterzustudieren, war Renny nach seinem ersten Ausbruch ihm gegenüber, sichtlich kalt gewesen. Piers andererseits war wärmer als vorher. Aber keiner wollte ihm einen Rat wegen seines Geldes geben. Wenn er zu Renny kam und sagte, »George Fennel meint, ich sollte etwas in New York-Aktien anlegen und mich nicht mit so niedrigen Zinsen begnügen«, zuckte Renny die Achsel und sagte: »Das geht mich nichts an. Tu was du willst.« Und wandte sich ab.

Wenn er Piers in der gleichen Sache befragte, lachte Piers und sagte: »Du willst doch dein junges Leben genießen, was?« Und wenn Finch nicht aufhörte, dann fügte er nur hinzu: »Na, George muß ja was davon verstehen; es ist ja sein Beruf. Ich denke nur, es müßte Spaß machen, etwas zu spekulieren.«

Finch kam sich wie ein halbflügger Vogel vor, der plötzlich aus dem Nest geworfen wird. Nachdem er jahrelang unablässig bei jeder Ausgabe überwacht, hin- und hergeschickt und manchmal tyrannisiert worden war, verwirrte ihn diese ihm plötzlich aufgeladene Verantwortung völlig und nahm ihm geradezu die Freude an seiner Erbschaft.

Es war, als ob sie eine Verschwörung gegen ihn gebildet hätten. Seine Onkels erwähnten in seiner Gegenwart niemals das Geld. Fast als ob sie damit sagten: »Mit Recht oder Unrecht hat er nun einmal, was uns eigentlich zugekommen wäre. Mag er sehen, wie er damit fertig wird.«

Er hatte geradezu einen Schrecken bekommen, als ihm beim Besuch auf der Bank von dem Geschäftsführer das Bankbuch übergeben und die Liste von Grans sicheren und konservativen Anlagen gezeigt wurde. Aber George hatte darüber gelacht. George hatte gesagt, daß Finch mit Hilfe von jemanden, der mit den Marktbewegungen vertraut war, sein Vermögen durch Spekulation verdoppeln könnte.

Der Kopf drehte sich ihm und war ganz heiß. Er fand, daß er nicht einmal durch Klavierspiel seine Nerven beruhigen konnte. Er hatte alle Kraft verloren. Sein Geist fühlte sich wie ein gefangener Vogel, der gewohnt war, in Gefangenschaft zu singen und nun von der Freiheit vollkommen betäubt war.

Alayne verstand seine Verwirrung und seine Verlassenheit. Sie hatten lange Gespräche miteinander. Der Gedanke, die sicheren Papiere der alten Adeline gegen Spekulationspapiere auf Rat von George Fennel einzutauschen, machte ihr Angst, doch fesselte der Gedanke ihre Phantasie, daß er sein Kapital durch vorsichtige Spekulation mächtig vergrößern könnte. George hatte einige verlockende Vorschläge gemacht und sie hatte von amerikanischen Freunden gehört, die kürzlich auf diese Weise große Summen gewonnen hatten. Sie schrieb an den Leiter des New Yorker Verlages, für den sie gearbeitet hatte, und fragte ihn um Rat. Seine Antwort war eine Mahnung zu größter Vorsicht, aber er konnte doch nicht seine Freude über das Resultat seiner eigenen letzten Spekulation verbergen. In der gleichen Woche kam ein Brief von Miss Trent, mit der sie die Wohnung in New York geteilt hatte, die auch freudig von ihrem Glück berichtete. Renny und Piers, die beiden Onkels, Maurice Vaughan waren in geschäftlichen Dingen geradezu Kinder, dachte sie. Natürlich die beiden ersteren hatten in ihrem eigenen Fach eine gewisse Pfiffigkeit, aber sie hatte so viel Schlendrian und schlechte Wirtschaft in Jalna gesehen. Es hatte nicht viel Sinn, sie um Rat zu fragen. Und außer dem mangelnden Geschäftsverstand hatten sie auch noch diese Abneigung, von Finchs Erbe zu sprechen. Wenn irgendwie unerwarteterweise im Gespräch der Gegenstand des Vermögens der Großmutter aufkam, dann war die Spannung sofort bemerkbar. Sie scheuten vor der Erwähnung zurück, wie störrische Pferde vor dem eigenen Hoftor scheuen.

Alayne zog ihr eigenes kleines, vom Vater hinterlassenes Kapital aus den bisherigen sicheren Anlagen heraus und kaufte »Universal-Auto« dafür ...

Als die Papiere langsam zu steigen anfingen, konnte sie der Versuchung nicht widerstehen, Finch zu erzählen, was sie gemacht hatte, und daraufhin war es ihr unmöglich, ihn zurückzuhalten. Aber sie bestand darauf, daß er Renny davon erzählte. »Leg es an wie du willst«, sagte Renny kurz. »Ich verstehe nichts von Papieren. Ich habe nie etwas zum Anlegen gehabt.« Finch wußte, daß Renny nicht aus Eifersucht so kurz angebunden war, sondern daß noch immer der Ärger in ihm steckte, daß er im Augenblick seiner Volljährigkeit sich weigerte, weiterzustudieren. Die plötzliche Weigerung bedeutete für Renny, daß Finch künftig von seiner Autorität und Aufsicht als Familienhäuptling nichts mehr wissen wollte.

Wie bitter würde Meg sein, dachte Alayne, wenn Finch auch nur den kleinsten Teil von dem Geld dadurch verlor, daß er ihrem Beispiel folgte. Meg hatte sie immer als einen Eindringling angesehen und es würde ihr eine wahre Befriedigung sein, wenn sie einen greifbaren Grund hätte, ihr die Schuld daran zuzuschieben. Finch mußte jedenfalls vorher zu den Vaughans gehen und mit ihnen die Sache besprechen. Er war auch bereit dazu, trotzdem er fürchtete, daß sie die neue Anlage des Kapitals mißbilligen würden. Er war in einem Zustand von Empfindlichkeit, die ihn trieb, seine Angelegenheiten mit jedem zu besprechen, der nur bereit war, zuzuhören. Er selbst und die hunderttausend Dollar schienen ihm ungeheuer wichtig, weit über jedes andere Gesprächsthema hinaus. Eine Stunde später, nachdem sie beschlossen, daß er zu den Vaughans gehen sollte, war er schon unterwegs.

Kein Zweifel, daß der Frühling jetzt vor der Tür stand, aber bis jetzt sah man in der Landschaft noch nichts davon, außer dem Schwellen der kleinen Blattknospen, das wie eine Art Schleier über den Bäumen hing. Unmerklich war er gekommen und faßte einem ans Herz, aber ohne daß die Veränderung im äußeren Leben sichtbar wurde.

Es war Mittag, und die Senke, in der das Haus stand, lag ganz in der Sonne. Die Fenster standen weit offen und allerlei Kissen und Vorhänge, die zum Lüften heraushingen, zeigten, daß das Frühlingsreinemachen im vollen Gange war.

Er fand seine Schwester dabei, ein Kissen mit neuem Kretonne in Blumenmuster zu überziehen. Ihre weißen Hände bewegten sich sanft darüber wie zwei freundliche Tauben in einem bunten Garten. Sie trug eine weiß und rosa Haube nach Art der Quäker, weil sie fand, daß sie darin aussah, als ob sie hart an der Arbeit wäre. Vaughan gab sich gar nicht die Mühe, fleißig auszusehen, lag auf dem Sofa ausgestreckt und las ein Buch über Fuchszucht. Seit Lebraux gestorben war und die Möglichkeit bestand, daß Mrs. Lebraux ihre Fuchsfarm aufgab, trug er sich mit dem Gedanken, selbst ihre Zuchttiere zu kaufen.

»Sieh, lieber Finch!« rief Meg ihm entgegen. »Du bist also wirklich darauf gekommen, mich zu besuchen! Es ist Zeit. Wenn ich daran denke, wie wenig ich von meinen Brüdern sehe, dann werde ich ganz traurig.« Sie hielt ihr glattes Gesicht erwartungsvoll empor.

Wie Finch sich darüber beugte, um sie zu küssen, fiel seine unordentliche Stirnlocke über ihre Augen. Er küßte sie mehrmals und roch dabei den warmen süßen Duft ihrer Haut und den merkwürdig stechenden Geruch des neuen Kretonnes.

»Wie unordentlich siehst du aus!« sagte sie und sah ihn an.

»Das geht mir immer so, weißt du. Hallo, Maurice! Du scheinst ja sehr beschäftigt.«

Vaughan lachte gutmütig. — »Ich arbeite mich etwas in die Frage der Fuchszucht ein. Ich höre, Mrs. Lebraux will verkaufen.«

»Ich habe nichts davon gehört. Aber ich glaube, sie hat keine andere Möglichkeit, wenn sie leben will. Mit der hohen Pacht und den Doktorrechnungen wird sie es jetzt nicht leicht haben.«

»Es tut mir schrecklich leid für sie«, sagte Meg, »sie ist eine riesig nette Frau. So verständig, und dabei nicht die Spur verdorben durch die Ehe mit einem Franzosen. Und wie sie sich hier so eingelebt hat mit ihrem Kind, als ob sie immer hier gewesen wäre.« Sie biß den Faden mit den Zähnen ab. Sie hatte sehr schnell herausgefunden, daß weder Pheasant noch Alayne Mrs. Lebraux leiden konnten und dementsprechend wurde ihr eigenes Gefühl gegen sie wärmer.

Ihr Mann und ihr Bruder betrachteten sie mit Bewunderung und Zustimmung. Meggie war einfach vollkommen, geheimnisvoll, wahrhaft weiblich, gütig.

Sie klopfte sanft auf das Kissen, hielt es zum Bewundern hoch und lehnte dann ausruhend zurück. »Nun erzähl mir, wie es zu Hause geht. Ihr bereitet euch wohl auf die Reise vor, nicht wahr? Merkwürdig, daß ich niemals drüben im alten Lande gewesen bin, und nun kommst du hin, schon in deinem Alter! Und kannst so luxuriös reisen wie du willst. Und Onkel Nick und Onkel Ernest in ihrem Alter! Und die ganze Reise umsonst. Und dabei sitzen Maurice und ich hier und sorgen uns um die gekündigte Hypothek!«

»Na«, knurrte Vaughan«, »wir können schließlich eine neue aufnehmen.«

Es war gerade kein günstiger Augenblick, dachte Finch, über seine eigene Kapitalanlage zu sprechen. Er zupfte sich unschlüssig an der Lippe und nahm sich dann vor, die Frage nicht anzuschneiden.

Nach einem kurzen Schweigen sagte Meg traurig:

»Du hattest wahrscheinlich keine Lust, die Hypothek selbst zu übernehmen?«

Finch riß erschreckt die Augen auf. »Ich? Ich habe nie daran gedacht.«

»Natürlich nicht.« Sie sah ihm in die Augen und lächelte über seine jungenhafte Art. »Aber Hypotheken sind doch eine gute Anlage, nicht wahr, Maurice?«

»Ich wollte, ich hätte ein paar!« antwortete Maurice.

»Wieviel Zinsen gebt ihr?« fragte Finch.

»Sieben Prozent.«

»Lieber Himmel! Ich kriege für mein Geld nur vier Prozent!«

»Wieviel lieber wäre mir das, wenn du die Hypothek hättest«, rief Meg, »statt dem alten elenden Kerl, der sie jetzt hat!«

»Außerdem brauchte die persönliche Frage für Finch gar nicht mitzusprechen«, warf Vaughan rasch ein. »Dies ist ein wertvoller Besitz und wird mit der Zeit noch wertvoller. Sieh bloß die Farm von dem alten Paige an, die der Golfklub gekauft hat. Sie haben geradezu einen Liebhaberpreis dafür bezahlt. Mit der Zeit werden wir das Land hier teilen und als Stadtgrundstücke verkaufen können.«

»Um Himmelswillen, das wollt ihr doch nicht tun! Das würde auch Renny nie verzeihen.«

»Na, vielleicht tun wir es nicht, aber es kann sein, daß Patience es tut, wenn sie erwachsen ist.«

Finch fragte nervös: »Wie hoch ist denn die Hypothek?«

»Fünfzehntausend. Zu sieben Prozent — 1050 im Jahr — zahlbar halbjährlich.«

Meg seufzte: »Und der alte Kerl ist immer so ekelhaft dabei!«

»Warum?« fragte Finch.

»Oh — ich weiß nicht —«

Maurice unterbrach sie. »Meggie ist zu kritisch. Er hat keine Manieren, weiter ist es nichts. Er ist gar nicht so schlimm.« Maurice legte das Buch aus der Hand, das ihm aus der im Krieg verstümmelten Hand glitt, so daß es auf die Erde fiel.

Meg runzelte die Stirn, wie er sich bückte und es aufhob.

Finch stieg eine plötzliche Wärme für die beiden auf, ganz unabhängig von seiner brüderlichen Liebe für Meg. »Ich will es machen!« rief er. »Ich übernehme die Hypothek. Aber hört mal, sieben Prozent kann ich nicht nehmen. Das ist viel zu viel. Nicht mehr als fünf Prozent.«

»Du lieber Junge!« rief Meg aus. Sie gab sich einen Ruck, als ob sie aufstehen wollte, aber selbst in diesem bewegten Augenblick war ihr die Anstrengung zu groß. Statt dessen sagte sie noch einmal: »Lieber Junge!« Und breitete ihm die Arme entgegen.

Finch ging etwas verlegen zu ihr hinüber. Er wollte gar keinen Dank. Aber es war doch wunderbar, daß man für diese Menschen etwas tun konnte und es einem noch gedankt wurde.

Meg zog ihn wieder in die Arme und drückte ihre vollen Lippen auf seine.

»Ich glaube, wir sagen den anderen lieber nichts davon!« sagte sie. »Ich mag meine eigenen Angelegenheiten lieber für mich behalten, nicht wahr?«

»Ich auch!« sagte Finch.

Sie besprachen die Sache, und als sie sich im klaren waren, fragte Finch um Rat wegen der New Yorker Anlage. Meg und Maurice waren ganz begeistert von der Sache. Er wäre einfach dumm, wenn er solch eine Gelegenheit nicht benutzte. Warum sollten die Amerikaner denn alles Geld in der Welt kriegen? Und wenn sie es hatten, warum sollten sie es denn allein behalten? Finch konnte nichts Besseres tun, als etwas davon hierher holen, wo es so dringend nötig war. Er konnte ein reicher Mann werden. Und sicher war keine Gefahr dabei, wenn sogar Leiter von großen Verlagen, die es an Ort und Stelle beurteilen konnten, es guthießen.

»Wenn Alayne sich daran beteiligt«, sagte Meg, »dann kannst du ganz sicher sein. Ich habe nie eine berechnendere Person gekannt. Mir ist sie geradezu die Verkörperung von Schlauheit.«

»Sie war nicht sehr schlau, als sie Eden heiratete!« bemerkte Maurice.

»Maurice, wie kannst du so etwas sagen! Wenn sie je schlau gewesen ist, dann war es doch damals! Wer war sie denn? Niemand! Er holte sie aus einem Büro und brachte sie nach Jalna, in ein bequemes Leben. Er machte eine Whiteoak aus ihr!«

»Er hat ihr fast das Herz gebrochen«, sagte Finch.

»Herzen wie ihres sind nicht so leicht gebrochen! Die sind viel zu berechnend. Ich für mein Teil glaube, daß sie von Anfang an es auf Renny abgesehen hatte. Das arme Lamm, er konnte gar nichts dagegen machen!«

Die beiden Männer seufzten gleichzeitig bei dem schwierigen Versuch, sich den roten Fuchs Renny als ein hilfloses Lamm vorzustellen.

Patience, die nun fast drei Jahre alt war, kam ins Zimmer gelaufen. Sie war ebenso lebhaft, wie Mooey ernsthaft war. Ihr lichtbraunes Haar lag glatt um den Kopf, sie trug ein himmelblaues Kleidchen.

»Liebling«, sagte Meg, als Finch das Kind aufhob. »Du mußt Onkel Finch um den Hals nehmen und ihn ganz tüchtig liebhaben. Er hat gerade etwas Wunderschönes für Mammi getan.«

Patience drückte Finchs Kopf an ihr Bäuchlein: »O Finchy-Onkel!« schmeichelte sie.

»Wer hat denn ein hübsches neues Kleid an?« fragte Finch, um seine Verlegenheit nicht merken zu lassen.

Als Finch nachmittags mit Piers sprach, konnte er es nicht lassen, eine Andeutung zu machen, daß er die Hypothek auf Vaughansland übernehmen wollte. Piers war sehr neugierig, und nachdem ihn Finch zu völligem Schweigen verpflichtet hatte, sagte er ihm alles. Piers fand es für beide Teile ausgezeichnet. »Aber sieh zu, daß du die Zahlungen genau festlegst!« riet er. »Maurice ist unglaublich bummelig in Geldangelegenheiten. Seit zwei Jahren ist er mir das Geld für den Bullen schuldig, und ich habe es jetzt erst bekommen, weil ich einfach immer hinter ihm her war.«

Finch war etwas erschrocken über die Aussicht, immer hinter Maurice her zu sein. Die Verantwortlichkeit des Reichtums fing an, ihn zu drücken. Er sagte:

»Du hast mir aber noch nicht gesagt, was du gern haben möchtest. Ich würde mich riesig freuen, dir irgend etwas zu schenken. Es wäre nur schrecklich, das Geld nicht etwas mit euch zu teilen.«

»Oh, ich will es mir überlegen!«, und Piers drehte sich um und ging weg.

Finch ging ihm eilig nach. »Nein, so kommst du nicht davon. Du mußt mir wirklich sagen, was du haben möchtest.«

»Ich habe alles, was ich brauche.«

»Aber es m u ß doch irgend was geben.« Und klagend sagte er: »Ich weiß nicht, was mit euch los ist! Als ob ihr glaubt, daß das Geld schmutzig wäre oder so was — so drückt ihr euch davor!«

Piers blieb stehen und wandte sich zu Finch. »Hm, ja, wenn du mir wirklich was schenken willst, das dir nicht zu teuer kommt, dann kauf mir ein neues Auto. Das alte fällt geradezu in Stücke, und solange die Maschine nur halbwegs geht, kauft Renny sicher kein neues.«

»Gut!« rief Finch. »Ich freue mich riesig, daß du das haben willst. Und Pheasant wird es auch Spaß machen. Wollen wir gleich morgen losfahren und eins aussuchen?«

Piers brauchte nicht lange Zeit, um ein Auto auszusuchen. Er wußte genau, was er haben wollte, bis zur kleinsten Kleinigkeit. »Wie fabelhaft«, dachte Finch, »daß er so genau Bescheid wußte, wo er doch nicht die geringste Aussicht gehabt hatte, einen neuen Wagen zu bekommen.«

Sie waren mit der Bahn in die Stadt gefahren und kamen im Auto nach Hause. Es war schwer zu sagen, wem die Fahrt mehr Freude machte: Finch, der mit untergeschlagenen Armen saß und sich vorkam, er wußte nicht warum, als hätte er sich selbst hochgearbeitet und wäre nun endlich reich genug, um sich philantropisch zu betätigen; oder Piers, der sich mit einem kleinen zufriedenen Lächeln auf dem Gesicht an dem Gedanken berauschte, achtzig Kilometer die Stunde dahinzusausen.

Sie sprachen unterwegs wenig, aber als sie in der Nähe von Jalna waren, hatte Finch auch noch versprochen, für Piers die Scheune neu decken zu lassen und ihm einen ganz modernen Schweinestall zu bauen. Es war aber verabredet, daß Piers selbstverständlich die Kosten zurückzahlen sollte, sobald er konnte.

Alle kamen aus dem Haus gelaufen, um den neuen Wagen zu bewundern. Pheasant und Mooey tanzten rund um ihn herum. Mooey mußte hineingehoben werden und mit den kleinen Händen am Steuerrad darin sitzen. Pheasant legte den Arm um Alayne. »Du mußt auch etwas davon haben. Das alte Auto ist geradezu eine Schande.« Nicholas und Ernest waren begeistert bei dem Gedanken, bei der Abreise darin zur Bahn zu fahren. Es war alles erstklassig an diesem Wagen. Er war wirklich eine Schönheit, fanden sie alle. Nur Wakefield machte ein zweifelhaftes Gesicht.

»Ich glaube nicht, daß meine Großmutter damit einverstanden gewesen wäre. Sie mochte den alten Wagen nie. Sie fand es eine große Verschwendung, ihn zu kaufen.«

Piers antwortete: »Sie ist nicht mehr da und kann sich nicht über die Dinge ärgern, die anders werden, und du wirst für diese Frechheit einfach nicht darin fahren.«

»Trotzdem glaube ich nicht, daß es Gran recht wäre, wenn ihr Geld für Autos ausgegeben wird.«

»Soll ich dir vielleicht den Hintern versohlen?«

»Nein.« Er verdrückte sich schnell.

»Dann halte den Mund!«

Als sie in die Garage kamen, sahen sie Renny in der Stalltür stehen. Als er den neuen Wagen sah, drehte er sich kurz um und verschwand.

Beim Mittagessen wagte niemand, seinem verstimmten Gesicht gegenüber, von dem neuen Kauf zu sprechen. Nur Wakefield machte in jeder Pause eine nachdenkliche Bemerkung über das, was seine Großmutter gern mochte und was nicht.

Der Abschiedstag kam unaufhaltsam näher. Dann rückte eine schwere Regenzeit ihn in die Ferne, daß er unwirklich und weit weg schien. Und plötzlich war er da und ließ kaum Zeit für die letzten Vorbereitungen.

Nicholas und Ernest waren bei ihren alten Freunden noch einmal zum Tee eingeladen. Ernests Gesicht war rot vor Aufregung. Die Jahre fielen täglich mehr von ihm ab. Der Tod Saschas, der ihn in ruhigen Zeiten tief betrübt hätte, gab ihm nun für die Abreise ein wunderbares Gefühl des Freiseins von jeder Verantwortung. Nicholas war im Gegensatz zu ihm äußerst reizbar. Die Gicht bohrte drohend in seinem Knie und gab ihm das Vorgefühl, daß er vielleicht im letzten Augenblick noch die Reise aufgeben mußte. Es wurde ihm schwer, sich aus den vier Wänden seines Zimmers loszureißen, wo er machen konnte, was er wollte und nie gute Laune heucheln mußte, wenn er sie nicht fühlte. Und trotzdem er es nicht zugeben wollte, quälte ihn doch der bittende Blick in Nips Augen. Kurz vor der Abreise konnte Finch nichts anderes tun als Klavier spielen. Von früh bis abends spielte er. Und wenn die Familie es nicht mehr aushalten konnte, ging er zu den Vaughans oder in das Schulhaus und spielte da.

Am letzten Tag war er vor Sonnenaufgang auf den Beinen. Ein Weststurm hatte die anze Nacht geheult, daß er nicht schlafen konnte. Er stand auf, beugte sich aus dem Fenster und ließ sich den kühlen Wind um die Stirne blasen. Der Morgen stieg wie ein silbernes Segel im Osten hinter den dunklen Wäldern auf. Ihm schien es das schwellende Segel seines beginnenden Abenteuers in fremden Welten.

Aber er hätte doch lieber gewollt, daß die alte Welt an diesem letzten Morgen weniger bezaubernd gewesen wäre. Daß der Vogelgesang, den der Wind aus den Zweigen zu schütteln schien, weniger herzzerreißend süß wäre, daß der silberne Schimmer des Morgens sich nicht vor seinen Augen erst in Gold und dann in Rosenrot verwandelt hätte. Er hätte lieber eine vertraute alltägliche Erinnerung der Heimat mitgenommen, nicht die verklärte, fast schmerzhafte Schönheit dieses Maimorgens. Das Grün der jungen Blätter war zu durchsichtig grün. Die Schatten in der Schlucht schliefen zu tief und blau. Die Vögel riefen und sangen zu sehnsüchtig von Baum zu Baum.

In einer Art Traum zog er sich an, ging hinaus und nahm den alten Benny, den Schäferhund, mit sich. Er suchte seine alten Lieblingsplätze, einen nach dem anderen, auf. Die Naturbrücke über den Strom, den Apfelbaum im alten Obstgarten, in dessen Astgabel er viele Stunden lesend gesessen hatte. Er ging in den tiefsten Grund des Waldes und legte sich zwischen den weißstämmigen Birken auf den Boden, drückte sein Gesicht daran und trank den Erdgeruch ein. Er zerrieb das junge Gras zwischen den Fingern und roch daran. Er schnitt die Anfangsbuchstaben seines Namens und das Datum in einen weißen glatten Stamm. Er grübelte darüber nach, was er wohl erleben würde, bis er dies alles wiedersah. Der alte Hund trottete ernsthaft hinterher, schnüffelte eine Weile und legte sich dann schläfrig an eine sonnige Stelle.

Die drei, die abreisen wollten, waren zum Frühstück bei den Vaughans. Meggie konnte es nicht ertragen, sich vor dem Tee von ihnen zu trennen. Als sie wieder nach Jalna zurückkamen, stand der neue Wagen vor der Tür, und das Handgepäck lag schon an seinem Platz. Alles ging nun sehr eilig. Sie waren ärgerlich über sich selbst und Meggie, die sie so lange aufgehalten hatte. Pheasant trug ein Sportkleid und ihren kleinen braunen Hut. Mooey war, trotzdem er nicht mitkam, in seinem schönsten Kleidchen.

Zwischen Butterbrot und Honig sah Piers nach der Uhr. Alayne verschnürte noch ein Paket Bücher, das sie als Reiselektüre für die drei besorgt hatte. Meg hatte einen Korb mit Kuchen, Marmelade und den letzten roten Äpfeln gepackt, »weil Finch sie so gern mochte«, und auch eine Dose mit einem Hustenmittel aus Rum und Honig, das sie für unfehlbar hielt. Von Anfang bis zu Ende der Fahrt hatte Finch auf diesen Korb zu achten, der ihnen eine dauernde Quelle des Ärgers war, bis er endlich an Bord des Schiffes den letzten Teelöffel des Hustenmittels auskratzte und aß, bloß um ihn loszuwerden. Wie konnte er irgend etwas wegwerfen, das Meg ihm gegeben hatte.

Renny war nicht zum Tee gekommen. Finch fragte etwas unruhig, wo er war. Ernest erklärte ihm: »Er hat Nicholas und mir Lebewohl gesagt, ehe wir zu Meg gingen. Er sagte, vielleicht käme er nicht zum Tee.«

»Aber mir hat er nicht Lebewohl gesagt«, stammelte Finch. »Er kann mich doch nicht abreisen lassen, ohne daß er mich gesehen hat.«

»Sicher nicht!« Ernest sah ihn teilnehmend an. »Aber jetzt haben wir keine Zeit mehr, ihn zu suchen. Wir müssen sofort nach dem Tee abfahren.«

»Ich brauche keinen Tee!« Finch setzte die Tasse hin und rannte aus dem Hause. Er war geradezu verzweifelt.

Als er in den Stall kam, sah er Wright den alten Wagen in die Garage schieben. Er zögerte und Wright rief ihm zu:

»Wenn Sie Mr. Whiteoak suchen, Herr Finch, der ist bei Mrs. Lebraux.«

Finch stand still. »Wright, wie lange brauchen Sie, um mich schnellstens hin und zurück zu fahren?«

»Ich kann Sie in fünf Minuten hinbringen, Herr Finch.«

Finch kletterte in den Wagen. Er mußte Renny sehen! Die anderen mußten einfach warten, wenn er etwas zu spät kam. Zeit genug, um den Zug zu erreichen ... Wright zeigte, was der alte Wagen noch konnte. »Man sollte nicht denken, daß das noch in ihm steckt, nicht wahr?« Er grinste. Ein Kasten, der auf dem Rücksitz herumgekollert war, fiel herunter. Die Tür des Wagens sprang auf, und der Kasten rollte auf die Straße.

»Lassen Sie ihn liegen!« schrie Finch.

Wright fuhr weiter. »Das war ein Mittel, das ich gerade vom Tierarzt geholt hatte«, sagte er etwas unglücklich.

Die Besitzung, die Antoine Lebraux für seine Silberfuchsfarm gekauft hatte, war etwa zwanzig Morgen groß, hatte ein Holzhaus, einen kleinen Stall, ein Hühnerhaus und die schon etwas baufälligen Seitengebäude, die Lebraux aufgeführt hatte. Finch hatte sie früher gekannt als das Wohnhaus eines alten Händlers, der sie vor zehn Jahren gebaut hatte, als er sich vom Geschäft zurückzog, der alles in peinlicher Ordnung zu halten pflegte und sich häufig über allerlei Schaden durch die Jungens und Hunde von Jalna beklagt hatte. Mehrmals hatte Renny ihm Hühner bezahlen müssen, die sie umgebracht haben sollten.

Finch hatte immer die langweilige Ordnung auf dem Gut gehaßt und die Reihen von weißgestrichenen Steinen, die beide Seiten des Weges einfaßten. Als er jetzt zwischen ihnen auf die Tür zurannte, sah er mit einem Blick überall die Vernachlässigung, die die häßliche pedantische Ordnung von früher verdrängt hatte.

Er drückte zweimal ohne Erfolg auf die elektrische Klingel. Dann sah er darüber eine Karte mit den Worten »Funktioniert nicht«. Er klopfte laut. Die Minuten verflogen, während er auf Antwort wartete. Dann hörte er einen Schritt drinnen und ein Riegel wurde zurückgeschoben. Großer Gott, war Renny hier eingeschlossen? Die Tür öffnete sich, und Pauline Lebraux stand auf der Schwelle. Bei seinem Anblick machte sie ein halberschrockenes Gesicht. Sie trug ein ausgewaschenes schwarzes Kleid, und das gab ihr mit ihren langen schwarzen Beinen und dem unordentlichen dunklen Haar ein merkwürdig zartes und rührendes Aussehen. Auf dem Arm trug sie wie ein Kind einen in Flanell eingewickelten kranken jungen Fuchs. Seine glänzenden Augen starrten Finch mit einem unheimlich klugen Ausdruck an. Sie sah so merkwürdig aus, daß Finch einen Augenblick vergaß, was er wollte.

»Ich reise ab!« sagte er.

Es war, als ob ein Schatten über ihr Gesicht ging, aber sie lächelte etwas und sagte: »Wollen Sie nicht hereinkommen?«

»Danke, ich habe keine Zeit. Ich muß den Zug noch erreichen. Ich kam nur um zu fragen, ob Renny hier ist.«

»Ja, er ist bei Mutter. Er hilft ihr bei den Füchsen. Reisen Sie weit weg?«

»Nach England.«

»Für lange?«

»Den ganzen Sommer über, vielleicht länger.«

Er fand es grausam von ihrer Mutter, sie in das Trauerkleid zu stecken. Er hörte sich selbst sagen: »Ich habe Sie in diesem Kleid kaum erkannt. Als Sie bei uns waren, hatten Sie Weiß an.«

»Das ist eins von meinen Schulkleidern. Ich war in Quebec in einer Klosterschule.«

Sie kam ihm merkwürdig fremdartig vor, halbwild mit dem Fuchs im Arm. Ihm kam plötzlich der Wunsch, sie zu berühren, irgendwie ihr näher zu kommen.

Er sagte fast flüsternd. »Wollen Sie mir einen Kuß zum Abschied geben?« Sie war nur ein Kind, aber er wurde rot in einer plötzlichen inneren Erregung.

Sie schüttelte den Kopf. »Nein. Aber Sie können mir die Hand küssen.«

Er fand das affektiert. Aber dann dachte er an ihre französische Erziehung. Er nahm die Hand, die sie ihm gab, schmal und zart und weiß, mit dem kindlichen Handgelenk in ihrem schwarzen Ärmel und hob sie an die Lippen.

Sie sagte noch einmal verlegen: »Leben Sie wohl!« Er rannte um das Haus und sah sich um in der Hoffnung, Renny da zu finden.

Er sah die Füchse in ihrer Einzäunung, mit ihren in der Sonne glänzenden Fellen. Er hörte Stimmen in dem kleinen Stall. Wie konnte er nun hinlaufen und Renny rufen, als ob er ein Kind wäre? Ein großer Zorn gegen Renny stieg in ihm auf. Am liebsten wäre er, ohne ihn zu sehen, nach Jalna zurückgekehrt. Aber er hatte ihn von drinnen gesehen. Renny erschien in der Tür und kam langsam auf ihn zu.

»Suchst du mich?« fragte er.

»Meinst du denn, ich würde abreisen, ohne dir Lebewohl zu sagen?« fuhr Finch ihn an.

»Wie kann ich wissen, was du tun willst? Du tust, was dir einfällt.«

Finch blieb der Mund offenstehen. Sollten sie so auseinandergehen? Dann wäre ihm die ganze Reise verdorben. Wenn er den Zug, wenn er das Schiff nicht mehr erreichte, er würde einfach hierbleiben, bis er Renny etwas anderes als diese schweigsame Kühle abgerungen hätte.

»Was habe ich getan? Warum behandelst du mich so?«

»Nimm dich zusammen! Mrs. Lebraux ist drin, sie hört dich.«

»Ich versäume wahrscheinlich meinen Zug, weißt du das? Und doch hast du kein freundliches Wort für mich! Himmel, vielleicht sehen wir uns nie wieder!«

»Ich hasse Abschiedsszenen.«

»Aber du hast Onkel Nick und Onkel Ernest Lebewohl gesagt, warum nicht mir?«

»Das ist es ja gerade. Es machte mir nicht so viel aus, ihnen Lebewohl zu sagen.«

Finchs Augen forschten in dem roten mageren Gesicht vor ihm. Wenn das wahr war — und Renny log nicht — er war in manchen Dingen schrecklich eigen. — Oh, vielleicht war alles nicht so schlimm — vielleicht haßte ihn Renny gar nicht — Renny hatte ihn immer geküßt, wenn sie verreisten, wie ein Vater! Er sah Renny in die Augen. Plötzlich verzog sich sein Gesicht, um nicht weinen zu müssen. Er streckte seine Hand aus.

Renny nahm sie und zog Finch näher. Er beugte sich vor und küßte ihn wie früher. Finch spürte den vertrauten Stallgeruch, der an ihm hing. Ein Stein fiel ihm vom Herzen.

Mrs. Lebraux kam aus dem Stall. Das Haar flog ihr um den Kopf. Sie trug einen Männerleinenkittel. Draußen sah sie ganz interessant aus, fand

Finch, mit diesem kurzen sonderbar zweifarbig gestreiften Haar, den blauen jungenhaften Augen und dem harten Mund. Sie zeigte ihm ihre Hände.

»Sie sehen, ich kann Ihnen nicht die Hand geben. Ich habe bei den Füchsen gearbeitet, und jetzt lerne ich mit Pferden umgehen.«

Finch murmelte ein paar hastige Begrüßungs- und Abschiedsworte, warf Renny noch einen warmen Blick zu und rannte nach dem Wagen. Aber er war noch in Hörweite, als sie mit ihrer tiefen, ganz wohllautenden Stimme und dem fremden Akzent sagte:

»Es sah komisch aus, wie Sie diesen langen Jungen küßten. Ich hätte nicht gedacht —«

Das war alles, was er hörte. Aber was hätte sie sich nicht gedacht, grübelte er. Und was hatte Renny geantwortet? Er hätte etwas darum gegeben, das zu wissen. Und warum war Renny gerade heute nachmittag zu der Fuchsfarm hinübergegangen? Hatte er die Wahrheit gesagt, als er antwortete, daß er Abschiedsszenen haßte? Oder hatte er einfach nur seinen Groll gegen Finch zeigen wollen? Aber schließlich war es nicht das erstemal, daß er in einem kritischen Augenblick verschwunden war. Finch tat einen tiefen Atemzug, wie er den Weg entlang sauste.

In Jalna fand er die anderen in den verschiedensten Stadien der Aufregung wegen seines Verschwindens. Ernest war fast in Verzweiflung und konnte keinen Augenblick stillstehen. Nicholas saß schon reisefertig im Wagen und fluchte zornig. Pheasant war außer sich. Piers sagte, daß es fast über seine Kräfte ginge, ihn nicht durchzuschütteln. Wakefield hatte sich einen Feldstecher geholt, um besser nach ihm Ausschau zu halten, obgleich der Weg ganz versteckt hinter den Bäumen lag. Es war einer von den Augenblicken, wo Alayne fand, daß sie die Whiteoaks kaum ertragen konnte. Aber mit ruhig beherrschtem Ausdruck stand sie da und hielt Mooey im Arm. Mooey sog ängstlich an seinem Daumen, den er nur manchmal aus dem Mund nahm um zu sagen: »Bin nich bange.«

Sie erreichten eben noch den Zug. Der Gepäckträger hatte kaum ihr Gepäck verstaut, Piers hatte ihnen kaum die Hand schütteln und Pheasant alle küssen und rufen können: »Oh, ich wollte, ich könnte mit!« als sie und Piers schon aus dem Abteil herausmußten. Sie standen zusammen auf der Plattform, als der Zug abfuhr, die jungen Gesichter erhoben, Pheasant warf den dreien am Fenster noch einen Handkuß nach, und Piers lächelte ihnen zu mit einem Ausdruck, in dem etwas wie ein Schatten jungenhaften Neides auf die Abenteuer war, die vor ihnen lagen.

## 6 Unter feinen Leuten

Nicholas und Ernest hatten es so eingerichtet, daß sie von New York abfahren und über Quebec zurückkehren wollten. Vor langen Jahren hatten sie es einmal so gemacht und die Abwechslung der Reise sehr genossen. Sie wollten das nun gern noch einmal erleben, und für Finch würde es auch interessant sein.

Es war unbedingt notwendig, daß Nicholas eine Kabine für sich allein hatte. Er war so groß und breit, sagte er, und er konnte den Gedanken nicht ertragen, mit anderen zusammen zu wohnen. Ernest und Finch teilten sich deshalb eine Kabine. Der Dampfer fuhr um Mitternacht ab. Finch war ganz außer sich vor Aufregung.

Aus dem Hafen zu fahren unter dem zitternden Licht der Sterne und auf den Lichterglanz der Stadt zurückzuschauen, die ihre Arme ausstreckte, als ob sie die Schiffe halten wollte, und vorwärts zu blicken in die unendliche Dunkelheit des Ozeans, das alles erregte ihn bis in die innersten Tiefen. So hoch oben wie möglich, auf dem obersten Deck stehend, das er fast für sich allein hatte, an die Reeling gelehnt, fühlte er das Zittern des Schiffes durch alle Nerven, es durchschauerte ihn mit einem neuen Glück, wie er es noch nie auch nur ähnlich erlebt hatte.

Er wäre die ganze Nacht oben geblieben, wenn ihm nicht eingefallen wäre, daß Onkel Ernest vielleicht schlafengehen möchte. Unten fand er, daß die allgemeine Aufregung sich inzwischen gelegt hatte, aber immer noch standen Gruppen von Damen in Abendmänteln, Blumen in den Händen, da, umgeben von recht wohlhabend aussehenden Männern. Hier und da holten die Schiffsstewards Vasen für die Blumen oder machten Bestellungen. Mit Mühe fand er seine Kabine in dem Gewirr der Gänge. Die Tür der Nachbarkabine stand offen und auf dem Fußboden sah er zwei Blumenkörbe stehen und ein paar offene Schachteln voll Rosen. Zwei Damen standen im Gang, lasen zusammen ein Telegramm und hatten noch die Hände voll anderer Telegramme. »Telegramme«, dachte er; »sicher zu Hause was passiert, die Ärmsten!« Pech, jetzt gerade wo sie abreisen wollen.«

Er fand seinen Onkel schon behaglich eingewickelt in dem oberen Bett, seine Anzüge ausgepackt und in den Verschlag gehängt, er war etwas ärgerlich über Finchs spätes Kommen.

»Das kommt davon«, bemerkte er, »wenn man mit Jugend in deinem Alter reist!«

»Aber«, antwortete Finch und zog sich den Rock aus, »du hättest sicher auch noch nicht schlafen können, wenn ich hier gewesen wäre, soviel Lärm ist draußen in den Gängen.«

»Wenigstens hätte ich dieses blendende Licht ausgemacht.«

Finch verlor keine Zeit. Ein paar Augenblicke später kletterte er die kleine Leiter hinauf und kroch in sein schwankendes Nest, fast wie ein erschrecktes junges Hähnchen, das halb zaghaft, halb herausfordernd in die Welt sieht.

Er lag da und fühlte, daß er die Atmosphäre dieser neuen Umgebung hätte in sich hineintrinken mögen, nicht nur die Schönheit oder das Tragische, sondern die bloße Bewegung und den Lärm, das Zittern des Schiffsleibes, sein Vorwärtsstürmen gegen die unsichtbaren Widerstände, das schäumende Andringen, das verworrene Zurückfluten der Wellen an seine Flanken.

Am anderen Morgen war der Himmel bewölkt und die See unruhig. Nicholas und Finch waren beide seekrank. Aber Ernest hatte trotz seiner schwachen Verdauung seit Jahren seine Mahlzeiten nicht so genossen wie jetzt. Zwei Tage lang lagen die anderen in ihren Kabinen, während er die Freude neuer Bekanntschaften erlebte. Während sie alterten, fielen die Jahre von ihm ab, wie er auf Deck spazierenging oder Bridge spielte, oder Cocktails im Gesellschaftszimmer schlürfte. Der unzerstörbare Zug von Jugendlichkeit in ihm strahlte plötzlich wieder auf. Er lief wie die Jüngsten auf dem Promenadendeck herum. Er schien eher ein Mann von sechzig zu sein als von fünfundsiebzig.

Am dritten Tag, als der Himmel heiter blau geworden war und die See eine kaum bewegte Fläche, erschienen die beiden Patienten wieder, etwas grünlichblaß und fast beleidigt über Ernests Wohlbehagen. Ernest hatte diese zwei Tage auf ihn wie auf einen Schwächling mitleidig herabgesehen, während Finch von seinem Leidenslager aus den häufigen Kostümwechsel beobachten konnte und aus seinem unruhigen Schlaf durch Ernest geweckt wurde, der erfrischt vom Bad kam, Schiebladen aufmachte und wieder zuschob und lebhaft mit dem Steward sprach.

Ernest hatte sich vorgenommen, sich von der melancholischen Gegenwart der anderen fernzuhalten und interessante Bekanntschaften unter den Mitreisenden zu machen. Es war am zweiten Tag, als er Rosamund Trent entdeckte.

Erst nach ein paar Augenblicken erkannte er sie als die Freundin, mit der Alayne vor ihrer Verheiratung mit Eden zusammengewohnt hatte. Ernest war ihr mehrmals während seines Besuches in New York begegnet und hatte sie sehr bewundert. Nun war er sehr entzückt über das Wiedersehen in einem so erfreulichen Augenblick. Sie zeigte sich ebenso erfreut, ihn zu treffen. Sie grübelte noch mit leidenschaftlicher Anhänglichkeit über Alayne nach. Sie hatte Mitleid mit ihr und beneidete sie doch etwas. Mitleid, weil Alayne sich so weit weg von New York entfernt auf dem Lande vergraben hatte, und Neid, weil sie sich gern selbst auch einmal freigemacht und diese neuen Erlebnisse der Menschen außerhalb der Großstadt kennengelernt hätte. Sie hatte einen gewissen Lebenshunger.

Sie ließen sich in der hübschesten Ecke des Gesellschaftsraumes nieder, und Ernest winkte dem Weinsteward. Er erinnerte sich an Miss Trents Vorliebe für Cocktails. Sie war, wie er gleich erfaßt hatte, höchst elegant angezogen, von dem gutsitzenden Hütchen bis zu ihren manikürten Händen und den Schuhen, die, wie man sofort sah, geradezu geschaffen waren für eine Schiffsreise im Mai.

»Nun müssen Sie mir gleich von Alayne erzählen«, sagte sie eifrig. »Ich war ganz aufgeregt über ihre zweite Heirat. Aber ich hänge so an ihr, daß ich es nicht lassen kann, mich ein bißchen zu sorgen, weil sie so selten schreibt. Ich habe drei Wochen keinen Brief von ihr gehabt.«

»Alayne geht es sehr gut. Meiner Ansicht nach wird sie immer hübscher. Sie und Renny hängen sehr aneinander, sie sind wirklich ganz eins.«

Miss Trent lächelte strahlend. »Oh, wie froh ich bin, das zu hören! Ich war so enttäuscht, ihn nicht kennenzulernen, als er vor zwei Jahren in New York war. Meinen Sie, daß Alayne je daran denkt, mich einmal einzuladen?« Sie schwatzte weiter, ohne auf eine Antwort zu warten, fragte allerlei über die Familie, die sie hauptsächlich durch Alayne kannte, als ob sie alte Freunde wären. Sie war außer sich, zu erfahren, daß Renny bei dem New Yorker Rennen im Herbst geritten hatte und nicht bei ihr gewesen war. Sie und Ernest verstanden sich glänzend. Sie schmeichelte ihm, daß er jedesmal, wenn sie ihn sah, jünger aussähe, und er sagte ihr, daß sie wieder hübscher geworden sei. Und nach ein paar Cocktails sahen sie alle beide wirklich sehr viel jünger und hübscher aus.

Sie hatte die Propagandaarbeit aufgegeben, wie sie ihm erzählte, und hatte mit einem Freund einen Antiquitätenhandel angefangen. Sie hatte ihr ganzes Kapital hineingesteckt. Nun waren sie wie zwei Blätter, die der Wind vor sich hintrieb. Sie konnten alles erreichen oder einfach weggefegt werden. Der Grund zu Miss Trents Reise nach England war der Ankauf von Antiquitäten.

»In all meinen wachen Stunden«, erklärte sie, »denke ich an nichts als an Antiquitäten.«

»Wie gut ich Sie verstehe«, sagte Ernest und beugte sich über die Cocktails zu ihr hinüber. »Mir geht es genau so mit meiner Shakespeare-Arbeit. Beim Wachen und Schlafen kommt sie mir selten aus dem Kopf.«

Miss Trents Augen tauchten tief in seine. »Glauben Sie«, fragte sie, »daß Sie Ihren Traum verwirklichen werden?«

Ernest sagte, daß er das fest glaubte.

Als Nicholas und Finch morgens auf Deck kamen, fanden sie die beiden nebeneinander in ihren Deckstühlen ausgestreckt. Keine anderen Beine auf Deck waren so sorgfältig von dem Steward eingewickelt wie ihre. Die beiden glichen einander an ängstlicher Genauigkeit. In ihren Decken war keine Falte. Auf seiner lag sein Fernglas. Auf ihrer die neueste Nummer des »Connoisseur«. Ihr Kopf war zurückgelehnt, ihre geöffneten Lippen zeigten die hübschen Zähne. Sie sah mit ihren fünfundfünfzig Jahren sehr jung aus.

Nicholas, der sich auf Finchs Arm stützte, blieb stehen und riß die Augen auf. Finch starrte auch hin, als er plötzlich Rosamund Trent erkannte. Er sagte seinem Onkel, daß das die New Yorker Freundin wäre, die Alayne sozusagen bemuttert hätte.

Nicholas gab Ernest einen leichten Stoß mit seinem Stock und lächelte ironisch auf ihn herunter. Ernest wurde unter seines Bruders Blick etwas verlegen und stellte ihn Miss Trent vor.

Ernest schlug vor, daß sie bei Tisch zusammensitzen wollten. So hatte Rosamund das Glück, von drei vornehm aussehenden Herren umgeben zu sein, vornehm wenigstens durch ihre völlige Verschiedenheit von allen an Bord. Ihr Kontrast gegen ihre Gefährten fiel auch in die Augen. Die Gruppe war Gegenstand von mancherlei Vermutungen. Wie gehörten die zusammen? Rosamund, die sonst gewöhnlich recht gesellig war, wurde sehr zurückhaltend, denn sie war entschlossen, ihren kleinen Kreis für sich zu behalten.

Nicholas faßte einen unverständlichen Widerwillen gegen die liebenswürdige Dame. Es ärgerte ihn, daß die Abgeschlossenheit, die er auf Reisen brauchte, durch den Verkehr mit ihr zwangsweise gestört wurde. Es ärgerte ihn auch zu sehen, wie Ernest auf Deck mit ihr promenierte und das Menu mit ihr kritisierte. Er haßte den Anblick des Essens, das sie bestellte. Ihre genaue Kenntnis seiner Familienangelegenheiten, wie ihr Verständnis für Antiquitäten reizten ihn. Sie wußte sogar, daß es in Jalna einige schöne Chippendale-Stücke gab, die Captain Whiteoak herübergebracht hatte.

Er fand, sie wäre eine Närrin und erklärte das Ernest auch.

Ernest dachte bei sich, daß der arme alte Nick ihn nur um diese nette Bekanntschaft beneidete. Er sagte das Nicholas nicht, erklärte aber, daß Miss Trent eine der bestangezogenen Damen an Bord sei.

»Mag sein«, sagte sein Bruder, »aber sie ist völlig anders als Alayne. Ich begreife nicht, wie die sich je mit ihr eingelassen hat. Sie hat etwas durchaus Mittelmäßiges.«

Ernest lächelte mitleidig. »Du verstehst eben New Yorker oder überhaupt modernes Leben nicht. Außerdem ist Miss Trent aus einer sehr guten virginischen Familie. Sie hatten sogar Sklaven.«

»Mir scheint, sie hat auch jetzt einen«, sagte Nicholas spitz.

Da Miss Trent und Ernest sich mehr und mehr ausschließlich miteinander beschäftigten, hielten Nicholas und Finch sich ihnen ferner. Finch war zu schüchtern, sich mit den anderen jungen Leuten anzufreunden. Er stand gelegentlich in der Tür des Salons, sah ihrem Tanzen zu und suchte sich in Gedanken eine Partnerin aus. Ein Mädchen mit einem etwas finsteren Gesicht, aber mit Bewegungen von rhythmischer Sicherheit zog ihn an. Einen ganzen Tag lang folgte er dem anmutigen Gleiten ihres Körpers, drückte sie in Gedanken an sich, wandte sich dann ab und suchte einen einsamen Platz an Deck und sah dem dunklen Rhythmus der Wogen zu.

Einmal fand er den Salon ganz verlassen, weil irgendein amüsanter Wettkampf die allgemeine Aufmerksamkeit an sich zog, und setzte sich an den Flügel. Er spielte ein Präludium, ganz leise, um nicht gehört zu werden, und beugte sich über die Tasten, wie um mit seinem Körper den Ton zu dämpfen. Ehe er zu Ende gespielt hatte, merkte er, daß noch andere in den Salon gekommen waren. Er spielte weiter, aber nach den letzten Tönen stand er auf und ging rasch mit dem verdrossenen kopfhängerischen Ausdruck, den er zu Hause so oft hatte, aus der Tür. Das Mädchen mit dem finstern Gesicht und den schönen Bewegungen kam gerade herein als er vorbeieilte. Sie war es gewesen, die durch ihn den Flügel gespielt, ebenso wie er durch sie getanzt hatte.

Sein Onkel Nick klagte ihm viel über Onkel Ernest vor.

»Er benimmt sich wie ein Dummkopf«, sagte er. »Schreckt vor nichts zurück. Er und diese Person haben an irgendeinem idiotischen Wettbewerb teilgenommen und wahrhaftig den ersten Preis gewonnen. Ich war eben unten im Gesellschaftsraum und sah, wie sie ihn bekamen. Ich weiß nicht, was deine Großmutter gesagt hätte, wenn sie das gesehen hätte. Auf mein Wort, ich würde mich gar nicht wundern, wenn er sie heiratete, falls sie dumm genug wäre ihn zu nehmen.«

Finch war entsetzt. Der Gedanke, sich Onkel Ernest als Ehemann von Miss Trent vorzustellen, erschütterte seine ganze Welt. Er stöhnte:

»Kann man denn nichts dagegen tun? Stellst du ihn nicht mal zur Rede? Kannst du ihn nicht daran erinnern, was Großmutter sagen würde, wenn sie das wüßte? Er zitiert doch selbst immer ihre Ansichten.«

»Er würde wahrscheinlich behaupten, daß sie völlig einverstanden mit Miss Trent sein würde. Geister sagen immer just das, was von ihnen verlangt wird, weißt du.«

»Aber, Onkel Nick, hör mal, was meinst du, soll ich vielleicht versuchen, ihn aus dem Felde zu schlagen?«

Nicholas sah ihn belustigt an. »Er ist zwanzig Jahre älter als sie und du bist etwa fünfunddreißig Jahre jünger. Du kannst es ja versuchen, aber es scheint mir doch, daß sie auf Antiquitäten aus ist.«

Nicholas machte Ernests Benehmen weniger Sorge als Ärger. Aber Finch war wirklich sehr in Sorge.

Am letzten Reisetag wurde ein Kostümball gegeben. Nicholas, der eine Weile dem bunten Gewirbel der Tänzer zugesehen hatte, ging früh in seine Kabine. Finch, der von draußen durch ein Fenster zusah, entdeckte zwei Gestalten in Dominos, die er bestimmt als Rosamund Trent und Ernest erkannte. Der dünne Domino in Blaßlila war Ernest. Blaßlila! Die herausfordernd heitere Farbe traf Finch wie ein Schreckschuß. Er fühlte sich geradezu belastet durch die Verantwortlichkeit für seinen Onkel. Wie konnte man ihn vor Miss Trent retten?

Als sie sich in ihrer Kabine auszogen, bemerkte Ernest:

»Rosamund Trent ist eine fabelhafte Frau, Finch. Eine sehr energische und doch sehr sympathische Frau.«

Finchs Kopf steckte gerade beim Ausziehen in seinem Hemd und er ließ ihn drin, weil er sich so versteckt sicherer fühlte, während Ernest weitersprach.

»Sie ist geradezu ein geschäftliches Phänomen und dabei hat sie auch noch Verständnis für geistige Dinge.«

Finch dachte: »Nun kommt es! Du lieber Himmel!« Und er blieb mit dem Kopf im Hemd stecken.

Ernest redete weiter: »In ihrer Propagandaabteilung hat sie nur keinen Erfolg gehabt, weil sie da nicht genug Spielraum für ihr leidenschaftliches Temperament hatte.«

Leidenschaftlich! Das war zu viel. Finch krempelte sich aus seinem Hemd heraus, stand nackt da und starrte mit feuerrotem Gesicht seinen Onkel an.

Ernest setzte sich neben seine Koje und sah Finch in die Augen. »Aber dies Antiquitätensammeln gibt ganz andere Möglichkeiten —«

»Antiquitäten?« murmelte Finch; »du meinst doch nicht —«

»Was soll ich meinen?«

»Daß du selbst —.« Er brachte es nicht heraus.

»Was ich sagen wollte ist, daß es jammerschade ist, daß solch eine Frau mangels Geldmitteln in ihren Unternehmungen steckenbleibt.«

»Oh«, sagte Finch erleichtert, »ist das alles?«

»Ist das denn nicht genug?«

»Onkel Ernie, ich dachte, du wolltest mir erzählen, daß du sie liebtest.«

Ernests Gesicht wurde fast ebenso rot wie Finchs, aber er sah gar nicht gekränkt aus.

»Ich hoffe, ich habe zu viel Verstand, um mich in meinem Alter zu verlieben«, sagte er. »Und wenn ich wirklich so etwas Törichtes tun wollte, dann müßte es doch eine ganz andere Art Frau sein. Eine Frau mehr wie

Alayne.«

Finch fühlte sich grenzenlos erleichtert, wie er hastig seinen Pyjama überzog.

»Miss Trent hat ihr ganzes Kapital in ihr Geschäft gesteckt. Nun ist es festgelegt und sie kann nicht genug flüssiges Geld in ihre Antiquitäten stecken, um wirklich etwas dabei zu verdienen. Sie ist in großer Verlegenheit. Wenn sie, sagen wir, zehntausend Dollar anlegen könnte, dann könnte sie diese bei ihrem Geschäftsverstand mit Leichtigkeit verdoppeln, sogar verdreifachen.«

Finch kletterte in seine Koje hinauf. Er beugte sich über den Rand und sah auf Ernest hinunter mit dem Gefühl, als ob er ihn aus einer Gefahr errettet hätte. Aber nun stellte es sich heraus, daß es Miss Trent war, die er retten sollte, und bei dieser Rettung noch eine glänzende Anlage für sich selbst machen konnte. Bei dem dumpfen Pochen der Schiffsmaschinen überlegten sie bis in die Nacht die Schwierigkeiten der Angelegenheit, über die Ernest erstaunlich Bescheid wußte.


7 Finch geht eigene Wege

Da waren sie nun und saßen in eine Taxe gepackt, die sich durch den Londoner Straßenverkehr hindurcharbeitete. Finch auf einem der Klappsitze verrenkte sich fast den Hals bei dem Bestreben, aus beiden Fenstern zugleich zu sehen. Es war zu unwirklich, all diese Orte zu sehen, von denen er sein Leben lang so viel hatte sprechen hören. Westminster-Brücke, das Parlamentsgebäude, Trafalgar Square, die Löwen, Buckingham-Palast! Die Eindrücke schlugen in ihn ein wie eine Reihe von Bomben. Es war zu viel. Es war überwältigend.

Seine beiden Onkels zeigten ihm abwechselnd irgend etwas auf den entgegengesetzten Straßenseiten. Der Ausdruck seines Gesichts amüsierte und rührte sie. Es waren fast zwanzig Jahre her, seit sie zuletzt in London gewesen waren. Sie entdeckten selbst im raschen Vorbeifahren allerlei Veränderungen. Alte Marksteine waren verschwunden. Neue Gebäude ragten statt dessen auf. Eine plötzliche Niedergeschlagenheit dämpfte ihre Wiedersehensfreude.

Sie hatten im gleichen Hotel Zimmer bestellt, wo sie damals häufige und bekannte Gäste gewesen waren. Es war heute kein Modehotel mehr und hatte viel von seiner Eleganz verloren. Aber sie waren doch glücklich, daß der Hotelportier der gleiche war, nur etwas grauer geworden. Er erkannte Ernest nach einem Augenblick des Zögerns, aber Nicholas nur, weil er mit Ernest kam. Dieser schwere alte Mann mit den hängenden Schultern und dem düsteren Gesicht, in dem nur die Augen noch vom alten Feuer glühten, war ein ganz anderer Herr als der frühere Mr. Nicholas Whiteoak.

Finch lehnte sich aus dem Zimmerfenster hinaus und sah auf die Straße hinunter. Flimmerndes gelbes Sonnenlicht machte sie geheimnisvoll. Die Schatten der Fußgänger wurden länger. Ein Blumenverkäufer mit seinen Körben voll Frühlingsblumen hatte seinen Stand gerade unter ihm. Drei Kriegsverletzte standen an der Ecke und spielten auf zwei Violinen und einer Art Handklavier, das auf den Knien gehalten wurde. Ein vierter Mann hielt den Vorübergehenden zaghaft die Mütze hin. Aus der Kopfhaltung des Klavierspielers konnte Finch erraten, daß er blind war. Er schloß selbst die Augen und hörte auf die wildklagenden Melodien. Durch die Musik hindurch hörte er das dumpfe Rollen des Großstadtlebens. London ... Es war zu unwirklich hier zu sein. Er konnte es kaum glauben.

Er hatte Lust, Veilchen von dem Blumenverkäufer zu kaufen, den Musikanten Geld zu geben und irgend etwas für die jämmerlich aussehende alte Frau mit dem Federhut zu tun, die auf der anderen Straßenseite vorüberhumpelte. Er hätte der dicken Dame gegenüber an dem Blumenfenster eine höfliche Verbeugung machen mögen, als sie mitten in ihrem Gespräch mit ihrem Papagei zu ihm herübersah. Er mußte ausgehen. Er konnte es hier drinnen nicht aushalten. Sie waren den ganzen Nachmittag unterwegs gewesen und waren eben erst zum Tee zurückgekommen, aber er mußte noch einmal ausgehen, und zwar diesmal ohne die Onkels.

Sie wollten nur eine Woche in der Stadt bleiben, ehe sie zu Augusta fuhren. Es war nicht sicher, daß das gute Wetter noch anhielt, so hatten Nicholas und Ernest beschlossen, an diesem Nachmittag in den Park zu gehen. Sie hatten auf den kleinen grünen Stühlen gesessen und auf dem Reitweg die Reiter vorbeisprengen sehen. Sie hatten, die Hände auf ihren Stockkrücken, vorgebeugt gesessen und sich über Finch hinweg, der zwischen ihnen saß, unterhalten. Ihre ruhigen Stimmen waren einmal in erregte Rufe ausgebrochen, als sie einen fetten Reiter mit rotem Gesicht als alten Bekannten entdeckten. Bei einem halben Dutzend anderer waren sie mehr oder weniger sicher gewesen, daß sie sie kannten. Ein hübsches Mädchen auf einem Rappen war einem früheren hübschen Mädchen so ähnlich und saß mit genau der gleichen Anmut zu Pferde, daß es sicher eine Tochter war. Es war höchst aufregend.

Sie waren durch die Gärten gegangen, hatten Finch die Serpentine und den Springbrunnen gezeigt, die leuchtenden Rhododendron, den rosigen Schaum der blühenden Rotdorne, dies und das mit den Stöcken ihm gezeigt, als ob er ihr kleiner Junge wäre. Aber die neuen Wohnblöcke in den Parkanlagen waren ihnen schrecklich. Schrecklich, sagten sie, daß nichts geschehen war, das zu verhindern. Sie waren empört über Finch, daß er Park Lane trotzdem eine schöne Straße nannte.

Ohne Onkel loszugehen, war jetzt sein Begriff von Glückseligkeit. Er setzte seinen Hut auf und ging auf die Straße. Ehe er es sich überlegen konnte, hatte er schon einen Veilchenstrauß von dem Blumenverkäufer erstanden und mußte nun mit diesem in Papier gewickelten Strauß losgehen. Er warf ein Geldstück in den Hut der Musikanten. Er blieb stehen und hörte zu, wie sie noch einmal dieselbe Melodie spielten. Obgleich er bis ins Innerste feinhörig für Musik war, zuckten seine Nerven nicht bei den falschen Noten. Das berührte ihn so wenig, wie etwa eine Lerche sich über die Eigenheiten anderer Sänger geärgert hätte. Aber der Blick in den Augen dieser Männer tat ihm geradezu weh.

Er kam bisweilen durch dichtes Gedränge, kreuzte die Straßen im lebhaftesten Abendverkehr. Er fand sich plötzlich in einer kleinen Bar in North Audley Street mit einem Whisky und Soda vor sich. Gern hätte er mit dem kleinen Barmädchen gesprochen, es kam ihm vor, als ob sie ihn interessiert ansähe, aber er hatte nicht den Mut. Er war noch nie in einer Bar gewesen.

Er schlenderte die Straße entlang und sah die Geschäftsauslagen an. Eine, in der Kunstgegenstände aus dem Osten ausgestellt waren, hielt ihn fest. Er sah eine chinesische Porzellanfigur, die ihn an die Kuan-Yin erinnerte, die Großmutter ihm geschenkt hatte. Die kleinen weißen Hände der Göttin waren wie halboffene Knospen irgendeiner Nachtlilie. Ihre kleinen weitauseinandergerichteten Füße sahen aus wie ruhende weiße Vögel. Er hätte gern seine Veilchen vor sie hingelegt.

Er betrat den Laden und fragte nach dem Preis. Er war erstaunt, wie hoch er war. Er sagte dem Verkäufer, daß er eine ganz ähnliche zu Hause hätte. Wo dieses Zuhause war, sagte er nicht. Im weiteren Gespräch merkte er aber, daß der Mann wußte, daß er nicht Engländer war, und er wunderte sich darüber. Finch sagte, daß er nichts zu kaufen gedächte, aber das Interesse des Mannes ließ trotzdem nicht nach. Er schien nichts weiter zu wollen, als dazustehen und über die verschiedenen Gegenstände zu sprechen, die Finch bewunderte. Trotzdem er kaum in London angekommen war, fing er schon an darüber nachzudenken, was er den anderen zu Hause mitbringen wollte. Die Jahre, die die Großeltern in Indien zugebracht hatten, die Dinge, die sie von dorther mitgebracht hatten, hielten in ihren Nachkommen das Interesse für orientalische Dinge wach. Gern hätte er diesen gefährlich aussehenden Dolch Piers mitgebracht, der eine Leidenschaft für alte Waffen hatte und auch seines Großvaters langen Kavalleriesäbel besaß. Und für Meggie den gestickten Schirm. Und Wakefield würde sicher gern diese elfenbeingeschnitzte Pagode haben. Er dachte mit plötzlicher

Zärtlichkeit an Wakefield. Armer kleiner Kerl, noch nirgends war er gewesen und hatte noch nichts gesehen. Und schließlich, wo war Piers denn gewesen und was hatte Piers gesehen? Und hier war e r nun und sah und erlebte so viel.

Entweder waren es die Dinge, die er im Laden gesehen hatte, die Freundlichkeit des Verkäufers, er wußte selbst nicht was, das ihm ein geradezu erhobenes Gefühl gab, als er weiter die Straße hinunterging.

Er blieb vor einem eleganten Sattlergeschäft stehen, um einen prachtvollen Sattel für Renny auszusuchen.

Er wanderte weiter ohne jegliches Gefühl der Orientierung. Er ging durch Straßen mit kleinen Läden und Kinos, wie die Arbeiterklasse sie besucht. Die Menge schob sich langsam unter dem elektrischen Licht vorwärts, ordentlich aussehende Leute mit derben Gesichtern. Sie sahen genau so aus wie die Leute, denen er zu Hause auf der Straße begegnete, wenn er nachts in der Stadt blieb, als er und George Fennel Orchestermitglieder gewesen waren. Ganz anders wie die Menschen in New York, unter denen man so viele ausländische Gesichter sah.

Er ließ sich in einem Restaurant Schinken und Eier und eine Tasse Kaffee geben und saß an einem Tisch mit einem jungen Paar zusammen, die stumm und wie betäubt vor sich hinsahen. Er grübelte, was sie wohl gemacht hatten oder machen wollten, daß sie diesen Ausdruck im Gesicht hatten. Die Frau aß nichts, sondern kaute nur an ihren Fingern, während der Mann große Stücke Brot in den Mund stopfte, die augenscheinlich ohne Kauen und Schlucken hinuntergewürgt wurden, wie Briefe, die in einen Briefkasten gesteckt werden.

Die Woche, die sie eigentlich in London verbringen wollten, verlängerte sich auf vierzehn Tage. Nicholas und Ernest erneuerten alte Bekanntschaften und waren abwechselnd erhoben und niedergedrückt durch dieses Wiedereintauchen in ihre Vergangenheit. Finch wurde mit ihnen zum Essen in das Haus des Reiters im Park mit dem roten Gesicht eingeladen, der nach einem Gespräch mit dem jungen Mann zu der Überzeugung kam, daß die Whiteoaks doch recht degeneriert wären.

Ernest nahm Finch mit in die Westminster Abtei und er stand stumm vor Ehrfurcht vor dem Kreuz, das der Sultan von Sansibar kürzlich auf das Grab des Unbekannten Soldaten gelegt hatte.

Finch ging am Sonntagmorgen in den Hyde Park, stand mitten unter einer Gruppe verkommener ausländischer Bergleute und hörte den sozialistischen und antisozialistischen Straßenpredigern zu. Den letzteren hörte er eine ganze Ladung gemeinster Schimpfworte einem Irren an den Kopf werfen, der ihn unterbrach.

Er hörte den Argumenten einer jungen Dame zu, die halberfroren im

Winde stand und für die Katholische Liga redete. Sie sprach gut, und ihn bewegte der Anblick des Kruzifixes, das neben ihr aufgepflanzt war.

Er kam sich vor wie das Blatt eines verpflanzten Baumes, das übers Meer zurückgeweht war. Hier in England war sein Großvater Kapitän Whiteoak geboren worden. Hier war seine Mutter geboren, als Tochter eines Londoner Journalisten, der sich schwer durchkämpfen mußte. Hier war sie verzweifelt nach ihres Vaters Tode herumgewandert, ohne zu wissen, was sie anfangen sollte, bis sie beschloß, als Gouvernante nach Kanada zu gehen. Dreiviertel seines Wesens war englisch, außer diesem letzten Viertel, das wie ein Sturmwind aus dem Westen gekommen war — ein wilder Sturm aus Irland — in Gestalt seiner Großmutter.

## 8  Begegnung in Augustas Heim

Augusta hatte sich heute nachmittag mit noch weit mehr Sorgfalt als sonst angezogen. Sie machte sich mit noch größerer Aufmerksamkeit das Haar, das sie noch immer nach der Mode der Königin Alexandra trug, diese gebrannten Stirnfransen, die ihren Neffen so oft Kopfzerbrechen gemacht hatten, sogar so viel, daß sie miteinander wetteten, ob es ihr eigenes ungefärbtes Haar war, ihr eigenes und falsches, oder nur falsches. Keiner von ihnen hatte das je herausgebracht. Und wenn ihre Brüder es wußten, behielten sie diese Tatsache loyal für sich.

Sie betrachtete sich in dem langen Spiegel ihres Schlafzimmers mit innerer Befriedigung, aber wenn ein Zuschauer dabei gewesen wär, dann hätte er glauben müssen, daß sie ihr Spiegelbild mit äußerstem Mißfallen ansähe. Sie zog ihr Kinn ein, machte den Hals steif und riß die Augen mit einem beleidigten Ausdruck auf. Aber dieser Ausdruck war ihr so natürlich, wie es der herrischer Überlegenheit ihrer Mutter gewesen war. Ihr Blick war immer etwas wie eine Abwehr gegen den Gegenstand, auf den sie ihn richtete, während der der alten Adeline stets etwas von herausfordernder Neugier hatte.

Augusta hatte sich seit ihrer Mutter Tode wenig verändert. Sie sah höchstens besser aus als damals.

Ihr letzter Aufenthalt in Jalna, der sich auf drei Jahre ausgedehnt hatte, war recht anstrengend für sie gewesen, da sie die Launen und spitzen Bemerkungen der alten Dame hatte ertragen müssen und stets auf deren lange erwartetes Ende gefaßt war. Das lebhafte Treiben im Hause war für eine Frau wie sie von weit über siebzig auch recht erschöpfend gewesen. Die Rückkehr in die Stille ihres eigenen Hauses, wo ihr niemand widersprach, ohne Gefahr seine Stellung zu verlieren, und nichts Aufregendes vorkam als ein gelegentliches schlechtes Bemehmen der Dienstmädchen, tat ihrer Gesundheit gut.

So beendete sie mit innerer Befriedigung und äußerlicher Mißachtung die letzten Kleinigkeiten ihrer Toilette, warf einen Blick auf ihre noch immer stattlichen Schultern und den kühnen Bogen ihrer Courtnase. Ihre Farbe war immer schlecht gewesen, in dieser Hinsicht hatte sie also nichts zu verlieren.

Sie machte noch einmal die Runde durch die Zimmer, die für ihre Brüder und den Neffen bestimmt waren, sah nach, ob die Wasserkannen gefüllt, frische Handtücher auf den Ständern waren, und schnupperte den feinen Lavendelduft des Bettzeuges ein.

Sie ging ins Wohnzimmer hinunter, wo der Teetisch der Ankunft des Zuges halber eine Stunde später als gewöhnlich von dem Zimmermädchen Ellen gedeckt war.

Sie musterte ihn besorgt. Waren es genug Zwiebäcke? War eine Scheibe Honig genug? Sie dachte an Finchs Appetit, und wie sie immer vergeblich versucht hatte, ihn etwas aufzufüttern. Nun, wenigstens war genug Brot und Butter da und der Obstkuchen war auch ungewöhnlich dick.

Sie ging ans Fenster und sah über den frühlingsgrünen Rasen und Park nach der Seite, wo man den Weg vom Dorf herauf übersehen konnte. Nur ein Fahrzeug war zu sehen, die Karre des Fuhrmanns Jim Johnson, der von einer seiner wöchentlichen Fahrten nach Exhampton zurückkam. Sie wartete ein paar Minuten, hatte aber keine Ruhe stillzustehen. Die bevorstehende Ankunft machte sie unruhig. Es war doch wundervoll, sie wiederzusehen. Schon vor einer Woche hatte sie alles zum Empfang fertig, als ein Telegramm kam mit der Nachricht, daß sie noch acht Tage in London bleiben wollten. Ganz wie Nicholas, daß er das in der letzten Minute schickte. Er und Ernest waren seit ihres Mannes Tode noch nicht wieder hier bei ihr gewesen. Bei ihrem letzten Besuch hatten sie Sir Edwin geradezu erschöpft durch ihr vieles Sprechen und Zuspätkommen beim Essen und durch ihre Gegenreden bei jedem Gesprächsthema, das er anschlug, wie er ihr später sagte. Nun, jetzt hatte er seine Ruhe in der Familiengruft, und die Jahre hatten ihre Brüder auch umgänglicher gemacht. Und Finch war ihr Lieblingsneffe. Früher war es Eden gewesen wegen seines Charmes, seiner guten Manieren, seiner Begabung, aber der hatte sich doch zu schlecht benommen. Renny liebte sie, aber der hatte verschiedene von Mamas bedauerlichsten Zügen geerbt. Piers war ein prachtvoller junger Bursche, aber manchmal ein bißchen mürrisch und mit recht wenig Manieren, was wahrscheinlich von dem Umgang mit Stallknechten und Arbeitern kam. Wakefield war ein liebes Kerlchen und für seine Jahre recht umgänglich, aber an Finch war etwas, das mütterliche Gefühle in ihr erweckte.

Sie fing an, sich Sorge wegen der verspäteten Ankunft ihrer Verwandten zu machen. Sie setzte sich aber an den Tisch und nahm sich zusammen. Der Schein des Kaminfeuers — eine völlig unnötige Verschwendung an diesem warmen Nachmittag — spielte über die Falten ihres schwarzen Seidenkleides und unterstrich boshaft eine dunkle Warze auf der linken Wange.

Ein Schritt kam durch die Halle und eine kleine magere Frau erschien in der Tür. Es war Mrs. Thomas Court, Augustas angeheiratete Kusine. Ihr Mann war ein Sohn von Adelines jüngstem Bruder gewesen. Seit ihrer Heirat hatte sie in Irland gelebt, war aber in jeder Hinsicht Engländerin geblieben, ebenso wie Augusta mit ihrem ganzen Wesen englisch war, trotz ihres Aufwachsens in Kanada. Sie kam mit kurzem, ruckweisem Gang wie eine kleine aufgezogene Figur ins Zimmer. Ihr Haar, das von der Stirn zurückgerissen war, wetteiferte mit dem Augustas an Dunkelheit. Ihre Hautfarbe war noch blasser, aber sie verschönerte sie durch ein paar Flecken Rouge, und ihr Kleid war zwar altmodisch und würdig, aber doch recht farbenfreudig. Ihr Gesicht war klein mit hellgrauen scharfen Augen, und der Ausdruck ihres schmallippigen Mundes war sehr selbstbewußt. Mit all diesen Eigenschaften mischte sich eine Art origineller Humor. Sie ging auf das Fenster los mit einem Seitenblick auf den Teetisch.

Draußen hatte sich der Himmel verdunkelt.

»Regnet es?« fragte Augusta.

»Fängt gerade an zu tröpfeln«, antwortete Mrs. Court und sah auf die gepflasterte Vorfahrt.

»Ich wollte, es regnete, die Blumen haben es so nötig.«

»Ich hoffe, es regnet nicht. Trockenes Wetter bekommt mir viel besser, besonders meinem Ohr.«

»Was macht dein Ohr?«

»Macht schu-schu, genau wie immer.«

Augustas tiefe Stimme wurde noch tiefer. »Das muß ja quälend sein!«

Mrs. Court drehte sich um und starrte sie an. »Quälend ist noch gar nicht genug; es ist zum Verrücktwerden.«

Sie begab sich geschäftig und mit knarrenden Stiefeln an den Teetisch. Sie zeigte mit einem knochigen Finger auf den Teller mit Zwiebäcken. »Gib mir einen von denen und eine Tasse Tee, ich nehme sie mit in mein Zimmer hinauf. Verwandte mögen nicht, daß andere die Nase in ihr Wiedersehen hineinstecken.«

»Ich habe noch nicht nach dem Tee geklingelt, und es ist ganz unnötig, daß du uns allein läßt.«

»Gut.« Sie setzte sich auf einen geradlehnigen Stuhl mit harter Polsterung. »Aber ihr seid dann doch nicht so zwanglos miteinander.«

»Wir brauchen gar nicht zwanglos zu sein«, sagte Augusta etwas steif.

Mrs. Court trommelte mit ihren Hacken auf den Fußboden. »Mir wird ganz elend, wenn ich so lange auf meinen Tee warten muß.«

Augusta sah sie mißbilligend an. »Wo ist Sarah?« fragte sie, um ihre Kusine von ihren Magenzuständen abzulenken.

Mrs. Court trommelte noch heftiger mit den Hacken. »Draußen im Regen. Das Mädchen ist verrückt. Es macht ihr Spaß, naß zu werden. Und wenn die Sonne scheint, dann sitzt sie im Hause. Ich habe sie Maulwurf getauft.« Sie schüttelte schalkhaft den Kopf, wie entzückt über ihren eigenen Witz.

»Sie ist ein sehr angenehmes Mädchen«, sagte Augusta. »Ob Maulwurf oder nicht. Ich hoffe nur, daß sie und Finch sich anfreunden.«

»Kein junger Mensch von einundzwanzig Jahren wird je einen Gedanken an sie verschwenden. Sie ist viel zu still. Junge Leute haben mehr für Lustigkeit übrig. Manchmal nenne ich sie auch Maus, meine kleine Maus.«

Augusta horchte nach draußen. »Da kommt der Wagen!« rief sie, und ging eilig ihnen entgegen.

Mrs. Court lief noch eiliger hinter ihrem Rücken zum Klingelknopf und drückte darauf.

»Bringen Sie den Tee«, sagte sie zu dem Mädchen, »am besten auch gleich einen Extratopf.« Sie stand dann stocksteif in der Ecke und sah der lauten Begrüßung der Familie zu.

Endlich wandte sich Augusta nach ihr um. »Oh, du hast schon nach dem Tee geklingelt! Nun mußt du kommen und meine Brüder und meinen Neffen kennenlernen. Natürlich erinnerst du dich doch an Nicholas und Ernest.«

Sie schüttelten einander die Hände und sprachen darüber, daß sie sich zuletzt während der Krönungsfeierlichkeiten für König Georg gesehen hatten.

»Damals lebte Edwin noch«, sagte Augusta.

»Thomas lebte auch noch«, sagte Mrs. Court unbewegt.

Sie ließen sich um den Teetisch nieder, und Augusta freute sich, wie wohl ihre Brüder aussahen, aber über Finchs Aussehen war sie etwas enttäuscht. Er sah genau so halbverhungert aus wie immer. Es war sonderbar, sich vorzustellen, daß dieser schlaksige Junge ihrer Mutter Vermögen geerbt hatte, das eigentlich viel besser zu Ernests stattlicher Erscheinung gepaßt haben würde. Sehr groß war das Vermögen ja nicht, aber in einer so wenig begüterten Familie doch sehr wichtig! Aber als Finch, der dicht neben ihr auf einem viel zu niedrigen Stuhl saß, sie mit seinem freundlichen Blick ansah, wurde ihr Herz warm, und sie überhäufte ihn mit butterbestrichenen Zwiebäcken. Sie konnte kaum glauben, daß er wirklich hier war. Ein junger Mann! Und es war ihr, als hätte sie ihn erst gestern in der

Wiege gesehen! Finch starrte mit nicht weniger Erstaunen im Zimmer umher mit seinen zahllosen Nippes und gerahmten Fotografien. An den Wänden hingen Aquarelle von schottischen Landschaften, die Sir Edwin gemalt hatte. Auf dem Kamin stand eine Fotografie von ihm mit ausdruckslosen Augen und dünnem Schnurrbart. Da stand auch eine Fotografie von Wake in der großäugigen Schönheit seiner fünf Jahre. Da waren Bilder von Eden und Piers in weißen Matrosenanzügen, einen Hund zwischen sich. Auf dem Flügel stand ein großes Bild von Renny auf Landor, in dem Jahre, wo er den Königsbecher gewonnen hatte. Dann war da ein hübsches Bild von Meg mit Patience. Und ein noch hübscheres von Pheasant mit Mooey. Überall wo er hinsah, sah er Fotografien der Whiteoaks. Nicholas, Ernest und Augusta in ihren jungen und mittelalterlichen Tagen. Gran als stattliche Frau von fünfzig im Gesellschaftskleid. Und was war das da auf dem schmalen Tisch, neben dem er gerade saß? Er selbst als hagerer Dreizehnjähriger. Es war an dem Tage aufgenommen, nachdem er zum erstenmal mit auf die Jagd genommen war, und er hielt auf dem Bild die Flinte in den Händen mit einem geradezu entsetzten Gesicht. Kein Wunder, daß er entsetzt aussah, denn die Woche darauf war er mit der Flinte gestolpert, als er mit Piers draußen war und hatte ihm fast eine Kugel in den Rücken gejagt. Er hatte für seine Tölpelhaftigkeit eine Tracht Prügel bekommen, und die Flinte war ihm wieder weggenommen worden. Es war fast eine Beleidigung, im Augenblick seiner Ankunft sich gerade gegenüber diesem Bild zu finden.

»Ich wollte«, flüsterte er, »du verbrenntest dieses schreckliche Bild.«

»Aber ich habe es sehr gern, lieber Junge, es ist das einzige, das ich von dir habe.«

»Ich lasse für dich eins machen, während ich hier bin.«

Sie goß ihm Tee ein, und er flüsterte noch einmal:

»Wo ist denn eigentlich das Mädchen?«

Augusta machte ein geheimnisvolles Gesicht. »Die ist genau so wie du, sie liebt die Natur leidenschaftlich. Vergißt darüber alle Mahlzeiten.«

»Ja, das ist genau wie ich!« Und er nahm sich noch einmal Honig.

»Hoffentlich«, fügte er hinzu, »sieht sie nicht aus wie ihre Mutter.«

»Sch!«

»Die anderen sprechen ja mit ihr, einer in jedes Ohr. Sie kann mich ja gar nicht hören.«

»Das ist ihre angeheiratete Tante. Sarah ist eine Waise und ist nur von Mrs. Court erzogen worden. Ich muß dir später von ihrem Vater erzählen.«

Ein Regenschauer schlug jetzt an die Scheiben. Als ob sie geradewegs aus dem Regen käme, erschien Sarah Court in der Tür und kam langsam auf die Gruppe am Teetisch zu.

Was hatte Finch erwartet? Ein lebhaftes irisches Mädchen, das zu spät zum Tee kam, weil es gern draußen im Regen war, einen lockigen Kobold, der mit regennassem Gesicht hereintanzte? Eine stramme geschäftstüchtige junge Person? Was er auch erwartet haben mochte, dies war es jedenfalls nicht.

Sie kam mit langen langsamen Schritten, die den oberen Körperteil völlig unbewegt ließen. Dieser obere Körperteil, den sie so gerade hielt, wie es die junge Generation sonst nicht tat, glitt vorwärts wie der Torso einer Gallionsfigur auf einem Schiff. Ihr dunkles Kleid war nur am Halse etwas geöffnet, sonst aber in einer altmodischen Art von oben bis unten geknöpft. Ihr Rock war für die herrschende Mode viel zu lang. Die Arme mit den merkwürdig weißen Händen hielt sie fest an die Seiten gedrückt. Die gleiche Blässe zeigte das Profil, das Finch zugewandt war. Das schwarze Haar war glänzend glatt aus der hohen Stirn zurückgekämmt und im Nacken in einer schweren Flechte aufgesteckt.

Finch sah, daß sie die Court-Nase hatte, aber das war es nicht eigentlich, was seinen Blick festhielt, wie etwas Altbekanntes. Als seine beiden Onkels sie begrüßten, die sie augenscheinlich als kleines Kind in Irland gesehen hatten, suchten seine Gedanken in seiner Erinnerung, um etwas zu finden, das dieses seltsame Gefühl, sie schon einmal gesehen zu haben, erklärte. Doch war ihm noch nichts eingefallen, als er die Stimme seiner Tante hörte, die sie miteinander bekannt machte.

Er stand und starrte sie an, ohne seine Gedanken sammeln zu können. Sie kam aber auf ihn zu und gab ihm die Hand. Irgend etwas in der Bewegung machte ihm plötzlich klar, was er innerlich suchte. In dem Augenblick, wo sie sich die Hände schüttelten, sah er nicht sie selbst. Seine Gedanken waren in den Dachstuben von Jalna. Er sah sich in der Rumpelkammer an einem Regentag am Fenster hocken, ganz versunken in alte Punch-Nummern, die er von einem verstaubten Stoß nahm, der Jahr um Jahr wuchs, weil nie einer weggeworfen wurde. Er besah das Bild eines viktorianischen Wohnzimmers, in dem ein Herr mit Bartkoteletten sich über die Hand einer Dame beugte. Andere Damen standen daneben. Alle sahen sie einander ähnlich, und alle sahen genau so aus wie Sarah Court.

Das war es. Sie war wie ein Bild aus jener vergangenen Zeit. Er war so gelöst durch diese Entdeckung, daß er sie strahlend anlächelte. Sie lächelte auch, und er sah, wie die zarten schmalen Lippen sich teilten und ihre kleinen regelmäßigen Zähne zeigten. Er dachte, daß er noch nie eine so kurze Oberlippe gesehen hatte und ein so energisches Kinn.

Mrs. Court sagte:

»Nun, Maulwurf! Also bist du jetzt nach Sonnenuntergang herausgekrochen!«

Sarah Courts Lippen schlossen sich fest. Sie sah starr auf einen Ring mit einem großen grünen Stein herunter, den sie nervös am Finger zu drehen begann.

Ihre Tante beugte sich vor, als ob sie ihr unter die gesenkten Lider spähen wollte.

»Nun, Maus! So still wie immer?« Sie wandte sich an Ernest. »Ich nenne sie Maus, weil sie so schweigsam ist. Das ist für mich recht langweilig, wenn ich gar keine andere Gesellschaft habe.«

Ihre Nichte hatte sich gesetzt und drehte noch immer den grünen Ring an ihrem Finger, bis Finch ihr eine Tasse Tee brachte. Mit dem Eifer eines Kindes nahm sie sich Brot und Aufstrich. Finch spürte ihre Zurückhaltung ganz bewußt, er scheute sich, sie anzureden. Aber es war ja auch gar nicht nötig, sich zu unterhalten. Die Pausen, die Mrs. Court im Reden machte, waren gerade lang genug für einen Bissen Zwieback und einen Schluck Tee, und ihre harte, trotzdem nicht unangenehme Stimme verlangte keinerlei Antwort.

»Musizieren Sie noch?« fragte Nicholas.

»Gelegentlich spiele ich noch etwas, aber ich spüre doch, daß meine Hände etwas steif werden.«

»Ist das Rheumatismus?«

»Wahrscheinlich.«

»Und Gicht haben Sie doch auch?«

Er brummte.

»Ich möchte wissen, ob Ihr Blutdruck hoch ist?«

»Sollte mich nicht wundern. Nichts in meinem Körper wundert mich heute...«

Sie wandte sich zu Finch. »Sie müssen uns vorspielen. Ich hoffe, wir werden eine recht musikalische Zeit haben.«

Sie sprach von Musik, die sie in den verschiedenen Hauptstädten von Europa gehört hatte. »Aber jetzt habe ich nicht mehr die Mittel zum Reisen«, sagte sie. »Ich sitze fest zu Hause in Irland. Maus und ich machen unsere eigene Musik. Nicht wahr, Maus?«

Wie albern, dachte Finch, dieses Mädchen mit dem abweisenden Benehmen Maus zu nennen! Er nahm seinen Mut zusammen und sagte: »Sie spielen wahrscheinlich wunderschön Violine, nicht wahr?«

Ihre Tante hatte keine Antwort auf ihre Frage bekommen und augenscheinlich auch keine erwartet, denn sie sprach ohne Pause weiter; aber Sarah wandte sich an Finch mit einem seltsamen Lächeln und antwortete:

»Das werden Sie ja merken, wenn Sie mich hören.«

Es war das erstemal, daß er sie mehr als eine einzelne Silbe hatte sagen hören. Ihre Stimme, dachte er, war die Verkörperung alles Süßen, um so mehr durch den Kontrast zu dem scharfen Ton ihrer Tante. Sie war gedämpft, als ob etwas innerlich Verborgenes aus ihr redete. Er versuchte sie ins Gespräch zu ziehen, aber er war ungeschickt und sie war entweder schüchtern oder abwesend.

Er war froh, in den Garten zu flüchten, als die anderen auf ihr Zimmer gingen. Er stand auf dem Fahrweg und trank die Luft ein, die nach London so wunderbar frisch war, seine Augen öffneten sich weit, als ob sie mit einem durstigen Blick das Bild eintrinken wollten, das sich vor ihm ausdehnte.

Der Regenschauer war vorbei, und ein leichter Wind wehte die Regenwolken vom Himmel. Im Westen war die Sonne wieder hinter getürmten Massen von schneeigem Gewölk hervorgekommen, dessen phantastische Formen sie mit strahlendem Glanz umrandete. Aber etwas von diesem triumphierenden Glanz fiel auch auf die Erde, wo die regennassen Felder und Bäume in unwirklicher Leuchtkraft erschienen.

Das Haus stand auf einem Hügel über dem Dorf Nymet Crews und weiter entfernt dehnten sich Felder, Wälder und Weiden bis an den Rand des fernen Moores. Hinter dem Dorf mit seinem eckigen romanischen Kirchturm und seinen weißen Häuschen stieg das Land an, und hier bezeichneten blühende Hecken alle unregelmäßigen Grenzlinien der Felder und Wiesen wie das Muster einer reichen Stickerei. Die rötlich dunkle Erde eines Feldes lag neben dem hellen Rot eines anderen. Das zarte Grün der Weiden hob sich von silbergrünen Haferfeldern ab. Die Dunkelheit eines Gehölzes grenzte an ein Kornfeld, das in der Sonne leuchtete. Er konnte Wege zwischen schmalen Hecken sehen, die sich zum Hochmoor hinzogen und sich dort verloren. Er konnte hoch über allem die hyazinthblauen Linien der Berge sehen. Die Luft war ganz erfüllt von einem ihm unbekannten fast greifbar süßen Duft von Gartenblumen, frischem Heu und tausend wilden Feldblumen von Feld und Hecke und selbst vom fernen Moor.

Lyming Hall war ein einfaches Haus ohne besonderen Zeitstil, aber seine Gärten, seine Rasenflächen und der Park waren glänzend gehalten. Augusta war stolz auf den Blick über das Land. Die Tatsache, daß in der Nähe sonst keine Großgrundbesitzer oder sonst reiche Leute waren, gab ihr ein angenehmes Gefühl von Überlegenheit.

Finch wanderte zwischen den Blumenbeeten umher, entdeckte den Tennisplatz, den Rosengarten und ging den Weg entlang, der gerade auf das Eingangstor zuführte. Ein kleines gegiebeltes Pförtnerhaus lag dort in Rosen versteckt, so völlig das Bild eines kleinen englischen Hauses, daß Finch vor Freude lächelte, als er es sah. Er wandte sich ab, als er eine Frau in der Tür stehen sah und ging quer durch den Park nach der anderen Seite.

Er entdeckte den Gemüsegarten. Er fand Erdbeeren unter Netzen und

Stachelbeeren so groß wie Eier. Er kam zu einer Tür in der Mauer, die halb in Efeu versteckt war und öffnete sie. Er fand sich in einem von Mauern eingeschlossenen Blumengarten.

Er ging die von Buchsbaum eingefaßten Pfade entlang, sein ganzer hagerer Körper erfüllt von der Freude, sich lebendig in dieser warmen, süßduftenden kleinen Welt zu finden. Er hockte sich nieder, um in die Glockenblumen hineinzuschauen. Er nahm Moosrosen sanft in die Hand. Er bückte seine lange Nase bis an die Erde, um die Nelken zu riechen. Die Apfelbäume am Mauerspalier schienen ihm wunderbar schön. In dem Augenblick kam der Apfelgarten in Jalna, der jeden Herbst die Erde sorglos mit goldenen Früchten überschüttete, ihm recht arm vor. Er konnte nicht entscheiden, welche Rosen die schönsten waren — die eben erschlossenen, deren innere Kelchblätter noch dem Eindringen der Sonne widerstanden, oder die weiter geöffneten in dem geheimnisvollen Augenblick der Vollendung kurz vor dem Welken und Zerfallen, wo sie ihren Duft so völlig ausströmen, daß es fast etwas von heimlichem Überschwang hatte. Er dachte, daß er gern einmal morgens im Garten frühstücken möchte, mit niemand in der Nähe als den Vögeln und dem Gärtner.

Als Ellen ihm sein Zimmer zeigte, freute er sich, daß das Fenster gerade auf den ummauerten Blumengarten ging. Eine Kanne heißes Wasser stand da, und sein Anzug lag fertig ausgebreitet auf dem Bett. Er fühlte sich sehr glücklich. Er hatte sich nicht träumen lassen, daß es bei Tante Augusta so schön sein könnte. Er wünschte nur, Mrs. Court und ihre Nichte wären nicht da, so daß sie nur Familie unter sich wären ... Aber schließlich war Sarah Court seine Kusine. Aber wie fremd und unnahbar sie war! Und doch hatte sie einen verwirrenden Zauber. Wie er da am Fenster stand, flogen seine Gedanken wie neugierige Vögel um sie herum.

Er stand noch und sah in den Garten, wo ein Wolkenschatten alles Leuchten dämpfte, als es leise an die Tür klopfte. Augustas Stimme fragte:

»Bist du fertig, Lieber? Kann ich hereinkommen?«

Er machte die Tür auf und stand schuldbewußt vor ihr.

»O Tante, es tut mir schrecklich leid, ich habe noch gar nicht angefangen. Ich habe bloß immer in den Garten hinuntergesehen. Du hättest mir kein Zimmer mit solch einem Blick geben sollen.«

Sie segelte freundlich majestätisch ins Zimmer.

»Es freut mich, daß du die Aussicht gern hast. Das Zimmer ist ja nicht so hübsch, wie ich es gern für dich gewollt hätte. Aber du siehst ja, wie das ist. Es mußten noch vier andere vor dir berücksichtigt werden.«

»Hör mal«, rief Finch mit einer heftigen Armbewegung. »Ich habe lieber diesen Garten unter meinem Fenster, als einen türkischen Teppich und ein Louis-Seize-Bett und eine Turner-Landschaft im Zimmer!«

»Ich freue mich so, daß du es magst«, sagte Augusta, aber doch etwas abwesend. Sie wandte sich zur Tür, schloß sie und setzte sich auf einen Sitz am Fuß des Bettes. Sie hatte ein schwarzes Abendkleid an und trug ihren altmodischen Schmuck, der wieder anfing, modern zu werden. Sie hob ihre großen Augen zu Finch auf und sagte in fast tragischem Ton:

»Finch, ich habe große Sorgen.« Ihre Stimme war tief wie ein Bariton.

Der Gedanke, daß jemand Sorgen hatte, erschreckte ihn. Er war an Sorgen gewöhnt, weiß der Himmel, aber das Haar stand ihm schon bei dem Gedanken zu Berge. »Oh — was ist denn los, Tante Augusta?«

»Eden«, sagte sie mit tiefer Stimme, »sitzt draußen vor der Tür.«

Eden stand ihm plötzlich innerlich vor Augen. Er sah ihn etwas verkommen, aber vergnügt mit diesem unverschämt heimlichen Lächeln auf der Türschwelle sitzen. Er konnte nur einen undeutlichen Laut herausbringen, der seine vollkommene Verblüffung ausdrückte.

»Das Mädchen«, sprach Augusta weiter, »ist auch da.«

Also saßen Eden und Minny beide auf der Türschwelle. Er konnte nur herausbringen: »Lieber Himmel.«

Aber sein entsetzter Blick befriedigte seine Tante als Zeichen seiner Sympathie.

»Sie wohnen«, sagte sie, »im Torhaus.«

Im Torhaus! Und vor noch nicht einer Stunde war er da vorbeigegangen! Vielleicht war die Frau, die er gesehen hatte, Minny!

»Aber wie sind sie dahin gekommen?« fragte er.

»Einfach durch Unverschämtheit. Wie sie überall hinkommen. Du weißt, daß ich Eden gern habe. Ich kann gar nicht anders. Aber daß er kommt und auf meiner Türschwelle sitzt, wo ich Mrs. Court und Sarah im Hause habe, das ist zuviel.«

»Aber wie sind sie denn hierhergekommen? Und wann?« Das Leben schien eine lange Überraschung für ihn zu werden. Nun fragte er sich, wie er sich jetzt schon manchmal gefragt hatte: kann dies wahr sein?

Augusta sagte: »Sie sind seit einer Woche hier. Eden tauchte vor einem Monat plötzlich allein auf, und sie war irgendwo draußen geblieben und wartete bloß auf die Gelegenheit, sich auch einzuschmuggeln. Er sagte mir, daß er vollkommen mittellos wäre und bat, ob er nicht herkommen und im Torhaus wohnen dürfte. Ich sagte ihm, daß die Witwe des Pförtners da allein lebte. Sie bezahlt mir keine Miete, aber er war ein treuer Mensch, und nach seinem Tode ließ ich sie da weiterleben. Sie kam oft und half hier im Haus. Und was meinst du, was Eden sagte, nachdem ich ihm all dies erzählt hatte? ›Kannst du die Witwe nicht hinausschmeißen?‹ Hast du je etwas so Herzloses gehört?«

»Das ist schrecklich«, gab Finch zu.

»Einfach barbarisch; nicht nur die Worte, sondern auch die Art, wie er sie sagte, bloß so ganz obenhin: ›Kannst du die Witwe nicht hinausschmeißen?‹ Als ob er von einer Henne spräche, die man aus dem Nest jagen soll. Ich sprach sehr ernstlich mit ihm. Ich sagte: ›Eden, ich hätte nie gedacht, daß ich den Tag erleben würde, wo ein Whiteoak und ein Court mir vorschlagen würde, eine Witwe hinauszuschmeißen. Was auch unsere Fehler sein mögen, wir sind immer gutherzig gewesen.‹« Sie preßte die Finger an die dicht zusammengewachsenen Augenbrauen.

»Und was antwortete er?«

»Nichts. Er lächelte nur etwas gelangweilt und fing an, von seinen Gedichten zu sprechen. Er macht ja wirklich wundervolle Gedichte, weißt du.«

»Und dann?«

»Als er Tee getrunken hatte, ging er wieder weg. Du kannst dir mein Erstaunen vorstellen, als in weniger als vierzehn Tagen der Witwe Tochter, die in Plymouth lebt, ihrer Mutter vorschlug, zu ihr zu ziehen. Sie erwartete ein zweites Kind und wollte Zimmer vermieten, und das wäre etwas zuviel für sie.«

»Und ist die Witwe weggegangen?«

»Ja, und sie war kaum zwei Tage weg, als Eden plötzlich in den Garten schlenderte, wo ich Rosen abschnitt und sagte: ›Na, wir sind also eingezogen.‹ ›Eingezogen?‹ schrie ich fast. ›Wer ist eingezogen?‹ ›Ich und Minny‹, sagte er. Genau so, ohne jede Form oder Rücksicht. Dann sagte er: ›Wir hörten, daß die Witwe ausgezogen sei, also sind wir eingezogen.‹ Ich schrie: ›Ihr seid ins Torhaus eingezogen? Ihr?‹ Und er sagte: ›Ja, Minny und ich.‹ Und da sind sie geblieben.«

»Und was willst du dagegen machen?«

»Ich weiß nicht. Ich dachte, vielleicht könntest du mir helfen. Ich fürchte, wenn ich es deinen Onkels sage, daß sie zu hart gegen ihn sind. Er ist doch ein lieber Kerl. Klug, so wie du auch — nur noch viel mehr —« Sie zögerte.

»Ja, ich weiß«, sagte Finch.

»Ich hätte ja nicht das geringste dagegen, wenn sie eine Weile im Torhaus wohnen, wenn sie bloß verheiratet wären, obgleich Minny recht merkwürdig aussieht, seit sie sich die Ohren schminkt.«

»Die O h r e n schminkt?«

»Ja. Sie macht sich einen rosa Fleck auf jedes Ohrläppchen. Wahrscheinlich kommt das daher, daß sie in Frankreich gelebt haben.«

»Na, na«, sagte Finch noch einmal. Es war ihm, als ob das Leben etwas zu heftig auf ihn eindrang. Er fragte: »Wissen die Leute hier, daß sie nicht verheiratet sind?«

»Niemand als Mrs. Court. Wir haben bis jetzt ihre Existenz sogar vor

Sarah geheimgehalten. Ihre Tante ist sehr wählerisch in bezug auf Sarahs Verkehr.«

»Sie ist ja ein merkwürdiges Mädchen, Tante Augusta.«

»Du wirst sie nicht so merkwürdig finden, wenn du sie erst besser kennst...«

Aber wie merkwürdig sie war, kam beim Mittagessen noch mehr heraus. Wenn sie mit ihm sprach, oder ihn irgend etwas über zu Hause fragte, dann spürte er nur eine lebhafte Freude über die Schönheit ihrer Stimme. Ihre Worte aber, spürte er, gaben nichts von ihrem Inneren preis. Sie schien kaum darauf zu achten, was sie aussprach, und nicht e i n Mal sah sie ihm ins Gesicht. Soviel er wollte, konnte er dieses blasse Profil mit dem feinen sensitiven Mund zwischen der scharfen Nase und dem energischen Kinn betrachten. Er sah, wie das Kerzenlicht auf ihren Schultern lag und ihre Arme zart durchleuchtete.

Finch hätte seine Kusine gern Geige spielen hören, aber er konnte sich nicht entschließen, sie darum zu bitten. Aber der Abend war noch nicht weit vorgerückt, als Tante Augusta zu Mrs. Court sagte:

»Ich hoffe, ihr beide, du und Sarah, spielt uns heute etwas vor. Meine Brüder sind zum Whistspielen zu müde, aber sie würden Musik sehr genießen. Nicht wahr, Ernest und Nicholas?«

Ernest und Nicholas bejahten es beide und wandten sich dabei an Mrs. Court, als ob sie allein es wäre, die vorspielen sollte. Sie stand sofort auf und ging ganz geschäftsmäßig wie eine aufgezogene Figur zum Flügel.

»Komm, Sarah, hole deine Geige.«

Ihre Nichte stand gleichmütig auf und folgte ihr. Auf einem Fenstersitz neben dem Flügel stand ihr Violinkasten. Sie nahm das Instrument heraus und begann es zu stimmen. Mrs. Court hatte sich gesetzt und nahm ein paar Armbänder ab.

Finch wußte nicht, was er erwartete, aber seine Neugier war fast qualvoll. Er hatte ein heimliches Gefühl von Grauen bei dem Gedanken, daß diese beiden Frauen, die einander so völlig entgegengesetzt waren, wie er deutlich hörte, versuchen wollten, sich in der Leidenschaft oder Heiterkeit der Musik zu vereinigen. Er wußte selbst nicht, was er schlimmer fand — die selbstsichere kleine Marionette am Flügel oder das harte, eiskalte Mädchen mit der Geige ... Dieses Kinn, das sie hatte ... Himmel es sah aus, als ob sie es in die Geige hineinbohrte! Er blickte nervös zu seiner Tante und den Onkels hinüber, um zu sehen, ob ihre Gesichter dieselben Befürchtungen ausdrückten. Aber es schien ihm nicht so. Tante Augusta saß aufrecht, mit einem Ausdruck höchsten Wohlwollens. Nicholas räkelte sich in dem tiefen Stuhl, den er sich gewählt hatte und ließ seine noch immer schönen Hände über die Seitenlehnen hängen. Aber trotz dieser nachlässigen Stellung schien er höchst lebendig. Ein lebhaftes Interesse glänzte in seinen tiefliegenden Augen. Ernest sah plötzlich hager und müde aus.

Sie spielten eine von Händels Sonaten. Die langsame anmutige Musik stieg getragen von Geige und Flügel in harmonischen Akkorden auf. Tante und Nichte waren nicht nur sehr geschulte Spieler, sondern sie waren auch vollkommen miteinander im Einklang.

Und dennoch verschwand dieses peinliche Gefühl in Finch nicht, sondern nahm eher noch zu. Auf Mrs. Courts Seite fühlte er zu viel kalte Energie, und auf der seiner Kusine eine zu seelenlose Vollkommenheit. Er hatte das Gefühl, daß Mrs. Court nicht Sarah begleitete, sondern sie an den Haaren durch die starren Höhen der Klänge schleifte.

Wie sie von einem Stück zum anderen übergingen — Mrs. Court schien gar nicht müde zu werden —, hatte Finch die innere Überzeugung, daß Sarah ganz anders Geige spielen könnte, wenn sie eine andere Begleitung hätte. Jetzt waren die Tore ihrer Seele fest zugeschlossen. Sie vollführte nur gewisse Tricks, die sie gelernt hatte. Wenn sich nur die Tür öffnen wollte, daß ihre Seelen frei wäre, zu jubeln und zu leiden in den Klängen ihrer Geige! Er hatte ein kaum unterdrückbares Verlangen, Mrs. Court vom Klavier wegzuschicken und sich selbst hinzusetzen. Es kam ihm vor, als könnte er Sarahs Fesseln lösen, daß sie beide frei emporschwebten.

Aber es wurde spät, und niemand forderte ihn zum Spielen auf.


## 9  Gedanken über Frauen

Finch wachte am nächsten Morgen auf von einer Männerstimme, die einem Hund ein Kommando zurief, von dem Gebell des Hundes, der nun seinerseits die Schafe herumkommandierte, von dem aufgeregten Blöken der Schafe und von einem Windstoß, der ins Fenster fegte und alle Süßigkeit des Gartens und der Felder ihm ins Gesicht warf.

Er schlug die Augen auf und sah den bunten Kretonne der Bettvorhänge, die Tapete mit den steifen Vögeln, die an steifen Beerenzweigen pickten, die weiße Kaminverkleidung mit der Porzellanfigur einer kleinen Dame zu Pferde und zwei gerahmten Fotografien, die so verblaßt waren, daß er sie nicht recht erkennen konnte.

Er war in Devon, machte er sich klar, tief in seiner reichen üppigen Fülle, das dalag wie ein Nest auf einem Zweig. Er war in Devon. Er war in England. Er mußte sich zwingen, es zu glauben, so unglaublich es auch schien. Hier war er, Finch Whiteoak, in einem von Tante Augustas Betten, in einem ihrer Gastzimmer, mitten in Lyming Hall, im Herzen von Devonshire. Er war sechshundert Meilen mit der Bahn gefahren von Jalna bis zum New Yorker Hafen. Er war auf dem Dampfer über den Ozean gefahren. Er war vierzehn Tage in London gewesen. Er war beinahe zweihundert Meilen bis Devon gefahren. Und er hatte nicht nur das getan, sondern auch seine beiden alten Onkels mitgebracht, all ihre Ausgaben bezahlt von seinem Geld, das Großmutter ihm hinterlassen hatte, und hatte sie wohlbehalten bei Tante Augusta abgeliefert. Er lag ganz still, selbst völlig verblüfft über seine Taten. Er überlegte, ob wohl auch andere Leute so überrascht von ihren eigenen Erlebnissen waren. Da war Piers — er hatte sich verheiratet, ein Kind bekommen, vielerlei durchgemacht, aber er machte nie den Eindruck, als ob er überrascht wäre. Er konnte wohl gelegentlich wütend werden, aber nicht überrascht. Weder George Fennel war je überrascht, noch Arthur Leigh. Oder wenn sie es waren, so behielten sie es für sich. Ihm selbst war es oft geradezu eine erstaunliche Überraschung, daß er lebte. Er fragte sich, ob er wohl darüber hinauswachsen würde und wünschte es sich doch nicht, denn irgend etwas daran machte ihn Freude.

Plötzlich sprang er aus dem Bett und ging zum Fenster. Es war umrahmt von einer gelben Kletterrose mit kleinen festen Knospen, die so dicht hingen wie Bienen an einer Honigwabe. Unten im Garten, wo Sonnenlicht und Schatten noch alle scharfe Deutlichkeit der frühen Morgenstunde hatte, sah er Ralph Hart eine Buchsbaumeinfassung schneiden. Er trug Lederhosen und Gamaschen, und sein schwarzer Kopf glänzte in der Sonne. Die Steinmauer hatte einen merkwürdig goldenen Schein, außer wo die Polster grauer Flechten waren. Dunkle Efeuranken hingen von oben herunter, und der obere Rand war mit den gelbleuchtenden Blüten von Mauerpfeffer überwuchert.

Die Felder jenseits der Mauer waren verpachtet. Finch sah den Pächter jetzt auf einem schweren braunem Gaul in einer Leinenjacke und Reithosen, eine rosa Heckenrose im Knopfloch. Er war so kurz und dick, daß seine Beine zu beiden Seiten vom Pferde abstanden. Unter seinem Hut, den er verwegen schief aufgesetzt hatte, war ein rundes ernsthaftes Gesicht rot wie eine Pfingstrose. Mit rauher kräftiger Stimme gab er ein paar Männern Anweisungen, die versuchten, mehrere Ochsen von den Schafen zurückzuhalten, die der Hund durch das offene Tor ins nächste Feld zu treiben suchte. Die Männer liefen hin und her und fuchtelten mit den Armen, die Ochsen rannten mit unerwarteter Behendigkeit zwischen den Butterblumen herum, der Hund bellte fast außer sich vor Wichtigkeit, und die Schafe liefen mit vielstimmigem Geblök nach den verschiedensten Richtungen, brachten es aber immer fertig, das Tor zu vermeiden. Es war eine lebhafte Szene, bei der alle Teilnehmer vom Farmer bis zu den Butterblumen glänzend aussahen, gut genährt und in guter Stimmung.

»Devonshire Sahne«, murmelte Finch, der auf dem Fenstersims hockte. »Devonshire Sahne, so sieht das gerade aus. Himmel, wenn bloß die anderen mit hier wären, das zu sehen!«

Einer von den anderen, fiel ihm ein, war nur ein kleines Stück weiter unten im Torhaus. Wenn er nach der Richtung ging, konnte er ihn vielleicht zu sehen bekommen, ehe Minny aufstand, denn Eden hatte eine Vorliebe für die frühen Morgenstunden. Er hatte ihn länger als anderthalb Jahre nicht gesehen. Eden würde völlig Kosmopolit geworden sein nach der langen Zeit in Europa. Ob er sich wohl verändert hatte, überlegte er. Es war peinlich, Minny unter diesen Verhältnissen zu begegnen. Heißes Blut, die Minny; das war nicht zu bezweifeln.

Er zog sich an und ging hinunter. Niemand war auf als Ellen, die eifrig Staub wischte. Die Haustür stand weit offen, und die warme Sonne hatte schon die Kälte aus der Halle vertrieben.

Der Gärtner mähte die Rasenfläche. Finch stand einen Augenblick und sah zu, wie die kleinen weißen Köpfe der Gänseblümchen vom Stengel fielen und wie Schaum vom Messer der Mähmaschine glitt.

Das metallene Schwirren der Mähmaschine blieb hinter ihm, wie er den Weg entlang ging. Das Knarren des Holzwagens verklang in der Ferne. Die grauen Baumstämme an beiden Seiten waren sonnengefleckt, und hier und da längs der Hecke ließ eine hohe Fingerhutstaude ihre Glocke hängen. Der Boden des Parks fiel so steil ab, daß er jetzt auf das Torhaus hinuntersah. Jemand mußte da drinnen schon auf sein, denn eine blaue Rauchspirale stieg aus dem Schornstein. Er folgte der Kehre des Weges zum Tor und stand und sah schüchtern nach dem Haus hinüber. Er hatte große Scheu vor der Begegnung mit Minny. Endlich brachte er den Mut auf, den geplasterten Weg zwischen der Umrandung von Petunien und Nelken entlang zu gehen und in das Fenster hineinzusehen.

Er erblickte den für ein einfaches Frühstück gedeckten Tisch, die Sonne fiel auf einen halben Brotlaib und ein Glas mit Johannisbeergelee. Er sah ein kleines Zimmer mit Balkendecke und einem großen Kamin. Eine Gestalt, die er als Eden erkannte, beugte sich über irgend etwas in der Bratpfanne. Er steckte mit dem Kopf fast im Kamin.

Finch trat ohne anzuklopfen ein, seine Leinenschuhe waren unhörbar auf dem Steinboden. Er blieb fast hinter Eden stehen. Das Zimmer war voll von dem Duft gebratenen Schinkens. Ein Teetopf stand auf der warmen Herdplatte. Eden trug weite graue Flanellhosen und ein weit offenes Hemd mit aufgerollten Ärmeln. Finch konnte den Schimmer der goldenen Härchen auf seinen runden Unterarmen sehen. Sein Gesicht sah voll und gesund aus, hatte aber doch eine gewisse zarte Sensitivität, die diesem scheinbaren Wohlbefinden widersprach. Er hatte die Brauen emporgezogen, wie er gegen den Rauch blinzelte, und die leise Melancholie um seine Lippen wurde vielleicht noch deutlicher durch die Zigarette, die aus der einen Mundecke hing. Sein Haar war, wie immer, glatt gebürstet, schimmernd wie ein metallener Helm.

Finch hatte Zeit, all diese vom Feuerschein stark betonten Einzelheiten in sich aufzunehmen, ehe er entdeckt wurde.

Eden hatte Mühe, den Schinken nicht ins Feuer fallen zu lassen. »Na, verdammt will ich sein«, rief er aus, »wenn das nicht Bruder Finch ist! Du kommst wohl und willst mit mir frühstücken!« Er lächelte Finch an. Die Bratpfanne in der linken Hand, streckte er ihm die Rechte entgegen.

»O nein«, widersprach Finch und schüttelte ihm zögernd die Hand. »Auf keinen Fall! Tante Augusta erwartet mich. Ich hätte dich so früh gar nicht überfallen sollen — ich will lieber gleich wieder gehen.« Er wurde plötzlich verlegen unter Edens Augen.

»Setz dich«, sagte Eden, und schob ihn zu einem Stuhl. »Du kommst gerade recht. Ich mache mein eigenes Frühstück, wie du siehst. Wir fangen mit dem Schinken an, den ich fertig habe, und während wir essen, brate ich noch etwas mehr.«

Er teilte den Schinken sorgfältig und machte geschäftig die weiteren Vorbereitungen. Finch schnitt sich dicke Scheiben von dem süßen knusprigen Brot und fühlte einen wütenden Hunger in sich. Er sah, daß Eden all den Schinken aus dem Papier in die Pfanne gelegt hatte und dachte: »Himmel, er hat nicht vergessen, was für ein gefräßiges Biest ich bin!«

So saßen sie und sahen sich über den Frühstückstisch an — wieder ein neues erstaunliches Erlebnis für Finch. Er sah eine Biene durch das offene Fenster ins Zimmer treiben und sich auf den Rand des Geleetopfes setzen. Er sagte:

»Sieh mal, Eden, ist das nicht merkwürdig, daß wir hier beide zusammen frühstücken! Daß wir beide über den Ozean kommen, und du gehst nach Frankreich und kommst dann nach England, und dann komme ich nach England, und wir sitzen hier in der Stube beim Frühstück, gerade so wie wir tausendmal zu Hause zusammen gefrühstückt haben.« Er biß ein großes Stück Brot ab, und sein junges Gesicht war so hager, daß die Bewegungen des Kauens geradezu lächerlich aussahen. Seine Augen glänzten vor Aufregung.

»Ich sehe darin nichts Merkwürdiges, außer dir selber«, sagte Eden. »Du bleibst eben Finch, wo du auch hinkommst.«

»Findest du nicht, daß ich mich verändert habe?« Er hoffte heimlich, daß Eden sagen würde, daß er viel netter aussähe. Eden hatte ihn noch nie so gut angezogen gesehen wie heute morgen.

Eden betrachtete ihn kritisch. »Nein, du hast dich nicht verändert, außer daß deine Haare besser geschnitten sind und du ein paar bunte Fetzen trägst. Du bist genau der gleiche grüne Junge. Aber« — fügte er schnell hinzu, als er Finchs erstauntes Gesicht sah — »glaube mir nur, du bist trotzdem der Beste von der ganzen Gesellschaft, Finch.«

»Ich sehe nicht ein, warum du mich sofort aufziehen mußt, sowie wir uns begegnen.«

»Ich ziehe dich nicht auf. Und ich weiß selber nicht, warum ich das sage. Nicht wegen deiner Musik. Vielleicht ist es, weil es mir so vorkommt, daß du die Fehler und Vorzüge von uns übrigen allen in höchstem Maße in dir vereinigst. Du hast mehr von einem Feigling, mehr von einem Helden, mehr vom Genie und mehr vom Dichter —.«

»Dichter!«

»Oh, ich meine ja nicht, daß du je was zu Papier bringst. Und wenn ich mich nicht irre — mehr von einem Liebhaber —, wenn deine Zeit kommt.«

Finch versteckte seine Verlegenheit in einer Tasse glühendheißen Tee. Aber es gefiel ihm, sich so beschreiben zu hören, besonders in solch außergewöhnlichen Ausdrücken.

»Du bist die merkwürdigste Blüte der ganzen merkwürdigen Gesellschaft«, fuhr Eden fort. »Es kommt mir vor, als ob unsere Vorväter sich die ganzen Jahrhunderte lang ausgetobt hätten um des einzigen Zweckes willen, dich hervorzubringen als ihren größten Triumph. Ihre Rechtfertigung vielleicht.«

Kein Zweifel, Eden redete, um sich selbst reden zu hören. Finch starrte ihn an. »Na, und du?« fragte er.

Eden lächelte leise. »Na, vielleicht mich auch. Wollen's hoffen.«

»Wir sind nicht halb soviel Wert wie Renny und Piers!« brach Finch aus.

»Nein? Na, ich nehme ja nicht an, daß wir soviel Kinder produzieren werden. Und soviel Füllen züchten. Und soviel Hindernisse nehmen.«

»Ich möchte tausendmal lieber so sein wie die!«

»Natürlich möchtest du das. Und sie möchten tausendmal lieber sie selbst sein. Die Welt hätte schon vor Jahrhunderten den Zustand der Zivilisation erreichen können, wenn es nicht immer so ginge. Menschen ohne Phantasie sind immer völlig selbstsicher. Und sie haben nun einmal die Fähigkeit, die einzuschüchtern und in die Ecke zu drücken, die welche haben. Der Mann mit Phantasie hat Angst vor dem, was er in sich selbst spürt. Der Gedanke, daß er versuchen sollte, andere zu beherrschen, ist ihm einfach unerträglich.«

Eden goß den Rest Milch aus der Kanne in seine Teetasse und trank. »Seit ich diese verdammte Lungengeschichte gehabt habe, trinke ich alle Milch, die ich kriegen kann.«

Finch war mit seinem Schinken fertig. Minny fiel ihm plötzlich ein.

»Aber, sag mal«, rief er, »was bleibt denn für Minny?«

»Sie frühstückt fast nie. Sie wird zu dick, das arme Wurm!«

»Ich hoffe, es geht ihr gut«, sagte Finch scheu.

»Tadellos. Schläft wie ein Klotz — singt wie ein Engel — und redet wie ein Dummkopf!« antwortete Eden, und legte den Brotlaib mit der abgeschnittenen Seite nach unten, um ihn frisch zu erhalten. »Komm, laß uns ein Stück gehen und nicht die beste Morgenzeit im Hause verschwenden. Ich zeige dir meinen Lieblingsplatz. Bloß merk dir, daß du dich da nicht wieder sehen läßt, außer wenn ich mit dir gehe.«

Sie gingen durchs Tor auf die Straße. Zwei schlanke barhäuptige Gestalten. Finch ging etwas schlapp, Eden mit der Anmut in jeder Bewegung, nach der sich die Menschen umzusehen pflegten.

Der Weg machte so viel Kehren, daß man selten mehr als ein kurzes Stück geradeaus sah, und die Höhe der Hecken steigerte noch das Gefühl, daß sie in einer der verborgenen Adern wanderten, in der Kraft und Lebensfülle des Sommers strömten. Sie begegneten keiner Seele unterwegs, nachdem sie an einem Mann vorbeigekommen waren, der seitwärts auf einem Schimmel saß, mit einem Korb am Arm. Das Dickicht von Efeu und stacheligen Hülsen in den Hecken glitzerte wie poliert und von diesem Hintergrund hoben sich ungezählte Frühlings- und frühe Sommerblumen mit ihren zartglänzenden Kelchen ab: rosa und wachsweiße Heckenrosen, Kuckucksblumen, Ehrenpreis, die von Bienen umsummten Fingerhutglocken, und unter ihnen die zarten Spitzen des Farnkrautes. Der Weg unter ihren Füßen war von rötlich wechselndem Ton, heller auf den Hügeln und dunkler im Schatten. Der Himmel darüber war ruhelos bewegt, ein weißes Gewölk und durchsichtige Bläue wechselten, so daß er in einem Augenblick ruhig und nahe schien und im nächsten im lichten unendlichen Raum verschwamm. Ein Schwarm Spatzen warf einen Schatten auf den Weg und das Schlagen ihrer Flügel war im Vorbeifliegen wie das Rauschen einer Sommerwelle.

Sie mußten dicht an der Hecke beiseite stehen, um eine Herde roter Devon-Kühe vorbeizulassen. Der süße warme Geruch frischgemolkener Euter umgab sie und ihre feuchten Augen wandten sich mit schläfriger Neugier nach den Brüdern.

Eden öffnete ein Gatter in eine Wiese, über die zwischen Butterblumen und Klee ein Fußpfad führte. In einer feuchten Ecke erhoben sich die gelben Speere der Irisblüten und eine große Eiche warf ihren breiten Schatten, den die Schafe aufsuchten.

Sie folgten dem Pfad durch ein Gehölz, wo ein paar junge Kaninchen beim Spiel aufschreckten, sie anstarrten und davonhoppelten. Sie durchkreuzten auf Trittsteinen den Bach, und dann bog der Weg in einen Pfad ein, der so schmal war, daß er die Bäume zu Häupten in einen grünen feuchten Tunnel verwandelte, wo die Farben der Blumen und des Farnkrautes eine unwirkliche und traumhafte Leuchtkraft bekamen.

Sie sprachen wenig im Gehen. Eden machte nur mit kurzen Sätzen auf dies oder das aufmerksam. Aber als sie eine Lücke in der Hecke erreichten, sagte er: »Hier sind wir! Dies ist mein besonderer Lieblingsplatz. Du siehst, daß ich viel auf dich halte, sonst hätte ich dich nicht hierher gebracht.«

Sie kamen in eine grüne Senke am Fuße einer Reihe von Hafer-, Gersten- und Weizenfeldern, die sich als goldene Flut hinter den runden Hügeln streckten, auf denen die Wolken zu ruhen schienen. Sie streckten sich ins Gras und es war als ob sich das reiche Gewirk des Junitages von den Hügeln her zu ihren Füßen entrollte. Hier wuchsen die letzten wilden Hyazinthen und neigten die zarten Stengel unter der Last der Blüten, die wie der vollkommenste Ausdruck der Bläue in der Natur waren.

Finch lag mit den Augen in gleicher Höhe wie sie, so still und erinnerungslos wie es ihm nur möglich war, um in diesem Augenblick ihre Schönheit in sich einströmen zu lassen. Wie in einer Atempause seines Daseins fühlte er sich schwebend, unbewußt und allempfindend.

»Ich muß mir immer vorstellen«, sagte Eden, »daß diese Blume ihre eigene Farbe ganz überschwenglich selbst spüren muß, daß sie mit jeder Faser in den Boden eindringen muß, um sie noch vertiefter hervorzubringen —, daß sie ihre Blätter wie Hände erheben muß, um die Sonnenstrahlen zu fangen, und vor dem Blühen ihre weiß-grüne Knospe emporhält wie einen Mund, der den Regen trinken möchte. Und all dies nur aus dem einen Begriff heraus — Farbe!«

»Und doch hast du sie nach all diesen schönen Gedanken gepflückt!« sagte Finch.

»Das ist eben meine Art, Farbe für mich selbst zu erreichen.«

»Eden, du bist doch ein merkwürdiger Bursche.«

»Trotzdem würde ich mich gar nicht wundern, wenn ich in vierundzwanzig Stunden mehr reine Gedanken hätte als manche von den Leuten, die mich unmoralisch nennen.«

»Was meinst du denn mit ›reinen Gedanken‹?«

Eden rollte sich auf den Rücken und ließ sich die Sonne ins Gesicht scheinen. »Ich meine Gedanken über Männer und Frauen als glückliche Naturgeschöpfe, die jede Stunde ihres kurzen Lebens auskosten, wie diese Blumen hier, oder die Vögel da oben — völlig befriedigt damit, daß es unzählige Wesen ihrer Art gibt, und ohne das Bestreben, sich in die allgemeine graue Farbe und den allgemeinen Selbstgerechtigkeitsfimmel einzufügen.«

Finch brummte zustimmend. »Genau so denke ich«, sagte er. »Nur glaube ich, daß du Unrecht hast, wenn du meinst, daß jemand wie Renny keine Phantasie hat. Ich glaube, er hat eine Masse Phantasie. Nur ist er wie ein rassiges Pferd und manchmal kommt es mir vor, als ob er Angst vor seiner eigenen Phantasie kriegt.«

»Meinst du wirklich? Das ist interessant ... Übrigens, wie kommen er und Alayne denn miteinander aus?«

Finch wünschte, Eden hätte das nicht gefragt. Über Alayne und Renny mit ihm zu sprechen, war zu schwierig. »Sehr gut«, antwortete er zögernd — »wenigstens so weit ich sehen kann.«

»Ich kann mir nicht vorstellen, daß sie miteinander auskommen. Kein Whiteoak, der je existiert hat, würde Alaynes Ideal von dem was ein Ehemann sein sollte auch nur nahekommen. All diese kaltblütigen neuenglischen Vorfahren — mit ein paar schwerfälligen Holländern dazwischen — liegen ihr viel zu sehr im Blute, um es ihr möglich zu machen, uns zu verstehen.«

In Finch stieg eine plötzliche Angst um Alayne auf. »Aber Renny ist doch ganz anders als du!«

»Ja, das ist er! Nur: wo ich schwach bin, ist er stark, und wo ich stark bin, ist er schwach wie ein Grashalm.«

»Ich habe nie in Renny ein Zeichen von Schwäche gesehen?«

»Hast du Zeichen von Stärke in mir gesehen?«

Finch lachte ohne zu antworten.

Eden fuhr fort: »Na, wenn du nach dem einen suchst, wirst du vielleicht auch auf das andere kommen.«

»Das Einzige, was nicht ganz stimmt, scheint mir, daß sie zu wenig von ihm zu sehen kriegt. Ich glaube, sie ist oft unglücklich, daß er so viel Zeit mit seinen Pferden verbringt.« Es war doch leichter mit Eden über sie zu sprechen, als er gedacht hatte.

Eden lachte. »Sie soll lieber ihrem Schicksal danken, daß er das tut. Wenn sie entfernte Bekannte und leidenschaftlich Verliebte bleiben, dann mag es mit ihnen gehen. Aber Renny könnte für eine Frau von Alaynes Art kein wirklicher Gefährte sein. Sie ist viel zu wohlerzogen, Spaliergewächs wie Wickenblüten.«

»Das ist gut gesagt«, meinte Finch. »Sie hat so etwas Zartes und Zierliches, Duftiges, wirklich wie Wickenblüte, wenn du es auch nicht gerade als Kompliment gemeint hast.«

»Eine Frau sollte nicht wie irgendeine besondere Blume sein. Das wird langweilig. Sie müßte sein wie ein ganzer Garten von Blumen — schwebend, beruhigend, sinnbetörend, aber nicht aufreizend.«

»Ist denn Minny so?« Finch wurde rot über seine eigene Kühnheit.

»Minny ist wie ein Gemüsegarten — nahrhaft und gesund, eine Art Abhärtung für die Seele.«

»Sie singt wundervoll.«

»Nicht wahr! Manchmal denke ich, wenn sie mir abends vorsingt, wenn sie doch so im Singen ins Jenseits verschwände, dann würde ich die Erinnerung an sie mein Leben lang anbeten!«

Finch dachte schweigend über diese Bemerkung Edens nach. Er konnte den rasch wechselnden Stimmungen und dem Geheimnis seiner Beziehungen zu Frauen nicht folgen. Alle Frauen, die Eden geliebt hatte, taten ihm leid ... Und auch die Frau, die Renny liebte ... Und war in der jungen Pheasant nicht auch etwas, das Mitleid erweckte? Vielleicht kam es schließlich darauf hinaus, daß jede Frau einem leidtun mußte, die sich in Liebe hingab? Und die Frau, die ihn selbst eines Tages lieben würde? Würde sie anderen auch leid tun?

Er lag in der steigenden Sonnenwärme und blickte in das Halmgewirr neben ihm wie in einem Wald. In diesem Augenblick schien es ihm auch so undurchdringlich wie ein Walddickicht, über dem die duftenden Schellen der wilden Hyazinthe hingen. Seine Lippen öffneten sich, und er sog die süße Luft ein ... Von Eden kam ein langer Seufzer. War es Befriedigung oder Sehnsucht?

Das Gesicht seiner Kusine Sarah Court stieg vor Finch auf und schwebte ihm vor den Augen. Träumerisch durchforschte er es, Zug für Zug ... die hohe weiße Stirn unter dem zurückgenommenen Haar; die Augen, die nichts von Wärme und doch etwas von innerem Feuer hatten; die kühne schmale Nase; der feine verschlossene Mund zwischen der Nase und dem scharfen Kinn, der volle weiße Hals, der kräftig war wie der einer Sängerin.

Er wünschte heiß, allein zu sein, um über dies Gesicht und sein inneres Wesen einsam nachzudenken. Er kehrte Eden den Rücken, das Gesicht am Boden, in das zarte Gewirr von Gräsern und Blumen gedrückt.

Und plötzlich erlebte er so mit geschlossenen Augen wieder eine Empfindung, die ihn schon seit Jahren gelegentlich überkam. Ein nebelhaftes Gebilde, durchsichtig, doch in seiner eigenen Gestalt, löste sich aus seiner Brust, und als es völlig emporgestiegen war und sich von ihm befreit hatte, schwebte es über ihm, daß er sich leer fühlte wie eine summende Muschel, doch zugleich mit einem seltsamen Machtgefühl, als ob er in diesem Augenblick unglaubliche Dinge vollbringen könnte. Wie die Erscheinung aus seiner Brust emporstieg, zog sie alles Gefühl seines eigenen Ichs mit sich und zu gleicher Zeit alle Schwäche. Der unpersönliche Kern, der blieb, war erfüllt von einer unbestimmten elementaren Kraft. In diesem Machtgefühl aber regte sich keinerlei Wunsch, es unmittelbar auszuüben.

Die Erscheinung verschwand wie ein Atemhauch von einem Spiegel und ließ ihn mit dem Bewußtsein seines normalen Ichs zurück. Seine Gedanken hingen noch immer an Sarah Court. Halblaut fragte er Eden, ob er sie je gesehen hätte.

Eden bejahte schläfrig.

Ob er mit ihr gesprochen habe?

Nein. Dafür sorgte die alte Tante schon. Er war ja ein Verfemter.

Hatte er ihr Gesicht denn wirklich gesehen?

Ja.

Und was hielt er von ihr?

Eden setzte sich auf und schlang die Arme um sein Knie. »Was ich von ihr halte? Na, ich denke, wenn sie fünfzig ist, dann werden sich ihre Nase und ihr Kinn berühren.«

Finch dachte daran, wie das Lampenlicht auf ihrem spitzen Kinn geschimmert und es wie in Porzellan verwandelt hatte, als sie neben dem Klavier stand. Er erinnerte sich, wie sie damit die Violine festgeklammert hielt, als ob sie es in das Geigenholz hineinbohren wollte.

Er sagte halblaut: »Es müßte merkwürdig sein, dieses Mädchen zu küssen, nicht wahr?«

»Lieber Himmel, ich glaube, man könnte überhaupt nicht wieder von ihr loskommen!«

»Irgendwie ist doch etwas sehr Schönes an ihr.« Er drehte sich herum und sah Eden halb verlegen an.

»Findest du?« Eine Unruhe war plötzlich in Edens Augen. »Ich wollte, ich könnte sie kennenlernen. Ich habe nur bisweilen einen Blick auf sie werfen können, wenn sie hier am Torhaus vorbeikam. Sie wandert immer allein los. Minny kann sie nicht ausstehen, und doch stört sie mich immer aus meinem Stuhl auf, damit ich sie vorbeigehen sehen soll. Sie ruft in einer Art Bühnengeflüster: ›Komm um Himmels willen. Diese altmodische Person trippelt da wieder vorbei. Geradezu leblos dieses Profil! Was für ein Kleid!‹ Und dann gucken wir beide zwischen den Vorhängen hinaus.«

»Wenn ihr beide nur verheiratet wäret, dann könnten wir es so schön zusammen haben. Da oben ist ein Tennisplatz, der mit Leichtigkeit brauchbar gemacht werden könnte.«

Eden machte eine Grimasse, die sein hübsches Gesicht grotesk verzog. »Nein! einmal habe ich es versucht mit dem Heiraten; es liegt mir nicht ... Ich war eben dreiundzwanzig als ich Alayne heiratete. Vielleicht versuche ich es noch einmal, wenn ich fünfunddreißig bin. Kein Mann sollte früher heiraten ... Merk dir das, kleiner Finch!«

»Diese Situation«, sagte Finch, »beunruhigt Tante Augusta sehr. Hier sitzt du sozusagen auf ihrer Türschwelle —.«

»Genau ihre eigenen Worte«, rief Eden. »Ihr habt über mich geredet.«

»Na, das ist doch ganz natürlich, was?« Aber er wurde sehr rot. »Jedenfalls, da sitzt du mit Minny im Torhaus, und Tante kann euch nicht einladen — sie kann nicht einmal mit ihren Gästen von euch sprechen —.«

»Weil wir in Sünde leben!« fuhr Eden dazwischen. »Aber wenn wir auf ein Standesamt gingen, wo irgendein alter Kerl, wahrscheinlich mit allerhand widerwärtigen Angewohnheiten, ein paar Worte über uns plappern würde und uns unsere Namen in ein Buch einschreiben ließe, dann würde sie uns vielleicht zum Tennis einladen, was? Nein — wir spielen Tennis auf unserem eigenen Küchentisch mit zwei Teelöffeln und einem Stück Zucker und rufen: Alle lieben und keine heiraten! Aber ich will verdammt sein, wenn wir uns verheiraten, bloß um der alten Mrs. Court willen und um eingeladen zu werden!«

»Ich verstehe«, sagte Finch. »Aber es würde trotzdem netter sein, wenn ihr verheiratet wäret ... Aber wenn das Nichtverheiratetsein für dein Schreiben so besonders gut ist, dann hast du wahrscheinlich dies Jahr viele Gedichte geschrieben.«

Eden sah ihn argwöhnisch an. Machte dieser Jüngling sich über ihn lustig? Aber Finch sah so ernsthaft aus, wie es nur die wenigsten fertig bringen. Sein Ausdruck war geradezu düster. Eden antwortete etwas mürrisch.

»Nicht sehr viel. Ich habe mancherlei gutes Material in den Bibliotheken in Paris für mein Gedicht über Neu-Frankreich gefunden. Aber ich glaube, meine natürliche Begabung ist für Lyrik. Ich habe dieses Jahr eine Menge in Zeitschriften veröffentlicht. Hast du irgend etwas davon zu sehen bekommen?«

»Nein. Ich kriege nie Zeitschriften zu sehen. Aber ich möchte schrecklich gern etwas davon hören.«

»Gut. Den ersten Abend, den du frei bist, komme herüber, und ich lese dir ein paar vor ... Manchmal denke ich, ich könnte es mit einer Novelle versuchen, aber ich glaube nicht, daß mir das glücken würde. Ein Dichter, der Novellist wird, kommt mir immer vor wie ein Bettler, der Straßenräuber wird.«

Er bot Finch eine Zigarette an, und sie rauchten eine Weile schweigend. Die Sonne schien jetzt heiß auf sie herunter, und aus der Hecke rief ein unsichtbarer Vogel ein langes »Süß, Süß« und brach dann in ein überschwengliches Trillern aus.

Eden sagte: »Wie schwer ich mich durchschlage, brauche ich dir nicht zu sagen, so daß ich dir noch nicht zahlen kann, was ich dir schuldig bin. Aber wenn erst dieses lange Gedicht herauskommt —.«

»Hör mal, darum solltest du dich überhaupt gar nicht kümmern! Ich habe gerade überlegt, ob ich dir nicht noch etwas mehr helfen könnte.«

Edens Augen, wie sie nun Finch begegneten, hatten einen fast traurigen Ausdruck. In dem Jungen steckte eine solche Art idiotischer Großmut, eine solch grenzenlose törichte Bereitwilligkeit, daß es einem fast wehtun konnte!

»Das ist riesig nett von dir«, sagte er. »Vielleicht ginge das. Und vielleicht könntest du mir auch sagen, ob du schon etwas für die anderen getan hast?«

Es wurde Finch schwer, nicht etwas stolz auszusehen, als er antwortete: »Na, ich habe die beiden Onkels mit auf die Reise genommen, und ohne zu knausern. Und Piers ließ ich einen neuen Schweinestall bauen. Und ich habe ein neues Auto für die Familie gekauft. Einen Dodge, das neueste Modell. Aber Renny setzt sich nicht hinein. Und ich habe die Hypothek für Maurice und Meggie übernommen, das ist natürlich gar nichts weiter, weil sie mir höhere Zinsen bezahlen, als ich sie sonst bekomme. O ja. Und dann habe ich ein neues Eisengitter für die Gräber auf dem Kirchhof bezahlt. Das alte war so verrostet, daß es schon zerfiel.«

Eden überlegte schweigend diese verschiedenen finanziellen Aktionen und rechnete im großen nach, wieviel sie wohl betrugen. Er sagte:

»Ich hoffe, du übertreibst diese ›gute Fee‹-Geschichte nicht, sonst findest du dich vielleicht plötzlich mit Minny und mir auf irgend jemandes Türschwelle sitzen.«

Finch lachte. »Keine Angst. Ich habe Großmutters Wertpapiere in viel bessere eingetauscht. Ich hatte eine schreckliche Auseinandersetzung mit dem alten Purvis deswegen. Der hätte sich am liebsten geweigert, die Staatsanleihen herauszugeben. Die brachten nur viereinhalb, denke dir! Aber George Fennel, der ist ja in einem Bankgeschäft, weißt du, riet mir, ein gutes Teil in New Yorker Aktien anzulegen. Purvis war recht unangenehm, bis Renny ihm schrieb und sagte, daß ich es machen sollte wie ich wollte. Dann gab er nach.«

»Hm! Es wäre Renny, glaube ich, ziemlich einerlei, wenn du es verlörest — ja, ich würde mich gar nicht wundern, wenn er sich heimlich freute, wenn er dich dadurch nur wieder an die Strippe kriegte. Lieber unterhält er die gesamte Familie, bis sie wie reife Pflaumen vom Baume fallen, als daß er einen solchen Nebenbuhler hat wie jetzt dich. Er ist väterlich bis zum äußersten und nimmt die ganze Familie unter seine Fittiche. Nimmst ihm sozusagen seine ganze Rolle fort. Kein Wunder, daß er nicht in dem Auto fährt, das du gekauft hast. Dadurch würde er ja zugeben, daß er einer deiner Pensionäre ist. Dem alten Rotkopf liegt an nichts als daran, Häuptling des Stammes zu sein. Worin hast du dein Geld sonst noch angelegt?«

»Universalauto und ein paar Westaktien. Dann habe ich dieser Miss Trent — Alaynes Freundin, du weißt doch — zehntausend geliehen zu neun Prozent. Sie bestand darauf, diesen unsinnigen Zinsfuß zu bezahlen. Es ist mir geradezu unangenehm. Sie hat ein Antiquitätengeschäft. Ist hier in England, um einzukaufen. Sie hat ein Geschäft in New York, also riskiere ich nichts. Sie fuhr mit uns herüber und wir sind in London ein paarmal mit ihr zusammengewesen. Sie und Onkel Ernie sind eigentlich viel enger befreundet, als es Onkel Nick und mir angenehm ist. Wir machten uns geradezu Sorgen um ihn.«

Eden stand auf.

»Ich glaube, ich gehe jetzt lieber nach Hause«, sagte er. »Dies alles ist zuviel für mein kleines Gehirn.« Er gähnte und streckte seine weißen bloßen Arme. »Aber eines sehe ich jetzt schon mit schrecklicher Deutlichkeit. Du wirst dich gewachsen und weltmüde nach Jalna zurückziehen und nichts mehr haben als die Lumpen, die du am Leibe hast, und dann wird Renny dich mit offenen Armen empfangen. Der zurückgekehrte verlorene Sohn. Das wird eine Rückkehr ganz nach seinem Herzen.«

»Ich hoffe, du vergißt nicht, wie gut er zu dir war, als du zurückkamst«, sagte Finch.

## 10 Träumerische Freuden

An diesem Nachmittag, als Augusta mit ihren Brüdern und Mrs. Court fortgegangen war, um einen Besuch in der Pfarre zu machen, ging Finch ins Wohnzimmer und setzte sich ans Klavier. Es kribbelte ihm in den Fingern zu spielen, was er seit dem Tag auf dem Dampfer nicht mehr getan hatte. Kurz nach dem Frühstück war Sarah mit einem Buch im Park verschwunden. Der Tag war warm und es lag eine tiefe Ruhe über der Landschaft, nun die erste Leidenschaft des jungen Wachstums vorbei war. Die Bäume, die Felder, die Blumen, die Vögel, die Tiere hatten sich dem ruhigen Glück, Frucht zu bringen, überlassen, ohne an dessen Flüchtigkeit zu denken.

Finch hatte einen der violetten Vorhänge eben weit genug zurückgezogen, um einen Sonnenstrahl ins Zimmer zu lassen. Er saß, die Hände auf den Tasten, und wartete auf den Augenblick, wo es ihn drängte zu spielen. Die schwarzen Tasten, dachte er, waren wie Schwarzdrosseln, die in einer Reihe auf einer Marmorbalustrade saßen. Bald würden sie unter seinen Fingern aufflattern. Sie würden im Fliegen süß und traurig singen.

Er spielte Tschaikowsky. Er spielte mit träumerischer Freude. Als er fertig war, merkte er, daß jemand ins Zimmer gekommen war, aber während ihn sonst solch eine Störung irritierte, freute er sich heute über diese neue Gegenwart. Er sah sich nicht um, sondern saß regungslos, während die Harmonien noch im Zimmer hingen. Er war nicht erstaunt, als die Stimme seiner Kusine halb flüsternd hinter ihm erklang.

»Darf ich hereinkommen und zuhören?«

»Bitte!« antwortete er, noch immer ohne sich umzusehen.

Sie kam herein und setzte sich, die Hände im Schoß gefaltet. Sie lächelte ihm zu, aber dann richtete sie den Blick auf das Bild im offenen Fenster. Er konnte ihr Gesicht studieren, während er spielte.

Er hatte nie ein Gesicht gesehen, das so still und verhalten und doch zugleich so erfüllt von innerer Leidenschaft war. Er wußte selbst nicht, worin diese Leidenschaft zutage trat. Nicht in den Augen mit dem abweisenden Blick. Nicht in dem schmalen schönen Mund mit den fest zusammengepreßten Lippen. Sie schien von irgendeinem inneren Licht herzukommen, oder von der Haltung der Arme, die so aussahen wie zusammengefaltete Flügel, die zitternd auffliegen möchten. Ihr Ausdruck blieb der gleiche, während er Stück auf Stück spielte, aber als er aufhörte, sagte sie:

»Willst du einmal mit mir spielen?«

Sie sagte das mit der Einfachheit eines Kindes, und wieder spürte er eine liebkosende Süßigkeit in ihrer Stimme. Es kam ihm vor, als wäre ein halberschrockener Blick in ihren Augen, während sie sprach, und ein plötzlicher Wunsch stieg in ihm hoch, irgend etwas Brutales zu sagen, das sie zwang, sich selbst zu verraten. Statt dessen sagte er:

»Ich würde dich sehr gern einmal begleiten, wenn ich darf.«

Sie stand ohne ein Wort auf und ging zum Fensterplatz, wo ihr Violinkasten lag. Sie beugte sich darüber, hob die Violine heraus und stäubte sie mit einem Stück Seide ab, das im Kasten lag. Dann schob sie sie unter das Kinn und fing an zu stimmen. Sie tat das in einer so sachlichen Weise, daß Finch anfing nervös zu werden und nicht sicher war, ob er sie begleiten könnte.

»Was wollen wir spielen?« fragte er, und blätterte in ihren Noten.

»Was du willst.«

Er fand etwas von Brahms, das er kannte, aber zuerst ging die Sache nicht so leicht. Es schien fast ausgeschlossen, daß die beinahe eiskalte Schönheit ihres Spiels mit der fließenden Anmut des seinen zusammenschmolz. Es war als ob ein gefrorener See zu einem fließenden Strom sagte: »Komm ströme in mich ein!«

Sie gaben es fast schon in Verzweiflung auf. Dann plötzlich hatten sie bei einem Walzer von Chopin den Zusammenstrom, die Einheit der Seele, um die sie sich bemüht hatten. Irgend etwas schien in ihr gelöst. Eine zarte Röte stieg ihr in die Wangen. Finch war entzückt über das Machtgefühl, das ihn dabei überkam. Sie spielten immer weiter und sprachen nur flüsternd zwischen den einzelnen Stücken. Es war ihm wie ein Wunder, daß solch ein Wandel in ihr Spiel gekommen war, und er grübelte, ob wohl ein ähnlicher Wandel in ihrem Benehmen gegen ihn eintreten würde.

Aber das schien nicht so. Sowie die Musik verklang, war sie ebenso verschlossen und einsilbig wie vorher. Nur als sie die anderen zurückkommen hörte, flüsterte sie: »Sag nicht, daß wir zusammen gespielt haben.«

Als sie dies sagte, hatte ihr Gesicht diesen mutwilligen Ausdruck, den man manchmal in den Frauengesichtern findet, die die italienischen Künstler des Mittelalters malten.

»Und darf ich dich wieder einmal begleiten?« flüsterte er zurück.

Sie nickte mit festgeschlossenen Lippen, ihre grünlichen Augen schimmerten. Sie war wie ein Kind voll spielerischer Bosheit gegen die Erwachsenen, die sie unterdrückten. Er hörte Mrs. Court Vorträge über den lauen Geist halten, den der Pfarrer bei der Frage der Gesangbuchreform zeigte. »Auf mein Wort«, erklärte sie, »wenn man ihn hört, sollte man meinen, ein Gesangbuch wäre so gut wie das andere.« Er hörte Augusta vorschlagen, heute abend Bridge zu spielen. Vielleicht konnten Sarah und er eine Weile allein sein? Er wollte sie fragen, aber statt dessen sagte er:

»Ich finde, Sarah ist ein wunderschöner Name.«

Sie zog die Brauen hoch und wiederholte den Namen. Er fand die Art, wie sie ihn sagte, entzückend. »Sa-rah.« Die Silben waren wie süß singende Noten.

Er fuhr schnell fort: »Ich glaube, du fragst auch nicht viel nach Bridge. Ich hasse es. Magst du vielleicht etwas in den Garten kommen?«

»Vielleicht.«

»Warum vielleicht?« fragte er nochmals.

»Bei mir ist immer alles v i e l l e i c h t .«

»Wegen der ...?« Er deutete mit einer kleinen Kopfbewegung zu ihrer Tante hinüber.

Sie nickte.

»Aber wenn sie Bridge spielt — —«

»Es sind noch so viele Briefe zu schreiben. Wir haben zweiunddreißig regelmäßige Korrespondenten. Ich muß die meisten von den Briefen schreiben.«

Er war zu erstaunt, um Worte zu finden. Er kam aus einer Familie, wo sehr selten Briefe geschrieben wurden, außer in Geschäftsangelegenheiten. Es war oft eine Streitfrage gewesen, wer den monatlichen Brief an Augusta schreiben mußte. Er hatte jedem Familienmitglied eine Ansichtskarte aus London geschickt. Er selbst hatte noch kein Wort von zu Hause gehört. Ernest hatte einen Brief von Alayne bekommen und sagte oft, daß er ihn beantworten müßte.

»Wenn ich nichts anderes zu tun habe, komme ich«, sagte sie. Dann wandte sie sich ab, ging zu Nicholas hinüber und hörte aufmerksam zu, wie er sprach.

Als Finch und Nicholas vor dem Mittagessen einen Augenblick allein waren, sagte Nicholas:

»Das Mädchen sieht aus wie ihr Vater; aber Dennis Court war ein Teufel, und ich fürchte, die Tante hat sie so erzogen.«

Sie traten durch ein halb von Efeu überspönnenes Mauertor. Das Tor war nicht leicht zu öffnen, und als sie darin waren, ließ Finch es offenstehen. Es war nicht dunkel, und würde es auch in der Nacht nicht werden. Über dem zartgoldenen Abendnebel hingen zwei blaßrote feuerumrandete Wolkenstreifen. Die schmale junge Mondsichel schwamm zart am Abendhimmel. Eine ganz von Efeu überrankte alte Eiche, die an allen Ästen grau von Flechten war, ragte hoch über eine der Gartenmauern. Eine Anzahl Krähen hatten sich in ihrem Wipfel versammelt und schienen sich über den Südwind zu freuen, der durch die höchsten Zweige fuhr. Die Vögel warfen sich in die Luft und ließen sich nach ein paar heftigen Flügelschlägen wieder in ihr grünes Versteck herunterfallen. Ein Hänfling, der in den Zweigen eines Pfirsichbaums an der Mauer saß, sang sein feines klagendes Liedchen, das hörbar wurde, wenn die Krähen einen Augenblick ihr Geschrei unterbrachen. Die Blumenbeete schienen sich noch dichter zusammenzudrängen, als ob sie mit ihrem Duft die Sinne der im Garten Wandernden betäuben wollten. Und über dem Duft von Rosen und Heliotrop hing die schwere einschläfernde Süße der weißen Tabakblüten.

Sarah Court trug einen feuerfarbenen Schal um die Schultern, dessen lange Fransen beinahe den Boden berührten. In dem Schal sah sie stolz und spanisch aus, dachte Finch, und es fiel ihm ein, daß er von seiner Großmutter gehört hatte, daß in den Tagen der Königin Elisabeth einer der Courts eine Spanierin geheiratet hatte. Plötzlich stand ihm Renny vor Augen — Renny mit einem Spitzbart und einer Halskrause, die ihm wunderbar stand. Er lächelte in sich hinein und sah, daß Sarah ihn neugierig von der Seite ansah. Er hatte überlegt, worüber er mit ihr sprechen könnte. Nun sagte er:

»Ich dachte eben an meinen ältesten Bruder. Den müßtest du kennen. Er ist solch ein fabelhafter Kerl. Merkwürdig, daß mich eben etwas in dir an ihn erinnerte.«

»Etwas Fabelhaftes?« fragte sie.

»Ja, etwas sehr Stolzes und Wundervolles.«

»Aber ich bin nicht stolz!«

»Aber du siehst so aus.«

»Ich habe nichts, worauf ich stolz sein könnte.« Nach einem Augenblick fügte sie hinzu: »Und jeden Grund, bescheiden zu sein.«

Sie ging langsam den schmalen buchsbaumumsäumten Gartenweg entlang, und Finch hinter ihr spürte den Stolz in jeder ihrer Bewegungen, in der Art, wie sie den spanischen Schal trug, und in dem verhaltenen musikalischen Klang ihrer Stimme.

Als sie am Ende des Weges angelangt waren, sah er ihr ins Gesicht. »Ich bin froh, daß du herauskommen konntest«, sagte er. Er war wirklich froh, daß sie gekommen war, aber eigentlich wäre er doch diese Stunde lieber allein im Garten gewesen, oder mit irgend jemand neben sich, dessen Gegenwart seine Nerven nicht so spürten.

Sie verzog die Lippen mit demselben Lächeln eines mutwilligen Kindes wie vorhin im Wohnzimmer. »Meine Tante hat mir genug Briefe zu schreiben gegeben, um mich bis zum Schlafengehen zu beschäftigen.«

Sie fühlten sich näher zueinander hingezogen. Sie fing an, die Blüten des gelben Rosenstrauches zu streicheln und ihr Gesicht mit einer Art Heftigkeit hineinzudrücken.

»Was für eine Haarfülle«, dachte er, wie er auf die Masse der glänzenden Flechten herabsah, die sie im Nacken aufgesteckt trug. »Und sie drückt die Rosen genau so an sich wie die Geige.« Es fiel ihm ein, was er selbst Eden vorher gesagt hatte, wie es sein müßte, sie zu küssen.

Er hätte gern den romantischen Mut aufgebracht, ihr den Hof zu machen. Aber er konnte sich nicht einmal die Möglichkeit vorstellen, das zu tun. Sie war zu sehr in sich zurückgezogen. Sie war ihm quälend fern.

Durch das Mauertor sah er zwei Gestalten Hand in Hand vorbeischlendern. Er erkannte den Gärtnerburschen, aber das Gesicht des Mädchens war nur ein weißer Schimmer.

Der Bursche ließ die Hand des Mädchens fallen und kam an die Tür. Sie pflegte um diese Zeit verschlossen zu sein, und er war verwundert, sie offen zu finden. Finch ging auf ihn zu.

»Ich hätte die Tür nicht offen lassen dürfen, aber ich vergesse bestimmt nicht, sie wieder abzuschließen, wenn wir hineingehen. Vielleicht schließen Sie sie jetzt lieber ab und wir gehen durchs große Tor hinaus.«

Finch schloß die Tür. Das Geräusch erschreckte die Krähen, die mit heiserem Krächzen sich aus der Eiche erhoben und in geschlossenem Schwarm dem Sonnenuntergang zusegelten. Der Hänfling im Pfirsichbaum schwieg plötzlich, als ob er lauschte, bis alles wieder still wäre, und dann füllte sein Pfeifen und Flöten wieder den Garten, jetzt nicht mehr nur in den Zwischenräumen des Krähenlärms wie vorher, sondern in voller und ruhiger Sicherheit.

Zwischen zwei gestutzten Taxusbüschen war ein Sitz wie eine schmale hochwandige Kirchenbank, und sie setzten sich darauf. Finch fing an, ihr von seiner Familie zu erzählen. Sie hörte mit großem Interesse zu. Wie er die einzelnen nacheinander beschrieb, wurde sein Herz warm, ihre Mängel verschwanden, und er konnte kaum Worte genug finden, um Rennys verwegene Art und seine Reitkunst zu schildern; Piers Mut und seine landwirtschaftliche Tätigkeit, Wakes Liebenswürdigkeit und Frühreife; Megs — o ja, Meggie war einfach vollkommen! Das Heimweh stieg ihm auf, wie er von ihnen sprach. Nur Eden erwähnte er nicht.

»Du hast so viele«, sagte sie, »und ich habe niemand, ich meine, niemand, der mir ganz zugehört.«

»Willst du mir etwas aus deinem Leben erzählen?« fragte er leise. »Ich möchte dich mir gern in Irland vorstellen können.«

Sie zuckte geringschätzig mit den Schultern unter dem leuchtenden Schal. »Mein Leben ist nichts als Üben, Besuche machen und Briefe schreiben.«

Die Vermengung des Übens mit Briefeschreiben und Besuchen verletzte ihn. Er sagte: »Aber du liebst die Musik doch, nicht wahr?«

»Noch nie, bis heute.«

Was sie damit andeutete, ging ihm durch alle Nerven. Aber — daß man so vollkommen spielen konnte und doch dabei die Musik nicht lieben und sie heilighalten ... Der Gedanke stieß ihn geradezu zurück. Es war etwas Sinnloses darin. Was hatte dies Erwachen heute denn zu bedeuten? Daß sie plötzlich die Erlösung in der Musik erlebt hatte? Er fragte:

»Hast du denn nicht die Musik schon geliebt, ehe du mit deiner Tante zusammen lebtest?«

»Ich habe nie daran gedacht.«

Sie antwortete so kurz, daß er sie sozusagen ausfragen mußte.

»Bist du sehr jung Waise geworden?«

»Meine Mutter starb, als ich sieben Jahre alt war.«

»Meine auch.«

»Wie merkwürdig ...« In ihrer Stimme war etwas Grübelndes, als ob diese Übereinstimmung ihr Eindruck machte.

»Und dein Vater?« Nun, sie war ja seine Kusine, er hatte ein Recht, sie zu fragen!

»Als ich dreizehn war.« Sie wandte sich ihm zu — der Mond gab jetzt gerade genug Licht um ihre Züge erkennen zu lassen — und fing an, schnell zu sprechen. »Er ist ertrunken. Er und ich hatten allein zusammen gelebt nach meiner Mutter Tode. Unser Haus lag an der Küste. Er hatte viel Freude an Pferden — wie dein Bruder Renny — aber er trank zuviel. Und er brachte liederliche Leute ins Haus. Aber ich muß gestehen, daß sie mir gefielen. Viel besser als Tante Elisabeths Freunde. Vater prahlte immer viel mit seinen Pferden, besonders mit einer Stute, die Miriam hieß und die sein Leben einmal bei einer Überschwemmung gerettet hatte. Wenn er getrunken hatte, dann rühmte er sich, wie lange sie schwimmen konnte. Eines Abends fingen er und seine Freunde an, darum zu wetten. Um zu zeigen, was die Stute konnte, brachte er sie an den Strand, und seine Freunde gingen mit. Er stieg in den Sattel und ritt mitten in die See. Das Wasser war klar wie Glas, und es war Mondschein. Sie schwamm und schwamm mit ihm auf dem Rücken, und er schrie und sang. Zuletzt bekamen es seine Freunde mit der Angst, sie schrien, er solle zurückkommen, aber er sang um so lauter. Sie hörten die Stute wiehern. Gegen Morgen erhob sich ein Sturm, und am anderen Tag wurden seine Leiche und das tote Pferd von den Wellen angetrieben.«

»Wie schrecklich! Und warst du allein in dem Haus?«

»Ja; aber ich konnte die Leute am Strande vom Fenster aus sehen. Die Bauern sagten, es wäre schrecklich gewesen, wie die großen Wellen das Pferd an die Klippen schleuderten. Meines Vaters Füße hingen im Steigbügel. Sie sagten, daß das Pferd hochgestiegen und mit den Hufen an die Felsen geschlagen hätte, als ob es noch lebte.«

Finch erinnerte sich, daß er als Kind in der Familie von dieser Tragödie hatte sprechen hören, aber er hatte gedacht, sie wäre viel früher gewesen. Die Geschichte war ihm zu phantastisch vorgekommen. Der Dennis Court, von dem er seine Großmutter hatte ausrufen hören: ›Ah, das war ein wirklicher Court!‹ war ihm wie eine mythische Gestalt erschienen ... Und nun saß er, Finch, auf einer Gartenbank neben Dennis' Tochter, während sie die Geschichte seines Todes in gleichgültigem Ton erzählte.

Er gab sich Mühe, ebenso gleichgültig wie sie zu sprechen:

»Und dann lebtest du mit Mrs. Court zusammen, nicht wahr? Das muß ein großer Unterschied gewesen sein.«

Sie antwortete mit spürbarer Bitterkeit: »Ja. Eine Veränderung zum Besseren, fanden alle Leute. Es war, als ob niemand auf den Gedanken käme, wie sehr ich an meinem Vater gehangen hatte. Natürlich kann ich es ihr nie vergelten, was sie alles für mich getan hat. All die Stunden, die Reisen. Aber sie zwang mich, sechs Stunden täglich zu üben und, wenn wir reisten, hatte ich keinen Augenblick für mich. Jetzt reisen wir nicht mehr. Sie kann es sich nicht mehr leisten. Und wenn ich still bin oder meine eigenen Wege gehe, dann nennt sie mich Maus oder Maulwurf.«

Er hatte gar nicht auf solch eine vertraute Kameradschaft zu hoffen gewagt, er hatte sich nicht träumen lassen, daß sie ihn in ihr Inneres hineinsehen lassen würde. Nun fand er, daß er ihre Gleichgültigkeit und kühle Offenherzigkeit nicht ganz so erwidern konnte. Sie schien von ihm auch keinerlei näheres Eingehen zu erwarten, und als er ein paar verlegene Sätze erwiderte, antwortete sie gar nicht, sondern zog sich in ihre frühere innere Abgeschlossenheit zurück.

Der junge Mond war hinter einem hohen Baumwipfel verschwunden, und zwischen den im Wind schwankenden Zweigen fiel das Mondlicht wechselnd in den Garten, bestrahlte für Augenblicke dies oder jenes Beet oder warf einen silbernen Schleier auf Sarahs Gesicht und Hände.

Als er ihre Hände ansah, die wie die Hände einer silbernen Statue aus-

123

sahen, dachte er daran, wie sie Wohllaute aus ihrer Geige zogen und sehnte sich danach, sie zu berühren. Schüchtern legte er seine eigene darauf. Sie waren sehr kalt.

»Ich bin bange, du frierst«, sagte er nervös. »Wir sollten lieber herumgehen. Hast du Lust dazu?«

Sie stand sofort auf, ohne zu antworten. Sie gingen durch das Gartentor einen steingepflasterten Weg entlang und überquerten den Tennisplatz.

»Spielst du Tennis?« fragte er, und grübelte innerlich, ob sie wohl deshalb so schnell aufgestanden war, um der Berührung seiner Hand zu entgehen.

»Nur wenig. Ich wollte, ich spielte besser.«

»Ich will sehen, ob ich Tante Augusta dazu bringen kann, daß der Tennisplatz zurechtgemacht wird.«

Ein kleines boshaftes Lächeln ging über ihr Gesicht. »Vielleicht könnten wir die beiden im Torhaus bewegen, mitzuspielen. Das würde mir Spaß machen.«

Er sah sie erschrocken an. »Meinst du das wirklich? Ich dachte, du wüßtest nichts von ihrer Existenz.«

»Ich wollte nur, ich könnte sie kennenlernen. Ich bin immer wieder am Torhaus vorbeigegangen, weil ich sie gern sprechen wollte. Aber ich sah nur den Vorhang sich bewegen, als ob sie dahinten nach mir ausspähten und mich schrecklich fänden.«

»Was meinst du«, sagte er und erschrak plötzlich vor seinem eigenen Vorschlag, »wenn wir jetzt hingingen und sie besuchten, falls du nicht Angst hast, deine Tante zu beleidigen?«

»Das ist mir vollkommen egal, ob ich sie beleidige«, antwortete sie kühl und kehrte sofort in der Richtung nach dem Parktor um. Sie ging schnell, als ob die Erfüllung eines heimlichen Wunsches vor ihr läge. Sie gingen durch Schatten und Mondlicht, und ihr leuchtender Schal flammte auf und verdunkelte sich wie das Gefieder eines exotischen Vogels.

Unterwegs bot er ihr eine Zigarette an, die sie erst ablehnte und dann plötzlich annahm und sagte: »Ja, gib mir eine! Heute will ich alles tun, was meine Tante ärgern würde.«

Er sah sofort an der Art, wie sie sie zwischen die Lippen schob und mit dem Streichholz anzündete, das er ihr hielt, daß sie gewohnt war, zu rauchen.

Er sah sie fast vorwurfsvoll an, als ob sie etwas Schlimmes täte. »Wann rauchst du?« fragte er.

»Wenn ich Maulwurf bin.« — Und sie hielt einen dünnen Zeigefinger auf, der gelb vom Nikotin war.

Sie fanden Eden vor dem Torhaus auf einem Liegestuhl, wie einen Arbeitsmann nach seinem Tagewerk. Er sah ihnen mit einem ungläubigen Lächeln entgegen, dann sprang er auf die Füße.

»Hier ist unsere Kusine Miss Court, die euch besuchen will«, sagte Finch, der sich plötzlich ganz verwegen und leichtsinnig vorkam. Kam das von dem Rückhalt, den Edens Gegenwart ihm gab?

Sie gaben sich ernsthaft die Hand und Eden führte sie ins Haus. Finch hatte Minny die Treppe hinauflaufen hören, wahrscheinlich um sich zurecht zu machen. Aber als sie herunterkam, begriff er nicht recht, was sie darunter verstand, denn sie sah alles andere als ordentlich aus. Er kam zu dem Schluß, daß sie wahrscheinlich nur ihr Gesicht gepudert hatte, das jetzt im Kerzenlicht blühend aussah wie ein reifer Pfirsich. Ihr milchweißer Hals war stärker als er ihn in Erinnerung hatte und ebenso die gekreuzten Beine unter dem zu kurzen Kleid. Aber ihre schmalgeschnittenen Augen waren noch ebenso herausfordernd und lustig wie früher und ihre Lippen so bereit wie je für Lachen und Singen. Sie hatte eine orangefarbene Wolljacke an, einen blauen Rock und fleischfarbene Strümpfe. Finch verstand nicht, wie Eden diese Farbenverbindung ertragen konnte. Aber Eden beachtete wohl selten solche Dinge.

Minny schob Sarah den einzigen behaglichen Stuhl dicht ans Feuer, weil sie so blaß aussah. Minnys eigenes Gesicht glühte unter der dicken Puderschicht. Ihr großer Mund lächelte liebenswürdig, und dies wunderte Finch nach allem, was Eden ihm über ihre Gefühle gegen Sarah erzählt hatte. Sarah breitete die langen Fransen ihres Schals aus und sog den Rauch ihrer Zigarette ein, als ob er der Inbegriff aller Süßigkeit des Lebens wäre. Sie spreizte sich wie ein Vogel, und Minny war augenscheinlich begeistert, sich mit ihr unterhalten zu können. Eden war auch sichtlich erfreut. Er fing an, sich nach anderer Gesellschaft als allein der Minnys zu sehnen. Er legte neues Reisig aufs Feuer, das in raschen roten Flammen aufflackerte. Er setzte sich auf den niedrigen Kaminsitz Sarah gegenüber. Er fand Finchs Beschreibung der Kusine doch recht oberflächlich. Er durchschaute sie mit viel tieferem Verständnis.

Minny redete sehr viel und wandte sich ausschließlich an Sarah, die bewegungslos dasaß und alles einzutrinken schien, was Minny sagte. Sie erzählte von allerlei drolligen Erlebnissen, die sie auf Reisen gehabt hatten und wandte sich zwischendurch an Eden wegen irgendwelcher ausländischer Namen und Bezeichnungen, die sie stets verkehrt aussprach. Bald fing sie auch an, von Edens Gedichten zu erzählen, auf die sie sehr stolz war. Sie waren die einzigen Gedichte, sagte sie, die sie je hatte lesen können, selbst dann, wenn sie schwer zu verstehen waren. Finch erinnerte Eden daran, daß er versprochen hatte, ihm einige Gedichte vorzulesen, die er seit seinem Verschwinden aus Jalna geschrieben hatte.

Eden nahm eine Kerze und ging die Treppenstufen hinauf, die aus einer Ecke des Zimmers in die oberen Räume führten. Minny sagte: »Er hat in seinen Sachen eine so fabelhafte Ordnung.« Als er zurückkehrte, trug er eine Mappe mit Papieren. Das heiße Wachs von der Kerze war ihm auf die Hand getropft und er ging wie ein Kind zu Minny, um sich bedauern zu lassen.

Er setzte sich wieder in die Kaminecke und las beim Schein der Flammen. Seine immer sehr wohllautende Stimme bekam einen neuen, volleren Klang, wenn er seine Gedichte vorlas.

»Dies sind ein paar Stücke aus der langen Dichtung ›Neu-Frankreich‹. Ich kann sie nicht ganz lesen. Es ist noch nicht alles geordnet«, sagte er.

Er las Fragmente, die er »Indianische Krieger als Galeerensklaven« nannte, »Die Liebe der Frommen«, »Eine Gräfin von Quebec« und »Lied der Ursulinerinnen«.

Die beiden jungen Frauen sagten nach jedem Gedicht nur flüsternd ein paar beifällige Worte. Finch war begeistert und sagte das auch. Er war ganz überwältigt, als Eden plötzlich zu Sarah sagte: »Wissen Sie, daß der Junge da mich anderthalb Jahre lang unterhalten hat? Wenn er nicht gewesen wäre, weiß ich nicht, was ich hätte machen sollen.«

»Das war gut von ihm«, sagte sie einfach. »Aber was muß es ihm für Freude gemacht haben!«

»Hast du es gern getan?« fragte ihn Eden.

Finch nickte mit dem plötzlichen Auflachen aus seinen Flegeljahren, das er bisweilen in verlegenen Augenblicken haben konnte.

»Und dieses«, sagte Eden und nahm ein paar zusammengeklammerte Bogen in die Hand, »sind ein paar Sachen, die ich in Italien geschrieben habe.«

»In Italien?« brachte Finch verblüfft heraus. »Ich wußte ja gar nicht, daß du in Italien gewesen bist!«

»Ja, ich mußte hin. Es war verflucht kalt in Frankreich und ich hatte Husten.«

»Wir machten eine billige Gesellschaftsfahrt mit!« warf Minny ein.

»Wie herrlich!« seufzte Finch. »Wie gern möchte ich auch einmal hin.«

»Rede nicht so dumm«, sagte Eden, »du kannst doch gehen, wohin du willst.«

»Vielleicht könnte ich mit Arthur Leigh hin. Er ist schon da unten.«

Sarah sah Eden erwartungsvoll an, gespannt auf die Gedichte. Er las drei. Das letzte hieß »Auf eine junge Nachtigall, die in Sizilien ihre Lieder probt«. Seine Zuhörer waren sich einig darüber, daß dies das beste von allen war.

»Das ist herrlich! Einfach herrlich!« sagte Sarah und preßte die Finger zusammen. Der Schal fiel von ihren Schultern, wie sie sich zu Eden hinüberbeugte, und ihre bloßen Arme schimmerten im Feuerschein.

Eden war ganz beglückt über diesen Beifall. Kurz darauf ging er mit Minny in die Speisekammer. Die beiden anderen hörten Geflüster und das Klirren von Porzellan.

»Wie gefallen sie dir?« flüsterte Finch. »Freust du dich, daß wir hergekommen sind?« Der Gedanke beunruhigte ihn, daß ihre Tante sie vielleicht vermißt hätte.

Sie nickte gelassen.

Eden und Minny kamen zurück, er mit einer Flasche in jeder Hand, und sie mit einer großen Schüssel, auf der verschiedenerlei Kuchen lag, dessen Zucker- und Schokoladenguß sich bröckelig durcheinandermischte.

Eden war glückselig, Besuch zu haben. Er sagte und tat die drolligsten Dinge. Finch und Minny füllten das kleine Zimmer mit ihrem Gelächter. Sarah Court saß aufrecht, schlürfte etwas Wein, knabberte Kuchen und schien die Fröhlichkeit des Augenblicks leidenschaftlich zu genießen.

Wie sie eilig den Fahrweg entlang nach Hause gingen, fuhr ihnen ein starker warmer Wind vom Moor ins Gesicht. Sarah mußte ihren Schal fest um sich zusammenziehen. Die älteren Herrschaften spielten noch Karten und sie kamen unbemerkt ins Haus. Sie ging leise die Treppe hinauf, während er ins Wohnzimmer schlenderte, sich über Augustas Stuhl beugte und fragte, ob sie Glück im Spiel gehabt hätte.


## 11  Antiquitäten

Die Tage reihten sich aneinander wie Perlen an dem sonnverbrannten Hals des Sommers, bis Finch und seine Onkel einen Monat in Devon gewesen waren. Die Zeit war den beiden alten Brüdern sehr schnell vergangen, nicht gestört durch unangenehme Eindrücke, höchstens ein kleiner Streit am Bridgetisch warf gelegentlich einen Schatten auf ihr Glück. Sie hatten so vielerlei vor an Gartengesellschaften, Besuchen bei alten Bekannten, Teenachmittagen im Rosengarten und dem Lesen der Times, die sie, statt wie sonst erst nach ein paar Wochen, hier zwei Stunden nach Erscheinen lesen konnten, so daß der Tag immer zu kurz war.

Die Abwechslung hatte ihnen unglaublich gut getan. Nicholas war seit Jahren nicht so frei von Gicht gewesen. Ernest war fast erschrocken über seine ausgezeichnete Verdauung. Es war fast etwas Unheimliches an einem Magen, der bisher schon bei einem Stück Obstkuchen zum Tee rebellierte und jetzt ohne die geringsten Schwierigkeiten Massen von Erdbeeren und Sahne verarbeiten konnte. Aber seine Verdauung hatte sich schon seit seiner Begegnung mit Rosamund Trent außerordentlich gebessert, und es war ihm durch den Kopf gegangen, daß die Wirkung dieser Anregung unglaublich sein müßte, wenn es möglich wäre, sie in etwa sechs Monaten zu wiederholen. Er schob diese erstaunliche Besserung auf nichts anderes als auf die belebende Berührung mit dieser kraftvollen und lebenstüchtigen Persönlichkeit.

Er und Nicholas liebten beide Musik und waren begeistert von Sarah und Mrs. Courts Geigen- und Klavierspiel. Nicholas dachte im stillen, daß das Mädchen doch im Grunde seelenlos spielte, und er war es, der darauf bestand, daß Finch sie eines Abends begleiten sollte. Aber der Erfolg war eine Enttäuschung. Finch schien unbegreiflich nervös und Sarah seelenloser denn je. Mrs. Court hatte triumphierend gesessen und mit den Hacken auf den Fußboden geklopft, während sie vollkommen geistlos eine Polonäse von Chopin spielten.

Am Schluß hatte sie ausgerufen:

»Sarah kann eben nur mit mir spielen! Und Finch ist viel zu nervös, um zu begleiten. Man muß eiserne Nerven haben, um zu begleiten. Ich habe dich noch nie so schlecht spielen hören wie heute abend, Maus.«

Die kleine Frau war eifrig zum Klavier getrippelt und wartete kaum, bis Finch vom Klavierstuhl aufgestanden war, um sich selbst zu setzen und Sarah zu kommandieren, die Polonäse noch einmal zu spielen. Sarah hatte sie zu der glänzenden und fehlerlosen Begleitung ihrer Tante noch einmal gespielt und künftig hatte niemand wieder vorgeschlagen, daß Finch und sie zusammen spielen sollten.

Aber das taten sie doch jeden Nachmittag, wenn die alten Herrschaften zum Tee gebeten waren, und das war meist von vier bis sieben. Dann schlüpften Finch und Sarah wie zwei Verschwörer in das Wohnzimmer. Sie benahmen sich, als ob sie einen verbotenen Wein trinken wollten. Er zitterte, wie er vorgebeugt über die Tasten saß, während sie ihre Geige stimmte. Wenn sie sich in die lässige Schönheit eines Tschaikowskyschen Walzers verloren, dann verschwand die Welt um sie her. Ihr Leben blühte auf. Aber kein Wort oder Zeichen der Liebe wurde zwischen ihnen gewechselt, über einzelne Worte oder eine gelegentliche Äußerung ihrer Liebe zur Musik hinaus. An den Tagen, wo sie nicht allein zusammen waren, schien sie aus seinem Leben zu entgleiten und kaum eine andere Erinnerung zu hinterlassen als die geheimnisvolle Anziehung, die ihr Gesicht und ihre Bewegungen immer für ihn hatten. Und manchmal sogar, wenn sie zusammen gespielt hatten, verließ er sie mit einem Gefühl der Erleichterung und atmete tief auf, als ob er einer Atmosphäre entronnen war, die zu bedrückend für ihn war. Und zu anderen Zeiten wieder war er so empfänglich für ihre Nähe, für das Bestrickende und Seltsame in ihrem Wesen, daß es ihm schwer wurde, seine Erregung nicht merken zu lassen. Einmal war es plötzlich wie ein Nebel vor seinen Augen, als er sie begleitete, so daß er die Noten nicht sehen konnte. Er hörte mitten im Spiel auf, und nach einer wilden Kaskade willkürlicher Noten hörte sie auch auf.

»Ich habe die Stelle verloren«, murmelte er.

Sie beugte sich über ihn, die Geige noch unter dem Kinn und sah ihm mit einem fast neugierigen Ausdruck in die Augen. Und es kam ihm vor, als ob er darin dieselbe feine Boshaftigkeit spürte, die er schon oft an ihr entdeckt hatte. Er starrte sie an, ohne ein Wort zu sprechen, aber sein Herz schlug wild, und er war drauf und dran, ihr die Violine aus den Händen zu nehmen und diese selbst zu fassen, als sie sich plötzlich wieder aufrichtete, mit ihrem Bogen auf das Notenblatt deutete und kühl sagte:

»Bitte, verlier doch keine Zeit! Sie ist sowieso schnell vorbei.«

Er fragte sich, ob sie ihn wirklich zurückstoßen wollte, oder ob sie diese Begegnungen nur als Gelegenheit zu leidenschaftlichem Musikgenuß ansah.

Einmal war Nicholas nicht mit den anderen fortgegangen, wie sie angenommen hatten. Als er aus seinem Zimmer herunterkam, ging er bei den Klängen der Musik aufhorchend auf das Wohnzimmer zu. Er öffnete leise die Tür, um nicht zu stören, aber nachdem er ein paar Augenblicke zugehört hatte und den Ausdruck der beiden beim Spiel beobachtete, zog er sich so leise wie er gekommen war zurück und stand vor verschlossener Tür, bis das Stück zu Ende war, mit gesenktem Kopf und einem Ausdruck fast widerwilligen Genießens in seinem gefurchten Gesicht.

Obwohl er das erregte Glück der beiden im Zimmer wohl gespürt hatte, machte er niemals eine Anspielung auf diese Entdeckung. Er versuchte nie, sie zu stören, und oftmals schlug er für die Nachmittage Ausflüge vor, die ihnen freie Zeit ließen.

Mrs. Court hätte gern darauf bestanden, daß Sarah sie begleitete, aber das würde eine unbehagliche Enge im Wagen bedeutet haben. Also trug sie dem Mädchen auf, endlose Briefe zu schreiben und altmodische Kleider zu ändern, um ihr für diese Nachmittage Beschäftigung zu geben. Das alles machte Sarah dann abends spät in ihrem Zimmer, nachdem sie zunächst ihr Licht gelöscht und so getan hatte, als ob sie zu Bett ginge.

Augusta fing nun an, ihrer Gäste etwas müde zu werden. Die fortwährende Mühe, Speisezettel zu machen, ganz abgesehen von den Ausgaben, ging ihr auf die Nerven. Sie hatte gedacht, Mrs. Court würde sie in ihrem Plan, Sarah und Finch zusammenzubringen, unterstützen. Sie hatte den Gegenstand berührt, ehe er kam, und Mrs. Court hatte ihn mit ihrer gewohnten spöttischen Lustigkeit aufgenommen. Aber jetzt kam Augusta zu der Überzeugung, daß Mrs. Court durchaus nicht damit einverstanden war, sondern daß sie selbstsüchtig darauf aus war, das Mädchen nicht heiraten zu lassen, damit sie nicht allein eine Gesellschafterin behielt, deren Gehalt nur in ihrer Kleidung und ihrem Unterhalt bestand, sondern die auch ausgezeichnet aussah und künstlerisch begabt war. Das Benehmen des jungen Paares war auch nicht besonders befriedigend. Sie schienen einander nicht viel zu sagen zu haben, und die Musik, die sie zueinander hätte ziehen müssen, war augenscheinlich nur eine hindernde Schranke zwischen ihnen. Finchs Versuch, Sarah zu begleiten, war eine Enttäuschung gewesen, und wenn Sarah und Mrs. Court musizierten, lümmelte sich Finch in einer Ecke herum und war ein Bild schlechter Laune.

Nicholas ging Augusta auch auf die Nerven. Sie hatten von jeher nicht lange zusammen sein können, ohne daß er diese Wirkung auf sie hatte. Sein unordentliches Haar und seine nachlässigen Gewohnheiten reizten sie ebenso wie Ernests gute Manieren ihr gefielen. Mehr als einmal hatte Nicholas sie geradezu entsetzt dadurch, daß er, augenscheinlich ganz unbewußt, ihre Mutter nachahmte. Er hatte seinen Kuchen in den Tee gestippt, er hatte bei Tisch gebrummt: »Ich will mehr Tunke, bitte«, ganz im Ton seiner Mutter. Sie und Ernest hatten einen Blick gewechselt. Ein andermal hatte er gesagt: »Warum besucht mich dieser junge Welpe da unten im Torhaus nicht? Ich will Eden sehen.« Sie und Ernest waren geradezu erschrocken gewesen. Ernest hatte ihr geraten, diese Launen von Nick vollkommen zu übersehen. »Tue, als ob du es nicht merkst«, hatte er gesagt, und dann wird er sich selbst schämen.« Aber sie hatten das unangenehme Gefühl, daß Nick sie durchschaute und sich gar nicht schämte.

Wenn abends Bridge gespielt wurde, war es eine ständige Gewohnheit geworden, daß Sarah und Finch sich im Garten trafen.

Manchmal gingen sie zum Torhaus und wurden immer freudig von Eden und Minny empfangen, die ihre gegenseitige Gesellschaft gründlich satt hatten. Sie saßen um das Feuer und Eden warf Tannenzweige darauf, daß es prasselnd aufflackerte, ihre Gesichter und die schwarze Eichendecke überleuchtete und dann plötzlich wieder sank, bis die Tannennadeln wie feurige Fäden langsam verlöschten. Die Zweige wandten sich schlangenartig, wurden fahlgrau und zerfielen. Dann warf Eden neue Zweige auf.

Vor dem Feuer las er ihnen seine neuen Gedichte vor, eigentlich nur zu Sarah gewandt, aber Minny gab kein Anzeichen von Eifersucht. Sie schien Edens völlig sicher. Er sagte einmal zu Finch, als sie auf einem Hügel lagen: »Minny ist wirklich herzensgut. Das ist das Schöne an ihr. Alayne ist selbstlos, aber sie ist nicht gut, und Liebe ohne Güte ist wie ein Garten ohne Gras ...«

Eines Abends klopfte es an die Tür, und sie sahen sich einander an wie erschrockene Kinder, denn sie dachten, es könnte Mrs. Court sein auf der Suche nach Sarah. Finch hatte Eden von ihrer Tyrannei erzählt. Aber es waren Nicholas und Ernest, die sie besuchen wollten. Nicholas und Ernest waren über dem Whisttisch in Streit geraten und das Spiel war abgebrochen. Die beiden Damen waren in Augustas Zimmer gegangen und die beiden Herren waren in einer geradezu verwegenen Stimmung zum Torhaus hinuntergewandert. Sie schienen nicht im geringsten überrascht, daß sie Finch und Sarah dort trafen.

Minny war entzückt über soviel Besuch. Nicholas und Ernest fanden die Gesellschaft der jungen Leute so anregend, daß sie geradezu betrübt waren, so viel Abende beim Bridge verloren zu haben. Sie fragten Minny, ob sie noch singen könnte. Sie verneinte es unter vielem Lachen. Aber endlich ließ sie sich überreden, warf den Kopf zurück und sang ein Stück nach dem anderen. Sie hatte ein endloses Repertoire von alten Lieblingsliedern. Ihr Gesicht war emporgewandt, wenn sie sang, so daß es halb im Schatten war und der volle Feuerschein nur auf ihre weiße, bewegliche Kehle fiel, die schimmerte wie die Kelchblätter einer Rose.

Auf dem Rückweg zum Hause flüsterte Sarah Finch zu, daß nun ihre Tante alles entdecken würde und ihre Abende zerstört wären. Zum Glück kam in der Nacht ein Wetterwechsel, und mehrere Tage hatten sie Regengüsse und Sturm vom Moor her. Des Abends waren die Onkels höchst zufrieden mit einem Kartenspiel am Feuer.

Eines Morgens kündigte Ernest die Absicht an, nach Dorset zu gehen, um alte Freunde dort zu besuchen. Am gleichen Tag bekam Finch einen Brief von Arthur Leigh, und da es ihm einfiel, wie sehr Augusta Arthur Leigh bewundert hatte, kam er auf den Gedanken, ihn während der Abwesenheit des Onkels hierher einzuladen. Er konnte Ernests Zimmer haben, das ausgesprochen das beste Gastzimmer war. Augusta fragte sich zwar, ob sie je wieder das Glück des Alleinseins haben würde, stimmte aber zu. Nach ein paar Tagen war Ernest abgereist, sein Zimmer wieder neu in Ordnung gebracht, und Arthur wohnte darin.

Die beiden Freunde waren glücklich, wieder zusammen zu sein und Gelegenheit zur Aussprache zu haben, wie sie sie bisher noch nicht gekannt hatten. Finch hatte vergessen, wie sehr Arthur sich seinen Umgebungen anpaßte und wie liebenswürdig er war. Und Arthur empfand ganz frisch das Interesse und die Sympathie, die Finch stets in ihm erweckt hatte. Er fand den Haushalt ja ziemlich merkwürdig, einschließlich der Zaungäste im Torhaus, vor allem aber interessierte er sich für Sarah Court.

Bei seiner Ankunft hatte sie sich in ihre frühere kühle Verschlossenheit zurückgezogen, und Arthur konnte es kaum glauben, daß sie heimliche Besuche im Torhaus gemacht und ihre Tante fortwährend hintergangen hatte, der sie doch so ergeben zu sein schien. Aber eines Nachmittags, als die drei jungen Leute allein zu Hause waren, überredete Finch sie, Arthur auf der Geige vorzuspielen. Und von da an schien in ihm fast gegen seinen Willen eine heftige Leidenschaft für sie erwacht zu sein. Anstatt angeregt und heiter zu sein wie bisher, wurde er in sich versunken und verstimmt. Sie schien von der Erregung nichts zu bemerken, die sie in ihm erweckt hatte. Dieser Wandel in seinem Freund, so bald nach seiner Ankunft im Hause, beunruhigte Finch.

Augusta hatte den Tennisplatz in Ordnung bringen lassen und die Tochter des Vikars als vierte Partnerin zum Tennis aufgefordert. Sie war ein Sportmädchen mit sonnverbrannter Haut, die sich mit knabenhaft langen Schritten bewegte. Neben ihr fielen die etwas steifen und doch gleitenden Bewegungen Sarahs auf dem Tennisplatz merkwürdig aus dem Rahmen. Mrs. Court beobachtete schadenfroh ihre Unfähigkeit, auch nur mittelmäßig zu spielen.

»Solch ein Mädchen habe ich noch nie gesehen!« rief sie aus. »Nichts Forsches. Ich habe sie Marionette getauft.« Und manchmal rief sie dazwischen in das Spiel hinein: »Gut gemacht, Marionette!«

Sarah schien ebenso unempfindlich gegen den Spott ihrer Tante wie gegen die Gefühle Arthur Leighs für sie. Er und sie spielten immer auf verschiedenen Seiten und gewöhnlich wurde das Spiel nur ein Wettkampf zwischen Finch und der Pfarrerstochter.

Nach dem Spiel pflegten die beiden die verschiedenen Partien zu besprechen, während die anderen schweigend saßen und Arthur mit seinem Schläger im Rasen stocherte, seine großen, grauen Augen auf Sarahs Profil heftend, wie sie dasaß und geradeaus ins Leere sah. Sie war dazu erzogen, sich niemals ins Gras zu setzen ohne Tuch oder Decke unter sich. Sie brachte einen roten Wollschal mit zum Tennisplatz, den Arthur für sie ausbreitete, und so saß sie allein, während die anderen sich im Grase räkelten.

Finch empfand Arthurs innere Unruhe so stark, daß er kaum wußte, was er sagte. Aber trotzdem brachte er es fertig, sich oberflächlich zu unterhalten, während er sich innerlich unablässig mit dem Problem der plötzlichen Veränderung seines Freundes beschäftigte. War es wirklich Liebe, die Arthur für Sarah empfand, oder hatte sie auch für ihn diesen merkwürdigen Zauber, der von ihrer Persönlichkeit auszuströmen schien? Finch selbst hatte ihn empfangen. Er hatte seine Wirkung auf Eden gespürt. Aber in diesem Fall wirkte der Zauber nur vorübergehend und gelegentlich. Wenn Sarah in ein Zimmer eintrat, blieben weder das Zimmer noch die Menschen darin völlig die gleichen. Durch die Macht ihrer kühlen Zurückhaltung beherrschte sie die Atmosphäre ihrer Umgebung. Von der versteckten Bosheit in ihrem Wesen strömte eine Art unheimlicher Stimmung aus. Je mehr Finch Tante und Nichte beobachtete, um so sicherer wurde es ihm, daß Mrs. Court sowohl diese Anziehungskraft, wie auch diese feindliche

Stimmung spürte. Der Gedanke kam ihm, daß ihre spöttische Haltung gegen Sarah nur eine Anstrengung war, sich gegen sie zu behaupten, so ähnlich wie der kleine Mooey zu wiederholen pflegte: »Bin nich bange!«

Er ärgerte sich, daß Arthur sich so schnell hatte von ihrem Einfluß gefangennehmen lassen. Er ärgerte sich über Sarah, daß sie ihn sich so hörig machte. Eine Eifersucht stieg in ihm auf, die die klare Quelle seiner Freundschaft für Arthur trübte. Sarah und er, die in einer unbestimmten und verborgenen Vertrautheit gelebt hatten, die sich vielleicht einmal seltsam und schön hätte entwickeln können, waren plötzlich durch Arthurs Dazwischenkommen getrennt, denn Finch fing an, seine Gegenwart so aufzufassen.

Morgens, wenn Sarah von Mrs. Court in Anspruch genommen wurde, besuchte Arthur Leigh Eden, und die beiden verbrachten lange Stunden auf Spaziergängen zwischen den blumigen Wiesen und auf den Hügeln, die golden waren von reifendem Korn, oder auf dem ginsterüberwucherten Moor. Arthur konnte nicht genug Gutes von Eden sagen. Er erklärte, daß er noch nie ein solches Gefühl magnetischer Verbundenheit erlebt habe. Und was Edens Dichtung betraf, so hätte er in jedem anderen Lande die Anerkennung gefunden, die ihm bis jetzt noch fehlte. Er machte sich Gedanken über Edens Zukunft und er stimmte für Finchs Empfinden viel zu begeistert zu, als dieser sagte, daß er nie Eden an Geldmangel leiden lassen würde. Für Finch war Eden eben sein eigener Bruder und er sah nicht ein, wie Arthur sich herausnehmen konnte, mit solch einem Besitzergefühl von ihm zu sprechen. Er fing an, Mitleid mit sich selbst zu haben. Eden hatte ihn nicht nötig, Arthur hatte ihn nicht nötig, Sarah saß nicht mehr mit ihm im Garten. Er gewöhnte sich an, dort allein zu sitzen und hatte lange Unterhaltungen mit dem Gärtnerburschen Ralph, der ihm eines Tages anvertraute, daß er hoffte, das Küchenmädchen, mit dem er spazieren ging, zu heiraten. »Aber«, hatte er ihm erzählt, »sie ist die Älteste einer großen Familie und muß ihrer Mutter helfen, und ich bin der Jüngste einer großen Familie und muß meiner Mutter helfen, bis einer meiner Brüder so weit ist, daß er sie zu sich nehmen kann.«

Nicholas plante einen Ausflug, zu dem er die drei jungen Leute einlud. Er tat so, als handele es sich nur darum, ein Dorf droben im Moor wiederzusehen, wo er einmal gern gewesen war. Und es war eine anstrengende Fahrt, zu der weder Augusta noch Mrs. Court Lust hatten. In Wirklichkeit lag ihm auch daran, daß sie gar nicht erfuhren, was er vorhatte. Es war nämlich die alte Heimat seiner früheren, geschiedenen Frau, die er wiedersehen wollte. Er hatte von dem Tod ihres Bruders gehört, der dort gelebt hatte, und erfahren, daß die ganze Einrichtung verkauft werden sollte. Er hatte die glücklichsten Zeiten seines Lebens dort verlebt, als er sich um Millicent bewarb, und er hatte die sentimentale Sehnsucht, noch einmal durch die Zimmer zu gehen. Er vertraute dies mit einem halb spöttischen Gesicht und doch ernst genug seinen Begleitern an, um in ihnen zugleich Mitleid und ein romantisches Interesse für sich zu erwecken.

Es war an einem Tag, an dem glänzender Sonnenschein und fliegende Wolkenschatten wechselten. Ihr Weg lag zum größten Teil am Abhang eines Hügellandes, von wo aus sie wiet in die Landschaft sehen konnten, deren grüne und goldene Feldermuster hier und da von dunklen Gehölzen durchsetzt waren. Ein paar hohe Bergspitzen erhoben sich zartblau gegen die Wolken oder das tiefere Blau in der Sonne. Das Haus, wo die Humes gelebt hatten, lag in einer weitentfernten Gegend am Rand des Moores. Farnkraut und Ginster wuchsen bis dicht an den Garten, und in der Nähe brauste ein kleiner aber lärmender Wasserfall eine Miniaturschlucht hinunter.

Das Haus und all seine Nebengebäude waren von grauem Stein, sehr alt, aber ganz ohne Efeu und ungeschützt von Bäumen, so daß es einen Eindruck von Öde und Verlassenheit erweckte. Die vielen Fenster waren klein und die Vordertür war ungastlich zwischen ihren Steinpfeilern eingesunken.

Als sie aus dem Wagen stiegen und auf das Haus zugingen, verkroch sich die Sonne hinter einer Wolke. Vom Moor her pfiff der Wind laut in das Rauschen des Wasserfalls. Arthur und Finch stand die Enttäuschung im Gesicht geschrieben. Sie begriffen nicht, daß es in diesem Hause hatte fröhlich hergehen können. Selbst Nicholas, dessen Augen erwartungsvoll aufstrahlten, sah plötzlich enttäuscht aus. Er pochte mit dem schweren Metallklopfer. Die Tür wurde von einem großen, dicken Mann mit rotem Gesicht geöffnet, der das Haus verwaltete. Er hatte sie erwartet. Er führte sie in das fast ausgeräumte Wohnzimmer. Überlebende Verwandte hatten aus dem Hause mitgenommen, was sie brauchen konnten, und auf Tischen stand in unordentlichen Gruppen das Silber und sonstige Wertgegenstände zum Verkauf. Helle Flecken waren auf der Tapete zu sehen, wo Bilder gehangen hatten. Möbelstücke, die schon lange in der Rumpelkammer verwahrt gewesen waren, hatte der Agent als wertvoll wieder heruntergeschleppt und diese Stücke standen in den Zimmern herum, mit dem traurigen und heimatlosen Aussehen alter Freunde, die ein halbes Leben lang sich nicht wiedergesehen haben ...

Der alte Hume war erst vor einem Monat gestorben, trotzdem war aber alles im Hause so unter Staub begraben, als ob dieser sich während mindestens sieben Generationen angehäuft hätte. Wie die Besucher von einem Zimmer ins andere gingen, war es, als ob irgendeine düster wiedererwachte Vergangenheit ihnen jeden Augenblick entgegenkommen müßte. Nicholas sah mehr und mehr bedrückt aus. In einem kleinen Raum, der augenscheinlich ein Arbeitszimmer gewesen war, fand er eine gerahmte Fotografie einer Cricketmannschaft in Oxford in gestreiften Flanelljacken, flachen Strohhüten und kleinen Backenbärten. Er zog Finch hin und zeigte ihm darauf sich selbst und seinen Schwager, den Hume, der vor kurzem gestorben war. Finch dachte, daß er es vielleicht gern für sich selbst haben möchte und kaufte es von dem Agenten für drei Schillinge. Mit dem Bild unterm Arm folgte er Nicholas in die Küche. Sie verließen Leigh und Sarah, die einen alten messingbeschlagenen Kasten betrachteten, den er ihr gern schenken wollte.

Die Küche war der größte Raum im Haus. Die niedrige Decke war von schweren Balken getragen, der Fußboden holpriges Steinpflaster, durch die tiefen Fenster sah man über einen gepflasterten Hof auf das gegiebelte steinerne Stallgebäude und die Schuppen. Ein langer Tisch mit Bänken zu beiden Seiten füllte das eine Ende des Raumes. Am anderen Ende war der Herd und rechts eine hochlehnige Wandbank. Auf dem Herd lagen ein Paar schmutzige alte Stiefel und auf der Bank eine abgetragene alte Lederjacke und ein Hut. Diese Kleidungsstücke, die dem Verstorbenen gehört hatten, vervollständigten die Stimmung völliger Verlassenheit. Zum erstenmal in seinem Leben war es Nicholas, als hörte er das drohende Knarren der Todespforten.

Der Agent und zwei andere Leute, ein Mann und eine Frau, redeten halblaut von einem Schrank voll Porzellan. Sie standen halb von der Wandbank verdeckt.

Plötzlich hob die Frau mit einem energischen Ton die Stimme und rief: »Ich muß einfach diese wunderbaren Glasflaschen haben, und natürlich auch die Krüge! Was meinen Sie, soll ich nicht auch gleich den Schrank selbst kaufen?«

Nicholas hob den Kopf wie ein alter Löwe, der plötzlich die Stimme des Jägers hört. Er horchte auf und vernahm was er erwartet hatte: die sanfte Stimme seines Bruders Ernest! Er und Miss Trent waren da und suchten Antiquitäten! Es war zu schrecklich. Der Ekel stieg ihm geradezu in den Hals bei diesem Gedanken. Ernest mußte Wind von dem Verkauf bekommen und Miss Trent benachrichtigt haben, und die beiden waren nun eiligst gekommen, um etwas einzuhandeln. Finch hörte sie auch, bewunderte aber ihre Findigkeit in Anbetracht dessen, was er selbst in Miss Trents Unternehmen hineingesteckt hatte.

Nicholas packte ihn beim Arm und zog ihn aus dem Zimmer. Draußen im Gang starrte er Finch durchdringend an, die gefurchten Linien in seinem Gesicht schienen tiefer geworden. Er brummte:

»Ich mache, daß ich nach oben komme, damit sie mich nicht finden. Versuch ihnen aus dem Wege zu gehen, aber wenn sie dich sehen, dann laß sie nicht merken, daß ich auch hier bin! Wenn dies Weib weg ist, komm herauf und hole mich.«

Schwer stieg er die Treppen hinauf. Oben nahm er seinen Hut ab und wischte sich die Stirn, über der das eisengraue Haar noch dicht und buschig wuchs. »Verdammt knapp entwischt!« murmelte er. »Um die Welt hätte ich dieser Person und meinem flatterhaften Bruder nicht begegnen mögen.« Er spähte in die Schlafzimmer hinein, fand aber nichts von Erinnerungen dort, sondern nur Ekel vor fliegenbeschmutzten Spiegeln, auf den Betten aufgehäuft alte Kissen und Decken. Die Schubladen vom Schreibsekretär standen halbgeöffnet, so daß das gelbe Papier darin zu sehen war.

Er kam sich halberstickt vor und sehnte sich nach dem Augenblick der Flucht. Von jedem Raum wandte er sich mit einem Seufzer ab und überlegte, wo er am sichersten vor Miss Trent wäre. Er nahm sich vor, in das Zimmer zu gehen, in das man über zwei flache Stufen stieg, und wenn er sie kommen hörte, dann würde er sich einfach gegen die Tür lehnen, daß sie nicht herein konnten. Er stieg die Stufen hinunter, öffnete die Tür, trat ein und schloß sie leise hinter sich.

Ein altersgelber Vorhang hing schief über das Fenster herunter und dämpfte das Licht in dem Raum zu einer halben Dämmerung. Nicholas war erstaunt zu entdecken, daß er nicht allein war. Eine Frau saß am Schreibtisch und sah einige Papiere durch, die sie herausgenommen hatte.

Er wollte leise wieder hinausgehen, aber sie sah auf und ihre Augen begegneten sich. Er stand völlig still und sah sie an mit dem seltsamen Gefühl, daß er dies schon einmal erlebt hätte. Er starrte die Frau an, sah, daß sie gut angezogen, ältlich und vornehm aussah, aber er wußte nicht recht, ob er und sie wirklich in der Welt existierten, die er kannte.

Der Ton ihrer Stimme weckte ihn aus diesem Trancezustand. Sie sagte: »Nein Nicholas, wie merkwürdig, daß wir uns hier begegnen!«

Es war, als ob ihre Worte das Eis in einem gefrorenen Strom sprengten und eine Flut von Erinnerungen plötzlich in ihm lösten. Er sah jetzt klar, daß es Millicent war, die Frau, von der er geschieden war, und daß sie jetzt allein einander gegenüberstanden in einem Zimmer im Hause ihres verstorbenen Bruders. Er hatte das peinliche Gefühl wiederkehrender Wirklichkeit, das nach der Vergessenheit einer Narkose kommt. Ihre Stimme klang ihm sehr fern und doch dröhnte sie ihm in den Ohren. Ihr Gesicht war das Gesicht einer Fremden, aber die Augen bohrten sich in die verborgensten Tiefen seines Herzens.

Sie war aufgestanden und zu ihm getreten. »Ich fürchte, du hast einen Schrecken gekriegt«, sagte sie. »Willst du dich nicht lieber setzen, du siehst blaß aus.«

Sie sah auch blaß aus, und ihre Stimme zitterte vor Bewegung trotz ihrer kühlen Worte.

»Nein, nein«, sagte er. »Es geht mir ganz gut. Aber einen Schrecken habe ich bekommen. Ich war gerade recht bedrückt, alles hier so verändert zu finden. Die Zimmer, wo wir so glücklich waren, völlig verkommen.« Die Muskeln um seinen Mund zuckten und er sah sie geradezu ergriffen an.

»Ich weiß, ich weiß. Mich bedrückt es auch schrecklich. Ich hatte keine Ahnung, daß du in England bist.«

»Ernest und ich sind hier bei Augusta zu Besuch. Wir haben einen jungen Neffen bei uns. Er und ein anderer junger Mensch und eine von den jungen Courts sind unten.«

Sie rieb ihre Handflächen mit einem parfümierten Taschentuch. Guter Gott, es war noch dasselbe Parfüm, das sie immer gebraucht hatte. Wie ihm das alles ins Gedächtnis kam! Sie fragte: »Ist Ernest hier?«

»Ernest!« wiederholte er wütend. »Sag bloß nichts von Ernest! Er ist unten in der Küche mit einem Frauenzimmer, das ein Antiquitätengeschäft hat. Ich glaube, sie kaufen alles alte Zeug an Töpfen und Krügen für ihr Geschäft.«

»Ich hoffe, sie tun es. Ich würde sehr froh über das Geld sein.«

»Hast du dies Haus jetzt geerbt?« fragte er mit dem Ton, in dem geschäftliche Dinge unter nahen Bekannten verhandelt werden.

Sie nickte. »Ich hätte besser das ganze Haus erst instandsetzen sollen und dann eine richtige Auktion halten lassen. Aber ich hatte einfach nicht die Energie. Ich lasse nur diesen Agenten die Sachen verkaufen so gut er kann.«

»Da unten habe ich einen reichen, jungen Burschen mit. Vielleicht könnte ich ihn dazu bringen, daß er sich dafür interessiert.«

»Das wäre sehr nett von dir!« Und sie fügte mit einem flüchtigen Lächeln hinzu: »Du warst immer sehr gut, Nick!«

Er zog die grauen Augenbrauen hoch. »Es ist nie zu spät, etwas Gutes zu hören!« sagte er.

»Oh, Unfreundlichkeit habe ich dir nie vorgeworfen ... außer vor Gericht!«

»Na, das ist auch das einzige, was du mir nicht vorgeworfen hast!«

Sie lachte etwas auf. »Wenn ich an das alles zurückdenke, kommt es mir vor, als ob wir beide recht töricht gewesen sind.«

»Meinst du«, fragte er, »daß wir hätten zusammenbleiben können?«

»Ja, das finde ich.«

Er sah sie mißtrauisch an. Sie versuchte doch wohl nicht etwa wieder anzubändeln? In diesem Alter! Er sagte kurz:

»Nein, nein, nein. Das wäre nie gegangen!«

»Nein, wahrscheinlich nicht«, seufzte sie.

»Kann ich dies Fenster öffnen?« fragte er. »Es ist hier sehr heiß.«

»Bitte. Ich habe es versucht, aber es sitzt fest. Ist dies Zimmer nicht schrecklich? Das ganze Haus geradezu niederdrückend? Henry hat die letzten beiden Jahren hier ganz allein gelebt, nur eine Frau kam tagsüber ein paar Stunden, um für ihn zu sorgen. Er hat sich totgetrunken. Mich wollte er nicht sehen.«

Er hatte frische Luft hereinlassen und atmete sie in tiefen Zügen. In einem offenstehenden Schrank sah er einen Haufen verfaulter Äpfel und ganze Borte gedrängt voll leerer Alkoholflaschen. Er setzte sich und sah sie kummervoll an. »Schlimme Sache!« sagte er. »Äpfel und Whisky, was? Na. Na.«

»Ich hätte das Haus erst aufräumen lassen sollen«, seufzte sie wieder, »aber ich war der Anstrengung wirklich nicht gewachsen.«

»Bist du denn jetzt leidlich gesund?« Er erinnerte sich daran, daß sie immer über irgend etwas geklagt hatte.

»Besser als früher«, antwortete sie herausfordernd.

»Du hast dich gut gehalten. Du siehst immer noch gut aus.«

»Du bist auch noch ein schöner Mann.«

»Nein, nein, ich bin ein Wrack.«

»Unsinn!«

»Gar kein Unsinn.«

»Du bist eine vornehme Erscheinung und wirst es immer sein.«

»Bist du mir nicht mehr böse, Millicent?«

Sie streckte die Hand aus und berührte leicht die seine. Er sah auf ihre weißen, etwas klauenartigen Finger herunter, mit den langen gebogenen Nägeln. Dieselben wie damals. Er hatte ihre Hände geradezu gehaßt.

Er drehte an seinem Bart. Seine Nerven waren erschüttert von diesen Klängen einer halbvergessenen Melodie.

»Ich bin dir gar nicht böse«, sagte sie. »Und ich freue mich, daß wir uns begegnet sind — zum letztenmal.« Kein Zweifel, es war etwas von Sentimentalität in ihrer Stimme.

»Merkwürdig«, sagte sie, »daß du nicht wieder geheiratet hast.«

»Hatte keine Lust.«

»Wahrscheinlich weißt du, daß mein Mann tot ist.«

»Ja, zu traurig!« Er hatte den jungen irischen Offizier, um dessentwillen sie ihm davongelaufen war und den sie nach der Scheidung geheiratet hatte, gern gehabt. Nicholas hatte ihr die Scheidung leicht gemacht. Aus guten Gründen.

Finch kam eilig die Treppe hinauf ins Zimmer. Nicholas stellte ihn vor. »Mein Neffe, Millicent. Finch, Mrs. O'Flynn, eine alte Freundin von mir.«

Sie konnten Arthur Leigh und Sarah lange nicht finden. Endlich entdeckte

Finch sie. Sarah saß auf einem Gattertor, das in ein Feld führte, wo Schafe weideten, und Arthur stand vor ihr, eine ihrer Hände in seinen, es lag ein Ausdruck von Glückseligkeit auf seinem sensitiven Gesicht.

## 12  Eine seltsame Hochzeit

Bei der nächsten Gelegenheit zog Leigh Finch in das kleine Nebengebäude, wo Rasenroller und das kleine Tennisnetz aufbewahrt wurden. Die Sonne war gesunken und der Tau fiel, aber am Himmel hing noch ein zartes, rosenfarbenes Licht. Ein Kastanienbaum beschattete dieses Nebengebäude, und seine gefallenen Blütenblätter lagen dicht wie ein Teppich vor der Tür, zertrampelt von Füßen, die aus und ein gingen.

Arthur setzte sich auf den Rasenroller und sah mit bittendem Ausdruck zu Finch empor. Er sagte:

»Nun alles Elend und die Ungewißheit vorbei und nur das Schöne geblieben ist, verzeihst du mir, nicht wahr?«

»Was soll ich verzeihen?« fragte Finch hastig, nervös. Er hoffte, daß Arthur ihm nicht von seinen Gefühlen sprechen und die innere Verzweiflung ausschütten würde, die ihn während seines ganzen Aufenthaltes gequält hatte.

»Das weißt du ganz gut. Ich bin geradezu ein Scheusal gewesen, seit ich hierher kam. Solange ich denken kann, bin ich mir in meinem ganzen Leben noch nicht so bedrückt und so verflucht selbstsüchtig vorgekommen. Besonders dir gegenüber, Finch, der du mir doch mehr bist als alle anderen!«

»Mehr als Sarah?« fragte Finch mit gezwungen leichtem Ton.

Arthur antwortete ernsthaft: »Ja, in gewisser Weise mehr als Sarah. Weil du mein lieber nächster Freund bist und sie ist die Frau, die ich anbete, und Freundschaft und Anbetung sind in ihrer Art ganz verschieden.«

»Ich weiß eigentlich gar nichts«, sagte Finch. »Willst du es mir nicht sagen? Natürlich als ich sie auf dem Gattertor sitzen sah und dich neben ihr mit diesem Ausdruck im Gesicht, da wußte ich, daß die Sache ernst war. Arthur, wird sie dich heiraten?«

»Ja, das will sie! Ich kann es kaum glauben. Ich bin diese ganze Zeit wie ein Mensch gewesen, der sich im Walde verirrt hat und alle Hoffnung aufgegeben hat, herauszukommen. Manchmal bin ich mir halb irrsinnig vorgekommen; es kam alles so plötzlich, so unerwartet.« Trotz seiner wiedergewonnenen Sicherheit, seines neuen Glücks, hatte er noch einen ängstlichen Zug im Gesicht. »Wie kann ich dir das nur verständlich machen? Du hast nie so etwas erlebt.«

Finch sah ihn mitleidig und doch mit einem Gefühl von Verletztheit an.

Arthur war mitten in seine kleine Welt hier eingedrungen, hatte selber die Fäden des Gewebes an sich gerissen, an dem Finch leise webte, und machte nun in einer Art von verzweifelter Leidenschaft ein ganz anderes Muster daraus. Finch glaubte, daß Arthur zum erstenmal im Leben vor seinem eigenen Gefühl erschrocken war und die Möglichkeit gefühlt hatte, daß ein Wunsch ihm versagt werden könnte. Arthur hatte immer dieses strahlende und etwas törichte Gesicht eines jungen Menschen gehabt, dem nie etwas quergegangen ist.

»Ich kann mir vorstellen, was du innerlich fühlst. Ich habe ja gesehen, wie unglücklich du warst. Aber das konnte nicht so bleiben. Es mußte alles in Ordnung kommen. Wie wäre es möglich, daß ein Mädchen dich nicht geliebt hätte, wenn du es liebtest?«

»Oh, du kennst Sarah nicht. Es könnte sich einer Sarah zu Füßen werfen und ihr von seiner Liebe vorjammern bis die Sterne wackeln, und es würde sie nicht im geringsten bewegen, außer wenn auch sie ihn liebte.«

»Aber sie liebt dich ja. Es muß herrlich sein, das zu erleben.«

»Ich kann es noch gar nicht glauben. Weißt du, ich wollte heute gar nicht mit ihr von Liebe sprechen. Ich hatte nur vor, sie zu fragen, ob wir uns bisweilen sehen könnten. Ihr zu sagen, daß ich einfach den Gedanken nicht ertragen könnte, daß alles zu Ende sei, wenn ich nach London zurückfahre... Sie saß auf dem Gatter, einen großen Holunderbusch hinter sich, und sah so unglaublich verschlossen aus... Du kennst ja diesen kleinen abweisenden Zug um den Mund. Das machte mich ganz toll, weil ich fühlte, daß sie nur an mich dachte wie an irgendeinen ganz fernstehenden Menschen, dessen Hoffnung und Verzweiflung sie gar nichts anging... Ich stotterte heraus, was ich wegen eines Wiedersehens hatte sagen wollen. Sie sagte, daß sie sehr selten nach England käme. Drei Jahre waren seit dem letzten Besuch vergangen. Ich sagte, daß ich dann eben nach Irland fahren würde, um sie wiederzusehen, wenn sie es erlaubte. Sie wandte sich um und sah mich mit einem wunderbaren Lächeln an, aber sie antwortete nicht... Etwas war in ihrem Lächeln, daß ich einfach den Kopf verlor. Ich konnte meine Gefühle nicht mehr bei mir behalten. Wie ein Wassersturz muß es ihr vorgekommen sein... Und zuletzt sagte ich, wenn sie mich nicht heiraten könnte, dann wüßte ich nicht, was ich tun würde. Und dann sagte sie sehr einfach, sie wollte mich ja heiraten... O diese Stimme, mit der sie das sagte! Hast du je eine solche Stimme gehört, Finch?«

»Sie ist sehr weich.«

»Weich! Es ist, als ob ein Stern sprechen könnte! Und wie sie sich bewegt! Wie eine Lilie auf ihrem Stengel... Und diese Art, daß sie einen nicht ansieht und dann sich plötzlich umwendet und einem geradezu ins tiefste Innerste sieht! Sie ist wie der Engel, der die Wasser aufstört und alles herausbringt, was darin heilend ist. So empfinde ich das. Nun ich weiß, daß sie mich liebt, habe ich plötzlich neue Lebenskraft.«

»Ich bin riesig froh für dich, Arthur.«

»Das weiß ich! Und zu denken, daß das alles nur durch dich gekommen ist. Ich bin neugierig, wie ihre Tante es aufnimmt.«

»Sie hat dich gern. Das ist deutlich zu sehen.«

»Nun, gern oder nicht gern, sie kann nichts dagegen machen. Wir wollen möglichst rasch heiraten.«

Mrs. Court erhob keinen Widerspruch. Tatsächlich schien sie begeistert von dem Gedanken, daß Leigh ihr Neffe wurde. Augusta sagte sie, daß sie überzeugt wäre, selbst die Verbindung durch ihren Takt und ihr Verständnis für die jungen Leute zustande gebracht zu haben. Das beleidigte Augusta, weil sie für Finch und Sarah ja heimlich die gleichen Pläne gehabt hatte. Sie war innerlich überzeugt, daß Mrs. Court nur versuchte, sich mit einer unangenehmen Tatsachen möglichst gut abzufinden. Wenn sie nun einmal eine unbezahlte Gesellschafterin verlor, dann wollte sie wenigstens so viel Nutzen wie möglich aus der Sache ziehen und annehmen, daß Sarah in ihrem künftigen Reichtum ihre gute alte Tante nicht vergessen würde. Gegen Leigh nahm sie einen mütterlichen Ton an und zeigte sich besorgt wegen seiner Blässe. Sie machte eine Lebertrankur und schlug ihm vor, es ihr nachzumachen. Leigh, der immer in Sorge um seine eigene Gesundheit war, ließ sich dazu überreden. Nach jeder Mahlzeit brachte Ellen Mrs. Court ein kleines Tablett mit einer Lebertranflasche und einem Teelöffel. Die übrige Tischgesellschaft sah heimlich schaudernd wie gebannt zu, während sie die widerliche Dosis ausmaß, wandte sich ab, wenn sie ihren schmallippigen Mund weit öffnete und sie hinunterschluckte, wandte sich dann mit angewidertem Lächeln ihr wieder zu, während sie den Teelöffel ableckte.

»Es ist nur eine Gewohnheit«, erklärte sie. »Wenn man einmal daran gewöhnt ist, dann ist es ganz selbstverständlich.«

Sowie Leigh sich bereit erklärt hatte, es auch zu versuchen, ließ sie zwei Teelöffel bringen. Sie füllte seine Dosis selber ein, trippelte um den Tisch zu ihm hinüber, den Löffel vorsichtig in der Hand. Er öffnete den Mund. Sie schob den Löffel hinein. Sein Ausdruck heroischen Leidens begeisterte Sarah. Sie warf einen boshaften Blick auf Finch.

Es war beschlossen worden, daß Mrs. Court und Augusta Sarah nach London begleiten sollten, um ihr Aussteuer zu besorgen. Arthur sollte mitfahren.

Daß Nicholas und Finch nun eine Weile allein in Lyming blieben, machte ihnen besondere Freude. Nicholas hatte es immer schwierig gefunden, mit Augusta auszukommen. Er hatte Mrs. Court, ihre Leidenschaft für Bridge und Klavierbegleitung und ihre Gewohnheit, vor aller Augen Lebertran zu nehmen, gründlich satt. Er war es müde, sie die Tugenden von Thomas Court preisen und die schlechten Gewohnheiten von Dennis verdammen zu hören, denn er hatte den ersteren nicht ausstehen können und den anderen gern gehabt. Außerdem hoffte er auf die Gelegenheit, mehr von Eden und Minny zu sehen. Es empörte ihn, daß Eden ihn nur wegen Mrs. Court noch nicht besucht hatte.

Finch hatte seit Arthurs Ankunft wie unter einem Druck gelebt. Jetzt atmete er auf und ließ die Tage lässig an sich vorübergleiten. Er stand früh auf, um die Sonne aufgehen zu sehen und ihrem Antlitz entgegenzuwarten, das sich glühendrot aus den Wiesennebeln hob, bis es über dem Kirchturm am klaren Himmel schwebte. Sein Nacken bräunte sich zusehends, da er den ganzen Tag im Freien verbrachte, bis der Sonnenuntergang in glühender Herrlichkeit hinter den Bergen erlosch. In der Nachmittagshitze lag er auf dem dichten Gras im Schatten der efeubewachsenen Mauer mit einem Buch oder auch träumend. Sarahs Gestalt glitt durch seine Träume im Schlafen und Wachen, schien manchmal vor ihm zu fliehen und dann wieder ihm zu winken. Abends war ihm, als sähe er sie auf der Gartenbank in ihrem feuerfarbenen Schal sitzen. Solange sie im Haus gewesen war, hatte er sie fast vergessen, sowie ihre körperliche Gegenwart nicht mehr um ihn war, aber jetzt wo sie fort war, konnte er sie kaum einen Augenblick vergessen. An Arthur dachte er selten, nur grübelte er manchmal darüber nach, ob Sarah ihn wirklich liebte. Er kam auf den Gedanken, daß die Leidenschaft Arthurs in ihr die Antwort erweckt hatte und fragte sich, ob es wohl ebenso gekommen wäre, wenn er selbst sie glühend geliebt hätte. Aber jedes Mädchen mußte Arthur lieben, wenn er um sie warb. Ihn selbst zu lieben, dachte er, müßte schwer sein. Auch auf diesem Gebiet würde er nur Dummheiten machen.

Nicholas schlug vor, den »Torhüter und seine Dame«, wie er Eden und Minny nannte, zum Sonntagabend einzuladen. Die Mädchen, außer Ellen, würden ihren Ausgangstag haben, und Ellen hielt sicher den Mund. »Selbst wenn Augusta merkt, daß sie hiergewesen sind, glaube ich nicht, daß sie sich ärgern wird. Wenn sie auch die Königin-Alexandra-Fransen trägt, sie stammt doch aus vor-viktorianischer Zeit.« Er sah Finch unter seinen buschigen Brauen scharf an und fügte hinzu: »Ich will Eden sehen. Ich will Minny sehen. Ich will das junge Volk um mich haben.« Finch dachte: »Guter Gott, da macht er es wieder so! Gut, daß Onkel Ernest nicht hier ist, den regt es immer auf, daß Onkel Nick genau so redet wie Großmutter.« Er fand auch, daß es nett sein würde, eine kleine Abendgesellschaft zu haben.

Als die beiden vom Torhaus kamen, sahen sie ordentlicher aus, als Finch sie bisher gekannt hatte. Minny, das arme Ding, hatte ein neues Kleid von leichter Seide an, das sie von einem Londoner Sommerausverkauf sich hatte kommen lassen. Eden hatte ihr selbst das dichte Haar geschnitten, und wahrhaftig, sie hatte Tupfen von Rouge auf den Ohrläppchen!

»Ich bin Friseur geworden«, rief Eden aus. »Magst du Minnys Haar so leiden?«

»Ihre Ohren mag ich«, sagte Nicholas und kniff sie in das eine.

Minny hielt seine Hand fest. »Darf ich Onkel Nick sagen?«

»Aber Beste, was solltest du denn sonst sagen?«

Beim Abendessen waren sie sehr lustig. Eden schwor darauf, daß es seit Monaten seine erste ordentliche Mahlzeit sei. Minny koche so schlecht, sagte er, daß er die Hauptsache selber machen müßte. Aber es war unmöglich, Minny zu beleidigen. Wie die hingebende Erfüllung des heißen Sommers selbst öffnete sie den Mund nur zum Lachen, und ihr Atem war süß wie Kleeduft. Nicholas war freigebig mit Augustas bestem Wein.

Nach dem Abendessen unterhielten sich Nicholas und Eden, und Finch und Minny hörten zu. Dann wurde Musik gemacht, und die Sprechenden hörten zu.

Auf dem Weg zurück zum Torhaus sagte Minny, ihren Arm um Edens Arm geklammert: »Oh, Liebster, wäre das nicht herrlich, wenn man solch ein Haus hätte!«

»Das werden wir nie haben, Kind«, antwortete er. »Du und dein Dichter müssen vor anderer Leute Türschwelle singen.«

Als die anderen von London zurückkamen, wurde alles eilig vorbereitet für eine baldige Hochzeit. Leigh war jede Verzögerung unerträglich. Seine Leidenschaft hielt die verlorenen Sommerwochen kaum aus, bis Sarah seine Frau war. Seine Mutter und Schwestern waren in Britisch-Columbia. Seine Mutter war krank gewesen, und es würde lange dauern, bis sie eine weite Reise machen konnte. Am liebsten hätte er nur auf dem Standesamt geheiratet, aber davon wollte weder Augusta noch Mrs. Court etwas hören. Die Hochzeit konnte so einfach sein wie möglich, mit ganz wenigen Gästen, aber es mußte eine richtige Hochzeit sein. Augusta dachte, daß es ein glückliches Vorzeichen war, daß Renny und Alayne vor einem Jahr auch bei ihr ihre Hochzeit gefeiert hatten. Nur ein paar Gutsnachbarn und einige Freunde von Leigh aus London sollten eingeladen werden.

Seit Sarahs Kälte unter dem Einfluß von Arthurs Leidenschaft geschmolzen war, wunderte sich Finch über seines Freundes fieberhafte Unrast. Er sah müde aus nach der Woche in London. Eines Tages sagte er im Vertrauen zu Finch:

»Mir ist oft, als entgleite sie mir. Ich bin ihr nie wieder so nahe gewesen als am ersten Tag damals am Wiesengatter. Irgendwie habe ich Angst ... und bin gequält ... dann wieder bin ich böse auf mich selbst. Sie ist so bezaubernd, so anbetungswürdig. Und doch verstehe ich sie nicht recht. Ich denke mir, wenn sie erst wirklich mein eigen ist, dann wird das anders. Wir sind verschiedener Meinung über die Hochzeitsreise. Ich wollte nach Norwegen gehen; aber nein, sie will an die See. Irgendwo ganz hier in der Nähe. Sie haßt Gesellschaft. Mit meinen Freunden in London hat sie kaum ein Wort gesprochen, als ich sie ihnen vorstellte.«

»Hat sie dir je von ihrer Kindheit erzählt?« fragte Finch.

»Nichts, außer daß sie mit dreizehn Waise wurde, und daß Mrs. Court sie dann adoptiert hat. Sie erzogen und mit auf Reisen genommen. Ich habe das Gefühl, daß Sarah keinen Funken von Dankbarkeit gegen sie hat für alles, was sie an ihr getan hat. Ich finde, sie ist ein rührendes altes Wesen.«

Finch besann sich einen Augenblick, ob er Arthur von Dennis Courts Tod erzählen sollte oder nicht. Aber ein eifersüchtiges Verlangen, irgend etwas von Sarah heimlich für sich zu behalten, hinderte ihn daran. Wenn sie selbst gewollt hätte, daß Arthur von ihrer seltsamen Kindheit wußte, dann hätte sie es ihm ja erzählt. Jedenfalls waren Finchs Unterhaltungen mit ihr im Garten seine eigene Sache und er konnte sie vergessen oder darüber nachdenken wie er wollte. Es freute ihn, daß sie Arthur nichts gesagt hatte.

»Ich bin Sarahs Meinung«, sagte er. »Ich kann mir nichts Schöneres denken als eine Hochzeitsreise hier an die See. Renny und Alayne hatten vier Wochen lang ein Häuschen in Cornwall genommen und sie waren ganz begeistert davon. Er sprach oft von den Stunden, die er damals mit den Fischern draußen war.«

»Das ist etwas merkwürdig als Erinnerung an eine Hochzeitsreise!«

»Ach, natürlich war das nicht alles. Aber er ist nun einmal so; und sie wollte immer nur in alte Kirchen gehen und dergleichen, und so etwas langweilt Renny schrecklich.«

»Ich möchte wissen, ob wir wohl ihr Häuschen kriegen könnten.«

»Es wird wohl zu spät dafür sein, sie hatten es damals im Juni vor der Hauptsaison.«

»So ein Häuschen würde mir Spaß machen. Ich muß mit Sarah darüber sprechen.«

Finch dachte, daß Arthur durch die Heirat mit Sarah ein Unternehmen auf sich nahm, das ihm weniger Zeit als früher zur Selbstzerfaserung lassen würde.

Sie mieteten ein Auto — denn selbst eins anzuschaffen, hielt Augusta für eine Verschwendung, die sie sich nicht erlaubte — und fuhren nach Cornwall. Sie wandten sich an Agenten und erlebten eine Enttäuschung nach der anderen. Es war alles schon seit Monaten vermietet. Erst ein paar Tage vor der Hochzeit, als Leigh schon in Verzweiflung war, benachrichtigte ihn ein Agent von einem Hause, das einem wohlhabenden Hofbesitzer in Cornwall gehörte. Es war ein sehr schönes Haus, schrieb er, wesentlich besser als die üblichen Mietshäuser. Die beiden jungen Leute fuhren in ihrem Mietsauto los, um es anzusehen.

Es war draußen vor der Stadt gelegen in einem kleinen Garten — ein viereckiges Haus mit weißen Jalousien und Vorhängen, die kalt hinter den blanken Scheiben schimmerten. Nicht ein abgefallenes Blatt lag in dem gutgehaltenen Garten und nicht ein Stäubchen auf den Möbeln darin. Sie wurden in das Eßzimmer geführt, wo sie auf roten Plüschstühlen saßen und von dem mageren Hausbesitzer kritisch von oben bis unten betrachtet wurden. Mit hartem, spöttischem Blick in den kleinen Augen saß er hinter dem Eßtisch und klopfte mit seiner Brille darauf, während über die Miete verhandelt wurde. Seine dicke Frau saß schweigend daneben mit ergeben gefalteten Händen. Finch hatte bald heraus, daß ihr ersehnter Besuch bei einer verheirateten Tochter in Schottland nur davon abhing, ob das Haus vermietet wurde. Irgend etwas an dem Hausbesitzer weckte in Leigh ein feindliches Gefühl. Finch war ganz verwundert, ihn über den Mietpreis handeln zu hören. Augenblicksweise war ein schreckliches Stillschweigen, da sie nicht einig werden konnten, der alte Mann klopfte mit seiner Brille und Arthur Leigh saß mit steinernem Gesicht. Als endlich alles abgemacht und die Miete festgesetzt war, waren sowohl Finch wie die Frau sehr niedergeschlagen.

Leigh und der Hausbesitzer strahlten plötzlich und waren miteinander zufrieden. Finch dachte: »Jetzt kann ich mir vorstellen, wie Arthurs Verwandte so reich geworden sind.« Es wurde noch ein letzter Gang durch Haus und Garten gemacht. Leigh erfuhr, daß die Äpfel am Mauerspalier nur dann in die Miete eingeschlossen wurden, wenn der Wind sie herunterwehte. Aber die Bohnen gehörten mit dazu. Der Hauswirt war geradezu stolz darauf, daß er die Bohnen mit darauf gab. Er lief ins Haus und holte ein Küchenmesser, um handgreiflich zu zeigen, wie man sie am besten zum Kochen zurechtmachte. Leigh, der wahrscheinlich in seinem Leben ungekochte Bohnen noch nicht gesehen hatte, sah aufmerksam zu, wie eine sorgsam geschnippelt wurde. Die Frau zeigte ihnen, wie vorsichtig der Staubsauger gehandhabt werden mußte und versprach, eine gute Köchin und ein Hausmädchen für sie zu mieten.

Im Wagen warf Leigh sich mit einem verzweifelten Gesicht zurück.

»Stell dir vor«, rief er, »meine süße Sarah soll ich in solch ein Mausoleum bringen! Wirklich zu schrecklich! Hast du diese kalkweißen Schlafzimmer gesehen? Warum hast du mir nicht abgeredet?«

»Ich glaube nicht, daß es so schlimm ist«, tröstete Finch. »Schließlich soll das Haus doch nur eine Unterkunft sein. Sieh das da drüben, und dann wirst du mir zugeben, daß es auf das Haus nicht groß ankommt!« Er zeigte auf die See, die sich mit unendlichen Reihen schaumweißer Wellen bis zum Horizont dehnte. »Was kümmern dich dann Mullvorhänge und Haussprüche an der Wand!«

Arthur sah auf und sein Gesicht wurde heller. »Ja, wunderbar! Oh, wenn du nur mitgehen könntest und es mitgenießen.« Seine lebhaften Augen sahen Finch dringend an. »Kein Grund auf der Welt, warum du das nicht genießen sollst.« Er schlug Finch aufs Knie. »Du mußt! Du mußt! Denk bloß an diese vielen weißen Schlafzimmer! Schlag mir das nicht ab, Finch! Du kannst dir gar nicht denken, wie nötig ich dich habe.«

»Na«, sagte Finch, »das ist der verrückteste Vorschlag, den ich je gehört habe. Deinen Brautführer mit auf die Hochzeitsreise zu nehmen. Dafür wird Sarah nicht viel übrig haben. Es wäre sehr peinlich für sie. Eine Hochzeitsreise ist an sich schon genug Aufregung für ein Mädchen.«

»Unsinn! Sarah würde dich riesig gern mithaben. Sie hat sehr viel für dich übrig, sie hat es mir selbst gesagt. Und es ist nicht bloß, daß wir dich gern mithätten ... da ist noch etwas anderes ... Ich kann es nicht recht erklären ... Finch, Junge, ich brauche deine Hilfe ... Du denkst vielleicht, daß meine Liebe für Sarah zwischen dir und mir stände. Da irrst du dich. Ich halte mehr von dir als je. Und ich möchte dich in diesen Wochen bei mir haben. Ich möchte die Frau, die ich liebe und den Freund, an dem ich hänge, beide haben. Ich will, daß diese beiden Lieben sich zu einem schönen Ganzen verschmelzen. Verstehst du mich?« Er hielt eine von Finchs Händen fest in seiner.

»Aber können wir damit nicht lieber etwas später anfangen?« fragte Finch. Er hatte starke Zweifel bei dem Gedanken, an dieser Hochzeitsreise teilzunehmen.

»Nein, das können wir nicht!« antwortete Arthur heftig. »Es hat schon angefangen. Jetzt ist die Zeit, wo wir festhalten müssen, es pflegen, es uns ganz zu eigen machen, siehst du das nicht?«

Finch war etwas verwirrt, aber schließlich stimmte er zu. »Aber ganz zuerst braucht ihr mich doch nicht, was?«

»Natürlich!« Arthur zog seinen Hut ärgerlich ins Gesicht. Er versank in brütendes Schweigen.

Am Hochzeitstag regnete es leise. Es war warm und feucht. Die stille Luft trug den Klang der Hochzeitsglocken, als ob sie ihn festhalten wollte. Das Geläute zitterte und pulsierte durch das Regenrauschen und verklang endlich in den Nebeln des Moores. Arthur war von dem Gedanken begeistert, den Glockenläutern Geld bei seiner Hochzeit zu geben.

Mrs. Court reizte Augusta aufs äußerste dadurch, daß sie während der ganzen kirchlichen Trauung mit den Hacken auf die Fliesen trommelte. Augusta vergoß ein paar würdevolle Tränen, da niemand es sonst tat. Das hatte sie auch für Renny und Alayne getan.

Den Teil der Kirche, der nicht von den Gästen besetzt war, füllten neugierige Dorfbewohner und Landleute. Sie waren sich einig darüber, daß der Bräutigam ein hübscher junger Mann war und die Braut kalt und stolz. Sie fanden, daß der Brautführer sehr freundlich aussah, aber betrübt. Ein uralter Court, der fast stocktaub war und einen noch größeren Appetit als Finch hatte, kam von Irland herüber, um die Familie zu vertreten. Er hielt sie augenscheinlich für irgendeine andere Großnichte, denn er redete sie stets als Bridget an.

Anfangs hatten Augusta und Mrs. Court den Gedanken, eine dritte Person mit auf die Hochzeitsreise zu nehmen, für höchst unpassend gehalten. Arthur überredete sie, daß es im Gegenteil äußerst passend wäre. Sarah war damit einverstanden. Der Gedanke an ein Haus an der See gefiel ihr, denn das Haus ihrer Tante war im Binnenland, und sie sehnte sich nach der See.

Als sie endlich mit ihrem Gepäck in dem Mietsauto verstaut waren und auf der Landstraße nach Polmouth rollten, fing der Regen, der bis jetzt sanft aus grauem Himmel gefallen war und in leichten Wolken hintrieb, heftig zu werden an und rauschte in schweren Tropfen. Die triefenden Hekken schienen sich enger um den Weg zu schließen, unglaublich grün und mit Blüten überschüttet.

Finch saß neben dem Fahrer und hielt sorgsam Sarahs Geige. Der Kasten fühlte sich feucht an, und er dachte an die Geige darinnen wie an ein lebendiges Wesen, das die lebendige Flut spürte, die draußen herabströmte. Er umklammerte den Kasten und starrte durch das von Feuchtigkeit beschlagene Fenster hinaus ...

Mrs. Court hatte ausgerufen: »Sarah kann nicht ohne mich spielen. Es hat gar keinen Sinn, daß sie ihre Geige mitnimmt.«

Arthur hatte liebenswürdig geantwortet: »Sarah muß eben lernen, mit Finch zu spielen, um meinetwillen.«

Sarah war damit einverstanden gewesen, die Geige mitzunehmen, aber sie zweifelte, daß sie spielen würde, wenn sie die See hatte.

Bei ihrer Ankunft in Polmouth war der Regen eine Sintflut geworden. Als sie vor dem Tor hielten, sahen sie das Haus wie hinter einer grauen Wand von Regen. Das Aussteigen und Zurtürstürzen war ein Kampf gegen wahre Wasserfluten. Die Mädchen rannten hin und her mit dem Gepäck. Leigh war froh, daß er niemand dort erzählt hatte, daß er heute erst Hochzeit gehalten hatte.

Während sie um den viereckigen Mahagonitisch saßen und ihren Tee tranken, wanderten seine Augen verstört durch das Zimmer.

»Ich kann es nicht aushalten«, wiederholte er andauernd. »Ich kann es einfach nicht aushalten.«

»Starr doch nicht so um dich«, riet Finch. »Sieh Sarah an.«

»Aber was für ein schauerlicher Rahmen um sie! Ich kann und kann es nicht ertragen.«

»Was willst du denn machen?«

»All das Zeug aus dem Zimmer werfen. Du wirst schon sehen. Warte bloß, bis ich mit diesem schrecklichen Käsekuchen fertig bin!«

Sarah war der Meinung, daß das Zimmer sehr nett wäre.

Als die Teestunde vorbei war und die Dienstboten aus dem Wege, nahm Arthur die beiden unter den Arm und machte mit ihnen die Runde durch Wohnzimmer, Eßzimmer und das kleine Frühstückszimmer. Eines war noch schlimmer als das andere, gegen alle Natur und allen Geschmack behauptete er. Die Wände der Zimmer einschließlich des Vorraums waren mit goldgerahmten Ölgemälden eines Künstlers namens Stephen Gandy behangen. Es waren alles Cornwall-Landschaften. Cornwall-Kühe standen ohne Füße im hohen Gras. Wellen brandeten gegen starre Klippen. Riesige Jagdhunde mit steifen Schwänzen starrten nach einem fallenden Vogel. Schafe verloren sich in Schneewehen. Schiffe strandeten. Alles, alles Cornwall.

»O Stephen Gandy!« rief Arthur. »Wenn ich dich bloß an der Kehle kriegen könnte! Morgen sollte die Sonne über einem Cornwaller weniger aufgehen!«

Sarah sagte, daß sie die Bilder gern habe.

»Angebetetes Mädchen«, rief er aus und nahm ihre Hand, »dann ist es nur, weil du sie in dem goldenen Nebel deiner Liebe zu mir selbst gern hast! Meinst du nicht, daß es so ist?« Er sah sie mit einem Blick an, den Finch sehr merkwürdig fand. Seine Augen hatten einen aufgeregten Glanz, aber sein Mund verzog, als ob er nur gezwungen lächelte. Er sah geradezu geängstigt aus.

Finch dachte: »Dies ist schrecklich. Warum bin ich hier?«

Arthur sagte: »Meinetwegen will ich die Bilder aushalten, aber nicht die Matten und die Deckchen!«

Über den Fußböden und vor den Türen gebreitet zählten sie dreizehn Matten und auf den Stuhllehnen neun Deckchen. Finch und Arthur trugen ganze Arme voll in ein oberes Zimmer hinauf. Dorthin schleppten sie auch unzählige Ziergegenstände aus Glas und Porzellan in verrenkten Formen. Die Möbel mußten überall anders gestellt werden. Arthur entdeckte einen alten Tisch und ein paar Stühle, die ihm gefielen und holte sie aus den verborgenen Winkeln ans Licht. Er verhängte die blendenden elektrischen Kugeln mit bunten Seidenschals aus Sarahs Aussteuer. Er war in Verzweiflung über drei Aspidistren in Ziertöpfen, bis Finch ihm anbot, sie in sein Schlafzimmer zu nehmen.

»Ist es dir wirklich nicht schrecklich, sie da zu haben? Stören sie dich nicht im Schlaf?«

»Unsinn«, sagte Finch. »Wofür hältst du mich?«

»Wenn ich in einem Zimmer mit ihnen schliefe, weißt du was dann passieren würde? Am anderen Morgen würden sie riesig gewachsen und widerwärtig grün aussehen, geradezu unheimlich. Aber ich würde tot sein!«

»Ich weiß«, antwortete Finch feierlich. »Aber du bist so schrecklich sensitiv, Arthur, und ich gar nicht.«

»Hör bloß den Regen! Hältst du das für ein schlechtes Zeichen?«

»Bewahre.«

»Glaubst du, daß Sarah mich wirklich lieb hat?«

»Natürlich.«

»Finch, willst du uns heute abend vorspielen?«

»Soviel du willst...«

Die drei saßen um die roten und grünen Fliesen vor dem Kamin. Ein mächtiges Feuer brannte. Die kleine eingelegte Uhr schlug die Stunde.

»Also jetzt werde ich auf Cornisch beten. Vor Geistern und Gespenstern, Dämonen, lieber Gott, behüte uns!«


## 13  Sturmnacht

Sie hielten ihr erstes Picknick am Strande. Nach drei Tagen Wind und Regen schien die Sonne warm herunter, und eine Periode ruhigen Sommerwetters war vorausgesagt. Die Flügel der Möwen schimmerten weiß zwischen der Bläue der See und des Himmels. Alles Leben von Polmouth, das sich feucht und frierend unter den Schutz seiner Schieferdächer verkrochen hatte, strömte nun jubelnd wieder ins Freie. Die Gestalten der Golfspieler mit ihren erhobenen nackten Armen belebten die Golfplätze. Auf den Dünen trockneten die Schafe mit ihren schwarzen Gesichtern ihre feuchte Wolle an der Sonne. Auf den Veranden der Pensionshäuser trockneten die Badeanzüge reihenweise. Bald nach Sonnenaufgang schon stiegen die Verwegensten zum Strand hinunter mit dem Badetuch über den Schultern. Den ganzen Tag wurde gebadet. In der Tageshitze leuchtete das Gedränge der farbigen Gestalten wie tropische Blumen in der Brandung. Kräftige Jungen und Mädchen warfen sich auf buntbemalten Schwimmbrettern in die Brandung und wurden, halb verdeckt vom Schaum, wieder auf den weißglänzenden Sand geschleudert. Sie kümmerten sich nicht um die wechselnden Strömungen und achteten kaum auf den Badewärter, der ihnen durch einen Lautsprecher seine Warnungen zubrüllte. Wenn er nach jeder kräftigen Warnung sich den Mund wischte, brummte er in seiner natürlichen Stimme in sich hinein: »Laß sie ersaufen! Geschieht ihnen ganz recht! Glauben die, ich bin ein Kindermädchen? Das nächstemal lasse ich sie ersaufen, das ist sicher.« Kleine halbnackte, bronzebraune Kinder krochen hier und da herum und schleppten sich mit Blecheimern und Spaten. Ältliche Damen mit Handtaschen wagten sich mit zimperlichen Schritten in den anbrausenden Schaum, die Röcke über den starken weißen Beinen hochgehoben, während sie sorgsam ihre schwarzen Strümpfe und Schuhe auf irgendeinem muschelbedeckten Felsstück im Auge behielten. In den sandigen Vertiefung zwischen den Klippen sonnten sich kleine Gruppen von Menschen oder lasen, das helle Sonnenlicht auf den Buchseiten.

Oben, den Rand der Klippen entlang, hoch über diesem Idyll, schleppten Finch und Arthur die Körbe für ihr erstes Strandpicknick. Hinter ihnen kam Sarah, so daß sie immer von Zeit zu Zeit etwas warten mußten, bis sie sie eingeholt hatte. Sie glitt langsam auf dem weichen Sandweg hin und blieb bisweilen am äußersten Rand der Klippe stehen, um hinabzusehen.

»Bitte, sei vorsichtig, Sarah!« rief ihr Leigh erschrocken zu. »Siehst du nicht, wie gefährlich das ist? Ein falscher Tritt und du stürzt hinunter!«

Eine Weile nahm sie sich dann in acht, aber bald flatterte sie wieder wie ein Seevogel am Rande der Klippe. Sie sprach wenig, nur einmal zeigte sie über die See und sagte: »Da drüben liegt Irland.«

Die beiden jungen Menschen fühlten sich so voller Leben, daß sie am liebsten in Sprüngen die Dünenhügel hinauf und hinunter gerast wären. Aber es half nichts, sie mußten auf Sarah warten und auf sie achten. So genau Finch sie beobachtete, er entdeckte doch nicht die geringste Veränderung in ihrer Haltung ihm selbst oder Arthur gegenüber seit ihrer Hochzeit. Sie sprach in dem gleichen süßen fast unhörbaren Ton. Sie hörte schweigend ihren Gesprächen und ihrem Gelächter zu. Manchmal, kam es Finch vor, warf sie ihm einen scheuen Blick zu. Bisweilen zeigte Arthur ein fast verzweifeltes Verlangen, sie zu verstehen. Und in anderen Augenblicken schien er sie wieder völlig zu übersehen und ganz in Finchs Gegenwart aufzugehen. Seine Haltung ihr gegenüber war zugleich beschützerisch und gequält, weil er spürte, daß er ihr auf keine Weise wirklich nahekommen konnte.

Ihr dringendstes Verlangen schien genau wie vor ihrer Heirat die Sehnsucht nach Einsamkeit. Aber im Laufe der Wochen hatte sie gelegentlich auch Augenblicke einer wilden Lustigkeit. Das zeigte sich nicht etwa durch Gelächter und Lebhaftigkeit, sondern nur durch einen wechselnden Gesichtsausdruck. Ihr abwesender Blick war dann plötzlich verschwunden und ihr Gesicht leuchtete in unbezähmbarem Glück an Wind und See.

Obgleich sie oft auf sie warten mußten, wenn sie über die Wellen der Dünen glitt, so war sie es doch, die immer vorwärtsdrängte und gerade immer auf der nächsten Klippe die vollkommenste Aussicht mit dem allerschönsten Platz zum Ruhen vermutete. Endlich blieb sie auf der höchsten Klippe, die am weitesten in die See hinausragte, stehen, nahm Arthur den roten Schal ab und breitete ihn für sich über das Gras. Er und Finch stellten ihre Körbe hin und streckten sich aus so lang sie waren. Hier waren keine Badegäste zu sehen, nur ein einzelner Mann, der tief unten ein Gespann über einen mitten im Wasser von Wellen aufgeworfenen Steinwall führte, und seinen Karren mit Steinen zum Bauen zu beladen. Das Stampfen der Hufe, das Poltern der rollenden Steine klang hart über das träge Rauschen der sommerlichen See herauf.

Finch lag regungslos lauschend. Er fühlte die magnetische Kraft der dunklen Klippe unter sich. Er fühlte das Vibrieren der See durch die unendliche Einheit von Felsen, Erde und tiefen Meeresströmungen, die ihr Wesen war. Er sah die Möwen wie winderverwehte weiße Blüten hoch oben über sich treiben. Er fühlte in sich selbst den Herzschlag seiner beiden Gefährten. Wie das Rauschen einer anbrausenden Flut fühlte er ihre Nähe. Er dachte daran, was Arthur über ihre dreifache Freundschaft gesagt hatte, daß sie klar und leuchtend sein müsse wie ein Dreigestirn ... Er wünschte nur, daß er nicht immer an Sarah denken müßte.

Nach einer Weile fing Arthur an, die Körbe auszupacken. Er war neugierig darauf, was die Köchin ihnen mitgegeben hatte. Er holte die Butterbrötchen, die Tomaten, die Kuchen, das Glas Marmelade und den Krug mit Sahne heraus. Finch hatte ein paar Flaschen Bier getragen.

»Ich will verdammt sein«, rief Leigh, »wenn wir nicht den Flaschenöffner vergessen haben. Wie wollen wir das Bier aufmachen?«

»Ich schlage einfach den Flaschenhals ab«, antwortete Finch vergnügt.

Er trat vorsichtig an den Rand der Klippe, eine Flasche in der Hand, und sah über den Rand. Der steile dunkle Absturz des Schiefergesteins verschwand geradewegs in den tiefen Schatten einer Höhle, um deren Rand spitze Felsklippen aufragten. Wie würde das sein, grübelte er, hier über den Klippenrand abzustürzen, in einem kurzen Augenblick aufzuhören, alles zu wissen! Er sah sich selbst sinken, immer abwärts, bis in das durchsichtige Grün der ewig andrängenden Wellen. Ah, aber Hochflut müßte sein, in die man hineinstürzte, nicht in diese schwarzen Felszacken!

Arthurs Stimme brachte ihn wieder zu sich. »Was ist los, Finch? Kannst du kein Felsstück finden zum Aufschlagen?«

Finch schlug den Flaschenhals gegen eine scharfe Felsecke. Ein Schwarm von kleinen Vögeln erhob sich aus den Klippen. Schaum lief über seine Hand und spritzte ihm ins Gesicht. Grinsend kam er zu den anderen zurück. Er sah lächerlich aus mit den Schaumspritzern im Gesicht. Arthur schrie vor Lachen, aber Sarah sagte kalt:

»Du hast dich ins Handgelenk geschnitten.« Sie nahm ihr Taschentuch und drückte es auf den Schnitt.

»Oh, das tut mir leid, alter Junge!« rief Leigh. Er goß Bier in die drei Gläser.

»Nicht der Rede wert«, murmelte Finch. Er hielt ganz still, während Sarah ihm das Taschentuch ums Handgelenk wand, seine Nerven zitterten seltsam.

»Es ist zu klein«, sagte sie. »Sieh doch, das Blut kommt durch!«

»Verlange nicht, daß ich das ansehe«, sagte Leigh hastig. »Ich kann kein Blut sehen. Das macht mich krank.«

»Mich nicht«, sagte seine Frau. »Ich sehe es gern.«

Leigh sah sie entsetzt an. »Sarah! Du weißt nicht, was du sagst, Liebling.«

»Doch, das weiß ich! Es stört irgend etwas in mir auf.«

»Was für ein Etwas?«

»Etwas Uraltes, Verwegenes und Böses.«

Leigh lachte gezwungen. »Laß dich nicht von ihr anrühren, Finch. Sie ist gefährlich!«

Sie schob die Hand von sich weg. »Finch versteht mich.«

»Ist das wahr, Finch?«

»Ich glaube, ja.«

»Erkläre mir wieso. Ich habe Angst vor ihr.«

»Erklären kann ich das nicht.«

»Warum?«

»Ich habe es eben so im Gefühl.«

»Na, ich will es für dich erklären. Ihr seid eben beide Courts und habt dieselben blutrünstigen Vorfahren hinter euch.«

Später gingen sie dann jeden Tag baden, Arthurs und Finchs Glieder wurde rotbraun und Sarahs kaffeebraun. Sie kaufte eine schwarze Badenmütze, die dicht um ihr Gesicht schloß, so daß sie wie eine seltsame bleiche Blume in ihrem dunklen Kelch aussah. Sie mußten sie die steilen Felsstufen herab fast tragen. Sie lehnte sich in ihre Arme zurück wie ein kleines Kind und schien gar nicht daran zu denken, wie schwierig der Abstieg war. Sie hatten sich die Höhle als Ankleidezimmer vorbehalten, während die anderen beiden sich in einer sandigen Klippenspalte auszogen. Dann wollte sie zwischen den kleinen scharfen Felsblöcken hindurchgeführt werden, die aus dem Sand heraussprangen. Finch warf einen scheuen Blick auf ihre Beine und wunderte sich, daß sie sie nicht besser zu gebrauchen verstand. Sie waren mager, aber wohlgeformt. Wenn sie glücklich unten auf dem Sand war, der wie feuchte gelbliche Seide glänzte, dann glitt sie in ihrem gewohnten weichen Schritt in die Wellen. Die See lag weit hingedehnt in der Sonne schimmernd, warf ihren Schaum empor und sang vor sich hin. Die Fußabdrücke der drei füllten sich langsam mit Wasser. Dann waren sie plötzlich in der See. Sie faßten sich an den Händen und tanzten auf und nieder. Sie spritzten einander und waren halb geblendet von der durchsichtigen singenden Wellenwelt. Sarah fiel und sie fingen sie auf, hielten sie in ihren nassen Armen und erwarteten, daß sie vor Furcht und Entzücken schreien würde, aber sie lag ebenso teilnahmslos in ihren Armen wie beim Abstieg von der Felsentreppe. Sie ließen sie stehen und rannten vorwärts, geradewegs in die Wellen der Flut. Wenn sie allein blieb, legte sie sich an den Rand der Schaumlinie und ließ sie über sich hinspülen.

Dann lagen sie auf heißen Felsplatten, um sich zu trocknen.

»Aber ich kann mich nicht hinlegen ohne etwas unter mir«, erklärte Sarah.

»Liebling«, rief Arthur, »der Fels ist so heiß, daß er geradezu brennt. Du kannst dich unmöglich erkälten.«

»Ich möchte meinen Schal, bitte!« antwortete seine Frau.

»Ich hole ihn«, sagte Finch. Er stieg auf die Klippe hinauf und fand den Schal. Oben stand er einen Augenblick regungslos, hielt den Schal in seinen Händen, drückte sein Gesicht hinein und küßte ihn.

»Das war nett von dir!« sagte Sarah, als er den Schal auf den Felsen ausgebreitet hatte. Und er merkte an einem boshaften Flackern in ihren Augen, daß sie ihn oben auf der Klippe gesehen hatte.

Wenn es zu kalt zum Baden war, machten sie ein Feuer aus Treibholz in irgendeiner geschützten Ecke der Klippe und kochten sich Tee. Nur bei diesen Dingen versuchte Sarah etwas zu helfen. Sie stand und schützte das Feuer vor dem Wind mit ihrem Schal, bis es anfing zu prasseln und die Flammen an den Kessel leckten. Sie saßen dann rauchend dabei, während Leigh vergnügt redete, und sahen die Sonne in die See sinken und Wolkenflocken wie Schwärme von Schmetterlingen darüber hintreiben.

Wie die heißen Tage einander folgten, wurde ihre laute Lustigkeit zu einer gedämpften Nachdenklichkeit, die nach und nach eine melancholische Färbung bekam. Dann saßen sie schweigend beieinander, innerlich unruhig, ohne zu wissen warum.

Gegen Ende des Monats gerieten sie in einen plötzlichen argen Sturm. Es war Sonntag und viel Leute waren unterwegs. Um vor diesen zu flüchten, wanderten sie weiter als je vorher. Sie saßen am Klippenrand und genossen die neue Aussicht über ein Hochland, das sich hinter den felsigen Vorhügeln nach Norden erstreckte. Ungeheure Wolkengebilde erhoben sich wie goldene sonnenverklärte Burgen, zerflossen in der sinkenden Sonne und lösten sich vor ihren Augen auf, so daß der Himmel wieder als ruhiger Bogen von endlosem Blau über ihnen stand.

Die Sonne ging unter, ein flammender roter Ball, dessen Glut sich in tausend wechselnden Färbungen in Gewölk und Rauchfahnen widerspiegelte, in den langsam heranrollenden Wellen, in dem Wellengekräusel und der Wellenspur im Sand, selbst in den Tümpeln, die die Flut zurückließ.

Der Regensturm überraschte sie dann, so daß sie kaum Zeit hatten, ihre Sachen zu sammeln und in den Schutz einer Hecke zu flüchten. Da kauerten sie eng zusammen, während Wind und Regen über sie hinfegten. Ganz in der Nähe suchte auch eine Schafherde Schutz.

Sowie das Schlimmste vorbei war, machten sie sich auf den Rückweg, naß, aber höchst vergnügt über das Erlebnis. Es war eine silberne Regenstimmung. Dichte Ginsterbüsche ragten schwarz ins Halbdunkel. Die jungen Männer liefen die langen Dünenabhänge hinab mit Sarah zwischen sich. Sie lief wie sie ging, mit einer merkwürdig gleitenden Bewegung, die ihren Oberkörper völlig unbewegt ließ. Finch kam es vor, als ob sie auf Rädern liefe und er und Arthur sie zögen. Seine Nerven waren aufs äußerste gespannt.

Als sie durch eine Lücke in einer hohen Hecke krochen, entdeckten sie die Gestalten zweier Menschen, die dort auch Obdach gesucht hatten. Sie schienen keine Eile zu haben, ihr Plätzchen zu verlassen. Die Frau lag mit dem Gesicht nach der Hecke und der Mann auf den Ellenbogen gestützt neben ihr. Sie merkten nichts von den dreien, die vorbeikamen. Finch sah den Umriß der Gestalt des Mannes und die Bewegung seines Armes, wie er die Frau streichelte. Sie waren wie Schatten gegen eine Mauer von Regen. Die Frau richtete sich halb auf. Der Kopf des Mannes war über sie gebeugt und so regungslos wie der Kopf der spukhaften Wasserspeier auf Kirchtürmen. Sie ließ sich wieder zurücksinken.

»Himmel, was für eine Nacht!« rief Leigh aus, als sie sich durch die Lücke hindurchgearbeitet hatten. »Was für eine Nacht, und was für ein Ort für die Liebe!«

»Ich kann mir schlimmere Nächte denken — und schlimmere Plätze!« sagte Sarah.

»Ich wollte, wir wären erst wieder zu Haus. Es ist noch weit!«

»Hast du auch meinen Schal, Arthur?«

»Ich habe ihn, sei ganz ruhig.«

Er antwortete kurz angebunden und fühlte sich plötzlich gereizt durch sie, durch Finch, durch den Regen, der ihm den Nacken herunterrieselte.

Finch dachte an die beiden unter der Hecke. Sie mußten ganz durchgeweicht sein, aber sie spürten das Unbehagen gar nicht. Sie lagen da wie Verwundete, durch und durch verbrannt vom Feuer der Liebe. Der Mann hatte den Kopf so still gehalten wie eine Schlange, die sich aufrichtet um zu stechen. Die Frau hatte so lässig dagelegen wie eine Schlange, die sich sonnt. Sie waren einfach natürlich, das war es. Die Menschen mußten gar nicht in Häusern hocken und sich vor dem Regen und dem sprühenden Wellenschaum verstecken. Er empfand beseligt die Nässe in seinem Gesicht, die ihm das Haar an die Stirn klebte. Zum erstenmal im Leben empfand er mit frohem Stolz seine Männlichkeit und spürte sie stark und ungezähmt und herb. Er war ganz durchglüht von dem Gefühl, Sarahs Finger in den seinen zu spüren, die sich an ihn klammerten und Stütze und Halt suchten, von dem Zustammenstoß ihrer beiden Körper, wenn sie über ein holpriges Stück Erde liefen. Er fühlte eine heimliche Abneigung gegen Arthur. Sie kroch durch sein Wesen wie ein langsames Feuer durch Gras mit einem erstickenden Gefühl, das wie Rauch durch sein ganzes Sein zog. Am liebsten hätte er Arthur vorausgeschickt, daß Sarah und er allein blieben. Sie würden sich irgendwo zusammenkauern und zusehen, wie die Regenwolken sich zerstreuten und der junge Mond hindurchschien. Sie würden den Widerschein seiner Sichel jeder im Auge des anderen sehen ... Er würde die Regentropfen von ihrem Gesicht küssen. Er würde spüren wie es war, von ihr geküßt zu werden ... Ein heißer Haß gegen Arthur loderte in ihm hoch. Er hatte plötzlich Angst vor sich selbst. Angst vor dem, was der Sturm und die beiden in der Hecke in ihm aufgeweckt hatten ... Er dachte daran, wie Arthur gesagt hatte: »Ihr seid beide Courts. Ihr habt dieselben Vorfahren hinter euch.« Das mußte es sein, was dieses Wilde in ihnen beiden erklärte ... Wenn er nur allein mit Sarah sprechen könnte!

Er merkte gar nicht, wohin er ging. Er trat plötzlich in ein Loch, das unter dem Gras versteckt war, fiel lang hin und riß die anderen fast mit sich. Als er wieder hoch wollte, merkte er, daß er seinen Fuß vertreten hatte. Er konnte nicht weiter. Er setzte sich auf eine niedrige Steinmauer und rieb sich den Knöchel. Der Regen hörte auf, und Arthurs und Sarahs Gesicht schimmerten bleich im Mondlicht.

»Du mußt hierbleiben, während ich hinlaufe und einen Wagen besorge«, sagte Arthur teilnahmslos. Er hatte kein Mitleid mit Finchs Schmerzen, die ihn nur reizten. Die drei waren zu lange aufeinander angewiesen gewesen.

»Sarah kann ja mit dir warten.« Er war froh, Sarah zurückzulassen und den schweren Korb auf die Mauer neben ihr hinsetzen zu können. Verstimmt machte er sich auf den Weg, den flimmernden Lichtern des Badeortes entgegen.

Sie horchten auf das ferne Verklingen seiner Schritte. Sarah nahm ihren Schal aus dem Korb und wickelte ihn um sich. Finch vergaß den Schmerz in seinem Knöchel. Ihre Nähe, das Bewußtsein, daß sie allein dasaßen, eingeschlossen in die Mauer der Nacht, war eine Qual, über der er alles andere vergaß.

Sie sagte: »Dies ist doch genau so wie damals im Garten.«

»Nein, ganz und gar nicht so.«

»Warum nicht?«

»Weil ich jetzt ganz verrückt nach dir bin.«

»Damals warst du das nicht?«

»Ich weiß nicht. Vielleicht. Aber ich wußte es selbst nicht. Jetzt ist es zu spät.«

»Ich habe dich die ganze Zeit geliebt. Vom ersten Tag an, wo du mich begleitet hast.«

»Sarah!« Die Stimme brach ihm. Er versuchte ihr Gesicht zu sehen. »Mich hast du geliebt und Arthur geheiratet!«

»Du hast mich ja nicht darum gefragt.«

»Du hast mir keine Zeit gelassen.«

»Du hast es nie merken lassen. Du sagst selbst, daß dies jetzt ganz anders ist — daß du nicht weißt, was du damals fühltest.«

»Aber du, du hast doch gewußt was du fühltest!«

»Ja, was sollte ich denn machen?«

»Konntest du es mich nicht spüren lassen? Lassen das die Frauen die Männer nicht merken? Nie — nicht ein einziges Mal hast du merken lassen, daß du mich gern hattest!«

»Ich habe dich fast jeden Abend im Garten getroffen. Du wußtest, daß ich meine Tante belog.«

»Aber ein Wort — ein Blick! Du warst kalt wie Eis! Ich glaube nicht, daß du mich geliebt hast! Du willst mich nur quälen!« Er verbarg sein Gesicht in den Händen.

»Ich liebe dich mehr als du mich.«

Er lachte bitter. »Was weißt du von Liebe? Heiratest den einen Mann und — liebst den anderen!«

»Was weißt denn du? Für dich ist die Liebe ganz neu. Sie kommt von der Nacht. Dem Sturm. Diesem Liebespaar, das wir sahen. Du bist aufgeregt.«

»Du bist kalt wie Eis. Grausam. Und wie furchtbar für Arthur — wenn das wahr ist, was du sagst!«

»Er braucht es nicht zu wissen.«

»Er wird es merken. Er ist viel zu feinfühlig, um es nicht zu merken. Selbst jetzt — er ist nicht glücklich.«

»Hat er dir das gesagt?«

»Nein, aber ich spüre es.«

»Er wird wieder glücklich sein, wenn du weg bist.«

»Und dabei war es Arthur, der auf meinem Mitgehen bestand! Und du ließest mich kommen . . . und liebtest mich!«

»Eben hast du gesagt, du glaubtest es nicht, daß ich dich liebe.«

»Das war falsch! Du liebst mich, Sarah! Oh, Liebling, schöne Sarah! Sag mir, daß du mich lieb hast!«

Sie warf ihm die Arme um den Hals. In der Dunkelheit küßten sie sich. Eine dunkle uralte Macht quoll aus der Erde in ihnen empor. Das stürmische Schlagen ihrer Herzen erstickte sie fast. Eine große Welle donnerte unten auf den Strand und füllte die Nacht mit ihrem Tosen.

Finch riß sich aus Sarahs Armen. »Wir dürfen nicht«, stöhnte er. »Arthur ... mein bester Freund ... nie wieder ... Wir müssen das alles vergessen — dürfen ihn nie merken lassen — daß ich — daß du —«

Sarah zog den Schal eng um sich. Sie lächelte geheimnisvoll wie immer.


## 14 Flüchtiges Glück

Mrs. Court betrachtete sie kritisch. »Arthur ist der einzige, der wohler aussieht nach den Wochen an der See. Aber wahrscheinlich liegt das an dem Lebertran, den ich ihm gegeben habe. Finchs Gesicht sieht hohler aus denn je. Und Maus ist genau wie immer. Ob sie in der Sonne liegt oder in einem Loch lebt, sie ist immer dieselbe — Maus und Maulwurf!«

Die jungen Leute standen und sahen auf sie herunter. Den jungen Männern war ihre Kritik etwas peinlich, aber ihre Nichte war ebenso gleichgültig wie immer.

»Hast du viel Geige gespielt, Maus?«

»Nicht ein einziges Mal.«

»Nicht ein einziges Mal! Habe ich es dir nicht gesagt!« Sie wandte sich triumphierend an die alten Herrschaften. »Sie kann einfach nicht spielen, wenn ich sie nicht begleite. Ich inspiriere sie. Nicht wahr, Maus?«

Sarah nickte und verzog die Lippen in einem halb boshaften, halb kindlichen Lächeln.

»Und Finch wirkt geradezu niederdrückend auf dich — nicht wahr?«

»Ja, Tante.«

Mrs. Court war entzückt. Sie setzte sich, um mit den Hacken auf den Fußboden zu trommeln.

Bald holte sie Sarah und Arthur in ein anderes Zimmer, wo sie sie ohne Unterbrechung ausfragen konnte.

»Na«, sagte Nicholas, als sich die Tür hinter ihnen geschlossen hatte, »was der junge Leigh an diesem Mädchen hat, das kann ich mir nicht vorstellen.«

»Sie ist wirklich ein sehr merkwürdiges Mädchen«, stimmte Ernest zu. »Sie sagt beinahe gar nichts, aber man merkt, daß sie zuviel denkt. Sie scheint liebenswürdig, aber man weiß nicht recht, was dahinter steckt. Man ist einfach verblüfft.«

»Vielleicht ist es gerade das, was Arthur Leigh anzieht«, sagte Augusta. »Es gibt Männer, die tief veranlagte Frauen bewundern. Mein Mann war so, er hatte eine Vorliebe für tief veranlagte Frauen.

Ihre beiden Brüder starrten sie ungläubig an.

»Na«, sagte Nicholas, »tief angelegt war er selber nicht.«

»Nicht tief?« rief Augusta. »Himmel, er war so tief wie die See.«

»Wie meinst du das, tief wie die See, meinst du geistig oder nur absonderlich?«

»Ich meine beides!« antwortete Augusta fest.

»Ich habe immer gefunden«, warf Ernest ein, »daß Buckley so leicht durchschaubar war, wie ich selten jemand gekannt habe.«

»Das war er«, sagte Augusta. »Durchschaubar, wo es richtig war. Tief, wo es darauf ankam.«

»Er konnte durch steinerne Mauern sehen, wenn er wollte«, sagte Augusta mit einer gewissen Kühle in der Stimme. An ihrem Ton war zu merken, daß sie Nicholas und Ernest völlig durchschaute.

Finch fragte: »Habt ihr irgend etwas von zu Hause gehört, während ich fort war?«

»Ja natürlich«, antwortete Nicholas, »und nichts Gutes. Meggie ist nicht ganz wohl. Wahrscheinlich muß sie operiert werden, sagt der Doktor.«

Finch war entsetzt. »Operiert! Aber was ist denn los? Ich habe nie gehört, daß Meggie irgend etwas gefehlt hätte.«

»Na, ich denke, es wird nichts Ernstliches sein. Irgend etwas ist bei ihr nicht in Ordnung gewesen, seit Patience geboren ist. Aber es wird für sie recht schwierig sein.«

»Ja, sicher«, sagte Ernest. »Arme Meggie!«

Arme Meggie? Finchs Herz zog sich zusammen vor Angst um sie. Und da hatten seine Onkels und Tante Augusta gesessen und über dies und das geredet in einer Ruhe, als ob zu Hause alles gut stände! Wie gefühllos, wie selbstsüchtig sie waren! Und dabei hatten sie keine heimlichen Nöte wie er selbst. Er hatte keinen Seelenfrieden seit der Szene in den Dünen. Er schlug sich mit Scham und wilden Wünschen herum, für die es keinerlei Hoffnungen der Erfüllung gab, und mit einem unsinnigen bitteren Zorn gegen alle beide, Sarah und Arthur. In der letzten Woche hatte er keinen ihrer Ausflüge mitgemacht. Sein vertretener Fuß war Entschuldigung genug. Er war für sich allein geblieben, hatte sich nach dem Tag der Abreise gesehnt, aber nicht den Mut gehabt, ohne sie nach Lyming zurückzukehren. Er hatte stundenlang gesessen und über das nachgegrübelt, was zwischen ihm und Sarah vorgegangen war, und versucht, sich Wort für Wort ihre Gespräche damals im Garten zurückzurufen. In stillem Einverständnis waren sie einander ausgewichen, aber ein Blick in dieses Gesicht, das so geheimnisvoll war wie eine geschlossene Blüte, genügte, um sein Blut in Brand zu setzen. Fiebrig erinnerte er sich an den Augenblick, wo die Blüte sich ihm geöffnet hatte. Und nicht nur sich geöffnet, sondern weit ihren Kelch aufgetan, als ob sie seine ganze Leidenschaft in sich einsaugen wollte.

Und nun diese Sorge um Meggie! Keine Liebe konnte ihn Meggie vergessen lassen, die so selbstlos, so liebevoll, so herzensgut war. Ob Eden davon wußte? Er fragte die anderen nicht, ob sie es ihm gesagt hätten, sondern machte sich sofort nach dem Torhaus auf, langsam am Stock humpelnd.

Wie er den Weg hinunterhinkte, sah er, daß alles rings schon nach Spätsommer aussah. Die Beeren an den Heckenbüschen färbten sich rot. Die Hagebutten an den Windrosenbüschen leuchteten wie Korallen. Über den fahlen Herbstfeldern lag schon herbstlicher Sonnenglanz. Er sah ihn auch an den glatten grauen Stämmen der Buchen schimmern, und jede Buche hatte ihr eigenes zartes Gehänge von Efeu an der Sonnenseite. Die Kletterrosen, die das Torhaus halb überwucherten, standen in üppigster Fülle.

Er blieb horchend an der Tür stehen. Drinnen war kein Laut, und nach einem kurzen Zögern trat er ein ohne anzuklopfen. Er hätte gern Eden allein getroffen. Auf irgendeine geheimnisvolle Weise spürte er, daß er Eden näher war als bei ihrer letzten Begegnung, und doch hätte ihn nichts dazu bringen können, seinem Bruder von seinem Erlebnis zu erzählen.

Er fand Eden allein, der Länge lang auf dem Fußboden ausgestreckt und hastig beim Feuerschein auf einen Briefblock schreibend. Das dumpfe Aufpochen von Finchs Stock hatte ihn aufgestört, er warf einen wütenden Blick über die Schulter.

»O verzeih!« stammelte Finch und blieb stehen, »ich hatte keine Ahnung, daß du schreiben wolltest.«

»Warum zum Teufel soll ich nicht schreiben?« fuhr Eden ihn an und sah ungeduldig die gezückte Bleistiftspitze an.

»Ja natürlich, ich freue mich ja darüber! Ich verdrücke mich gleich. Hoffentlich habe ich dein Gesicht nicht durcheinander gebracht.«

»Du verdammter junger Esel, ruiniert hast du es! Minny ist im Garten, lauf hin und such sie. Ich wollte, ihr ginget zusammen durch, dann wäre ich euch beide los.«

Finch hinkte, so schnell er konnte, durch die Hintertür in den Garten. Er fand Minny schläfrig in einer Hängematte schaukelnd, die zwischen zwei Apfelbäumen aufgehängt war. Die flechtengrauen Baumstämme waren so alt und verkrüppelt, daß es aussah, als beugten sie sich unter dem Gewicht von Minnys frischer üppiger Gestalt. Sie sah Finch lächelnd an, mit lustigen schmalen Augen. »Hat er dich auch hinausgejagt?« flüsterte sie, »ich glaube er schreibt etwas fabelhaft Schönes, weil er den ganzen Tag schon so gewesen ist —, er konnte mich einfach nicht ertragen. Aber er ist imstande und zerreißt es morgen wieder.«

»Es tut mir leid, daß ich so ungelegen kam, aber ich wollte doch sehen, wie es euch ginge.«

»Oh, uns geht es ganz gut. Aber du hast uns gefehlt.« Ein spöttischer Glanz kam in ihre Augen. »Hast du es recht genossen? War es eine nette Hochzeitsreise?«

Finch antwortete ernsthaft.

»Ja, ich habe es sehr genossen. Das Baden in der See war herrlich.«

»Bist du dir nicht überflüssig vorgekommen?«

Finch lachte und fing an, sacht die Hängematte zu schaukeln. »Das mußt du besser die beiden fragen.«

»Sogar Eden fand«, sagte Minny, »daß ihr recht ungewöhnlich wäret.«

»Wahrscheinlich hat er recht, aber Arthur und ich sind so gute Freunde. Er ist ein merkwürdiger Kerl. Sehr sensitiv und leicht verletzbar.«

Minny lachte laut auf, drückte dann die Hand auf den Mund und sah ängstlich nach dem Torhaus.

»Minny«, fragte Finch und schaukelte etwas stärker, »was hältst du eigentlich von meiner Kusine? Magst du sie leiden?«

»Sehr. Ich finde sie ist das merkwürdigste Mädchen, das ich je gesehen habe. Aber ich glaube nicht, daß die beiden zueinander passen. Sie wird ihn nicht glücklich machen.«

Finch wandte sein Gesicht ab. Er sah einen Schwarm Raben nach, der über dem Park wirbelte.

Minny fuhr fort: »Du und sie, ihr hättet meiner Ansicht nach viel besser zusammengepaßt. Ich weiß, daß ich das nicht sagen sollte, aber ich bin nun einmal so offenherzig.« Sie sah neugierig in sein Gesicht, aber es war nichts darin zu lesen.

»Ich habe meinen Knöchel verstaucht«, sagte er und klopfte mit dem Stock an seinen Stiefel, wie um sie von dem gefährlichen Gegenstand Sarah abzuziehen.

»O wie schade!«

»Es ist nicht schlimm. Was mich aber beunruhigt, sind die schlechten Nachrichten über meine Schwester. Ihr geht es nicht gut. Sie muß operiert werden.«

»Davon habe ich schon gehört. Du mußt dir keine Sorge machen. Sicher wird sie wieder ganz gesund. Schon als ich bei ihr war, klagte sie öfter, aber ich glaube nicht, daß es etwas Ernstliches ist.«

Sie war geradezu dafür geschaffen, Männer zu trösten, dachte Finch. Ihr

Ton beruhigte ihn schon. Die lässig hingestreckten Linien ihres Körpers gaben ihm ein Gefühl der Entspannung.

»Wie gut du bist, Minny!« Seine Hand legte sich auf ihre. Sie hielt sie fest, schaukelte sich selbst daran und lächelte zu ihm auf.

Nicholas und Ernest hatten den Entschluß gefaßt, nach Jalna zurückzufahren, solange das Wetter sich hielt. Sie fuhren nach London, wo sie acht Tage bleiben wollten, ehe sie abfuhren; aber die acht Tage wurden zu einem Monat und schließlich machten sie ihre Reise erst Ende Oktober unter schweren Stürmen. Als Finch schließlich all ihre Ausgaben bezahlt hatte, fand er, daß sein Geschenk einer Reise für die beiden, recht kostspielig geworden war. Aber das tat ihm nicht leid. Die Tatsache interessierte ihn kaum.

Als sie Finch vorschlugen, sie zu begleiten, sagte er, daß er lieber in Devon bleiben möchte. Augusta fühlte sich zwar geschmeichelt durch seinen Wunsch dazubleiben, aber der Gedanke, ihre Besucher endlich loszuwerden, war ihr doch nicht unangenehm. Sie fürchtete auch, daß Finch, wenn er hierbliebe, zu viel mit Eden und Minny zusammen sein würde. Es war das Problem ihres Lebens geworden, wie sie sie aus dem Torhaus loswerden sollte. Aber sie konnte es doch nicht von Eden verlangen, irgend woanders hinzugehen, wo er doch kein Geld dazu hatte. Wirklich, dachte sie, nach diesen zwei schwierigen älteren Brüdern im Hause und einer nervös unruhigen Freundin wie Mrs. Court, und einem launischen Jungen, und einer Hochzeit hätte sie etwas Ruhe nötig gehabt.

Was sollte Finch also tun? Sollte er später nach London gehen? Oder nach Paris oder Rom? Es gehörte sich eigentlich für einen jungen Mann in solcher Umgebung, etwas über die Stränge zu schlagen, deuteten die beiden alten Herren an. Ja, später wollte er das alles sehen, aber jetzt wollte er bloß seine Ruhe haben.

Wenn das Gespräch zwischen Finch und seiner Tante auf Sarah kam, sprach er jetzt geringschätzig von ihr. »Sie ist ein verdrehtes Mädchen«, sagte er einmal. »Ich bin bange, daß der arme Arthur einen großen Irrtum begangen hat. Er wird das wohl selbst bald merken. Ich möchte nicht in seinen Schuhen stecken.«

»Es würde mir sehr leid tun, wenn die Ehe mißglückte«, sagte Augusta. »Er ist solch ein sympathischer Mensch, und Sarah habe ich auch sehr gern. Weißt du, lieber Junge, als du zuerst hierher kamst, hatte ich eigentlich gedacht, daß ihr beide, du und Sarah, etwas füreinander übrig hättet, aber ich sehe, wie ich mich geirrt habe. Du hättest dich mit dem Mädchen nie verstanden.

»Mit dem Mädchen verstanden? Nie! Mich zieht eine ganz andere Art Mädchen an. Eines, das auch ein guter Kamerad sein kann.«

In Wirklichkeit lag ihm dieser Ausdruck durchaus nicht. Der Gedanke, daß die Frau, die er liebte, ihm Kamerad sein sollte, war ihm einfach widerwärtig. Er gebrauchte das Wort jetzt nur, weil es so etwas völlig anderes war, als was Sarah war oder hätte sein können.

Ein andermal sagte er: »Du hättest sie in den Dünen gehen sehen sollen, Tante! Selbst da war nicht mehr Freiheit in ihren Bewegungen wie in einer chinesischen Frau. Ich weiß nicht, was mit ihr los ist, aber sie scheint mir irgendwie verkrampft.« Und fast im selben Augenblick fühlte er, wie eine Art grausamen Verlangens nach ihr in ihm emporschoß.

Leigh schrieb ihm lange Briefe über die Schönheit des Seenlandes, und dann einen Monat später aus Frankreich, wo sie den Winter verbringen wollten. Finch las die Briefe begierig, und es fiel ihm auf, wieviel Arthur von dem schrieb, was er sah, und wie wenig von dem, was er fühlte. Er glaubte, daß Arthur das aus Vorsicht täte. Er beantwortete keinen dieser Briefe. Leigh und Sarah schrieben beide mehrmals an Augusta. Finch hörte kritisch zu, rauchte seine Pfeife, während Augusta Arthurs Briefe laut vorlas. Aber als sie anfing, ihm Sarahs Briefe vorzulesen, rief er aus:

»Bitte, gib dir keine Mühe, mir ihre Briefe vorzulesen. Ich weiß ganz genau, was für langweiliges Zeug sie schreibt.«

»Es ist durchaus nicht langweilig«, sagte Augusta, die den Brief überflogen hatte. »Der Brief ist sehr lebendig.« Sie faltete ihn zusammen und legte ihn in ihren Sekretär.

Als sie nach dem Frühstück zu einem Schläfchen hinaufgegangen war, ging Finch an den Sekretär und nahm den Brief heraus. Er drehte ihn verschiedene Male in der Hand, nahm ihn aus dem Umschlag und las ihn. Er war ganz überraschend einfach und mädchenhaft. Er las ihn wieder, und seine Augen blieben auf dem Wort haften: »Bitte grüße Finch auch herzlich von mir.« Er ging ans Klavier und spielte sehr gedämpft, um seine Tante nicht zu stören, einige der Stücke, die er mit Sarah gespielt hatte.

Er sah sie deutlich am Flügel stehen, mit der Geige unterm Kinn. Er konnte innerlich den durchdringenden Ton hören, wie er sich vorstellte, daß er sie begleitete. Er konnte ihren süßen, verschlossenen Mund sehen und die feinen Nüstern. Er hielt den Atem an aus Furcht, daß ihr Gesicht wieder den verzweifelten Ausdruck annehmen würde, den es manchmal in seiner Einbildung hatte. Aber solange wie er spielte, blieb es unverändert ruhig und wie von innerem Glanz erhellt.

Spät im Herbst hörte er von dem Bankkrach in New York. Er las die großen Überschriften in den Zeitungen völlig gleichgültig. Augusta war entsetzt, als er ihr sagte, daß er dreißigtausend Dollar verloren hätte. Sie tadelte seine Brüder, daß sie ihn nicht gewarnt hätten, soviel im Ausland anzulegen. Eden war auch ganz entsetzt. Er sagte zu Finch, wenn es seine

Absicht wäre, sein Geld wegzuwerfen, dann könnte er wenigstens etwas davon an ihn verschwenden. Finch erinnerte ihn nicht daran, daß Eden seiner Absicht begeistert zugestimmt hatte, als er ihm zuletzt von dieser Anlage seines Geldes erzählt hatte.

Bald darauf bekam er einen Brief mit amerikanischer Marke. Er war von Miss Trent und war fast hysterisch vor Verzweiflung. Sie hatte alles, alles verloren. Aber sie würde die Zehntausend zurückzahlen, die sie von ihm geliehen hatte und wenn sie selber darum hungern sollte. Sie schrieb fünf Seiten lange Erklärungen des Bankkraches voll technischer Ausdrücke, die, wie sie schrieb, ihr riesiges Verständnis für die Ereignisse in Wall Street zeigten. Sie schloß mit der optimistischen Erklärung, daß sie spätestens in einem Jahr soweit sein würde, das Darlehen zurückzahlen zu können. Sie hatte Finch einen Wechsel gegeben, der am ersten Dezember fällig gewesen wäre. Er schob den Brief in eine Lade seiner Kommode, aber er beantwortete ihn nicht. Augusta seufzte tief auf, als Finch ihr von diesem weiteren Verlust berichtete. Das Geld ihrer Mutter, das Gegenstand so vieler Diskussionen gewesen war, so vieler Hoffnungen und Enttäuschungen, schien schnell dahinzuschwinden.

Die Hypothek auf Vaughansland, die Finch übernommen hatte, betrug fünfzehntausend Dollar. Die halbjährlichen Zinsen waren nun fällig. Ein Brief in Maurices Handschrift kam an. Er schrieb:

»Ich dachte, es würde Dir nicht viel ausmachen, etwas auf das Geld warten zu müssen. Ich habe dies Jahr recht wenig Glück gehabt. Und nun durch diese Operation Meggies eine Menge Kosten. Ich habe schon eine große Doktorrechnung bezahlen müssen, und der Spezialist, der sie operieren will, wird auch nicht billig sein. Du kannst Dir denken, daß die Kosten mir nichts ausmachen, wenn sie nur gut durchkommt. Es heißt ja, daß die Gefahr nicht groß ist, aber man kann nie wissen, wie die Sache läuft. Meggie ist so tapfer wie möglich. Sie schickt Dir herzliche Grüße. Sie hätte Dir längst geschrieben, aber sie hat den ganzen Sommer Schmerzen gehabt. Patty wird immer hübscher. Neulich fragte Meggie sie: ›Wo ist Onkel Finch?‹ Und Patty antwortete: ›Im Himmel‹. Na, ich nehme an, Devon ist so ungefähr der Himmel. Du hast es gut. Ich werde wahrscheinlich in der Hölle sein, wenigstens die nächsten Tage, Meggie kommt morgen ins Krankenhaus.

Bitte, bestell Deiner Tante meine besten Empfehlungen. Meg und Patty senden Gruß und Kuß.

Dein Maurice.«

Finch faltete den Brief mit zitternden Händen zusammen. Seine liebe Schwester Meggie in solcher Gefahr! Vielleicht würde er sie nie wiedersehen ... Er dachte an die Zeit, als er in Vaughansland krank gelegen hatte und sie bei ihm saß und ihn fütterte wie ein Baby. Er erinnerte sich an das Streicheln ihrer sanften Frauenhände auf seinem Haar und an ihr liebevolles Lächeln. Oh, sie war so gut, so selbstlos! Wenn nur ihre Brüder so wie sie gewesen wären, wie glücklich hätten sie sein können!

Er überlegte, als er sich etwas beruhigt hatte, daß er, falls sie die Operation nicht überstanden hätte, jetzt schon ein Telegramm haben müßte. Vielleicht würde er in den nächsten Tagen einen Brief bekommen mit der Nachricht, daß es ihr ganz gut ginge. Inzwischen wollte er lieber Tante Augusta nichts sagen, um sie nicht zu beunruhigen. Sie wußte zwar, daß die Operation sein sollte, aber nicht, daß sie so nahe bevorstand.

Er ging in ihr Ankleidezimmer, wo er ein kleines Bücherbord gesehen hatte, um sich etwas zum Lesen zu holen. Mehr als jedes andere Zimmer im Hause war dieses von der Persönlichkeit Augustas erfüllt. Seine Vorhänge waren immer halb heruntergezogen wie schwere Augenlider. Unter ihnen schien das Zimmer mit fast beleidigter Miene in die Welt zu sehen.

Seine Augen liefen über die Titel der Bücher. Sie waren so eng hineingestopft, daß es nicht leicht war, die großen an dem einen Ende herauszuziehen, deren Format ihn anzog. Er trug ein Buch ans Fenster. Es war ein medizinischer Ratgeber für Laien. Vielleicht konnte er darin herausfinden, was mit Meggie war. Er las und las und horchte zu gleicher Zeit ängstlich nach dem Schritt seiner Tante auf der Treppe. Je länger er las, desto verwirrter und entsetzter wurde er. Himmel, da gab es tausend Dinge, die Meggie haben konnte! Und eins immer schlimmer wie das andere. Der Kopf brummte ihm, und seine Nerven zitterten. Er vergaß auf Augusta zu horchen. Frauen, dachte er, — wirklich, lieber nicht geboren sein, statt als Frau! Wie war es möglich, daß Meggie solange gelebt hatte ohne irgendein schreckliches Leiden? Und Großmutter hundert Jahre alt geworden war? Es war ein Wunder. Und während er las, blutete ihm das Herz für alle Mütter.

## 15 Unruhe auf Jalna

Es war nun schon lange, daß die Familie in Jalna nicht mehr als sechs Mitglieder zählte. Die Zurückgebliebenen brauchten längere Zeit, um sich an die leeren Plätze bei Tisch zu gewöhnen. Besonders war es schwer, sich an die Leere, die die schwere Gestalt Nicholas' hinterließ, zu gewöhnen. Renny gefiel das ganz und gar nicht. Ihm war es, als hätte er seine Großmutter noch einmal verloren, da ihre Söhne, die er immer um sich gehabt hatte, nun auf und davon gegangen waren. Alayne schlug vor, die Zwischenbretter aus dem Tisch zu nehmen, damit sie näher zusammen saßen, aber der Gedanke war ihm entsetzlich. So saßen er und sie einander gegenüber mit der ganzen Länge des Tischtuchs zwischen sich, auf dem das schwere Silber lag, das selbst das Frühstück schon zu einer gewichtigen Mahlzeit machte. An einer Seite des Tisches saßen Pheasant und Piers, an der anderen Wakefield, der sehr klein und sehr selbstbewußt aussah.

»Ich weiß, was wir tun wollen«, rief Renny eines Morgens aus. »Wir lassen Mooey hier mit uns essen. Er ist reichlich groß genug. Laß heute mittag für ihn decken, Alayne. Er kann neben Wake sitzen.«

Der Gedanke, daß ein Kind von kaum drei Jahren schon an der Familienmahlzeit teilnehmen sollte, gefiel Alayne wenig. Sie sah in Gedanken ein verschmiertes Gesichtchen und hörte eine Kinderstimme, die fortwährend nach allem verlangte, was die Erwachsenen aßen. Sie versuchte gleichmäßig und mit ruhigem Gesichtsausdruck zu sprechen, aber es gelang ihr nicht. Ihre Stimme hatte einen scharfen, irritierten Ton und auf ihrer Stirn erschien eine kleine Falte, als sie antwortete:

»Glaubst du nicht, daß Mooey noch zu klein ist? Pheasant wird es sicher auch finden.«

Pheasants erster Gedanke war gewesen: ›Oh, wie entzückend, den lieben kleinen Kerl mit bei Tisch zu haben.‹ Aber als sie spürte, daß Alayne das nicht wünschte, wandte sie sich unsicher an Piers und fragte:

»Was meinst du? Ist er zu klein?«

Piers antwortete mit einem raschen Blick aus Alaynes Gesicht: »Wake aß mit bei Tisch, als er noch kleiner war.«

Renny lachte auf bei der Erinnerung daran. »Natürlich! Ich sehe ihn noch vor mir. Nichts als Augen. Und Großmutter tauchte Zwiebackstückchen in ihren Wein und stopfte ihn damit.«

Alayne konnte sich die Szene vorstellen. Die alte Frau, die schon damals über neunzig war, stopfte dem kleinen Jungen Bissen in den Mund. Sie sagte scharf:

»Vielleicht liegt es daran, daß Wakes Verdauung heute noch so schlecht ist.«

»Unsinn«, widersprach Renny. »Gran hat oft gesagt, daß sie ihm das Leben gerettet hätte. Er hatte wenig Appetit. Niemand als sie konnte ihn zum Essen bringen.«

»Ich weiß! Ich weiß!« rief Wakefield. »Ich saß zwischen Meggie und Großmutter und hatte gar keine Lust zum Essen. Meggie hielt mir einen Löffel vor, und ich kehrte mich weg und sagte: ›Nein, nein‹ — und dann beugte Gran sich über mich und sah ungeheuer groß aus mit ihrer Haube und dem Schal und sagte: ›Den Mund auf, Knirps‹ — und ich machte ihn ganz weit auf, und sie steckte ein wundervolles Stück Biskuit hinein, und der Wein lief mir das Kinn hinunter auf mein Lätzchen!«

Rags hatte dem Gespräch interessiert zugehört. Er spürte jeden leisesten Wechsel im Ton oder Gesichtsausdruck. Er sagte nun in seiner näselnden Stimme: »Verzeihen Sie, wenn ich etwas sage, gnä' Frau. Aber ich war damals gerade in Jalna angekommen. Und ich habe immer gedacht, der kleine Junge wäre elend verkommen und gestorben, wenn seine Großmutter nicht auf ihn aufgepaßt hätte. Nach all dem, was ich im Krieg erlebt hatte, war das eine richtige Freude zu sehen.«

Alayne warf ihm einen eiskalten, mißbilligenden Blick zu. Aber Renny grinste ihn an und sah dabei seiner Großmutter derart ähnlich, daß es Alayne reizte, trotzdem er nichts dafür konnte.

Piers sagte: »Natürlich hätte es seine Vorteile, wenn das Wurm mit uns essen könnte. So wie es jetzt ist, muß das Küchenmädchen entweder nach ihm sehen, gerade wenn sie in der Küche am nötigsten ist, oder er muß während der Mahlzeit da unten sein.«

»Und es kann immer passieren, daß er sich verbrüht!« warf Rags dazwischen.

Alayne sah in das Marmeladeglas hinein. »Bitte nehmen Sie das in die Küche hinunter und lassen Sie es frisch füllen«, sagte sie streng. »Es ist fast leer auf den Tisch gesetzt und wie Sie sehen, fast ausgetrocknet.«

Rags sah sie höchst erstaunt an, wie er das Glas nahm, als ob er sagen wollte: »Na, wer kommandiert mich denn da herum!«

Seit sie als Herrin nach Jalna zurückgekehrt war, hatte Alayne es vermieden, ihm Anordnungen zu geben. Es war leichter, sie der Köchin oder dem Küchenmädchen zu geben. Die waren respektvoll und freundlich. Aber in Rags spürte sie eine kalte Abneigung gegen sich, ein feindliches Gefühl und den Wunsch, sie bei jeder Gelegenheit zu ärgern. Sie war überzeugt, daß er sich ihrer Mißbilligung über sein fortwährendes Dreinreden in das Familiengespräch bewußt war und es nur um so mehr tat. Er wußte genau, daß sie keinen Zug vertrug, und es kam ihr so vor, als ob es jetzt in jedem Zimmer zog. Zur Zeit der alten Adeline hatte sie sich oft ganz beklommen vor Luftmangel gefühlt, aber den Whiteoaks schien es völlig gleichgültig zu sein, ob die Luft, die sie atmete, stickig war oder geradezu ein Wirbelwind. Manchmal war ihr die Gegenwart des ordinären Burschen hier im Haus fast unerträglich.

Als er aus der Tür war, sagte sie:

»Ich glaube, Bessie kann während des Essens leicht abkommen, um für Mooey zu sorgen. Sie putzt das Gemüse für die Köchin, bringt Holz herein, und wenn dann Pheasant wieder nach ihm sieht, hat Bessie Zeit zum Aufwaschen. Ich sehe nicht ein, warum sie während des Essens in der Küche nötig ist.«

»Das ist vollkommen verkehrt«, sagte Renny. »Wie die Dienstboten mit ihrer Arbeit fertig werden, das ist ihre eigene Sache. Ich habe nur davon gesprochen, wie der Tisch aussieht. Verdammt leer.«

Wakefield rief, ganz unter Rennys Einfluß:

»Ich finde auch, daß der Tisch verdammt leer aussieht!«

»Wahrhaftig«, sagte Alayne, »ihr seid die sentimentalsten Leute, die ich je gekannt habe. Ich selber finde, wir könnten uns sehr behaglich fühlen, wenn ihr bloß die Zwischenbretter herausnehmen ließet, wie ich vorschlug, Renny, und den Tisch einfach kleiner machtet.« Sie hätte am liebsten Wakefield scharf geantwortet, aber sie bezwang sich.

Ein kalter Luftzug von der Schattenseite des Hauses blies über den nassen Rasenplatz von draußen herein. Ohne ein Wort stand sie auf, ging ans Fenster und versuchte es zu schließen. Es war verquollen von der Feuchtigkeit, und sie konnte es nicht bewegen. Einen Augenblick sah Renny ihren Bemühungen zu, dann sprang er auf und kam ihr nach.

»Warum hast du nicht gesagt, daß du das Fenster lieber geschlossen hättest?« fragte er und schlug es mit einem Knall zu.

Sie zuckte die Schultern und ging zu ihrem Platz zurück. Piers und Pheasant wechselten einen Blick. Wakefield sah den Blick und starrte Alayne fragend an.

Piers sagte: »Wo ist die Marmelade? Eben war sie doch noch hier.«

»Ich habe Wragge das Glas gegeben, daß er es wieder füllt«, sagte Alayne. Piers hatte es bestimmt sehen müssen. Er versuchte augenblicklich absichtlich, sie zu ärgern.

Piers sah nach seiner Armbanduhr. »Na, ich muß los. Ich kann nicht darauf warten.«

»Oh, geh doch nicht ohne die Marmelade, Piers!« sagte Pheasant und hielt ihn am Ärmel fest. »Du magst sie so gern. Wakefield, klingle doch, daß Rags schnell macht!«

Wakefield lief zum Klingelzug und riß heftig daran. Er wurde selten gebraucht und war zu brüchig geworden, um heftig behandelt zu werden. Beim zweiten Zug riß er.

»Da siehst du!« rief Renny, »was machst du denn da?«

»Es war nicht nötig, so daran zu reißen«, sagte Pheasant. »Alayne, ich wollte, du hättest nicht den Marmeladetopf heruntergeschickt, ehe Piers genommen hatte. Es war reichlich genug für ihn darin.«

»Geh oben an die Treppe und rufe Rags!« sagte Piers.

Wakefield, der das abgerissene Ende des Glockenzuges in der Hand schwenkte, lief oben an die Treppe und schrie: »Rags!« Schnell! Schnell!« Ehe er sich wieder an den Tisch setzte, lief er zweimal darum herum und schwang das Strickende.

»Setz dich hin!« brummte der Herr von Jalna und grinste entschuldigend zu Alaynes Tischende hinüber. Aber ihre Augen wichen den seinen aus.

Wragge kam keuchend ins Zimmer.

»Wo ist die Marmelade?« rief Pheasant.

Wragge sah beleidigt aus.

»Herrje, ich wollte sie just holen, als geklingelt wurde und gleich darauf hinuntergeschrien. Ich kriegte solchen Schreck, daß ich sie fallen ließ. Ich dachte, es müßte was Eiliges sein.«

»Es ist eilig. Haben Sie das Glas kaputt geworfen?«

»Na, ich hoffe nicht. Ich weiß, es hat wohl ein bißchen lange gedauert, aber Mrs. Whiteoak«, — er verbeugte sich halb kriechend, halb unverschämt zu Alayne hinüber, »beklagte sich, daß der Topf nicht aufgewaschen war und ich mußte erst Mrs. Wragge suchen, da sie ihn aufwaschen sollte, weil das Mädchen oben bei dem Kleinen war. Und ich wollte es just holen, als die Klingel ging und gerufen wurde.«

»Also bringen Sie die frische, und schnell. Mr. Piers wartet.«

Alayne saß schweigend, schlürfte ihren Tee, versuchte ihren Ärger zu unterdrücken und ihren Haß gegen den unverschämten Burschen zu verbergen. Sie sagte zu sich selbst: ›Es ist nichts. Ich muß mich nicht darüber aufregen. Dies ist nun einmal mein Leben ...‹ Vor ihrem inneren Auge stieg der Frühstückstisch in ihres Vaters Hause auf. Die kleinen gestickten Decken auf der runden polierten Tischplatte, die schlanke silberne Vase mit ein paar Rosen, das dünne Porzellan, die Pampelmuse schon aus der Schale gelöst, zuckerbestreut und schon abends vorher mit Maraschinokirschen verziert, und der köstliche Kaffee. Ihres Vaters langsame, deutliche Stimme, der einen Artikel aus der »New York Times« vorlas. Ihre Mutter in ihrer sorgfältigen Kleidung, mit ihrem besonderen Gesundheitsbrot und der Schüssel Feigen vor sich. Ehe Alayne es wußte, standen ihr die Augen voll Tränen.

In ihren Gedanken störte sie plötzlich der Klang von Mooeys Stimme an der Tür. Wragge stand in der Halle mit dem kleinen Kerl auf der Schulter.

»Oh, das feine Frühstück!« sagte Mooey. »Hallo, Mammy! Mooey hat ein feines Pferdchen zum Reiten!«

Pheasant rief: »Hallo Liebling!« Dann: »Warum haben Sie ihn heruntergeholt, Rags?« Aber sie war sichtlich erfreut.

Wragge antwortete: »Er heulte seine kleinen Augen aus, weil Bessie einen Augenblick weg war, als es an der Haustür geklingelt hat und ich ja in der Küche mit der Marmelade zu tun hatte.«

»Er verdient Prügel, daß er darum heult!« bemerkte Piers und aß seine Marmelade, als ob sie ein Leckerbissen wäre, den er noch nie vorher gegessen hätte.

»Sei nicht so hart mit dem Kind, Vater!« sagte Pheasant.

»Laß das Vatern sein!«

Pheasant fuhr fort: »Aber ist es nicht recht unpraktisch, wenn Bessie seinetwegen aus der Küche muß, wo er doch ganz gut hier sein kann? Nicht wahr?« Sie sah halb zweifelnd zu Alayne hinüber.

Wakefield rief, den Mund voll Toast: »Komm zu deinem alten Onkel, Mooey!«

»Will zu Onkel Renny!« sagte Mooey und streckte seine Arme aus.

Wragge schob sich mit dem Kind ins Zimmer. Renny nahm ihn auf seine Knie.

Es war eine Kleinigkeit, dachte Alayne, aber es zeigte die Haltung der Familie ihr gegenüber. Sie hatten alle gewußt, daß sie das Kind nicht am Tisch haben mochte, aber trotzdem wurde ihr seine Gegenwart aufgezwungen, denn die Gegenwart eines so kleinen Kindes war eben ein Zwang, sagte sie innerlich eigensinnig. Es war dann eben noch weniger möglich, sich vernünftig zu unterhalten. Nicht daß die Gespräche in Jalna je geistig anregend für sie sein könnten. Aber jetzt sah sie voraus, daß die Klugheit oder Ungezogenheit eines Babys im Mittelpunkt stehen würde. Renny sah schon sehr befriedigt aus, wie er das Kind von seinem Teller fütterte, und Wragge strahlte auf die beiden hinunter.

Es kam ihr vor, als ob das Frühstück nie zu Ende sein würde. Piers hatte vergessen, daß er es eilig hatte. Pheasant beugte sich vor und sah zu ihrem Kind hinüber. Alayne sah deutlich ein Loch in ihrem gestrickten Jackenärmel. Wakefields Haar sah aus, als ob er es heute morgen gar nicht gebürstet hatte. Er sagte weinerlich:

»Mir ist gar nicht gut heute morgen. Ich glaube, ich gehe lieber nicht zur Stunde.«

»Du bist vollkommen gesund«, antwortete sein ältester Bruder. »Los mit dir! Es ist neun Uhr.«

Alayne stand vom Tisch auf. »Ihr müßt mich entschuldigen«, sagte sie. »Ich muß gleich mit der Köchin wegen des Mittagessens sprechen.«

Renny stand halb auf, das Kind noch auf dem Arm. Er griff nach ihrem Kleid, als sie vorbeiging und zog sie zu sich. Sie ging steif, wie ein beleidigtes kleines Mädchen. In dem Augenblick, wo er sie berührte, ging ihr plötzlich alle Sicherheit verloren. Ihr Intellekt war sich dessen sofort bewußt, und während sie sich selbst wegen ihrer Schwachheit verachtete, wuchs ihr Ärger gegen ihn. Er hielt sein Gesicht empor, um sich küssen zu lassen, die Lippen vorgeschoben und die dunklen Augen stumm sprechend. Aber sie war nicht in der Laune, ihn zu küssen, noch dazu in Gegenwart der ganzen Familie. Sie schüttelte den Kopf und preßte die Lippen zusammen.

Er zog die Brauen hoch. »Was ist denn mit dir los?«

»Küß ihn! Küß ihn!« schrie Mooey und zerrte an ihrem Kleid.

Alayne küßte statt dessen Mooey. Er hatte eine klebrige Spur auf ihrem Ärmel gelassen, wo er sie gepackt hatte.

»Kehr dich nicht an uns!« rief Pheasant lustig. »Ich habe noch nie gesehen, daß ihr beide euch geküßt habt, und ich möchte es so gern!«

»Wir werden uns mit der Zeit schon daran gewöhnen!« sagte Renny.

Alayne war verletzt und gab sich keine Mühe, das zu verbergen. Aber als sie die Kellertreppe hinunterging, hatte sie das Gefühl, sich töricht benommen zu haben.

Mrs. Wragge kam gewöhnlich herauf, um sich ihre Anordnungen zu holen. Das war ihr selbst sehr viel lieber, wie sie zu ihrem Mann sagte: »Es paßt mir nicht, daß die Damen in meiner Küche herumschnüffeln. Miss Meggie ließ sich hier unten nicht sehen. Mrs. Piers bleibt auch weg. Soll doch Mrs. Renny auch wegbleiben!«

So wurde Alayne recht mürrisch von ihr empfangen, als sie in der Küche erschien.

Sie sah Mrs. Wragge gerade an und fragte: »Ist etwas nicht in Ordnung, Mrs. Wragge?«

Mrs. Wragge, etwas erschrocken, daß sie so schnell auf ihre üble Laune festgenagelt wurde, sagte:

»Just diesen Morgen bin ich inwendig nicht in Ordnung. Mir ist die Nacht schlecht gewesen. Das beste wäre, ich ginge zu Bett, aber ich wollte nicht darum fragen, wo Bessie doch so lange oben bei dem Baby ist und mein Mann den Marmeladetopf auf meinen reinen Fußboden schmeißt.«

»Das war einfach lächerlich von ihm«, sagte Alayne, die genau wußte, daß Wragge es hörte, »den Marmeladetopf fallen zu lassen, nur weil es klingelte.«

»Oh, Alfred ist ein Nervenbündel seit seinem Kopfschuß. Und die Wirtschaft diese Nacht, wo mir schlecht war!« Sie schlug die dicken Arme über der Brust zusammen und sah Alayne geradezu feindlich an.

»Und wollen gnä' Frau irgendwas Besonderes hier unten heute morgen?«

»Ich wollte bloß einmal die Speisekammer durchsehen. Ich möchte wissen, wieviel Eingemachtes und Marmelade noch da ist, daß wir überlegen können, wieviel wir dies Jahr einmachen müssen.«

»Nichts mehr da!« sagte Mrs. Wragge und folgte ihr in die Speisekammer, »all die Monate schon nicht. Wenn es nach mir gegangen wäre, ich hätte viel mehr eingemacht, aber es waren keine Gläser dafür da.«

»Aber warum haben Sie das denn nicht gesagt?«

»Habe ich, gnä' Frau. Ich habe Mr. Whiteoak darum gefragt, ehe er nach England zu seiner Hochzeit fuhr, aber er sagte bloß, daß hier im

Hause zu viel kaputt ginge, und wenn wir nicht Jam-Gläser genug hätten, müßten wir eben ohne Jam auskommen.«

Alayne fühlte, daß ihr diese Antwort ins Gesicht geworfen wurde, um sie einzuschüchtern. Sie fühlte, daß die drei Leute genau wußten, daß sie nicht mit Dienstboten umgehen konnte, und daß sie deshalb absichtlich gegen sie auftrumpften. Sie hatte bis zu diesem Augenblick Mrs. Wragge ganz gern gemocht und hatte gefunden, daß sie ihrem kleinen frechen Ehemann sehr überlegen war, aber jetzt mißfiel sie ihr auf einmal. Den Kopf hoch, ging sie der Köchin voran in die Speisekammer und fing vor Ärger innerlich zitternd an, dort alles zu untersuchen.

Vor allem war da der Geruch. Es roch durchaus nicht gut.

»Ich weiß nicht, was das sein kann, gnä' Frau«, erklärte Mrs. Wragge schnüffelnd. »Hier ist nichts, was riechen kann. Bessie schrubbt die Speisekammer auf ihren Knien jeden Tag, den Gott werden läßt.«

»Was ist in dieser Dose?« fragte Alayne und hob den Deckel. Sie war halb voll Zwiebäcke und kleiner Kuchen durcheinander. Sie nahm einen Zwieback heraus. Er war so aufgeweicht wie ein Stück Flanell. »Wissen Sie nicht, daß Zwiebäcke nicht mit Kuchen zusammen aufbewahrt werden dürfen?« sagte sie ernst. »Künftig bewahren Sie sie einzeln auf.«

Sie sah Butter auf drei verschiedenen Schüsseln und keine zugedeckt. Sie sah eine große Schale, in der gekochtes Obst gewesen war und die unaufgewaschen stand, mit einem Schimmelrand, über den eine Spinne hinweglief. Sie sah einen halb verschimmelten Käse, während ein frischer daneben lag. Sie sah Milch und Sahne in jedem Stadium, von der Morgenmilch dieses Tages bis zu verdorbener saurer. Als sie den Deckel einer schweren silbernen Schüssel aufhob, entdeckte sie ein Stück Braten, das ohne Zweifel die Ursache des Geruchs war. Sie warf Mrs. Wragge streng diese Nachlässigkeiten vor. Als sie eine alte kostbare Porzellanschale mit Gemüseresten gefüllt sah, geriet sie geradezu in Zorn über diese unerhörten Übergriffe.

Aus der Speisekammer ging sie in die Geschirrkammer und entdeckte, daß das Porzellan nicht richtig aufgewaschen war. Anstatt glänzend und sauber zu sein, war es ohne Glanz und ohne Glätte, wenn man mit dem Finger darüberfuhr.

»Lieber Himmel«, sagte Mrs. Wragge verzweifelt, »ich wasche es jedesmal in Sodawasser auf.«

»Das rieche ich«, sagte Alayne. »Es ist nicht einmal richtig abgetrocknet.« Innerlich stand ihr die tadellose Sauberkeit des Geschirrs im Hause ihrer Tante am Hudson vor Augen.

Sie ging in die Küche und machte Mrs. Wragge auf den schwarzen Zustand der Töpfe aufmerksam, ebenso darauf, daß die Glasur sämtlicher großer Schüsseln im Geschirrschrank von zuviel Hitze gesprungen war.

Bessie saß und rupfte Hühner in der Aufwaschküche. Die Federn lagen ringsum auf dem Fußboden wie Schnee. Sie hingen selbst in ihrem dichten schwarzen Haar und klebten an ihrem vollen Hals. Sie war ein hübsches Mädchen mit einer kecken Nase und vollen roten Lippen. Sie stand auf, als Alayne hereinkam mit ganz erschrockenem Gesicht. Sie hielt den Hahn an einem Bein, daß der Schnabel auf die Erde hing. Ein paar andere schon gerupfte lagen auf dem Tisch neben ihr.

»Finden Sie nicht, Bessie«, sagte Alayne freundlich, »daß es besser wäre, wenn Sie die Federn in eine Blechschale täten, damit das Gefieder nicht so herumfliegt?«

Bessie sagte nichts und sah noch erschrockener aus.

Alayne blieb noch etwas und versuchte, freundlich mit Mrs. Wragge zu sprechen und ihr klarzumachen, daß sie künftig jede Woche einmal die Kellerräume inspizieren wollte. Das nächste Mal, dachte sie, würde es vielleicht leichter gehen. Dann würde sie auch in den geheimnisvollen, ziegelgepflasterten Gang eindringen, der zum Weinkeller führte. Sie brannte darauf, alles in bester Ordnung zu sehen. Sich darum zu kümmern, das würde ihr helfen, die Zeit auszufüllen, die ihr oft so lang wurde. Auf dem Weg zur Treppe kam sie an einem unordentlichen Schlafzimmer vorüber und sah durch die Türspalte Wragge, der mit einer Zigarette im Mund das Bett machte.

Sie war müde, aber nicht unzufrieden mit sich selbst, als sie in ihr Schlafzimmer hinaufging. Sie mußte einfach diesen Leuten da unten zeigen, daß sie hier nicht nur zum Schein Hausfrau war. Sie würde Piers und Pheasant zeigen, daß sie ebensogut Herrin von Jalna war, wie Renny der Herr war. Sie würde Renny zeigen ...

Sie war höchst verwundert, Mooey in ihrem Zimmer zu finden. Er stand vor dem Ankleidetisch und hatte eine Büchse mit Talcum-Puder in der Hand. Sie sah, daß er ihre sämtlichen Toilettengegenstände mit Puder überstreute, daß er schon sein Haar ganz weiß eingepudert hatte, und auch der Teppich und die Stühle zeigten, was man mit einer einzigen Büchse Puder fertigbringen konnte.

Wenn sie nicht müde und gereizt gewesen wäre, würde sie vielleicht nicht so scharf gegen ihn gewesen sein. »Oh, du unartiger Junge!« sagte sie und schüttelte ihn, »daß du mir nie wieder hier ins Zimmer kommst!«

Er sah zu ihr auf, die Augen sofort voll Tränen. Er zog den Mund breit und stieß ein Jammergeheul aus. Sie drängte ihn eilig zur Tür und schob ihn auf den Gang. Als sie sich umwandte, sah sie, daß der alte Benny mitten auf ihrer neuen violetten Seidenbettdecke lag. Er hatte sich behaglich zusammengerollt und warf ihr einen halben Blick aus dem einen Auge zu, als ob er sagen wollte, daß ihre Mißbilligung allein ihn noch nicht bewegen würde, sich aus diesem neuentdeckten weichen Nest zu rühren.

Es war vielleicht zum erstenmal in Alaynes Leben, daß sie eine ganz primitive heftige Wut empfand. Sie wußte, daß er Flöhe hatte, denn sie sah ihn oft sich kratzen. Und nach dem Regen gestern abend waren seine Pfoten sicher dreckig. Sie raffte einen Pantoffel von der Erde und schlug ihn kräftig mit dem Hacken erst auf den Kopf, dann auf den Rücken. Die Wirkung ihrer Strenge auf Mooey war nichts gegen deren Wirkung auf Ben. Er heulte, als ob alle schlechten Träume, die er je gehabt hätte, plötzlich Wirklichkeit geworden wären. Er sprang vom Bett, auf dem er eine nasse, dunkle Spur hinterließ, aber statt aus dem Zimmer zu laufen, verkroch er sich unter dem Bett. Sie war gezwungen, ihn auf Händen und Knien mit den Pantoffeln von dort zu verjagen. Schließlich war sie ganz außer sich. Sie lief ihm zur Tür nach und warf den Pantoffel hinter ihm her. Er raste mit Geheul die Treppe hinunter. Mooey heulte auch noch. Pheasant erschien in der Tür ihres Zimmers mit dem Jungen auf dem Arm.

»Sag mal, Alayne, Mooey sagt, du hast ihn geschlagen! Was hat er denn getan?« Pheasant war ganz beleidigte Mutter.

»Er hat mein ganzes Zimmer mit Puder bestreut!« antwortete Alayne hitzig. »Wirklich Pheasant, er darf hier nicht allein hereinkommen. Er macht zuviel Dummheiten.«

»War das alles?« sagte Pheasant kalt.

Renny kam die Treppe herauf mit Benny, der ihm kummervoll auf den Hacken folgte. »Was hast du mit dem armen alten Ben gemacht? Ich habe ihn nie so heulen gehört.« Als er Alaynes Gesicht sah, brach er in lautes Gelächter aus. Sie hatte das Talcum an die Hände bekommen, und ihre Nase, ihr Kinn, ihr Haar, alles war gefleckt von dem Puder. Sie hatte selbst keine Ahnung von ihrem Aussehen, als sie ihn hoheitsvoll ansah und sagte:

»Dir mag es ja amüsant vorkommen, aber mir ganz und gar nicht. Der Hund hat meine seidene Bettdecke ruiniert, und das Kind hat mein Zimmer zugerichtet, daß es nicht besser aussieht wie Bessies federbestreute Aufwaschküche.«

Pheasant klopfte ihrem Sohn beruhigend den Rücken, der Alayne mit nassen Augen anstarrte, als ob sie ihn fressen wollte:

»Ich finde, Katzen und ein Kanarienvogel würden besser zu dir passen als Hunde und ein Baby, Alayne.« Sie verschwand in ihrem Zimmer und beruhigte noch immer ihren Jungen.

»Ich habe Hunde und Kinder genau so gern wie andere Leute, aber sie sollen sich benehmen und wissen, wo sie hingehören.«

»Wollen den Schaden mal besehen!« sagte Renny und ging voran in ihr Zimmer. Er sah den Fußboden, den Ankleidetisch und das Bett. »Das läßt sich alles abbürsten«, sagte er beruhigend.

»Vielleicht der Teppich«, antwortete sie, »aber die Bettdecke ist ruiniert!«

»Kannst du sie nicht zum Reinigen wegschicken?«

»Natürlich kann ich das, und dann kommt sie mir ebenso verdorben wieder wie neulich mein Kleid. Die Reinigungsanstalten hier sind eben nicht so gut wie anderswo.«

Er konnte sie nicht ernst nehmen, so wie sie jetzt aussah. Unwillkürlich mußte er lächeln, wie er sagte: »Sieh bloß mal in den Spiegel und du wirst allen Ärger vergessen.«

Sie sah in den Spiegel und wurde zorniger als vorher.

Der alte Benny dachte: ›Wenn mein Herr hier ist, kann ich ruhig wieder auf das Bett springen.‹ Also sprang er mit erstaunlich gewandtem Sprung wieder auf die seidene Bettdecke und vermied dabei sorgfältig die Stelle, die er schon vorher beschmutzt hatte. An seinen Beinen klebten Klümpchen von getrocknetem Dreck. Er fing an, die Stelle an seinem Rücken zu lecken, wo der Pantoffelabsatz ihn getroffen hatte.

Alayne hatte sich kaum von dem Anblick ihres eigenen Gesichtes erholt, als sie ihn entdeckte. Es gibt Dinge, die zu schlimm sind, um wahr zu sein. Sie ergriff den anderen Pantoffel, rannte zum Bett und schlug von neuem auf ihn los. Renny packte sie am Handgelenk.

»Ich lasse ihn nicht so schlagen!« sagte er scharf.

»Dann laß ihn aus meinem Zimmer! Er ist ein richtiges Biest!«

»Komm her, Ben! Hier ist kein Platz für uns.«

»Du redest wie ein Narr!« sagte Alayne.

Er blieb an der Tür stehen und sah nach ihr zurück. »Ich finde, du bist die kratzbürstigste Frau, die ich je gekannt habe.«

Sie wartete, bis er hinaus war, setzte sich dann auf einen Stuhl am Fenster und fühlte sich plötzlich wie gelähmt. Ihre eigene Stimme tönte noch in ihren Ohren: ›Du redest wie ein Narr!‹ Hatte sie das tatsächlich zu Renny gesagt... Und was hatte er dann gesagt? Das dröhnte ihr auch noch in den Ohren. Sie hatte weder ein schlechtes Gewissen wegen ihrer eigenen Worte, noch war sie unglücklich über die seinen. Sie saß nur vollkommen regungslos und wie betäubt von diesem plötzlichen Riß zwischen ihnen. Es war, als ob die Erde sich jählings gespalten und sie getrennt hätte... Ließ sich das wieder überbrücken? Konnte sie über den Abgrund ihrer eigenen Worte zurück, ihm nahe sein wie vorher? ›Die kratzbürstigste Frau, die er je gekannt hatte!‹ Und er hatte seine Großmutter in ihren Wutanfällen erlebt! Hatte sie mit ihrem Stock die Jungen blutig schlagen sehen! Hatte ihre scharfe Zunge selbst gespürt! Ja, das war aber seine Großmutter! Seine Frau zu sein war etwas anderes. Seine Frau mußte sich ducken. Und wenn nicht gerade ducken — sie durfte keinesfalls ihre Hand gegen seinen Hund erheben. Sie beugte sich hinaus in die sonnige Morgenluft. Sie hörte das Gurren einer Holztaube. Sie hörte das Rumpeln eines Farmwagens. Sie sah die zarten Birkenblätter in der Sonne schimmern. Sie dachte daran, wie sie zuerst als Edens Frau nach Jalna gekommen war. Das Leben hier war so seltsam anders gewesen als alles, was sie bisher gekannt hatte. Nun lag ihr Mädchenleben weit zurück, geheimnisvoll, obgleich es erst fünf Jahre her war. Es war wie eine Straße, die sie früher einmal gut gekannt hatte. Sie war erbaut aus ihren Gedanken, ihren Gefühlen — luftigen weißen Gebäuden von stolzer Schlichtheit. Schon in den ersten Monaten ihres Lebens mit Eden war diese Straße zusammengefallen. Wie völlig hatte die Berührung mit seinen ewig wechselnden sensitiven Stimmungen sie aus der Bahn geworfen! Einen neuen Weg hatte sie vor sich gesehen — eine breite, farbenreiche Straße mit Sternen über den Dächern und tanzenden Springbrunnen vor den Türen. Damals hatte sie geglaubt, daß sie für Eden eine Inspiration sein, ihn zu wunderbaren Dichtungen anregen könnte. Und wie schnell waren diese strahlenden Luftschlösser zerflossen! Edens Untreue, ihre Begegnung mit Renny — das Leben im gleichen Hause mit Renny — wie kam es, daß jetzt schon die Grundmauern wieder zerbröckelten? Solch eine Szene wie heute war zwischen Eden und ihr nie vorgefallen. Nie hatte sie einen solchen glühenden Zorn gegen Eden gehabt. Wie kam das? War ihre Liebe zu Eden damals denn soviel stärker gewesen? Oder lag es an dem mütterlichen Gefühl, das sich in ihre Liebe zu ihm mischte? War es, weil in ihrer Liebe zu Renny zuviel Leidenschaft war — weil ihre Hoffnung auf gegenseitiges Verstehen immer wieder enttäuscht wurde? Der neue Weg ihres Lebens mit ihm führte durch dunkle verworrene Gänge, durch verschlossene Türen, aus denen, wenn sie aufsprangen, eiskalte Luft und ein ferner Klang galoppierender Hufe hereindrang.

Es dauerte lange, bis sie sich von diesen quälenden Gedanken lösen konnte, aufstand, sich das Haar machte und das Gesicht wusch. Sie rief Bessy herauf, den Teppich zu fegen und packte die Seidendecke ein, um sie zur Reinigung zu schaffen.

Renny schlug die Seitentür des Hauses hinter sich zu, Ben folgte ihm auf den Hacken. Er war froh, aus dem Hause zu kommen, aber nicht mehr als jedesmal nach einem Familienzank, wenn etwa die alte Adeline ihm bis zur Tür nachkam und ihm Beleidigungen an den Kopf warf. Natürlich hatte dieser Rappel, den Alayne bekommen hatte, ihm einen Schock gegeben. Er hatte sie immer für unglaublich sanft gehalten. Und daß sie den alten Ben so gehauen hatte und ihn selbst einen Narren genannt. Er grinste vor sich hin, wie er daran dachte. Was war dem Mädchen in die Krone gefahren? Vielleicht bekam sie ein Kind? In den Zeiten werden die Frauen wunderlich, das wußte er. Hatten Wutanfälle oder wollten rohe Rüben essen oder gewöhnliche Stärke oder sonst irgend etwas Unnatürliches. Na, er hoffte zu Gott, es wäre ein Kind. Meggie und Pheasant hatten beide nach einem Jahr eins gehabt, und nun war er schon ein Jahr verheiratet und es war noch gar keine Rede davon. Er hätte gern einen Jungen, der so war wie er, natürlich außer dem roten Haar. Das brauchte er just nicht zu haben. Und wenn es ein Mädchen würde, dann müßte es wie Alayne aussehen, nur wäre es im ganzen besser, wenn es Meggies ruhige Natur erbte. Sie war heute von früh an schlechter Laune gewesen, erinnerte er sich. Die ganze Art, wie sie den armen alten Rags wegen der Marmelade angefahren hatte und der Blick, den sie ihm zuwarf, als er das Fenster für sie zumachte. Alles hatte sie gereizt, selbst solch eine Kleinigkeit wie Wakes Zerren an der Klingel. Und wie hatte sie das übelgenommen, daß Mooey jetzt mit bei Tisch sein sollte! Sie hatte versucht, es nicht merken zu lassen, aber er hatte es doch gemerkt. Natürlich, wenn sie ein Kind erwartete, dann mochte es ihr auf den Magen fallen, ein anderes Baby bei Tische zu sehen; wer konnte das aber wissen.

Er war kaum aus der Tür, als Wragge ihn plötzlich anhielt. In dem hellen Sonnenschein sah der Rock des alten Kerls sehr schäbig aus, und der blanke Schädel schien durch sein angegrautes Haar. Er sah bekümmert zu Renny auf und schnüffelte ein paarmal durch die Nase, ehe er anfing zu sprechen, wie er es zu tun pflegte, wenn er beleidigt war.

»Was ist los?« fragte Renny ungeduldig.

»Ich wollte sagen, Sir, ich glaube, es ist besser, wenn meine Frau und ich kündigen, wenn Mrs. Whiteoak mit uns nicht zufrieden ist, Sir.«

Renny starrte ihn wie vom Donner gerührt an. »Mrs. Whiteoak hat kein Wort zu mir gesagt, daß sie mit Ihnen unzufrieden wäre. Was ist denn passiert?«

»Na, Sir, Sie haben das mit der Marmelade beim Frühstück ja selber gehört. Mir war das so auf die Nerven gegangen, daß ich fast umfiel, als die Klingel ging, und der Topf fiel mir hin und ging ganz in Stücke, bloß gut, daß er schon einen Sprung hatte und nicht unser allerbester war. Und dann nach dem Frühstück ist sie in die Küche gekommen und hat ihren ganzen Ärger auf Mrs. Wragge ausgeschüttet. Nicht ein Topf, oder Ecke oder Schieblade, wo sie nicht hineinspioniert hat, und nichts war ihr recht. Sogar die Scheuertücher hat sie sich angesehen und hat gesagt, daß das Geschirrtücher wären und anderswohin gehörten. Und Bessie hat sie den Kopf gewaschen, daß sie die Hühner nicht richtig rupfte. Bessie ist jung und kann sich was sagen lassen, aber Mrs. Wragge ist seitdem den ganzen Tag nicht gut zuwege mit ihrem Magen. Sie hat gestern abend vor dem Zubettgehen etwas von dem übrigen Schweinebraten gegessen, und um drei diese Nacht haben wir beide gemeint, ihre Stunde ist gekommen. Daher kommt es wohl, daß Mrs. Whiteoaks schlechte Laune ihr auf den Magen geschlagen ist, Sir, und meine Nerven halten das auch nicht aus, und wir denken, es ist besser, wir gehen.«

»Zum Teufel geht ihr!« sagte Renny. »Machen Sie, daß Sie an Ihre Arbeit kommen. Ich habe nie einen solchen Unsinn gehört. Sie haben eine sehr gute Stelle hier, und wenn Ihre Frau nicht etwas Schelte vertragen kann, dann soll sie sich schämen. Geben Sie Ihr einen Löffel Magensalz und bestärken Sie sie nicht, wenn sie schlechter Laune ist.« Er ging mit großen Schritten weiter, aber Rags lief neben ihm her. »Wir wissen wohl, was für eine gute Stelle wir hier haben. Ich bin nun mal so, daß ich an einer Familie hänge, wo ich lange gewesen bin, aber was hilft es, wenn man der Frau nichts recht machen kann?«

Renny blieb stehen. »Rags!« sagte er und warf ihm einen freundschaftlich vertrauten Blick zu, »Sie und ich, wir haben eine Masse miteinander durchgemacht. Ich mag mich nicht von Ihnen trennen, und ich glaube nicht, daß Sie wirklich weggehen möchten. Sie wissen selber ganz gut, wie Sie Ihre Frau wieder beruhigen können. Was heute morgen passiert ist, das wird wahrscheinlich nicht wieder vorkommen. Ich habe mancherlei bei Ihnen übersehen, und Sie müssen soviel Verstand haben, etwas Kritik zu vertragen. Erinnern Sie bloß Ihre Frau daran, wie oft ich ihre Soßen und ihre Pasteten schon gelobt habe.«

Rags kleines graues Gesicht verzog sich vor innerer Bewegung. »Wissen Sie noch, Sir, wie wir in die Schützengräben vor Ypern kamen? Und wie wir just im Dunkeln in dieses gottverlassene Loch kamen und wie ich Ihnen in einer Stunde ein Essen von vier Gängen aus dem bißchen Büchsenzeugs gekocht habe, das ich mitgebracht hatte?«

»Und ob! Das Essen vergeß ich so leicht nicht!«

Sie standen beisammen und schwatzten von alten Zeiten. Rags kam in die Küche zurück und berichtete seiner Frau, daß der Herr ganz auf ihrer Seite wäre, und riet ihr, die Frau nicht zu ernst zu nehmen.

»Ich hätte ihre Mäkelei schon hingenommen«, erklärte Mrs. Wragge, »wenn sie bloß nicht von den großen Schüsseln angefangen hätte. Lieber Himmel, die hatten ja alle schon Sprünge, ehe sie je ihren Fuß ins Haus gesetzt hat.«

»Herrje! Und was sie komisch redet!« bemerkte Bessie. »Ich bin fast herausgeplatzt, wie sie das von dem ›Gefieder‹ von dem Hahn sagte.«

»Albernheit!« sagte Mrs. Wragge. »Das ist amerikanisch für Federn.«

Renny und der Schäferhund trollten zusammen in den Stall, aber er war geradezu ärgerlich auf Alayne. Gegen ihn selbst mochte sie ihre Launen auslassen — großer Gott, sie hatte gesagt, daß er wie ein Narr redete! — aber sie hatte den armen alten Ben wegen gar nichts gehauen, und nun erfuhr er noch, daß sie ihm fast die Wragges aus dem Hause getrieben hatte. Er dachte daran, wie sie sich beim Frühstück abgewandt hatte, als er sie hatte küssen wollen. Er seufzte ratlos auf.

Gewöhnlich sah er nach jedem seiner Pferde einzeln, wenn er morgens in den Stall kam, aber heute morgen war er ganz auseinander. Er ging geradewegs in sein kleines Büro und setzte sich vor sein eichenes Schreibpult. Er hatte dieses Jahr wenig Glück. Er hatte Geld bei den Rennen verloren. Ein Pferd, auf das er gesetzt und auf dessen Qualitäten er sich verlassen hatte, weil er es in seinem eigenen Stall gezüchtet und später an einen Freund verkauft hatte — er hatte sogar von Monat zu Monat das Trainieren überwacht — war gestürzt, hatte den Jockey abgeworfen und war reiterlos weitergaloppiert. Eins von seinen eigenen Pferden, das er selbst im Hochsprung trainiert hatte und das einer seiner eigenen Leute ritt, hatte sich als keineswegs glänzend erwiesen. Er hatte gehofft, es für eine hohe Summe zu verkaufen. Diese Hoffnung war nun vorbei, wenn das Pferd nicht in einem anderen Rennen besser abschnitt. Er hatte zwei seiner besten Pferde an einen Händler verkauft, aber aus irgendwelchem Grunde blieb der mit der Zahlung im Rückstand. Renny wollte ihn nicht gern mahnen, aber er hatte das Geld dringend nötig. Neben all diesem Mißgeschick hatte im vorigen Jahr ein Herbststurm das Dach von einem der Ställe und sogar einen Teil der Mauer umgerissen. Zum Glück war den Pferden nichts geschehen, aber der Zimmermann und der Maurer wollten beide ihr Geld haben. Die mußten möglichst bald bezahlt werden.

Im Frühling hatte er einen Brief von Eden bekommen, der ein Darlehen wollte. Er war in Frankreich, wo er den ganzen Winter gearbeitet hatte, und wollte nun nach England. Mit seiner Gesundheit stand es nicht zum besten. Er hatte dringend einen Luftwechsel nötig. Sie hatten an der Riviera einen schrecklich kalten und regnerischen Winter gehabt. Minny war natürlich bei ihm. Er konnte sich nicht vorstellen, was er ohne sie hätte tun sollen. Konnte er tausend Dollar bekommen? Und Minny ließ ihn sehr grüßen.

Als Renny an diesen Absatz des Briefes gekommen war, zog er die Brauen hoch. Etwas an dem ganzen Ton des Briefes gefiel ihm nicht. Es war ein fast unverschämter Ton. Als ob Eden sagen wollte: »Na, habe ich mich nicht mit Minny beiseite gedrückt und dir den Weg zu Alayne freigemacht? Tausend Dollar sind nicht zu viel dafür!« Er nannte es ein Darlehen, aber Renny wußte, daß er es nie zurückzahlen würde, und Eden wußte das auch. Das Geld war hingeschickt worden. Man konnte es kaum einem Bruder abschlagen, der fast an einem Lungenleiden gestorben wäre. Renny hatte der Familie gegenüber das Geld nie erwähnt.

Er nahm ein Papier in die Hand, das auf seinem Schreibpult lag. Es war eine Abrechnung von Piers über Heu, Stroh und Hafer, das er Renny während des Winters geliefert hatte. Er hatte diese Abrechnung schon lange erwartet und gewußt, daß Piers sie aufschob, weil das Geld jetzt knapp war. Die Farmländereien von Jalna waren an Piers für eine mäßige Summe verpachtet. Renny kaufte von ihm seinen Bedarf für die Ställe zu regulärem Marktpreis. Piers versorgte auch das Haus mit Obst und Gemüse zu niedrigem Preis, da er es in diesem Fall nicht zu verpacken und zu verschicken brauchte. Diese Vereinbarungen hatten sich ausgezeichnet bewährt, da jeder Bruder dem anderen, wenn es nötig war, etwas Zeit ließ. Ihre Liebe zu Jalna, ihre Liebe zu Pferden und ihr Stolz auf die Familie waren ein starkes Band zwischen ihnen beiden. In den letzten zwei Jahren hatte Piers pünktlich jedes Vierteljahr seine Pacht gezahlt an dem Tage, wo sie fällig war. Renny war dagegen gezwungen gewesen, manchmal Piers um Aufschub zu bitten. Das bedrückte ihn. Er überlegte, ob er vielleicht den Maurer und den Zimmermann oder einen anderen Gläubiger zurückstellen konnte und zunächst Piers bezahlen sollte. Er überflog die einzelnen Posten der Abrechnung. Die Gäule hatten ja eine Menge Futter gebraucht; aber sie waren das auch wert! Er öffnete eine Schublade und nahm die Rechnungen heraus, die zu Anfang des Monats gekommen waren. Seit Neujahr hatte er den Tierarzt nicht bezahlt, dessen Rechnung recht hoch angeschwollen war. Er mußte etwas abzahlen. Dringende Mahnungen lagen bei den Rechnungen des Maurers und des Zimmermanns, die von ihm baldige Bezahlung verlangten. Dann war da noch die Nachricht der Bank, daß ein Wechsel fällig war. Er hatte damals der wundervollen Stute in Montreal nicht widerstehen können, trotzdem er sie eigentlich gar nicht nötig gehabt hätte ... Er zündete sich eine Zigarette an und starrte etwas ratlos auf die Papiere auf seinem Pult. Ein freudiges Wiehern kam aus der offenen Box des Hengstes herüber.

Er sah aus dem Fenster, daß ein Auto draußen hielt und sah Piers herausspringen. Seit Piers den neuen Wagen hatte, schien er immer irgendwelche geschäftlichen Angelegenheiten zu haben, die ihn unterwegs auf der Landstraße hielten. Renny ging zu ihm hinaus.

»Es tut mir leid«, sagte er etwas unfrei, »aber du mußt etwas auf das Geld für die Futterabrechnung warten. Ich bin jetzt schrecklich knapp bei Kasse, und der Maurer und der Zimmermann drängen. Und sonst noch allerlei.«

Piers machte ein enttäuschtes Gesicht. Er hatte sein Möglichstes getan, dachte er, indem er die Rechnung solange hinausschob. »Kannst du mir nicht wenigstens die Hälfte bezahlen?« fragte er. »Ich habe das Geld nötig.«

»Nein«, antwortete Renny gereizt; »du mußt bis nächsten Monat warten.«

Sie waren an der Scheune vorbei zu dem neuen Schweinestall gegangen, den Finch bezahlt hatte. Der Bau ging gut vorwärts. Es war ein ganz modernes, solides Gebäude. Piers hatte die Absicht, eine große Schweinezucht anzufangen.

»Das Ding da muß eine Menge Geld kosten«, bemerkte Renny und sah mißbilligend hinüber.

»Mehr als Finch sich gedacht hat, fürchte ich!« antwortete Piers grinsend.

»Er hat doch auch die Scheune für dich decken lassen?«

»Ja. Die hatte es recht nötig.«

»Mir scheint, wenn du so weiter machst, dann kriegst du mehr von Großmutters Geld als irgend jemand sonst.«

Piers Gesicht wurde hart. Wenn sein älterer Bruder ihm jetzt Finchs Geschenk ins Gesicht werfen wollte, dann konnte er auch unangenehm werden. Er sagte:

»Alles in allem tut das Finch eigentlich für dich. Das Land gehört dir. Die Gebäude gehören dir. Ich habe doch nur die Nutznießung. Du kümmerst dich nicht darum, in welchem Zustand die Farmgebäude sind, solange du bloß deine Ställe in Ordnung hast. Diese Verbesserungen hat Finch für Jalna gemacht — nicht für mich.«

»Ich hätte es nie verlangt.«

»Natürlich nicht. Wie ich eben schon gesagt habe, du kümmerst dich verdammt wenig um die Farmgebäude.«

»Na, du wirst ja die Nutznießung dein ganzes Leben lang haben. Es ist anzunehmen, daß du länger lebst als ich. Mich gehen sie wenig an.«

»Was dich daran angeht, ist, daß du die Pacht an dem Tag kriegst, wo sie fällig ist.«

»Das ist wahrscheinlich eine Spitze gegen mich, weil ich dich jetzt zurückstellen muß.« Rennys Gesicht rötete sich stärker.

Piers riß die Augen rund auf wie immer, wenn er gereizt wurde, aber er sprach ruhig. »Nein — aber ich mag deinen Ton nicht, mit dem du über diese Gebäude redest. Du hast von Anfang an gewußt, was gemacht werden sollte und hast bis jetzt noch nie ein Wort gegen diese Verbesserungen gesagt.«

»Das war nicht meine Sache. Es geht mich nichts an, was Finch mit seinem Gelde macht.«

Piers sagte hitzig: »Aber es ärgert dich, daß er mir hilft.«

»Nein, kein Gedanke. Aber es paßt mir nicht, wenn du sagst, daß er es nicht für dich tut, sondern für mich.«

»Das habe ich nicht gesagt. Ich habe gesagt, daß er es für Jalna tut.«

»Ich will mit Jalna schon fertig werden — ohne anderer Leute Hilfe.«

»Guter Gott! Dann wäre es dir lieber gewesen, wenn er sein Geld weggeworfen hätte? Das hätte er bestimmt getan, wenn man ihn in Ruhe gelassen hätte.«

»Ich will wenigstens nichts davon haben, damit basta. Nächstens wirst du sagen, daß er den Wagen für mich gekauft hat.«

»Nein, ich gebe zu, daß das ein Geschenk für mich war.«

»Es wäre besser gewesen«, sagte Renny, »wenn er Eden etwas geholfen hätte. Der ist noch immer nicht gesund. Ich mußte ihm im März tausend Dollar schicken.« Er hatte nicht die Absicht gehabt, das Darlehen zu erwähnen, am wenigsten Piers gegenüber, aber jetzt fühlte er sich gezwungen, davon zu sprechen, durch dessen seiner Ansicht nach wenig freundliche Haltung ihm gegenüber.

Sie standen neben einer Einzäunung, wo drei Säue, die bald werfen mußten, sich in der Sonne sielten. Eine von ihnen trottete jetzt zu den Brüdern hinüber und sah mit kleinen schlauen Augen zu Piers auf. Sie kannte ihn und mochte ihn gern wie alle Tiere. Er hatte einen glatten Holzstab in der Hand, den er aufgehoben hatte, als die Zimmerleute an der Arbeit waren. Holz hatte eine große Anziehungskraft für ihn, sowohl in natürlichem Zustand wie poliert. Er stand immer dabei, wenn ein Baum gefällt wurde, hob die glatten rosigen Holzsplitter auf, strich mit der Hand liebevoll darüber und hielt sie an die Nase, um den harzigen Duft einzuziehen, als ob es Blumenduft wäre. In derselben Weise schnupperte Renny herum, wenn er in die Sattelkammer kam und das Leder roch. Es war Piers, der am meisten Verständnis für die Chippendale-Möbel hatte, die ihr Großvater aus England mitgebracht hatte. Renny war nur stolz darauf, weil sie ein Teil von Jalna waren. Er hätte lieber gehungert, als ein Stück davon verkauft.

Piers rieb den rosigen Rücken der Sau mit dem Stock, rieb sie auf der fettgepolsterten rosa Haut entlang, auf der die weißen Borsten standen. Ihr feuchter Rüssel schnüffelte. Sie warf eins ihrer großen Ohren nach vorn, als ob sie auf das Scheuern des Stockes auf ihrem Rücken horchte. Ihre weißen Augenlider blinzelten und versteckten fast ihre pfiffigen Augen. Die Männer sahen schweigend zu, und dann, als sie sich mit einem Grunzen auf die Seite rollte, lachte Renny kurz auf, halb belustigt, halb verlegen. Er wunderte sich, warum Piers auf seine Erwähnung des Darlehens an Eden nicht geantwortet hatte. Er wiederholte:

»Ich mußte ihm die tausend schicken, ich konnte es ihm nicht abschlagen.«

Piers antwortete, während er die Sau immer noch weiterkratzte:

»Na, ich kann nichts anderes sagen, als daß du ein Narr gewesen bist, das zu tun.«

Es war das zweitemal innerhalb einer Stunde, daß Renny ein Narr genannt wurde, aber er fühlte sich mehr gekränkt als empört.

»Was hättest du denn an meiner Stelle getan?« fragte er. »Ihn verhungern lassen?«

»Das verdient er.« Piers wandte sich ab, als ob er es nicht fertig brächte, weiter über Eden zu sprechen.

Renny stand mit untergeschlagenen Armen am Tor, der alte Ben saß dicht neben ihm, den struppigen Körper an sein Bein gedrückt. Renny dachte:

»Sogar als ich Alayne vorhin beim Frühstück küssen wollte, wandte sie sich weg. Was mag mit dem Mädchen los sein?«

Piers ging in den Obstgarten, um mit den Leuten zu sprechen, die die Bäume dort mit dem Zerstäuber besprützten. Er sah den feinen Sprühregen der Spritze im Sonnenlicht grünlich schimmern und die Bäume in den schützenden Dunst einhüllen. Er untersuchte die Blüten, deren Blätter jetzt schon fielen und überschlug, daß die Ernte gut werden würde. Er sah Pheasant mit Mooey an der Hand zwischen den Erdbeerbeeten gehen und konnte der Versuchung nicht widerstehen, etwas mit ihr zu schwatzen, trotzdem er gerade jetzt viel zu tun hatte.

»Hallo, Piers! Wir suchen nach reifen Erdbeeren. Mooey hat drei gefunden. Ist er nicht findig? Es gibt dies Jahr riesig viel.«

»Das kannst du bei Erdbeeren vorher nie wissen«, sagte er und sah kritisch auf das Beet herunter. Zweifellos gab es eine Masse der grünlichweißen Beeren, die für Anfang Juni schon recht groß waren. Hier und da schimmerte eine rote zwischen den feuchten Blättern, und Pheasant hielt ihm eine in den Mund, die wirklich schon reif war. Er lächelte mit den Augen, wie er sie aß.

»Denk dir nur!« sagte sie atemlos. »Renny und Alayne haben sich gezankt! Sie sind jetzt ein Jahr verheiratet, und dies ist das erstemal, daß ich sie habe streiten hören. Und Mooey, sag doch Daddy, was Tante Alayne dir getan hat.«

Mooey trottete mit tränenverschmiertem Gesicht zwischen den Erdbeerbeeten entlang. Er sagte ernsthaft:

»Tante Alayne hat mich aus ihrer Stube geschmeißt.«

»Was?« Sein Vater sah ihn streng an.

»Mich geschmeißt!« wiederholte er, »aus der Tür. Und ich bin zu Mammy gelaufen, und ich bin nich bange.«

»Er ist so tapfer!« rief Pheasant. »Er sagt, daß er keine Angst hat, aber er heulte einfach. Ich war in meinem Zimmer, und ich war geradezu entsetzt. Er rannte auf mich los mit weit offenem Mund und die Augen fest zu und Talcum-Puder über das ganze Gesicht. Ich war ganz außer mir.«

Piers starrte sie verdutzt an. »Aber hat sie ihm den Puder ins Gesicht geschmiert?«

»Nein, dummes Zeug! Er war in ihr Zimmer gelaufen und hat sich selbst ganz damit überstreut. Sie fand ihn da und schickte ihn hinaus auf den Gang. Ben war auch darin, und du hättest bloß hören sollen, wie sie ihn anschrie. Einen Augenblick sagte Mooey, daß sie ihn gehauen hat, und den nächsten, daß sie ihn bloß hinausgeschmissen hat. Ich glaube, der arme Liebling war so erschrocken, daß er gar nicht wußte, was eigentlich passierte.«

Piers sah auf seinen kleinen Sohn herunter. »Hat sie dich geschlagen?« fragte er und sprach sehr deutlich und scharf.

Mooey war plötzlich ganz voll Mitleid mit sich selbst. Seine Augen schwammen in Tränen. »Sie schmeißte mich mit dem Pantoffel!« sagte er.

»Ich werde mit ihr darüber reden«, sagte Piers. »Das dulde ich nicht.«

»Oh, ich glaube, ich würde nichts sagen«, riet Pheasant. »Das bringt nur Verstimmungen. Je mehr ich vom Leben sehe, desto mehr finde ich, daß man duldsam sein muß gegen anderer Leute Wunderlichkeiten und Hemmungen und dergleichen. Ich glaube, wenn wir alle drei die nächsten Tage etwas kühl gegen sie sind, das wird ihr mehr Eindruck machen als alle Aussprachen.«

»Sagtest du nicht, daß sie sich mit Renny gezankt hätte?«

»Ja. Ich konnte nicht hören, warum; aber sie waren sehr laut, und sie ging ihm zur Tür nach und zischte einfach hinter ihm her: Du redest wie ein Narr! Ist das nicht schrecklich? Na — sie hat Mut, das muß ich sagen. Nichts auf der Welt könnte mich dazu bewegen, Renny Whiteoak einen Narren zu nennen.«

»Und was hat er gesagt?«

»Er sagte, daß sie die kratzbürstigste Frau wäre, die er je gekannt hätte.«

Piers grinste. Dann wurde sein Gesicht finster, und er sagte schroff: »Ich habe nie daran geglaubt, daß diese Heirat gut ausfiele. Ich wollte bei Gott, daß er nie auf sie verfallen wäre.«

Pheasant rief: »Oh, ich habe Alayne gern! Sie ist wirklich ganz entzückend. Aber ich will nicht, daß sie meinem Jungen was tut.« Und sie hob Mooey hoch und küßte sein beerenverschmiertes Mäulchen.

»Na, ich habe auch was Neues zu erzählen!« sagte Piers. »Ich hatte meine Futterabrechnung heute früh auf Seiner Gnaden Büro gelegt. Er sagt mir, daß er erst nächsten Monat bezahlen kann. Wo er nächsten Monat das Geld herkriegen will, kann ich mir nicht vorstellen.«

»Das ist eine Schande!«

Piers schob eine weiche Locke aus Mooeys Stirn. »Da ist eine rote Stelle! Direkt eine Beule. Meinst du, daß sie das getan hat?«

»Nein. Das kommt davon, daß er gestern auf der Treppe gefallen ist.« Sie küßte die Beule.

»Aber«, sagte Mooey, »sie schmeißt mich mit dem Pantoffel.«

Pheasant sah ihn kopfschüttelnd an. »Denk nicht mehr an so häßliche Sachen, Kind! Ich muß dir das Gedicht von Longfellow vorsagen, daß es so viel Schönes in der Welt gibt, daß wir so glücklich sein könnten wie die Könige. Lach mal, Mooey! Lach ein bißchen mit Mammy!«

»Sprich nicht immer mit ihm in Babysprache!« sagte Piers.

»O Piers, du weißt gar nicht, wie entzückend das für eine junge Mutter ist, mit ihrem kleinen Jungen an einem Junimorgen zwischen den Erdbeerbeeten Babysprache zu sprechen. Riech bloß die Luft! Ist sie nicht wunderbar? Natürlich nur da, wo man nicht den Gestank von den Spritzen riecht. Und die großen weißen Wolken da oben über den Bäumen! Und der Pirol ruft! Und das Hämmern von den Zimmerleuten drüben. Und Mooeys Haar steht ihm ganz kraus um den Kopf!«

Piers sah sie mit einem kleinen heimlichen Lächeln an. Wie drollig sie war ... wie lang waren ihre Augenwimpern ... wie er sie liebte!

Er sagte: »Na, Renny wird nie jemand finden, der sich soviel Mühe mit dem Farmland gibt wie ich. Von dem Tag an, als ich es übernommen habe, habe ich es immer in gutem Zustand gehalten. Sogar als wir nur das Verwaltergehalt hatten, als wir heirateten, habe ich für das Land getan, was ich nur tun konnte. Natürlich ist es jetzt vorteilhafter für mich, selbst wenn ich eine hohe Pacht zahle.«

»Wir können doch sehr gut leben, nicht wahr? Wir alle drei, und Bessie tut eine Menge für Mooey.«

»Ja, ja, es geht recht gut.« Der Gedanke, daß Bessies Unterhalt ihnen nichts kostete, kam Piers ganz überraschend. Er hatte das immer als selbstverständlich hingenommen. Ein paar Menschen mehr oder weniger bedeutete nichts für Jalna.

»Renny hätte es gar nicht anders haben wollen«, sagte er. »Es geht ihm auf die Nerven, wenn das Haus nicht voll Menschen ist. Denk bloß daran, wie er vorhin beim Frühstück war. Ließ das Kerlchen hier einfach herunterholen. Vergiß nicht, ihn zum Essen mitzubringen, Pheasant. Wir werden ja sehen, was Mrs. Alayne dazu sagt!«


## 16 Die Farm von Clara Lebraux

Renny hielt sein unruhiges junges Pferd an, das er bewegt hatte, und sah über das weiße Tor in die Fuchsfarm hinein. Er war unentschlossen, ob er einen Augenblick vorsprechen sollte oder nicht. Vor dem Tode von Antoine Lebraux war er jeden Tag im Haus gewesen. Der kranke Mann war mehr und mehr von ihm abhängig geworden. Wenn Lebraux in seinen Saufperioden schwierig geworden war, dann war es Renny, den sich seine Frau zur Hilfe holte. Nach seinem Tode war Renny häufig im Haus gewesen und hatte versucht, in dem hoffnungslosen geschäftlichen Wirrwarr doch etwas wie Ordnung zu schaffen. Er hatte Mrs. Lebraux in der Wurfzeit der Füchse geholfen. Er hatte durch Piers ein paar reinrassige Leghorn-Hühner besorgt als Grundstock für die Geflügelfarm. Er hatte den alten Noah Binns geschickt und ihren Garten umgraben lassen. Er war durch das ganze Haus gegangen, hatte die Fensterläden in Ordnung gebracht, zerrissene Tapeten angeklebt und die tropfende Wasserleitung in der Küche repariert. Er hatte mit dem alten Farmer gesprochen, der eine Hypothek auf das Grundstück hatte, und ihn überredet, ihr etwas mehr Zeit zu lassen. Es war derselbe, von dem Finch die Hypothek auf Vaughansland übernommen hatte.

Als Dank für diese Freundlichkeiten hatte Clara Lebraux darauf bestanden, daß Renny ihren Stall benutzte, denn sein eigener war schon mehr als voll. Das war alles, was sie tun konnte. Die Pferde waren gute Kameraden, sagte sie. Sie gab ihnen abends ihr Futter und kümmerte sich um sie. Zwischen dem Herrn von Jalna und Mrs. Lebraux war eine besondere Art von Freundschaft entstanden, wie sie manchmal zwischen einem Mann und einer Frau wächst, wenn dieser ihr durch schwere Zeiten durchgeholfen hat, sie mit verweinten Augen, ungepflegt und mitten in harter Arbeit gekannt hat, und allerlei im Hause getan, was sonst ein Ehemann oder ein männlicher Verwandter zu tun pflegt. Sie gingen so natürlich miteinander um wie zwei Arbeiter auf Piers Farm.

Jetzt hatte sie es etwas besser. Sie brauchte seine Hilfe nicht mehr so oft, und ein gelegentliches Wort von Piers hatte es Renny bewußt gemacht, daß in der Nachbarschaft über seine häufigen Besuche dort geredet wurde. Es war charakteristisch für ihn, daß er es haßte, wenn über ihn geredet wurde. Er war hochmütig. Er konnte schweigend Kritik überhören. Aber es war ihm peinlich, zu denken, daß die Miss Laceys, Miss Pink und Mrs. Fennel über ihren Teetassen einander versteckte Andeutungen machten. Es paßte ihm nicht, zu denken, daß vielleicht die Stallburschen und Reitknechte einander anstießen, wenn er sein Pferd wieder in die Richtung der Fuchsfarm lenkte. Es war auch für Mrs. Lebraux nicht angenehm, wenn sie beide Anlaß zu Klatsch gaben, und war er noch so harmlos. Vor seiner Heirat hatte er seine gelegentlichen Liebesaffären geschickt geheimzuhalten gewußt. Seit seiner Heirat hatte er an keine Frau als Alayne gedacht. Seine frühere Neigung zu Abenteuern war in dem starken Feuer seiner Liebe zu ihr verzehrt.

Aber in Clara Lebraux hatte er das gefunden, was er früher noch nie gekannt hatte — Freundschaft mit einer Frau. Er konnte Stunden in ihrer Gesellschaft zubringen, ohne sich ihrer Weiblichkeit bewußt zu werden, außer dadurch, daß sie ihre Freundschaft bereicherte. Alaynes Geschlecht vergaß er niemals. Es umgab sie wie eine Wolke, die ihr Bild für ihn umschwebte. Es lag um sie wie ein magischer Kreis, den zu sprengen er weder die Kraft noch den Willen hatte. In seiner Natur lag eine plötzlich ausbrechende Sinnlichkeit. Zu Zeiten, wenn Alayne sprach und ihre Ansicht über irgend etwas in ihrer umständlichen Art erklärte, sah er sie mit einem zugleich bewundernden und erstaunten Blick an, in dem etwas versteckt Feindliches war. Er war sich bewußt, daß seine unerschütterliche Männlichkeit sie oft reizbar machte.

Wie er noch vor dem Eingangstor zögerte, öffnete sich die Haustür und Pauline Lebraux erschien. Sie lief ihm entgegen zwischen den weißen Steinen der Wegeinfassung. Als sie am Tor war, warf sie den Kopf zurück, um ihr Gesicht von dem wirren dunklen Haar freizumachen, das wie eine Mähne darum hing.

»Kommen Sie nicht herein? O bitte!« bat sie atemlos und wie in Aufregung.

Er sah ihre niedrige weiße Stirn mit den feingezeichneten Brauen, die seltsam fremdländischen Augen, den großen schmallippigen Mund, der sich an den Mundwinkeln heraufbog. Er sagte:

»Nein. Ich möchte lieber nicht hereinkommen. Erzählen Sie mir nur schnell, wie es geht.«

»Wie immer. Nichts Neues. Aber Sie sind drei ganze Tage nicht hier gewesen! Wir sind so allein. Wir dachten schon, Sie hätten uns etwas übelgenommen.«

»Dann machen Sie also das Tor auf.«

Sie warf es mit einer großen Geste weit auf.

»Noah Binns ist hier!« sagte sie, als ob sie nach irgendeinem Gesprächsthema gesucht hätte.

»So, so. Ich werde ihn ein bißchen in Trab bringen, ehe ich ins Haus gehe.« Er stieg ab und band sein Pferd an den Zaun, wo es eifrig anfing, das Gras im Hofe zu knabbern und mit ungeduldigem Kopfaufwerfen zu zermalmen.

Pauline Lebraux ließ ihre langen schmalen Hände über seine glatte Flanke gleiten. Sie lief nach der Stelle, wo das Gras unter einem Apfelbaum mit allerlei feuchtem Klee gemischt war, riß alles zusammen, was sie konnte, und brachte es dem Pferd. Sie sah eifrig zu, während es fraß, und gab ihm französische Kosenamen. Renny ging zum Garten hinüber, wo er den alten Binns graben sah. »Hallo, Noah!« sagte er, »wieviel haben Sie heute schon fertiggebracht?«

Der alte Mann lehnte sich auf seinen Spaten und sah mit seinen trüben Augen zu Renny hin. Er sagte:

»Die Möhren kommen auf!«

»Das sehe ich. Und schön dicht, das ist fein. — Aber da am anderen Ende haben Sie eine Menge Disteln stehen lassen!«

Noah wandte ganz langsam den Kopf und sah starr nach dem Unkraut hin.

»Disteln gibt es immer!« bemerkte er.

Mrs. Lebraux erschien an der Seitentür des Hauses. Sie sagte nichts und stand nur wartend da. Renny ging zu ihr hinüber, und sie traten ins Haus. Sie gingen in das Wohnzimmer, das ihm so vertraut geworden war. Er war an die hohen Zimmer in Jalna gewöhnt. Hier war es ihm immer, als ob er sich bücken müßte, um nicht mit dem Kopf an die Türrahmen zu rennen. Er sah sich im Zimmer um, das ihm seit seinem letzten Hiersein etwas verändert schien, und sagte:

»Es ist hübsch hier. Was haben Sie denn gemacht?«

Sie zuckte die Schultern. »Reingemacht. Die Sachen etwas umgestellt, daß es gemütlicher aussieht. Pauline hat den Lampenschirm gemacht. Gefällt er Ihnen?«

Er sah ihn ernsthaft an. Es war ein Pergamentschirm, der in primitiver Art mit roten Blumen bemalt war.

»Es sieht hübsch aus, wenn die Lampe brennt«, sagte sie. »Es hat ihr Beschäftigung gegeben.«

»Was ist dies?« fragte er und zeigte auf einen goldgestickten Tischläufer.

»Das hat sie aus einem alten Abendkleid von mir gemacht. Ich lasse sie machen was sie will.« Sie schob ihm eine Schachtel Zigaretten zu und zündete ein Streichholz an der unteren Seite des Tisches an, dann steckte sie sich selbst eine an. Sie streckte ihre Füße in abgetragenen Morgenschuhen aus, lehnte sich zurück und verschränkte die Hände unter dem Kopf. Ihr Haar, das merkwürdig gelb und bräunlich gestreift war, sah aus, als ob sie es eben schnell übergebürstet hätte. Sie blickte geradeaus mit ihren runden, hellbewimperten Augen und rauchte schweigend.

Er sah sie an, ohne sie wirklich zu sehen. Aber er fand, daß sie das Wohnzimmer wirklich sehr viel hübscher gemacht hatte. Der glänzende Tischläufer und der Lampenschirm gefielen ihm.

»Haben Sie eine Frau zum Reinmachen gehabt?« fragte er.

»Das habe ich selbst getan. Meine Fingerknöchel sind ganz durchgescheuert.«

Er zog die Brauen zusammen. »Das kostet doch nicht viel, für ein paar Tage eine Frau zu nehmen.«

»Es kostet ebensoviel wie neue Schuhe kosten, und die brauchen wir beide.«

Er sah ihre Schuhe an, und auch ihre ausgestreckte Hand, wie sie die

Asche von ihrer Zigarette streifte. Sie hatte nicht übertrieben, weder mit den Schuhen noch mit den Fingerknöcheln. Sie war wirklich von gutem Schlag, dachte er.

»Ich werde Binns sagen, daß er das Hühnerhaus für Sie reinmacht.«
»Das habe ich selbst schon vor dem Frühstück reingemacht.«
»Das geht nicht!« rief er aus. »Sie überarbeiten sich einfach.«
»O nein, bestimmt nicht. Ich fühle mich tausendmal besser als im Winter. Nur um das Kind mache ich mir Sorge.«
Er sah sie fragend an.
»Ihre Erziehung. Sie bekommt einfach gar keine. Ihr Vater hat ihr Unterricht gegeben. Ich kann das nicht. Einesteils habe ich nicht die Begabung dazu und andererseits war meine eigene Erziehung recht mäßig. Pauline weiß mehr von Literatur und Latein als ich. Und natürlich — Französisch.«
»Sie haben von Lebraux nie richtig Französisch sprechen gelernt?«
»Nein. Wozu auch? Er konnte ja Englisch. Er lachte immer nur, wenn ich mit meinem Schulmädel-Französisch kam. Aber mit Pauline sprach er immer französisch. Nun fürchte ich, sie vergißt es wieder völlig.«
Renny kam ein Gedanke. »Hören Sie, meine Frau liest sehr gut Französisch. Sie und Pauline könnten ein paar französische Bücher miteinander lesen, das würde allen beiden gut tun. Alayne weiß wirklich nicht, wie sie ihre Zeit unterbringen soll. Ich werde sie darum fragen.«
Mrs. Lebraux' Augen sahen ins Leere, als sie antwortete:
»Vielen Dank. Aber ich fürchte, es würde ihr zuviel Mühe machen.«
»Ganz und gar nicht. Sie hat Kinder gern. Meinen kleinen Wake hat sie immer sehr liebgehabt.«
»Ja, ich würde ja sehr dankbar sein... Pauline wäre gern mit Ihrem kleinen Bruder zu Mr. Fennel gegangen, aber sie ist katholisch, wissen Sie, und sicher wäre Tony nicht damit einverstanden gewesen. Was meinen Sie? Halten Sie es für richtig, sie eines Vorurteils wegen in ihrer Ausbildung zu hindern?«
»Ich finde doch, ihres Vaters Wünsche müßten berücksichtigt werden. Aber wir können ihr trotzdem allerlei verschaffen. Und wenn bei Ihnen erst alles richtig in Gang ist, dann können Sie sie in eine Klosterschule schicken.«
»Sie wird nächstens sechzehn.«
Renny zog die Brauen zusammen. »Onkel Ernest wird auch gern mithelfen. Das weiß ich genau. Er hat in Oxford studiert. Meine Frau also für Französisch... und Literatur. Sie weiß alles über moderne Literatur. Wenn Sie möchten, daß Pauline sich damit beschäftigt. Ich selber glaube eigentlich, daß sie es nicht nötig hat... Und ich kann auch wenig für sie tun. Es ist schlimm, wie ich alles vergessen habe, was ich auf der Universität ge-

lernt habe. In ein Ohr herein und zum anderen wieder hinaus. Einfach weggeworfenes Geld. Ich hatte nichts als Sport im Kopf. Mit meiner Erziehung sieht es wunderlich aus. Das bißchen, was ich von der Gouvernante gelernt habe, die meine Schwester und mich unterrichtete, als wir Kinder waren, ist alles, was ich behalten habe. Ich weiß die Jahreszahlen der englischen Könige und die Hauptschlachten. Darin ist mir niemand über. Die könnte ich Pauline ja lehren. Es ist wenigstens ein Anfang. Keiner von meinen jüngeren Brüdern hat so viel davon behalten wie ich. Ich habe sie manchmal darüber gefragt — mitten beim Puddingessen — was die Jahrezahlen und Namen der Schlachten in den Rosenkriegen gewesen sind. Glauben Sie, daß sie sie gewußt hätten? Nein. Oder in welchem Jahrhundert König Stephen regiert hat? Sie brachten alles durcheinander. Ich konnte das einfach nicht vergessen — 1135—1154. In den Königen ist Wake ganz gut zu Hause. Ich habe sie ihm immer vorgesagt zum Einschlafen, wenn seine Nerven wackelig waren. Weiter hat mir meine Erziehung nicht viel genützt.«

Clara Lebraux hörte ernsthaft interessiert zu. Sie blies den Zigarettenrauch vor sich hin und sah ihn durch die bläulichen Wolken hindurch an.

»Die Gouvernante, die später Ihre Stiefmutter war, nicht wahr?« fragte sie.

»Ja.«

»Hatten Sie sie gern?«

»Nicht besonders. Ich kümmerte mich nicht viel um sie. Ich erinnere mich, daß sie oft krank war. Sie hatte große blaue Augen, die sie immer nur halb aufmachte und gelbes Haar. Eden sieht ihr sehr ähnlich... Sie hat mich auch Gedichte lernen lassen. Können Sie sich das vorstellen? Tennyson. Und ich habe nicht eine Zeile behalten. Wenn Eden eine Vorliebe für Zahlen von ihr geerbt hätte, statt Poesie, das wäre für ihn viel besser gewesen.«

»Wahrscheinlich. Ich kann überhaupt mit Gedichten nichts anfangen. Sie langweilen mich.«

Sie rauchten schweigend, und er sah nachdenklich auf ihre Morgenschuhe und dachte, wie abgetragen sie aussahen; sie sah auf seine Stiefel, an denen sie den sanften Glanz des guten Leders bewunderte.

Pauline kam herein, das kleine Gesicht glühend rot von der Sonne. Ihr Kleid war an den Ellbogen durchgescheuert und zu kurz. Renny sagte:

»Nun laß einmal hören, was du von Geschichte weißt! Wann regierte Heinrich der Siebente?«

Sie stand erschrocken vor ihm. Sie schüttelte den Kopf. »Ich weiß nicht.«

Er grinste triumphierend zu ihrer Mutter hinüber. »Habe ich es nicht gesagt! Sie weiß es nicht.« Dann zu Pauline: »Vierzehnhundertfünfundachtzig bis fünfzehnhundertneun. Nun, Pauline, sag mir die Namen der Könige von Wilhelm dem Eroberer ab.« Seine scharfen Augen hielten ihre mitleidlos fest, aber er half ihr auf die Sprünge: »Erst Wilhelm der Normanne, dann Wilhelm sein Sohn, Heinrich, Stephen und Heinrich ... Liebe Zeit, ich sage sie dir ja alle vor!« Er zog sie neben sich aufs Sofa. »Schadet nichts! Ich werde sie dich lehren. Wir werden dich gemeinsam erziehen. Was sagst du dazu?«

Sie fand ihn prachtvoll. Sie lehnte ihren Kopf vertrauensvoll an seine Schulter. »Ich freue mich, wenn Sie mich lehren wollen. Werden Sie hier herüberkommen oder muß ich nach Jalna gehen?«

»Ich komme lieber hierher. Aber meine Frau wird in Jalna Französisch mit dir lesen.« Er war jetzt ganz überzeugt, daß Alayne mit der Sache einverstanden sein würde. Wie könnte sie das auch abschlagen?

»Französisch kann ich schon«, sagte Pauline etwas hochfahrend.

»Sei nicht undankbar«, sagte ihre Mutter. »Das ist etwas ganz anderes, französische Literatur zu lesen.«

»Papa hat französische Bücher mit mir gelesen.« Irgendwie hatte sie das Gefühl, daß sie nicht gern mit Mrs. Whiteoak Französisch lesen mochte. Es war etwas in Alaynes kühlem Blick gewesen, als sie sich kennenlernten, das dem Kind ein feindliches Gefühl gegeben hatte. Aber da sie zur Höflichkeit erzogen war, fügte sie hinzu: »Aber wahrscheinlich sind Bücher für Erwachsene etwas ganz anderes. Danke, Renny.«

Beide, Mutter und Tochter, nannten ihn Renny, wie Tony Lebraux es getan hatte, aber er hatte den Namen René ausgesprochen.

Die Liebe und das Verständnis zwischen Pauline und ihrem Vater war fast überschwenglich gewesen, wie sie nur selten zwischen Vater und Tochter vorkommt. Sie war noch ein kleines Kind, als ihr schon klar war, daß ihre Eltern völlig entgegengesetzte Charaktere waren. Lange ehe sie verstand, woran der Zwiespalt zwischen ihnen lag, war sie auf ihres Vaters Seite, und das Herz tat ihr weh vor Liebe, wenn sie glaubte, daß seine sensitive Natur verletzt wurde. Die Tatsache, daß sie eine Sprache miteinander sprachen, die ihre Mutter nicht verstand, und daß sie auch durch ihre Religion von ihr getrennt waren, machte ihre Liebe seltsam und kostbar. Es war für sie beglückend gewesen, wenn sie in seinen Armen lag, ihr Gesicht an das weiche Tuch seines Rockes drückte und in sein olivengelbes Gesicht sah und die volle Linie der Lippen unter dem kleinen schwarzen Schnurrbart bewunderte, dessen Haare stark und glänzend und an den Enden in zwei kleine Spitzen gedreht waren, so scharf, daß sie stachen, wenn man bei einem Kuß daran streifte. Wenn er so sie im Arm hielt, dann flüsterten sie einander Kosenamen zu und planten, was sie später einmal tun wollten. Sie würde ihn nie verlassen, nie, nie. Sie würde nicht heiraten, weil sie niemand anders liebhaben konnte als ihn. Sie fühlte, daß seine Liebe zu ihr sie gegen allen Wechsel und alles Unglück schützte. Selbst als er krank wurde und anfing, zuviel französischen Branntwein zu trinken, fühlte sie sich noch von seiner Liebe eingehüllt. Nie konnte ihnen irgend etwas Schlimmes geschehen. Aber sie kniete vor dem Kruzifix in ihrer Stube und betete für ihn mit einer wachsenden Vorahnung in der Seele ... Nichts von der Verzweiflung, dem Todeskampf seiner letzten Tage blieb ihr erspart. In dem kleinen Häuschen ließ sich nichts geheimhalten.

Damals war es, daß sie gelernt hatte, zu Renny Whiteoak aufzusehen als zu einer starken Zuflucht. Der Anblick seiner großen Gestalt, seines hageren roten Gesichtes hier im Zimmer füllte sie in diesen frühen Sommertagen mit einer wilden scheuen Freude. Sie tat ihr Herz weit auf, um es von der Kraft seiner Gegenwart durchströmen zu lassen.

Sie hörte gern zu, wenn ihre Mutter und er sich unter endlosem Zigarettenrauchen unterhielten. Seltsam war es, daß dann nie etwas wie Furcht oder Unruhe im Zimmer war, selbst wenn sie von sorgenvollen Angelegenheiten redeten. Manchmal lachten sie, und das Lachen klang hier in diesem Hause merkwürdig. Pauline hörte es gern — Rennys jähes lautes Auflachen, und ihrer Mutter tiefes In-sich-hinein-Lachen. Wenn er gegangen war, warf das Kind die Arme um ihre und rief: »Oh, Mammy, ist er nicht lieb?« Seit Tony Lebraux nicht mehr da war, fühlten sich Clara und Pauline einander näher.

Als Renny nach der Uhr sah, rief Pauline aus:

»Oh, bleiben Sie doch zum Frühstück! Er muß, Mammy, nicht wahr?«

»Ja, bitte, bleiben Sie! Sie haben noch nicht ein einziges Mal mit uns gegessen ... seit Januar ... Nur fürchte ich, daß wir nicht viel haben, was Ihnen schmecken wird.«

»Ich mache ein Omelett! Das kann ich prachtvoll. Und Schinken haben wir auch!« Pauline war begeistert und voll Eifer, den ganzen Tagesvorrat zu einer Festmahlzeit für ihn zu verbrauchen.

Sie band sich eine weiß und blau karierte Schürze um und streifte die Ärmel ihres schwarzen Kleides zurück. Renny stand neben dem Herd und sah ihr zu, wie sie sich ängstlich über den Teig in der Bratpfanne beugte. Wenn nun das Omelett nicht aufgeht? dachte sie. Oder wenn es aufgeht und wieder zusammenfällt?

Sie brauchte sich nicht zu sorgen. Es ging in hellem Schaum auf; gerade auf der Höhe war es fest genug, um es zu wenden, und es färbte sich goldbraun. Sie legte es auf einen heißen Teller, und Renny ging in den Garten, um Petersilie zum Garnieren zu holen. Der alte Noah Binns saß unter einem Baum und aß sein Frühstück aus einem in Zeitungspapier gewickelten Päckchen. Er bog den Kopf zurück, um kalten Tee aus einer Flasche zu trinken, wobei sein weißer Bart spitz in die Luft stieg und der Adamsapfel hervortrat. Ein Fuchs war auf das Dach seiner Hütte geklettert und beobachtete ihn. Er saß steil aufrecht und folgte gespannt jeder seiner leisesten Bewegungen. Die blanken Augen der Füchsin spähten aus dem Loch der Hütte. Noah Binns wurde unruhig unter ihrem Blick. Er warf ein Stück Speckschwarte, das er nicht kauen konnte, an den Draht des Zwingers.

»Mach, daß du wegkommst, verdammt!« schrie er hinüber.

Renny wandte sich um, das Büschel Petersilie in der Hand.

»Daß Sie das nicht wieder tun«, sagte er streng. »Wissen Sie nicht, daß das Mrs. Lebraux' Lieblingsfuchs ist? Lassen Sie es sich nicht wieder einfallen, die Tiere zu ärgern!«

Noah kämmte mit den Fingern durch den Bart und sah dabei aus wie ein wunderlicher alter Mann auf der Bühne.

»Selber Fuchs!« murmelte er hinter Rennys Rücken. »Lieblingsfuchs? Wem sein Lieblingsfuchs? Ihrer? Verdammt alle beide!«

Renny hatte genug Petersilie, um einen ganzen Braten damit zu garnieren, aber Pauline wollte sie alle haben. So kam das Omelett auf den Tisch auf einer dichten grünen Unterlage und sah aus wie ein gelber Berg mit sonnenbeschienener Kuppel.

Paulines Stolz auf ihr Werk und ihre Begeisterung, einen Gast zu bewirten, war groß — zumal der Gast Renny war. Sie zeigte lächelnd ihre kleinen weißen Zähne. Sie sprachen von Füchsen, und Pauline berichtete von den Gewohnheiten und der Schlauheit jedes einzelnen. Der Mann, der für sie arbeitete, hatte eine Bank unter einem der dichten Bäume gezimmert, um die der Drahtzaun des Zwingers lief, und hier saß sie stundenlang und beobachtete die Füchse. Sie hatten sich so an sie gewöhnt, daß selbst der scheueste sich nicht mehr in seine Höhle verkroch, wenn sie die Stufen zu dem Sitz hinaufstieg. Die Kecksten kannten sie schon, und sie hörten auf die Namen, die sie ihnen gegeben hatte. Die Jungen hingen an ihr. Es waren wunderbare Füchse, und nicht zwei waren einander gleich.

»Sie versteht jetzt mehr von ihnen als ich!« sagte Clara Lebraux.

»Die Erfahrung zeigt«, sagte Renny, »je mehr Füchse als zahme Tiere behandelt werden, um so besser entwickeln sie sich. Besserer Nachwuchs und besseres Fell.«

»Wenn ich sie nur alle behalten könnte!« rief Pauline. »Aber ich habe meine Lieblinge, und die müssen immer zur Zucht dableiben.«

»Du darfst nicht sentimental sein«, sagte er. »Ich würde jedes von meinen Pferden verkaufen.«

»Aber nicht um sie abzuhäuten.«

»Nein, das vielleicht nicht. Ich gebe zu, daß das hart ist.«

Während Mrs. Lebraux das Frühstücksgeschirr wegtrug, führte Pauline Renny hinauf in das leere Zimmer neben dem ihrer Mutter, wo der Brutkasten stand.

»Wissen Sie, was ich tue?« rief sie aus und drückte seinen Arm an sich, als sie mit ihm allein war. »Ich stehle Eier aus dem Geflügelhaus und gebe sie meinen kleinen Füchsen!«

»Aber das ist unrecht!« sagte er und sah, so streng er konnte, auf sie herunter. »Diese Eier kosten allerlei.«

»Bah, die paar Eier!« schrie sie, genau mit dem Ausdruck ihres Vaters.

»Aber sieh doch nur hier! Was sie da tun!« Er zeigte auf die schmale Glastür des Brutkastens.

Ein Ei dicht am Glas schaukelte wie ein kleines Boot auf der See. Ein anderes zeigte ein dunkles Dreieck. Durch ein drittes bohrte sich ein weit aufgerissener gelber Schnabel. Weiter hinten im Zwielicht stolperte ein jämmerliches Etwas herum, naß, mit glotzenden Augen, täppisch zwischen den länglichrunden harten Gegenständen, in denen seine Gefährten noch schliefen, zirpten, pochten oder starben. Sein jämmerlicher Ausdruck zeigte deutlich, daß es selber fühlte, zu früh zur Welt gekommen zu sein.

Renny hatte ein Streichholz angezündet und hielt es dich an das Glas. Sie spähten hinein, der runde schwarze Kopf und der rote Kopf dicht beisammen.

»Ist das nicht entzückend zu sehen?« flüsterte Pauline begeistert.

»Armer Teufel!« sagte Renny. »Da sieht man, was es heißt, als Ältester von der Familie geboren zu werden.«


17  Verfehlte Wege

Seit der Abreise von Nicholas und Ernest hatte Rags den Nachmittagstee im Eßzimmer aufgetragen, anstatt ihn ins Wohnzimmer zu bringen wie zur Zeit der alten Adeline. Ihre Söhne hätten diese neue Gewohnheit nicht gebilligt, aber den jüngeren Familienmitgliedern war es sehr recht, um den Tisch zu sitzen und ihren Nachmittagstee, Brot, Butter, Kuchen und Marmelade handlich vor sich zu haben.

Renny war erst zum Tee zurückgekommen. Er kam in einer leidlich versöhnlichen Stimmung gegen Alayne ins Haus. Trotz ihrer harten Worte gegen ihn empfand er wohl, daß sie in ihrer sensitiven, korrekten Veranlagung heute morgen vielerlei erlebt hatte, was sie ärgern mußte. Er wußte, daß die Dienstboten nicht waren, wie sie sein sollten, aber er war sich auch völlig klar darüber, daß sich nichts tun ließ, um sie zu ändern. Er wußte auch, daß er und der alte Benny, der Schäferhund, sich nicht so benahmen, wie sie sollten, wenigstens von ihrem Standpunkt aus, aber er hoffte, daß sie sich mit der Zeit an ihre Gepflogenheiten gewöhnen würde. Eigentlich bewunderte er die Energie, die sie heute morgen gezeigt hatte. Er hatte sie noch nie zornig gesehen. Unglaublich, daß sie sogar den alten Hund mit ihrem Pantoffel geschlagen hatte! Und ihrem Mann gesagt hatte, daß er redete wie ein Narr! Er grinste, wenn er daran dachte. Er war ganz erhoben von dem Gedanken, daß Alayne mit der kleinen Pauline Französisch lesen sollte. Wenn sie dazu bereit war, dann konnte das sie und Clara Lebraux einander näherbringen. Es wäre für alle beide gut, wenn sie sich miteinander anfreundeten. Besonders für Alayne würde es gut sein, wenn sie sich für etwas außerhalb Jalna interessierte, denn er war sich klar darüber, daß ihr die Zeit zu lang werden mußte.

Er ging in sein Zimmer hinauf und zog sich um, nachdem er sich Gesicht und Hände abgerieben hatte, bis sie rot waren, und bürstete sein Haar mit einer feuchten Bürste. Das tat er ausdrücklich, damit sie sich nicht über den Stallgeruch zu beklagen brauchte.

Sie schenkte Tee ein, als er in das Eßzimmer kam, ein Buch offen neben sich, in dem sie gelesen hatte. Piers und Pheasant redeten betont lebhaft miteinander. Mooey saß mit am Tisch auf dem dicken Band englischer Dichter, auf dem Wakefield seinerzeit auch gesessen hatte. Während er sein Butterbrot aß, waren seine Augen starr und etwas ängstlich auf Alayne gerichtet, als ob er jeden Augenblick erwartete, daß sie auf ihn losginge. Da seine Eltern da waren und ihn beschützen konnten, hätte er nichts dagegen gehabt, wenn sie den Versuch gemacht hätte. Er lächelte Wakefield an, der neben ihm saß und wisperte: »Bin nicht bange vor Tante Alayne.«

»Natürlich nicht«, sagte Wakefield und strich ihm über den Kopf. »Solange du alles tust, was Onkel Wakefield dir sagt, kann dir nichts passieren.« Renny grinste zu den Kindern hinüber und setzte sich dann neben Alayne. Sie hatte Wragge ein paar Rosen für den Tisch gegeben, die er in einer reuigen Stimmung in einer Vase neben ihren Teller gestellt hatte. Als er mit einer frischen Kanne Tee für Renny hereinkam, warf er einen Blick auf die Rosen und dann auf Alayne, um deutlich zu machen, daß die ein Geschenk von ihm für sie wären.

Sie sah von ihrem Buch auf und lächelte Renny zu — freilich etwas gezwungen — senkte dann wieder die Augen und aß zerstreut im Lesen einen kleinen Zuckergußkuchen. Mit ihrem Buch, ihren Rosen und ihrem Kuchen wirkte sie als von den übrigen Familiengliedern in einer Art kühler Abgeschlossenheit getrennt. Beim Tee wollte Renny stets eine Kanne für sich haben, die Wragge dann nachdrücklich neben seinen Platz stellte. Er war sehr hungrig nach dem Frühstück auf der Fuchsfarm, da er an ein solides Mittagessen gewöhnt war. Er aß eine Weile schweigend und fühlte sich zwischen den verschiedenen Parteien am Tisch in einer etwas unbehaglichen Situation. Zweifelnd überlegte er, was er tun könnte, um Alayne aufzuheitern und ihr zu zeigen, daß er die Worte nicht nachtrug, die sie ihm heute morgen ins Gesicht geworfen hatte. Er entdeckte die Rosen und zog die Vase über den Tisch zu sich her. Er warf unter seinen dichten dunklen Wimpern einen Blick auf Alayne, ob sie ihn beobachtete, schnupperte an jeder einzelnen Rose und steckte seine stolzgebogene hagere Nase tief in jeden Kelch hinein, wie eine riesige haarige Biene.

»Sie riechen famos«, sagte er. »Aus unserem eigenen Garten?«

»Ja«, antwortete sie und schloß ihr Buch halb mit dem Finger. »Du stellst sie wohl am besten mitten auf den Tisch. Ich weiß nicht, warum Wragge sie neben meinen Platz gestellt hat.«

Piers und Pheasant hatten ihre lebhafte Unterhaltung einen Augenblick unterbrochen, um zuzuhören. Nun sprachen sie weiter mit belustigtem Blick. Sie kümmerten sich nicht um ihr Kind, das ganz erstaunt das große Stück Kuchen anstarrte, das Wakefield ihm auf den Teller gelegt hatte, während er noch ein anderes Stück in der Hand hielt.

Alayne wandte sich wieder ihrem Buch zu, und Renny setzte die Vase mit Rosen vorsichtig mitten auf den Tisch. Sein erster Versuch war mißglückt. Wragge war ins Zimmer gekommen und starrte ihn mit einem anbetenden Ausdruck an. Er beugte sich über ihn und flüsterte:

»Ist Ihr Tee richtig, Sir?«

»O ja, ganz richtig.« Er sah in Rag's blaßblaue Augen auf, als ob er dort eine Inspiration suchte.

Vielleicht wäre es gut, dachte er, Alayne zu zeigen, daß er wirklich auf ihrer Seite war, in bezug auf Mooeys Missetaten am Morgen. Er sah seinen Neffen streng an und sagte:

»Was höre ich da von dir? Du läufst in Tante Alaynes Stube und streust ihren Puder herum. Wenn ich dich noch einmal dabei erwische, dann werde ich dir den Hintern versohlen, daß du eine Woche nicht sitzen kannst.«

Mooeys Augen strömten über von Tränen. Er legte das Stück Kuchen, das er gerade aß, neben das andere Stück und rieb sich mit seinen klebrigen Händen das Gesicht. Er zog den Mund breit und stieß ein Geheul aus. Piers drohte ihm mit dem Finger.

»Keine Dummheiten!« sagte er. »Komm und nimm deine Medizin. Leg den Kuchen da auf seinen Teller, Wake.«

Mooey schluckte seinen Kummer hinunter und wischte sich die Augen an einer Ecke seines Lätzchens.

»Es ist hart«, rief Pheasant aus, »ein kleines Kind immer an der Strippe zu halten, daß es auch nicht den geringsten Unfug machen kann!«

»Das mußt du aber fertigbringen«, sagte Renny.

»Wenn Alayne bloß ihre Tür zumachen wollte! Mooey kann noch nicht an die Türgriffe reichen.

»Alayne kann ihre Tür nicht immer zumachen. Sie will das auch gar nicht. Sie möchte etwas Luft im Zimmer haben.«
»Aber sie beklagt sich doch immer über Zug!«
»Zug in einem Wohnzimmer und Luft in einem Schlafzimmer sind zwei ganz verschiedene Sachen.«

Alayne saß und hörte zu mit dem Gefühl eines Angeklagten, der sich ganz still verhält und sich innerlich abwechselnd unter dem Für und Wider der Verhandlung windet. Sie war zum Tee hinuntergekommen, ohne eigentlich zu wissen, wie sie sich Renny gegenüber verhalten sollte. Sie hatte sich das Buch sozusagen als eine Art Schutz mitgebracht. Nun gab ihr Rennys Art, für sie einzutreten, ein angenehmes Machtgefühl. Zum erstenmal fühlte sie die Möglichkeit, Einfluß auf ihn zu haben. Wenn sie ihn nur für sich allein hätte! Aber dazu war wenig Aussicht, da er sich jetzt schon immer beklagte, daß die Familie zu klein wäre. Aber in seiner jetzigen Stimmung war es vielleicht geraten, die Frage eines Kindermädchens für Mooey anzuschneiden.

Sie sah über den Tisch Pheasant an und sagte sanft: »Ich weiß, daß es völlig unmöglich ist, Kinder am Dummheitenmachen zu hindern. Meinst du, daß es nicht besser wäre, wenn ihr ein Kindermädchen für Mooey hättet? Das würde euch doch viel mehr Freiheit geben. Mrs. Patch hat eine junge Nichte, die sicher gern tagsüber ein paar Stunden käme.«

»Ich kann mir ein Kindermädchen für ihn nicht leisten. Pheasant hat nichts anderes zu tun, und Bessie kann ihn ihr ja auch manchmal abnehmen«, sagte Piers.

»Heute morgen zeigte es sich ja«, sagte Alayne, die immer noch Pheasant ansah, »wie gut Bessie sich um ihm kümmert. Es hätte ihm ebenso leicht was passieren können.«

»Ich bin derselben Ansicht«, sagte Renny. »Wir engagieren das Patchmädchen, und ich bezahle ihren Lohn.«

Das war ganz und gar nicht, was Alayne gewollt hatte. Es war einfach nicht richtig. Jetzt schon tat er viel mehr als nötig für Pheasant und Piers. Alayne überlegte manchmal, ob wohl er oder sie sich klarmachten, wieviel im Jahr drei Dienstboten kosteten. Trotz ihrer Anstrengung, es nicht merken zu lassen, sah man ihrem Gesicht doch die Verstimmung an. Piers sah zu ihr hinüber. Er lächelte triumphierend, als ob er einen Sieg errungen hätte, bei dem es um mehr ging als um Geld, und sagte:

»Tausend Dank, alter Junge! Ohne Frage wird das für Pheasant eine große Erleichterung sein, und wir sind dann alle sicher, daß das Wurm Alayne nicht wieder ärgert. Ich meinerseits finde ja, es wäre viel besser, wenn er nicht mit am Tische säße.«

»Er kann zum Frühstück und zum Tee dabei sein, aber nicht beim Mittag- oder Abendessen«, sagte Renny diktatorisch.

Mooey gefiel das Gespräch über seine Mahlzeiten gar nicht. Er legte den Kopf auf den Tischrand und heulte. Piers stand auf, warf ihn sich über die Schulter wie ein Paket und trug ihn hinaus.

Ehe Pheasant ihm nachging, sagte sie:

»Vielen Dank, Renny. Wundervoll wird das sein, ein Kindermädchen zu haben. Aber trotzdem kann ich nicht übermäßig dankbar sein, denn ich glaube, du tust das mehr für Alayne, als für mich.«

Sie waren allein, nur Wakefield war noch da. Wie oft hatte Alayne dies Gefühl, daß sie allein gewesen wären, wenn er nicht da wäre. Er war in letzter Zeit ruhiger geworden. Er wuchs auch sehr, und oft hatte er einen brütenden und fast verstimmten Ausdruck. Dann wieder konnte er ganz sein pfiffiges frühreifes Ich sein.

Renny drehte sich im Stuhl herum, schlug die Beine über und sah sie zufrieden an. »Ich weiß etwas Hübsches für dich, was du tun könntest«, sagte er. Wakefield drehte sich auch im Stuhl, schlug die Beine über und kreuzte die Arme. Alayne zog die Vase mit den Rosen von der Mitte des Tisches zu sich heran und ließ sie genau da stehen, daß die Rosen und ihr Laub zwischen ihrem und Wakes Gesicht standen. Das war eine ganz unabsichtliche Geste. Sie mußte einfach irgend etwas tun, und wenn auch nur symbolisch, was ihn von ihr und Renny abschloß.

»Was ist es?« fragte sie und versuchte dabei erfreut auszusehen.

»Ich habe es angeregt, daß du mit der kleinen Lebraux Französisch liest. Sie hat jetzt niemanden, mit dem sie französisch sprechen kann.«

»Aber wie komme ich dazu? Wahrscheinlich liest sie doch Französisch viel besser als ich. Und ich spreche es kaum.«

»Dann wird es für dich auch eine Anregung sein.«

»Aber ich habe keine Lust dazu!« Der Gedanke, mit einem Kind Französisch zu lesen oder zu sprechen, dessen Muttersprache es war, war ihr peinlich und schreckte sie zurück. Sie hätte ganz gern einem Kind Unterricht gegeben, das die Sprache nicht kannte, aber wenn das Kind sie besser verstand als sie und vielleicht nach Hause kam und sich bei ihrer Mutter über ihre Aussprache lustig machte, das war nicht zu ertragen.

»Sei nicht albern! Ich habe es für dich versprochen.«

»Es ist mir ganz unmöglich.«

Verzweifelt goß er eine Tasse Tee herunter. »Das ist bloß, weil du Clara Lebraux nicht magst.«

»Also Clara heißt sie!«

»Warum nicht?« Er hatte nichts zu verbergen, aber sein Gesicht wurde dunkelrot bei der Andeutung einer Intimität in ihrem Ton.

»Natürlich. Es ist ein Name, den ich nie gemocht habe. Und Mrs. Lebraux ist mir durchaus nicht sympathisch. Aber das hat nichts damit zu tun, daß ich mit ihrem Kind nicht Französisch lesen möchte.« Ihre Stimme zitterte. Sie nahm ein Stückchen Brot auf und zerkrümelte es zwischen den Fingern. »Renny, verstehst du das nicht? Es wäre einfach peinlich für mich, wenn ich versuchen wollte, das Mädchen zu unterrichten!«

»Nicht zu unterrichten! Mit ihr zu lesen. Das ist ein großer Unterschied.«

»Es tut mir leid, aber ich kann mich nicht dazu entschließen.«

»Auch nicht mir zu Gefallen?«

»Dir zu Gefallen!« wiederholte sie und sah ihm mit brennenden Augen ins Gesicht. »Warum würde dir damit ein so großer Gefallen geschehen?«

»Das natürlich nicht. Aber ich hoffe doch, etwas Mitgefühl zu haben ... Gib mir einen vernünftigen Grund an, warum du es nicht willst und ich werde versuchen, es zu verstehen.«

»Ich habe es dir erklärt.«

»Wenn jemand anderes dir mit solch einer Entschuldigung käme, dann kann ich mir vorstellen, was du sagen würdest!«

»So, kannst du das?« Sie wandte gleichgültig den Kopf ab.

»Ja, du würdest sagen, daß das ein selbstbewußter und egoistischer Mensch sei.«

Sie warf einen verletzten Blick auf Wakefield und stand vom Tisch auf. »Bitte nicht vor einem Dritten!« murmelte sie und verließ das Zimmer.

Renny zog seine Zigarettendose heraus, nahm eine Zigarette und zündete sie an. Er rauchte schweigend, das Gesicht zu einer Art Grimasse verzogen, die jeder in seiner Familie als Ausdruck von Trotz und Kummer gedeutet hätte. Aber niemand sah sie. Wakefield saß mit dem Ellbogen aufgestützt am Tisch, den Kopf auf der Hand. Der letzte von drei tiefen Seufzern, die er ausgestoßen hatte, unterbrach Rennys Grübelei. Er warf einen fragenden Blick auf den Jungen und sah dabei, wie er den dunklen glatten Kopf hängen ließ und wie mager sein Handgelenk war.

»Was ist los, Kerlchen?« fragte er sanft.

»Nichts.« Das Wort war kaum hörbar.

»Fühlst du dich nicht wohl? Bist du müde?« Ein besorgter Ton kam plötzlich in des Älteren Stimme. Hinter der schützenden Hand sah er, wie der Mund des Jungen zitterte.

»Komm her!« sagte er und schob seinen Stuhl vom Tisch fort. Wakefield kam mit abgewandtem Gesicht zu ihm. Renny zog ihn auf sein Knie. »Sag mir«, wiederholte er, »fühlst du dich schlecht? Ist es dein Herz?« Er legte den Arm um ihn und drückte seine hagere muskulöse Hand auf die schwache Stelle, als ob er etwas von seiner Lebenskraft auf ihn übertragen wollte.

Wakefield schüttelte den Kopf. Dann sagte er und drehte dabei einen Knopf an Rennys Jacke:

»Es ist wegen Alayne. Sie mag mich gar nicht mehr. Wie sie jetzt hinausging, nannte sie mich einen Dritten. Hast du das gehört?«

Renny lachte verlegen auf. »Das hat doch nichts zu sagen! Wenn man verheiratet ist, dann sind alle anderen für einen eben ›Dritte‹. Ich kann dir das nicht so erklären.«

»Ja — wenn du das nicht erklären kannst — das ist genau so, als ob ich für dich auch bloß ein Dritter bin.«

Renny antwortete ungeduldig. »Wenn Ehepaare sich lieb haben, oder sich zanken, dann paßt es ihnen nicht, beobachtet zu werden.«

»Dir war es aber einerlei, ob ich hier war! Und es war auch nicht bloß, was sie gesagt hat; auch das, was sie tat. Sie hat das Bukett gerade so hingestellt, daß es zwischen uns stand. Sie dachte vielleicht, ich merkte das nicht, aber ich habe es doch gesehen. Am liebsten würde sie mich ganz ausschließen und es hilft gar nichts, wenn du sagst, daß das nicht wahr ist, Renny.« Er fing an, leise zu weinen, zog ein zusammengeknülltes Taschentuch heraus und rieb sich die Augen damit.

Renny lachte schallend auf. »Du verdammter kleiner Schafskopf! Du weißt ganz genau, daß ein ganzes Dutzend Weiber nicht zwischen dich und mich kommen könnten!« Er nahm Wake in die Arme und küßte ihn ein paarmal. Wakefields Weinen, das anfangs leise gewesen war, wurde jetzt fast zu hysterischem Schluchzen.

Alayne hatte ihr Buch im Zimmer liegen lassen und weil sie dachte, daß Renny jetzt hinausgegangen wäre, kam sie zurück um es zu holen. Aber, als sie an die Tür kam und die Brüder sah, ging sie schnell weiter ins Wohnzimmer.

»Alayne!« rief Renny. »Komm doch mal her!«

Sie wandte sich an der Tür um und sah die beiden an, mit einem gezwungenen beherrschten Ausdruck im blassen Gesicht.

»Du hast Wakes Gefühle gekränkt, weil du ihn einen ›Dritten‹ genannt hast. Ich habe es ihm erklärt. Nun sagt er, daß du die Blumen absichtlich so hingestellt hast, daß sie ihn von uns abschlossen!« Er sah sie bittend an, als ob er sagen wollte: ›Ich kann es nicht haben, daß er so unglücklich ist! Du mußt einfach seine Launen und meine Liebe zu ihm so nehmen, wie sie nun einmal sind.‹

Sie sah den Blick und las darin nur eine Wiederholung seiner Absicht, ihr eine unangenehme Pflicht aufzudrängen, um jemand zu gefallen, der seine Beschützerinstinkte zu wecken verstand. Der Anblick Wakefields, der leidenschaftlich schluchzend an seinem Hals hing, und Rennys bitterder Blick erfüllten sie mit einem kalten Zorn. Sie fühlte, daß Renny eigentlich von ihr verlangte, ihm zu Hilfe zu kommen und den Jungen zu liebkosen. Das konnte sie nicht, ihre ehrliche Natur wehrte sich gegen solch eine Schaustellung. Sie hätte es sogar als eine Würdelosigkeit empfunden, zu leugnen, daß sie die Blumen absichtlich verschoben hatte.

Nach innerem Kampf sagte sie: »Ich habe keine Ahnung gehabt, daß ich Wakefields Gefühle verletzte. Das tut mir leid, wenn ich das getan habe ... Aber trotzdem finde ich es schade, daß er so viel Erwachsenengespräche hört. Er grübelt zu viel. Er wird zu nervös, fürchte ich ... Und ist ein Junge von dreizehn nicht viel zu groß, um sich küssen zu lassen?« sagte sie kurz und sprunghaft.

»Ich bin noch nicht dreizehn! Ich werde erst nächste Woche dreizehn«, widersprach Wakefield mit tränenerstickter Stimme.

Renny sagte: »Sein Vater war tot, ehe er geboren war, und seine Mutter starb bei seiner Geburt. Er war immer — na, ich bin oft in Sorge gewesen, ob ich ihn überhaupt groß kriegte. Du wirst mich kaum tadeln können —«

Sie unterbrach ihn: »Wer nur etwas von Kinderpsychologie versteht, der weiß, daß es das Schlimmste ist, was man einem Kind antun kann, in seiner Gegenwart so über ihn zu sprechen. Das muß ja geradezu die Gedanken an Verlassenheit, Abhängigkeit, Schwäche züchten. Siehst du das denn nicht ein?«

»Nein, das kann ich nicht!« antwortete er hitzig. Er starrte ihr mit dem Blick der alten Adeline ins Gesicht. »Wenn dein Vater Pferdehändler gewesen wäre, statt ein englischer Professor, dann verständen wir uns vielleicht besser.«

»Renny!« schrie sie auf, »wie kannst du das sagen?« Und sie rannte die Treppe hinauf.

Ihr Zimmer wurde in den nächsten Wochen mehr und mehr ihre Zuflucht. Ihr Gefühl der Entfremdung von der Familie nahm eher zu statt ab. Ihre Gefühle für Renny, mit dessen Leben sie das ihre doch in Glaube und Leidenschaft hatte vereinen wollen, waren seltsam gelähmt. Sie wartete darauf, daß diese tiefen Schatten vorübergehen sollten, wie eine ziehende Wolke und das Licht ihrer Liebe wieder hervorbrechen könnte. Sie zog sich geistig und physisch in sich selbst zurück.

Er seinerseits behandelte sie vor den anderen mit größerer Höflichkeit, mied sie aber heimlich. Piers und Pheasant waren der Meinung, daß zwischen Renny und ihr wieder Harmonie herrschte, aber sie glaubten auch, daß die Unsicherheit in ihren Beziehungen diese leicht wieder stören könnte. Wakefield grübelte über die Szene im Eßzimmer, erzählte den übrigen Familiengliedern nichts davon. Er nahm die wunderliche Gewohnheit an, jedesmal in das Zimmer zu gehen, das er mit Renny bewohnte, wenn Alayne ihr eigenes aufsuchte. Wenn sie ihre Tür schloß, hörte sie oft die andere Tür gehen, fast wie zum Spott. Manchmal, wenn sie saß und schrieb, hörte sie leise die Tür öffnen und gleich darauf wieder schließen, als ob er horchend auf der Schwelle gestanden hätte. Was machte der Junge da drinnen? Sie war überzeugt, daß er nichts tat als grübeln und träumen, und daß er nur in das Zimmer ging, um sie zu ärgern.

Das Wetter war heiß und ihr von einer riesigen Fichte beschattetes Zimmer war immer kühl und angenehm. Mr. Cory von dem New Yorker Verlag, dessen Lektor sie gewesen war, schickte ihr einige seiner neuen Herbstveröffentlichungen und bat sie um ihr Urteil darüber. Es tat ihr wohl, von ihm zu hören, daß er niemand gefunden habe, der sie ersetzen und auf dessen Urteil er sich so verlassen könne. Die Bücher, die er sandte, geschichtliche Themen, Biographien oder Reiseschilderungen, interessierten sie sehr. Sie schrieb ihm lange Briefe darüber. So schuf sie sich inzwischen eine unabhängige eigene Welt in den Mauern von Jalna, in der sie etwas von der Ruhe und geistigen Beschaulichkeit ihres alten Lebens wiederfand. Es war eine falsche Ruhe, eine Beschaulichkeit, die nur aus dem leidenschaftlichen Willen entsprang, ihren eigenen Zustand vor sich selbst zu verbergen. Ein Wort, ein Blick genügte, um ihre Selbstbeherrschung zu erschüttern, aber mit jedem der heißen Sommertage wurde ihr Gesicht mehr und mehr eine kühle Maske. Sie legte mehr Wert auf ihre Kleidung und auch Renny kleidete sich sorgfältiger, als ob diese äußere Gepflegtheit eine Waffe wäre, die er genau so gut wie sie gebrauchen könnte. Pheasant und Piers wetteiferten sich so nett wie möglich zu machen. Selbst Wakefield trug jeden Tag seinen Sonntagsanzug, und Mooey schrie nach einem silbernen Serviettenring für sein Lätzchen. Piers hatte Pheasant verboten, ihn mit zu Tisch zu bringen, und Renny hatte seinen Wunsch, ihn mit dabei zu haben, nicht wiederholt. Ein bedrückendes Schweigen hing über diesen Mahlzeiten, das nur durch Rags geflüsterte Gespräche mit Renny unterbrochen wurde.

Ende Juli hatte Alayne einen Brief von ihren Tanten am Hudson erhalten, die die Absicht aussprachen, sie zu besuchen. Der Gedanke an einen solchen Besuch war zugleich beglückend und beunruhigend. Sie waren noch nie in Jalna gewesen und sie sehnte sich danach, ihnen das alte Haus und den großen Grundbesitz zu zeigen. Aber würde es möglich sein, vor ihren klugen und liebevollen Blicken die augenblickliche vulkanische Erstarrung ihres Lebens zu verbergen? War es nicht möglich, daß gerade während ihrer Anwesenheit eine neue Katastrophe eintrat? Sie fürchtete das um so mehr, als sie Renny ja noch nicht kennengelernt hatten. Eden waren sie begegnet und hatten ihm auf den ersten Blick ihr Herz geschenkt. Ihre Scheidung und ihre Verheiratung mit Edens Bruder war für sie ein Schlag gewesen. Erst jetzt hatten sie sich entschlossen, sie zu besuchen. Sie wünschte sehr, daß die älteren Whiteoaks dagewesen wären. Die Gegenwart von Augusta, Nicholas und Ernest erschien ihr nun wie ein schützender Wall, hinter dem sie ihr eigenes Herzweh verbergen konnte. Sie hatte es sich immer vorgestellt, wie sehr es sie interessieren würde, ihre beiden Tanten in ihrer verfeinerten und zierlichen, über allen Häßlichkeiten des Lebens stehenden Nettigkeit im gleichen Hause mit den drei alten Whiteoaks zu sehen, über denen immer noch der lebensvolle Schatten der alten Adeline hing.

Wie hatte sie sich auf die Abreise von Ernest und Nicholas nach England gefreut! Sie hatte auf einen Sommer größerer Freiheit im Zusammenleben mit Renny gehofft, einen Sommer der Erfüllung, der geistigen Entfaltung ihrer Liebe. Und dies war daraus geworden! Wenn die Onkel nicht fortgegangen wären, wäre es sicher nicht so weit gekommen. Selbst dieser Gedanke kam ihr. Wieder und wieder durchlebte sie ihre Mißverständnisse innerlich und versuchte zu sehen, was sie hätte tun können, um sie zu verhindern. Bei aller Bereitschaft zu Selbstanklagen konnte sie nichts finden, das sie hätte verhindern können, außer der vollkommenen Unterwerfung ihres Geistes. Sie glaubte, wenn sie alles noch einmal erleben könnte, würde sie es fertigbringen, sich zu beugen und sich dem Leben im Hause völlig anzupassen. Vielleicht wäre alles gut gegangen, wenn sie sich nur bereit erklärt hätte, mit dem langweiligen Lebrauxmädchen Französisch zu lesen. Aber der Gedanke an das Kind weckte den Gedanken an seine Mutter, und mit dem Gedanken an diese Mutter kam eine Aufwallung von Zorn und Eifersucht in ihr hoch, die jedes andere Gefühl vertrieb. Sie entdeckte, daß sie glühend eifersüchtig auf Mrs. Lebraux war, ja sogar eifersüchtig auf die kleine Pauline. Wenn Piers Renny gegenüber eine Bemerkung über die Fuchsfarm machte und aus Rennys Antwort die völlige Vertrautheit mit allen dortigen Angelegenheiten herausklang, dann wagte sie nicht aufzublicken, damit niemand den Zorn in ihren Augen sähe.

Wie sie ihre Beziehungen zu Renny von Anfang an überdachte, wurde ihr klar, daß er sie immer gereizt und irgendeinen versteckten Widerspruch in ihr erregt hatte, manchmal fast wie absichtlich, meist aber nur dadurch, daß er einfach er selbst war. Sie und Eden hatten sich nie gezankt. Von Anfang an hatte ihre Liebe für ihn etwas fast Mütterliches. In ihrer Liebe zu Renny war nichts Mütterliches. Sie war instinktiv, heftig und ruhelos. Und obgleich sie ohne Ruhe und Frieden war, spürte sie doch keinerlei Entwicklung. Sie war wie die See, die ewig gegen die Küste brandete und doch ewig an sie gebunden war.

Um was hatten sie sich denn eigentlich gezankt? Um den alten Benny — den Schäferhund, Mooey — das Baby. Pauline und Wakefield — Kinder! Sollte ihr Zusammenleben zerstört werden durch Gezänk über Hunde und Kinder? Wenn sie nur ein eigenes Kind hätten, dann hätte alles anders sein können. Aber Renny hatte nie den Wunsch merken lassen, ein eigenes Kind zu haben ...

## 18 Gewitter

Alma Patch war das Mädchen, das als Kindermädchen für den kleinen Maurice gemietet wurde. Sie war die Nichte der Dorfhebamme, und ihre Tante war sehr befriedigt, daß sie sie in Jalna hatte unterbringen können. Die Dorfhebamme war auch die Klatschbase des Dorfes, und da die Whiteoaks fortwährend Gegenstand von allerlei Gerüchten und Geschwätz waren, so war durch Alma nun eine Leitung für fortwährend neuen Gesprächsstoff hergestellt.

Sie war ein kräftiges Mädchen mit gelbem Haar und sommersprossigem Gesicht und sie hob nie die Stimme über ein Flüstern hinaus, außer wenn sie sang oder lachte, wobei sie einen schrillen Sopran hören ließ. Sie war so faul wie möglich, liebte aber Kinder sehr. Im Gras sitzen und auf Mooey aufpassen, während er spielend um sie herumtrottete, manchmal stehen blieb, sie mit Gras warf, sie umarmte oder auch schlug, war Almas Vorstellung von Glück. Und daß sie ihren Magen mit gutem Essen und ihren Kopf mit Klatschgesprächen vollstopfen konnte und bei der Heimkehr im Dunkeln ein Gegenstand größten Interesses für ihre Freunde war, bedeutete für sie ein so vollkommenes Leben, wie es nur wenigen beschieden war.

Gerade um die Zeit, wo Alma in Jalna auftauchte, schenkte Pauline Lebraux Renny einen neun Monate alten irischen Terrier, namens Barney. Er war ihr von Freunden ihres Vaters in Quebec zum Geburtstag geschenkt worden. Es war ihr unmöglich, ihn zu behalten, weil er den ganzen Tag die Füchse anbellte und sie bis zur Wut aufregte. So entschloß sich Pauline, obgleich sie ihn liebte und weil sie ihn liebte, ihn ihrerseits Renny zum Geburtstag zu schenken. Als ob er noch einen neuen Hund nötig gehabt hätte!

Aber seine Liebe zu Hunden und Kindern schien unbegrenzt zu sein. Er sah in Barney gerade den Hund, der ihm lange gefehlt hatte. Aber der Terrier war das wildeste, unbändigste Geschöpf, das je im Hause gewesen war. Piers war der Meinung, daß er sehr überzüchtet war. Renny, der nichts gegen Inzucht hatte, behauptete, daß Barney das Opfer des Systems war, Hunde wie wilde Tiere aufzuziehen. Wahrscheinlich war er in einem Zwinger aufgewachsen, ohne je ein freundliches Wort zu hören. Sich mit ihm anzufreunden und ihm zu zeigen, was für gute Kameraden Mensch und Hund sein konnten, war eine Aufgabe nach Rennys Herzen. Und Barney, der schon erstaunlich selbständig war, hatte trotz aller Unabhängigkeit einen verzweifelt sehnsüchtigen Blick in den Augen.

Aber er ließ sich nicht anfassen. Er hörte kaum auf seinen Namen. Er schleppte sein Futter in eine Ecke und knurrte wie ein wildes Tier, wenn er es verschlang. Er schlief in Wrights Zimmer über der Garage, aber er freundete sich nicht mit Wright an. Von dem Augenblick an, wo er morgens hinausgelassen wurde, rannte er herum, hier- und dahin, als ob ihn das viele Neue und der weite freie Raum um sich herum halb wahnsinnig machte. Die Kornfelder standen hoch, zu dunklem Golde reifend. Barney steckte fast seine ganzen Tage dort drinnen wie in einem Dschungel. Tief im Felde konnte man sehen, wie die Weizen- oder Haferähren sich bewegten und dann wieder stille waren, denn es war schwüles Juniwetter und über das Korn strich kein Luftzug. Manchmal, wenn Renny durch die Felder ging, seine beiden kleinen Spaniels hinter sich, erschien Barneys Gesicht irgendwo, der ihnen vorsichtig aus dem Korn nachspähte. Er ließ sie aus seinem Versteck ein bißchen vorausgehen und raste dann hinterher, bis er wieder weit voran war, und dann lauerte er wieder irgendwo versteckt mit demselben verzweifelten Blick in den Augen.

Die Spaniels schienen ihn völlig zu verstehen. In seiner Art hatte Renny ihnen die Situation erklärt. Sie warfen einen freundlichen Blick nach der Richtung, wo er war, aber kümmerten sich nicht weiter um ihn und trollten würdig ihrem Herrn auf den Fersen nach.

Endlich kam ein Tag, wo er aus dem Kornfeldversteck herauskam und auf offener Straße hinter Renny und den Spaniels herlief.

»Paß nur auf«, sagte Renny zu Piers, der häufig schon seine Witze über den Hund gemacht hatte, »du wirst sehen, was das noch für ein famoser Hund wird. Er ist eben bis jetzt noch völlig unerzogen geblieben und nun wird er täglich verständiger.«

»Wenigstens wird er ein bildschönes Tier, das ist keine Frage«, gab Piers zu. »Er ist schon kräftig gewachsen, seit er herkam. Aber ich wette, es wird Winter werden, ehe er von selbst zu dir kommt und sich von dir streicheln läßt.«

»Um was wettest du?«

»Einen Fünfer.«

»Gemacht.«

Renny gewann die Wette schon bald. Eines Morgens, als er auf seiner Lieblingsstute am Waldpfad entlangtrabte, überraschte er plötzlich Barney, der den Kopf in einem Kaninchenloch stecken hatte. Als der Hund aufsah, war er einen Augenblick vor Erstaunen regungslos. Er schnüffelte an den Beinen des Pferdes, hob dann den Kopf und schnüffelte an Rennys Schuhen. Als Pferd und Reiter weitertrabten, trollte er dicht hinterher. Von da an folgte er der Stute, wann und wo er nur konnte. Innerhalb eines Monats kam er von selbst zu Renny und legte ihm den Kopf auf das Knie.

Rennys Freude darüber, daß er dies erreicht hatte, war so groß, daß er selbst Alayne stolz davon erzählte, obwohl sie für Hunde, und noch besonders für diesen von der Fuchsfarm, nichts übrig hatte. Aber sie versuchte, ihr erstarrtes Gesicht zu einem freundlichen Lächeln zu zwingen.

Eines Tages spät im August, als ein Gewitter aufstieg, waren Renny und Piers mit Wright im Auto zu einer Viehversteigerung gefahren, die einige zwanzig Meilen entfernt stattfand. Pheasant lag an diesem Tag im Bett, weil sie sich nicht ganz wohl fühlte. Sie hatte Alayne am Morgen gesagt, daß sie wieder ein Kind erwartete.

Alayne ging unten im Hause von Zimmer zu Zimmer und suchte sich zu beschäftigen, aber die Luft war so voll Elektrizität, am Himmel ein so schwefliges Licht, das beunruhigend nahe über den Baumwipfeln hing, und sie war aufgestört und fast erschüttert durch Pheasants Mitteilungen.

Ein zweites Kind bei Pheasant und Piers! Vielleicht wieder ein Sohn! Und keine Anzeichen, daß sie selbst Mutter würde. Sie war noch nicht anderthalb Jahr verheiratet, aber sie hatte die dunkle Vorahnung, daß sie kinderlos bleiben würde. Daß sie Meggie und Pheasant im Glück ihrer Mutterschaft sehen würde und Renny mit ihren Kindern im Arm, und sich selbst ohne die letzte Erfüllung ihrer Ehe. Sie lehnte am Fenster des Wohnzimmers und sah auf den Rasenplatz hinaus, wo Mooey in dem kühlen Schatten flach auf dem Rücken lag und träge ein Bein ums andere in die Luft hob. Alma saß neben ihm, in ihrem heißen Gesicht ein leerer Ausdruck von Zufriedenheit. Alayne fragte sich, was wohl in diesem Kopf unter dem gelben Haar vorgehen mochte. Sie sah auf die großen roten Hände des Mädchens, die Grashalme pflückten und ihre eigenen Lippen damit kitzelten.

Während sie so untätig hinaussah, wurden Almas Augen plötzlich rund und traten vor Schreck fast heraus. Sie riß den Mund weit auf und stieß einen gellenden Schrei aus. Alayne erschrak um so mehr, als sie bis zu diesem Augenblick das Mädchen noch nie einen Laut hatte aussprechen hören, der über ein Flüstern hinausging. Mooey setzte sich auf und starrte Alma an.

»Noch mal!« sagte er.

Wie auf Befehl wiederholte Alma ihren Schrei, und nun sah Alayne auch, weshalb sie geschrien hatte. Barney flog im Kreise über den Rasen in einer Art ziellosen Wut mit rhythmisch schnappender Schnauze und Schaum um die Nase. Als er unter dem Fenster herraste, sah sie seine Augen, die irr geradeaus starrten. Oben aus einem Fenster schrie Pheasant und rief verzweifelt Alma zu, mit Mooey ins Haus zu laufen.

»Hier! Hier!« schrie Alayne. »Bringen Sie ihn mir!«

Alma riß das Kind hoch und hob ihn zu Alayne ins Fenster, gerade wie der Hund wieder vorbeischoß, wie ein Geschöpf aus einem bösen Traum. Irgendwie brachte sie es fertig, auch dem Mädchen hineinzuhelfen.

Sie lief in die Halle und traf da Wragge. Sein blasses Gesicht war aschgrau geworden.

»Haben Sie gesehen, daß Mr. Whiteoaks Hund toll geworden ist, gnä'

Frau? Schrecklich, nicht wahr?« Er rannte an die Haustür, warf sie zu und drehte den Schlüssel um.

Alayne hörte ein Durcheinander von Stimmen im Keller. Oben hörte sie Pheasant aufgeregt das Kind und Kindermädchen ausfragen. Einer von den Farmarbeitern, namens Quinn, erschien hinten in der Halle.

»Wollen wir den Hund nicht lieber totschießen, gnä' Frau? Er ist rein toll geworden!«

»Ja, ja — er muß umgebracht werden! Schrecklich. Oh, wenn bloß Mr. Whiteoak hier wäre!«

»Die Köchin sagt, wenn Sie mir bloß Mr. Whiteoaks Flinte geben wollten, — dann könnte ich es machen.«

»Seine Flinte...« Sie sah ihn bestürzt an.

»Die Köchin sagt, sie ist in seiner Stube.«

»Ich hole sie, gnä' Frau!« warf Wragge ein.

»Nein, Wragge. Ich hole sie selbst.«

Sie lief die Treppe hinauf und fühlte sich wie elektrisiert von plötzlicher Entschlußkraft. Pheasant kam ihr nach an die Tür von Rennys Zimmer. »Sie ist in einer Lederhülle im Schrank!« sagte sie.

Alayne fand die Lederhülle, schnallte schnell die Riemen auf und zog die glänzende Flinte heraus. Sie faßte sie mit sicherem Griff, brachte sie zu Quinn hinunter und gab sie ihm in die Hand. Plötzlich fiel ihr Wakefield ein, sie fragte, wo er wäre.

»Oh, gnä' Frau, er ist da drüben bei seinem Pony, und der Hund ist zum Stall gerannt!«

Quinn lief mit der Flinte hinaus.

Pheasant rief von oben: »Alayne! Komm schnell! Von meinem Schlafstubenfenster aus kannst du ihn sehen!«

Alayne flog hinauf, aber als sie ans Fenster kam, sah sie zwar die Ställe, aber nichts Lebendes sonst war zu sehen, nur Quinn rannte mit der Flinte in der Hand dorthin.

»Hast du den Hund heute schon gesehen, ehe dies passierte?« fragte sie.

Pheasant drückte die Hand an die Schläfe. »Ja. Ich sah ihn hinter Quinn herlaufen. Quinn führte die Stute und eines von den Ackerpferden zum Schmied zum Beschlagen. Barney lief hinter der Stute her. Ich wunderte mich schon darüber, weil ich ihn sonst nie auf der Straße gesehen habe... Da! Quinn geht jetzt in den Stall! Ist es nicht schrecklich? Soll ich das Fenster zumachen, daß wir den Flintenschuß nicht hören?«

Mooey schrie: »Ich will die Flinte hören! Bäng! Bäng! Bin nicht bange!«

»Ich glaube, du machst es lieber nicht zu. Es ist zu heiß. Der heißeste Tag des ganzen Sommers.«

Sie standen und starrten nach dem Stall hinüber, von dem sie nur einen kleinen Teil sehen konnten durch eine Lücke in der Reihe Fichten, die dort gepflanzt waren, als ob sie erwarteten, dort etwas Entsetzliches zu sehen. Jetzt hörten sie Schreie und ihre faszinierten Augen sahen Gestalten über den Platz laufen. Dann erschien der Terrier zwischen den Fichtenstämmen und rannte in einer halb taumelnden Art auf den Rasenplatz, augenscheinlich zum Hinfallen erschöpft. An seiner Flanke war ein Riß, aus dem das Blut aufs Gras tropfte. Er hob den Kopf und starrte zum Fenster hinauf, wo sie standen.

Quinn und zwei andere Männer rannten mit Heugabeln hinterher. Einer von ihnen, ein Bursche aus einer Glasgower Fabrik, hielt sich vorsichtig hinter den anderen, die helle Furcht in seinem runden dummen Gesicht. Pheasant und Alayne begriffen nicht gleich, was die Männer vorhatten, bis sie dicht hinter dem Hund waren und anfingen, mit den Heugabeln nach ihm zu stechen. Aus vielen Wunden blutend schlug er hin.

Dann drängte der Bursche aus Glasgow sich vor und stach ihm seine Gabel so tief in den Körper, daß er den Fuß darauf setzen mußte, um die Zinken wieder herauszuziehen.

Pheasant fiel Alayne bewußtlos in die Arme.

Mooey fragte: »Warum machen sie das? Barney war unartig, nich wahr? Warum will Mammy schlafen?«

Als Alayne Pheasant glücklich auf ihrem Bett und das Kind dem Mädchen übergeben hatte, stürzte Wakefield ins Zimmer. Seine Augen glänzten vor Aufregung.

»Hast du's gesehen? War es nicht schrecklich? Ich stand ganz nahe hinter den Büschen. Ich habe alles gesehen! Quinn konnte mit Rennys Flinte nicht umgehen. Er konnte nicht schießen. Sie jagten Barney immer um den Stall herum, und Quinn hatte ihn verwundet, aber dann rannte er weg nach dem Haus. Ich glaube, er dachte, daß er Renny da fände. Renny wird erstaunt sein, wenn er nach Hause kommt! Hoffentlich darf ich es ihm sagen!«

Der Wagen mit Renny, Piers und Wright kam erst am späten Nachmittag den Fahrweg herauf. Sie fuhren geradewegs zum Stall, und da warteten schon ein halbes Dutzend Männer, die ihnen eifrig mit der Nachricht entgegenkamen.

»Ihr verdammten Esel!« rief Piers. »Der Hund hat ebensowenig Tollwut gehabt wie ihr selber! Der war bloß nervös. Weiter nichts.«

Wright sagte: »Wenn ich bloß hier gewesen wäre, wäre er nicht totgeschlagen worden. Sowas haben wir schon öfter erlebt, und sie sind immer wieder zurechtgekommen; nicht wahr, Sir?« Er wandte sich zu Renny.

Renny starrte Quinn an, der aufgeregt von seiner Kühnheit erzählte, aber doch jetzt etwas beschämt aussah. Der Bursche aus Glasgow stand dicht daneben und wartete darauf, gelobt zu werden, wollte aber doch nicht die Verantwortung für die Sache haben.

»Soll das wirklich heißen, daß vier von euch den kleinen Köter mit Mistgabeln durch den Stall und dann auf den Rasen jagten und ihn dort abstachen?«

»Das Gewehr wollte nicht losgehen«, murmelte Quinn.

»Was für ein Gewehr war es?«

»Ihres, Sir. Mrs. Whiteoak hat es für mich geholt.«

»Warum habt ihr ihn nicht in die leere Box eingeschlossen?«

»Um Gottes willen, ich hätte ihn um die Welt nicht angefaßt, Sir. Er sah schrecklich wütig aus!«

»Wo ist er?«

Sie hatten ihn schon begraben.

»Grabt ihn heraus! Ich will ihn sehen.«

Sie gingen voran auf den Platz, und der Bursche aus Glasgow, dem daran lag, sich in ein gutes Licht zu setzen, faßte den Spaten und stieß ihn kräftig in die Erde.

Renny nahm ihm den Spaten weg. »Hier!« sagte er, »willst du ihm auch noch den Schädel einstoßen! Lieber schlage ich dir deinen eigenen ein.«

Er fing an, vorsichtig den Körper auszugraben. Als er freilag, beugte er sich über ihn. Er drehte ihn auf die andere Seite und sah finster auf die Wunden. Er strich mit der Hand leise und liebkosend das Rückgrat herunter und richtete sich dann auf.

»Da habt ihr was Schönes angerichtet.« Er sah sich nach Wright um: »Lassen Sie den Kopf abschneiden, Wright. Ich schicke ihn ein und lasse ihn untersuchen. Bei dieser Hitze hätte er nicht rausgelassen werden dürfen.«

Er ging langsam ins Haus. In der Halle begegnete er Alayne.

»Na also«, sagte er grinsend, »das habt Ihr ja fertiggebracht, meinen Hund umzubringen, während ich weg war.«


19  Einsamkeit

Seitdem hatten sie nicht miteinander gesprochen ... Neuigkeiten liefen schnell in Jalna, und sie hatte schon, als sie ihm in der Halle begegnete, einen übertriebenen Bericht von allem gehört. Der junge Mann aus Glasgow war ins Haus hinübergelaufen, um es seiner Freundin Bessie zu erzählen. Bessie war in zwei Sprüngen die Treppe hinaufgerannt, um es Alma atemlos zuzuflüstern, die eben gerade Mooey badete. Alma hatte es in flüsternder Aufregung Pheasant berichtet, als sie ihr etwas Toast und Tee brachte. Pheasant hatte es Alayne erzählt ... Als Alayne und Renny sich in der

Halle begegneten, hatte sie schon erfahren, daß er in schreckliche Wut geraten war, die Männer bedroht hatte, die Barney ins Jenseits befördert hatten, und darauf bestanden, den Körper wieder auszugraben, ihn gestreichelt und darüber geweint hatte. Sein Anblick, wie er da unter dem großen breiten Glasfenster stand, das farbige Flecken über ihn streute und sein Haar blutrot färbte, erschreckte sie. Das kalte Grinsen auf seinem Gesicht stieß sie ab. Als er die ersten paar Worte gesagt hatte, zog sie sich in einem Gefühl von Widerwillen zurück. Sie antwortete nicht und stand wie erstarrt, den Rücken und die Handflächen an die Wand gedrückt, während er vorüberging.

Er ging in das Wohnzimmer und schloß die Tür hinter sich. Einen Augenblick später hörte sie ihn die Flügeltür zwischen Wohn- und Speisezimmer mit einem Knall zuschlagen. Sie war übervoll von Bitterkeit und Enttäuschung. Und doch fühlte sie, sie hatte immer gewußt, daß er so war. War ihre Liebe zu ihm nicht wie ein Fieber gewesen, das ihr das eigene Blut in den Adern fremd machte, ihren Körper zu brennendem Verlangen aufpeitschte und ihre Nerven zittern machte, wenn und wie es seinem Manneswillen gefiel?

Wie sie mit schweren Füßen die Treppe hinaufstieg, sagte sie zu sich selbst: »Ich habe ihn nie wirklich geliebt. Das ist das Schlimme. Er machte mich einfach verrückt. Aber geliebt habe ich ihn nie.«

In ihrem Zimmer saß sie am Fenster und sah in den sonnenverbrannten Garten hinunter. Die Blumen ließen die welken Köpfe hängen. Ihr Laub war zusammengeschrumpft, daß die ausgetrocknete Erde darunter zu sehen war. Ihr eigener Kopf schmerzte so, daß sie ihn kaum halten konnte. Sie drückte ihre Finger zwischen die Augenbrauen, wo sie einen brennenden Schmerz fühlte. Es war ihr als ob sie krank werden müßte.

Das Gesicht Edens stieg vor ihr auf, lächelnd, mit halbgeschlossenen Augen. Sie dachte daran, wie er damals zu ihr gekommen war gleich einem jungen Gott, um sie aus der Tretmühle ihres Lebens zu erlösen, ihr Herz zu erfüllen, das leer von Liebe war, außer der Liebe zu Toten. Wie bald hatte Rennys Gestalt all das ausgelöscht! Eden mußte bei seinen sensitiven Nerven den Wandel in ihr gespürt haben. Er war nicht zu tadeln, wenn er sich einer anderen zuwandte. Sie sah Eden in einem neuen Licht ...

Das Gesicht der alten Adeline stieg vor ihren fiebernden Augen auf. Sie sah sie in der Halle stehen unter den bunten Glasfenstern, wie sie sie am ersten Tag gesehen, als sie den Fuß auf die Schwelle von Jalna setzte. Feurige Farbflecke waren über sie verstreut, ein purpurroter Fleck über der Stirn, und sie grinste die ganze Familie an, die sich um sie versammelt hatte. Aber in diesem Grinsen lag etwas Ungebändigtes. Sie wollte irgend etwas Schreckliches sagen ... Alayne preßte ihre Finger an die Stirn und dachte: »Gibt es denn keine innere Freiheit in diesem Haus? Was soll ich tun, wenn ich weiter so fühle wie heute? Was soll aus mir werden? Wenn ich den Haß gegen mich sich so in ihm festsetzen lasse, wie kann ich hier bleiben? Sogar jetzt im Augenblick habe ich seltsame Vorstellungen ... bringe ihn selbst und seine Großmutter durcheinander ...«

Sie saß mit gesenktem Kopf, durchgrübelte einen Tag ihres Zusammenlebens mit Renny nach dem anderen und versuchte zu entdecken, ob sie an der Verschlechterung ihrer Beziehungen die Schuld trug. Sie konnte nichts finden, wo sie versagt hätte. Sie hatte es fertiggebracht, mit Piers, der sie haßte, in Frieden zu leben, aber sie konnte nicht in Frieden mit Renny leben, der — aber liebte er sie denn? Oder hatte er nur ein Verlangen nach ihrem Körper gehabt, während sie die Hände ausstreckte nach einer Erfüllung ihrer Seele? Sie konnte sich keine Vorwürfe machen. Irgend etwas Starres in ihr wehrte sich dagegen, sich selbst die Schuld zu geben. Wieder stieg die Eifersucht auf Clara Lebraux in ihr auf wie eine bohrende Qual. Sie fühlte sie im Rücken, in der Kehle, in allen Nerven. Diese Frau mit ihrem scheckigen Haar, ihren farblosen Wimpern, ihren knochigen Händen — was für eine Macht hatte sie, die ihn immer zur Fuchsfarm zog, während er doch bei seiner Frau hätte bleiben sollen? Der Gedanke durchfuhr sie plötzlich wie ein Schreck, daß Barney nur deshalb Renny doppelt teuer wäre, weil er von der Fuchsfarm kam — daß er den Verdacht gegen sie hatte, daß sie gerade deswegen nur zu eifrig damit einverstanden gewesen sei, das Tier umzubringen.

Als sie zum Abendessen hinunterging, fand sie, daß nur für sie und Piers gedeckt war. Sie war nicht überrascht, daß Pheasant nicht zum Essen kommen konnte, aber wo war Wakefield — wo der andere? Piers sah auf seinen Teller und murmelte, daß Pheasant sich noch nicht wohl fühlte, und daß Wake einen Herzanfall gehabt hätte — zu viel Aufregung — und daß er jetzt schliefe. Er sagte kein Wort von Renny, aber kurz darauf sah sie Wragge ein Tablett durch die Halle tragen. Er ging in das Wohnzimmer und schloß vorsichtig die Tür hinter sich. Sie sah Piers die Stirn runzeln und den Mund verziehen. Wragge hatte bei seiner Rückkehr zum Eßzimmer einen Ausdruck von bewußter Geheimnistuerei, als ob selbst die Tortur ihn nicht dazu bewegen könnte, zu offenbaren, was an der anderen Seite der Flügeltür vor sich ging. Alayne dachte daran, wie Meggie sich die Mahlzeiten meistens von Wragge auf Tabletts hatte bringen lassen. Sollte Renny nun Meggies Beispiel folgen? Sie hatte plötzlich einen hysterischen Trieb zu lachen. Sie konnte das kalte Roastbeef kaum herunterbringen, knabberte nur etwas Kresse und eine Brotschnitte. Piers vertilgte gelassen Fleisch, Pfirsiche mit Sahne. Dann und wann warf er einen finsteren Blick nach der

Tür des Wohnzimmers.

Alayne machte keinen Versuch, mit Piers zu sprechen. Sie wußte nicht, wie seine Haltung in der Angelegenheit war, aber wahrscheinlich tadelte er sie. Wenn er anfing, von dem Tode des Hundes zu sprechen, dann wußte sie, daß sie es nicht aushalten konnte, bei Tisch sitzen zu bleiben. Er tat das aber nicht, sondern fing während der Mahlzeit an, von der Viehversteigerung zu sprechen, bei der er gewesen war. Mit gedämpfter Stimme beschrieb er ihr die Tiere, auf die er und Renny geboten hatten. Er beschrieb genau einen Hengst, den er gekauft hatte und eine von Renny erstandene hübsche Stute zum allgemeinen Gebrauch. Der Hengst hatte ein hübsches Sümmchen gekostet, aber er hoffte, es wieder durch ihn hereinzubringen. Sie antwortete einsilbig, aber sie war ihm dankbar, daß er versuchte, ihr die Situation zu erleichtern. Als er das Glas Bier ausgetrunken hatte, das er immer zum Abendessen bekam, hielt er ihr seine Zigarettendose hin, und zum erstenmal während der Mahlzeit begegneten sich ihre Augen. Sie sah, daß sein Blick freundlich war und ihre eigenen Augen füllten sich mit Tränen. Er fing an laut und eilig von dem Gedränge bei der Versteigerung und der entsetzlichen Hitze zu sprechen und das Gebaren des Auktionators zu beschreiben. Er wußte, daß sie nicht rauchte, aber er hatte ihr die Zigarette angeboten, als ob er ihr gern etwas zuliebe tun wollte. Sie nahm sie an und blies ungeschickt den Rauch in die Luft. Es war das erstemal, daß sie ein Weilchen beisammen gesessen und sich unterhalten hatten.

Nun waren seitdem fünf Tage vergangen und sie und Renny hatten nicht miteinander gesprochen. Sie lebte in einer Art Nebel. Manchmal, wenn sie sich morgens anzog, verwirrten sich ihre Gedanken. Sie zögerte, sah leer um sich im Zimmer und fing an, sich wieder auszuziehen, als ob es Abend wäre statt Morgen. Dann sah sie die helle Sonne draußen, kam zu Bewußtsein und zog sich beschämt fertig an. Sie war immer stolz auf ihre innere Klarheit gewesen, auf die Tatsache, daß sie ihren Verstand beisammen hatte. Sie war oft recht unduldsam gegen Edens träumerische Art gewesen. Das Wetter war umgeschlagen, und nun regnete es nachts, aber jeden Morgen kam die helle Sonne wieder, tagsüber von fliehenden Wolken häufig verdunkelt. Die Blumenbeete sahen vernachlässigt aus.

Sie hatte noch nie mit jemand zusammen in einem Haus gelebt, mit dem sie in diesem Verhältnis feindlichen Schweigens stand. Sie konnte sich keines Schattens in der freundlichen Haltung ihrer Eltern gegeneinander entsinnen. Renny richtete sein Gespräch ausschließlich an Piers und schien Pheasant in seinen Groll einzuschließen. Er war selbst Wakefield gegenüber weniger nachgiebig und bestand darauf, daß er zu seinen Stunden gehen sollte, trotzdem er sich sichtlich nicht wohl fühlte. Pheasant schien in ihre eigenen Grübeleien versunken. Auch ihr ging es nicht gut und mehrmals mußte sie vom Frühstück aufstehen. An drei Tagen von fünfen kam Renny nicht zum Essen. In der Erleichterung seiner Abwesenheit unterhielten sich Pheasant und Wakefield ununterbrochen, während Wragge sie mißbilligend ansah. Obgleich Alayne entdeckte, daß Renny, wenn er ausblieb, bei den Vaughans zu Mittag aß, war sie doch überzeugt, daß er viel Zeit bei Clara Lebraux zubrachte.

Am vierten Tag brachte Wragge Renny die Post an den Frühstückstisch. Er riß einen Brief auf und reichte ihn nach dem Lesen an Piers.

»Siehst du«, sagte er, »genau wie ich gesagt habe. Es war kaum der Mühe wert, es hinzuschicken, aber ich wollte den Beweis haben, daß es nichts als eine sinnlose Grausamkeit war.«

Piers las den Brief und brummte zustimmend.

»Zeig ihn Alayne«, sagte Renny und sah auf seinen Teller.

Piers schob ihr den Brief über den Tisch zu. Sie nahm ihn auf und las. Es war der Bericht von der amtlichen Untersuchungsstelle, die bestätigte, daß der Kopf des Hundes untersucht wäre und daß sich kein Beweis für Tollwut gefunden habe. Sie las es gleichgültig und empfand dabei nichts als ein verschärftes Gefühl der Beleidigung.

»Zeigt es mir bitte!« rief Wakefield. »Ist es etwas Interessantes?«

Alayne schob ihm den Brief zu.

»Ich glaube nicht«, sagte Piers, »daß irgend jemand dafür zu tadeln ist. Die Männer taten einfach was natürlich war — wenn man einen Hund in diesem Zustand sieht. Alayne tat auch nur, was natürlich war. Sie wollte ihn so schonend wie möglich beiseite bringen. Und es war nicht Quinns Schuld, daß er nicht mit der Flinte umgehen konnte ... Wenn es mein Hund gewesen wäre, würde ich einfach versuchen, nicht mehr daran zu denken — die ganze Geschichte zu vergessen!« Er fing an mit dem Messer auf dem Tischtuch Linien zu zeichnen.

»Ja!« rief Pheasant in einer plötzlichen Auflehnung gegen ihr bisheriges Schweigen. »Wenn ich je etwas Schreckliches gesehen habe, dann war es dieser Hund! Wenn er nicht die Tollwut hatte, dann durfte er sich einfach nicht so benehmen, als ob er toll wäre und den lieben kleinen Mooey und Alayne und mich fast zu Tode erschrecken.«

»Zieh mich nicht mit herein, bitte«, sagte Alayne kalt.

Renny sprang vom Stuhl auf. »Gott!« rief er, »ihr macht mich einfach alle miteinander verrückt!«

Er warf einen wilden Blick durchs Zimmer und stürzte hinaus und aus dem Hause.

Die Zurückgebliebenen wechselten einen erschrockenen Blick. Dann öffnete Piers einen seiner eigenen Briefe. Pheasant beugte sich über die Zeitung und warf einen Seitenblick auf Alayne, die allen Willen zusammennahm, einen Brief mit der Handschrift ihrer jüngeren Tante öffnete und sich zwang, ihn zu lesen.

Wakefield wiederholte unaufhörlich in leierndem Ton: »Ihr macht mich verrückt alle miteinander ... Ihr macht mich verrückt alle miteinander ...«

Piers sah plötzlich auf und fuhr ihn an: »Halte den Mund, oder ich will dir helfen.«

Um seinen Kummer zu verstecken, betrachtete Wakefield sein Spiegelbild in einem blanken Löffel und machte Grimassen dabei.

Alayne dachte: »Wenn nun Tante Harriet mir schreibt, daß sie auf dem Wege hierher sind? Das kann ich nicht aushalten, so wie es hier jetzt ist!« Aber in ihrem Brief stand kein Wort von einem Besuch. Helene, die ältere Tante war krank. Ihre Schwester sorgte sich sehr um sie.

Alaynes erstes Gefühl war eine reine Erleichterung. Dann stieg ihr plötzlich eine Angst um die Verwandte auf, die sie sehr liebte. Aus dem Brief klang etwas Beunruhigendes statt des heiteren Tons, mit dem Tante Harriet sonst alle Lebensschwierigkeiten begegnete. Eine etwas verwirrte Nachschrift sagte, daß Alayne, falls es schlimmer würde, lieber kommen möchte, sie könnte die Verantwortung nicht allein tragen.

Ihr ganzes Leben lang war Alayne an plötzliche Entschlüsse gewöhnt gewesen. In einem solchen Augenblick schwankte sie niemals. Sie wollte nicht auf ein Telegramm warten, lieber gleich reisen — heute. Einen Augenblick kam ihr der Gedanke, die anderen bei dem Glauben zu lassen, daß sie Rennys Benehmen nicht ertragen konnte — und ihn auf diese Art zu bestrafen. Aber sie schob das beiseite. Sie war zu stolz, um zu heucheln.

Sie nahm Pheasant nach dem Frühstück beiseite und erzählte ihr von der ernstlichen Erkrankung ihrer Tante. Irgend etwas Ungläubiges und zugleich Mitleidiges in dem Ausdruck der jungen Frau bewog Alayne, ihr den Brief zum Lesen zu geben. Pheasant warf ihr die Arme um den Hals und küßte sie.

»Liebe Alayne! Ich hoffe, es wird nur ein kurzer Besuch! Du wirst mir sehr fehlen! Jalna ist jetzt nicht sehr behaglich für eine künftige junge Mutter. Oh, ich wollte Onkel Nick wäre jetzt hier. Sicher wäre es dann nicht zu diesem Durcheinander gekommen!«

Um ein Uhr kam Piers mit der Nachricht, daß Renny mit Maurice geschäftlich irgendwohin verreist wäre. Er sagte nichts von der Ursache und Alayne war der Ansicht, daß Renny den Tag einfach nur bei den Vaughans zubrachte. Meg war es nicht gut gegangen und sie wußte, daß er sich um sie sorgte. Sie packte ihren Koffer für die Abwesenheit von etwa einem Monat. Sie setzte sich an den Schreibtisch in ihrem Zimmer, um Renny ein paar kurze Worte zu schreiben. Was sie schrieb, erschien ihr so eiskalt, als sie es noch einmal überlas, daß sie es zerriß. Lieber nichts als das! Sie nahm einen zweiten Briefbogen, auf den, ohne daß sie es wollte, Tränen tropften, und sie zerriß ihn auch. Er sollte keinen so jämmerlichen Wisch von ihr erhalten. Vielleicht war es besser, daß er die Nachricht nur durch die Familie erfuhr.

Piers hatte den Wagen frisch waschen lassen, um sie zur Bahn zu fahren. Er schickte Wright, sie zu fahren, und war im Augenblick des Abschieds nicht vorhanden. Pheasant war den ganzen Nachmittag um sie herum. Sie hatte ihr zwei kleine gestickte Taschentücher als Geschenk gebracht. Sie hatte Mooey zu ihr geführt, und er hatte gesagt, was er augenscheinlich auswendig gelernt hatte: »Mooey ist traurig, daß er ein böser Junge war, Tante Alayne.« Und hielt ihr sein Gesicht entgegen, um sich küssen zu lassen.

Wakefield bat darum, mit ihr zur Bahn fahren zu dürfen. Er hatte so wenig Abwechslung, daß er ganz beglückt war, als sie es erlaubte. Er und Wright trugen ihr Gepäck für sie in den Pullman-Wagen. Er sah zum erstenmal einen.

»Wie hübsch es hier ist!« rief er aus. »Ich möchte wissen, ob ich wohl je dazu komme, auch einmal zu verreisen. Dreizehn Jahre habe ich hier gelebt und bin noch nie irgendwo anders gewesen. Ist das nicht schrecklich, Alayne?« Er sagte das aber mit einem gewissen Stolz in der Haltung, etwas wie der Stolz eines ältesten Ureinwohners. Die Leute auf dem Bahnsteig warfen bewundernde Blicke nach seinem dunklen lebhaften Gesicht.

Die ganze Nacht quälte sich Alayne mit nervösen Kopfschmerzen. Sie war völlig erschöpft, als sie in dem hübschen weißen Haus am Hudson ankam. Tante Helene, die Kranke, erkannte sie eben noch. Zwei Tage später starb sie.

Als alles vorüber und das Haus wieder in Ordnung war, hatten sie und Tante Harriet lange Beratungen miteinander. Alayne tat das Herz weh bei den Gedanken an die Einsamkeit der Tante. Sie beschloß, eine Weile bei ihr zu bleiben. Sie hatte zweimal an Pheasant geschrieben und auch zwei Briefe von ihr bekommen. In Jalna ging es weiter wie bisher. Pheasant schrieb: »Renny war sehr überrascht, als Du am anderen Morgen nicht zum Vorschein kamst. Er sagte nicht viel, aber er sah äußerst erstaunt aus.«

In diesen ersten Wochen hatte sie nicht viel Zeit zum Nachdenken. Miss Archer hatte viele Freunde, die eifrig bemüht waren, sie zu trösten und Alayne nach ihrer langen Abwesenheit zu besuchen. Die Freunde waren sich einig darüber, daß Alayne die Ehe nicht gut zu bekommen schien. Sie war blaß und hatte Schatten unter den Augen. Rosamund Trent kam aus New York, freudig und überströmend von Leben. Sie hatte so viel zu erzählen, daß Alayne darüber ihre Nöte vergaß. Sie sprach begeistert von Ernest Whiteoak, aber es war Nicholas, der ihr Ideal eines Landedelmannes der alten Art war.

Tante Helene hatte ihr ganzes Vermögen Alayne vermacht, keine große Summe, aber doch genug, um ihr manches möglich zu machen, was sie sich früher nicht hatte leisten können. Tante Harriet hatte den großen Wunsch, ein Auto zu besitzen. Ihre Schwester hatte sich damit begnügt, gelegentlich eines zu mieten, und hatte sich vor dem Fahren gefürchtet. Nun wurde eins gekauft, und Alayne machte es Freude, ihre Tante die guten Straßen am Fluß entlangzufahren. Das Herbstwetter war wunderbar.

Alayne begleitete Miss Archer zu einem kleinen Damenklub in der Nachbarschaft. Bei den Versammlungen im Gesellschaftszimmer, in dem sich Eleganz mit einer gewissen Formenstrenge verband, wurde über Literatur und Tagesfragen diskutiert. Durch Wahl dazu berufene Mitglieder brachten interessante Artikel aus den besten Zeitschriften, die sie in einer klaren Aussprache so laut vorlasen, daß ihren Hörern kein Wort entging. Alayne selbst las mit höchstem Interesse einen Aufsatz, in dem an merkwürdigen Beispielen dargelegt wurde, daß die ländliche Bevölkerung in den südwestlichen Staaten in ihrem Dialekt noch manche Worte aus dem Englisch der elisabethanischen Zeit bewahrt hatte.

Der Klub gefiel ihr. Die geistige Atmosphäre dort hatte etwas Befreiendes für sie. Sie fing wieder an, sich klar und frisch zu fühlen wie in den Tagen vor ihrer Ehe. Sie war wie eine Pflanze, die wieder in ihren heimatlichen Boden versetzt wird. Ihre Blässe verschwand, nur die Schatten unter den Augen blieben. Und sie blieben, weil sie noch immer nicht schlafen konnte. Wenn sie auch des Abends bald einschlief, sie wachte doch um vier Uhr auf, und dann fand sie keinen Schlaf wieder, außer hin und wieder ein kurzes Eindämmern zwischen dem Augenblick, wo sich das Mädchen zuerst im Hause rührte und der Zeit, wo sie selbst aufstehen mußte. Dieser kurze Schlaf erfrischte sie aber trotzdem. Er verwischte die Erinnerung an die schweren Gedanken, die sie wachgehalten hatten. Gedanken daran, wie ihr Leben zerstört war und wie diese kühlen und heiteren Tage nur so etwas waren wie eine reine Schürze, die ein Kind vorbindet, um seine zerrissenen schmutzigen Kleider zu verdecken. Gedanken daran, wie sie in Rennys Armen gelegen hatte.

## 20  Wieder zu Hause

Es tat gut, wieder zu Hause zu sein.

Als Nicholas sich in den Lehnstuhl in seinem eigenen Schlafzimmer fallen ließ, während Nip auf seinen Knien vor Freude zitterte, fühlte er, daß dies eine Heimkehr von seiner letzten großen Reise war. Alle Augenblicke drehte sich Nip herum, um ihm das Gesicht oder die Hand mit seiner raschen kleinen Zunge zu lecken. Das Gepäck war hinaufgebracht worden und die Kiste mit den Geschenken war aufgemacht.

Es war bei den Whiteoaks Mode, daß keiner nach Hause kam ohne ein Mitbringsel für die übrige Familie. Besonders war das üblich, wenn die Reise nach drüben in die alte Heimat gegangen war. Ernest hatte schon ausgepackt und seine Geschenke verteilt. Er strahlte glücklich seine Nichten an mit ihren Schals und den Perlenketten, von denen Meg die hübscheste bekommen hatte, und seine Neffen mit ihren Handschuhen und Schlipsen. Patience hatte eine flachshaarige Puppe bekommen und Mooey eine Negerpuppe in gestricktem Anzug und roter Weste. Ihre Augen funkelten vor Glück. Ernest hatte die Reise sehr genossen, aber jetzt fing er an, recht müde zu werden. Er hatte angeordnet, daß die Kiste in Nicks Zimmer geöffnet werden sollte. Dann konnte er jeden Augenblick sich in sein eigenes Zimmer verziehen und sich hinlegen. Er hatte vergessen, was für kräftige Stimmen seine Neffen hatten. Und wie ihr Lärm und ihr Gelächter ihn aufregte und müde machte! Meg hatte den Arm um seine Schultern gelegt. Es war ein hübscher runder Arm, aber er lag auf ihm wie eine Last. Zwischen allem Geschenkeverteilen versuchte sie, ihm von ihrer Operation zu erzählen. Maurice versuchte zu erklären, warum er in seinem Zimmer geschlafen hätte, aber es war in dem Lärm einfach nicht zu verstehen, was er sagte. Patience und Mooey rannten immer im Kreise um ihn herum und hielten ihre Puppen in die Höhe.

»Ihr müßt sie vorsichtig halten, Kinder«, mahnte er. »Ist deiner nicht ein lustiger Kerl, Mooey?«

Mooey blieb im Herumtollen stehen, um das grinsende schwarze Gesicht zu untersuchen. Eins von den Augen war fest geschlossen, während das andere schrecklich starrte.

»Ist er nicht hübsch?« fragte Pheasant noch einmal.

»Er hat bloß ein häßliches Auge«, antwortete Mooey.

Meg versuchte auch, ihrer Tochter ein Wort der Dankbarkeit zu entlocken.

»Patience, sag den Onkels, wie du dich über die schöne Puppe freust.«

»Sie hat ein schmutziges Gesicht«, antwortete Patience. Sie spuckte auf eine Ecke ihres winzigen Taschentuchs und fing an, der Puppe die Backen zu reiben. »Ich wasche ihr Gesicht«, sagte sie, »aber nicht ihre Hosen.«

Da rief Mooey: »Du sollst doch nicht Hosen sagen!«

»Tu ich doch!«

»Du sollst nicht!«

»Tu ich doch!«

»Verdammt, du sollst nicht!«

Ernest verdrückte sich in sein eigenes Zimmer . . .

Später, als alles ruhig war, kam er zurück. Er fand seinen Bruder mit einem Glas Soda vor sich und Nip noch immer auf seinen Knien.

»Ich mußte einfach eine Herzstärkung haben«, erklärte Nicholas auf seines Bruders mißbilligenden Blick nach dem Glas hin, »mich von all dem Spektakel zu erholen. Sie sind eine unglaubliche Gesellschaft! Und die Kinder schon recht verzogen.«

Ernest hob einen der Puppenschuhe vom Fußboden auf und steckte ihn an seinen Finger. »Ja — aber sie sind doch sehr lieb. Ich habe nie zwei hübschere kleine Kinder gesehen. Es ist herrlich, wieder zu Hause zu sein.«

»Ja. Dies war meine letzte Reise. Jetzt bleibe ich hier, bis sie mich neben Mama legen. Setz dich, Ernest, ruh dich aus. Du mußt nach all dem Trubel auch müde sein.«

Ernest setzte sich so nahe, daß er den Kopf des kleinen Hundes streicheln konnte. Er dachte an Sascha und seufzte. Er sagte:

»Hast du Pheasant etwas angemerkt?«

Nicholas grunzte. »Merkwürdig, daß sie uns das nicht geschrieben haben.«

»Wir haben nicht viele Briefe gekriegt. Und meistens drehte es sich um Meggies Operation. Wie denkst du darüber, Nick?«

»Ich finde, jetzt gibt es Kroppzeug genug hier im Hause, aber Pheasant will wahrscheinlich eine richtige Whiteoak-Familie haben.«

»Armes Kind! Sie sieht blaß aus. Viel elender als Meggie.« Nachdenklich fügte er hinzu: »Weißt du, Nick, daß die Vaughans noch hier im Hause wohnen? Ich war kaum ein paar Augenblicke hier in meinem Zimmer, als Maurice an die Tür kam. Er sagte, daß er etwas von seinen Sachen hier vergessen hätte. Seine Bürsten lagen auf dem Frisiertisch und ein Rock hing hinter der Tür. Ich sah natürlich etwas überrascht aus, und er erklärte etwas verlegen, daß Meggie noch nicht den Anstrengungen eines Haushalts gewachsen sei. Ich fand gerade, daß sie sehr wohl aussah. Dann sagte er mir, daß sie ihr Haus möbliert vermietet haben und daß die Bewohner sehr darauf drängten, es noch einen weiteren Monat zu behalten.«

»Hm. Das ist merkwürdig. Aber noch merkwürdiger, daß Alayne noch nicht wieder zu Hause ist. Es muß doch zwei Monate her sein seit dem Tode ihrer Tante. Was sagte sie doch in ihrem Brief an dich?«

»Sie sagte, daß sie eine Weile bei Miss Archer bleiben wollte, aber ich hatte bestimmt erwartet, sie bei unserer Rückkehr hier in Jalna vorzufinden. Meggie wohnt in ihrem Zimmer.«

»Na ja«, brummte Nicholas, »es war Megs Zimmer, ehe es Alayne hatte.«

»Natürlich. Aber wenn Alayne jetzt plötzlich wiederkäme, wäre es peinlich.«

»Wo ist Maurice denn nun untergebracht?«

»In der Dachstube«, sagte er, »in Finchs Zimmer.« Ernest gähnte, daß ihm die Augen tränten. Seit der langen Bahnfahrt hatte er wenig geschlafen. Wenn binnen kurzem der Gong zu Tisch läutete, würde er fast zu müde sein, aufzustehen. Und doch war er ganz erfüllt von der freudigen Erregung der Heimkehr und gespannt darauf, Näheres von Alayne zu hören.

Auf dem Gang gingen sie an Wragge vorbei, der ein Tablett mit belegten Brötchen und ein Glas Sherry für Meg trug. Die beiden alten Herren blieben stehen, um ihm Platz zu machen, während der kleine Bursche mit einem geheimnisvollen und wichtigen Gesicht sich mit dem Tablett vorbeidrückte.

Nicholas lachte in sich hinein, wie er gewichtig die Treppen hinunterstieg. »Wieder genau die alten Wunderlichkeiten. Wahrscheinlich wird diese Genesungszeit sich durch den Rest ihres Lebens hinziehen. Sie hat immer ihre kleinen Frühstücke lieber gehabt, als richtige Mahlzeiten, und jetzt hat sie endlich eine glaubwürdige Entschuldigung dafür.«

Ernest, der hinter ihm ging, gab ihm einen warnenden kleinen Stoß zwischen die Schultern. Maurice war unten in der Halle. Er sprach mit Renny und zwei Männern, die er zuerst nicht erkannte, die sich dann aber beim Umwenden als Rennys wenig vertrauenerweckende Freunde Crowdy und Chase herausstellten.

Ihre Gegenwart in der Halle gab den heimgekehrten Reisenden einen Stoß. Renny war es augenscheinlich nicht ganz behaglich zumute. Er verbarg aber seine Verlegenheit hinter einem sehr förmlichen Benehmen. Er stellte den Onkeln seine Freunde vor, als wüßte er nicht, daß sie sich schon früher begegnet waren.

Nicholas warf ihnen kurz angebunden einen »Guten Tag« zu, da er keinen Wert auf die frühere Bekanntschaft legte. Ernest sagte: »Ich glaube, wir sind uns schon früher einmal begegnet«, und ging die Halle entlang in seiner Mutter Zimmer. Er war höchst erstaunt, daß Mr. Crowdy neben ihm blieb. Er überlegte, was er sagen könnte, um recht deutlich unhöflich zu sein, aber es fiel ihm nichts ein. Es widerstand ihm überhaupt, sich mit ihm zu unterhalten.

Die Tür des Zimmers stand offen. Es sah genau so aus, als wäre seine Mutter eben erst hinausgegangen. Wie der Eindruck ihres mächtigen Körpers auf der Matratze der alten bemalten Bettstelle geblieben war, so hatte ihre geistige Gestalt ihren Stempel auf dem ganzen Raum gelassen. Sie ließ sich einfach nicht verdrängen. Wenn ihre feurigen Augen auch jetzt zu Staub geworden waren, sie brannten doch noch aus diesem Halbdunkel ihres geliebten eigenen Zufluchtsortes. Die Rubinen und Diamanten auf den starken alten Händen funkelten noch. Ihre scharfe Court-Nase, ihr beweglicher Mund, um den ein paar steife, stachelige Barthaare wuchsen, waren in diesem Zimmer genau so gegenwärtig wie der Papagei, der sie zärtlich gepickt hatte.

Boney saß zusammengekauert auf seiner Stange, die weißen Augenlider hochgezogen. Ein Stück Pappe, das ihm zum Spielen gegeben war, lag in Fetzchen zerrissen unten. Er stand auf einem seiner dünnen Füße, den anderen an das Gitter des Käfigs geklammert.

Mr. Crowdy starrte über Ernests Schulter den Papagei an und atmete schwer. Als Ernest sich mit einem Seufzer abwandte, sah er ihn mit einem durchbohrenden Blick an und bemerkte:

»Fabelhaft alter Vogel.«

»Ja«, stimmte Ernest zu, wider Willen höflich, »und früher konnte er wunderbar sprechen.«

»Hat seit zwei Jahren kein Wort gesprochen«, teilt ihm Mr. Crowdy mit, »über zwei Jahre. Er wird nie wieder was sagen.«

»Wahrscheinlich nicht.«

Sie begaben sich ins Speisezimmer, wo die übrigen schon warteten. Sie versammelten sich um den Tisch, sechs Männer und ein halbwüchsiger Junge. Es war alles so völlig anders als Ernest und Nicholas erwartet hatten. Es war ihre erste Heimkehr ohne das Willkommen der ausgebreiteten Mutterarme. Statt dessen fanden sie hier diese widerwärtigen fremden Kerle vor. Aber trotzdem war das Roastbeef so köstlich! So etwas hatten sie nie wieder gegessen, so saftig und so kräftig, seit sie Jalna verlassen hatten. Renny brachte das Gespräch auf ihre Reise. Etwas Entschuldigendes war in seiner ganzen Art. Augenscheinlich wußte er sehr genau, was sie von dieser Tischgesellschaft hielten. Aber man konnte sich nichts Ehrerbietigeres vorstellen als das Benehmen der Herren Crowdy und Chase. Nachdem die alten Herren berichtet hatten, erzählte Mr. Crowdy von seiner einzigen eigenen Reise in die alte Heimat, die er in seinen jungen Jahren in Begleitung eines reichen Amerikaners gemacht hatte, der hinübergefahren war, um ein paar Vollblüter zu kaufen.

Chase war in Leicestershire geboren, aber er war auf seine eigene Heimat nicht gut zu sprechen. Es lag ihm nichts daran, sie je wiederzusehen. Doch erzählte er gegen Ende der Mahlzeit ein paar so amüsante Geschichten, daß Nicholas und Ernest für den Augenblick ihre Abneigung gegen ihn vergaßen.

Aber als sie wieder in ihren Zimmern waren, stieg sie wieder auf. Sie machten einander auf verschiedenerlei aufmerksam, was ihr Feingefühl verletzt hatte. Hatte Nicholas auf Crowdys Nägel geachtet? Hatte Ernest gesehen, wie Chase seitlings mit gekreuzten Beinen auf seinem Stuhl saß? Und Rennys ungepflegtes Äußeres? Und Wakefields liederlichen Anzug? Und diese Art von Verkommenheit, die im ganzen Haus zu spüren war?

Wo hatte Meggie ihre Augen? Selbst Pheasant, das arme Kind, hätte sich mehr darum kümmern sollen!

»Nicholas«, sagte Ernest feierlich, »alles in Mamas Zimmer war dick voll Staub.«

Sie paßten Piers ab, der gerade an der Tür vorbeikam und holten ihn in Nicholas' Zimmer. Er kam etwas widerwillig herein.

»Hast du es besonders eilig?« fragte Nicholas verstimmt. »Wir möchten ein Wort mit dir reden.«

Piers setzte sich auf den Klavierstuhl und sah sie aus seinen vorstehenden blauen Augen fragend an. Er wenigstens, dachten sie, sah aus wie immer.

»Also«, knurrte sein älterer Onkel, »was heißt das alles hier? Wie kommt es, daß diese beiden Halunken hier in Jalna tun, als ob sie zu Hause wären? Warum sind die Vaughans noch hier? Und warum ist Alayne nicht da?«

Pier blies die Backen auf und stieß den Atem durch die Lippen. »Ich will verdammt sein, wenn ich's weiß!« sagte er.

»Unsinn! Natürlich weißt du alles ganz genau«, sagte Nicholas streng.

Ernest warf ein: »Bombardiere den Jungen nicht gleich mit so viel Fragen, Nick! Frag' ihn der Reihe nach. Ich werde anfangen ... Piers, kannst du mir sagen, warum während unserer Abwesenheit unserer Mutter Zimmer so verkommen ist? Über allen Möbeln liegt eine dicke Schicht Staub. Überhaupt jedes Zimmer, das ich gesehen habe, sieht aus, als ob es einmal gründlich reinegemacht werden müßte.«

»Die Frage kommt mir überflüssig vor«, sagte Piers. »Du und Onkel Nick seid weggewesen. Renny läßt die Dienstboten immer machen was sie wollen. Wenn Mrs. Wragge gut kocht und Rags selber sich die Beine abrennt beim Servieren, das ist alles, was Renny verlangt. Unordnung im Hause ist ihm vollkommen einerlei. Im Grunde hat er sie sogar gern. Viel zu essen — und viel Gesellschaft — und niemand, dem er und seine Hunde im Wege sind, das liebt er!«

»Und wie lange ist das schon so gegangen?« fragte Nicholas. »Hat denn Alayne nichts dagegen getan?«

»Natürlich! Die letzte Zeit war ihr ganzes Leben nichts als ein einziger Widerspruch, kommt mir vor. Jede Woche einmal brachte sie die unten im Keller auf den Trab, so daß die Wragges drauf und dran waren, zu kündigen. Und sie kümmerte sich um Wake und um Mooey, und natürlich auch um Renny und seine Hunde. Pheasant hörte einmal, wie sie zu Renny sagte, daß er wie ein Narr redete und hörte ihn antworten, daß sie die kratzbürstigste Frau wäre, die er je gekannt hätte. Ich habe nie erwartet, daß diese Ehe gut ginge. Und dann war da die Sache mit dem Hund. Wahrscheinlich hat euch niemand darüber geschrieben. Aber es war so, daß Alayne und Pheasant und die ganzen Dienstboten und Quinn, ein Gartenarbeiter, den ich nach eurer Abreise angenommen hatte, alle dachten, daß der Hund die Tollwut hätte, und Alayne holte Rennys Flinte, und dann stachen sie ihn mit Mistgabeln tot. Bald danach ist Alayne abgereist.«

Während dieses raschen Berichtes hatten sich Piers' volle Lippen kaum bewegt. Er saß und sah seine Onkels unerschüttert ruhig an, während er diesen Schreckensbericht vor ihnen ausschüttete wie einen Wasserfall. Ernest, der sich vorgenommen hatte, die Sache durch eine vorsichtige Frage nach der anderen zu ergründen, fühlte sich geradezu elend. Nicholas saß mit offenem Munde wie vom Donner gerührt. Wenn das verblichene Teppichmuster sich plötzlich gespalten und einen Abgrund darunter enthüllt hätte, hätten sie kaum entsetzter sein können.

»Aber — ich dachte, Alaynes Tante wäre gestorben!« stammelte Ernest.

»Ist sie auch. Gerade zur richtigen Zeit. Das gab Alayne einen Grund, auf und davon zu gehen.«

»Piers, ich glaube, du weißt nicht, was du sagst. Wenn du versuchst, uns zum besten zu haben, dann ist dies nicht der richtige Augenblick dafür. So wie du es erzählt hast, scheint mir die ganze Geschichte ein entsetzliches Durcheinander. Kannst du es verstehen, Nick?«

»Ich weiß bloß, daß es nie so drunter und drüber gegangen wäre, wenn ich hier gewesen wäre.«

»Genau das habe ich neulich Pheasant auch gesagt«, stimmte Piers lebhaft zu. »Wir sind noch nie ohne irgend jemand von den alten Herrschaften hier im Hause gewesen. Es war, als ob wir unseren Ballast über Bord geworfen hätten.«

Nicholas zerrte grimmig an seinem grauen Schnurrbart. »Ich kann dir sagen, daß ich etwas mehr als bloßer Ballast gewesen wäre, wenn ich hier gewesen wäre ... Deine Erklärung hat recht wenig Zusammenhang, Piers. Ich wollte, du könntest mir wenigstens eines deutlich erklären. Was sagt Renny dazu, daß Alayne ihn verlassen hat?«

»Ich glaube, er macht es sich nicht klar.«

»Macht es sich nicht klar —« Ernest sprach zum erstenmal in seinem Leben in einem tiefen Baß ... »Macht sich nicht klar, daß seine Frau ihn verlassen hat?«

»Nein. Ich glaube nicht. Pheasant und ich glauben, daß er sich einbildet, sie hätte jetzt bloß einen Rappel und käme mit der Zeit darüber hinweg. Das wird sie nicht. Du kannst mir glauben, sie ist sich darüber klar, daß ein zweiter Whiteoak über ihre Kräfte geht.«

Nicholas und Ernest sahen einander an. Ernest wischte sich die Schweißtropfen von der Stirn, und Nicholas griff nach dem Sodawassersiphon.

Piers stand vom Klavierstuhl auf. »Na«, sagte er freundlich, »ich muß weiter!«

»Du bleibst sitzen!« riefen seine Onkel gleichzeitig.

Piers gehorchte mit einem Lächeln, das süß wie Meggies Lächeln um seine geschwungenen Lippen ging.

Ernest fragte: »Wann fing die Geschichte an? Kurz nachdem wir fort waren?«

»Das weiß ich nicht mehr genau. Ja — ich glaube.«

»Du sagst«, warf Nicholas grübelnd ein, »daß Alayne Rennys Flinte geholt hätte, um irgendeinen Hund umzubringen, und daß sie den Hund mit Mistgabeln totschlugen ... Ich kann das nicht recht verstehen.«

»Kein Wunder«, antwortete Piers, »als schließlich der Kopf von dem armen Vieh untersucht wurde, ist keine Spur von Tollwut konstatiert worden.«

»Aber wie hat die ganze Geschichte angefangen?«

»Na, es fing damit an, daß Ben Alayne auf die Nerven ging. Tatsächlich lag er auf ihrer neuen Bettdecke.«

»Lieber Himmel!« Nicholas wurde rot vor Wut. »Ernie, sie haben den armen alten Ben umgebracht.«

»Nein, nein«, beruhigte Piers. »Es war ein ganz anderer Hund. Meiner Meinung nach war er überzüchtet. Aber Renny hat mir einen Fünfer abgewonnen, weil er sich in einem Monat schon an ihn gewöhnt hatte.«

Die Onkel sahen geradezu mit Widerwillen in sein frisches Gesicht. Sie hatten plötzlich das Gefühl, reisemüde und völlig aus dem Geleis zu sein. Wenn er wenigstens nicht so überlegen lächeln wollte.

»Was mir nicht in den Kopf will«, sagte Ernest erschöpft, »das ist, warum Mamas Zimmer so verkommen ist, und warum Maurice in meinem Bett geschlafen hat.«

»Weil Nip einfach nicht erlauben wollte, daß er hier schlief«, antwortete Piers.

»Wie lange bleiben die Vaughans hier?« fragte Nicholas und streichelte Nip dankbar.

»Na, du weißt, Onkel Nick, daß Maurice nichts dagegen hat, sich durchfüttern zu lassen. Er redet unaufhörlich über die Kosten von Megs Operation. Er hat sein Haus vermietet, und wenn er die Mieter behält, dann kann ich voraussagen, daß er und seine Familie sich hier für den Rest ihres Lebens niederlassen werden.«

Die Brüder wechselten einen Blick. Sie hatten Maurice gern. Sie liebten Meg und ihr kleines Mädchen sehr, aber sie immer im Haus zu haben! Und noch dazu, wo Pheasant offensichtlich die Familie auch noch vergrößern würde ...

»Das wäre einfach nicht auszuhalten«, sagte Ernest heftig. »Alayne muß verrückt sein, daß sie so auf und davon gegangen ist. Ihre Liebe zu Renny ist zu stark und zu tief, um von all diesen Geschichten zerstört zu werden, die du uns erzählt hast... Ich kann nur sagen, ich fasse das alles noch gar nicht. Die Ursache ihrer Zerwürfnisse, meine ich.«

Piers sah ihn mitleidig an. »Du kannst es natürlich nicht gleich so verstehen, aber du kannst mir glauben, daß der letzte Grund nichts weiter ist als Clara Lebraux.«

»Aha!« rief Nicholas aus. »Ich erinnere mich genau, daß Renny bei Finchs Geburtstagsgesellschaft fast den ganzen Abend bei Mrs. Lebraux saß, und daß Alayne sich keine Mühe gab, ihren Ärger darüber zu verbergen.«

»Kein Wunder«, sagte Ernest. »Mrs. Lebraux ist durchaus nicht die Art Damen, an die wir gewöhnt sind. Meiner Meinung nach ist sie eine von diesen ganz modernen Frauen.«

»Sie hätte als Frau sehr gut zu Renny gepaßt«, entgegnete Piers, »viel besser als wie die, die er jetzt hat. Er bringt seine halbe Zeit jetzt bei ihr zu. Er rechnet auf dich, Onkel Ernest, daß du ihr Mädel erziehen hilfst.«

»Ich werde nie wieder so lange von zu Hause wegbleiben«, bemerkte Ernest. »Während einer solchen Abwesenheit entwickeln sich zu schwierige Situationen.«

»Ich verreise nie wieder«, sagte Nicholas. »Hier sitze ich, bis sie mich hinaustragen.«

Es wurde an die Tür geklopft, die sich gleichzeitig öffnete. Meg stand da in einem sehr kleidsamen Negligé.

»Herein, herein«, sagte Nicholas. Vielleicht konnte Meg ihnen mehr Aufklärung geben, als aus Piers herauszuholen war.

Als sie an Piers vorüberging, streckte er die Hand aus und zog sie auf seine Knie. Sie lehnte sich behaglich an ihn. Der Klavierstuhl schwankte und knarrte.

Sie sah von einem Gesicht zum anderen. »Wie unglücklich seht ihr alle aus! Aber ihr müßt euch wirklich nicht beunruhigen. Es ist jetzt alles vorüber und nächstens werde ich wieder ganz gesund sein.«

»Natürlich, Beste, natürlich«, stimmte Nicholas zu.

»Du siehst jetzt schon wunderbar wohl aus, Meggie«, sagte Ernest. »Es ist kaum zu glauben, daß du auch nur einen Tag krank gewesen bist.«

»Aber mein ganzer Körper ist noch so schlaff. Fühl bloß meinen Arm!« Sie streckte den Arm aus, von dem der Spitzenärmel zurückfiel und seine weiße Fülle zeigte.

Ernest drückte den Finger auf die glatte Haut ihres Unterarms. »Ja, er ist etwas schlaff, aber er wird bald straffer werden, wenn du dir wieder mehr Bewegung machen kannst, wenn du erst wieder in deinem eigenen Haus herumwirtschaftest und alles in Ordnung bringen kannst.«

Sie lächelte traurig. Es klang etwas wie ein Vorwurf durch ihre Stimme, als sie antwortete:

»Ich fürchte, es wird noch eine Weile dauern, bis ich herumwirtschaften kann. Maurice hilft mir die Treppen hinauf und ich bin nicht immer fähig, zum Essen herunterzukommen.«

»Ja, wir haben dich sehr vermißt«, sagte Nicholas. Er sah sie durchdringend unter seinen buschigen Brauen an. »Meg, sicher bist du nicht damit einverstanden, daß Renny diese üblen Gesellen Crowdy und Chase einladet. Ich muß gestehen, daß ich sehr erstaunt war, sie bei meinem ersten Tag zu Hause hier beim Mittagessen vorzufinden.«

»Ja, das war schade. Aber sie waren gar nicht eingeladen. Sie kommen nur immer gerade zur Mittagsstunde. Und Mr. Chase kann recht unterhaltend sein, wenn er will.«

»Er haßt Weiber«, sagte Piers und schaukelte sie.

Ernest sah besorgt aus. »Ich glaube nicht, daß das gut für sie ist«, sagte er.

»Sie hat zu wenig Bewegung«, antwortete Piers. »Sie ist viel zu fett.«

Nicholas sagte: »Na, gegen Chase will ich nichts sagen, aber Crowdy ist unmöglich. Wenn er wieder ins Haus kommt, werde ich in meinem Zimmer bleiben.« Er fuhr mit der Hand durch sein dichtes graues Haar, daß es sich sträubte.

Meggie spielte mit zwei Fingern eine kleine klimpernde Melodie auf den Klaviertasten. Zu dieser Begleitung sagte sie:

»Bei Rennys Gemütszustand glaube ich, daß ein gesunder handfester Mann wie Mr. Crowdy ihm sehr gut tut. Renny kommt dadurch über seine eigenen verzweifelten Gedanken hinweg.« Der offene Blick in ihren blauen Augen hielt den erschrockenen ihrer beiden Onkel stand.

»Na, hier scheint ja ein hübsches Kuddelmuddel zu sein«, sagte Nicholas. »Ich wollte bloß, ich könnte Sinn und Verstand in all das bringen, was Ihr beide uns erzählt.«

»Da hat niemand schuld als diese amerikanische Frau«, erklärte Meg. »Sie ist eben völlig egoistisch. Sie ruiniert meines Bruders Leben durch ihren Mangel an Verständnis für ihn.«

»Sie passen einfach nicht zusammen. Das ist das ganze Elend«, fügte Piers hinzu.

»Aber«, rief Ernest, »hat ihn Alayne denn endgültig verlassen?«

»Bestimmt«, sagte Piers. »Die kommt nie wieder. Er macht sich das noch nicht klar. Aber mit der Zeit wird er es einsehen.«

Meg wandte den Kopf und sah ihren Bruder gereizt an. »Was weißt du davon, wie gerissen eine Frau sein kann?«

»Na, ich habe so meine Erfahrungen«, sagte er mürrisch.

»Du siehst einfach bloß, was sie dich sehen lassen wollen. Du hast selbst eine Frau, die so schlau ist, wie, wie —« sie suchte nach einem Vergleich, der nicht gerade zu gehässig wäre.

»Laß meine Frau bitte aus dem Spiel«, sagte Piers.

»Bitte bleibe bei der Sache mit Alayne«, bat Ernest.

»Sie ist eine richtig verschlagene Person«, sagte Meg. »Und dabei sehr entschlossen. Sie wird solange wegbleiben, bis Renny vollkommen außer sich gerät. Sie will ihm einfach Angst machen. Und dann, wenn er ganz mürbe ist, wird sie nach Jalna zurückkommen. Sie ist fest entschlossen, einen amerikanischen Ehemann aus ihm zu machen.«

Die beiden Onkel hörten mit unglücklichen Gesichtern zu; Piers mit ungläubigem Ausdruck.

»Mir ist sie immer sehr sanft und nachgiebig vorgekommen«, sagte Ernest. »Ich kann nie vergessen, wie sie wieder zurückkam, um Eden zu pflegen — und nachdem er sie so behandelt hatte!«

Das war mehr als Meg ertragen konnte. Sie stand von Piers Knien auf und fing an auf und ab zu gehen, den Morgenrock über der Brust krampfhaft zusammenhaltend. »Oh, wie leichtgläubig sind Männer!« rief sie aus. »Wie satt habe ich es, von ihrer Aufopferung reden zu hören, selbst Patty würde mißtrauisch sein, glaube ich. Nein, Alayne ist nicht Bruder Edens wegen zurückgekommen. Sie kam einfach zurück, um Renny zu fangen. Und sie hat ihn gefangen. Nun ist sie dabei, ihn unterzukriegen.«

»Ich bewundere ihren Mut«, sagte Piers.

Nicholas fragte: »Und wie steht es mit Mrs. Lebraux, Meggie? Was hältst du von der?«

»Sie ist ein liebes Geschöpf! Was für ein Leben hat sie gehabt! Und wie tapfer sie ist! Das wäre eine Frau für Renny gewesen. Und er hängt an der kleinen Pauline.«

Dies alles war sehr verwirrend. Als Meg und Piers fort waren, saßen die Brüder noch lange und versuchten die verschiedenen Mitteilungen miteinander in Einklang zu bringen und herauszufinden, was sich tun ließ.

Abends fand sich Nicholas allein mit Renny. Er sagte:

»Ich bin sehr enttäuscht, Alayne nicht hier zu finden. Ich hatte keine Ahnung, daß sie so lange fortbleiben würde.«

Er hatte das Gefühl, daß Renny plötzlich auf einmal starr wurde und daß vorsichtige Zurückhaltung in seinen Blick kam, als ob er sich plötzlich bewußt wurde, daß seine Angelegenheiten im Hause lebhaft besprochen wurden.

»Miss Archer ist Alaynes einzige Verwandte«, sagte er ernsthaft. »Sie konnte sie nicht allein lassen, bis ihre Angelegenheiten geordnet waren und sie irgendeine Art Gesellschafterin für sie gefunden hat.« Wie mit einem inneren Entschluß sah er Nicholas ins Gesicht, gerade in die Augen.

»Ich habe mir manchmal überlegt«, fuhr Nicholas fort, »ob es nicht besser gewesen wäre, wenn du und Alayne nicht so viel Familie um euch herum gehabt hättet. Das liegt nicht jedem, weißt du, so viel Leute um sich herum zu haben, wie wir das gewöhnt sind. Alaynes Leben muß ganz besonders still gewesen sein. Ich habe schon manchmal gedacht, ob diese viele Familie um sie herum für sie nicht reichlich überwältigend gewesen ist.«

»Sie hat nie etwas Derartiges angedeutet.«

»Dann ist sie eine ganz ungewöhnliche Frau. Du mußt nicht denken, daß du meine Gefühle verletzen könntest. Hat sie dir nie irgend etwas darüber gesagt, daß sie lieber öfter mit dir allein zusammen wäre, ohne so viele von uns andern um euch herum?«

»Nicht, daß ich mich erinnern könnte. Ich denke, Alayne ist glücklich. Das heißt, so glücklich wie ich eine Frau ihrer Art machen kann. Ich weiß, daß mir viel dazu fehlt. Aber sie wird sich an mich gewöhnen, denke ich.«

»Ich finde, du müßtest einmal zu ihr hinfahren. Sicher würde Miss Archer dich gern kennenlernen.«

»Nein! Die war mit unserer Heirat gar nicht einverstanden.«

»Ich bin überzeugt, daß sie dir sehr freundlich entgegenkommen würde. Ich finde, du müßtest Alayne holen. Eine Frau legt Wert auf solche Aufmerksamkeiten. Mit meiner eigenen Heirat habe ich es erfahren, Renny. Ich kann dir aus Erfahrung raten.«

»Was haben sie dir vorgeredet, Onkel Nick? Brauchst dir keine Sorge zu machen. Wenn Alaynes Besuch vorbei ist, wird sie wiederkommen.«

Nicholas hätte ihm lieber noch länger zugeredet, aber Rennys Gesicht war zu abweisend. Er sah aus, als wäre er drauf und dran, loszufahren. Entweder wollte er keinerlei Einmischung in seine Angelegenheiten dulden, oder er hatte einfach, wie Piers gesagt hatte, keine Ahnung, wie schlimm es damit stand. Vielleicht hatte er recht und die anderen unrecht. Vielleicht war es nicht nötig, sich Gedanken zu machen. Nicholas hatte sich aber im stillen eines vorgenommen. Er wollte an Alayne schreiben und sich nach ihrer Rückkehr erkundigen. Ihre Gegenwart im Hause fehlte ihm. Mit ihr war etwas Neues ins Haus gekommen, an das er sich gewöhnt hatte — ihre Würde, ihr Interesse an den Angelegenheiten draußen in der Welt und ihre gedämpfte Heiterkeit.

## 21  Alayne findet ihre Heimat

Miss Archer und Alayne saßen in dem hübschen kleinen Wohnzimmer des Hauses am Hudson zwischen lauter bunten Prospekten einer Weltreise. Draußen regnete es und der Wind war kalt, aber im Zimmer verbreitete die leise summende Heizung eine behagliche Wärme, und die leuchtenden

Illustrationen der Prospekte brachten eine exotische Note zwischen die etwas strengen und zartfarbigen Vorhänge und die schwarzen Kleider der beiden Frauen.

Alayne hatte nicht viel übrig für die Sitte, Trauer zu tragen, aber Miss Archer war altmodisch und bestand darauf. Das Schwarz betonte die Blässe ihres Gesichtes und den Schimmer ihres glatten Haares, es unterstrich auch die Schatten unter ihren Augen und die Linie ihrer zusammengepreßten Lippen. Sie saß und sah ihre Tante mit stiller Verwunderung an.

Denn Miss Archer hatte nach dem ersten leidenschaftlichen Schmerz über den Verlust ihrer Schwester in erstaunlicher Weise sich dem Zug der Zeit hingegeben, woran sie Tante Helenes zarte Gesundheit so lange gehindert hatte. Erst war es das Auto gewesen. Dann längere Ausflüge darin, die sich immer weiter ausdehnten. Fahrten nach New York, um Bilderausstellungen von sehr modernen jungen Malern zu sehen, von denen sie rückhaltlos begeistert war, denn, obgleich sie stets in ihrem Leben sehr konventionell gewesen war, war sie doch stolz darauf, weitherzig und ihrer Zeit voraus zu sein. Kein Maler, kein moderner Komponist oder Novellist konnte sie schockieren. Nur durch Alaynes Heirat mit Renny hatte ihre konventionelle Seele einen Stoß erlitten. Eden hatte sie vom ersten Augenblick an gemocht. Sein ehrerbietiges Benehmen gegen sie, seine Dichterei, seine Schönheit hatten sie entzückt. Die Scheidung dieser Ehe war ein Unglück. Aber sie hatte nichts von Renny gehört, das sie anzog. Seine Fotografie hatte sie abgestoßen. Und als sie mehr durch Anzeichen als durch Worte einen Bruch zwischen Alayne und ihm vermutete, war sie innerlich den guten Mächten dankbar, die ihrer Überzeugung nach die Angelegenheiten der Menschen leiteten, und begann, eine Weltreise zu planen.

Sie hatte schon sehr angenehme Begleiter in einem Professor und seiner Frau gefunden, alten Freunden von ihr und Alaynes Vater. Sie saß nun in dem hellen Licht der elektrischen Lampe und durchblätterte einen neuen Stoß Literatur über eine Weltreise nach der entgegengesetzten Richtung als die bisher geplante. Sie war sich im Zweifel, welche man wählen sollte. Im Grunde kam es nur darauf an, ob man sich nach rechts oder nach links wenden sollte, da beide Wege schließlich doch zu dem Haus am Hudson zurückführten. Professor und Mrs. Card schien es völlig gleichgültig zu sein, wohin es gehen sollte, vorausgesetzt daß der Plan ausgeführt wurde. Alayne überließ die Wahl auch Miss Archer.

Sie saß jetzt in einer heiteren Unentschlossenheit, ihr volles weißes Haar glatt zurückgekämmt, ihr breites durchsichtig zartes Gesicht eifrig und angeregt. Alayne saß und sah sie an und verglich sie innerlich mit Augusta. Miss Archers unbedeutende Nase und ihr sanfter Mund waren geradezu ein Gegensatz zu Augustas kühner Adlernase und ihrer majestätisch geschwungenen Oberlippe. Miss Archers weißes Haar und ihre durchsichtige Zartheit standen auch in schroffem Gegensatz zu Augustas Haarfrisur, der rotbraunschimmernden Krone und ihrer gelblichen Gesichtsfarbe. Sie stellte sich Augustas überladene Kleider vor, die Perlen, Nadeln, Broschen und Armbänder. Der Gegensatz war nicht schmeichelhaft für Augusta, und doch war etwas an ihr, das man nie vergaß. Sie dachte daran, wie Augusta bei ihrer Trauung in der Kirche von Nymet Crews Tränen vergossen hatte.

Was würde sie über die Wandlung denken, die jetzt eingetreten war? Sie dachte an Professor Card und die eingehende Belehrung, die er über alles, was sie auf Reisen sahen, ihnen geben könnte. Sie dachte an das unermüdliche Interesse, mit dem er und Mrs. Card und Miss Archer diese fremden Länder sehen würden, und die lebhafte Neugier, mit der sie alles an Bord erleben würden. Sie dachte an Nicholas, der nun wieder wie immer in Jalna sein würde, seinen gichtischen Fuß auf einem Schemel, und sich Schluck für Schluck beträchtliche Quantitäten von dem Getränk einverleiben würde, dem er seine Gicht verdankte. Er und Ernest hätten sicher viel von ihrer Reise zu erzählen, aber im Grunde nichts weiter als allerlei Gerede über Menschen und Dinge, die sie früher schon gekannt hatten. Gerade das war sehr bezeichnend für die Whiteoaks. Ihnen fehlte jedes Interesse für Dinge, die sie nicht persönlich angingen. Ihr eigenes Leben, das Leben der Familie, das war das einzige Wichtige und das würde sie mitnehmen, und wenn sie um die ganze Welt reisten. Wenn sie jetzt hier ins Zimmer traten, dachte sie, wo ihre Tante und Professor Card und Mrs. Card saßen, würde alle Neugier und alles Interesse nur ganz einseitig sein. Augusta würde eine Partie Karten vorschlagen, und Renny würde vielleicht versuchen, dem Professor ein Pferd zu verkaufen... Oh, warum hatte sie nun wieder an ihn gedacht! Seit Wochen hatte sie jeden Gedanken an ihn von sich weggeschoben, nun kam er jäh und fast fieberhaft über sie, daß sie sich in dem kleinen Zimmer wie erstickt fühlte und angewidert von dem Anblick der bunten Prospekte.

Miss Archer sagte: »Wenn wir aus dem Roten Meer kommen, fahren wir durch die Straße von Babel-mandeb... Ist nicht allein der Name schon geradezu aufregend... Und Penang... Ich komme mir vor, wie in einer Art Traumzustand, wenn ich Penang sage. Ich bin so dankbar, daß selbst das Alter und alles Auf und Ab des Lebens mir niemals meine Begeisterungsfähigkeit genommen haben.« Ihre klaren grauen Augen strahlten zu denen Alaynes hinüber. Sie bemerkte die dunklen Schatten unter deren Augen, nahm ihre Hände und drückte sie fest.

»Du bist in dieser ganzen schweren Zeit so gut zu mir gewesen, liebe Alayne. Nun muß ich an dich denken statt an mich selbst. Du siehst ganz und gar nicht gut aus. Aber diese Reise wird dir sehr gut tun. Die wird dir wieder Farbe ins Gesicht bringen. Mache nur die Augen zu und stelle dir uns beide in einer Rikscha vor ... Oder in Bazaren von Kairo ... Beim Sonnenuntergang in Penang ... Immer gehen meine Gedanken wieder nach Penang!« Der Druck ihrer Hand wurde fester. »Du bist doch schon etwas heiterer, nicht wahr? Ich habe dich zu lieb, um nicht zu spüren, daß du unglücklich warst. Aber mit jedem Tage sehe ich, wie du ruhiger wirst. Habe ich nicht recht?«

Alayne nickte und hielt Miss Archers Hand fester, die eifrig weitersprach:

»Wir machen alle einmal etwas falsch in unserem Leben. Du hast deines Vaters Fähigkeit zur Selbstzergliederung geerbt. Ich fürchte, du machst dir Vorwürfe über irgend etwas.«

»Nein, nein ... Ich lasse mich nur zu sehr gehen.«

»Alayne, kannst du dich mir nicht anvertrauen? Ich dränge dich ja nicht, aber es würde mich so glücklich machen.«

»Da ist nichts anzuvertrauen. Wir passen nicht zusammen. Das ist alles.«

»Mußt du ihn wiedersehen, ehe wir auf Reisen gehen?«

»Nein. Ist nicht notwendig.«

»Aber du schreibst ihm doch?« Miss Archers gerade Natur konnte sich in solch einer Situation nicht durchfinden, aber sie klammerte sich an die Hoffnung, irgendwie eine Aussprache herbeizuführen.

»Ja, natürlich. Ein paar alltägliche Worte ... Damit die Familie nichts merkt.«

»Und er antwortet?«

»Ja. In derselben Weise.

»Oh, er hat dich eben einfach gar nicht verstanden. Ich fühle das.«

»Vielleicht ... Wir sind eben — sehr verschieden. Wahrscheinlich findet er, daß ich versagt habe.«

»Aber deine Liebe zu ihm ist — ganz vorbei?«

Alayne zog ihre Hand zurück und stand sichtlich gereizt auf. Sie ging ans Fenster und sah in den Regen hinaus. »Es hat gar keinen Sinn, wenn ich versuchen wollte, meine Gefühle für ihn zu erklären. Oder ihn dir zu beschreiben. Er ist ganz anders als alle Menschen, die du kennst. Ganz anders als alle anderen. Ich werde nie wieder dieselbe sein wie früher, nachdem ich mit ihm zusammengelebt habe. Ich kann dir das nicht erklären ... Wenn ich irgendeinen Vergleich finden könnte ... vielleicht so ... Wenn der Boden unter den Füßen durch ein Erdbeben gespalten wird, kann er sich wieder schließen — aber er gestaltet sich ganz anders. Nie mehr so, wie er vorher war.«

»Er muß ein sehr merkwürdiger Mensch sein. Nach allem, was ich von der Familie gehört habe, stecken sie ja voll wunderlicher Komplexe und

Hemmungen.« Ihr kluges Gesicht spiegelte die Freude, die ihr die Aufgabe einer psychologischen Analyse machte.

Alayne sah vor sich hin ins Leere. Sie schien Miss Archer kaum zu hören. Dann sagte sie:

»Das Geistige und das Animalische sind in ihm so eng verbunden. Sie sind einfach untrennbar. Man muß ihn eben einfach nehmen wie er ist. Sich selbst anpassen ... anpassen ist ein unzulängliches Wort für das, was ich meine... Aber das ist es gerade. Das Animalische und das Geistige in ihm...«

Miss Archer richtete sich plötzlich auf. Sie machte eine fast ablehnende Gebärde gegen Alayne. Kleine Wellen von Unbehagen zerstörten die Ruhe ihres glatten Gesichtes, wie das Fallen eines Steins einen ruhigen Teich aufstört.

»Bitte nicht, Alayne«, sagte sie. »Ich schaudere geradezu bei dem Gedanken, was du durchgemacht haben mußt.« Dann trat sie schnell auf Alayne zu und legte den Arm um sie. »Es wird alles wieder in Ordnung kommen! Das weiß ich. Was wir beide jetzt brauchen, das ist, unser Leben aus einer gewissen Entfernung zu sehen. Ganz abgelöst, in einer anderen Hemisphäre. Dann werden wir die Wahrheit sehen, ohne Qual und ohne — schreckliche Erinnerungen.«

Alayne küßte ihre Tante und legte ihre Wange gegen das glänzend weiße Haar, sie atmete den zarten Hauch ihrer kleinen gepflegten Persönlichkeit ein.

Während sie so umschlungen standen, hielt ein Wagen vor der Tür. Rosamund Trent stieg aus und ging energisch auf die Haustür zu. Drinnen begrüßte sie sie enthusiastisch. Alayne dachte zum hundertsten Male, daß niemand, den sie kannte, so kleidsame Hüte trug wie Miss Trent.

Sie zog die Handschuhe aus und fragte, ob sie eine Zigarette rauchen dürfte. Miss Archer hielt immer eine silberne Dose mit gutem Rauchzeug für Besucher bereit, obgleich sie innerlich jede Rauchwolke in der Luft und jedes bißchen Asche auf dem Teppich beklagte. Rosamund Trent entdeckte die Reiseprospekte.

»Himmel, wie aufregend!« rief sie aus, nahm einen und betrachtete das Bild einer Gruppe von Schwimmern in einem See. »Wie mich das an meine eigene Weltreise erinnert!« Denn sie war es, die ursprünglich Miss Archer die Idee in den Kopf gesetzt hatte. »Hongkong—Honolulu—Colombo—Penang—«

Miss Archer faßte ihre Hand und hielt sie. »Ich wußte, daß Sie das sagen würden!« lachte sie. »Gerade als Sie hereinkamen, sagten Alayne und ich, wie das Wort Penang uns begeisterte. Wir haben geradezu Visionen dabei.«

Miss Trent sah ihre Freundin scharf an. »So sieht Alayne aus«, sagte sie.

Sie sprachen eine Weile über die Reise, dann sagte Miss Archer:
»Ich werde euch beide jetzt allein lassen und einen Augenblick zu Professor Cards hinüberlaufen. Ich will mir das neue Buch über den Osten holen, das er mir versprochen hat.«

Sie sahen sie eilig unter einem Schirm über die Straße gehen. Die befreiende Wirkung ihrer alten Freundschaft überkam sie beide.

»Also«, sagte Rosamund Trent durch die Rauchwolke, die sie vor sich hinblies, »ich bin nun wieder in die Propagandaarbeit zurückgegangen. Ich habe ja auch Freude daran, obgleich es mir anfangs schwer war, mit dem Antiquitätengeschäft Schluß zu machen, das sich so wunderbar anließ. Und wenn der Wall-Street-Krach nicht gewesen wäre, dann hätte ich auch bald eine große Sache im Gang gehabt. Wahrscheinlich hast du deine Papiere noch, Alayne?«

»Ja. Ich bin froh, daß Tante Harriet nicht weiß, wieviel ich von Tante Helenes Geld habe draufgeben müssen, um sie zu halten.«

»Sei froh, daß du das als Rückhalt hattest, ich zweifle gar nicht, daß alles wieder in Ordnung kommt.«

Alayne lächelte. Sie hatte nicht viel Zutrauen zu der Sache, besonders bei dem Gedanken, daß sie Finch eher dafür als dagegen beeinflußt hatte, und daß ihre Freundin zehntausend Dollar von ihm geliehen hatte, die er wahrscheinlich nie wiedersehen würde.

In ihrem Entsetzen über den Finanzkrach hatte Rosamund Trent Alayne von dem Darlehen von Finch erzählt. Nun, da sie Alaynes Zweifel an dem ungläubigen Zug um ihren Mund sah, kam ihr der Wunsch, daß sie nicht ein solcher Narr gewesen wäre, es ihr zu beichten. Sie rief mit einer kühnen Handbewegung. »Ich werde mir die Finger bis auf die Knochen abarbeiten, um jeden Cent zurückzuzahlen, den ich schulde!« Sie starrte dabei ihre runden sorgsam manikürten Finger an.

Bei diesen übertriebenen Worten und der Geste, die sie begleitete, fühlte Alayne sich plötzlich gereizt. Sie hatte Rosamund Trent immer für eine Natur von einfacher Aufrichtigkeit gehalten — einen Wirklichkeitsmenschen. Nun schien sie plötzlich sehr unwirklich —, sie hatte etwas Gekünsteltes in ihrem Wesen. Diese Manieren der Allwissenheit und die Sicherheit, mit der sie in der Welt lebte, waren Selbsttäuschung. Und sie, Alayne, hatte Rosamund mit Finch in Berührung gebracht. Sie war die eigentliche Ursache von Finchs Verlusten bei dem New Yorker Bankkrach — anfangs durch ihr Beispiel, und dann dadurch, daß ihre Freundin ihn anborgte. Ob Finch seine Papiere noch hatte oder nicht, wußte sie nicht. Sie hatte ihm geschrieben und danach gefragt, aber er hatte nicht darauf geantwortet. Sie hatte Finch sehr gern gehabt. Nun spürte sie, daß sie ihn nicht halten konnte, ihn ebensowenig wie einen anderen Whiteoak. Sie konnten einem weder Halt noch

Ruhe geben — aber wie ungeheuer wirklich waren sie doch!

Ihr war, als müßte sie in dem kleinen Zimmer ersticken. Rosamunds Stimme kam wie aus weiter Ferne. Sie sagte:

»Du mußt es mir nicht übelnehmen, Alayne, wenn ich ganz offen spreche. Aber wir haben doch keine Geheimnisse voreinander. Du weißt tatsächlich alles, was über mein Leben zu wissen ist. Nun kann ich spüren, daß du in dieser Ehe ebensowenig Befriedigung gefunden hast wie in der ersten. Du brauchst neue Erlebnisse, um dich von dem Eindruck zu befreien. Ich habe schon manchesmal darüber nachgedacht, wie du ein Leben erträgst ohne alles, was es lebenswert machen könnte.«

Alayne antwortete nicht. Sie ließ ihre Freundin reden und reden. Miss Archer kam zurück in Begleitung von Professor Card und seiner Frau. Die Luft schwirrte von Reiseinformationen. Miss Archer hatte ihr Weltreisebuch vor sich und schrieb sich Adressen und nützliche Ratschläge auf.

Als Alayne endlich allein im Wohnzimmer saß, war es Zeit zum Schlafengehen, und sie hatte heftige Kopfschmerzen. Sie fühlte sich geradezu eingehüllt von einer schweren Niedergeschlagenheit, wie sie sie noch nie vorher gekannt hatte ... Es war nicht der unmittelbar brennende Schmerz. Es war nicht Zorn, was dahinter stand. Es war nur das lähmende Gefühl des Alleinseins. Sie dachte mit Entsetzen an die bevorstehende Reise. Was hätte sie je — fragte sie sich — anderes davon erwarten können? Die Gesellschaft, in der sie nun sechs Monate leben sollte, kam ihr unsympathisch und trocken vor ... Und nach den sechs Monaten, was dann? Sie hatte jetzt ein Einkommen, von dem sie leben konnte. Aber die Welt erschien ihr wie eine leere Wüste. Was war mit ihr geschehen? Noch vor einer Woche hatte sie ein geselliges Zusammensein im Frauenklub sehr genossen. Aber — hatte sie es wirklich genossen? Konnte die klägliche Genugtuung, über allerlei äußere Angelegenheiten mit anderen zu diskutieren, die nicht klüger waren als sie selbst, wirklich Befriedigung heißen? Sie dachte an den Ausdruck vollster Zufriedenheit, den sie auf den Gesichtern von Piers, Pheasant, Renny, ja selbst Finch gelegentlich gesehen hatte. Sie dachte an Edens Freude an gewissen Dingen. Sie dachte an die Freude, die sie an seinen Gedichten gehabt hatte. Sie fühlte wohl, daß sie innerlich viel erlebt hatte. Und sie spürte mit plötzlichem Erschrecken, daß ihre Aufnahmebereitschaft nach dem ersten Aufflackern des Gefühls puritanisch und eng gewesen war!

Zum erstenmal in ihrem Leben richtete sich ihr Urteil scharf gegen das eigene Ich. In Jalna hatte sie immer nur danach geurteilt, was ihr persönlich sympathisch war oder nicht. Als sie Renny geheiratet hatte, hatte sie genau gewußt, wie das Leben dort war, und der Gedanke daran, dieses Leben oder Rennys Gewohnheiten irgendwie umzuwandeln, war ihr damals nicht im entferntesten eingefallen. Sie war ihm in die Arme gestürzt, die ihren selbst weit ausgebreitet. Aber nach dem ersten Glücksrausch hatte sie ihn von sich zurückgeschoben, ihn kritisch geprüft und war nur dazu bereit gewesen, seine Fehler zu sehen... Und Wakefield! Ihre anfängliche Zärtlichkeit hatte sich in Ablehnung verwandelt, und warum? Weil Renny sich weiter ebenso um ihn gekümmert hatte wie vor ihrer Heirat. Und die Dienstboten! Warum hatte sie es so weit kommen lassen, daß ihre Eigenheiten sie geradezu ärgerten? Der Leopard konnte ebensowenig sein geflecktes Fell wechseln als die Wragges ihre Gewohnheiten. Ihr ganzes Leben hatte sie die Tugend der Mäßigung und der Selbstbeherrschung hochgehalten. Und doch hatte sie sich ohne Besinnen mit einer Familie eingelassen, in der es beides einfach nicht gab.

Wenn Renny nicht mehr Zeit für sie gehabt hatte, warum hatte sie sich nicht mehr um ihn bemüht wie Pheasant um Piers? Warum war sie nicht mit ihm in den Stall gegangen und hatte in stummer Bewunderung der Schönheit seiner Tiere neben ihm gestanden? Wenn ihre Kleider ebenso wie seine nach Stall gerochen hätten, wäre sie vielleicht unempfindlich gegen den Geruch geworden. Wenn sie mit ihm durch den Schmutz marschiert wäre, hätte sie ihm vielleicht seine schmutzigen Fußspuren auf der Matte nicht nachgerechnet. Lieber Himmel, dieselben Fußmatten hatten in Jalna auf dem Boden gelegen, ehe sie geboren war. Mrs. Wragge oder andere ihrer Art hatten schon jahrzehntelang die Glasur der Schüsseln zerspringen lassen. Warum hatte sie versucht, das zu ändern? Was schadete es, wenn Renny abgebrannte Zündhölzer auf den Fußboden warf oder der alte Ben ein Schläfchen auf ihrer seidenen Bettdecke hielt, oder Mooey sich mit ihrem Puder den Kopf bestreute? War sie denn solch ein Narr, zu erwarten, daß ihr Leben mit Renny eine unaufhörliche Kette von Freuden wäre? Konnte sie eine fortwährende innere Berührung mit einer Seele erwarten, die so in sich verschlossen und scheu war wie die seine? »Denn er ist aus feinerem Stoff als ich«, dachte sie in ihrem Herzen.

Könnte sie nur das vergangene Jahr noch einmal leben! Ihre Selbsterkenntnis würde bessere Frucht bringen als die ganze Weltreise mit Miss Archer und den Cards. Warum konnten sie und Renny nicht dahin kommen, zu verwirklichen, was in ihnen beiden das Beste war? Wie dachte er selbst über dies alles? Aus seinen kurzen Briefen war nicht viel herauszulesen, aber sie hatte ihn ja oft sagen hören, daß er nie in seinem Leben einen Brief von mehr als sechs Zeilen geschrieben hätte. Und sie selbst hatte ihm noch mit keinem Wort gesagt, daß sie an eine Trennung dächte. Möglicherweise glaubte er, daß sie nur aus Zorn über das, was er von ihrem Anteil an Barneys Tode gesagt hatte, fortgegangen wäre. Er war ja sehr bitter gewesen damals, viel zu tragisch für einen Mann, wo es sich nur um den

Tod eines Hundes handelte. Aber er war nun einmal so, und sie hatte gewußt, daß er so war, und hätte ihn trösten müssen. Wenn man mit ihm auskommen wollte, mußte man ihn zu nehmen wissen und ihn beruhigen, denn er hatte zu dreiviertel keltisches Blut, während das ihre angelsächsisch war mit einem teutonischen Einschlag.

Mitten in ihrem Kummer kam ihr der Gedanke, daß es vielleicht doch gut war, wenn sie jetzt, ganz von Jalna losgelöst, in dem wohlgeordneten Haushalt ihrer Tante lebte. Von hier aus konnte sie die Whiteoaks richtig sehen, sie so sehen, wie es ihr im täglichen Zusammenleben mit ihnen nie möglich wäre. All diese Wochen hindurch hatte sie wie im Traume gelebt, hatte geglaubt, ihre Ruhe wiederfinden zu können, wenn sie ganz wieder in das gedämpfte Gleichmaß ihres früheren Lebens untertauchte. Jetzt war sie plötzlich hellwach. Dieses Gleichmaß erschien ihr nicht nur gedämpft, sondern farblos, sein Hintergrund nichtssagend.

Sie trat ans Fenster und öffnete es. Die feuchte Nachtluft quoll herein. Sie war schwer vom Geruch nasser Erde, welker Blätter. Sie kam von Norden herunter, brachte diesen Herbstgeruch welker Blätter von Jalna mit. Oh, wenn sie ein Kind von Renny hätte! Wenn auch in ihr, wie in den Blätterknospen eines künftigen Frühlings, ein neues Leben keimend erwachen könnte!

Was hatte sie getan! Die Liebe von sich gestoßen. Eine kalte Ordnung in ihrem Leben zu schaffen gesucht, frei von der Verwirrung heißen Verlangens... In der Dunkelheit stand sein Gesicht plötzlich vor ihr und sie fühlte sich krank vor Sehnsucht, ihn in Fleisch und Blut wiederzusehen...

Beim Frühstück sagte sie Miss Archer, daß sie notwendig doch noch einmal nach Jalna fahren müsse, ehe sie ihre endgültigen Reisevorbereitungen machen könne. Sie hatte sich vor den Fragen ihrer Tante bei dieser Mitteilung gefürchtet, aber ohne Grund. Miss Archer lebte in solch einem Taumel von Vorbereitungen und Vorfreude, daß nichts sie überraschen konnte.

Als Alayne am gleichen Abend noch abreiste, nahm sie zuversichtlich und heiter von ihr Abschied.

Alayne hatte nichts von ihrer Rückkehr geschrieben. Sie wußte auch nicht recht, wie sie nach Jalna kommen sollte. Sie hoffte, daß die Vaughans nun nicht mehr im Hause waren, von deren verlängertem Besuch Pheasant ihr berichtet hatte. Aber selbst wenn sie noch nicht fort waren — sie mußte Renny sehen, weiter konnte sie nicht denken.

Manchmal kam es ihr zum Bewußtsein, daß sie ihr Kopfweh immer noch nicht los war. Seit drei Tagen hatte es ihr im Hinterkopf gehämmert, und dieses Hämmern vermischte sich mit dem schütternden Pochen des Zuges. Manchmal vergaß sie es über der fieberhaften Tätigkeit ihres Hirns. Sie schob den Rollvorhang hoch und sah in den grauenden Tag hinaus. Dabei sah sie, wie weiß und schlank ihre Hand und ihr Arm waren. Sie hatte seit Wochen nicht auf ihr Äußeres geachtet. Sie war überrascht, in den Furchen der Äcker und auf den Sträuchern an der Böschung der Bahnstrecke noch Schnee zu entdecken. Sie sah Bauernhäuser mit erleuchteten Fenstern, und Hühner, die ihre Stalleiter hinunterflatterten. Ein altes graues Pferd stand auf der Koppel im Schnee, der Wind zerrte seine lange Mähne. Bald darauf durchfuhren sie eine Fabrikstadt, und sie sah Scharen von Arbeitern den Fabrikgebäuden zuwandern. Der Zug hielt dort nicht, sondern brauste vorbei, so daß sie nur mit einem flüchtigen Blick die schwarze Häßlichkeit der Stadt und den Glanz der aufgehenden Sonne sah, der erst hoch oben das goldene Kreuz eines Kirchturms berührte.

Sie saß beim Frühstück, als sie über die Grenze fuhren, und hier lag viel mehr Schnee, aber er schien weich und frisch gefallen und taute rasch in der Sonne. Die Luft war klar und blau, aber rasche Wolkenschatten flogen über die Felder. Sie saß schon zum Aussteigen bereit, ihr Gepäck neben sich, als der Zug an Wedell vorbeifuhr, der letzten Station vor Jalna. Sie sah plötzlich Wright in dem neuen Wagen, der vor der Barriere wartete bis er überqueren konnte. Sein gesundes freundliches Gesicht freute sie. Wirklich, dies kleine Dorf war schon ganz wie zu Hause!

Sie hatte einen Gepäckträger genommen und wartete auf eine Taxe, als sie auf drei Männer aufmerksam wurde, die in einen schäbigen Wagen stiegen. Ihr Herzschlag setzte plötzlich aus, sie sah, daß einer von ihnen Renny war. Die beiden anderen waren Crowdy und Chase. Sie machte ein paar rasche Schritte auf ihn zu und rief seinen Namen. Die Gesichter sahen fahl und hager aus in dem kalten Frühlicht. Nur Rennys Gesicht nicht. Es sah so hart und kräftig braunrot aus wie nur je. Er zog den Hut und kam auf sie zu, lachend vor freudiger Überraschung. Sie hatte vergessen wie rot sein Haar, wie rot sein Gesicht, wie groß und hager und scharf und stark er war.

Wenn er zornig auf sie gewesen war als sie abreiste, wenn er über ihr seiner Auffassung nach schlechtes Benehmen gegen ihn nachgegrübelt und sein Herz gegen sie verschlossen hatte, so vergaß er das alles in dem Augenblick, wo er sie in dem grauen Morgenlicht dastehen sah mit dem blassen Gesicht und den blauen Schatten unter den Augen und dem lichten Haar unter dem kleinen dunklen Hut. Er sah sofort, daß sie einen neuen Pelzkragen trug. Er stand ihr wundervoll, dachte er.

Sie standen und sahen sich an, sie in zitternder Erregung, er in erstaunter Freude.

»Aber weshalb«, fragte er, »hast du nicht geschrieben?«

»Ich habe mich erst im letzten Augenblick entschlossen.«

»Aber du hättest doch telegrafieren können.«

»Dazu konnte ich mich nicht entschließen.«

»Ach, du mit deinen Entschlüssen!« Er lachte auf. »Immer mußt du etwas beschließen oder bringst es nicht fertig, was?«

Sie drängte sich nah an ihn. Mit erstickter Stimme fragte sie: »Freust du dich, daß ich gekommen bin?«

»Was für eine Frage!«

»Oh, wenn wir nur allein wären! Was wollen die schrecklichen Männer da von dir?«

»Wir haben ein paar Pferde mit der Bahn abgeschickt, ich bin über Nacht in der Stadt geblieben. Was für ein Glück, daß ich mit dem Wagen hier bin! Crowdy und Chase müssen natürlich mitfahren. Aber sie wohnen gleich draußen vor der Stadt. Ich setze sie da ab.«

Die beiden Kumpane näherten sich etwas niedergeschlagen. Chase brachte nur einen steifen Bückling fertig, aber Crowdy fand sein Gleichgewicht schnell wieder und strahlte Alayne an. Ihr Gepäck wurde im Wagen verstaut. Sie saß auf dem Platz neben Renny. Sie war froh, daß es der alte Wagen war — schäbig, mit klapprigem Verdeck, und schütternd, als ob es seine letzte Fahrt werden sollte. Genau so war er schon gewesen, als sie zum erstenmal darin gefahren war, damals vor fünf Jahren. In dem Wagen hatte Renny ihr zum erstenmal von seiner Leidenschaft für sie gesprochen. Sie wußte noch genau jedes Wort. Er hatte nur wenig gesagt und in fast sachlichem Ton. Es war dunkel gewesen und draußen Regen. Keiner von ihnen hatte die leiseste Hoffnung gehabt, daß sie je zusammenkommen könnten. Jetzt war es Morgen. Es regnete wieder. Sie waren zusammen, zusammen, ja, zusammen...

Sie verstand sich selbst nicht, aber jetzt verstand sie ihn. Sie begriff nicht, weshalb ihr die Gegenwart von Crowdy und Chase auf der Fahrt ganz gleichgültig war. Aber sie konnte auf einmal sein Gefühl den beiden gegenüber verstehen. Sie waren wirklich. Das war es. So wirklich wie der rauhe Wind, der an den Vorhängen zerrte. Sie waren ebenso wirklich, wie Rosamund Trent und Professor Card und seine Frau für sie unwirklich geworden waren. Sie selbst hatte sich gewandelt. Sie war ein neuer Mensch geworden. Es waren die Geburtswehen dieses neuen Ich, die sie zerrissen hatten.

Renny fragte sie aus nach ihrem Leben mit Miss Archer. Er schien es ganz natürlich zu finden, daß sie so lange bei ihr geblieben war. Er machte ihr keinerlei Vorwürfe, daß ihre Briefe so kurz und so selten gewesen waren. Das Herz brannte ihr vor Freude, wenn sie ihn ansah... Er holte ein Tuch unten aus dem Wagen und wischte damit die Windschutzscheibe.

Der See schlug unruhige Wellen vor dem Wind. Die Wellen waren durchsichtig grün. Sie jagten eine hinter der andern her, mit schaumigen Köpfen.

Möven strichen darüber hin und warfen sich schreiend in die Luft. Als der

Wagen hielt und Crowdy und Chase ausstiegen, hörte sie die schrillen Mövenschreie.

Chase verbeugte sich und trat zurück, aber Crowdy beugte sich vertraulich näher. Mit seinen schlauen kleinen Augen zwinkerte er zu Renny hinüber.

»Sie haben einen famosen Mann, Mrs. Whiteoak. Erstklassig. Vollblut!«

Alayne streckte ihm die Hand hin und schüttelte die seine. Sie sahen sich fest in die Augen, sie und der Pferdehändler. Sie konnte sich die häßlichen Häuser und Vorstadtstraßen vorstellen, in denen er und Chase nun verschwanden.

Als sie weiterfuhren, lächelte Renny zufrieden über ihre Freundlichkeit seinen Freunden gegenüber. Sie entdeckte, daß ihr Kopfweh zwar völlig verschwunden, sie aber nun nach der schlaflosen Nacht unsagbar müde war. Sie lehnte sich schwer an Rennys Schulter und fühlte sich so tief erlöst wie seit Monaten nicht. Renny erzählte unentwegt von den Pferden, die sie am Morgen verladen hatten.

Die schweren Zweige der Fichten an der Einfahrt schienen ihr noch mächtiger geworden, seit sie sie zuletzt gesehen. Sie fegten die Wagenfenster im Vorbeifahren, daß das Regenwasser daran herunterströmte. Nach dem Haus am Hudson schien der alte rote Ziegelbau groß und unübersichtlich. Auf der Treppe lag Schnee, mit Fußspuren von Hunden. Er trug ihre Sachen in die Haustür. Sie fragte plötzlich:

»Warst du überrascht?«

»Ein bißchen. Nicht sehr. Ich habe dich täglich erwartet.« Aber in seinen Augen lag etwas wie Scheu. Nach einem raschen Blick auf sie öffnete er die Haustür, und sie traten in die Vorhalle.

Sie war ganz leer, nur der alte Ben lag vor dem Ofen. Er stand auf, streckte sich und kam dann schwanzwedelnd auf sie zu. Wenn es Mißverständnisse zwischen ihnen gegeben hatte, so hatte er sie vergessen. Jetzt war es an ihr, zu zeigen, daß sie auch großmütig sein konnte. Als er sich aufrichtete, die Pfoten auf ihrer Brust, legte sie den Arm um ihn, was sie noch ihr Lebtag bei keinem Hund getan hatte.

Nicholas saß im Wohnzimmer und las. Er kam heraus und nahm unterwegs seine Brille ab. Er küßte sie und rief:

»Meine liebe Alayne, welche Freude, dich wiederzusehen! Aber du kannst meinen Brief noch nicht bekommen haben. Ich habe ihn erst gestern eingesteckt. Schon seit vierzehn Tagen habe ich dir schreiben wollen, aber du weißt, wie faul ich im Briefschreiben bin.« Er sah sie prüfend unter seinen buschigen Brauen hervor an und versuchte, die Ursache ihrer plötzlichen Rückkehr zu ergründen. Warum sie eigentlich fortgegangen war, hatte er niemals herausbekommen.

Ernest kam, küßte sie und führte sie ins Wohnzimmer. »Aber, liebe Alayne, wie blaß und kalt und müde siehst du aus! Wir müssen Wein bestellen und etwas zu essen für dich. Ich will es selbst holen.« Er ging eilig ins Eßzimmer.

»Gott sei Dank«, knurrte Nicholas halblaut, »daß du gekommen bist! Sonst wüßte ich wirklich nicht, wie wir die Vaughans loswerden sollten. Ihre Mieter sind fort, aber sie sitzen hier trotzdem fest, einfach weil es ihnen so behaglich ist. Und du hast uns auch persönlich schrecklich gefehlt, Liebe!«

Während sie ihren Wein schlürfte, kam Meg herein, auf Rennys Arm gestützt. In der Halle hatte er ihren Arm energisch gedrückt: »Meggie, sei nett zu Alayne, oder ich bin böse mit dir!«

Sie hatte lange genug vor der Tür gezögert, um zu sagen — »Nett gegen Alayne! Als ob ich je anders gewesen wäre! Natürlich wird Alayne auch nett gegen mich sein, wenn sie sieht, wie schwach ich noch bin.«

Alayne stand auf und sah in Megs errötetes Gesicht. »Oh, Meggie«, sagte sie, »wie schön, daß du wieder so weit bist, herumzugehen! Aber ich sehe, daß du noch sehr schwach bist.«

Meg ging auf sie zu und küßte sie. »Ja, das bin ich! Wenn ich nur deine Kräfte hätte und zu jeder Zeit alles essen könnte wie du. Ich habe keinen Appetit. Du kannst dir nicht vorstellen, was ich durchgemacht habe.« Renny ließ sie vorsichtig in den Stuhl neben Alayne nieder und sah auf die beiden herunter mit dem vergnügten Grinsen der alten Adeline, zufrieden über ihre Wiedervereinigung.

Meg legte ihre runde weiße Hand auf Alaynes Knie. »Wenn wir allein sind, muß ich dir alles erzählen. Aber ich fürchte, du wirst entsetzt sein, wenn du hörst, daß ich dein Zimmer habe.«

»Ganz und gar nicht«, beruhigte sie Alayne, obgleich sie alles darum gegeben hätte, sich jetzt in ihr eigenes Bett legen zu können. »Ich ziehe in Finchs Zimmer, solange du hier bist. Du brauchst dich mit dem Fortgehen nicht zu eilen, weil ich nun wieder hier bin.«

Nicholas sah sie ärgerlich an. »Die Decke in Finchs Zimmer leckt böse durch«, sagte er. »Sie hat schon lange geleckt. Ich fürchte, da wirst du dich nicht sehr behaglich fühlen.« Und er wandte sich zu Renny und fügte gereizt hinzu: »Es gefällt mir wenig, daß das Haus so verkommt.«

Renny fing an, das Feuer zu schüren, was er immer tat wenn Reparaturen erwähnt wurden.

Wragge erschien an Alaynes Seite, mit einer Flasche auf dem Tablett. »Darf ich Ihnen noch etwas Sherry einschenken, gnä' Frau?« fragte er.

»Ja, ein bißchen.« Sie sah ihn an, wie er den Wein eingoß mit einem Ausdruck, in dem sich Unterwürfigkeit und Unverschämtheit mischten.

Er sagte: »Es ist eine große Freude, Sie wieder hier zu Hause zu sehen, gnädige Frau. Hoffentlich sind Sie nicht böse, daß ich das sage.«

Wakefield stand in der Tür. Er kam nicht näher, sondern stand und sah ernsthaft zu ihr hinüber. Sie streckte die Hand aus. Sie sah, daß er ein gut Teil gewachsen war.

»Wake, gibst du mir keinen Kuß?«

Er kam heran und berührte ihre Wange mit seinen Lippen.

Renny sagte: »Ich habe ihn lange nicht mehr so wohl gesehen wie gerade jetzt.«

Maurice, Pheasant und Piers kamen herein, gefolgt von den beiden Kleinen, die sofort auf Alaynes Schoß und die Armlehne ihres Sessels kletterten. Da waren sie alle zusammen in einem Zimmer, wie sie es gern hatten, in warmer Vertrautheit, die alle Trennungsschranken niederriß. Wie sie jetzt wieder mitten zwischen ihnen saß, sah Alayne sie wie eine eng zusammengeschlossene Gruppe in einem Bild, farbig, lebensvoll, gefeit gegen allen Wechsel... Auf dem Mitteltisch stand eine Vase mit Dahlien. Es waren so viele, wie die Vase nur fassen konnte. Braun, rostrot, orange und scharlachrot; waren sie nicht wie die Whiteoaks, dachte sie, in ihrer kraftvollen und engen Verbundenheit?

Endlich war sie oben in Finchs Zimmer. Sie war wieder unter dem Dach von Jalna. Durch dieses Dach leckte es in die Schale am Fuß des Bettes. Es roch nach nassem Putz, Finchs Sachen hingen herum...

Renny kam eilig die Treppen herauf. Er kam herein. Er sah sich um. »Du wirst es hier ganz behaglich haben«, sagte er.

Sie kam ihm entgegen. »Renny«, sagte sie mit innerer Anstrengung, »es tut mir so leid mit deinem Hund. Es war so grausam, daß er ganz unnötig umgebracht ist.«

Eine Sekunde war etwas wie ein Zurückschrecken in seinen Augen. Dann rief er aus:

»Du solltest sehen, wie Coras Füllen sich entwickelt hat! Es wird wirklich das entzückendste Füllen, das du je gesehen hast.«

»Und Cora... Geht es ihr gut?«

»Kann gar nicht besser sein. Die hat ein goldenes Herz, die Stute!«


## 22 Das Torhaus ohne Gäste

Seit der Abreise seiner Onkel hatten Finch und Augusta nicht viel von den beiden im Pförtnerhaus gesehen. Eden hatte zwar angedeutet, daß er Minny gern hinüberbringen würde, da jetzt mehr Platz im Hause wäre, aber Augusta hatte nun genug von Besuch. Sie zeigte eine ablehnende und kühle Miene. Sie fühlte sich erschöpft und überaus ruhebedürftig, die Gegenwart Finchs war ihr aber so angenehm, daß sie nichts dagegen hatte, daß er auf unbestimmte Zeit blieb. Finch selbst führte ein Doppelleben. In Augustas Gegenwart war er scheinbar heiter, für alle kleinen Angelegenheiten der Nachbarn und der Dorfleute interessiert, die der Hauptgegenstand ihrer Unterhaltung in Nymet Crews waren. Wenn ein Brief von zu Hause kam, war er leidenschaftlich gespannt, alles von der Familie zu erfahren. Aber niemand schrieb ihm und er schrieb auch keinem.

Wenn er allein war, fiel er in einen Zustand tiefer Melancholie, aus dem ihn nur gelegentliche kleine Erlebnisse wie für Augenblicke herauslockten, und dann schlug er in einen geradezu ekstatischen Zustand um.

Der Sturm seiner hoffnungslosen Liebe zu Sarah hatte ihm einen inneren Stoß versetzt, nach dem er sich schnell wieder zurechtfand.

Er konnte Augusta abends nicht auf dem Klavier vorspielen, ohne daß es ihn völlig umwarf. Er mußte aufhören, um sich den Schweiß abzuwischen, der seine Stirn herunterlief und seine Handflächen feuchtete. Er entschuldigte sich stotternd und vermied Augustas ruhigen Blick. Sie pflegte dann zu sagen: »Ich glaube, für heute abend haben wir genug Musik gehabt. Ich bin recht müde und ich sehe, daß du es auch bist.«

Sie sah mehr als er es ahnte. Sie dachte, daß er in seinem jetzigen Zustand besser bei ihr aufgehoben wäre als in seinem eigenen Zuhause. Er war eine schwärmerische Natur und sie vermutete, daß er irgendeine innere Erschütterung erlebt hatte, die mit seiner Kusine zusammenhing. Finchs Abneigung gegen diese, und seine Neigung über sie zu spotten, entging ihr nicht. Arthur hatte Bilder von sich und Sarah aus Paris geschickt. Augusta wollte sie eigentlich gleich einrahmen lassen, aber Finch rief aus: »Um Himmels willen, Tante Augusta, zwinge mich doch nicht, dies geschniegelte Paar immer vor mir zu sehen. Warte bitte, bis ich weg bin!«

Ellen berichtete ihrer Herrin, daß sie den Fußboden von Finchs Zimmer mit Rosmarin bestreut gefunden hatte und daß er sich manchmal vor Tagesanbruch aus dem Hause stahl. Augusta starrte sie an. »Wir wollen uns nicht darüber aufregen, Ellen«, sagte sie. »Rosmarin ist etwas ganz Sauberes und man kann es leicht wegkehren. Und solange Herr Finch sich zu dieser Stunde aus dem Hause stiehlt und nicht hinein, habe ich keine Befürchtungen.« Aber sie war besorgt. Sie schlug ihm vor, nach London oder Leipzig zu gehen, um dort weiter Musik zu studieren.

»So wie ich jetzt bin?« rief er aus. Und wie auf Kommando fingen seine Nerven an zu zittern, und sie hatte sich noch mehr geängstigt, wie sie ihn so zitternd stehen sah, ohne daß eine Ursache dazu vorlag.

Sein Appetit beruhigte sie. Er war immer hungrig, wie er es stets gewesen war. Hammelbraten, Wintergemüse, Pudding verschwanden spurlos von seinem Teller. Und wenn eine Schale mit Nüssen und Traubenrosinen im Wohnzimmer stand, wurde er in kurzem damit fertig. Und doch magerte er ab.

Er mochte keine fremden Leute sehen und verschwand aus Rufweite, wenn Besuch kam. Wochenlang hatte er Eden und Minny gemieden. Wenn er sie von ferne auf seinen Spaziergängen sah, bog er ab oder kletterte über ein Gatter, um ihnen zu entgehen.

Heute jedoch schlug die Uhr am Kirchturm schon das dritte Viertel, als er das Dorf verließ. Er würde zu spät zum Frühstück kommen, wenn er nicht den Fahrweg ginge. Augusta konnte alles verzeihen, aber nicht Unpünktlichkeit bei den Mahlzeiten. Deren hatte sich auch die Whiteoaks nie schuldig gemacht. Er beschloß nach einigem Zögern, daß er den Weg am Torhaus gehen müßte. Erleichtert dachte er daran, daß Eden und Minny um diese Zeit gewöhnlich bei Tisch waren.

Als er vorsichtig das Tor zumachte, damit man nichts hören sollte, rief Minnys Stimme ihn von der Haustür an. Sie kam eilig den gepflasterten Weg herunter, um ihn abzufassen. Der Wind blies ihr das Haar aus der weißen Stirn, die sie in kummervolle Falten gezogen hatte. Er blies auch so, daß ihr das dünne Kleid eng am Körper lag und die weichen Formen von Brust und Hüfte zeigte.

»Oh, Finch«, rief sie, »wir haben soviel Not mit unseren Schornsteinen! Sie rauchen und rauchen! Ich wollte, du könntest eben mal hereinkommen und sehen, wie es uns geht. Es ist eine Schande, wie schlecht Eden untergebracht ist.«

Finch sah, daß sie blau war vor Kälte, aber trotzdem dachte sie nicht an sich. Schon im Weitergehen sagte er eilig:

»Tut mir leid. Komme schon zu spät zum Frühstück. Tante Augusta ist, was die Mahlzeiten angeht, ein richtiger Tyrann.«

»Was haben wir denn verbrochen?« rief Minny zornig. »Du hast dich einen Monat lang nicht sehen lassen! Du gehst andersrum, wenn du uns kommen siehst!« Sie kam eilig durch das kleine Tor und hielt ihn am Ärmel fest. In ihren dünnsohligen Hackenschuhchen platschte sie in eine Pfütze.

Er sah in ihr Gesicht hinunter. »Minny, kümmere dich nicht um mich! Ich bin ein Biest. Ich weiß nicht, was mit mir los ist — aber — ich bin gerade jetzt eine schlechte Gesellschaft für andere.«

Sie streichelte seinen Arm. »Armer lieber Junge! Eden hat auch manchmal seine schwarze Laune. Gott sei Dank, ich nicht! Wenn ich das auch hätte, was sollte dann aus uns werden?«

Eden erschien in der Tür. Er sagte laut:

»Du sollst den Burschen nicht hereinholen. Er denkt an niemand anderes als an sich selbst. Laß ihn gehen!«

»Er hat mir eben alles erklärt. Er fühlt sich nicht ganz in Ordnung. Aber er möchte gern hereinkommen, nicht wahr, Finch?«

Finch kehrte mit ihr um. Er sah erschrocken, wie weiß Eden aussah. Er hatte dunkle Schatten unter den Augen, und wie er sich verstimmt bei ihrem Näherkommen abwandte, schütterten seine Schultern in einem harten Hustenanfall.

Die Vorder- und Hintertüren des Hauses standen offen. Drinnen war es grau von Rauch, der den Schornstein hinuntergefegt wurde und bei jedem Windstoß in Wolken aus dem Kamin qualmte. Nicht nur war der Tisch noch nicht für das Frühstück gedeckt, sondern es standen noch Reste der vorigen Mahlzeit darauf. Die Kälte drinnen war feuchter und durchdringender wie draußen.

Eden kehrte Finch den Rücken. Mit hoher gereizter Stimme redete er mit einem derben Burschen mit rußigem Gesicht und Händen.

»Können Sie mir sagen, was Ihr Meister tun will, wenn er endlich zurückkommt?«

Minny fügte hinzu: »Ja, ich wollte, ich wüßte, wie das in Ordnung kommen soll. Sieh nur, Finch. Den ganzen Ruß da haben sie herausgefegt!« Sie zeigte auf einen Eimer voll, der neben dem Herd stand. »Wie das Zeugs heraus war, dachten wir sicher, nun würde der Kamin ziehen, und Eden baute einen großen Holzstoß. Er fror so. Aber es war schlimmer als je und jetzt kriegen wir das Feuer nicht wieder aus.«

Eden fing an, Asche darüber zu häufen. Ein neuer Windstoß durch den Schornstein warf ihm eine Wolke von schwarzem Rauch und Asche ins Gesicht. Er trat hastig zurück und fluchte halblaut.

Der Bursche stand und sah gleichgültig seinen Anstrengungen zu. Er rieb sein Ohr an der Ecke des Kaminsimses wie ein Schwein, das sich an einem Pfosten reibt. »Meister bringt es in Ordnung«, bemerkte er.

»Aber wie will er das machen?« fragte Minny verzweifelt.

»Ich denke, er macht eine Luftklappe«, sagte Eden.

»Dauert das lange?« fragte Finch.

Der Junge rieb sein Ohr weiter an der Simsecke. »Wird schon seine Zeit brauchen.«

»Wenn bloß der Wind nachließe!« rief Minny.

Der Junge sah stumpf nach der offenen Tür. »Der läßt nicht nach. Das ist ein richtiger Sturm«, sagte er.

Eden fragte: »Verstehen Sie was von diesem Kamin? Ist das schon je so wie jetzt gewesen?«

Der Junge hörte auf, sein Ohr zu reiben und versuchte die Frage zu verstehen, die so strenge geistige Anforderungen an ihn stellte. Nachdem er eine Weile überlegte, sagte er:

»Der raucht immer im November. Die alte Frau hat immer nach uns geschickt.«

»Und was habt ihr gemacht?«

»Gefegt.«

Eine frische Rauchwolke hüllte sie ein.

»Um Himmels willen!« rief Finch. »Dies geht nicht so weiter! Hier dürft ihr nicht bleiben. Das bringt Eden um! Dann ist es draußen noch besser.«

»Und es ist auch den ganzen letzten Monat so feucht gewesen«, sagte Minny. Sie führte ihn in die Küche und zeigte ihm, wie die Feuchtigkeit in der Mauer sich in einem kleinen Rinnsal sammelte, das über den Fußboden sickerte. Finch fragte leise: »Wie lange hat er diesen Husten schon gehabt?«

»Ungefähr eine Woche.«

»Aber du hättest es mir sagen müssen! Er muß sofort von hier weg.«

Minnys Ausdruck wurde traurig. »Aber wie wollen wir das machen, Finch? Wir können sogar hier nur knapp auskommen.«

»Dafür will ich schon sorgen.«

Sie kamen ins andere Zimmer zurück. Das Feuer drohte zu erlöschen. Schwere Regentropfen fielen durch den Schornstein herein. Der Wind schien auch nachzulassen. Der Bursche war zum Essen weggelaufen. Eden ging an den Kamin, fing an sein Ohr daran zu reiben und warf schalkhafte Seitenblicke auf Finch und Minny.

»Wir reißen besser aus«, sagte er in einem Singsang. »Scheint uns nichts anders übrigzubleiben! Wir haben unser Leben verpfuscht, Minny.«

Finch machte sich Gewissensbisse, daß er sie so lange vernachlässigt hatte. Minny war das tapferste, liebevollste Mädchen, das er je gekannt hatte. Nun kniete sie vor dem kalten Kamin, den Blasebalg in der Hand, und blies die schwache Flamme an. Der Wind hatte sich gelegt.

Er eilte ins Haus und berichtete seiner Tante von den Zuständen im Torhaus. Augusta erklärte nicht, wie er erwartet hatte, daß Eden und Minny sofort zu ihr kommen sollten. Dazu war noch Zeit genug, wenn der Kamin wieder zu rauchen anfing. Aber sie ließ einen Korb mit warmem Essen einpacken und Finch trug ihn eilig ins Torhaus. Sie hatte ihm auch eine Flasche Sherry mitgegeben. Als er ankam, brannte das Feuer von neuem und Minny hatte das Frühstücksgeschirr aufgewaschen. Eden schrieb an einem Ende des langen Tisches. Er sah eifrig zu Finch auf.

»Da habe ich fast das Beste geschrieben, was ich je gemacht habe«, rief er aus. Und er las ein wunderbares Gedicht vor.

»Hast du das heute morgen geschrieben?« fragte Finch.

»Ich habe die ganze Woche daran gearbeitet!«

Eden erwähnte nicht weiter, daß Finch sie vernachlässigt hatte. Er ließ sein eigenes Leben ganz von seinem Gefühl leiten, und abgesehen von einem gelegentlichen Aufbrausen nahm er es als selbstverständlich hin, daß andere es ebenso machten. Wenn Finch für sich bleiben wollte, gut — wahrscheinlich hatte er die Einsamkeit nötig.

Minny trug die Hammelkoteletten und Kartoffelbrei auf und den heißen Apfelkuchen, den Augusta nicht angeschnitten hatte, damit sie ihn ganz haben sollten. Das Zimmer war wieder warm und behaglich.

Nach dem Frühstück saßen sie plaudernd und rauchten. Sie machten aus, daß Eden und Minny in zwei Tagen nach Südfrankreich abreisen sollten. Finch wollte gleich einen Scheck für Eden ausschreiben.

Nun Finch wieder bei ihnen gewesen war, tat es ihm einen Augenblick leid, daß sie fortgingen. Aber ganz tief innerlich hatte er doch ein Gefühl von Befreiung, daß das Torhaus dann unbewohnt war und er kommen und gehen konnte wie er wollte, ohne eine Begegnung befürchten zu müssen.

Als sie Abschied nahmen, schlang Minny ihren Arm um seinen Hals und küßte ihn dankbar. »Was sollten wir ohne dich tun, Finch!« sagte sie. »Du bist unser Schutzengel!«


## 23 Melancholie

Als das Torhaus wieder leerstand und Eden und Minny nach Frankreich abgereist waren, gab sich Finch mehr und mehr mit düsterer Befriedigung einer wachsenden Melancholie hin. Die Stürme vom Moor, die matten Sonnenblicke über den Berghängen, die nebelfeuchte, erschlaffende Stille zwischen den Stürmen lähmten in ihm den letzten Widerstand.

Morgens wachte er davon auf, daß Ellen ihm seine Kanne heißes Wasser ins Zimmer brachte. Sie zog die Vorhänge zurück und schloß das Fenster. Sie trug eine Kerze in der Hand, und ihr Schatten hing riesig und verzerrt über ihm an der Decke. Sonderbar, daß dieser schwarze drohende Schatten dieser zierlichen und adretten und höflichen Person gehörte. Er beobachtete das Mädchen und seinen Schatten unter der Bettdecke hervor und tat als ob er schliefe.

Aber manchmal fragte er: »Ist es schönes Wetter, Ellen?«

Dann antwortete sie: »O nein, Herr Finch, es ist kalt.«

Wenn er aufstand, sah er die Sonne als roten Ball aufgehen, und das Gras auf dem Rasenplatz war weiß und struppig wie der Bart eines alten Mannes. Das Fell der Schafe schimmerte rötlich in der Sonne, wie sie da am bereiften Gras knabberten oder den Kopf hoben und sich nach dem Tor umsahen, durch das der Schäfer kommen mußte. Wenn er endlich kam, gebeugt unter seiner Last Heu, trotteten die Mutterschafe schwerfällig den Abhang hinunter ihm entgegen. Jede Woche konnte Finch sehen, wie sie an Umfang zunahmen. Er sehnte sich nach dem Anblick der jungen Lämmer mit der krankhaften Sehnsucht dessen, der sich den nächsten Frühling unter der Erde glaubt.

Manchmal setzte er sich ans Klavier und versuchte, irgendeine magisch helfende Macht aus den Tasten zu rufen, die ihn gesund machen konnte, aber das Klavier war ihm nicht mehr Freund. Wenn er den Deckel aufschlug, grinsten die Tasten ihn an wie weiße fletschende Zähne. Bisweilen, wenn er sich ganz sicher und allein wußte, kehrte ihm die Fähigkeit des Spielens wieder. Dann befreite er seinen Geist in starken vollen Harmonien. Er versuchte zu komponieren, tastete sich von einem Rhythmus zum anderen, wußte aber selbst nicht, ob das, was er schuf, etwas taugte oder nicht.

Manchmal sah er nur, die Arme untergeschlagen, und träumte von den Stunden, wo er und Sarah miteinander musiziert hatten. Er sah sie stehen, schlank und anmutig, die Wange an der Violine. Er sah die Biegung ihres Handgelenks, wenn sie den Bogen hob. Er versuchte sich alle Einzelheiten ihres Zusammenseins, jedes Wort, das sie gesprochen, zurückzurufen. Er begann mit der ersten Begegnung damals, als sie zu spät zum Tee kam, und dann weiter, ohne auch nur eine Gebärde auszulassen, bis zum Tag ihrer Heirat mit Arthur. Er durchlebte noch einmal die Wochen an der See, verzehrte sich in dem verzweifelten Verlangen nach ihr in seiner Hoffnungslosigkeit. Er erlebte wieder jene Szene in den Klippen, wo er sie in die Arme gerissen, diesen einzigen leidenschaftlichen Kuß gespürt hatte. Seine Lippen brannten, unbewußt formte er sie zum Kuß, seine Augen flackerten wie im Fieber. Er sprang vom Piano auf und lief hin und her. Einmal schrie er laut: »Ich will sie haben — bei Gott, ich will!«

Er malte sich aus, wie er ihr nach Frankreich nachreiste, wie er ihr mit Arthur auf der Straße begegnete und geradewegs auf sie zuging mit den Worten: »Mir gehörst du und kannst es nicht leugnen!« Er sah sich Sarah küssen auf offener Straße vor allen Leuten.

Er hockte so lange auf dem Klavierstuhl, ganz in diese Fantasien versunken, daß er steif und verkrampft war, wenn er aufstehen wollte. Wenn Augusta hereinkam und ihn ansah, verbarg er das Gesicht in den Händen, bis sie wieder aus der Tür war. »Der Junge muß wirklich ein Genie sein«, dachte sie, »sonst würde er sich nicht so verrückt benehmen.« —

Im Schulhaus sollte ein Konzert für wohltätige Zwecke sein. Augusta bat Finch, bei diesem Konzert zu spielen — nur irgendein ganz einfaches kleines Stück, denn die Nachbarschaft hier war nicht musikalisch. Aber alle würden sie es ihm hoch anrechnen, und sie war so stolz auf ihren begabten Neffen.

Er konnte es ihr nicht abschlagen. Er wollte etwas spielen — vielleicht aus »Hoffmanns Erzählungen«, die er so genau kannte, daß es ihm unmöglich mißglücken konnte. Augustas liebevolles Wesen gegen ihn, ihre Dankbarkeit für seine Bereitwilligkeit beschämten ihn. Um sich auf das Konzert vorzubereiten, versuchte er, die Woche vorher ein normaleres Leben zu führen. Er streifte nicht mehr so viel durch die Felder. Er saß bei Augusta und las ihr sogar vor. Eden hatte einige Bücher im Torhaus gelassen, darunter eine Novelle aus dem Münchener Studentenleben. Wenn Finch diese eingehenden Schilderungen eines Lebens las, das er früher für sich selbst heiß erstrebt hatte, dann tat ihm das Herz weh vor Sehnsucht und Verzweiflung. Wenn er nur diese Ketten abwerfen könnte, die ihn hielten, in dieses Leben eintauchen und endlich einmal entdecken, was eigentlich in ihm steckte!

Augusta merkte, daß das Buch ihn quälte. Sie sagte, es gefiele ihr nicht und bat ihn, etwas anderes vorzulesen. Er las es nachts auf seinem Zimmer zu Ende.

Wie die Zeit des Konzerts näherrückte, wurde ihm der Gedanke, spielen zu müssen, von Tag zu Tag schrecklicher. Der Gedanke daran ließ ihn nicht schlafen. Mit seinen Nerven wurde es so schlimm, daß er Augusta keine Tasse reichen konnte, ohne sie überzuschütten. Endlich brachte er heiser heraus:

»Es hilft nichts, daß ich es versuche, Tante! Wenn ich bei dem Konzert spiele, mache ich mich zum Gespött. Du mußt dich für mich schämen.«

Sie sah ihn durchdringend an. »Was soll ich denn nur mit dir machen?« rief sie verzweifelt.

»Tut mir leid!« murmelte er und ging in die Vorhalle, wo sein Hut und Mantel hing.

Sie dachte: Ich wollte, Renny wäre hier. Vielleicht könnte er etwas mit dem Jungen anfangen!

Weihnachten kam. Stürmische regnerische Wochen. Karten und Geschenke kamen von zu Hause, und ein langer Brief von Alayne, die Finch bat, ihr zu schreiben und ihr zu erzählen, was er machte. Sie selbst schien so glücklich, wieder in Jalna zu sein. Das alles lag für ihn so weit ab wie ein halb vergessener Traum. Augusta hatte Weihnachtskarten für ihn besorgt, und er hatte mechanisch eine an jedes Familienmitglied unterschrieben.

Am Weihnachtsabend zweifelte Augusta, ob die Christnachtsänger bei diesem Sturm kommen würden. Sie hoffte es sehr. Finchs wegen. Für ihn würde es etwas ganz Neues sein. Die Hülsen waren dies Jahr gut geraten, richtige Büschel der leuchtenden Beeren leuchteten rot zwischen dem dunkelglänzenden Grün der Zweige, die Augusta und Finch in Vasen gestellt und über den Bildern befestigt hatten. Die Fenster und Kaminsimse waren mit Efeu geschmückt, und in allen Leuchtern steckten frische Kerzen.

Finch dachte an das regentriefende Land, das sumpfige Moor, den strömenden Himmel — die Tropfen rieselten in Bächen die Fensterscheiben herunter —, den wütenden Sturm. Er ging von Zimmer zu Zimmer und sah in die flackernden Kerzenflammen. Er berührte die Hülsenbeeren und den frischen kühlen Efeu mit den Fingern. Er sah sich selbst und seine Tante im Spiegel — eine Frau nahe an Achtzig und ein Junge von Einundzwanzig. Die eine so unwirklich wie der andere.

Er ging ans Fenster und hörte das Wasser in der Dachrinne gurgeln. Er sah einen Lichtschimmer den Parkweg entlangkommen. Ein kleiner Trupp von Gestalten war zu erkennen, die gegen den Wind ankämpften. Vor der Haustür machten sie halt.

Er rief Augusta, und sie standen zusammen am Fenster. Der zitternde Schein einer Taschenlampe beschien ein Notenblatt, das einer der Sänger hielt. Die anderen drängten sich um ihn, die regennassen Gesichter vor dem Blatt. In dem schwachen Lichtschein sahen sie aus wie Gesichter ohne Körper. Sie standen so eng zusammengedrängt wie nasse Beeren an einem Zweig. Aber weshalb sangen sie nicht, wunderte sich Finch. Da sah er, daß sie den Mund weit geöffnet hatten, aber der Sturm riß ihnen den Ton von den Lippen. Im Zimmer klang es nur wie ein schwaches Heulen. Sie hörten den heiligen Namen wie bittend ausrufen. Dann krachte plötzlich eine der großen Fichten am anderen Ende des Rasenplatzes wie ein schwarzer Schatten herunter, daß über dem Schrecken die Sänger fast vergessen wurden.

»Bring' ihnen Geld«, rief Augusta, »und sag' ihnen, sie sollen nach Hause gehen.« Sie nahm ein Geldstück aus dem Schreibtisch.

Finch entdeckte ein zweites in seiner Tasche. Die Christsänger griffen an die Mützen und stolperten den Parkweg hinunter in die Dunkelheit. Finch hob das Gesicht und ließ es vom Regen überströmen.

Als Ellen am anderen Morgen sein heißes Wasser brachte, fragte er: »Ist es schönes Wetter heute, Ellen?«

»Ja, Herr Finch, fein. Und die Glocken läuten so schön.«

Das Glockenläuten kam durch den Nebel herüber und ins offene Fenster. Er saß aufrecht im Bett und sah hinaus. Am dämmerigen Himmel waren rosenrote Streifen. Unter der schmalen Mondsichel flog eine Krähe. Er sah eine Eule vorbeistreichen.

Während er sich anzog, beobachtete er die Schafe auf der Parkwiese. Ein paar von ihnen hatten sicher bald Lämmer. Sie standen rund und regungslos, als ob sie auf die Glocken horchten. Er liebte die Mutterschafe ganz besonders. Abends war ihr wolliges Fell rötlich in der Sonne, und morgens sahen sie in dem Grün des Grases so weiß aus, als wären sie eben frisch gewaschen. Und an Nebeltagen sahen sie grau aus wie Stücke verdichteten Nebels.

Er hatte mit dem Schäfer Bekanntschaft geschlossen, und im Laufe des Januars unterhielt er sich häufig mit ihm. Er stand und sah zu, wie der Schäfer und sein Junge eine Art Schuppen aus Reisigbündeln bauten und ihn mit Schilf deckten, damit die lammenden Schafmütter und die schwachen kleinen Lämmer es darunter warm hätten.

Eines Morgens im Januar entdeckte er Zwillingslämmchen neben dem einen der Mutterschafe. Die anderen Schafe standen zusammengedrängt und starrten zu ihr herüber, fast wie neidisch. Sie lockte blökend ihre Lämmer, und die antworteten in schwachen dünnen Lauten. Sie stolperten auf ihren dünnen wolligen Beinchen.

Finch lachte laut auf vor Freude, dann erschrak er vor dem Ton seines eigenen Lachens. Wie lange war es, daß er nicht gelacht hatte! Er spürte, wie die Muskeln seines Gesichts steif waren bei der ungewohnten Bewegung. Mit stillem Grinsen sah er zu, wie die Lämmer anfingen zu saugen und von der Anstrengung fast umgerissen wurden. Er konnte kaum das Frühstück abwarten, um Augusta davon zu erzählen.

Jeden Morgen ging er nun rasch ans Fenster um zu sehen, ob neue Lämmer da wären. Alle paar Tage erschien ein neues, und eines Morgens waren es sogar vier. Das erste Paar war jetzt schon kräftig und fest auf den Beinen. Sie zerrten ihre Mutter am Euter, während sie sogen, und wackelten aufgeregt mit den Schwänzchen.

Eines Abends hörte er ein klägliches Geblök auf der Wiese. Er ging durch das Gattertor und fand ein verirrtes Lamm. Seine Mutter lag zwischen den anderen und knabberte ihr Futter, augenscheinlich ganz zufrieden mit dem Zwillingsbruder des verlorenen. Finch hob es auf und hielt es in den Armen. Seine Beine hingen herunter, seine dichte Wolle war kraus anzufühlen, und es hob den Kopf bittend zu Finch auf. Er drückte es an sich, ihm war, als ob die Knochen im Leibe ihm vor Zärtlichkeit schmolzen. Dies Gefühl hatte er gehabt, wenn er den kleinen Mooey im Arm hielt. Er trug das Lamm von einem der Schafe zum anderen auf der Suche nach seiner Mutter. Sein langes Gesicht drängte sich mit dem Ausdruck tiefer Zärtlichkeit über das kleine Geschöpf. Er klopfte es beruhigend mit seiner großen, gutgeformten Hand. Endlich hörte die Schafmutter, der es gehörte, sein klägliches Blöken. Sie hörte auf zu knabbern und wandte die farblos hellen Augen mit einem Ausdruck gelassenen Wohlwollens dem Lamm zu. Finch legte es neben sie.

Er stand auf und sah auf die Schafe hinunter, die nur weißliche Schatten in der Dämmerung waren, und ein Gefühl von Frieden stieg in ihm auf wie aus der Erde selbst. Er dachte daran, wie oft er den Schäfer mit seiner Laterne hier hatte stehen sehen und wachen, um nach den Mutterschafen zu sehen, wenn etwa eines nachts lammen sollte.

Als Finch ins Haus zurückging, trug er seinen neugefundenen Frieden in sich, wie er eben das verirrte Lamm getragen hatte. Er fürchtete sich fast, etwas zu sagen oder angeredet zu werden, als ob er ihn dann verlieren könnte. Er setzte sich neben Augusta und streichelte ihre gelbe blaugeäderte Hand. Sie blinzelte und zog das Kinn ein. Sie spürte etwas Magnetisches in seiner Berührung.

»Du fühlst dich besser, mein Junge, nicht wahr?« fragte sie.

Er antwortete nicht, aber er streichelte weiter ihre Hand. Er hätte ihr gern von sich erzählt, aber sie hätte ihn nicht verstanden.

Ein paar Tage später machte sie die Bemerkung, wieviel stetiger seine Hand jetzt sei. Er hatte nicht gewußt, daß sie gesehen hatte, wie sie zitterte.

Sie ließ ein helles Feuer im Wohnzimmer machen, öffnete selbst das Klavier und legte Noten auf das Pult. Sie hielt die Blätter weit von sich ab, um die Noten zu erkennen und zu sehen, ob es auch heitere Stücke waren oder nicht.

Er durchschaute sie und war gerührt und beschämt. Er machte sich jetzt erst klar, ein wie schwieriger Gast er die letzte Zeit gewesen sein mußte. Trotzdem hatte sie nie ein scharfes Wort für ihn gehabt. Da ihm nun Augusta leid tat, dachte er weniger an seine eigenen Nöte, aber es dauerte Tage, bis er sich entschließen konnte, in die ihm gestellte Falle zu gehen.

Schließlich tat er es doch und entdeckte, daß seine Nerven, anstatt gequält zu reagieren, völlig ruhig waren. Er fühlte sich innerlich sicherer als seit Monaten.

Nun spielte er Augusta allabendlich vor, mit fliegenden Händen über die Tasten gebeugt, die Locke in der Stirn. Er spielte seinen Liebling Chopin und fand in seiner Männlichkeit die Befreiung für seine eigene unruhige Leidenschaft. Er spürte plötzlich, daß der Bau seines Lebens im Wachsen war und daß er selbst wenig mit den Grundlagen zu schaffen hatte, auf denen er sich erhob.

## 24 Die Fuchsjagd

Eines Morgens, Anfang Februar, als Finch ins Dorf gegangen war, um einen Brief für Augusta zur Post zu bringen, überraschte es ihn, auf der Wiese eine zerstreute Anzahl Reiter, zum Teil in roten Röcken, zu sehen. Es fiel ihm ein, daß er vom Gärtner gehört hatte, daß die Jagdgesellschaft sich diesen Morgen in Nymet Crews treffen wollte. Gerade wie er seinen

Brief in den Kasten warf und umkehrte, ritt der eine Jäger vorbei, mit der Meute hinter sich. Er hielt vor dem »Weißen Schwan«, und der Wirt selbst kam heraus und brachte ihm ein Glas auf einem kleinen Tablett. Der Jäger beugte sich herab, nahm das Glas und goß es in einem Zug herunter. Er rief einem anderen Mann im roten Rock, der einen hohen dunklen Fuchs ritt, lautschallend einen guten Morgen hinüber. Verschiedene andere trabten heran, darunter ein halbes Dutzend Damen und junge Mädchen, von denen einige im Herrensattel ritten und andere im Damensitz.

Finch schlenderte herum und betrachtete die Pferde. Er merkte plötzlich, daß er viel mehr von ihnen verstand als er gedacht hatte. Wenn er zu Hause war, kam ihm immer nur seine eigene Unwissenheit stark zu Bewußtsein. Gruppen von Leuten hatten sich auf der Straße versammelt, um die Zusammenkunft zu beobachten. Die Schulkinder hatten frei und standen glotzend unter der Aufsicht ihrer Lehrerin. Eine ganze Anzahl von Farmern und ihren Söhnen waren bei der Jagd, die man an den grauen und braunen Röcken erkennen konnte. Eine alte graue Stute, die ein rotbackiger Bursche ritt, kam schwerfällig herangetrabt, ihre struppigen Fellbeine mit Schlamm bespritzt. Finch sah, daß der alte Herr mit dem weißen Schnurrbart, mit dem Einglas und dem Zylinder auf dem Kopf, ein irisches Pferd ritt. Mit einem plötzlichen Aufwallen von Heimweh wünschte er, daß Renny dabei wäre. Wie würde der dies alles genießen!

Die Jagdgesellschaft trieb sich auf dem Anger herum, wartete auf Nachzügler und unterhielt sich in kleinen Gruppen. Der Gemeindeanger lag in heller Sonne. Die Enten auf dem Teich quakten ohne Unterbrechung. Die Hunde räkelten sich an der sonnigen Mauer des Wirtshausgartens. Einer von den Reitern wurde mit seinem Pferd nicht recht fertig. Es scheute und stieg fortwährend. Er stieg ab und untersuchte Gebiß und Sattel. Er nahm den Hut ab und wischte die Stirn, daß die Sonne auf sein gelbes Haar und sein glühendes Gesicht schien. Dann stieg er wieder auf; im gleichen Augenblick erschienen die Nachzügler, und alles setzte sich in Bewegung.

Wie die Hunde, die mit aufgeregt wedelnden Schänzen dicht zusammengedrängt dahintrotteten, an der Wendung der Dorfstraße verschwanden, gefolgt von den Reitern, deren rote Röcke und glänzende Pferde in der Sonne leuchteten, wünschte Finch plötzlich, daß er einer von dem Trupp Burschen wäre, die ihnen auf Fahrrädern folgten.

Als er den langen Hügel nach Lyming hinaufstieg, kam ein Nebel vom Moor herüber, verhüllte die Landschaft und verwandelte die Sonne in eine blasse Metallscheibe. Sie schien für die Welt verloren, bis plötzlich ihr Widerschein aus einer Pfütze Finch die Augen blendete. Ganz in der Ferne glaubte er ein Jagdhorn zu hören. Der Gesang der Drosseln, die erst vor kurzem zurückgekehrt waren, kam gedämpft aus dem Nebel. Wie er den

Fahrweg entlangging, sah er, daß es in der vergangenen Nacht so kalt gewesen war, daß eine dünne Eisschicht auf den Pfützen lag. Strähnen von Silberfäden zogen sich am Rande des kleinen Rinnsals entlang, das die Überschwemmung noch hinterlassen hatte. Die spitzen Wedel der Farne von dem scharfen Kuß der Kälte berührt.

Er ging ins Haus und gab Augusta die Zeitungen, die er mitgebracht hatte. Er erzählte ihr gerade, daß er die Jäger ganz in der Nähe gesehen hatte, als es ihnen plötzlich war, als ob sie das tiefe musikalische Gebell der Hunde hörten. Augusta warf sich einen Schal um die Schulter und sie gingen eilig den Fahrweg hinunter. Schon am Abhang sahen sie jenseits des Obstgartens einen roten Fleck durch den Nebel. Ein neuer und weitere erschienen und das Gebell der Hunde hörte nicht auf.

»Wahrscheinlich ist der Fuchs durch die Hecke gebrochen und will in die Dickung hinüber«, sagte Augusta. »Wenn du in den Obstgarten hinüberläufst, Finch, siehst du sie sicher über den Bach setzen, wenn sie nicht den Umweg über die Straße machen. Wenn du hier bei mir bliebest, müßtest du dir wirklich ein Pferd kaufen und die Jagden mitreiten. Wie schade, daß der Nebel gekommen ist!«

Finch ließ sie allein und rannte durch das lange Gras des Obstgartens, wo jeder Halm von feuchten Perlen tropfte. Er lief in Sprüngen, bis er die untere Mauer erreichte. Von dort sah er acht bis zehn Reiter, die über den Bach setzten. Andere, die schon übergesetzt hatten, galoppierten den Anstieg des Hügels hinauf hinter den Hunden her.

Die Uferstelle, an der die Reiter über den Strom setzen konnten, war schmal. Der Reiter mußte absteigen, sein Pferd mit einem Schlag auf die Flanke vor sich hertreiben, auf Trittsteinen den Bach überqueren, das Pferd auf der anderen Seite wieder einholen und aufsitzen. Manchmal glückte dies ganz gut, aber in anderen Fällen scheuten die Pferde vor dem Wasser, und wenn sie einmal losgelassen waren, stampften sie im Schlamm herum, versuchten denselben Weg zurückzukommen, oder wenn sie ins Wasser geraten waren, arbeiteten sie so aufgeregt darin herum, als ob es ein großer Fluß wäre.

Finch hockte auf seiner efeubehangenen Mauer und lachte in sich hinein bei den Sprüngen der schmutzbedeckten Pferde und Reiter.

Einer der Reiter, ein Mann im grauen Rock, war in Schwierigkeiten. Sein großes starkknochiges Pferd ließ sich nicht bewegen, über den Bach zu setzen. Immer wieder trieb er es vor sich her mit Zurufen und Peitschenhieben, aber gerade wenn es durch Schlamm und Steine eben am anderen Ufer angelangt war, kehrte es wieder um, sah seinen Herrn mit zurückgelegten Ohren an und kam mit einem Satz wieder an seinen Ausgangspunkt zurück. Wenn es da ankam, wandte es sich geradewegs in der Richtung nach Hause, und der Reiter mußte ihm über ein geackertes Feld nachlaufen, ehe er es wieder zu fassen bekam.

Einer nach dem anderen verschwanden sie den grasigen Abhang hinauf, der in das dichte Wäldchen führte. Mit einem wütenden Ausruf machte der Mann im grauen Rock einen letzten Versuch, sein Tier über den Bach zu bringen. Diesmal glückte es ihm. Das Pferd kletterte vollkommen sicher und ruhig am anderen Ufer hinauf und fing sofort lustig zu traben an. Der Mann sprang eilig über die Trittsteine und lief mit wütenden Flüchen dem Pferde nach den Hang hinauf. Es ging steil bergauf. Der Schweiß lief ihm übers Gesicht. Er war schlammbespritzt bis an die Hüften.

Finch hockte auf seiner Mauer und grinste von einem Ohr zum anderen. Das Pferd stand einen Augenblick und sah sich nach dem Mann um.

Er schrie: »Halt! Du . . .! Halt!«

Das Pferd warf die Mähne zurück und jagte in Sprüngen weiter. Finch sah dann, daß einige der vorderen Reiter oben am Abhang das Gattertor geöffnet und wieder zu schließen vergessen hatten. Der Mann sah es auch.

»Das Tor!« schrie er Finch zu. »Zumachen!«

Finch rannte die Mauer entlang. Er sprang herunter und lief auf das Tor zu. Seine plötzliche Erscheinung erschreckte das Pferd und es fiel sofort in Galopp, raste durch das Tor und verschwand über dem Hügel.

Der Mann hastete weiter ohne einen Blick auf Finch. Wie er durch das Tor raste, das ihm Finch offenhielt, keuchte er:

»Wenn ich den wieder zu fassen kriege, dann helf ihm Gott!«

Finch erkannte ihn als einen benachbarten Farmer. Er verschwand hinter seinem Pferd und rief den Allmächtigen zum Zeugen, was er ihm tun würde, wenn er es erst gefangen hätte.

Wenn bloß Wake hier wäre, wie hätte der das Schauspiel genossen. Zum zweitenmal an diesem Morgen entdeckte Finch, daß er mit Sehnsucht an die zu Hause dachte.

Er lief an der Hecke entlang bis an das Ende, wo ein anderer steiler Abhang ein weites Panorama von frischgepflügten Feldern, grünen Wiesen und dichten Gehölzen und einem Stück Moorland sehen ließ. Aus weiter Ferne kam der silberne Klang der Jagdhörner und das verworren musikalische Geläut der Meute. Aber es war nichts mehr zu sehen. Die Landschaft lag in scheinbar ungestörter Ruhe.

Auf dem nächsten Feld pflügte ein Mann, und ein Schwarm Krähen stolzierte feierlich hinterher und spähte zwischen die frisch aufgepflügten Furchen. Wie das Horn wieder näher ertönte, ließ er den Pflug stehen und lief an den Abhang, der das Feld von dem Wäldchen trennte. Er kroch durch die Hülsenbüsche. Als er sich Finch näherte, rief er: »Wollen Sie die Jagd sehen, Herr? Sie kriegen ihn, wette ich, da unten im Wald.«

Finch rannte neben ihm her. Sie überquerten das Feld und kamen auf eine Wiese. Etwas später holten zwei Männer sie ein, die Heu aus einem Schober geholt hatten. Der Nebel hatte sich gehoben und die Luft war leuchtend klar.

Einer der Männer, ein Alter mit weißem Bart, der kräftig Schritt hielt ohne zurückzubleiben, schien instinktiv zu wissen, wo sie am besten die Jagd zu sehen bekamen. Er sprach aber in so breitem Dialekt, daß Finch kaum verstehen konnte, was er sagte.

Von der Wiese bogen sie in eine Straße ein und sahen eine Menge Leute zu Fuß, auf Rädern und in Autos vorbeikommen.

Finchs Augen wanderten über die Gesichter um ihn herum. Gesunde frische Gesichter, alle leidenschaftlich interessiert nach einer Richtung gewandt. Wieviel Generationen von Vorfahren, die an freie Luft gewöhnt waren und den Sport liebten, standen hinter ihnen! Zwei junge Mädchen standen in seiner Nähe. Sie waren in einem Auto gekommen und konnten augenscheinlich die Jagd nicht mitmachen wegen eines Unfalls, der ihnen beim letztenmal zugestoßen war.

»Ebensogut könnten sie in einem Heuschober nach einer Nadel suchen«, sagte die eine. »Letztes Mal haben wir ihn da auch verloren!«

Ein älterer Mann sagte: »Ja, das hat recht lange gedauert. Aber sie hielten durch bis Sonnenuntergang.« Aber keiner wandte ein Auge von dem Gehölz.

Plötzlich stieß der alte Mann Finch an. »Sehen Sie da unten«, sagte er. Er zeigte auf ein langes freies Feld, das zwischen dem Gehölz und einem ginsterüberwucherten Abhang lag.

Finch, der mit den Augen der Richtung folgte, sah einen schmalen braunroten Körper über das Feld schießen. Ein halbes Dutzend Stimmen schrien: »Da — da!« Aber alle sahen nach der falschen Richtung außer ihm und dem alten Mann. Finchs Herz fing an zu klopfen in schweren harten Schlägen. Er starrte dem Fuchs so scharf nach, daß seine Augen weh taten. Am liebsten hätte er ihm geholfen. Er hoffte, daß er davonkäme. Aber auf irgendeine geheimnisvolle Weise war sein Herz auch bei den Jägern. Die Leute um ihn brachen plötzlich in den aufgeregten Schrei aus: »Holla — Holla!« Er behielt fest den rostbraunen Fleck im Auge, der so verloren über das Feld flog. Jetzt verschwand er in den Büschen. Aber lauter als alle anderen schrie er jetzt: »Holla — Holla!«

Im selben Augenblick kam ein Aufschrei des Pikörs herüber, der plötzlich den Fuchs entdeckt hatte. Schon schoß die Jagd aus dem Walde heraus, die Hunde fegten über das Feld in langem scheckigem Strom. Die Reiter in ihren roten Röcken und weißen Hosen, in Grau, in Braun, in langen schwarzen Anzügen rasten hinterher, einem anderen Wäldchen zu, in das man nun

253

die Jagd verschwinden sah. Aber der schlaue alte Fuchs war seinen Verfolgern entkommen. Aus dem Wald schlug kaum ein Laut herüber. Eine Drossel flötete süß von einem hohen Erlenwipfel. Ein erschrockenes Kaninchen schoß vorbei, daß man nur den weißen Schwanzfleck sah.

Als die Hunde und Pferde wieder zum Vorschein kamen und nach einem neuen Gehölz sich hinüberzogen, kehrte Finch um. Er hatte genug gesehen. Jetzt wußte er, was eine Fuchsjagd war. Er hatte sie hingerissen miterlebt. Wenn er diesen Winter sich doch ein Pferd gemietet hätte und mitgeritten wäre! Er wunderte sich über sich selbst. Es mußte doch etwas von den Courts in ihm stecken. Aber wie froh war er, daß der Fuchs entkommen war. Der alte Mann erzählte, daß sie ihn schon oft gejagt hätten und daß es dem Fuchs Spaß machte. Er hatte augenscheinlich auch während der Flucht keinerlei Angst gezeigt. Er war das Feld hinuntergejagt, als ob er seiner Sache ganz sicher wäre.

Wie Piers sich über eine Fuchsjagd begeistern würde! Er würde sich fühlen wie die Ente im Wasser. Finch wunderte sich, warum der Gedanke an seine Brüder ihm heute immer wieder kam. Ein Gesicht nach dem anderen war in ihm aufgestiegen — Renny, Wakefield, Piers. Er hatte auch an Meggie gedacht, an Pheasant und die Kleinen. War es der Gedanke an sie, der ihn glücklicher machte? Oder hatte er an diesem Morgen einfach sich selbst vergessen? Was es auch war, er fühlte sich durchzittert von einer neuen starken Freude am Leben. Dann entdeckte er plötzlich, daß er schon seit Wochen nicht mehr völlig unglücklich gewesen war. Bei dieser Erkenntnis durchschoß ihn eine neue Hoffnung. Er hatte sich unbewußt von den Ketten befreit, die ihn gebunden hielten. Er war schon frei gewesen ohne es zu wissen ...

Im Obstgarten fand er ein Trüppchen blühender Schneeglöckchen. Sie wuchsen dichtgedrängt unter einem flechtenüberwucherten alten Apfelbaum, und ihre reinen Glöckchen strömten ihren zarten Duft aus über ihre silbergrünen schmalen Blatthalme. Wie er niederkniete und sich über sie beugte, sah er, daß überall im Gras Tausende von Narzissenspeeren sich reckten und ihr Gold in der Knospe umschlossen hielten, bis der Augenblick kam, es über die Wiese auszuschütten. Wie schön würde dieser Obstgarten in einem Monat sein! Und er nicht mehr hier! Nein, er würde nicht mehr hier sein — er würde noch mitten im Schnee in Jalna sein. Er mußte nach Hause.

## Finchs Bilanz

Er war in seinem eigenen Zimmer. Es war ganz unglaublich. Er hatte ungeheuer viel erlebt und war wieder zu Hause in dem gleichen Zimmer, wo er sich vor einem Jahr für seine Geburtstagsgesellschaft angezogen hatte. Er war auf dem eisüberzogenen Dampfer in St. John gelandet, er war Tage und Nächte mit der Bahn gefahren. Piers hatte ihn feierlich auf dem Bahnhof abgeholt mit dem neuen Wagen. Als sie in Weddels in einen Seitenweg einbogen, was waren da für Schneewehen und tiefe Furchen gewesen! Alle Bäume am Wege ließen die Zweige unter der Schneelast hängen. An jeder Seite der Haustür häuften sich hohe dicke Schneemauern, die von der Treppe geschaufelt waren. Aber auf dem Rasenplatz lag der Schnee jungfräulich weiß und ungestört.

Die ersten Begrüßungen waren vorbei, und er war hinaufgelaufen, um vor dem Essen sein Zimmer zu sehen. Es war alles bereit für ihn. Reine Kissen und Decken — und die Vorhänge waren frisch gewaschen und ein neuer Teppich lag auf dem abgetretenen Fleck vor der Kommode. Er konnte kaum glauben, daß es wirklich sein Zimmer war und daß er es selbst war, der in dem Zimmer stand. Das Zimmer schien sich um ihn zu drehen, oder er drehte sich darin — wie die Schneeflocken draußen vor dem Fenster fielen und sich drehten. Da war der gleiche Stuhl, in dem er gesessen hatte, in seine Bettdecke gewickelt und auf den Augenblick seines Geburtstagsessens gewartet. Da war der tintenfleckige schäbige Tisch, an dem er für sein Examen geschwitzt hatte! Da war das Regal mit seinen Büchern! Gott, da war der Fleck auf dem Fußboden, wo das Dach leckte, und da stand die Schale auf dem Boden, die auf den nächsten Tropfen wartete!

Da hingen die Anzüge, die zu schäbig gewesen waren, um sie mit auf die Reise zu nehmen! Jetzt würden sie ihm gerade zupaß kommen, wo er wieder zu Hause war. Da hing ja auch die nagelneue Wolljacke, die ihm Onkel Ernest nicht erlaubt hatte mitzunehmen, weil sie zu grell für England war! Er hatte das alles ganz vergessen. Wenn er sich doch in London neu eingekleidet hätte! Er war ein Schafskopf! Die unten würden ihn sicher fragen, was er sich Neues mitgebracht hätte.

Er stellte sich vor, wie er zum Essen hereinkäme, ein bißchen spät, in einem neuen Anzug, der fabelhaft von einem der besten Schneider in West-End geschneidert war und ihm einen Anstrich von nachlässiger Eleganz gab. Und über dem Anzug hob sich sein Gesicht welterfahren und überlegen mit neuen Leidenszügen. Er stand vor dem Spiegel und forschte in seinem Gesicht, um zu sehen, ob keine neuen Linien darin waren. Aber er konnte weder neue noch alte entdecken. Es war hohlwangig, gewiß, aber es sah genau so frisch und jung aus wie das letztemal, als dieser Spiegel es aufgefangen hatte. Er seufzte tief auf. Sonderbar, daß man durch eine Hölle gehen konnte und doch nichts davon zu merken war ...

Der Gong dröhnte zum Mittagessen. Er kam sich so selbstverständlich vor, wie er die Bodentreppe hinunterstieg, daß das ganze vergangene Jahr ihm plötzlich wie ein Traum war. Aber er machte sich doch klar, daß es kein Traum war, als Mooey aus seiner Mutter Tür herauskam, fast einen halben Kopf größer als früher. Und da war Pheasant — er hatte sie nur einen Augenblick gesehen — wie schrecklich verändert sah sie aus! Ihr kleines Gesicht so müde und weiß und ihr Körper so schwer, daß ihr jede Bewegung Mühe zu machen schien. Arme kleine Pheasant. An dem Tag, wo sie ihn zur Bahn gebracht hatte, hatte sie wie ein Junge ausgesehen in ihrem Tweedmantel und mit dem kurzgeschnittenen Haar.

»Hallo«, sagte er zu Mooey, »kennst du mich noch? Ich bin Onkel Finch.«

»Was hast du mir mitgebracht? Mammy sagt, Onkel Finch bringt mir was Schönes mit.«

Finch fuhr fast zurück vor Schreck. Er hatte es so eilig gehabt nach Hause zu kommen, daß der Gedanke an Mitbringsel ihm auch nicht einmal gekommen war. Was für ein verdammter Esel war er doch! Den ersten Tag in London hatte er schon die Schaufenster besehen und Geschenke für jeden einzelnen ausgesucht, und dann, wo die Zeit kam sie zu kaufen, hatte er es vergessen! Er lächelte Mooey verlegen zu.

Mooey machte drohend einen Schritt vorwärts. »Ich will mein Mitbringsel«, forderte er.

»Ja, hör mal«, stotterte Finch, »die Geschenke sind noch nicht ausgepackt.«

»Auspacken«, kommandierte Mooey.

»Mooey«, rief Pheasants Stimme aus dem Zimmer heraus, »du mußt nicht nach deinem Geschenk vor dem Essen fragen!«

Finch schlich betreten die nächsten Stufen in die Halle hinunter. Die Familie war schon im Eßzimmer versammelt. Er stand zögernd mit gerunzelter Stirn und versuchte darüber nachzudenken, was er wegen der Geschenke machen sollte ... Er konnte jetzt nur sagen, daß der Koffer, in dem sie waren, verlorengegangen war. Bei erster Gelegenheit würde er in die Stadt fahren und sagen, daß er sich danach erkundigen wollte, und dann für alle Geschenke kaufen, aber er mußte darauf achten, daß jedes den Stempel einer englischen Firma trug. Es wäre schrecklich gewesen, wenn solch ein schäbiger Betrug entdeckt würde.

Er stand einen Augenblick in der Halle und gab sich ganz dem Gefühl hin, zu Hause zu sein. Der alte Ben und die beiden Spaniels lagen neben dem runden Ofen, der feuerrot glühte. Er dachte an die kellerkühle Atmosphäre der Halle in Lyming. Und nicht einen einzigen Hund im Hause —

nicht einmal eine Katze! Er dachte an das Eßzimmer — er und seine Tante einander gegenüber an dem nicht allzu reichlich bestellten Tisch. Eine lange Abwesenheit und allerlei Erfahrungen auf Reisen waren nötig, um einen das Zuhause erst recht schätzen zu lassen.

Die Vaughans waren zu Tisch gekommen. Zehn Menschen saßen um die Tafel. Pheasant aß oben in ihrem Zimmer. Finch saß zwischen Piers und Wakefield. Zur Linken sah er Wakefields schmale bräunliche Hände. Zur Rechten die von Piers, die von dem langen Winter gebleicht, aber breit und kräftig waren. Ihr Anblick erweckte Erinnerungen an rauhe aber herzliche Behandlung. Wie oft hatte er sich hilflos in dem Griff dieser Hände gefühlt!

Gegenüber saß Meggie und lächelte ihm zu, rundlicher noch als früher, aber sehr blaß.

»Nur ein ganz kleines Stückchen Fleisch, Renny. Nein, kein bißchen Fett! Vielleicht — wenn der Frühling kommt — wird mein Appetit auch wiederkommen!«

Renny runzelte die Stirn, als er sie ein winziges Stückchen Blumenkohl aus der Schüssel nehmen sah, die Wragge ihr hinhielt. Er sagte:

»Du ißt weniger als ein Baby. Auf die Weise wirst du nie wieder zu Kräften kommen. Macht sie es zu Hause ebenso, Maurice?«

»Genauso«, antwortete Maurice gleichmütig.

»Du solltest sie einfach zwingen, mehr zu essen.«

Alayne machte eine ungeduldige Bewegung und fing an, mit Ernest zu ihrer Linken zu sprechen.

Renny fragte Maurice halblaut:

»Ißt sie zu Hause noch immer so kleine Frühstücks?«

Meg hatte es gehört, sie antwortete für ihren Mann.

»Ich esse nichts weiter. Ich habe noch nie eine richtige Mahlzeit essen können seit . . .« Sie brauchte den Satz nicht zu beenden. Sie stützte den Ellbogen auf den Tisch und legte den Kopf in die Hände. Sie lächelt, aber ihr Lächeln war traurig.

Alayne fragte kurz: »Hast du ein gutes appetitreizendes Mittel versucht?«

Maurice spürte instinktiv, daß die Antwort auf Alaynes Frage von ihm erwartet wurde. Er sagte:

»Sie hat fünf Flaschen von dem Mittel genommen, das ihr eigener Doktor ihr gegeben hat, und zwei nach einem Rezept, das Mrs. Lebraux ihr gegeben hat.«

»Aber hältst du es für sehr vernünftig, anderer Leute Rezepte zu nehmen?«

Diesmal antwortete Meg. »Natürlich nicht anderer Leute überhaupt. Aber Clara Lebraux ist so wundervoll! Und sie hat mir gesagt, daß Renny sie gebeten hätte, es mir zu schicken.«

Renny warf seiner Schwester einen gereizten Blick zu. »Es war ein Mittel, das ihr nach Tonys Tod verschrieben war. Es war recht gut, ihr half es damals.« Warum hatte Meggie Claras Namen hereingezogen?

Finch bemerkte: »Mrs. Court ist sehr für Lebertran. Sie bestand darauf, Leigh damit zu behandeln.«

Meg beugte sich zu ihm hinüber. »Erzähl' uns doch von Mrs. Court und Sarah! Wie findest du das Mädchen?«

Die plötzliche Erwähnung von Sarah im Gespräch erschreckte Finch. Einen Augenblick verschwanden die Gesichter um ihn her vor einer Vision von Sarah, wie sie auf einer Klippe stand und in den Wind sah. »Da drüben ist Irland.« Ihr schönes blasses Gesicht strahlte in einer plötzlichen wilden Freude.

Ernest warf ein: »Ich glaube, Finch hat nicht viel für sie übrig. Sie ist ein sonderbares schwieriges Mädchen. Nicht die Art, die einen modernen jungen Menschen anzieht.«

»Laß ihn für sich selber reden«, sagte Nicholas und dachte an den Tag, wo er die beiden überrascht hatte beim Musizieren, als sie sich allein im Hause geglaubt hatten.

Finch versuchte, gleichgültig zu antworten. »Ja, sie ist eine merkwürdige Sorte Mädchen. Ganz auf sich selbst konzentriert. Wenig liebenswürdig.« Er fühlte plötzlich die Last auf der Brust, die immer bei dem Gedanken an Sarah kam. »Tatsächlich, eigentlich tut Leigh mir leid.«

»Wie schade!« rief Meg. »Arthur Leigh ist solch ein entzückender junger Mann. Ein Jammer, daß er eine harte unsympathische Frau hat. Aber es ist doch ganz nett, daß unsere Kusine mit ihm verheiratet ist. Das gibt eine interessante Beziehung. Ist sie hübsch, Finch?«

»Ganz und gar nicht. Sie ist ein steifes blasses Wesen, die irgend etwas Hexenhaftes an sich hat.«

»Himmel! Was hat denn der junge Leigh in ihr gesehen?«

»Das weiß ich nicht.« Wie er lügen konnte. Wenn das Gespräch doch nur auf einen anderen Gegenstand käme ... Er dachte an einen Brief in seiner Tasche und sagte: »Oh, Meggie, ich habe einen Brief für dich von Tante Augusta!« Er warf ihn ihr über den Tisch hinweg zu.

Das hatte den gewünschten Erfolg. Meg mußte sofort den Brief aufmerksam lesen, um zu sehen, was Augusta geschrieben hatte.

Finch sagte: »Denkt doch, eben habe ich entdeckt, daß ein Koffer nicht mitgekommen ist. Und das Schlimme ist, daß es gerade der ist, in dem meine Mitbringsel sind. Ich muß in die Stadt und mich danach umsehen.«

»Machst du uns auch ganz gewiß nichts vor?« fragte Piers.

Finch wurde glühend rot. »Natürlich nicht!«

»Was hast du mir mitgebracht?« fragte Wakefield.

»Abwarten.«

»Kann ich raten?«

»Nein.«

»Warum nicht?«

»Ich sehe, daß du genauso ein Quälgeist wie immer bist.«

»Sag ihm, was du ihm mitgebracht hast«, sagte Renny. »Es wird ihm Spaß machen, es zu wissen.«

»Gut... Ich habe dir eine Kamera mitgebracht!«

Wake schrie: »Eine von denen, womit man richtige Filme aufnehmen kann?«

»Ja.«

»Gut! Gut! O prachtvoll! O danke, Finch!«

Die Familie war stark beeindruckt. Jeder überlegte zufrieden, was Finch ihm wohl mitgebracht haben konnte.

Finch war der letzte, der aus dem Eßzimmer herauskam. Wragge sagte mit schmeichlerischem Lächeln, als er an ihm vorbeiging:

»Ich hoffe, Herr Finch, daß die kleine Geldbörse, die Sie so freundlich waren zum Geburtstag von mir anzunehmen, Ihnen auf Ihrer Reise zupasse kam.«

Finch murmelte, daß er nicht gewußt hätte, was er ohne die Geldbörse hätte machen sollen. Draußen dachte er: »Himmel, der erwartet auch etwas von mir!«

Renny und Piers standen beim Kamin in der Halle. Sie rauchten, und Renny zog seine Spaniels an den Ohren, die an ihm hochsprangen. Seine Brüder wandten sich ihm mit belustigten und freundlichen Gesichtern zu. Da war er wieder, der junge Finch, mitten unter ihnen, mit den mancherlei Erfahrungen eines Jahres hinter sich. Sie hätten gern gewußt, was er denn eigentlich in diesem Jahr angefangen hatte. Im Augenblick fühlte er sich als Mann von Welt, der diesen zu Hause gebliebenen Brüdern sehr überlegen war. Piers bot ihm eine Zigarette an und betrachtete ihn von oben bis unten.

»Kann nicht gerade sagen, daß du viel besser aussiehst«, sagte er. »Genauso verhungert wie immer. Hast du keine neuen Anzüge? Das ist doch der Anzug, in dem du abgereist bist«

»Ein paar neue Sachen habe ich gekauft. Aber ich habe sie noch nicht ausgepackt.«

»Vielleicht sind sie in dem Koffer mit den Geschenken.«

Finch wurde rot. Was für ein schlauer Bursche war Piers! Es war ganz klar, daß er einen Verdacht geschöpft hatte.

»Was hast du denn an Anzügen gekauft?« fragte Renny. »Sie sind da drüben so viel billiger, daß ich hoffe, du hast dir einen ordentlichen Vorrat angeschafft.«

»Nicht so viel, wie es vielleicht praktisch gewesen wäre, fürchte ich. Ich bin ja doch fast die ganze Zeit auf dem Lande gewesen.«

Seine Brüder starrten ihn an.

»Wie lange warst du in London?«

»Vierzehn Tage«, antwortete er verlegen.

Sie konnten es kaum glauben.

»Und Paris? Wie lange warst du dort?«

»Ich bin gar nicht in Paris gewesen.«

»Lieber Himmel! Er ist nicht nach Paris gefahren!«

Hatte er das Derby-Rennen gesehen? War er in Newmarket gewesen? Wieviel Ruderregatten hatte er gesehen? Polo? Was für Ausstellungen?

Wie sie fragten und er antwortete, fühlte er, daß sein Ansehen mit jedem Augenblick sank. Er stellte sich vor, was sie aus einem Jahr in England gemacht haben würden. Seine wirklichen Erfahrungen konnte er ihnen nicht erzählen. Er murmelte ein Nein nach dem anderen und wich ihren Augen aus.

»Himmel!« rief Renny aus. »Das ist die Höhe! Ich habe dich mit Einundzwanzig losgeschickt, daß du die Welt sehen sollst. Du nimmst zwei alte Onkel mit und sitzt zehn Monate im Haus einer alten Tante! Du hast nichts gesehen — nichts getan, soweit ich beurteilen kann, als dich in einem Dorf herumzutreiben. Hast du wenigstens deine Musik weitergepflegt?«

Finch lief ein Schauer über alle Nerven. Er fing an zu spüren, daß diese Fragerei zu viel für ihn war. Er war ganz erlöst, als Maurice in dem Augenblick aus dem Ankleidezimmer hinter der Treppe hervorkam, wo er auf der Suche nach seiner Pfeife gewesen war. Er kam auf sie zu und stopfte seine Pfeife aus dem Tabakbeutel, den er in seiner verstümmelten Hand hielt.

»Komm und geselle dich zu der erstaunten Runde«, sagte Piers. »Höre, was dieser fabelhafte junge Mann uns armen Bauernjockeln von seiner Weltreise erzählt.«

Maurice grinste erwartungsvoll. »Na, die Mädchen sind ja außer Hörweite. Also pack aus! Ich bin nicht so leicht schockiert.«

»Na, ich bin es jedenfalls«, sagte Renny. »Was denkst du, was Finch uns erzählt hat? Er ist vierzehn Tage in London gewesen — das war gleich zu Anfang mit den Onkeln — das ganze übrige Jahr ist er seiner Tante nicht von der Seite gegangen! Was denkst du darüber, Maurice?«

»Er erzählt euch eben bloß das, was ihr wissen sollt, nicht wahr, Finch? Meg und ich haben schon die ganze Zeit gesagt, daß du verdammt flott gelebt haben mußt, weil du keine Feder aufs Papier gebracht hast.« Er zündete seine Pfeife an mit einem pfiffigen Seitenblick auf Finch.

Renny sagte: »Nein, Maurice, du irrst dich. Er hat alles andere getan als flott gelebt. Ich habe nie jemand kennengelernt, der so vollständig unfähig ist, das Leben zu genießen. Du kannst ihn mitten in einen Harem setzen und binnen einer Stunde würde er mit allen Huris in Tränen sein.«

»Die Sache ist die«, antwortete Maurice, »daß er einfach zu schlau für euch ist. Er hat eine Art, das Leben zu genießen, von der ihr nichts versteht.«

»Den Dreh hat er heraus!« rief Piers. »Warum ist uns das nicht eingefallen. Er hat das ganze Jahr gebraucht, um sich bei Tante Augusta einzuschmeicheln. Er will ihr Geld haben! Großmutters war ihm nicht genug. Er will Großgrundbesitzer in Lyming werden!«

Obgleich Piers dabei lachte, war es klar, daß er das glaubte, was er sagte. Die anderen machten plötzlich ernste Gesichter. Durch den Tabakrauch, der sie einhüllte, starrten sie Finch mißtrauisch an.

»Himmel, an so was hätte ich nie gedacht!« sagte Renny.

»Es wird dir wieder einfallen, wenn Tante Augustas Testament eröffnet wird und du merkst, daß dir trotz all deiner guten Seiten die Tür vor der Nase zugeschlagen ist.«

»Sei kein Esel!« grollte Finch. »Wenn du dir einbildest, daß ich noch eine Erbschaft haben möchte, dann irrst du dich gründlich. Ich habe bei dieser einen viel zu viel durchgemacht.« Er zerbrach sich den Kopf, was er ihnen sagen könnte, worüber sie sich wundern würden. Irgend etwas, das ihn in ganz anderem Lichte zeigte als ihre dummen Einbildungen.

Er stieß heftig heraus: »Na, eins will ich euch erzählen, was ich machte. Ich habe eine Hochzeitsreise gemacht — das heißt nicht meine eigene — einen ganzen Monat bin ich an der See gewesen.«

»Wessen Hochzeitsreise?« fragte Piers ungläubig.

»Arthurs und Sarahs.«

Er verwünschte sich im selben Augenblick, als er das gesagt hatte. Ein brüllendes Gelächter brach aus.

Piers sagte: »Dann bist du wahrscheinlich der Totenkopf beim Fest gewesen! Aber von der Schlafmütze Leigh kann ich mir alles vorstellen.«

Renny machte eine gewagte Bemerkung in der Art seiner Großmutter, und Finch, der auf sich selbst ebenso wütend war wie auf die anderen alle, drehte sich kurz um und ging ins Wohnzimmer. Er blieb einen Augenblick in der Tür stehen, um durch das friedliche und behagliche Bild seine Nerven zu beruhigen.

Ernest hatte sein Vergrößerungsglas in der Hand und zeigte Wakefield, der auf der Lehne seines Sessels saß, das Gewebe der Haut auf seinem Handrücken. »Oh, Onkel Ernest, du siehst wie ein bildschönes rosa Nilpferd aus!« Nicholas saß auf dem Klavierstuhl, das Gichtbein steif ausgestreckt und spielte nachdenklich eine von den sentimentalen Melodien seiner Jugend. Alayne saß daneben auf dem Sofa. Sie hatte ein Buch in der Hand, aber sie betrachtete wohlgefällig Nicholas' mächtigen grauen Kopf, der sich vom Fenster abhob. Meg hatte ein altes Fotografiealbum ausgegraben, saß am Fenster in einem niedrigen bequemen Stuhl und wandte die Seiten mit einem Ausdruck süßer Nachdenklichkeit um.

Große Schneeflocken trieben an das Fenster, klebten dort einen Augenblick, ehe sie von der inneren Wärme schmolzen. Das Kiefernholzfeuer prasselte laut und füllte das Zimmer mit harzigem Geruch. Obgleich seine Schwester ihn einladend ansah, ging Finch zum Sofa und setzte sich neben Alayne. Er war überrascht von der Veränderung an ihr. Er hätte nicht sagen können woran es lag, aber sie sah aus, als gehörte sie jetzt in das Zimmer wie niemals früher.

Sie lächelte ihm entgegen. »Wie nett von dir, daß du dich neben mich setzt. Du kannst dir nicht vorstellen, wie ich dich vermißt habe. Du weißt doch, du warst mein erster Freund hier, Finch.«

»Selbst damals habe ich dir von meinen Nöten vorgejammert. Ich wollte Musikstunden haben!«

»Und was ist nun los? Mir kam vor, als ich das Lachen da draußen hörte, daß Piers dich wieder einmal quälte.«

»Na, nicht gerade das, aber er läßt kein gutes Haar an mir. Und die andern auch. Ich mache es ihnen eben leicht, weil ich alles so ernst nehme was sie sagen.«

»Das weiß ich. Ich habe viel gelernt, seit du fort warst, Finch.«

»Dann ist es also richtig, daß du dich verändert hast.«

»Habe ich mich verändert?«

»Ja.« Er zögerte und fügte dann hinzu. »Du siehst jetzt aus wie die anderen Frauen in unserer Familie.«

Sie lachte halb erfreut und halb wehmütig. »Ist das ein Fortschritt?«

»Ich glaube, du bist glücklicher.«

Sie sah ihn betroffen an. »Habe ich den Eindruck gemacht, als ob ich unglücklich wäre?«

»Nein — aber ich habe immer gedacht, du würdest nie richtig zu uns gehören. Nun glaube ich, daß du es doch tust.«

»Du sagst ›zu uns‹ und bist doch selbst nicht wie die anderen.«

»Eden sagt, daß ich auch ein Whiteoak bin — genauso wie die andern.«

Sie überlegte. »Vielleicht hat er recht. Er und du, ihr nehmt das Leben auf eure ganz besondere Art. Ihr seid alle beide Künstler. Aber euer innerster Standpunkt ist eben doch einfach der der Whiteoaks.«

»Vielleicht!« sagte er unbestimmt. Er sah sich im Zimmer um und fühlte sich von einer warmen Atmosphäre umhüllt. »Das ist hübsch, was Onkel Nick da spielt, nicht wahr?«

»Ich habe nicht zugehört. Ich habe ihn nur angesehen. Es ist das erstemal diesen Winter, daß er sich an das Klavier gesetzt hat. Ich glaube, du hast das Gefühl für Musik mitgebracht.«

»Wüßte nicht warum. Ich habe seit Monaten kaum gespielt. Renny fragte mich gerade, ob ich meine Musik weitergepflegt hätte. Gott sei dank kam Maurice dazu, und es wurde nicht mehr darüber geredet.«

»Hast du irgend etwas erlebt, was dich umwarf — dich am Spiel hinderte?«

Er war plötzlich verschlossen. »Oh, ich hatte eine Art Nervenzusammenbruch, glaube ich.«

»Kannst du mir nicht davon erzählen?«

Das war das Schlimme an ihr, dachte er. Sie war zu hartnäckig, sie wollte immer das Wie und Warum von allem wissen. Nun fühlte er sich unbehaglich, und als er den Blick seiner Schwester begegnete, stand er auf: »Ich glaube, Meggie will mir etwas zeigen«, sagte er und ging zu ihr hinüber.

Er setzte sich auf einen niedrigen Schemel mit gesticktem Kissen, auf dem ein Engel einen Lilienzweig trug. Sie sagte:

»Es wird Zeit, daß du dich auch einmal zu mir setzt. Ich wurde ganz eifersüchtig. Ich habe alte Fotografien durchgesehen. Ist dies nicht entzückend von einem der Onkel und unserem Vater in gestickten Samtanzügen? Findest du nicht, daß Patty wie Vater aussieht?«

»Vielleicht. Aber sie sieht auch Maurice ähnlich.« Er nahm ihre Hand, die auf dem Album lag. »Meggie«, flüsterte er, »ich kann es nicht aushalten, dich so krank zu sehen. Du mußt nach Florida gehen. Ich komme dafür auf.«

Sie starrte ihn an. »Das wäre entzückend. Und ich könnte Wake mitnehmen. Der Luftwechsel würde ihm auch gut bekommen. Und wie der Junge so oft sagt, er ist noch nie verreist gewesen.«

»Recht hast du. Ich wollte sowieso für jeden von euch etwas tun, nun weiß ich etwas für dich und Wake.«

Die drei Männer kamen aus der Halle herein. Renny ging auf Alayne zu und setzte sich neben sie. Er nahm das Buch in die Hand, in dem sie las, sah den Titel an und legte es mit einer Grimasse beiseite. Maurice wandte sich zu Ernest und Wakefield und schob seine Finger in des Jungen Halskragen. Piers setzte sich zu Meg und Finch. Er sah Finch lebhaft interessiert an. Er war überzeugt, daß Finch ein schlauer Teufel war, den man im Auge behalten mußte. Nicholas spielte immer noch halbvergessene Melodien. Die Hunde waren auch hereingekommen und streckten sich dicht vor dem Kaminfeuer aus.

Rags kam eben mit dem Kaffee herein, der bei solchen festlichen Gelegenheiten im Wohnzimmer getrunken wurde.

Von oben war das Lachen und das Füßetrappeln der Kinder deutlich zu hören.

Meg hob die Stimme. »Was denkt ihr, was Finch getan hat?«

»Alma Patch verführt?« riet Piers.

»Piers! Wie kannst du das sagen! Nein ... Etwas viel Unglaublicheres. Er hat versprochen, mich meiner Gesundheit wegen nach dem Süden zu schicken. Und ich soll Wake mitnehmen.«

»Wahrhaftig, das ist nett von dir, Finch!« sagte Maurice warm. Er war froh, daß er Finch vorhin in der Halle nicht mit aufgezogen hatte.

Wake schrie drei hallende Jubelschreie aus.

Nicholas hörte auf zu spielen und fragte:

»Was ist los?«

»Finch will mich und Wake unserer Gesundheit wegen nach dem Süden schicken«, antwortete Meg.

»Na, das nenne ich anständig. Wenn ihr beide so viel von der Reise habt wie Ernest und ich von unserer, dann soll es mich freuen.«

Renny sagte und sah auf seine Stiefel: »Ich kann es nicht zugeben, daß du den Jungen auf eine so weite Reise ohne mich mitnimmst.«

»Ich soll ihn nicht mitnehmen? Du bist verrückt, Renny! Glaubst du, ich kann nicht richtig für ihn sorgen?«

»Du läßt ihn sich überanstrengen und zu viel süßes Zeug essen. Das letztemal, wie er bei dir war, kam er nach Hause und hatte ein Gallenfieber.«

»Dummes Zeug! Als ob du immer hinter ihm ständest und aufpaßtest!«

»Das tue ich.«

»Dann wäre es recht gut, wenn er mal von der dauernden Aufpasserei loskäme. Ich hoffe, ich sorge gut genug für meinen kleinen Bruder!«

Wakefield saß und sah mit glänzenden Augen von einem Gesicht zum anderen, während über seine Zukunft disputiert wurde. Sogar während seiner Triumphschreie hatte er noch nicht recht geglaubt, daß das Abenteuer Wirklichkeit würde. Es war zu fabelhaft. So etwas war nichts für ihn.

Alle waren gegen Renny außer Alayne, die nichts gesagt hatte. Meg wandte sich zu ihr und sagte:

»Du mußt doch auch sagen, Alayne, daß Renny geradezu unvernünftig ist!«

Alayne fand das auch, aber sie sagte: »Ich finde, Renny versteht Wake so gut wie niemand sonst.«

»Na, das muß er entscheiden, aber mir scheint es recht hart, dem Jungen solch eine Möglichkeit zu versagen.«

Nicholas stand vom Klavierstuhl auf. Er sagte: »Gib mir deinen Arm,

Piers, und hilf mir. Meine Gicht ist heute sehr schlimm.«

Piers kam herüber und half ihm in einen Lehnstuhl. Er setzte sich neben seinen Onkel und sah Finch mit seinen runden Augen an.

»Ich nehme an«, sagte er, »daß du alles über Finchs Hochzeitsreise gehört hast.«

»Ich habe nichts von Finchs Hochzeitsreise gehört«, sagte Meg feierlich. »Aber ich habe allerlei anderes über Finch gehört, das mich geradezu entsetzt hat.« Sie atmete tief, zog ihr Kinn ein und sah Renny vorwurfsvoll an. Er hatte sie beleidigt.

Finch warf ihr einen verzweifelten Blick zu. Was wollte sie sagen? Welch neue Qual stand ihm bevor? Unwillkürlich rückte er von ihr ab, aber sie legte ihren Arm um seine Schultern, mit ausgebreiteter Hand, mit einer Bewegung, die zugleich liebevoll und befehlend war, etwa wie eine Katze ihr Junges an sich zieht.

Renny mißfiel ihre Geste. Er sah sie herausfordernd an.

»Finch hat mir einen Brief von Tante Augusta gebracht«, fuhr sie fort. »Ich habe bei mir behalten, was sie über ihn schreibt, bis nach dem Essen.« Finch wand sich unter ihrem Arm.

»Was zum Teufel sagt sie denn?« fragte Renny.

Meg antwortete: »Ich brauche euch nicht den ganzen Brief vorzulesen. Bloß das Stück, das ihr meiner Ansicht nach hören müßt.« Sie hielt ihn schon offen in ihrer freien Hand, dicht an den Augen, denn sie war kurzsichtig. Sie las:

»Ich habe Finch sehr genau beobachtet.« Meg wandte sich von dem Brief zu ihm und betrachtete ihn selbst sehr genau. Die ganze Familie beobachtete ihn sehr genau. Dann fuhr sie fort:

»Er war in einem Zustand von melancholischem Hinbrüten.«

»Wahrscheinlich brütete er über seine Hochzeitsreise«, sagte Piers.

»Psch, dies ist nichts zum Witze machen!« rief seine Schwester wütend.

»Hör' mal!« rief Finch aus, »ich weiß nicht, was das alles heißt, aber du sollst diesen Brief nicht vorlesen!«

»Ich muß ihn vorlesen!« Sie fuhr fort: »Kein Wunder, daß er melancholisch ist, der arme Junge. Es ist schrecklich für ihn, daß er das Opfer habgieriger Verwandter geworden ist. Ich fühle, daß ich offen mit dir sprechen muß, Meggie, damit du deinen Einfluß benutzest, um zu verhindern, daß meiner Mutter Vermögen in alle vier Winde verstreut wird. Am liebsten schriebe ich das an seinen Vormund Renny. Aber aus eingehenden Erkundigungen bei Finch entnahm ich, daß Renny in seinen Pflichten als Vormund vollkommen versagt hat. Er hat ihm nicht mit einem Wort Rat gegeben in bezug auf seine Vermögensangelegenheiten. Er hat diesem unerfahrenen Jungen erlaubt, sein Geld zu verleihen, besser gesagt, zu verschenken, an alle und jeden, die ihn anbettelten. Die Eröffnung, die ich machen muß, ist mir sehr peinlich, aber ich halte es für meine Pflicht. Ich habe entdeckt, daß einer gewissen Rosamund Trent in New York —«

Ernest unterbrach sie mit zitternder Stimme:

»Ich will nicht, daß Miss Trent hier hineingezogen wird!«

Nicholas stieß ein grollendes Lachen aus.

Ernest wandte sich ihm mit beleidigtem Gesicht zu. »Nicholas, daran bist du schuld!«

»Ich habe Gussie gegenüber niemals Miss Trent erwähnt«, antwortete sein Bruder.

»Finch, dann bist du es gewesen!«

Finch antwortete bedrückt: »Ich habe Tante nur erzählt, daß ich Miss Trent Geld geliehen hätte und daß sie alles in dem Bankkrach verloren hat. Ich habe es ihr sehr gern geliehen. Das weißt du doch, Onkel Ernest.«

Nicholas rief aus: »Du hast ihr Geld geliehen! Das ist das erste, was ich davon höre. Ha, diese Schlange, sie hat dich einfach an der Nase herumgeführt, Ernie! Wahrscheinlich ist sie durch dich zu Finchs Geld gekommen. Nicht wahr?«

Ernest war zu beleidigt, um etwas zu sagen. Er machte ein verärgertes Gesicht und krampfte die Finger ineinander.

Man konnte Meg geradezu schnurren hören. Sie hielt Finch immer noch beschützend im Arm. Sie sagte:

»Ist Miss Trent nicht deine Freundin, Alayne?

Alayne antwortete gelassen: »Ja. Finch hat sie durch mich kennengelernt. Niemand kann mehr bedauern als ich, daß Finch ihr Geld geliehen hat. Ich glaube aber bestimmt, daß sie alles versuchen wird, es zurückzuzahlen.«

Renny hatte die Hände tief in die Taschen gesteckt und starrte auf seine Stiefel.

»Was ist das für eine Geschichte über Onkel Ernest und Miss Trent?« fragte Piers.

Nicholas antwortete mit einer vor innerem Lachen halb erstickten Stimme: »Na, Finch und ich haben auf dem Schiff eine Todesangst gehabt. Wir dachten schon, er würde ihr einen Antrag machen. Du hättest sie auf dem Kostümfest zusammen sehen sollen — sie in einem rosa Domino und er in einem blaßlila.«

Ernests Gesicht wurde blaurot vor Zorn. »Das werde ich dir nicht so bald vergessen!« schnarrte er.

Nicholas achtete nicht auf ihn: »Na, er ist ihr durch ganz England nachgelaufen und sogar auf dem Lande alten Kram für ihr Geschäft aufstöbern helfen!«

Die Farbe in Ernests Gesicht verblaßte ebenso schnell wie sie aufgestiegen war. Er sagte: »Miss Trent ist eine sehr angenehme Dame. Ihre Gesellschaft auf dem Dampfer war mir eine Freude. Ich habe es sehr genossen, in England etwas mit ihr herumzufahren. Ich wußte nicht, daß ich mich damit lächerlich machte. Der Gedanke, sie zu heiraten, ist mir nie in den Kopf gekommen. Wenn du die Familie unterhalten willst, Nick, dann erzähle ihnen lieber, wie du dir ein Stelldichein mit deiner Frau gegeben hast, von der du seit dreißig Jahren geschieden bist.«

Nicholas fuhr mit der Hand durch sein graues Haar, daß es aussah wie zwei Geweihe. Er sah aus wie ein alter Hirsch, der gestellt wird. »Verdammt, was du für eine Spürnase bist. Woher weißt du, daß ich Millicent getroffen habe? Es war der reine Zufall. Und was machtest du selbst die ganze Zeit? Stecktest in der Küche mit der Person Trent und kauftest das ganze Gerümpel von Töpfen und Schüsseln?«

»Und du warst in einem Schlafzimmer hinter verschlossener Tür mit der Frau, von der du erklärt hast, daß du sie nicht mehr vor Augen sehen könntest!«

»Ich hätte Millicent nie geheiratet, wenn du mir nicht Ruby Fortesque abgejagt hättest!«

»Dir Ruby Fortesque abgejagt! Wie zum Teufel habe ich das denn gemacht?«

»Du jammerst mir vor, daß du in sie verschossen wärest. Und dann — als ich sie dir ließ — hattest du nicht die Courage, sie zu heiraten!«

»Ich hätte sie geheiratet, wenn ich nicht so viel Geld durch die Bürgschaft für deinen schäbigen Freund verloren hätte — ich vergaß den Namen.«

Sie starrten einander wütend an. Ein kurzes Schweigen trat ein, während die jüngeren Familienmitglieder damit zu tun hatten, diese verschollenen Enthüllungen in sich aufzunehmen. Einer der Kiefernäste im Kamin prasselte plötzlich mit einem Knall hoch, und drei Hunde sprangen erschrocken auf und starrten ins Feuer. Langsam kamen sie dann auf den Teppich zurück und warfen sich wieder hin.

Piers sagte: »Na, augenscheinlich weiß Miss Trent, was sie will. Wieviel hast du ihr geliehen, Finch?«

»Zehntausend.«

»Es ist unerhört«, sagte Nicholas, »daß meiner Mutter Vermögen auf diese Weise verzettelt wird.«

»Miss Trent zahlt es zurück, das kannst du sicher sein!« rief Ernest.

Meg sagte: »Nun will ich den Brief noch etwas weiter lesen. ... Ich weiß nicht, ob Ihr es wißt, aber Finch hat, ehe er mündig wurde, sich Geld geliehen, um Eden in Frankreich zu unterhalten, während er sein neues Buch schrieb. Arthur Leigh, von dem er das Geld geliehen hatte, sagte mir dies als ein Zeichen von Finchs Großmut. Finch selbst hat mir gesagt — warum soll man das nicht leihen nennen? — daß er vor seiner Rückkehr nach Frankreich im Dezember Eden noch einmal tausend Dollar geliehen hat. Es muß für Eden gesorgt werden, bis er wieder gesund oder bekannt geworden ist, aber warum schiebt Renny die Verantwortung dafür auf Finchs junge Schultern?«

»Ich habe ihm tausend im Sommer geschickt!« warf Renny hitzig ein.

Für zwei hier im Zimmer war es fast unerträglich, daß Edens Name so herangezogen wurde. Die anderen wußten das, so war nach den ersten erstaunten Ausrufen nicht weiter die Rede von diesem Darlehen.

Meg mußte ihren Arm von Finchs Schulter nehmen, um die nächste Stelle in dem engbeschriebenen Brief zu finden. Er räkelte sich und eine Art schadenfrohes Vergnügen an der Szene ergriff ihn plötzlich. Gut, sollte sie weiterlesen. Seinetwegen konnten sie sehen, was er mit dem Geld gemacht hatte, über das sie so einen Spektakel gemacht hatten, als er es erbte!

»Hiermit schließt der erste Teil«, sagte Vaughan scherzend. »Nun zum zweiten...«

»Der zweite«, sagte seine Frau und sah Piers fest an, »ist der Schweinestall.«

»Ich möchte wissen, was sich gegen den Schweinestall sagen läßt!« rief Piers aus.

Meg antwortete nur dadurch, daß sie den Brief weiter vorlas. »Wenn Mama ihr Geld für ein teures Auto hätte ausgeben wollen, hätte sie längst eins gekauft. Die einzige Autofahrt, die sie je gemacht hatte, war die zu ihrem Grabe. Sie würde sich im Grabe umdrehen, das bin ich sicher, wenn sie alles wüßte, was passiert ist.« Und Meg fügte lebhaft hinzu: »Ich bin ganz ihrer Meinung.«

Piers sah sie wütend an. »Das kann ich mir denken. Aber wie steht es mit der Hypothek?«

»Welcher Hypothek?« fragte sie empört.

»Na, eure eigene Hypothek, die ihr Finch aufgehalst habt. Ich wette, daß ihr noch nie Zinsen dafür bezahlt habt!«

Meg wandte sich zu Finch und sah ihn liebevoll an. »Sag es ihm, Finch.«

»Sie hat sie mir heute morgen ausgezahlt gleich als sie herüberkam.«

»Ehe sie den Brief gelesen hatte?«

»Ja.«

Piers schrie vor Lachen. »Du hast es verstanden, Meggie, dich ins rechte Licht zu setzen!«

»Nur die dringendsten Geldschwierigkeiten wegen meiner Operation haben diesmal die Zinszahlung etwas verzögert«, antwortete sie.

»Ich finde das neue Auto wunderbar«, sagte Wakefield.

»Natürlich tust du das«, sagte Piers, »und du bist nicht der einzige. Jeder hier im Hause ist sehr darauf aus, es zu benutzen. Du warst sehr einverstanden, damit in die Klinik zu fahren, Meg.«

Meg kreuzte ihre kurzen runden Arme und sah Piers mit schwesterlicher Mißbilligung an. »Du bist viel zu kritisch, Piers, für einen jungen Mann, der so wenig Lebenserfahrung besitzt wie du. Wo bist du denn gewesen? Nicht weiter nach Westen, als bis zu den Niagarafällen und nach Osten bis Montreal. Überleg dir das! Und keiner in der Familie sitzt so auf dem hohen Pferd wie du!«

»Und wo bist du selber gewesen?« fuhr er hoch.

»Ich fahre nächstens nach Florida.«

»Das ist Zukunftsmusik. Bis jetzt hast du nichts weiter getan, als daß du drüben nach Vaughansland gezogen bist und ein Baby gekriegt hast.«

»Maurice!« schrie Meg. »Läßt du das zu, daß er mich beleidigt?«

Durch das allgemeine Gelächter rief Maurice: »Laßt meine Frau in Ruh!« Er machte ein finsteres Gesicht. Weil er wußte, daß Meggie das von ihm erwartete, sah er seinen Schwager, der zugleich sein Schwiegersohn war, finster an.

Piers fuhr ungerührt fort: »Der Schweinestall gehört überhaupt gar nicht mir. Der erhöht einfach den Wert von Jalna. Er gehört Renny.«

»Zum Teufel gehört er mir!« sagte Renny. »Ich will ihn gar nicht!«

Piers wandte sich zu Finch. »Wem gehört der Schweinestall?«

»Jalna«, antwortete Finch. Er war anfänglich unglücklich gewesen, aber nach und nach recht zufrieden mit sich selbst. Hier war er der Mittelpunkt eines großen Familienzankes, und doch machte niemand ihm Vorwürfe. Er nahm Meggies Hand und zog sie sich wieder um die Schulter. Sie lächelte ihn liebevoll an. »Was hat dieser lange Junge leiden müssen!« rief sie aus.

Nicholas sagte: »Es war eben ein großer Fehler, ihm mit einundzwanzig Jahren die vollkommene Verfügung über das Geld zu lassen. Ich hätte sein Bevollmächtigter sein müssen.«

Renny warf ihm einen Blick zu. »Du! Ich war sein Vormund.«

»Na, ein schöner Vormund«, gab Nicholas zurück. »Du hast ihn jedem Einfall folgen lassen.«

»Ich wollte überhaupt aus der ganzen Geschichte herausbleiben.«

»Aber weshalb? Wenn es jemand anging, dann warst du es, das hast du eben selbst gesagt.«

»Es wäre ganz anders gewesen, wenn Mama mir die Verfügung über das Vermögen gegeben hätte«, sagte Ernest.

»Hm!« grollte sein Bruder. »Aus der Bratpfanne ins Feuer wäre das gewesen, sage ich.«

»Was ich nie begriffen habe, ist dies, warum hat Großmutter mir nichts vermacht als ihre Uhr und diesen alten indischen Schal«, sagte Meg. »Niemand trägt heute solch eine Uhr. Und von dem Schal hielt sie so wenig, daß sie Boney darin sein Nest machen ließ. Und dabei hat sie Pheasant diesen fabelhaften Rubinring geschenkt!«

»Um Himmels willen, fang nicht wieder von dem Ring an! Als Großmutters Sachen geteilt wurden, hast du zwei Ringe bekommen.«

»Aber keiner war mit dem Rubinring zu vergleichen! Und wie kann ich das denn vergessen, wenn Pheasant sich so damit großtut. Jetzt trägt sie ihn sogar auf dem Zeigefinger!«

»Meinetwegen soll sie ihn in der Nase tragen, wenn sie Lust hat!«

Maurice machte ein wütendes Gesicht, ganz ohne an Meg zu denken. Er füllte seine Pfeife von neuem und zündete sie mit einer Kohle aus dem Feuer an.

»Alles, was ich gekriegt habe, ist ihr Bett«, sagte Renny.

Meg verzog den Mund zu einem spöttischen Lächeln. »Du kannst einem leid tun! Wo du den ganzen Grundbesitz hast!«

»Ja«, brummte Nicholas, »und Jalna noch dazu!«

Ernest fügte hinzu: »Jalna ist ihm nicht die Rede wert.«

Das Gesicht des Herrn von Jalna wurde so rot wie sein Haar. »Großmutter hat nichts damit zu tun, daß ich Jalna habe! Das habe ich durch meinen Vater.«

Einen Augenblick schwieg alles und jeder schien innerlich nach einer neuen Waffe gegen die anderen zu suchen. Alayne goß noch einmal Kaffee ein. Der Topf war leer. Sie dachte: »Ich kann es hier nicht länger aushalten. Ich muß sie allein lassen, daß sie mit ihrem Zank unter sich fertig werden.« Aber trotzdem ging sie nicht. Seit ihrer Rückkehr war das Leben in Jalna ihr eigenes Leben geworden wie noch nie zuvor. Wenn sie jetzt aus dem Zimmer ging, würde sie damit schweigend zugeben, daß sie schwächer war als die anderen alle. Nein, sie mußte bleiben, auch wenn ihr der Kopf schmerzte, auch wenn sie vor den Ungeheuerlichkeiten zurückschreckte, die sie sagten.

Wakefields klare Stimme erhob sich plötzlich. »Stand noch mehr in dem Brief, Meggie?«

»Ja, es steht noch mehr drin.« Unter allgemeiner Spannung las sie weiter: »Weißt Du eigentlich, daß Finch dreißigtausend Dollar in New Yorker Aktien angelegt und verloren hat? Er teilte mir dies ohne jede sichtliche Erregung mit. Aber seitdem ist er nicht mehr derselbe. Er schien völlig in Apathie versunken. Ich selbst kann meinen Kummer nicht mit Worten ausdrücken wenn ich sehe, wie das durch viele Jahre von meiner Mutter zusammengesparte Vermögen auf so unnatürliche Weise in den Wind geht. Wenn ich auch ohne jede Gereiztheit schreibe, so kann ich doch wohl sagen, daß meiner Ansicht nach Rennys unverantwortliche Nachlässigkeit Ursache des ganzen Unglücks ist.«

Ein Lächeln ging über Finchs blasses Gesicht. Was würde nun daraus werden? Er faltete die Hände um seine Knie, und seine Augen, deren große Pupillen ungewöhnlich glänzten, umfaßten das Bild vor ihm ohne jede Aufregung.

Nicholas' Stimme schlug wie aus der Ferne an sein Ohr.

»Du hast dreißigtausend Dollar in Aktien verloren ... was für Aktien?«

Er antwortete rasch und in halblautem Ton: »Ich habe gekauft: je Fünfzehntausend in Universal-Auto- und Getreide-Aktien ... Mein Bankhaus telegrafierte mir, als der Krach kam, daß ich achtzig Prozent Spielraum geben müßte, wenn ich meine Anlage retten wollte. Aber ich habe darauf verzichtet.«

»Verzichtet!« schrie Piers. »Du verdammter junger Esel!«

»Du hast das Geld einfach aufgegeben!« sagte Maurice. »Mein Gott! Aber weshalb?«

»Ich hatte die Geschichte satt. Ich wollte nicht auch noch gutes Geld hinter dem schlechten herwerfen.«

Alayne rief: »Oh, Finch! Und ich habe dir auch telegrafiert! Oh, warum hast du nicht durchgehalten! Ich habe es mir nie träumen lassen, daß du es aufgeben würdest!«

Ernest wandte sich ihr zu. »Also du steckst auch mit in der Geschichte, Alayne! Ich wundere mich sehr über dich. Es ist schrecklich.« Er zog sein Taschentuch heraus und tupfte sich die Stirn.

Piers fragte sie: »Hast du denn durchgehalten? Finch sagte mir, daß du auch Aktien hättest.«

»Ja, ich halte sie.«

»Dann hast du Glück. Sie steigen wieder.«

Meggie sagte: »Alayne Archer, du bist schuld, wenn mein Bruder all sein Geld verloren hat. Du hast ihn durch deine eigene Spekulation dazu gebracht. Das einzige Anständige, was du tun kannst, ist, daß du ihm seinen Verlust von dem ersetzt, was deine Tante dir hinterlassen hat. Er ist nur ein armer, schlecht beratener Junge!«

»Das wird ihr gar nicht einfallen«, sagte Renny nachdrücklich.

Nicholas sagte: »Du hast anscheinend auch von der Anlage gewußt, Piers, und uns nichts davon gesagt. Es ist eine Schande!«

»Er hat es mir im Vertrauen gesagt.«

»Es war deine Pflicht, es uns zu sagen. Du bist der einzige, der davon gewußt hat.«

»Du bist sehr zu tadeln, Piers«, sagte Ernest.

Maurice und Meg, die beide sehr für die Anlage gewesen waren, schwiegen.

»Also wir wollen es mal nachrechnen«, sagte Nicholas. »Zunächst Dreißigtausend vollkommen verloren. Dann Zehntausend an das Frauenzimmer Trent...

»Das bekommt er bestimmt wieder!« warf Ernest ein.

»Sei kein Narr«, sagte sein Bruder und fuhr fort: »Das sind Vierzigtausend. Dann sagen wir Fünftausend für Eden. Dann weitere Fünftausend für das Auto und für den verdammten Schweinestall...«

Piers warf ein: »Vergiß bitte nicht deine Auslandsreise, Onkel Nick!« Nick sprach unentwegt weiter. »Also etwa weitere fünftausend dafür. Dann die Fünfzehntausend Hypothek für die Vaughans...«

»Heiliger Himmel!« rief Meggie. »Das rechnest du doch hoffentlich nicht als Verlust?«

Nicholas sah sie skeptisch an. »Das wollen wir abwarten. Also, liebe Freunde, dieser Junge hat ungefähr noch vierzigtausend Dollar übrig von Mamas Erbschaft. Und wenn er diese Reise nach Florida bezahlt, wird er noch weniger haben. Interessant, nicht wahr, zu sehen, wie schnell man mit Geld fertigwerden kann.« Er zerrte an seinem grauen Schnurrbart und lächelte die Familie die Reihe herunter bitter an.

»Renny, Renny!« sagte Ernest. »Das ist allein deine Schuld! Du hast Finch wie ein Kind behandelt bis er einundzwanzig war, und dann hast du ihn aus dem Nest gestoßen und ihn tun lassen, wozu er Lust hatte.«

»Das ist reine Wahrheit«, sagte Piers. »Ich habe mehrfach gehört, wie Finch ihn um Rat gefragt hat in seinen Angelegenheiten und Renny sich einfach umdrehte und ihn stehen ließ.«

»Seine Vögel müssen eben einfach wieder zu Neste fliegen«, sagte Meggie.

»Sie werden sich hüten!« sagte Piers. »Da sitzt ja Rennys Frau, die ein dickes Vermögen geerbt hat.«

Sie sahen alle Alayne an. Nie in ihrem Leben war sie so peinlich verlegen gewesen wie jetzt. Es vermehrte diese Verlegenheit nur, daß Renny anfing, mit ihren Fingern zu spielen. Das erstemal im Leben fiel ihr nichts zu sagen ein. Sie öffnete den Mund und schloß ihn wieder. Das Durcheinander von Vorwürfen und Klagen ging ihr durch den Kopf, das auf dem stürmischen Meer dieses Familienzankes herumtrieb. Sie warteten nicht lange auf ihre Antwort. Sie redeten jetzt alle auf einmal. Der Lärm steigerte sich immer mehr um sie und Renny, der auch kein Wort sagte. Finch saß unter Meggies Schutz, die Hände um die Knie, ein rätselhaftes Lächeln im Gesicht. Er antwortete nur hier und da in ganz gelassenem Ton.

Endlich stand Piers auf, streckte sich und ging ins Eßzimmer. Er kam mit einer Flasche Whisky, mit einem Siphon und einigen Gläsern zurück.

»Na, wir wollen mal was heben zum inneren Aufmuntern, Onkel Nick«, sagte er. »Einen Tropfen, Onkel Ernie, nur als Medizin.«

Finch schlenderte zum Klavier hinüber. Er wußte nicht recht warum, aber er hatte plötzlich Lust, der Familie vorzuspielen. Alles Nervenzittern der letzten Monate war verschwunden. Er fühlte sich stark und frei und, ohne zu wissen warum, auch selbstsicher. Alle hatten sie auf Grans Geld gelauert, schon seit der Zeit, ehe er geboren war. Über ihn hatten sie Schmach und Schande gehäuft, weil es ihm vermacht war. Nun waren zwei Drittel davon weggeschmolzen und sie zankten sich darüber, aber jeder machte dem anderen Vorwürfe, anstatt ihm. Seine Musik war plötzlich wieder da und floß ihm durch die Ader wie Wein. Das vergangene Jahr war nicht verschwendet. Er hatte geliebt und er hatte gelitten. Er war wieder daheim, in seinem eigenen Zuhause. Nun wollte er hart arbeiten und ein großer Musiker werden. Jeden Pfennig, den er noch hatte, würde er an sein Musikstudium wenden. Er fühlte, wie sein Herz Renny zuflog.

Er spielte ihnen Chopin vor. Er hatte die Vorstellung, er müsse sie mit sich reißen in diese tiefen männlichen Ströme von Melodien. Über Brahms und die zarten Harmonien von Debussy führte er sie zu der heiteren Ruhe Mozarts hinüber. Er spielte eine gute Stunde. Dann sah er sich um mit einer Art mystischer Neugierde nach der Wirkung seiner Zauberkünste.

Nicholas, Maurice und Piers saßen um den Siphon gruppiert. Aus ihrer Ecke kam ein halblautes Gerede, das augenscheinlich durchaus freundschaftlich war, denn es wurde hier und da durch gedämpftes Lachen unterbrochen. Wakefield saß jetzt auf dem kleinen Diwan neben Meggie. Finch konnte hören, daß sie über die Reise nach Florida sprachen, und ob Wake, wenn er mitführe, seine Angelrute mitnehmen sollte. Ernest saß auf dem Sofa neben Alayne. Sie redeten augenscheinlich über ihn. Sie lächelten ihm zu, und Ernest sagte: »Prachtvoll, Finch! Ich habe dich nie so gut spielen hören!« Alayne sagte nichts. Aber in ihren Augen war ein Leuchten, das mehr als Worte ausdrückte.

Rags brachte den Tee herein. Es gab einen Obstkuchen, den Finch ganz besonders liebte und kleine sahnegefüllte Kuchen mit Schokoladeguß. Er war ganz verhungert. Alayne bat Meg, den Tee einzuschenken.

Sie sagte: »Wake, bitte, lauf und such Renny! Ich hoffe, daß er nicht in den Stall gegangen ist.« Sie fragte sich, ob er wohl sehr gereizt gewesen wäre, als er aus dem Zimmer ging. Sein Gesicht war finster gewesen, und das war kein Wunder nach all diesen Vorwürfen von allen Seiten. Sie selbst fühlte sich ganz erschöpft. Früher wäre es ihr nicht möglich gewesen, nach solch einem Zank auch nur einen Bissen zu essen, aber jetzt entdeckte sie, daß sie genauso gierig Brot und Jam in sich hineinschlang wie die anderen. Eine Haarlocke hatte sich ihr gelöst und hing ihr ins Auge. Sie sah blaß und schmal aus.

Meg fing an, sehr freundlich mit ihr zu sprechen und bat sie um Rat wegen ihrer Kleidung für den Süden. Sie wartete ungeduldig auf Wakes Rückkehr.

Er kam eilig herein und griff im Vorbeigehen nach einem Stückchen Kuchen. »Ich kann ihn nirgends finden«, sagte er mit vollem Munde. »Ich bin bis oben in seinem Zimmer und unten in der Küche gewesen. Wright kam gerade ins Haus und sagte, im Stall wäre Renny auch nicht. Sein Hut hängt auf dem Ständer und seine Hunde liegen in der Halle.«

»Ich kann mir wohl vorstellen, daß er sich am liebsten verkriecht«, bemerkte seine Schwester, »wahrscheinlich hat er sich Tante Augustas Brief sehr zu Herzen genommen. Und er wird sich auch klarmachen, daß wir ihm alle Vorwürfe in dieser Angelegenheit machen.«

»Er müßte taub wie ein Stück Holz sein, wenn er das nicht merkte!« sagte Piers.

»Er hat wohl gemerkt«, sagte Ernest, »daß er sich durch seine Anmaßung selber am meisten schadet.«

Nicholas knurrte. »Renny hat die schlimmsten Eigenschaften von den Courts und den Whiteoaks zusammen geerbt.«

»Und doch«, rief Meg, »habe ich gehört, daß er sich rühmte, das Beste von beiden Familien geerbt zu haben. Was war das doch, was er neulich zu uns sagte. Maurice?«

Er sagte: »Von meinen englischen Vorfahren habe ich meine Liebe zu Pferden geerbt. Von meinen irischen meinen Instinkt für den Pferdehandel. Und von den schottischen mein Verständnis für Pferde.«

»Das war es!« rief Meg eifrig. »Habt ihr je so was Eingebildetes gehört?«

Piers sagte: »Ich hatte ganz vergessen, daß Rennys Mutter aus Schottland stammte.«

»Sie war Schottin«, bestätigte Meg, »und aus sehr guter Familie. Ganz anders ...« Sie sagte den Satz nicht zu Ende.

»Trotzdem finde ich«, sagte Piers, »daß der arme alte Kerl seinen Tee haben müßte. Ich werde mich selbst mal nach ihm umsehen.«

»Ja, bitte, tu das!« sagte Alayne leise.

Piers ging aus dem Zimmer und in kurzem kam er mit einem völlig verdutzten Ausdruck in seinem offenen Gesicht zurück.

»Er ist zu Bett gegangen.«

»Zu Bett!« riefen sie alle wie aus einem Munde.

»Aber ich bin in seinem Zimmer gewesen«, sagte Wakefield. »Da lag er noch nicht in seinem Bett.«

Piers antwortete: »Er ist nicht in seinem eigenen Bett.«

Wieder wandte die Familie sich um und sah Alayne ins Gesicht, daß sie glühte. Wie vorher Ernest, konnte sie kein Wort herausbringen, nur das Gesicht verziehen.

Ernest legte seine Hand auf ihre. »Tut nichts, liebes Kind«, sagte er beruhigend. »Das ist ganz natürlich.«

Finch platzte los und seine Augen suchten die von Piers, die ihm lachend antworteten.

Piers sagte: »Er ist nicht da, wo ihr vermutet. Er liegt in Großmutters Bett. In dem alten gemalten Bett, das er von ihr geerbt hat.«

Was die Whiteoaks gerade hatten essen wollen, das blieb ihnen im Halse stecken oder wurde hastig hinuntergewürgt. Es war, als ob die alte Adeline plötzlich mitten zwischen sie getreten wäre in ihrem schleppenden Samtkleid und der Haube mit den lila Bändern, die sie aufsetzte, wenn sie einem imponieren wollte, und mit den Ringen, die schon unter sie verteilt waren und jetzt wieder an den kräftigen Fingern blitzten. »Renny in meinem Bett? Ja, weshalb nicht? Ich habe es ihm ja vermacht! Sein Vater ist da geboren. Renny ist Blut von meinem Blut ... Mag er seinen roten Kopf auf meinem Kissen ausruhen und sein heißes Blut in meinem Bett kühlen. Da gehört er hin.«

Nicholas hob sich schwerfällig aus seinem Stuhl. Er humpelte nach der Tür hin, und nach kurzem Zögern standen alle anderen auf und folgten ihm. Sie gingen hinunter in die Halle, wo das Licht der sinkenden Sonne durch die bunten Glasfenster schien und sie mit leuchtenden Farbenflecken überstreute. Wragge hatte ein großes Feuer aufgebaut. Es glühte rot, und der Geruch überheizter Ofenrohre machte die Luft schwer.

Nicholas öffnete die Tür zu seiner Mutter Zimmer und sah hinein. Da liegt der Herr von Jalna, zwei Kissen unter dem Kopf. Seine Augen sind geschlossen, seine hageren muskulösen Hände auf der Decke gefaltet, als ob er aufgebahrt läge. Boney auf seiner Stange zu Häupten des Bettes, dessen gemalte Bögel bunter sind als seine Gefieder, schlägt mit den Flügeln aus Wut über die plötzliche Störung seiner Ruhe. Er mausert gerade, und mit dem Flügelschlagen fliegen leuchtende Federn durch die Luft und fallen auf das Bett.

»Shaitan; Shaitan Kabatka! Iflatoon! Chore! Chore!« Er bricht in einen Strom von schrecklichen indischen Flüchen aus. All diese Flüche, die in seinem schläfrigen Hirn geschlummert haben, ohne in diesen drei Jahren herauszukommen, gellen nun als seinem Schnabel. Seine Augen rollen im Kreise wie die Lampen eines Leuchtturmes. Einen Augenblick glühen sie wütend der ums Bett versammelten Familie entgegen und dann fallen sie geradezu zärtlich auf den Insassen des Bettes.

»Was meinst du, sollte er krank sein?« flüsterte Ernest.

»Es gefällt mir gar nicht, er geht wirklich zu weit!« grollte Nicholas.

»Und daß Boney wieder anfängt zu reden nach all diesen Jahren!« sagt Meg. Sie tritt an das Bett und legt ihrem Bruder die Hand auf die Stirn. »Sag doch, Renny, bist du krank? Oder bist du nur beleidigt?«

»Fabelhaft, dieser Mangel an Selbsterkenntnis!« denkt Alayne. »Wenn ich das doch so großartig fertigbrächte, mich mit dieser bewunderungswürdigen Kindheit gehenzulassen!«

»Holt Wakefield! Das Kind wird er hören«, sagt Meg.

Piers schiebt den Jungen mit breitem Lachen nach vorn.

Wakefield ist völlig außer sich. Er bricht in Tränen aus und ringt seine schmalen Hände. »Renny, du stirbst doch nicht, Renny, nicht wahr?«

Renny öffnet die Augen. Sie sehen ganz dunkel aus in dem dämmrigen Licht.

»Jemand...«

Nicholas unterbricht ihn. »Das sollst du nicht sagen! Das geht zu weit!«

»Jemand soll mir eine Tasse Tee holen.«

»Lauf und hole ihm Tee, Piers!« ruft Meg. »Oh, lieber Renny, was hast du denn?«

Er wendet sich ab und verbirgt das Gesicht in seinem Arm. »Alle sind gegen mich... Keiner hat mich je verstanden als Großmutter...«


## 26 Pauline Lebraux

Gehörte er ihr, fragte sich Alayne, oder der Familie? Sie hatte sich für ihn geschämt. Es war ihr peinlich, daß er auf die Haltung der Familie so reagierte, und doch fühlte sie sich innerlich erhoben, denn zweifellos war ihre Stellung in diesem stürmischen Familienleben jetzt gefestigter.

Der nächste Tag war ein Sonntag und sie waren alle zur Kirche gegangen. Keine Streitereien konnten sie am Kirchgang hindern. Manchmal dachte sie, daß sie den selbstverständlichen Glauben von Kreuzfahrern hatten, wie sie sich durch jedes Wetter hindurchkämpften, und dann wieder empfand sie sie als Heiden, in der leidenschaftlichen Zähigkeit, mit der sie an ererbter Tradition hingen. Einmal hatte sie, nur um ihre Stellung zu einem Gegenstand festzustellen, ihnen ein interessantes Kapitel aus dem Buche eines bekannten Religionsphilosophen vorgelesen. Die einzige, die Interesse dafür gezeigt hatte, war Pheasant gewesen, aber auch sie hatte nichts weiter darüber gesagt, als daß der Verfasser über Dinge redete, die sie einfach nicht verstand.

Alayne saß im Kirchenstuhl der Whiteoaks, ihre Füße auf dem Kissen, auf dem so viele Jahre die großen wohlgeformten Füße der alten Adeline geruht hatten. Zu ihrer Linken saßen Piers und Finch, zur Rechten Nicholas, Ernest und Wake. Gegenüber im Kirchenstuhl der Vaughans saßen Meg, Maurice und Patience. Das kleine Mädchen blinzelte zwischen den Fingern hindurch zu ihren Onkels hinüber. Wake schloß ein Auge und starrte sie mit dem anderen an. Sie kicherte und wurde in einer Art Bühnengeflüster von ihrer Mutter getadelt. Meg sah stattlich aus in ihrem schwarzen Pelzkragen. Maurice hatte einen Ausdruck stumpfer Frömmigkeit, den vierzigjähriges Kirchengehen hervorbringt, denn er hatte mit vier Jahren damit angefangen. Diese beiden Kirchenstühle waren die Hauptstütze der gesungenen Responsorien und der Hymnen. Sie versagten nie und sangen nie einen falschen Ton.

Seit seiner Rückkehr aus dem Krieg hatte Renny das Amt des Vorlesers gehabt. Jetzt stieg er die Stufen hinter dem Bronzeadler des Pultes empor, der ein Erinnerungsmal an Kapitän Philipp Whiteoak war. Alayne sah einen Augenblick seine dickbesohlten Stiefel unter dem Chorrock. Sie dachte daran, wie er in seiner Großmutter Bett gelegen hatte, von dem er erst heute morgen aufgestanden war, um zur Kirche zu gehen. Würde er heute abend wieder hineinkriechen, oder würde er vielleicht immer nur dann hineingehen, wenn irgend etwas ihn erregte? Niemand konnte das vorher wissen, und niemand hatte gewagt, ihn danach zu fragen. Durch diese Handlungsweise hatte er sich als Häuptling des Stammes erwiesen. Der Mantel seiner Großmutter hing um ihn. Deswegen hatte Boney seine Stimme wiedergefunden und seitdem hatte er sie häufig erhoben und aus seinem buntgefiederten Kopf jedes Hinduwort heraufgeholt, das ihn die alte Adeline in den dreißig Jahren seines Lebens mit ihr gelehrt hatte.

Renny las die Epistel mit lauter Stimme und kleinen Pausen bei der Interpunktion. Aber als er sagte: »Hier schließt die Epistel«, brachte er das nur mit einem kurzen hastigen Murmeln heraus. Die Familie ließ die Augen nicht von ihm. Patience hielt ihre Finger vors Gesicht und blinzelte dazwischen zu ihm hinüber. Als er geendet hatte, kehrte er auf seinen Platz zurück und saß mit gebeugtem Kopf, so daß seine kühne Nase sich von dem dunklen Eichenholz des Stuhles abhob.

Piers und ein bärtiger alter Mann gingen mit dem Klingelbeutel umher. Piers stand aufrecht und gelassen neben dem Kirchenstuhl, während seine Familie für den Klingelbeutel Geld heraussuchte. Er und der alte Mann gingen dann zusammen das Kirchenschiff entlang und standen an der Kanzeltreppe der Gemeinde gegenüber.

Es war Finchs erster Sonntag zu Hause. Er dachte an alles, was er erlebt hatte, seit er zuletzt in diesem Kirchenstuhl gesessen hatte. Es schien ihm ganz unglaublich. Seine Brüder hatten ihn ausgelacht, daß er auf seiner

Reise immer nur an einem Ort festgesessen hatte, aber er fragte sich, ob er tiefere und reichere Erfahrungen hätte sammeln können, wenn er durch ganz Europa gereist wäre. In Nymet Crews hatte er ein Stück von sich selbst gelassen, das er nie wiederfinden würde. Und er hatte innerlich irgend etwas mitgebracht, das nicht wieder sterben konnte. Das neue Streben, das ihm gestern plötzlich aufgegangen war, fühlte er als etwas Unerschütterliches. Die neue hoffnungsvolle Stimmung, die gestern in ihm aufgestiegen war, hatte ihn nicht wieder verlassen. Er fühlte, daß er große Dinge im Leben tun könnte.

Er fuhr mit Renny und Wakefield in dem alten Wagen nach Hause.

»Ich fahre über die Fuchsfarm«, warf Renny hin, »ich muß Mrs. Lebraux einen Augenblick wegen geschäftlicher Dinge sprechen.«

Die Straßen waren tief verschneit. Finch dachte daran, daß der Frühling in Devon eben angefangen hatte, als er abreiste. Wie zaghaft, wie langsam kam er dort! Auf schneeglöckchenweißen Füßen, die vorsichtig unter der Winterdecke hervorschauten. Dann ließ er sein Haar wehen im Gelock goldener Narzissen über der dunklen Erde. Er schlug die Veilchenaugen auf. Aber dann verkroch er sich wieder frierend und weinte in sich hinein... Aber wie würde er hier losbrechen, so tief er auch jetzt noch schlief! Aus der Schneedecke würde er aufspringen, nackt und blühend, dem Kuß der Sonne entgegen!

Als der Wagen vor der Fuchsfarm hielt, fragte Wakefield: »Läßt du mich nach Florida mitreisen, Renny?«

Renny schlug ihn im Vorbeigehen in derber Liebkosung auf die Schulter. »Du bleibst bei mir!« sagte er.

Als er fort war, warf sich Wake im Wagen zurück und rief: »Ich wußte es ja! Das war viel zu schön, um wirklich zu werden! Aber Finch — ich werde dich immer als meinen Wohltäter ansehen, auch wenn ich nicht mit darf!«

»Sei kein Esel!« sagte Finch kurz. Und er fügte hinzu: »Erzähl mir von Mrs. Lebraux und Pauline. Sind sie gut vorwärtsgekommen?«

»Nicht besonders. Weißt du, da fehlt eben der Mann.«

»Na, an Herrn Lebraux haben sie auch nicht viel Hilfe gehabt.«

»Nein, aber jetzt sind sie Witwe und Waise. Und Frauen können ja nicht einmal das sein, wenn nicht vorher ein Mann dagewesen ist.«

Finch lachte und sah seinen Bruder forschend an. Er sah plötzlich, wie groß er schon war und entdeckte einen neuen Zug um Mund und Nase. Wem würde er ähnlich werden? Er hatte etwas von Eden um die Lippen, etwas von Großmutter in den Augen. Eine merkwürdige Mischung. Etwas Künstlerisches steckte darin, Leidenschaft und Stolz.

»Finch, willst du mein Freund sein?«

»Natürlich will ich das!«

»Willst du mir die Hand darauf geben?«

»Gern.«

Finch faßte die schmale Hand fest mit seiner großen, und sie lächelten sich in die Augen.

»Siehst du Pauline oft?« fragte Finch.

»Fast nie. Ich wollte ihr einmal ein Gedicht bringen, das ich geschrieben hatte. Das war diesen Herbst. Aber sie spielte gerade mit ihrem Lieblingsfuchs, und da hatte ich auf einmal keine Lust mehr... Wenn du willst, lese ich es dir vor, Finch.«

»Ich wußte gar nicht, daß du dichtest.«

»Ich habe schon seit einem Jahr Gedichte gemacht. Dies eine habe ich an Eden geschickt. Und weißt du, was er mir darüber geschrieben hat? Er schrieb: ›Du wirst nicht ein Dichter werden. Du b i s t einer.‹«

»Du mußt nicht alles glauben, was Eden sagt.«

»Warte, bis du das Gedicht gehört hast! Nun du mein Freund bist, will ich es dir vorlesen. Renny habe ich es auch vorgelesen.«

»Was hat er gesagt?«

»Er sagte, es wäre gut!« sagte Wake triumphierend.

Sie fanden Mrs. Lebraux mit Pauline im tiefen Schnee an dem Fuchsgatter stehen. Sie trug eine dicke Wolljacke von ihrem Mann, Reithosen und graue Wollstrümpfe und Mokassins. Sie stand auf eine Schneeschippe gelehnt und rauchte eine Zigarette. Sie trug keine Mütze und ihr merkwürdiges fahlgelb und bräunlich geschecktes Haar stand ihr in kurzen dichten Locken um das Gesicht.

Renny legte den Arm um Pauline und zog sie an sich.

»Fühlst du dich jetzt besser?« fragte er. »Hast du die Tragödie überwunden?«

Mrs. Lebraux erklärte Finch: »Pauline war ganz untröstlich. Eine Füchsin ist aus ihrem Gatter in das benachbarte geraten, und die Füchse haben sich auf sie gestürzt, sie haben sie fast zerrissen, und sie mußte getötet werden.«

»Hoffentlich nicht der Lieblingsfuchs.«

»Nein, der nicht, aber einer von ihren Lieblingen. Sie ist viel zu weichherzig. Das Leben wird nicht leicht für sie werden.«

Der Schnee in den Umzäunungen zeigte viele kleine Fußspuren, aber die Füchse hatten sich fast alle in ihre Hütten verkrochen, als sie die Fremden kommen hörten. Nur der alte Fuchsrüde stand ein Stück entfernt und äugte herüber, sein Schatten lag scharfgeschnitten und blau auf dem Schnee. Pauline war in einen Schuppen gelaufen, um Hundekuchen zu holen, und die Tiere aus ihrem Bau zu locken.

Sie kam zurückgelaufen und warf kleine Futterbrocken in einen der Zwinger nach dem andern. Die Füchse, ganz erstaunt zu so ungewohnter Stunde gefüttert zu werden, kamen scheu herausgekrochen, schnappten die Brocken auf und verschwanden wieder in ihren Hütten. Aber ihr Lieblingsfuchs kam auf sie zugelaufen und sprang an ihr hoch wie ein Hund.

Auf dem Heimweg sagte Finch: »Ich höre von Wake, daß die beiden es recht schwer haben.«

Renny jagte den Wagen über eine Schneewehe, daß die beiden Jungen fast vom Sitz flogen. »Ja. Leicht haben sie es nicht. Aber sie werden sich schon durchbeißen. Clara Lebraux ist eine Frau, wie es unter tausend nur eine gibt, und die kleine Pauline versteht sich fabelhaft auf die Füchse. Das Schlimme ist, daß sie dies Jahr aus Geldmangel ihre besten Zuchttiere verkaufen müssen.«

Finch fragte zögernd: »Wieviel hätten sie nötig, um durchzukommen?«

»Ein paar Tausend würden schon Wunder tun. Geradezu die Situation retten.« Finch saß neben ihm auf dem Vordersitz, und Renny hatte so leise gesprochen, daß Wakefield ihn nicht hören konnte. »Ich habe ihnen selbst im letzten Jahr tausend Dollar vorgestreckt. Aber diesen Frühling — ich hatte es einfach nicht. Sie müssen sehen, wie sie fertig werden.« Er seufzte.

»Ich wäre froh — wenn ich ihnen helfen könnte — wenn du meinst, daß sie es nicht übelnehmen«, sagte Finch halblaut.

Renny warf ihm einen raschen dankbaren Blick zu. »Willst du das wirklich? Das wäre herrlich. Es wäre auch kein Risiko, nur könnten sie keine hohen Zinsen zahlen.«

Als sie in die Einfahrt bogen, murmelte er: »Sag aber der Familie nichts davon. Sie sind auf Mrs. Lebraux schlecht zu sprechen.«

Finch ging wie auf Wolken. Er war mit Renny ein Herz und eine Seele.


27  Ein neuer Whiteoak

Pheasant hatte sich eines fest vorgenommen. Ihr Kind sollte an Finchs Geburtstag zur Welt kommen.

Erstens würde es ein merkwürdiges Zusammentreffen. Ein doppelter Geburtstag in der Familie würde ein ungeheuer wichtiges Ereignis sein. Zweitens hielt sie das Datum auch für einen Glückstag. Finch war begabt, und er hatte ein Vermögen geerbt. Drittens würde Finch, wenn das Kind an seinem Geburtstag zur Welt käme, sich wahrscheinlich lebhaft für es interessieren, und es würde ihm persönlich daran liegen, ihm in jeder Weise zu helfen.

Aber nun war es fünf Uhr nachmittags am ersten März und noch kein

Baby in Sicht! Der Doktor war dagewesen und wollte in ein paar Stunden wiederkommen. Ihre Stunde stand vor der Tür. Aber Mitternacht auch und damit der zweite März. Sie hatte eine Tasse Tee getrunken, wollte aber nichts essen. Sie saß am Fenster im Schlafrock, mit heißem Gesicht und fiebrigen Augen, das kurze braune Haar feucht und zerzaust um die Stirn. Piers ging unruhig im Zimmer herum. Er faßte die Sachen auf dem Toilettetisch an, spielte mit der Vorhangschnur. Wenn ihre Augen sich begegneten, lächelte er ihr beruhigend zu, aber wenn er sie unbeobachtet ansah, hatte sein Gesicht einen Ausdruck tiefer Besorgnis.

Über den Baumwipfeln sah er die schmale Sichel des zunehmenden Mondes an einem durchsichtig grünen Himmel.

»Das ist der neue Mond, Kleines! Ein gutes Zeichen!«

»Oh, oh«, sagte sie, »ich muß mir etwas wünschen. Aber dann darf ich ihn nicht durch das Glas sehen. Mach das Fenster auf.«

Er öffnete es, und die kalte Luft strömte herein. Es hatte frisch geschneit. Jeder Zweig trug seine zarte weiße Last. Sie setzte sich seitwärts ins Fenster. »Ich muß über meine rechte Schulter sehen!« Er nahm ihren Kopf zwischen seine Hände und drehte ihn so, daß sie den neuen Mond über ihre rechte Schulter sah. Wie er die Finger um ihren Kopf drückte, quoll eine Welle von Zärtlichkeit in ihm hoch, daß seine Kehle eng wurde und die Augen ihm voll Tränen standen. Sie machte die ihren weit auf.

»Rasch«, drängte er. »Wünsch dir was! Du darfst dich nicht erkälten.«

Sie sah fest den Mond an, der schmal war wie ein Stückchen von der Schale eines silbernen Apfels, und murmelte vor sich hin: »Oh, daß es bald kommt — vor Mitternacht, bitte, Mond!«

Piers schloß das Fenster.

»So«, seufzte sie, »vielleicht hilft das. Aber ich fühle mich noch nicht anders als vor zwei Stunden.«

»Ich wollte, du wärest nicht so versessen auf so was Verrücktes«, sagte er. Aber trotzdem war er unbewußt von ihr beeinflußt. Und außerdem natürlich von dem angstvollen Wunsch, daß es bald vorbei sein möchte. »Versuch etwas zu essen. Mir zu Gefallen.« Er brachte einen Teller mit einer dünnen Schnitte Butterbrot. Er schnitt es in kleine Stückchen und fütterte sie damit. Sie machte den Mund auf wie ein Vogeljunges, das gefüttert wird. Wie er ihr die Brotstückchen in den Mund schob und den vertrauenden Blick ihrer Augen sah, dachte er: »Als Mooey geboren wurde, habe ich dies Gefühl nicht gehabt ... Sicher wird sie sterben.«

Draußen auf dem Gang hörten sie Mooey und Patience rennen und lachen. Sie war herübergebracht worden, um den Tag mit ihm zu spielen.

»Stören dich die Würmer da draußen?« fragte Piers. »Wo zum Kuckuck ist Alma Patch? Die soll doch auf sie aufpassen.«

»Bring sie einen Augenblick hier herein. Ich möchte sie so gern sehen.«

Er öffnete die Tür des Schlafzimmers, und die beiden kamen Hand in Hand hereingelaufen, als ob sie sich gerade das und gerade in diesem Augenblick vorgenommen hätten. Sie hatten in der Küche zu Abend gegessen. Sie trugen ihre Lätzchen vorgebunden, auf denen buttrige Brotkrumen hingen.

Mooey lief zu seiner Mutter und lehnte sich ruhig an ihr Knie. Sie fuhr ihm mit den Fingern durch die weichen Ringellocken. »Liebling, möchtest du ein Schwesterchen haben?«

»Ja!« sagte er bestimmt und schlug sachte mit der runden kleinen Faust auf ihr Knie. »Die kann die Treppe runterfallen!«

»Nein, das darf sie nicht! Du paßt doch auf sie auf, nicht wahr, Mooey?«

»Ja. Mooey hebt sie auf. Steckt sie in Körbchen.«

»Patty, möchtest du eine kleine Base haben? Diese Nacht?« Patience machte runde Augen.

»O ja! Die soll auf meinem Pony reiten!« Sie sah sich im Zimmer um. »Wo ist sie? Patty will sie sehen!«

Pheasant sagte: »Mach das Fenster auf, Piers, und laß die Kinder sich was vom Mond wünschen.«

»Kleines Schäfchen!« Er klopfte sie auf den Rücken. »Es kommt nur Kälte herein, und das bekommt — bekommt dem nicht, an das du denkst.«

»Man kann nie wissen. Es kommt doch auf den Geburtstag von meinem Baby an. Vielleicht hilft es doch.«

Ihr zu Gefallen öffnete er das Fenster. Sie kehrte die zwei kleinen Gesichter dem Mond zu. »Nun sprecht mir nach: Ich wünsche, daß das neue Baby noch heute kommt . . .« Gehorsam plapperten sie ihr die Worte nach.

»Ich kann nichts Religiöses darin finden«, bemerkte Piers, »es ist völlig heidnisch.«

»Ich bin tolerant gegen jede Religion«, sagte sie weise.

»Nicht bloß tolerant. Du glaubst an alle.«

Patience stach mit der Gabel, die sie noch vom Essen in der Hand hielt, nach dem Mond. »Ich will den Mond«, schrie sie, »komm herunter, Mond, Patty will dich essen.«

»Bin nich bange!« sagte Mooey.

Piers schloß das Fenster. Schon berührte die Mondsichel die obersten Baumwipfel. Sie sank rasch. Pheasant sah Piers mit einem starren Blick an. Dann stieß sie einen Schrei aus.

»Bring sie weg. Oh, bring sie weg, rasch! . . .«

Piers nahm ein Kind an jede Hand und brachte sie eiligst aus dem Zimmer.

Aber fünf Stunden später, als er und seine Brüder und Onkels unten warteten, war Pheasant noch immer nicht weiter. Sie hatte nach einem Ei verlangt und aß es ...

Finch stand am Fenster und sah in die sternenlose Nacht hinaus, während die anderen zerstreut eine Partie Whist spielten. Wie konnte Piers Karten spielen, wenn seine junge Frau da oben im Zimmer in ihrer bangen Erwartung lag! Er versuchte, sich in Piers Lage zu versetzen. Sich eine junge Frau vorzustellen, deren zarter Leib zerrissen werden sollte, um sein eigenes Fleisch und Blut zur Welt zu bringen, in einem Augenblick blinder Leidenschaft gezeugt ... Er würde es nicht ertragen können. Jede Qual würde er mitspüren ... Er schreckte zurück vor dem Gedanken, daß eine Frau durch ihn so Furchtbares leiden müßte. — Nein, lieber kinderlos zu Grabe gehen ... Und selbst wenn es möglich wäre, ein Kind ohne Schmerz zur Welt zu bringen, nie konnte er wünschen, daß ein Kind die Qual seiner Nerven erbte. War er je glücklich gewesen? Er konnte sich nicht daran erinnern, selbst in früher Kindheit nicht. Immer war da die Angst gewesen, der drohende Schatten des Unbekannten.

Er entdeckte einen blassen Stern. Vielleicht die Seele dieses neuen Whiteoak, die darauf wartete, in den irdischen Körper hinabzusteigen, wenn der Augenblick da war ...

Nicholas gab die Karten aus und sagte:

»Ich erinnere mich so gut an diese Nacht vor zweiundzwanzig Jahren. Wir saßen hier an diesem selben Tisch und spielten Karten — Ernest und ich — dein Vater ging auf und ab. Wir warteten, daß Finch zur Welt kommen sollte. Er nahm sich Zeit.«

»Philipp war sehr nervös«, sagte Ernest. »Ich erinnere mich, als wir ihm ein Glas Rum mit Wasser gaben, um ihn zu beruhigen, klapperte das Glas geradezu erschreckend an seinen Zähnen ... Die arme Mary hatte schwer zu leiden.«

Piers hielt seine Hand über den Tisch.

»Da seht her. Das nennt man Ruhe, was?«

»Ja«, nickte Ernest, »aber es ist noch nicht überstanden da oben.«

»Es wird alles gut gehen mit Pheasant«, sagte Renny. »Der Doktor ist bei ihr. Und Frau Patch. Und Meg und Alayne nebenan.«

Piers sah seine Karten durch. »Dieses Baby müßte eigentlich Alayne haben. Sie ist an der Reihe«, murmelte er.

»Wir brauchen nicht alle Familie zu haben«, antwortete Renny. »Ich habe auch so Verantwortung genug.«

Sie spielten weiter.

Piers sah nach der Uhr. Halb elf.

»Heute vor einem Jahr«, bemerkte Ernest beim Ausgeben, »waren wir mitten in deiner Geburtstagsfeier, Finch.«

Finch wandte sich vom Fenster um. »Ein sehr anderer Geburtstag als heute. Mir ist, als wäre das Jahre her.«

»Du hast damals eine gute Rede gehalten«, sagte Renny, »du hast alle zum Lachen gebracht.«

Finch machte ein erfreutes Gesicht. »Ich habe vergessen, was ich gesagt habe. Wahrscheinlich nichts als Blech.«

»Nein. Es war sehr gut. Dabei fällt mir ein, ich bin heute Mrs. Leigh und Ada in der Stadt begegnet. Sie erwarteten Leigh und seine Frau im nächsten Monat. Aber du mochtest sie nicht, was?«

»Nein, gar nicht!« Er wandte sich wieder zum Fenster.

»Du spielst aus!« sagte Nicholas. Er sprach in gereiztem Ton wegen der Unterbrechung.

Warum war dieser Name heute abend gefallen? Warum stieg dieses blasse Gesicht mit dem schmalen verschlossenen Mund wieder vor ihm auf? Da war es, draußen hinter der Fensterscheibe, sah zu ihm herein, spottend, bittend. Es war gewoben aus Nacht. Aus blassem Sternenschimmer. Aus Schatten, die tiefer waren als das Dunkel draußen. Und von ihm wehte die Stimme her, die immer wieder seine Seele aufstören würde, jene Stimme, die süßer war als alle Süße ihrer Geige.

Von oben kam ein gellender Schrei. Piers warf die Karten hin und stürzte die Treppe hinauf.

Zwanzig Minuten vor Zwölf kam ein neuer Whiteoak weinend zur Welt. Meg brachte die Nachricht herunter.

Sie nahm Piers in die Arme und küßte ihn. »Ein kleiner Sohn, Piers! Sehr kräftig und munter! Und an deinem Geburtstag, Finch!« Sie küßte ihn auch. »Viel Glück euch allen beiden, ihr lieben Jungen!«

Piers sagte: »Wahrhaftig, er hat es fertiggebracht.«

»Was fertiggebracht?«

»An Finchs Geburtstag zu erscheinen. Pheasant hatte sich das fest in den Kopf gesetzt.« Sein Gesicht verzog sich, er war zwischen Lachen und Weinen...

Nicholas humpelte im Zimmer auf und ab. »So, so, das sind gute Nachrichten! Wieder ein Junge! Und an deinem Geburtstag, Finch! Ein neuer Whiteoak. Ich sehe uns noch vor mir, wie wir vorm Jahr hier in diesem Zimmer saßen, bis zum Morgengrauen und feierten...« Und er fing halblaut an zu brummen:

>»Der Summer ist ekumen
>Kuckuck laute singt! ...«

Piers Kopf war hinter den langen braunen Fenstervorhängen versteckt. Seine Schultern schütterten vor Schluchzen.

Der nächste Tag war ein Sonntag. Das Frühstück war eben beendet, als Wright ein an Finch adressiertes Paket hereinbrachte, das er am Abend vorher von der Post abgeholt hatte. Wakefield brachte es Finch mit wichtiger Miene. »Es tut Wright schrecklich leid, Finch, daß er es gestern abend vergessen hat. Was mag es wohl sein?«

Er stand erwartungsvoll daneben, als Finch es öffnete. Es war ein Buch, frisch aus der Druckerei. Augenscheinlich Gedichte. Wakefield las den Titel: »Neues Frankreich« von Eden Whiteoak. Er wollte es gleich in die Hand nehmen, aber Finch wehrte ihn ab. »Nein — erst laß mich sehen ...«

Er nahm den Schutzumschlag ab. Der Einband war grün mit Goldaufdruck und einer Zeichnung von Lilien. Wie gut machte sich Edens Name in den Goldbuchstaben. Wie nett von ihm, daß er es ihm zum Geburtstag geschenkt hatte! Finch hatte nicht geahnt, daß es jetzt schon erscheinen sollte. Er schlug es auf und sah hinein. Auf dem ersten Blatt stand die Widmung:

»Für Bruder Finch.«

Wakefield las es auch. Sie sahen sich an, ganz überwältigt. Eden hatte seine große Dichtung, an der er ein Jahr lang geschrieben hatte, Finch gewidmet! Er selbst konnte es gar nicht fassen. Was hatte er getan, um solch eine Ehrung zu verdienen? Eden... »Neues Frankreich... Für Bruder Finch.« Gott, das Leben war unerhört!

Er nahm es mit ins Eßzimmer, um es den Onkels und Renny zu zeigen, die noch beim Frühstück saßen. Es machte ihnen tiefen Eindruck. Rags beugte sich neugierig darüber, ein Tablett in der Hand.

»Wir sind alle stolz auf Sie und Herrn Eden, Sir«, sagte er. »Alle beide haben Sie sich besser gemacht als wir geglaubt haben.«

Wakefield war ins Wohnzimmer gestürzt, als von dort ein klägliches Schreien herüberklang. Jetzt kam er atemlos ins Eßzimmer zurück und rief:

»Schnell, schnell! Piers hat auch was zu zeigen!«

Nicholas ballte seine Serviette zusammen. Renny half ihm auf die Füße. Nip, der auf Nicholas' Knien gesessen hatte, rannte lustig bellend um den Tisch. Einer von Rennys Spaniels sprang auf einen Stuhl und leckte die Brotkrumen von seinem Teller. Ernest nahm eine Tablette. All diese Aufregung war für die Verdauung nicht eben förderlich.

In der Wintersonne am Fenster stand Piers und hielt etwas auf einem Kissen. In seinen Augen war Stolz und um seine Lippen eine weiche Zärtlichkeit.

Sie sammelten sich um den kleinen Ankömmling, starrten ihn durchbohrend an, während seine schwachen Augen ins Licht blinzelten und er das Gesicht kläglich verzog, als ob er nichts lieber wollte, als möglichst unbeachtet bleiben. So klein er war, er war doch schon in Kleider gesteckt. Wikkelbänder, Windeln, Sicherheitsnadeln knebelten ihn. Seine kleinen Arme hatte Mrs. Patch in Ärmel gesteckt. Er war gewaschen, der dünne Flaum auf seinem Kopf war gebürstet. Seine kleine Nase war gewischt. Er war fertig und bereit fürs Leben.

Renny entdeckte Mooey in der Halle. In dem häuslichen Durcheinander war der kleine Bursche in den Kohlenkeller entwischt und vom Kopf bis zu den Füßen schwarz. Mit zwei Schritten hatte Renny ihn erwischt. Er hob ihn auf und trug ihn in den Kreis.

»Mooey, du Schornsteinfeger!« schrie er. »Mooey, du elender Lump, komm und sieh dir deinen kleinen Bruder an!«

Mooey, den schwarzen Zeigefinger im rosigen Mäulchen, starrte lange und mißtrauisch den Ankömmling an. Dann: »Verdammt! Bin nich bange!« sagte er.

Seine Onkel und Großonkel waren sich einig darüber, daß das Kleine zwar nicht gerade schön war, aber deutliche Anzeichen der Court-Nase zeigte.

Piers starrte Finch mit seinen vorstehenden blauen Augen ins Gesicht. Es war ihm eine Idee gekommen. »Paßt auf«, sagte er. »Das Wurm hat eine lange Nase, ein langes melancholisches Gesicht, kläglich sieht der Bursche aus! Wahrhaftig — er soll Finch getauft werden!«

»Doch nicht nach mir?« rief Finch ungläubig.

»Natürlich. Warum nicht. Pheasant wollte durchaus, daß er an deinem Geburtstag zur Welt käme. Dachte wohl, daß er einen Abglanz von dir mitkriegte. Sicher schlägt er nach dir. Ich habe verdammt Lust, ihn Finch zu taufen — wenn du nichts dagegen hast!«

»Gute Idee!« sagte Nicholas.

»Famos!« sagte Ernest.

»Er könnte Schlimmeres tun, als nach seinem Onkel Finch schlagen«, sagte Renny.

»Hast du was dagegen?« fragte Piers noch einmal.

»Dagegen?« Finch war bis ins tiefste Herz gerührt. Sein Gesicht strahlte auf in einem weichen Lächeln. Er nahm die winzige rosa Hand in seine große knochige. »Dagegen!? Lieber Himmel, es ist das Schönste, was mir in meinem ganzen Leben passiert ist!« Und seine Stimme zitterte vor Bewegung.